大地

Pearl S. Buck
The Good Earth

[美] 赛珍珠..............著

王逢振..............译

北京联合出版公司
Beijing United Publishing Co.,Ltd.

第一章

　　这天是王龙结婚的日子。清早，床上支着的帐子里还黑乎乎的，他睁开眼睛，想不出这天和往日有什么不同。房子里静悄悄的，只有他年迈的父亲的微弱咳嗽声。他父亲的房间在堂屋的另一头，与他的房间对着。每天早晨，他首先听到的便是父亲的咳嗽声。王龙常常躺在床上听着他父亲咳嗽，直到听见父亲的房门吱的一声打开，咳嗽声渐渐近了，他才起床。

　　但这天早晨他不再等了。他一跃而起，把床上的帐子推到一边。这是个朦胧、天色微红的黎明，风吹动着窗户上一块撕破口的窗纸，透过小小的方孔，露出一片发亮的铜色天空。他走到那个窗孔附近，把窗纸撕了下来。"春天来了，我不需要这纸了。"他低声说。

　　他羞于大声说在这个日子他希望房子显得整洁一些。那个窗孔并不很大，但他硬是把手伸了出去，感觉一下外面的空气。一阵柔和的微风从东方徐徐吹来，湿漉漉的。这是个好兆头。田里的庄稼正需要雨水。这天不会有雨，但如果这样的风继续吹下去，几天内便会下雨。下雨可是件好事。昨天他对父亲说，如果烈日暴晒、久晴不雨，小麦就不会灌浆了。现在，仿佛苍天选好了这天来向他祝贺。大地就要结果实了。

他匆匆走到堂屋，边走边把他蓝色的外裤穿好，蓝色的布腰带系紧在腰间。他光着上身，一直等到他把洗澡用的热水烧好。他走进倚着住屋的一间耳房，这是他们的厨房。里面黑黢黢的，一头牛摇动着它的脑袋，从门后边低声地招呼着他。厨房和住屋一样用土坯盖成，土坯是用从他们自己田里挖的土做的，房顶上盖着自家生产的麦秸。他祖父年轻时用自己田里的泥土垒了一个灶，由于多年做饭使用，现在已烧得又硬又黑。在这个灶的上面，放着一口又深又圆的铁锅。

王龙用瓢从旁边的瓦罐里往锅里添了半锅水。水是珍贵的，他舀水时非常小心。然后，他犹豫了一下，突然把瓦罐提起，一下子把水全倒在锅里。这天他要把整个身子都洗洗。从他还是个在母亲膝上的小孩时起，谁都没有看见过他的整个身子。今天有人要看见，他要把身子洗得干干净净的。

他绕锅台走过去，从厨房的墙角拣了一把放在那里的干草和树叶，细心地放到灶口里面，不让一片树叶露在外边。然后，他用一只旧火镰打着火种，塞进干草，火苗便蹿了上来。

这是他必须烧火的最后一个早晨。自从六年前他母亲死后，每天早晨他都要烧火。他烧火，煮开水，把水倒进碗里端到他父亲的房间。他父亲坐在床边，一边咳嗽一边在地上摸着穿他的鞋子。六年来，每天早晨，这位老人都等着他儿子把开水端来减轻他的晨咳。现在父亲和儿子都可以歇下来了。有个女人就要进门了。王龙再也不用无论冬夏都一大早起来烧火了。他可以躺在床上等着，也会有开水送到他面前，而且，如果年成好，开水里还会放些茶叶。每隔几年总会有个好年成的。

而且，如果那女人累了，还会有她的孩子们烧火，她会为王龙生养很多的孩子。王龙停下来，呆呆地想着孩子们在三间屋里跑进跑出。自从他母亲死后，三间屋子对他们来说总显得太多，有一半空荡荡的。他们一直不得不抵制人口多的亲戚——他的叔叔，因为叔叔有一大群孩子，常对他们说："现在两个单身汉哪能需要这么多屋子？父子俩不能睡在一起？年轻人身上的热气会使老人的咳嗽好些的。"

但他父亲总是回答说："我的床给我的孙子留着。他会在我老了时暖暖我的骨头。"

现在就要有孙子了，而且会有重孙！他们要在堂屋里靠墙放上床。整个房子里都得放床。王龙想着半空的房子里放上床的时候，灶里的火灭了，锅里的水也凉了下来。这时老人的身影出现在门口，身上披着衣服。他边咳边吐，喘着说："怎么还不把开水拿来暖暖我的肺呢？"王龙望望他，收回心，觉得有些不好意思。

"柴草湿了？"他从灶后说，"潮气太大……"

老人不断地咳嗽，一直等到水开了才停下来。王龙把一些开水舀到碗里，然后，过了一会儿，他打开放在灶台边上一只发亮的小罐子，从里面拿出十来片卷曲的干叶子，撒在开水上面。老人贪婪地睁大眼睛，但立刻开始抱怨起来。

"你为什么这样浪费呢？喝茶叶好比吃银子呀。"

"今天是娶亲的日子，"王龙笑了笑答道，"喝吧，喝了会舒服一些。"

老人用干瘪结节的手指抓着碗，咕咕哝哝有些抱怨。他看着卷曲的茶叶在水面上展开，舍不得喝下这贵重的东西。

"水要凉了。"王龙说。

"对对。"老人慌忙说，然后大口大口地喝起热茶。他像一个小孩子抓住了吃的东西，变得跟动物一样高兴。但他并没有把什么都忘了，他看见王龙正毫不顾惜地把水从锅里舀到一只深深的木澡盆里。他抬起头，严厉地看着他的儿子。

"这么多水足可以把谷子浇熟。"他突然说。

王龙继续舀水，一直舀完都没有回答。"喂，说你呢！"他父亲大声吼道。

"过了年我还没有洗过一次身子。"王龙低声说。

他不好意思对他父亲说，他想让女人看到他的身子是干净的。他匆匆忙忙走出去，把澡盆端到自己屋里。门挂在翘曲了的门框上，松得关不严实。老人跟着走进堂屋，把嘴对着门缝大声地喊叫："要是我们刚有女人就这样可不是好事，早晨开水里放茶叶，还这样洗澡！"

"就这么一天。"王龙大声说，接着他又补了一句，"洗完后我会把水倒到地里，不是全都利用了。"

老人听了这话便不再作声。于是王龙解开腰带，脱掉了衣服。墙上的窗户外射进一道方形的光束，在光亮里，王龙把一小块布泡进冒着热气的水里，使劲儿擦洗起他那瘦长的褐色身子。尽管他觉得天气暖和，但身子湿了后就有些冷了，因此他加快了速度，不停地用毛巾往身上撩水，直到他浑身都冒起淡淡的热气。然后，他走近原先他母亲用的箱子，从里面取出一套新的蓝布衣服。这天他不穿冬棉衣也许有点冷，但他突然觉得不能把这些衣服穿到他刚刚洗干净的身上。他的棉衣表面又破又脏，棉絮从破洞里露出来，又黑又潮。他不想让这个女人第一次见他，他就穿着露棉絮的衣服。以后她一定要洗衣补衣，但不能第一天就这样。

他在蓝布衣服外面罩上一件用同样的布料做的长衫——他唯一的一件长衫，只在过节时穿，一年也只穿十来天的时间。随后，他很快地用手指解开垂在背后的辫子，从破桌的小抽屉里拿出一把木梳，开始梳理他的头发。

他父亲又走近他的房间，把嘴对着门缝。

"难道今天我不吃饭了？"他抱怨说，"到我这个年纪，身子骨在早晨都是虚的，非吃些东西不行。"

"我这就去做。"王龙说，迅速把辫子编得整整齐齐，而且在发辫中间编进一条带穗的丝绳。

随后他脱掉长衫，把辫子盘在头上，端着盛水的澡盆走了出去。他差不多把早饭给忘了。他一般都拌玉米面粥给他父亲。而他自己是吃不到玉米面粥的。他摇动着身子把澡盆端到门口，把水倒进离家最近的地里。这时他想起为了洗澡他已经把锅里的水用光，他还得重新生火。于是一股对他父亲的火气从他心里生起。

"这老头子就知道吃饭喝水。"他对着灶口低声说，但他也没有大声说什么。这是他必须为老人做饭的最后一个早晨。他从门旁边的井里打了一桶水，往锅里舀了很少一些。不一会儿，水就开了，他在里面拌了玉米面，然后端给老人。

"今晚我们吃米饭，爹。"他说，"喏，玉米粥在这里。"

"筐里只剩一点米了。"老人说，一边坐在堂屋的桌子旁边，用筷子搅着稠糊糊的黄粥。

"那我们在清明节就少吃一些。"王龙说。但老人没有听见。他正在呼噜呼噜地端着碗喝粥。

然后王龙走进自己的房间，又穿上他的蓝布长衫，放下盘着的辫子。他用手摸摸剃过的头，又摸了摸脸。也许最好再剃一剃？太阳几乎还没有升起。他可以穿过有剃头匠的那条街，先剃个头再到那女人等他的那家。如果他的钱够的话，他会这么做的。

他从腰带上取下一个用灰布做的油腻的小荷包，数了数里面装的钱。里面有六个银圆和两把铜板。他还没有告诉父亲，这天晚上他已经请了一些朋友来吃饭。他请了他的堂弟，也就是他叔叔的儿子，为了他父亲的面子还请了他叔叔，另外还请了三个住在同村的邻居。他打算这天早上从城里带回点肉、一条塘鱼和一把果仁。他甚至也许买些南方产的竹笋和牛肉，用来和自己菜园里种的蔬菜做在一起，但这只有在买了豆油和酱之后还有余钱时才行。如果他剃了头，也许就买不成牛肉了。然而，他宁愿剃头，他突然拿定了主意。

他没有告诉老人，一清早就出去了。虽然天还是暗红色的，可太阳正爬到天边的云端，照得生长的麦叶上的露珠闪闪发光。王龙毕竟是农民，他一时感到高兴，弯下腰察看刚抽出的麦穗。麦穗还空着，等着下雨。他嗅嗅空气，不安地望着天空。雨在那边，隐藏在云际，浓重地压在风上面。他要买一束香，烧给小庙里的土地爷。在这样的日子里，他会这么做的。

他沿着田间弯弯曲曲的小路走着。不远的地方矗立着灰色的城墙。在他就要穿过的城门里边，坐落着黄家的大院，那个女人从小便是黄家的使唤丫头。有人说，"娶个大户人家的丫头还不如打光棍儿呢"。可是当他对父亲说"我真的永远不会有女人吗？"时，父亲回答道："在这么个苦日子里，人家娶亲花费那么多，个个女人没过门就要金戒指、绸衣裳，穷人家只能讨使唤丫头。"

当时他父亲起身到黄家去，询问有没有要嫁出来的丫头。

"丫头不必太年轻，也用不着好看。"他说。

王龙曾因她准不会好看而闷闷不乐。有个好看的老婆可是件大事，别的男人都会祝贺他的。他父亲看到他那不高兴的脸色，对他喊道："我们要好看女人干什么？我们要的女人得会管家，会养孩子，还得会在田里干活，一个好看的女人会做这些事吗？她会总想着穿什么样的衣裳来配她的脸蛋儿！在我们家那可不行。我们是庄稼人。再说，谁听说过有钱人家的漂亮丫头会是个黄花闺女？那些少爷早把她玩够了。你想想看，一个漂亮女人会觉得你这庄稼人的手同阔少爷柔软的手一样舒服？你那晒黑的脸与玩她的那些人的金黄色皮肤一样漂亮？"

王龙知道他父亲说的是对的。然而在回答之前，他还是要争一下。于是他强硬地说道："无论如何，我不要一个麻子脸或豁嘴唇的女人。"

"我们会看看要娶的女人是什么样子的。"他父亲答应说。

其实，那个女人既不是麻子脸，也不是豁嘴唇。但他就知道这么多，对其他的一无所知。他和父亲买了两只镀金的银戒指和一副银耳环，父亲把这些东西拿给了那个女人的主人，作为定亲的信物。除了这点，对于将要嫁给他的那个女人，他什么事都不知道，他只知道这天他可以去把她接来。

他走进阴森灰暗的城门。附近挑水的人挑着大大的水桶，整天进进出出，水从桶里溅出，洒在石头路上。在厚厚的砖土城墙下面，城门洞里总是湿漉漉的，甚至夏天也非常阴凉。所以卖瓜的人常常把瓜果摆在石头上，让切开的瓜果吸收潮湿的凉气。因为季节尚早，还没有卖瓜的，但有些盛着又小又硬的青桃的篮子摆在两边，卖桃子的高声喊叫："春天的第一批鲜桃！第一批鲜桃！买桃呀，吃了这桃，肚子里冬天积下的毒气就没啦！"王龙自言自语说："要是她喜欢青桃，回来时我就给她买一些。"他无法想象他回来走过城门时，有个女人会走在他后面。

他在城门里边向右转，不一会儿就到了"剃头街"。在他之前几乎没有什么人这样早进城，只有一些头天晚上挑了蔬菜进城的农民，他们想在早市上把菜卖掉，然后赶回去干地里的活。他们曾颤颤抖抖畏缩着睡在菜筐旁边，现在，他们脚边的菜筐已经空了。王龙躲着他们，唯恐有人认出他来，因为他不想让人在这个日子开他的玩笑。整条街上，一长串剃头匠站在他们的剃头挑子后面，王龙走到最远处的一个，坐在凳子上，招呼正在和邻人聊天的剃头师傅。剃头师傅立刻转过来，很快从他木炭盆上的壶里往铜脸盆里倒上热水。

"全剃吗？"他用一种行家的语气问。

"剃头刮脸。"王龙回答。

"修不修耳朵和鼻眼？"剃头师傅问。

"那要加多少钱？"王龙小心地问。

"四个钱。"剃头师傅说，开始在热水里投洗一块黑布手巾。

"我给你两个吧。"王龙说。

"那就修一个耳朵和一个鼻眼，"剃头师傅立刻答道，"你想修哪一边的呢？"他一边说一边向旁边的剃头匠做了个鬼脸，那个剃头匠禁不住大笑起来。王龙看出人家嘲笑自己，有种说不出的心情，觉得自己不如这些城里人；他总是这样，哪怕他们只不过是剃头匠，是最下等的人。于是他赶忙说："随你好了——随你好了——"然后他就让剃头师傅打肥皂、揉搓、剃刮。剃头师傅毕竟还算大方，他没有额外收钱，熟练地为他捶打肩膀和后背，宽松他的肌肉。他给王龙刮前额时评论说："剃光了头这可是个不难看的农民。时兴的是剪掉辫子。"

他的剃刀紧擦着王龙头顶上的发圈刮来刮去，王龙忍不住喊道："没问我爹我可不能把辫子剪掉！"于是剃头师傅哈哈大笑，剃齐了他头顶上的发边。

剃完头，把钱数到剃头师傅又皱又湿的手里时，王龙感到一阵害怕。要这么多钱！但他又回到街上时，清风拂着他刮过的头皮，他便对自己说："就这么一次。"

然后他走到市场，买了两斤猪肉，看着屠户用干荷叶把肉包好，接着他犹豫了一下，又买了六两牛肉。一切都买好之后——甚至包括像肉冻一样在架子上发颤的两方新鲜豆腐——他走到一家蜡烛店，从那里买了两股香。随后，他带着羞怯的心情迈步向黄家大院走去。

刚到黄家门口，他就恐慌起来。他怎么一个人到这里来呢？他应该请他父亲、他的叔叔，甚至他最近的邻居老秦，请他们中的任何一个和他一道来。他以前从未到过富人家里。他怎么能拿着办喜酒的东西进去说"我来接一个女人"？

他站在大门口看了好久。门紧紧关着，两扇大木门漆成黑色，边上框着铁皮，钉满铁钉，紧闭在一起。两头石狮一边一个，守在门口。此外没有一个人。他转身走开。这是不可能的。

他觉得有些发晕。他要先去买点吃的。他还没吃一点东西——忘了吃饭。他走进街上的一个小馆，在桌上放了两个铜钱，坐了下来。一个肮脏的、穿着油腻发亮的黑围裙的堂倌走到他身边，他叫道："来两碗面条！"面端上以后，他用竹筷子把面条挑进嘴里，贪婪地吞了下去。那个堂倌站着，用拇指和食指转动着铜板。

"还要吗？"堂倌无所谓地问道。

王龙摇摇头。他坐直身子，四处望望。在这个又小又暗摆满桌子的拥挤的屋子里，没有一个他认识的人。只有几个人坐着吃饭或喝茶。这是个穷人吃饭的地方，在那些人中间，他显得干净整洁，颇像个富人，因此一个乞丐走过来向他哀讨："发发善心吧，先生，给我一点小钱，我饿得慌啊！"

王龙以前从未碰到乞丐向他乞讨，也从未有人叫他先生。他觉得高兴，向乞丐的碗里扔进两个小钱，也就是一个铜板的五分之一，那个乞丐迅速缩回他的黑爪子，抓住小钱，摸索着放进他褴褛的衣服里。

王龙坐在那里，太阳已爬上中天。堂倌不耐烦地闲走着。"要是你不再买什么，"他终于非常不礼貌地说，"你就得付板凳的租金。"

王龙对这样的无礼感到愤慨，他本来会发作的，只是他想到黄家大院，想到去那里接一个女人时，他的整个身子都冒出汗来，就像正在地里干活似的。

"给我拿茶来。"他软弱地对堂倌说。他还没来得及转身，茶就来了，小堂倌尖刻地说："铜钱呢？"

王龙感到吃惊，但毫无办法，只好从腰里再掏出一个铜钱。

"这等于抢劫。"他咕咕哝哝，心里极不乐意。这时，他看到他已邀了吃喜酒的邻居走进店来，于是急忙把铜钱放在桌上，一口气把茶喝完，匆匆地从侧门走了出去，又一次来到街上。

"不得不去了。"他绝望地自言自语，慢慢地向黄家大门走去。

这次，因为已经过了中午，大门打开了。看门人懒洋洋地坐在门槛上，他刚吃过饭，正在用竹签剔牙。他是个高个子，左脸上有个大黑痣，黑痣上长着三根长长的黑毛，从没有剪过。当王龙走近时，他从篮子上猜想王龙是来卖什么东西的，便粗声喊道："喂，干什么的？"

王龙很吃力地回答说："我是王龙，种地的。"

"噢，种地的王龙，什么事？"看门人又问。除了他的主人和女主人的富朋友，他对谁都不客气。

"我是来——我是来——"王龙结结巴巴地说。

"我看得出来。"看门人装作耐心地说，捻搓着他黑痣上的长毛。

"有个女人。"王龙说，他的声音不由自主地低得像耳语。在阳光下，他脸上冒出汗来。

看门人哈哈大笑。

"这么说你就是那个男的了。"他大声说，"今天叫我在这里等一个新郎。可你胳膊上挎着篮子，我看不出你就是新郎。"

"这是买的一点肉。"王龙抱歉地说，等着看门人把他带进去。但看门人一动不动。最后，王龙不安地问："是不是我自己进去？"

看门人装作大吃一惊："老爷会要你的命的！"

然后，他看到王龙过于天真，便说道："一点银子就是一把好钥匙。"

王龙终于明白这人是想向他要钱。

"我是个穷人。"他乞求地说。

"让我看看你腰里有什么东西。"看门人说。

天真的王龙真的把篮子放在石阶上，撩起大衫，从腰里掏出钱包，把买东西剩的钱抖在左手里。这时看门人露出了笑脸。王龙还剩有一块银圆和十四个铜板。

"我就要这块银圆吧。"看门人冷冷地说。王龙还没来得及说话，那人已经把钱放到他袖子里，快步走进大门，边走边喊："新郎新郎！"

王龙尽管对刚才发生的事情感到气愤，对大声通报他的到来感到吃惊，但他无可奈何，只能听之任之。他提着篮子，目不斜视地跟着走了进去。

虽然他这是第一次到一个大户人家的家里，但事后他什么事也记不起来。他脸上发烧，低着头，走过一个又一个院子，只听得前面有声音呼喊，四下里发出咯咯的笑声。他仿佛走过了近百个院子，突然，看门人不再喊叫，默默地把他推进一间小过厅里。他一个人站在那里，看门人走进里面，过了一会儿转回来说："老夫人叫你去见她。"

王龙正要往前走，看门人却又把他拦住，厌恶地喊道："你不能胳膊上挎着个篮子——一篮子猪肉和豆腐——去见一位尊贵的夫人！你怎么躬身施礼呀？"

"对！对！"王龙激动地说。但他不敢把篮子放下，唯恐篮子里有什么东西给偷了。他不会想到世界上并不是人人都想要这些东西：两斤猪肉、六两牛肉和一条小塘鱼。看门人看出他的担心，非常蔑视地叫道："在这样的人家，我们把这种肉喂狗吃！"他抓起篮子放在门后，把王龙推向前去。

他们走过一条狭长的走廊，走廊里的柱子雕画得十分精致，然后他们进入一个王龙从未见过的大厅。大厅又宽又高，二十个他自己那样的房子装进去都显不出来。他只顾惊奇地仰头看上面粗大的雕梁画栋，差一点被门口的高台阶绊倒，幸亏看门人抓住他的胳膊，大声喊道："你要这么礼貌地在老夫人面前磕响头吗？"

王龙非常羞愧，他定了定神，看看前面，在屋子中央的一个上座上，他看见一个年迈的老太太，小巧的身子穿着闪光的珠灰色缎衣，旁边的矮凳上放着一根正在燃着的烟枪。她用细小锐利的黑眼睛看着他。在她瘦削、布满皱纹的脸上，眼睛凹陷而又锐利，仿佛是猴子的双眼。那只拿着烟枪头的手上的皮肤，裹着她纤细的骨头，圆滑而呈黄色，宛若一个人身上镀的金一般。王龙跪下，头碰在铺了瓷砖的地上。

"让他起来，"老太太威严地对看门人说，"不必行这样的大礼。他是来领那个女人的吗？"

"是的，太夫人。"看门人回答。

"为什么他自己不说？"老太太问。

"他是个傻子，太夫人。"看门人说，捻着他黑痣上的长毛。

这话惹急了王龙，他愤怒地望了望看门人。

"我只不过是个粗人，尊贵的太夫人，"他说，"在这种场面我不知讲什么好。"

老太太仔细地、十分威严地打量着他，似乎正要说话，但一只手却抓到了一个丫鬟给她装好的烟枪，于是，她好像一下子把他给忘了。她俯下身，贪婪地在烟枪上吸了一阵。她敏锐的眼神不见了，一层惘然的薄雾蒙住了她的眼睛。王龙仍然站在她的面前，直到她的眼睛瞟过来，看见了他的身影。

"这男人在这儿干什么？"她突然发怒地问道，好像她已经把什么事都忘了。看门人脸上毫无表情，什么话也没说。

"我在等那个女人，老夫人。"王龙非常吃惊地说。

"女人？什么女人？"老太太又开始说话，但她身旁的丫鬟弯下身低声提醒了她。她想起来了："啊，是的，刚才我忘了——一件小事——你是来领一个叫阿兰的丫头的。我记得我们答应她嫁给某个庄稼人。你就是那个庄稼人吗？"

"我就是。"王龙回答。

"快把阿兰叫来。"老太太吩咐她的丫鬟。她突然像是要赶紧把这件事了却，好让她一个人留在这大屋子的寂静中抽她的大烟。

不一会儿，丫鬟回来了，她领来一个高大结实的女人，那女人身上穿着干净的蓝布衣服。王龙看了一眼便把眼睛转开，他的心怦怦地跳着。这就是他的女人。

"过来，丫头，"老太太不在意地说，"这人是来领你的。"

那女人走到老太太面前，低着头，合手站在那里。

"你准备好了吗？"老太太问。

那女人慢慢地像回声般答道："准备好了。"

王龙第一次听到她的声音，他趁她站在他面前，看了看她的背影。她的声音很好——不尖，不娇，朴实，显得脾气不错。她的头发整齐光滑，衣服也干净。但有一刻他失望地看到她的脚没有缠过。但对这点他未能细想，因为老太太已在对看门人说话："把她的箱子搬到大门口，让他们走吧。"接着她叫过王龙说："我说话时你要站在她身边。"等王龙走上去时，她说："这女人来我们家时是个十岁的孩子，她一直住在这里，现在已经二十岁了。我是在一个荒年买下她的，那年她父母没有饭吃，逃荒来到南方。他们原籍在山东北部，又回那里去了，关于他们的其他情况我一点也不知道。你看得出，她有那地方人的强壮的身体和方正的脸庞。她会在田里很好地给你干活，打水和其他各种活计也都会让你如意。她长得不算漂亮，但你并不需要一个漂亮的女人。只有没事干的男人才需要漂亮女人来寻欢作乐。她也不算聪明。可是你叫她做什么，她都做得很好，而且她脾气也很好。就我所知，她还是个黄花闺女呢。她不够漂亮，即使她不当厨房的丫头，也不会使我的儿孙们动心。要是有什么事的话，也只能是个男仆。可是院子里有无数漂亮的丫头随便走动，我想不会有谁看上她的。把她带走吧，好好地待她。虽然她有些迟钝，可她是个好丫头，要不是我在庙里许愿晚年积些功德，给世上多添些生命，我还会留着她呢，因为她在厨房里干得挺不错。不过，如果有人要我的丫头，我就把她们嫁出去，老爷们是不要她们的。"

然后她又对那女人说："听他的话，给他生几个儿子，多给他生几个。把头生儿子抱来给我看看。"

"是，太夫人。"那女人恭顺地说。

他们站着犹豫不定，王龙觉得非常窘，不知道是不是应该说话，也不知该说些什么。

"好了，去吧，你们走吧！"老太太不高兴地说。王龙慌慌忙忙鞠了一躬，转身走了出去。那女人跟在他后面，她后面是看门的人，肩上扛着她的箱子。他把这只箱子放在王龙转回来找篮子的那个过厅里，不肯再往前扛了，实际上，他连一句话也没说就走了。

然后王龙转向那女人，第一次面对面看她。她的脸方方的，显得很诚实，鼻子短而宽，有两个大大的鼻孔，她的嘴也有点大，就像她脸上的一道又深又长的伤口。她的两眼细小，暗淡无光，充满了某种没有清楚地表现出来的悲凄。这是一副惯于沉默的面容，好像想说什么但又说不出什么。她耐心地让王龙端详自己，既没有不好意思，也没有什么反应，一直等到王龙把她看了个够。他看见她的脸确实一点也不漂亮——一副黑乎乎的、普通的、病恹恹的脸。不过她的黑皮肤上没有麻子，她的嘴唇也不豁。在她的耳朵上，他看到了，那副耳环，他给她买的那副镀金耳环，她的手上戴着他给她的戒指。他转过身去，心里暗暗兴奋。是啊，他有了他自己的女人！

"这个箱子，还有这个篮子。"他粗声粗气地说。

她弯下身，一句话没说，提起箱子的一头，把箱子放到自己的肩上，她在重重的箱子下挣扎着想站立起来。他望着她，突然说道："我来拿箱子。你拿着篮子。"

于是他把箱子放到自己背上，顾不得他穿着最好的长衫。她仍然没有说话，把篮子提了起来。他想着他走过的上百个院子，想着他扛了箱子的怪样子。

"要是有个边门就好了。"他低声说。她想了一会儿，点了点头，好像她并没有立即明白他说的是什么。然后，她带路穿过一个不用的小院，院子里长满杂草，水池子也干了；院子里还有棵弯弯的松树，树下有个陈旧的圆门，她拉开门闩，他们穿过那扇门走到街上。

有一两次他回过头看她。她跟随他走着，没缠过的大脚走得很稳，好像她这辈子一直跟着他走似的。她宽大的脸上没有表情。在城门那里，他有些犹豫地停了下来，一只手在腰里摸索他剩下的铜板，用另一只手把肩上的箱子扶稳。他掏出两个铜板，买了六个小的青桃。

"拿着这些桃子，你自己吃吧。"他粗声粗气地说。

她像个孩子似的贪婪地抓住那些桃子，把它们攥在手心里，一句话也没说。他们沿水田田埂走着时，他再次看了看她，她正在小心地一点点啃一个桃子，但当她看到他瞧着她时，她又把桃子攥在手里，下巴也一动不动了。

他们就这样走着，一直走到村西地边的土地庙。这座土地庙是座很小的房子，只有一个人的肩那么高。它是用灰砖造的，顶上盖了瓦片。王龙的爷爷曾在这块地上耕作——现在王龙自己也靠它为生——是他用手推车从城里推来砖盖了这座小庙。庙墙外面抹了灰泥，在一个收成好的年头雇了画匠在白灰泥墙上画了一幅山和竹子的风景。但是由于几代雨水的冲刷，现在只剩下模糊的像羽毛似的竹子，原来画的山差不多完全看不见了。庙里坐着两尊小而严肃的神像，它们是由庙周围田里的泥土做的，在屋顶下受到很好的保护。两尊神像是土地爷本人和土地婆。它们穿着用红纸和金纸做的衣服，土地爷还有用真毛做的稀疏下垂的胡须。每年过年时，王龙的父亲都买些红纸，细心地为这对神像剪贴新的衣服。因为每年雨雪飘进来，夏日的太阳照进来，都会毁坏它们的衣服。

但因为这年刚开始不久，它们的衣服还是新的，王龙对它们漂亮的外观感到骄傲。他从女人手里拿过篮子，小心地在猪肉下面找他买的香。他唯恐把香折断了，那样就意味着一种凶兆，但幸好香都完好无损。他把香找出来后，把它们并排插在神像前的香灰里，那是别人烧香时积起来的，因为所有的邻居都供奉这两尊小小的神像。然后他摸出火镰，用一片干树叶做引火，燃起火来点着了香。

王龙和他的女人双双站在他们的土地神前。他女人看着香头烧红后变成了香灰。当香灰太重时，她俯过身去，用手指把香灰弹掉。然后，好像对自己的举止感到害怕，她很快地看了看王龙，眼神显得有点迟钝。然而他喜欢她这样做，因为这似乎说明她觉得那些香是属于他们俩的。这就是结婚的时刻。他们肩并着肩，一声不响地站在那里，看着香烧成了灰烬。随后，因为太阳渐渐沉下去，王龙又扛起箱子，他们向家里走去。

在家门口，老人站在那里，让最后一缕阳光洒到他的身上。王龙和那个女人走近时，他站着没动。他要是注意她就失了他的身份。因此，他假装兴致勃勃地看云彩，大声说："那块挂在新月左角的云是下雨的征兆。最迟明天夜里就会下。"然后，当他看见王龙从女人手里接过篮子的时候，他又喊道："你花钱了。"

王龙把篮子放到桌上。"今晚有客人。"他简短地说，然后把箱子扛进他睡觉的屋子，放在他自己放衣服的箱子旁边。他好奇地望着它。但老人走到门口，又叨叨地说道："成个家就没完没了地花钱！"

虽然他暗暗高兴他的儿子请了客人，但他觉得在新儿媳妇面前花了钱不埋怨几句不行，不然的话，她可能一开头就会乱花钱。王龙没有说话，但他走出去把篮子拿进了厨房，那女人也跟了进去。他把吃的一样样从篮子里拿出来，放在冷冷的锅台上，对她说："这是猪肉，这是牛肉和鱼，一共有七样吃的。你会做菜吗？"他对女人说话时并没有望着她，那样是不合适的。那女人用呆板的声音回答说："自从进了黄家，我就做厨房里的丫头。黄家每顿饭都有肉。"

王龙点点头，把她留在厨房里，直到客人们拥进来才重新见她。客人当中有他的叔叔，人虽精神却奸猾贪嘴；他叔叔的儿子，一个蛮横无理的十五岁的少年；还有一些老实巴交羞怯地笑着的农民。有两个村里的人，王龙经常与他们交换种子，收割时互相帮忙。其中一个是他的近邻，这人姓秦，是个身材矮小沉静的人，除了万不得已，总不愿开口讲话。

出于礼貌，客人们为座次让来让去，等他们在堂屋里坐定之后，王龙走进厨房，叫女人上菜。那时他很高兴，因为她对他说："最好我把碗递给你，你把它们放到桌上。我不愿在男人们跟前抛头露面。"

王龙心里非常得意，因为这女人是他自己的，她不怕见他，但却不愿见其他男人。他在厨房门口从她手里把碗接过来，把它们放在堂屋的桌上，然后大声招呼说："吃吧，叔、伯、兄弟们。"他那爱开玩笑的叔叔说："不让我们看看蛾眉新娘吗？"王龙坚定地答道："我们还没有完婚。在完婚之前，别的男人看她是不合适的。"

他诚心地劝客人们吃饭，客人们便欣然吃起那些好吃的东西，他们吃得很开心，不怎么讲话，但有人赞扬红烧鱼做得好，也有人称赞肉做得好吃，而王龙则一遍又一遍地回答说："东西不多，做得也不好。"

不过他心里却对那些菜感到满意，因为那女人只用手边的肉，配上糖、醋、一点酒和酱油，便巧妙地调出了食物的所有滋味，而王龙在朋友家的酒席上还从来没有尝过这样的菜肴。

那天晚上，客人们喝着茶，又说又笑地待了很久，而那个女人一直待在锅台后面。当王龙送走最后一个客人走进厨房时，她已经畏缩在牛旁边的草堆里睡着了。王龙叫醒她时她头上沾着草棍儿，而且王龙喊她时她突然举起了胳膊，仿佛怕挨打。她终于睁开眼睛，用陌生无语的眼神望望他。他觉得在他面前的好像是个孩子。他拉着她的手，把她带到那天早晨他为她洗身子的房间，然后点燃了桌子上的一支红蜡烛。在灯光下，当他发现只有自己一个人和那女人在一起时，他突然觉得有些羞涩，于是他不得不提醒自己："这是我自己的女人。总得干那种事的。"

于是他开始硬着头皮脱自己的衣服。至于那个女人，她围着帐子角爬着，开始不声不响地铺床。王龙粗声粗气地说："你躺下时先把灯吹灭。"

然后，他躺了下来，把棉被拉过来盖住肩头，假装睡觉，但他并没有睡着。过了好大一会儿，当屋子里黑下来，那女人在他身边慢慢地、不声不响地蠕动时，一阵狂喜充满了他的全身，他兴奋极了。他在黑暗中发出一阵沙哑的笑声，把她抱进了怀里。

第二章

　　生活中有这样的享受。第二天早晨，王龙躺在床上，望着这个现在完全属于他自己的女人。她坐起身，披上她的宽大的衣服，围紧脖子和腰，慢慢扭动着身子把衣服穿好。然后她把双脚伸进自己的布鞋，用缝在后面的鞋袢把鞋提上。小窗孔里射进的一道光照在她身上，他蒙蒙眬眬看见了她的脸。她的脸并没有变化。这使王龙感到惊奇，他觉得那一夜一定使他自己变了样，然而这个女人就在他身边，从他的床上起来，好像她有生以来每天都是从这张床上起来一样。在清晨的黑暗里，老人的咳嗽声高了起来，不停地叫苦，于是他对她说："先拿一碗开水给我爹，让他润润肺。"

　　她用和昨天说话时一模一样的声音问："水里要不要茶叶？"

　　这个简单的问题使王龙费神犯难。他本想说："当然要有茶叶。你以为我们是叫花子吗？"他本想让这女人觉得茶叶在他们家算不了什么。因为在黄家，每天喝的肯定都是泡了茶叶的绿莹莹的茶水，或许甚至那里的丫头也不喝白水。但他知道，如果这女人头一天给他父亲端的是茶而不是白开水，他父亲一定会生气的。何况，他们也真的不富裕。因此，他若无其事地答道："茶叶？不——不——这会使他的咳嗽更厉害。"

说完，他躺在床上，温暖而满意，而那女人则在厨房里烧火煮水。他本想继续睡下去，因为他现在可以多睡一会儿了，但他那粗笨的躯体由于这些年来天天早起却睡不下去，于是他便躺在那里，用脑子和肉体体会这种懒散的享受。

他仍然有些害羞地想他这个女人。他一会儿想他的田地，想田里的麦子，想要是下了雨收成会怎么样，想他希望从姓秦的邻居那里买的白葱籽，如果双方价格谈得拢的话。但是，在他脑子里天天都想的这些事情中，对他现在的生活是什么样子的新想法不断穿插进来，想着夜里的事，他突然想知道她是不是喜欢他。这是个新的疑问。以前他只是想知道他会不会喜欢她，在他的床上和他的家里她会不会令人满意。虽然她的脸平平板板，两只手上的皮肤很粗糙，但她高大的肉体是柔软的，还没有被人动过，想到这里，他笑了——跟头天晚上他向着黑暗里发出的又短又粗的笑声一样。看来少爷们只看见一个厨房丫头的平板的面孔，对她身上的其他部位却一无所知。她的身子很迷人——高个子，大骨架，然而圆润而柔软。他突然希望她喜欢他做她的丈夫，而想到这里他竟有些不好意思起来。

门开了，她不声不响地走了进来，双手捧着个冒着热气的水碗。他在床上坐起身，把碗接了过来。水面上漂浮着一些茶叶。他很快地抬头看了她一眼。她立刻感到有些害怕，对他说："我给公公的水里没有茶叶——我照你说的做的——但给你的这碗我……"

王龙看到她有些怕他，觉得很高兴。没等她说完，他就回答说："我喜欢茶水，我喜欢茶水。"他高兴地咕噜咕噜地把茶水喝了下去。

他心里充满了这种新的欢乐，他甚至对自己也羞于承认："我这个女人真够喜欢我的！"

此后一连好几个月，他觉得，好像除了看自己这个女人，什么事都没干。其实他还是和以前一样干活。他扛了锄头到他的地里，耘出一行行庄稼；他把牛套在耕犁上，耕好村西栽种蒜和葱的土地。他干活非常高兴，因为中午他一回到家里，他吃的饭就准备好了，桌子擦得干干净净，碗筷整齐地摆在上面。以前，他回到家里，虽然很累，但还得自己做饭，除非老人早早就饿了，自己拌点玉米粥或做一些死面的烙饼卷蒜苗。

现在，不论有什么吃的，都给他准备好了，他可以坐在桌边的板凳上马上吃饭。屋里的泥地扫过了，柴火也堆了起来。早上他到田里去了以后，女人便拿上竹耙和一条绳子到田野去捡柴火，这里捡一些草，那里捡一根树枝或一把树叶，到中午回来时，便背回足够做饭的柴草。这使王龙感到高兴，他们用不着再买柴烧了。

下午，她将一把铁锹和粪筐背到肩上，去到通往城里的大路上，那里有载货的骡子驴马来往。她在路上捡牲口粪，把粪背回家堆在门外的墙根处，用作田地的肥料。她干这些活不声不响，而且并没有人要求她这样去干。到了晚上，她一直要到把厨房里的牛喂饱饮足以后才休息。

她拿出他们的破衣服，用自己在竹锭上用棉花纺的线来缝补，补好他们冬棉衣上的破洞。她把他们的被褥拿到门口的太阳底下，拆下里表，洗干净，挂在竹竿上晒干，把被褥里面多年来变得又硬又黑的棉絮重新絮过，杀死藏在被褥缝里的虱子跳蚤，然后放在太阳底下暴晒。一天又一天，她不停地做这做那，直到把三间屋子都搞得干干净净，差不多有了生气。老人的咳嗽也渐渐见好，他背靠房子的南墙坐着晒太阳，常常半醒半睡，感到温暖而满足。

但这个女人，除了生活中非说不可的话，她从不讲话。王龙看着她的大脚慢慢稳稳地在屋子里走来走去，暗暗地注视着她那无表情的方脸和有些害怕的眼神，对她毫不理解。夜晚，他知道她的身体柔滑结实。但在白天，她的衣服——她的朴素的蓝布衣裤遮住了他所知道的一切，她像一个忠诚的、沉默寡言的女仆，一个只有女仆身份的女人。然而他不应该对她说："为什么你不说话？"那是不合适的。她做了她该做的一切，这已经足够了。

有时，他在田里干活时，也常常想关于她的事情。她在黄家那上百个院子里见过些什么？没有与他共同生活以前她过的是什么样的生活？他想不明白。然后他又因为自己对她的好奇心和兴趣而觉得不好意思。她毕竟只是一个女人。

但是，对于一个曾经做过大户人家的丫头并从清晨工作到深夜的女人，三间屋子的家务和一天做两顿饭是不够她忙的。当王龙在迅速生长的小麦地里忙得不可开交，一天接一天地锄草锄得腰酸背疼的时候，她的身影出现在他躬身耕锄的麦垄中间，她站在那里，肩上扛着一把锄头。

　　"天黑以前家里没什么事干。"她简短地说，然后她再没说话，走到他左边的一垄田里，扎扎实实地锄起地来。

　　时值初夏，烈日直晒到他们身上，她脸上很快就挂满了汗珠。王龙脱去上衣，光着脊背；但她穿着遮住双肩的单衣干活，单衣湿透了，贴在她身上像是又一层皮肤。他和她一起干活，配合默契，一句话也不说，一小时一小时地过去了，他觉得和她凑合在一块儿，甚至不觉得累了。他好像把什么事都忘了，有的只是这样在一起干活时内心的愉快。他们把自己这块地对着太阳翻了又翻——正是这块地，建成了他们的家，为他们提供食物，塑成了他们的神像。土地肥沃得发黑，在他们的锄头下轻轻地松散开来。有时他们翻起一块砖头，有时又翻起一小块木头。这不算什么。从前某个时期，男男女女的尸体都埋在那里，当时还有房子，后来坍塌了，又变成了泥土。同样，他们的房子有一天也会变成泥土，他们的肉体也会埋进土里。在这块土地上，每个人都有轮到自己的时候。他们干着活，一起沿田垄移动，一起让田地结出果实，谁也不跟谁讲话。

　　太阳落了，他慢慢地直起腰，看了看他的女人。她满头大汗，一脸泥土。她像个土人，浑身成了和土地一模一样的褐色。

她的湿透了的、被泥土染黑了的衣服紧贴到她宽而结实的身上。她慢慢地把最后一垄锄完。然后，还像平常那样毫无表情，她直板板地说："我怀了孩子了。"她的声音在寂静的夜空里显得单调，比平常更缺乏生气。

王龙一动不动地站着。对这件事该说什么呢？她弯下腰捡起一小块砖头，把它从田垄里扔了出去。她说这件事就像以前说"我给你把茶端来了"，或者就像说"我们吃饭吧"一样。这事在她看起来竟那样平常！但对他来说他无法说出这究竟对他意味着什么。他心情激动，接着像突然受到约束似的又冷静下来。看来，轮到他们在这块土地上传宗接代了！

他突然从她手里拿过锄头，声音有些闷塞地说："别干了。天已经晚了。我们要告诉老人去。"

然后他们走回家去。她走在他后面五六步远的地方，因为做女人的就应该那样。老人站在门口，饿着肚子等吃晚饭，因为自从家里有了女人以后，他从不自己做饭。他等得有些急了，嚷着说："我太老了，像这样等饭吃受不了！"

但王龙从他身边走进屋里时说："她快要生孩子了。"

他想尽量说得平静些，就像说"今天我在村西地里下了种"那样，但他做不到。虽然他说话声音很低，但他听起来比他喊话的声音还高。

老人先是眨了眨眼，然后一下子明白过来，哈哈大笑。

"哈哈哈！"仿佛他对走来的儿媳妇喊道，"这么说快有收获了！"

昏暗中他看不清她的脸，但她平静地回答说："我这就准备饭去。"

　　"对——对——吃饭！"老人急切地说，像个孩子似的跟着她走进厨房。刚才他想到孙子忘了饭，现在，想到新做的饭，他又把孙子的事忘了。

　　可是王龙却在黑暗里坐在桌边的凳子上，脑袋托在交叉的双臂上。另一个生命，他自己亲生的孩子，即将出世。

第三章

　　快到女人分娩的时候，王龙对她说："到时候得有个人来帮忙——得有个女人。"

　　但她摇了摇头。她正在洗晚饭用过的碗。老人已经上床睡觉。晚上只剩下他们两人，唯有闪烁的灯光照在他们身上。灯是用小罐头盒做的，里面装上豆油，用棉花搓成的灯芯浸在油中。

　　"不要女人？"王龙吃惊地问道。他现在已经开始习惯这样与她谈话：谈话时，她这一方只是做些头和手的动作，至多偶尔不情愿地从她的大嘴里漏出一句话来。他甚至逐渐觉得这种谈话并不缺少什么。"可是家里只有两个男人怎么行呀！"他继续说，"我母亲那时从村里找了个女人。我对这些事一窍不通。在那个大户人家，没有跟你相处得不错的老妈子能来吗？"

　　这是他第一次提到她离开的那户人家。她跟他翻了脸——他从没见过她这样，她的小眼睛睁大了，脸上激起了沉郁的怒气。

"那家没一个人能来！"她冲着他喊道。

他把正在装烟叶的旱烟袋放下，瞪眼看着她。但她的脸忽然又变得和平常一样，她把筷子收拾到一起，好像她并没有说过什么。

"噢，这事可就怪了！"他吃惊地说。但她什么话都没说。然后他继续争辩道："我们两个男人，对生孩子的事一点也不懂。父亲呢，进你的房间不方便；而我自己，连牛下小牛都没见过。我这双笨手可能会把孩子毁了的。喂，还是从那个大户人家找个人，那里的丫头常常生孩子的……"

她已经细心地把筷子放在桌子上放好，然后看看他，过了一会儿，她说："我再去那家时，我要怀里抱上儿子。我要给他穿一件红袄和一条红花裤子。他的头上要戴一顶前面缀着金色小菩萨的帽子，脚上要穿一双绣有虎头的鞋子。我自己也要穿上新鞋，穿上新的黑棉布外衣，我要到我往日干活的厨房去，到太夫人坐着抽鸦片的大厅去，我要让他们全都看看我自己和我的儿子。"

他以前从未听她说过这么多话。这些话虽然说得很慢，但却扎扎实实地一口气说了出来。他意识到她已经把整个事情都盘算好了。她在田里傍着他干活的时候，她一直在盘算这些事！她多么令人惊讶啊！他原以为她很少想到孩子，因为她总是一天又一天地默默地干活。然而并不是这样，她已经看见了这个孩子，看到他生下来，穿上一身衣服，而她自己作为他的母亲也穿上了新衣！他自己一时间说不出话来，便小心地在拇指和食指间把烟叶揉成一个小球，拿起他的烟袋，把烟叶装了进去。

"我想，你会需要些钱的。"他终于说，声音明显有些生硬。

"要是你能给我三块洋钱……"她害怕地说，"这笔钱不少，但我仔细算过，我决不浪费一个铜子儿。我要让布商给我剪得一寸都不差。"

王龙在他的腰里摸索着。前天，他到城里集市上卖过一捆从村西地里的水塘割的芦苇，腰里的钱比她需要的还略多一些。他把三块洋钱放到桌子上。然后，犹豫了一会儿，他又添上了第四块洋钱。这块洋钱他一直带在身上好长时间，打算万一哪天早上想在茶馆里赌赌运气好当个赌本。但他总怕赌起来会输掉，所以他从未赌过，只是围着桌子徘徊，看着骰子在桌子上碰撞。他一般在说书棚里消磨在城里多余的时间，因为在那里，人们可以听到古代的故事，而且最多在敛钱的碗伸过来时放上一个铜板。

"你最好把这一块也拿着。"他说，一边很快地把纸捻吹着，点上他的烟袋，"你也许可以用一小块绸子给他做个斗篷。毕竟他是头一个孩子。"

她没有马上把钱拿起来，而是低头看着钱。她站在那儿，脸上毫无表情。然后她耳语般地低声说："我这是第一回拿到洋钱。"

突然，她把钱拿起来攥在手里，匆匆忙忙走进她睡觉的房间。

王龙坐着抽烟，想着刚才桌子上放着的洋钱。钱是从田地里来的，这洋钱是从他耕锄劳作的土地上得来的。他依靠他的土地生活；他靠一滴滴汗水从土地上得到粮食，从粮食上得到洋钱。在这之前，每次他把洋钱拿出来给人的时候，就像割了他身上的肉随便送人一样。但是现在，这样把钱给人头一回不觉得痛惜。

他不是看见这些洋钱落到了城里陌生的商人手里，他看见这些洋钱变成了甚至比洋钱本身还有价值的东西——穿在他儿子身上的衣服。他这个奇怪的女人，只干活不讲话的女人，看起来好像什么都不知道，但她第一个看见了这样穿戴起来的孩子！

她分娩的时候拒绝让任何人待在她身边。那是一个傍晚，太阳刚刚落下去。她正在熟了的庄稼地里和他一起干活。小麦成熟，被割过以后，田里放了水，插上了稻秧。现在稻子也该割了，稻穗已经熟透，由于夏天的雨水和初秋温暖催熟的阳光，稻粒非常饱满。他们全天在一起收割稻子，弯着腰，用短把的大镰刀将一把把稻子割下。由于她挺着大肚子，勉强地弯下腰，所以她割得比他慢多了。他们前后拉开，他的垄在前面，她的在后面。从中午到下午再到傍晚，她越割越慢，他不高兴地扭过头看看她。她停下手，然后直起身，把镰刀扔到地上。她的脸上透出新汗，这是一种新的痛苦的汗水。

"到时候了，"她说，"我要回家去。等我叫你时你再进屋。你只要给我拿一根新剥的苇子，把它劈成篾就行了。我好把孩子的脐带割断。"

她穿过田地向家里走去，仿佛没事人似的。他望了她一会儿，然后走到远处地里的池塘旁边，挑了一根细长的绿苇子，细心地剥好，用他的镰刀劈开。接着，秋天的夜幕很快降临，他带了镰刀，往家里走去。

他回到家里的时候，发现他的晚饭热乎乎地放在桌上，老人正在吃着。原来她停了工是回来给他们做饭！他心里暗自思量，这样的女人一般是找不到的。然后他走到他们的房间门口叫道："苇篾拿来了。"

他等待着，以为她会叫他把苇篾拿进去。但她没有叫他。她走到门口，从门缝里伸出手，把苇篾拿了进去。她一句话没说，但他听见她沉重地喘着气，像一个跑了很多路的动物那样喘息。

老人从碗上抬起头来看了看，说："吃饭吧，要不全都凉了。"接着他又说，"还用不着你操心，要很长一段时间呢。我清楚地记得，我那第一个孩子到黎明时分才生下来。唉，想想我和你娘生的那些孩子，一个接一个——可能有十来个——我都忘了——只有你一个人活了下来！你要明白为什么一个女人要生了又生。"这时他好像刚刚想起来似的又说道，"明天这个时候，我可能就成了一个男孩的爷爷了！"他突然开始大笑，停下来，不再吃饭，在昏暗的屋子里，哈哈地笑了好一阵子。

但王龙仍然站在门口，听着她沉重的动物般的喘息。一股热血的腥味从门缝里透出来，那是一种令人吃惊的难闻的气味。屋里女人的喘息声变得又急又粗，像在低声喊叫，但她忍着没发出大声。当他再也忍不住，正要冲进屋里时，一阵尖细有力的哭声传了出来，他忘记了一切。

"是男的吗？"他急切地喊道，忘记了他的女人。尖细的哭声又传了出来，坚韧，动人。"是男的吗？"他又喊道，"至少要告诉我这一点——是不是男的？"

女人的声音像回声般微弱地回答："是个男的！"

这时，他走到桌旁坐下。这一切是多么快呀！饭早就凉了，老人坐在板凳上睡着了，可这一切是多么快呀！他摇了摇老人的肩膀。

"是个男孩！"他自豪地叫道，"你当爷爷了，我也当爹了！"

老人突然醒来，开始哈哈大笑，就像他刚才在睡梦中笑出来的一样。

"对——对——当然，"他哈哈笑着说，"当爷爷了！当爷爷了！"他站起身向他的床走去，仍然哈哈地笑着。

王龙端起一碗凉饭便吃了起来。他突然间觉得饿极了，恨不得把饭一下子倒进肚里。屋里，他能听到女人拖着身子移动，孩子的哭声尖尖的，连续不断。

"我想，这个家如今再也不会冷清了。"他得意地自言自语。

他痛痛快快吃饱以后，又回到了门口。她叫他进去，他就进去了。空气中仍然飘着那种破水的热乎乎的气味，但除了木盆里以外，别处没有任何痕迹。不过，她已经往木盆里倒了水，把它推到了床底下，他几乎看不见什么东西。屋里点着红蜡烛，她躺在床上，盖得整整齐齐。她身边躺着他的儿子，按照当地的风俗，孩子用他的一条旧裤子裹着。

他走上前去，一时间说不出话来。他的心涌上了胸口。他俯下身去看孩子。孩子的脸圆乎乎的，布满皱纹，显得很黑，脑袋上的头发又黑又长，还湿漉漉的。他已经不再啼哭，躺在那里紧闭着眼睛。

他看看他的妻子，她也回眼看了看他。她的头发仍然浸透着痛苦的汗水，细小的眼睛显得暗淡无神。除此之外，她还和平常一样。但她躺在那里，使他不免有点感慨。他的心扑向了这母子两人，他不知道该说些什么，只是说道："明天我要到城里买一斤红糖，冲红糖水给你喝。"

然后他又看了看孩子，忽然说出下面这些好像他刚刚想到的话来："我们一定要买一大篮子鸡蛋，把它们染红，然后分给全村的人。这样，人人都会知道我有了个儿子！"

第四章

　　生孩子后的第二天，阿兰就起来了，像平常一样，为他们做饭，只是不再和王龙一起去田里收割。所以他一个人一直干到过了中午，然后，换上他的蓝大衫进了城。他到集市上买了五十个鸡蛋，鸡蛋虽不是新下的，但仍然很好，一个要一文钱。他还买了用来煮水以染红鸡蛋的红纸。接着，他挎着放鸡蛋的篮子，到糖果店去，在那里买了一斤多红糖。他看着卖糖的用棕色纸小心地把糖包好，又在捆糖的草绳下面塞了一方红纸。卖糖的一边包一边微笑。

　　"给刚生孩子的母亲买的，是吧？"

　　"头生儿子。"王龙得意地说。

　　"噢，好运气啊。"那人随随便便地回道，他的目光转向一个衣着很好的刚进来的顾客身上。

　　他这话对别人说过多次了，甚至天天都对人说，但王龙觉得这是专门对他说的。他对这人的好意感到高兴，因此从店里走出的时候一再鞠躬。他走到烈日下满是尘土的街上时，觉得没有一个人像他那样交上了好运。

想到这一点，他开始非常高兴，后来却有了一种恐惧的痛苦。在这种生活里太走运是不行的。天上、地下，到处是邪恶的精灵，他们不可能让凡人的幸福持久，尤其是像他这样的穷人。他急忙转到蜡烛店，那里也有香卖。他从店里买了四股香，家里每人一股，然后带着这四股香赶到小土地庙，把香烧在他和妻子曾烧过香的冷香灰里。他望着四股香燃好，然后才走回家去，心里感到宽慰了一些。这两个小小的保护神稳稳地坐在小屋顶下面——他们的力量多大呀！

此后，人们几乎还不知道生孩子的事，这女人就又回到田里和他一起干活了。收割完毕，他们在家门口的场院打谷脱粒。他和女人一起用连枷打谷。打下谷粒后他们就扬场，用大簸箕把谷粒扬进风里，好的谷粒就近落下，杂物和秕子则一团团随风飘落在较远的地方。接下来，田里又该种冬小麦了，当他把牛牵出去套上犁耕地的时候，这女人便拿着锄头跟在他后边，打碎犁沟里翻起来的坷垃。

她现在整天干活，孩子就躺在铺在地上的一条又旧又破的被子上睡觉。孩子哭的时候，女人就停下来，侧躺在地上解开怀给他喂奶。烈日暴晒他们两人。晚秋的太阳不减夏日的炎热，直到冬天的寒冷到来才把热气驱散。女人和孩子晒成了土壤那样的褐色，他们坐在那里就像两个泥塑的人。女人的头发上、孩子柔软乌黑的头顶上，都沾满了田里的尘土。

但是，雪白的奶水从女人褐色的大乳房里为孩子涌了出来，当孩子呷一个奶头时，另一个也像泉水一样喷涌而出，但她听任它那样流淌。虽然孩子很贪，她的奶还是吃不完，她真可以养很多孩子。她知道自己的奶水充足，流出来也毫不在意。奶水往往越来越多。有时候为了不把衣服弄脏，她撩起上衣让奶水流到地上；奶水渗入土里，形成一小块柔软、黑色的沃土。孩子长得很胖，性情也好，他吃的是他母亲供给他的永不枯竭的奶汁。

冬天要到了，他们做好了过冬的准备。以前从未有过这样好的收获，这座有三间屋的小房子到处堆得满满的。房顶的屋梁上挂满了一串串的干葱头和大蒜；在堂屋的四周，在老人的屋里，在他们自己屋里，都安放了用苇席围成的囤圈，里面装满了小麦和稻谷。其中大部分都要卖掉，但王龙过日子很细，他不像村里许多人那样，随便花钱赌博或买些对他们过于奢侈的食物，所以他不必像他们那样在卖不出好价的收获季节把粮食卖掉。相反，他把粮食保存起来，等下雪或新年的时候再卖，那时城里人会出高价买粮食吃的。

他的叔叔甚至常常等不到庄稼全熟便不得不卖粮。有时为了得到一点现钱，他甚至站在田里把粮食卖掉，省得他还要费劲儿地收割、打场。另外，他的婶母也是个荒唐的女人，又胖又懒，经常闹着要这样那样好吃的东西，还要穿从城里买的鞋子。但王龙的女人做全家人的鞋子：做王龙的，做老人的，做她自己的，也做孩子的。要是她也希望买鞋穿，他真不知道该怎么办！

在他叔叔那间旧得快要倒的房子里，梁上从来没有挂过什么东西。但在他自己家的梁上，甚至挂了一条猪腿肉，这是他在姓秦的邻居杀猪时向他买的。他那只猪像得了什么病，还在掉膘以前就被他杀了。那是一条很大的猪腿，阿兰将它腌透，挂起来风干。另外，他们还把自己养的鸡杀了两只，取出内脏，在肚里塞上盐，带着毛挂起来风干。

因此，当冬天凛冽刺骨的寒风从他们东北方的荒漠吹来时，他们坐在家里，周围是一片富裕的景象。孩子很快就差不多能自己坐了。孩子满月那天，他们曾进行庆祝，做了表示长寿的面条；王龙还把参加他婚宴的那些人请来，给了每人十个煮熟染红的红鸡蛋；对村里所有来向他祝贺的人，他也每人给了两个。人人都羡慕他得了儿子，一个又大又胖的月圆脸孩子，高高的颧骨像他母亲。现在冬天到了，他坐在屋里地上铺的被子上，而不用坐在田里了。他们把朝南的门打开，让太阳照进来，而北风被房子的厚土墙挡住，根本吹不到他。

门前枣树上的树叶，田边柳树和桃树上的树叶，很快被风吹落了。唯有房子东边稀疏的竹丛上的竹叶还留着，即便狂风扭动竹子，竹叶也没有脱落。

由于刮的是干风，播到地里的麦种不可能发芽，王龙不安地等着下雨。接着，风渐渐停了，空气清静温暖，在平静而阴暗的一天，忽然间下起雨来。他们一家坐在屋里，心满意足，看着雨直泻下来，落到场院周围的地里，从门顶的屋檐上滴滴流下。小孩子感到惊奇，雨落下来时，他伸出小手去捉那银白色的雨线；

小孩子笑了，他们跟着他一起笑，老人坐在孩子身边的地上说："十多个村子里也没有一个孩子像这个这样。我兄弟那几个孩子在学会走路之前是什么也看不见的。"

田里的麦种发芽了，在湿润的褐色土地上拱出了柔嫩的新绿。在这样的时候，人们就互相串门，因为每个农民都觉得，只要老天爷下雨，他们的庄稼就能得到灌溉，他们就不必用扁担挑水，一趟趟来来去去把腰累弯。他们上午聚在这家或那家，在这里或那里吃茶，光着脚，打着油纸伞，穿过田间小路，一家家走来串去。勤俭的女人们就待在家里，做鞋或缝补衣服，考虑为过新年做些准备。

但王龙和他的妻子不常串门。在这个由分散的小房子组成的村子里——他们家是六七户中的一户——没有一家像他们家那样温暖、富足，王龙觉得，如果与别人关系太近，别人就会向他开口借钱。新年就要到了，谁有他们需要买新衣服和年货的钱呢？他待在家里，女人缝补衣服时，他拿出竹耙进行检查，绳子断了的地方，他用自己种的麻做的新绳串联好，耙齿坏了，他就灵巧地用一片新竹子修好。

他修理农具，他妻子阿兰就修理家里用的东西。如果一个陶罐漏水，她不像别的女人那样，把它扔在一边，嚷嚷着买个新的。相反，她把土和黏土和成泥，补好裂缝，用火慢慢地一烧，结果就变得和新的一样好用。

因此他们坐在家里，很高兴彼此之间的默契，虽然他们讲话不多，只是零零星星说些下面这样的家常话："你把种的大南瓜籽留好了吗？”或者“我们把麦秸卖掉吧，灶里可以烧那些豆叶。”或者，王龙也许偶尔会说“这面条做得不错”，而阿兰则会回答说“这是今年我们田里收的麦子好”。

在这个好年成里，王龙从他的收成中得到了超出他们需要的银圆，手头宽绰了些，他不敢把这些钱带在腰里，而且除了他女人，他也不敢告诉别人他有多少钱。他们谋划把这些银圆放在什么地方，最后他女人巧妙地在他们屋里床后面的内墙上挖了个小洞，王龙把那些银圆塞进这个洞里，然后她用一团泥把洞抹好，使外表看上去根本没有挖洞的痕迹，但这使王龙和阿兰两人都觉得暗藏了一笔财富。王龙知道自己有了多余的钱，走在同伙中间时觉得愉快，对什么事都感到顺心。

第五章

　　新年将至，村里家家户户都在准备过年。王龙到城里的蜡烛店买了一些红纸方，其中有些印着金色的"福"字，另外一些印着"富"字。他把这些红纸方贴在农具上，求的是新的一年给他带来好运。他在耕犁上、牛轭上、挑肥料和水用的两只桶上，都贴了一张这样的纸方；然后他在家门口贴上了红纸对联，上面写了些吉利；在门道里，他贴上用红纸剪得非常细致的花卉图案。他还买了给土地神做新衣用的红纸。尽管老人的手有些颤抖，他还是精巧地把纸衣服做了出来。王龙拿了这些纸衣，到土地庙里给两尊神像穿在身上。为了新年的缘故，他还在神前烧了香。王龙还给自己家里买了两支红蜡烛，准备除夕点在神像前的桌子上，那张神像就挂在堂屋中间桌子上方的墙上。

　　随后王龙又到城里买了些猪油和白糖，他的女人把猪油熬得又滑又白，然后拿出些米粉——那是用他们自己的米磨的，只要有需要，他们就套上自己的牛拉着石磨磨一些——她把猪油和白糖和在一起，用米粉面做了许多好吃的年饼，也叫月饼，跟黄家大院里吃的饼一样。

她把月饼一行行摆在桌上准备烤的时候，王龙觉得他高兴得心都要跳出来了。村里没有别的女人能像他女人那样，会做只有富人过节才吃的月饼。在有些月饼上，她摆了一条条小红果，点上绿梅干，做成多种花样的图案。

"把这些吃了怪可惜的。"王龙说。

老人正围着桌子徘徊，他看到那些鲜亮的色彩高兴得像小孩子一样。他说："把我兄弟叫来，叫你的叔叔和他的孩子来——让他们看看！"但富裕已使王龙小心起来。人不能把饿肚子的人请来只是看看月饼。

"新年之前让人看月饼会倒运的。"他赶忙回说。他的女人双手沾满细米面和黏糊糊的猪油，也跟着说："那些饼不是给我们吃的，只有一两个没做花的给客人们尝尝。我们还没有富到吃白糖和猪油的地步。我是为黄家的老太太准备的。大年初二我要带孩子去，把这些饼拿去当作礼物。"

于是这些月饼比什么时候都显得重要，王龙很高兴他的妻子要作为客人去那个他曾畏畏缩缩寒酸地站着的大厅，抱上穿着红衣服的儿子，带上这些用最好的米粉、糖和猪油做的月饼。

除了这次访问，那个新年期间其他所有事都变得无关紧要。当他穿上阿兰给他做的黑棉布新大衫时，他也只是对自己说："我带他们到那个大户人家时，我要穿上这件大衫。"

他甚至觉得大年初一也没什么意思。那天，他的叔叔和他的邻居来向他父亲和他拜年，全都嚷嚷着要吃要喝。他自己已经把有花的月饼放到篮子里收了起来，唯恐他不得不让这帮人尝尝，然而当人们赞扬无花的白饼又香又甜时，他觉得很难不大声说："你们应该看看那些有花的月饼！"但他没有说，因为他最大的希望是气气派派地走进那个大户人家。

大年初二，也就是女人们互相拜年这天，男人们前一天已经吃好喝好了，他们一清早就起来了。女人给孩子穿上她自己做的红衣服和虎头鞋。除夕那天，王龙自己刚刚给孩子剃过头，她在孩子头上戴了绣着金色小菩萨的红帽子，然后把他放在床上。接着王龙很快地穿好自己的衣服，他的妻子则把又黑又长的头发梳好，用他给她买的镀银的卡子绾成发髻，然后穿上她的黑棉布新袄。她的新袄和他的新大衫是用同一块布做的，两人一共用了二丈四尺好布，其中有二寸是白送的，那是布店的规矩。随后，他抱上孩子，她带了放着月饼的篮子，他们一起向田间的小路走去。因为是冬天，田野里空荡荡的。

王龙在黄家大门口如愿以偿：看门人听到他女人的叫声出来时，对他看到的一切目瞪口呆，他捻着黑痣上的三根长毛，惊叫道："啊，种田的老王，这次三个人，不是一人了。"而且，看见他们全都穿着新衣，孩子又是男的，他继续说："你去年走了红运，今年人们不必祝你比去年走更大的运了。"

王龙像对一个平等的人讲话似的，漫不经心地回答说："去年收成好——好收成啊。"说完他自信地走进大门。

看门人对他看到的一切深有感触，他对王龙说："到我这穷屋里坐坐，我这就去通报，让你女人和儿子进去。"

王龙站在门口，望着他的妻子和儿子带着给这个大户人家主子的礼物穿过院子进去。这真是给他增光添彩。他们穿过一个院子又一个院子，当他们在看不到尽头的院子深处越来越小，终于小得看不见的时候，他走进看门人的屋里，在那里，好像理所当然的一样，他接受了看门人的麻脸老婆让的上座，坐在堂屋桌子的左边，然后接过她端到他面前的茶，只是稍微点了点头，没有喝，仿佛那茶叶的质量对他来说太次了。

似乎过了很久，看门人才又带着他的女人和孩子从里面出来。王龙仔细看着他女人的脸，想看出是不是一切顺利，因为他现在已经学会从那张无表情的方脸上找出他原来看不见的微小变化。她一脸非常满意的神色，于是他立刻急不可待地想听她讲讲那些内院里发生的事情，他现在没什么事，进不了那些内院。

因此他向看门人和他的麻脸老婆略微躬躬身，把已经睡着的孩子接过来抱在怀里，便匆匆地带着阿兰走了。

"怎么样？"他回过头，向跟着他走在后面的她喊道。只这一次，他对她的慢慢吞吞有些不耐烦了。她向他走近了一些，低声说："要让我看的话，我觉得那家人今年缺钱了。"

她说话的声音像受到震惊，就像人们说到神仙饿了时那样。

"你说的究竟是怎么回事？"王龙催着她问。

但她并不着急。对她来说，说话就像一件一件地从嘴里往外掏东西一样，说起来很费力气。

"老夫人今年还穿着去年的衣裳，这我以前可从来没有见过。丫鬟们也没给新衣裳。"她停了一会儿，说，"我没见一个丫鬟穿着我这样的新衣服。"然后她又停了一会儿，接着说，"要说我们的儿子，甚至包括老爷本人的妾在内，谁也没有一个孩子比得上我们的儿子，那些孩子都不如他长得好看、穿得漂亮。"

她的脸上慢慢泛起了笑容，而王龙则哈哈大笑，慈爱地将孩子偎在怀里。他干得多好啊！他干得多好啊！然而随着狂喜，他又有些恐惧。他在干什么样的蠢事呀？像这样走在空旷的天空下面，带着一个漂亮的男孩，会让偶尔经过空中的妖魔看见的。

他急忙解开外衣，把孩子的头塞进怀里，大声说："我们的孩子是个没人要的女孩，脸上还长着小麻子，多可怜呀！还不如死了好呢。"

"是啊——是啊——"他女人也尽可能快地说道，模模糊糊地明白了他们在做的事情。

他们采取了这些预防措施以后，心里觉得宽慰了一些。王龙便又催问起他的妻子。

"你知道他们为啥穷下来的吗？"

"我只有很短的时间私下和原来带我干活的厨子说了会儿话。她说，这个大户人家的门面不能老这样支撑下去了，五个少爷在外边很远的地方，花钱像流水一样，把厌倦了的女人一个又一个地送回家来；老爷子一年也要添一两个侍妾；而老太太每天抽鸦片的钱也足足抵得上塞满一双鞋的金子。"

"他们真的那样！"王龙像入了迷似的小声说。

"还有，三小姐春天就要出嫁了，"阿兰继续说，"她的嫁妆是一笔巨款，足以在大城市里买一幢房子。她的衣服全要苏杭二地织的锦缎，而且她还要让上海的裁缝带着下手来做，总怕自己的衣服不如外地女人的那些式样。"

"花这么多钱，她嫁给谁呀？"王龙问，他对这样浪费钱财既羡慕又厌恶。

"她要嫁给上海一个大官的二儿子。"他的女人说。然后她停了好长一会儿，又接着说："他们一定是一步步穷下来了，因为老夫人亲口对我说他们想卖地，想卖掉家南边的一些地，那些地就在城墙外边，以往每年都种稻子，因为那是好地，很容易从护城河里引水浇灌。"

"他们卖地？"王龙重复说，已经有些相信，"这么说他们真的穷下来了。地可是人的血肉啊。"

他想了一会儿，突然打定了他的主意，用手掌拍了拍前额。

"我怎么没有想到！"他大声说，向他的女人转过身，"我们要买这地！"他们互相看了看，他非常高兴，而她则感到茫然。

"可是这地——这地——"她咕哝着说。

"我要买下来！"他用一种高傲的口气喊道，"我要从大财主黄家把这地买过来！"

"这地太远了，"她惊愕地说，"我们得走好半天才能到地里。"

"我要买下来。"他倔强地重复了一遍，好像是在向他母亲重复一个被拒绝了的要求。

"买地是件好事，"她平静地说，"买地当然比把钱放在土墙里要好。可是，为什么不买你叔叔的地？他一直吵嚷着要把靠我们村西地的那块长条地卖掉。"

"我叔叔那块地，"王龙高声说，"我不会要的。那块地让他给种苦了，二十年来，这样那样地要收成，可他没施过一点肥料或豆饼，土质跟石灰差不多。不买他的，我要买黄家的地。"

他说"黄家的地"就像说"秦家的地"一样随便——老秦是他那个种地的邻居。他要和愚蠢、浪费的富户家的那些人完全平等。他要手里拿着银圆去大大方方地说："我有钱。你们那块地想卖什么价？"他仿佛听见自己在老地主面前说话，而且对老地主的管家说："我和别人一样算一份。公道价是多少？我手里有这笔钱。"

他的妻子曾经是那个高傲人家的厨房丫头，可现在就要变成拥有那家一块土地的男人的妻子，而黄家几代富有靠的就是那些田地。他女人好像感觉到了他的意思，因为她突然不再阻拦，而是说："那就买下来吧。毕竟那块稻田是块好地，靠着护城河，每年我们都能浇水，收成靠得住。"

她的脸上又一次泛起了淡淡的笑容，但这笑容从不使她那无神的小小的黑眼睛放射出光彩。过了好大一会儿，她说："去年这个时候，我还是那户人家的丫头呢。"

他们继续走路，默默地想着这门心事。

第六章

　　王龙现在买下的这块地，大大改变了他的生活。起初，他把墙里的银圆取出来拿到那个大户人家，得到平等地对老地主说话的体面以后，他几乎有一种后悔的压抑感。当他想到墙上塞着银圆的洞现在空了时，他希望能把银圆收回来。毕竟这块地要多劳累好几个小时。就像阿兰说的那样，这块地不近，离家一里多地。而且，买这块地并没有像他期望的那样使他感到非常荣耀。他那天到黄家到得太早，老地主还在睡觉。尽管已经中午了，但当他大声说"告诉老先生我有重要的事情——告诉他是关于钱的事"时，看门人明确地回答说："世界上什么钱也不能让我把那个老虎叫醒。他正在跟他新纳的妾桃花睡觉，他刚刚得到她三天。我可不值得不要命去把他喊醒。"然后他拽着黑痣上的毛，有些不怀好意地补充说，"不要以为银圆能叫醒他，他从生下来手边就有银圆。"

最后，王龙不得不与老地主的管家打交道。那是个油滑的无赖，过钱的时候手狠极了，所以王龙有时候觉得毕竟银圆比土地更有价值。人可以看着银圆闪闪发光。

不过，那块地是他的了！

在新年后二月里的一个阴天，他出去看那块地。还没有任何人知道那块地已经属于他了，所以他是一个人走到那里去看地的。那是一长块土地，在环绕城墙的护城河旁边，浓黑的黏土平展展地延伸开来。他用步丈量那块土地，长三百步，宽一百二十步。四块界石仍然立在地角，上面刻着黄家的大字。啊，他要把这些界石改过来。以后他要把这些界石拔掉，把有自己名字的界石栽在那里——现在还不到时候，因为他还不准备让人知道他已经富得能买大户人家的土地了，但以后他更富的时候他就要那样做，到那时候，他就做什么都没有关系了。他看着那块长方形的土地，暗自想道："在大户人家那些人看来，这块地算不了什么，只不过是巴掌大的一片土地，但对我来说，这可是了不得的大事！"

接着他的思想一转，对自己充满了一种蔑视：对一小块土地就看得这么重要。是呀，当他得意地把银圆倒在管家面前时，那人无所谓地把钱收到手里说："不管怎样，这点钱够老夫人抽几天鸦片的了。"

他和那个大户人家之间仍然存在的巨大差距，一下子变得像他面前充满水的护城河一样不可逾越，他们之间仿佛有一道像他眼前这道高大古老的城墙那样的高墙。于是他慢慢地下定决心，一定要一次又一次地用银钱把墙上的洞塞满，直到他从黄家买进大量的土地，使他现在买的这块看起来根本算不得什么。

这样，这一小块地对王龙来说变成了一个标志和一种象征。

春天到了，伴随着强风和撕开的雨云，王龙冬天那种半闲的日子已经过去，他整天整天地在他的土地上拼命耕作。老人现在照料孩子，女人和男人一起从早到晚地干活。一天，王龙知道她又怀了身孕时，第一个感觉便是愤怒，因为她在收获的时候就不能干活了。他又累又急地冲她喊道："你挑好这个时间来生孩子，是不是？"

她毅然答道："次生孩子算不了什么，只有头胎难点。"

除此之外，从他看见孩子的生长使她大了肚子，一直到秋天孩子出生的时候，关于第二个孩子，谁也没有再说什么。秋天的一个上午，她放下手里的锄头，慢慢地走回家里。那天他没有回去，甚至没有回家吃午饭，因为天空阴沉沉地挂满雷雨云，而他割倒在地上的熟稻子要收起来捆住。后半晌，太阳还没有落山，她又回到了他身边，她的肚子瘪了，显得精疲力竭，但她的脸色沉静而刚毅。他本想说："今天你已经够受的了，回去躺在床上歇着吧。"但他自身劳累的痛楚不禁使他残酷起来，他心里说，他这天的劳苦还不是同她生孩子一样？因此他只是在倒镰时问道："是男的还是女的？"

她平静地回答说："又是个男的。"

他们彼此再没有说话，但他心里感到高兴，因此不停地伏身弯腰也显得不那么累了。他们一直干到月亮从紫色的云边升起，收捆完地里的稻子，才走回家去。

吃过晚饭，用冷水洗过被太阳晒黑的身子，并且喝茶解渴之后，王龙走进屋里去看他的第二个儿子。阿兰做过饭后便躺到床上，孩子躺在她的身边——一个胖乎乎的安静的孩子，相当好看，只是头比第一个的小些。王龙看看他，非常满意地回到堂屋。又一个儿子，一年一个——一个人不能年年散发红鸡蛋，生第一个时做到就够了。每年生个儿子，家里充满好运——这个女人净给他带来好运。他对他父亲喊道："爹，又有了一个孙子，我们得把大的放到你的床上啦！"

老人非常高兴。长久以来，他都盼望这个孩子睡在他的床上，充满活力的年轻的血肉来温暖他那衰老发冷的身子。可是孩子不愿意离开他的母亲。不过现在，他摇摇摆摆迈着双脚走进屋里望着他母亲身边这个新孩子，严肃的眼神里似乎懂得另一个孩子代替了他的位置。于是他不再反抗，让人放到了爷爷的床上。

这年收成又很好，王龙卖掉他的谷物后攒了银钱，他把银钱又藏在了墙里。但从他买的黄家那块地里，他收的稻子的收入差不多是他自己稻田的两倍。那块地湿润肥沃，稻子长在那块地上，就像野草一样，不让它长它也长。而且现在人人都知道那块地是王龙的了，于是在他的村子里，出现了推他当村长的议论。

第七章

这时候，王龙的叔叔开始找他的麻烦，王龙从一开始就猜想到他可能会这样做。这个叔叔是王龙父亲的弟弟，按亲属关系说，如果他不能维持自己和家庭的生活，他可以依靠王龙生活。王龙和他父亲穷得愁穿少吃的时候，他叔叔还勉强招呼家里人在地里干活，收入刚够他七个孩子、他老婆和他自己的吃喝。可是一旦有了吃的，他们就谁也不再干活，他妻子不会动手去扫扫自家的屋里地，他的孩子连洗掉脸上沾的饭渣都嫌麻烦。更不体面的是，其中两个女孩子长大了，已到了可以出嫁的年龄，可她们仍然在村里的街上跑来跑去，乱蓬蓬的黄棕色头发也不梳理一下，有时还和男人们说话。一天，王龙看到他的大堂妹这样，非常生气，他觉得这样丢了他们家的脸，于是斗胆去找他的婶子，说道："你说，像我堂妹那样的姑娘，人人都可以看，谁还会娶她？这三年已是她出嫁的年龄，可她还到处跑来跑去，而且，今天我看见一个懒汉在村里的街上把手放到她的胳膊上，而她只是不知羞耻地对他笑笑！"

他婶子身上毫无动人之处，但却有一张伶牙俐齿的嘴。她现在冲着王龙开了腔："可是，嫁妆、婚礼费用，还有媒人钱，谁来出呀？地多的人说得好听，就是不知道该做些什么，他们有多余的银圆去买大户人家更多的地，可是你叔叔是个苦命的人啊，他从小就不走运。他的命不好，并不是他自己有什么错，天命如此呀。别人能收粮食的地方，他撒在那里的种子都死了，除了草，什么都不长，但就是这样，他还累得腰都快断了。"

她大哭大闹，开始装出一副非常愤怒的样子。她抓住后面的发髻，撕散头发，让乱发披散到脸前，然后不顾一切地喊叫起来："唉，这事你不知道，命不好呀：别人地里长出好米好麦，我们家的地里净长草呀；别人家的房子能住一百年，我们家房子底下的地都动，墙都裂了；别人生的是男孩子，可我除了一个儿子，生的净是女的，唉，真是命不好呀！"她大声号叫，邻家的女人们都跑出来听她吵嚷。但王龙坚定地站在那里，他要说完他来的意思。

"不过，"他说，"虽然我不该放肆地劝说叔叔，但我还是要说：一个闺女最好在她还是黄花闺女的时候嫁出去，有谁听说过一条母狗在街上乱跑而不会生崽子？"

王龙硬板板地这样说完，便回自己家去，留下他婶子在那里哭喊。他想着今年要从黄家再买一些地，最好每年都能买进一些，他还梦想着为他的房子再加盖一间新屋。然而，使他生气的是，当他看到自己和儿子们正上升为一个有地产的家庭时，他堂妹这帮懒虫竟如此放荡，而他们和他偏偏是同姓的一家。

第二天，王龙叔叔来到他正在干活的地里。阿兰不在那里，因为她生了第二个孩子以后，已经过了十个月，很快又要生第三个孩子了。这一回她身体不太好，好几天没有到地里来，所以只有王龙一个人在地里干活。他叔叔没精打采地沿田垄走来，他的衣服从不扣好，而是把衣襟搭在一起，用腰带松松地拢住，似乎一阵风吹到他身上，就会把他的衣服一下子剥光。王龙正在锄他种的一垄蚕豆，他叔叔来到他身边，不声不响地站在那里。终于，王龙头也不抬没好气地说："叔叔，别怪我不停下手里的活。你知道，这些豆子一定要锄两三遍。你的豆子肯定已经锄完了。我干得很慢——一个穷庄稼人——永远不能按时节把活干完去歇歇。"

他叔叔完全明白王龙话里的敌意，但他圆滑地回答说："我是个不走运的人。今年种的豆子，二十颗里只出一颗，还长得很差，锄也没什么用。今年要想吃豆子，只能花钱买了。"他重重地叹了口气。

王龙硬起了心肠。他知道他叔叔是来向他要东西的。他把锄锄进地里，顺着豆垄平放，小心地一拉，然后用锄板压碎已经锄松的小小的土块。蚕豆长得挺拔茂盛，在阳光下把一条条花边般的小影子清楚地投在地上。终于，他叔叔开口说话了。

"我屋里的人告诉我，"他说，"你很关心我那个不中用的大丫头。你说的话很对。就你这样的年纪来说，你是个明白人。她应该出嫁。她十五岁了，这三四年她可能也会生孩子。我常常担心，唯恐哪条野狗让她怀了孕，使我和我们家落下坏名声。想到这种事发生在我们这种正经人家，真是可怕，替你亲叔叔想想吧！"

王龙使劲儿把他的锄头锄进地里。他很想直率地说几句："那你为什么不管她呢？你为什么不让她老老实实地待在家里，让她扫地，让她洗衣做饭，让她为家里人做衣服呢？"

但不能对长辈说这些话。因此他沉默不语，紧靠着一棵小苗锄地，等待着。

"要是我的命好，"他叔叔悲伤地继续说，"像你爹那样，娶个又能干活又能生儿子的老婆，也像你自己的媳妇那么能干，不像我现在这个女人，除了养膘，什么都不会，生孩子也净生女的，唯一的一个儿子还是个懒蛋，懒得没有一点男人气，否则我现在可能也像你一样富了。我要是富了，我会很高兴地和你们共享我的财产。我会让你的女儿嫁给好男人，让你的儿子到商行去学生意，而且很高兴给他们出保证金——我会很高兴地给你翻修房子，我会给你们吃我所有的最好的东西，你、你爹，还有你的孩子们，我们都是至亲骨肉呀。"

王龙简短地回答说："你知道我并不富。现在我有五张嘴要养，我爹老了不干活，可他得吃饭，眼下家里又要添一张嘴了，这都是明摆着的。"

他的叔叔大声说："你有钱——你富了！你买进大户人家的土地，只有神仙才知道是什么价钱——村里还有谁能这样做吗？"

听到这话，王龙激动得发怒了。他扔下锄头，瞪眼望着他叔叔，突然嚷道："就算我有几个钱，那也是我和我老婆干活挣来的，我们可不像有些人，在赌桌旁闲坐着，或者在从不打扫的家门口闲聊天，让庄稼地荒了，让孩子们吃不饱肚子！”

他叔叔的黄脸涨得血红，他扑向他的侄子，狠狠地打了他两记耳光。

“真该揍你，”他喊道，“对你的父辈竟这样讲话！难道没有良心道德？为人行事这么缺少教养？你没有听经书上说晚辈不能冒犯长辈？”

王龙绷着脸，一动不动地站着，他意识到自己不该那样说话，但他从心底里恨他叔叔这个人。

“我要把你的话告诉全村的人，”他叔叔怒气冲冲地用一种高大粗哑的声音喊着，“昨天你训斥我家里，在街上大声喊叫说我女儿不贞；今天你又责备起我来，你父亲要是死了，我可就等于你自己的父亲哪！就算我女儿全都不贞，也轮不到你来教训！”接着他一次又一次地重复“我要告诉全村的人——我要告诉全村的人……”，直到王龙最后勉勉强强地说：“你要我做什么呢？”

要是这件事真的嚷遍全村的话，这会影响到他的声誉。毕竟他们是他的骨肉至亲。

他的叔叔也马上变了，怒气全消。他微笑着，抓住王龙的胳膊。

“唉，我知道你——好小子——好小子，”他温和地说，“你的老叔叔知道你——你是我的孩子。孩子，给我这个可怜的老人手里拿几块银钱吧——比方说，十块，或者九块也行——这样我就可以去找个媒婆为我那丫头安排了。唉，你说得对呀：她是该出嫁了——该出嫁了。”他叹口气，摇摇头，伪善地望着天空。

王龙拿起他的锄头，然后又放下了。

"到家里来吧，"他简短地说，"我不会像一个少爷那样把银钱带在身上的。"他走在前头，心里气得说不出话来，因为他打算用来再多买些地的白花花的银钱有一些就要落到他叔叔手里了，而且天不黑就会从他手里流到赌桌上面。

他把正在门口温暖的阳光下光着屁股玩的两个小男孩从身边打发开，走进了家里。他叔叔显得非常慈善，把孩子们叫到身边，从皱巴巴的衣服深处掏出两个铜板，每个孩子给了一个；他还把胖胖的、闪闪发亮的孩子的身体揽到胸前，把鼻子贴到他们柔软的脖子上，高兴地闻着那被太阳晒黑了的皮肉。

"啊，你们是两个男的。"他说，一只胳膊揽住一个。

但王龙没有停下来。他走进跟老婆和小儿子睡觉的屋里。因为他刚从阳光底下进来，屋里显得很黑，除了从窗孔里射进来的光线，他什么也看不见。但是他闻到了那种熟悉的热血味，于是他尖声喊道："怎么啦——你生了吗？"

他妻子微弱的声音从床上传来，他从来没有听到她发出过比这更微弱的声音。她说："已经生了。这次想不到是个丫头——不值得再说了。"

王龙一动不动地站着。一种不祥的感觉涌上心头。一个女孩子！一个女孩子在他叔叔家里引起了这么多麻烦。一个女孩子也生到了他的家里！

他没有回答，走到墙根前，找到那个藏钱的记号，把泥坯拿开。然后他在钱堆里摸了一阵子，数出了九块银圆。

"你干吗往外拿钱？"他妻子突然在暗中说。

"我不得不借钱给叔叔。"他简短地答道。

他妻子起初没有什么反应，然后她用那又板又硬的声音说："最好不要说借吧。那样的人家有借无还，只能是白给他们。"

"唉，我知道，"王龙痛苦地答道，"这是从我身上割肉给他呀。谁让我们是一家子呢？"然后他走到门口，把钱塞给他叔叔，急急忙忙回到地里，又开始干活，那干活的劲头仿佛是要把土和地分开。当时他只想到他的银圆：他看见那些钱被满不在乎地倒在赌桌上，被某个懒人的手划拉过去——他的银钱，他受苦受累靠田里的收成攒下的银钱，那是准备用来再多买些田地的呀。

直到傍晚他的怒气才消去，他直起腰来，想起了他的家，想起他该吃饭了。然后他又想起今天他家新添的一口，这使他心里充满了不幸，他们也开始生女孩子了——女孩子不属于自己的父母，而是给别人家生养的。他对叔叔生气时，甚至没有想到停下来看看这个新生的小东西的脸是什么样子。

他拄着锄头站着，心里非常悲伤。现在，要等到下一次收获，他才能买紧挨着他原来买的那块地，而且家里新添了一张嘴。暮色苍茫，灰暗的天空中一群深黑的乌鸦大声呼叫着从他头顶上飞过。他望着它们像一团云一样消失在他家周围的树林里，便冲着它们跑过去，一边喊叫一边挥舞他的锄头。它们又慢慢飞起，在他的头顶上盘旋，发出使他生气的哑哑的叫声，最后，它们向黑暗的天边飞去。

他仰天呼号。这是一个不祥的征兆。

第八章

　　好像老天爷一旦和一个人作对，就再也不会顾惜他了。初夏时节本应下雨，可一直不下，烈日整天整天地无情地暴晒。焦渴的土地对它们根本算不了什么。从早到晚，天空中没有一丝云彩，夜晚挂在空中的星星金光闪耀，美丽中透着残酷。尽管王龙拼命地耕作，田地还是干得裂了缝。随着春天的到来，麦苗曾茁壮地生长，只等下了雨吐穗灌浆，但现在天上无雨地上干，它们停止了生长，起初在太阳下一动不动，最后终于枯黄而死，颗粒无收。

　　王龙种了稻秧的苗床，是褐色土地上仅存的青绿色的方块。他看到小麦没有指望以后，天天用竹扁担挑着两只沉重的木水桶往秧田里送水。然而，尽管他的肩上压出了碗口大的老茧，雨仍然未下。

　　后来，塘里的水干成了泥饼，井里的水也快要干了，阿兰对他说："看来稻秧非要干死了，要不然孩子们就没有水喝，老人的开水也喝不成了。"

王龙愤怒地答道："哼，稻子干死了他们全得饿死。"这话是真的，他们的生命全靠这片土地。

只有护城河边上那块地还有收成，这是因为整个夏天过去了都没有下雨，王龙放弃了他其他所有的土地，整天待在这块地上，从护城河里提水浇灌这块饥渴的土地。这一年，他第一次把刚刚收下来的粮食立刻卖掉；他觉得手里有了银钱时得紧紧地攥住不放。他告诉自己，他一定要做他决定做的事情，老天爷和旱灾都挡不住他。他累断了腰，流尽了汗，才收到这么点银钱，他一定要用这点银钱做他想做的事情。他急忙赶到黄家，在那里，他遇到了管家，便开门见山地说道："我把买护城河边靠着我的那块地的钱带来了。"

现在王龙到处听说黄家那年也濒于贫穷。老太太好多天都没有抽足鸦片了，她像一只饥饿的母老虎，每天都派人去找管家，骂他，用扇子打他的脸，冲着他吼叫："难道连一亩地都不剩了？"一直弄得管家本人也失去了常态。

管家甚至把平时从家庭开支中克扣下来留作己用的钱也拿了出来，他真是太反常了。然而好像这还不够，老爷又新纳了一房妾室，她是个使唤丫头的女儿，是另一个年轻时也是老爷手上玩物的丫头的女儿。那个丫头早已嫁给家里一个男仆，因为老爷在纳她为妾之前就失去了对她的欲望。但那个丫头的这个女儿，也不过十六岁的样子，老爷看见后却产生了新的欲望。随着衰老发胖，他好像越来越喜欢瘦小年轻的女人，甚至幼年的女孩，以为这样他的性欲就不会消失。老太太抽她的鸦片，他满足他的肉欲，他不知道他已经没钱为他的宠妾买玉耳坠或者为她们的嫩手买金戒指了。他不可能理解"没钱"意味着什么，他一辈子只知道伸手要钱，愿意要多少就要多少。

少爷们见父母这样，耸耸肩说，钱肯定还足够他们这辈子用的。他们只对一件事意见一致，这就是责骂管家对财产管理不善，因此这个曾经油滑的管家，这个富裕舒适的人，现在变得忧心忡忡，迅速消瘦，皮肤挂在身上就像是旧衣服。

老天同样没有往黄家的土地上下雨，他们同样也没有收成，所以王龙来到管家面前喊"我有银钱"时，简直就像对一个饿汉子说"我有吃的"。管家赶紧抓住这个机会。以前还有讨价还价和喝茶之类的事，现在两个人急切地小声交谈，快得连客套话都不说了，一手交钱，一手签盖印，那块地就归了王龙。

钱是王龙的心头肉，是实实在在的东西，但他又一次不去考虑钱的事情。他用钱实现了心里的愿望。他现在有了一大片好地，新买的地足足有第一次买的那块地的两倍大。更重要的是，这块土地不仅油黑肥沃，而且在于它过去是黄家的地。这一次，他没把买地的事告诉任何人，连阿兰也没有告诉。

一个月又一个月过去了，仍然滴雨未下。秋天来了，又小又轻的云朵不情愿似的聚集在天空；在村子的街上可以看到男人们四处站着，徘徊不定，仰望天空，仔细判断这块云那块云，哪块云会下雨，但是不等云多到有下雨的兆头，就有一阵狂风从西北吹来；这种从远处荒漠吹来恶毒的干风，像扫帚扫除地板上的尘土那样，把天上的云一扫而光。天空又晴得没有一丝云彩，庄严的太阳天天早晨升起、运转，到晚上又孤独地落下。月亮上来了，在清澈的天空中亮得像个小太阳。

王龙只收到很少的豆子，而从他的玉米地里——那是在稻秧还没来得及往水田移栽就已枯黄而死时，他在绝望中抢种的——他只收了一些又短又小的玉米穗，穗上的玉米粒稀稀疏疏。打豆子时一粒都没丢。他和他女人打完豆秸以后，他让两个小男孩把豆场上的尘土全筛了一遍。然后他在堂屋里剥玉米粒，眼睛睁得大大的，唯恐漏掉一粒。他准备把玉米轴扔在一边当柴烧的时候，他女人说道："不能烧——烧了就浪费了。记得小时候在山东，遇到这种年景，连玉米轴都碾碎吃掉。这可比野草好吃。"

她说过之后，全家都不讲话了，甚至连孩子们也不再开口。

当地里旱得不长庄稼时，那些古怪的阳光灿烂的大晴天使人害怕。只有小女孩不知道害怕。因为她母亲的两个大乳房还能喂饱她。但阿兰给她吃奶的时候，低声说道："吃吧，可怜的傻子，趁着还有奶，吃吧。"

接着，好像灾难还没有受够，阿兰又怀了孩子。她的奶断了，阴森森的家里充满了孩子不断要奶吃的哭声。

如果有人问王龙"过了秋你们吃什么呢？"，他就会回答："我不知道，这里找点那里找点吧。"

但没有人问他。整个乡下谁都不问别人"你们吃什么"，人人都只问自己："这天我吃什么呢？"做父母的也只是说："我们和我们的孩子们吃什么呢？"

现在王龙尽量照顾他的耕牛。只要有可能，他就喂它一些稻草或一把豆秸，后来，他从野外的树上采树叶子喂它，直到冬天到来再也没有树叶子可采。因为无地可耕，因为播种也只能把种子种到干土里，也因为他们已经把种子吃了，所以他就把牛放出去让它自己找吃的。他让大孩子整天坐在牛背上，牵着带鼻环的缰绳，免得被别人偷去。但后来他不敢这样做了，他怕村里人甚至他的邻居打他的孩子，把牛抢去杀了吃掉。于是他把牛留在门口，直到它瘦得只剩下一把骨头。

但是，断粮的日子终于到了，既无剩米也无剩面，只有一点点豆子和一点少得可怜的玉米，牛也饿得低下了头，这时老人说："接下来我们要吃这牛了。"

当时王龙就喊了起来，因为这就好像有人说"接下来我们要吃人"一样。这头牛是他在田里的伙伴，他曾经走在它后面，由着他的心情夸它或骂它；并且，从他年轻的时候起，他就知道这头牛的脾气，当时他们买它时它还是一头牛犊。他说："我们怎么能吃这头牛呢？我们还怎么耕地呀？"

但老人十分平静地回答说："唉，你不死就得牲口死，你要让你儿子活命就不能让牲口活命。一个人可以很容易地再买头牛，可买不来他自己的命呀。"

但王龙不愿那天就把它杀掉。过了一天，又过了一天，孩子们哭着要吃的，但得不到满足。于是阿兰看看王龙，求他可怜可怜他们。王龙终于看出事情不办不行了。他粗声地说道："那就把它杀了吧。可我自己不忍心动手。"

他走进他睡觉的房间，倒在床上，用被子把头蒙住，免得听那头牲口死时的叫声。

然后阿兰慢慢走出去，拿了一把她在厨房里用的大刀，在牲口的脖子上割了一个很大的口子，就此结束了它的生命。她拿了一个盆把血接下来，准备为他们做血豆腐吃；接着她把皮剥掉，把尸体砍成小块。直到她把一切弄好，把肉做熟放在桌上以后，王龙才从屋里出来。但当他准备吃牛身上的肉时，他感到一阵阵哽咽，咽不下去，只喝了一点汤。这时阿兰对他说："一头牛毕竟只是一头牛，再说这头牛也老了。吃吧，总有一天还会有的，会有一头比这头好得多的牛的。"

王龙觉得宽慰了一些，他先吃了一小口，然后就吃得很自在了。他们全家都吃了。但这头牛很快就被吃完了，为了吃骨髓连骨头都被敲碎了。这一切一下子就吃光了，除了牛皮，什么都没剩。牛皮被阿兰摊在竹架子上，又干又硬。

从一开始，村里人就对王龙有气，以为他藏着银钱，囤积着粮食。他的叔叔属于最早挨饿的那些人，他来到他门口纠缠；这人和他的老婆及七个孩子也确实是没有吃的了。王龙无可奈何，往他叔叔张开的衣裳前襟里像数东西一样放了一小堆豆子和一把宝贵的玉米。然后他坚决地说道："我只能给你这么多了，我首先要照顾我的老爹，即使我不管孩子。"

当他叔叔又来时，王龙喊道："即使孝顺，我也养不了这个家！"他让他叔叔空着手走了。

从那天起，他叔叔像条被人踢了的狗一样同他翻了脸，他满村子从这家到那家私下散播说："我侄子那里，又有钱又有吃的，可是他谁都不给，连我和我的孩子都不给，我们还是他的亲骨肉呢。我们只好挨饿了。"

就在家家户户吃完积蓄，在集市上用完最后一个铜钱的时候，冬天的寒风从荒漠上吹来，冷如钢刀，焦躁烦人；村人们由于自己的饥饿，由于妻子们的饥饿和孩子们的啼哭，一个个心情变得非常暴躁。因此，当王龙的叔叔像条瘦狗一样，颤抖着满街嚷嚷说"有一个有粮吃的人，有一个人，他的孩子还很胖"的时候，人们便拿起棍棒，在一天夜里冲到王龙家，使劲儿地砸门。当王龙听到邻人们的声音把门打开的时候，他们向他扑过去，把他从门口推开，然后又把他受惊的孩子们轰了出去。他们搜查每一个角落，用手乱扒乱翻想找到他藏粮食的地方。当他们只找到他贮存的可怜的一点干豆子和一碗干玉米时，他们发出了失望和愤怒的吼叫，于是便抢拿他的一件件家具——桌子、凳子，还有老人躺在上面的那张木床。老人受到了惊吓，正在呜呜地哭泣。

这时阿兰出来说话了，她那平板缓慢的声音高过了男人。

"别这样，可不能这样！"阿兰喊道，"现在还不是从我们家拿桌椅板凳和床的时候。你们把我们的粮食全拿去了。可是你们还没有卖掉你们自己家的桌椅板凳。把我们的留下吧。我们是一样的。我们不比你们多一粒豆子，也不比你们多一粒玉米——不，现在你们比我们还多，因为你们把我们的全拿去了。如果你们再拿别的，你们会遭雷劈的。现在我们要一起出去找草根树皮吃了，你们为了你们自己的孩子，我们也得想着我们自己的三个孩子，而且我马上要生第四个孩子了。"她一边说一边用手拍拍她凸起的肚子。那些人在她面前感到羞愧，一个个走了出去，因为他们本不是坏人，只是饿急了才干出这种事来。

有一个人迟疑了一下，就是姓秦的那人。他身材瘦小，沉默寡言，胆子很小；光景好的时候，他的脸有点像猿人的脸，现在却双颊深陷，满面愁容。他本想说些道歉的好话，因为他是个老实人，只是他孩子的哭叫才迫使他生了邪念。然而，他怀里揣着一把找粮食时抢的豆子，唯恐道了歉就必须把它们还回去，所以他只是用憔悴无声的眼睛看了看王龙，然后走了出去。

王龙站在他门口的场院里，那是多年以来他丰收时打粮食的地方。几个月来，它一直空着，没有用到。家里没有一点给父亲和孩子们吃的东西了，更没有给他女人吃的东西，而她除了自己的身子之外，还要喂养另一个孩子成长，这个孩子用那种强烈的生存意志，残酷地暗暗吸食他母亲身上的血肉。他有一刻害怕极了。但接着他心里出现了一种像酒一样使他温暖舒适的想法："他们无法从我这里把土地拿去。我的辛苦、田里的收成，现在都已变成了无法拿走的东西。要是我留着钱，他们早已拿走了。要是我用钱买了东西储存起来，他们也已全部拿去。可我现在还有那些地，那些地是我的。"

第九章

王龙坐在门槛上自言自语,他觉得现在必须想个办法。他们不能留在这座空荡荡的房子里等死。尽管他的身体日益消瘦,天天都要紧一紧日见宽松的裤腰带,但骨子里有一种生存的决心。在将要进入一个男人生活的全盛期时,他绝不能这样突然让愚蠢的命运剥夺他将要得到的一切。他心里现在常常有一种说不出来的无名火。有时,他发疯似的跑到光秃秃的打谷场上,向着荒谬的天空挥舞他的双臂。然而天空依然在他头上放光,永远蔚蓝、晴朗、冷酷,没有一丝云彩。"啊,你太坏了,老天爷!"他常常不顾一切地这样呼喊。要是他有一刻害怕了,接下来他会伤心地喊道:"事情再坏也不过像现在这样!"

一次,他迈着饿得虚弱的步子走到土地庙,故意把唾沫吐到和土地婆坐在那里的土地爷冷漠的脸上。这对神像面前再没人烧香,好几个月都没有了;他们的纸衣服破烂了,透过裂缝露出了它们泥塑的身体。然而，它们坐在那里，对什么事都无动于衷，王龙对它们恨得咬牙切齿。他一路上哼哼着回到家里，躺在床上。

家里现在无论是谁，都很少从床上爬起来。没有必要起来，因为至少在睡熟的那段时间里，睡眠可以代替他们缺少的食物。他们已经把玉米轴晒干吃了，他们已经剥光了树皮，在整个乡间，人们都吃他们在冬天的山冈上所能找到的各种野草。到处都看不见动物。一个人可以连续走上几天而看不见一头牛或一头驴，甚至看不见其他任何动物或飞鸟。

孩子们的肚皮胀得像皮鼓，里面空空的，没有东西。在这些日子里，人们再也看不到孩子在村街上玩耍。王龙家里的两个孩子最多是慢慢地走到门口，坐在太阳底下，残酷的太阳一直无休止地放射着灼人的光芒。他们一度丰满肥胖的身体现在变得皮包骨头，尖尖的小骨头像鸟骨头似的，只有他们的肚子又重又大。小女孩自己从没有坐起来过，只能不声不响一小时一小时地裹着条破被子躺着，虽然按她的年龄早就该会坐了。原先家里处处听得见她要吃东西的哭声，但现在她安静了，虚弱地吃进放到她嘴里的任何东西，再也不大声哭了。她凹陷的脸面对着他们，嘴唇青紫，像个没牙的老太太的嘴唇；她那深深陷了进去的黑眼睛呆呆地盯着他们。

小生命的这种坚韧赢得了她父亲的感情，假若她像别的孩子一样，在这个年龄时又胖又快乐，那么她父亲很可能会因为她是个女孩而对她漠不关心。有时候，王龙看着她，温柔地轻声说："可怜的傻子——可怜的小傻子。"有一次，当她想使劲儿用她那没牙的嘴虚弱地露出一丝微笑时，王龙突然掉下泪来。他把她的小手放在他干瘦的硬手里，觉得她的小手紧紧地抓着他的手指。此后，他常常抱她。她躺着时光着屁股，所以他就把她塞进不太暖和的衣服里贴着他的肌肉，抱着她坐在家门口，向外望着干燥平坦的原野。

至于老人，他比谁都好些，因为只要有吃的东西总是先顾他，哪怕孩子们吃不到东西。王龙心里骄傲地对自己说，谁也不应该认为他在死亡逼近的时候忘了他的父亲。即使他自己掉肉来养他，老人也应该有吃的。老人整日整夜地睡觉，吃着给他的东西，所以中午太阳暖和的时候，他仍然有力气走到门外的场院中。他的气色比他们当中任何人都好，而且有一天他还用他那沙哑颤抖的老嗓子说："从前有过比这还坏的年景。有一次，我看见男人和女人吃他们的孩子。"

"我们家里永远不会发生这样的事情。"王龙极其厌恶地说。

一天，那个已经瘦得人影似的姓秦的邻居来到王龙家里，从他的像泥土一样又干又黑的嘴唇里轻轻地吐出这么几句话："城里已经把狗吃了，各地方也都把马和家禽吃了。我们这儿已经吃了为我们耕地的牲口，吃光了草根和树皮。现在还有什么东西可吃呢？"

王龙绝望地摇摇头。他怀里躺着瘦得像骨架子似的女儿。他低头望了望她那瘦弱的皮包骨头的脸，又望了望她那双不停地从他胸前望向他的又亮又惨的眼睛。当他看见那双眼睛像以前一样，在孩子的脸上隐隐显出一丝微笑时，他的心都要碎了。

姓秦的把脸贴近了一些。

"村子里有人在吃人肉了。"他小声说，"听说你叔叔和他老婆就在吃人肉。要不然他们怎么能活着呢？怎么有那么多力气闲逛呢？谁都知道他们从来就不曾有过什么东西。"

王龙躲开了姓秦的说话时伸过来的死人般的脑袋。那人的眼睛这样靠近，他害怕起来。他突然觉得有一种不可思议的恐惧。他急忙站起身，仿佛要逃避什么危险。

"我们要离开这个地方，"他大声说，"我们到南方去！在这么一大片土地上到处都有人死去。但不管老天爷多坏，总不会把我们汉人的子孙一下子全部灭掉！"

他的邻居宽厚地望着他。"唉，你年轻呀，"他悲叹道，"我比你年纪大，我老婆也老了，再说我们只有一个女儿。我们死了也就算了。"

"你比我的命稍好些，"王龙说，"我有我的老爹，还有这三个孩子，另外一个又要出生。我们不能不走呀，除非我们丧失人性，像野狗一样互相吃掉。"

这时他忽然觉得他说得非常正确。因为家里又没吃的又没烧的，阿兰一天天在床上躺着，不说话。于是他大声对阿兰叫道："来，屋里的，我们到南方去！"

他的声音显得有些高兴，这是好几个月来谁都没有听见过的。孩子们抬起头看着，老人从他的屋里走了出来。阿兰从床上慢慢起来，走到他们屋子的门口，手扶着门框说："到南方去是对的。人至少不能等死。"

她肚里的孩子悬在她的腹部像个多疤的果子，她脸上掉得没一点肉了，皮肤下凹凸不平的骨头像石头一样凸出。

"只是要等到明天，"她说，"到那时候我就会生了。从这东西在我肚里的活动我就知道。"

"那就明天吧。"王龙答道，然后看见了他女人的脸，心里泛起一种对谁都从未有过的同情。这个可怜的人还得生个孩子！

"你怎么走得动，你这个可怜的人？"他心里想着。然后他无可奈何地对仍然靠在家门口的邻居老秦说，"如果你还有什么吃的东西，发发善心给我一点，救救我孩子他娘的命。那样我也就不会记恨你来我家抢东西的事了。"

老秦惭愧地看看他，谦恭地答道："从那时起，我一想到你就觉得不安。是你叔叔那条狗哄了我，他说你把好年成时的粮食收藏起来了。我当着这个无情的苍天对你发誓，我只有几把干的红小豆埋在门口的石板底下。这是我和我老婆放在那里的，预备我们和孩子在万不得已的最后一刻才用，好让我们死的时候肚里有点东西。不过我愿意给你一些。要是你们能走的话，明天就到南方去。我留在这里，我和我家里的都留下。我比你年纪大，也没有儿子，死活都没有什么关系。"

说完他便离去，过了不大一会儿就回来了，带来用布手巾包着的两把因沾上泥土而有些发霉的红小豆。孩子们一看见吃的立刻振作起来，甚至老人的眼睛也发出光来，但王龙推开他们，把豆子拿给了躺在床上的他的女人，她一颗一颗地嚼着吃了一些。要不是她要分娩了，她是不愿意这样做的，但她知道，如果她不吃任何东西，她在阵痛痉挛时就会死去。

只有一点点豆子被王龙藏在了手里，他把豆子放进自己嘴里，嚼成面糊，然后嘴对嘴地把食物吐进他女儿的口里。看着她的小嘴唇动着，他觉得自己好像也吃了东西。

那天夜里他待在堂屋里。两个男孩子在老人屋里，阿兰一个人在另一间屋里分娩。他像第一个儿子出生时那样坐在那里听着。她不愿意生孩子的时候有他在身边。她愿意独个儿生，蹲在她为此保留的旧浴盆上，然后在屋里爬着把生孩子的迹象清除，就像一个动物下崽后把污物隐蔽起来那样。

他细心地听那种他已熟悉的尖声哭叫，显得有些绝望。男孩也好，女孩也好，现在对他都无所谓了——只不过又要添一张必须吃东西的嘴罢了。

"只要没有喘息声就会生得顺利。"他咕哝道，接着听到了一声微弱的哭啼——多么弱的哭声！有一瞬间悬在寂静的屋中。"但是这些日子不可能有什么顺心的事情。"他痛苦地说完，又坐下来细听。

再没有第二声啼哭，整个屋子里静得使人窒息。但多少天以来到处都是一片阒寂，那是没人活动的阒寂，是家家等待死亡的阒寂。他家里同样充满了这样的阒寂。王龙突然感到无法忍受。他觉得害怕。他站起身走到阿兰的房间门口，透过门缝向里面喊叫，他自己的声音使他稍微振奋了一下。

"你没事吧？"他对女人喊道。他听了听，以为他坐着的时候她已经死了。但他听到了轻微的沙沙声。她正在屋里移动，终于她以叹气似的声音答道："进来吧！"

于是他走进去，她躺在床上，身子几乎还没有盖好。她一个人躺在那里。

"孩子呢？"王龙问。

她的手在床上微微动了动，他在地上看见了孩子的尸体。

"死了！"他惊叹道。

"死了。"她低声说。

他站在那里，端详着孩子巴掌大的尸体——只有一张皮和一把骨头的一个女孩。他正准备说"但我听见她哭了，是个活的"，他看见了他女人的脸。她闭着眼，肉的颜色像紫灰似的，骨头从皮下突起——一张可怜的、毫无表情的脸躺在那里，她已经耗尽了一切。

他还有什么可说的呢？这几个月来，他毕竟只受自己身体的拖累。而这个女人，肚里饥饿的东西渴望自己的生命，也从内部消耗着她，她忍受了怎样的饥饿与痛苦呀！

他没有说话，只是把死婴拿到另一间屋里，放在地上，然后找了一块破席子，把它卷了起来。死婴那只圆脑袋转来转去，他发现她脖子上有两块深色的瘀伤，但他还是做完了他应该做的一切。然后，他拿了席筒，就他的力气所及，走到离家尽可能远的地方，把死孩子的尸体放到一座旧坟墓陷下去的一侧。这座坟是许许多多坟墓中的一个，坟头都快平了，也不知道是谁的，似乎没人照料过，但它正好在王龙村西地边的一道小山坡上。他还没来得及把尸体放好，一条饥饿贪婪的狗已在他的身后徘徊。这条狗已经饿急了，尽管他拿起一块小石头向它扔去，砰的一声打在它的肋骨上，但它还是不肯跑开。最后，王龙觉得自己的腿已经发软，便用手捂着脸走开了。

"最好还是听其自然。"他低声地对自己说。他第一次完全陷入了绝望。

第二天早上，太阳毫无变化地升上万里无云的晴空，王龙觉得简直像做梦一样，他竟想到要带着这些不能自助的孩子、这个虚弱的女人和这个老人，离开他的家出走。即使他们出去后能找到足够的食物，他们怎么能拖着瘦弱的身体走二三百里路呢？而且，谁知道究竟南方有没有食物呢？人们说，普天之下处处都遭了这种旱灾。也许他们会耗尽最后的力气，但结果只是看到更多的饥饿的人和他们不认识的生人。最好还是待在他们能够死在床上的地方。他坐在门槛上苦苦思索，悲哀地望着干硬的田地——每一点能叫作食粮或柴火的东西都是从田里来的呀。

他没有一点钱。很久以前他就用掉了最后一个铜板。不过，现在有钱也没有什么用处，因为根本买不到吃的东西。早些时候，他曾听说城里有些富人为自己储存了粮食，还卖给别的非常有钱的人，但甚至这一点也不再使他感到愤怒。此刻，他觉得自己已经走不到城里了，即使不要钱白吃也走不动了。实际上，他现在已不觉得饿了。

他肚子里最初那种极度的饥饿感现在已经过去。他可以用他那块地里的泥土给孩子们拌点泥汤，而他自己却没有一点吃的欲望。好几天来，他们一直和着水吃这种泥土。这种土叫作观音土，因为它含有极少量的滋养性的物质，但最终它还是不能维持生命。然而，用它拌成稀糊糊可以暂时平息一下孩子们的饥饿，给他们胀大而空空的肚子里填进一点东西。他死活不肯动保留在阿兰手上的几粒豆子，听到阿兰嚼那些豆子——一次嚼一粒，很长时间才嚼一次——他模模糊糊觉得有些安慰。

就在他坐在门口，放弃希望，带着梦幻般的快乐想躺在床上自然而然地悄悄死去的时候，有些人穿过田野走了过来——几个男人向着他走来。他继续坐着，他们走得近些时，他看见其中一个是他的叔叔，跟他叔叔一起的还有三个他不认识的男人。

"我好多天没看见你了！"他叔叔大声叫道，装出一副高兴的样子。而当他走得更近的时候，他用同样大的声音说："你过得很不错吧！你爹、我的哥哥，他好吗？"

王龙看看他叔叔。他确实很瘦，但还没有显露出饿相，尽管他早就该挨饿了。王龙觉得，在他自己虚弱的身体里，他的生命最后残存的力量，正积聚成对他叔叔这个人的巨大愤怒。

"你怎么吃的——你怎么吃的！"他模模糊糊地低声说。他根本没想到这些陌生人，也没想到什么礼貌。他只看见他叔叔还没有饿到皮包骨头的地步。他叔叔睁大眼睛，把双手伸向空中。

"吃的！"他叫道，"要是你看见我的家就知道了！连麻雀都无法在那里啄起一星半点食物的碎屑。我女人，你记得她有多么胖吧？记得她的皮肤多么滋润，多么好看吧？现在她就像挂在一根棍子上的衣服——皮肤里只剩下了可怜的咯咯响的骨头。我们的孩子只剩下四个了，三个小的全都没了。至于我，你看得见的！"他用衣袖小心地擦了擦两个眼角。

"你吃过了。"王龙呆呆地重复说。

"我唯一想着的就是你和你爹，你爹是我哥哥。现在我向你证明我说的是实话。我尽可能快地向城里这几个好心人借了一些吃的，答应吃了东西有了劲儿的时候，帮他们买些我们村子附近的土地。那时我首先想到了你的好地，你的，也就是我哥的儿子的。现在他们来买你的地了，来给你金钱、食物、性命了！"他叔叔说完这些，向后退了几步，用一件又脏又破的衣服裹住了他的双臂。

王龙一动也不动。他没有站起来，也没有以任何方式跟来的人打招呼。但他抬起头看了看他们，他看见他们穿着脏的绸布大衫，确实是城里的人。他们的手是柔嫩的，而且手指甲很长。他们看上去像是吃过东西的，他们的血液仍在血管里快速流动。他突然对他们充满了无限的愤恨。就是这些城里人，他们有吃有喝，现在站在他身边，而他的孩子快要饿死了，吃的是地里的泥土。他们来到这里，趁他危急的时候要夺去他的土地！他木然地向上望着他们，他的眼睛深深地陷进他那皮包骨头的脸里。

"我决不会卖我的地的。"他说。

他的叔叔一步步走了过来。就在这时，王龙两个儿子中小的那个用双手和膝盖爬到了门口。因为这些日子他饿得毫无力气，所以这个孩子又像婴儿时常做的那样，用手和膝盖爬着走了。

"那是你的孩子吧？"他叔叔大声问，"夏天我给过一个铜板的胖小子，是吧？"

于是他们全都把目光投向了那个孩子。虽然这段时间以来王龙从不曾哭过，这时他却突然开始无声地哭泣起来，无限痛苦的泪水聚结成大滴大滴的泪珠，沿着他的脸颊流下。

"你们给什么价钱？"他终于低声说。是啊，有这么三个孩子要养——这些孩子，还有那个年迈的老人。他和他妻子可以在地里挖个墓坑，躺进去长眠，可是还有这些人呀。

这时，城里来的人中的一个开口了，这人一只眼睛瞎了，脸上深深地陷下去一块。他虚情假意地说："我可怜的人，看在这个快要饿死的孩子的分上，我们给你一个好价钱，这种时候这价钱在别的任何地方都得不到的。我们愿意给你——"他停下来，然后粗声粗气地说，"我们愿意给你出一吊钱一亩的价钱。"

王龙痛楚地笑了笑。"哈哈，"他大声说，"那等于把我的地白送了！我买的时候付了二十倍那样的价钱呢！"

"嗯，可那时候你不是从饿得快死的人手里买的？"另一个城里来的人说。他是个瘦小的人，长着一副鹰钩鼻子，但他的声音出人意料地大，而且又粗又硬。

王龙看着他们三个人。他们认准了他，这些人！为了饥饿的孩子和老人，一个人有什么东西不肯给呢？这种屈从的软弱在他身上化成了一种愤怒，一种他这辈子还从未有过的愤怒。他跳起来，像狗扑向敌人那样扑向那些人："我的地永远不卖！"他冲他们喊道，"我要把地一点一点挖起来，把泥土喂给孩子们吃，他们死了以后，我要把他们埋在地里，还有我、我老婆和我的老爹，都宁愿死在这块生养我们的地上！"

他凶猛地放声大喊。接着，他的怒气像一阵风一样突然消散，他站在那里，抽动着啼哭起来。那几个人站在那里微笑着，他叔叔就在他们中间，一点也没有动心。这是在气头上说的疯话，他们要一直等到王龙把怒气全部出尽。

这时阿兰忽然来到门口对他们讲话，她的声音平平淡淡，好像这种事情天天都发生。

"我们肯定不会卖地的，"她说，"不然我们从南方回来时就没有养活我们的东西了。不过，我们准备卖掉我们的桌子、两张床、床上的被褥四把椅子，甚至灶上的铁锅。但是，耙子、锄和犁我们是不卖的，也决不会卖地。"

她的声音里有某种镇静，听起来比王龙的愤怒更有力量，因此王龙的叔叔含糊地说："你们真的要去南方？"

最后只剩一只眼的那人跟其他人说了说，那几个人凑在一起嘀咕了一阵，然后只剩一只眼的人转过身说："这些都是不值钱的东西，只能当柴烧，总共两块银钱。一切都包括在内。你可别打错了主意。"

他说着话便傲慢地转过身去，但阿兰平静地回答说："这还不到一张床的价钱，不过你们要是有现钱的话，马上把钱给我就可以把东西拉去。"

只剩一只眼的那个人从腰里摸出银钱，丢在她伸出的手里。然后三个人来到王龙家里，先把王龙屋里的桌子、凳子、床和床上的被褥搬了出去，接着又把安在土灶上的铁锅掀去。但当他们走进老人的屋里时，王龙的叔叔站在门外边。他不想让哥哥看见他，也不想在床从老人身下抽走后他只得躺在地上时，自己在一边看着。一切搬完之后，整个房子全空了，只剩下两把耙子、两把锄头和一只犁在堂屋的一角，这时阿兰对她丈夫说："趁着有这两块银钱，我们就走吧，不然我们就得卖掉房屋的椽子，等以后回来时就没有窝可钻了。"

王龙凄然地答道："我们走吧。"

然而，他的目光越过田野看着那几个走远的越来越小的身影，并且一遍又一遍地对自己说道："至少我还有土地——我留下了我的土地。"

第十章

除了把木门关好，把铁门环扣紧，他们再没有什么要做的。他们所有的衣服都穿到了身上。阿兰在每个孩子手里放了一只饭碗和一双筷子，两个小男孩急切地拿过来紧紧握住，好像这是有饭吃的一种保证。他们就这样出发了，穿过原野，排成一支凄凉的小队慢慢地移动，他们走得慢极了，似乎连城墙那里也永远不会走到。

王龙把小女儿抱在怀里，后来他看见老人要倒了，便把女孩递给阿兰，自己弯下身，把父亲背在身上，驮着老人又干又瘦的骨架子摇摇晃晃地朝前走。他们沉默无语地走着，走过了有两尊庄严神像的小土地庙，两尊神对发生的任何事情都毫不在意。尽管天寒风冷，但王龙因为虚弱，已经大汗淋漓。风不停地朝他们身上吹，而且正对着他们，两个男孩子冷得哭了。但王龙哄他们说："你们是大人了，你们正在往南方走。那里暖和，天天有吃的，我们天天都有白米饭，你们一定会吃到的，一定会吃到的。"

他们走一段歇一会儿，但还是及时赶到了城门口。王龙曾喜欢城门洞里的凉爽，现在他却要咬着牙来对抗冬天的寒风；那风猛烈地吹过城门，俨然是一道冰河从悬崖间直冲而过。他们脚下是一层厚泥，上面布满了冰碴。两个小男孩往前走不动了，阿兰背着小女孩，自己的身体也有些支撑不住。王龙挣扎着把老人背过去，放在地上，然后又走回来把孩子们一个个抱过去，等到都过去了的时候，王龙已经浑身汗流如雨，耗尽了力气。他好长时间靠在潮湿的墙上，闭着眼睛，急促地呼哧呼哧地喘息；他的全家围在他身边，颤抖着站在那里等他。

他们走近了黄家的大门，门关得死死的。包着铁皮的门高高地矗立着，两边灰色的石狮任风吹打。门口的台阶上，几个衣衫褴褛的男女畏缩着躺在那里，他们饥饿地望着那扇紧闭的大门。当王龙和他那可怜的一家路过时，其中一个人疯狂地喊道："这些富人的心和神的心一样硬。他们仍然有米吃，他们吃不了的米仍然用来做酒，可我们快要饿死了！"

另一个人也悲叹地说："唉，要是我这只手还有一点力气，我就放火把这门和里面的房院烧了，哪怕我自己也烧在火里。我骂他黄家的祖宗八辈！"

但王龙对这些话一言不发，他们继续默默地向南方走去。

由于他们走得很慢，他们穿过城来到城南的时候已经是黄昏时分，天差不多都黑了。他们发现有一群人也在往南走。王龙正想找个墙角以便挤在一起睡一觉的时候，突然发现自己和家里人走在一群人中间，于是他问一个靠近他的人："这些人到什么地方去？"

那人说："我们是些快要饿死的难民，准备赶火车到南方去。火车从那座房子旁边开出，有些给我们这种人坐的火车票价还不到一块银钱。"

火车！王龙听人们说过。他以前在茶馆里听人们谈论过这种车。车是一节一节地连起来的，既不用人拉也不用牲口拉，而是用一种像龙一样喷水吐火的机器拉着。那时他对自己说过多次，闲的时候他要去看看，但地里的这活那活不断，总没有时间，况且他还住在城的北面。再说人们对不知道或不了解的东西总是不信。除了过日子必须知道的事，一个人知道得太多也没什么好处。

于是，他疑惑地转向他的女人，对她说："是不是我们也去搭这种火车？"

他们把老人和孩子从走过的人群中拉到一边，又忧虑又恐惧地互相看看。就在这暂停的一瞬间，老人一下子坐到了地上，两个小男孩也躺倒在尘土中，顾不得周围到处走的脚步。阿兰仍然抱着最小的女孩，但孩子的脑袋耷拉在她胳膊外边，女孩紧闭着眼睛，露出了一种死色，于是王龙忘却一切地叫道："这小丫头已经死了？"

阿兰摇摇头。

"还没有。她的心还在跳动。但她挨不过今天夜里，而且我们全家人都难挨过去，除非……"

接着她望着他，好像再也说不出话来，她的方脸显得非常疲倦和憔悴。王龙没有回答，但心里说，要是再这样走上一天，他们全都会死的。于是他用尽可能显得愉快的声音说："起来吧，我的孩子，把你们爷爷搀起来。我们要去乘火车，坐着到南方去。"

但是谁也不知道他们能不能走成，然而这时黑暗中传来雷鸣般的隆隆声，一声巨兽般的呼啸，还出现了两只巨大的喷火的眼睛，于是人们又喊又叫，奔跑起来。在混乱中，他们被挤到前面，拥来拥去，但他们总是拼命地抓拢在一起。然后，在黑暗和嘈杂的喊叫声里，他们不知怎的被推进一扇开着的小门，进入一个箱子似的房间。接着，随着一阵连续的呼叫，他们所乘坐的这个东西在茫茫的夜里奔驰起来，里面载着他们所有人。

第十一章

王龙用他的两块银圆付了三百多里路的车费，而向他收钱的售票员还找给了他一把铜钱。路上，车一停，一个摊贩就把他的货盘伸进了车厢的窗子，王龙用几个铜钱买了四个小馒头，还为他的女儿买了一碗稀饭。这比他们那时好几天吃的东西还多。虽然他们饿得急需食物，但吃的东西一到嘴边他们却毫无食欲，只有通过哄骗，男孩子才肯下咽。但老人坚持着用没牙的牙床吃着馒头。

"人一定要吃，"火车隆隆向前滚动时，他兴奋地说，对周围靠近他的人非常友好，"我不在乎我的傻肚子这些天没吃东西已经变懒。我一定得吃东西。我可不想因为肚子不愿意干活而死去。"人们对这个微笑着的干瘪的小老头儿突然发出了笑声，他的白胡子稀稀疏疏地长满了下巴。

但王龙绝不把所有的铜钱用来买吃的。他尽可能留着，以便他们到了南方可以买条席子，搭个栖身的窝棚。火车上有些男人和女人以前也到过南方；有些人每年都到南方富有的城市去干活，为了节省饭钱还沿街乞讨。当王龙习惯了火车上的种种奇妙之处和车窗外田地飞快地旋转的惊人奇观以后，他便开始倾听车上这些人在谈些什么。他们正以炫耀才智的态度谈论别人所不知道的事情。

"首先，你要弄六领席子，"一个人说，他粗糙下垂的嘴唇像骆驼嘴似的，"要是你聪明，这些席子是两个铜板一领；但举止千万别像个乡下佬，要是那样，一领就会要你三个铜钱，那可是不必要的。这些我都知道得非常清楚。我不会被南方城市里的那些人骗了的，哪怕他们是富人。"他扭扭脑袋，看看周围，想听到人们的赞赏。王龙急切地听着。

"然后呢？"王龙催促那人说下去。他蹲在车厢的地板上——那种车厢毕竟只不过是一个用木头造的空屋子，没有可以坐的东西，风沙穿过地板上的裂缝钻进来。

"然后，"那人放大了声音说，他的声音甚至高过了下面铁轮的隆隆声，"然后你把这些席子连在一起弄个棚子，然后你出去乞讨，要紧的是用泥土和污物把你自己涂沫一下，尽可能使你自己看上去显得可怜巴巴的。"

王龙活到现在还从未向别人乞讨过，所以他不喜欢到南方去向陌生人乞讨的想法。

"一定要乞讨吗？"他重复问道。

"啊，那当然，"骆驼嘴男人说，"除非你已经吃过饭了。南方那些人米多得很，每天早晨你可以到一个粥棚去花一文钱吃饱肚子，白米粥能吃多少吃多少。那时你可以比较舒适地进行乞讨，还可以买豆腐、青菜和大蒜。"

王龙从其他人身边挪开一点，转身对着墙，偷偷用手在腰里数数他还剩下多少铜钱。有足够买六领席子的钱，有每人一文钱的粥钱，除了那些，他还剩三个铜钱。这使他感到宽慰，他们可以开始新的生活了。但是，伸出一只碗向走过的任何人乞讨的想法仍然使他不安。让老人和孩子们乞讨，甚至让他女人乞讨，那是完全可以的，但他自己有一双手啊。

"没有什么男人用双手能干的活吗？"他突然转过身问那个人。

"有，有活干！"那人蔑视地说，往地上吐了口痰，"要是你愿意，你可以拉富人坐的黄包车，跑的时候你会热得流血流汗，而站在路边等人叫车的时候你的汗会冻成冰贴在你身上。我自己宁愿乞讨！"他胡骂了一通，王龙也不再问他什么。

不过，那人说的一番话对他还是有好处的，因为当火车把他们载到尽可能远的地方让他们下车以后，王龙已经做好了打算。他把老人和孩子安顿在一家宅院长长的灰墙墙脚下，让他女人看着他们，自己便去买席子去了。他边走边打听市场街在什么地方。起初他很难听懂别人对他说的话，这些南方人说话的声音又尖又脆。好几次他向别人打听而别人又听不懂的时候，别人就不耐烦了，于是他学着观察找什么样的人打听，以便选择一个慈眉善目的人，因为这些南方人是急性子，很容易发脾气。

但他终于在城边上找到了席子店，他像知道价钱似的把铜钱放在柜台上，扛了席卷就走。当他回到一家人落脚的地方时，他们都站在那里等他。孩子们一看见他，便宽慰地哭叫起来；他看得出他们在这个陌生的地方充满了恐惧。只有老人愉快而惊异地注视着各种各样的事物，他低声对王龙说："你看这些南方人，他们长得多胖，他们的皮肤多么白嫩油润。他们一定是天天吃肉。"

但是过路的人们中没有一个看王龙和他这一家。在通往市里的石子大路上，人们来往不断，只顾忙自己的，从不看一眼旁边的乞丐。每隔一会儿就有一队驴子经过，小蹄子在石路上踏出清脆的嗒嗒声响，它们的背上驮着一筐筐盖房子用的砖块，或者一大袋一大袋的粮食。赶驴的人骑在驴队的最后一头驴身上，手持一根长鞭，一边吆喝一边在驴背上甩出啪啪的鞭声。赶驴的经过王龙时，每个人都向他投去一种蔑视的、高傲的目光；他们穿着粗糙的工作服，走过这一小堆站在路边显出惊异神情的人时，那模样比王子还要高傲。这是赶驴人的特殊乐趣。他们觉得王龙和他的一家非常奇怪，因此走过他们时便甩响鞭子，划破空气的清脆鞭子声使他们惊跳起来，赶驴的见他们吓成这样便哈哈大笑。这种情况出现两三次以后，王龙就恼了，他离开路边，去找他们能搭窝棚的地方。

在他们后面的墙边，已有一些人的窝棚搭了起来，但谁也不知道墙里头有些什么，而且也无法知道。这堵灰墙伸延得很长，砌得也很高，靠墙根的小窝棚看上去颇像狗身上的跳蚤。王龙仔细观察那些已建好的窝棚，然后开始这样那样地来回摆弄他的席子，但用苇篾做的席子又硬又不好定型，他失望了。

这时阿兰忽然说："我会做。我小时候做过，还记得。"

她把女儿放在地上，把席子拿起来这么拉拉那么拽拽，然后搞成了一个垂到地面上的圆形的棚顶，高矮足以让人坐在底下而不碰头。在垂到地面的席子边上，她把扔在附近的砖头放上去压住，然后又让男孩子去捡了一些砖头。窝棚搭好之后，他们走进去，把她留着未用的一条席子铺在地上。然后他们坐下来，算是有了个住处。

他们这样坐着，面面相觑，似乎不相信他们前天才离开自己的家和地，现在已经在三百多里之外了。那么远的路至少要走几个星期，而且不等走完他们中就有人会死去。

这时，他们深深感到了这个地区的富足，在这里，甚至没有一个人看上去吃不饱肚子。因此当王龙说"我们出去找找粥棚"时，他们几乎是高高兴兴地站起来的。他们又一次走了出去。

这次，男孩子边走边用筷子敲打饭碗，因为碗里立刻就能装上吃的。他们很快就发现为什么窝棚都靠着那堵长墙，因为墙北头不远处有一条街，街上走着许多人，手里拿着碗、盆和罐头盒之类的空着的容器，正在朝为穷人设的粥棚走去，而粥棚设在那条街的一头，离那堵墙不远。于是王龙和他家里的人混进这群人中间，一起来到两个用席子搭建的大棚屋，每个人都向大棚开口的一面挤去。

每个大棚后面都有用土坯垒的锅灶，那样大的灶王龙还从来没有见过。灶上放着铁锅，铁锅也大得像小水池。当木锅盖掀开时，煮着的好白米发出咕嘟咕嘟的响声，冒出一团团喷香的热气。人们现在闻到这种米香，觉得这是世界上最美的味道。他们一大群人全都向前走去，又喊又叫，母亲又急又怕地喊着孩子，唯恐他们被人踩着，婴儿也不断地啼哭。这时掀开锅盖的人喊道："人人都会有的，大家轮着来！"

但是，什么都挡不住这群饥饿的男人和女人，他们像动物一样争抢，直到他们得到了吃的。王龙陷在人群中间，只能紧紧拉着他的父亲和两个儿子不放，当他被拥到大锅前面时，他把碗伸了过去，但当别人往他碗里盛粥时，他的铜钱竟被挤得掉在了地上。他用尽全身的力气站稳身子，在拿到米粥之前，他绝不能被人挤出去。

然后他们又回到街上，站着吃他们的米粥，他吃饱了，碗里还剩着一点，他说："我把这点拿回去晚上吃吧。"

但附近站着一个人，像这个地方的警卫，因为他穿着特殊的蓝镶红的衣服，他严厉地说："不行，除了装在肚子里的，什么都不能带走。"

王龙对这一点感到惊奇，他说："可是，要是我已经付了铜钱，那么吃了还是拿走跟你有什么关系？"

那人接着说："我们一定得有这个规矩，因为有些狠心的人来这里买这种周济穷人的米饭——一个铜钱还不够一个穷人吃的，然而他们把米饭带回家里去当泔水喂猪。这米是给人吃的，不是喂猪的。"

王龙听到这话后非常吃惊，他喊道："有这样硬心肠的人！"接着他问，"为什么有人这样给穷人弄吃的？是什么人给的呢？"

那人答道："这是城里的富人和绅士做的事。有些人这样做是为来世做好事，他们认为救人性命可以积阴德；另外有些人是为名誉做的，为的是让人们赞颂他们。"

"然而，不管什么理由，这都是件好事，"王龙说，"而且有些人一定是出于好心才这样做的。"这时他看见那人没有回答，便又为自己辩护说，"至少这些人中有一些这样的好人吧？"

但那人不愿再与王龙说话；他转过身，哼起一种懒洋洋的小调。孩子们拉了拉王龙，于是王龙便带着父亲和儿子回到他们搭的那个席棚，在里面躺了下来。他们一直躺到第二天早晨，因为这是从夏天以来他们第一次吃饱肚子，而且他们也太困乏了。

第二天上午，他们一定得设法再弄点钱，因为头天早晨买的粥已耗尽了他们的最后一个铜板。王龙看着阿兰，不知道该做些什么。但这次他不是像看他们光秃秃的田地时那样失望地望着她。这里，街上有吃得很好的人来来往往，市面上有肉和蔬菜，鱼市上的桶里有活鱼，这样的地方绝不可能让一个人和他的孩子们饿死的。这里的情况不同于他们家乡，在那里，甚至有钱人也买不到吃的，因为根本就没有吃的东西了。阿兰坚定地回答了他的目光，仿佛这就是她向来所知道的生活："我和孩子们可以讨饭吃，老人也可以，一些不愿对我施舍的人会被他的满头白发感动的。"

于是她把两个男孩子叫到她跟前。毕竟他们还是孩子，只要有吃的，便把什么都忘了，在这个陌生地方，他们跑到街上，站在那里观看所有路过的人。她对他们说："你们每人手里拿个碗，这么拿着，这么喊叫。"

她把她的空碗拿在手里，伸出去端着，悲凄地叫道："好心的老爷、好心的太太！发发善心吧！做好事积阴德呀！你扔一个铜钱救救一个快饿死的孩子啊！”

两个男孩子和王龙都惊异地望着她。她在什么地方学会这样喊叫的？关于这个女人，有多少事他还不知道呀！看着他惊异的眼神，她说："我小的时候这样喊叫过，而且得到了吃的。那年也是这样一个荒年，我被卖去做了丫头。"

这时一直睡着的老人醒了，他们给了他一只碗，四个人一起出去沿街乞讨。阿兰开始喊叫，把她的碗伸向每一个路过的人。她把小女孩塞进裸露着的怀里，孩子睡着了，她走的时候孩子的头一会儿歪向这边一会儿歪向那边，随着她把碗伸到面前而不停地摆动。她乞讨的时候指着孩子大声喊叫："好心的老爷、好心的太太，要是你们不给，这孩子就要死了。我们没有吃的，我们没有吃的呀。"女孩子看上去也确实像已经死了，因为她的头一会儿摆到这边一会儿又摆到那边。于是，有些人——好几个人——不情愿地丢给了她一些小钱。

但过了不久，男孩子就把乞讨当成了游戏，而且老大有些害羞，乞讨时竟腼腆地咧着嘴发笑。他们的母亲发现了这一点，把他们拖进窝棚，狠狠地打了他们一顿耳光，气愤地责备他们说："你们能一边说饿一边发笑吗？你们这些笨蛋，活该挨饿！"她打了又打，直到她自己的手都打疼了，他们满脸流泪，呜呜地哭泣时才住手。然后她让他们再出去乞讨，对他们说："现在你们该懂得怎样乞讨了！要是你们再笑，我还要狠狠地打你们！"

至于王龙，他走到街上，到处打听，终于找到了一个出租人力车的地方。他进去租了一辆按日租的车，说好价钱是当天晚上付半块银钱，然后他便拉了人力车上街。

身后拉着这么个两轮木车，他觉得人人都把他当傻瓜看。他那笨拙劲儿就像第一次套上犁的一头牛一样，几乎走不来路了。然而，如果他要挣钱谋生，他还非得拉着跑不可，因为在这座城市的大街上，不论什么地方，人们拉着这种人力车送客人时都得跑着走路。他走进一条狭窄的胡同，那里没有店铺，只有一些私人住家的门关着，他在胡同里拉着车走来走去，想使自己熟悉拉车的窍门。正当他感到绝望，想着最好也去讨饭时，一个戴着眼镜穿得像教员的长者走出来向他招呼。

王龙一开始就想告诉他自己是个新手，不能拉着车跑，但那个老人是个聋子，一点都听不见王龙的话，只是平静地挥手让他把车杠放低，让他上车。王龙照他的意思办了，但不知另外该做些什么。他觉得必须按那老人的意思做是因为他是个聋子，而且他穿得很好，看上去很有学问。老人在车上坐直，对他说："把我拉到夫子庙去。"然后他直直地坐在车上，显得非常平静，那平静的神态使人无法提什么问题。于是王龙仿照别人的架势开始往前拉车，虽然他根本不知道夫子庙在什么地方。

他一边走一边打听，因为那是一条很拥挤的街道，小贩们挎着篮子走来走去，女人们都在市场上买东西，另外还有马拉的车和许多像他拉的那样的人力车。街上到处摩肩接踵，根本不可能拉着车跑，所以他尽可能拉着车快走，但总觉得他后面的车在笨拙地咯噔咯噔地跳动。他惯于背东西，但不习惯拉车，所以没等看见夫子庙的墙他的胳膊就疼了，手也磨出了泡，因为车把和锄把磨的不是一个地方。

到了夫子庙门口，王龙把车杠放低，老先生走出来以后，在怀里摸了摸，掏出一个小的银圆给了王龙，对他说："我一向就给这么多钱，抱怨也没用。"说完，他转过身向庙里走去。

王龙根本没想到抱怨，因为他还没见过这种银圆，也不知道能换多少铜钱。他走到附近一家能换钱的米店，店家换给了他二十六个铜钱，这使王龙对在南方挣钱这么容易感到惊奇。但另一个站在旁边的人力车夫在他数钱时俯过身来对他说："只给二十六个呀，你把那个老头儿拉了多远？"王龙告诉他以后，那人喊道："真是个抠门的老头儿！他只给了你该给的一半。你开始跟他要的是多少？"

"我没有要价，"王龙说，"他说'过来'，我就去了。"

那个人同情地望着王龙。

"真是个乡下的蠢人，还留着辫子！"他向周围站着的人喊道，"有人说让他来他就去了，这个傻子里的傻子，根本不问'我拉你你给我多少钱'！要知道，傻瓜，只有拉白皮肤的外国人可以不争价钱！他们的脾气像生石灰，但如果他们说'过来'你就可以过去，而且可以信他们，因为他们都是些笨蛋，对任何东西都不知道恰当的价钱，他们只会像流水一样花口袋里的洋钱。"周围的人听着，都哈哈笑了。

王龙没有说话。确实，他觉得在这群城里人当中他显得低贱无知，于是他一声不吭地拉着他的车走了。

"不管怎样，这些钱够我孩子明天吃的了。"他心里固执地想着。但这时他想起了晚上还要付车的租钱，而现在实际上连租钱的一半都还不够呢。

那天上午他又拉了一个客人，这次他跟人讨价还价并讲妥了价钱。下午又有两个人叫他拉车。但到晚上，他数了数手上所有的钱，除了付人力车的租费，只多出了一个铜钱。他非常痛苦地往回向他的窝棚走去，心里对自己说，做了一天比在田里收割还苦的工，仅仅挣到了一个铜钱。这时，他对土地的思念像洪水一样涌入他的心里。在这奇怪的一天中，他一次都没想到过他的土地，但现在，想着他的土地躺在遥远的地方等着他，他想着自己的土地，心里便平静不下来。他就这样回到了他的窝棚。

他回到窝棚以后，发现阿兰一天乞讨到四十个小钱，差一点就够五个铜钱，大的男孩子讨到了八个，小的讨到十三个，所有这些放在一起足够付第二天早晨的粥钱。只是他们把钱往一起放的时候，小的男孩哭着要留着他自己的，他喜爱自己乞讨得来的钱，那天夜里睡觉时手里还攥着，谁也无法要到，后来还是他自己拿出来交了他的粥钱。

然而老人什么都没有乞讨到。他一整天都非常老实地坐在路边，但没有乞讨。他坐在那里睡觉，醒过来就看看路过的人和车，看累了就又睡去。他是长辈，谁也不能训斥他。当他看到自己的双手空空时，他只是说："我耕地，播种，收割，我是这样来装满饭碗的。除此之外，我生了儿子，儿子又生了孙子。"

他看到自己的儿子和孙子，就像一个孩子那样相信他现在不会再挨饿。

第十二章

　　王龙最初的严酷饥饿过去了，他看到孩子们天天都有些吃的东西，也知道每天早晨都有米粥，而且他一天的劳动和阿兰的乞讨所得足可以付早晨的粥钱，于是他生活中的陌生感逐渐消失，他开始知道这座城市是什么样子，虽然他只是生活在这座城市的边上。他每天从早到晚在街上奔跑，渐渐知道了这座城市的一些风尚，也知道了这座城市一些偏僻的地方。他了解了早晨拉的那些客人，如果她们是女的，那是去市场买东西；如果是男的，他们不是去学校就是去商行。但这些都是什么样的学校他无法知道，他只知道它们被称作"西洋大学"或"中国大学"，因为他从未进过校门，他知道，如果他进了校门，就会有人来问他在他不该待的地方干什么。对他拉人去的那些商行的情况他也是一无所知，反正他只知道别人坐了车得付钱给他。

　　他知道他晚上拉的人是去大茶馆或寻欢作乐的地方，公开的寻欢作乐是放着满街都能听到的音乐，在木桌上用象牙或竹子做的麻将赌博，而秘密的、不声不响的、隐蔽的寻欢作乐则是在墙后面的内房。但王龙本人对这些娱乐场所一无所知，除了他的窝棚，他的脚还没有跨进过任何门槛，因为他拉的车总是停在某个门口。他生活在这座富裕的城市里感到格格不入，就像富人家里靠吃残羹剩饭的老鼠，这里躲躲那里藏藏，永远也不会成为那家真正的一部分。

情况就是这样，虽然三百多里不及千里遥远，陆路不及水路遥远，但王龙和他的妻儿在这座南方城市里却像外国人似的。不错，街上走来走去的人们也长着黑头发、黑眼睛，和王龙一家人没有什么不同，和王龙老家那地方所有的人也没有什么不同，而且，听他们说话虽有困难，但至少能够听懂。

然而安徽毕竟不是江苏。在王龙的出生地安徽，人们说话慢而深沉，声音就像从嗓子里发出来的。但在江苏他们现在住的这座城市里，人们说话时音节是从嘴唇上和舌尖上爆破出来的。王龙老家的田地一年里总是慢腾腾地收两季：麦子和稻子，以及一些玉米、豆子和大蒜；而这座城市周围的农民不停地用臭大粪催他们的土地，除了稻子，他们一茬接一茬地在地里种这样或那样的蔬菜。

在王龙老家，一个人有了白面烙饼卷大葱就是一顿好饭，再不需要别的。但这里的人吃猪肉丸子、竹笋、栗子炖鸡、鸭肫肝，以及这样那样的蔬菜，当一个老实人带着昨天的大蒜味走过时，他们就仰起鼻子喊道："这是个发臭的北方猪佬！"大蒜味会使布店的商人抬高蓝棉布的价格，就像他们对外国人抬价那样。

　　因此，贴墙而建的这个窝棚小村永远不会成为这座城市的一部分，也不会成为城外乡村的一部分。有一次，王龙听见一个年轻人在夫子庙的角上对一群人慷慨激昂地演讲，那是个只要有勇气人人都可以站上去演讲的地方。年轻人说，中国必须发生一次革命，必须起来反对外国人。王龙听了非常害怕，偷偷地溜走了，觉得自己就是那个年轻人义愤填膺地谴责的外国人。又有一天，他听到另一个青年演讲——这个座城市里到处都有青年演讲——那人在他住的街角上说，在这个时候，中国人必须团结起来，必须进行自我教育。但这次王龙不觉得有什么人说的是自己。

　　直到有一天，他在绸缎行的街上找顾客时，才了解到更多的情况，他明白了这座城市里还有些人比他更像外国人。这天他正好经过一家商店的门口，那是个女人常去买绸缎的商店，有时候他在那里能找到比一般人付更多的钱的顾客。就在这天，有个人走出来，突然碰上他了，这个人的样子以前他从未见过。他说不出这人是男是女，但是个高个子，穿着一件用某种粗料子做的挺直的黑色大衣，脖子上围着某种死野兽的毛皮。当王龙经过的时候，这个不知是男是女的人轻快地打了个手势，让他把车杠放低。他照着做了。当他又站直身子时，他茫然地看了看这个坐车的人，那人结结巴巴地告诉他去大桥街。他开始拉着车奔跑，几乎不知道自己在干什么。他叫住那天拉车时碰巧认识的另一个车夫问："你看我拉的是个什么人？"

　　那人喊着对他回答说："一个外国人——一个美国女人——你

发财啦！"

但王龙害怕身后那个奇怪的家伙，拉着车尽可能地快跑。等他到达大桥街时，已经精疲力竭，汗流浃背。这个女人下了车，用同样结结巴巴的口音对他说："你用不着拼命跑。"然后在他手里放了两块银圆，这比平常的价钱多出了一倍。

这时王龙才知道这是个真正的外国人，而且在这座城市里比他更是外来人；他也知道黑头发、黑眼睛的人毕竟只是一种人，还有另外一种浅色头发、浅色眼睛的人。从那以后，他在这座城市里不再觉得自己完全是外国人了。

那天晚上，他带着收到而未动的两块银圆回到席棚以后，把这件事告诉了阿兰，她说："我见过他们。我经常向他们乞讨，因为只有他们才往我碗里放银钱而不放铜钱。"

但是，王龙和他老婆都觉得外国人给银钱不是出于什么善心，而是因为他们无知，不知道给乞丐铜钱比给银钱更合情理。

然而，从这次经验中，王龙学到了那个青年不曾教给他的东西：他和他属于同一个民族，都长着黑头发和黑眼睛。

如此靠近这个巨大、四面延伸、富裕的城市的郊区，看来至少不会缺少吃的东西。在王龙和他一家已经离开的乡下，人们挨饿就是因为没有吃的，因为无情的天灾使地里不长任何东西。在那里，银钱并没什么用，因为在没有东西的地方，有钱也买不到东西。

这里，在这座城市里，处处都有吃的东西。在鱼市那条用石子铺过的街上，一排排大筐装着银白色的大鱼，那是夜里在水很深的河里捕的；一些盆里放着鳞光闪闪的小鱼，那是用渔网从池塘里捞的；一堆堆黄色的螃蟹，在愤怒的惊恐中蠕动着，用前脚互相夹着；还有蜿蜒蠕动的鳝鱼，那是美食家的佳肴。在粮食市场上，有些很大的粮囤，大得一个人可以走进去把自己埋起来，而没看见的人也绝不会知道；那里还有各种各样的粮食，有白米，棕红、深黄和浅金色的小麦，黄色的大豆、红豆、青绿的蚕豆、鲜黄的小米和灰色的芝麻等。在肉市上，整个的猪被钩住脖子挂着，肚子劈开，露出红色的肉和肥实的猪膘，猪皮柔软，又厚又白。在鸭店的房顶上和屋子里，到处挂着一排排棕色的烤鸭，那是他们在炭火上用铁扦插着鸭子慢慢地转着烤制出来的，除了烤鸭，店里还挂着白色的盐水鸭和一串串的鸭胗、鸭肝。在那些卖鹅、卖山鸡和卖各种家禽的店里，同样也是一派丰盛的景象。

至于蔬菜，那里有可以从地里生产出来的任何东西，有鲜艳的红萝卜、空心的白藕、白的芋头、绿的卷心菜和芹菜、豌豆芽、棕栗子以及调味的芫荽等，应有尽有。在那座城市的市场上，凡是人们想吃的东西都可以找到。小商贩们走来走去，有卖糖、水果和干果的，有卖美味的蘸糖山药的，有卖蒸肉包子的，也有卖黏米糕的。城里的孩子手里抓着满把的铜钱，跑出来到这些摊贩处买东西，他们又买又吃，直到他们的皮肤都因糖和油而发出光来。

确实，人们会说在这座城市里不可能有人挨饿。

然而，每天早晨，天亮后不久，王龙和他的一家还是从他们的窝棚里钻出来，带着他们的碗筷，聚在一起站在长长的人队里。每个从窝棚里出来的人，穿着在河边的潮湿空气里显得过于单薄的衣服，浑身发抖，弯腰顶着寒冷的晨风，向救贫的粥棚走去，在那里，一文钱可以买到一碗稀米饭。尽管王龙拉着人力车奔跑，尽管阿兰四处求乞，但他们从来不能得到足够的钱买米天天在窝棚里自己做饭。如果付了救贫粥棚的饭钱之外还有剩余，他们就会买一点点卷心菜。但不论什么价钱，卷心菜对他们来说总是昂贵的，因为要在阿兰用两块砖支的锅上做菜，两个男孩子就必须出去找柴禾，而他们不得不从往城里柴市上送柴草的农民那里一把一把地偷抢，有时候他们被抓住了就遭一顿狠打。大男孩比小的更胆怯，干那种事更害羞，一天夜里，他被农民打成了乌眼青，回家后眼睛都睁不开了。可是小的男孩却越来越熟练，实际上他干小偷小摸比乞讨更在行。

　　阿兰觉得这并没有什么。如果男孩子不笑不闹又不能乞讨，那就让他们偷东西塞饱肚子。但王龙不同，虽然他无法回答她，但他打心底里厌恶儿子们的这种偷窃行为，因此对大男孩偷东西的笨拙并不责备。这种大墙下面的生活王龙是不喜欢的。他的土地在等着他呢。

　　一天夜里，他回来迟了，发现炖的菜里有一块相当大的猪肉。这是自从他们杀了自己的牛以来第一次有肉吃，于是王龙睁大了眼睛。

　　"你今天一定是向外国人乞讨了。"他对阿兰说。但她一如既往，什么都不说。这时，二儿子因为年幼天真，也因为对自己的机灵感到骄傲，便说："我拿回来的——这块肉是我的。卖肉的把它从案子上的大块上割下来以后往别处看的时候，我从一个来买肉的老太太胳膊底下钻过去，抓了它跑进一个胡同，藏在一家后门的干水缸里，一直等到哥哥到来。"

"我不愿意吃这种肉！"王龙生气地喊道，"我们要吃买的或者乞讨来的肉，但不是偷来的。虽然我们是讨饭的，但我们不是贼。"说完，他用两根手指从锅里把肉夹出来，扔到了地上，一点不顾二儿子的哭叫。

这时阿兰走过来，不急不火，她捡起地上的肉，用水洗干净，又扔进了开着的锅里。

"肉总归是肉呀。"她平静地说。

王龙再没说什么。但他心里又气又怕，因为他的儿子在这座城市里正沦为小偷。阿兰用筷子把煮得鲜嫩的猪肉分开，给了老人一块，然后给了男孩子一些，甚至往小女孩嘴里塞了些，她自己也吃了。但王龙始终一言不发，而且坚决不吃，他宁愿吃他自己买的蔬菜。吃过饭，他把二儿子带到街上，在他女人听不见的一座房子后面，他把孩子的脑袋夹在胳膊底下，狠狠地打了起来，任凭孩子怎么哭号他也不肯住手。

"叫你偷！叫你偷！"他喊叫着，"当小偷就得挨揍！"

把哭哭啼啼的儿子放回家以后，他对自己说："我们一定要回老家去。"

第十三章

王龙在这座富足的城市里一天天熬着，他生活在穷困之中，处于这座城市的最底层。尽管市场上摆满了食品，尽管在绸缎行的街上飘扬着黑的、红的、橘黄色的绸旗做成的商品广告，尽管富人穿着绫罗绸缎，他们不干活的双手软得像花一样又香又好看，尽管所有这些使这座城市堂皇富丽，但在王龙他们所住的这个区域，人们却没有足够的食物来抵抗难忍的饥饿，也没有足够的衣服来遮蔽瘦弱的身体。

男人们整天为富人的宴席烤制糕点，孩子们从黎明工作到深夜，他们浑身油垢，睡在粗糙的草垫地铺上，第二天摇摇晃晃地又去炉边，但是他们得到的钱很少，甚至不够买一块他们为别人制作的好的糕点。男人和女人辛勤地剪裁设计过冬的厚毛皮和过春的轻裘，剪裁厚实的锦缎，把它们做成豪华的礼服，供那些享受市场上丰盛食品的人穿着，但他们自己只能扯一点粗糙的蓝棉布匆匆缝制起来遮体挡寒。

由于生活在这些为他人享受而辛劳的人中间，王龙听到一些怪事也就不足为奇了。确实，老一点的男人和女人对谁都不愿吭声。白胡子"老人"有的拉人力车，有的推着小车往烤坊和官邸送炭送柴，把腰都累弯了；他们在石子路上推拉重载商品，使得身上的筋像绳子一样暴了出来；他们相当节俭，吃少得可怜的食物，夜里睡很短的时间；他们始终沉默不语，他们的脸像阿兰那样没有表情，谁也不知道他们心里在想些什么。如果他们说话，也只是说到食物和铜钱。他们很少说到银钱，因为他们手里极难得到。

他们休息时皱着眉头，仿佛是在生气，但他们并没有生气。是因为多年以来，他们在拉运重载时常常累得龇牙咧嘴，这种繁重的劳动加深了他们眼角和嘴角上的皱纹。他们自己也不知道他们是什么样子。有一次，他们当中一个人在一大车家具路过时从镜子里看到了自己，大声喊道："看那家伙多丑！"当别人大声笑他时，他却痛苦地微笑着，不知道人家为什么发笑，还急忙向四周看看，像是自己得罪了什么人。

他们都住在王龙家窝棚周围那些一个挨一个的小窝棚里。在他们家里，女人把破布缝在一起，为她们接连不断生养的孩子做衣服。她们从农民的田里偷偷抓一些蔬菜，从粮市上偷几把稻米，整年从山坡上挖取野菜。在收获的时节，她们像鸡一样跟在收割者的身后，眼睛尖尖地盯住每一粒遗下的粮食。而且，这些窝棚里不断有孩子死去。他们生了死，死了生，甚至做爹做娘的都不知道生了几个死了几个，也几乎弄不清有几个活着，爹娘只把他们当作要养活的一张嘴罢了。

这些男人、女人和孩子在市场和布店里进进出出，他们也在城市附近的乡间流浪；男人们为了挣几文钱做这做那，而女人和孩子们则小偷小摸和沿街乞讨。王龙和他的老婆孩子也处在这些人中间，上了年纪的男人和女人接受他们现有的这种生活。但年轻的男孩子终于成长起来，他们是血气方刚的青年，对生活极为不满，他们中间出现了愤怒不平的议论。后来，当他们完全成年并结婚以后，越来越多的人心里感到颓丧，他们青年时纷乱的愤怒变得根深蒂固，形成了一种难以忍受的绝望和一种无法用言语表达的深刻的反抗，因为整个一生他们都像牛马那样劳累，而得到的却是一点用来填饱肚子的残茶剩饭。一天晚上，王龙听着这种议论，他第一次听到了他们窝棚所靠的那堵大墙里面是怎么回事。

那是晚冬的一天晚上，当时人们第一次觉得春天有可能归来了。窝棚周围的地上因冰雪融化还非常泥泞，雪水从窝棚顶上滴到里面，因此每一家都东找西找地捡一些砖头垫着睡觉。尽管潮湿的土地很不舒服，但夜晚的空气显得温和，这使王龙越来越不安，晚饭后不能马上入睡，这已成了他的习惯，于是他出门走到街边，站在那里消磨时间。

他的父亲习惯于靠墙蹲着，现在，他正端着碗在那里蹲着喝粥，因为孩子又吵又闹，窝棚里太挤。老人的一只手里牵着一个用布带子做的圈子的一端，那是阿兰用她的腰带做的，在这个圈子里小女孩摇晃着走来走去不会摔倒。他就这样天天看着小女孩，她现在已经不愿意在母亲乞讨时挂在她的怀里了。此外，如果阿兰再带着孩子，孩子在她身上闹来闹去，她也会累得受不住的。

王龙看着孩子爬起来，倒下去，又爬了起来，老人握住布圈子的一端。他这样站着，觉得晚风柔和，心里涌起了对他的土地的强烈思念。

"在这样的日子，"他大声对父亲说，"应该耕地种麦了。"

"嗯，"老人平静地说，"我知道你心里在想什么。我这辈子好几次不得不像我们今年这样离开田地，但我也知道地里没有种子不会有新的收成。"

"可你总是要回去的，爹。"

"那里有地呀，孩子。"老人简短地说。

是的，他们也要回去的，今年不行就明年回去，王龙心里想着。只要他们自己有土地！想着土地躺在那里等他，春雨又多，他心里充满了欲望。他走回窝棚，粗声粗气地对妻子说："要是我有什么东西能卖，我就把它卖掉，然后我们回老家去。或者，要是没有老人，我们可以步行回去。但他和这个小孩子怎么能走几百里路呢？还有你，你也太累了！"

阿兰一直在用不多的水洗着饭碗，现在她把碗摆在窝棚的一角，从蹲着的地上抬起头向他望着。

"除了这个小女孩，没有可卖的东西。"她慢慢地回答。

王龙吃惊地吸了口气。

"不！我不会卖孩子的！"他大声说。

"我就是被卖了的，"她非常缓慢地回答说，"我被卖给一个大户人家，这样我爹我娘才能回老家去。"

"这么说你要卖掉这个孩子？"

"要是就我一个人，卖她之前宁可让她死了……我简直是丫头的丫头！但是一个死孩子什么也不能带给你。为了你，我可以卖掉这个女孩子，好让你回到老家的土地上。"

"坚决不卖，即使我一辈子待在这个野地方也不卖！"王龙坚定地说。

但是，当他又一次走出去的时候，卖孩子的想法便诱使他违背自己的初衷，他心里出现了种种矛盾的想法。他看着小女孩，她正在祖父握着的圈子里不停地摇摆活动。她靠着每天给她的食物已经长大，虽然她还不会说话，但却是个不太费事就长得胖乎乎的孩子。她那像个老太婆似的嘴唇已经变红，正在微笑。她总是那样，他看她的时候她就变得高兴起来，微微地笑着。

"如果她从不曾躺在我的怀里像那样微笑过，"他想，"也许我会卖掉她的。"

接着他又想到了他的土地，于是他激动地大声嚷道："难道我永远见不到我的地了？尽管这样做工，这样乞讨，可得到的只够一天吃的！"

这时从黑暗中向他传来了一个低沉的声音："这样的人不止你一个。在这个城市里，有成千成万的人跟你一样。"

那人走过来，吸着一根短的竹烟袋。这是隔开王龙家两个棚屋的那户人家的父亲。白天很少看见这个人，因为他白天整天睡觉，夜里才出去干活；他拉重载商品大车，那种车太大，白天别的车来来去去，拉那种车在街上很难行动。有时王龙在天亮时看见他蹒跚着回家，累得气喘吁吁的，宽厚的肩膀也垮了下来。王龙早上出去拉车时碰见过他几回，有时候，在夜间工作之前的黄昏，这人也出来和准备回棚子睡觉的人站一会儿。

"那么，就永远这样下去吗？"王龙凄苦地问。

那人往地上吐了一口痰。然后他说："不，不会永远这样下去。富的再富有富的办法，穷的再穷也有穷的办法。去年冬天，我们卖了两个女孩子，维持了下来。今年冬天，如果我女人怀的这个是女孩，我们还要卖。我留了一个大丫头，头胎生的。其他的卖掉总比让她们死了好，虽然有些人宁愿让她们刚生下来就死去。这是穷人穷得没办法时的一种办法。富人太富了的时候也有一种办法，要是我没有搞错的话，那个办法很快就会出现。"他点点头，用他的烟袋指指他们身后的高墙，"你见过那堵墙里面的情况吗？"

王龙摇摇头，呆呆地望着。那人继续说："我到里面卖过我的一个丫头，我看见过。如果我告诉你这家的钱财进出情况，你可能不会相信的。我跟你说吧，仆人吃饭用镶银的象牙筷子，使唤丫头戴玉石和珍珠耳坠，连鞋上也缀着珠子，而且稍微有一点脏，或者稍微有一点你我根本不认为是裂缝的裂缝，她们就会扔掉，连上面的珠子也一起扔掉。"那人狠狠地吸了一口烟。王龙张大嘴听着。就在这堵墙那边，竟有这样的事情！

"这就是富人太富时的一种方法。"那人说。他沉默了一会儿，然后像什么都没说过似的，无所谓地说道："好了，还是干活吧。"接着他消失在夜幕之中。

但王龙那夜睡不着了，他想着墙那边的金银珠宝，而自己就靠着这堵墙睡觉；他身上穿着天天都穿的衣服，因为他没有盖的被子，身下只有一片席子铺在砖上。这时卖孩子的念头又开始诱惑他，他心里暗暗地说："也许把她卖到一个富人家里会好些，如果她出落得好看，使老爷欢心，她就会吃佳肴戴珍珠。"但他心里又反对自己的愿望，他想："可是，如果我把她卖了，她也换不来金银珠宝。即使能得到够我们回家的钱，从哪里再弄钱买牛、买桌椅板凳和床呢？难道我卖孩子是为了离开这里到那个地方挨饿？我们连种地的种子都没有呀。"

那人说"富人再富也有办法"，可他一点也不明白他说的是什么意思。

第十四章

春天来到了窝棚村庄。现在，那些乞讨的人可以到外面的山上和坟地里挖新长出的蒲公英和荠菜之类的野菜，再不用像以前那样东拿一把西抢一把地弄菜吃了。每天，一群衣衫褴褛的女人和孩子从窝棚里走出，带着铁片、尖石头或旧刀子，挎着用竹枝或苇子编的篮子，到乡野和路边，去寻找不用乞求也不用花钱就能得到的食物。而阿兰和两个男孩子，也每天都跟着这群人一起出去。

但男人必须做工，王龙还和以前一样继续拉车，虽然逐渐变长和转暖的白昼、晴日与阵雨，使每个人都充满希望和不满。冬天，他们默默地干活，赤脚穿着草鞋，强忍着脚下的冰雪。他们天黑回家，无声无息地吃完白天用劳累和乞讨换来的食物，男人、女人和孩子们挤在一起，沉重地倒头便睡，因为食物太贫乏，他们只能靠不说话和睡觉来减少消耗。王龙的窝棚里就是这样，他知道其他窝棚里也一定如此。

但是，随着春天的到来，人们说话的声音也开始升高，别人也可以听得见了。晚上，暮色未退的时候，他们聚在窝棚边一起聊天，王龙见到了住在附近但整个冬天都不认识的这人或那人。要是阿兰是那种能告诉他她听见些什么的人就好了，例如，哪个打老婆啦，哪个生麻风病的人脸上的肉掉光了呀，谁是小偷帮里的头头儿啦，等等，但她总是默然不语，对这些多余的问题既不问也不答，因此王龙常常羞怯地站在人堆边上听别人说话。

这些衣衫褴褛的人大部分只谈白天干活和乞讨得到些什么东西，而王龙总觉得自己并非真正是他们当中的一员。他有地，他有地在等着他。其他人想的是明天他们怎样吃到一点鱼，或者他们怎样能闲逛一会儿，甚至怎样能小赌一番，比如赌一两个铜钱。因为他们的日子全都很不愉快，十分贫乏，所以有时候他们总要玩玩，哪怕结果是颓丧、失望。

然而王龙想着他的土地，尽管久久不能实现愿望而心情很坏，但他始终千方百计考虑如何回去这个问题。他不属于这种依附在一家富人墙边的低贱的人，也不属于富裕人家。他属于他的土地，只有他觉得土地在他脚下，春天能扶着犁耕地，收获时能手持镰刀，生活才能充实。所以他站在人群外面听人谈话，因为他明白他有土地，有父亲传下来的好麦地，还有他自己从大户人家买的那块肥沃的稻田。

这些人总是谈钱，什么一尺布付了多少钱啦，一条手指头长的小鱼付了多少钱啦，或者一天能挣多少钱啦，而到最后，他们总是谈他们如果像墙里的主人那样有万贯家财会做些什么。每天的谈话都这样结束："要是我有他家的金子，他每天腰里带的银钱，他的小老婆戴的珍珠，他的大老婆戴的宝石……"

当他们谈论得到这些东西会做些什么时，王龙听到的总是他们打算吃多少，睡多久，吃什么他们从未吃过的山珍海味，怎样到哪个茶馆去赌博，要买什么样的漂亮女人满足他们的欲望；而最重要的是，他们怎样不再工作，甚至想同墙里的富人一样永不工作。

这时王龙突然大声说："要是我得到那些金银珠宝，我要用来买地，买上好的土地，让土地出产更多的东西。"

听到这话，他们全都转过来指责他："哈，真是个乡巴佬，对城里的生活一点不懂，不知道有了钱能干些什么。他要继续像长工那样在牛屁股后头干活！"他们每个人都觉得自己比王龙更应该得到那些财富，因为他们知道怎样更好地花销。

但这种蔑视并没有改变王龙的想法。这只不过使他把声音放低，在心里自言自语道："不管怎样，我要把这些金银珠宝变成土地。"

想到这一点，他对自己原有的土地的渴念越发强烈。

由于摆脱不了对土地的不断思念，王龙在梦中看见了这座城市中他周围天天发生的事情。他接受这种那种陌生的东西，不问事情为什么如此，除非这件事情确实发生在他头上。例如，有人到处散发传单，甚至有时还给他几张。

王龙这辈子从未学过纸上的字是什么意思，因此这种贴在城门或城墙上或者甚至白给的盖满黑字的白纸对他来说毫无意义。但这样的纸他得到过两次。

第一次是一个外国人给他的，这人和他那天偶然拉的那个人差不多，只不过给他纸的人是个男的，瘦高个儿，像被狂风吹过的树一样，身子有点弯曲。这个人长着一双像冰一样的蓝眼睛，满脸胡子，当他给王龙纸的时候，王龙见他手上长满了毛，而且皮肤是红色的。另外，他还有一个大鼻子，像从船舷伸出的船头一样从他的脸颊上凸出来。王龙虽然害怕从他的手上拿任何东西，但看到这个人奇怪的眼睛和可怕的鼻子，他又不敢不拿。他抓住塞给他的那张纸，等那人走开以后他才有勇气去看。他看见纸上有一个人像，白白的皮肤，吊在一个木制的十字架上。这人没穿衣服，只是在生殖器周围盖着一片布，从整个画面看，他已经死了，因为他的头从肩上垂下，两眼紧闭，嘴唇上长着胡子。王龙恐惧地看着这个人像，但逐渐产生了兴趣。这个人像下面还有些字，但他一点也不知道这些字是什么意思。

　　晚上他把画带回家去，拿给他父亲看。但父亲也不识字，于是王龙和他父亲及两个男孩便讨论起它可能是什么意思。两个男孩子又兴奋又害怕地大声喊道："看，血正从他的身子一边往外流呢！"

　　接着老人说："肯定是坏人才被这样吊着。"

　　但王龙对这幅画感到害怕，他仔细想着为什么一个外国人把这幅画给他，是不是这个外国人的某个兄弟曾被这样对待而其他同胞要进行报复呢？因此他避开遇见外国人的那条街。过了几天，这幅画被忘却以后，阿兰把它和她从这里那里捡来的一些纸一起缝进了鞋底，从而使鞋底更为结实。

但第二次把纸白给王龙的人是这个城里的人。这次是个青年，他衣着整齐，一边大声演讲，一边在这里那里向人群散发传单，而这些人也喜欢围住街上任何新奇的事物。这张纸上也有一幅表现流血和死亡的图画，但这次死的那人不是白人，也没有那么多汗毛，而是一个像王龙自己那样的人——一个普通的人，又黄又瘦，长着黑头发黑眼睛，穿着破旧的蓝色衣服。在这个死者的上方，站着一个肥胖的大汉，他手里拿着一把长刀，一次又一次地向死者砍杀。这是一幅凄惨的景象，王龙凝视着，极力想从下面的字明白其中的意思。他转向身边的一个人，问道："你认识字吗？能不能告诉我这幅可怕的画的意思？"

那人说："别说话，好好听那个年轻的先生讲，他会把什么都告诉我们的。"

于是王龙又听下去，他听到了以前他从未听到过的事情。

"这个死人指的是你们，"那个年轻的先生说，"砍杀你们的凶手是富人和资本家，你们是被他们杀死的，甚至在你们死了以后，他们还残害你们。你们之所以贫穷、受压迫，是因为富人夺去了一切。"

王龙完全知道他非常贫穷，但在此之前他怨恨老天爷不按季节下雨，或者虽然下了雨，但却像去不掉的恶习一样下起来就没完没了。雨和阳光适量时，地里的种子就会发芽，庄稼就会结穗，他也就不会觉得自己穷了。因此他很有兴趣地继续往下听，想听听富人遇到老天爷不按季节下雨的情况怎么办。最后，当那个青年讲了又讲，但对王龙感兴趣的事只字不提时，王龙便鼓起勇气问道："先生，压迫我们的富人有没有什么办法叫老天爷下雨，好让我们在田地上耕作？"

听到这话，那个青年蔑视地转向他答道："唉，你多么愚昧呀！竟然还留着长辫子！天不下雨，谁也不能叫天下雨。但这与我们有什么关系？如果富人把他们所有的东西分给我们，下雨不下雨对任何人都没有关系，因为我们都会得到金钱和吃的东西。"

听众中响起了大声的欢呼，但王龙不满意地转身走了。话虽那么说，可还是得有土地呀。钱和食物会用尽吃光的，但如果不是风调雨顺，还会再一次出现饥荒。然而，他还是很高兴地拿走了那个青年给他的那些纸，因为他记着阿兰一直没有足够的纸来做鞋底，于是他回到家把纸给了阿兰，对她说："这是些做鞋底的东西。"然后他又照旧做工去了。

但是，住在窝棚里的这些晚上与他说话的人当中，许多人都热切地听了那个年轻人的演讲。他们知道，墙那边就住着一个富人，在他们和他的财富之间，只隔着这一道砖墙，那实在算不了什么，只要用他们天天挑东西的粗实的扁担敲几下，这堵墙便可以被推倒。

这样，春天里的不满如今又添了新的不满，那就是那个青年和他的同行在棚屋居住者心里广泛散布的对不公正的财产占有的不满。他们天天想这些事，在黄昏时谈论这些事，而且最重要的是他们日复一日的辛劳丝毫没增加他们的收入，因此，年轻壮汉们的心里出现了一股怒潮，像春天泛滥的河水一样不可阻挡——这是一种要求充分实现强烈欲望的怒潮。

然而王龙不同，虽然他看见了这些，听到了他们的议论，并且以一种奇怪、不安的心情感觉到了他们的愤怒，但他希望得到的只是双脚重新踏上自己的土地。

在这座城市里，王龙经常遇到某种新鲜事。他看见过另外一件他不懂的新鲜事。一天，他拉着空车沿一条街找顾客时，看见一个站着的人被一小队武装士兵抓住，当这个人抗拒时，士兵们在他面前挥起了军刀。就在王龙惊异地观望时，另一个人又被抓了起来，然后又有一个人被抓了。他觉得被抓的都是靠双手做工的普通人。他呆呆地注视着，又有一个人被抓，而且这个人就住在离他最近的一个靠墙的棚屋里。

接着，王龙在惊恐中突然发现，所有这些被抓的人和他一样，都不知道自己为什么这样被强行抓去，也不知道自己是不是还能回来。他赶紧把车塞进旁边一个胡同里放下，跑进开水铺的门里，唯恐下一个被抓的就是他。他蹲在开水铺大灶的后面，直到士兵们过去。然后，他问开水铺里的伙计他看到的是怎么回事，那个因整天受大铜锅里的热气熏蒸而满脸皱纹的老头儿无所谓地答道："肯定是什么地方又打仗了。谁知道这种仗打来打去为的啥？我小的时候就是这样，我死了还会这样，这我是知道的。"

"可是，为什么他们抓我的邻居呢？他跟我一样什么都不知道，也从来没有听说过这次新的战争。"王龙惊愕地问。

老头儿盖好锅盖后回答说："这些士兵要开到某个地方去打仗，他们需要运输他们的行李辎重，所以就强迫像你这样的苦力去干。可是，你是从什么地方来的？在这座城市里，这已经算不上新鲜事了。"

"接下来会怎样呢？"王龙不喘气地催问，"给多少工钱给什么报酬？"

那个老头儿太老了，对什么都不抱太大的希望，除了他的水锅，他对什么都不感兴趣，他随随便便地回说："谁都不给工钱，一天给两个干馍头，喝池塘里的水，运到地方以后，要是你还能走路你就回家。"

"可是，那他家里人——"王龙吃惊地说。

"哼，你知道什么呀？你问那些干什么？"老头儿嘲笑地说，一边揭开木锅盖瞅瞅最近一口锅里的水是不是开了。一团热气将他围住，使他那张多皱纹的脸也隐没在水汽中。然而，毕竟他是善良的。他从蒸汽中露出头来时，看见士兵们又来了，他们正在能干活的男人都已跑光的大街上到处搜寻。但王龙从他蹲的地方看不见这些。

"低下头，"他对王龙说，"他们又来了。"

王龙低着头蹲在大灶后面，士兵们嗒嗒地踩着石子路往西走去。他们的皮靴声消失以后，王龙蹿出来，抓住他的人力车，空着跑回窝棚那里。

这时阿兰刚刚从路边回来，准备做她从外面挖的野菜，王龙上气不接下气地告诉她正在发生的事情，告诉她他差一点没能逃掉。他在说这件事的时候，心里产生了一种新的恐惧。他害怕被拖到战场上去，那样不仅他的老父亲和全家会留下来饿死，而且他自己也可能在战场上流血、被杀，绝不可能再看见他自己的土地。他看看阿兰，显得心力交瘁，最后他说："现在我真的有些想卖掉这个小女孩，然后回北方的老家去。"

但她听了这话后沉思了一会儿，然后才用她那毫无表情的方式说道："等几天吧。外面有些奇怪的议论呢。"

然而白天他不再出去了，他让大孩子把车还回租车的地方，到夜里他就去商店仓库拉载货的大车。虽然这样只能挣到他以前挣的钱的一半，但他宁愿整夜去拉装满箱子的载货大车——每辆大车有十来个人拉着，但拉车的人还是累得发出一阵阵哼哼声。那些箱子里装满绸缎、棉布或香烟，烟草的香味从木箱缝里溢出，有时也有大桶的油或大缸的酒。

他整夜拉着绳子，穿过黑暗的街道，光着上身，汗流浃背，赤裸的双脚在夜间泛潮的石路上一滑一滑地走着。在他们前面引路的是个小孩，举着一个燃烧的火把，在火光的照耀下，他们的脸和身子像潮湿的石头一样发亮。王龙天亮前回到家，又饿又累，直到昏昏睡去。不过白天士兵们搜街的时候，他可以安全地睡在窝棚角落里的一堆干草后面，那是阿兰捡来掩藏他的。

王龙不知道发生了什么战争，也不知道是谁打谁。但又过了些时间，城里到处出现恐惧不安的景象。白天，马拉的大车载着富人和他们的细软财物、绸缎衣服和被褥、他们漂亮的女人和他们的珠宝，拉到河边用船运到其他地方，还有一些拉到火车南来北往的车站。王龙白天从不到街上去，但他的儿子回来后眼睛睁得又大又亮地大声告诉他："我们看见这样一个——这样一个人，又胖又怪，像庙里的佛爷，身上披着好多尺的黄绸子，大拇指上戴着一个金戒指，上面镶的绿宝石像一块玻璃，他的肉亮得像涂了油，仿佛可以吃！"

大儿子还说："我们看到好多好多箱子，我问里面装的是什么时，一个人说，'里面装的是金银财宝，但富人走时不能把它们全带走，有一天这些会成为我们的'。爹，他说这话是什么意思？"大儿子好奇地睁大眼睛望着他父亲。

王龙只是简单地回答说："我怎么知道一个城里的懒汉说的话是什么意思？"他的儿子不满足地大声说："啊，要是我们的，我想现在就去拿来。我想吃块烧饼。我还从来没吃过芝麻烧饼呢。"

老人听到这话，从睡梦中抬起头看了看，他像低声哼哼一样自语道："收成好的时候，我们中秋节就吃这种饼；芝麻收下来没卖之前，我们自己留下一些做这种饼。"

王龙想起了新年里阿兰做过的那种饼，那是用好米面、猪油和糖做的。他馋涎欲滴，但心里因为对失去的东西的渴望而痛苦。

"只要我们能回到老家的土地上就好了。"他低声说。

突然，他觉得一天也不能再在这种窝囊的席棚里待下去了。他在草堆后面连腿都伸不开，晚上更难以忍受背着吃进肉里的绳子，在石子路上拉那沉重的大车，现在他已经熟悉街上的每一块石头，好像每块石头都是一个敌人；他也熟悉每一个可以避开石头的车辙，这样他就可以少花一点力气。有时，在漆黑的夜晚，特别是下雨路比平日更湿滑的时候，他心里的全部愤恨都集中在脚下的石头上，仿佛是这些石头使劲儿抓住了那毫无人性的大车轮子。

"啊，那些地多好呀！"他突然大声说，然后呜呜地哭了起来。孩子感到害怕。老人惊愕地看看儿子，脸上的皱纹扭来扭去，稀疏的胡子有些抖动，就像一个孩子看见母亲哭泣时的表情一样。

最后，还是阿兰用她那平板的声音开了腔："过不了多久我们就会看到变化的。现在到处都有人在议论这件事。"

王龙从他躺着的窝棚里不断听到有脚步走过，那是士兵奔赴战场的脚步。有时他把席棚掀开一点，从缝里往外观望，他看见穿着皮鞋、打着裹腿的脚不断行进，一个接一个，一对挨一对，一列跟一列，差不多有成千上万人。夜里，他拉车的时候，在前头火把的亮光下，偶尔在黑暗中看见他们的脸闪过。关于这些士兵的事，他什么都不敢问，他只是埋头拉车，匆匆吃饭，整个白天睡在席棚里边的草堆后面，那些日子谁也不跟谁讲话。城市里动荡不安，人们匆匆做完非做不可的事就赶快回家，关上大门。

黄昏时候人们不再在席棚附近闲谈。市场上放食品的架子现在也空了。绸布店收起了他们鲜艳的广告旗子，把前门用厚实的木板从两头钉死。因此，即使中午从城里走过，也好像所有的人都在睡觉。

到处都在窃窃私语，说是敌人快要来了，于是所有那些有钱财的人都害怕起来。但王龙不害怕，那些住在棚子里的人里也没有一个害怕的。一方面，他们不知道敌人是谁，另一方面，他们也没有什么会失去的东西，因为就连他们的命也算不了什么。如果敌人要来就让他来吧，反正他们的情况再坏也不过像现在这样。不过他们每个人依旧按照自己的方式生活着，谁也不对谁公开谈论什么。

接着，商店的老板告诉那些从河边来回拉箱子的劳工，让他们不必再来，因为这些日子已没有人在柜台前买卖东西。这样，王龙就只好白天黑夜待在席棚里闲着。起初他很高兴，因为他的身子从未得到过足够的休息，所以他一睡下去就像死人一样。但是，他不工作也不能挣钱，过不了几天他那点积余的铜钱就会用光，所以他又拼命琢磨他能够做些什么。这时，好像他们的厄运还没有受够，救贫的粥棚也关了门。那些曾经以这种施舍帮过穷人的人回到了自己家里，闭门不出。没有吃的，没有工做，街上也没有一个可以乞讨的人走过。

王龙抱着他的小女儿一起在席棚里坐着。他看看她，温柔地说道："小傻子，你愿意到一个大户人家去吗？到人家那里有吃有喝，也许你还能穿上件囫囵衣裳。"

她一点也听不懂他说的是什么，微笑起来，举起小手惊异地去摸他那不安的眼睛。他再也忍受不住了，大声对阿兰喊道："告诉我，你在那个大户人家挨过打吗？"

她平板而阴郁地对他答道："我天天挨打。"

他又大声说："只是用一条布腰带打，还是用竹棍或绳子打？"

她用同样平板的方式回答："用皮条抽打，那皮条原是一头骡子的缰绳，就挂在厨房的墙上。"

他深知她了解他在想些什么，但还是抱着最后的希望说："甚至现在，我们这个孩子也是个漂亮的小姑娘。告诉我，漂亮的丫头也挨打吗？"

她好像觉得这样那样都无所谓，淡淡地答道："是的，或者挨打，或者被抱到一个男人的床上，完全由着他的性子，而且不只是一个男人，而是想要她的任何一个男人，年轻的少爷们为这个或那个丫鬟争吵，有时他们还做交换，他们说，'若你今天晚上要，那明天就是我的'。等到他们全都对某个丫鬟厌倦之后，男仆又会争抢交换少爷们不要的这个丫鬟。而且，要是一个丫鬟长得漂亮，她在幼年时期就会遭受这种折磨。"

这时王龙叹了口气，把女儿紧紧抱在怀里，一遍又一遍温柔地对她说着："唉，小傻子唉，可怜的小傻子。"他的心里这时却在哭号，就像一个人掉进了汹涌的洪水中。然而，他又止不住想道："没有别的办法了——没有别的办法了——"就在王龙坐在那里时，突然传来一阵天崩地裂般的巨响，大家想都没想便倒在地上，掩住了自己的脸，仿佛这种可怕的巨响会把他们抓起来撕碎。王龙用手捂住了小女孩的脸，不知道这种怕人的噪声会使孩子们多么惊恐。老人冲着王龙的耳朵叫道："这种声音我活到现在还没有听见过。"两个男孩子也吓得号叫起来。

但是，像突然发生巨响一样，突然又是一片寂静。这时，阿兰抬起头来说："我听说的事现在发生了。敌人已经攻破城门进来了。"还没有谁来得及答她的腔，城市上空就响起了喊声，这是鼎沸的人声，起初不太清楚，像是暴雨来临前的大风，随后汇成了低沉的吼声，越来越响，直至满街都响了起来。

王龙在席棚里的地上直直地坐着，心里充满了一种奇怪的恐惧，感到毛骨悚然。大家都直直地坐着，互相呆望，不知在等待什么。他们所听见的只是人群汇集的嘈杂声，每一个人都在呐喊。

接着他们听到隔墙不远处一扇大门吱的一声打开的声响，然后那个曾经叼着烟袋同王龙谈话的男人，突然把头伸进席棚口来喊道："你们还呆在这里呀？时候到了——那个富人家的门向我们打开了！"于是阿兰像施了某种魔法似的立刻不见了，她在那人说话时从他的胳膊底下悄悄地溜了出去。

然后王龙慢慢地、有些茫然地站起来，把小女孩放下，走了出去。在那个富人家的大铁门面前，一群呼喊着的普通人拥向前去，虎啸般怒吼。他听见这种声音在街上不断高涨，便知道所有富人家的门口都有这样吼叫的男女人群；他们饥寒交迫，在这个时刻正自由地做着他们想做的事情。那个富人家的大门打开了，人们挤得风雨不透，整个人群像一个人似的往前移动。另外一些从后面赶来的人，把王龙挤进人群，不管他愿不愿意，便簇拥着他一起向前，不过他并不知道自己的愿望是什么，因为他对发生的事情过于震惊。这样王龙也随着被拥进了大门，在拥挤的人流中，他的脚就像不着地似的。人们嘈杂的喊声像愤怒的兽群，在四周不停地咆哮。

他被拥过一个又一个院子，一直被拥到最里面的内院，但住在这家的男人和女人他一个也没看见。这里仿佛是个长期废弃的宫殿，只有园内假山石之间的百合花还在开放，迎春花光秃秃的枝上开满金黄色的小花。但屋里的桌子上放着食物，厨房里的火也还燃着。这群人对这个富人家的房屋了解得非常清楚，因为他们挤过烧火做饭和奴仆们居住的前院，一直拥进了老爷太太居住的内院，那里有他们雅致的床铺、漆成黑红描金的装绸缎的箱子、雕饰的桌椅，以及挂在墙上的轴画。这群人扑向这些财物，互相抢夺从每一个刚打开的箱柜里找出的东西，结果衣服被褥和布帘碟碗从一个手里倒到另一个手里，每只手抓住的东西都有另一只手抓着，谁也不肯停下来看看他们拿到些什么。

只有王龙在混乱中没拿任何东西。他一辈子都没拿过属于别人的东西，他不能做那种事。因此，起初他站在人群中间，被挤来挤去，然后他终于有些明白过来，使劲儿往人群外面挤去，最后挤到了人群边上。他站在那里，尽管也像池边的小漩涡那样受到潮流的骚动，但他仍然能明白自己在什么地方。

他到了最后面的一个院子，这是那个富人家内眷居住的地方，有扇后门已经打开，那种后门几百年来富人家都保留着，专供遇到这种情况时逃跑用的，因此称作"太平门"。毫无疑问，听到院子里的吼声，他们今天全都通过这扇门逃走了，到街上的这处或那处去藏身，但是有一个人，不知是因为身体太胖还是因为睡得太死，没有能够逃走，结果在一间空荡荡的内室里突然被王龙撞见了。人们曾从这个人待的内室里挤进挤出，但他因藏在隐蔽的地方而未被发现，所以他认为眼下他是独个儿待着，准备偷偷溜出去逃走。由于王龙也一直躲着人群，最后只剩下他一个人，所以两人便碰在一起了。

这人是个高大肥胖的家伙，不算老也不算年轻，他一直赤身躺在床上，无疑身边曾有过一个漂亮女人，因为他赤裸的肉体从他搭在身上的紫缎睡袍下露了出来。他胖滚滚的肌肉发黄，在胸脯和肚子上叠成褶子。在他的胖脸的衬托下，他的眼睛又小又凸，像猪眼似的。他一见王龙便浑身战栗，尽管王龙手无寸铁，他还是像被人用刀子割自己的肉似的大声哀叫。王龙对这幅情景觉得奇怪，本来想笑，但这个胖家伙跪在地上，一边磕响头一边叫道："饶我一条命吧！饶我一条命吧！千万别杀死我。我给你钱，多多的钱！"

正是"钱"这个字使王龙恍然大悟。钱！是啊，他需要钱！而且他清楚地觉得一个声音正对他说："钱可以救孩子，还有土地！"

他突然用一种他自己从未有过的粗蛮嗓音喊道："那么，给我钱！"

于是那个胖子跪直身子，一边嘟哝着哭泣，一边摸索衣服的口袋。他伸出发黄的双手，手里捧满了金子。王龙撩起自己外衣的前襟把金子兜了起来。接着他又用那种别人的声音似的怪声喊道："再给我一些！"

那人又一次伸出了捧满金子的双手，低声说："现在一点也没有了，除了我这条苦命，我什么东西都没有了。"他止不住哭泣，眼泪像油滴似的从他的胖脸上淌下来。

看着他浑身战栗，哭哭啼啼，王龙突然恨起他来，他这辈子还没这样恨过谁，于是他带着满腔的愤恨喊道："滚吧，别让我再看见你，不然我就像踩一条胖蛆一样把你踩死！"

虽然王龙心肠软得甚至连牛也不敢杀，但现在喊出了这样的话。那人像狗一样从他身边跑过去，接着便不见了。

这时只剩下王龙和那些金子了。他数都没数，匆匆把金子揣进怀里，走出太平门，穿过后面的小街，回到了他的席棚。他紧紧抱着那些还有别人身上余温的金子，一遍又一遍地对自己说："我们要回到自己的土地上去，明天我们就回自己的土地上去！"

第十五章

没过几天，王龙便觉得他好像从未离开过他的土地，而他的心也确实从未离开过。他用三块金子从南方买了些好的粮种——颗粒饱满的小麦、稻米和玉米，他还毫不在乎地花钱买了些他以前从未种过的种子，例如芹菜、准备在池塘里种的莲藕、和猪肉烧在一起可以上席面的大红萝卜，以及一些小的红色的香豆荚。

甚至在到家之前，他就从一个正在耕田的农夫手里用五块金子买了头耕牛。他看见那人正在耕地，便停了下来，老人、孩子和他的女人尽管归心似箭，但也都停了下来。他们望着那头耕牛。王龙先是觉得那头牛脖子粗壮，然后马上看出它那拉牛轭的双肩坚韧有力，于是他叫道："这头牛可不怎么样！你准备把它卖多少钱呢？你看，我没有牲口，走起来很困难，我愿意照你出的价把它买下。"

农夫回答说："我宁愿先卖老婆也不卖这头牛，它才三岁口，正是最好的时候。"他继续耕地，并没有因为王龙而停下。

这时王龙仿佛觉得，在世界上所有的牛当中，他非要买这头不可。他对阿兰和他父亲说："这头牛怎么样？"

老人看了看说："看来这是头被阉过的牛。"

接着阿兰说道："这牛比他说的要大一岁。"

但王龙没有回答，因为他的心集中到了这头牛身上，他看上了它耕地的耐力，看上了它那光滑的黄毛和黑亮的眼睛。用这头牛他可以耕种他的土地，可以碾米磨面。因此他走向那个农夫，说道："我愿意给你再买一头牛的钱，多点也行，但我想买下这头牛。"

最后经过讨价还价，农夫答应以比在当地买头牛高一半的价钱卖了它。但王龙看到这头牛时突然觉得金子算不了什么，他把金子递给农夫，看着农夫把牛从轭上卸下来。他握住穿着牛鼻子的缰绳把牛牵走，心里充满了得到牛的激动。

他们到家的时候，发现门板已被拆走，房顶也不见了，屋里留下的锄、耙也都没了，唯一剩下的是几根光秃秃的桁条和土墙，甚至土墙也因来迟了的冬雪春雨而遭到了破坏。但在一开始的惊愕过去之后，王龙觉得这一切都算不了什么。他到城里去买了一只硬木做的好犁、两把锄头和两把耙子，还买了些盖屋顶用的席子——因为要等自己新的收成下来后才能有盖屋顶的草。

晚上，王龙站在家门口观望他的田地，他自己的田地，经过冬天的冰冻，现在松散而生机勃勃地躺在那里，正好适合耕种。时值仲春，浅浅的池塘里青蛙懒洋洋地鸣叫着。房角的竹子在柔和的晚风中轻轻地摇曳，在暮色中，他可以朦朦胧胧看到近处田边的簇簇树木。那是些桃树和柳树，桃树上粉红色的花蕾鲜艳欲放，柳树也已舒展开嫩绿的叶片。从静静地等待耕种的田地上升起了银白色的薄雾，宛如月光，在树木间缭绕不散。

在最初的好长一段时间里，王龙不想见任何人，只想一个人待在自己的土地上。他不去村里任何一家串门，当那些熬过冬天的饥荒而留下来的人碰到他时，他对他们也充满怒气。

"你们谁拆走了我的门？谁拿走了我的锄头和耙子？谁把我的房顶当柴烧了？"他这样对他们吼叫。

他们摇摇头，充满了善意的真诚。这个说，"那是你叔叔干的"；那个又说，"不，在这种饥饿和战争的倒霉时候，到处都是土匪盗贼，怎么能说这人那人偷了什么东西呢？饥饿使人人都变成了小偷"。

这时，姓秦的邻居蹒跚着从家里走出来看王龙，他说："整个冬天有一帮土匪住在你家里，他们把村里人和城里人都给抢了。传说你叔叔比一般老实人更清楚这帮人。不过在这种时候，谁知道什么是真的？我可不敢说哪个人不好。"

这个姓秦的人虽然还不满四十五岁，但头发已经稀稀落落，而且全都白了，他瘦得皮包骨头，整个人简直就像一个影子。王龙端详了他一会儿，然后带着同情的口气突然问道："你比我们过得还差。你都吃些什么呀？"

那人叹着气用很低的声音说："我什么没吃过呢？我们吃过街上的垃圾，像狗一样。我们在城里讨过饭，还吃过死狗。有一次，我女人没死以前，她做过一种肉汤，我不敢问那是什么肉，我只知道她没有胆子杀任何东西，要是我们吃到了肉，那一定是她找来的。后来她死了，她太弱了，还不如我能够坚持。她死了以后，我把女儿给了一个当兵的，因为我不能看着她也饿死呀。"他哽咽得说不出话来。过了一会儿，他又接着说："要是我有一点粮种，我会再种点东西，可是我一粒种子都没有。"

"到这儿来！"王龙粗声粗气地叫道，然后抓住他的手把他拉进自己家里。他让那人撩起他那破旧的外衣，把他从南方带回的种子往里面倒了一些。他给了他一点麦种、稻种和菜种，对他说："明天我就用我的好牛给你耕地。"

老秦忍不住放声大哭起来，王龙也擦了擦自己的眼睛，生气似的喊道："你以为我忘了你给过我几把豆子的事吗？"但老秦答不出话来。他哭着走了，一路上还不停地哭着。

王龙发现他叔叔已不再住在村里，这对他来说可是件喜事。谁也不知道他到什么地方去了。有人说他到一个城市里去了，也有人说他和他的老婆孩子住在一个很远的地方。但在村里他的家中是一个人也没了。王龙非常气愤地听说那些女孩子被卖了，那个长得好看的大女儿被他卖了个能够卖到的最高价，甚至最小的那个麻脸女孩也被他为了几个铜钱而卖给了一个去战场路过那里的士兵。

王龙开始踏踏实实地在土地上耕作，他甚至连回家吃饭睡觉的时间都搭了进去。他宁愿把烙饼卷大葱带到地里，站在那里边吃边想计划："这里我得种上黑眼豆子，这里得做稻秧的苗床。"

如果白天干得实在太累了，他就躺下来睡在垄沟里，他的肉贴着他自己的土地，感到暖洋洋的。

阿兰在家里也不肯闲着。她用自己的双手把席子牢牢地固定在屋顶的桁条上；从田里取来泥土，用水和成泥，修补房子的墙壁；她重新建了一口锅灶，并且把雨水在地上冲出的凹处填平。

有一天，她和王龙一起到城里去，买了一张桌子和六条凳子、一口大铁锅，为了享受，还买了一把刻着黑花的红泥壶和配套的六只茶碗。最后他们到香烛店买了一张准备挂在堂屋桌子上方的财神爷，买了两支白椴制的烛扦、一只白椴香炉和两根敬神的红烛，红烛是用牛油做的，又粗又长，中间穿了一根细苇秆做灯芯。

由于这些东西，王龙想到了土地庙里的两尊小神，在回家的路上，他走过去看了看它们。它们看上去非常可怜，脸上的五官已经被雨水冲刷掉了，身体的泥胎裸露着，破烂的纸衣贴在上面。在这种可怕的年头，没有人会供奉它们，王龙冷峻而轻蔑地看看它们，然后像训斥一个被罚的孩子似的大声说："这就是神对人行恶的报应！"

王龙的家里又收拾得一干二净了，白椴烛扦闪闪发亮，燃着的蜡烛发出红光，茶壶和碗放在桌上，床摆好了位置，上面铺了被褥，卧室里的洞已用新纸糊住，新的门板也安装到木门框上了。然而，这时王龙对他的幸福害怕起来。阿兰又怀了孩子；他的孩子们像褐色的木偶似的在门口玩耍；他的老父亲靠南墙坐着打盹儿，睡觉时微笑着；他田里的稻秧长得碧绿如玉，豆子也破土拱出了新芽。他剩下的金子，如果俭省一些，足以供他们吃到收获季节。王龙看着头顶上空的蓝天和飘过的白云，觉得他耕种的土地就像自己的肉体。他期望风调雨顺，于是不甚情愿地低声说道："我一定得在小庙的那两尊神前烧几炷香，毕竟是它们主宰着土地。"

第十六章

一天夜里，王龙和他妻子一起睡觉的时候，他觉得她胸前有一个拳头那么大的硬块。他对她说："你身上的硬块是什么东西？"

他把手放在那东西上面，发现那是个布包，虽然里面很硬，但摸的时候，它会移动。起初她使劲儿躲他，后来他抓住那个布包要摘下来时，她屈从了，对他说："这个，如果你一定要看，那就看吧。"她从脖子上把拴着的绳子拿下来解开，把那东西递给了他。

那东西用一块布包着，王龙便把布撕开。突然，一堆珠宝落在他的手里，他呆呆地望着，做梦都没有想到能把这么多珠宝聚积在一起，这些珠宝有像西瓜瓤那样的红色的，有麦黄色的，有的绿如春天的嫩叶，有的晶莹如清澈的山泉。王龙说不出这些珠宝的名字，因为他从未听说过珠宝的名字，这辈子也没见过成堆的珠宝。但是，他褐色的硬手拿着这些珠宝，从它们在半黑的屋里闪耀着的光彩，他就知道他握着的是财富。他拿着它们一动不动，对它们的色彩和形状感到陶醉，一时说不出话来，然后他和他的女人一起望着他拿着的东西。最后他屏住气低声对她说："哪里来的……哪里来的？……"

她柔声细语地回答说："从那个富人的家里。这一定是个宠妾的珠宝。我看见墙上有一块砖松了，悄悄地装作无所谓的样子走到那里，免得让别人看见而分去一份。我把砖拿开，发现了这些闪光的东西，便把它们放在了我的袖子里。"

"你是怎么知道的？"他又低声问，语气里充满了赞赏。她唇上带着眼里从不表示的微笑答道："你以为我没有在富人家里住过？富人老是害怕。有一个荒年，我看见盗贼冲进老黄家的大门。侍妾们和老夫人自己四处奔跑，每个有点财宝的人都把财宝塞到某个已经找好的秘密地方。所以我知道一块砖松动了意味着什么。"

接着他们又陷入了沉默，静静地望着那些珠宝。过了好大一会儿，王龙吸了一口气，坚定地说："我们不能这样保存着这些珠宝。必须把珠宝卖掉变成保险的东西——变成土地，因为只有土地才是最保险的。如果有人知道了这事，第二天我们就有可能会死的，一个强盗会拿走所有的珠宝。这些珠宝一定要马上变换成土地，不然我今夜就睡不安稳。"

他说的时候又用那块布把珠宝包了起来，用绳子结结实实地扎好，然后打开他的衣服塞进了怀里。这时他偶然瞥见了她的脸。她正盘腿坐在床上，她那从无表情的沉重的脸上略微显出留恋的神色，他张着双唇，忍不住把脸凑过去。

"喂，怎么啦？"他问道，对她的表情感到惊奇。

"你要把它们全都卖掉？"她用沙哑的声音低声问。

"为什么不呢？"他吃惊地答道，"为什么我们要在一座土房子里保存这样的珠宝呢？"

"我希望给自己留两颗，"她说，语气中带着一种无望的悲伤，好像她什么都不指望了，因为王龙有些激动，就像他的孩子要他买玩具或买糖时那么激动。

"干什么！"他惊异地大声说。

"如果我能留下两颗，"她谦卑地继续说，"只留两颗小的甚至两颗小的白珍珠也行……"

"珍珠！"他重复说，感到大惑不解。

"我会留着它们，我不戴，"她说，"只是留着它们。"她垂下的眼睛盯着褥子上一块开线的地方微微转动，像一个几乎不期望回答的人那样，耐心地等待着。

这时，王龙虽不理解，但却开始琢磨起这个又笨又忠实的女人的心思：她干了一辈子活从没有得到过什么报酬，她在富人家里见过别人戴珠宝，而她自己的手连摸都没有摸过。

"有时候我可以把它们拿在手上。"她补充说，似乎她是在自己对自己说话。

王龙被某种他无法理解的东西感动了，于是他从怀里拿出布包，打开包着的珠宝，默默地递给了她。她在光彩夺目的珠宝中间寻找，褐色的硬手小心地把珠宝拨来拨去，直到找着两颗光滑的白色珍珠。她将这两颗拿出来，然后又把其他的包上，交还给王龙。她拿着那两颗珍珠，从衣角上撕下一小块布来，然后把它们包好藏进了怀里，她得到了很大的安慰。

但王龙瞧着她，感到惊异，他只是一知半解，因此那天和后来几天，他常常停下来凝视着她，并且自言自语地说："看来，现在我女人仍然把那两颗珍珠藏在怀里。"但他从未见她把珍珠拿出来看看，因而他们也根本没有再谈起它们。

至于其他珠宝，王龙考虑再三，最后决定到那个大户人家去，看看是否有更多的土地可买。

于是他现在又到那个大户人家来了。这些日子那里已经没有看门人站在门口，搓揉他黑痣上的长毛，蔑视那些不经过他传唤进不了黄家的人。相反，大门紧紧地关了起来。王龙用双拳砰砰地敲门，但没有一个人出来。街上走过的人抬起头看看，对他喊道："喂，你可以不停地敲门。要是老爷子醒着，他也许会出来；要是一个丫头看见迷了路的狗在附近，她也许会开门，假如她喜欢那条狗的话。"

不过，他终于听到了缓慢的脚步声朝门口走来，慢腾腾的、懒散的脚步停停走走。接着他听到铁门闩正被慢慢拉开，大门吱吱嘎嘎地响了，一个沙哑的低声问道："谁呀？"

王龙虽然感到吃惊，但却大声地答道："是我，王龙。"

一个愤愤然的声音说："混账，王龙是谁呀？"

从那骂人的口气，王龙知道这人就是老爷子本人，因为那口气好像骂惯了奴仆丫头。因此王龙比刚才更谦卑地答道："老爷，我来是有点小事。我不想打扰老爷您本人，而是要和为老爷您做事的管家谈一点小小的生意。"

但是，黄老爷没有把门开得再大些，而是隔着门缝噘着嘴答道："那个该死的狗东西好几个月以前就从我这儿走了。他不在这儿了。"

听到这个回答之后，王龙不知如何是好。没有中间人，直接和黄老爷说买地的事，这是不可能的。然而那些珠宝挂在他的胸前热得像火似的，他想摆脱它们，而更重要的是他想得到土地。用他现有的种子，他还可以再种现在已种的这么多地，他想把黄家的好地要过来。

"我来这里是谈一点钱的事。"他说，显得犹豫不决。

黄老爷立刻把门关上了。

"这个家里没有钱了，"他用比刚才大得多的声音说，"那个做贼做强盗的管家，我日他奶奶娘的，把我所有的东西都拐走了。我什么债也还不了了。"

"不不！"王龙急忙叫道，"我是来花钱的，不是来讨债的。"

说完这话，一个王龙还没有听到过的尖声尖气的声音喊了起来，接着一个女人的脸突然伸出了门外。

"啊，这可是我好久没有听到过的事了！"她酸溜溜地说。王龙看见一个漂亮精明的红扑扑的脸正在向外望着他。"进来吧！"她轻快地说，然后把门开得大些让他进去。当他吃惊地站在院子里的时候，她又在他背后把门闩上了。

老爷子站在那里一边咳嗽一边看着，他穿着一件又脏又旧的灰绸大褂，下摆处拖着一条磨脏了的毛皮边。人们可以看出，这曾经是件上好的衣服，尽管沾上了污点，缎料还是又挺又滑，只是皱巴巴的像当睡衣用过。王龙看看后面的老爷，既感到奇怪又有些害怕，因为他一辈子都有些怕这个大户人家的人。他曾经听人们谈起过那么多次的黄老爷，好像不可能就是这个老朽的家伙。这个人仿佛还不如他的老父亲令人敬畏，实际上也确实如此，因为他父亲是个衣着干净、满面笑容的老人，而这位从前肥胖的黄老爷现在非常消瘦，皮肤上挂满皱褶，没有洗脸，也没刮胡子，发黄的手摸着松弛的老嘴唇簌簌颤抖。

那个女人穿得倒非常整洁。她的脸冷峻而精明，有一种像鹰似的目光，高高的鼻子，黑亮的眼睛，灰白的皮肤过紧地贴在骨头上，红红的脸颊和嘴唇显得有些冷酷。她乌黑的头发像镜子一样又光又亮，但从她的说话中人们可以听出她不是老爷家里的人，而是一个丫鬟，因为她的声音又尖又酸。除了这个女人和老爷两人，院子里再没有别的人了，而从前院子里总有男男女女和孩子们跑来跑去，做这做那，照看这个富有的人家。

"现在说钱的事吧。"女人机灵地说。但王龙有些犹豫，他不好当着黄老爷的面说。那个女人极善察言观色，立刻看出了这一点，她尖声尖气地对那个老人说："你先进去！"

那位老爷一句话没说，默默地摇摇晃晃地走了，他的旧软布鞋从脚后跟上掉下来，拖拖拉拉，走起来颇费力气。

王龙单独跟这个女人留在一起，不知道该说些什么或做些什么。他对到处衰败的景象感到惊异。他向第二进院里看看，那里也没有一个人，他看到的是一堆堆脏东西和垃圾，杂草、树枝和干松树叶子散乱在地上，种植的花木都已死去了，整个院子好像很久都没人扫过。

"喂，木头脑袋！"那个女人尖声尖气地说。王龙被她的说话声吓了一跳，他没有料到她的声音竟尖得如此刺耳。"你有什么事？要是你有钱，给我过过目吧。"

"不，"王龙小心地说，"我没有说我有钱。我说的是生意。"

"生意就意味着钱，"那个女人接过话茬说，"不是进钱就是出钱，但这个家现在是出不了钱的。"

"说得不错，但我不能跟一个女人谈。"王龙温和地反驳道。他搞不清自己所处的形势，仍然向四周观望。

"为什么不能呢？"那个女人愤怒地反问，然后她突然大声对他说，"傻瓜，难道你没听说这家没有人了？"

王龙无力地看看她，并不相信，于是那个女人又对他喊道："只有我和老爷了！再没有别人！"

"那么，到哪儿去了？"王龙问，他太惊奇了，竟不知该说什么好。

"嗯，老太太死了。"那个女人回答道，"你在城里没听说土匪冲进家里，把他们要的丫鬟和财物全都抢了去？他们把老爷拴住大拇指吊起来狠打。他们把老太太堵住嘴绑在椅子上。全家人都跑了。但我留了下来。我藏在一只盛着半瓮水的瓮里，上面盖上木盖。我出来的时候，他们全都走了，老太太死在椅子上，不是被打死的，而是受惊死的。她的身体因为抽鸦片都掏虚了，经不住那种惊怕。”

"那奴仆丫鬟们呢？"王龙喘着气问，"还有看门的呢？"

"哼，那些人，"她不屑一顾地说，"他们早就走了，长脚的全都走了，因为到了隆冬时节，既没有吃的也没有钱了。实际上，"她把声音放低，"土匪当中有许多都是长工。我亲眼看见了看门的那条狗——是他带的路，虽然他在老爷面前把脸转向了一边，但我还是看见了他黑痣上的那三根长毛。还有其他一些人，因为如果不是熟悉这个家的人，怎么会知道珠宝藏在什么地方？又怎么会知道秘密收藏的珠宝没有被卖掉？我不想把这件事归罪到管家一个人身上，虽然他会认为在那次事件中公开露面有失尊严，然而，他毕竟是这户人家的一个远房亲戚呀。"

那个女人沉默下来，院子里一片寂静，像一切都死了一样寂静。接着那个女人又说："但这一切都不是突然发生的。老爷这一生，还有他父亲的一生，这个家一直在衰落。这两个老爷都不管田地，而是管家给多少钱算多少钱，而且花钱时毫不在乎，像流水一样。到了这几代人手里，土地逐渐失去了力量，开始一点一点地被卖了。"

"少爷们到哪儿去了呢？"王龙问，他仍然四下观望，简直不能相信会有这样的事情。

"东的东，西的西，"那个女人不在意地说，"好在两个姑娘在出事前嫁出去了。大少爷听到他父母的事情后派人来接他父亲，但我劝老人别去。我说：'谁留在这些院子里呢？总不该是我吧？我只是个女人。'"她在说这些话时不好意思地噘着小嘴，垂下她那双大胆的眼睛，停了一会儿，又说，"再说，这些年来我一直是老爷他忠实的奴婢，也没有别的家可去。"

这时王龙仔细看了看她，很快地转身走开。他开始明白这是怎么回事了，一个女人依恋年迈将死的老人，为的是得到他最后剩下的东西。于是他轻蔑地对她说："既然你只是个丫鬟，我怎么能同你做生意呢？"

听到这话，她对他喊道："我让他做什么他就做什么。"

王龙对这个回答思考了一下。是呀，这家有的是土地。如果他不买，别人也会通过这个女人买的。

"剩下的地还有多少？"他不得已地问。她立刻看出了他的目的。

"要是你来买地，"她很快地答道，"这里是有地可买的。城西有一百亩，城南有二百亩，他都准备要卖的。虽不是一整块地，但每块都很大，一起卖掉都可以。"

她一口气说完了这些话。这使王龙明白：她知道老爷剩下的所有的东西，甚至连最后一寸土地都知道。但他仍然不大相信，也不愿跟她做生意。

"没有儿子们的同意，老爷不可能把家里的地全都卖掉吧？"他表示了他的怀疑。

但那个女人马上把他的话接了过去："至于那个，儿子们已经告诉他能卖的时候就卖掉。哪个儿子都不愿意住在这里。在这些饥荒的日子里，乡下到处都是土匪，他们都说'我们不能住在这样的地方。咱们卖了地把钱分了吧'。"

"可是我把钱交到谁手里呢？"王龙问，心里仍然不信。

"交到老爷手里——还会有谁呢？"那个女人毫不思索地回答。但王龙知道老爷手里的东西会落到她的手里。

因此他不想再和这个女人多谈，他转身走开，说道："改日再说吧——改日再说吧——"一边说一边向大门走去。

她跟着他，在他后面一直喊到街上："明天这个时候——这个时候或下午——什么时候都行啊！"

他没有理她，径直向大街走去。他心里很是迷惑，觉得需要好好想想他刚才听到的事情。他走进一家小茶馆，要了一壶茶。当跑堂的把茶利落地放到他面前，不客气地抓住他付的铜钱扔着玩的时候，他已经陷入了沉思。他越想那个大户人家的衰落就越觉得可怕：从他爷爷的一生到他父亲又到他自己的一生，这家富户一向是城里有势力的名门望族，现在竟衰败破落了。

"这是他们离开田地的结果。"他有些遗憾地想道。然后他想到自己的两个儿子，他们正像春天的竹子一样蹿着长。他下了决心，从这天起，不许他们再在阳光下玩耍，要让他们下地干活，让他们从小打骨子里记住脚下的土地，知道靠手里的锄把吃饭并不容易。

然而，这时他身上带着的这些又热又重的珠宝仍然使他担惊受怕，仿佛它们的光华会透过布包闪耀，有人会喊出："啊，这里有个穷人带着皇帝的珠宝！"

只有把它们变成土地他才能安宁。因此，他看到店主有点空闲时便把他叫了过来，对他说："来，我请你喝杯茶，给我讲讲城里的新鲜事，我一冬天都没有来这里了。"

店主一向愿意跟别人谈这类事，特别是别人花钱让他喝自己店里的茶时更是如此，于是他高兴地坐到王龙的桌子旁边。这人长着一副黄鼠狼似的小脸，左眼上有个萝卜花。他的衣服又硬又黑，胸前和裤子上沾满油渍，因为他除了卖茶，还卖饭，而饭是由他自己做的。他常常喜欢说："俗话说，'好厨子穿不上干净服'。"因此他觉得自己不干净并不算什么。他坐下后，立刻和王龙谈了起来："嗯，除了许多人饿死以外——这已经不是什么新鲜事了，最大的新鲜事要算黄家被抢的事了。"

这正是王龙希望听的事。店主继续兴致勃勃地给他讲那件事，绘声绘色地说留下的几个侍妾怎样哭喊，怎样被带走，那些留下的姨太太怎样遭到强奸，怎样被赶出去，有的甚至被带走，结果现在那个家里根本没人住了。"一个人都没了，"店主最后说，"只有老爷自己了，他现在完全听凭一个叫杜鹃的侍女的摆布，这个侍女靠着自己的聪明，在老爷屋里待了多年，而其他人都是待不久的。"

"那么，这个女人管事吗？"王龙问，仔细地听着。

"这阵子她什么都能管，"那人答道，"就目前来说，不管什么东西，她能抓的就抓，能吞的就吞。当然，总有一天少爷们在别的地方办完事会回来的，到时候光凭她自己说她忠心耿耿是骗不到他们的奖赏的，那时她就得离开。但她现在已经安排了日后的生活，即使她活一百岁也没有问题。"

"他们家的地怎么样了？"王龙终于问，急切得声音有些发抖。

"地？"店主有些不解地说。对这个茶馆的主人来说，土地是毫无意义的。

"他们家的地卖不卖？"王龙着急地问。

"噢，田地呀！"那人心不在焉地回答。这时一个顾客进来，他站起身，边走边喊道："我听说他们家的田地要卖，只有那块六代相传的坟地不卖。"然后他招待那位客人去了。

听了刚才那番话，王龙也站起身，走了出去。他又来到那大户人家的门前，那个女人出来为他开了门。他没有进门，站在那儿对她说："先告诉我，老爷是不是在卖地契约上盖他自己的印章？"

那个女人眼睛盯着他，赶忙答道："他会的——会的——我可以用自己的生命担保！"

然后王龙直板板地对她说："你们卖地是要金子、银钱还是珠宝？"

她的眼睛亮了起来，说道："我要把地换成珠宝！"

第十七章

　　王龙现在有了更多的土地，一个人一头牛耕种不过来了，把剩下的那么多稻麦贮藏起来也成了问题，于是他在房子旁边又盖了一间房子，买了一头驴，并且对他的邻居老秦说："把你那块地卖给我，离开你那个孤零零的家，到我家里来，帮着我一起种地吧。"老秦同意了，他很高兴这么做。

　　那年雨下得及时，稻秧长得很好。收割完小麦，这两个人在水田里插种了稻秧，这是王龙种稻子种得最多的一年，因为丰富的雨水使以前的旱地这年也适宜种稻。接下来到了收获的季节，光他和老秦两人忙不过来，要收割的稻子太多了。于是王龙又雇了两个住在村子里的人来帮他收割。

　　他在从黄家买来的那块地里干活的时候，又想起了那个衰败的大户人家的懒惰的少爷。因此，每天早晨他严厉地吩咐两个儿子与自己一起下地，让他们干些力所能及的活计，比如牵牛啦，牵驴啦等，即使他们干不成什么大活，至少也让他们知道太阳晒在身上有多热，在田垄里走来走去有多累。

但他不让阿兰下地干活，因为他不再是穷人，而是个随时可以雇用帮手的人了，再说他也看到这年地里得到了前所未有的好收成。他不得不再增建一间房子来收藏粮食，否则他家里连走路的地方都没了。另外，他买了三头猪和一群鸡，用收获时散落的粮食来喂养。

那时阿兰在家里做活。她为每个人做了新衣新鞋，为每张床上做了絮着新棉花的花布被褥。全都做完之后，他们有了比以往任何时候都多的衣服和铺盖。然后，她自己躺到床上，又要生孩子了，她这次仍然不要任何人待在身边。尽管她可以雇个她看得上的人，但她还是愿意一个人生。

这次她生的时间很长。晚上王龙回到家里时，看见父亲站在门口笑着说："这次是对双生！"

王龙走进里屋，阿兰和两个新生的孩子躺在床上，一个男孩，一个女孩，长得一模一样。他因为她生了双胞胎而高兴得狂笑起来，突然想起一件可以逗乐的事，他说："这就是为什么你要在怀里揣着两颗珍珠！"

他对自己想起说这句话又笑了起来。阿兰看到他这样高兴，也慢慢露出了痛楚的微笑。

这时候王龙再没有什么犯愁的事了，唯一的心事是他的大女孩子既不会讲话，也不会做她那种年龄该做的事情，在看到父亲瞧她时，她仍然只会像婴儿那样微笑。不知是因为她生下的那年太苦太饿还是别的什么，一个月一个月地过去了，王龙期待着她学会说话，哪怕像小孩子那样叫他"大大"也好，但他一直听不到，能看到的只是她的甜甜的笑脸，于是他在看她的时候，总是喃喃地说："小傻子，我的可怜的小傻子！"而他在心里却对自己呼喊着："要是我把这孩子卖了，他们发现她这个样子，一定会把她弄死的！"

仿佛为了对这个孩子做些补救，他待她很好，有时候他把她带到地里。她默默地跟着他，而他说话和看她的时候她便微笑。

王龙这辈子和他的父亲与爷爷全都靠田地为生，在他们生活的这一带，每隔五年左右就有一次荒年，如果神仙宽厚仁慈，也有隔七八年甚至十年一次的时候。这是因为老天爷要么下雨太多，要么根本不下，或者因为下雨和远处山里冬雪融化使北面的河水泛滥，越过几百年来由人工建造的防洪堤坝淹没田地。

这里经常有人离开土地然后又回到土地上来。但王龙现在决定积累他的家产，他要把家产搞得厚厚的，再遇到荒年，他就可以不离开土地，而靠好年成的收入一直生活到下一个丰年。他决心这么做，神也帮他的忙。连续七年，每年的收获吃用后都有富余。他每年都添雇人手帮他耕作，一直雇到了六个。他还在老家的后面新建了一座房子，院子正面是一间大屋，院子两边靠着大屋子是小的厢房。新建房子的房顶盖了瓦，但墙仍然是用田里的泥土打的土坯做的，只是他把墙抹了白灰，显得又白又干净。他和他的全家搬进新房，而他雇来的人和他们的领工老秦则住在前面的旧房里。

到这个时候，王龙已经全面地考验过老秦，他发现他非常诚实可靠。因此他便让老秦管理他的雇工和土地，给他较多的工钱——除了供他吃饭，每月给两块银钱。尽管王龙劝他多吃、吃好，但他仍然不长肉，他总是那么又瘦又小，那么严肃认真。然而他很愿意干活，慢条斯理地从早干到晚，从不讲话，如果有什么事要说，他说话的声音也很低，但他最喜欢的还是什么事都没有，这样他就用不着说话。他一小时又一小时地不停地锄地，早晨或晚上，他把水或人的粪尿挑到地里倒进菜畦。

但王龙知道，如果哪个雇工每天在枣树底下睡的时间太长，或者吃家常豆腐时吃得太多，或者在收获时让他的老婆孩子偷几把打下来的粮食，那么到年底主人和雇工聚餐时，老秦就会悄悄地对王龙说："这个人和那个人明年不要再雇了。"

这两人之间几把豆子和粮种的交换，似乎使他们结成了兄弟，只是王龙虽然年轻却占了老大的位置，而老秦也从来没有忘记他是受雇于人，住在一间属于别人的屋里。

到第五年年终的时候，王龙自己便很少在地里干活，他的地增加了很多，他得把全部时间用在销售他的农产品和指挥雇工上面。他没上过学，不识字，感到非常不便。另外，他觉得这也是件不光彩的事。每当在买卖粮食的店里签合同的时候，譬如签了多少小麦和稻米的合同，他就必须谦恭地对城里那些高傲的经纪人说："先生，请给我念念好吗？我自己太笨了。"

他还觉得不光彩的是，当他必须在合同上签字时，另一个人甚至一个小伙计会蔑视地抬起眉毛，用毛笔蘸着墨，匆匆写下"王龙"这两个字。但最使他觉得不光彩的是替他签名的人开他的玩笑："是龙王的龙还是聋子的聋？还是别的什么字？"

而王龙不得不谦卑地答道："你怎么写都行，我实在不知道怎么写我的名字。"

这是秋后的一天，粮店的几个小伙计中午闲着没事，正说着粮店里发生的这些事情，他们比王龙儿子大不了多少，但却发出了一阵阵哄笑声。王龙听了以后非常气愤，在穿过自己的田地回家时，他自言自语地说："哼，城里那些家伙谁都没有一寸土地，可是每个人都能像鹅一样咯咯地笑我，这只是因为我不识字。"这时他渐渐消了气，心里说："我一不会读，二不会写，也确实使我有些丢人。我不能让大儿子再下地了，他应该进城里的学校去读书。以后我到粮市上去，他会替我念账写账，也不会有人再这样嘲笑我这个种地的人了。"

他觉得这个想法不错，于是当天就把大儿子叫到跟前来——他现在已经成了一个挺拔的、高高的十二岁的男孩子，长得像他母亲，宽脸庞，大手大脚，但眼睛像他父亲的一样机灵。当这个孩子站到他面前时，他说："从今天起不要再下地了，因为我需要家里有个识字的人，能念合同，能替我签字，这样我在城里也就不会丢人了。"

这个孩子激动得满脸通红，眼睛也亮了起来。

"爹，"他说，"两年来我一直想我可以上学，可是我不敢问您。"

这时，弟弟听说了这事，他走进来，一边哭一边抱怨。他常常这样做，因为他刚会说话就是个爱说爱吵的孩子，而且动不动就哭，说他的那份比别人的少。现在他啜泣着对他父亲说："我也不在地里干活了。哥哥舒舒服服地坐着念书，我和他一样是你的儿子，却在地里和雇工一样干活，这不公平！"

王龙顶不住他的吵闹，而且如果他大声哭着要什么东西，王龙总会满足他，所以王龙赶紧说："好，好，你们俩都去，万一老天要走了一个，还有另一个有知识的为我做生意。"

然后，他让孩子他娘到城里买布给每个孩子做件大衫，而他自己亲自到文具店里买了纸、笔和两个砚台。虽然他对文具之类的东西一点不懂，而且不愿意说他不懂，但他还是对店家拿给他看的东西挑挑拣拣。终于，一切都准备停当，于是他安排把两个男孩子送进城门附近的一家私塾。私塾先生是个老头儿，以前曾多次参加科举考试而没有中榜。因此他在他家的堂屋里放了一些桌椅，每个节日收一小笔钱做学费，便教起孩子们来了；他教孩子们读"四书五经"，如果孩子们偷懒，或者背不出他们从早到晚一天内所学的东西，他就用他那把折起来的大折扇敲打他们。

只有在春夏天热时学生们才能松弛一下，因为那时老先生吃过午饭要打盹儿睡觉，昏暗的小屋里会响起他熟睡的鼾声。每逢那时，孩子们交头接耳，嬉闹玩耍，画些恶作剧的图画互相传看，偷偷笑着看一只苍蝇在老先生张开的下巴周围嗡嗡飞舞，甚至就苍蝇会不会飞进老头儿嘴里互相打赌。但当老先生突然睁开眼睛时——他常常像没有睡着似的一下子把眼睁开，他们还懵懵懂懂的没有察觉呢，这时候，他就会拿起他的扇子敲敲这个的脑壳，打打那个的脑袋。听到他那大扇子的敲打声和孩子们的喊声，邻居们就会说："这到底是个很好的老先生啊。"而这也正是王龙选择这家私塾让儿子们来学习的原因。

他第一天带儿子们去私塾时走在他们前面，因为父亲和儿子并排走是不合适的。他用一块蓝手巾包了满满一手巾新鲜鸡蛋。到学校时他把这些鸡蛋给了那位年迈的先生。王龙看到老先生的大眼镜、他又长又肥的黑布大衫，以及他冬天也拿着的大扇子，感到有些敬畏，他在老先生面前鞠了一躬，然后说："先生，这是我的两个不懂事的孩子。要让他们的笨脑袋瓜子开窍，不打是不行的。所以，要是你愿意让我高兴，你要狠狠地鞭笞他们，强迫他们学习。"两个男孩站在那里，望着凳子上坐着的其他孩子，那些孩子也目不转睛地望着他们。

但留下两个孩子一个人回家的时候，王龙因自豪而有点心花怒放了，因为他觉得，在那间屋里的所有孩子中间，没有一个比得上他的两个孩子那么高大强壮，也没有一个脸上有那种黑油油的光彩。当他走过城门碰到一个同村的邻居时，他这样回答了那人的问话："今天我是从我儿子的学校回来的。"使那人吃惊的是他回答时好像非常漫不经心，"现在我不需要他们在地里干活了，他们可以学到一肚子学问。"

但那人走过之后，他对自己说："要是大儿子在学习中拔尖，我一点也不会觉得奇怪！"

从那时起，两个男孩子也不再叫"大小子"和"二小子"了，而是由老先生给他们起了名字。这位老先生研究了他们父亲的职业，给儿子们确定了两个名字：大的叫农安，二的叫农文，每个名字中的第一个字的意思都是指财富从土地而来。

第十八章

这样，王龙积聚了他的家产。第七年的时候，由于西北的雨雪过量，从那里发源的村北的大河河水暴涨，河水冲破了堤岸，淹没了整个地区的田地。但王龙并不害怕。虽然他的地里有五分之二变成了湖泊，水深得没过了人的肩头，但他并不害怕。

整个春末夏初，水位不断高涨，终于泛滥成一片汪洋，水面潋滟荡漾，倒映着云层山月以及树干淹没在水中的柳树和竹子。这里和那里，到处有些主人已经离去的土坯房子，慢慢地坍塌，陷进水里和泥里。同样，所有不像王龙那样建在小山上的房子，也都坍塌陷落了。小山像突出的岛屿。人们靠船和城里来往。而且有些人已经像以前那样饿死。

但王龙是不害怕的。粮市上欠他的钱，他的仓室里装满了过去两年的收成，他的房子高高地矗立在小山上，离水还很远，他没有任何要怕的事情。

但是，由于大量土地不能耕种，他有生以来还没有任何时候比现在更为闲散。他睡得不能再睡，他做完了该做的一切，无所事事和丰足的饭食使他烦躁起来。此外，还有那些雇工，他雇了他们一年，让他们吃了饭半闲着，一天天等洪水消退，而他自己去干活也太愚蠢。所以，他让他们修理旧房子的屋顶，让他们在新屋顶漏雨的地方安上瓦，吩咐他们修理锄、耙和耕犁，安排他们饲养家畜，让他们买来鸭子在水上放养，还让他们把麻编成绳子，所有这些活以前他自己种地时都得靠自己去干。这一切都做过之后，他自己什么活也没了，他不知道自己该做些什么。

　　一个人不能整天坐着，看着一片湖水淹没他的土地，他也不能吃下比他肚子能盛下的更多的东西，而且王龙睡过一觉以后便不能再睡。他焦躁地在房子周围漫步，整个家里一片寂静，对精力充沛的他来说，这简直是太静了。老人现在已经变得非常虚弱，眼睛已经半瞎，耳朵差不多全聋了，除了问问他是否暖和、是否吃饱或是否想喝茶，根本没有必要去和他说话。这使王龙觉得急躁，因为老人看不见儿子现在多富，总是嘟囔他碗里放没放茶叶，说什么"一点水就够了，茶叶就是银钱啊"。不过，也用不着告诉老人什么，因为他听了也立刻就忘。他生活在自己扭曲了的世界里，大部分时间都梦想着他又成了一个青年，精力旺盛，他已很少看到现在他身边发生的事情。

　　老人和大女儿——她根本不会说话，而是一小时一小时地坐在她爷爷身边，把一块布折了又折，然后冲着那块布发笑——这两个人对兴旺发达、精力充沛的他都无话可说。当王龙为老人倒上一碗茶，用手摸摸女儿的脸蛋时，他看到她那种甜甜的无意义的微笑，但这种微笑很快就令人悲伤地从她脸上消失，留下一双迟钝的、暗淡无光的眼睛，其他什么都没有留下。他常常在离开他的女儿后沉默一会儿，这是他女儿在他心上留下的悲伤的标志。然后他会看看他那两个最小的孩子，他们现在已经能在门口高兴地跑来跑去了。

但是一个人不会仅仅满足于和傻乎乎的小孩子逗乐，他们嬉笑了一阵后会很快去玩自己的游戏，这样王龙又成了独自一个人，心里又充满了不安。要不他就是看看他的妻子阿兰，这是一个男人看一个和他一起亲密地生活过的女人，他们太亲密了，她的身体他知道得清清楚楚，甚至都看够了，她的事他无所不知，他不可能指望从她身上得到什么新鲜的东西。

但王龙觉得他好像一生中第一次看阿兰，他看出她是一个任何男人都不会说漂亮的女人，她是个平庸的普通妇女，只知默默地干活，从不考虑别人觉得她长相如何。他第一次看到她的头发是棕色的，蓬乱而没有油性；她的脸又大又平，皮肤也很粗糙；她的五官显得太大，没有一点美丽和光彩，她的眉毛又稀又少，嘴唇太厚，而手脚又大得没有样子。他以奇特的眼睛这样看着她，对她喊道："现在谁看见你都会说你是个普通人的老婆，而绝不会说你是个又有地又雇人耕种的人的妻子！"

这是他第一次说到他觉得她长得如何，因此她用一种迟钝而痛苦的凝视回答他。她正坐在一条板凳上纳鞋底，她停下手里的针，吃惊地张着嘴，露出了她那发黑的牙齿。然后，仿佛她终于明白了他在像一个男人看一个女人那样看她时，她高颧骨的双颊变得通红，她低声说："自从我生了那对双胞胎，我的身体一直不太好，心里总像有团火似的。"

他看得出，她天真地认为他对她的指责是因为七年多来她未再怀孕。因此他用一种比他的本意更粗的语气答道："我是说，你不能像其他女人那样买点油擦擦头发，给自己做件新的黑布衣服？你穿的那双鞋也同一个地主的妻子不相配，而你现在是地主的妻子呀。"

但她什么都没说，只是恭顺地看着他，不知道她做了些什么，她把脚蜷起来藏到了她坐着的板凳底下。这时，虽然他心里觉得不该指责这个多年来一直像狗一样忠心地跟着他的女人，虽然他也想起了他穷的时候，一个人在地里干活，她刚生下孩子就从床上爬起来到地里帮他收割这些事，但他仍然抑制不住胸中的愤懑，继续违抗内心的意愿，无情地说道："我一直苦干，现在已经富了，我希望我老婆看上去不要像个雇工。你那两只脚……"

他不说了。他觉得她浑身上下都不好看，但最不好看的还是她那双穿着松松宽宽布鞋的大脚；他不高兴地冲那双脚看看，这使她又把脚往凳子下面缩进去一些。终于她低声地说道："我娘没给我裹脚，因为我很小就被卖了。不过女儿的脚我会裹的——小女儿的脚我一定会裹的。"

但他自己的心情非常不好，因为他对自己生她的气感到惭愧，而且他生气是因为她对他的不满只是感到害怕而毫不反抗。

于是他穿上他的新大衫，烦躁地说："算了，我要到茶馆去，看看能不能听到点新鲜事。在家里只有傻子、老糊涂和两个孩子。"

他往城里走的时候，心情越来越坏了，因为他突然想起，要不是阿兰从那个富人家里拿了那些珠宝，要是他要这些珠宝时她没有给他，他的这些新地一辈子都不可能买到。但他想起这些事时，心里更来火了，他像故意与自己的心作对似的说："哼，她并不知道她在做些什么。她拿那些珠宝是为了好玩，就像一个小孩子拿一把红绿色的糖果一样；如果不是我发现了，她会把那些珠宝永远藏在怀里的。"

这时他猜想她是否仍然把那两颗珍珠藏在怀里。但以前他觉得新奇的地方，有时他会渴望并在头脑里描绘的某种东西，现在想到时却心生轻蔑，因为喂过好几个孩子，她的乳房松弛了，像油瓶一样吊着，再没有一点魅力。把珍珠放在这样的乳房间是愚蠢的，而且是一种浪费。

不过，如果王龙仍然是个穷人，或者如果水没有淹没他的田地，那么所有这一切很可能都不算什么。但他有钱了。他家的墙里藏着银钱，新房子的砖地底下埋着一罐子银钱，在他和妻子睡觉的屋里，箱子里放着用包袱包着的银钱，他们的床垫子里缝着银钱，而且他的腰里也缠满了银钱，一点都不缺钱用。因此现在从他身上出钱不仅不像割肉出血，而且钱在他腰里摸着都烫手，他真急于想这么花花那么用用；他开始对钱满不在乎了，而且开始想干些什么事来享受一下他的男子汉的生活。他觉得一切都不像以前那么好了。他以前常去的那家茶馆——那时他觉得自己是个普通的乡下人，进去时缩手缩脚——现在在他看来又脏又简陋。以前他坐在那里，谁也不认识他，连跑堂的也对他傲慢无礼，可现在他一进去，人们就会互相议论，他听见一个人对另一个人低声说："那就是从王家庄来的那个姓王的，他买了黄家的地，那是闹大饥荒那年，老爷子死的那个冬天。他现在富了。"

王龙听到这话后坐了下来，表面上并不在意，但心里对自己的地位深感得意。不过今天他刚指责过妻子，因此这样受人尊敬也不能使他高兴起来。他郁闷地坐在那里喝茶，觉得他生活中没有一件事像他想象的那么好。接着他像突然想到似的自言自语道："为什么我要在这个茶馆里吃茶？他的主人是个眼睛长萝卜花的小老头儿，他挣的还不如给我种地的长工多，我有土地，儿子又是学生。"

于是他迅速站起身，把钱扔到桌子上，在任何人还没来得及跟他说话之前就走了出去。他在城里的街上徜徉，不知道自己希望做些什么。他曾经路过一个说书摊，在挤满人的长凳子的一头坐了一会儿，听那个说书的人讲古代三国的故事，那时候的将军又勇敢又狡猾。然而他仍然感到烦躁，不能像别人那样被说书人的故事迷住，再说那人敲铜锣的声音也使他厌烦，于是他又站起来走了。

当时城里有一家新开的大茶馆，是从南方来的一个人开的，那人对茶馆业务非常熟悉。王龙在此以前曾经从那个地方走过，那时想到把钱花在赌博和婊子身上他总感到害怕。但是现在，为了摆脱因闲散而引起的烦躁，为了忘掉他曾经对他妻子不公平的想法，他朝着那个地方走去。他想看见或听到某些新鲜事的愿望驱使着他。于是他便走进了那个摆满桌子的又大又明亮的屋子。尽管那房子对街开着，他还是走了进去，姿态相当勇敢，甚至极力显得胆子很大，这是因为他心里胆怯，他想起了只是在过去几年内他才成了富人；以前不论什么时候，他都只能有一两块银钱的积余，再说自己还在南方城市里拉人力车卖过苦力呢。

起初他在大茶馆里一句话也不讲，他默默地买了茶，一边喝着，一边惊异地观望四周。这家茶馆是一个大厅，屋顶漆成了金色，墙上挂着一些绘在白绢上的女人画像。王龙偷偷地观看这些女人，觉得他们只能是梦里的女人，因为他没见过世上有一个女人像她们那样漂亮。第一天，他看了这些女人，匆匆喝完茶便走了。

但洪水仍然未退，因此他便天天上这家茶馆喝茶。他一个人坐着喝茶，观赏着那些美女画像。每天他都多坐一会儿，因为家里地里都没有什么事可干。他本来可以这样一直继续下去，因为尽管他在十多处藏着银钱，但他仍然是乡下人的样子，在那家富丽的茶馆里，他是唯一穿布衣而不穿绸衣的人，而且他留着任何城里人都不留的辫子。然而一天晚上，他正坐着喝茶，从大厅后面的一张桌子旁观望的时候，一个人从靠在远处墙边的一条窄楼梯上走了下来。

当时除了高高矗立在西门外的五层"西塔"，这家茶馆是那座城里唯一一座二层楼的建筑。但那座塔越往上越窄，而这座茶馆的二层和底层一样大小。晚上，女人的高唱声和轻笑声从上面的窗子里飘出，伴随着姑娘弹琵琶的美妙的乐声。尤其午夜以后，人们可以听到音乐声飘溢到街上。但王龙坐着喝茶的地方，许多人喝茶时叽叽喳喳的说笑、掷骰子和打麻将时骨牌的碰撞声，几乎淹没了其他一切声响。

因此，这天晚上王龙没有听见他身后一个女人从狭窄的楼梯口噔噔走下来的脚步声，所以有人拍他的肩膀时，他吓了一大跳，他万没料到在这里会有什么人认识他。他抬起头，正好看到一个瘦长而又漂亮的女人脸。是杜鹃，也就是他买地那天把珠宝放到她手上的那个女人，她曾经紧紧抓住老爷发抖的手帮他在卖地契约上盖好印章。她看见他时呵呵地笑着，她的笑声仿佛某种尖脆的耳语。

"噢，种地的王龙！"她说，不无恶意地把"种地的"三个字拉长，"没想到在这个地方碰到你！"

王龙觉得，无论如何，他一定要让这个女人明白他不仅仅是个乡下人，于是他哈哈一笑，声音有些过大地说道："难道我的钱不是和别人的一样可以花吗？我近来不缺钱用。我已经有相当多的家产。"

听到这话，杜鹃停了下来。她的眼睛像蛇眼一样又细又亮，她的声音像从瓶里往外倒油一样滑溜。

"这事谁没听说过？这里是富人享受、阔少爷寻欢作乐的地方，一个人有钱还能比在这种地方花着更痛快的吗？哪里的酒也比不上我们的，你尝过没有，王龙？"

"到现在我还只是喝茶。"王龙回答，他觉得有些不好意思，"我还没有动过酒，也没掷过骰子。"

"只喝茶！"她听后惊叫道，尖声尖气地笑着，"可我们有虎骨酒、白酒、甜米酒，为什么你要喝茶呢？"这时王龙低下了头，她又温柔而狡猾地说，"我想，你还没有见过别的东西，是不是，嗯？还没有见过那些纤纤的手、那些又可爱又香的脸蛋，是吧？"

王龙把他的头垂得更低了，热血涌上了脸颊，他觉得仿佛附近所有的人都在嘲笑地望着他，听着那个女人说话。但他鼓起勇气从眼睑下面瞥瞥四周时，竟发现没有一个人注意，掷骰子的声音仍然啪啪作响，于是他慌乱地说："不，没有，还没有，光是喝喝茶。"

这时杜鹃又笑了，指着挂着的那些画说："她们就在那儿，那是她们的画片。挑一个你喜欢见见的，把银钱放在我手里，我就把她带到你面前。"

"那些啊！"王龙说，感到十分惊异，"我还以为她们是画出来的梦里的美女，是昆仑山上的仙女，就像说书人说的那样！"

"她们还真是梦里的美人，"杜鹃接着说，带着一种嘲笑而友好的幽默，"不过只要花一点银钱，她们这些梦里的人就会变成有血有肉的真人。"然后她走上楼去，边走边对站在附近的堂倌点头眨眼，并对王龙示意，仿佛她是对那人说："这里有一个乡下佬！"

但是王龙坐下来看那些画时便有了一种新的兴趣。从这段狭窄的楼梯上去，在他上面的房间里，有些有血有肉的美女，男人们上去找她们——当然不是他，而是别的男人，但毕竟是男人！

可是，如果他不是现在的他，不是一个善良的劳动者，不是一个有老婆孩子的人，那么让他像孩子那样假想可以做某件事情，他会选哪幅画上的人呢？他仔细察看每一个画中人的脸，好像每张脸都是真的。在这之前，当没有选择的问题时，她们看上去同样美的。但现在显然有些人比另外一些更漂亮，于是他在二十多个人当中选了三个最漂亮的，然后又在这三个当中选了最好的一个。这是个纤巧苗条的姑娘，身子轻盈如一根竹子，尖尖的小脸异常秀气，她手里擎着一枝含苞待放的荷花，那手就像新出的苔藓嫩芽一样细嫩。

他凝视着她，一股热流像酒一样注入了他的血管。

"她像一棵榅桲树上的鲜花。"他突然大声地说。他听到自己这样说了以后又惊又羞，于是急忙站起身，放下钱走了出去。他来到夜幕降临后的黑暗之中，然后向家里走去。

他的田地和洪水的上空悬挂着月亮，月光像一层银色薄雾织成的网，而他觉得浑身发热，血流得也快了。

第十九章

在这个时候，如果洪水从王龙的田里退去，让湿地在太阳底下蒸腾，经过几个炎炎的夏日，土地就需要耕、耙、播种，王龙也许永远不会再到那家大茶馆去了。或者，如果哪个孩子病了或老人突然死去，王龙也许会忙于处理这些新的事情，忘记画上那个女人秀气的瓜子脸和像竹子一样苗条的身材。

但是，除了傍晚微微的夏风吹起时，水总是静静地停在那里一动不动。老人打盹儿困觉，两个男孩子早晨步行上学，晚上才回来。王龙在家里感到不安，他东走走西走走，回避着阿兰悲伤地看他的眼睛，他猛地一下坐到椅子上，既不喝阿兰给他倒的茶也不抽他自己点的烟，又从椅子上站了起来。七月，一个漫长的白天结束时——那天似乎比任何一天都长，暮色逗留在湖面上，与湖上的微风窃窃私语，他站在家门口，突然一言不发地猛然转过身走进他的屋里，穿上阿兰给他做的那件只在节日穿的像绸子一样闪闪发亮的黑布新衣，同谁也没有打招呼，而是沿着水边的小道，穿过田野，一直来到黑暗的城门前。他穿过城门，走过几条街，径直来到那家新开的茶馆。

那里，每盏灯都亮着，而且明亮的油灯是从外省的海滨城市里买来的。男人们坐在灯光下喝茶闲谈，他们把衣服解开，借晚上乘凉。处处都有扇子挥动，笑声像音乐一样飘到街上。王龙在种地时从未有过的所有这些赏心乐事，在这座茶馆里处处可见，人们聚在这里玩乐，从不去工作。

王龙在门口犹豫起来，在从开着的门里射出的亮光下站住。他本可能站一会儿就走，因为虽然他身子里热血沸腾，但心中仍然担心害怕。然而这时从灯光边上的暗处，一个一直懒洋洋地靠在门口的女人走了过来，而这人恰恰是杜鹃。她每看见一个男人的身影便会走过来，因为给这家茶馆里的女人拉客是她的工作。但当她看清是王龙的时候，便耸耸肩说道："啊，原来只是个庄稼汉！"

王龙受到她这种尖刻而轻蔑的语气的刺激，勃然大怒，陡然产生了本不会有的勇气，于是他说道："哼，难道我不能进这家茶馆？难道我不能和别人一样？"

她又耸耸肩，哈哈笑着说："你要是有别人那样的银钱，你就可以和他们一样。"

这时他想向她表示他是有气派的，富到足以做他愿意做的一切，于是他把手伸进腰里，抓了满满的一把银钱出来，对她说："这些够还是不够？"

她吃惊地看着那满手的银钱，立刻说："来吧，告诉我你想要哪个。"

王龙不知道自己说了些什么，只低声说道："可是，我还不知道我要什么。"但紧接着他的欲望就征服了他，他小声说，"那个小的——那个长着尖下巴小脸的，她的脸又白又粉像朵棡椊花似的，手里拿着一枝荷花骨朵儿的那个。"

杜鹃随便地对他点点头打个手势，便从拥挤的茶桌间绕着走了进去，王龙隔开几步跟在她后面。起初他觉得每个人都抬起头看着他，但当他鼓起勇气四下看看时，他发现没有一个人注意他，只有一两个人喊道："这时候就去找女人是否早了点？"另外有一个也叫道："这是壮汉子，他必须早点开始！"

但这时他和杜鹃已经走上狭窄陡直的楼梯。王龙走得很费劲儿，因为这是他有生以来第一次爬房子里的楼梯。不过，当他们走到顶上时，那间屋子就和地上的一样了，只是他经过一扇窗子往空中观望时才觉得那个地方很高。杜鹃领着他走进一条没有窗子的昏暗的走廊，然后边走边喊："今天晚上的第一个客人来了！"

走廊上所有的门突然打开，这里那里姑娘们的脑袋都在一片片灯光中伸了出来，仿佛阳光下一朵朵鲜花从花蕾中绽开，但杜鹃无情地喊道："去，不是你，也不是你——谁也没找你们！这人找的是从苏州来的小粉脸，找的是荷花！"

一阵说话声从走廊中传来，含糊不清，仿佛在嘲笑他。有个红得石榴似的姑娘大声喊道："让荷花要这个家伙吧，他身上有股泥土腥气，还有蒜味！"

这话王龙听见了，但他不屑于回答，因为虽然她的话像尖刀刺他的心一样，但他担心自己看上去确实像她所说的那样，像个农民。不过，当他想到他腰里的银钱时，他又继续勇敢地走了过去。最后，杜鹃用她的手掌使劲儿在一扇关着的门上拍了拍，没有等人开门便走进屋去。里面，在一张铺着红花被子的床上，坐着一个苗条的姑娘。

如果以前有人告诉他世上有这样的纤纤细手，他是不会相信的。手这么小，骨头这么细，十指尖尖，长长的指甲还染成荷花那样的粉红色。如果以前有人告诉他会有这样的小脚穿着不过男人中指那么长的粉红缎鞋，在床边孩子气地悠荡着，他也是不相信的。

他在她身边不自然地坐到床上，呆呆地看着她。他发现她和画上画的一模一样，如果看了她的画后碰到她，他一定会认出她来。但最像画上的地方还是她那双手，手指弯弯，纤巧细腻，白得像奶水一样。她的双手交叉着放在穿着粉红绸裤的膝上，他做梦都不敢想到这样的手会让他摸。

他像看画时那样看着她，他看见那像竹子一样苗条的身材穿着紧身短袄；他看见涂了粉的秀气的瓜子脸托在高高的领上；他看见一双圆圆的杏子眼，他现在终于明白说书人说古代美人的杏子眼是什么意思。对他来说，她仿佛不是个有血有肉的真人，而是一个画中美人。

随后，她举起她那弯弯的小手搭在他的肩上，慢慢地沿着他的胳膊往下滑动。虽然他从未感受到那么轻柔、那么温和的抚摸，虽然如果他没有看见，他不会知道她的手在滑动，但他看见她的小手顺着他的胳膊慢慢往下移。那小手像带着一团火似的，燃烧着他袖子里的胳膊，烧进了他胳膊上的肌肉。他望着她的小手，直到它摸到袖口，熟练地犹豫一下，抓住了他那裸露的手腕，然后伸进了他又黑又硬的松开的手心。这时他开始颤抖，不知道怎么对付才好。

接着他听到了笑声，笑声又轻又快，仿佛风吹动着宝塔上的银铃。一个像笑声一样的小声音说道："哎，你多么傻呀，你这条大汉！难道我们就整夜坐在这里让你看我吗？"

听到这话，王龙用双手把她的手抓住，但非常小心，因为那手像一片异常脆弱的干树叶，又烫又干。他像不知道自己要说什么似的探询地对她说："我什么都不知道——教教我吧！"

于是她教起他来。

现在王龙经受着任何人都不曾有过的巨大不安。他经受过在烈日下干活的痛苦，经受过从荒漠刮来的凛冽的寒风的吹打，经受过颗粒无收时的饥饿，也经受过在南方城市的大街上毫无盼头地卖苦力的绝望。但是，在任何一种情况下，他从来没有经受过在这个纤弱的姑娘手下所经受的这种不安。

他天天去这家茶馆，天天晚上等着她接待，而且天天夜里他都去找她。每天夜里他都进去，而且每天夜里他仍然是个什么都不知道的乡下人，在门口颤抖，不自然地坐在她身边，等着她发出笑声这个信号，然后全身发热，充满难忍的欲望，顺从地一点点解开她的衣服，直待关键时刻，她像一朵绽开的鲜花等着采摘，愿意让他把她整个占有。

然而，即使她满足他对她的愿望，他也从未能完全将她占有，而正是这一点使他感到狂热而饥渴。当阿兰来到他家时，他旺盛的性欲被她激起，他像一个动物寻求配偶那样对她充满欲望，他得到她后便感到了满足，然后把她忘了，心满意足地去干他的农活。但现在他对这个姑娘的爱里没有一点这样的满足，而且她对他也没有一点兴奋的劲头。夜里她不再要他时，她会用突然变得有力的小手抓住他的双肩狠狠地把他推出门外；他的钱塞进了她的怀里，而他却像来时一样饥渴着离开。这仿佛一个渴得要死的人去喝苦咸的海水，虽然喝的也是水，但这水会使他的血发干，越喝越渴，以致最后发狂、死亡。他进去找她，一次又一次地对她怀着希望，而直到最后离开时也得不到满足。

整个炎热的夏天，王龙都这样恋着这个姑娘。他对她一无所知，既不知她来自哪里，也不知她究竟是什么人。他们在一起时，他说不了二十句话，而且他也几乎不听她那流水似的轻快的谈话和穿插其中的孩子般的笑声。他只是望着她的脸、她的手、她的体态以及她那大大的含情脉脉的媚眼，耐心地等着她。他从未完全得到她。他天亮时走回家去，头昏眼花而仍不满足。

日子一天天过去，他不愿再睡在他的床上，借口屋里太热，便在竹丛下面铺了一领席子，不定时地睡在那里。他睁着眼躺着，望着竹叶尖尖的影子，心里充满一种他说不清的又甜又酸的痛苦。

不论他的妻子还是他的孩子，如果有谁对他说话，或是老秦

过来对他说："水很快就要退了，我们该准备什么种子？"他就
会喊道："为什么要来麻烦我？"

在那段时间里，他的心就像要炸开似的，因为他从这个姑娘
身上得不到满足。

就这样，随着日子一天天过去，他的生活只是熬过白天等着
夜晚的来临，他不愿意看阿兰严肃的面孔，也不愿意看孩子们的
面孔，他一接近他们，正在玩耍的他们就会突然严肃起来。他甚
至不愿看他年迈的父亲，因为他会看着他的脸问："是什么病使
你的脾气变得这么坏，使你的皮肤黄得像土一样？"

等到白天转入了夜晚，荷花姑娘就同王龙在一起做他们会做
的事。虽然他每天都花一段时间梳理他的辫子，但她还是笑他，
她说："南方的男人都不留这些猴尾巴了！"

于是他便去把辫子剪了，而在这之前，不论嘲笑还是蔑视，
谁都不能说服他把辫子剪掉。

阿兰看见他剪了辫子时，惊恐地叫了起来："你不要自己的
命啦！"

但他对她喊道："难道我只能永远像个老式的傻瓜？城里所
有的年轻人都剪成了短发。"

然而他心里对自己所做的事还是有些害怕。不过话又说回
来，即使荷花姑娘想要他的命他也会干的，因为她有他心里希望
在女人身上得到的种种妙处。

以前他很少洗他那健壮的褐色身体，他认为平时干活出的汗
水已经洗够了；现在他开始注意他的身子，像看别人的身子一样

仔细端详，而且天天都洗。因此他的妻子不安地说："你老这么洗要死的！"

他从商店里买了外地产的香皂，洗澡时擦在皮肤上。他无论如何再也不吃大蒜，尽管那是他以前最喜欢吃的东西，他唯恐会在她面前发出臭味。

家里人谁也不知道这些事意味着什么。

他还买了新的衣料。虽然阿兰一直做他的衣服，把他的大衫裁得又肥又长，缝得又密又结实，但他现在看不上她的针线活了。他把衣料拿给城里的裁缝，按照城里人的式样做衣服。他做了件浅灰色的绸子大衫，这件大衫裁制得非常合身，不肥不瘦；他还做了件黑缎子马甲，用来穿在大衫外面。他甚至买了有生以来第一双不是由女人做的鞋，鞋是用丝绒面做的，就同黄家老太爷穿的那种鞋一样。

但他羞于在阿兰和孩子们面前突然穿起这些好衣服。他把它们叠起来，用牛皮纸包好，留在茶馆里他认识的一个账房先生那里；他给了账房先生一点钱，在上楼之前可以偷偷到内室换上这些新衣。此外，他还买了一只镀金的银戒指戴在手上。当他头顶上剃过的地方长出头发时，他用外国的香头油抹在头发上，使头发变得又滑又光；那一小瓶头油是他花了整整一块银圆买的。

但阿兰吃惊地看着他，不知所有这些究竟是因为什么，只是有一天，他们吃午饭时，阿兰端详了他好大一会儿，沉重地说道："你身上有种使我想起黄家大院里一个少爷的东西。"

王龙哈哈大笑，然后说："我们有了钱，有了积蓄，难道我应当永远像个乡巴佬不成？"

但他的心里感到了极大的愉快。那天，他对她相当客气，他多日以来都不曾对她那么好过。

现在，大量的银钱从他手里像水一样流了出去。他不仅要花钱买和那个姑娘在一起的时间，还要满足她的各种欲望，仿佛她的欲求会使她心碎似的，她常常叹息低语："唉，我呀！唉，我呀！"

他终于学会了当着她的面说话，当他小声说"怎么啦，我的小心肝"时，她就会答道："我今天对你没有兴致，因为对面屋里的黑玉，有个情人给了她一个金发卡，而我只有这么个银的旧东西，一天到晚就戴这个东西。"

这时，为了他自己的生活，他只能一边把她黑亮光滑的鬈发捋到一边，看着她的耳垂又长又圆的小耳朵取乐，一边对她耳语说："那我也为我宝贝的头发买一个金的发卡。"

这些表示爱的名词，好像教孩子说话一样教他。她教他对她说这些话，而他说出来也有些言不由衷，甚至他结结巴巴说的时候，也摆脱不了他生活的痕迹，毕竟他一生都是在同种植、收割、太阳和雨水打交道。

银钱就这样从墙里和袋子里流了出去。阿兰以前也许会很随便地对他说："你为什么从墙里拿钱？"现在却什么话都不说，只是非常悲伤地望着他。她知道他在过某种撇开她甚至撇开田地的生活，但究竟是什么样的生活她不得而知。自从那天他看清她的头发或她的模样一点都不好看，并且看出她的脚太大以后，她就一直怕他，而且什么都不敢问他，因为他现在随时都会对她大发脾气。

一天，王龙穿过田间往家里走来。他走到她身边时，她正在池塘里洗他的衣服。他默默地在那里站了一会儿，然后，大概因为他觉得惭愧而心里又不肯承认，就突然粗声粗气地对她说："你那两颗珍珠在什么地方？"

她正在池塘边一块平滑的石头上捣衣服，这时抬起头来，望着他怯生生地答道："珍珠？我留着哪。"

他避开她的目光，望着她那湿漉漉的双手说："白留着珍珠一点用都没有。"

这时她慢慢地说道："我想，有一天我也许用它们做成耳环。"她害怕他嘲笑，紧接着又说，"小女儿出嫁时我可以给她戴上。"

他硬起心肠，大声对她答道："她凭什么戴珍珠耳环，皮肤黑得像泥土一样！珍珠是给好看的女人戴的！"他沉默了一下，然后又突然喊道，"把珍珠给我，我要派用场！"

于是她慢慢地把多皱的湿手伸进怀里，从里面掏出了那个小包，她把小包递给他，看着他打开。他把两颗珍珠放在手心里，它们在阳光映照下发出五彩斑斓的光，他笑了。

但阿兰又回过身来捣他的衣服。大颗的泪珠从她的眼里沉重地慢慢滴下，但她没有举起手来把眼泪擦掉，她只是用棒槌更使劲儿地捣着摊在石头上的衣服。

第二十章

要不是王龙的叔叔突然回来，这种情况也许会继续下去，直到王龙把银钱全部用光。他叔叔没有说明他到什么地方去了，也没有说明他一直在干些什么。他站在门口，好像是从天上掉下来的，他敞着怀，那破旧的衣服和往常一样邋邋遢遢地披在他身上，他的脸依然如旧，但是由于风吹日晒，添了许多皱纹，也变得更加干硬。王龙一家正围着桌子吃早饭，他咧开嘴朝他们笑着。

王龙坐在那里，目瞪口呆，因为他已经忘记世上还有一个叔叔。现在他像一个幽灵，又回来见他。那位老人——王龙的父亲，先是眨巴着眼睛看，然后又瞪大了眼，但他还是没有看出来人是谁。

后来，王龙的叔叔喊了出来。

"喂，大哥，侄子，侄孙，还有侄媳妇！"

王龙站起身，心里又惊又怕，但他不动声色，很有礼貌地说："噢，叔叔，吃过早饭没有？"

"没有，"他叔叔平静地回答，"不如我跟你们一起吃吧。"

他坐下来，拉过碗筷，随随便便地吃了起来。餐桌上有米饭、咸鱼干、咸萝卜和干蚕豆。他狼吞虎咽，像是很饿。

大家都悄然无声，他稀里哗啦地喝下了三碗大米稀粥，鱼的骨头和蚕豆的硬核在他两排牙齿中间咯咯作响。他吃完，好像天生就有那种权利似的直率地说："现在我要睡觉，我已经三天没合眼了。"

王龙茫然失措，不知如何是好，只得把他领到他父亲的床上。他叔叔掀开被子，摸了摸柔软的被表和干净崭新的棉套。

他看了看木床架、精致的八仙桌，还有王龙为他父亲的卧室添置的大木椅，说道："啊，我听说你富了，可我不知道你已经这么富了。"

他一头倒在床上，用被子盖住自己的肩膀，尽管这时已是夏天，一切都暖洋洋的。他爱用什么就用什么，仿佛这一切都是他自己的。他没有再说话，不一会儿便睡了过去。

王龙惊惶地回到堂屋。他心里很清楚，叔叔再也赶不走了。因为他叔叔知道，王龙能够养活他。王龙十分胆怯地想到了这一切，也想到了他的婶母。他看得出，他们会拥到他家里来，谁也阻止不了他们。

他害怕什么，什么就会发生。中午过后，他叔叔终于在床上伸起懒腰来，他打了三声哈欠，把衣服披到身上，走出了房间，他对王龙说："现在我要去把老婆孩子接来。我们一共三口，但在你这样一个大户人家里，谁也不会在乎我们吃的那点东西，也不会在乎我们穿的那点蹩脚衣服。"

王龙愁眉苦脸，连声称是，但一点法子也没有。因为一个人有足够的东西养活另一个人而且有富余的时候，把他的亲叔叔父子俩从家里赶走，是会被人耻笑的。王龙知道，要是他把他们赶走，村子里的人会耻笑他。因为他发了财，村子里的人都很尊敬他。因此，他什么也不敢说。他指挥着雇工们将所有的东西搬到那座老房子里，腾出了大门口的那些房间。

就在当天晚上，他叔叔带着老婆孩子搬了进来。王龙为此极为恼火，而更为恼火的是他必须将怒气埋藏在心底，对他的叔叔一家笑脸相迎。当他看见他婶母那又圆又光滑的面孔时，他觉得自己的怒气好像立刻就要迸发出来；而当他看见他叔叔的儿子那不知羞耻、无礼的面孔时，他又几乎忍不住要给他几个耳光。连续三天，他因为生气而没有进城去。

后来，当他们对发生的一切习惯了的时候，阿兰对他说："别生气了。这是我们一定要忍耐的事情。"

王龙看到，他叔叔、婶母以及侄子因为在他家吃住，变得非常客气。于是，他的思想比以前更加强烈地转向了荷花姑娘。他对自己说："一个人家里塞满野狗的时候，他总得到别的地方去找个清静。"

于是，往日所有的热情和痛苦又在他心中燃烧起来。他对自己的情欲依然不感到满足。

现在，阿兰因为朴实而没有看出的事情，老人因年迈也没有看出，老秦因为朋友关系更没有看出，但王龙的婶母却立刻看了出来，她大声说着，笑得眼里都淌出了泪花。

"现在王龙正盼着去那里采野花哩！"当阿兰不明白她说的是什么而谦恭地望着她时，她呵呵笑了起来，又一次说道，"甜瓜只有瓣开才能见到瓜子，不是吗？那么，就照实说吧，你男人疯狂地想着另一个女人。"

这话是王龙听他婶母在院子里的窗户下面说的。那时，正是早晨，王龙在房事之后躺在床上疲倦地打着盹儿。

他很快地醒了过来，继续听着，他对这个女人敏锐的观察力感到惊奇。她浑厚的嗓音继续嗡嗡作响，就像喉咙里流着油："我见过的男人多了。当一个男人突然把头发梳得光光的，又买新衣服又买新鞋的时候，他就是在外面另有了新的女人，那是肯定无疑的。"

阿兰断断续续地插着话，他听不清她讲了些什么。而他的婶母又继续说道："可怜的傻瓜，你不要以为，对任何男人来说，一个女人就够了。如果那个女人十分辛劳，为他干活而损耗了她的肉体，那么他对她就不会感到满足，他的心思很快就会跑到别的地方去。可怜的傻瓜，你一直像牛一样为他干活，但一向不中他的意。如果他有钱，自己另外买了一个女人，把她带到家里，你也犯不着生气，因为所有的男人都是这样的。

"我家里那个老浑蛋也会这么干，只不过这个穷光蛋手里的钱连他自己都喂不饱。"

她还说了很多，但王龙在床上只听见了这些，因为他的心已停滞在她说过的那些话上。现在，他突然想出一个办法，来满足他对他所爱的荷花姑娘的如饥如渴的欲望。他要买下她，把她带回家中，他要使她成为他一个人的。

别的男人都不能接近她。这样，就会有人给他端水端饭，使他有吃有喝，尽情享乐。于是他立刻从床上爬了起来，走出门去。他跟他婶母神秘地打了个手势，她便跟着他走出了大门，来到没有人能听见他们讲话的那棵枣树下。他对她说："你在院子里讲的话我都听到了，你的话是对的。除了那个女人，我需要再有一个。既然我有地养活我们大家，为什么不可以呢？"

她急促地滔滔不绝地回答道："真的，那有什么不可以呢？所有变富了的男人都干这种事情，只有穷光蛋才不得不喝独杯酒哪。"她这样说着，心里明白他接下去还会说些什么。果然不出她所料，他继续说："但是，谁来替我做牵线搭桥的人呢？一个男人总不能自己到一个女人那里去说'到我家去吧'！"

听到这话，她立即答道："把这事交给我办吧！只要告诉我这是个什么样的女人，我就会把事情安排妥当。"

王龙在任何人面前都没有大声提到过她的名字，于是他不情愿地、胆怯地答道："那个女人叫荷花。"

在他看来，人人都一定知道或听说过荷花姑娘，但他忘记了，他也是在夏天整整过了两个月后才认识她的。他有点沉不住气了，他婶母继续问道："那么，她的家在什么地方？"

"哪里？"他刻薄地答道，"除了城里大街上的那家茶馆，还会在什么地方呢？"

"就是那家叫'花房'的茶馆吗？"

"还能是别的吗？"他反问道。

她把手放在噘起的嘴唇上，略微思索了一会儿，终于说道："那里我什么人都不认识，但我会想办法。谁管着这些姑娘？"

当他告诉她，那个女人叫杜鹃，曾在茶馆里当过丫头时，她哈哈大笑起来，说道："啊，是她？同她睡觉的一位老爷死了以后，她就干这个！是的，她会干这种事的。"

接着，她大笑起来："哈！哈！哈！"然后又轻松地说道，"那个女人！真格的，事情很简单。一切都很简单。是她呀！那个人从一开始就什么事都干得出来，如果她感到手里有足够的银钱，她连山也会造出来的。"

听到这话，王龙突然感到嘴里发干冒火，他说话的声音也变得悄声细气："那么，银子！银子和金子！我的土地值得那么多的钱！"

出于一种怪诞的、逆反的爱的狂热，在事情安排停当之前，王龙是不愿再上那家茶馆去了。他对自己说："她要是不到我家来，属于我个人所有，杀了我的头我也不再去亲近她。"

但是，当他一想到"如果她不来"这句话时，他害怕得心脏都停止了跳动。因而，他还是不断地向他婶母那里跑，对她说："没有钱不会吃闭门羹吧！"又说，"你告诉过杜鹃了吗，我有足够的金子和银子办这事。"他还说，"告诉她，荷花姑娘在家里什么活都不用干，只要她愿意，她就可以天天穿绫罗绸缎，吃山珍海味。"

后来，那个胖女人不耐烦起来，眼睛滴溜溜转动着，朝他喊道："够啦！够啦！我不是傻瓜，也不是第一次替一男一女牵线。别管我，我会去干的。我已说过好多遍了。"

王龙无事可做，要么咬着手指消遣，要么突然环视一下自己的房子，就像荷花将来会做的那样。他催促着阿兰干这干那，让她扫地、洗刷、搬动桌椅。这个可怜的女人越来越惊慌失措，因为现在她已清清楚楚地知道她将会有何种遭遇，尽管王龙什么话都没有告诉她。

现在，王龙已经讨厌和阿兰睡在一起了。他对自己说，家里要安置两个女人，必须再有几个房间，再建一个庭院，还要有一个他可以和那个女人作乐的房间，这个房间要和其他房间分开。因此，就在他等着婶母为他办成那件事时，他把雇工叫来，吩咐他们在正房堂屋的后面再造一个院子。新院子是一个有三面房的庭院，当中是一间大的，两间小的各占一面。雇工们瞪大了眼瞧着他，谁都不敢答话，王龙什么也不会跟他们讲。他亲自督工，因为他不必告诉老秦自己干了些什么。雇工们从地里挖出土来，造成墙，然后夯实。

接着，王龙派人进城，买盖房顶用的瓦。

当房间建成，平整过的泥地夯实后作为地坪时，他派人将砖买来，密密地排列起来，再灌上灰浆；为荷花姑娘盖的这三个房间便有了漂亮的砖地板。王龙买来红布挂在门上做门帘。他还买来一张新方桌和两把雕花的椅子，椅子摆在桌子的两边。桌子后面则挂起了两幅山水画。他还买了一只带盖的圆形红漆糖盒，里面盛满了芝麻做成的点心和软糖，他把这只小盒放在桌子上。后来，他又买来一张宽大的雕花木床。对于小房间来说，这张床已经够大了。

他又买来带花的帷布，准备挂在床的四周。在购置这一切的时候，他都羞于请教阿兰。因此，晚上他婶母进来才替他将床帷挂好，还干了些男人们干起来笨手笨脚的事情。

一切准备停当，便无事可做了。一个月过去了，事情还未办成。因此，王龙在为荷花所建的那个崭新而又小巧的庭院中独自逛来逛去。他想到，在庭院中应该建一个小水池。他叫来一个雇工，挖了一个三尺见方的水池，四边用砖砌好。

王龙到城里买了五条漂亮的小金鱼放到里面。这时，他想不出还有别的什么事可做，只好继续焦躁不安地等待着。

在这段时间里，王龙跟谁也没有说过一句话。儿子们身上脏了，他便指着鼻尖骂，要不就对着阿兰吼叫，说她有三天多不梳头了。闹到后来，阿兰在一天早上突然哭了起来，大声抽泣着，王龙还是第一次见她哭成这个样子。

即便他们挨饿，或在其他任何时候她都没有这样哭过。因此，王龙厉声说道："怎么回事，女人家？难道我不能说一声，让你梳理一下你那马尾似的头发吗？为什么惹出这样的麻烦？"

但是她没有回答他，只是一边呜咽着，一边再三重复着这句话："我给你生了儿子——我给你生了儿子——"

他不再作声，显得有点坐立不安，一个人喃喃自语。在她面前，他感到惭愧，因而走开了，留下她一人。是的，在法律面前，他没有什么可以抱怨阿兰的，她为他生了三个不错的儿子，他们都活着。除了他的情欲，他找不出任何借口。

一天一天就这样过去了。终于有一天，他婶母走来对他说："事情办妥啦。替茶馆老板当管家的那个女人愿意办这件事，但一次要一百块银圆。那个姑娘愿意来，但要玉坠、玉戒指、金戒指、两身缎子衣服、两身绸子衣服和十二双鞋，她床上还要两条丝棉被子。"

这一席话，王龙只听见"事情办妥啦"这一句，他大声叫起来："好吧——好吧——"他跑到里间，拿出银子，把银子倒在他婶母手里，但这都是悄悄进行的，因为他不愿意有人看见他把多年的积蓄就此花掉。他对婶母说："你自己也拿十块银圆吧！"

她假装拒绝的样子，挺了挺肥胖的身子，头像拨浪鼓似的摇动着，大声地叫起来："不要，我不要。我们是一家人。你是我的孩子，我就是你的母亲。我是为了你才这样做的，绝不是为了银子。"但王龙看见她一边拒绝一边将手伸了过来。

他将那些银圆倒在她手里。他觉得，这些银圆是花得值得的。

他买了猪肉、牛肉、鱼、竹笋和核桃。他还从南方买来了干的燕窝、做汤的调料。他也买了鱼翅。但凡他知道的精品，他都准备得十分齐全。然后，就是等待了，如果他心里那种火烧火燎、躁动不安的情绪也可以称作等待的话。

夏末，八月一个烈日暴晒的大热天，她到他家来了。王龙远远就看见她来了。她坐在一顶仆人抬着的竹子做的轿子上。

他望着轿子在田边的小道上拐来拐去，轿子的后面则闪动着杜鹃的身影。这时，他忽然有些担心起来，自言自语地说："我在往家里接什么样的人啊！"

他几乎不知道自己在干些什么，急急忙忙走进他和老婆这些年来一起睡觉的那个房间。他关上屋门，神情慌乱地在黑暗里等候着。后来，他听见他的婶母大声喊他出来，人们已来到大门口。

他局促不安，好像从来没有见过这个姑娘。他慢慢地走了出去，低着头，他的眼睛瞅瞅这里，看看那里，就是不敢往前看。

但杜鹃高兴地对他喊道："喂，我真没想到我们会做这样的生意！"

接着，她走近轿夫已经放在地上的轿子，掀起轿帘，将舌头弄得啧啧作响地说："出来吧，我的荷花姑娘，这就是你的家，这是你的老爷！"

王龙感到一阵痛苦，因为他看见轿夫正龇着牙笑。他心里暗暗想："这些是城里大街上的二流子，是些一钱不值的人。"

他很生气，感到脸发烫发红，因此根本不愿大声讲话。

随后轿帘打开了，他不知不觉地向轿子里看了一眼。在轿里暗处坐着的正是涂脂抹粉、娇艳如花的荷花姑娘。

他高兴得忘记了一切，甚至连对咧着嘴笑的城里人的气愤也丢到了脑后。他想到的只是他为自己买来了这个女人，她将永远留在他的家里。他站在那里，身子僵直，甚至有些发抖。他瞧着荷花姑娘站了起来，她是那么文雅恬静，就像微风轻轻抚摸着的鲜花。正在他目不转睛地呆看时，荷花姑娘扶着杜鹃的手下了轿，她低着头，目光下垂，身子倚着杜鹃，用那双小脚摇摇摆摆地走着。她经过王龙身边时，没有同他说话，却用极小的声音对杜鹃说："我的新房在哪里？"

这时，王龙的婶母出来，走到荷花的另一边和杜鹃一边一个，把姑娘领进王龙专为她建造的那个庭院里的新房。

王龙家里没有一个人见她穿过庭院，因为那天王龙已经将雇工们和老秦打发到远处的田野里干活去了；阿兰带了两个小孩也不知去了什么地方，而两个大男孩则进了学堂。老人倚着墙睡了，什么也没有听见和看见。对那个可怜的傻瓜姑娘来说，她没有看见一个人出出进进，除了她父母，她谁都不认识。当荷花进屋之后，杜鹃将门帘拉死。

过了一会儿，王龙的婶母走了出来，大笑着，有一点不怀好意。她拍打着双手，似乎要掸掉手上的脏东西。

"她浑身散发着香水味和胭脂味！"她仍然大笑着，说，"闻上去就像一个十足的坏女人。"后来，她的话就更加不怀好意了，"侄子，她可不像看上去的那么年轻。我敢说，她要不是到了男人们不愿再看一眼的年龄，人们会怀疑，那耳朵上的玉坠、手指上的金戒指甚至那些绸缎衣服能否使她嫁到一个农夫家里，即便是一个十分富足的农夫。"

看到王龙脸上因为这些过于露骨的话而显出生气的神情，她赶紧补了一句："但是，她长得漂亮，我从未见到过比她更漂亮的姑娘。你和黄家粗笨的女仆过了半辈子。"

王龙一声不吭，只是在屋里走来走去。他偷听着，他不能站在那里不动。最后，他竟大着胆子掀开红色的门帘，走到他为荷花建造的庭院里，然后进了那个黑洞洞的房间。她就在那里，他守着她，一直到夜晚。

在这段时间里，阿兰没有进过家门。她一大早就从墙上取了锄头，带着孩子，用白菜叶包了点冷干粮走了，至今还未回来。但是，在夜幕降临时，她进了家门。她闭着嘴，浑身是尘土，神情倦怠。孩子们跟在她的后面，也一声不吭。

她见了谁都没说话，径直走进厨房，像往常那样将饭做好，摆放在桌子上，她叫来老人，将筷子放到老人手里。

她侍候那个可怜的傻姑娘吃了饭，才和孩子们吃了一点东西。接着，他们都去睡了，王龙则坐在桌旁胡思乱想。

阿兰在睡前洗了洗身子，然后走进那个她已习惯了的房间，一个人躺倒在床上。

从这以后，王龙日日夜夜陪着娇妾又吃又喝；他天天到那间房子里去。在那里，荷花姑娘懒洋洋地躺在床上，他坐在她身边，观察着她的一举一动。荷花从未经历过早秋的大热天，正躺在那儿，由杜鹃用温开水擦洗苗条的身子，在皮肤上抹油，在头发上涂香水和油脂。因为荷花姑娘曾任性地说，一定要杜鹃留下来伺候她。王龙出了很高的价钱，杜鹃才乐意留下来伺候荷花而不去伺候那帮人。她和她的女主人荷花姑娘单独住在王龙建造的那个新庭院里。

荷花整天躺在那间凉爽的黑洞洞的房子里，嚼着甜食和水果，她只穿一件夏天穿的绿色的丝织旗袍、一件小巧的紧身齐腰小褂和一条肥大的裤子。这样，王龙一进门便能看到她，和她寻欢作乐。

日落时，她娇嗔嗔地把他撵走。接着，杜鹃又给她洗澡，涂香水，替她换上新衣服。她贴身穿一件柔软的白绸子内衣，外加一件桃色的丝绸外套，那是王龙为她买的。她的脚上穿的是一双小小的绣花鞋。然后，荷花姑娘便走到院子里，看着水池里的五条小金鱼。王龙站在那里，瞪大眼睛瞧着他所创造的奇迹。她迈开一双小脚，摇摇摆摆地走着路。然而，在王龙看来，她那尖尖的小脚，她那蜷缩着的，连生活也无法自理的双手，是世界上再美不过的东西了。

　　他和他的爱妾吃着，喝着，尽情地享受着，他感到满足了。

第二十一章

不要以为这个叫荷花的姑娘和她的丫头杜鹃来王龙家不会引起什么麻烦。一个屋里有两个以上的女人是不会太平的。

但王龙没有想到这一点，甚至从阿兰愁眉不展的面容和杜鹃尖酸刻薄的言语上看出了问题，他也毫不在意。

只要他的欲火仍在燃烧，他就什么都不在乎。

然而，当白天变成了黑夜，黎明又接着黑夜来到，王龙看到，无论是旭日东升还是月挂中天的时候，荷花姑娘总是在他身边，只要愿意，他随时都可以用手触摸她。当他情欲的饥渴有所缓解时，他觉察到了从前没能觉察到的事情。

第一件事是，他看到阿兰和杜鹃之间不久便发生了争吵。这完全出乎他的意料。他以前想到的是阿兰也许会憎恨荷花姑娘，这种事他听说过许多次，当做丈夫的将另一个女的领回家来的时候，有的女人会把绳子悬在房梁上上吊自杀，有的女人不是朝男方臭骂一顿，就是想法子让那男的过得不安生。使他高兴的是，阿兰总是寡言少语，至少她想不出什么言辞来反对他。但他万万没有想到，当阿兰对荷花姑娘保持缄默的时候，她的怒火都转到了杜鹃头上。

王龙心里只有荷花姑娘。有一天，荷花向王龙恳求道："让杜鹃姑娘来伺候我吧！你看，我在这个世上孤孤单单，父母去世的时候，我还说不来话，等我长得漂亮起来，叔叔就把我卖了，我还没有被人伺候过呢。"

荷花说这话的时候，她那漂亮的眼角总是闪耀着点点泪光。当她这样仰脸看他，并向他提出要求的时候，王龙是不会拒绝的。再说，这个姑娘确确实实没人伺候，她在家里会显得孤单，这些都是实情。阿兰显然不会照顾他的第二个老婆，也不会同荷花讲话，甚至会根本无视她的存在。家里只有他的婶母，但那婶母这里瞧瞧，那里看看，主动接近荷花姑娘，谈论王龙，这使王龙感到十分讨厌。这样，杜鹃就是很合适的人选，他知道，其他的女人是不会来侍奉荷花的。

然而，可以看得出，阿兰一见到杜鹃便恨得要命，这是王龙从未见过的，他不知道阿兰竟有这么大的火气。而杜鹃却很愿意和阿兰做朋友，因为她挣的是王龙的钱，虽然她还没有忘记，在黄家的时候，她住的是老爷的卧室，而阿兰却是一个厨子，一个再平常不过的厨子。然而，当第一次看见阿兰时，她却亲亲热热地对阿兰叫道："喂，老朋友。我们俩又一起在一个家里了。你是大太太，是家里的主人——变化有多大啊！"

但是阿兰只是回眼看了看她，当她终于明白她是谁并知道她来这里干什么的时候，她没有理她。她把正在挑着的水放下，走进了堂屋。王龙作乐完了之后正在那里坐着，她直率地对他说："这个丫头片子到我们家来干什么？"

　　王龙朝四下里看了看。他本来想说，而且俨然会以一家之主的口气说："怎么？这是我的家。我说让谁来，谁就来，你还要问什么？"但是他说不出口，因为在阿兰面前，他总感到羞愧。然而，他的羞愧又使他恼羞成怒，因为他想想那件事，觉得自己并没有必要感到羞愧。他不比任何一个有钱的男人做得过分。

　　他还是没有讲话，只是四下里看看，装作烟斗在长袍里放错了地方，在腰兜里摸来摸去。但是，阿兰那双大脚坚定地站在那里，等着他回答。因为他一声不吭，所以她又一次直率地用同样的话发问道："这个丫头片子到我们家来干什么？"

　　这时，王龙看到不回答似乎不行，便无力地说："那跟你有什么关系？"

　　阿兰说："我年轻时在黄家的那段时间，一直遭她的白眼。她一天总要往厨房里跑二十来次，不是大声嚷着说'快给老爷备茶''快给老爷备饭'，就是说'这个太热了''那个太凉了'，或'这个做得不好吃'。我长得太难看，手脚太慢，太这个，太那个……"

　　王龙仍然没有回答，他不知道该说什么好。

　　阿兰等待着。当见他不说话时，热泪涌上了阿兰的眼窝。她尽量不让眼泪流下来。最后，她撩起她的蓝布衫的衣角，擦了擦她的眼睛，说："在我自己家里，这是件使人难过的事情，而我又没个娘家能回去。"

王龙仍然沉默不语。他坐下来，装上烟斗，点着，还是一言不发。她悲哀地望着他，两只眼睛呆呆的，就像一头不会讲话的牲口的眼睛。然后，她走开了，慢慢挪动着身子摸索到门口，因为泪水已经遮住了她的眼睛。

王龙看着她离去。他很高兴只留下他独自一人。但是他感到羞愧，而对他的羞愧，他又感到生气。因此他像跟别人吵架似的，不耐烦地大声对自己说："哼！别的男人就是这么做的。我对她够好的了。有些男人还比不上我呢。"

最后他说，阿兰绝不能反对他这么做。

可是阿兰并没有就此了结。她默默地按自己的主意去做。早晨，她把水烧开，然后端茶给老人，如果王龙不在里院，她也把茶水端给王龙。但当杜鹃来给她的女主人端水时，锅里已经干了。不管杜鹃怎么大声质问阿兰，阿兰一个字也不答话。

杜鹃毫无办法，要是女主人要水，她必须亲自去烧。但是，早上煮粥的时候，没有锅可以用来烧水。

阿兰继续不紧不慢地做饭，并不理会杜鹃的高声喊叫："难道要让娇弱的二奶奶躺在床上渴着，一大早喝不上一口开水？"

阿兰并不回答，只是往灶口里又塞进一些柴草，像往昔一样小心地把柴草摊匀，往昔甚至一片树叶也是宝贵的，因为它可以引火做饭。于是杜鹃大声抱怨着去找王龙。王龙非常生气，因为他的情欲很有可能被这种事情毁掉。

他跑去训斥阿兰，大声地对她喝道："早晨你不能往锅里多添一瓢水吗？"

但她脸上带着一种前所未有的盛怒答道："在这个家里，我至少不是丫头的丫头。"

这句话使他怒不可遏，他抓住她的肩膀，狠狠地推了一下："别越来越傻！水不是给丫头的，是给二太太的。"

她忍受着他的推揉，看着他，简短地说道："你还把我的两颗珍珠给了她！"

他的手垂了下去，无言可答，怒火也消了。他羞惭地走开，对杜鹃说："我们另外起一口灶，我要再建一间厨房。大老婆对精细食物一点不懂，而另一个像花一样的身体又需要这些食物，你自己也喜欢吃。你可以做你们喜欢吃的东西。"

因此，他吩咐雇工建了一间小房，里面安了一个土灶，又买了一口好锅。杜鹃很得意，因为王龙说过"你可以做你们喜欢吃的东西"。

王龙对自己说，他的麻烦总算过去了，他的那些女人太平无事，他又能享受他的爱了。在他看来，荷花姑娘是永远不会使他发腻的，他永远不会讨厌她向他噘嘴时那杏眼上面像水仙花瓣似的眼睑低低垂下的神情，更不会讨厌她瞧着他时眼睛里漾着笑意的姿态。

但是，毕竟新厨房这事成了他自己的一种烦恼，因为杜鹃天天进城，买些从南方城市运来的昂贵的食品。

有些食品他甚至从来没有听说过：荔枝、蜜枣，用米粉、核桃和红糖制成的什锦糕点，带角的海鱼以及其他东西。

买这些东西用的钱比他预料的要多。不过，他也清楚，买这些东西用的钱，并没有杜鹃告诉他的那么多。但是，他害怕说“你们正在啃我的肉咽！”这句话，害怕那样一来杜鹃就会生他的气，荷花姑娘也会不高兴。他不满地用两手叉着腰，但毫无办法。

日复一日，这成了他的一块心病。

他找不到一个人可以叹叹苦经，因此这心病像肉中刺一样越扎越深。这样，他在荷花身上燃烧的欲火，也稍稍冷却了些。

接着第一个心病而来的另一个烦恼是由于他那个贪嘴好食的婶母。她经常在吃饭时到里院去，而且在那里毫不客气。

王龙对于荷花在他家里偏偏选这个女人做朋友觉得心里不快。这三个女人在里院里吃得很开心。她们无休止地穷聊，或窃窃私语，或哈哈大笑。荷花喜欢他婶母身上的某种东西，而这三个人凑在一起便感到痛快。这是王龙所不喜欢的。

但王龙毫无办法，他温柔地劝说荷花：“荷花姑娘，你是我的一朵花，不要把你的香气糟蹋在那么一个又老又胖的母夜叉身上。我自己的心需要你那甜蜜的香气。她是一个骗人的靠不住的东西，我不喜欢她从早到晚和你在一起。”

荷花感到纳闷，她噘着嘴，把头偏向一边，生气地答道：“我身旁只有你一个人，没有任何朋友。我已经在热热闹闹的大家庭里生活惯了，而在你家里，除了恨我的大太太和你那群像瘟疫一样的孩子，我一个亲人也没有。”

她对他施展了自己特殊的本领——那天晚上，她不肯让他进自己的房门。她抱怨说："你并不爱我，要是爱我的话，你会希望我痛痛快快地活着。"

王龙变得谦恭，局促不安，他低声下气地表示歉意说："我愿你永远称心如意。"

后来，她算高抬贵手，原谅了他，他也害怕再惹她生气。后来，当王龙来见荷花的时候，如果她正跟他的婶母聊天、喝茶或吃点心，她就让他在那里等着，对他不加理会，于是他只好走开。只要那个女人坐在那里，她就不愿意王龙来见她，对此，王龙十分恼火。他那爱的欲火已经有些冷却，尽管他自己还没有觉察到。

更使王龙生气的是，他婶母来这里吃的那些好东西都是他为荷花买的。她越来越胖，比过去更加油嘴滑舌。但他什么话都不能说，因为他婶母很精明，对他彬彬有礼，用好听的话恭维他，而且只要他一进门，她就会站起身来。

因此，他对荷花的爱不再像以前那样倾心和完美：以前，他是一心一意爱她的。这种爱因为生一些小气而受到了伤害，这些小气又因为不得不忍受而变得更加厉害。现在，他已经不能再随便去找阿兰说话，因为他们的生活实际上已分开了。

像同一条根上萌发出来而又四处蔓延的荆棘，王龙的麻烦越来越多。人们通常会认为，像他父亲这种年纪的人在任何时候都是昏昏欲睡的。可是有一天，他在阳光下面打盹儿时突然醒来，他拄着王龙在他七十大寿时为他买的龙头拐杖，蹒跚着来到了屋门口。一床帘子悬挂着，将堂屋和里院隔开，而里院是荷花散步的地方。老人过去一直没有注意到这扇门，当后院建成之后，他似乎还不知道家里是否又添了人口。王龙从来没有告诉他"我又娶了一个老婆"，老人耳朵太聋，如果告诉他件把新鲜事，而他又毫无思想准备的话，他是听不懂的。

但是这一天不知什么原因，他看见了这扇门。他走过去，把门帘掀开。正巧，这是王龙和荷花傍晚在院子里散步的时刻。

他们站在水池旁边看鱼，王龙却看着荷花姑娘。当老人看见儿子站在一位身材苗条、涂了胭脂的姑娘旁边时，他用又尖又哑的声音喊道："家里来了妓女啦！"他不住声地喊着。王龙害怕荷花姑娘生气，如果有人惹她生气，她会拍着双手高声尖叫。他便走到老人跟前，将他领到外面的院子里，劝他说："父亲，安静一些。那不是妓女，而是家里的二太太。"

但是老人并不就此罢休。没有人知道他是否听见了王龙的话，他只是一个劲儿地喊："家里来了妓女啦！"

看到王龙朝他走来，他突然说："我只有一个老婆，我父亲也只有一个老婆，我们是种地的。"过了一会儿，他又喊了起来，"我看她就是妓女！"

就这样，老人从老年人那种沉沉昏睡中醒来了，他对荷花姑娘有一种幼稚的憎恨，他会走到她那个院子的门口，对着空中突然喊起来："妓女！"

或者，他将通向后院的门帘拉向一边，狠狠地朝砖地上吐着唾沫。他还会捡起小石子，甩起软弱无力的胳膊，将石子扔进小水池里，将鱼吓跑。他用像孩子一般的恶作剧来表达他的不满。

在王龙家里，这也是一件麻烦事。一方面，他羞于指责他的父亲；另一方面，他又担心荷花生气，因为他发现她动不动就爱耍小脾气。这种希望父亲不要惹荷花生气的焦虑对他是一种思想压力，对他的情欲也是一种负担。

一天，他听见后院子里传出尖锐的喊声，便赶忙跑进去，因为他听出那是荷花的声音。他发现年纪小的那对孪生姐弟拽着他的傻女儿走进了后院。现在，另外四个小孩对住在后院的这个女人时常有一种强烈的好奇心。两个大一点的男孩既懂事又腼腆，清楚地知道她为什么住在那里、她和父亲又是什么关系。但除了他们俩之间偷偷谈论过这件事，他们一直没对外人讲过。

而那两个年纪小的孩子却总爱来这里偷看，发出一声声尖叫，闻闻荷花姑娘抹的香水，或者用手指拈一拈杜鹃从荷花姑娘屋里端出来的吃剩的饭。

荷花已好多次对王龙抱怨说，她讨厌他的那些孩子，她希望能有办法把他们都锁起来，不再使她心烦。

但王龙是不愿那么干的。他开玩笑地说："哦，他们和他们的父亲一样，都喜欢看漂亮的脸蛋儿。"

他除了阻止他们进她的后院，别无他法。他能看见的时候，他们是不来的，等到他看不见的时候，他们就偷偷地出出进进。但是，他的傻女儿什么也不知道，只是倚着前院的后墙坐在太阳地里，笑着，搓着布条。

这天，两个大儿子进了学堂，两个年纪小的孩子突然想到，他们的傻姐姐也应该见一见后院那个女人。

因此，他们俩拉着她的手，把她搀进后院，走到荷花眼前。荷花姑娘从未见过她，便坐在那里瞧她。当傻大姐看见荷花姑娘身上穿着鲜艳的绸缎衣服，闪着光亮的耳环时，某种奇怪的兴奋触动了她。她伸出手来抓住那鲜艳的衣服，大声笑了起来。

那纯粹是毫无意义的傻笑，但荷花姑娘害怕起来，发出了尖叫声。于是王龙跑了进来。她气得发抖，一双小脚蹦来蹦去，同时用手指点画着正在哈哈大笑的傻大姐，大声喊了起来："如果她再靠近我，我就不在这个家里住下去了。从来没有人告诉我，家里还有这么一个讨厌的白痴。要是早知道，说什么我也不会来的——你这群肮脏的孩子！"她把靠她最近的那个目瞪口呆的小男孩推开，紧紧地攥住那个同胞女孩的手。

这下可惹怒了王龙，因为他疼爱自己的孩子。他粗暴地说："听着，我不愿意别人骂我的孩子，任何人都不准骂，甚至连我的傻孩子也不能骂。你也不准骂，你没有为男人生过一个孩子。"他把孩子召集到一起，对他们说："出去吧！孩子们，再也别来这个女人的后院，她不喜欢你们。如果她不喜欢你们，也就是不喜欢你们的爸爸了。"

然后，他又对他的大女儿十分温柔地说："你啊，我可怜的孩子，回到你晒太阳的那个地方去吧！"她笑了，他搀着她的手把她领走。

最使他感到气愤的是，荷花竟敢咒骂他的孩子，而且喊她"白痴"。他心里为这个女儿感到一阵阵隐痛。因此，有一两天的时间，他不愿意去亲近荷花。他跟孩子们一块儿玩。他还进了一次城，为他可怜的傻女儿买来了糖果。他用又甜又黏的东西给傻女儿带来快乐，也减轻自己的痛苦。

当王龙又去见荷花的时候，双方都没有提他两天没来的事。但是，荷花挖空心思想让他高兴，因为他进屋的时候，他的婶母正在那里喝茶，荷花仿佛表示歉意似的说："现在，老爷子来见我了，我得听他的吩咐，因为我高兴这样做。"

她站在那里，直到那个女人走开。

然后，她走到王龙面前，把他的手拿起来放到她的脸上，挑逗他。而他呢，尽管还爱她，但不像从前那样欣喜若狂了，他永远不会像从前那样如痴如醉地爱她了。

夏季结束的一天来到了，早晨的天空像洗过一样，又蓝，又爽朗，宛如无边的海水。一阵清新的秋风从田野吹过，王龙好像从睡梦中清醒过来了。他走到家门口，眺望自己的土地。他看到水已经退去，在干燥凉爽的风里，他的土地在烈日的照射下闪耀着光芒。

这时，一个声音在他的心里呼唤着一个比爱情更深沉的声音——在他心中为土地发出了呼唤。他觉得这声音比他生活中的其他一切声音都响亮。他脱下穿着的长袍，脱去丝绒鞋和白色的长筒袜，将裤管挽到膝盖，热切而有力地走了出去，他大声喊道："锄头在哪里？犁在哪里？种麦的种子在哪里？喂，老秦，我的朋友，来呀，把人都叫来。我要到地里去。"

第二十二章

王龙从南方的城市一回来，便去掉了一块心病。由于在南方经历了那一番苦痛，他心中也深感安慰。

而现在，当他看到田野里黑油油的沃土时，爱情上的失意也消失了。他感觉到了脚上那湿润的泥土，嗅到了小麦垄沟里散发出的泥土的芳香。他指挥雇工们犁完这里又犁那里，干了整整一天。他第一次赶着牛，在牛背上甩响了皮鞭。

他看到铁犁钻进泥土里，泥土便翻滚起浪花。

然后他把老秦叫来，将绳索交给他，而他自己拿了一把锄头，把土块砸成细末。那细末柔软得像绵糖，但由于土层湿润，仍然是黑油油的。他这样干活，纯粹是为了其中的乐趣，因为这并不是他非干不可的事。他累了的时候，就躺到土地上睡一觉。

土壤的养分渗透到他的肌肤里，使他的创伤得到了愈合。

当夜幕降临，太阳像一团火球似的燃烧着落下山的时候，天上连一丝云彩也没有。王龙跨进家门，感到筋骨像散了一般，浑身酸痛，但他心里乐滋滋的。他拽开通向后院的门帘，荷花穿着丝绸旗袍正在那里散步。她看见他身上沾满了泥土，顿时叫了起来。他走近她时，吓得她直往后退缩。

而他却哈哈大笑起来，他把她那细嫩的小手抓到自己沾满泥土的手里，大声笑着说："你瞧瞧，你的老爷简直成了农民，你现在是农民的太太了。"

她大声抗议道："我不是农民的太太。"

他又大笑起来，但很快离开了她。

他带着满身的泥土吃了晚饭，甚至上床睡觉时，他也不愿洗洗身子。而当他洗身子的时候，他又大笑起来，因为他现在已不是为哪个女人洗澡。他笑着，因为他自由了。

王龙觉得他似乎已经离开家很久，一下子有那么一大摊子事情需要他来做。土地呼唤着开犁、播种，因此他天天在田地上劳作。

一夏天的纵欲使他的皮肤变得苍白，如今太阳又把它涂成了深褐色。因为贪恋情欲，好吃懒做，他手上的老茧都已剥落。

现在，锄把和犁耙在他手上造成的印记又开始坚硬起来。

在中午或傍晚回家的时候，他吃着阿兰为他做的饭，觉得又香又甜，那是米饭、白菜、豆腐，还有馒头夹大蒜。

他走近荷花时，她用手捏住鼻子，冲着臭气叫喊起来。他大笑着，一点也不在乎。他朝她呼出粗气，而她是非忍受不可的，因为他要吃他所喜欢吃的东西。他既然又精神焕发，摆脱了因纵欲而造成的疲乏，他又可以再去找她，在她那里搞个精疲力竭，然后再去干其他事情。

现在，这两个女人在这个家庭里各有各的位置：荷花姑娘是他的玩具和快乐，满足了他对漂亮、性欲的要求。

阿兰则干活，生孩子，养家，伺候他、公爹和孩子。在村里，一旦男人们带着忌妒的心情提起后院的那个女人，王龙便感到骄傲。人们谈论她就像在谈论一件珍奇的宝物或者一件毫无用途的贵重的玩物，它唯一的用途就是能作为那些不再为吃穿发愁，只要愿意便可以花钱享受的那些男人的一种象征和标志。

村子里，最能炫耀王龙气大财粗的人，要算他的叔叔了。在那些日子里，他叔叔像一条摇尾乞怜的狗，总想赢得主人的好感。

他说："是我家的侄子，养了一个供他寻欢作乐的女人，像我们这种普通人连见都没见过。"又说，"我侄子到他太太那里，他太太穿着丝绸旗袍，像大户人家的闺秀。我没见过，是我老婆说的。"他还说，"我侄子，就是我大哥的儿子，要建立一个大家庭，他的儿子们就是富人的儿子，他们再也不必干活了。"

于是，村里的人越来越对王龙尊敬，他们跟他讲起话来，不再像跟普通人讲话那样，而像跟大户人家的人讲话似的。

他们向他借钱要付利息，遇上闺女出嫁、儿子娶媳妇，也要来听取他的指教。如果两人为地界发生纠纷，便请王龙来调解，不论他看法如何，他们都无条件接受。

过去，王龙为了女人而忙忙碌碌；现在，他对女人已经餍足，又开始为其他许多事情操心奔波。雨下得正是时候，地里的小麦长势很好。转眼冬天又来了，王龙将粮食挑到集市上去卖，他总是将粮食囤积起来，到价格高的时候才出售。

这次去市场时，他带上了他的大儿子。

当一个人看见自己的大儿子能够高声朗读字据上的一行行黑字，拿起毛笔蘸上墨汁就能在纸上写字给别人看时，会产生一种自豪感。王龙现在就有这种感觉。他骄傲地站在那里，看着眼前发生的一切。当过去曾经嘲笑过他的那个伙计惊讶地发出叫喊时，他也没有笑出声来。

"这个小伙子的字写得多漂亮啊！真是个聪明的小伙子！"

王龙不愿意显出自己有这样的儿子就觉得很了不起。他的儿子念到一半突然尖声叫起来："这个字应该是水字旁，却写成了木字旁。"王龙的心得意得快要跳出来了。他不得不转向一边，咳嗽着，朝地上吐了一口痰，才算控制住了自己。当那群人对他儿子的聪明发出啧啧的赞叹声时，他也只是大声说道："那么，把它改过来！我们不能在任何写错字的字据上签字。"

他得意扬扬地站在那里，看着他的儿子拿起笔，把错了的地方改正过来。

完了以后，他儿子在卖粮食的字据和钱的收据上分别替王龙签了名。父子俩便起程回家。王龙在心里暗自思量，儿子已经长大成人，又是他的大儿子，他一定要把儿子的事办好，他得亲自过问儿子的婚事，替儿子找个媳妇。儿子再也不能像他那样到大户人家去乞讨，捡人家不要的残渣剩饭，因为他已经是一个拥有自己土地的富翁的儿子了。

王龙开始亲自为儿子物色起媳妇来了。这可不是件轻而易举的事，因为那种普普通通的女子他是不要的。

一天晚上，他和老秦两人在堂屋里合计春播该买些什么种子、他的手头还有哪些种子时，扯到了这件事。他这样做，并不是希望有人帮他什么忙，因为他明白老秦是一个头脑十分简单的人。但是他知道，老秦就像狗对它主人一样对他十分忠诚。

和这样的人拉拉家常，他心里觉得舒坦。

当王龙坐在桌前讲话的时候，老秦却谦卑地站着。王龙向他让座，他也不肯，因为他认为王龙已经富了，在自己面前坐着是理所当然的事。王龙谈着他的儿子和想为儿子物色媳妇这件事，老秦聚精会神地听着。王龙把话讲完，老秦叹了口气，犹豫不决地小声说："如果我那可怜的姑娘在这里的话，你们可以娶她，我一个钱都不要，这也算是我的福分。但我不知道她现在在哪里。也许她已经死了我也不知道。"

王龙对他表示感谢，但他没有把心里的话说出来，因为他儿子要找的姑娘社会地位自然应当比老秦那种人的女儿高得多。

老秦虽然是个大好人，但毕竟只是个在别人的土地上干活的普通农民。

王龙并不暴露自己的想法，他只是在茶馆里到处打听，留意人们谈到的姑娘或城里那些有女儿要出嫁的有钱人。

即使对婶母，王龙也是守口如瓶，不想把自己的真实想法告诉她。在他从茶馆里搞那个女人的时候，他的婶母帮了大忙。

她是适合干那种事情的女人。但是在儿子的事情上，他就不想求婶母那样的人了，他觉得她不可能认识适合他儿子的姑娘。

冬天，雪花纷飞，寒气逼人。转眼春节又到了。人们吃着，喝着，许多人都来给王龙拜年，这些人中不但有从乡下来的，而且有从城里来的。他们恭喜他发财，说："无论我们怎么恭喜你，都比不上你现在的福气好。家里有儿子，有女人，有钱，有土地。"

王龙穿一身丝绸的长袍马褂，他的儿子穿着同样的长袍分坐在他的两边。桌子上摆满了点心、瓜子和核桃仁。

家里的门上到处贴满了表示恭贺新禧、大富大贵的红纸帖。他知道，他的运气是不错的。

转眼到了春天，柳树绽出了嫩嫩的绿色，桃树上挂满了粉红色的花朵，可王龙还没有为大儿子找到媳妇。

春天里，天长日暖，处处是李树和樱桃的花香。柳树长出了绿叶，叶片一天天舒展开来。树木一片葱绿，土壤湿漉漉的，蒸腾着氤氲的水汽，孕育着又一个丰收年。王龙的大儿子突然间长大了——不再是一个孩子。但是他开始变得喜怒无常，爱耍脾气，吃饭时挑精拣肥，对书本也丧失了兴趣。王龙感到害怕，但不知怎么办才好，于是便去求医治病。

没有什么灵丹妙药可以医治这个小伙子的病。王龙跟他讲话时，如果不是哄着他，说："肉和米饭都不错，吃吧。"这小伙子就会变得执拗和闷闷不乐；如果王龙生起气来，他就号啕大哭，跑出房间。

王龙吓坏了，但束手无策，只能跑在他儿子的后边，尽可能温和地说："我是你爹，把你的心事告诉我吧！"

但年轻人只是一个劲儿地抽泣，拼命地摇头。

此外，他还讨厌学校里那位老先生。早晨，他不愿离开被窝去上学。每逢这时，王龙就骂他，甚至打他，他才愁眉不展地起床，去上学。有时，他会一整天在城里的大街上逛来逛去，王龙只能在晚上见到他。这时，那个年纪小的男孩便愤愤地说："大哥今天没有上学去。"

王龙便生起气来，冲着他的大儿子叫道："难道我就让那些银子白白地花掉吗？"

一气之下，王龙抄起一根竹条，扑到大儿子身上，劈头盖脸地抽打起来。孩子的母亲阿兰听到声响，便从厨房里冲出来，站到大儿子和丈夫之间。尽管王龙转来转去想抽打孩子，竹条还是雨点般地落到了阿兰身上。

奇怪的是，偶然训斥他的时候，他会放声大哭，但在棍棒下，他经得住抽打，不吭一声，脸色苍白，活像一座雕出来的人像。

王龙日日夜夜苦思冥想，却一点办法也没有。

一天晚上，吃过夜宵之后，他又思量起那桩事来，因为在那天大儿子没上学，又遭到了他的一顿痛打。

他正在那里想的时候，阿兰进来了。她悄悄地进来，站在王龙的面前。看得出她有话要讲，于是王龙说："说吧，孩子他妈，有什么话就说吧！"

她说："像你这样打孩子，一点用处也没有。在那些大户人家的院子里，我见过小少爷们也有这样的事情。他们整天闷闷不乐。一旦有这种事发生，大老爷便替他们找几个丫鬟，如果他们自己没有找到的话。这样，病很快就好了。"

"事情不一定是这样。"王龙不以为然地说，"当我还年轻的时候，我可不是这样闷闷不乐的，我不哭哭啼啼，不发脾气，身边也没有丫头。"

阿兰等他说完，又慢慢地说："除了年轻的少爷们，我也确实没有见过这样的事情。你过去是在地里干活的。但他现在像一位少爷，在家里游手好闲。"

王龙沉思了一会儿，恍然大悟，因为他觉得她的话有道理。是的，当他自己是个年轻人时，他没有时间闷闷不乐。

他黎明时分就必须起床，赶着牛，带上犁和锄头下地。收割时，他干活干得腰酸背痛。如果他哭，没有人会听到他的哭声。

他不能像他儿子逃学那样逃跑，如果这样做了，他回来就别想有饭吃。因此，他被迫去干活。这一切，他都清清楚楚地记得。他对自己说："但是，我儿子可不是这样的。他比我娇贵。他父亲有钱，而我父亲很穷。他不必做事，而我必须下田干活。再说，人们总不能让像我儿子这样的读书人去扶犁呀。"

他又暗暗地得意起来，因为他有这样的儿子。他对阿兰说："喂，如果他像小少爷，那就是另外一回事了。但是，我不能为他买一个丫头片子。我得给他订婚，得让他早一点结婚。应该这么办。"

然后，他站起身来，走进了后院。

第二十三章

　　现在，荷花看到王龙在她面前心不在焉地想别的事情，不再欣赏她的美貌，便抱怨起来："不到一年，你就不把我放在心上了，我要是早知道这样，还不如不离开那家茶馆哩！"

　　她说话时把脑袋扭过去，用眼角瞥了王龙一眼，这使他笑了起来。王龙抓住她的手，捂到自己脸上，闻到了她手的香味。他回答说："嗯，一个人不能总想着他已经缝到衣服上的宝石，但是，如果失去了这块宝石，他当然经受不住。这些天我想到我的大儿子，想到他已是个血气方刚的青年。他该娶亲了。可我不知道该怎么找个合适的，我不愿让他娶个乡村农民的女儿。但是，在城里我没有一个熟人可以对他这么讲，'这是我儿子，那是你女儿'。我讨厌去找媒婆，万一她和某个人搞鬼名堂，把那人的残废或傻瓜女儿说过来就不好办了。"

　　因为王龙的大儿子长得又高又英俊，荷花对他也很有些偏爱。

王龙说的这番话自然引起了她的注意。她若有所思地答道："在那家大茶馆里，有一个男人经常来看我，他经常提到他的女儿。他说过，他女儿长得像我，年轻，漂亮，但还是个孩子。他说：'我喜欢你，但心里非常地不安，似乎你就是我的女儿；你太像她了，这使我心神不安，因为这是不合伦理的事情。'虽然他更喜欢我，但因为这个原因，他去找了一个名叫榴花的穿一身红的大姑娘。"

"他是个什么样的人？"王龙问。

"他是个好人，乐于花钱，说到做到。我们都希望他好，因为他并不小气。如果哪个姑娘碰巧疲倦了，他不像有的人那样大喊大叫，说是上当受骗了。他不是像一个王子，就是像一个书香门第出身的人那样彬彬有礼地说：'喏，这是银子。休息一下吧，我的孩子，等爱情之花再度开放。'"荷花姑娘陷入了沉思，直到王龙急促的说话声将她打断。他不喜欢她回忆过去的生活。

"他有这么多银钱，那么，他是做什么大买卖的？"

她回答道："我不知道，但我想，他是一个粮食商人。我要问问杜鹃姑娘，她对有钱的男人知道得一清二楚。"

接着，她拍了拍手，杜鹃便从厨房里跑了进来，她的两颊和鼻子被火烤得红通通的。荷花问她："有个长得又高大又好看的男人，过去常来找我，后来又因为觉得我长得像他的小女儿而感到不自在，所以虽然一向更喜欢我却常常去找榴花，他是谁来着？"

杜鹃立即叫了出来："啊，那是刘先生，粮食商人。他是个好人，每次他看见我都往我手里塞银钱。"

"他的粮行在什么地方？"王龙问道，但显得有点懒洋洋。

这是女人家说的话，女人的话往往是不足信的。

"在石桥街。"杜鹃说。

她的话还没说完，王龙就高兴地拍了一下手，说："对，那就是我卖粮食的地方。这真是天赐良缘！这门亲事肯定成。"他第一次来了这么大的劲头，因为他觉得，他儿子和一个买他粮食的人的女儿结亲非常合适。

每当有事要办时，杜鹃就像耗子闻到油一样闻到了其中的钱味。

她在围裙上擦了擦手，很快地说道："我愿意为老爷去办这事。"

王龙有些怀疑，他看看杜鹃那张诡诈的脸。但荷花高兴地说："对啦，让杜鹃去问问那个姓刘的人。他和她很熟。这事是可以办的，因为杜鹃是一个聪明能干的人。如果事情办妥了，她应该得到那份媒人钱。"

"交给我去办吧！"杜鹃诚心诚意地说。她想着手上那些白花花的银钱，笑了起来。她解下腰上的围裙，迫不及待地说："我这就去，肉已经切好，就等下锅了，菜也已洗好了。"

但王龙还没有充分考虑好这件事，而且他也不想这么快就把它定下来。他大声说："不，什么事都还没有定下来。这件事我得考虑几天，然后我会把我的主意告诉你们。"

两个女人都有些心急——杜鹃是因为想要银钱，荷花则觉得这是件新鲜事。她需要有件新鲜事来高兴高兴。但王龙走了出去，说道：“不，他是我的儿子，我要等等。”

他需要一段较长的时间来反复思量。可是，一天早上，他的大儿子进家来时，因喝了酒，一张脸又红又烫，满口酒气，脚也走不稳。王龙听到有人在院子里跌倒了，便跑出去看看是谁，只见这个小伙子正在又呕又吐，因为他还不习惯喝比他们自己酿造的低度白米酒更烈性的酒。他像一条狗一样躺在那儿，吐了一地。

王龙吓坏了，他把阿兰叫出来，两人一起把他挽起来，给他洗了洗，把他扶到阿兰自己房间里的床上。她还没有整理完，他就像死人一样睡了过去，无论他父亲问他什么，他都不能回答。

后来，王龙走进两个儿子睡觉的房间，小儿子正打着哈欠，伸着懒腰，用一块方布将书包好准备上学。王龙问他：“昨天晚上你哥哥没有和你在一张床上睡觉吗？”小儿子不情愿地回答说：“没有。”他的眼神里呈现出某种恐惧。王龙看出了这一点，朝着他大声吼叫起来：“他到哪里去了？”孩子不愿回答，他抓住他的脖子使劲儿地摇动，一边喊着：“照实讲来，你这个小杂种！”听到这话，孩子害怕了。他先是抽泣，接着大声哭起来，一边说一边哭：“哥哥不许我把这事告诉你。如果我把这事讲了出去，他说他就掐死我，用烧热的针刺我。如果我不讲出去，他就给我钱。”

听到这话，王龙像发了疯一样吼叫起来：“快说，要不，看你们俩谁该死！”

这个孩子看了看四周，心想，如果他不讲出来，父亲会把他掐死的。他绝望地说：“他已经整整三夜没在家了。他去干什么了，我不知道，只知道他是和你叔叔的儿子也就是我们的堂叔一起出去的。"

王龙的手松开那个孩子的脖子，把他推到一边，然后大踏步来到他叔叔的房间。他找到了他叔叔的儿子。那个孩子喝酒之后，脸色也又红又烫，像他自己的儿子一样，只不过脚步稳一点，因为这个小伙子年龄稍大，已习惯了成人的生活方式。王龙朝他喊道："你把我儿子领到哪里去了？"

他朝着王龙冷笑着说："啊，我堂兄的儿子用不着别人领路，他自己能去。"

王龙把他说的话又重复了一遍，心想，他会把他叔叔的儿子宰了的。他用可怕的声音吼叫。这个年轻人被他的吼声吓坏了，他眼睛向下，绷着脸，不情愿地答道："他在那个妓女家里，就是现在住在那个大户人家旧宅里的妓女。"

听到这话，王龙发出了一声痛苦的呻吟。许多男人都非常熟悉这个妓女，除了那些穷光蛋和普普通通的男性，没有人会去找她。

她已失去了青春，钱少她也愿意的。他连饭都没吃一口便出了大门。穿过田野时，他第一次没有去注意他的地里长着什么庄稼，也没有看清庄稼的长势如何，这全是因为他大儿子带给他的这些麻烦。

他走路时，眼睛里啥也没看到，他穿过城墙的大门，来到了过去一直是大户人家的庭院。

现在，那两扇沉重的大门敞开着，从来没有人将这带铁轴的大门关上过。这些日子里，那些想关大门的人或许要出出进进。他走进大门，院子里和房子里都住满了普普通通的人家，他们租了这里的房子，一家人住一间。这地方很脏，古老的松树已被砍伐殆尽，留下来的也已渐渐枯死，院里的水池中也堆满了垃圾。

但是，这一切都没引起他的注意。他站在第一座房子的那个庭院里，喊道："那个姓杨的坏女人在什么地方？"

有个女人坐在三条腿的圆凳上纳着鞋底。她抬起头，朝院子里一个开着的边门点了点头，又继续纳她的鞋底，似乎她对男人们问她这样的问题已经习以为常了。

王龙走上前去，敲了敲门，一个焦躁的声音答道："走开吧！今儿晚上的生意做完啦，我累了一宿，要睡觉了。"

他再一次敲门，那个声音喊道："是谁啊！"

他不愿意回答，仍继续敲门。终于，他听到了窸窸窣窣的响声。

一个女人开了门。她一点也不年轻，满面倦容，嘴唇又厚又有点外翻，前额上留着粗劣的脂粉，口红也没有从嘴上和腮上洗掉。她看着他，不客气地说："天黑之前，我不接客了。如果你愿意，那就晚上早点来吧！但现在我必须睡觉了。"

王龙粗暴地打断了她的话。看见她就使他恶心，一想到他儿子来过这里，他简直忍受不了。他说："我不是为我自己而来的。我不需要你这样的女人。我是为了儿子的事来的。"

他突然感到喉咙被哽咽声堵塞了，那是因为心疼儿子。接着，那个女人问道："喂，你儿子怎么了？"

王龙声音有点发抖地答道："昨天晚上他来过这里。"

"昨天晚上好多人的儿子都来过这里，"那个女人回答道，"我不知道哪一个是你儿子。"

接着，王龙恳求似的对她说："想想看，记得不记得有一个纤细苗条的青年人，身材较高，但还不到成年。我不能想象他有胆量试一试女人。"

她似乎想了起来，回答说："有这么两个青年人，其中一个临走时鼻子翘到了天上，眼睛里流露出傲慢的神情，歪戴着帽子。另一个，像你说的那样，大高个子，但是喜欢装出一副成年人的样子。"

王龙说："对，对，就是他。他就是我的儿子。"

"你儿子怎么啦？"那女人问。

王龙急切地答道："这样吧，他再来的话你就赶他走。你就说，你只要大人——无论说什么都行——你每次把他打发走，我将向你手里塞两倍的银钱！"

那个女人笑了起来，一副毫不在乎的样子。突然，她用一种幽默的口气说："谁能说半个'不'字呢，不用费力气就能挣钱。一点没错，我喜欢大人，小孩子不过瘾。"她说着，对王龙点点头，眼里暗送着秋波。她那粗糙的脸皮使王龙感到恶心。他赶紧说："那么，就这样吧！"

他很快地转身朝家里走去。他边走边一个劲儿地吐唾沫，想把见着那个女人所产生的恶心感吐掉。

因此，就在那一天，他对杜鹃说："就照你说的办吧。去找找那个粮商，把这事安排安排。如果那个姑娘合适，亲事又能办成，嫁妆好些即可，不必太多。"他吩咐完了杜鹃，便回到了屋里。他坐在熟睡着的大儿子身边，沉思起来。他看到，他的大儿子躺在那里，显得多么年轻和漂亮！他看见大儿子睡梦中那张安详的脸充满青春的光泽。一想到那个满面倦容的搽了粉的女人，想到她的厚嘴唇，他心里就会因恶心和气愤而难以平静。他坐在那里，一个人自言自语。

他正坐着的时候，阿兰进来了，她站在旁边，看着那个孩子。她看见那个孩子的皮肤上冒着汗珠，连忙弄来掺了醋的温水，轻轻地将那些汗珠洗去，就像当年在那个大户人家里替那些喝醉酒的少爷所做的那样。王龙望着那张娇嫩的、孩子气的脸，看到擦洗都没能把他从酒后的昏睡中弄醒，便站了起来，气呼呼地走进了他叔叔的房间。他忘记了他是他父亲的弟弟，只记得他是那个游手好闲、厚颜无耻、把他的儿子带坏了的孩子的父亲。他走进来大声喊道："我这里藏着一窝忘恩负义的毒蛇，我被这毒蛇咬了！"

他的叔叔正坐在桌子前吃早饭。不到中午他是不起床的，因为他发现家里并没有他必须做的事情。他听了这番话后抬起头来，懒洋洋地问："那是怎么回事？"

后来，王龙把发生的事情告诉了他。但他叔叔只是笑着说："你能不让一个孩子长大成人吗？你能不让一条公狗接近一条迷了路的母狗？"

当王龙听到这笑声的时候，他记起了这些日子里他为他的叔叔所遭受的一切：他叔叔如何强迫他出卖土地；他们一家三口如何在这里住了下来，吃喝玩乐，游手好闲；他婶母如何吃掉杜鹃为荷花买的那些贵重食品；他叔叔的儿子如何带坏了他的儿子。他咬牙切齿地说："现在，滚开吧，你和你全家，从现在起不准吃我一口饭。我宁可将房子烧掉也不给你们住，你们这些游手好闲、忘恩负义的家伙。"

他的叔叔却坐在那里纹丝不动，继续吃着碗里的饭。王龙站在那里，浑身的血液都翻滚起来。见他叔叔没把他放在眼里，他举起胳膊走上前去。这时，他叔叔回过头来，说道："如果你有胆量，就赶我走吧！"

当王龙怒气冲冲、结结巴巴地说着的时候，他叔叔解开上衣，让他看了看上衣衬里的东西。

王龙僵直地站住了。他看见一撮用红的毛做成的假胡子和一块红布条。王龙睁大眼睛看着这些东西，火气顿时消失得一干二净。他颤抖着，浑身一点力气也没有了。

那些红胡子和红布条是土匪的标记和象征，这些土匪在西北地区活动和抢劫。他们烧了许多房子，抢走了许多女人，把一些无辜的农民用绳子捆绑在他们自己家里的门槛上，第二天有人发现他们时，活着的会疯了一般地又喊又叫，死了的则是遍体鳞伤，活像烧烤过的肉。王龙看着看着，眼珠子都快要瞪出来了。他转过身去，一句话也没说就溜掉了。走时，他听见他叔叔重新伏在桌上吃饭时发出的咪咪的笑声。

王龙从未想到，自己竟会陷入这样尴尬的境地。他叔叔还像从前一样出出进进，在一小撮稀稀拉拉的山羊胡子下面，他那张嘴总是龇着牙笑，衣服也像往常一样，邋邋遢遢地披在身上。王龙一看见他，身上便冒冷汗。除了恭维的话，他什么都不敢说了，他害怕他叔叔会给他点颜色看看。的确，在这几年生活富足的日子里，特别是在年成不好甚至颗粒无收，许多农民一家老小都挨饿的时候，土匪从来没有到过他的家里，也没有抢过他的庄稼，但是他常常提心吊胆，夜晚还将大门上了锁。在夏天以前，王龙还没有那段风流情事的时候，他穿得破破烂烂，以免让人看出他家中有钱的迹象。他在村民中听到土匪抢劫的故事后回家，夜里便时睡时醒，时常要听一听外面的声响。

由于土匪从未抢过他的家，他胆子渐渐大了起来，有点满不在乎了。他相信老天爷在保佑着他，他命里注定好福气。他什么都不在乎，甚至连给众神烧几炷香都不干，因为即使不烧香，众神灵对他还不是照样关照？他只想着他的风流情事，想着他的土地。而现在，他突然领悟到他为什么一直太太平平的了，只要他养着他叔叔——一家三口，他还会继续太平下去的。他一想到这些，浑身就冒冷汗，但他不敢跟任何人讲他叔叔的怀里藏了些什么。

对他叔叔，他再也不提撺他走的事，对婶母他也是光拣好听的话说："在后院里，你爱吃什么就吃什么。这一点银钱，拿去花吧！"

他叔叔的儿子虽然还是使他十分讨厌，但他仍然说："把这点银子拿去，年轻人就是应该享乐享乐。"

但是，对自己的亲生儿子，王龙看得很紧。天黑之后，他就不允许他离开家门。而他儿子的脾气越来越坏，他老是摔这摔那的，有时为了出气，还打小孩子的耳光。就这样，一大堆麻烦事困扰着王龙。

最初，王龙一想到落到他身上的那些麻烦事便无心干活。他思前想后，心神不定。他想："我可以将叔叔赶走，然后搬到城里去住。"

为了防备土匪，城墙的大门每天晚上都是上锁的。可是，他又想到自己每天还得下地干活，说不定正当他在地里干活、毫无防备的时候，大祸便降临到他的头上。还有，一个人又怎么能够把自己锁在家里，关在城里呢？要是他同他的土地断绝了往来，那他就活不成了。再说，荒年一定还会有，即使住在城里也免不了遭土匪的抢劫。当年那个大户人家破落时，不就遭土匪抢了吗？

他也许可以进城，找到那儿的法院，同法官说："我叔叔是个红胡子"。

如果他去告发，谁会相信他呢？谁会相信一个告发他父亲的弟弟的人呢？而更大的可能性是，他叔叔不会受到责罚，而他自己却会因为不孝而受到鞭笞。他最终还是因为怕死而没有去，因为他想，要是土匪听说此事，为了报复，他们会把他杀掉的。

似乎这些还不够。杜鹃从粮商那里回来时说，虽说婚约办得很顺利，但刘先生不愿意现在女儿就结婚，只同意先交换一下婚帖，因为那个姑娘年龄尚小，才十四岁，他们希望再等三年。王龙想到大儿子还得浪荡三年就十分沮丧，因为他十天里就有两天要逃学。一天晚上，王龙正吃着饭，突然对阿兰高声说道：

"喂！咱们得尽快给另外几个孩子订婚，越快越好。只要他们愿意，就把他们的婚事办了。再这么来三次，我可受不了啦。"

他一整夜几乎没合眼。第二天早晨，他脱下长袍，踢掉鞋子，扛起锄头就下田了。经过前院的时候，他看见他的傻女儿坐在那里痴笑，她往自己的手指上缠着布条，吮吸着。他自言自语地说："唉，我那个可怜的傻姑娘比其他所有的孩子都强。"

他天天到地里去干活，许多天没有间断。

大地再次使他的精神振作起来，在阳光的照耀下，他感到心旷神怡。夏天，和煦的风吹拂着他，温柔极了。这时，好像为了驱散他思想上的烦恼，南边天上出现了一块小小的云朵。它挂在天边，又小又柔和，就像一团雾，不过不像被风吹动的云彩那样移动。它先是静静地停在那里，后来却似扇面一般扩散到空中。

村里的人们注视着，议论着，恐惧笼罩了他们。他们害怕蝗虫已经从南方飞来，要毁掉他们在田里种植的所有的东西。王龙也站在那里注视着。终于，风把某个东西吹到了他们脚下。一个人急忙弯身将它捡起。那是一只死蝗虫——死的，比起后面活着的云堆，它实在算不了什么。

这时，王龙忘记了一切使他烦恼的事情，女人、孩子、叔叔都已被他忘得一干二净。他跑到惊慌失措的村人中间，朝他们喊道："为了我们的土地，我们一定要跟这些从天空中来的敌人干一仗！"

然而有些人摇了摇头，他们从一开始就感到绝望。他们说："不行。干什么都没用。老天爷注定我们今年要挨饿。明知最终还得挨饿，何必拼命去跟它斗呢？"

女人们哭着进城买了香，到小庙的土地神面前烧香求佛，有人去城里的大庙给天神拜佛。这样，地神天神便都求过了。

然而，蝗虫还是在空中蔓延，并一直扩展到这片土地的上空。

这时，王龙把自己的雇工叫来。老秦默默地站在他身边做好准备，另外还有一些青年农民。这些人在一些田里点起火来，他们把许多长得差不多快能收割的好小麦烧掉，还挖了宽宽的壕沟，把井水汲出来放到沟里。他们忙得顾不上睡觉。阿兰和其他女人给男人们把饭送来，男人们就站在地里吃饭，像野兽一样狼吞虎咽地把饭吞下去，就这样，他们白天黑夜不停地干着。

接着天空昏暗起来，空中到处都是蝗虫翅膀互相摩擦产生的低沉的嗡嗡声。蝗虫扑向地面，飞过一块地落到另一块地里，头一块地的庄稼一动未动，后一块地却被蝗虫吃得像冬天的荒野一样。于是有人叹气说："这真是天意啊！"但王龙非常生气，他一边打，一边用脚踩。他的雇工也用树枝挥打。蝗虫掉进了燃着的火堆。

它们漂浮在人们挖成的壕沟里的水面上，成千上万只蝗虫死了，但对于那些依然活着的蝗虫来说，这个数目算不了什么。

不过，王龙收到了他拼力奋斗的效果：他最好的那块地保住了。当黑压压的一片蝗虫过去，他可以休息的时候，地里仍然有能够收割的小麦。他的稻秧的苗床也保住了。他感到满意。后来，很多人都把蝗虫烧了吃，但王龙不吃，对他来说，蝗虫是坏东西，因为它们糟蹋了他的土地。但是当阿兰把蝗虫放到油里炸的时候，他却什么话也没说。那些雇工把蝗虫嚼得嘎嘣嘎嘣响，孩子们也把它们撕裂开，尝着味道，可是蝗虫的大眼睛使他们害怕。而王龙一点也不肯尝。

然而，蝗虫帮了他一个忙：在七天时间里，除了自己的田地，他什么都不想了。

他的担心和忧虑渐渐都消失了，他平静地对自己说："唉，每个人有每个人的难处，我必须尽力忍受遇到的麻烦。我叔叔比我年纪大，他总要死的。对儿子来说，三年的时间也一定会过去的。我总不见得去寻死吧。"

他把小麦割了。天下起雨来，他在水淹过的地里插上了稻秧。

然后夏天又来了。

第二十四章

王龙对自己说，家里总算平静下来。不料一天中午他刚刚从地里回来，大儿子就走到他跟前，对他说："爹，如果我要成为一个有学问的人，城里的那个老头儿已经不行了。"

王龙从灶间的锅里舀了盆开水，把一条毛巾浸湿捂在脸上。他说："那么，该怎么办呢？"

大儿子犹豫了一下，继续说道："如果要求得学问，我情愿到南方一个城市里去进大学校，在那里，我可以学到一切该学的东西。"

王龙用毛巾擦着眼睛和耳朵，满脸都是热气。因为在地里干活累得腰酸背痛，他便没好气地答道："你胡说些什么？我对你说，你不能去。我不能让人家取笑我。我说，你不能去，在这个地方你学得已经不算少了。"

他又把毛巾放到水里浸了浸，然后拧干。

但是这个青年站在那里，心怀敬意地望着他父亲，咕咕哝哝地说了些不好听的话。王龙听不见他说些什么，不由得气上心来，于是他向儿子吼道："你把要说的话说出来。"

　　这个青年听到父亲的吼声也火了起来，他大声说："好吧！我说！我要到南方去！我不愿意待在这个无聊的家里，像小孩子一样给看着！我也不愿意待在这个跟村庄差不多的小城里！我要到外边去长长见识，看一看其他地方！"

　　王龙看了一眼他的儿子，又看看自己。儿子站在那里，穿一件灰色的长衫，在夏天的酷热里，穿这种长衫又薄又凉爽。儿子的嘴唇上已经露出一层黑乎乎的胡子。他的皮肤光滑而好看，他那垂在长袖子下面的双手柔软、细嫩，像一双女人的手。然后王龙又看看自己。他又粗又壮，浑身沾满了泥土。他只穿了一条蓝布裤子，上身没穿衣服。人们一定会说，他像他儿子的仆人而不像父亲。

　　这种想法使他对年轻儿子高大英俊的外貌生出一种轻蔑感，于是他大声喊道："哼，听着！到外边地里去，往你身上抹一些泥巴，不然人们会错把你当成一个女人。为了你自己吃的米饭，干点活吧！"

　　王龙忘了他曾对儿子写的字感到十分得意，也忘了他曾为儿子读书聪明而感到骄傲，眼下，儿子的漂亮长相激怒了他，他走出房间时用光脚板猛踩地板，并狠狠地朝地上吐了一口唾沫。年轻的儿子站在那里，充满敌意地望着他，而王龙根本不回头看一眼他在做些什么。

然而，那天晚上王龙走进后院坐在荷花身边，荷花则躺在床上的褥子上由杜鹃给她打扇时，荷花像在同他说一些无关紧要的事情那样懒洋洋地问："你的大儿子想离家出走，是吗？"

　　王龙记起了对儿子的一肚子气，没好气地说："怎么啦，与你有什么关系？到了年龄，我是不会把他留在家里的。"

　　荷花急急忙忙地回答："不，不，是杜鹃说的。"

　　杜鹃急忙接上去说："这事谁都看得出来！他是一个惹人喜爱的年轻人，已不再是孩子，不能再游手好闲了。"

　　王龙被引转了话题，但他只想到对儿子的气愤，于是说："不，他不能走。我不能白白地花上那么些钱。"他再也不愿谈起那件事。荷花见他一副气冲冲的样子，便把杜鹃打发走，让王龙独自在那里生闷气。

　　此后好多天，谁也没有再说什么，那个孩子突然又显出心满意足的样子，不过，他再也不愿上学了。王龙也同意他不上，因为他快十八岁了，而且像他母亲那样长得又高又大。他父亲回家时，他就在自己的屋里读书。王龙很满意，他心里想："这是他年轻人一时的胡思乱想。他不知道他自己究竟要的是什么。只消三年的时间——也许多花一点钱还用不了三年。过几天，等收割完毕，种好冬小麦，把豆地整好时，我就把这件事安排一下。"

　　后来，王龙把大儿子的事丢在了脑后，因为除了蝗虫毁掉的那些庄稼，地里的收获还相当不错。眼下，他又一次捞到了他已花在荷花身上的那么多的钱。这些银钱对他来说又是很珍贵的了。他常常暗暗惊奇他自己在一个女人身上竟花了那么多银钱。

她还时常能挑起他的兴趣，虽然这种兴趣没有最初那么强烈了。他现在已明白，婶母说过的话是对的，荷花的身材小巧玲珑，但她的年纪大了，也永远不能为他生孩子。尽管如此，能够占有她，他总是很得意。至于她能不能生孩子，他毫不在乎，他有儿有女，养着她快活，他也就心满意足了。

至于荷花，随着壮年的到来，她比以前更加惹人喜爱。如果过去她有什么美中不足的话，那是因为她像鸟一样瘦弱，颧骨太突出，太阳穴下陷。而现在，有杜鹃给她做好饭菜吃，她又只须应付一个男人，生活悠闲，身体渐渐丰满起来，脸形也变得饱满了，额角两边显得又光又滑。她有一双大眼睛、一张小嘴，比从前更像一只肥胖的小猫。她又吃又睡，身体的脂肪越积越多。她再也不像荷花的花蕊，甚至不像一朵盛开的荷花了。她虽然年纪已不小，但看上去并不老，可以说，她是既不年轻，也不太老。

王龙的生活平静下来，儿子也不再吵闹，照理他可以满意了。

然而，在一天深夜，当他一个人坐着，掰着手指计算他可以卖多少小麦和稻米的时候，阿兰轻轻地来到了屋里。随着岁月的流逝，她日渐消瘦，颧骨突出，两眼深陷。如果有谁问她觉得怎样，她只是说："我身子里像有火在烧着。"

三年来，她的肚子大得一直像怀了孕，然而她并没有生育。尽管如此，她每天依然天一亮就起床，照常干活。王龙看她时，就像看一张桌子或一把椅子，或者像看院子里的一棵树那样。他对她毫不注意，甚至不如对一头垂下头的牛或不进食的猪那么关心。她只是一个人干活，从来不多说一句话，遇见王龙的婶母便躲着走，也从来没有跟杜鹃说过一句话。她一次也没有进过后院。荷花偶尔离开后院，在另一个地方散散步，阿兰便躲进自己的房间坐着，直到有人说"她已经走啦"才出来。她默默无语，然而她做饭、洗衣，忙个不停。即使在冬天，她也在水池边洗衣服，那时水已上冻，得打开冰才行。但王龙从未想到说："喂，为什么不用我的银钱雇一个仆人或买一个丫头片子？"

他也从未想到有这种必要，尽管他雇了人替他在地里干活，帮他喂牛、喂驴和养猪，夏天河水上涨的时候，替他喂养河里的鹅和鸭子。

今天晚上，当他守着一根燃着的红蜡烛，孤零零地坐着的时候，她站到了他面前。她四下看了看，终于说："我有点事要说。"他吃惊地看着她，说："噢，那就说吧！"他看见她那深陷的双颊，又一次觉得她身上没有一点漂亮的地方。他已经有好几年对她没有欲望了。

她用粗哑的嗓子低声说："大儿子往后院里走得太勤了。你不在的时候他就去。"

王龙一下子还没有明白她说的是什么。他张着嘴侧过身来说："什么，老婆子？"

她默默地指了指大儿子的屋子，然后噘起又厚又干的嘴唇朝后院的房子努了努嘴。但是王龙粗鲁地瞪着她，一点也不相信。

"你在做梦吧！"他终于说。

听到这话，她摇了摇头。虽然说话对她来说并非易事，但她还是补充说："唉，我的老爷，在人们认为你不在家的时候你回来看看吧。"

她沉默了一会儿，又说："最好把他送走，送到南方去。"她走到床前，拿起他喝的那碗茶，试了试，把凉茶泼在砖地上，又从热茶壶里倒了一大碗茶。像来时一样，她不声不响地走了出来，留下他一个人呆呆地坐在那里。

啊！这个女人，她吃醋了，他心里想。当那个孩子心满意足地天天在自己屋里读书的时候，他不会为这种事苦恼的。他站起来，哈哈一笑，抛开了那个想法，他对女人的小心眼感到好笑。

但是那天晚上他走到后院，躺到荷花的身边，在床上翻身的时候，荷花又抱怨，又发脾气，最后把他推开。她说："天这么热，可你浑身发臭。躺到我身边之前，你得先洗个澡。"

然后，她坐了起来，心烦地将盖在脸上的头发拢到了脑后。当他想把她搂到怀里时，她耸了耸肩膀。她不愿屈从于他的哄骗了。

他一动不动地躺在床上，他记得，好多夜晚了，她都是这么勉勉强强的。他一直认为，这是她一时的脾气发作，也许还有夏天快结束时使她感到烦闷的炎热在作怪。但是他的耳中响起了阿兰那些刺耳的话，他气呼呼地站起来，说："好吧，你一个人睡吧！要是我介意，就割了我的脖子！"

他冲出房间，大踏步来到他自己家里的堂屋。他把两把椅子并在一起，便躺了上去。但他无法入睡，于是他又站起来，走出大门，来到靠着房子墙边的竹林里。在那儿，他感到凉爽的晚风吹拂着他发烫的肌肤。这风中已蕴含着即将来到的秋天的凉意。

后来，他想起来了，荷花一定已经知道他大儿子要离家出走的意愿。她是怎么知道的？他又想起大儿子最近再不说要出去的事了，而且显得心满意足。凭什么满意了呢？王龙心里狠狠地说："我一定要亲自弄个水落石出！"

他看见黎明从笼罩着他那块土地的薄雾中降临了。

天亮时分，太阳金色的光轮照耀着田野的边沿。他走回家中，吃完饭又回到地里，监督他的那些雇工。在收获和播种的季节，这已成了他的习惯。他在地里走来走去。最后，他用能使家里人人都听到的声音对雇工们大声喊道："我到城墙附近的那块地里去，回来要晚些。"然后，他便朝城里的方向走去。

他走了一段路，来到那座小庙前。他在路边一个长满杂草的土堆上坐了下来。那是一座早已被人们忘却的古坟。他拔起一棵小草，用手指捻来捻去，陷入了沉思。他的面前就是那些小小的神像。

他不怎么经心地注意到，那些神像正注视着他。过去，他对神灵是何等的惧怕。而现在，他却一点也不在乎了。他富了，不再需要神了。因此，他几乎没怎么瞧它们。他只是翻来覆去地想："我是否应该回去呢？"

他突然想起前天晚上荷花猛地把他推开的情景。他很生气，为了她，他付出了多少代价。他对自己说："我知道，在那家茶馆里，她是待不了多久的。可在我家里，她不愁吃又不愁穿。"

他气冲冲地站了起来，顺着另一条路回了家。他悄悄地走进家门，站在通往后院那道门的帘子旁边。他听见了一个男人低低的声音，那正是他大儿子的声音！

王龙气坏了，他一辈子都没有生过这么大的气。虽然他百事如意，人人都叫他"大富翁"，但他已失去了乡下人的羞怯感，而且会突然发发小脾气，因为即使在这个小镇上，他也是可以引以自豪的。

但是这次的脾气是一个男人对另一个偷走他心爱的女人的男人发作的。王龙一想起那另一个男人就是他的亲生儿子，就恶心得直想吐。

他咬着牙走了出去，从竹林里挑了一根又细又弯的竹子。他剥去竹子上的枝杈，留下了竹条上端的小枝，然后再扯掉竹叶，于是，一根虽细但像绳索般坚韧的竹鞭做成了。他轻手轻脚地走回屋里，突然把帘子掀到一边。他大儿子正好在那里，站在院子当中，向下看着坐在水池边上的荷花。荷花穿着一件桃红色的丝绸旗袍，而这件衣服他从未见她在早晨穿过。

这两个人正在说话。女的开心地笑着，用眼睛向青年递送秋波。她的头又扭向了一边。两个人都没有发现王龙。王龙站着，瞪大了眼睛看着他们。他的脸色变得苍白，嘴唇翕动着，牙齿咯咯作响，手里紧紧地攥着那根竹鞭。他们俩仍然没有听见他的声音。要不是杜鹃姑娘出来看到王龙，尖叫起来，他们是不会发现他的。

王龙蹿过去，扑向他的大儿子，抽打着他。虽然大儿子长得高大，但因王龙正当壮年，又常在地里干活，因此比大儿子更有力量。他一直把大儿子打得流出血来。荷花一边喊一边拉他的胳膊，被他一下子甩开。当她叫着再来拉的时候，他连她也打了起来，一直把她打得逃走。他把大儿子打得趴在地上，双手捂住被打破了的脸颊。

王龙停下手，呼哧呼哧地喘着粗气，浑身大汗淋漓。他觉得虚弱，像得了一场病。他扔掉竹鞭，气喘吁吁地对大儿子说："现在回你自己的屋里去，你要是敢出来，我就打死你。"大儿子一声不响地爬起来走了。

王龙坐在刚才荷花坐过的板凳上，双手捧着脑袋，闭着眼睛，喘着粗气。没有人走近他。他独自一人坐着，直到他平静下来，怒火消去。

然后他吃力地站起来，走进房里。荷花躺在她的床上，正呜呜咽咽地哭。他走到床前，把她的身子翻过来。她躺着，用眼看着他，哭着。她脸上留着一道肿得发紫的伤痕。

他十分伤心地对她说："你定要做坏女人，同我的亲生儿子胡来吗？"

听到他的话，她的哭声更大了。她表示抗议，说："不，我没有跟他胡来。这个青年人是感到孤独才来的。你可以去问杜鹃，他是靠近过我的床边，还是仅仅在你看到的那个院子里！"

她惊恐而又引人哀怜地看着他。她抓住他的手，放到她脸上的那条伤痕上，泣不成声地说："你瞧瞧，你对你的荷花到底干了些什么？——你是这个世界上我唯一的男人。如果他是你的儿子，也仅仅是你的儿子罢了。对于我，他却什么也不是！"

她抬头望着他，漂亮的眼睛里含着晶莹的泪花。他很难受，因为这个女人比他希冀的还要漂亮，他不情愿爱她时，却偏偏还爱着她。他突然意识到，如果他知道了她和大儿子之间有什么往来，他是受不了的。他希望从来不知道这事。如果他不知道的话，他会更好受些。他痛苦地呻吟着走了出去。走过他大儿子的屋子时，他没有进去，而是在外面喊道："把你的东西收拾到箱子里，明天就到南方去，你愿意干什么就干什么，我不叫你回来时不许回来。"

他继续往前走。阿兰坐在那儿，正缝补他的衣服。当他经过的时候，她一句话也没有说。要是她听见那鞭打声和叫声的话，她也不会做出任何反应的。然后，他又走到外边的地里，太阳正高高地悬在天空。他觉得很累，像干了整整一天活。

第二十五章

　　大儿子走了以后，王龙觉得家里去掉了一个不安定的根子。这对他是一种宽慰。他对自己说，那个年轻人走了是一件好事。现在他可以寄希望于其他几个孩子，看看他们是些什么样的人。但是，除了一肚子的烦恼和不管发生什么事必须按季节耕种、收割的土地，他一点也不知道，大儿子走后，他留给其他孩子的是些什么东西。他决定尽快让二儿子离开学校，他要让他去学生意，不能让他像他哥哥那样，等着成熟的年轻男子的野性把他变成家里的逆种。

　　现在二儿子一点也不像大儿子，甚至与他不像家里的两兄弟。大儿子像他母亲，长得高，骨架又大，红通通的脸像北方人。二儿子则长得矮小瘦弱，脸色发黄。他身上的某种东西使王龙想起自己的父亲。他父亲有着一双机智、锐利、富于幽默感的眼睛，发作起来，这双眼睛也会放射出凶光。王龙说："这孩子会成为一个出色的商人。我要把他从学校里叫回来，看看他是否可以开始学做粮食生意。要是有一个儿子待在我卖粮食的地方，事情就方便多了。他可以看秤，挪挪秤砣，给我点好处。"

因此，有一天他对杜鹃说："现在去告诉我将来的亲家，我有事要跟他说。不管怎么样，我们要在一起喝杯酒，因为我们要结亲了。"

杜鹃去了。她回来后说："他随时愿意和你见面。他说，如果今天中午你能去喝酒，那就太好啦！如果你愿意，他来见你也行。"

但是，王龙是不希望城里的商人来他家里的。因为他害怕自己得准备这准备那。于是他便洗了洗，穿上他的丝绸长衫，穿过田野往城里走去。他按照杜鹃说的，先走到大桥街，在一家标着"刘氏"字样的大门前停了下来。倒不是王龙本人识字，他只是猜想，桥右边的第二个大门是刘家。但是他又问了一个过路人，确认了门上那个标记就是"刘"字。王龙的面前是一面全部用木头做成的庄严的大门，他用手掌拍了拍门。

门立刻开了，一个女仆站在那里。她一边问他的姓名，一边用围裙擦着她那双湿漉漉的手。他通报了自己的名字后，她瞪大了眼睛看着他，然后把他领到有人居住的第一个院落，带他走进一间屋里，请他坐下。她又瞅了他一眼，知道他就是这家小姐未来的公爹。然后，她便出去叫她的主人。

王龙仔细地环顾了一下四周，起身摸了摸门帘的布料，看了看八仙桌的木料，他很高兴。这些东西说明这户人家生活优裕，但又不是豪富之家。他不想要一个来自富家的儿媳妇，免得她桀骛不驯，又只想吃好的穿好的，让大儿子的心与父母疏远。接着，王龙又坐了下来，等待着。

外边传来一阵沉重的脚步声，接着一个身材高大的男人走了进来。王龙站起身，两人躬身施礼，彼此又偷偷地看了看对方。他们俩对对方都很满意，都很尊重对方的身份——都是实实在在的生活富足的男人。然后他们坐下，饮着女仆为他们斟的热酒，慢慢地攀谈起来——谈庄稼的收成，谈粮食的价格，还谈到要是今年收成好的话稻米的价格将会是多少。

最后王龙说："我来是有件具体的事同你商量，如果不合你心愿，咱们可以谈别的。不过你的粮行要是需要一个帮手的话，我的二儿子可以来。他是个聪明孩子。但要是你不需要的话，那我们就谈别的事。"

这时粮商很幽默地说道："我需要这么一个聪明的年轻人，只要他能写会算就行。"

王龙得意地答道："我的儿子都能写会算。字写错了，哪个儿子都能认出来，不管这个字的偏旁是水字还是木字。"

"那好极了，"刘老板说，"他什么时候愿意来就什么时候让他来吧。起初他的工钱只是白吃饭，这要一直等到他会做生意。一年后，如果他干得好，每月底就可以得到一块现洋。三年后，也就是学徒期满之后，他每月可得到三块现洋。如果他干这行能力很强，就可以得到提拔。除了工钱，他还可以从买主或卖主那里收点钱，只要他能弄到手，我不会说什么。因为我们两家结了亲，我就不要什么合同钱了。"

王龙高兴极了，他站起身，笑着说："现在我们是朋友啦，你有没有儿子和我的二女儿相配？"

听了这话，商人的脸上立刻堆满了微笑（因为他长得很胖，吃得又好），他说："我有个二小子十岁了，还没有定亲。姑娘多大了？"

王龙也笑了起来，答道："她再过一个生日就十岁了，长得像朵漂亮的小花。"

于是两人都哈哈大笑。然后商人说："是不是该用两条红绳子把我们拴起来？"

这时王龙不再说什么了，因为这不是一件面对面就能深入谈下去的事情。然而，在他鞠完躬高高兴兴地离开之后，他却对自己说："这事有可能办成功。"

他到家的时候，望了一眼他的二女儿。她长得很漂亮，他老婆又给她缠了小脚，因此她走起路来迈着优雅的碎步。

但王龙仔细看她的时候，却发现她脸上有泪痕。她脸色苍白，就她的年龄来说显得过于严肃。他抓住她的小手把她拉过来，说："嗯，你怎么哭了？"

这时她低下头，玩着外衣上的一只扣子，羞怯着低声说："我娘给我用布裹脚，一天比一天裹得紧，我夜里都睡不着觉。"

"我没听见你哭过呀。"他迷惑不解地说。

"是的，娘说，我不能大声哭，因为你心肠好，容不得别人难过，要是被你听到了，你会让娘随我去。那样我的丈夫就不会喜欢我，甚至像你不喜欢我娘那样。"

她说这些话简直像一个孩子在背故事，王龙听了，心口上像被划了一刀。阿兰已经告诉这个孩子他不爱阿兰，而她是这个孩子的母亲。他故作平静地说："好啦，今天我给你物色到一个漂亮的丈夫。我们看看杜鹃能不能安排一下。"

这时，女孩子微笑着低下头，突然间像个少女而不像孩子了。

当天晚上，王龙到后院的时候，对杜鹃说："你去看看这件事能不能办成。"那天夜里他在荷花身边睡得很不踏实。他醒过来，想起了这辈子的生活，想起了阿兰怎样成为他所认识的第一个女人，她怎样成为他忠实的仆人。他想起了女孩子说的话。他感到悲伤，因为尽管阿兰愚笨，但她看透了他的心。

此后不久，他把二儿子送到城里，签好了二女儿的婚约，谈定了二女儿结婚时的衣服和首饰等嫁妆。等一切安排停当，他心里想："好啦，孩子们的事都安排好了。只有可怜的小傻子什么事也干不了，只能坐在太阳底下耍弄着布片傻笑。至于最小的儿子，我得把他留在家里务农。他不能再去上学，有两个孩子读书已经够了。"

他感到骄傲，因为他有三个儿子：一个在读书，一个是商人，一个是农民。他不再为孩子们的事操心了。但是不知怎的，他心里不由得想起了给他生育儿女的阿兰。

自从娶了阿兰，王龙这些年来头一回想起她来了。即使在刚把阿兰娶到家的那些日子里，他也没有把她放在心上。在他看来，他已经娶了她，他忙，没有空暇去想。现在呢？孩子们都已安排好，冬天已经来临，地里的活完了，他和荷花的关系也正常起来。自从上次把她打了，她对他已百依百顺。他现在可以想干什么就干什么。他想到了阿兰。

他望着她，这一次不是因为她是女人，也不是因为她长得难看、瘦骨嶙峋、皮肤又黄又干，他望着她是因为一种奇特的内疚感。

他看见她越来越消瘦，面色憔悴，皮肤蜡黄。她曾经是一个皮肤黝黑的女人，因为在地里干活，皮肤晒成了古铜色。现在，大概除了收获季节，她已多年不下地了。他不愿意她再下地，唯恐人们会问："你这么富了，老婆还下地干活吗？"

然而，他没有想一想，为什么她终于愿意留在家里，为什么她的手脚越来越慢。现在他回想着她的情况，记起了每当她从床上爬起来或弯腰往灶里添柴的时候常常会听到她的呻吟声。只有在他问"哎，怎么回事？"时，她才突然停止。现在，望着她和她身上出现的奇怪的浮肿，他心里充满了内疚，但是他并不知道这是因为什么。

他在心里为自己辩解道："如果我因为爱小老婆而没有爱过她，那不是我的过错。因为男人都是不爱大老婆的。"他还如此安慰自己，"我没有打过她，她要银钱时，我就给她。"

然而，他仍然忘不掉孩子说过的话，这使他深感不安，但他不知道原因何在。因为他自己心里在斗争时，总觉得他对阿兰来说是个很好的丈夫。他比大部分做丈夫的男人都好。

由于无法摆脱他对她的这种负疚感，因此每当阿兰给他端饭或在屋子四周走动的时候，他总是望着她。一天，他们吃完饭，她正弯腰打扫砖铺的地板时，他看见她的脸因为身体里的某种痛苦而变得煞白。她张着嘴，吃力地喘着粗气。她把手按在肚子上，依然弯着腰，似乎还想扫地。他疾言厉色地问："怎么回事？"

但她把脸转开，恭顺地答道："只不过是身子里的老毛病。"

然后他两眼盯着她。他对小女儿说："你拿笤帚扫扫地，你娘病了。"接着又用多年来从未有过的和善态度对阿兰说："进屋到床上去躺躺吧。我叫女儿给你拿点开水，别起来了。"

她没有说话，慢慢地照他说的做了。她走进自己的屋里，他听得见她沉重的脚步在屋里移动着。她终于躺了下来，开始微弱地呻吟。他坐着听她呻吟，但到后来他再也无法忍受了。于是他站起来，到城里去打听哪里有医生和诊所。

他二儿子现在工作的那家粮行里的一个伙计给他介绍了一家诊所。他去时，医生正闲坐着喝茶。他是个老头儿，垂着长长的花白胡子，一副像猫头鹰眼睛那么大的金丝边眼镜架在鼻子上。他身上穿着一件很长的灰布长衫，长长的袖子遮没了双手。当王龙将妻子的症状告诉他时，他的嘴噘了起来。他打开身边桌子的抽屉，拿出一包用黑布包着的东西，说："我现在就去。"

他们来到阿兰床边的时候，她已经迷迷糊糊地睡着了。她的上唇和前额沁出了像露水一样的汗珠。老医生看到这种情况摇了摇头。

他伸出一只猴爪似的又干又黄的手，按着她的手腕诊脉。他按了好大一会儿，又严肃地摇了摇头，说："她的脾肿大，肝脏也有病。子宫里有人头那么大的硬块，肠胃功能紊乱，心脏跳得很慢，她肚子里肯定有虫子。"

听到这话，王龙自己的心差点停止跳动。他精神紧张，焦急地喊道："给她开付药吃吃吧。"他说话的时候，阿兰睁开眼睛看看他们俩，完全不知道这是怎么回事。由于疼痛，她仍然昏睡不醒。

老医生说："这是个难症。如果你不要求包医包好，我只收十块银钱。我给你一剂药，这药是用草药、虎心和一条飞龙的牙齿做的。让她煎了喝下去。但是，如果你要我完全治好她，那就要五百块银钱。"

阿兰一听到"五百块银钱"这话，立刻从昏睡中醒来。她虚弱地说："不，我的命不值那么多钱。那能买好大一块地啊！"王龙听到她这么说时，心里又泛起旧有的内疚感，他情绪激昂地说："不，我不能让家里死人！我可以付那么多的银钱。"老医生听王龙说"我可以付那么多银钱"时，他的眼睛里射出了贪婪的光。然而他知道，如果他说话不算数，这个女人死了的话，他将要受到法律的制裁。于是他有些后悔地说："不，看了她眼白的颜色，我发现自己错了。如果要我保证完全治好她，我得要五千块银钱。"

王龙默默地看了看医生，他明白了。除非他把地卖掉，他根本不可能有这么多银钱。但他知道，即使他把地卖掉也无济于事。医生的话等于说"这女人要死了"。

于是，他同医生走了出去，他付了医生十块银钱的药钱。医生走了以后，王龙便走进昏暗的厨房。阿兰大半辈子都是在这里度过的。但是现在她不在那里，没有一个人会看到她。他把脸转向被烟熏得乌黑的墙壁，呜呜地哭了起来。

第二十六章

但是，阿兰的生命还不至于这么快结束。因为她还没有过完她的中年，生命不会轻易地从她身上消失。她奄奄一息地在床上躺了好几个月，整个漫长的冬天她都这样躺着。这使王龙和孩子们第一次认识到她在这个家庭里是多么地重要。她曾经使他们所有的人感到舒适，而他们对此却毫无感觉。

现在，好像谁都不知道怎样把柴草点燃，怎样让柴草在灶里燃烧。谁都不知道怎样在锅里翻鱼而不把鱼弄碎，或为何鱼的一面已经烧煳了，而另一面却纹丝未烧。谁都不知道炒什么菜用什么油。

残渣剩饭撒在了方桌底下也无人打扫，王龙实在忍受不了那臭味时，才从院子里唤来一条狗把渣滓舔光，或是把小女儿叫来，让她把那些脏东西铲走，倒掉。

最小的儿子跟他年迈的爷爷一起，尽量做他母亲干的那些活，但老人已像孩子一样，帮不了多少忙了。王龙无法使老人理解，阿兰为什么不再给他泡茶端水，伺候他的起居。他喊阿兰，阿兰居然不来，他便发起脾气来。他像一个任性的孩子那样将茶碗摔到地上。后来，王龙把他扶到阿兰的房间里，他看见阿兰躺在床上。他用他那双昏暗的半闭的眼睛看着阿兰，呜呜地抽泣起来，他模模糊糊地感到，家里出事了。

只有可怜的小傻子无忧无虑，只知道傻笑，一边笑一边玩她的布头。然而总得有人想着她，晚上把她带进屋睡觉，喂她吃饭，白天让她坐在太阳底下，下雨时把她带进来。必须有人记住这一切。但是，连王龙本人有时也会忘记。有一次，他们把她丢在外边整整一夜，第二天早晨，这个可怜的女孩子浑身战栗，拼命哭泣。王龙非常生气，他责骂他的儿子和女儿，骂他们忘了这个可怜的傻子，而她是他们的同胞姊妹。不过他也知道，他们只是些试着干母亲那些工作的孩子，不可能把事情做得很好。从那以后，他便从早到晚亲自照顾这个可怜的傻子。遇到雨天、下雪天或刮大风的日子，他便把她抱进屋里，让她坐在灶膛里出来的温暖的炉灰中间取暖。

在整个冬天的几个月里，阿兰奄奄一息地躺着，王龙也不再关心他田里的事情。他将冬天的农事和雇工的管理都托付给老秦，而老秦则忠心耿耿地干着。一早一晚，老秦来到阿兰住的房间的门口，每天两次用哮喘似的声音问候阿兰。到后来，王龙再也不能忍受了，因为每天早晚，老秦只是说"今天，她用碗喝了点菜汤"，或者"她只喝了点大米稀饭"。

终于，他吩咐老秦不必再探问，只要把农活干好就行了。

整个冬天，王龙常常坐在阿兰的床边。要是阿兰冷了，他就点起一盆木炭火，放在她的床边，让她取暖。而每次阿兰都有气无力地说："这太浪费了。"

终于有一天，她又说这话的时候，他感到无法忍受，便说："不要这么说了！只要能把你的病治好，我宁愿把我的地全部……"她听了这话后微微笑了，痛苦地小声说："不——我不让——不让你卖地。因为不论怎样——我活不长——就要死的。但是那地——我死后——还会在的。"

但他不愿意谈到她的死，她说到死的时候，他便站起身来走出房间。然而，他知道她一定会死的，也明白他应该做些什么。于是有一天，他到城里的一家棺材店去了。他将放在那里待售的棺材逐个看了一遍，挑了一口用又重又硬的木头做的好棺材。这时，陪他挑棺材的铺子老板精明地对他说："如果你买两口，价格可以便宜三分之一。为什么不为自己买一口，事先就知道自己的寿材已经备好了呢？"

"不，我的儿子会替我操办的。"王龙回答说。然后他想到了他父亲。他还没有给老人准备棺材。他的心动了。于是他说："不过，还有我的老父亲！他说不定哪一天就会死的，他的腿脚不灵了，耳朵很聋，眼也半瞎不明。所以我就买两口吧。"

那人答应在两口棺材上再涂一层好的黑漆，然后送到王龙家里。王龙把他做的事告诉了阿兰。她非常高兴，因为他已经给她买了棺材，为她的死做好了准备。

每天他都在她身边坐好长时间。他们说话不多，因为她太弱了。再说，他们之间本来就很少说话。当他默默地、一动不动地坐在那里时，她常常忘了她在什么地方，有时竟咕咕哝哝说些她童年的事。王龙第一次看透了她的心思。虽然她只是通过下面这些简短的话语表达出来："我只能把肉送到门口——我很清楚，我长得难看，不能在大老爷面前露脸。"她还说，"不要打我——我再也不吃盘子里的东西了……"而且她又一遍一遍地说，"爹啊——娘啊——爹啊——娘啊。"还说，"我知道我长得丑，不会有人喜欢的……"

当她这样说时，王龙就觉得忍受不住。他拿起她的手，抚慰着她，她那只手又大又硬，僵硬得好像已经死了。他感到惊奇、不解和伤心的还是他自己，因为她说的全是真话。当他握住她的手，真心希望她能感到他的温情时，他感到惭愧，因为他自己感觉不到任何温情，感觉不到像荷花那样噘噘嘴就能使他的心融化的那种温情。

当他攥着这只僵硬的毫无血色的手时，他一点也不喜欢它。而因为他对这只手的反感，他的同情心也减弱了。但也正因为这样，他对她更加心疼。他给她买特殊的食物，还给她买来白鱼和嫩菜心做成香汤。而且，他现在已不能从荷花身上得到乐趣了，因为当他接近荷花，想摆脱因目睹阿兰长时期的痛苦挣扎而产生的绝望心情时，他也不能够把阿兰忘掉。即使他把荷花搂在怀里，但很快又会把她松开，因为他又想起了阿兰。

有时候阿兰清醒过来，也明白她周围发生的事情。有一次，她竟然要把杜鹃找来，这使王龙大为惊讶。

当他把杜鹃叫来时，阿兰颤巍巍地用胳膊支撑起她的身子，十分清楚地说："哼，你可在大老爷的家里待过，人们觉得你长得漂亮。可是我已经做了一个男人的妻子，我给他生了儿子——而你依然是个丫头。"

杜鹃非常生气，想回嘴顶撞，却被王龙制止了。他把杜鹃带出屋子，对她说："她现在已经不知道她自己说的是什么了。"

当他返回屋里时，阿兰仍然把头支在她的胳膊上，她对他说："我死了以后，不论杜鹃还是姨奶奶，都不能到我屋里来，也不能动我的东西。要是她们来屋里动我的东西，我变成鬼也不让她们安生。"说到这儿，她的头跌落到枕头上，又一次陷入间歇性的昏睡。

但是新年前有一天，就像蜡烛在行将熄灭以前会突然亮一下似的，她竟然一下子好了起来。她变得十分清醒，在床上坐起来，自己编了一下发髻，然后嚷着要喝茶。王龙进来的时候，她说："很快就要过年了，糕饼和肉还没有准备好。我想起了一件事。我不要那个丫头下我的厨房。把给大儿子定了亲的那个姑娘接过来吧，我还没有见过她呢，如果她来了，我会告诉她该做些什么的。"

王龙对她能有气力说话感到高兴，尽管他对今年过节的事一点也没放在心上。他吩咐杜鹃去求求粮商刘先生，因为这事太令人伤心了。不久，当刘先生听说阿兰不会活过这个冬天的时候，也愿意把事办了。毕竟姑娘已经十六岁——比有些出嫁的姑娘还要大些呢。

因为阿兰的缘故，王龙没有大摆筵席。姑娘是乘着花轿悄悄地来的。她的母亲和一个老妈子陪着她。把女儿交给阿兰之后，她母亲就回去了，只是留老妈子下来伺候姑娘。

现在，孩子们腾出了原来住的房间，给了刚过门的儿媳妇。一切都安排得妥帖、稳当。王龙没有和这姑娘说话，因为这是不合适的。但是姑娘向他鞠躬行礼时，他严肃地点了点头。他对她非常满意，因为她知道她该做的事情，而且在家里走动时十分文静，总是低垂着眼睛。此外，她还是一个讨人喜欢的姑娘，面容姣好但又不是太漂亮，以至于娇气十足。她事事小心谨慎，行动毫无差错。她到阿兰屋里去照顾她，这使王龙在痛苦中得到了一点安慰，因为现在阿兰的床边有一个女人了。阿兰自己也非常满意。

阿兰高兴了三天。在这段时间里，她又想到了另外一件事情。

于是，当王龙清晨进来问她夜里感觉如何时，她对他说："我死以前，还有件事要做。"

听到这话，他生气地说："你不能老说死，要使我高兴啊！"

她慢慢地笑了起来。在笑容还没有从她眼睛里消失时，她回答道："我肯定要死了，我自己感觉得出来。可是我要等大儿子回来和这个姑娘成了亲才死。这个姑娘是我的儿媳妇了。她把我照顾得很周到，端热水的脸盆她端得那么稳，我浑身疼得冒汗，她知道什么时候替我洗脸。我要让我的儿子回来。因为我肯定要死了。我要让他和这个姑娘成亲，这样我死了也安心，因为知道你就会有孙子——而老人也会有一个重孙子了。"

她从来没有说这么多的话，即使在没病的时候，她也不说这么多的话；而且她说得非常有力，好几个月来她从未如此有力地说过什么。王龙对她声音里的力量感到高兴。她在期望这一切时显得那么精神焕发。虽然王龙为了给大儿子举行盛大的婚礼需要很多的时间，但他不想使阿兰失望，因此他亲切地对她说："好吧，我们就这么办。我今天就派人去南方找儿子，把他带回家里来成亲。但你一定得答应我的，要集中力量使你身体好起来，因为这家里没有你简直像个狗窝。"

他这样说使她十分高兴。她确实感到高兴，尽管她再没有说话，只是躺下去闭上眼睛，微微地笑了笑。

于是王龙找了个人，对他说："跟大少爷讲，他母亲病重了。她若是看不到他回来成亲，她的灵魂就永远不能得到安息。如果他还看得起我，看得起他母亲，看得起这个家，他一定要立刻回来。三天以后，我就要备筵请客，他就要结婚了。"

王龙说到办到。他叮嘱杜鹃准备上好的宴席，并让城里饭馆的厨子来帮她忙。他把银钱放到她手里，说："要办得和大户人家在这种时候办的一样。多花些银钱也行。"然后他便到村子里去请客人，男的，女的，凡是他认识的都请。

他又到城里请了他在茶馆和粮市上认识的每一个人。然后，他对他的叔叔说道："我儿子结婚，你爱请谁就请谁吧！你的朋友，你儿子的朋友。"

他说这话，是因为他一直记得他叔叔是什么人。王龙对他叔叔毕恭毕敬，把他当尊贵的客人看待。从知道他叔叔的身份那一刻起，他便一直是这样的。

结婚前一天的晚上，他的大儿子回到了家里。他大步跨进了房间。这个年轻人在家时惹的麻烦，王龙早已忘得一干二净。他已经两年多没见大儿子了。现在他回来了，已经不再是一个孩子，而是一个又高又结实的男子汉，魁伟的身材，高颧骨，红脸膛，一头短发闪着油光。他穿着一件人们在南方铺子里常能见到的那种紫红色的绸子长衫，长衫外面罩着一件黑色的马褂。王龙看着他的儿子，心里充满了骄傲。眼下，除了这个英俊的儿子，他把什么都忘了。他把儿子带到了他母亲的床边。

年轻人坐到她母亲的床边，看到他母亲那种样子，他眼里噙满了热泪，但他尽量说些高兴的话，比如，"你看上去比他们所说的要好得多，你还会活好多年的"。但阿兰简单地说："我要看你成了亲，然后就会死的。"

现在，那个要结亲的姑娘当然不能让这个年轻人看见，所以荷花便把她带到后院，为她做结婚的准备。荷花、杜鹃和王龙的婶母做这件事再合适不过了。于是，这三个女人便带着这个姑娘，在姑娘成亲的那天早上，她们替她把身子洗干净，用一块新的白布裹了脚，外面又穿了一双崭新的袜子。荷花先往姑娘身上擦了些她自己的香气扑鼻的杏仁油，然后，她们给她抹了香粉和胭脂，此后又替她穿上她从家里带来的嫁衣——紧贴着她那温馨的少女皮肤的是白色的绣花绸衣，外面是一件精致的羊毛衫，最外一层才是那件大红的绸缎嫁衣。然后，她们在她的前额上搽了石灰粉，用一根打结的线巧妙地替她把眉毛上方的汗毛拔去。她们把她的前额梳理得又高又宽又亮。然后又给她搽了香粉和胭脂，用眉笔在她的眉毛上画了两道细眉。她们给她戴了一顶凤冠，披了头红，给她的小脚穿上绣花的鞋子。她们还在她的指尖上涂了颜色，在她的手心里搽了香水。就这样，她们给她做好了结婚的一切准备。姑娘默默地听任她们摆弄，但显得有点不愿意，也有点害羞。对一个将要成亲的姑娘来说，她是应该有这样的表示的。

这时，王龙、他的叔叔和父亲以及来宾们都在堂屋里等着。年轻的姑娘由她带来的老妈子和王龙的婶母扶着走了进来。她进门时低着头，显得非常谦恭和端庄。她走路的样子像很不情愿嫁人，非得有人搀住才行。这说明她极端稳重，因此王龙感到很高兴。

他心里暗暗思忖，她确实是一个非常合乎体统的年轻姑娘。

然后是王龙的大儿子进来。他还是像先前一样，穿着红袍黑马褂。他头发又滑又亮，脸也刚刚修过。他身后是他的两个兄弟。王龙看到他那些排列成行的儿子，心里得意得要命，因为这些儿子将会延续不断地为他传宗接代。老人一直不知道发生了什么，只听得一声声对他的呼叫，这时也突然明白过来。他呵呵地笑出声来，用他那低弱的老嗓子一遍又一遍地说道："成亲了！成亲就是说又会有孩子了，那就是重孙子啊！"

他笑得开心极了，以至所有的客人看到他那高兴劲儿也都笑了起来。王龙心里想，要是阿兰能从床上起来该多好，那样这天可就成了大喜的日子。

在这段时间里，王龙都悄悄而又敏锐地注意大儿子是不是看那个姑娘。他发现大儿子确实在偷偷地用眼角瞟她，而且他的样子也显得很满意，于是王龙自豪地对自己说："哈，我替他挑了个他喜欢的人儿。"然后新郎和新娘双双向老人和王龙鞠躬行礼，接着他们又去阿兰躺着的房间。阿兰费了很大的劲儿穿上了她那件好看的黑上衣，他们进来时，她坐了起来。她的脸上显出两圈红晕，王龙把这错当成健康的征兆，于是他自豪地说："她的病就要好了。"当两个年轻人走上前去给阿兰行礼时，阿兰用手拍了拍床沿："坐在这儿，在这儿喝合欢酒，吃合欢饭。我一定要看着你们把这些事做了。这可以当作你们的合欢床，因为不久我就会死去，并且被抬走。"

在这个时候她说这种话，因此谁也没有接她的话茬，但两个新人默默地并肩坐了下来。王龙的婶母走了进来，她身体臃肿，但在这种场合则表现得非常庄重。她手里端着两杯热酒。两位新人分别喝了一些，然后将两只杯子里的酒掺和起来再喝。这标志两个人结合在一起了。接着他们吃饭，然后又把饭掺和起来再吃，这也是他们生命结合在一起的标志。这样他们就算成了亲。然后，他们向阿兰和王龙鞠躬行礼，接着又走出去一起向客人们鞠躬。

接下来宴席开始。屋里院里摆满了桌子，到处充溢着酒菜的香味和人们的笑声。远远近近的来客很多，有许多人王龙以前从来没有见过。因为他有钱，闻名遐迩，遇上这种事，他家里的酒菜是无论如何不应错过的。为准备宴席，杜鹃从城里请来了厨师。因为许多精细的佳肴在农民家的厨房里是做不出来的，因此厨师来的时候就带了几大篮已经做好的下酒菜，只需再热一下就行。他们挥动着油腻的围裙，大显神通，跑进跑出，忙忙碌碌。每个人都大吃大喝，开怀痛饮。他们全都高兴极了。

阿兰要求打开所有的门，拉开门帘，好使她听到人们的喧闹和笑声，闻到饭菜的香味。王龙不时进来看看她，她则一遍又一遍地对王龙说："人人都有酒吗？席上的八宝饭热吗？他们在里面放的糖够不够——是不是放了八种果子？"

他告诉她，一切都是按她的心愿办的，于是她感到十分满意，躺在床上静静听着。

喜宴终于结束。客人们都已离去，夜晚来临了。家里静了下来，喜庆的欢闹停止了。阿兰精疲力竭，她感到困乏、头晕。她把刚成亲的两个新人叫到身边，说道："现在我满意了。儿啊，你要照顾你爹和你爷爷。媳妇啊，你要照顾你丈夫，照顾你的公爹和爷爷。你们还要照顾好可怜的傻子。至于别人，你们没有什么一定要做的事情。"

她这话的意思是指荷花，她从来没有同荷花说过话。然后，她好像迷迷糊糊地睡着了，尽管他们还希望听她讲下去。过了一会儿，她又一次强打着精神说起话来，但是她说话的时候似乎不知道他们就在眼前，实际上也不知道自己在什么地方。她把头转来转去，紧闭着眼睛说："哼，如果说我丑，我还生了儿子。虽然我从前不过是个丫头，但我家里有儿子。"然后她又突然说，"那个人怎么能像我这样，给他做饭并伺候他呢？漂亮不会给男人生养出儿子。"

她完全忘记他们就在眼前，她躺在那里自言自语。王龙暗示他们离开。然后，他坐到她的身边。她时睡时醒，王龙注视着她。因为她躺在那里，已经奄奄一息，她发紫的嘴唇向里缩拢，露出了牙齿，显出很痛苦的样子。当他看她的时候，她也睁开了眼睛，仿佛他们之间蒙上了一层奇怪的迷雾。她使劲儿看着他，眼睛死死地盯着他，仿佛不知道他是谁。突然，她的头从她枕着的那只圆形枕头上抛落到一旁，浑身震颤着，然后她咽了气。

阿兰躺在床上，王龙似乎不忍心再去接近她。他把他婶母叫来，在葬礼前给阿兰净身。阿兰被净身之后，他还是不愿进屋，便叫他婶母、大儿子和儿媳妇将阿兰的尸体从床上移到他买好的那口大棺材里。为了摆脱痛苦，他自己也忙碌起来，他进城请了人来按风俗将棺材封好，还请来风水先生，让他挑个黄道吉日举行葬礼。风水先生选了个好日子，那是三个月以后的一天。这是风水先生能够找到的第一个吉日。王龙给这人付了钱，然后就到城里的小庙里去了。在和那座寺庙的主人讨价还价之后，他为阿兰的棺材租赁了一席之地，棺材可以在那里放置三个月，一直等到举行葬礼的那一天。棺材放在家里，王龙看着是不忍心的。

王龙按对一个死者应该做的一切尽心地操办丧事，他和孩子们为阿兰戴孝，身上一律穿着表示哀悼的白色的服装：他们的鞋子是用白色的粗麻布做的，扎腿的带子也是用白布做成的，甚至家中女人的头发上也扎着白色的布条。

丧事办完之后，王龙再也不忍在阿兰病死的房间里睡觉了。

他将东西收拾好，搬到了后院荷花住的房间里。他对大儿子说："你和你媳妇搬到你母亲住过的房间去吧！她在那里怀胎，在那里生了你，你也在那里生你的儿子吧。"

两个新人满意地搬了进去。

仿佛死神既已来到这个家便不肯轻易离去，那位老人——王龙的父亲，从他看见阿兰的那具僵尸被放进棺材起，便一直有些精神错乱。一天晚上，老人躺到床上去睡觉，第二天早上王龙的二女儿起来给爷爷送茶时，发现他仰着脖子躺在那儿，稀疏的胡子直直地向上翘着，已经死了。

见到这一情景，她哭喊着跑向他的父亲。王龙走进来，发现老人果真死了。他那直挺挺的小身躯显得干燥、冰冷和瘦削，就像一棵古松。他已死了好几个小时，很可能一躺到床上就咽气了。王龙亲自给老人洗净身子，然后轻轻地把他放进给他准备好的那口棺材里，他把棺材盖盖好，然后说："我们要在同一天埋葬家里的两个死者。我想在高地上挑一个地方，把他们两个都埋在那里。我死了之后，也要埋在那里。"

他照他所说的做了。他将老人的棺材封好后，将它平放在堂屋里的两条凳子上。棺材要一直放到风水先生选定的那个吉日。在王龙看来，老人死了以后待在家里，心里也会踏实，而他则可以在棺材边守着父亲。王龙对父亲是很孝顺的，但对他的死并不伤心，因为他父亲年事已高，而且多年来早已半死不活了。

风水先生挑选的黄道吉日，正是在这一年的阳春三月。王龙从道观里请来了道士，道士们穿着黄袍，长发在脑盖上挽了结；

他还从佛教寺院里叫来了和尚，和尚们穿着灰色的长袍，剃了光头，光头上有九个圣点。这些和尚道士为这两个死者彻夜敲鼓念经。他们一旦停下来，王龙便往他们手里塞银钱，他们喘口气又念起来，直至天亮。

他在小山上一棵枣树下的庄稼地里挑了一块好地方做墓地。

老秦找来人把墓打好，然后又在墓地四周建了土墙。墙里面有足够的空地可以容纳王龙、他的儿子和儿媳们，以及他的孙子辈的一代。尽管这是块高地，适合种小麦，但王龙毫不吝惜，因为这么一来表明，他的一家牢牢地在这个地方扎了根。不论是生是死，他们都歇息在他们自己的土地上。

和尚道士念完经的第二天便是出殡的日子。王龙穿了一身麻布做的白色孝服，他叔叔、侄子、儿子、儿媳以及女儿也全都穿着像他一样的孝服。他从城里叫来了轿子，因为他若步行到下葬的地方是不合适的，会被人看作穷人或普通人。于是他第一次坐到了人们的肩上。他的轿子跟在阿兰的棺材后面，在他父亲棺材后面的是他叔叔的轿子。在阿兰生前，荷花从未在她面前露过面，现在阿兰死了，她也乘了一顶小轿。这样，她或许可能在众人的心目中留下一个她对丈夫的头一个太太十分尊重的印象。王龙还给他婶母和他婶母的儿子雇了轿子。他甚至给他的傻子姑娘也做了孝服，租了轿子，尽管她对发生的一切感到困惑，在应该哭的时候不哭，相反却尖声大笑。

他们一路上大声哭着来到墓地，雇工们和老秦走在他们后边，全都穿着白色的孝鞋。当王龙站在两座墓旁的时候，阿兰的棺材被搁在一边，得等老人的棺材先下葬。王龙站在那里看着，他的悲伤变成了严肃和冷漠。他不能像别人那样哭出声来。他的眼里没有眼泪，在他看来，该发生的已经发生了；除了他已经做的，再没有任何事情可做。

但是墓被填上、土被弄平之后，他默默地把脸转了过去。他打发走轿夫，一个人步行回家。在他沉重的心中，一个奇怪然而十分清晰的想法突然冒了出来，并使他感到痛苦：那天阿兰在池塘边给他洗衣服的时候，他要是没有拿走她身边的那两颗珍珠就好了。荷花若是再将这两颗珍珠挂在耳垂上，他是不忍心看了。

他这样悲哀地想着，独自一人往家里走去。他对自己说："那边，在我那块地里，埋掉了我好端端的前半生。我的半个身子似乎已埋在了那里，如今，我家里的日子要变样了。"忽然间，他哭了起来。哭了一会儿，他像个孩子那样用手背擦干了眼泪。

第二十七章

在这段时间里，王龙因为忙着操办家里的婚事和丧事，几乎没有想过庄稼的收成会怎样。但是有一天，老秦过来对他说："现在喜事和丧事都过去了，我得跟你说说地里的事。"

"那么，说吧。"王龙答道，"这些天来，忙着办理丧事，我几乎忘了我还有土地。"

王龙说这话的时候，老秦一声不吭地等他说完，然后轻声地说："但求上天保佑吧。今年看来好像要发从未有过的大水。虽然还没到夏天，可水位已经在涨了。这时候涨这样的大水太早了一点。"

王龙断然地说："我还没有从天上老头儿那儿得到过什么好处，烧香也好，不烧香也好，它总是做缺德的事。咱们还是去看看地吧！"说着他站了起来。

老秦是个胆小怕事的人，不论时令怎么坏，他从不敢像王龙那样埋怨苍天。他只是说"老天注定要这样",然后一声不吭地承受洪水和灾难。但王龙不是这样。他走到地里,到了这块又去那块,他看到的情况和老秦说的完全一样。沿护城河和其他水沟的土地,是王龙从黄家大老爷手中买下来的,现在都灌满了水。水是从河底冒起来的。这块土地上原本长势很好的小麦如今出现了病态,叶子开始发黄。

护城河变成了湖泊,水沟成了河流。水势很急,泛着浪花,打着旋儿。即使傻子也看得出来,等到夏雨一来,这年非发大水不可。大人小孩将要再次挨饿。王龙在他的地里急匆匆地跑来跑去,老秦像影子一样不声不响地跟着他。他们在一起估量着哪些地可以种稻子、哪些地在插秧前就会被大水淹没。看看这些水已经涨得齐岸的水沟,王龙咒骂道:"天上那个老头儿多么幸灾乐祸!它往下看着人们淹死饿死,这个该死的家伙就高兴了。"

他说这话时非常生气,声音又大,老秦害怕得颤抖着说:"就算这样,它比我们任何人可都有力量啊。快别这么说了,东家。"

但现在王龙富了,他不在乎,他喜欢怎样发火就怎样发火。想着水就要淹了他的土地和长得好好的庄稼,他一边往家走一边咒骂。

随后一切都像王龙说的那样发生了。北边的大河冲破了堤岸,最远处的堤岸首先遭到破坏。人们看到发生的这一切,都立即行动起来。他们四处奔波,为修复堤岸筹集资金。每个人都慷慨解囊,因为防止河水泛滥符合大家的利益。人们把募捐到的钱都交托给刚上任的县官。这个县官原先很穷,他一辈子都没见过这么多的钱。他是由于他父亲的斡旋才弄到这个官职的。他父亲为了替他谋得这个官衔，花掉了所有的积蓄，并且借了债，为的是全家人能在这里发财。当河水再次冲破堤岸的时候，人们号叫着拥入这位县官的家门。县官因为没能实践修复堤岸的诺言，便躲了起来。他们家把钱都花完了，包括人们募捐到的那三千块大洋。老百姓冲进他家，喊叫着，要求用他的生命赔偿他的行动的过失。当他看到自己会被人打死时，便跑了出来，跳河自尽了。这样，人们的怒气才算平息下来。

但是，钱没有了。于是河水冲破了另一座堤岸，接着，又是另外一座。一直冲得那个地方的人谁也不知道原来的河堤在什么地方。河水暴涨，像大海一样翻滚着，淹没了周围的良田，小麦和稻秧都已沉入水底。

一座座村庄变成了孤岛。人们眼睁睁看着洪水高涨。洪水涨到离家门口两英尺远的时候，人们把桌子和床绑在一起，然后把门板放在上面当筏子。他们尽量将衣服被褥、女人和孩子们放在这些筏子上。大水涨进了这些土坯房子，土墙泡软了，房子就塌了下来。土房子变成了泥水，好像它们根本不曾存在过。接着，地上的洪水又好像引来了天上的雨水，雨一天接一天地下起来。

王龙坐在家门口，望着远处的洪水，因为他的房子建在一座小山上，洪水离他家还很远。但他看着洪水淹没了他的田地。他望着，担心洪水会冲垮那两座新墓。但是没有，那些泛着泥浆的洪水只是贪婪地舔着新坟罢了。

那一年颗粒无收，到处都有人死亡、挨饿。人们因为又遇上了荒年而愤恨抱怨。有些人去了南方，一些天不怕地不怕的人，加入了乡下四处蜂起的盗伙。这些人甚至打算围攻城镇，镇上的人只得关闭城墙上所有的大门，只留下一个叫"西水门"的小门供人出入。

那个小门有当兵的把守，夜间同样要上锁。有些人逃荒去了南方，在那儿打工或乞讨，就像王龙和他的父亲、妻子、孩子当年做过的那样。也有一些像老秦那样年老体弱、胆小怕事且又无儿无女的人留了下来。他们吃在地势较高的地方找到的野草和树叶，但还是有好多人死在地上或水里。

这时王龙已看出，这块土地上要出现他从未见过的灾荒了，因为眼下已到了种冬小麦的时候，洪水却依然不退，这就意味着第二年也不会有什么收成。因此，他把家里照管得很好，对于钱和粮的使用也非常仔细。他时常和杜鹃顶嘴，因为长久以来，她总是要天天进城去买肉，现在他心里暗暗高兴，因为遭水淹，洪水阻断了进城的路，荷花自然再也不能进城逛市场了。得不到他的同意，船只也不准放行。老秦听王龙的话，不愿听杜鹃的，因为她的嘴巴太厉害。

冬天来了，王龙下令，不经他的同意，家里什么东西也不准买、不准卖。他精打细算。每天，他把一天所需要的粮食称给儿媳妇。

雇工们所需要的东西，他都让老秦去掌管。然而，当冬天来临，水面结冰的时候，他对养着那些无事可干的雇工心痛万分，于是他让那些雇工到南方去乞讨或打短工，等来年春天再回来。

但是王龙偷偷地给荷花送糖、送油，因为她过不惯这种艰苦的日子。在新年里，他们全家甚至只吃了从湖里捕到的一条鱼，宰了一头自己养的猪。

王龙并不像他所装出来的那么窘迫。他家里还有一些银子藏在大儿子和儿媳妇睡觉的那间房间的墙缝里，但小两口一点也不知道。有些银子和金子埋到了靠近他那块庄稼地的湖底，还有的埋到竹林里去了。他还有些去年收下但还没有卖掉的粮食。总之，他家里丝毫不会有挨饿的危险。

然而，他的周围都是挨饿的人群。他还记得那一次他经过大户人家的门口时那些挨饿的人哭喊的情景。他知道有不少的人恨他，因为他家中仍然有吃的东西。因此他总是闩着大门，不让他不认识的人进来。但是他清楚地知道，要不是有他叔叔在，在这盗贼蜂起、无法无天的时代，即使关门也无济于事。他知道，要不是凭借他叔叔的力量，他家里的粮食、钱财和女人都会遭到抢劫和掠夺。因此，王龙对他的叔叔、婶母以及他们的儿子彬彬有礼，把他们当作家里的座上客，喝茶先给他们端，吃饭时则让他们先伸筷。

王龙惧怕他们，这一点他叔叔一家看得十分清楚。他们越来越自觉高人一等，要这要那，抱怨吃不好喝不好。特别是他婶母，总是牢骚满腹，她留恋过去在后院吃过的那些佳肴。她对她的丈夫诉苦，他们一家三人则对王龙抱怨。

王龙看到，他叔叔年纪越来越大，人越来越懒，对什么都满不在乎。要是只有他一个人的话，恐怕不会有这么多怨天尤人的事。

但是那个青年，他叔叔的儿子，还有他的婶母却在当中挑唆。一天，王龙正站在大门口，便听到那两人正怂恿那老头子。"喂，他有钱有粮食，咱们向他要些银子吧，"那个女的说，"我们现在应该是最有威望的时候了。他很清楚，你要不是他的叔叔，要不是他父亲的兄弟，他就会被抢，被绑架，他的家庭就会一贫如洗。要知道，你是'红胡子'中的老二啊。"

王龙站在那里，偷偷地听着，肺都气炸了。但他极力使自己冷静下来，心里盘算着对付这一家三口的办法。但是，他想不出任何法子来。因此，第二天他叔叔对他说："喂，我的好侄子，给我些银钱吧，我要买烟袋和烟丝。你婶子穿得破破烂烂，也要添置一件新上衣。"他从腰包里掏出五块大洋给了这位老人，什么话也没说，但牙齿咬得咯咯作响。对王龙来说，即使在过去银钱极其短缺的情况下，他在支付时也没有像这一次这么勉强。

没过两天，他叔叔又来找他要钱了。王龙终于忍不住叫了起来："嘿，你想让我们都饿死吗？"

他叔叔大笑起来，满不在乎地说："有人在替你挡风遮雨呢。你没看见有人比你还穷，却在烧塌了的房梁上上吊自尽吗？"

王龙听到这话，气得浑身直冒冷汗。他又一声不吭地掏出了银钱。就这样，尽管家里断了肉，他叔叔一家三口却必须有肉吃。王龙本人几乎戒了烟，他叔叔的烟斗里却总是青烟袅袅。

王龙的大儿子沉湎于新婚的欢乐之中，对于眼前发生的事置若罔闻。他所嫉恨的是他那堂叔对他媳妇投来的贪婪的目光，现在他们俩已不再是朋友而变成了仇敌。王龙的大儿子几乎不让他媳妇离开房间，要出去得等到他那堂叔父子在傍晚走出家门以后，而白天必须待在屋里。当他看出那一家三口对父亲为所欲为的时候，他生起气来，因为他是火暴性子。他说："喂，如果你对那三只老虎比对待你自己的儿子、儿媳——也就是你孙子的妈妈——还要好，便成了怪事。那我们最好还是到别处去建我们的家庭。"

王龙直截了当地讲出了他对谁都没有讲过的话："我恨透了这三个人。有办法的话我恨不得把他们除掉。但是你叔爷爷是一群盗匪的头目。如果我们养他，满足他，我们就会平安无事。你们任何人都不能对他们有气愤的表示。"

听到这话，大儿子的眼睛快要瞪出来了。他思索了一会儿，火气更大了。他说："这么办好吗？晚上咱们全部把他们推到水里去。老秦推那个女人，她又胖又软又不中用。我推那个堂叔，这小子总是瞅我媳妇，我恨透了他。你推那个土匪头子。"

王龙是不敢杀人的，虽然他气得宁肯宰掉他叔叔也不愿宰掉他那头牛，但是若当真要干，他又不敢动手。他说："不行。即使我能把他推到水里，也不能那么干。如果让别的盗匪听说了，我们怎么办？他活着，我们安全。他死了，我们就要和其他人一样，在这兵荒马乱的时候遭到伤害。"

两人都不作声了，各人都绞尽脑汁想办法。年轻人想通了，父亲是对的，死太便宜他们了，必须想另外的办法。王龙终于若有所思地说："如果有什么办法将他们稳在这里，不伤害别人，不要这要那，那该多好！可是没有这样的魔法啊！"

这时，年轻人猛击了一下手掌，叫道："有啦！你已经告诉了我办法，咱给他们买鸦片吸，越多越好，叫他们像富人一样吸个够。我表面上要和堂叔和好。我要把他引诱到城里的茶馆里，那里可以吸鸦片。我们也要给我叔爷爷和叔奶奶买鸦片吸。"

但王龙事先没有想到这一着，他有点犹豫。

"那要花好多钱，"他慢腾腾地说，"鸦片和玉石一样值钱哩。"

"但是，我们就这么让他们坐吃山空？再说，除了他们的蛮横，我还得忍受那小子对我媳妇的贪欲，这些代价要比玉石的花费更大。"大儿子争辩说。

王龙没有马上表示同意。事情没那么容易，那要花费好大一袋子银钱。

要是一切都平平安安的，就很难说下面的事情一定会发生，也许什么都会像往常一样，直到洪水开始消退。

事情是这样的。王龙叔叔的儿子老是盯着王龙的第二个女儿。

二女儿长得楚楚动人，看上去像王龙做学徒工的二儿子，只是更加小巧，身材更加轻盈。但她没有她兄弟那样的黄皮肤，她的皮肤洁白、细腻，像盛开的杏仁花瓣。她有小小的鼻子、薄薄的红嘴唇，还裹了小脚。

一天晚上，当她从厨房里走出来，独自穿过庭院的时候，她的堂叔把她拦住了。他狠劲儿把她搂住，用手去摸她的胸部，她惊叫着挣扎出来。王龙从屋里跑出来，照准那个男的的头便打。那个男的像一条偷吃了肉的狗，就是不肯把肉扔掉。王龙不得不把他女儿拽开。接着那人却哈哈大笑起来，说道："只是闹着玩的。一个人能跟他的侄女胡来吗？"但他说话的时候，眼睛里发出贪婪的凶光。王龙嘴里咕噜着将女儿拉走，把她送到她自己的房间里。

当天晚上，王龙便把这事跟大儿子讲了。年轻人显得很严肃，说："我们必须把这妮子送到城里的亲家去，即使刘先生说年景不好，不能结婚，我们也要把她送过去。家里有这么一条色狼，等她失去贞洁就不好办了。"

王龙照着去做，第二天他便进城来到那位商人的家里。

"我女儿十三岁了，不再是个孩子，可以成亲了。"

刘先生吞吞吐吐地说："今年赚钱不多，还不能成立一个新家。"

王龙羞愧地说："家里我叔叔有个儿子，他是一条色狼。"他没有再讲下去，只是说，"我不想再照看这妮子了。她妈死了，她又长得漂亮。我们家庭很大，杂七杂八的人很多，我不能时时刻刻看着她。她终归要成为你家的人，你同意的话，就让他们成亲吧！"

那个商人是个宽厚善良的人，于是他回答道："好吧，如果这样，那就让妮子过来吧。我会告诉孩子他妈。妮子过来之后，就和她婆婆在一起，不会有什么问题。等来年秋收之后，就让他们成亲吧。"

事情就这么定了。王龙十分满意。他离开了刘家。

在他回城门的路上（老秦正撑着船在城门口等他），他路过一家卖烟草和鸦片的店铺。他走进去，为自己买了一点烟丝，晚上好抽水烟袋。店铺的伙计称烟丝的时候，他含含糊糊地问道："你们有鸦片的话，怎么卖？"

那个伙计说："在柜台上卖鸦片是犯法的，我们不卖。如果你真的要买，手里有银子，在后面的房子里可以给你称。一两一块大洋。"

王龙对他要做的事不敢往下想。他只是很快地说："我要买三两。"

第二十八章

　　送走了二女儿，王龙去掉了一块心病。一天，他对他的叔叔说："因为你是我父亲的兄弟，我给你买了些好烟丝。"

　　他打开盛着鸦片的小罐，那种东西挺粘，闻起来甜丝丝的。王龙的叔叔把那只罐子拿过去闻了闻，然后咯咯大笑起来，他高兴地说："好，这玩意儿我已经吸过一些，但过去不经常吸。这玩意儿太贵，但我很喜欢。"

　　王龙装出若无其事的样子答道："这一点是过去为我父亲买的。他年纪大了，夜里不能入睡。今天我发现他一直未用过，我就想：'我父亲的兄弟还在，为什么他不能享用一下呢？'拿去吧，高兴时或身上发痛时可以抽一些。"

　　王龙的叔叔贪婪地把鸦片接了过去，那东西闻上去甜丝丝的，而且是一种只有富人才能享用的玩意儿。他拿走鸦片后，买了一杆烟枪，便整天躺在床上抽起鸦片来。王龙让人买来一些烟斗，四处放着，装作他自己也吸鸦片的样子。但他只是把烟斗拿到房间里，并不抽。他借口那东西太贵，不让家里的两个儿子还有杜鹃去动那些鸦片，一边却怂恿他叔叔、他婶母还有他叔叔的儿子抽鸦片。前院后院一时充溢着甜丝丝的烟味。对于银钱，王龙一点也不吝惜。

因为银钱给他带来了安定。

冬天终于慢慢地过去，洪水也开始退了，于是王龙得以到他的田里去走走。有一天大儿子正好跟着他，得意地对他说："爹，家里又要添一张嘴了，你要有孙子了。"

听了这话，王龙转过身笑了，他搓着两只手说："今天真是个好日子！"

他又笑了一阵，然后他找到老秦，让他到城里去买些鱼肉和好吃的东西。他让人把这些东西送进去给他的儿媳妇，捎话说："吃吧，吃了好让我孙子的身体强壮些。"

整个春天，王龙都想着他要有一个孙子的事，这对他是一种安慰。当他干其他活的时候，他想起了他的小孙子，当他遇到麻烦时，他又会想起他。孙子是他心头的安慰。

随着春天转入夏天，逃避水灾的人们又都回来了。一个个，一群群，在严冬里精疲力竭，但对于能够回来感到非常高兴，虽然他们原来有房子的地方除了被水淹过的地上残留的黄泥浆，一无所有。但房子可以用这种黄泥浆重新建造，还可以买来席子铺房顶。许多人来向王龙借钱。他看到人们那么急需用钱，便以很高的利息借钱给他们。他总是说，有土地便有一种安全感。人们用借的钱在洪水过后变得十分肥沃的土地上播种。当他们需要耕牛、种子和犁而借不到更多的钱时，有些人便把自己的一部分土地卖掉，这样可有钱耕种剩下的土地。王龙从他们手里买了许多土地，他们的卖价很低，因为他们急需要钱用。

但也有一些人不愿意卖地。他们没钱买种子、耕牛和犁时，他们便卖掉自己的女儿。有些人到王龙这里来，希望他能买他们的女儿，因为人们都说他有钱有势，心肠也好。

王龙想到家里快生孩子了，而且别的儿子结婚后还会再生孩子，所以他就买了五个丫头。其中两个女孩十二岁左右，没缠脚，身体很壮，另外两个年轻点的要干所有的杂务，伺候他们全家，还有一个要伺候荷花。杜鹃已经年纪大了，二女儿又走了，没有人干家务。

王龙是在一天里买下这五个丫头的，因为他已经相当富了，他完全能够立即办好他决定要办的事情。

过了许久，有一天，一个人领来了一个六七岁的小姑娘，想卖给王龙。最初，王龙说不想买，因那个姑娘身材娇小，身体又弱。而荷花却看中了这个姑娘，她不高兴地说："我想要这一个，她长得这么漂亮。那一个长得粗手大脚，身上又有股膻气，我不喜欢。"

王龙打量了一下那个女孩，看到那个女孩有一双显露出惊恐的美丽的眼睛和一副瘦得可怜的身躯，于是，他一方面是为了迁就荷花，另一方面也想看看这个姑娘能否养得胖起来，就说："好吧，如果你喜欢，那就留下吧！"

因此，他花了二十块大洋把那个女孩买了下来。她住在后院，睡在荷花的床前。

在王龙看来，现在家里可以平平稳稳地过日子了。水退了，夏天来了，又到了该种田的时候。于是王龙这里走走，那里转转，察看每一块土地。他和老秦讨论每一块地的土质，商量根据土质怎样变换成所种的庄稼。不论到哪里，他都把三儿子带上，因为三儿子在他之后要继续他在田地上的事业，带着他可以让他多长点见识。

但是王龙对于这个孩子怎么听别人说话甚至究竟是不是在听根本不加注意。实际上，这个孩子老是低着头走路，并带着一脸不高兴的神色。谁也不知道他在想些什么。

王龙只知道他默默地跟在身后，却根本不知道他在干些什么。

一切安排好之后，王龙满意地往家里走去，心里想："我不年轻了，我不需要亲手操作了。我地里有人，还有儿子，家里也很安宁。"

然而他回到家里时，家里并不安宁。虽然他给大儿子娶了媳妇，买了好几个丫头伺候大家，他给叔叔和婶母买了足够的鸦片让他们整天享受，可是家里还是不得安宁。原因还是他的大儿子和他叔叔的儿子。

看来，王龙的大儿子对他的堂叔依然耿耿于怀，总是怀疑他堂叔怀有不良的企图。小的时候，他便亲眼见过他堂叔的种种恶劣行为。现在，事情已经发展到了这种地步：只要他的堂叔不去茶馆，他是不愿离开家一人去茶馆的，而且只有看到他堂叔走了之后，他才离开。他怀疑这个恶人对那些丫头企图不良，甚至对后院的荷花也心术不正，尽管这种怀疑并没有什么根据。因为荷花一天天发胖，一天天变老，除了饭菜和美酒，她什么都不在意了。若是哪个男人走近她，她甚至已经懒得瞧他一眼。对于王龙因年事渐高而找她的次数越来越少，她也感到高兴。

当王龙和他最小的儿子从地里回到家中时，他的大儿子把他拉到一边，对他说："我再也忍受不了我堂叔那个家伙，他粗野无礼，吊儿郎当地东晃西荡，敞着怀，眼睛老盯着家里的丫头。"他没敢再说他想说的："他甚至敢于到后院打你自己女人的主意。"因为他还记得，自己也曾对他父亲的这个女人产生过欲望。现在，看到她又老又胖的模样，他不相信他曾经干过那样的事情。他深深地感到羞愧。他也不想让父亲回忆起这件事，所以他只是提到了丫头。

王龙从地里回来时显得兴致勃勃，因为洪水已经从地里退了，空气干燥温暖，还因为他的三儿子一直跟着他。眼下家里产生的新纠纷使他十分生气，他回答说："你总是想着这件事。太愚蠢了。你对你老婆越来越溺爱了，这不成体统。人生在世，一个男子汉不应该只想着父母为他娶的老婆。一个人对他的老婆过于溺爱，太不像话，老婆毕竟不是妓女。"

年轻人对他父亲的责难十分生气。他最怕有人说他不明事理，就像他是个普通的、毫无知识的人。他很快地回嘴说："这不是为了我老婆，是因为在我父亲的家里，这种事情不成体统。"

王龙没有听清他在说什么。他生着气，仔细地想着，然后说："难道我家里男女之间的麻烦永远没个完吗？我就要老了。我的血不那么热了，而且不再有什么欲望。我想过得安静一些。难道我得永远忍受儿子们的欲望和忌妒吗？"他沉默了一会儿，又喊道，"那么，你要我怎么办？"

年轻人忍着性子等他父亲发完脾气，他有话要说。当王龙喊着"你要我怎么办"的时候，他明白说话的时机到了。年轻人从容不迫地答道："我希望我们能离开这个家到城里去住。我们继续像农民一样住在乡下是不合适的。我们可以离开，把叔祖父、叔祖母和堂叔留在这里，我们可以住在城里面。"

听了儿子这番话，王龙苦笑了一下，很快就否定了年轻人的主意，好像它根本不值得考虑。

"这是我的家，"他说，一边在桌旁坐下，从桌上拉过他的烟袋，"你可以住也可以不住，随你的便。这是我的房子、我的地。要不是有地，我们也会像别人那样饿死，你也不会像识字先生那样穿着好衣服走来走去。正是这些好地才使你比一个农夫的孩子强些！"

王龙站起身来，在堂屋里走来走去。他动作粗野，还在地上唾了一口唾沫，举止俨然一个农夫。王龙虽然一面对儿子的漂亮感到高兴，但另一面又对他的漂亮十分蔑视。尽管这样想，但他还是暗暗地为儿子感到骄傲。因为，凡是见到过他这个儿子的人，都不会料想到，他是属于将要同土地脱离的一代人。

但他的儿子并不肯罢休，他跟在父亲的后面说："城里有黄家大院的老房子。虽然前院住满了普通的人，可是后院锁着，没有人住。我们可以把它租下来，安安静静地住在那里。你和小弟弟住进来，还是可以经常到地里去，而我就不会让堂叔这条狗气我了。"他劝说着父亲，眼里充满了泪花，即使泪水淌到腮上也不去擦掉。他又说："我想做一个好儿子，不赌博，不抽鸦片，对你给我娶的媳妇也满意，我很少向你提什么要求。"是否仅仅是眼泪使王龙受了触动，王龙不清楚，但是当大儿子说到黄家大院时，王龙确实对大儿子的话动了心。

王龙从来没有忘记，他曾经弯着身子走进那家大院，曾经羞愧地站在住在那里的人面前，甚至连看门的人他也害怕。这是他一辈子都不会忘记的耻辱。他活到现在一直觉得，在人们眼里，他比住在城里的人要低下一些，对此他愤愤不平。因此，当他大儿子说"我们可以住进那家大院"时，那副情景就立刻跳进他的脑海，好像他真的看见那个院子就在眼前。"我可以坐在老太太坐过的那个位子上，在那个地方，他们曾让我像奴隶一样站着。现在我可以坐在那里，我也可以把别人叫到我的面前"。他想着这种情景，心里暗暗地说："如果我想做的话就可以做到。"

他琢磨着这个想法，默默地坐着，并不回答儿子。他往他的烟袋里装上烟叶，点着，抽着烟，心想，如果他愿意，他能够做些什么。

所以，倒不是因为他大儿子或是他叔叔的儿子在使他设想是否可以住进黄家大院，而是那个地方对他来说永远是大户人家的象征。

因此，虽然他最初没有表示他愿意去，或是说此一去会使家庭发生重大的变化，但打那以后，他比任何时候更讨厌他叔叔的儿子的懒惰。他密切地注视着这个人，而这个人总是到处浪荡，他的确用眼盯着那些丫头。王龙说道："我不能和这条贪婪的狗一起住在家里。"

他看了下他的叔叔。由于吸鸦片，他叔叔已越来越瘦，皮肤越来越黄。他的腰弯了，人显得苍老，咳嗽时还吐血。他看了下婶母，她也已变得像一棵黄芽菜。她对那杆鸦片烟枪爱不释手，十分满意。他们不再找王龙的麻烦，鸦片已经完成了王龙原先的计划。

剩下的还是他叔叔的儿子。这个人依然是光棍儿一条，像野兽那么贪婪。鸦片并没有像征服他的父母那样将他征服，使他彻底摆脱他的色情梦。王龙不想让他在这个家里结婚，怕他传宗接代，因为像他那样的一个人就够王龙一家对付的了。因为既没有必要又没有人催他，他一点活也不干，但他夜间常常外出活动。现在，他外出活动的次数也越来越少了，因为人们都回到地里干活，村上镇上也都恢复了秩序。盗匪也撤到东北方向的深山里去了。这个人没有跟盗匪一块儿走，情愿叫王龙养着。这样，他便成了这个家庭中的肉中刺。他悠悠荡荡，整天闲聊，发懒，打哈欠。他甚至在中午也半裸着身子。

因此，有一天王龙到城里去看他在粮行的二儿子时，对他说："啊，二小子，你哥哥想让我们搬到城里来。如果能租到一部分黄家的房子，我们就搬到那个大院里，你说这事怎么样？"

二儿子现在已经长成了一个大人，跟店里的其他伙计一样，变得圆滑而干练。他的身材仍然不够高大，皮肤黄黄的，但眼睛锐利有神。他圆滑地答道："这可是件绝好的事情。这对我也合适，因为我可以在那里结婚，让我妻子也住在那里。我们大家都可以住在一起，就像一个大家庭一样。"

对于二儿子的婚事，王龙什么都还没有准备过，因为这个孩子是个冷静的青年，从他身上还看不出任何青春冲动的迹象，再说王龙又有其他许多麻烦事。王龙知道自己没有像他应该做的那样来操心二儿子的婚事，所以他带有些歉意说："我早就盘算着该给你成家了，可是因为这事那事的，我一直没有工夫，再说上次闹灾荒也不便安排宴席……不过现在人们又可以摆宴席了，这事一定要办的。"

他心里暗暗地想着从哪里可以找个姑娘。二儿子说道："咳，这么说我要成家了？这是正事。该结婚的时候，结婚比把银钱花在不三不四的女人身上强得多。一个男人就应该有儿子。可是别给我找一个城里人家的闺女，就像我哥哥那样，因为这种女的老是会说她在娘家怎样怎样，老是让我花钱，而这会使我生气的。"

王龙听到这番话后大为惊讶，因为他不知道他的大儿媳妇曾这样说话。他只是看到她的行为非常得体，相貌端端正正。但是，在他看来，二儿子的话讲得在理。二儿子很精明，知道省钱，对此他很高兴。对这个儿子他确实了解得很少，因为和他大儿子强壮的体魄相比，他长得很瘦弱，除了爱哭，不管是小孩子的时候，还是现在长大成人，几乎无人去注意他。因此，他到粮行之后，王龙便渐渐把他淡忘了。不过，若有人问王龙有几个儿子时，他会回答："哦，我有三个儿子！"

现在王龙看着这个青年——他的二小子。他看见他光滑的头发抹了油，显得平平整整；他看见他那件小号的灰绸子长衫干干净净；他还看见他利索的动作，眼睛坚定而深邃，于是他惊异地想道："这也是我的儿子。"然而他高声说："那么，你喜欢什么样的姑娘呢？"

这时年轻人好像已经把事情盘算好了，从容而坚定地答道："我要从农村找一个姑娘，找一个有土地的好人家的姑娘，一个没有穷亲戚的姑娘。她能有许多东西做陪嫁。她看上去不用十分漂亮，当然也不能难看，但一定要做饭做得好。这样即使厨房里有仆人，她也可以管住她们。如果她要买米，米要够分量，但也不能多出一把米。如果她要买布，布要剪得正好，做衣服剩下的布不能超过巴掌那么大。我想要的就是这样的姑娘。"

王龙听到这话后更是感到惊讶。对这个年轻人他可真是不了解！这种秉性与他年轻时大不一样，与他大儿子也截然不同。然而，他佩服这个年轻人的远见，于是他笑哈哈地说："好啊，我会给你找个这样的姑娘！老秦会到各个村里去找的。"

他走开了，仍然呵呵地笑着。他穿过大街，走到黄家大院。他在蹲在门口的石狮子中间犹豫了一下。然后，由于没人拦他，他便走了进去。前院还像他来找那个妓女时的样子，那时他怕那个妓女将他的儿子勾引坏了。树上挂着洗晒的衣服，女人们随地坐着，一边聊天，一边用长针纳着鞋底。孩子们光着屁股在院子的土堆上爬来滚去。整个院子里充满了平民百姓的气氛。这些人在大户家的人走了以后，拥进了这个大户人家的院子。他看了看那个妓女住过的那间房间，房门半掩着，已经换了主人。王龙为此感到高兴，便继续往前走。

从前，大户人家在的时候，王龙和这些平民百姓一样，对大户人家又恨又怕。但现在他有了土地，有了安全地藏着的银钱，他瞧不起这些到处挤在一起的人了。他心里想，这些人太脏了。他在这些人中间穿过的时候，把鼻子皱起来，屏住了呼吸，怕闻到周围的臭气。他瞧不起他们，讨厌他们，仿佛他自己已经成为这个大户人家的主人。

他穿过几层院子往里走，他并不是决定要干什么事，而是完全出于好奇。在一个锁着的大门旁边，他发现一个半睡着的老妪。

他看出这就是从前那个看门人的麻脸老婆。这使他大吃一惊，他记得她曾经是个肥胖的中年女人，现在竟面容憔悴，满头白发，满脸皱纹。她嘴里的牙齿七歪八倒，满是黄斑。看着她这副模样，他刹那间觉得，从他年轻时抱着第一个儿子上这儿来到现在，那些多事的岁月过去得多么快啊！王龙有生来第一次感到他已经不知不觉地老了。

他用相当悲伤的口气对那个老婆子说："醒醒，开开门让我进去。"

那个老婆子开始眨巴眼睛，舔着她干裂的嘴唇，说："除非你打算把整个后院都租下来，要不我不开门。"

王龙突然说道："那好，如果这个地方合我的意，我就租下来。"

但他没有告诉她自己是谁。他跟着她走进去，而那里的路他记得清清楚楚。先是幽静的院子。那边是他放过篮子的小屋，这边是大红漆柱子撑着的长走廊。他跟着她走进那间大厅，他的思绪立刻就回到了从前的岁月，他想起他曾经站在那里等着娶这家的一个丫头。他看见了那把雕工精美的大椅子，老太太曾经坐在上面，瘦小的身体裹着绸缎衣服。

由于某种奇怪念头的驱使，他走上前去，坐在了老太太曾经坐过的地方。从这把高高的椅子上，他俯视着老婆子的面孔；而她则默默地等着，看着他准备做些什么。这时，他多少天来一直渴望而不甚理解的某种满足充溢在他的心头，他用手拍拍桌子，突然说："我准备要这所房子！"

第二十九章

这些日子，王龙对决定了的事情巴不得马上就做。随着年龄的增长，他希望尽快把事情办完，好让他到地里转一圈，静静地坐在地里，望着渐渐西沉的太阳，打一个盹儿。他把自己决定了的事情告诉了大儿子，吩咐他安排。他派人将二儿子叫回来，帮助搬家。他们准备妥当，便开始行动。先搬的是荷花、杜鹃、丫头们，以及她们的东西。接着是王龙的大儿子、儿媳和他们的丫头及仆人。

但是，王龙自己没有很快搬过去。他和小儿子留了下来。真的要离开他出生的那一片土地，搬家就不像他想象的那么容易和迅速了。当儿子们催促他的时候，他对他们说："那好吧，给我留一个院子，哪天我高兴了，我就搬过去。这一天也许是在我抱孙子之前。我高兴的时候，还要回到我的土地上来。"

儿子们再次劝他的时候，他说："唉！我还有个傻姑娘。是不是让她待在我的身边，我还拿不定主意。看来，我只能把她留在身边。除了我，谁也不会关心她的温饱。"

王龙的话是说给大儿媳妇听的。她不愿意这个傻子跟在身边。她过于细致，有点神经质，她说："这样的人根本不应该活在世上，看着她会坏了我肚里的孩子。"王龙的大儿子知道他老婆不喜欢他的傻妹妹，因此沉默不语。王龙对他刚才的话有点后悔，然后便婉转地说："给二小子找到定亲的姑娘以后我就来，在事情办成之前，我最好留在老秦住的地方。"

于是，两个儿子不再继续催促了。

后来，除了王龙、小儿子和傻女儿，住在家里的还有王龙的叔叔、婶母、堂弟和那些雇工。他叔叔一家搬进了后院荷花住过的房子，把那儿的房子当成了自己的。对此，王龙一点也不感到心疼。他心里很明白，他叔叔活在世上的日子不多了。这个老东西一死，王龙的义务便尽完了。要是他的堂弟不听话，王龙就把他赶出家门，到时候别人也不会说王龙的坏话。老秦和那些雇工搬到了前院。王龙和他的小儿子、傻女儿住在堂屋里，他雇了一个身体健壮的女人伺候他们。

王龙睡觉休息，什么事情都不放在心上，因为家里已平安无事，他也突然感到非常疲倦。家里没有人打搅他，他三儿子寡言少语，不给他招惹任何麻烦。王龙一点也不知道，他的小儿子竟然是这样一个不爱讲话的孩子。

但是，王龙终于打起精神，叫老秦去给他二儿子找一个姑娘。

老秦现在已经又老又弱，就像一根干草，但他仍然有着老狗那样的忠诚。王龙不再让他拿锄头锄地或跟在牛屁股后面耕地了。然而，他还有用，因为他能监督别人干活，在称粮食的时候，他也能站在旁边过称。他听到王龙叫他办那件事时，他便洗了洗，穿上了他最好的那件蓝布大衫。他走了几个村子，看了好多姑娘，最后他回来说："要是我还年轻，我真愿意挑一个这样的媳妇给我自己，而不给你儿子，三个村庄以外的那个村里有个闺女——是个又好又结实又细心的姑娘，唯一不太理想的地方是她老爱笑。她爹很愿意让他闺女跟你家成亲。他家里有地，嫁妆很多。可是我说要等你拿定主意后才能给他个准信儿。"

王龙觉得这门亲事相当不错。他急于把这件事办完，所以就答应了。当婚帖送来时，他画了押。他卸下了一副重担，说："现在只剩下三儿子了，我就要办完所有孩子的婚事了。我很高兴不久就不用再操心了。"

这事定了下来，并选好了成亲的日子。于是他便又在太阳底下休息睡觉，就像他父亲以前所做的那样。

王龙想，老秦年龄越来越大，体力越来越弱，而他自己由于饱食终日和年龄的原因，也越来越萎靡不振，总是昏昏欲睡，他的小儿子年龄又太轻，挑不起任何重担，因此，最好能将离家远的一些土地租给村子里其他人去种。于是王龙这样做了。附近村子里的许多人都来租王龙的土地，变成了他的佃户。他们之间订立了租地条件：收成的一半归王龙，因为他是土地的主人；另一半归佃户，因为他们付出了劳动。另外，还有双方必须遵循的其他条件：王龙要提供肥料、豆饼和芝麻经过榨油之后剩下的油渣；佃户们要储存一些农作物供王龙一家享用。

因为家里的农活不再像过去那样靠王龙一人去安排，他便时常进城住在他让家人为他准备好的那个院子里。天亮之后，他便穿过城门，回到他自己的土地上来。他闻到田野的芳香，一看到自己的土地，便感到心旷神怡。

接着，好像众神突然开恩，准备让他安度晚年似的，他叔叔的儿子，由于家里除了一个雇工的老婆，再无其他女人而感到心神不安。他听说北方发生了战争，便对王龙说："听说北边在打仗，我要去当兵打仗，干点事，长长见识。你给我些银钱，我好添置些衣服和被褥，还要买一只外国的电筒挂在肩上！"

王龙高兴得心都快跳出来了。但他把欢喜巧妙地藏在心底，说："可你是我叔叔的独生儿子，你下面没有接续他这股香火的人了。如果你要去打仗，谁知道会发生什么事呢？"

王龙的堂弟哈哈大笑起来，说："放心吧，我不是傻子。我不会待在有生命危险的地方。要是开起火来，我就溜走，一直等到仗打完。我只是图个新鲜，想出去逛逛，看看其他地方，不然我老了就办不到了。"

王龙痛痛快快地把银钱给他，这一次，他痛快地把银钱直接塞进他堂弟的手心里。他心里琢磨："如果他喜欢打仗，我家里就不会再有这个尽惹麻烦的孽障了。这个国家总会有地方打仗的。"接着，他又想到，"如果我的好运气继续下去，他甚至可能被打死。因为打仗的时候常常有些人要死的。"

这时他非常高兴，但是他没有表现出来。他婶母听说儿子要走，哭了起来，他便安慰了她一番。他又给了她一些鸦片，为她把烟枪点上，对她说："他在军队里肯定能当上大官，他会给我们全家都带来荣耀的。"

此刻屋里终于安宁了，除了那两个昏昏欲睡的老东西，就是他自己。在城里的家中，王龙的小孙子快要出生了。

因为小孙子出生的时刻一天天逼近，王龙在城里的家中住的时间越来越长。他常常在院子里逛来逛去，默默地想着过去发生的一切，他心中从来没有像现在这样充满某种神奇感：从前黄家大户住的院子，现在却让他、他的妻子、儿子和儿媳妇们住了。而且他的儿子就要添一个属于第三代的孩子了。

他心里充满了喜悦。在他看来，世界上没有任何他买不起的贵重东西。他给家里买来了成匹的绸缎，因为那些雕花椅子和那些用南方黑木做的雕花桌子罩着粗布套子看着实在刺眼。他还为那些丫头买来了成匹的深蓝色棉布，这样她们就不必再穿那些破破烂烂的外套了。他儿子在城里结交的那些朋友来到这个大院，见到了这一切，为此他很有点得意。

王龙从前吃白面烙饼卷大葱就非常满意，但现在一心想吃美味佳肴。他睡到日上三竿才起，而且也不再动手干活。他对饭菜越来越讲究，他品尝冬笋、虾仁、南方的鱼、北方海里的蛤蜊和鸽子蛋等，这些都是富人用来增加食欲的食品。他的儿子和荷花自然也一起吃。杜鹃看到买来的这些佳肴，笑着说："真和从前我在这个大院住的时候一样，不同的是我老了，皮肉干瘪了，年纪大的老爷也不喜欢我了。"

她说着，偷偷地看了王龙一眼，然后哈哈大笑起来。王龙装作没有听见她那调情的挑逗话，但是他心里很高兴，因为她把他比作"老爷"了。

他就这样养尊处优地过着日子，家里人起床时他就起床，家里人睡觉时他便睡觉，他在等候他的孙子降生。一天早晨，他听到了女人的呻吟声。他走进大儿子的院子，大儿子迎上来，对他说："已经到时候了，可是杜鹃说还要拖好长时间，因为我女人的骨盆狭小，生起来很难。"

于是王龙回到自己的院子里，坐下来听那喊叫的声音。多年来，他第一次害怕起来，他想求神明来保护。他起身到卖香烛的铺子里买了香烛，然后来到城里的小庙。镶着金边的神龛里蹲着一尊菩萨。他请来一个懒洋洋的和尚，给了钱，请和尚将香烛插在菩萨面前，说道："我，一个男人来烧香，是违反天意的。可是我的第一个孙子就要出生了。孩子他妈已经受着苦痛，她是城里人，身子骨小。我那老伴已经去世了，家里没有女人能来给你烧香。"

他瞧着那个和尚将香烛插在菩萨面前香炉的死灰里。然而，他突然惊恐地想道："如果生的不是孙子而是孙女，那可怎么办？""神灵啊，如果生个孙子，我要为你买件新的红色的长袍；若是生孙女，我就什么都不给。"

他惴惴不安地走了出去，事前他一点也没想到这件事——可能不是孙子，而是孙女。他又去买了一些香烛。那时虽然天气很热，尘土飞扬，但他还是去了乡间的小庙。庙里，有两尊神坐在那儿，守护着田野和土地，他把香烛插上点着，然后说："我们都伺候你，我爹、我自己，还有我儿子。现在我儿子要有孩子了。如果生的不是男孩，我就再也不供奉你们两位了。"

他做完他能做的一切，疲倦万分地回到家里。他在桌边坐下，很想让一个丫头给他端茶，让另一个丫头给他端热水洗脸。他拍拍手，但一个人也没来。人们跑来跑去，而他疲乏地坐在那里，满脸灰尘，没有一个人看他。他也不敢叫住一个人问一下究竟生了个什么样的孩子，甚至不敢问一声是否真的生了孩子。他就那样坐着，满身尘土，疲惫不堪，没有一个人跟他讲话。

然后，终于在天快要黑的时候，荷花迈着她的小脚来了，因为她身子太重，杜鹃正扶着她。她咯咯笑着，大声说："好啊，你儿子屋里生了个儿子，母亲和孩子都平安无事。我已经看过孩子了，长得可好了。"

于是王龙也哈哈地笑了。他站起身，拍打着双手，笑呵呵地说："我一直坐在这里，就像在等自己的第一个儿子出生；我不知道该做些什么，对什么都放心不下。"

荷花回到她自己的屋里以后，他又坐下来开始沉思默想，他想起："阿兰生我第一个儿子的时候，我并没有这么害怕。"他静静地坐着，沉思着，想起了那天的情况。他想起了她怎样一个人去黑暗的小屋。她怎样一个人给他生了儿子和女儿。她悄悄地就把他们生了下来。然后她又跟他一块儿下地，一块儿干活。然而现在家里这个——他的儿媳妇，却疼得像孩子一样哭叫，还有丫头们跑前跑后，丈夫在门口守着。

于是他像想起了一个遥远的梦一样，又想起了阿兰怎样在干活休息的时候给孩子喂奶，她的奶汁如何丰足，怎样从她的奶头上溢出来，滴落到泥土里。这一切如今看来都似乎太遥远了，就像根本没有发生过。

这时，他的大儿子走了进来，面带笑容，扬扬得意地大声说道："爹，生了个男孩。现在我们得给他找个奶妈。我不想让我媳妇带孩子，这会毁了她的容貌，弄弱她的身子。城里没有一个有身份的女人是自己带孩子的。"

王龙说不上他为什么突然伤心起来，他说："好吧，如果她不能奶自己的孩子——一定得找个奶妈的话，那就找吧！"

孩子满月时，王龙的儿子——婴儿的父亲，办了一次表示庆贺的酒席。他请了不少城里的客人，从岳父岳母到城里的要人几乎都请到了。他还准备了许多红鸡蛋，送给每一个客人。整个家里充满了喜庆欢乐的气氛。

宴席散了之后，王龙的儿子来到王龙面前，对他说："现在这个家已经有三代人。我们应该像大户人家那样有自己的家谱。我们应该把家谱供在那儿，碰到什么节日就可以叩头膜拜。如今，我们已经是一个大家族了。"

这话使王龙感到高兴，于是他下令整理家谱。按照他的吩咐，家谱在大厅里供奉起来，家谱上有王龙的祖父的名字、父亲的名字，家谱上一些空的地方，是等王龙和他儿子死时再补上他们的名字。王龙的儿子买来一只香炉，也供在家谱前面。

这一切做完之后，王龙突然记起他答应给菩萨买红长袍的事，于是他又到庙里捐了一笔钱。

但是，好像神不愿一味给予恩赐，在恩赐的同时也要给人们带来某种痛苦似的。在王龙从庙里回家的路上，一个人从正在收割的地里跑来，告诉他老秦突然倒在地上，快要不行了，问王龙能否在他死前去看看他。王龙听完雇工气喘吁吁的叙述，愤怒地喊了出来："我想，一定是庙里的那两尊该死的菩萨产生了忌妒，因为我给城里庙中的那个菩萨买了红长袍。我想，它们也许不明白，它们只是有权看管土地，而没有本事让女人生男孩子。"

午饭已经做好，等着王龙回去吃，但王龙连筷子也不愿动一动。

荷花大声喊着，叫他等傍晚太阳下山了再去，但他不肯再等，而是立刻就去了。荷花见他没有听她的话，便让一个丫头拿着把油纸伞去追他。但王龙走得太快，肥胖的丫头很难将伞撑到他的头上。

王龙很快来到老秦躺着的房间，他高声问道："这是怎么搞的？"

屋里挤满了雇工，他们七嘴八舌地抢着回答："他一定要亲自去打场……"

"我们告诉他，像他这样的年纪不要干了……""有一个新雇来的长工……""那长工拿连枷不得法，老秦一定要教他……""对一个上了年纪的人来说，那活太重了……"

这时王龙用可怕的声音喊道："把新雇的长工给我找来！"他们把那个人推到他面前。那个人哆哆嗦嗦地站着，两个裸露的膝盖不住地碰撞——这是个高大粗壮的乡村孩子，牙齿露在下嘴唇的外面，眼睛圆而迟钝，就像牛眼一样。但王龙对他毫不同情，他使劲儿地打那个孩子的耳光；然后又从丫头手里拿过雨伞，敲打那个孩子的脑袋。没有人敢去拉他，因为他已经上了年纪，怒气冲心就不好办了。那个孩子恭顺地站在那里，咬着牙，忍着痛小声哭泣。

这时，老秦从躺着的床上发出了呻吟声，王龙扔掉雨伞，说："他快死了，而我却在打一个笨蛋！"

他在老秦的身旁坐了下来，拉过老秦的手，紧紧地握着，那只手轻得就像一片干树叶，简直无法使人相信是那么干燥、那么轻同时还发着热的手里面还有血液流动。老秦那张原来就日渐苍白枯黄的脸如今显得灰暗，皮下还出现了一些血斑。他半睁的双眼已经看不见东西，呼吸艰难。王龙俯下身，在老秦的耳边高声说："我在这里。我要为你买一口和我爹的差不了多少的棺材。"

可是老秦的耳朵里满是瘀血，即使听到他的话也不会有任何表示了，他只能躺在那里，费劲儿地喘着气。他就这样死了。

老秦死了以后，王龙趴在他的身上失声大哭。自己父亲死的时候，他都没有这么哭过。他买了一口上好的棺材。出殡时他请了和尚，自己穿了孝服走在灵柩后面。他甚至让大儿子腿上扎了孝带，就像死了一个亲戚。然而他的大儿子抱怨说："他只不过是一个高等仆人。对一个仆人这样做是不合适的。"

王龙强迫他戴了三天孝。按照王龙自己的想法，他要把老秦埋在墓墙里边，也就是埋葬着他父亲和阿兰的地方。但他的那些儿子不同意这样做，他们抱怨说："难道让俺娘和俺爷爷跟一个仆人葬在一起？难道我们死了之后，也要跟他葬在一起？"于是王龙便把老秦埋在坟墙入口附近。他希望家里平和，不愿和儿子们争吵。他为自己的做法感到宽慰，说道："这样做是合适的。因为他一直是我忠实的监护人，使我免遭邪气的侵害。"他吩咐他的儿子们，在他死了以后，要把他埋在离老秦最近的地方。

王龙已不像从前那样经常到地里去了。因为老秦已经去世，他一个人去会很伤心。再说他对地里的活已感到厌倦。当他一个人走过高低不平的田野时，浑身的骨头都会酸痛。因此，他把能租的土地全部租了出去。人人都想租他的土地，都知道那是些好地。但是王龙从来没有谈到过想卖一寸土地。他只愿按双方同意的条件一年一期地出租。这样，他会感到那些土地永远是他的，永远在他的手里。

他让一个雇工和他的老婆孩子住在乡下的房子里，以照顾那两个鸦片鬼。他看到他最小的儿子眼里显露出若有所思的神情，便说："你可以和我一块儿进城，我还得带上我的傻女儿，她可以和我住在一个院子里。老秦死了之后，你在这里太寂寞了。他们对傻姑娘会如何，我也放心不下。她挨打受饿，无人会通风报信。老秦死了之后，再也没有人教你干农活了。"

因此，王龙把他的小儿子和傻女儿全部带到了城里。打这以后，他很少再回到乡下的家中去居住。

第三十章

在王龙看来，他现在的状况称得上十全十美了。他可以坐在椅子里和傻女儿一起晒太阳；他可以抽他的水烟袋，无忧无虑，心平气静。土地有人种，钱有人往他手里交，他不必再操心了。

如果不是因为大儿子，生活是满可以这样称心如意的。但是，他大儿子是一个对现实状况永远不会满足的人，他总是那样贪心不足。一天，他又来到他父亲面前说："我们这个家里需用的东西很多，我们千万不能认为，我们把这些后院都租下来就是一个大户人家了。弟弟的婚事六个月内就要办了，我们没有足够的椅子让客人们来坐，我们家里碗不够用，桌子不够用，啥都不够用。更不光彩的是要客人们走那些大门。从大门出出进进的那些普通人老是高声喧哗，身上还散发着臭气。我弟弟要结婚，他要有孩子，我也要有孩子，我们需要那些院子。"

王龙看着他儿子穿着漂亮的衣服站在那里，他闭上眼睛，狠狠地吸了一口烟，几乎像喊一样说："说吧，你想要什么？"

王龙的大儿子虽然看出父亲对他很不耐烦，但仍然固执地用比刚才还高的嗓门说："我说，我们应该把那些前院全租下来，像我们有这么多钱这么多好地的家庭，应该应有尽有。"

王龙吸着烟，喃喃地说："可是，地是我的，你从来没有在地里干过什么活。"

"听着，爹，"年轻人听到王龙的话后哭了起来，"是你想把我培养成识字的人的。当我要做一个正正经经的庄稼人的儿子时，你瞧不起我。"年轻人猛地转过身去，就像他要冲着院子里的那棵苍松拼个脑浆四溅。

看见这种情景，王龙有点害怕了，他怕年轻人火冒三丈，伤害了自己，于是他喊道："你愿干啥就干啥吧！随你的便！只是不要给我惹麻烦。"

听见这话，大儿子转怒为喜，立即就走开了。他怕父亲变卦，便尽快从苏州买来了雕花的桌椅，还买来红色的丝绸门帘，悬挂在门上。他买来大大小小的花瓶，还买了画轴挂在墙上。他还弄来许多奇形怪状的石头，按照他在南方见过的式样，在院子里造了假山。

就这样，他忙忙碌碌了许多日子。

在他每天出出进进的时候，他不得不多次穿过前面的院子。他从那些平民中间走过时，就皱起了鼻子。他讨厌那些人。因此，居住在那里的人在他走过去之后，都望着他发笑。他们说："他已经忘掉他父亲农田里的大粪臭了。"

然而，在他走过时，没有人敢讲这话，因为他是富贵人家的公子。逢年过节，也即是重新考虑租税的时候，那次，住在黄家大院里的平民们发现，他们居住的房子和院子的租金都提高了，那是因为有人出高价，他们若是不愿意出，就得搬走。后来他们打听到，这是王龙的大儿子干的。他聪明，寡言少语，但他写信给住在外地的黄老爷的儿子。黄老爷的儿子什么都不管，只希望他的那些老房子能收到多多的租金。

后来，那些住在黄家大院里的平民不得不搬走。他们搬家时都抱怨和咒骂着为所欲为的富人。他们把那些破破烂烂的家当装在箱中带走。离开时，他们怒气满胸、咬牙切齿地说，他们总有一天还要回来的。

但是，这一切王龙都没有听见，因为他住在后院，很少出来。他年纪大了，只是吃饭、睡觉，消磨时光，把一切事都托给大儿子去办。大儿子请来了木匠、泥瓦匠，修缮房屋和院子之间相通的月亮门。这些建筑被那些生活方式粗野的平民搞坏了。他建了水池，投放了金鱼，竣工之后，他又根据他的审美在水池里栽了荷花和百合花，还有印度红竹，以及他在南方见到的一切东西。他老婆出来看他搞的那些东西，于是他们夫妻俩走过每一个庭院、每一间房子。她数落这里缺了什么、那里缺了什么，他恭恭敬敬地听着，答应要照着去办。

在城里，街上的人们都听说了王龙的大儿子做的那些事，还谈到大院内发生的一切，说又有一个大富户进了大院。那些从前说"种地的王家"，现在开始说"王大人"或者"王财主"了。

钱就像流水一样从王龙的指缝里流走了，他却几乎没有觉察到。而王龙的大儿子总是这样对他说"我要一百块大洋"；或者说"有一个旧了的大门，只需一点银钱就能修得和新的一样"；或者又说"有个地方需要放张长条桌"。

　　就这样，王龙将银钱一点一点地给了他，这些银钱都是每次收获之后，或是他急需的时候从佃户那里弄来的。要不是有天早上太阳刚爬上东墙时他的二儿子来院子里找他，他不会知道他到底付出了多少银钱。他二儿子对他说："爹爹，你这样大手大脚地花钱，钱就没个底吗？难道我们要住在一座宫殿里吗？要是将这些钱按百分之二十的利息借出去，会赚回好多钱的。这些水池和这些不结果光开花的树有什么用途？还有那些光开花的百合花？"

　　王龙看出，兄弟俩会为这些事情争吵起来。为了不造成乱子，王龙赶紧说："这都是为了你的婚事。"

　　接着，年轻人似笑非笑地说："要花费比花在新娘身上的多十倍的钱来举办婚事，真是怪事。这是我们的遗产，你百年之后我们几兄弟要平分的，而现在大哥只是为了摆阔气就这样白白地花掉了。"

　　王龙是了解他二儿子的拗劲儿的。他知道，话头一开始，二儿子会一直和他辩下去，于是他急忙说："好啦——好啦！我再也不给钱了。我要跟你大哥谈谈，让他手头把得紧点。好了，不说了，你的话是对的。"

　　年轻人掏出一张条子，上面写着他大哥的逐项开支。王龙看了一下那张长长的账单，很快地说："我还没吃饭呢。我这么大年纪，早上不吃饭，浑身无力。找个时间我再看吧！"他转过身走回自己的房间，就这样把二儿子打发走了。

当天晚上，他便对大儿子说："一切都收拾停当了吧？这已经不错了，归根结底，我们是庄户人家。"

但是，年轻人扬扬得意地回答道："我们不是庄户人家了。城里的人开始叫我们'王家大户'。我们的生活应该和那个名称相符，即使弟弟看不到这层意思，两眼仅仅盯在银钱上，我和我老婆可不能轻易地毁了那个名声。"

王龙一点也不知道人们在这样称呼他这一家人。因为他年纪越来越大，很少到茶馆里去，也没有到过粮行，因为有二儿子在那里为他做生意。但是，他对这种说法还是暗暗地感到高兴。他说："可是，大户人家也是来自乡下，他们的根也是在土地上。"

但年轻人机灵地回答说："是的。但他们不住在乡下。他们要繁衍子孙，开花结果。"

王龙不喜欢他大儿子如此随便和急促地回答他的问题。他说："我要说的就是这些。银子已经花得不少了。大树要开花结果，根必须扎在土壤里。"

夜晚降临了，他希望大儿子回到他自己的院子里去。他希望年轻人赶快走开，使他在黄昏里一个人安静一会儿。但是，有他大儿子在，他就不会有安宁。他的大儿子如今愿意听他父亲的话，因为住在这些房子里和院子里，他很满足，至少暂时如此。再说，他已经做了他想做的事情。然而他又开始讲起来："好吧，就算够了。但是还有一件事。"

王龙将烟袋摔在地上，叫了起来："我就永远不得安宁吗？"

年轻人执拗地继续说："这不是为我，或者为我的儿子。这是为我最小的弟弟——你的亲生儿子。他不能长大了目不识丁，他应该学点什么。"

听到这话，王龙睁大了眼睛。这确实是一件新鲜的事情。他早就计划好了他小儿子的前程。他说道："家里再不需要读书的人了。两个就够了。我死了，他得照料地里的事情。"

"这不错，但恰恰因为这事，他夜里直哭，他的脸色才那么苍白，身材才那么瘦小。"

王龙从来没有想过要问问他的小儿子这辈子想干什么，因为他已经决定他要有个儿子留下来照管土地。大儿子的一席话使他十分震惊，他沉默了。他从地上慢慢地捡起烟袋，想着他的三儿子。

这个儿子不像他的两个哥哥，倒是有些像他母亲那样不爱讲话，所以谁也没有多去想他的事情。

"你听到过他说这些话了吗？"王龙不怎么相信地问他的大儿子。

"爹爹，你去问问他自己吧！"年轻人答道。

"可是，必须有一个人照管土地啊！"王龙争辩似的突然说，声音很高。

"爹爹，为什么？"年轻人激昂地说，"你这样的人，儿子不应该像农奴一样，那不合适。人们会说你这人心眼太窄；人们会说，有的人自己生活得像王子，却让他的儿子去种地。"

年轻人说话很机灵，他知道父亲最怕人家说他什么。因此他继续说:"我们可以请个教书先生来教他,也可以送他到南方的学校里去上学。有我在家里帮你的忙,二弟去做好他的生意,让三弟爱怎么就怎么吧!"

王龙最后说:"把他叫到我这里来!"

不一会儿,三儿子走来,站在他父亲面前。王龙望着他。他是一个细高个儿青年,长相既不像父亲也不像母亲,只有他的严肃和沉默与母亲相同。但他长得比母亲漂亮,而且除了二女儿,他比其他的孩子都漂亮,而二女儿已经出嫁,再不算王家的人了。不过,他长着又浓又黑的眉毛,这对于他苍白的脸来说显得有些太重太黑。当他生气时(他很容易生气),他的两道黑眉挤在一起,在脸上合成一条又粗又黑的直线。

王龙看着他的儿子,说道:"你大哥说你想读书。"

孩子微微动了动嘴唇,说:"是。"

王龙磕掉烟袋里的烟灰,用拇指慢慢地重新装上烟叶。

"我想,你的意思是不愿务农了。我有好几个儿子,可没有一个想照管我的土地!"

他说这话时非常痛苦,但那个孩子一声不吭。他直直地站在那里,身上仍然穿着夏季的白色长衫。终于,王龙对他的沉默动了气,冲着他喊道:"你为什么不说话?是不是你真的不愿干地里的事情?"

那个孩子又一次用一个字答道:"是。"王龙望着他,心里终于想到,像他这样大的年纪,这些孩子他真是管教不了。他们对他来说实在是麻烦和负担,他不知道对这些儿子该怎么办才好。

由于觉得这些孩子待他不好，所以他又一次喊道："你做什么跟我有什么关系？给我出去！"

于是那个孩子马上就走了。王龙一个人孤独地坐着。他心里想，两个女儿比儿子们要听话。他那个可怜的傻瓜姑娘，除了吃和玩那点布头，其他什么都不要；另一个姑娘也已结婚并离开了家。夜幕落下来遮住了院子，把他独个儿笼在阴影里。

但是，正像他常做的那样，一旦怒气消去，他就会让儿子们按照他们的意愿去做。他把大儿子叫来，说："如果老三想念书，你就给他找个先生吧，既然他愿意，就依了他算了。只是别再让我为这事操心就行了。"

他又把二儿子叫来说："既然没有一个儿子来经管土地，那么收租子的事情、每次收下的粮食卖成钱的事情，就都得由你来管了。你能称会算，可以替我管各种事情。"

二儿子十分高兴，因为这意味着所有的钱至少要经过他的手。

他将知道收入共有多少，如果家里花过了头，他就可以告诉他父亲。

王龙觉得这个二儿子比别的儿子都怪，因为甚至到了他成亲的日子，他还对买酒买肉花的钱非常仔细。他将宴席分档，把最好的东西留给他城里的朋友，因为这些人知道盘子里食物的价钱；而对必须请来的乡下人，他把宴席摆到院子里，只给他们一些次等的酒菜。因为他们每天粗茶淡饭，稍微好一点，他们就很满足了。

他注意收进来的银钱和礼物，而对丫头和仆人，他尽可能地少给他们钱。当他把区区两块银钱放到杜鹃手里时，她大为生气，用故意让许多人听见的大嗓门说："一个真正的大户人家可不是这样抠门的！人们看得出，这户人家并不是这些院子的真正主人。"

大儿子听到这话后觉得有些丢脸。他害怕杜鹃那张嘴，便偷偷地又给了她一些银钱，并且对他的弟弟很有些不满。这样，甚至就在喜日当天，当客人们围桌而坐的时候，当新娘的花轿抬进院子的时候，这兄弟俩之间就出现了矛盾。

大哥只请了他不多的几个朋友来赴宴，因为他对弟弟挑了一个乡下姑娘感到惭愧。他轻蔑地站在一边，说道："我弟弟挑了一只瓦罐，他本来满可以凭着我父亲的地位挑一只金杯。"

当两个新人来他面前鞠躬行礼时，他只僵硬地弯了下身子。他的妻子端庄而骄傲，也只是稍微躬躬身子，因为这样不至于有失她的身份。

现在，所有住在这些院子里的人，除了那个小孙子，似乎没有一个觉得平静和舒适。王龙住在荷花院子隔壁的房间里，即使是半夜里他也常常在雕花大床的暗影中醒来，希望自己回到黑暗简陋的小土屋里。在那里，他可以把凉茶泼到地上而不致损伤贵重的东西，而且他一抬脚就可以走到地里。

至于王龙的儿子们，他们一刻也没有安宁。大儿子唯恐花钱太少，在人们眼里不够体面，还怕乡下人出进大门时碰上城里人，使他丢脸；二儿子担心花钱太多；三儿子则奋力追赶，弥补作为一个农民的儿子所失去的岁月。

但有一个人摇摇摆摆地跑来跑去，对他的生活十分满足，这就是大儿子的儿子。除了这个深宅大院，这个小家伙从来没有想到过其他地方。对他来说，这个家不大不小，正好是他的天地。这里有他的母亲、他的父亲，还有他的爷爷，住在这里的所有人都为他服务。

而王龙从他身上得到了安慰。他总是看不够他，总是对着他笑，小家伙倒在地上，王龙便把他抱起来。他想起了自己的父亲的做法，他高兴地拿了一条腰带，围在孩子的腰上，他跟着孩子跑，孩子便不会摔倒。祖孙俩从这个院子走到另一个院子。孙子指着水池中的游鱼，戳戳这里，戳戳那里，还乱摘花朵。王龙啥东西都由着他去触摸，只有这样，他才感到欣慰。

不仅是小孙子，大儿媳妇也很实在，她怀孕生孩子、再怀孕再生孩子，十分准时，生一个孩子都找一个奶妈。就这样，王龙看见院子里的孩子逐年增加，奶妈也越来越多。因此，有人对他说"大儿子的院里又要多一张嘴"时，他只是大笑着说："不怕，我们有好地，有足够的粮食。"

他的二儿媳也如期生了孩子，他感到非常高兴。她生了个女孩，这好像是出于对嫂子的尊重，显得合适而得体。在五年的时间里，王龙有了四个孙子和三个孙女，院子里充满了他们的笑声和哭声。

如果不是特别年轻或特别年迈，五年在人的一生中算不了什么。但在这五年里，王龙的叔叔去世了。对他叔叔，王龙除了负责他和他年迈的老婆的吃穿、供给他们足够的鸦片，差不多已经把他忘了。

那是在第五个年头的冬天，天气非常寒冷，是一个三十年不遇的大冷天。在王龙的记忆中，护城河第一次结了冰，人们可以在冰上来回行走。东北风夹着飞雪呼呼地刮着。家里没什么寒衣，没有羊皮或毛皮大衣可以披在身上御寒。在这个大家庭的每间房子里，都生起了木炭火炉。但是，天气仍然很冷，人们能看到从嘴里呼出的热气。

王龙的叔叔和婶母因为吸鸦片而皮包骨头。他们俩整天躺在床上，像两根干柴棒，浑身发凉。王龙听说，他叔叔无法再在床上坐起，因为他身子一动，便要咯血。他看到，这个老头儿再没有多久好活。

王龙买了两口木质可以说好但还不是特别好的棺材，他让人将棺材抬到他叔叔的房间里，他想，那个老头儿看见棺材也许会舒舒服服地死去，因为他知道有地方放他的遗骨了。他叔叔的声音发抖，对他说："你就是我的儿子，比我那流浪在外的亲生儿子要强多了。"

那个老女人的身子骨仍然比那个老头儿结实得多，她说道："如果我死后儿子才回家来，答应我替他找个好姑娘，他或许能替我们养几个孙子。"王龙答应了下来。

王龙不知道他的叔叔什么时候死去的。一天晚上，女仆进屋送汤时，发现他躺在床上不再动弹。王龙葬他叔叔那一天，天气很冷，大风卷着成团的雪花。他把棺材安放在王家坟地中他父亲的墓旁边，位置稍低，但高于王龙未来的坟墓。

王龙使全家人为他叔叔披麻戴孝，而且穿了整整一年的孝服。

这倒并不是因为有人真正悼念这个只给他们增添麻烦的老人的过去，而是因为亲人死了之后，这样的大家族应该这样办理。

接着王龙将他婶母搬进城里，使她生活得不至太孤独。王龙在远处一个院子的尽头专门给了她一间房子，吩咐杜鹃派一个丫头照料她。这个老女人非常满意地躺在床上抽她的鸦片，天天昏睡不起。为了使她放心，她的棺材就放在她身边看得见的地方。

王龙想到，他曾怕过这个女人——这个高大肥胖、又懒又爱吵闹的乡下女人——自己也觉得有些惊奇。她现在躺在那里，又干又黄，干瘪得就像黄家破落后的那个老太婆一样。

第三十一章

王龙一辈子不断听说这里或那里发生了战争，但除了年轻时逃荒到南方城市那次，他从来没有看见过战争。除了那次，战争也从未在离他很近的地方发生过，虽然从他还是个小孩子的时候，他就常常听人们说，"今年西边发生了战争"，或者"东边打仗了"，或者"东北方打起来了"。

对他来说，战争就像大地、天空或流水，没有人知道为什么会有这些东西，人们只知道有战争发生。他还不时听人们说："我们要去打仗。"人们说这话的时候，一般都饿得要死，他们宁愿当兵也不愿当乞丐。有时候，一些不安于待在家里的人也说这种话，就像他叔叔的儿子那样。不过战争总显得那么遥远，总像在一个遥远的地方。然而，恰似凉风骤然从天而降，战争突然逼近了。

王龙最早是从他二儿子那里听说的。一天，他二儿子从粮行回家吃午饭，对父亲说："粮价突然上涨，因为现在南边发生了战争，而且战火一天天靠近。我们一定要把粮食储存到最后。随着军队的靠近，粮价会越涨越高。那时候我们就可以卖到上好的价钱。"

王龙一边吃饭一边听着这话。他说："啊，这可是件怪事。我倒很高兴看看战争到底是什么样子。因为我生来就听说有战争，可从没见过它。"

他想起了自己曾一度非常害怕战争，因为那时，他可能被迫抓去当壮丁。但是现在他太老了，没有什么用了。再说他已经富了，富人是用不着怕这些事的。所以此后他并不太注意这些事。他没有被这点大惊小怪的传闻所动摇，他对二儿子说："你认为怎么好就怎么处置粮食吧！粮食在你手里。"

他还是像以前一样生活着，兴致好时，便同小孙子玩玩；他像以前一样睡觉、吃饭、抽烟，有时他还去看看那个坐在远处墙角的可怜的傻子。

接着，初夏一天，一大队人马像一群蝗虫似的从西北方向席卷而来。在一个阳光明媚的早晨，王龙的小孙子和一个男仆站在门口闲望，看到有几队穿着灰衣服的男人，便跑回家到他爷爷跟前，嚷嚷道："爷爷，去看看出了什么事啦！"

王龙为了使他高兴，便和他一起走到大门口。他看见了那些人——满街满城都是。他觉得仿佛空气和阳光一下子消失了，因为这一大批穿着灰色制服的人正踏着沉重的步伐从城里走过。

他仔细地看看他们，发现每人身上都有一种武器和一把大刀，每个人的面孔都显得野蛮、凶狠而粗暴，尽管其中有些人差不多还是年轻的孩子。王龙看见这些人的面孔，赶紧把孩子拉到他身边，小声说："咱们进去吧，把大门闩上。这些人不是好人，别看了，我的宝贝。"

但是，突然间，他还没来得及转身，其中一个人看见了他，冲着他喊道："嘿，那是我老爹的侄子！"

王龙听见这喊声抬头看了看，他看见了他叔叔的儿子。他穿得和别人一样，一身灰衣服上沾满了尘土，但他的脸比任何人都显得凶残。他哈哈地大声笑笑，冲着他的同伙们喊道："弟兄们，我们可以停在这里！这是一家有钱人，是我的亲戚。"

王龙在惊慌中还没来得及动弹，这群人就从他的身边拥进了大门。他被夹在这些人中间，毫无办法。他们像邪恶而肮脏的洪水冲进了他的院子，拥塞到每一个角落和缝隙中。他们有的躺在地上，有的把手伸进池塘捧水喝。他们把刀子扔到光亮的桌子上。他们随地吐痰，互相吆喝。

这时，王龙对发生的事情一筹莫展，便带着孩子跑到后边去找他的大儿子。他走进大儿子的院子，大儿子正在那里读书。他看见父亲进来便站起身来。当他听到王龙小声告诉他的话以后，便匆匆地走了出去。

他看见他的堂叔，真不知道是骂他一顿还是以礼相待。他看了看，痛苦地对身后的父亲说："人人都有一把军刀。"

于是他变得小心起来，他说："啊，堂叔，欢迎你回到自己家里。"他的堂叔咧着大嘴笑了，说："我带来了一些客人。"

"既然他们是你的客人，就应该欢迎，"王龙的大儿子说，"我们给他们准备饭去，让他们吃了饭再准备上路。"

但他的堂叔仍然咧着嘴笑着说："准备饭吧！但以后用不着忙。因为我们要在这里休息几天，说不定要住一个月或一两年呢。我们要驻扎在这个城里，等打起仗来才走。"

王龙和他儿子听到这话的时候，几乎掩饰不住内心的惊异和恐惧，但他们俩不得不强作笑脸，因为整个院子里到处都有军刀在闪光。于是他们也尽可能地笑着，说道："我们真是幸运……我们真是幸运……"

大儿子装作他必须去准备一些东西的样子拉了拉父亲的手，两人匆匆地走进后院，把门闩上。父子两人惊惧地望着，谁也不知道该做些什么。

这时二儿子跑回家来使劲儿敲门。当他们开门让他进来时，他慌忙中跌倒在门洞里，喊道："家家户户都有兵——甚至穷人家里也有——我跑回来是告诉你们千万不要反抗，因为今天我店里有个伙计，我跟他很熟——他天天跟我一起站柜台——他听说之后赶忙回到家里一看，甚至在他老婆生病躺着的屋里也有兵住着。他埋怨了一番——他们就在他身上扎了一刀，好像他是油脂做的似的——就像油脂那么光滑——一下子就扎透了——刀子穿过他的身子，从另一面扎了出来。他们要什么我们就给他们什么——我们只能祈求战争不久能转移到别的地方去！"

他们父子三人恐惧地互相对视着，心里想着家里的女人和那些野蛮贪婪的士兵。大儿子想到他那仪态万方的妻子，他说：

"我们一定要让女的一起住在最后边的院子里，白天黑夜都看护她们。我们一定要把大门闩好，后面的太平门要随时备用。"

于是他们把所有的女人和孩子，一起安排到荷花、杜鹃以及她的仆人们住的后院。他们挤在一块儿生活，感到很不舒适。大儿子和王龙日夜看守着院子的大门，二儿子能来的时候也来，他们不分昼夜地仔细看护着。

但是有一个人，这就是王龙的堂弟，谁也没法子把他拒之门外，因为他是家里的亲戚。他常常敲门进来，手里提着他明晃晃的军刀，随便走来走去。大儿子四处跟着他，满脸苦恼，但什么都不敢说，因为他拿着那把寒光四射的军刀。他堂叔看这个又看看那个，从头到脚打量每一个女人。

他看见了王龙的大儿媳妇，粗野地大声笑着说："喂，大侄子，你娶了个漂亮的老婆——一个城里女人，她的脚小得像荷花苞子。"对着王龙的二儿媳妇，他说："这是乡下产的胖红萝卜——一块红通通的肥肉！"

他这样说，是因为这个女人又胖，身子骨又粗壮，满面红光，但并非难看。每当他瞧大儿媳妇的时候，大儿媳妇便有意躲开，用衣袖遮住脸；而二儿媳妇则大笑着，开着玩笑，有点粗鲁。她冒冒失失地答道："是啊，有些男人喜欢吃辣萝卜，有的男人却喜欢啃肥肉。"

王龙的堂弟立刻答道："对，我就喜欢啃肥肉！"他像要抓她的手。

王龙的大儿子看到男女之间的挑逗，感到又羞又怒，男女之间本来是连话都不该说的。他用眼看了下他的老婆，当着老婆的面，他为堂叔感到丢脸，也为他的弟媳感到丢脸，因为他的老婆出身比她更高贵。他堂叔看出他在老婆面前胆小怕事，便充满恶意地说："我宁愿天天吃肥肉，也不愿吃一片又冷又无味的鱼干！像旁边的那一位。"

听到这话，王龙的大儿媳气愤地站了起来，一个人进了里屋。

于是王龙的堂弟粗鲁地笑了。他对正抽着水烟袋的杜鹃说："城里的女人太讲究了，是吧，老妇人？"他瞪着眼看着荷花，说道："喂，老妇人，如果我还不知道我的堂兄变富了的话，只需看一看你就是了。你全身堆满了肥肉。你吃得多么好，多么富足啊，富人家的太太才像你这个样子。"

荷花十分高兴，因为他管她叫"太太"，这是只有大户人家的女人才被这样称呼的。她的粗喉咙里发出咯咯的笑声，她甚至把烟锅里的余灰吹了出来。她将烟袋递给一个丫头，让她重新装满烟锅，转过身来对杜鹃说："这个粗野的人还真会开玩笑呢！"

她说这话的时候，眼睛挑逗地瞟了那个堂弟一眼，现在她胖脸膛上的那双眼睛已不再像从前那么大，也不再是杏仁样了，因而，她的眼神也不像从前那样羞答答的。看见她送过来的眼神，他大声地笑着，然后喊道："照样是条老母狗！"说完，他又高声地笑了起来。

王龙的大儿子一直愤怒地、一声不吭地站在那里。

看过这一切，王龙领他去见他的母亲。她躺在床上，睡得死死的，她儿子几乎叫不醒她。但他砰砰地在床头的地上戳他的枪托，终于吵得她醒来。她好像还在做梦似的死盯着他看。他不耐烦地说："嘿——你儿子来啦！可你还在睡觉！"

她从床上坐起身子，久久地望着他。然后，她惊异地说："我的儿子——这正是我的儿子……"她久久地望着儿子。终于，她似乎不知道干什么才好，她把鸦片枪递给他，就像献给儿子一件最好的礼物。她对伺候她的丫头说："让他抽些烟吧！"

他回头瞪了她一眼，说："不，我不抽那玩意儿！"

王龙站在床边，他突然害怕起来，怕他的堂弟会把怒火朝他发泄，怕他说："你对我母亲都干了些什么，她怎么会这样瘦弱，面色蜡黄，骨瘦如柴？"

因此，他急切地说："尽管她一天的鸦片钱花不了多少，我们还是希望她少抽一点。但是她偏要抽那么多，在她这样的年纪，我们可不敢惹她生气。"

他一边说一边叹气，偷偷地看着他叔叔的儿子。但这人什么都不说，他只是看着他母亲变得怎样了。当她又倒身睡去的时候，他把他的枪当作手杖橐橐地走了出去。

在外边院子里那群懒懒散散的人当中，没有一个人比这位堂亲更使王龙和他的一家感到害怕。那些兵攀折花木，用大皮靴踩坏椅子；他们毁坏漂亮的金鱼池塘，使里面的鱼死去，翻着白肚皮漂浮在水上。

但是这位堂亲随意地跑进跑出，而且眼睛老盯着女人。王龙和他们的女人们面面相觑，因为不敢睡觉而弄得精疲力竭。杜鹃看到了这一切。她说："现在只有一件事能做。他在这里的这段时间里，必须给他个丫头让他享乐，不然他就会找他不该找的女人。"

王龙连忙采纳了她的意见。因为他觉得家中如此动乱不安，这样的日子实在难以忍受下去，因此他说："这是个好主意。"

他吩咐杜鹃去问他的堂弟喜欢哪个丫头，因为堂弟已把所有的丫头都看过了。

杜鹃去了，回来说："他说，他想要睡在夫人床边的那个脸色白白的丫头。"

那个丫头叫梨花，是王龙在灾荒年时买来的。那时她身材矮小，饿得半死，使人可怜。因为她身材瘦弱，人们才宠爱她，让她做杜鹃的帮手，只给荷花干点零碎活，如点烟、倒茶等。正因为这样，王龙的堂弟才见过她。

梨花听说之后，在给荷花斟茶的时候便失声哭了出来。因为杜鹃在后院他们坐的地方已将事情和盘托出。梨花手里的茶壶掉在砖地下，摔成了碎片，茶都溅了出来。但这个丫头并没有意识到她做错了事。她只是一下子跪倒在荷花面前，在砖地上叩起响头来，痛苦地说："夫人，好夫人，我不去——不要让我去——我害怕他——"

荷花对她很不满意，生气地说："他只是个光棍儿，光棍儿和有女人的男人都一样，这有什么难处的？"她转过身对杜鹃说："把这丫头给他送去。"

这个小姑娘凄惨地两手合在一起，就像要哭死和吓死一样，细小的脸，哭着，恳求着。

王龙的儿子们不敢在父亲的小老婆面前表示反对的意见。他们不敢，他们的媳妇们也就不敢。王龙的小儿子也不敢。他站着，瞪着眼看着荷花，他的拳头紧攥着放在胸膛前，两条眉毛紧锁着，又黑又浓。孩子们和那些丫头，也只是看着，却一声不吭。只有那个小姑娘害怕、惊恐的哭声。

为此，王龙被搅得心烦意乱。他疑惑地看着那个小姑娘，却不敢惹荷花生气，但是他们仍受了触动，因为他的心肠始终是软的。

那个小姑娘看出了他脸上的表情，跑过去，双手抱住他的腿，头抵住他的双脚，呜呜地哭起来。他低下头看她，看到那两个肩膀是那么瘦小，抽动得那么剧烈。他脑子里浮现出他堂弟那五大三粗、充满野性的躯体，心里产生了一种难言的苦衷。他声音温和地对杜鹃说："逼迫这样一个小姑娘是罪过。"

他说这话时，声音十分柔和，但荷花尖厉地叫起来。

"叫她干啥她就应该干啥。叫我说为这么点小事哭哭啼啼太不值得。女人早早晚晚要走这条道的。"

王龙的心是宽容的，他对荷花说："咱们先看看有没有别的办法。如果你愿意，我可以为你再买个丫头或别的什么。让我想想怎么办。"

荷花早就想要一只外国造的钟表和一只宝石戒指，听到这话突然不作声了。王龙对杜鹃说："去告诉我堂弟，他要的那个姑娘得了恶性的不治之症。如果他还要她，那也好，她一定会去的。如果他和我们一样感到害怕，那就告诉他，我们还有身体健壮的丫头。"

他往站在周围的丫头们身上扫了一遍。她们转过脸去，咪咪地笑着，装出害臊的样子，只有一个粗手大脚的乡下丫头没有这样，她差不多已经有二十多岁了，她红着脸笑着说："嗯，这样的事情我已经听过不少了。如果他要我，我愿意试试，他长得并不像有些人那样难看。"

王龙宽慰地答道："好，那就去吧！"杜鹃接着说："跟我来吧！"她们便走了出去。

那个小丫头还紧紧地抱住王龙的脚不放，只是停止了哭泣，趴在那里静听发生的事情。荷花还在生她的气，她站起身，没说一句话便进她的房间了。王龙轻轻地把那个丫头扶起来。她站在他面前，低着头，脸色苍白。他看见，她有一张红润的鸭蛋脸，特别娇嫩白净，还有一张粉红色的小嘴。他温柔地说："孩子，两天内不要伺候你的女主人了，等她气消了再回来。那个男人再来的话，你就藏起来，免得他再打你的主意。"

那位堂亲在王龙家里住了一个半月，他高兴时便和那个丫头住在一起。他使她怀了孕，而她也在院子里大言不惭地谈论这些事情。

接着，突然来了战斗的命令，那群人像风卷落叶似的走了，留下来的只有他们造成的脏乱和破坏。

那位堂亲把他的军刀插在腰间，肩上背着枪站在他们面前，嘲弄地说："好啦，即使我回不来了，我也留下了后代，给我娘留下了孙子。在一个地方停留一两个月并不是人人都可以留下儿子的。这也是当兵生活的一种好处——他的种子在他走后生长起来，而别人一定要对它加以照顾。"

说完，他冲着他们笑笑，便跟别人一起上路了。

第三十二章

军队开拔以后，王龙和他的大儿子、二儿子这一次取得了完全一致的意见，他们决定铲除军队住过的一切痕迹。他们又找来了木匠、泥瓦匠。男仆打扫庭院，木匠灵巧地修复毁坏了的雕刻和桌子。水池子里的污泥被清除之后，换上了干净的清水。大儿子又买来了金鱼。他再次栽种了花草树木，剪掉树上的断枝。只一年的工夫，这个地方又变得焕然一新，花草茸茸。每个儿子搬进各自的院子，整个王家又一次显得秩序井然。

王龙吩咐那个怀了孕的丫头去侍候他的婶母，要她把他婶母伺候到死，虽然她已经活不了多长时间了。她死之后，王龙也要为她装棺入殓。王龙高兴的是这个丫头生了个女孩，因为如果她生的是男孩，她就会觉得了不起，并且要求在家里得到一定的地位。但是，既然这个孩子是女的，这就只不过是丫头生个丫头，地位不会比先前重要多少。

然而，王龙对她和其他人都同等看待。他对她说，老太婆死后，只要她愿意，她就可以占用老太婆的房间，还可以睡那张床。这一房一床对有六十间房子的大户人家来说算不了什么。王龙给了这个丫头一点银钱，这个女人非常满意。但是她也有件不高兴的事。当王龙给她钱的时候，她把这件事告诉了王龙。

　　"东家，这钱给我留着做嫁妆吧，把我嫁给一个农民或一个好心的穷人，这会成为你的恩德的。跟一个男人住过之后，我觉得很难再一个人孤单单地睡在床上。"王龙应诺了。他应诺的时候，心里泛起了一种想法。他现在答应把一个女人嫁给一个穷人，而他自己曾经是一个穷人，为了他的女人曾来过眼前的这些院子。虽然他下半辈子没怎么想过阿兰，现在却想起她来，他感到悲伤，感到回忆很久以前的事情的沉痛，他现在离她多么远啊。他沉重地说："那个老烟鬼死了之后，我一定给你找个男的。不会太久了。"

　　王龙说到做到。一天早上，那个丫头跑来对他说："东家，现在你要做你答应过的事了。因为老太婆一清早死了，她不会再醒过来了。我已经把她放进了她的棺材。"

　　王龙思索着在他的土地上他知道的那些人。他记起了那个曾经使老秦死去的高大愚蠢的孩子，牙齿露在下嘴唇外面的那个。他想："他并不是有意要那样做的。他跟别人一样好，而且又是我现在能想到的唯一的一个人。"

　　于是他派人把那个孩子找了来。他现在已经长成一个大人了，但他仍然很笨，他的牙齿还和从前一样。王龙很高兴地坐在大厅里的雕花椅子上。他把两个人叫到他面前。为了充分体验那一奇妙时刻的滋味，他慢慢地说道："小伙子，这是一个女人。如果你愿意要她，她就是你的了。除了我叔叔的儿子，没有任何人碰过她的身子。"

那个人十分感激地要了她，因为她是个身材高大、脾性很好的姑娘，而且他穷得只能娶这样的女人。

然后，王龙离开了那把巨大的雕花椅子。他觉得，他现在的生活已很圆满。他这一辈子已经做了他曾经想做的一切，而且比他一向梦想的多。他自己也不知道这一切是怎样发生的，他只是觉得，现在他可以得到平静了，可以在太阳底下睡觉了。他已接近六十五岁，而且孙子们像翠竹一样长在他的周围。他的大儿子有三个儿子，最大的一个差不多有十岁了。他的二儿子也已经有两个儿子。他的三儿子也很快会在哪一天结婚的。三儿子结婚之后，他生活中就再没有挂心的事了，他可以享清福了。

但是，生活一点也不平静。那些大兵来的时候就像一窝野蜂，开拔之后，就像蜂一样到处留下毒刺。大儿媳妇和二儿媳妇原本互敬互让，可是当她们搬到一个大院住的时候，却像有着深仇大恨似的敌对起来。事情是由上百次的口角引起的。她们的孩子在一起生活，一起玩耍，狗嘶猫咬般地打闹。做母亲的跑过去护着自己的孩子，猛掴别人家孩子的耳光，因为吵起架来自己的孩子总是正确的。因此，这两个女人从此成了冤家。

那天王龙的堂弟曾当面评论和嘲笑过王龙那两个从农村和从城里来的媳妇，虽然这事已经过去，她们却都没有忘记。大儿媳妇从二儿媳妇面前走过时总是傲慢地仰着头。一天，她又经过弟媳面前时，大声地对丈夫说："家里养着一个又粗野又缺乏教养的女人实在难以忍受。那个男人把她叫作'红通通的肥肉'，而她却对着那个男的笑。"

二儿媳妇没有等到她把话说完便大声顶了回去："我嫂子是有了忌妒心吧！那男的说她是一片冻鱼呢！"

于是，这两个冤家便怒目相视，怀恨在心。然而，大儿媳因为觉得自己正确，总是用无言的蔑视应战，故意对二媳妇的存在视而不见。但她的孩子们一旦要离开自己的院子时，她便喊叫起来："不要去接近那些缺乏教养的孩子！"

她是冲着她的弟媳妇这样喊的，她弟媳妇这时就站在隔壁院子里听得见的地方。于是二媳妇自然也对着自己的孩子喊了起来："不要跟毒蛇一块儿玩，他们会把你们咬伤的！"

这两个女人的积怨越来越深。更糟的是，兄弟两个之间也不大对劲儿。老大总是害怕，由于自己的出身，在城市里长大、门第也比他高的老婆会瞧不起他；而老二担心大哥总想大手大脚花钱，在分家之前便把那笔遗产花个精光。此外，大儿子感到惭愧的是，老二对父亲的银钱知道底细，也知道花掉了多少，因为钱是他经手的。虽然王龙接收并分配所有的地租，但只有老二知道收了多少钱，而他这个当大哥的却一无所知，他还必须像小孩那样，向他父亲要这要那。因此，当这两个儿媳妇吵起架来，她们的仇恨立刻传染到男人身上，两个院子里便充满了火药味。王龙痛心地呻吟着，因为他的家庭里又失去了平静。

自从那天王龙没有让他叔叔的儿子把那个丫头从荷花手里弄走，王龙和荷花之间便产生了别人看不出来的裂痕。从那时起，那个女孩子便和荷花产生了隔阂，尽管她还是默默地、顺从地伺候荷花，天天在荷花的身边，替荷花点烟，取这取那。夜里荷花不能入睡时，她便替她按摩腿和身子。即使这样，荷花仍不满意。

　　她对那个女孩产生了忌妒心。王龙来时，她便把那个女孩打发走，然后骂王龙用眼死盯那个女孩。而王龙却一直把那个女孩当作一个可怜的被吓坏了的孩子，他对她就像对自己可怜的傻女儿那样关心。除此之外，毫无别的意思。但是，当荷花骂他鬼迷心窍似的看那个女孩时，他才发现那个女孩果然非常漂亮，她白嫩得真像一朵梨花。他望着她，最近十多年来在他枯老的身躯中缓慢地流动的血液又开始奔涌起来。

　　因此，他一面笑着对荷花说："怎么——我一年见不了你三次，你还认为我是个色鬼吗？"一面又斜着眼看那个女孩子，心里躁动不安。

　　荷花除了她曾经熟习的有关男男女女的事情外，一无所知。她知道，当男人们老了的时候，还会再一次萌发春情。因此，她对那个女孩非常恼火，扬言要把她卖到大茶馆里去。但荷花心里对梨花善于服侍人又很喜欢，因为杜鹃已越来越老，而她却非常伶俐。

　　她听从荷花的使唤，甚至在她的女主人自己还不知道需要什么的时候，她已经想到了。因此，荷花不愿跟她分手，而她却希望离开荷花。在这种不平常的冲突中，荷花由于心境不佳，肝火越来越大。别人难以和她相处。王龙曾有很长一段时间没到她的院子里去，因为她的脾气太坏，他忍受不了。他对自己说，再等待一下吧，那种状况也许会过去的。而这时候，他却想起了那个漂亮的、脸色白白的姑娘。王龙自己都不相信，他居然产生了那种念头。

那时，仿佛王龙家里那些无事生非的女人的麻烦还没有受够，他最小的儿子又插了进来。他原是个非常沉静的孩子，一直忙于读书，因此没有人对他多加注意，只知道他是个面色苍白、又瘦又高的孩子，经常在胳膊下面夹一些书本，他那年迈的老师像一条狗一样跟在他后面。

那些兵在的时候，这个孩子曾生活在他们中间。他听他们谈论打仗、抢劫和战斗。他听得着了迷，一句话都不讲。打那以后，他向他的老师要了一些小说——讲古代战争故事的《三国演义》和讲造反故事的《水浒传》。他的脑袋里充满了梦幻。

所以这时他走到他父亲的跟前说："我知道我想干什么了。我要当兵，我要去参加战争。"

王龙听到这话时，感到非常沮丧，他认为这是可能发生在他身上的最坏的事情。他大声地叫道："这是发什么疯啊？难道我的儿子们永远不会让我安宁？"他和孩子争论起来。当他看到这个孩子的黑眉毛拧成一条线时，便尽量表现出温和慈爱的样子。他说："孩子，自古以来人们就说，好铁不打钉，好男不当兵。你是我的小儿子，是我最好最小的儿子，要是你在战争中东奔西走、到处流浪，我夜里怎么能睡得着觉呢？"

但是，这个孩子的决心已定。他看看他的父亲，垂下他浓黑的眉毛，只是说："我一定要去。"

然后，王龙哄骗似的说："你可以到你喜欢的任何学校去读书，我可以送你到南方的大学堂里，甚至到外地的学校里学那些稀奇古怪的事情。只要你打消当兵的念头。像我这样一个人，有钱有地，却让儿子去当兵，这实在是一种耻辱。"见那个孩子一句话也不说，他又劝说道，"告诉你老爹爹，你为什么要去当兵？"

那个孩子的眼睛在睫毛下闪闪发光，他突然说："就要发生一场我们从来没有听说过的战争了——就要发生一场从未有过的革命和战争，我们的国家要自由了！"

王龙听了这番话，惊愕万分，他对他三儿子的话感到惊愕，这还是第一次。

"我不知道你在胡说些什么，"他不解地说，"我们的国家已经自由了——我们所有的好地都是自由的。我愿意租给谁就租给谁。它给我带来银钱和上好的粮食。你吃的和穿的都靠这些土地。我不知道你还要什么更多的自由。"

但那个孩子只是痛苦地喃喃说道："你不明白——你太老了——你什么都不明白。"

王龙望着他的儿子，心里感到纳闷。他看到这个孩子愁眉苦脸的样子，便暗自思忖起来。

"我给了这个孩子一切，甚至他的生命。他从我这里得到了一切。我甚至同意他不在地里务农，以至在我之后，没有一个儿子来照管土地。我让他上学读书，虽然家里已经有两个上过学的，用不着再让他上学。"他沉思着，仍然望着他那儿子，又自言自语地说，"我已经满足了他的一切要求。"

他又仔细地看着他的儿子，他已经像大人一样高了，却因贪长而显得瘦削。虽然王龙在这个孩子身上看不到任何青春萌动的迹象，但他还是有点怀疑，于是他低声咕哝道："嗯，也许他还有另外一种需要！"于是他慢慢地大声说："噢，孩子，我们很快就要给你说亲了。"

那个孩子从他浓重的眉毛下面，向他父亲投出了怨恨的一瞥。他用一种轻蔑的语气说道："那我真的要跑了。对我来说，女人可不是什么事都能解决的，只有我哥哥才那样！"

王龙立刻明白自己错了，因此他赶紧解释说："不——不——我们不是要给你娶亲——不过，我的意思是，如果你想要一个丫头……"

但那个孩子将两手抱在胸前，带着骄傲和庄严的神色答道："我不是一个普通的青年，我有我的理想。我要的是荣誉，而女人到处都有！"他似乎记起了他忘记的事情，突然失去了庄严的神情，两手垂下来，用平常的声音说，"再说，没有比我们的那些丫头更难看的了。如果我喜欢的话——但我不喜欢——是的，除了在后院里做侍女的那个长得白白净净的小女孩，这些院子里没有一个美人。"

王龙知道，他说的是梨花姑娘。一种奇怪的忌妒吞噬着他的心。他突然感到，自己已经衰老了——一个上了年纪的人，大腹便便，满头白发，而儿子却那样苗条、年轻。在这种时刻，这两个人似乎不是父亲和儿子，而只是一个年迈而另一个年轻的两个男人。王龙生气地说："不准动那些丫头——我家里不准有小少爷的坏作风。我们是诚实健康的庄稼人，是品行清白端正的人。我们家里不准发生这种事。"

那个孩子睁大了眼睛，皱起浓黑的眉毛，耸了耸肩膀，对他父亲说："是你先说出口的！"说完，他转身走了出去。

王龙一个人坐在他屋里的桌子旁边，觉得疲倦而孤独，他喃喃地对自己说："我在家里到处都得不到安宁。"

惹他生气的事实在太多。虽然他说不上是什么原因，但这件事最使他生气。他的儿子已经看上了那个脸色白净的姑娘，并且产生了好感。

第三十三章

王龙对小儿子谈到梨花姑娘的那些话总是翻来覆去地想着。

梨花姑娘出出进进的时候，王龙不断地拿眼瞅她。不知不觉地，她占据了他的整个脑海，他深深地喜欢上了她。但是，关于这件事，他对谁都没有说。

那年初夏的一个晚上，空气凝重、温热，充溢着馨香。王龙独个儿坐在院子里一株鲜花盛开的桂花树下乘凉。桂花散发着浓郁扑鼻的香气。他坐在那里，浑身的血液像年轻人的一样奔涌起来。一天来，他一直有着这种感觉，他曾经想要走到他的土地上去，感觉一下他脚下那松软的土壤，他还想脱掉鞋和袜子，光着脚在地里走。

要不他真会到地里去的，但是，他怕别人看到他；在城门里面，他已经不是一个农民了，他是一个地主、一个有钱的人。因此，他在院子里不安地走来走去。他和荷花住的院子已完全隔离开来。荷花坐在树荫下吸她的水烟袋，因为她知道得很清楚，一个男人会在什么时候心神不定。她有一双锐利的眼睛，能看出毛病出在什么地方。那时，王龙一个人走来走去，他无心去见那两个争吵不休的儿媳妇，甚至不想去见给他带来欢乐的小孙子。

这一天显得又长又寂寞。他浑身的血液像沸腾了似的在皮肤下面流动着。他怎么也忘不掉他那个小儿子，他站在那里看上去身材高大，背部挺直，两条浓黑的眉毛拧在一起。他也忘不了那个小姑娘，他对自己说："我想，他们都成了大人——儿子已经十八岁了，姑娘还不到十八岁。"

他想到，过不了几年，他就要七十岁了。他对身上那股躁动不安的热血感到羞愧。他想："把那个姑娘许给儿子或许是件好事。"他心里一遍遍重复着这句话。他每次自言自语的时候，那件事就像在他身上的痛处戳了一刀。他不得不戳这一刀，他也不得不忍受那种疼痛。

因此，这一天对他来说是那么漫长，那么寂寞难忍。

夜晚降临的时候，他还是一个人孤零零地坐在院子里。整个家里他找不到一个可以像朋友一样推心置腹的人。夜晚的空气又闷又潮，弥漫着桂花的馨香。

当他在黑暗里坐在树下的时候，有人从大门口经过。他坐得离门口很近，那棵桂花树也在门口处，他很快地看了一眼，那是梨花姑娘。

"梨花！"他叫了一声，声音很低。

她猛地停住脚步，低着头听着。

接着，他又叫了一声，那声音像是从嗓子眼里冒出来的一样。

"你过来！"

听到这话，她胆怯地进了大门，站在他面前。在黑暗里，他几乎看不见她站在那里，但他感觉到了，于是他伸出手去，抓住了她小小的上衣，困难地说："孩子！——"

说到这里，他停住了话头。他暗暗想，自己是一个老头儿了，自己的孙子孙女都和这个女孩子差不多大了，那将是不光彩的事情，他只是用手摆弄着她小小的上衣。

她等着他说下去，她感受到了他身体中的血气。像一朵花从花梗上垂下一样，她一下子趴在地上，抱住了他的脚。他慢慢地说："孩子——我老啦——年纪很大了——"

在黑暗里，她说话的声音像桂花树的呼吸声。她说道："我喜欢老人——我喜欢上了年纪的人——他们都那么善良。"他弯腰靠近了她一点，温柔地说："像你这样的小姑娘应该嫁一个高高大大、腰板笔挺的青年——特别是像你这样的姑娘。"他心里想说的是"像我儿子"，但是他不能够大声说出来，因为如果那样，梨花姑娘就真的会产生那个念头，而这是他不能忍受的。

但是，她说："青年人心肠不好——他们太残忍。"

他听着她那孩子气的颤抖的声音，他的心里充满了对这个女孩的怜爱。他用双手把她轻轻地扶了起来，领她进了自己的院子。

事情过后，晚年的情欲比以往任何时候更使王龙感到惊奇。

因为他对梨花姑娘的爱，并不像从前对待他认识的其他女人那样直接扑在她的身上。

他没有扑上去，而是轻轻地把梨花搂住。她那年轻的身躯贴在他臃肿粗糙的肉体上，使他感到满足。白天，只要看上她一眼，他便感到满意。夜晚，他用手轻轻地触摸着她的衣角，她的身体安静地轻轻地靠着他。

梨花是一个情欲未谐的姑娘，她依偎着他，像女儿依偎着父亲。在王龙看来，梨花既不是一个孩子，也不是一个成熟的女人。

王龙干的这件事并没有很快地透露出去，因为他一点也没有走漏风声，他是一家之主，为什么要走漏这样的消息呢？

但是眼尖的杜鹃首先察觉到了。她看见梨花早上从王龙的院子里溜了出来，她拦住了那个姑娘，哈哈笑着，老鹰一般的眼睛闪着亮光。"喂！"她说，"老爷子的毛病又犯啦？"王龙在屋里听见杜鹃说话的声音，很快地束紧长袍，走了出来。他又是害臊又是自豪地说："是这么回事！我说，她最好去找一个年轻小伙子，可她看中了我这个老头儿。"

"最好去跟你的姨太太讲一声！"杜鹃说，眼睛里闪着凶光。

"我自己也搞不清这是怎么一回事，"王龙慢慢地回答道，"我也不想在我的院子里增加其他女人了。可事情就这么自然地发生了。"接着，杜鹃说："那好吧，这事必须告诉姨太太。"王龙最害怕荷花生气，因此央求地对杜鹃说："如果你一定要告诉她，那就随你的便吧。如果你能使她不冲着我发火，我就给你一些银钱。"

杜鹃仍然哈哈笑着，笑得脑袋直晃动，但她允诺了。王龙回到了自己的院子。过了一会儿，杜鹃回来跟他说："喂，这事讲过了。姨太太非常生气，但在我提醒她你早就答应为她买她想要的外国闹钟的事后，她的气才消了。她要玉石手镯，要一对，一只手上戴一只。她想起别的东西时还会向你要。她还要一个丫头代替梨花，不准梨花靠近她。你也不准很快去见姨太太，因为她看见你就恶心。"

王龙急切地一一答应了。他说："她要什么就给她什么，什么东西我都不心疼。"

他也很高兴，在荷花的那些要求得到满足并不再生他的气之前，他不必很快去见荷花了。

剩下的就是他的三个儿子。在他们面前，王龙对自己的所作所为感到羞愧。他一次又一次地对自己说："难道我不是我家里的主人吗？难道我不能娶我自己用银钱买的丫头？"

但是，他既感到羞愧，也有点自豪，就像一个人在别人眼里是祖父辈了，但自己仍觉得人老心不老。他等着儿子们来到他的院子里。

他们是分头来的。二儿子先到。来到之后，他便谈起了土地，谈到了收成，谈到了夏天的旱灾，这场旱灾使今年的收成减少了二成。实际上，这些日子王龙根本不考虑阴雨或干旱，因为即使今年歉收，还有去年存下的银钱。他仗着家里存满了银钱，粮行里也欠了他的账，他还有钱放高利贷，他二儿子会替他收的，因此，他不再关心他那片土地上空的天气了。

但他二儿子还是照样谈着。当他说话的时候，他的眼神偷偷摸摸地瞧着屋子的周围。王龙心里明白，他是在寻找那位丫头，看他听到的是否是真情。于是，他干脆把梨花从藏着的卧室里叫了出来，他喊道："孩子，给我端茶来，给我儿子泡茶！"

她走了出来，她那细嫩白皙的脸蛋儿像鲜樱桃那么好看。她低着头，两只小脚轻轻地挪动着。王龙的二儿子目不转睛地看着她，似乎是直到现在他才相信他听说过的事情。

他什么话也没有说，只是谈到了土地的情况，或哪个雇工在年终要辞退啦，或者有的雇工光抽大烟，根本不去收割地里的庄稼啦等。王龙问二儿子有关孙子们的情况，二儿子答到，孙子们得了百日咳，但不是大毛病，因为天已经转暖了。

就这样，父子俩一问一答，喝着茶。二儿子在房间里看了个一清二楚，然后转身走了。王龙对老二也放了心。

就在同一天，刚刚过了中午，大儿子来了。他身材高大，风流潇洒，由于老练成熟而自视清高。王龙最怕他那种高傲劲儿。他开始并没有把梨花叫出来，他只是等待着，抽着他的烟袋。而大儿子却一本正经地坐在那里，十分得体地询问王龙的健康状况和生活状况。王龙迅速而稳重地回答说，他身体很好。当他用眼睛看他的大儿子时，一切恐惧感都烟消云散了。

因为他看清了他的大儿子是什么样的人：他虽身材魁伟，但害怕从城里娶的老婆，惭愧于自己的出身不像她的那么高贵。王龙自己以前都未察觉到的像大地一般的粗犷性格，正在他身上生长、壮大。

就像从前一样，他根本没把大儿子放在眼里，也没把他那漂亮的面容放在眼里，于是他突然很随便地喊道："喂，孩子，再替我的另一个儿子泡茶！"

梨花这一次出来的时候，脸上冷冰冰的，毫无表情。她那椭圆形的脸蛋像梨花一样雪白。她进来的时候，眼皮下垂着，动作呆板，她干完了让她干的事情之后，又很快走了出去。

梨花倒茶的时候，父子俩坐着一声不吭，梨花走了之后，两人才端起茶碗。当王龙直瞪瞪地瞧着他大儿子的眼睛的时候，他看到了一种艳羡的眼神，这是一个人对另一个人暗暗羡慕时才有的眼神。

接着，他们将茶一饮而尽，大儿子才用一种浑厚刺耳的声音说："我不相信这事是真的。"

"为什么不相信呢？"王龙不动声色地说道，"这是我自己的家。"

儿子叹了一口气，停了一会儿，回答说："你有钱，爱干什么就干什么，"他又叹了一口气说，"那么一个男人要一个老婆是不够的。有一天——"

他突然停住了话头，流露出一个人因为另一个人做了使他不称心的事而产生的忌妒神情。王龙看到这种神情，心里暗暗发笑。

他清楚地知道大儿子沉湎声色这一特点。他那位漂亮的城里老婆，不可能永远拴住他的心，总有一天，野性会重新在他身上发作的。

王龙的大儿子没有再说一句话便走掉了，脑海里萦绕着一个崭新的念头。王龙坐着，抽着他那杆烟袋。他很为自己骄傲，在他风烛残年的时候，他还能那样随心所欲。

小儿子进来的时候，已经是晚上了。他也是一个人来的。王龙坐在客厅里，桌子上点燃了几支红蜡烛，他坐在那里抽烟。梨花静静地坐在桌子的另一端，她的两手交叉着放在两腿之间，不时地看看王龙，目光像孩子那样充满深情，但毫无挑逗之情。他看着她，很为自己干过的事感到得意。

突然，他的小儿子站到了他的面前，就像从黑洞洞的院子里蹦出来的一样，谁都没有看见他进来。他用一种奇特的低首屈背的姿势站在那里，而他本人一点也没有察觉。王龙突然想起，他有一次曾见过村里有人从深山里抓了一只小虎回来。那只虎被捆绑着，弓着腰，就像要猛扑过来，它的眼里还闪着凶光。现在，他儿子的眼里也闪着凶光，他盯在他父亲的脸上。他那又黑又浓的眉毛，在他的眼睛上面紧拧着。他就那样站着，终于用低沉的声音说："我要去当兵——我要去当兵——"

他没有看那个丫头，只是看着他的父亲。王龙一点也不怕他的大儿子和二儿子，可现在他突然害怕起小儿子来。小儿子降生之后，他是一点也没有把他放在心上。

王龙咕咕哝哝地想开口说话，但他把烟袋从嘴里拿出来之后，却连一句话也说不出来。他目不转睛地望着小儿子。他的小儿子一遍又一遍地重复着："我要去——我要去——"

他突然转过身去，看了那个丫头一眼。她发着抖，也看了看他。接着她用两只手捧住脸以便不再看他。而年轻人转过头去也不再看她，一步踏出门外，走了。王龙朝门外空旷的暗处望去，那是一片漆黑的夏天的夜晚。小儿子走了，留下的是一片宁静。

最后，他转向那个丫头，开始谦卑而温柔地说话，他的声音里充满了伤感，所有的自豪感都荡然无存了："对你来说，我太老了，我的心肝，我很清楚自己已太老了，实在太老了。"

那个丫头将两手从脸上放下来，哭了，她哭得比从前任何时候他听到的她的哭声都更揪人心肺："青年人太残忍了——我最喜欢老年人！"

第二天早上，王龙的小儿子不见了。没有人知道他去了哪里。

第三十四章

王龙对梨花的情欲，就像秋冬之交出现的那种温热的天气。短暂的热度冷却之后，情欲也消失了。他还是喜欢她，但激情已经不复存在。

他身上的欲火熄灭之后，因为年龄的关系，他突然变得冷漠起来，而且有点老态龙钟了。然而，他还是喜欢她，只要她还在他的院子里，并且忠心耿耿地以超出她的年龄的耐性来侍奉他，他心里便感到莫大的安慰。他总是从心底里疼爱着她，渐渐地，这种疼爱变成了父亲对女儿一样的疼爱。

为了王龙，她甚至对王龙的傻女儿也十分疼爱，这对他又是一种安慰。因此他有一天把埋在心底里的话掏给了她。王龙曾多次想到，他死后，他那傻女儿会怎样。除了他，再没人关心她的死活和温饱。因此他从药店里买了一小包白色的毒药，准备在知道自己快死的时候让傻女儿吃那包毒药。想到这里，他比想到自己的死还觉得可怕。而现在，当他看到梨花那么尽心尽意的时候，他心里便踏实了许多。

一天，他把她叫到自己跟前，说："我死后，除了你，再没有别的人可以照管我的傻女儿了。我死后，她还要活好久好久。你看她无忧无虑，一点烦恼也没有，她也不会想个办法使自己早死。我很清楚，我死后，没有人会不怕麻烦地给她喂饭，在雨天和冬天里把她领到屋里来，在夏天里领她去晒太阳。她可能会到街上去流浪——这个可怜的女儿一生中只有她妈和我照顾她。这个纸包是她到达天堂的通行证，我死后，你把纸包里的东西掺在米饭里让她吃下，这样，我走到哪里她就会跟我到哪里，我死也瞑目了。"

梨花缩着手，不敢接他手里的那个纸包。她轻轻地说："我连一只小虫都不敢杀死，我怎么敢残害一条人命呢？老爷，我不能那样做。我来照顾她吧，因为你对我那么好——我生下来以后，你比谁都心疼我，你是唯一的好人。"

她的一番话使王龙差点哭出来，因为从来还没有人像她那样要求报答他的恩情。他的心和那个丫头更近了，他说："可是，你还是拿着吧，孩子！我谁也不相信，只相信你，但甚至是你也总有一天会死的——我不该说这些话——你死后，就再没有人来照顾她了——我知道，我的那些儿媳妇只是忙着照管她们的孩子，忙着吵架。我的儿子是男人，男人是不会想到那些事情的。"

梨花明白了他的意思，便接过了纸包，再没有说什么。

王龙相信她，也不再为他傻女儿的命运担心了。

王龙越来越老了。他的院子里除了梨花和他的傻女儿，就是他孤零零一人。有时他的精神稍微振作些，他便望着梨花，难过地说："孩子，你在这里生活得太寂寞了。"

但她总是感激地温柔地说："但是这里的生活很安静，也很安全。"

有时，他还会再重复一遍："对你来说，我太老了，我身上的那股烈火已经成了死灰。"

但她还是感激不尽地说："你待我太好了，我什么男人都不想找。"

一次，当她又说这话的时候，王龙感到迷惑不解，他问道："你年纪这么轻，是什么东西使得你如此害怕男人呢？"

他望着她等她回答的时候，他看到她眼里流露出恐惧的神情。

她用两手遮住眼，声音极低地说："除了你，我恨一切男人——我恨每一个男人，甚至我父亲，是他把我卖了。我所知道的男人都是干坏事的，我恨透了他们。"

他惊讶地说："应该说，在我的家里，你生活得很安静很舒适呀。"

"我心里装满了仇恨。"她说着，把头转了过去，"我恨他们，我恨所有的年轻的男人。"

她再没有把话说下去，而她的话引起了他的沉思。他不知道，荷花是否把她一生的遭遇告诉过梨花，使她害怕起来；或者，杜鹃告诉了她那些见不得人的肮脏事，把她吓坏了；或者她发生了什么事而不愿跟别人讲；或是因为其他的事情。

他叹了一口气，不再追问下去，他最需要的是安宁，他只希望在自己的院子里，同这个女孩子生活在一起。

王龙坐着坐着，他一天天、一年年地老了下去。他像他父亲从前那样在太阳底下睡睡醒醒。他心里思忖，他这辈子就要完了，而对于这辈子他是满足的。

他有时也到其他院子里走走，虽然次数很少。他见荷花的次数更少，每当见了她，荷花也只字不提他要了那个丫头的事情。她热情地跟他打招呼。荷花也老了，她有她喜欢的佳肴美酒，什么时候要钱就有钱，所以她也心满意足了。这些年来，她和杜鹃平起平坐，俨然是一对朋友，而不再是姨太太和仆人了。她们俩谈这谈那，但更多的是回顾过去她们和男人们相处的那些日子。她们叽叽喳喳地谈那些不便大声讲的事情，她们吃、喝、睡，一觉醒来，在吃喝之前又开始了穷聊。

虽然王龙去他儿子的院子的次数很少，但他们对他都很有礼貌，争着给他倒茶。他总是喜欢看看新生的小孩。他现在已容易忘事，所以他几次三番地问："我现在有多少孙子了？"

他们总是马上回答他："各房合起来，是十一个孙子、八个孙女。"

他咯咯地笑着说："每年都得添两个，所以我要知道个总数，是不是？"

这时，他常常坐一会儿，望着聚在他周围的孩子们。他的孙子们现在成了高高的男孩子，他望着他们，看看他们究竟像谁。他对自己说："那个看上去像他的老爷爷，这个像姓刘的粮商，这个跟我小时候一模一样"。

于是，他问他们："你们上学吗？"

"上学，爷爷。"他们一起回答。

他又问："你们学不学'四书'？"

他们哈哈大笑，对于这样一个老古董表现出明显的轻蔑。他们说："不，爷爷。自从革命之后，没有人再念'四书'了。"

他沉思着回答道："啊，我听说发生过一次革命。可是我这辈子太忙，没工夫去注意。地里的事没完没了。"

但是孩子们听了这话又笑了起来，于是王龙便站起身来，他觉得自己毕竟只是儿子们院里的一个客人。

有好长一段时间他没有去看他的儿子们，有时他会这样问杜鹃："我的两个儿媳妇这些年来相处得好吧？"

杜鹃向地上吐了一口唾沫，说道："她们俩？她们像两只相互瞪眼的猫，但倒也相安无事。但是，你大儿子对他老婆的絮絮叨叨已经厌烦透了。——她长得很漂亮，但她老是说她在父亲的家里时怎样怎样。她使男人讨厌。传说你大儿子又要另娶了，他经常到茶馆里去逛逛。"

"啊？"王龙叫了起来。

但是，当他应当对此事慎重思考一下的时候，他对这个问题的兴趣突然消失了。他蓦然间想起要喝热茶，他感觉到早春的风正冷冷地吹着他的双肩。

又有一次，他问杜鹃："有谁听到过我小儿子的消息，或者知道这么长时间他到哪里去了？"

在这个院子里，没有杜鹃不知道的事情，她回答说："噢，他一直没写信。但是不时有人从南方来，传说他已经做了军官。他在一个什么革命当中当上了军官，这可是件了不起的事情。不过我不知道什么叫革命——也许是某种生意吧！"

"啊？"王龙又喊了一声。

他本想把这件事思考一番，但天已经晚了，在太阳落山以后的冷风里，他的骨头疼了起来。他心思不定，无法把思想集中在任何一件事情上。他衰老的身体现在最需要的莫过于食物和热茶。夜里他的身体发冷时，梨花就躺到他身边，她的身子暖暖的，散发着青春的气息。他的床上有梨花的温热，像他这么大年龄的人就感到非常舒服了。

春天年年到来，然而，随着岁月的流逝，王龙对春天的感觉越来越迟钝。但是，有一样东西还留在他的身上——这就是他对土地的热爱。他已经离开了土地，他在城里安了家，他成了富人。然而他的根扎在他的土地上，尽管一连几个月他想不起他的土地。但是每年春天到来的时候，他一定要到地里去看看。他现在既不能扶犁又不能干其他活计，只能看着别人在地里扶犁耕田，但他仍然坚持要去。有时候，他带上一个仆人和他的床，再次回到他的旧土屋里去睡。他曾在那里养大他的孩子，阿兰也死在那里。天刚亮他醒来时，他走到外边，伸出颤抖着的双手，采一些含苞的柳絮，从树上折一束桃花，整天把它们攥在手里。

在临近夏季的晚春的一天，他正在漫步。他在他的田间走了一段路，然后来到小山上他埋葬家人的那块围起来的土丘上。他拆着拐杖，颤巍巍地站在那里；他看看那些坟头，想起每一个死去的人。他觉得，在自己的脑海中，这些人比住在自己家里的儿子们更清晰。除了他的傻女儿和梨花，这些人比家里的任何人都更清晰。他的思绪回到了多年以前，他清楚地看到了过去的一切——甚至看到了小时候的二女儿，虽然他记不起已有多久没听到她的消息了。他看到她还是个漂亮的小姑娘，跟她在家里没出嫁时一模一样。他觉得她跟坟墓里躺着的人一样清晰可见。他沉思着，突然想道："下一个就该我了。"

他走进坟墙里面，仔细地察看就要埋他的那个地方——在他父亲和他叔叔的下首，在老秦的上首，紧挨着阿兰。他使劲儿地看着他就要躺的一小方土地，他看到自己埋在下面，永远置身于他自己的土地之中。他喃喃地说："我一定要准备好棺材。"

他心里怀着这种痛苦的想法回到了城里。他让人把大儿子找来，说道："有件事我要跟你说。"

"说吧，"儿子答道，"我听着哩。"

但当王龙要说的时候，他突然记不起他想要说的是什么了。泪水充满了他的眼眶，因为他心里曾非常痛苦地想着那事，而现在却想不起来了。因此，他把梨花叫来，问她："孩子，我想说什么来着？"

梨花轻轻地答道："今天你到哪里去了？"

"我到地里去了。"王龙答道。他等待着，盯着她的脸。

她又轻轻地问："去过哪块田了？"

接着，那件事又突然回到了他的心里。他流着眼泪，呵呵地笑了起来,喊道:"啊,我想起来了。儿啊,我已经在坟地上选好了我的地方。就在我爹和他兄弟的下首,在老秦的上首,紧挨着你母亲。我在死以前想看看我的棺材。"

这时他的大儿子既礼貌又适当地大声说:"可别说那样的话,爹!不过我会照你说的去做的。"

于是他的大儿子买了一口雕镂过的棺材,那是用一大根楠木做成的,用它埋葬人再好不过了,因为它像铁一样耐久,比人的骨头更耐腐蚀。王龙心里踏实了。

他让人把棺材抬进他的屋里,天天看着它。

然后,他突然又起了新的念头,他说:"喂,我想把棺材抬到城外旧土坯房子里去。我要在那里度过我剩下的日子,我要死在那里。"

他们看出他决心那样做,便照他的意愿做了。他又回到了他土地上那座房子里,那里有他、梨花和他的傻女儿,还有他们所需要的仆人。这样,他又住到了他的土地上,而把城里的房子留给了他创立起来的家庭。

春天过去了,接着夏天也很快地转入了收获的季节。冬天到来之前,在秋天温暖的阳光下,王龙坐在从前他父亲靠墙坐着的地方。现在,除了他的吃喝和他的土地,他再也不想什么新的事情。但是他只想土地本身,他不再想地里的收成怎样,也不再想该播什么种子或别的事情。他有时弯下身,从地里抓些土放在手里。他手里攥着土坐着,仿佛他手指间的泥土充满了生命。他攥着土,感到心满意足。他想着土地,想着他的绝好的棺材。仁慈的土地不慌不忙地等着他，一直等到他应该回到土里的时候。

他的儿子们对他很好。他们每天都来看他，至少隔一天来一次。在他这样的年纪，为了使他高兴，他们把好吃的东西给他送来。

然而，他最喜欢的是玉米面粥。他吃起玉米面粥来就像他父亲当年那样。

有时候，如果他的儿子们没有天天来看他，他就对儿子们有些抱怨，他会对总是在他的身边的梨花说："嘿，他们有什么事这么忙？"

如果梨花说，"现在他们处在一生中最忙的时候，他们有许多事情。你的大儿子在城里的富人中间当了大官，他另娶了新欢；你的二儿子自己正在开一个很大的粮行。"王龙会很仔细地听着，但他听不明白究竟是怎么回事。只要他往外看看他的土地，他马上就会忘了所有这些事。

但是他有一段时间头脑非常清楚。这天，他的两个儿子来了。他们彬彬有礼地向他问安之后，便走了出去。他们先在屋子周围转了一圈，然后便走到地里。王龙默默地跟着他们。他们停下来时，他慢慢地走到他们身边。他们没有听到他的脚步声，也没有听到软地上他拐杖的声音。王龙听到他的二儿子用细细的声音说："我们把这块地卖掉，还有这块。我们把卖来的钱平分掉。你那一份我想用高利贷借过来。因为现在有铁路经过这里，我可以把稻米运到沿海一带，并且我……"

但老人只听到"把地卖掉"这句话。他气极了，不由得声音发颤，话都说不完整。他大声喊道："哼，可恶的懒汉儿子——把地卖掉？"他抽泣着，在他就要倒下去时，他们一把抓住他，把他扶了起来。他开始失声痛哭。

于是，他们安慰地对他说："不——不——我们永远不会卖地的……"

"当人们开始卖地时……那就是一个家庭的末日……"他断断续续地说，"我们是从土地上来的……我们还必须回到土地上去……如果你们守得住土地，你们就能活下去……谁也不能把你们的土地抢走……"

老人的眼泪流下了他的面颊，干了之后，脸上留下了一道道泪痕。他弯下身抓起一把泥土，攥着它，喃喃地说道："如果你们把地卖掉，那可就完了。"

他的两个儿子扶着他，一边一个，抓着他的胳膊。他手里紧紧地攥着那把温暖松散的泥土。大儿子和二儿子安慰他，一遍又一遍地说："不要担心，爹，这一点你可以放心——地绝不会被卖掉的。"

但是隔着老人的头顶，他们互相看了看，然后会心地笑了。

分家

Pearl S. Buck
A House Divided

［美］**赛珍珠**............**著**

沈培锠 唐凤楼 王和月............译

北京联合出版公司
Beijing United Publishing Co.,Ltd.

第一章

　　王虎的儿子王源就这样走进了他祖父王龙的土屋。

　　王源从南方回来同父亲争吵那年刚巧十九岁。那是一个冬夜，北风裹着雪片不时吹打着窗户。王虎独个儿坐在大厅里，望着铜火盆中燃着的炭块发愣。他喜欢这样独自思量，他一直巴望他的儿子——他的长大成人的儿子有一天会回来，率领他的军队去打胜仗。打胜仗是王虎梦寐以求的愿望，但这愿望从来没有实现过，因为年龄已不饶他了。就在那天晚上，王虎的儿子王源出人意料地回到了家中。

　　他站在父亲面前。王虎看见儿子穿着一身他从未见过的制服，这是一套革命党人的制服，而革命党是所有同王虎一般的军阀的死对头。当这个老头儿觉察到这一切时，他就像从梦中醒来一样挣扎着站了起来，他两眼瞪着儿子，用手去摸索他那把一直挂在身边的狭长的快剑，打算像杀死任何仇敌那样把儿子干掉。

但是，这个虎儿生平第一次在父亲面前发了脾气，而在这以前他是从来不敢这样做的。他扯开蓝色的上衣，露出充满青春活力、黝黑而光滑的胸脯，用年轻人那种响亮的嗓门叫道："我知道你很想杀了我——你就只有那么点能耐！好吧，杀了我吧！"

可是，这个年轻人虽然叫喊着，但他知道父亲绝不会杀他。他看到父亲高高举着的手臂慢慢地垂落下来，剑往下轻轻地画了一条弧线。他两眼镇静地盯着父亲，看见父亲的嘴唇在瑟瑟发抖，仿佛就要哭出来，他看见老头儿把手按在唇上，抚弄着，试图止住嘴唇的颤动。

就在父子俩面对面僵持在那儿时，那个从年轻时就开始侍候王虎、忠心耿耿的豁嘴老头儿进来了。他手里拿着热酒，那是为他的主人在睡前保持一种安定的情绪而惯常准备的。他完全没有注意在场的年轻人，而只看到了他的老主人，当他瞧见那张震颤着的脸，瞧见那脸上的怒色蓦然消逝时微妙的转换，不由得叫出声来。他跑上前去，急急忙忙地为主人斟酒。于是，王虎便把儿子抛到了脑后，他放下剑，用一双瑟瑟发抖的手接过碗来，将它举到唇边。他喝了一碗又一碗，那个忠厚的老头儿便用那把白镴酒壶不断地往他的碗里添酒。王虎一边喝，嘴里一边咕哝道："再来一点——再来一点……"他已忘记了哭泣。

年轻人站在那儿，观察着这一切。他注视着这两个老人，一个受了伤害，在热酒的慰藉下又显得热切和孩子气起来，而另一个则佝偻着身子斟酒，一张长着裂唇的丑脸因为显示殷勤和亲切而皱缩到一起。他们只是两个老人，甚至在这样的时刻，他们的心里也充满酒以及借酒浇愁的念头。

　　年轻人感到他自己被遗忘了。他那颗心——那颗刚才还剧烈而急切地跳动着的心，在他的胸膛里一下子变冷了，他的喉咙口绷得紧紧的，眼眶中霎时间充满了眼泪。但是他绝不会让眼泪掉下来。绝不，他在军校里养成的某种硬气现在正在支撑着他。他俯下身去，捡起他刚才扔到地上的那根腰带，一言不发地走了出去。他把身子挺得直直的，走进小时候他那个年轻的家庭教师常教他读书的那个房间。后来，这个教师在军校中成了他的队长。在黑乎乎的房间里，他在书桌边摸到了那把椅子，便坐了下去。既然他心里那么难受，就得让躯体松弛松弛。

　　现在，他感到他用不着对父亲抱有如此强烈的畏惧感——不，也用不着对父亲怀着那么强烈的爱，可正是为了这个老头儿，他背弃了他的同志、他的事业。源的脑中一遍又一遍地掠过他父亲刚才的那副模样，兴许现在他还坐在那个大厅里喝他的酒呢。他开始用一种新的眼光来看待父亲，觉得似乎无法相信这就是他的父亲王虎。对源来说，他一直是既怕父亲又爱父亲，尽管是很不情愿地爱着。在他的内心深处，常常生出一种对父亲的隐秘的反抗之心。他惧怕父亲突然爆发的狂怒，他的怒吼和他飞快地拔出身边常备的那把狭长的、明晃晃的剑的样子。作为一个孤独的小伙子，源在夜里常常因为梦见触怒了父亲而吓醒过来，浑身冒汗。照理说他用不着如此害怕父亲，因为王虎不大可能一直这样当真对儿子发火，可小伙子看过父亲动辄就对别人发火或者像发火，惯于将狂怒作为统治部下的手段。在幽暗的夜色中，小伙子一想起父亲发怒时那双圆睁的怒火燃烧的眼睛和瑟瑟发抖的连鬓胡子，就不禁会在被子底下打冷战。有一句玩笑话——一句半含惧意的玩笑话，在人们当中流传："最好别去扯虎须。"

然而，不管王虎多么爱发怒，他还是很爱他的独子，源很清楚这一点。他清楚，但又害怕，因为这种爱也同怒一样，是那样热烈、狂暴，使这个孩子承受不了。在王虎的军营中，没有妇人来平息他那颗暴烈的心。别的军阀从战场上隐退后，往往凭借妇人以慰晚年，但王虎身边连一个女人也没有。他甚至不去看望自己的妻妾；那位接受了父亲的遗产、医生的独生女已在多年前迁到一座沿海的大城市居住，她和王虎生的唯一的女孩同她住在一起，并在一所教会学校读书。因此，对源来说，他的父亲成了他一切的爱和畏惧的源泉，这种爱和畏惧的混合物像一只无形的手，将他紧紧地抓住。因为害怕父亲，又因为对父亲那唯一、专注的爱的了解，源常常感到自己像被监禁着，心神受到了束缚。

虽然王虎自己并不知情，他就是这样紧紧地抓住了源。这是源从未经受过的苦不堪言的时期。这时候，在南方的军校里，他的同志们正站在队长面前，为着这一新的伟大的事业起誓。他们要夺取本国政府的权力，打倒窃据统治地位的无能之辈，为受军阀和外来之敌侵辱的平民百姓而战，重新创建伟大的国家。在热血青年一个接一个地以生命起誓的当儿，源却怀着对父亲的恐惧和爱开了小差；事实上，他父亲恰恰是这些青年征讨的军阀。源的心是在他那些青年同志一边的。他心里藏着许多有关那些劳苦大众的苦涩的记忆。他记得农民们目睹他父亲部队的马匹将他们那些上好的庄稼踏倒时所流露的神色；他记得，在某个村庄，父亲尽管彬彬有礼地为军队摊派钱粮，一个老农脸上还是表现出一种无望的仇恨和恐惧；他记得，在父亲及其部下眼中，横陈在地上的尸体完全算不了什么；他记得水灾和饥馑，记得有一次，他和父亲骑着马经过一条大坝，坝下全是洪水，坝上则是黑压压一片满面饥色、孱弱不堪的男女，那些士兵毫无恻隐之心地驱赶他们，唯恐他们得罪了王虎和他的宝贝儿子。是的，源记得所有这一切以及其他许许多多事情，记得亲眼目睹这些情景时自己如何畏缩，如何痛恨自己是个军阀的儿子。当他和他的同志们在一起生活时，他也是那样恨自己；而他为了父亲，偷偷脱离了他乐意为之奋斗的事业时，更是痛恨自己。

独个儿待在孩提时代住过的老屋的黑暗中，源想起了他为父亲做出的自我牺牲。对他来说，这段时间全然是一种浪费，既然父亲对他的这一牺牲毫不理解和重视，他是多么希望他事实上并没有采取这一步啊。为了这个老头儿，源离开了自己的事业和同志，而父亲究竟关心过吗？源感到他这辈子被亏待了，曲解了。蓦然间，他记起了父亲加于他的每一个小小的伤害，记起父亲怎样强迫他丢下他正阅读的爱不释手的书籍，外出观看父亲部下进行作战演习，记起父亲怎样处决前来要求给养的部下。他回忆起许多这样可憎的事情，不由得咬牙切齿地咕哝道："他这辈子从来没有爱过我！他自以为爱我，把我当作他唯一的宝贝，但他从来没有问过我究竟喜欢干什么；即使问了，如果我的回答违背他的意志，他也不会答应我，我说话得时时刻刻留神迎合他，我从来就没有过自由！"

源想起了他的那些同志。他们一定十分看不起他，而且，他现在永远也不会有和他们共建伟大国家的福分了，他怀着一种反抗的心理喃喃自语道："我压根儿也不想进那所军校，是他逼着我去的，去到那个天知道的地方！"

源心中那种痛苦和孤独的感觉越来越强烈，使他不得不尽力克制着自己。在黑暗中，他不断地眨着眼睛，就像一个受了伤害的孩子那样气冲冲地自言自语："不管父亲是否知道、关心或理解，我本来完全可以成为一个革命家！完全可以跟随着我的队长，可现在我没有一个——一个也没有哇——"

源就这样独自坐着，心头凄苦、孤独，闷闷不乐，没有一个人来接近他。在这漫漫的长夜里，居然没有一个仆人前来看看他在干些什么。谁都知道他们的主人正在对儿子发火，因为父子俩吵得不可开交的时候，有不少人站在窗外窥视、偷听，现在，自然不会有谁敢来安慰王源，把怒火招惹到自己身上。源生平还是第一次这样受冷落，不免感到越发孤寂。

他继续这样坐着，也不设法点一支蜡烛，或是召唤一下仆人。他把双手叠放在书桌上，然后低下头，听凭悲哀的浪潮在心头激荡。但是，他最后还是进入了梦乡，因为他毕竟那么困乏，又那么年轻。

他醒来时，天已蒙蒙亮了。他连忙抬起头，朝四周看了看；然后，他想起他曾跟父亲吵了一架，感到心里依然充满痛苦。他从床上爬起来，走到靠近院子的那扇大门边，向外望去。院子里静静的，空无一人，在微弱的晨光中显得有点灰暗。风停了，夜里下的雪也化了。门边，一个守夜人正沉沉酣睡，他蜷缩在一个墙角下借以取暖，他那副用来敲击以吓退窃贼的竹筒和敲棒则搁在砖地上。源望着更夫的睡颜，想到偷懒是多么惹人讨厌，心头又腾起一种不愉快的感觉。更夫的下巴松弛地垂落下来，嘴巴张着，露出了参差残缺的牙齿。这个更夫是个心地非常善良的人，几年前，源还是孩子时，常常在街头集市上缠着他要买糖果、玩具等。然而现在，更夫对王源来说只是一个年迈的惹人讨厌的人，一个对他少东家的痛苦毫不关心的人。是的，源此刻对自己说，在这儿，他整个的生命是空虚的，于是他突然狂躁得试图进行反抗。这种反抗并不是什么新东西，而是他现在感知到的他与父亲之间常有的那种暗斗的总爆发，他甚至不明白这种争斗究竟是怎样产生的。

在源的童稚时代，他那位到过西洋的老师常常用关于改造国家的革命言论来教育他、训导他、鼓励他，使他幼小的心灵整个儿被这些伟大、勇敢而美好的言辞点燃。然而，他的老师有时也会压低了声音，极其诚恳地对他说："你必须利用这支有朝一日会属于你的军队；你必须为了你们的国家利用它，因为我们绝不再需要这些军阀。"这时候，他又常常感到胸中的火焰熄灭了。

王虎对他雇来的人狡猾地教他儿子反对他的事毫无察觉。这个孩子可怜地望着他年轻的老师那双炯炯有神的眼睛，听着老师热情的声音，心里非常感动，但有些话说不出来，尽管这些话已很清楚地在他胸中成形："可是我的父亲是个军阀呀！"差不多在整个孩提时代，这个孩子就这样暗暗地受着折磨，但却没有人知晓。于是，源变得严肃、沉默寡言，而且在情绪上显示出一种同他年龄不相称的压抑感；他虽然爱父亲，却不能因为有这样一个父亲而感到自豪。

在这个苍白的黎明，源被他这些年来的所有内心斗争弄得筋疲力尽。他有心逃开它，逃离他所知道的所有的斗争，逃离一切事业。但是，他能往哪儿逃呢？在父亲的爱的围墙内，他是如此地受着控制和束缚，他没有朋友，也无处可以逃遁。

这时，他想起一个地方。在所有那些争斗以及有关争斗的谈论中，那是他所见到过的最宁静的处所了。他从孩提时代起就去过那个地方。那就是他祖父王龙一度住过的那座小小的老土屋。王龙住土屋那当儿，别人称他为农夫，后来他富了，造了房子，从田那边搬了出去，于是别人开始叫他"王财主"。但那座土屋至今还靠在一个村庄边上，另外三面则是寂静的田野。源还记得，离土屋不远的一个高坡上是他祖上的墓地，那儿有王龙的坟，也有其他族人的。源还知道他的两个伯父王地主和王掌柜就住在离土屋很近的城里。

源心想，那座小小的老屋一定是安静的，他可以独个儿在那儿待着，因为他记得，自从那个沉默寡言、脸色阴沉的妇人出家当了尼姑，父亲便让两个老佃户搬了进去，屋子还很空。有一次，源曾看见那个妇人同两个怪模怪样的孩子待在一起，其中一个是现已死去、有着一头灰发的傻子，还有一个是驼背，他大伯父的三儿子，后来当了和尚。源记得，当他遇见那个妇人时，就觉得她几乎接近于尼姑，因为她一见他就把头掉开，似乎不愿意瞧任何男人。她穿着一件灰色的对襟长袍，只是尚未削发。可是她那张脸苍白得如同下弦月一般，看上去实在像尼姑。她的肌肤很是柔嫩，紧裹着她那小小的骨骼。若不是走得很近，看到她脸上一些纤如发丝的皱纹的话，你还会以为她很年轻呢。但是她已经走了。就那两个老佃户住在那儿，土屋里空得很，他可以到那儿去。

于是源又蹓回自己的房间，急切地想马上离开。他知道他要去哪儿，他渴望着出走。然而他必须首先脱下讨厌的军服，于是他脱去它，打开一只猪皮箱子，想找几件他以前惯常穿的长袍。他找到一件羊皮长袍、一双布鞋和几件白色内衣，便匆匆地、兴高采烈地穿上。然后，他蹑手蹑脚地牵出他的马，悄悄穿过逐渐亮起来的院子，经过一个枕枪而睡的卫兵，出了院子。他没有把门带上，便跳上了马。

王源骑马跑过大街，进了小巷，出巷子，又是一片原野，他看见太阳从远山背后的一抹强光中冉冉升起，然后一下子跃上天空。在隆冬的寒冷空气中，太阳红得那么华丽，那么纯净。看到这样美丽的旭日，源在不知不觉间忘了他的悲哀，不一会儿竟感到肚子饿得发慌，于是他在路边的一个小客店前下了马。暖暖的、诱人的炊烟从小客店那扇低低地开在土墙上的门里飘出来。在店里，源买了一碗热腾腾的米粥、一条咸鱼和一些芝麻面饼，还要了一壶茶。他把东西吃了个精光，喝完茶，漱了口，然后付钱给打着哈欠的店主。店主这一刻正忙着梳头洗脸，那张脸显得比原先干净点了。源付完钱又上了马，这时候，高悬的明亮的太阳正在那一小片带霜的麦田和农户们铺满霜花的屋顶上空光彩熠熠。

在这样的早晨，一切都是那样生机勃勃，源忽然感到，没有谁的生活，甚至他自己的，是完全不幸的。他一边策马向前，一边观望着田野，他记起自己以前常说，他愿意住在树木葱茏的原野，四近还有流水可观可听，便暗自想道："也许我现在就可以这么做。既然没有人管我，我自然可以做我喜欢的事。"不知不觉间，他的心里产生了这一小小的新的希冀，言辞在他头脑中缠绵盘旋，化成诗行，他忘却了自己的烦恼。

源发现自己在步入青年时代以后的几年里变得很爱写诗，他把这些雅致的小诗写在扇面上，也写在他所住的任何一个房间的白墙上。王源的老师常常取笑这些诗，因为王源写的都是一些软绵绵的东西，比如叶儿飘落到秋水之上啦，池塘边的柳树绽出了新绿啦，艳红的桃花开在春天的薄雾中啦，还有什么新犁的田野卷起了肥沃的黑浪啦等，尽是这些文绉绉的玩意儿。他从来不像一个军阀的儿子应该做的那样写战争，写荣耀。他的同志们曾经硬让他写过一首革命之歌，等到他写完后一看，诗太缺乏力量，完全不合同志们的心愿，诗写到了死亡，却不写胜利。源见同志们不高兴，自己也很烦恼。他自言自语地咕哝道："诗就是这么写的嘛。"于是他不愿意试着再写。他身上有一股顽强的执拗劲儿，只是那隐而不露的任性脾气被他表面上的文静和温顺掩盖了。打那以后，他写诗只是为了自我欣赏。

现在，源是生平第一次不受任何人摆布地独自行动。对他来说，这是极惬意的事，特别是独个儿骑马驰过他看不厌的原野，他更感到高兴。在不知不觉间，他的忧郁缓解了。青年人的血气又涌上他的心头，他感到自己身体强健，精力充沛，鼻孔里吸进的空气也很美，又凉，又清新。很快地，他忘却了一切，只想着他正酝酿的一首小诗，但他不急于完成。他朝四周的荒山眺望，只见巉岩高矗，清晰地、轮廓分明地直刺一碧无垠的天空。他等待着，等待他的诗行也变得如此清晰，就像衬映在纤尘不染的空中的荒山那样美妙。

就这样，美妙而孤独的一天过去了。在这一天里，他的心情平静下来，于是他忘掉了爱，忘掉了恐惧，忘掉了他的同志们和一切战争。当夜晚降临时，他到一家乡村旅店投宿。店主是一个沉默寡言的老头儿，他那文静的后妻已不很年轻，因此她和这么一个上了年纪的丈夫在一起过日子，倒也不觉得沉闷乏味。那天晚上，店里就王源一个旅客，所以老两口把他侍候得很好，那妇人给他做喷香的肉包子吃。源吃完饭，喝了茶，爬上为他铺就的床，疲惫不堪但却是惬意地躺下了。在进入睡乡前，尽管他有一两次想起了父亲以及他们之间的争吵，但他能够努力克制着不去想这些事。因为，在当天太阳下山以前，他的诗篇就像他以前眠思梦想的那样清晰地从脑海里跳了出来，而且非常合他心意。那是精美绝伦的四行诗，字字珠玑。于是，他舒舒服服地睡着了。

就这样，王源过了三天自由自在的日子，而且一天比一天愉快，天天充满了冬天的阳光，山谷间干燥得像蒙上了灰尘的镜子。源骑马向祖上的村庄驰去，哀伤已逐渐消隐，他的心里又充满了希望。早晨，他骑着马拐进一条小街，街两边有二十来间茅草顶的土坯房子，他热切地四下里观望着。街上，农民们同他们的老婆孩子或是站在家门口，或是蹲在门槛上吃面饼和米粥的早饭。对源来说，他们似乎都是些善良的人，都是他的朋友，他发觉自己对他们有一种亲近感。在军校时，他曾反复听见队长呼吁平民主义，而现在平民就在这儿。

然而，这些农民带着极其怀疑和惶恐的神色看着源，因为事实上，尽管源痛恨战争和战争的方式，但他总是不知不觉间显露出士兵的本色。不管他心里怎么想，他父亲已经赋予他高大健壮的体魄，他像一个将军那样笔挺地骑在马上，毫无懈怠之色，这番做派绝不像一个农民。

这些老百姓都怀疑地瞧着源，不知道他是谁，一个像他那样行动的陌生人总是使人害怕的。村里有许多手里捏着一片片面饼的孩子跟在他后面跑，想看看他究竟往哪里去。源来到他认识的那座土屋前时，那些孩子围成了一圈，眼睛一眨不眨地盯着他，一边咬面饼，一边互相推推搡搡，看呆了时还不时抽动着鼻子。等到看厌了，他们便一个个跑回去告诉家里的大人，说这个高高黑黑的青年在王家宅子前下了高头红马，把马拴在柳树上就进了屋，可是因为他个子太高而门太低，所以他必须弯着腰才进得去。源听见他们在街上尖声尖气地传话，但他对孩子们这些话并不留意。然而，那些大人听孩子们这么说，心里更增添了几分疑惑；他们中没有人走近王家的土屋，唯恐这个高大的黑肤青年会传染上点什么晦气给他们，他们毕竟都不认识他。

王源就这样进了他当农民的祖先住过的房子。他走进堂屋，站在那儿四下环顾。那两个老佃户听见他进门的声音，便走出灶间，见了源，发觉并不认识，两人似有点害怕。见他们这样害怕，源笑了笑，说："你们不用怕我。我是王司令即王虎的儿子，他是以前住在这儿的家祖王龙的第三个儿子。"

他这么说，是想请两个老人放心，并说明他有权上这儿来，但他们的疑虑并没有就此消除。两人惶恐不安地面面相觑，他们已塞进嘴中准备下咽的面饼发干了，像石块一样鲠在喉咙口。老妇人把手里的面饼放在桌子上，用手背抹了抹嘴，老头儿也不敢咀嚼，他跑上前去，突然低下蓬乱的头，鞠了一躬，在发出颤声的同时试图咽下那口干面饼："少东家，我们能替你做什么，你要我们干什么呢？"

于是，源在一条长凳上坐下，笑了笑，又摇了摇头，随便地同他们答话。他记得他曾听说这些人如何如何好，所以他用不着害怕他们。"我什么也不想要，只想在这间祖上的房子里躲避一下——也许就住在这儿——除了对田野、树木和附近的流水常常有一种不可思议的渴求，我什么都不知道，尽管我对这种乡居生活也不怎么清楚。然而我碰巧有了事，必须躲避一下，我就想躲在这儿。"

他说这些，是为了使他们安心，但他们还是不怎么放心，依然面面相觑。这会儿，老头儿也放下了手里的面饼，诚惶诚恐地开了腔，他布满皱纹的脸上流露出焦急的神色，下巴上那几根稀稀拉拉的白胡须随着话声不住地颤动："少爷，说起躲藏，这儿实在是糟透了。你们的家世、你们的名声，这儿的人都很清楚——哦，少爷，原谅我是个粗人，不知道该怎么对像你这样的人说话——但这儿的人不怎么喜欢令尊大人，因为他是军阀，他们也不喜欢你那两个伯父。"老头儿停了一下，朝四下看了看，然后几乎贴着王源的耳朵低声说道："少爷，这儿的老百姓恨透了你的大伯父，他和他的太太心里害怕，就带上孩子，跑到一个有外国军队保护的海滨城市去住了；你的二伯父上这儿来收租时，也带上了从城里雇来的一队士兵！世道不好，种田人家吃尽了打仗和纳税的苦头，已经走投无路了。少爷，我们已经预付了十年的赋税。这儿不是你藏身的好地方，少将军。"

老妇人把一双开裂的、瘦骨嶙峋的手插在她那条已经过千补百衲的蓝布围裙里，也尖声附和道："少爷，这儿确实不是藏身的好地方！"

于是，老两口惶惑地站在那儿，一心希望源不要留下来。但是源不怎么相信他们。他很高兴自己有了自由，因此，他对看到的一切都感到兴奋，而灿烂的艳阳天更是使他兴高采烈。不管怎么说，他要留下来。他快活地微笑着，任性地喊道："我还是想住下来！不必麻烦你们，你们吃什么，我也吃什么，我至少要在这儿待一段时间。"

他坐在一间陋室里，环顾四周。墙边靠着一副犁耙，墙上则挂着一串串红辣椒，还有一两只风干的鸡和串在一起的洋葱头，他很喜欢这儿的一切，因为对他来说，它们都是那样的新奇。

忽然间，他感到肚子饿了。刚才老两口吃的裹着大葱的面饼似乎不错，于是他说："我饿了。老妈妈，弄点什么给我吃吃吧。"

老妇人叫了起来："可是，少爷，我有啥东西配给像你这样的先生吃呀？我得去把我们养的四只鸡杀掉一只——我只有这种粗面饼，它们还不是麦粉做的呢！"

"我爱吃——我爱吃！"源诚心诚意地说，"我喜欢这儿的一切。"

尽管老妇人还有点犯疑，但最后还是给了王源一卷新鲜的裹着葱茎的面饼条。之后，她似乎依然有点过意不去，于是又去找了一块秋天腌制、贮存至今的咸鱼蒸了给源吃，算是好的菜。源把这些东西吃了个精光；对他来说，这是一顿美餐，比他以前吃的任何食物都可口，因为他从来没有吃得这样自由。

吃完，他突然感到很困倦，而刚才却丝毫没有这样的感觉。他站起身来，问道："床在哪儿？我很想睡一会儿。"

老头儿回答说："这儿有一个我们不常用的房间，那是你祖父住过的。后来，你祖父的小姨太也在那儿住过。我们都很喜欢那个太太，她真是大慈大悲，最后出家当了尼姑。那间房里有一张床，你可以在那儿休息。"

源推开边上的一扇木门，看到一个又暗又旧的小房间，房间的窗户是一个用白纸糊着的小小的方洞，这是个安静的、家具不多的房间。他进了房间，关上门，在他备受拘束的人生中，他将第一次确确实实地独自过夜，而孤独对他来说是有益的。

然而，当他站在这间光线暗淡、土墙围绕的房间里时，突然产生了一种稀奇古怪的感觉，仿佛一些古老而顽强的生命依然在这儿生存着。他惊奇地四下张望。这是他有生以来所见过的最简陋的房间：一张挂着夏布帐子的床、一张白木桌子和一条板凳，床前和门边的泥地已被数不清的脚步踩出了凹坑。屋里除了他，没有别人，但他还是感到身旁有幽灵存在，一个他所不熟悉的、朴实而强壮的幽灵……不一会儿，幽灵消失了。蓦然间，他不再感到其他生命的存在，又成为孤零零的一个人了。他笑了笑，觉得自己必须睡了，因为他是那么倦，眼皮已不由自主地耷拉下来。他走向那张宽宽大大的乡下床铺，拨开帐子，躺了下去，他发现靠里墙的床边卷着一条陈旧的蓝花被子，就拉过来裹在身上。在那座老房子深深的寂静之中，他几乎立刻就睡着了。

　　源醒来时已是晚间了。他在黑暗中坐起来，迅速地拨开床帐，朝房间里张望。墙上原先那一小方微弱的光线已经消失，周围是一片柔和、岑寂的黑暗。于是，他又躺了下来。有生以来，他还从来没有过这样的小憩呢，因为这会儿他是独自醒来。没有仆人站在近旁，等他醒来后侍候他，这对他来说反而好。此刻，除了四周这一片使人愉快的寂静，他什么也不会想起。这儿没有一点声音，没有粗鲁的卫兵沉沉酣睡的呼噜声，没有马蹄在庭前砖地上踩出的嘚嘚声，没有刀子从鞘里突然拔出时的尖啸声，什么声音都没有，只有一片妙不可言的沉寂。

　　可是突然间传来一阵声响。源在寂静中听到了响声，那是有人在堂屋里走动和低语的声音。他在床上翻了一下身，透过床帐向那扇安装得很蹩脚的白木门望去。门慢慢地开了，先是开了一点，后来开得大了些。他看见了一道烛光，烛光里有一个脑袋，接着这个脑袋缩了回去，另一个脑袋又伸进来，这脑袋下面还有许多脑袋。源在床上动了一下，床吱吱嘎嘎地发出响声，门立刻轻轻地、迅速地关拢，是有人把它带上了。于是，房间里又是一片漆黑。

但他再也不能入睡。他神志清醒地躺着，觉得事情有点蹊跷，莫非父亲猜到了他隐藏的地方，派人前来找他？想到这儿，他发誓绝不爬起来。然而他再也睡不安稳，满脑子都是使他心神不定的疑虑。他突然想起那匹马，想起他把它拴在打谷场的一棵柳树下，也没有吩咐老头儿喂它或照看一下，也许现在它还拴在那儿呢。他一骨碌从床上爬起来；在这类事情上，他的心肠比大多数人都软。房间里眼下很冷，他把羊皮大衣紧紧地裹在身上，找到那双鞋，套上，然后沿着墙摸到门口，打开门走了出去。

在点着灯火的堂屋里，源看见了二十来个老老少少的农民。他们一见到他便一个接一个地站起来，眼睛一齐盯着他。源惊诧万分地看着他们，发现除了那个老佃农，他一个人也不认识。接着，一个慈眉善目、穿着蓝布衣服的农民走到前面来。在这些人中，他看上去年事最高，一头白发按照乡下的旧式样结成发辫，垂在背后。他朝王源鞠了一躬，说："我们是这个村子里的长者，前来向你致意。"

源也微微地弯了弯腰，他吩咐大家都坐下，自己也在空桌旁那条最高的凳子上坐了下来，这个座位是他们特意给他留着的。

他等待着，最后，那个老人开了口："令尊大人什么时候来？"

源简单地回答说："他不会来。我到这儿来，是想一个人住一段时间。"

听王源这么说，那些人个个面如土色，彼此相视。老人咳嗽了一声，又开始说话，看得出他是所有这些人的代言人："少爷，我们是这个村里的穷苦百姓，已经被剥削得够了。少爷，自从你大伯父搬到那个很远的外省海滨城市住以后，开销比以前大了，他强迫我们付的租金已经使我们不堪负担。可我们还得向军阀纳税，向强盗付买路钱，免得他们纠缠不休，这样一来，我们几乎没有什么东西可以用来养家糊口了。不过，告诉我们，你要多少钱，我们会想办法给你，这样你可以到别处去，省得我们为此担惊受怕。"

这时，源惊异地朝众人看了看，很严厉地说："我到我祖父的屋子里来，听到一番这样的话，真是怪事！我并不向你们要钱。"隔了一会儿，他瞧着他们一张张忠厚、疑惑的脸，又开始说，"看来最好把事实真相告诉你们，并相信你们。现在南方闹起了革命，是反对北方军阀的革命。而我，我父亲的儿子，不能拿起武器来反对他，不，我甚至不能和我的同志们在一起。因此我连日连夜地逃了出来，带着几个卫兵回了家。父亲看见我的军服就来了火，我们吵了一架。我想我需要在这儿躲一段时间，免得我的队长在盛怒之下找到我，把我暗杀掉。就是因为这个原因，我才上这儿来的。"

源说到这儿停住了，瞧了瞧一张张严肃的脸，又很恳切地说下去，因为他现在渴望能说服他们，而对他们的怀疑又有点生气："然而，我并不光是为了躲避才上这儿来的。我来这儿，还因为我对宁静的田园生活有一种极大的好感。我父亲想把我培养成军阀，但是我恨流血，恨杀戮，恨枪炮发出的气味，恨军队里的一切喧嚣声。当我还是一个小孩时，有一次同父亲一起来到这所房子前，看见一个妇人领着两个怪模怪样的孩子，那个时候，我就很羡慕他们，因此，我在军校和同志们生活在一起时，常常想起这个地方，并盼望有朝一日能上这儿来。同样，我也羡慕你们，羡慕你们的家就安在这个村子里。"

听了这番话，农民们又开始面面相觑，没有人明白或相信会有谁羡慕他们那样的生活，因为对他们来说，生活太苦了。当这个年轻人坐在那儿，急切而坦率地倾诉心曲时，他们对他越发怀疑了，因为他竟然说自己喜欢土屋。他们很清楚他的生活如何奢侈，因为他们完全了解他那些堂兄弟所过的生活，还有他的两个伯父，一个在遥远的都市里，生活得像一个王子，另一个即他们现在的地主王掌柜，利用放高利贷巧取豪夺，发了横财。他们都很痛恨这两个人，可又羡慕他们的家财。他们带着仇视和惧怕的目光看着这个年轻人，从心底里相信他是在撒谎，他们无法相信天底下居然会有这样的人，他在能够得到美宇华屋时，却宁愿要一间土屋。

接着，他们都站立起来，源也站了起来。他几乎不知道自己该不该站起来，因为以前除了面对少数几个长者，他很少这样做。他不知道如何对付这些穿着缀满补丁的上衣和宽大褪色的外套的平民百姓，但是不管怎样，他很想取悦他们，所以还是站了起来。他们朝他鞠了一躬，而他则说了一两句客套话，他们也回复了几句，单纯的脸上依然明显流露出怀疑之色。然后，他们都走了出去。

房间里只剩下老佃户和他的妻子，他们焦虑不安地看着源，最后老头儿开始恳求他，他说："少爷，老实告诉我们你究竟为什么到这儿来，这样我们就可以预先知道有什么灾祸将会降临。告诉我们，你父亲有什么作战计划，才派你出来探察的。救救我们这些穷苦百姓吧，我们是听命于上帝、军阀、财主、官吏和一切有势力的恶人的啊！"

这时，源才知道他们为什么这样害怕，于是他回答说："听着，我绝不是什么密探！我父亲没有派我来——我已经说过了，老老实实地说了。"

然而，老两口还是不相信他。老头儿叹了一口气，转身走了，老妇人可怜巴巴地一声不吭。源不知道怎么应付他们，他差不多已有点按捺不住了，但是突然间，他想起了那匹马，于是问道："我的马怎样了？——我竟然忘了——"

"我把它牵进了灶间里，少爷，"老头儿回答说，"我喂了它一些稻草和干豆，还从池塘里打水给它喝。"当源向他道谢时，他说："这没什么——你不是我老主人的孙子吗？"说到这儿，他突然扑通一声跪倒在源面前，大声地呻吟着说："少爷，你的祖父也曾是一个种田人——一个同我们一样的普通人。和我们一样，他也住在这个村子里。可他的命比我们好，我们的生活一直是又穷又苦——但是，为了他曾经和我们同样是种田人这个缘故，老实告诉我们，你为什么上这儿来。"

源连忙把老头儿扶起来，但态度已不怎么温和了，因为他对他们所有的疑惑开始感到厌烦。作为一个大人物的儿子，对他所说的话人们向来是深信不疑的，于是他喊道："我全都已经说了，我绝不想重说！等着瞧吧，看看我会给你们带来什么灾难！"他又对那老妇人说："弄些吃的给我，好婆婆，我饿了！"

他们一言不发地侍候着他，他开始吃晚饭。可是今晚的食物似乎不如先前那么好吃，他很快就吃饱了，然后他一声不吭地站起来，又走向那张床铺，躺下来准备入睡。但是，他发现自己对这班简单的人有点恼火，因此一时睡不着。"一群傻瓜！"他心里暗暗喊道。"虽然他们很忠厚，但也蠢得可以——在这个小地方，啥都不知道——闭塞透顶——"他开始怀疑为这些人奋斗究竟是否值得；他觉得，和这些人相比，自己无疑要高明得多。于是，在自己具有更为杰出的才智这种想法的慰藉下，他又在黑暗和岑寂中沉沉入睡了。

源的父亲找到他时，他已在这间土屋里住了六天，对他来说，这六天是有生以来最愉快的日子。没有一个人前来过问他任何事；那对老夫妻不声不响地侍候着他，他已开始忘却他们对他的怀疑；他既不缅怀过去，也不展望将来，只想着眼前的每一天。他没有到镇上去过，甚至也没有到那座大宅子里去看望一下伯父。每晚天一擦黑他就上床睡觉，清晨则在明亮的冬日阳光下早早地起身。吃早饭前，他总要站在门口，眺望一下那片如今已泛出浅绿色的冬麦田。土地在他面前延伸开去，辽远、光滑而平坦，然而，在平坦的地面上，他也可以看到一些小小的蓝点，那是正在田里为即将来临的春播做准备的男男女女，或是正在乡间小路上行走，准备到城里或镇上去的人。每天早晨，他构思着诗篇，回忆起远山的每一处美景，那巉岩高耸、直刺一碧无垠的苍天的雄姿，他第一次发现了家乡的美。

在整个童年时代，他常听他的队长说"我的家乡"或"我们的家乡"这两个词，有时队长也很诚恳地对源说"你的家乡"。可是源听到这样的话没有感觉，因为他一直随军，和父亲一起生活在一个很小、很闭塞的天地里，甚至连士兵们吃饭、睡觉、吵吵闹闹的营地他也不常去。王虎外出打仗时，源则由一队特别的卫兵守护着，这些卫兵都是沉默寡言的中年人，王虎吩咐他们在年幼的主人面前说话须检点，绝不能讲无聊和下流的故事。因此，在源和他所见到的事物之间，总是有那些士兵挡着。

如今，他每天可以看他想看的东西，在他和他见到的所有事物之间，已没有什么遮挡了。他可以一直望到天地相接的远方，可以看到原野上东一个西一个绿树环绕的小村庄；朝西边望去，远远还可以看到乌黑的锯齿似的城墙衬着青瓷一般的天空。就这样，他每天都可以自由自在地或向远处眺望，或去阡陌间散步、骑马。他想，如今他才懂得"家乡"的含义。这片田野、这泥土、这天空，以及那灰蒙蒙的可爱的荒山，就是他的家乡。

没几天，一件怪事使王源不愿再骑着马外出，因为骑马似乎使他游离了这块土地。源起先骑马是因为已经习惯，他把它和步行看成一回事。可是如今，无论他的马跑到哪里，农民们总是盯着他。不认识的人见了他常常会这样窃窃私语："嘿，这可是匹军马呀，没错，它从来就不会驮好人。"在两三天时间里，他听到关于他的风言风语在传播、扩散。人们说："这是王虎的儿子，他像他家里的那些人一样神气活现，骑着高头大马到处转悠。他来干啥？一定是代他父亲来察看田禾，估摸收成，为打仗而盘算向我们摊派新的税款的。"到后来，王源的马骑到哪儿，哪儿的农民就先是怒气冲冲地瞪着他，然后转过身去，往地上吐口水。

这种以吐口水表示轻蔑的做法起初着实使源感到吃惊和愤怒，因为他从来没有被人这样对待过。除了自己的父亲，源什么人都不怕，而且他惯于让仆人们迅速按他的吩咐去办事。但是，几天以后，源便开始思考这些农民为什么感到如此压抑，因为在军校里，他曾经学习过这方面的内容。经过这一番思考，他又心平气和了，于是听任农民们以吐口水的方式发泄心中的积怨。

最后，他干脆将那匹马拴在柳树下，开始步行了。刚开始走路固然有点难受，但不消两天就习惯了。他把穿惯了的皮鞋撂在一边，穿上了农民编织的草鞋。经过数月冬日的照耀，乡下大大小小的路面都已十分干燥，源就喜欢脚踏在泥路上体会到的那种坚实感。他喜欢打他人面前经过，见到他人凝视的目光，自己仿佛就只是一个陌生人，而不是受诅咒和使人害怕的军阀的儿子。

在短短的几天里，源懂得了爱自己的家乡，这对他来说是从未有过的事。他是那样自由，那样寂寞，他的诗篇也已酝酿成熟，只等写下来了。他甚至已用不着再字斟句酌，只需将腹稿诉诸文字。土屋里没有书和纸，只有一支旧毛笔，那也许是他祖父以前买来写田契的。但这支笔还能用，于是源用它和找到的一小块干墨，把他的诗写在堂屋的白墙上。老佃户见了，既感到钦佩，又对这些他不认识的龙飞凤舞般的字有点害怕。源这次写的是新的诗，已不单单是什么寂寂的池塘柳丝飘拂、飘浮的云、银丝般的雨、瓣瓣落花之类的玩意儿。新诗从他的心灵深处涌出来，不再圆润悦耳，因为他写的是家乡以及他对家乡萌生的爱。他的诗一度绮丽、空幻，宛如浮在他心灵表层的可爱的泡沫，如今它们不再那么艳，而更多地充满他为之奋斗的某种意义；而且，也不完全知道为什么，这些诗有着更粗犷的韵律和不稳定的调子。

日子就这样一天天过去，源伴着他那些大量滋长的思想独个儿住着。他不知道他的将来会怎样，他心中没有任何清晰的图景使将来变得足以辨认。如今，能够在这块粗犷、明媚、美好的北方大地上呼吸，他就满足了。在这儿，大地在没有云彩遮挡的太阳的照耀下光彩夺目，当太阳从湛蓝湛蓝的天空中倾泻它的光华时，阳光也仿佛变成蓝色的了。源在这个小村庄的街上倾听着人们的欢声笑语；他常常混迹于路边客栈前坐着的人群之中，听他们闲谈，但自己很少开口。他听人说话的神态，就像一个人正在听一种他虽然不懂却使他赏心悦耳的语言。他在宁静中消磨时日，这儿没有人谈到战争，说的都是些乡村闲话——谁家生了孩子，谁卖出或购进了田地，价钱如何，哪个小伙子或姑娘要结婚了，什么种子该下播了等诸如此类的新鲜话题。

他在这方面的乐趣与日俱增，兴高采烈的时候，他就酝酿一首诗，把它写下来，这样他会心安理得一阵子。可是，他写的诗中有一种很特别的东西，他自己也感到奇怪：在这些天里他自寻快乐，可是他写出的诗却不快乐，带有浓厚的忧郁色彩，仿佛在他的心灵深处有一股隐秘的悲哀之泉。他不知道这究竟为什么。

然而，他是王虎的独养儿子，怎么能这样住下去呢？乡下的人到处都在传话："有个又高又黑、怪模怪样的年轻人像傻瓜一样到处闲逛，他说他是王虎的儿子、王掌柜的侄子。可是，这样的大户人家的子弟怎么会这样独个儿逛来逛去呢？他住在王龙的那间土屋里，看来一定是疯了。"

这些话甚至传到了镇上王掌柜的耳朵里，那是他听账房间里的一个老账房先生讲的。他气冲冲地说："这肯定不是我兄弟的儿子，因为我已好久没见他，也没听说他的什么消息了；我的兄弟如此放纵他的宝贝独子，这可能吗？明天我要派一个男仆去看看，究竟是谁住在我父亲佃户的房子里。我从来没有代我兄弟答应谁住在那儿的。"他心里暗暗害怕那个房客是个乔装的土匪探子。

然而这个"明天"永远不会来到，因为王虎军营里的人也已听说了这一传闻。那天，王源按他近来的习惯起身，站在门口吃面饼、喝茶，他的目光越过田野，沉浸在遐想之中。突然，他看到远处有人抬着一顶轿子，接着又看到一顶，轿子周围是一队士兵，从身上的制服看，他知道他们是他父亲的部下。于是他走进屋子里，再也无心吃喝了，他把吃的东西放在桌子上，站在那儿等待着，同时心里十分痛苦地想道："准是父亲来了——我们会怎样对话呢？"他很希望自己能像孩子那样穿过田野逃跑，可是他知道，他们总有一天会这样相遇的，他无法永远逃开。于是，他提心吊胆地等着，强行抑制着他旧日那种童稚般的害怕；他这样等着的时候，一点也吃不下了。

可是，当两顶轿子抬近放下时，从轿子里走出来的不是他父亲，也不是别的男人，而是两个妇女：一个是他母亲，另一个是他母亲的女仆。

源这一下当真惊讶了，因为他很少见到母亲，也不知道她先前已离开了家，于是他慢慢地跑出去迎接，并猜度她的来意。母亲倚着女仆的臂膀朝他走来。她穿着得体的黑色服装，满头白发；她的牙齿差不多掉光了，两颊陷了下去。可是她的脸上还泛着红润的光，脸上的表情显得单纯，甚至有点蠢，但看上去很慈祥。她一看见儿子，就像乡下人那样毫不掩饰地喊出声来，因为她年轻时便是农村姑娘："儿啊，你的父亲叫我来告诉你，他生了病，快要死了。他说，如果在他死之前你能够立即赶回去，他什么都可以满足你。他要我对你说，他并不生你的气，所以你尽管回去好了。"

她把话说得很响，好让大家都听见，事实上，这时村民们都已聚拢来看热闹了。然而，源对这些人视而不见，听了母亲的话，他心里就像一团乱麻。这些天来，他已确立了坚定的信念，绝不违心地离开这座房子。可是，若是父亲真的快要死了，他又怎么能拒绝他？然而，这是确实的吗？这时，他想起父亲热切地伸出手去试图借酒浇愁时那双手颤抖的样子，便担心这个消息是真的，儿子是绝不应该拒绝父亲的啊。

王源母亲的女仆看出了他的怀疑，觉得有责任帮助女主人，也大声地叫喊起来。她一面喊，一边朝村民们那边瞟，以显示她的重要性："哦，我的少将军，是真的呀！我们差不多快要急疯了，那些医生也一样！老将军躺在那儿，快要断气了，如果你想在他死去以前见他一面，就必须立刻动身。我敢打赌，他已经拖不了多久了——如果他能够活下去，我就死给你看！"村民们全都聚精会神地听那个女仆说话，听说王虎快要死了，彼此间交换着意味深长的目光。

然而，源对这两个妇人还是抱有怀疑，特别是他感觉到，在她们力图使他回家的热望中隐藏着一个不可告人的秘密。女仆见他依然怀疑，便匍匐在他面前，将头在夯实的打谷场的泥地上乱磕乱碰，用装出来的仿佛哭泣的音调大声喊叫："看看你的母亲，少将军——也看看我，尽管我只是个仆人——我们是怎样恳求着你啊——"

她这样叫喊了一两遍后便站起身来，拍掉了灰布棉衣上的泥灰，得意扬扬地朝拥挤在那儿看得目瞪口呆的村民们瞟了一眼。看来她的责任已经尽到，她便退到了一边。不消说，来自豪门望族的尊仆，是在这些平民百姓之上的。

但是源没有注意她，而是转向他的母亲。他明白，虽然他心里愤愤然，但必须尽自己的责任。他请母亲进里边坐，母亲照办了，人群也跟在后面，继续看热闹。然而，源的母亲对此并不介意，对于那些常常张着嘴巴看热闹的老百姓，她仿佛已经司空见惯。

她惊讶地环视着这间堂屋，说："我还是第一次到这座房子里来呢。还在孩提时代，我就常常听到有关这间屋子的种种神奇的故事：王龙怎样发财，怎样买了一个茶馆里的姑娘，这个姑娘又怎样摆布了他一阵子。是的，这些最最奇妙的故事在周围一带的农村里从这家传到那家，说她长相如何、吃的穿的又如何，虽然当时这些都已是过去的事了。记得王龙那时已老了，而我还是个孩子。我至今记得当时人们还传说，王龙甚至卖了一块地，替她买了一只红宝石戒指，但后来又把地买了回来。我只见过她一次，在我结婚的那天——我的妈呀！——在她老死以前，她长得多胖、多丑啊！唉——"

她张开无牙的嘴大笑，乐呵呵地看了看四周，她的话既温和又朴实，激起了源了解真情的勇气，于是他直率地问道："母亲，父亲真的病了吗？"

这一问使她想起了此行的目的，于是她回答源，那声音通过无牙的齿龈嘶嘶作响，她一开口就不免会这样："他是病了，我的儿。我不清楚他病得怎样，但他不愿上床，一直坐在那里，一杯接一杯地喝酒，就是不肯吃饭，现在他的脸黄得就像一只瓜。我发誓从来没见过这么黄的脸色。没有人敢上去说一句话，因为他的火气比以前更大，骂起人来也更凶了。如果他不肯吃饭，那肯定是活不了的。"

"是的，是的，那是千真万确的——如果他不吃，就不能活。"

女仆附和着说。她站在女主人的椅子边，摇了摇头，从自己的话里体会到一种抑郁的欢愉。接着两个妇人一起叹了一口气，神色庄重地偷偷瞧着源。

源这时已思考了一会儿，于是急不可待地开了口。他明白，如果父亲真的病成那样，他是必须回去的。但他还是有点怀疑，而且心里在想，父亲说过的那句"女人都是蠢货"确实有道理。"我会回去的。但是，母亲，在回家之前，你在这儿歇一两天吧，我想，你一定累了。"

在确证已使母亲放心，并送她进了如今似乎已成为他自己的那间安静的房间，源郁郁寡欢地退了出来。母亲吃罢饭，他便把关于那几天愉快、可爱的日子的回忆抛到一边，又一次翻身上了马；他把脸转向北方——父亲的方向，并重新怀疑起这两个妇人来，因为他发现，她们在得知他决定回去时显得那么高兴，而要是一家之主当真病危的话，她们是不应当如此高兴的。

走在他身后的是二十来个他父亲手下的士兵。一次，他听见他们为一些粗话而哄然大笑，便再也忍耐不住，愤愤然转过身去，对这帮紧跟在身后叽叽呱呱地谈笑的士兵怒目而视。但当他凶声凶气地问他们为啥跟得那么紧时，他们却毫不退缩地回答说："少爷，你父亲的心腹吩咐我们随时侍候在你的左右，以防仇人乘机抓走你以勒索钱财，或是把你杀了。乡野地方到处都是土匪，而你却是你父亲唯一的宝贝儿子呀。"

源无言以对。他呻吟了一下，坚毅地将脸转向北方。他居然想自由，这岂不是开玩笑吗？他是父亲的独生子，是最没有希望的、他的父亲的独生子啊。

那些看见源走过的村民和乡下老百姓，没有一个不为见到他离开而感到高兴，因为他们不了解他，或者根本不相信他，源看得出，他们因为他必须归去而大为满意，这使那几天自由自在的日子带给他的欢愉笼上了阴影。

源很不情愿地骑马向前，在卫兵们的簇拥下来到父亲的营帐门口。一路上，这些卫兵寸步不离。他很快就觉察到，与其说他们在防土匪，倒不如说是在防他自己，防备他在什么地方逃跑。他好多次想冲着他们喊道："你们不用担心我——我不会从自己父亲那儿逃走——我是自愿回到他身边的！"

可是他什么也没有说。他轻蔑而无言地望着他们，不愿同他们讲话，只是把马骑得尽可能快。他的快马是那么轻松地跑在卫兵们的普通马匹前头；看着他们拼命催赶那些可怜的畜生，他感到一种带着轻蔑的快感。然而，他明白，自己虽然还能行走，但已经成为一个囚犯。如今，他再也写不出什么诗歌，因为他已看不到那片可爱的土地了。

在这样骑着马急匆匆赶路的第二天傍晚，源来到了父亲的住房门口。他跳下马，蓦然间感到筋疲力尽。他向父亲通常睡觉的那个房间慢慢走去，对士兵和仆人们的偷偷注视毫不理会，也不回答他们的问候。

虽然眼下已是夜晚，父亲却不在床上，一个懒洋洋的卫兵回答源的询问时说："将军在大厅里哪。"

这时，源感到有点生气。他心想，父亲果然病得不怎么重，这只是一个骗他回家的诡计罢了。他痛恨这种诡计，因此不再害怕见到父亲，他想起在乡下度过的那些快活而孤独的日子，对父亲更是感到怒不可遏。然而，当他走进大厅见到父亲时，他的怒气缓解了，因为眼前的情景告诉他，并没有什么诡计。父亲坐在他那把旧座椅上，雕花的椅背上披着一张虎皮，在他面前，则是一只炭火熊熊的铜盆。父亲裹在一件宽松的羊皮袍中，头戴高高的皮帽，但看上去仿佛冷得要死。他的皮肤像陈旧的皮革那样黄，一双眼睛被火熏得枯干，黑沉沉地凹陷下去，脸上的毛发不曾修过，又灰又粗。儿子进屋时，他抬头看了一下，随即又低下头去，望着炭火，连招呼也不打。

于是源走向前去，朝父亲鞠了一躬，说："父亲，他们告诉我你病了，所以我来了。"

然而王虎低声咕哝道："我没病。那是女人们嚼舌头。"他甚至没向儿子看一眼。

于是源问他："你不是因为生病而派人来找我的吗？"王虎依然咕哝道："我没有派人去找你。他们问我你在哪里，我说：'让他待在他待着的地方吧。'"他两眼直直地望着下面的炭盆，把手伸到炭火掀起的热浪之上。

这些话任谁听了都会生气，何况是处于不敬父母的时代的一个青年，源很可能会就此态度强硬起来，重新出走，抱着他那新的任性的态度做他所爱做的事，可是他看到了父亲伸出的两只手，那双如同老人那样的苍白干枯的手正颤抖着寻找取暖的地方，他就一句气话也说不出口了。于是他想到，正像心肠软的子女总会想到的那样，在孤寂中度日的父亲又变成了小孩，他需要别人像对待孩子那样对待他，不管他发多大的火，都应对他和和气气，不能粗暴以待。想到父亲的这一弱点，源的愤怒一下子消失了，他感到眼眶里贮满了不寻常的热泪，要不是某种奇特而自然的羞愧感制住了他，他几乎会大着胆子伸手去摸他的父亲。于是，他只在父亲身旁的一把椅子上坐下，凝视着父亲，默默地等待着，甚至耐心地等待着他再说点什么。

但此时此刻给了他这样的自由。他知道，自己对于父亲的惧怕已经一去不返了。他再也不会害怕这个老头儿的怒吼、横眉竖眼以及一切他常常用以吓唬自己的诡计。源已看出实情，这些诡计不过是父亲使用的武器；他不知不觉间将它们当作盾，或像一个人举刀挥舞，却永不打算让它落在血肉之躯上一样。王虎的心是被那些诡计蒙住了，而实际上他的心从来就不够硬，不够残忍，不够快乐，所以他成不了真正的大军阀。此刻，一切都已明了，源抬头望着父亲，开始不带任何畏惧之心地爱上了他。

可是王虎对儿子心中情感的变化全然不知，他依然坐在那儿沉思默想，仿佛忘记了儿子就在边上。他长时间地坐着，一动也不动。源发现父亲的气色很差，最近这些天也瘦得厉害，颧骨像岩石一般高高凸起，于是他温和地说："父亲，你睡到床上去不是更好吗？"

又一次听到儿子的声音，王虎就像病人那样缓缓地抬起头来，一双枯眼盯着儿子呆呆地看了一阵子，又过了一会儿，他用嘶哑的嗓子很慢很慢、一字一顿地说："为了你，有一次我没有杀死该杀的一百七十三个人！"他抬起右手，打算像以往惯常做的那样把它举到嘴前，但这只手因自身的重量跌落下去了，于是他就让它垂在那儿，他依然呆呆地看着儿子，又对源说道："是真的，为了你，我才没有杀他们。"

"父亲，我很高兴。"源说，并没有因这些人活着而感动万分，虽然他很高兴知道他们还活着，以一种孩子所特有的感觉，他知道父亲是在取悦他。"父亲，我讨厌看见杀人。"他说。

"是啊，我知道，你总有点神经过敏。"王虎有气无力地说，然后又陷入了沉默，瞧着炭火发呆。

源再一次思考该怎样劝父亲上床，因为他无法忍受父亲的病容，他那张脸和干枯下垂的嘴都表明他病得不轻。他站起来，走向蹲在门边打盹儿的那个忠心耿耿的豁嘴老人，悄悄地对他说："你能不能劝说我父亲上床睡觉？"

老人一下子被惊醒，摇摇晃晃地站起来，粗声粗气地回答道："我的少将军，难道我没有试过吗？甚至在晚上，我都没法劝他上床。他若躺下，过不了一小时就又会起身，回到这把椅子上坐下，而我也只好坐在这儿，我困极了，睡得就像死人一般，但他坐在那儿，始终醒着！"

源走到父亲身边，像哄孩子那样对他说："父亲，我也倦了，我们走吧，到床上睡觉去，因为我实在太累了。我和你一起睡，你知道我在身边，有事就可以叫我。"

这时候，王虎稍微动了一下，仿佛就要站起来，但他仍然坐了下去，摇摇头，不打算起来。他说："不，我要讲的话还没有讲完。那是一些其他的事——我一下子记不起来了——两件我一直盘算着要讲的事。你去找个地方坐下，让我好好想想。"

眼下，王虎说起话来还像以前一样激动，源感到他孩提时代那种找个地方去坐坐的习惯又抬头了，然而，对于父亲，他如今已不怎么害怕，因此，一种拒绝承担义务的声音在他心中高喊道："他算什么，不过是个使人讨厌的老顽固罢了。我竟然得坐在这儿，恭候他的脾气！"他的眼睛里流露出任性的神色，几乎就要把这些话说出来。那个忠心耿耿的老人看出这一情势，赶忙跑上前来，劝源说："让他去吧，少将军，既然他已病成这个样子，不管他说什么，我们都得忍耐着点。"源于是只得克制住自己的冲动，他害怕这时候反抗父亲会使他的情况变得更糟，因为父亲从来就不知道什么是反抗。他走开了，在一把椅子上坐下，已没有多大耐心了。这时，王虎又突然开了口："我想起来了。第一件事是我必须把你藏在什么地方，因为我还记得昨天你回家时对我讲的话。我必须把你藏起来，不让我的仇敌看见。"

听父亲这么说，源禁不住叫喊起来："可是父亲，并不是昨天——"

王虎向儿子投出愤怒的目光，并用两只干枯的手击了一下掌，喊道："我清楚自己说什么！回家不是昨天的事吗？你是昨天回到家里的！"

于是，忠心耿耿的老人又站到王虎和他儿子之间，近乎恳求似的叫喊："算了——算了——是昨天！"源紧绷着脸，因为必须沉默而变得垂头丧气。这真是一件怪事，他先前对父亲的怜悯就像一阵轻柔的微风，从他心头一掠而过，父亲向他投出的愤怒的目光比起这种怜悯来，在他的心里激起一种更深沉的情感。他心里产生了一种怨恨，他对自己说，他再也不会害怕了；为了避免害怕，他必须坚定不移。

王虎那种固执的老脾气也发作了，他僵持了好久才重新开口。他想，自己之所以不接着讲下去而停顿下来，是因为不喜欢儿子在他讲话时插嘴；实际上的情况却是，王虎有一些他不怎么喜欢说的事要谈，于是他等待着。在相持的时间里，源对于父亲的怒气一下子达到了前所未有的程度。他想起了被这个人吓得不敢吭声的种种情况，想起消磨在自己所憎恨的武器上的所有时光，想起这次所过的自由自在的日子又一次被剥夺，他蓦然间感到再也不能忍受这只老虎了。不，他的血肉已从这个老头儿的身上分离出来，他对父亲突然产生了一种厌恶，因为他不洗澡，不修面，让酒饭滴落在衣服上。至少此时此刻，父亲身上没有一样东西是他所钟爱的。

王虎做梦也没有想到，儿子心里所有这些强烈的憎恨正在不断滋长，最后竟对他想说的话感到切齿地痛恨。他说的话是："可是，你是我唯一的宝贝儿子。除了寄希望于你，我还能指望什么？你母亲有一次说过很有见识的话。她跑来对我说：'如果他不结婚，我们的孙子从哪儿来？'于是，我对她说：'到某个地方去找一个身体健壮的好姑娘，别的什么都不要紧，只要她精力充沛，能早生孩子就行了，因为女人都差不多，哪个也不见得比其他人好。把这个姑娘带回来，嫁给他，这样他就可以出走，躲在哪一个国家，等战争打完了再回来。那时候我们已有了第三代。'"

这番话王虎说得非常小心谨慎，每个词都预先考虑过。在让儿子重新离开之前，他强打起精神，说出这些措辞巧妙的话，以尽到为父的责任。这不过是每个好父亲应该做而每个儿子论理也必然指望的事，因为儿子为了父母，都应该接受如此选择的妻子，娶了她，生了孩子，然后就可以按照自己的心愿，自由自在地到其他地方去寻找他的爱。可是源不是这样的儿子，他已经中了新时代的毒，内心充满了他自己也不甚清楚的隐秘而顽固的自由思想，也充满了他父亲对女人的那种憎恨。这种憎恨，加上他的固执，使他感到怒火在胸中熊熊燃烧。是的，此时此刻，他的愤怒就好比受到拦截的洪水，他全部的生命已系于这一发之间了。

起先，源似乎还不相信父亲当真说了这番话，因为从小时候到现在，他一直听父亲说女人是蠢货，即使不是蠢货，也是变节者，是绝对不能信任的。然而，父亲确确实实说过这番话，他正坐在那儿，和先前一样看着炭火发愣。这时，源一下子明白了母亲和她的女仆何以如此热心地要悄悄把他弄回来，在得知他准备回家后，又何以会如此高兴，因为这样的女人什么都不想，只知道配对、结婚。

不过，他绝不会向他们屈服！他一跃而起，忘却了他对父亲的恐惧或爱，大声喊道："我已经等到这一天了——是的，当我的同志们告诉我，他们是如何被迫结婚的，我就等着了——他们中的许多人就是为了这个原因离开了家——我常常想，我自己不知是否会有幸福——可是你像其他人一样，像所有想把我们永远缚住的老年人一样——把我们的整个身体缚住——强迫我们同你们选择的女人结婚——强迫我们生孩子——不过，我可不愿意受束缚——不愿自己的身体听任你们拨弄，让自己的命运同你们的拴在一起——我恨你——我一直恨你——我知道自己恨你——"

源倾泻完胸中这股怨恨的洪流，便剧烈地呜咽起来，那忠心耿耿的老人看到源这样发脾气，心里害怕，便奔过来抱住他的腰，想说话却又开不了口，因为他那裂开的嘴唇全都扭歪了。源往下一看，只见老人靠在他身旁。他抬起手，一掌打下去，正巧打在那张又老又丑的脸上，于是豁嘴老人跌倒在地上。

王虎摇摇晃晃地站起来，他并不是要走到儿子身边——不，他迷茫地朝源看了一眼，似乎弄不清儿子的这些话究竟有什么含义，因此，他的目光显得迷乱、呆滞。他看见老仆人倒在地上，就走过去把他扶起来。

可是源转过身子逃走了。他不再等着看看发生了什么，便从院子里奔出去，找到他那匹拴在树上的马，穿过大门，经过站在那儿凝视着他的士兵，翻身上马，策马离开了那个地方。这时，他心里暗暗地喊道："永别了。"

源在狂怒中奔出了父亲的宅邸，但这种愤怒必须从它的热点上冷却下来，否则他便没命了。事实上，源也确实冷静下来了。他开始考虑，像他这么一个孤独的年轻人，在割断与同志们和父亲的联系后究竟能做些什么。那天的天气也在帮助他冷静下来，源在土屋里生活的那几天里仿佛始终存在的冬日的阳光，现在已经不见了，天色灰蒙蒙的，风从东面吹来，寒冷刺骨。源的马经过这几天的旅行，变得疲乏不堪，慢吞吞地在土地上走着。大地也变得灰暗了，源感到自己已被这灰暗的大地所吞噬，浑身冰凉。大地上的人们也有着这种类似的暗色，因为他们在这块土地上生存和劳作，和它是那么相像，他们的容颜随着它的变化而变化，他们的言语和一切动作都变得十分平静。在阳光下，他们的脸显得活泼，常常充满了欢乐，可是现在，在灰暗的天空下，他们目光呆滞，嘴唇上没有一丝笑意，他们的衣服是暗褐色的，行动也很迟缓。太阳通常所挑选并赋予勃勃生气的色彩，比如田地和山坡上那一块块小小的艳色、蓝布衣裳、孩子们的红外衣和姑娘们绯红色的裤子，现在都已不怎么鲜艳了。源骑着马经过这块灰蒙蒙的土地，对自己以前曾经那样爱过它感到惊奇。他也许会回到他的老队长那儿，继续追求他的事业，可是，他想起了那些村民，想起他们如何不喜欢他，而今天他经过的那些老百姓又是那样抑郁，于是他痛苦地向自己发问："难道我要去为他们浪费生命吗？"是的，在他看来，甚至大地在今天也失去了笑颜。然而，这一切仿佛还不够似的，他那匹马也开始一跛一跛地行走。源在他经过的某个小城附近下了马，这时，他才发现马的腿已被石头碰伤，跛了，再也不能派上用场。

正当源停下来低头察看马蹄的时候，只听得一声巨吼，他抬头一看，原来一列火车正从他身边开过。火车猛烈地喷射着烟雾，速度极快。车速虽快，但因为源跪在马的旁边，离火车又很近，所以他看得见车厢里的许多乘客。他们坐在那儿，那么暖和，那么安全，又以这样的速度向前。源真羡慕他们，因为自己的马速度太慢，如今又残废了。突然间，一个绝妙的主意迅速跳入他的脑际，他心中暗暗喊道："我要到城里去，把这头畜生卖掉，然后搭上火车去远方——越远越好——"

那天晚上，源睡在那个小城里的一家客栈里。客栈里脏得很，虱子在他身上爬来爬去，使他无法入睡。他神志清醒地躺在那儿，思考着下一步该怎么办。他身上还有一点钱，因为父亲怕他有时银钱短缺，所以常常让他束着一条装钱的腰带，再说，他那匹马也可以卖些钱。可是，在很长一段时间里，他想不出自己该上哪儿去、应该做什么。

源并不是普通的未受教育的小伙子。他熟悉本国的古书，也了解西方的新书，关于这些，他的家庭教师都曾教过他。他还向老师学了一口流利的外国语。因此，他并非像一个军人的儿子那样无能和无知。他在客栈的硬板床上辗转反侧，自问该用那笔钱和他的知识干些什么，他在心中翻来覆去地问着自己，是不是最好回到队长那儿去。他可以回去，对队长说："我已经悔悟了，让我归队吧。"而且，只要他告诉队长，他丢下了父亲，打倒了那个忠心耿耿的老人，这就足够了，因为在革命者的队伍里，反抗父母就是获得允准的途径，这往往是忠诚的凭证，所以某些青年男女甚至把父母杀掉，以显示他们的忠诚。然而，尽管源知道自己会受到欢迎，但不知怎的，他并不想回到那个事业上去。

一想起这灰暗的一天，源就郁郁寡欢。他想起满身尘土的普通百姓，觉得自己已经不再爱他们。他自言自语地说："我这一辈子从来没有快活过，其他年轻人所有的一切小小的欢乐我都没有，我的生命先是被对父亲的责任所占，后来又被这个我无法追求的事业所占。"突然间，他想起自己也许会喜欢上从未见过的某种生活，一种更愉快的、充满笑声的生活。源一下子觉得他的一辈子过于严肃，连个游戏的伙伴都没有，然而，他相信，一定存在着那么一个既充满欢乐又有工作可做的地方。

想到玩耍，他便回忆起自己的幼年时代，回忆起他曾经很熟悉的那个妹妹——她如何爱笑，如何用一双小脚东跳西跳，而他同她在一起时也如何爱笑。对了，他为什么不再去找找她呢？她是他的妹妹，他们血缘相系。这么多年来，他被牢牢地束缚在父亲的生命中，忘记了自己还有其他的亲属。

他的脑海里一下子涌现出所有的亲戚——有二十来个。他可以上他的伯父王掌柜那儿去。有那么一刻，他想到重回那座房子也许是很愉快，他的脑中呈现出一张亲切、愉快的脸，那是他伯母的脸，他想起了他的伯母和几个堂兄弟。可是接着他又固执地想到，不，他绝不能离父亲那么近，伯父一定会去告诉父亲，因为他们离得实在太近了……他要去乘火车，跑得远远的。他的妹妹离这儿很远，在一个遥远的海滨城市里。他很想到那个城市里去住一阵子，看望他的妹妹，在可爱的景色中寻找乐趣，并瞧瞧所有那些他早已耳闻却从未目睹的外国玩意儿。

他心里有点着急，没等天亮就跳下床来，唤客栈的伙计打热水来洗身。他将衣服脱下来，狠命地抖了几下，想把虱子抖掉。伙计跑来后，他对客栈的肮脏咒骂了一通，一心只想离开。

伙计见源这么不耐烦，就知道他是富人的儿子，因为穷人是不敢随便骂人的，他忙说好话，赶紧侍候。因此，天才蒙蒙亮，源已经吃完早饭出了门，牵着那匹红马去卖。他以很低的价钱把马卖给了一爿肉店。源有一阵子心里很难过，确实，一想到自己的马将变成供人食用的肉，他就不由得一阵战栗。后来，他硬了硬心肠，克服了自己的软弱。如今，他已经不需要马了。他不再是一个将军的儿子。他就是他自己——王源，一个爱上哪儿就上哪儿、爱干什么就干什么的自由自在的青年。就在那一天，他登上了驶向那个海滨大都市的火车。

对源来说，这也算一件幸事，因为他时常替父亲读他那位博学的妻子的来信。信是从她移居的海滨城市寄来的。王虎年纪越大，越是懒得看什么东西；他年轻时虽然很能看书，上年纪后却把许多字都忘了，无法流畅地阅读。这位妇人每年写两封信给她丈夫，这些信里往往有许多学问，不好懂，源就替父亲读信，并为他解释。现在回忆起来，他还记得她在信里告知的地址是在那个大城市中的哪个区、哪条街。于是，源一路上过了一条江，绕过一两个湖，翻过重重山，经过一块块春麦青青的良田，再经过一天一夜的旅程。下车之后，他知道该往哪里走。路程不很近，所以他雇了一辆人力车去那儿。就这样，他一个人从灯光明亮的街道上经过，开始了他的冒险之旅。他坐在车上，因为没有人认识他，所以他尽可以像一个乡下人那样自由自在地观看街景。

他从来没有到过这样的都市。大街两边的房屋是那么高，因此，尽管街灯亮得耀眼，源还是看不到这些高高耸入夜空的房子的屋顶。然而，在这些高楼的底部，光线是充足的，人们像在白昼一样行走。在这儿，他看见了世界上的各种人，他们的种族、类型、肤色都不相同。他看到了来自印度的人，印度妇女身裹黄布和纯白的薄纱，穿着绯红色的罩袍，以衬托她们的黑肤之美。他还看到了行色匆匆的白种男女，他们衣着往往相似，鼻子又都很高，以致源望着他们，惊异于这些白种女人怎么能从许多人中认出她们的丈夫，在他看来，除了大肚皮、秃顶或有类似的缺陷，他们看上去都是差不多的。

但大多数还是和他一样的人种，源看见形形色色的同胞在街上走。富人们乘着豪华的汽车来到某些游乐场所门口，喇叭发出刺耳的尖啸声，拉着源的人力车夫必须让到一边，先让他们通过，就像古时候给皇帝让道一样。富人一到某个地方，穷人就会靠上来，乞丐、残疾人、病人，他们摆出各种各样的苦恼相，以乞得一点钱。然而他们很少要到钱，因为那些富人走起路来往往鼻子朝天，目不下视，从他们的钱包里漏出来的银钱真是少得可怜。源此时虽在热切地寻求快乐，但一瞬间恨起这些目中无人的富人来，他心里想，他们理应给那些乞丐一点钱。

源坐着低贱的人力车经过这川流不息的一切，毫不引人注目，最后，车夫气喘吁吁地在有一排长墙的某个大门口停了下来，同一边还有二十来个相类似的大门。这就是源要找的地方。于是，他跳下人力车，摸出一把硬币，按说定的价钱付给车夫。刚才，源看到那些富人和他们的太太对于乞丐的呼号如何视若无睹，又如何把伸到他们面前的骨瘦如柴的手推开，心中不免有点愤愤然，可是，当这个跑得浑身是汗的车夫低声下气地颤声恳求"先生，发发善心，加一点吧"时，源却认为这全然不是一回事。车夫看到他身穿绸衣，脸上又显示出营养充足的气色，因此想多要点钱，可是源不认为自己是富人，况且这些人力车夫的贪心不足是出了名的。于是他毫不让步地喊道："价钱不是讲好的吗？"车夫叹了口气，说："哦，是的，钱是讲好的——但我想，你若是发发慈悲——"

　　然而源已经忘掉了人力车夫。他转过身去，瞧见门铃，便按了一下。车夫见自己已遭人遗忘，又叹了一口气，用挂在脖子上的一块脏布擦了擦发热的脸，便慢悠悠地向街上走去，尖厉的晚风吹来，使他打了个寒噤，把他皮肤上的汗水吹得冰凉。

　　一个男仆出来开门，他像看一个陌生人那样瞧着源，一时还不让他进去，因为在这个城里，常有一些穿得很好的陌生人去按人家的门铃，声称他们是住在这儿的某某人的朋友或亲戚，可他们进了门就拔出洋枪抢劫、杀人，为所欲为，他们的同伙有时也会进来帮忙，劫走孩子或男人以勒索赎金。于是，这个仆人很快又把门闩上，也不管源这时候已报出了自己的名字。源必须在门口等一会儿。等到门又一次打开时，他看见一个妇人站在那儿。这个妇人气质娴雅，面容庄重，身材高大，满头银丝，她的衣服是用某种紫红色缎子做成的。他们彼此相视，源发现她的脸很和善，那是一张饱满而苍白的脸，脸上皱纹不多，但嘴和鼻子都太大，两眼之间又过于扁平，所以她绝对算不上漂亮。这位妇人的眼神也很温和，而且很解人意，这使源鼓起了勇气，他羞怯地微微笑了笑，说："太太，我这样冒昧前来，要请求您的原谅。我叫王源，是王虎的儿子，我是离开父亲而来的。我孤身一人，对您并没有什么要求，只是来看看您和妹妹。"

源说话的时候，这位妇人一直很仔细地看着他。她很和气地说："我不能相信自称是王源的人，因为我上次见到你还是很久很久以前的事，现在已认不出你了，但是你和你父亲长得那么像。是啊，谁都可以看出你是王虎的儿子。好吧，进来吧，不必拘束。"

尽管那个仆人似乎还有点放心不下，但妇人还是让王源进了门。她是那么温和，那么娴静，仿佛丝毫不感到惊奇，或者不妨说，眼下世界上没有什么事会使她感到惊奇。她领他进了一间狭小的门厅，然后吩咐仆人准备一个房间，搬一张床进去。她询问源有没有吃过饭，并打开客厅的门，请他在那儿随便坐一会儿，接着就去为那间仆人已替源准备好的房间张罗些物品，好让源住得舒适些。所有这些事，她都做得那样从容不迫，而且抱有一种至诚的欢迎态度，这使源感到很高兴、很温暖，他终于觉得自己是个受欢迎的客人。这种感觉使他的心里甜滋滋的，因为他和父亲之间发生的那些事已把他弄得灰心丧气了。

他坐在客厅的一把安乐椅上等待着，对这种从未见过的房间感到惊奇，然而，和以往一样，他严肃的脸上没有露出惊讶和兴奋的表情。他裹在黑色的丝绸长袍里，静静地坐着，偶尔环顾一下房间。他不敢多看，因为这时如果有谁进屋来，见到这种探头探脑的样子一定会感到奇怪，再说他也天生讨厌那种到一个新地方就感到陌生或不自在的人。这是一间小小的四四方方的房间，房间里十分洁净，地上甚至铺着织花的羊毛地毯，上面没有一点污渍。地毯正中摆着一张方桌，桌上铺着红色的丝绒毯，中间摆放着一只插着玫红色纸花的花瓶，花儿看上去十分逼真，只是叶片不是绿的，而是银色的。像他坐着的那种椅子，房间里还有六把，这种椅子椅座柔软，还套着红缎子。房间的每个窗口都挂有用上好的白布制成的窗帘，墙上的一个玻璃镜框里则是一幅外国画。画上的那些高山很蓝很蓝，一个湖也同样碧波粼粼，山上有一些他未曾见过的洋房。整幅画的画面十分明朗，使人赏心悦目。

突然间，不知哪里响起了铃声，源回头向门口看去。他听见一阵匆匆的脚步声，然后是一个女孩子尖尖的嬉笑声。他留神地听着。她显然是在同谁讲话，尽管他没有听见有人答话。她用的许多词语源都无法听懂，因为她时不时在话里夹上一些外国语。

"啊，是你吗？不，我不忙。哦，我今天累坏了，昨夜跳舞跳得太晚了。你在开我的玩笑，她比我漂亮得多。你在取笑我，她跳舞也远远比我跳得好——甚至白种人也想同她跳呢。是的，这是真的，我没有同那个美国青年跳舞。啊，他跳得多好！我不想告诉你他说了些什么！不告诉，不告诉，不告诉！那么今晚我跟你去——十点钟！我得先吃饭——"

一串娇美的笑声传了过来，突然，客厅的门打开了，他看见一个姑娘站在门口，便站起来点了点头。他目光谦恭有礼地下视，避免和她的目光接触，但她很快地走上前来，就像疾飞的燕子那样优雅敏捷，并伸出她的手。"你就是源哥啊！"她以娇柔的嗓音欢快地喊道，她的声音很高，仿佛飘浮在空气上面，"妈妈说你出人意料地来了——"她抓住他的手，嘻嘻地笑着。

"你怎么这样老式，还穿这种长袍！要像这样握手——现在大家都兴握手了！"

他感到她滑软的小手握住了他的手，慌忙把手抽开，因为他觉得握着她的手怪难为情的——他一边把手抽出来，一边凝视着她。她又一次笑起来，朝一把椅子的扶手上一坐，把脸转向源。这是一张极其漂亮、像小猫的三角脸那样娇小的脸，圆圆的脸蛋上面是卷曲的光滑的黑发。但最能吸引源的是她的眼睛。她那双眼睛很亮，很黑，带着光彩和笑意的目光射向他人，使人心醉。再下面是她红红的小嘴，嘴唇丰满、鲜红，但又小巧而柔美。

"坐下。"她喊道，俨然是一个傲气十足的小皇后。

于是他坐下，小心翼翼地坐在椅子的边上，以免离她太近。她又笑了起来。

"我是爱兰，"她用轻柔的声音继续说下去，"你还记得我吗？我完全记得你，只是你长得比以前好了——你以前一直是个丑孩子——脸太长。但是你应该有几件新衣服——我那些堂兄弟眼下穿的全是西装——你穿西装一定很好看——个子那么高！你会跳舞吗？我很爱跳舞。你认识我的堂兄弟吗？我那个大嫂跳起舞来就像仙女一般！你应该见见我的老伯父！他也想跳舞，但是他年纪大了，人又出奇地胖，所以伯母不让他去。你真该见见他因为老盯着漂亮姑娘而挨伯母臭骂的那副样子！"说着她又发出一串轻轻的笑声。

源偷偷地看了她一眼。他从未见过这样苗条的姑娘，身材纤小得就像孩子；她那件绿色的绸旗袍非常合体地裹在她身上，犹如花萼包着蓓蕾一般；旗袍的领子高高的，紧紧贴住她那纤细的脖子；在她的耳垂上则挂着小小的镶金珠环。源把眼光掉开，用手掩着嘴咳了几下。

"我上这儿来，是为了问候母亲，并向你致意。"他说。

听了这话，她微微一笑，笑他的严肃劲儿，这一笑使她的脸光彩熠熠。她站起来，向门口走去，她的步子是那样轻快，就像闪过一道光线。

"哥哥，我这就去找她。"她故意用一种一本正经的口气说话，以嘲弄他的严肃劲儿。然后，她又笑了，用她那小猫般的黑眼睛向源抛了一个取笑的眼神。

她走了以后，房间里显得异常静谧，就像房间里一小股忙碌的风突然停止了流动一样。源惊奇地坐在那儿，无法理解这个姑娘。在整个士兵生涯中，他还没有见到过这样的人。他竭力回忆他们小时候在一起时她是什么样子，当时父亲还没有带他离开他母亲的庭院呢。他想起来了，那时她也是这样敏捷，这样天真地说话，也这样用漆黑的大眼睛瞧人。他还想起刚和她分手时，他感到生活是多么沉闷，他父亲的兵营又是多么缺乏生气啊。想到这儿，他甚至感到现在的这间屋子也太安静、太寂寞了，他希望她能回到这儿来，渴望着再见见她，他需要听到像她那样的笑声。

他忽然又想起，他的一生老是被这样那样的义务所占据，缺少的正是笑声，他从未有过像街头那些穷孩子一样的嬉戏逗乐，也从未有过像一群劳动者在正午的阳光下歇一会儿，一块儿吃些东西时那样的欢乐。他的心跳快了起来。这个都市将带给他什么，是所有的青年人都喜爱的笑声和欢乐吗？是灿烂的新生活吗？

因此，当门声又响起时，他热切地向门口望去，但这次来的不是爱兰，而是太太。她悄悄地走进来，仿佛已把房子里的一切准备得舒舒服服了。跟着她进来的是那个男仆，他手里端着一只盘子，盘子里是几只热气腾腾的菜碗和饭碗。她说："把吃的放在这儿吧。好啦，源，如果你要使我高兴的话，就应该多吃一点，我知道火车上的伙食和这些不一样。吃吧，我的儿——源，既然我没有别的儿子，你就是我的儿。你能够找到我，我很高兴。我想听你谈谈所有的事情，谈谈你是如何到这里来的。"

这位有教养的太太非常和气地同源说话。源瞧着她的脸，从她的神色和话语的含意中知道她是出于真诚。她替他在方桌边放了一把椅子，听着她悦耳的嗓音，看到她那双细细的温柔的眼睛里流露出殷勤的目光，源发觉傻乎乎的眼泪从他的眼角流了下来。他动情地想，自己从来没有在哪个地方受到过如此彬彬有礼的欢迎——不，没有一个人曾如此友好地对待过他。霎时间，这幢温暖的房子、房间里令人愉快的色泽、对于爱兰的笑声的回忆以及这位太太的慰藉都一股脑儿涌上来，充溢他的心头。他急切地吃着，因为肚子已很饿，而且那些菜肴烧得很考究，不像买来的菜那样缺少油水和作料。这时候，源忘记了他曾经热切地吃过乡下的饭菜，只觉得现在的菜是他从未享用过的最好的、最使人满意的美味，所以他吃了个饱。然而，由于这些菜味道很浓，油水太重，他很快也就餍足了。虽然这位太太竭力劝他再吃些，但他已无法多吃。

在源吃饭的时候，那位太太一直侍候着他。他一吃好，她就让他重新坐到安乐椅上。源吃饱了，感到又暖和又舒服，于是他同她谈了所有的事，甚至那些他自己也不甚清楚的事。这时，他看见太太凝视着他，这是一种意味深长、充满期待的凝视，于是，他的羞怯感一下子消失了，开始向她倾诉所有他想说的话——他如何憎恨战争，如何渴望到乡下去生活。他说，他去乡下并不是像那些农民一样过愚昧无知的生活，而是作为一个有智慧、有学识的农民，去引导他们过一种更好的生活。他还告诉他，他如何因为父亲的缘故偷偷地从队长那儿逃走。此刻，太太那双充满智慧的眼睛注视着他，使他对自己有了某种新的了解，他困窘地说："以前我曾想，自己之所以逃走，是因为我不愿意去反对父亲，可是现在，太太，我发现了自己逃走的另一个原因，那就是，虽然我的同志们献身于正义的事业，但他们总有一天要杀人，可我痛恨这种杀戮。我不敢杀人——我知道，我并不勇敢。事实上，我无法使自己憎恨到能够杀人的地步。我也知道，父亲对此是怎么想的。"

他谦恭地望着太太，对亮出自己的弱点感到惭愧。然而她平静地说："确实，并不是每个人都敢杀人的，否则我们全都会死去，我的儿。"隔了一会儿，她又用一种更温和的语气说道，

"源，我很高兴你不敢杀人。我想，救人性命总比杀人好，虽然我不信佛教。"

等到源迟疑不决、羞愧参半地谈到王虎如何一定要他同随便哪个姑娘结婚的时候，太太完全被感动了。她慈祥地、充满理解地听他叙述，并在他停顿片刻的当儿不时轻轻地发出赞同声。源低着头说道："我知道，他有这样做的权力——也知道法律和习俗——但是我无法忍受。我不能——我不能——我要掌握自己的命运，要自由——"这时，对于父亲憎恨的记忆以及试图表白这一点的愿望困扰着他，他继续说下去，因为他想把一切都倾吐出来，"我能够理解最近这些年月儿子们为何会杀死他们的父亲——我自己做不到这一点，但是我完全理解那些出手比我快的人的想法。"

他注视着这位太太，想看看这些话是否过于严酷，使她承受不了，但实际上情况并非如此。她显露出一种新的威严，用比先前更确定的口气说："你是对的，源。是的，现在我常常对那些青年的父母、爱兰朋友的父母甚至你的伯父和他那位不住地抱怨青年的太太讲，至少在这个问题上，青年人是对的。噢，我知道你完全没有错，我绝不会强迫爱兰结婚——而且，如果必要的话，在这个问题上我也会帮助你反对你的父亲，因为我确信你是完全正确的。"

她黯然地然而却带着某种源于自己生平的隐秘的激情说了这番话。源惊奇地发现她细细的温和的眼睛变了样，正闪耀着某种光彩，她整个平静的脸也起了变化。但是他毕竟太年轻，除了考虑到自己，还不可能为别人想得很多。她言语的慰藉同这幢房子的安静、舒适糅合在一起，占据了他的思想，他迫切地说："我是否能在这儿住一段时间？等到我看清了该怎么去做——"

"那当然可以，"她热情地说，"你爱在这儿住多久就住多久。我一直想有一个自己的儿子，现在你就是我的儿子了。"

事实上，这位太太一下子喜欢上了这个黑黑的高个子青年。虽然按通常的标准，源还不能算漂亮，因为他的颧骨过高，嘴也太大，但是，他比大多数的男青年更魁伟。她喜欢他脸上那种诚挚朴实的神态，喜欢他慢条斯理地行动的样子，还喜欢他说话时表现出来的某种羞怯和优雅。他仿佛是那种即使下了决心也会对自己的能力有所怀疑的人。然而，源的优雅仅仅表现在他的言谈中，他的嗓音实则低沉、动听，完全是男子汉的声音。

源看出了她对自己的好感，更是感到安慰，这儿已是他的家了。他们又交谈了一会儿，她便带他去一个小房间，即他将要住进去、属于他的房间。到那个房间要走一段楼梯，再上一小段盘旋式阶梯。房间在屋顶下面，十分洁净，需用的东西应有尽有。等她走出房间，只剩下他一个人的时候，他走到窗边，举目望去，好多街道已亮起了灯光，整个都市一片辉煌。在高高的夜空中，源仿佛已看到了一个新的天堂。

如今，源确实开始了一种新的生活，一种他自己从未梦想过的崭新的生活。第二天早晨，他起身后漱洗穿衣，然后就下楼梯，太太正带着同样喜悦的目光在楼梯口等着他，这给了他一种新的宽舒感。她将源带进一间房间，那儿桌上已备好了早餐。在餐桌上，她很快就开始同他谈她为他制订的一些计划，她谈得往往很具体，很细致，以免什么设想违背了他的意愿。她对他说，首先，她得为他买一些服装，因为他除了身上的衣服，什么都没有带；然后，得送他进市里一所专为年轻人开办的学校学习。她说："我的儿子，你没有必要急于找工作。在这段时间里，你最好先用一些新的知识充实自己，否则你只能赚很少的钱。让我把你当亲生儿子一样看待，我要让你实行我曾经为爱兰制订的那些计划，无论她是否照此做过。你要进这所学校学习，直至学到的东西足以确保你的地位为止。学习结束以后，你就可以找工作，甚至可以到国外去待一阵子。如今的青年男女都十分醉心于出国留学，依我看，他们出洋也是一桩好事。对了，尽管你的伯父高喊这是一种浪费，说他们回国后个个自恃有本事，有能耐，无法再同长辈们一起生活，但我仍然认为，让他们出去尽自己所能学些东西，然后回来报效自己的国家，这总是好的。我只是希望爱兰——"她说到这儿顿住了，一时间显出忧心忡忡的样子，仿佛由于自己内心的某种烦恼而忘却了自己在说些什么。但是，她很快又一展愁颜，很果断地说："唉，我不该试图塑造爱兰的生活。假若她不愿意，我就不应该这样做——也不要让我来塑造你的生活，儿啊！我只是说，假若你这样做——要是你愿意的话——那么，我可以想出一个这样做的办法来。"

源对她谈到的所有这些新鲜事感到茫然，似乎一下子接受不了，他高兴得有点结巴地说："当然，我只有感谢你，太太，你说的这些话使我十分高兴——"他坐了下来。因为年轻人一夜过后的饥饿，因为平静的心中充溢着欢乐，又因为是在一个成了自己家的地方用饭，他早餐吃了很多东西。这位太太笑了，很高兴地说："我敢发誓，你的到来使我很愉快。源，即使不为别的，单是看你吃饭就使人惬意。爱兰是那么怕吃饭，唯恐骨骼上多长肉，她几乎一点东西都不敢吃，比一只小猫吃的还要少。早晨，她躺在床上不肯起来，生怕见了东西想吃。我那个孩子，她只知道追求漂亮，其他什么事都不管，可是我却喜欢能吃的年轻人！"

她一边说，一边用自己的筷子将鱼身上的好肉、鸡和调味品往源的碗里捡，她对源的那种健康人的饥饿大为高兴，甚至比自己吃还高兴。

源就这样开始了新的生活。最初，这位太太去一些出售丝绸和外国毛料织物的大商店买来衣料，然后把裁缝请到家里来，替源量体裁衣，照城里的式样做了几件衣服。太太对裁缝们催得很紧，因为源至今还穿着那几件旧服装，这些服装做得过于宽大，又是乡下式样，她绝不愿让他穿着这样的衣服去见他的伯父和堂兄弟。他们已经听说源来了，这一定是爱兰告诉他们的；他们请他去参加一个为他洗尘的宴会，但太太将宴会的日期挪后了一天，那时他最好的服装就可以做好了。这是一件有本色织花的孔雀蓝缎子长袍，外加一件玄色缎马褂。源对太太的这些安排十分满意，他穿上了新衣服，一个从城里请来的理发师给他理了发，并为他修去了脸上的柔毛。他穿上太太为他买的新皮鞋，套上玄色缎马褂，又戴上眼下每个男青年都戴的那种外国毡帽。当他对着自己房间墙上的那面镜子看时，他也知道，自己看上去是一个非常漂亮的青年，同这个城市里的任何青年并没有什么两样。他对这种情况感到高兴，正是人的一种天性。

对这一心理的洞悉使源有点害臊，他十分难为情地走下楼梯，进了那个房间，太太正在那儿等着他，爱兰也在。爱兰一见源就拍着手嚷道："啊，现在你是非常漂亮的年轻人了，源！"她笑着，笑声里含着浓重的戏弄意味，源感到自己的血往上冲，脸和颈项都红了，她目睹这一情景又大笑了一番。然而太太温和地制止了爱兰，她让源转过身子，看看他的衣服的前后身是否都做得很好。当发现一切都很合身时，她对源就更满意了，因为他的身材相当挺拔、健壮。望着源美好的形象，她感到自己的这番辛苦得到了很好的回报。

宴请在第二天举行，和源同去他伯父家的有爱兰，还有那位太太——源已经叫她"母亲"了，不知怎的，他叫起她来比叫自己的母亲更顺口些。他们坐的车不用马拉，而是有一台机器在车里，由仆人驾驶，源从未坐过这样的玩意儿，但他很喜欢它，因为它开起来那么平稳，就像在冰上滑行。

在去伯父家的路上，源了解到许多关于他的伯父、伯母和堂兄弟的情况，因为爱兰一直在说这说那，喋喋不休地告诉他。她一面讲一面笑，露出淘气的神色，她那小小圆圆的红唇不住地动着，仿佛在为每一个字加标点。根据她的叙述，源的眼前浮现出关于他们这门亲戚的清晰的画面。虽然他很守礼，但他还是止不住笑了出来，因为爱兰是那么诙谐，那么顽皮。他从她的描绘中形象地了解了伯父，她说："源，他真是像一座山那样，前面挺出那么大一个肚子，我敢打赌，他实在需要生出另一只脚来撑住它，他的下颌垂在肩膀上，头秃得像个和尚！可是他比和尚差得远呢。源，他只愁自己太胖，不能像儿子们那样跳舞——实际上，他多么想抱住一个姑娘，把她搂得紧紧的——"讲到这儿，姑娘发出一阵大笑，这时，她母亲温和地打断了她，同时向她眨了眨眼睛："爱兰，讲话要有分寸，我的孩子，他是你的伯父呢。"

"他是我伯父，可我爱怎么说就怎么说。"她淘气地说，"源，我那伯母，也就是他的原配，讨厌住在城里，一直想回乡下去。但是，她又怕离开他，唯恐有些姑娘图他的钱勾引他，然后出于不愿当小老婆的现代观念，要做他的正妻，这样，她就会被撇到一边了。他的两位太太在这个问题上至少是结盟的，也就是说，她们绝不会让他娶第三个女人——这是近年来的一种妇女联盟呢，源。至于我的三个堂兄弟——对了，你知道的，大堂兄已经结了婚，大堂嫂有男子风，管他管得好凶，于是我那可怜的堂兄只能偷偷摸摸地寻欢作乐。可是，她十分精明，能够从他身上闻出一种陌生的香水味，在他衣服上发现脂粉的痕迹，或是从他的衣袋里搜出信来，我这位大堂兄在这方面活脱儿像他父亲。我们的二堂兄盛——他是诗人，一个漂亮的诗人，他替杂志写诗，还写殉情的故事。他可以算是一个叛逆，一个温和、漂亮、微笑着的叛逆，他时时刻刻在寻求并变换着爱的对象。然而，我们的三堂弟才是真正的叛逆。他是个革命家——我知道他是！"

爱兰说到这儿，她的母亲便恳切地喊道："爱兰，你在说些什么！要知道，他是我们的至亲，这种称呼最近一段时间在城里是很忌讳的。"

"是他自己这么对我说的。"爱兰说，但把声音压低了些，同时朝开车人的后背瞥了一眼。

她在车上说了好多好多话，等到王源进了伯父的家，对他们每个人他差不多都认识了，因为他妹妹已将他们逐个介绍了一番。

这幢房子同王龙在古老的北方乡镇买下并传给儿子们的大房子完全不同。王龙的那幢房子古老、庞大，一个个房间或是又深又暗，或是既小且暗，此外就是有一个个院子，但没有楼，房间一间接一间地延伸开去，空间甚为开阔；房子的屋顶高高的，下面架着梁，看上去陈旧不堪，一个个的窗格子里都嵌着来自南方的贝壳。

然而，源的伯父的新房子矗立在这个外省新城的一条街上，边上挤挤挨挨的也是和它相似的一些房子。这些房子都是外国式的，非常高，但很狭窄，没有任何院子或花园，房间紧紧地联在一起，虽小，但因为有许多无格的玻璃窗，所以倒很亮堂。阳光射进房间，亮得耀眼。光线照在墙上，照在铺着绣花缎子的桌椅上，照在妇女们鲜艳的丝绸服装和她们朱红色的唇膏上，呈现出种种斑驳的色彩，因此，当源一进到他那些亲戚全在场的这间屋子时，顿觉光彩夺目，但他感到这儿炫耀得有点过分，并不美。

他的伯父站起身来，双手捧住他的下垂至膝的大肚子，他那件织锦缎袍子则像帘幕一般从肚子上垂落下来。他气喘吁吁地向他的客人打着招呼："哟，弟妹，侄子，还有爱兰！嘿，源也是个魁伟的黑肤小伙子，像他父亲一样——不，不像，我敢打赌——比老虎要文雅一些，也许——"

他气喘吁吁地哈哈大笑了几声，便重新坐回到椅子上。他的太太站了起来，从侧面看过去，她是一个整洁、脸色苍白的妇人，身着一身黑色的缎子衣裙，显得十分简朴、得体。她两手交叉地塞在衣袖里，一双缠过的小脚使她有点站立不稳。她也向他们打招呼说："我盼望着见你们都好，弟妹，侄子。爱兰，你越来越瘦了——太瘦了。如今的女孩子宁可挨饿，也要穿那种裁得笔挺、同男子服装一样大胆的衣服。请坐呀，弟妹——"

她的边上还站着一位源不认识的妇人。这位妇人的脸粗陋而红润，皮肤用肥皂擦得发光，头发按乡下的式样，在额前留了一排刘海儿，她的眼睛很亮，但眼中没有智慧的光芒。没有人提起这位妇人的名字，因此源也不知道她是不是仆人，直到爱兰的母亲同她寒暄了几句，他才得知她是他伯父的姨太太。于是，他朝她微微点了点头，这位妇人涨红了脸，按乡下妇女的礼法，两手交叉地插入袖筒，鞠了一躬，但没有开口。

大家寒暄了一阵，源的堂兄弟们便叫他到另一个房间去，同他们一起喝茶。他和爱兰觉得离开长辈们更自由些，便很高兴地去了。源默默地坐在那儿，听他们东拉西扯。他们彼此间都很熟识，只有他一个人是生客，尽管他是他们的堂兄弟。

他仔细地观察着在场的每个人。他的大堂兄已不太年轻，身材也不高，但肚子已长得同他父亲一样。他穿着一身黑呢西服，显得有点洋气。他那张白白的脸依然很漂亮，一双柔软的手有着光润的肌肤。他那游移不定的目光常常过久地停留在他堂妹身上，这时，他那嗓音尖尖、漂亮的妻子就会流露出一种轻蔑的表情，谈起其他一些事情，以把丈夫的注意力引开。源的二堂兄——诗人王盛也在座，他披在脸两侧的头发又直又长，手指细长、苍白、娇嫩，他那笑眯眯的、沉思的神色给人一种很有学问的感觉。只有第三个——小堂弟在容貌和举止方面都不大吸引人。他是个十六岁左右的少年，穿着普通的灰色学生装，衣扣一直扣到颈部，他的脸一点也不漂亮，长得很粗，上面还有许多小疙瘩。他一双手瘦削、松弛，从衣袖里露出长长一大截。在别人谈天说地的当儿，他一言不发，只是坐在那儿，从近旁的一只碟子里抓花生吃，他的吃相很贪婪，可脸上却显出一种青年人的忧郁神情，使得别人还以为他在违心地吃花生呢。

房间里有一些小孩在他们身边跑来跑去，其中有一两个近十岁的男孩、两个小女孩，和一个用布带绑住身子，由女仆拉着，吱吱哇哇尖声叫着的两岁婴孩，另外还有一个婴儿正被抱在妈妈怀里吃奶。源对于孩子向来有些害怕，所以也没理睬他们。

一开始，他们都在闲谈。源不声不响地坐着，他们让他随便吃些糖果和蜜饯，这些甜食就放在源身边一张小桌上的碟子里。大嫂子让女仆给他沏茶，然后似乎就把他忘了，忽视了待客必须殷勤热情的礼仪，而源在这方面曾经是受过训导的。于是，他轻轻地剥着花生，一边喝茶一边听他们闲谈，并不时将剥出来的花生果给孩子们吃，孩子们拿了就往嘴里一送，也不说一个"谢"字。

然而，堂兄妹之间的谈话很快就沉寂下来。大堂兄确曾问过源一两件事，如他想上哪儿去念书等。他听说源也许会出洋时，便羡慕地说："我也想出去一趟，可父亲绝不会为我花这笔钱。"然后，他打了个哈欠，把手指按在鼻梁上，陷入郁郁的沉思。末了，他把他最小的孩子抱在膝上，给他吃糖，逗了他一会儿，见孩子发脾气就乐，孩子用小小的拳头拼命打他时，他更乐得大笑。爱兰正同她的堂嫂低声谈话，堂嫂讲话的口气有点愤愤然，尽管压低了声音，源还是听得出她是在讲她婆婆，说如今再没有哪个妇人会像她婆婆那样爱对别人指手画脚了。

"满满一屋子都是仆人，可她偏要我替她倒茶。爱兰——如果这个月的米比上个月的用量多，她也要怪我！我发誓，绝对不再忍气吞声。如今很少有女人愿意和公公婆婆住在一起，我也不干啦！"她说的无非是这类妇道人家的话。

在所有这些人中，源怀着最大的好奇心注视着的是他的二堂兄，即爱兰称为诗人的王盛，这部分是因为源自己也爱诗，部分则是因为他喜欢这个青年的优雅——一种纤弱的优雅。盛身穿一套黑色西式便服，这使他显得更为敏捷、引人注目。他长得很漂亮，源很爱美，因此他的目光差不多一直盯着盛那张金黄色的椭圆脸，盯着他那双又黑、又温柔、又带着梦幻色彩、像姑娘那样的杏眼。源的这位堂兄具有某种情调，还有某种内在的领悟力，这些都吸引着源，使他渴望同盛讲话。然而，无论是盛还是孟，都一言不发，盛不一会儿便看起书来，而孟在吃完花生后就跑掉了。

但是，在这间满满都是人的房间里，谈话也并非易事。孩子们动不动就哭，仆人们进进出出，不停地倒茶、送点心，把门弄得轧轧作响。源的堂嫂还在悄悄地讲话，爱兰不时笑着，听到有趣的地方，还做出嘲弄的神态来。

一个漫长的黄昏就这样消磨过去了。晚宴的菜肴十分丰盛，伯父和大堂兄的胃口之好令人瞠目。如果有哪道菜烧得不太好，他们俩便一起抱怨，吃到美味则大声叫好；他们还对肉类和甜点心的烹调进行比较，把厨师叫出来听他们的评论。厨师出来了，他的围裙因为干活而弄得又黑又脏。他提心吊胆地听着，听到称赞的话，他那张满是油腻的脸就堆满了微笑，受到责怪时则低头连连称是。

至于源的伯母，她为了自己的缘故，正拼命察看哪道菜里有肉有蛋，或哪道菜是用猪油烧的，因为现在她年纪大了，信了佛，不再吃荤菜。她有自己的厨师，他能把蔬菜巧妙地制成各种各样的肉食品模样。人们打赌说，这一碗是鸽蛋汤，其实里面一只鸽蛋都没有；一盘鱼端出来，有眼有鳞，活脱儿的一条鱼，等到人们将它划开，发现其中既没有鱼肉也没有骨头，才知道这不是真的鱼。这位太太让她丈夫的姨太太忙这忙那，自己还不无炫耀地说："太太，这些活本该是媳妇替我干的，但是如今这时世，媳妇也不像媳妇了。我没有媳妇倒也好。"

她的儿媳妇笔直地坐在那儿，很漂亮，但神色十分冷峻，她装作什么也没有听见。可是那位姨太太倒很随和，她能够把各种关系始终处理得十分妥善。这时候，她和蔼地说："我倒无所谓的，太太。我喜欢忙忙碌碌。"

于是，她就这样为许许多多的小事情忙忙碌碌，给大家带来安宁。这位脸色红润的普通妇女身体强健，脸上常常带着笑容，她最大的乐趣是得一点空，替自己的或孩子们的鞋绣花。她身边常常带着一些零星的缎子以及剪得很巧妙的花鸟树叶的纸样，颈上也常常挂有各种颜色的丝线；她的中指上始终戴着一只铜顶针，戴惯了，以至好多次睡觉时也忘了脱下来，于是她就拼命寻找，疑惑不定，最后，她发现顶针依然戴在自己的手指上，便发出一阵愉快的孩子般的大笑，大家听了也感到好笑。

满屋子都是谈话声和喧闹声、孩子们的哭哭啼啼声、杯盘交错的叮当声，只有那位有学问的太太保持着她的文静和端庄。她是有问才答，优雅地进餐，不过分留意吃的东西，她甚至对孩子也讲究礼貌。爱兰的嘴太快，那双善于捕捉笑料的眼老是闪闪发光，但她只要瞧见母亲那双温和而严肃的眼睛，瞧见母亲眼中流露的沉思和庄重，就再也不敢放肆了。不知怎的，这位慈祥和蔼的太太坐在这群人中，所有在座的人都变得更为亲切、彬彬有礼了。源看出了这一点，对她更加尊敬，对自己能够称她为母亲也更感自豪。

源无忧无虑地住了一段日子，他从未梦想过这样的生活。他事事都相信这位太太，服从她，就像他是她的亲生孩子一样。他愉快而又热切地服从她，因为她从不向他发号施令，而是往往问他，他是否十分愿意做她为他安排的某些事，她的话说得那样温和，以至源常常觉得，要是一开始就让他自己考虑的话，他也会做出这样的选择的。

一天清晨，在她和源两人单独吃早饭——爱兰是从来不吃早饭的——的时候，她说："我的儿子，不让你父亲知道你在哪儿是不好的。如果你愿意，我就亲自写封信给他，告诉他，你很平安地同我住在一起，绝不会受到他的仇敌的伤害，而且，因为这儿是外国政府保护下的海滨城市，他们不会允许战争在这儿发生。我会求他替你解除这种婚姻，让你有朝一日也像当今的青年一样自行选择。我还要告诉他，你现在一切都好，并将进这儿的学校念书，我会照顾好你的，因为你是我自己的儿子啊。"

源对于父亲并没有完全放下心来。白天，当他在马路上东游西逛地观赏街景，在陌生的市民中挤来挤去时，当他在这幢洁净而安静的房子里忙着读他为进新学校而买来的书时，他会想起自己的任性，甚至想这样喊出声来：像这样自由自在地生活是他的权利，父亲绝不能强迫他回家。然而，在无数个夜里，在他因不习惯清早从街上传来的嘈杂声而醒来时的熹微晨光中，他又感到，对他来说，自由是不可能的。每当此时，他孩提时代的那种恐惧感又会向他袭来，他在心里默默地呼喊道："我怀疑我是否还能在这儿待下去，假如父亲率领士兵前来把我带回去怎么办？"

在这些时候，源忘记了父亲的种种慈爱，忘记了父亲的年岁和病痛，只记得他怎样常常发怒，怎样只注重自己的意旨，然后，源会感到他幼时的那种忧虑和恐惧重新攫住了他。他已经多次设想过如何给父亲写信，如何在信中为自己的出走辩护，设想过若是父亲前来，他该如何躲避他。

因此，当太太对他说了上述话，他也觉得这样做似乎是最容易、最可靠的办法了，于是他十分感激地喊道："这倒是帮助我的最好的办法，母亲。"他在吃饭的当儿思考了一会儿，心头略感轻松，又敢于有一点小小的任性了，于是他说："只是你的信要写得尽量简单些，因为父亲的眼睛不是很好。然而，你要确实向他说明，我不会按他的意旨回家结婚，如果存在着逼我就范的可能性，我就永远不再回去，甚至永远不见他。"

见源那种激愤的样子，太太慈祥地笑了，她温和地说："当然，我一定这么写，但会写得更客气一点。"她显得那样平静、自信，这使源的最后一点恐惧也消失了，他信任她，就像他是她的亲骨肉一样。他不再害怕，只感到生活在这儿既安全又可靠，对于这种生活的各个方面，他不禁热切地向往。

源的生活一向是十分简单的。在父亲的军营里，他翻来覆去做的就那么一点事；在他所知道的唯一的其他地方——军校中，生活也同样简单：小伙子们读书，研究战争，有时也为某些事情发生争执，尽管他们十分友好。小伙子们不能随心所欲地外出，和老百姓接触，因此，他们经过短时间的相处，彼此很快就熟识了。为了他们的事业，为了将要为这一事业而进行的战争，他们受到了最严格的约束。

然而，在这个巨大、嘈杂、快节奏的城市中，源发现生活就像一本他必须一下子读完的书。面对丰富多彩的生活，他是那样热切，那样激动，他绝不愿意有哪一种生活从他身边滑走。

就在这幢房子里，源过着他所渴望的那种愉快的生活。源从未有过同其他孩子一起嬉戏打闹的经验，也从未忘记过他的责任，可如今同妹妹爱兰在一起，他重新发现了他那姗姗来迟的童年。他们俩会有不动肝火的争吵，会玩属于他们自己的这样那样的游戏，弄得彼此大笑，使源在笑声中忘却了其他一切。一开始，源和爱兰在一起还感到羞怯，不怎么敢放声大笑，只是微微地笑，他的心受着束缚，不能自由地表达情感。长期以来，源所受的教育就是凡事须有节制，行动要庄重、徐缓，表情要严肃、端庄，回答问话要考虑再三，因此，如今他对这个爱戏弄人的姑娘不知怎么办才好。爱兰老是嘲笑他，艳媚的小脸上惟妙惟肖地扮出他常有的那种严肃模样，惹得太太也情不自禁地笑起来。最初源也不清楚自己是否喜欢如此被人嘲弄，因为以前还没有人这样做过，但他也不得不笑出来。爱兰不愿意源老是一本正经，不，不等到源搭理她的打趣话，她是绝不会罢休的，如果源也说了有趣的话，她就喝彩称赞。

一天，她喊道："妈，我宣布，我们的这位老夫子又变得年轻起来了！我们要使他重新变成孩子。我知道我们该怎么做——我们该替他买些洋装，我要教会他跳舞，这样他有时就可以和我一起去跳舞了！"

然而，对源新发现的乐趣来说，这玩意儿未免太离谱了。他知道，爱兰常常外出寻求这种被称为跳舞的外国乐事，有时，在夜间，他经过某幢金碧辉煌的华屋时，也看见人们在跳舞，但他往往把头掉开，他总觉得，这样干未免过于大胆：一个男子居然把一个不是他妻子的女人搂得那么紧。即使是夫妻，他们似乎也不能这么公开干。爱兰发现源竟然这么严肃，也变得异常任性，非坚持要他学跳舞不可。源羞涩地辩解道："我的腿太长了，绝对不能跳舞。"爱兰说："有些外国男子的腿比你还长，可他们照样跳。有一晚，我在林露茜家同一个白人男子跳舞，我发誓我的头发刚够到他的背心扣子那儿，可他跳舞跳得就像风中的大树一般。算了，再想些什么别的理由出来吧，源！"

正当他羞于说出真正的理由时，她笑了起来，用纤细的食指在他脸上刮了刮，说："我知道这是为什么——你以为所有的姑娘都会爱上你，而你是害怕爱的！"

这时，太太柔声柔气地开了口："爱兰——爱兰——不要太无礼了，我的孩子。"源不怎么自在地笑了笑，事情就这么过去了。

可是爱兰不让这件事就此过去，她天天对源喊道："你别想躲开我，源——我还是要教你跳舞！"爱兰的光阴差不多全打发在对于快乐的追求上，她刚从学校回来就丢下书本，换上色彩艳丽的衣服，外出去看戏，或去看某种酷似生活、人们在其中既会动又能说话的画片。然而，就在她每天只遇见源一两回的这些日子里，她也会和源打趣说，她明后天就准备这么做了，他必须壮壮胆子，去思考思考爱。

他和爱兰将来会怎么样，源是吃不准的，因为对于那些和爱兰来往的漂亮而饶舌的姑娘，他心里还有点害怕，而且，尽管爱兰已将她们的名字告诉了他，并也曾向她们介绍说"这是我的哥哥王源"，但他还是认不出她们。她们看上去是那么相像，又都那么漂亮。他害怕这些漂亮的姑娘，但更害怕他内心深处的某种东西——某种神秘的动力，害怕它那漫不经心的小手会搅得他心神不宁。

但是，一天发生的一件事给了爱兰调皮捣蛋的机会。那是一天傍晚，源从他的房间里出来，准备吃晚饭，他发现他称为母亲的那位太太正独个儿在桌边等他。爱兰不在，屋子里显得很静，源对此并不奇怪，因为爱兰同她那些朋友出去找乐子时，他们俩常常是单独用餐的。但今晚源刚坐定，太太就用平静的语调开了口："源，长时间来我有件事一直想求你，可我知道你很忙，正热心读你的书，起得很早，需要充足的睡眠，所以我没有麻烦你。然而，我在某一件事上已经无能为力了，必须求得帮助。既然在事实上我已把你当作儿子看待，那么，我无法请别人帮忙的事也可以请你做。"

　　源这一下大大吃了一惊，因为这位太太一直是那样自信，那样从容不迫，那样怡然自得、通晓事理，他无法想象她会向任何人请求什么帮助。他从端着的饭碗上面望了她一眼，惊讶地说："放心吧，母亲，我什么事都会为你去做。我来这儿后，你无微不至地关心我，待我比亲生母亲还要好。"

　　源说话的语气、神态真诚朴实，把这位太太心里正郑重思考着的事引了出来。她紧抿的嘴唇颤抖着，说："是关于你妹妹的事。我将自己的生命交给了我的这个女儿。因为她不是男孩，当初我就经受过痛苦。我和你母亲差不多同一个时间怀孕，然后你父亲就出去打仗了，等他回来，我们的孩子都已出世。你无法设想，当时我是多么想要你，源，我希望你是我的亲生儿子。你父亲从来不——从来不来看一看我。我老觉得他有某种情感的动力——有一颗古怪、玄秘莫测的心，我知道，除了你，谁也没有获得过他的心。我不知道他为什么那么恨女人，但知道他多么盼望有一个儿子。在他出门的那几个月里，我心里常常想，要是怀个男孩就好了——我并不蠢，源，像大多数女人那样——我父亲把他所有的学问都传授给了我。我常常寻思，要是你父亲能了解我究竟是怎样一个人，明白我的心，他就会因为我有那么一点知识而感到慰藉。但是，不，在他的心目中，我比能替他生儿子的妇人高不了多少——我没有生儿子，只生了爱兰。源，他打了胜仗回来，立刻就去看你乡下母亲怀里抱着的你。我给爱兰穿红戴银，把她打扮得像男孩一样神气，况且，她也是个极漂亮的孩子，可是你父亲却从来不朝她看一眼。因为爱兰这孩子极其聪明，又比同龄儿童懂事得多，所以我一次次地借故把她送到你父亲跟前，或是自己带她去他那儿，我认为他一定会好好地看看她。但是，他对所有的女性似乎都怀有一种不可思议的戒心。在他眼中，她不过是个女孩。我心中孤苦得很，源，最后终于下决心离开他——我并没有把事情挑明，只是用女儿要上学作为借口。我下定决心，一定要让爱兰得到一个男孩所能得到的一切，尽我所能去冲破一个女人与生俱来所受的束缚。你父亲是慷慨的，源——他寄钱给我们——我们什么也不缺，只是我和女儿是死是活，他是毫不关心的……我帮助你，并不是为了他，而是为了你自己，我的儿子。"

说到这儿，她富有深意地瞥了源一眼，源注意到了她的这道目光，心中不免有点慌乱，因为在转眼之间，他就了解到了这位太太的生平和她的种种思想。她是他的长辈，如此知情使他感到不好意思，所以他一句话也说不出来。于是，她继续往下说道："就这样，我为爱兰献出了自己的一切。她是个可爱、快乐的孩子。我常常想，有朝一日她必定会成为伟人，也许是个大画家，或是大诗人，最好像我父亲那样，成为一个医生，因为如今已有女医生了。至少，她会成为我国新时代献身妇女事业的某种领袖。在我看来，我生的这个孩子必然会成为伟人，博学多才、智力超群，就像我原本可以做到的那样。可惜我从来没有获得自己曾渴望得到的西洋学识。现在我翻翻她扔在一边的学校课本，为书中有那么多我永远弄不懂的东西感到悲伤……但是，我现在也已经明白，爱兰将永远不能成为伟人，她唯一的才能存在于她的笑谑、她的嘲弄和她漂亮的脸蛋之中，存在于她所有的那些赢得人心的争胜之道中。她对什么事都不会尽心竭力去干，除了尽情地寻求欢乐，她什么都不爱。她是友好的，但友好中缺乏深情；她之所以待人友好，是因为友好比不友好使她的生活更愉快。哦，我知道我的孩子的分量，源——我知道我自己造就的东西，我不会盲目相信别人的恭维。我的梦已经做完了。现在我所求的只是她能在何处明智地解决婚姻问题。她一定得出嫁，因为她属于那种必须有男子照顾的人。她在这样自由的环境中长大，在婚姻上绝不会服从我的选择。她是任性的，我一直在提心吊胆，就怕她随随便便地委身于某个小伙子，或年龄比她大得多的蠢男人。她甚至有些异想天开，有那么两次居然想找一个白人男子，她觉得和这种人在一起，让人们瞧着是一种荣耀。可现在我对这个倒不怕了，她已经转变了方向，我怕的是经常跟她在一起的那个人。我不能够老是跟在她身后，我信不过她那些堂兄，也信不过那个堂嫂。源，为了使我放心，请你晚上有时跟她一起出去，看看她是否平安无事。"

正当母亲娓娓而谈时，爱兰穿着一身准备晚上外出作乐的衣服，进了这个房间。她身穿一件镶银边的深玫瑰红的长旗袍，脚上是一双进口的银色高跟鞋。那件旗袍是无领的，这是眼下最时髦的式样，这样她那孩子一般纤柔光润的颈项就全部露了出来；旗袍还是无袖的，这使她两条美丽的手臂也都裸露在外面，她的手和臂膀虽纤细，却不见骨头，能见到的只是最柔软最滑嫩的肌肤。她手腕细得像孩子，却像任何妇女的手腕那样浑圆，手腕上则套着一只雕花的银手镯。在她两手的中指上，都戴着银镶玉嵌的戒指。一头卷曲的、像墨玉般乌黑光亮的头发飘拂在她那张可爱的化过妆的脸上。她肩披一件用最软最白的毛皮制成的斗篷，进门就一仰身卸了下来。她微笑地顾盼着，先是看着源，然后看她的母亲，她很清楚自己有多美，并为此感到一种天真的骄傲。

源和她母亲都目不转睛地注视着她，爱兰觉察出了这一点，轻轻地发出一阵纯洁而喜悦的笑声。笑声使她母亲从凝视中回过神来，她平静地问："我的孩子，今晚你跟谁一起出去？"

"跟盛的一个朋友，"她兴高采烈地说，"一个作家，妈——他写的小说也很出名——伍力扬！"

这个名字源曾听说过几次——他用西洋手法写的小说确实颇负盛名，这些小说很大胆，很豁得开，描写的都是男女之间的情事，故事往往以死亡告终。虽然源曾偷偷地读过他的小说，并为此感到害臊，但他还是很想见见这个人。

"有时候你可以带源一起去，"母亲温和地说道，"我同他说，他工作得太辛苦了，有时也应该同他妹妹及几个堂兄弟一起，去寻找一点小小的乐趣。"

"你是该这样，源，我已经等了好久了。"爱兰笑着喊道，一双又大又黑的眼睛看着源，"但是你必须添置必要的衣服。妈，让他买些西服和皮鞋——他脱掉长袍后，跳起舞来腿脚可以更灵便些。哦，我喜欢看男子穿西装——让我们明天出门，替他把什么都买来！源，你自己也知道，你并不难看，如果穿上西装，你会像别的男人一样漂亮。我会教你跳舞，源，从明天就开始！"

源的脸红了起来，他摇摇头，但拒绝并不是他的本意，他回忆起太太对他说的话，不由自主地想起她对他的关心，他知道，这样做正是报答她的一种办法。这时，爱兰又嚷了起来："如果不跳舞，那你干什么呢？你只能一个人孤零零地在桌子边上坐着——我们都跳舞，因为我们是年轻人！"

"跳舞确实是眼下的时尚，源，"母亲像叹息似的说，"一种非常奇怪、非常使人可疑的时尚。我知道，这是从西方传来的，我不喜欢它。我无法认为这是明智的，或是好的，但它就是这么回事。"

"妈，你是最最古怪、最最守旧的人，但我还是喜欢你。"爱兰笑着说。

源还没来得及开口，门开了，穿着黑白相间西服的盛走了进来。他身边还有个男子，源知道他就是那个小说家。同他们一起来的还有一个漂亮的姑娘，她的穿着和爱兰的一样，只是旗袍的颜色是绿色夹金的。然而，在源看来，这个时代的姑娘差不多都是一样的，她们都那么漂亮，都像孩子那样纤小，都涂脂抹粉，声音都像铃铛一样清脆，在快乐或痛苦时又都会发出小小的呼喊。因此，他没朝那个姑娘看，却注视着这个颇负盛名的青年男子。他长得高大魁伟，一张宽大的脸盘又白又光洁，红唇薄薄的，眼不大但乌黑有神，还配上两条细而笔直的黑眉。然而，这个人最惹人注目之处是他的两只手，即使在不讲话的时候，他那双手也在一刻不停地动着，他的手虽然很大，但却像女人的手一般，指端很尖，往下则厚实柔软，肌肤光滑滋润，并发出一股香气——这是一双妖娆的手。源同他握手致意时，他的手仿佛在源的手中融化了，暖暖地流淌在源的指间，源蓦然间恨起这种接触来。

但爱兰同这个男子的对视显出亲密无间的样子，他的目光大胆地告诉她，他对她的美貌有什么样的反应。看到这一幕，爱兰母亲的脸上显露出担忧的神色。

然后，像突然刮过了一阵香风，这四个人一起走了。静静的房间里又只剩下源同那位母亲相对而坐。她直直地望着源。

"你看，源，我为什么求你呀？"她平静地说，"我知道，那个男子已经结了婚。我要盛告诉我，起先他不肯，最后又觉得无所谓。他说，照现在的看法，如果这个人的妻子很守旧，而且婚姻又是由他的父母包办的，那么，他同其他姑娘在一起走走并不能被认为是一桩不名誉的事。但是，源，我总希望那个姑娘并不是我的女儿！"

"我会去的。"源说。如今，对于这件事对他说来是不是合适，他已经置之度外了，因为他是为了这位太太而这样去做的。

　　为源购买西服的事被提上了议事日程。爱兰和她母亲同源一起来到一爿外国人开的店里。一个裁缝为源量了一下尺码，并对他身材打量了一番。她们为他选了一块上好的黑色料子做西装，又买了一块深褐色的粗料给他做白天穿的套装。她们还给他买了皮鞋、帽子、手套以及外国男子穿戴的一些小东西。在购物和量体的整个过程中，爱兰一直叽叽喳喳地说个不停，一边说一边笑，还时不时用她那双闲不住的漂亮小手拉拉这儿，扯扯那儿，侧转着头看源，琢磨着怎样才能把他打扮得更漂亮，弄得源也羞惭地笑起来，同时又感到从未有过的愉快。店里的伙计也被爱兰的那些话逗笑了，偷偷地望着这个那么放肆又那么漂亮的姑娘。爱兰笑着乐着的时候，只有她母亲在叹气，因为这个姑娘从来不注意自己在说些什么、做些什么，只希望人们望着她笑，当别人望着她时，她会不知不觉地去观察他的眼光，如果发现那人正欣羡她的美貌（男人们常常如此），那她就越发高兴了。

　　于是，源就这样打扮起来，事实上，他一直习惯于光着双腿，习惯于腿部在摆动的长袍下产生的那种感觉，但是，他也很喜欢西服。穿着西服，他走路觉得更自在一些；他还喜欢西服上的许多口袋，那可以用来放日常需要的许多小物件。他穿上新装的头一天确实很高兴，因为爱兰一见到他，就拍着手喊道："源，你真漂亮！妈，你瞧源！看这套衣服他穿着合身不？我早知道那条红领带和他的黑皮肤很相配，果然如此吧——源，我为你感到骄傲！——好了，我们到了——陈小姐，这是我的哥哥源。我希望你们成为朋友。李小姐，这是我哥哥！"

爱兰就这样给源介绍了一大群漂亮的姑娘，羞得源不知如何才好，只是站在那儿尴尬地笑着，他那张涨红的脸色已和那条新的红领带接近了。然而，源的心头也有那么点甜滋滋的感觉，因为爱兰随即就打开她的唱机，让乐曲声传遍了整个房间。她拉住他，将他的手搭在自己身上，然后握住他的手，轻柔地迫使他做动作。他听任她的摆布，心头虽有点慌乱，却觉得这样很快活。他发现自己有一种天生的节奏感，因为要不了多久，他的两条腿已经能够按照音乐的节拍移动了，爱兰见他这么快就学会了合着音乐节奏移步，心里也很高兴。

就这样，源开始了这种新的娱乐。他发觉这确实是一种娱乐。有时，他为自己血液里产生的一种欲望感到羞惭，当这种欲望袭来的时候，他必须克制自己，因为他很想把怀中的姑娘搂得紧紧的，不管这个姑娘是谁，他一心只希望让自己和她一起沉湎于这一欲望中。到目前为止，源还没有接触过姑娘的手，而且也不曾和姐妹、堂表姐妹以外的任何姑娘说过话，如今，在温暖的、灯光粲然的房间里，合着奇妙、缠缠绵绵的外国乐曲的节拍，怀里拥着一个姑娘前后移步，这对他来说的确不是一桩易事。开始那第一夜，他是那么害怕，唯恐两条腿不听使唤，走错步子，当时他除了控制好自己的脚步，无法想任何其他事。

然而，他的两条腿很快就同其他人一样自如而轻快了，乐曲就是两腿的指挥，于是源不必再老想着它们。在聚集到都会的这个娱乐场所来的各个种族各个国家的人中，源是绝无仅有的一个，只有他在不认识的陌生人中感到不知所措。他是孤独的，他感受到了自己的孤独，尽管他的身体正贴着一个姑娘的身体，他的手握着她的手。在开头的几天里，他觉得姑娘们全差不多，她们都漂漂亮亮，都是爱兰的朋友，都兴致勃勃，而且都待他很好，而他唯一的希望就是搂着一个姑娘，让自己的心在一种缓慢而甜蜜的文火中燃烧着，而不敢让它一下子烧得太猛。

　　在大白天，在使人清醒的课堂里，源一想到这些便感到害羞，但他不必对自己说，这件事是危险的，应该避免这样做，因为他是在为那位太太尽责，他完全可以说，他正在帮她的忙。

　　事实上，他确实非常认真地注意着他的那个妹妹。在每晚的娱乐将近结束时，他总是等着同爱兰一起回家，从来不邀请另一个姑娘一起走，唯恐因为须送她回去而离开了爱兰。他之所以这样认真，主要是为了向自己证明，他如此消磨几个小时是完全正当的，而他的这般热心，更是因为那个姓伍的男子和爱兰的会面十分频繁。每当动人心魄的乐曲响起，他搂着的姑娘和他紧紧贴着的时候，一种甜蜜的忧愁常常会袭上他的心头，然而，只要他看到爱兰同那个姓伍的人踅入另一个房间，或是她想去哪个阳台上凉快一下时，他就会把他的忧愁抛诸脑后。这时候，他不等舞跳完就会跟出去，找到爱兰，然后待在她身边。

　　当然，爱兰不会一直容忍他这样做。她常常显出不高兴的样子，有几次甚至生气地叫起来："源，我希望你不要这样死缠着我！你完全可以独立行动，自己找姑娘做伴了。你不再需要我，你的舞跳得又不比别人差。我希望你不要管我！"

在这种情况下，源常常无话可说。他不能把太太同他讲的话说出来，爱兰也不会把事情挑明，哪怕是在生气的时候，仿佛她害怕说出她不愿意说的事。等到气消了，她就忘记了这事，又像往常一样和源成为快活的伙伴。

后来，她渐渐变得狡猾起来，不再对源发火了。相反地，她常常是笑嘻嘻的，听任源跟着她，仿佛她需要他的这份友情。爱兰去一个地方，那个小说家就必定在那里。小说家仿佛知道姑娘的母亲不喜欢他，因此久已不上她家去了。然而，在其他场合，无论是在公共场所还是朋友们中间，他总是在爱兰身边，好像他知道她在哪儿似的。源对爱兰和他在一起跳舞开始注意起来，他见爱兰的小脸这个时候总是严肃的。这种严肃的神情表现在爱兰身上，是那么不可思议，源常常为之感到困惑，有一两回，他甚至打算把这件事告诉太太，但是，并没有多少确切的东西可说，因为同爱兰跳舞的男子有好多。有一天晚上，他们一块儿回家的时候，源问爱兰，为什么她和那个男子在一起时显得那么严肃。她笑了笑，淡淡地说："也许我不喜欢和他一起跳舞！"说着她撇了撇嘴，嘟起她那小小的涂了红色唇膏的嘴唇，像是在开玩笑。

"那你为什么还同他跳呢？"源不假思索地插嘴问道。爱兰听了这话，笑个不停，两只眼睛里含着某种调皮的神色，最后她说："不能够失礼，源。"源虽然还有怀疑，但把这件事从头脑中撇开了，可是，这事使他的欢乐笼上了阴影。

影响他兴致的还有其他事，虽然这是小事、平常事，但它确确实实存在着。源每次半夜里从那些堆满鲜花、美酒佳肴多得超出人们需要的、温暖而灯火耀眼的房子里出来时，就仿佛步入了他希望忘却的另一个世界。在黑夜里，在灰暗的黎明中，乞丐和无以为生的穷人瑟缩着站在门口，有的昏昏欲睡，有的则像街头的野狗一般，等客人散尽后溜进那些娱乐场所，钻到桌子底下捡拾人们吃剩、扔掉的食物。但不一会儿，那儿的仆役就会朝他们大声吼叫，用脚踢他们，拉住他们的腿，把他们拖出去，然后把大门关上。爱兰和她的伙伴们从来没有见到过这些可怜的人，即使见了，她们也漠不关心，只把他们看作迷途的家畜一般。她们笑嘻嘻地走散，在各自的车子里彼此打着招呼，然后快快活活地回到家里，上床睡觉。

然而，尽管源不愿意，他还是看到了这一切。后来，在夜晚的欢娱中，甚至在乐曲声和舞步中，他也会怀着极大的恐惧想到，他必须走过灰暗的街道，瞧见那些瑟缩着的穷人和他们饥渴的脸。有时，这些人中的一个会向那些熟视无睹、快乐的富人绝望地伸出手去，扯住一个太太的缎子旗袍。

这时，就会有一个傲慢的男子声音高叫道："把手拿开！你怎么能把这么脏的手放在我太太的缎袍上，把袍子弄脏呢？"站在附近的警察听见了就会冲过来，把抓住旗袍的脏手打开。

源见到这一情景就缩着身子，低下头，匆匆地走过去。他的心肠很软，警察的那根木棍仿佛打在他的皮肉上，而那只被打得赶紧缩回去的、受了伤的、饥饿的手也仿佛就是他自己的手。在人生的这一时期，源追求欢乐，他不愿意看见那些穷人，但是，尽管他不希望见他们，他却始终注意着他们的一切，源就是这么个人。

然而，在源如今的生活中，不只有这样的夜晚，还有他和同学们在一起读书、健康明朗的白天。在学校里，源对被爱兰称为诗人和革命家的盛和孟有了进一步的了解。在这儿，他们显露了真正的自我。在课堂里，在把大球抛来抛去的操场上，这三个堂兄弟全都忘却了自身。他们会文质彬彬地坐在课桌边听讲，会跳跳蹦蹦，对同学大声叫嚷，或是为某种粗野的玩笑发出哄笑。就这样，源渐渐地了解了他的两个堂兄弟，而这在家中却是没法办到的。

年轻人在家里同长辈们在一起，永远不会显露出真正的自我，盛和孟兄弟俩也一样。在家中，盛总是沉默寡言，无论对谁都十分客气，且暗暗地写他的诗；孟则始终绷着脸，把身子伏在摆满小玩具和茶碗的小桌子上，敲打着桌面。这时，他母亲就常常朝他喊道："我发誓，我家里没有一个儿子像小野牛这样的，为什么你不能像盛那样轻手轻脚地走路呢？"然而，当盛很晚才从娱乐场所回家，第二天清晨不能按时起来上学时，她又会对盛叫道："我一直说，我是世界上最苦恼的母亲，没有一个儿子是中用的。你为什么不能像孟那样，晚上规规矩矩地待在家里？我从来没见孟在晚上打扮得像个洋鬼子，偷偷地溜到鬼才知道的什么地方去。是你大哥把你带坏的，就像你父亲带坏了你大哥一样。说到底，这全是你父亲的不是，我向来是这么说的。"

事实上，盛从来不上他大哥去的那种娱乐场所，因为他追求的是更优雅的娱乐。源见他常去爱兰去的娱乐场，有时他也同源以及爱兰一起去，但更经常的是和当时他喜欢的某个姑娘一起去。整个晚上，他就和那个姑娘在一起默默地跳着舞，沉浸在极度的欢乐中。

就这样，这几兄弟以各自的方式，在这个人口众多的大城市中过着某种隐秘的生活。盛和孟是两种不同类型的人，他们之间争吵的可能性要比他们中的任何一个同大哥争吵的可能性大得多。在大哥和他们中间，原来还有两个兄弟，一个年轻时上吊死了，另一个跟了叔叔王虎①，所以大哥的年龄要比他们大许多。但是，盛和孟之间却不发生争吵，这是因为盛确确实实是个温和、乐呵呵的年轻人，他认为争吵不值得，往往听任孟爱怎么样就怎么样，另一个原因是因为他们俩彼此知道对方的秘密。孟知道盛常上某些地方去，盛也知道孟是一个地下革命者，有自己的秘密集会地点，尽管这是一种迥然不同的事业，而且也更危险。因此，兄弟俩彼此为对方保守秘密，没有一个人会在母亲面前为了替自己辩护而出卖对方。随着时间的流逝，他们俩也逐渐对源有了进一步的了解，并且更喜欢他了，因为他们俩中的任何一个告诉源的事，源绝不会讲给另一个人听。

如今，源在学校里找到了生活中最大的乐趣，因为他确实酷爱学习。他买了一大堆新书，将它们叠起来夹在腋下，又买了不少铅笔，最后还兴高采烈地买了一支其他学生都有的外国自来水笔，并把它别在外衣的边上。至于那支旧毛笔，除了每个月用它给父亲写封信，源已经弃置不用了。

对源来说，所有的书都是那样妙不可言。他热切地翻阅着那些书干净的、充满未知数的书页，渴望把书中的每一个字都印在脑海里。他酷爱知识，因此一遍又一遍地学着。拂晓，他醒后即起身读书，把不懂的那些章节或段落记牢，就这样，他把整本书都记在了脑子里。现在，源常常是一个人用早餐，因为爱兰同她母亲都不会起得像他那么早。吃完早饭，他就赶紧出门，穿过安静的、行人寥寥的街道，差不多总是第一个进教室。如果哪个教师来得也较早，源就把这看作求教的机会，他会克服自己的羞怯，尽量提出一些问题。碰到有某个教师不能来校上课的日子，他也不像一般同学那样乐得享受一小时的清闲。不，他把这看成一种他无法欣然接受的损失，于是，他会把这一课时全部花在老师本该讲授的这一课上。

因此，对源来说，学习是最愉快的娱乐。他如饥似渴地学习世界历史、外国小说和诗歌，以及兽类肌肉研究等课程。他最喜欢研究植物的叶子、种子和根的内部构造，了解雨水和阳光如何对土壤产生影响，学习各种不同的作物该什么时候下种，怎样挑选种子以及怎样增加收成。源获得了许多这方面的知识。他很讨厌把时间花费在吃饭和睡觉上，可是他年轻，长得五大三粗，老是感到饥饿，所以又不得不吃饭和睡觉。太太留意到了这一点，虽然她不声不响，但始终注视着他的一举一动，源对此却全然不知。因此，她总是能使源吃到一些他最爱吃的菜。

源经常见到他的两个堂兄弟，他们已经成为他日常生活的一部分。盛和源同班，他时常在课堂里诵读他写的诗文，并受到大家的称赞。每当此时，源总是艳羡地望着他，希望自己写的诗也能有这样和谐悦耳的韵律，而盛却十分谦虚地低下头去，似乎他并不看重这种称赞。要不是他那漂亮的嘴角常常显露出一丝骄矜的微笑，不知不觉地泄露了他的心思，人们还当真会这么想。在这段时间里，源很少写诗，因为他实在太忙，顾不上空想，即使写了，用词也不够精练，不像以往那样能把词语搭配得很好。他觉得，他现在的思绪似乎过于庞杂，而且没有成形，他不容易抓住它们，使它们化为词语的形式。甚至在他一遍又一遍地修改、推敲，最后写成之后，他那位颇有学者风度的老先生还常常说："这诗使我很感兴趣，也写得相当不错，可是我总吃不准你究竟想表达些什么。"

一天，源写了一首关于种子的诗，他自己也无法确切地讲出这首诗的含义，只是嗫嚅地说道："我的意思是——我想，我的意思是，在种子里，在种子的最后的原子里，当它种到地里后，在一瞬间，也许是在一个地方，种子变成了一种非物质的东西，变成了一种精神，一种能量，一种生活方式，一种介于精神和物质之间的要素，假若我们在种子开始生长时能抓住这变化着的瞬间，理解这一变化——""嗯，不错。"先生含含糊糊地说。他是个慈祥的长者，一副眼镜低低地架在鼻梁上，眼下，他正透过镜片凝视着源。他教了那么多年书，完全知道他希望看到的是怎样的诗，什么样的诗是好诗。他把源写的那些诗放在桌上，推了一下眼镜，又拿起边上的一张纸，略带沉思地说："你自己心里恐怕还不十分明确……哦，这里有一首好诗，题目是《夏日漫步》，写得极妙，我来读一读。"这是盛那天写成的诗。

源一声不吭，把想法闷在自己肚里，听先生念诗。他很羡慕盛敏捷的思路和纯净的韵律，然而，这绝不是使人烦恼的忌妒，而是谦恭夹杂着钦佩的艳羡，这种情感就如源暗暗地喜欢他堂兄清秀的容貌一样，因为盛确实比他漂亮得多。

可是源永远不能了解真正的盛，人们只知道盛总是笑容可掬，且有一种似乎有点谦恭的坦率，但没有人能真正地了解他。无论在何种场合，他都说一些温文尔雅到极点的客气话，虽然他说这类话十分顺口，甚至习以为常，但这从来不是他的真心话。有时他来找源，对他说："今天放学后我们去看场电影吧——大世界戏院正在放一部很不错的外国片。"尽管源很喜欢同他的这位堂兄在一起，但等他们到了戏院，在里面坐上三小时，又重新出来之后，源居然回忆不起盛曾经说过些什么，他记得起的只是在暗淡的戏院里盛的那张笑脸和他那双发亮的、奇特的椭圆形眼睛。仅仅有一次，盛谈起了孟和他的事业："我不是他们中的一员——我永远也不会成为革命党人。我非常热爱自己的生命，而且我只追求美。我的一切行动都是为了美，绝不愿意为任何事业而死。我总有一天要出洋，如果那儿比这儿更美，也许我再也不回来了——谁说得准呢？我不愿意为平民百姓吃苦，他们肮脏不堪，身上一股大蒜臭。让他们去死吧，谁会牵挂他们？"

盛以十分轻松安宁的神态说了这番话。他们坐在金碧辉煌的戏院里，望着周围那些盛装的男男女女，这些人吃糕饼，剥花生，抽着外国香烟，盛完全可以成为所有这些人的代言人。尽管源很喜欢这位堂兄，但因为他居然如此平静地说出"让他们去死吧"这样的话，源不禁感到他有点冷酷。源憎恨死亡，虽然这些日子里他和穷人不怎么接近，但他毕竟不希望他们死。

盛那天说的这些话促使源进一步打听有关孟的情况。孟和源不常在一起说话，但是在同一个球队里踢球，源很欣赏孟在球场上冲刺和腾跃的勇猛劲儿。在球队成员中，孟的身体要算是最结实的了。大多数年轻人苍白柔弱，他们的衣服穿得太多，从不轻易脱掉它们，因此他们奔跑起来就像孩子一般，老是要丢球，要不就像姑娘那样把球掷歪了，或是有气无力地朝球踢上一脚，使球在地上没滚几下就停住了。但是孟扑向球就像球是他的仇敌一样，他用硬邦邦的皮球鞋踢球，球高高地飞向空中，以巨大的冲力落下来，然后又反弹起来。孟通过这项运动练就了一副强健的体魄，源喜欢他的体魄，就像喜欢盛的漂亮一般。

有一天，源问盛："你怎么知道孟是革命党人？"盛回答道："孟自己告诉我的。他常常将他的所作所为告诉我。我想，也许我是他愿意透露情况的唯一的人。有时，我也为他担惊受怕，我不敢把他干的事告诉父母，甚至不敢告诉大哥，我知道他们一定会骂他。他的天性是那么凶狠粗暴，到时他会逃走，永远不再回来。他现在很信任我，告诉了我许多事情，因此我了解他现在在干些什么。当然，我知道他还有一些秘密不会告诉我，因为他曾狂热地起过爱国之誓，他割开膀子，用血写下了他的誓词，这我是知道的。"

"在我们的同学当中，这样的革命党人多吗？"源有点困惑地问。他原先以为，他在这儿是相当安全的，可是现在看来，他并不安全，因为这类事同他在陆军学校里的同志们所做的事没有什么两样，至今他仍然不想加入进去。

"这样的人很多，"盛回答说，"其中还有姑娘呢。"

源这一下当真呆住了。他们学校中也有女生，这是这个进步的海滨新城的习惯做法。许多男子学校的校规上说明，女青年也可以入学。尽管许多姑娘不敢去学校读书，而且愿意让女儿上学的父亲也不多，但在这所学校里读书的女生已有二三十个之多，源在许多教室里常能见到她们，然而，他不曾去注意过她们，也从未把她们视为他学校生活中的一个组成部分，因为这些姑娘都不怎么漂亮，而且老是埋头于书本。

但是，那天他的情绪被盛的话激发起来后，他就开始以一种较好奇的目光去注视她们。每次，当他经过一个腋下夹着书本、目光低垂的姑娘时，就禁不住会想，不知这样娴静的人是否也属于那些秘密计划的一部分。源特别注意到一位姑娘，她与源、盛同班，但有点与众不同。她身材修长，骨架很大，就像一只饥饿的小鸟；她的脸娇嫩而瘦削，颧骨高耸，薄薄的嘴唇没有血色，却很精巧，鼻梁骨倒是笔挺的。她在课堂上从来不讲话，别人也无从知道她在想些什么；她写的作文不算好也不是太差，因此老师从来不加以评论。然而她老是坐在那儿，静静地听着源说的每一句话，只是从她细细的、带着忧郁色彩的眼睛里有时闪耀着的光芒中，你才知道她正怀着兴趣倾听。

源好奇地注视着她，直至有一天这个姑娘感觉到他的凝视，也开始回看他。从此以后，每当源注意她时，总发现她正以神秘而镇静的目光凝视着他，于是他不再看她了。因为她的举动跟别人都不一样，源就向盛打听她的情况，盛笑笑回答说："那个人！她就是他们中的一员。她是孟的朋友——她和孟常常进行秘密谈话、秘密策划——瞧瞧她那张冷冰冰的脸！那些冷冰冰的人往往是最坚定的革命党人。孟是过于热了。他可以今天热得要命，明天就悲观失望。但是这个姑娘始终像冰那样冷，像冰那样单调，像冰那样坚硬。我讨厌如此单调、如此冷冰冰的姑娘。然而当孟热起来，过早地泄露他们的计划时，她可以使他冷静下来；当孟悲观失望时，她又使他重新振作起来。她来自内地的省份，那儿早已革过命了。"

"他们计划些什么呢？"源压低了声音，好奇地问。

"噢，等军队打来时，他们准备欢迎他们的胜利。"盛耸了耸肩，回答说。他装作懒洋洋地走开了，以免有人听见他们的谈话："他们主要在这儿的工厂里开展工作。工人们整天干活，却拿不到几文钱。他们告诉那些人力车夫，他们怎样受着蹂躏，那些外国巡捕又怎样残忍地欺侮他们，以及诸如此类的话。因此，当胜利的一天来到时，这些下层的老百姓就得以翻身，获得他们希望得到的东西。你等着吧，源——他们会来试探一下能否把你争取过去。孟总有一天会来找你。他昨天还问过我你是怎样一个人，从本质上来说你是否是一个革命者。"

终于有一天，源感到孟有意找他。他把一只手搭在源的身上，牵住源的衣服，以他惯有的忧郁神态说道："你我是堂兄弟，但仍像陌路人一般，从来没有单独在一起好好谈过。我们一起到校门口的那片茶馆里去吃点东西吧。"

源不太好拒绝他，因为这已是那天的最后一节课，大家都放了学，于是他跟孟去了。他们默默地相对坐了一会儿，孟似乎并不打算和源说什么，因为他只是坐在那儿，望着外面的街道和来往的行人，即使开口，也是对他所见到的事物开一些辛辣的玩笑。他说："瞧那个坐在汽车里的胖老爷！他是怎样在吃，怎样的懒啊！他是一个吸血鬼——一个高利贷者，一个银行家，要不就是一个工厂主。我一下子就能认出他们来！嘿，他还不知道自己正坐在即将燃烧的柴堆上呢！"

源明白他的堂弟指的是什么，所以没有吭声，但他心里暗自想道，孟自己的父亲比这个人还要胖呢。

不一会儿，孟又说："瞧那个正费劲儿拉人力车的人——他连饭也没有吃饱——看，他违反了某项小小的交通规则。他一定刚从乡下出来，不知道警察打出这样的手势便不能穿马路。怎么样，我说过的吧！你看，那个警察正在打他——警察强迫车子停下来，把车子没收了！这个可怜的人这一下失去了车子，自然无法赚钱了。可是，今晚他依然得付钱给租车的车行！"

孟目睹这一情景，看着人力车夫垂头丧气地走开时，讲话的声音也发抖了。源望着他，惊奇地发现这个古怪的小伙子居然气得哭了起来，但又拼命想止住自己的眼泪。孟见源如此同情地看着他，便哽咽着说："我们到可以讲讲话的地方去吧。如果再不说话，我肯定会受不住。我发誓，一定要杀死那些逆来顺受的蠢家伙。"

于是源安慰着他，把他带进自己的房间，关上门，好让这个小伙子畅所欲言。

与孟的这次谈话深深地触动了源的道德心，而这却是眼下他希望忘却的。源是那么喜欢最近这些悠闲的日子。在这些日子里，他快乐、激动，不承担任何责任，只做自己爱做的事情。这幢房子里的两个妇女——那位太太和他的妹妹，毫不吝惜她们的赞扬和柔情，使源生活在温暖和友爱之中。他真希望能忘掉世界上还有那么一些衣不蔽体、食不果腹的人。他是那么幸福，不希望思量那些使人悲伤的事。如今，在黎明前的黑暗中，他有时想起父亲对他依然有着支配权，就尽力把它从头脑里撇开，因为他相信，那位太太的智慧和关怀足以帮助他。这一回，孟谈到的那些穷人又在他的心头笼罩了一层阴影，但他再一次从阴影中挣脱出来了。

然而，通过这样的谈话，源毕竟学会了观察自己的国家，而在这以前他是不会的。在他住在土屋的那段日子里，他把他的国家看成一片辽阔、可爱的大地。他看到了她美丽的躯体，但没有深刻地了解她的人民。但是，在这儿，在都市的街道上，孟教会了他如何观察国家的灵魂。这个年轻的小伙子愤怒地注意到加于下层民众和劳动者身上的最细微的轻蔑，因此，源也学会了如此细致地加以观察。有富人的地方就会有穷人，当源在街上走来走去时，这类事就见到很多。街上大多数人都是穷人——饥肠辘辘的穷孩子，他们有的双目失明，有的因患病而发出恶臭，却从不洗脸洗澡。他们站立在街道两旁，面对着出售各种各样物品的大商店。有些商店的绸旗在人们的头顶上呼啦啦地飘动，雇来的乐队在商店的阳台上吹打奏乐，借以吸引顾客；即使在这样的商店门口，肮脏不堪的乞丐依然发出悲号和哀叹，他们的面容是那样苍白、瘦削。街上还有不少妓女，她们等不到天黑就出了门，饿着肚子干她们的买卖。

源看到了这一切，最后，这种观察渗透到他的心灵深处，已超过了孟可能有的深度，因为孟是一个必须要献身于某种事业的人，他所做的一切，都是为了服从这一事业。孟只要看到一个挨饿的人，看到聚集在生产出口鸡蛋的蛋厂门口的穷人，花一个铜子买一大碗用厂里扔掉的臭蛋做成的汤喝着，看到有人扛着连牛马也担负不起的重担，或是看到无所事事的富人，遍身罗绮、浓妆艳抹的妇人对着向他们乞讨的穷人嬉笑取乐时，他的愤怒就会抑制不住地爆发出来。孟对于他所感受到的一切，常常呼喊出这样的解决办法："我们的事业一天不实现，这种状况就一天不会改变。我们一定要进行革命！我们要打倒所有的富人，把欺压我们的外国人赶出去，让穷人重新站起来，革命，只有革命才能做到这一切。源，你什么时候能看清这一前景，参加我们的事业？我们需要你——我们的国家需要我们大家！"

孟将他熊熊燃烧着的怒目转向源，仿佛他要一直盯着源，直到他答应了才肯罢休。

然而源无法答应他，因为他害怕这项事业。说到底，这正是他已经逃脱的事业。

再说，不知怎的，源不相信任何治疗这些弊病的事业，也不像孟那样对富人恨之入骨。富人圆滚滚的躯、他手指上戴的戒指、他的大衣的毛皮夹、他太太的镶宝石耳环以及她脸上的胭脂和香粉，这一切都会促使孟狂热地投身到他的事业中去。然而，如果一个富人的脸上露出和蔼的表情，源一定会瞧上一眼，尽管这样做有违他的心愿；即使一个穿着缎子旗袍、敷粉施朱的女人塞一个银角子给乞丐时，源也能在她的眼中看出怜悯的神色来。他喜欢笑声，不管它是富人的笑声还是穷人的笑声；尽管源知道某某人是坏人，但只要那人爱笑，源就会喜欢他。事实就是这样，孟往往判定一个人是白的或黑的，于是爱他或恨他，源却无论如何不会这么说："这个人富有而可恶，那个人贫穷而善良。"源对于干任何事业已经感到厌倦，无论这一事业多么伟大。

源也无法像孟那样痛恨混杂在这个都市人群中的外国人。这个城市和世界各地有着大量的贸易往来，所以城里有许多肤色不同、语言各异的外国人。源在街上常常能见到他们。有的外国人很和气，有的则酗酒打闹，使人讨厌，外国人中有穷人，也有富人。如果说孟憎恨富人，那么他最恨的莫过于富有的外国人了。他可以忍受任何刻毒的言语，但是，当他看见喝得醉烂的外国水手用脚踢人力车夫，看见白人妇女向小贩买东西，试图付比说定的价钱少的钱，或是看见任何在各国人种杂处的海滨城市中都可见到的普遍景象时，他却无法容忍。

孟憎恨那些神气十足的外国人。如果他从一个外国人身边走过，他绝不会让一步路。相反，他那张愠怒的孩子脸会变得更加阴沉，同时撑起肩膀。要是他能撞开那个外国人，哪怕是一个妇人，自然就更好。这时，他会充满敌意地自言自语道："他们在我们国家并没有什么公干，只不过是前来掠夺我们。他们利用宗教骗取我们的心和灵魂，利用贸易劫掠我们的货物和金钱。"

一天，源和孟一起从学校回家。他们在街上看到一个身材颀长的男子，此人皮肤白皙，鼻梁高耸，与白人男子无异，但不同的是，他的眼珠和头发却是乌黑的。孟狠狠地瞪了那人一眼，大声地对源说："要问我在这个城里最恨什么，那就是这类不纯粹的人。这类人血缘混杂，不值得信任，甚至他们的心也是一分为二的！我一直弄不明白，我们的某些男女同胞怎么会数典忘祖，把自己的血和外国人的血混合起来。我要把他们当作叛徒全都杀掉，要杀掉刚才走过去的那种家伙。"

然而源回忆起了那个人彬彬有礼的神态，那个人的脸色虽然苍白，但显得异常坚毅，于是他说："这个人看上去相当和善，我不能仅仅因为他是白皮肤的混血儿就认定他是邪恶的。对于他父母亲的事，他自己是无能为力的。"

但孟喊道："你应该恨他，源！难道你没有听说，白种人对我们国家都干了些什么，他们怎样用残酷的、不平等的条约紧紧地缚住我们，使我们变得如同囚犯一般？我们甚至不可以有自己的法律——嘿，要是一个白人杀害了我们的一个同胞，他几乎可以不受惩罚——他甚至用不着走上法庭——"

孟呼喊般地说了这番话，源静静地听他讲，并且略带歉意似的笑着，因为在他人激奋的当儿，他总是那样温和，再说他也觉得，为了国家的缘故，自己也许确实应该憎恨那些白人，但事实上他做不到。

因此，源仍然无法加入孟他们的事业。孟恳求他参加的时候，他一声不吭，只是羞涩地笑着，他不能说不愿意参加，只能推说自己太忙——甚至为这样的事业，他都匀不出时间。最后孟只好由他去，但不再和他交谈，见到他时也只是冷冷地点点头。遇到假日或爱国纪念日，所有的学生扛着旗唱着歌前去游行，源唯恐被别人称作叛徒，也和大家一起去，但他不参加秘密集会，也不参与密谋策划。有时，他从一些秘密策划者那儿得到消息，说是某某人家里私藏着准备刺杀某个大人物的炸弹，却被人发现了，又说是一群密谋者把一个教师打了一顿，因为他们对他同外国人过从甚密非常气愤。听了这类传闻，源更是一头扎进书本堆里，不想再顾及其他任何事情。

事实上，对这一段时间的源来说，生活的弦绷得太紧了，这使他无法对任何事物的本质进行深入的了解。在他还没有琢磨出富人和穷人之道，没有弄懂孟的事业的意义，甚至在他还没有快乐够时，某些其他的事又占据了他的心。那是他在学校里认识的所有的事物，许许多多学过和做过的事——他学过的一些奇妙的课程，学校实验室向他展示的种种科学魔术。他讨厌化学课，因为实验时发出的气味使他的鼻腔感到十分难受，然而，即使在这种课上，他也会被自己制作出来的溶液的色泽迷住，并惊异于两种平静、稳定的液体混合在一起，竟会一下子产生那么多泡沫，而且变成有着新的生命、新的颜色和新的气味的另一种物质。在这段时间里，这个纷繁复杂的大城市向源的心中注入了各种各样的思想和观念，但无论是白天还是夜晚，源都没有时间去探究它们的根本。他无法只致力于某个单项的知识，因为有那么多学问需要他弄懂。有时，他也很羡慕他的堂兄弟和妹妹，因为盛生活在他的梦幻和爱情之中，孟生活在他的事业之中，而爱兰生活在她的美丽和欢乐之中，在源看来，这样的生活都极为安逸，而他却过着一种全然不同的生活。

城里的那些穷人也真是穷得讨人嫌，源并不觉得他们是十足的可怜。他同情他们，希望他们能有吃有穿，他手头有零钱时，如果一个乞丐伸出手来抓住他手臂，他总是会给他一个铜圆的。然而，他自忖他给铜圆并不全然是为了怜悯，部分原因也是为了得到自由，使他能脱离紧紧抓住自己手臂的肮脏的手，以及车边的哀诉声："行行好吧，少爷——行行好，少爷，别让我和我的孩子挨饿！"在城里，比乞丐更可怕的是他们那些可怜的孩子，这些孩子的张张小脸已生就一副乞丐的哀号相；最悲惨的则是那些饥饿的婴儿，他们差不多赤身露体地伏在妇女们裸露的皮包骨头的胸前，徒然地想吮吸乳汁。源一见到这种景象，就会战栗着退缩。他把铜圆丢给他们，移开目光，赶紧跑开。这时，他会暗自想道："要是这些穷人不是那么可怕，我也许会参加孟他们的事业的！"

然而，有件事使他避免了同自己的人民完全隔离，那就是他对土地、原野和树木的始终不渝的爱。在都市的冬天，这种爱淡化了，源常常会忘却。但现在春天又来临了，源觉得一种烦躁的感觉又袭上了心头。天气越来越暖和，在都市小小的花园里，树木开始发芽、长叶。小贩们挑着担子上街，扁担两头的篮里装着开花的李树盆景，或扎成圆圆一大束的紫罗兰和百合花。在和煦的春风中，源开始有点坐立不安。春风使他回想起那座土屋所在的小村庄，他的双足渴望能站到某个地方的泥土上，而不是站在城里的这些人行道上。于是，他报名参加了学校里办的春季班，听老师讲耕作、栽培的课程。和耕作班的其他同学一样，他分到了城外的一小块土地，以便在土地上试验书本上学到的知识。在这一小块土地上，源的任务是下种、除草以及另一些诸如此类的力气活。

源分得的那块地恰巧在全部试验田的尽头，紧靠着一家农户的地。源第一次独个儿去察看那块试验田时，那个农夫正站在那儿张望，脸上堆满了微笑。他朝源喊道："你们学生上这儿来干什么？我想，学生们是只应该从书本上学东西的！"

听农夫这么说，源便回答道："这几天我们从书本上学了怎样播种和收获，我们知道了如何为播种做准备，今天我要干的就是这件事。"

农夫大声地笑起来，很不以为然地说："我从来没有听说有这么一种学问！嘿，农民告诉他的儿子，他的儿子又告诉自己的儿子——人们只要看看他的邻人，并且照他邻人的做法去做就行了！”

"那么，如果邻人的做法错了怎么办？"源笑了笑，说。

"那就看做得较好的另一家邻人得了。"农夫说，又一次笑起来，并开始锄地。过一会儿，他停下来用手搔了搔头，抖动着身子，高声地笑着说："不，我这辈子从来没有听说过这样的事！嘿，幸好我没将自己的儿子送进哪一所学校浪费钱财，让他学什么种田！我敢打赌，我教给他的东西比他能学到的更多！”

源活到这么大，双手还没有握过锄头，当他提起这把长柄的笨家伙时，觉得它很有分量，似乎难以挥动它。他把锄头举得高高的，使劲儿向下砸去，想翻动坚实的土地，可锄头老是打歪。他出了一身汗，泥地却纹丝不动。虽然春寒料峭，风也凉飕飕的，但源已如炎夏一般大汗淋漓。

最后，源失去了信心，他偷偷地朝农夫那边望去，想看看他怎样锄地。农夫的锄头稳稳当当地一起一落，每锄一下，泥地上就留下了翻动的痕迹。因为农夫刚才有那么一点得意扬扬，所以源不希望他发现自己在偷看。但源很快就看出，农夫正瞧着他，而且自始至终注意着他，为他胡乱挥动锄头的那副样子暗暗好笑。农夫看到源在偷看自己，便发出一阵爽朗的笑声，他大步跨过田垄，走到源的身边，大声说道："千万别告诉我你正在观察隔壁的农夫怎么干，你不是已经从书本里学到所有的东西了嘛！"他一边大笑，一边继续大声说道："你们的书里没有告诉你该怎样使唤锄头吗？"

源略微有点生气了，但他尽力克制住了自己。他惊奇地发现，自己居然难以接受这个平民百姓的嘲笑。同时，他也沮丧地发现，自己连这么块地也锄不动，怎么还能够指望播种呢？正是因为想到了这一点，他才克服了自己的羞愧，丢下锄头笑了起来。他忍受农夫的嘲笑，擦了擦汗水淋淋的脸，羞怯地说："你说得对，朋友。书里确实找不到关于怎样锄地的内容。如果你愿意的话，我要拜你为师。"

源这几句短短的话，使得农夫大大高兴起来。他开始喜欢源，于是不再笑他。事实上，他心里有点暗暗得意，因为作为一个卑微的农民，他竟然有东西可以教教这个青年，况且是读书的青年，从青年的言谈举止上谁都可以看出，他是一个学生。于是，农夫变得郑重其事起来，他有点自负地看了青年一眼，一本正经地说："首先，看着我，也看着你自己，看谁能轻松地挥动锄头，而不出那么多汗。"

源望着农夫。他是个有着古铜色皮肤、强壮结实的汉子。他衣服撩到腰际，膝盖以下赤裸着，脚上穿着一双草鞋。他的脸因风吹日晒而呈棕红色，整个神态显得淳朴而自在。源一句话也没有说，只是笑嘻嘻的，先脱下厚厚的外衣，又脱去内衣，然后把袖子卷到肘弯上，站在那儿等待着。农夫注意地看着源，突然间高声叫起来："你的皮肤多么像女人啊！"他把自己的手臂伸到源的手臂旁边，摊开手掌，说："把你的手心摊开来！——看，你的手上都是泡！你锄头抓得太松，我要是这样抓，手掌上也要起泡的。"

然后他提起锄头给源示范，教他用两手抓住锄头，一只手紧紧地捏住锄头柄，另一只手放得稍前些，专管挥动它。源照农夫教的办法做，并不感到难为情。他一遍一遍地试着，最后，锄头的铁嘴稳稳当当、扎扎实实地落下去，每锄一下就挖起一块泥巴。这时，农夫才称赞了源，源心里乐滋滋的，就像他写的诗受到了老师表扬一般。可是，他对自己的心情也有点觉得奇怪，因为这个农夫毕竟只是一个普通的老百姓。

源日复一日地来到他的这块地里干活。他特别喜欢趁他那些同学都不在的时候来，因为大家都来时，那个农夫便不会走近他，而是只顾在自己的田里忙；要是源一个人来的话，农夫便会走过来，同源说话，教他如何播种，等秧苗生长时，又如何把多余的秧苗拔去，还教他注意观察虫害，因为那些昆虫随时随地觊觎着新生的禾苗。

但也有轮到源施教的时候，譬如，当秧苗生虫时，源从书上学到有种进口毒剂可以除虫，于是拿来使用。他第一次使用灭虫剂时，农夫嘲笑他，大声说："不管怎么说，你得记住你怎样观察我，你的书本怎样不中用，它们既不能告诉你豆该种多深，也不能告诉你什么时候除草最适宜！"

然而，当他看到虫子在下药后萎缩起来，死在豆梗上的时候，便渐渐地严肃起来。他惊讶地低声说道："我发誓，我简直无法相信。看来，这些害虫并不是神的旨意，而是人可以灭除的玩意儿。书里毕竟还有点东西——不错，也许可以说东西还不少，因为，害虫若是把庄稼吃了，播种栽培也就全白搭了。"

于是他向源索要一些除虫剂，准备用在自己田里，源自然很乐意给他。打这以后，他们俩就俨然成了朋友。源的那块试验田种得最好，为此他十分感激农夫；农夫也感谢源，因为他的豆子长得很茁壮，而不像他邻人的地那样遭受虫害。

有了这么一个朋友，有这么一块地可以干干活，源感到十分满足。春季，当他在田里俯身干活时，一种充实感常常会在他的心头腾起，这是一种他以前从未有过的感觉。他学着在干活前换衣服，穿上一件像农民一样的普通外衣，甚至把鞋也脱了，穿一双草鞋。农夫家中没有未出嫁的女儿，他的老婆如今也又老又丑，因此农夫让源在他家里随便进出，源将他干活时穿的一套衣服也放在他家。于是，每天源一到农夫家，就把自己打扮成一个农民模样。他爱那块土地，爱得比他原先想象的更深。观察种子怎样发芽真是一件美妙的事，这里面有一种诗意，一种他几乎无法言传的东西，他曾试着写过一首诗，想把这种感觉表达出来。他爱在田里耕作，在自己那块地里忙完了，他常常跑到农夫的田里帮着干活。有时，应农夫的邀请，他也会在农夫家的打谷场上吃顿饭，因为这时天气已渐渐转暖，农夫的妻子往往就把饭桌摆在打谷场上。就这样，源的身体越来越结实了，脸也晒得又红又黑。有一天，爱兰看着他嚷起来："源，你越来越黑了，这究竟是怎么一回事？黑得就跟农民一样！"

源笑了起来，回答说："我就是一个农民，爱兰，不过我这么说，你是绝对不会相信的！"

当源埋头于书本，或在夜晚的欢娱中远离他那块土地的时候，他也常常突然会想起它来。他读着，玩着，心里却不由得盘算起有哪些新的种子该播了，他种着的那种蔬菜在夏天之前收割行不行，或是为他的作物梢头上开始出现萎黄感到担心。

有时，源会暗自想："要是所有的穷人都能像这个农夫一样，那么，我也许愿意参加孟他们的事业，并会将它作为自己的事业。"

在这块小小的土地上，源获得了一种切实而秘密的满足，这使他十分高兴。这是一个秘密，因为他不能对任何人说，他喜欢在田里干活。作为一个年轻人，他甚至也为自己的这种爱好感到难为情；城里的青年通常看不起乡下人，嘲笑地称他们为粗人、大笨蛋等。源注意到他的一些同学也说过这样的话。因此，他甚至不敢把自己的感受讲给盛听，虽然他和盛在一起时有好多话可以说，如在哪个地方两人见到了美的色彩和美的造型，少不得会交谈一番；当然，他更不能同爱兰谈论他在试验田里感受到的那种奇妙、深沉和切实的欢愉。如果需要的话，他会把自己的感受告诉他称为母亲的那个人，因为尽管他们之间心里话谈得不多，但两人在屋里单独吃饭时，这位太太常常会以一种十分严肃的态度，谈及她喜欢做的一些事情。

这位太太的时间全花在做一些不怎么惹人注意的好事上。她不像城里的许多太太那样倾心于娱乐、宴饮以及看赛马、赛狗等活动。这些事并不使她感到快活。爱兰邀她去时，她也去，但只是坐在那儿看看，显得优雅而超然，仿佛她认为，这仅仅是一种应酬，事情本身并没有多大意思。她真正的快活寄托在为孩子们服务的一项慈善事业上。有些穷人不想哺养新生下来的女婴，就将她们遗弃，她发现后就抱回来。她为她们准备了一个房间，雇了两个妇女当奶妈，她自己也每天上那儿去，教育那些孩子，并照看生病的和过于消瘦的婴孩。那间屋里差不多已收留了近二十个弃儿。有时，她也同源讲到她的这项工作，谈起她打算怎样把这些女孩培养成善良、诚实的人，使她们能够自立，然后同可靠的男人，如农民、商人、织布工或需要找吃苦耐劳的女子为妻的那些人结婚。

有一次，源同她一起到那间屋里去。源惊奇地发现，一到那儿，太太那张庄重、严肃的脸就起了变化。这是一间简陋、普通的房间，因为她拿不出太多的钱来，也不能为了这儿剥夺爱兰的娱乐。然而，她刚进门，孩子们就纷纷扑向她，叫她"妈妈"；她们扯她的衣角，拉她的手，热切地显出她们对她的爱。太太笑了起来，有点羞怯地望着源。源站在那儿呆呆地看着，因为他还没有听见她这样大笑过。

"爱兰知道这事吗？"他问。

听源这么问，太太突然又变得严肃起来，她点点头，只是说："她现在正忙于自己的个人生活呢。"

然后，她带着源在这间陋室里里外外转了一圈，尽管这儿的陈设相当简单，但从院子到厨房都很干净，她对源说："我不必为她们花费太多的钱，因为她们将来都是工人的妻子。"接着，她又说，"在这些女孩中，如果我发现一个能够适合我为爱兰所制订的计划的人，哪怕只有一个……我就把她领到自己家里去，亲自抚养她。我想，其中有这么一个吧——不过还不怎么确定——"她喊了一声，一个女孩从另一个房间里来到她身边。这个孩子比其他孩子稍稍大一点，虽然年龄不到十二三岁，但眉宇间已有某种认真严肃的神态。她很自信地走上前来，把手放在那位太太的手中，望着她，用脆生生的声音说："我来了，妈。"

"这个孩子，"太太说，十分热切地看着女孩那张仰起的脸，"有某种灵气，但我还摸不透。她是我自己发现的，当时她刚生下来，被丢弃在这儿门口，于是我把她抱了进来。她是这儿年龄最大的孩子，也是我发现的第一个弃婴。她悟性极强，学习认真，诚实可靠，如果她能够这样保持下去，在一两年里我就要把她领到家里去……好吧，梅琳，你可以去了。"

女孩朝她笑了笑，那是活泼轻快的微笑；她还向源投以深沉的一瞥，虽然她只是个孩子，但源忘不了那一瞥，那是清澈、直率并带有某种疑问的一瞥，而她无论对谁似乎都会这样瞧上一眼的。就这样，她又走出了这个房间。

源似乎有话要对这位太太说，但他终究又觉得没有说的必要，他只知道，自己爱在田地上打发时光。在田里的时候，他觉得他和作物的根系有着某种联系，这样，他就不会同其他许多城里人一样，像无根的浮萍，漂浮在都市生活的表层了。

每逢心神不宁的时候，源就到他的那块地里去。在阳光下，他汗流浃背；在寒雨中，他浑身湿透。他不声不响地干活，或是同那个农夫悠闲地拉家常。这种工作和交谈看来似乎无足轻重，但是当夜晚来临、源收工回家的时候，他胸中的烦躁就会荡涤而尽，于是，他又可以读他的书，愉快地沉思默想，或是心情舒畅地同爱兰及她那些朋友在喧闹、灯光和舞曲中消磨时光，因为他这时候已从田地里获得了内心的安宁。

源确实需要土地给予他安宁、镇静和根基，因为，在这个春天里，他的生活将发生一个他未曾想见的、根本性的转折。

在一件事情上，源与盛和爱兰差得太远，甚至与孟也差得太远。这三个人在源从未有过的温暖的氛围中生活，在这个大城市中消磨着青春，城市的全部热力融入了他们的血液。对于青年们来说，城市的热力比比皆是。墙壁上绘满了表现爱和美的图画，娱乐场所放映着关于异国男女爱情故事的影片，在跳舞厅里，只要花少许钱就可以同一个女人消磨一个晚上，这些，都是最原始的热力。

多少高雅一点的是关于爱情的故事书和诗集，这些书许多小店都卖。以前，人们往往把这类书看作不良读物，认为它们是点燃男女情焰的火把，没有人敢公开阅读，可如今，那些外国的劳什子打着艺术、思潮之类的幌子潜入中国，于是，到处可以见到青年阅读这类书籍，研究这类书籍；但是，不管名目如何动听，火把终究是火把，再古老的火种也会被点燃。

男青年的胆子渐渐大起来，姑娘们也一样，传统的道德观念已被他们撇开。他们公然挽起手来，这种做法已不像以往那样被视为不轨行为。一个青年男子可以亲自要求一个姑娘嫁给他，姑娘的父亲也不能像以往那样向法院控告男青年的父亲，而在外国恶习尚未侵蚀的内地城镇，因这类事而发生控告则是常见的现象。青年男女公开订婚以后，他们就像原始人那样自由地来来往往，有时，他们的血液流得太热太快，肉体和肉体的接触过于频繁，然而，他们不会像他们的父母年轻时那样，因为名誉的缘故而被处死，不，他们只消把婚期提前就得了，于是，他们才结婚就生了孩子，而年轻的夫妇却若无其事，仿佛两人还十分光彩似的。他们的父母亲若是感到难堪，也只能默然相对，暗暗伤心，尽力克制着自己，因为现在已经是新时代了。尽管如此，还是有许多父亲为了他们的儿子、许多母亲为了她们的女儿而诅咒这个新的时代，但新时代终究是新时代，谁也没有办法使它逆转。

盛在这样的时代生活，孟和爱兰也在这样的时代生活，他们只知道自己是这样的时代的一员，而不管其他事。但是源不然。王虎用种种旧的道德观念以及他对一切女性的憎恨哺育了源，因此源从未梦想过女人，偶尔在睡梦中见到，醒来也会羞愧万分，这时，他便离床拼命念书，或是去街上溜达一会儿，以此来荡涤心中的污秽。他知道，自己有朝一日也会像其他所有男人那样体面地娶妻生子，然而，眼下他有那么多东西要学，还没到考虑这种问题的时候。现在，他如饥似渴地想要学习。他曾经明确无误地向父亲这样表白过，而且至今未曾改变。

然而，今年春天，他夜里常常被睡梦惊扰，并深深为这些梦境而苦恼。这真是不可思议的事，因为在白天，他从未让自己的思路滑到爱或女人这方面去，但是一睡着，他的脑海里就充斥着那么多色情的意象，以至他梦醒后每每因为羞愧而浑身冒汗。只有当他大步走向那块土地并在那儿拼命干活的时候，他的心里才能清静下来。他白天在田里干活的时间越多，夜里的梦就越少，觉也睡得越香甜，于是，他去田里干活的兴致更高了。

源自己并不明白，和其他的青年一样，他那颗心已经熊熊燃烧起来。他的心比盛的热得多，因为盛用情不专，心思分散；同样，他的心比孟的也热，因为孟的心正为他的事业而燃烧。源离开了他孩提时代冷冷清清的院落，来到这个热气腾腾的都市。他从未触摸过姑娘的手，因此，当他搂住一个姑娘轻盈的腰肢，把姑娘的手握在自己手中时，总会产生一种自责；合着音乐的节拍，他和姑娘轻移舞步，他脸颊上感受得到姑娘那温热的鼻息，这时他心里总会滋生一种他既喜欢又畏惧的甜蜜的忧愁。源是循规蹈矩的，他从来不抚摸他握着的姑娘的手，也不像许多恬不知耻的男人那样拼命地想朝姑娘的身上靠。爱兰一直嘲笑源的这种君子风度，到后来，爱兰的嘲笑使源的思想起了变化——源不敢也不愿有的变化。

爱兰有时噘起她漂亮的樱唇嚷道："源，你未免太守旧了！像你那样把姑娘推到一边去，舞怎么跳得好呢？瞧，这才是搂住姑娘的姿势！"

难得有几个爱兰不出门的晚上，她、她母亲、源和其他人都聚集在家里，这时，她就启动唱机，将源拉过来紧紧贴住自己，前后左右地迈开舞步。她也会当着其他姑娘的面嘲弄源，嬉笑着对一个姑娘说："如果你要同我的源哥跳舞，就一定得逼着他抱住你。他最喜欢做的事莫过于把你往哪个壁角一扔，然后独个儿跳舞！"或者，她会说："源，我们都知道你很漂亮，但你漂亮得有点可怕，因为你害怕所有的姑娘！其实，我们中好多人都早已有了恋人！"

这种当众的笑谑使爱兰的女友们兴奋异常，于是，这些大胆的姑娘胆子更大了，跳起舞来肆无忌惮地紧紧贴在他身上，源想制止她们的孟浪，又害怕遭受爱兰进一步的嘲谑，所以只得竭力忍受。甚至那些胆怯的姑娘和源跳起舞来也是笑逐颜开，变得比同鲁莽的男子一起跳舞时更为大胆，她们笑着，抛着眼风，紧紧握住源的手，还时时让大腿和大腿相擦，使尽了女人们天生擅长的种种把戏。

后来，源被他的梦境以及因爱兰而造成的姑娘们的放肆折磨得难受，决心不再同爱兰一起出去了。然而，爱兰的母亲还是常常对他说："源，我知道你和爱兰在一起就不会担心；即使有另一个男人带她走，但我知道你也在那儿，心里就踏实得多。"

爱兰也十分愿意源常在她的左右，因为源高大健壮，青春焕发，她以能有这样的男子相伴而自傲，再说，源也深受她那些女伴的欢迎。就这样，在违反源自己意愿的情况下，柴火已经备齐，只是他还没有用火把将它点着。

然而，源没有料到，事实上也没有任何人料到，火把已经置于干柴之上了。

事情正是这样。有一天放学之后，源留在教室里抄老师写在黑板上、布置同学们自学的一首外国诗。同学们陆陆续续走了，教室里仿佛只剩下源一个人。这是源自己的教室，盛和那个他称为革命党人、脸色苍白的姑娘也在这个教室里学习。源抄完诗，合上书本，把笔放进袋里，正准备站起来，忽然听到有人叫他名字："王先生，你既然在这儿，能不能为我解释一下这几行诗的含义？你比我聪明多了。如果你愿意，那就太感谢你了。"

　　说话的是个姑娘，嗓音十分悦耳，但不像爱兰以及她那些朋友装腔作势的莺声燕语。对一个姑娘来说，这种嗓音似乎显得过于深沉，但它极为清脆响亮，并具有一种使人激动的力量，因此，这个姑娘说的任何一句话都仿佛有着丰富的内涵。源很惊奇，匆匆抬头一看，见是那个姑娘，即盛所说的那个革命党人，正站在他身边，她的脸色比他记忆中的更苍白。眼下，她站得离他很近，他发现她细细黑黑的眼睛里丝毫也没有冷漠的神色，相反却充满热情和情感，在她苍白的脸蛋上，那双眼睛仿佛在燃烧，这与她冷冰冰的整个脸面很不协调。她两眼紧紧地盯着他，一声不吭地挨近他，等待着他答话。她显得十分冷静，就像平时对任何一个男子说话一般。

　　不知怎的，他回答了她，但话说得有点结结巴巴："噢，是的，那当然……只是我也有点吃不大准。我觉得这首诗的意思是……外国诗往往不太好懂……这是一首颂诗……一种……"尽管如此结结巴巴，但他还是说了不少话。在说话的时候，源不时注意到姑娘那深邃的目光，她一会儿凝视着他的脸，一会儿又似乎在为他所说的话而沉思。最后，她站起身来，向源表示感谢。她说的依然是些极简单的话，但她的声腔语调仿佛表达了一种巨大的感激之情，源甚至想，没有任何帮助该受到这样的感谢。他们离开了教室，走向楼下的大厅，彼此很自然地感到更为亲近。这时已近傍晚，学生们已陆续走光，大厅里显得冷清清的。他们一起向大门走去，姑娘似乎乐于保持沉默，但源为了礼貌起见，问了她一两句话。

源问她："请教芳名？"他用的是别人教他的那种老式、彬彬有礼的方式，然而她并没有以礼回报，答话干脆、简单，甚至有点草率，只是她说话的声调总赋予她的话某种含义。

终于，他们走到了大门口，源深深地鞠了一躬，但姑娘匆匆地点了点头就走开了。源望着她远去，发觉她的个子在女子中算是较高的。姑娘敏捷地从人群中穿过，最后从源的视线中消失了。源神思恍惚地跳上一辆人力车回家，他对姑娘究竟是怎样一个人感到纳闷，同时惊奇她的眼神和声调同她的面容和话语何以如此不同。

经过初步的接触，他们建立了友谊。迄今为止，源还没有同女孩交过朋友，事实上，他也没有多少朋友，他并不像有些人那样，在一个特殊的小团体中占应有的一席之地。他的堂兄弟都有自己的朋友。盛的朋友都是像他一样的年轻人，他们自命为新时代的诗人、作家和青年画家，积极地追随着自己的领袖，如那个姓伍的，源在和爱兰跳舞时总斜眼瞧他。孟有他们革命党人的秘密小圈子。可源不属于任何一个团体，虽然他会同路上遇见的许多男青年打招呼，或是同爱兰的这个或那个女友轻松地交谈片刻，但他并没有知心的朋友。然而，在不知不觉间，这个姑娘成了他的朋友。

事情就是这样开始的。起初，是她强烈地渴望发展这种友谊。像一些富于心计的姑娘惯常做的那样，她时不时地跑来向他请教一些问题，而他则也像许多男人一般，对这种简单的手法竟然毫无察觉。不管怎么说，他毕竟是个男人，且又年轻，能够帮助一位姑娘总是一件乐事。于是，他便常常辅导她作文，最终两人慢慢地达成了默契：他们总是以这样或那样的借口天天碰头，虽然并不公开这么做。倘若有人问源对这位姑娘有什么样的情感，他总是说，仅仅是友谊而已。她确实和那些他认为漂亮或认为算得上漂亮的任何姑娘不同，因为在他的生活中，还尚未有哪位姑娘使他真正动过心。对他来说，假如有哪位值得他考虑的话，那也无疑是像爱兰那样如花似玉的少女。她们有着纤细娇小的双手、端庄艳丽的容貌以及娴静文雅的举止。他在爱兰的女伴们身上看中的就是这些特征。但是，他尚未看中其中任何一位——他只是默默地想过，他爱上的少女必须像玫瑰一样美丽，像含苞待放的梅花一样动人或者像其他什么虽无实际价值但却精巧雅致的事物一样。因而，他有时悄悄地写些诗句给这样的姑娘，一行或是两行，但从未写过完整的一首诗，因为他对她们的感情浅薄、朦胧，还没有哪位少女在他的心目中能压倒群芳，使他能专心一致地为之吟诗作文。他心中业已萌生的爱的情感，就如同黎明前那淡淡的一缕晨曦。

他当然更未想过去爱这样一位姑娘——严肃、诚挚，总是穿着直筒的深蓝或深灰色旗袍，脚上穿着皮鞋，心思全集中在书本和事业上。事实上，他现在并不爱她。

但是，她爱他。他无法确切知道自己是在什么时候发觉这一点的。他只是心中明白。一天，他们见面后沿着河边的一条街道散步。那时正是黄昏，街上行人极少，他们彼此隔着一段距离。就在他们转身往回走的时候，他突然觉察到她正凝视着他。他的目光同她的对上了。这种目光与往常不同，饱含着一种深沉、强烈的依恋之情。她那动听的声音也变得和平时完全不同。她说："源，有件事我很想说清楚。"

尽管他还未想到过要去爱她，但是当他结结巴巴地问是什么事时，他的心突然剧烈地跳动起来。她继续说："我希望你和我们一起奋斗，源，你就像我的亲哥哥——但同时我也想把你称作'同志'。我们需要你——我们需要你的智慧、你的力量。你足足抵得上两个孟的能量。"

源猛地觉得自己明白了她为什么要同自己建立友谊，他气愤地以为，她同孟是事先策划好的，因而高涨的热情一下熄灭了。

但是，她此时又说了起来，那声音在月光下听起来既温和又深沉："源，除此以外，还有一个原因。"

源现在不敢问她这个原因是什么。他感到头晕目眩，几乎透不过气来，只觉得自己的身体在颤抖，他于是转过身来轻声地说："我该回去了——我答应过爱兰——"

两人于是默默地往回走去。但是，当他们分手的时候，他们的手紧紧地握在了一起。这在以前是从未发生过的，他们自己几乎一点也没有意识到，更谈不上事先曾想过要这么做。这种手的接触使源的内心发生了某些变化。他心里清楚，他们已不再是朋友——从现在起就不再是朋友，尽管他还不明白他们之间现在是什么关系。

那天晚上，当他和爱兰在一起的时候，当他同这个姑娘聊天、跟那个姑娘跳舞的时候，他以一种陌生的眼光打量她们，心里纳闷世界上的姑娘为何有如此的差别。那晚，他第一次为了一位少女而辗转反侧，久不能眠。他现在久久地思念的就是这位少女。他想着她的眼睛，那双缺乏生气的眼睛在苍白的脸色衬托下像玛瑙石似的，显得很冷漠。但是他现在发现，他们在一起说话时，她的那双眼睛就显得光彩照人。他接着又想起她那甜柔的声音，其圆润同她的娴静和冷漠完全像是两码事。但那确实是她自己的声音。他就这么苦思冥想，多么希望当时能有勇气问她另一个原因是什么，而同时又多么希望他所猜想的答案能由她那动人的声音表述出来。

但是，他不爱她，他自己很清楚地了解这一点。

他最后回想起他们的手握在一起时的情景：两人站在没有路灯的街道的暗处，手掌对着手掌，整个身体如同钉在地上一般，一动也不动。路过的黄包车只得拐过他们朝前拉，要不是车夫骂出声来，他们竟一点也没有注意到。尽管如此，他们却毫不介意。那时一片黑暗，他看不清她的眼睛。她默默无言，他也一声不吭。彼此的思想全集中在紧紧握着的手上。当他想到这里时，他心中的火把就点着了。尽管这种手的接触已不再使他困惑——他明白他并不爱她，但他的内心里像有什么东西燃烧起来了。

假如是盛触摸了这个少女的手，他要是高兴的话就会微笑，但随后便会把此事忘得一干二净，因为他曾多情地抚摸过许多姑娘的手。要是他觉哪个姑娘爱上了他，他更会随心所欲地抚摸这个姑娘的手，直到他对此感到厌倦为止。随后，他便会为此写个故事或写上一首诗，接着便轻易地把这个姑娘忘掉。孟也不会为这样的事长久地受折腾，因为在他的事业圈子里有的是年轻姑娘，并且这些青年男女都把不拘礼教和自由往来作为自己的追求目标。他们互相称作"同志"。孟听过不少有关男女平等以及自由恋爱的讲演，他自己也作过一些如此内容的演讲。

这些青年男女尽管对人生持如此的自由观点，但实际上他们并没有多少相应的行动，就像孟那样，他们是被事业而不是被欲念激励着。事业使他们变得纯洁。孟则是他们中间最纯洁的一个。孟在自己的成长过程中，目睹了父亲那无节制的欲望和兄长神情恍惚的神态。他把这一切都斥为和女人鬼混的结果。在他看来，他们浪费了精力，损耗了身体，而这些本当应该用来为事业而奋斗的。鉴于这些原因，孟还从未碰过一位少女。他可以就任何有关摒弃婚姻法则的自由恋爱和爱的权利等问题高谈阔论，但却从未尝试过其中的任何一点。

同他们相比，源既没有使人纯洁、激动人心的事业，也不会像盛那样与姑娘调情取乐，终日无所事事。因此，当这个姑娘的手碰到他那从未被女性触摸过的手时，他对此便难以忘怀。源回想起她的手时，有一点使他感到很奇怪——她的手心火热并有点湿润。他难以想象她的手会给人那样的感觉。想起她张苍白的脸，想起她那说话时微微翕动的没有血色且显得冰冷的嘴唇，他会认为——如果以前他曾想过的话——她的手干燥、冰凉而且手指松弛得难以拿住东西。但是，他想错了。她的手紧握着他的手，显得既热烈又依恋。她的手、声音以及眼睛——所有这些都泄露了她内心的热切。当源开始想她的心——这个奇怪的既勇敢冷静又腼腆害臊的姑娘的心会是什么样的时候，他在床上翻来覆去，渴望着能再一次握一下她的手。

尽管如此，当他最终进入梦乡继而又在这透着凉意的春晓醒来时，他依然觉得自己并不爱她。在这凉爽的早晨，他会回想她的手是那么火热，而同时他又会暗自思量，即便如此，他也不爱她。那天，他极其害羞，在学校里一眼也不敢看她，也不敢在校园里的任何地方逗留，一过中午便来到他的那块地里拼命地劳作，他心里想："触摸土地胜过抚摸任何姑娘的手。"他回想昨天晚上他是如何地躺在床上静思默想，便为此感到害羞，并为父亲不知道而暗自高兴。

不一会儿，农夫来了。他对源锄去萝卜周围杂草的方法夸奖了一番，笑着说："还记得你头一天锄草的情形吗？假如你今天还是像以前那么干，萝卜都会同野草一起被你锄掉了。"他微笑着，然后安慰源说，"你会像个农夫的。看看你手臂上的肌肉以及宽阔的后背就知道了。其他那些学生——我从来没有看见过那么弱不禁风的人——戴着眼镜，摇晃着细弱的手臂，嘴里镶着金牙，骨瘦如柴的双腿插在洋裤子里——假如我像他们那样，我敢赌咒我会用毯子把自己裹起来的。"农夫说着笑出声来，接着又大声说，"来，吸袋烟，到我门前来歇会儿！"

源照着做了。他微笑着听农夫扯着粗大嗓门叙述他对城里人的轻蔑，特别是对年轻人和革命者的憎恨。每当源婉言为他们辩解几句，农夫便打断源的话，粗声粗气地说："那么，他们对我有什么好处？我有自己的一小块地，有自己的房子，有自己的牛，我不想要更多的地，我够吃了。假如当官的征税别这么重，那就更好不过。不过话说回来，像我这样的人什么时候都得缴税。他们为什么跑来说要为我办好事？究竟有谁听说过陌生人会给你好处？除了自己的亲属，谁又会帮你的忙？全是没有的事，我想，大概是他们自己想要得到什么好处——也许是要我的牛，要不就是想我的地。"

他接着咒骂了一通，咒骂那些生了这种儿子的母亲，接着又取笑那些不如他自己健壮的人。他慢慢地变得高兴起来，赞扬源地里的活干得好，随后他大笑，源也跟着大笑，于是他们成了朋友。

源离开这个粗壮的人以及这块圣洁的土地，回到家以后便上床睡觉。那天晚上，他哪儿也不去，什么消遣也不想。他头脑里丝毫没有对任何姑娘的杂念，也全无接触任何姑娘的欲望，他只是想干他的活，读他的书。那天晚上，他很快就睡着了。就这样，田地给了他片刻的安宁。

但是，他内心的情火已经点燃。过了两天，他的心境不由自主地起了变化，他变得心神不定。一天，他偷偷地转过头去看那个姑娘是不是在教室里。她在那儿，他们的目光在其他人的头缝间碰到了一起。她的目光是那么热切，那么依恋。他迅速地把头转了回来，但却无法把她忘记。又过了一两天，他在穿过门时情不自禁地说："今天出去散步好吗？"她点点头，那双深沉的眼睛盯着地上。

那天，她没有握他的手。他感觉得到，散步时她同他保持着较以往大的距离，话也比以往少，使得谈话变得相当困难。而源却不同，他自己都为之感到吃惊。照理说，他本应为她不握他的手而感到高兴，本应希望她不要离他太近。但是，在他们走了一会儿，他便渴望她能触摸他的手。本来，即便是在分手的时候，他也不伸出手的。但此时他注视着，渴望她能伸出手来，而他好把它握住。但是，她并未伸出手来。他于是像受了欺骗似的往回走去，而心里越是这么想便越是感到气愤。同时，他感到羞耻，发誓以后再不同任何姑娘散步，因为他并不是无所事事的人。那天，他写了篇关于男人应如何洁身自好，如何为学业而奋斗以及如何不与女性往来的文章。这篇苦涩的文章着实使一位温和的老先生吃了一惊。晚上，他千百次地自语，庆幸自己并不爱这位姑娘。此后一段时间，他坚持每天去地里，免得自己回忆起曾想触摸她的手这回事。

于是有一天，大约是此事以后的第三天，他收到了一封信，信是用他不熟悉的小的方体字写的。他的信不多，只是有时收到一位朋友的来信，他在军事学校时曾经很喜欢这位朋友，而这位朋友直到现在仍很喜欢源。但是，这封信的字并不像他朋友的那种潦草的笔迹。他打开信，发现这封信是他并不爱的那位姑娘写来的——仅仅一张纸，短短的几行，上面清楚地写着："我做了什么使你不高兴的事了吗？我是一个革命者，一个现代的女性。我没有必要像其他女性那样躲躲闪闪。我爱你，你会爱我吗？我并不要求也不在乎结不结婚。婚姻是一种陈旧的绷带。但是你若因此而需要我的爱的话，只要你愿意，你就可以得到它。"最后，她把名字写得又小又隐蔽，紧紧地挤在一起。

于是爱第一次呈献在源的面前。他独自坐在房里，手里拿着这封信，他现在必须思考爱，必须考虑这份爱可能意味的一切。一个姑娘就这样等着他，只要他愿意，他就可以得到她。他的情感一次又一次地呼唤着，他应该得到她。就在这几个小时里，他那青年的童稚开始消失。在他那剧烈的心跳以及炽烈的情感里，他开始变得成熟。他的身心已不再是少年的身心了……

几天之后，激情使他成熟，他已是一个成人，一个具有七情六欲的男人。但是，他并没有给这个姑娘回信，并且在校园里处处避开她的影子。有两个晚上，他坐下来，想写信，有两次他的笔下要冒出这样的字来："我不爱你。"但是他并没有这样写，因为他那奇怪的身体迫使他尊重身心的欲望。所以，在这种情感和心灵困惑的混沌状态里，他没有写回信，他在等待自己拿定主意。

他因此夜不能眠，比以前更气闷烦恼并且焦躁不安，以至他母亲时而心事重重地注视着他。源也感受到了母亲那种疑虑的神态，但是他什么也没说。他怎么能对他的母亲说，他之所以气闷烦恼，是因为他不想得到他并不爱的一位姑娘，是因为他既想得到这位姑娘奉献给他的东西却又不可能爱她？他于是听凭这种斗争在心中自生自灭，但心情因此郁郁寡欢，就像有战事时他父亲的情绪那样。

鉴于源的这种混沌的生活——既非无所事事但也无法集中精力，王虎突然专横地做了一项内容毫不含混的决定，但他自己也不知道这项决定是针对什么所做的。自太太首次给他写信以后，王虎好几个月都不回信。他在遥远的异乡生着儿子的闷气，但却并不因此寄上片言只语。太太一再瞒着源给王虎写信，要是源有时问父亲为什么不给她写信，她便安慰地说："随他去，既然不写信，就说明一切平安。"事实上，源非常乐意"随他去"，他的头脑被日常生活挤得满满的，最后几乎无暇思及父亲可畏的地方以及自己已摆脱了父亲的管束，像是在自由自在地生活。

但是，春末的一天，王虎又对他的儿子行使起管束的权力。他打破沉默，给他的儿子而不是给他的太太写了封信。这封信他并没有吩咐写信的人代笔。王虎自己提起他那支久未使用的毛笔，给儿子寥寥写了几句。信中语气严厉、直率，但意思十分明了。信中曰："我的主意未变。望回家完婚。日期定于本月三十日。"

这封信是一天晚上源从外面娱乐回来，在自己的房间里发现的。他显得疲乏但精神很好，身体几乎是合着音乐晃动。那晚他已决定接受这位姑娘奉献给他的爱情。他为产生这样的想法而激动不已：明天，或许是后天，他会和她一起去她喜欢去的地方，做她喜欢做的事情——要不他至少也在玩味这样的想法，即他或许会这样做。然后，他的目光落到了桌上，上面正放着王虎的来信。他十分熟悉信封上的字迹，一眼便知是谁的来信。他拿起信，撕开结实的老式信封，从其中抽出信笺。他看着信，耳边似乎清晰地响着老虎的吼叫。一点不假，这些话就像冲着源发出的吼叫。在他看完信之后，房间里好像经过了一阵巨大声响的喧闹，又突然静寂下来。他重又折好信，把它装回信封里，然后默默地坐下，感到呼吸困难。

他该怎么办？该如何回答父亲对他的吩咐？三十日完婚？剩下的时间已不到二十天了。于是，往昔孩提时代的恐惧又在他的头脑里浮起。沮丧攫住了他的心。难道他能反抗他的父亲？什么时候他曾经有过如此的行为？凭借使人恐惧、爱或是其他诸如此类的相应力量，他的父亲总是随心所欲地行事。小辈摆脱不掉长辈的管束。源模模糊糊地想到，在这件事的处理上，自己赶回家去并屈从父命也许是明智的。他可以回家完婚，住上一两个晚上以尽小辈的责任，然后出走，从此再也不踏进家门。以后他可以依据法律按自己的意愿办事，这事就不会对他构成什么罪孽。他在遵从父命之后就可以同自己喜欢的人结婚。他思前想后了好一阵，然后上床就寝，但是怎么也睡不着。当他想到要使自己的身心屈从于父命，屈从于父亲选定的、现正等着他的女性时，他就感到不寒而栗，就好像要他赡养一个野蛮人似的。

由于这种沮丧情绪的影响，他彻夜未眠，第二天一早便又起了床。他跑去找他母亲，拍打她的房门把她叫醒了。当她把房门打开以后，他一声不响地把信递给她，在一边等着，看她读信。她看着信，脸色起了变化，然后温和地说："你累了，吃早饭去吧。一定要吃一点，孩子，吃了你会舒服的。我知道你现在什么也不想吃，但是一定要吃点。我很快就来。"

源听从了母亲的劝告。他坐到桌边，女仆拿来了热腾腾的米粥、调味品以及太太喜欢吃的洋面包。他强制着自己用餐。热的早餐很快在他体内产生了热量，他的情绪开始好转，不再像昨晚那样消沉。所以当太太来的时候，他看着她，说："我真想不去。"

太太也坐了下来，拿起一小片面包慢慢地嚼着。她边吃边想，然后说："假如你真的这么想的话，源，我会站在你这一边。我不会去强制你做什么决定，因为这是你自己的事。但是，他是你的父亲。要是你觉得对他尽儿子的责任重于你对自己的责任，那么就回到他的身边去。我不会责备你。但是假如你不回去，那就在这儿住下去，我会在各个方面帮你忙。我不怕。"

源听了这些话，感到浑身有了勇气，有了一种越来越大的勇气。这种勇气几乎足以使他敢于违抗自己的父亲。但是，他的勇气仍然需要爱兰的无所顾忌来加以稳固。那天中午，当他回到家时，爱兰正在客厅里逗着一只像玩具似的狮子狗，这只黑鼻子的小动物是那位姓伍的先生送给她的，她非常喜欢。她抬头见到源时，一下喊了起来："源，母亲今天跟我谈了一些事情，并且吩咐我同你谈谈，因为我也是年轻人。她认为，这些日子里你十分需要了解一下一位姑娘对这种问题会怎么想。嘿，源，如果你听那个老头子的话，你就是一个傻瓜！他是我们的父亲又怎么样？我们有什么办法？嘿，源，不仅仅是我，我的朋友中没有一个不这么认为，只有傻瓜才会去和一个从未见过面的人结婚！就说你不同意——他又能怎么样？他不可能带着军队到这里来把你抓回去。在这个城市里，你是安全的——你不是一个小孩——你主宰着自己的生活——将来你会按自己的意愿来举行婚礼。对你来说，让一个连自己的名字都不会写的无知的女子做你的妻子真是太可惜了——她甚至很可能裹着小脚！可别忘记在现在这个时代，我们新女性是不愿意做小老婆的。假如你和父亲选择的女人结婚，就意味着你和她定了终身，她就是你的妻子。拿我来说，我可是不甘愿做人家偏房的。假如我选择了一位已婚的男子，那他就必须把他的头一个老婆打发走，不再同她一起生活，我必须是他唯一的伴侣。我就是这么立下誓言的。源，我们有个妇女会，我们这些新女性都曾立下这样的誓言：与其结婚当小老婆，还不如就不结婚。最好现在别听从父亲的安排，不然的话，结局绝不会是轻松的。"

爱兰的话对他所起的作用是他本身所无法做到的。他听着她那因其温柔和任性而显得十分诚挚的言语，想着城里许多像她这样的姑娘。她那非凡的透着矜持的美丽容貌似有一种神奇的力量，他慢慢地想道："确实不错，我并不是属于父亲那个时代的人。现在，他也确实无权那样支配我。确实不错——确实不错——"

在这种新的力量启示下，他径直走回房里。他在觉得自己心底尚存勇气之时，迅速地写道："父亲，我是不会回家办这样一件事的。现在是新的时代，我有自己生存的权利。"随后，他坐着想了一会儿，感到这样写也许太鲁莽无礼，同时又觉得要是加上一些温和一点的话读起来兴许要更好一点，于是他又补上："此外，学期快要结束，对我来说，现在回家很不是时候。我要是回家的话，就会错过考试，数月的努力也就付诸东流。所以，宽恕我吧，父亲，虽然就实际情况而言是我并不想结婚。"就这样，虽然源在信的首尾按格式写上了礼貌的词语，并又加上了上面这些温和婉转的话，但是他终究把自己的意思表达清楚了。他不放心把信交给仆人去寄，于是他贴上邮票，亲自跑到满是阳光的街道上，把信扔进了邮筒。

信寄出以后，他感到了充实和安宁。他不想回忆信的内容。回家的路上，他心旷神怡。走在来来往往的现代人中间，他变得更加坚定，更加充满信心。毫无疑问，在现在这种时代，父亲向他提出这样的要求简直是荒唐可笑的。要是他将此事告诉大街上的人们，任谁都会嘲笑这种古板、僵死的处事方式，并且会把他叫作傻瓜，假如他感到害怕并屈从的话。源这样走在他们中间，心里陡地滋生了一种安全感。这就是他的世界——一个新的世界——这个世界的男男女女都是自由人，各自以自己的方式自由地生活。这时，他感到内心浮起了一种模糊的感觉，他突然决定暂不回去学习。他想玩乐一会儿。在他旁边的街道一侧，有个装饰华丽的娱乐场，在用几种语言文字书就的广告中，有一条写着"今天献映本年度最伟大的影片——《爱的方式》"。源转过身，随着人流朝大敞着的门里走去。

但是，王虎并不是这么容易就能对付得了的。不到七天，他就写了回信，而这次他写了三封：一封给源，一封给太太，第三封则写给他的兄长。三封信以不同的方式谈着同样的事情，信不是他自己写的，因而文字较之前来得流畅。但恰恰就是这种流畅，使信的内容显得更加冷漠，词句间流露着王虎的愤怒。王虎的信是这样写的：鉴于日期是风水先生择定的黄道吉日，他的儿子源将于原定的三十日完婚。他的儿子因为考试在即，那天不能返回，双亲因而决定由他的堂兄，即王掌柜的长子，作为他的代理举行婚礼，代替他履行各种仪式。但是从那天起，源就算正式结了婚，就像他亲自参加了婚礼一样。

源在信里读到的就是这些话。看来王虎的意见难以更改，而源也知道他的父亲若不是出于愤怒，绝不会这么冷酷。源感觉到了这种愤怒，又害怕起来。

对源来说，这件事确实太棘手了。因为根据当时的法律，王虎完全有权利这么做，而且这种做法同父亲的其他一些做法相比，没有一点过分的地方。源对此非常清楚，所以那天当他收到这封信的时候——他一进门，仆人就把信递给了他，他独自站在门厅里拆阅起来，他感到自己所有的勇气都消失了。他算什么，一个势单力薄的青年，能够抵抗得了千百年来形成的习惯势力吗？他慢慢转过身，走进客厅。爱兰的小狗跑了进来，用身体擦着他，鼻子一个劲儿地嗅闻。源对它毫无反应，小狗尖声地吠叫了一两声。源仍显得毫无兴趣，而若是平常，他会瞧着这只凶猛的小狮子狗发笑。他坐了下来，双手托着头，任小狗一个劲儿地吠叫。

但是，吠声惊动了太太。她跑来想看看出了什么事，是不是来了陌生人。而当她看到是源时，心里便明白了大半，因为她在此之前也收到了信，于是她劝慰道："别屈服，孩子。此事现在已不仅是你个人的事了。我要把你这里的伯父、伯母以及堂兄找来，大家碰头商讨一下看看究竟怎么办。你父亲并不是这个家庭里唯一说话算数的人，他也不是年纪最大的一个。如果你伯父强硬一点，通过劝说，我们也许能改变你父亲的主意。"

但是，当源想起他的伯父——那个年老体胖、沉湎于享乐的老爷时，他一下子叫出声来："我那个伯父什么时候强硬过？！不可能，我敢发誓，在这个国家里，仅有那些有军队、有枪炮的人才是强硬的——他们强迫别人屈从于他们的意志。对于这一点，又有谁比我更清楚？我看到过父亲利用死亡的威胁强迫推行他的意志，我看到过千百次——甚至上万次。大家都怕他，因为他有枪炮武器——我现在发现他是对的——只有这样的力量才能最终统治社会——"

源感到孤弱无援，抽泣起来。离家出走或是固执己见，现在都无济于事了。

但是过了一阵，他听从了太太的鼓励和安慰。就在那天晚上，她摆了家宴，吩咐所有的人都参加。大家都来了。宴会结束之时，她把这件事亮了出来，大家等着听她的下文。

盛、孟和爱兰也参加了，他们坐在下首，因为他们辈分小，而此次太太是按旧的风俗给大家排座位的，再说这次家庭聚会是为了议事。但是所有的年轻人都一声不吭，只是干坐着，就像按规矩他们应该做的那样。甚至连爱兰也默默无言，但是她那明亮的眼睛流露出嘲讽的神色，表明她的内心在嘲笑这种庄重严肃并且以后会把此引为笑柄。盛坐在那儿像在想着其他什么更令人高兴的事情。其中，孟是最沉默的一个，一动不动地坐着。他的脸绷得紧紧的，因为气愤涨得通红，他的思想全集中在源的这件事情上，但因不能说话而感到非常难受……

率先发言自然是王大的责任，但是很明显，他并不希望第一个发言。源看着他，对他是否会说一些帮助他的话不抱任何希望。王大之所以不愿首先发言是因为他怕两个人。他怕他的兄弟王虎。他记得王虎年轻时非常蛮横，而同时他也不会忘记，他自己的二儿子正在一个很大的岛屿城市里过着极舒适的生活，他是以王虎的名义管辖那个城市的。每当王大需要钱用的时候，他的二儿子随时都会寄钱给他。②现今他住在这个处处需要花钱的外国人管辖的城市里就更需要钱了。所以，王大是不可能去得罪王虎的。除此以外，他怕自己的老婆——他的一群儿子的母亲，她已明确地告诉他应该说些什么。在他们离家之前，她把他叫到房里，说："你不能站在他儿子那一边。首先，我们这些做长辈的应该一条心；其次，如果现在谈得不少的这种革命有点什么的话，将来我们也许还得需要你兄弟的帮助。我们在北方还有地，我们可不能不为自己考虑。再说，法律在你兄弟这一边，他儿子应该服从。"

她的这些话说得相当明确，以致这位老人现在遇到她那紧盯着他的目光就要冒汗。他在开口之前，揩了揩他那光头，随后呷茶、咳嗽、吐一两口唾沫，尽一切可能推迟发表意见，但是大家仍在等着。他发言了，吞吞吐吐，气喘得很急。因为肥胖使体内增加了压力，这些天来，他的嗓子一直沙哑。他说："我的兄弟给了我一封信，他说准备给源完婚。但是，我被告知源不希望结婚。同时我被告知……我被告知……"

他扯离正题，因为这时他遇到了他太太的目光。他把视线移开，头上重又冒起汗来。他又揩了揩头。源此刻对他恨得无以复加。他气愤地想，他的生活竟要由王大这样的人来评议表态！突然，他目光不由自主地落在孟身上，孟正紧盯着他，眼睛里流露出轻蔑的神色，像在说："我不是已经告诉过你，我们不能对这些老家伙寄托希望？"

此时，王大在他太太阴冷的目光逼视下，不得已很快地说："不过，我觉得……我觉得……做小辈的应该听话……国法规定……但是不管怎么说——"说到这里，这位老人突然微笑起来，好像自己有什么事要说，"不管怎么说，源，我的孩子，女人之间实际上无甚差别，结婚以后你就不会挑剔那么多，最多是一两天的事情。我给你们校长写封信，请他准你假不参加考试，最好不要让你父亲生气，他可是个脾气凶暴的人。再说，总有一天我们需要——"

说到这里，他又把目光落到他的太太身上，而她那凶狠的眼色则在默默地吩咐他把话说完。于是他有气无力地突然收住话头。"我就是这么想的，"他转向他的长子，很轻松地说，"该你了，说两句吧，孩子。"

王大的长子随后便开口了。他说得头头是道，但是不偏不倚，因为他不想得罪任何人。他温和地说："我理解源向往自由的愿望。年轻时我也是这样的，我那时为婚姻折腾了好一阵，想同我喜欢的女子结婚。"他淡淡一笑，此时说话胆子比平常大些，因为他那个厉害、漂亮的妻子不在场。她快要临产了，这是她怀的第五胎，她因此恼怒不已，赌咒发誓地说以后要学外国人避孕的方法。因为她不在场，他看看他父亲，笑了笑说："实际上，我现在常常想那个时候我为什么要为此大吵大闹，因为最终证明我父亲说的话是对的，女人完全是一码事，婚姻也是如此，结果都一样，肯定会一样。所以结婚的时候还是感情淡漠一点好，因为最终这种事总会叫人扫兴的。同样的道理，爱情也是不会持久的。"

两人所说的就是这些，再没有其他人发言。有学问的太太没有吭声，在这两个人面前说了又有什么用？她把要为源说的话都藏在心里。年轻的几个更是一言不发，因为对他们来说，谈了也是毫无用处的。他们在一个一个溜到另一间房里以后，便以各自不同的方式对源说开了。盛认为这整个事情都非常可笑，他如此对源说。他大笑着，用那白嫩的手把他的头发向下捋。接着，他又笑着说："源，假如我是你的话，即使法院出传票，我也置之不理。我确实同情你，但同时也庆幸我的父母亲不会如此对待我。因为不管他们如何抱怨新的生活方式，他们已习惯了这个城市里的生活，他们不会真的强迫我们去做什么事，他们仅是在口头上行使他们的权威而已。别去理睬他们——按你自己的意愿生活。也别说气话，你高兴怎么做就怎么做。你没有必要回去。"

爱兰激动地叫了起来："盛说得对，源！别再去想这件事，和我们一直在这儿生活，我们都是属于新世界的，其他事你就不要放在心上。这里的一切足以使我们大家感到愉快，给我们的整个生活带来无限乐趣。我发誓，哪儿我也不想去！"

孟一直默不作声。待到大家静下来，他才慢慢地说，语气很沉重："你们说得轻松，像孩子似的。根据法律，源必须在他父亲指定的那天结婚。根据这个国家的法律，他不再自由。'他不再自由'——不管他怎么想、怎么说，也不管他怎么自得其乐——意味着他失去了自由——源，你现在愿意参加革命吗？你现在明白我们为什么一定要战斗吗？"

源看着孟，感受到了孟愤怒的目光以及绝望的灵魂。他停了一会儿，然后在他自己的绝望的驱使下轻声地说："我愿意！"

就这样，王虎把自己的儿子赶入了他敌人的营垒。

现在，源自认为他可以把整个身心投入到拯救祖国的事业中去了。在这之前，当他听到有人疾呼"我们必须拯救我们的祖国"时，尽管也感到激动，尽管也感到应该做点什么事，但他还是克制住了，因为他还不完全明白为什么一定要拯救祖国，倘若如此做的话，又应当把祖国从何处拯救出来，他甚至不明白"祖国"这个词究竟意味着什么。早在他的童年时代，在他父亲的那幢房子里，当家庭老师如此教育他的时候，他感受到了要这么做的冲动，但也感到了迷惑——他愿意做一些事，但却又不知道要做些什么。在军校时，他耳闻了许多外国列强在中国犯下的罪行，但是他父亲也成了敌人，因而他仍然不能清楚地认识问题。

在这所学校读书，情况依然如此。他常常听到孟谈起同样的事情——如何去拯救这个国家，因为孟除了谈自己的事业，什么也不说。这些日子来，孟很少看书，忙着参加各种秘密会议。他和他的同志们一直在策划反对学校或城市当局的示威。他们举着旗帜沿街游行，他们高呼口号，反对外国敌人，反对不平等条约，反对市里和学校里的规章制度，反对不符合他们自己愿望的任何东西。他们强行要求许多人参加他们的游行，尽管如此，有些人有时也是不情愿的。孟会强迫他的伙伴们参加，脸色像军阀一样难看，他会对着不愿去的同志大声吼叫："你不是爱国者！你是外国人的走狗——我们的国家受到敌人蹂躏的时候，你却跳舞，玩乐！"

一天，当源因为忙而请求不参加游行时，孟甚至对他也吼叫起来。但是，如果孟言辞激烈地对待盛，盛会以一种轻松的态度一笑了之。因为孟虽是年轻革命者的领袖，但首先是他的亲弟弟，而源同孟是堂兄弟，所以他尽可能地躲避孟。对源来说，此时最好的躲避的地方就是他的那块地，因为孟和他的伙伴是没有时间到地里干沉重的活的，源在那里很安全，足以躲开他们。

但此时源明白了拯救他的祖国意味着什么，也清楚了为什么王虎也是敌人。因为从眼前看，拯救他的祖国就意味着拯救他自己，同时他也认识到他的父亲如何成了他的敌人，并且心里明白如不自助，没有人能够拯救他。

他投身到了这项事业中。他用不着表白自己的忠诚，因为他是孟的堂兄弟，孟又为他担保。孟完全可以为他起誓，因为他知道源愤怒的原因，也知道对一种事业的纯朴的激情正存在于像源目前感受到的那种个人仇恨里。源会恨老家伙，因为老家伙是他特定的敌人。他会为国家赢得自由而战斗，因为只有这样，他自己才能获得自由。所以，那天晚上，他同孟一起去参加一个秘密会议，会议的地点在一条街道尽头的一幢老式房子里。那条街道弯弯曲曲。

这条街道叫作妓女街，居住在那里的全是穷人。在这里进出的人衣着都很随便、马虎，其中有许多是年轻工人，但是没有人注意他们，因为谁都知道那是什么地方。孟领着源往街道的深处走。他对这个地方的喊声和喧闹毫不留意。他对这里非常熟悉，对那些从门里跑出来拉生意的女人甚至看都不看一眼。假如哪个女人拉他的袖子拉的时间太长，他就会甩开她的手，就像甩开一只令人讨厌的没有感觉的昆虫。只有当哪个女的抓住源不放的时候，孟才会大声喝道："放开他！我们已经定了一个地方——"他继续大步走去，源走在他的旁边，为摆脱纠缠而感到高兴，因为这个女人粗俗不堪，眼里流露出兽欲，而她的自作多情更使她令人恶心。

随后他们来到一幢房子面前，一位妇女放他们进了门。孟走上楼梯，然后走进一间房间，房里有五十多位青年男女等在那里。看见源跟着他们的领袖走进来时，大家停止了低声谈话，用一种怀疑的目光看着源。但是孟说："不用怕，他是我的堂兄弟。我已经跟你们说过，我非常希望他参加我们的事业，因为他能帮我们很大忙。他的父亲有一支军队，将来也许能对我们有用处。

但是他以前一直不肯参加。他对我们的事业的认识一直模糊，直到今天，他才知道我对他说的是千真万确的，才认识到他自己的父亲就是他的敌人——就像我们的父亲是我们的敌人一样。现在，他准备这么做了——他的仇恨已足以使他打算这么做。"

源默默地听着这些话，环视着一张张激情洋溢的脸。没有一张脸不神采奕奕，尽管有的脸色苍白，有的并不漂亮，同时所有的眼睛看上去也都是那么炯炯有神。听着孟说的这些话，看着周围的这些眼睛，源的心猛地一沉……他真的恨自己的父亲？突然间，恨自己的父亲变得艰难起来。他犹豫不决，头脑里在结结巴巴地说着"恨"这个字——他恨他父亲的作为——他确确实实恨他父亲的许多作为。就在他犹豫不决的当儿，一个人从光线暗淡的角落里站起身朝他走来，并向他伸出一只手。他认得出这只手，转过身正视那张他熟悉的脸。他面前站着的就是那位姑娘，她用一种奇怪但又动听的声调说："我知道总有一天你会参加我们的组织的，也知道总有一件事会使你和我们走到一起来的。"

看着眼前的景象，和这位姑娘握着手，听着她那动人的声音，源感到那样温暖、那样亲切，以至他清晰地回想起他父亲的作为。是的，假如他的父亲做那种令人憎恨的事情，比如要他同他从未见过面的姑娘结婚，那么他一定会憎恨他的父亲。他把姑娘的手紧紧地握在手里。她爱他，这使他如痴如醉。因为她就在他面前并且握着他的手，他顿时感到自己就是他们中的一员。他迅速地扫视了一下房间。嘿，在这里大家都自由，自由而且年轻！孟仍在讲话。他们两人站着，一男一女，手握着手——没有人对此感到奇怪，因为在这里所有的人都是自由的。孟此时结束他的话："我做他的担保人。如果他叛变，我就为之而死。我为他担保。"

当孟说完时，这位姑娘领源朝前走了几步，仍然紧紧地握着源的手，说："我也——为他担保！"

她于是把他同她、同她的伙伴们紧紧地束缚在了一起。源十分乐意地宣了誓。当着众人的面，在大家的凝神屏息之中，孟用小刀在源的手指上划了个口子，让血从刀口里流了出来。孟用一支毛笔蘸了蘸血，然后源用这支毛笔在他的宣誓底下签了名。随后，大家一起站了起来，同意源为新成员，并又一起宣誓，然后给源一块标记以证明他们的兄弟关系，源最终便成了他们的兄弟。

现在，源发现了许多他所不知道的事情。他了解到这个兄弟会同所有地方的其他数十个兄弟会保持着联系，而这一网络遍布国内的许多省份许多城市，并向南方延伸。军事学校所在的那个南方大城市就是所有兄弟会的中心。这个中心通过秘密电讯传达指示。孟知道如何接受这些电讯并且阅读它们，然后孟叫他的助手把这伙人召集到一起，告诉他们应该做什么，应该如何组织罢课，如何撰写宣言。就在他如此做的同时，在其他几十个城市里也进行着同样的活动。在全国各地，许多年轻人就是这样秘密地结合起来的。

这些兄弟会举行一次会议，都是为实现将来的宏伟计划而向前迈进的一步。实际上，这个计划对源来说并不新鲜，因为在他的生活中，诸如此类的事情他已听得不少。从他孩提时代起，父亲就常常说："我要夺取政权，使国家强大起来。我要建立一个新的朝代。"因为王虎在年轻的时候也有过这样的幻想。后来，源的家庭教师又悄悄地教育他："总有一天，我们一定会夺取政权，建设一个新国家……"在军事学校，他听到过这样的说法。现在，他又听到了这样的说法。但是对许多人来说，这是一种新的呼唤。对商人的儿子、教师的儿子、安分守己的人的儿子来说——他们对单调乏味的生活感到厌倦，这可是从未有过的最强有力的呼唤。说起建立一个国家，说起使国家变得强盛，说起有力地发动反对外国人的战争，使得他们中间每个普通的年轻人都狂热地幻想起来，幻想自己成了统治者、政治家，要不就是一位将军。

但是对于这种呼唤，源并不那么幼稚，他不像其他人那样动辄大声疾呼。有时，他不断地提问题，弄得他们感到厌烦。"我们如何来做这件事？"要不他就会说，"如果我们不上课，只是把时间花在示威游行上，那又如何去拯救我们的国家？"

不久，他便学会了保持沉默，因为其他人忍受不了他的这种言论。他不像其他人一样行动，使孟和那位姑娘感到很棘手。于是孟私下对源说："你没有权利对来自上级的命令提出质问。我们必须服从，只有这样我们才能为美好的明天做好准备。我不允许你这样提出问题，对其他人我也许不这么处理，不然的话他们会说我包庇我的堂兄弟。"

源因此又得将此时在内心冒起的一个问题压下去，即如果他必须服从自己尚未搞懂的命令，那又何谈有什么自由呢？他有点疑虑地想，也许以后会有自由。同时他又自语，没有其他路可以走，因为同他父亲在一起，他肯定没有自由，再说，他已把自己的命运同这里的其他人连接在一起了。

所以，在那些日子里，凡是指派给源的任务，他都尽力办好。他为游行做旗帜，抄写因这个或那个原因呈交给老师的请愿书，因为他字迹工整，且书法也比其他人好。当老师不同意他们的要求，他们罢课时，他便离开自己的班级。尽管他为了避免脱课而偷偷地学习，他还是去工人的家里，向他们散发传单。这些传单上写着工人在劳动中如何受到凌辱，他们的工资是如何地少，而老板又是如何剥削他们而变得富裕等大家熟悉的事情。这些男男女女都不识字，源便念给他们听。他们高兴地听着，当听到他们受到的剥削比想象的还要重时，他们面面相觑，显得不可理解。有的人大声说起来："哎，千真万确，我们的肚子从来没有填饱过——""我们日夜干活，而孩子却饿肚子——""我们这些人没有指望了，今天这个样，明天还是这个样，永远都这个样，做一天吃一天。"当他们了解到自己是如何被残酷地利用时，他们绝望了，气愤地互相看着。

源注视着他们，听着他们谈话，情不自禁地为他们感到难过。他们说得一点不假，他们被残酷地压榨，他们的孩子没有东西吃，饿得面黄肌瘦。这些孩子每天得在织机旁、外国人的机器旁干许多小时，常常因此死去，却无人过问。甚至连他们的父母亲也不怎么关心，因为生孩子是件极容易的事。对于穷人的家庭来说，孩子总是过剩的。

虽然源同情他们，但是当他能离开时他还是感到高兴，因为这些穷人身上散发着一种臭气，而他的嗅觉又特别灵敏。甚至当他回家梳洗以后，当他远离了他们，他觉得身上好像还残留着这种气味。当他在自己安静的房间里独自看书时，他一抬头就能闻到这种臭气。虽然换了外衣，他还是能闻到这种气味。即使去娱乐场，他也无法消除这种气味。在他搂着跳舞的女性身上散发出的淡雅幽香中，在干净的精心烹制的食品散发出的诱人香味中，他还会闻到那些穷人身上的恶臭。这种臭味像渗透了一切，使他感到厌恶。源的这种因厌恶动辄退避的旧习，使他在任何地方都不能全力以赴，因为任何东西都会有些细小的地方或因素刺激他的感官，使他扫兴。尽管他为自己的过分挑剔而感到惭愧，但为了使肉体能回避这种臭味，他对这种事业的态度并不那么热情。

除此之外，还有一个麻烦因素，它常常使事业黯然失色，并在他同其他人的关系中投下阴影。那就是这位姑娘。自从源投身这个事业，这位姑娘就把他视为她的，因而她就不可能不打扰他。在这些青年里，有些情侣公开同居，看起来像是可以这么做，其他人对此毫无议论。他们互称同志，而且这种关系两人喜欢维持多久就维持多久。因此，这位姑娘也希望源和她同居。

但奇怪的是，如果源不参加这项事业，还像以前那样无忧无虑地生活，很少同这位姑娘碰头，如果他只是在校园里见到她，偶尔同她一起散散步，那么因为陌生和关系淡薄，她大方的举止、动听的声音、坦诚的目光以及温暖的双手反而是一种诱惑，把他从他熟悉的姑娘那里、从他经常见到的爱兰的朋友那里吸引过去。源同姑娘们在一起时很腼腆，因而洒脱大方便成了一种引诱。

现在，他时时处处都能见到这位姑娘。她用行动表明源是属于她的。每次下课，她总是等他一起离去。大家都知道这一点，源的许多同学取笑他，冲着他大声嚷嚷："她在等你——她在等你——你跑不了了——"他的耳朵里总是响着这样的玩笑。

起先，源对此佯作没听见，当不可回避时便苦涩地一笑。之后，他变得害羞起来，试图迟迟不作反应，或以某种特定的方式跑掉。尽管如此，他仍没有勇气当她的面对她说："我不喜欢你总是等我。"他不敢这么做，只是假装同她招呼。每当他参加秘密会议，她总是在身边替他保留着一个位子，而其他人则认为他们确实是结合起来的一对。

但是，实际上他们并不是如此，因为源无法爱这个姑娘。他见她的次数越多，她越是触摸他的手，把他的手久久地握住而不掩饰内心的渴求，他就越是不会爱她。但是，他必须尊重她，因为他知道她对他非常忠诚并且真挚地爱着他。他感到惭愧，因为有时他确实是从她对他的忠诚里得到了好处。当他被指令做一项他不喜欢的工作时，她很快就会观察出他的不乐意，而且只要她能够做，她就会大声说她自己正想要做这样的工作。她总会想办法让他做自己最喜欢做的事，比如抄抄写写，要不就去农村对农民演讲而不去散发着臭味的城市贫民那里做工作。所以，源不想得罪她，因为他看重她为他做的一切。源常常感到惭愧，但有时他也想，自己也够丈夫气的了，因为他既能让她为他效劳而又仍然不爱她。

他越是拒绝她的爱——尽管好长时间都没有用话表明——这位姑娘的爱就越热烈。有一天，像所有此类事情一样，这种感情到了必须用话挑明的地步。那天，他受命去一个指定的农村，他想独自去，回家时顺路去看看他的那块地，因为他一直忙于这项事业带给他的额外工作，没有时间像以前那样经常去他的地里。那是晚春的一天，天气晴和，他打算步行去农村，到那里同乡亲们聊聊天，悄悄地散发一下小册子，然后朝东绕回到他的那块地里。他喜欢同农民聊天，常常向他们讲道理，而不是强制他们去做什么事。在同农民谈话的时候，他也倾听他们的意见。他们会说："谁又听说过这样的事，没收富人的地，然后把地分给我们？我们怀疑能不能这样做，少爷，我们倒情愿别这样做，要不然谁知道以后会受到什么处罚。像现在这样就不错了，至少我们了解自己的难处，这些都是老问题，我们心里明白。"在他们中间，只有那些连一寸土地都没有的人才渴望新时代的到来。

这天，当他正计划独自愉快地过上几小时的时候，这位姑娘找到了他，用一种肯定的口气说："我和你一起去，我想去找农妇谈谈。"

有许多原因促使源不希望她和他一起去。在她面前激烈地宣传他们的事业，源会感到别扭，他不喜欢激烈的方式。同时，她同他单独在一起的时候，他害怕她触摸他。再说他也不能去自己的地里了，除非那个心地善良的农夫不在那里。他还没有把他参加这项事业这件事告诉农夫，他不想使农夫为此东猜西想，所以他不希望这位姑娘和他一起去。还有，他不想让姑娘知道，他是多么关心自己种的庄稼的生长情况。他不想让她了解自己对这类事物的奇特而又深切的爱好，免得她为此感到惊愕。他不担心她会笑话，因为她不是那种见着某事就会取笑的人，但是怕她惊奇，怕她不理解，怕她那种对自己不懂的事物所持的轻蔑态度。

他无法摆脱她，因为她会设法表明是孟命令她这样做的，她非去不可。于是他们一起出发了。源默默地走在路的一边，如果她走到他的这边来，不一会儿，他便想出个借口，说路面不平而跑到另一边去。踏上乡村小道时，他感到高兴，此间路面狭得不能并排走，只能一前一后。源走在前面，这样他可以观察周围的情况，让她在后面跟着。

不久，这位姑娘肯定领会了源的心情。她首先开口，但声音很轻，像不屑理会源简短的答话，随后便沉默起来。最后，两人都一言不发，只是默默地朝前走着。源始终感受得到她感情的波动，他畏惧她，但只是固执地朝前走着。他们来到路的拐弯处，这里有许多早些年栽种的杨柳树。这些高大的杨柳因为经常剪枝，树杈生得很稠密，互相交叉，在路上投下了浓密的绿荫。在他们穿过这个寂静的地方时，源感到双肩被人从背后抱住了——这位姑娘把源的身子扭过来，一下扑到他的怀里，伤心地抽泣起来。她哭着说："我知道你为什么不爱我——我知道晚上你到哪些地方去——一天晚上，我跟在你后面，看见你和你妹妹在一起。你们走进了那家大旅馆，那里还有另外几个女人。我同她们相比，你更喜欢她们——我看到了同你跳舞的那一个——那个女的穿着桃红色的旗袍——我看到了她搂着你时那种下流的样子——"

这是真的，他有时仍同爱兰一起出去，他还没有跟他妹妹和太太说过有关他参加了孟的事业的事。尽管他常常编些借口，说他很忙，不能像爱兰那样经常去娱乐场，但有时他也得去，不然会引起爱兰的怀疑。再说太太也希望他去她那里，这样她才放心。当这位姑娘哭泣着说出这些话时，源想起来了。那是一两天前，他曾同爱兰一起去参加爱兰最好的一位朋友的生日晚会。晚会是在一家外国旅馆里举行的，他曾同这个朋友跳过舞。大厅里有极大的对着街道的玻璃窗。毫无疑问，这位姑娘搜寻的目光透过玻璃一下就能把他从人群里辨认出来。

源此时感到很气愤，全身绷得紧紧的。他不满地说："我是同我妹妹一起去的，我是客人，而且——"

但是这位姑娘感觉到了，他已在她的激情之下变得冷漠。她猛地抽出身来，显得比他还要愤怒，大声地说："没错，我看见你了——你搂着她，并不怕碰到她，但是你避开我，好像我是一条蛇！你想过没有，假使我告诉其他人，你同我们憎恨的人、同我们反对的人在一起消磨时光，会对你有什么后果？你的命运掌握在我的手里！"

源心里清楚，她说的话是确实的。他只是轻声地回答，声调里满含着蔑视："你觉得像这样对我说话就能使我爱你？"

她重又扑到他怀里，显得疲乏不堪，对着他柔声柔气地抽泣。她把他的手提起来围住自己的腰。他们就这样站着。源很快便情不自禁地被她的抽泣打动了，开始同情起她来。"你赢了我。如果这不是你的愿望的话，那也不是我的愿望，"她最后说，"因为我不希望败在任何男人面前——但是，我心里明白，我可以离开这项事业但不能离开你——我太任性，我太软弱。"源感到自己对她的同情在迅速增强，于是，虽然心里并不太愿意，但他并没有从她腰上抽回自己的手臂。

过了一会儿，她安静下来，从他怀里走开了，用手绢擦着眼睛。他们又上路了，她默默无言，神情沮丧。他们完成了去农村的任务，但是那天她再也没有说话。

源和她都清楚问题的症结在哪儿。在源这里，则是固执自负，直到现在，他对爱兰的任何一个朋友都未看过两次。对他来说，她们看起来都差不多，全是大家闺秀，有着清脆悦耳的嗓音、铜铃似的笑声，穿着各种漂亮的时装，耳朵上戴着珠宝，皮肤光滑柔嫩，手指上搽着指甲油，几乎都是一个模式。他爱音乐的韵律，而姑娘们增强了这种韵律。但他现在不会像当初那样被少女弄得心神不定了。

但是这个姑娘接连不断的忌妒，使他以一种新奇的目光看待那些被她指责的姑娘。她们的欢笑使他感到亲切，因为他从来不很愉快。他从她们欢乐的神采中发现了某种乐趣，同时也感到她们缺乏一种事业心，只会寻欢作乐。他从她们中挑出了最喜欢的两三个。其中一个是一位王爷的女儿。这位上了年纪的王爷自清王朝被推翻以后，就一直在这座城市里避难。他的女儿是源见过的最娇小妩媚的姑娘，美得无可挑剔，使源时时想见到她。另一位姑娘年纪稍大，她喜欢源的年少英俊。她一面起誓不结婚，要终生从事她的事业——经营一家专售妇女服装的商店，一面又喜欢同别人打情骂俏。源很得她的欢心，他了解这一点，而她的绝顶漂亮、婀娜多姿以及一头富有光泽的乌发也使他迷恋不已。

他思念这两位姑娘，也许还有一两位。这短暂的想法使他感到内疚。那位姑娘会像往常一样跑来指责他。她有时激动，甚至气愤地恳求，而过了一天又会变得冷淡、讨厌。一种奇怪的同志关系把源同她联系在一起，他感到厌倦，他不爱她。

他父亲选定的为他举行婚礼的日子逐渐临近。一天，他考虑着这件事。他独自忧郁地站在自己房间的窗前，凝视着窗外的街道，不胜厌烦地想，今天他必须见见那位姑娘。但是，他随后又想："我呐喊着反对我的父亲，因为他束缚我，而现在我却让她来束缚我，我真蠢！"他感到异常吃惊，这样的问题自己以前竟没有考虑过，甚至连自己的自由也白白地送掉了。于是他坐了下来，迅速地盘算所能做的补偿以及如何用某种手段使自己从这种新的束缚中解脱出来。这种束缚有它自己的特点，同来自他父亲的束缚一样，叫人感到窒息，因为它非常隐蔽，同时又与源的关系非常密切。

但是，突然间他自由了。因为前段时间他们的事业一直在南方积聚力量，现在已到了决定生死存亡的时刻。革命军从南方的关键城市出发，迅速北上。顷刻间，就像来自南海的一股强劲的台风，它席卷了沿海的城镇乡村。这些军队强调人性、坚持真理，几乎有着一种超常的神力，因而在全国所有的城市里都在传说他们的威力，传说他们所向无敌。这些军队的士兵全是年轻人，其中也有不少姑娘。他们浑身充满一种无形的力量，所以他们的战斗力远非那些为了钱而打仗的士兵所能比的。他们为了一项他们视为生命的事业而战斗，因而是不可战胜的。他们所到之处，统治者的雇佣兵就像劲风里的落叶似的溃不成军。早在他们抵达一处之前，此处便会沉沉地笼罩着对他们的威力以及无畏精神的恐惧，大量地流传着他们不怕死因而不会死的种种传说。

源所在城市的当局对此十分恐慌，为了防止城里的革命者同城外的革命军里应外合，他们便开始搜捕所有的革命者。像孟、源以及那位姑娘那样的人在其他学校里也大有人在。这一切发生在不到三天的时间里——当局派出凶神恶煞般的士兵对凡是有学生住过的任何地方都进行搜查。要是发现点滴证据，哪怕是一本书、一张传单、一面旗帜或任何象征革命的东西，不论男女，一律格杀勿论。三天的时间里，这个城市里有数以百计的青年男女因此惨遭杀害。没有人敢对此有异议，要不就会被认为是革命者的朋友，也要遭到杀害。在遭难的人中间，有许多是无辜的。因为有些卑劣的小人与人有仇，此时便乘机到当局处告密，提供一些某人是革命者的假证据。就这样一些口说无凭的证词，竟也夺去了许多人的生命。统治者对城里革命者的惧怕——惧怕他们采取行动呼应城外革命军的进攻，已到了无以复加的程度。

一天，在没有任何先兆的情况下，这种事情发生了。早晨，源坐在课室里，克制着不转过头去，因为他知道那位姑娘正看着他。就在他感到很不自在，正欲转过脸去的时候，一伙士兵蓦地跑了进来，领头的冲着学生大声嚷道："站起来，我们要搜查！"所有的学生茫然地站了起来，既惊讶又害怕。士兵开始对他们逐个搜身，检查他们的书籍，其中一个士兵记着他们的住址。这一切在死一般的寂静中进行。老师也默默地站着，显得毫无办法。整个课室里，唯一可以听到的便是士兵的刺刀和他们的靴跟相碰的声响，以及他们的厚底皮靴踏在木头地板上发出的笃笃声。

在一片寂静、令人可怖的气氛中，三个学生被叫了出来，因为在他们身上搜出了证据。其中两个是男学生，而另一个就是那位姑娘，她的袋里装着一张被视作罪证的报纸。三个人被拉到士兵面前，当他们转身要走的时候，士兵用上了刺刀的枪推搡他们，要他们加快脚步。源目瞪口呆地注视着，眼睁睁地看着那位姑娘走了出去。那位姑娘走到门口时转过头来，久久地、恳求似的默视了他一眼。士兵用对着她的枪狠狠地推了她一下，她走了出去。源意识到他再也见不到她了。

他最先的想法是"我自由了！"，他接着便为自己情不自禁的高兴感到羞耻，同时也不由得想起她临别时投给他的极端凄楚的目光。他为那目光感到内疚，因为尽管她真心真意地爱他，而他却不爱她。他为自己辩护，默默地自语："我没有办法——我不想得到她，这有什么办法？"与此同时，另一个微弱的声音却在说："这是没有办法，但是我知道她就要死了——我就不能给她一点安慰？"

他的发问很快就结束了，因为那天的课没上多久，老师就宣布解散了。所有的学生很快地便离开了课室。源在匆匆离去时，感到有人抓住了他的手臂，他定睛一看，原来是盛。盛悄悄地把他领到没人能够听到他们谈话的地方，脸上显出慌乱的神色，轻声问："孟在哪儿？——今天的袭击他不知道，如果他被搜查的话——要是孟被杀害，我的父亲就活不成了。"

"我不知道，"源注视着他说，"这两天我一直没有见到他——"

盛走了。此时，显得惊慌的学生一声不吭地从各个课堂里拥了出来。盛的身影灵巧地在人群里穿进穿出。

源沿着僻静的小路回到家中。他见到太太后，把学校里发生的一切都告诉了她，最后使她宽心地说："当然，我没有什么值得害怕的。"

但是，太太比源想得复杂，她急急地说："想一想——大家看见过你同孟在一起——你是他的堂兄弟——他来过这里。他在你房里有没有留下过书、报纸或是其他一些不起眼的东西？他们一定会到这里来搜查。哦，源，回房里看看，我也想想能替你做点什么。你父亲喜欢你，如果你有什么不测，那就是我的过错了，因为我没有按照你父亲吩咐的那样把你送回去！"源从来没有见过她像今天这样害怕。

她和源一起来到他的房里检查他的东西。在她查看每一本书、每一个抽屉以及每一层书架时，源想起了他仍保存着的那位姑娘写给他的那封情书。他把它夹在一本诗集里。他这么做并不是觉得这封信有价值，只是它起初对他来说是珍贵的，因为它终究谈到了爱——在他的生活中头一次碰到爱，而有一段时间因为爱自身的缘故，这封信曾产生过神奇的魅力，但过后他就把它遗忘了。当太太转过身去的时候，他把信取了出来，放在手里捏成一团，然后找个借口走了出去。他走进另一个房间，找来火柴，把信付之一炬。当信在他的手指间燃烧的时候，他想起了那个可怜的姑娘，想起了她看着他时的那副模样，那神色就像野兔即刻就要被野狗吞食掉似的。他想着她，心里充满了巨大的悲哀，心情奇怪地越来越沉重，因为即使现在，他也不爱她，他永远不会爱她。他甚至对她的死也不感到难过，尽管他为自己有如此的想法而深感内疚。信就这样在他的手里燃成了灰烬，然后变成了尘土。

再说，即使源感到难过，时间也不允许他这么做了。几乎是刚刚烧完信，他就听到了大厅里传来的吵嚷声。随后，门被打开，他的伯父、伯母、堂兄以及盛一起走了进来，全都在嚷着询问是不是看见过孟。太太从源的房间里走了出来，大家的脸上都流露出害怕的神色，互相询问着。伯父脸上的肌肉因惊恐而颤抖着，他哭丧着脸说："我是为了躲避凶狠野蛮的佃户才到这里来的，原以为这里很安全，外国兵会保护我们。我不知道他们对这种事竟会任其自然，而现在孟又失踪了，盛说他是革命者。我发誓，对这种事我一点也不知情。为什么不早点告诉我？我早该注意此事了！"

"但是，父亲，"盛低声答道，显得很忧虑，"你要是早知道，一定会嘴快，把此事宣扬出去。"

"哎，这倒不假，"盛的母亲不高兴地说，"家里就数我嘴紧了，但是我那宝贝儿子孟竟连我也不告诉，真叫人不好受！"

盛的哥哥面色如死灰一般，他焦虑不安地说："为了这个蠢家伙，我们全家都面临着危险，这些大兵肯定会来询问我们，他们肯定会怀疑我们。"

此时，太太——源的母亲轻声轻语地说："处在这样的危险之中，我们大家都要好好考虑考虑下一步该怎么办。源在我的监护下，我必须为他着想。我想这么办，既然他早晚都得去外国读书，我现在就送他出国。一办好手续就尽快送他走，到了国外他就安全了。"

"那我们大家都去，"伯父迫不及待地大声说，"到了国外，我们大家就都安全了！"

"父亲，你是无法去的，"盛耐心地说，"外国人是不会让我们这样的人种在他们的国土上生活的，除非去学习或干诸如此类的特殊工作。"

老人听了这些话，摆出一副了不起的样子，那对小眼睛睁得大大的，说："那他们不是在我们这儿生活？"

为了使大家平静下来，太太说："现在谈论我们自己毫无用处。我们这些上了年纪的人够安全了。他们不会因为我们支持革命者而把我们这些稳重的老家伙杀掉，也不会杀你，大侄子，因为你有妻室儿女，再说已不再年轻。但是，孟是出了名的。因为他的关系，盛目前危险，源的情况也是如此。所以我们无论怎样都得把他们弄到外国去。"

他们于是计划如何来办这件事，太太想起了爱兰认得的一位外国朋友，想起应如何通过他去办许多需要尽快签字承保的有关证件。太太站了起来，想用手敲门把仆人唤来，去一个朋友家接回爱兰。爱兰一早就去这个朋友家玩了。在这令人不安的日子里，她不愿再去读书，因为读书使她感到悲哀，而她恰恰忍受不了悲哀。

在太太用手拍门的时候，从底下的房间里传来了响声，一个粗俗的嗓门在大声吼着："有个叫王源的人是住在这儿吗？"

这一声叫得大家面面相觑，年老的伯父脸色一下苍白得如同新鲜牛肉上的肥膘，那样像要找地方躲起来。而太太敏捷的思想首先想到的是源，接着便是盛。

"你们两个，"她气吁吁地说，"赶快——躲到屋顶下的小房间里去——"

这个小房间没有楼梯，所谓的房门充其量只是天花板上开着的一个小方洞。太太一边说着一边把一张桌子拉到洞的下面，还拖了一把椅子。盛的反应比源快，他突然朝前跑去，源跟在他的后面。

实际上两个人都不够快。就在他们慌忙行动时，门像被一阵大风猛地刮开了。八九个士兵站在门口，带队的先是看着盛，厉声问道："你是王源？"

盛的脸色也苍白起来。他停了一会儿，没有马上回答，好像说些什么要经过考虑似的。随后，他轻声地说："不，我不是。"

领队的随即吼了起来："那么，那一个是王源了。哦，我想起来了，那位姑娘说过，王源是高个子，皮肤非常黑，有两道浓眉，但是他的嘴唇很柔和，红红的——肯定是这一个——"

源没有说一句为自己辩护的话就束手就缚，他的双手被反绑在背后。没有人能够制止这件事。一切都无济于事，尽管源的上了年纪的伯父哭泣着、颤抖着，尽管太太走上前去恳求，难过但又肯定地说："你们搞错了——这个年轻人不是革命者。我可以替他担保——他是个读书用功、行为谨慎的人——我的儿子——他从来没有参加过任何这种组织——"

但是，这些士兵只是粗声粗气地大笑，一个大圆脸士兵嚷道："哦，太太，做母亲的根本不了解她们的儿子！要了解一个人只须问姑娘——而不能问母亲——那个姑娘说出了你儿子的名字、这里的门牌号并且准确地谈了他的模样——哎，她对他的模样十分熟悉，是吗？——我敢打赌，她对他的模样了如指掌！——她说源是他们中间最富有反叛精神的一个——她起初很胆大，很气愤，接着沉默了一会儿，随后便自愿地说出了他的名字，一点也没有用刑！"

源注意到，太太听了这些话后变得神情木然，好像听了什么她根本就不懂的事。他无话可说，只是保持沉默，但在心里阴郁地想："这么说她的爱变成了恨！她无法用爱来束缚我——而她的恨却一下子就把我捆绑起来了！"因此，他只得由他们带走了。

那时，他心里充满了恐惧，他一定得死了。在最近这些日子里，虽然结果没有公布，但他知道所有参加他们组织的人都被杀害了。他很清楚，没有什么证据能比那位姑娘说出他的名字这件事来得更有力。但是，尽管他这么想，死对他来说仍像是不可能的。当他被扔进满是像他这样的青年的监牢时，他蹒跚着跨过门槛，门卫冲着他说"嘿，打起精神来，但是明天就不要你为此操心了，别人会抬着你——"，这时死仍像是不可能的。直到眼前，他都尚未领悟这个字的真正含义。卫兵的话就像枪膛里那些等待着明天的子弹，刺透了他的心，但他仍想透过暗淡的光线看看挤满人的牢房。他感到安慰，因为牢房里全是男人，没有一个女人。他心想："我忍受得了死，但忍受不了在这里看到她并且让她知道我要死了，她到底还是得到了我。"对他来说，她不在这里是一种安慰。

所有这一切以如此快的速度发生，使源情不自禁地想，他可能会得救。起先，他觉得自己随时会得到释放。他对他母亲有相当的信心。他越想越放心——他的母亲会设法营救他。这种想法越来越强烈，因为环顾周围其他人时，他感到自己远比他们优越，他们看上去很贫穷，也不如他聪明。他们的家庭不像他的家庭那样有钱有势。

过了一会儿，暗色渐渐成了漆黑一团。大家在黑暗和寂静中坐在泥巴地上，有的则躺着。没有人说话，谁要是说话，就要罪加一等。被关着的人都互相惧怕。在能依稀地辨出脸庞时，响起了身体移动的声音以及此类不是来自嗓门的声响，除此之外，一片寂静。

当夜晚来临，互相连脸面也无法辨认时，黑暗像把大家关进了单人牢房里。此时，轻轻地响起了一个声音："哦，妈妈——哦，妈妈——"随后，这个声音变成了绝望的哭泣。

哭泣声叫人难以忍受，大家觉得好像是自己在哭泣。这时响起一个比刚才大的声音，既响又坚定："安静点！哭着要妈妈，这不像个小孩？我是一个忠诚的成员——我杀死了我的妈妈，而我的哥哥杀死了爸爸，我们不认双亲，只认事业——是吧，哥哥？"

黑暗中，另一个声音在回答，听上去同刚才的声音很像："是的，没错！"第一个声音说："我们难过吗？"第二个声轻蔑地哼了一下，又答道："要是我有一打爸爸，我也会去杀死他们——"另一个又帮腔说："唉，这些老家伙，他们养育我们仅仅是为了在他们衰老之时有人像仆人似的照料他们——"但是最轻的那个声音仍在一个劲儿地呜咽："哦，妈妈——妈妈——"他好像一点也没有听到两人刚才的对话。

夜渐深，哭声静了下来。当别人说话时，源始终一声不吭。但是，在他们安静下来以后，夜越来越深，周围充塞了死一般的寂静之时，他便感到无法忍受。所有的希望开始慢慢地消失。他希望牢门能在什么时候打开，然后有人喊道："让王源出来——他被释放了！"

但是，他听不到这样的声音。

最后，源感到像是非得搞出点什么声音来，因为他忍受不了这种寂静。他沉浸在苦思冥想之中。同他的愿望相反，他回想起他的一生——他这短暂的一生。他想："假如当初听父亲的话，如今也不会到这里来了。"但是，他不会说："我希望当初听父亲的话。"源想到这一点时，固执会使他毫不含糊地说："我确实认为，他要我做那件事是错了——"他继而又想："假如我迁就一点，并且顺从那位姑娘——"他内心因此又充满了厌恶，自语道："我还是不喜欢——"最后，除了考虑可能发生的情况，再没有什么可想的了，因为过去已成定局，已经过去，现在必须想想死的问题了。

他现在渴望着能在黑暗中听到某种声音，甚至渴望听到那个年轻人呼唤母亲的声音。但是，牢房里安静得如同无人囚禁在其中一般，而黑夜却没有睡着，它像是一个有生命的东西，在警觉地等待着，内外充满了恐怖和寂静。源起初并不害怕，但更深夜半之后，他害怕了。一直显得很虚幻的死亡，现在变得真实了。他突然感到窒息，猜测自己是被砍头还是被枪决。他曾经在报上读到这样的消息：这些日子里，在许多内地城市的城门上悬挂着遭害的年轻革命志士的头颅，因为革命军尚未来得及打到那里，在决战之前他们便被统治者抓获了。他像是在看自己的头——随后一个想法使他感到了安慰："在这个深受外国影响的城市里，他们无疑会实行枪决。"他想想自己，苦笑了一下，这就意味着在他死后可以保持全尸了。

他在极度的痛苦中，蜷缩着熬过了这几个小时，他的背靠在两堵墙的交叉处，脚缩得靠近身体。他就这样坐在墙角里，整个身子缩成一团。蓦地，门打开了，一缕灰色的晨曦射进了牢房。囚犯们蜷缩在一起，看上去像一堆昆虫。这缕光线使他们蠕动起来，但是尚未有人爬起来，便传来一声吼叫："所有的人全都出来！"

士兵走进牢房，他们用枪捣着、戳着，把所有的人叫了起来。那个年轻人站起身后便又开始呜咽："哦，妈妈——妈妈——"甚至当一个士兵用枪托重击他的头部时，他仍不停地哭着喊叫，好像这就是他的呼吸，他无法停止，好像只有这么做，他才得以生存。

　　所有被关押的人都默默地——除了那个年轻人——步履不稳地朝前走去，每个人都知道即将发生什么事，但每个人的脸上都流露出茫然的神色。与此同时，一个士兵提着一盏马灯站在旁边，每过去一个就照一下他的脸。源走在最后，来到那个士兵跟前时，马灯在他眼前晃动了一下。因为在漆黑的牢房里过了一夜，亮光使他突然失去了视觉。就在他什么也看不见的一刹那，他感到有人狠狠地将他一推，把他推倒在被锤平的泥巴地上。随即，他听到了锁门的声音。就他一个人留下了，他仍然活着。

　　这样的事发生了三次。那天，牢房里后来又关进许多新抓来的年轻人。那天晚上以及之后的两个夜晚，对源来说，情况都差不多。他们时而沉默，时而咒骂，时而啜泣，时而疯狂地喊叫。三次黎明到来，三次他被推回牢房，被单独锁在里面。他们不给他食品，对他既不训话，也不审问。

　　第一天，他满怀希望，第二天，希望减少了许多。但是，到了第三天，他因为没有东西吃喝，已变得虚弱不堪，以至生死问题已变得微不足道了。第三天清晨，他口焦舌烂，简直无法站起身来。但是，士兵仍对着他喊叫，用枪戳他，硬是让他站了起来。当源用双手紧抓着门框站着时，灯光在他脸上闪过。但是，这一次他没有被推进牢房。这个士兵扶着他，而此时其他的囚犯则已踏上了死亡之途。等到脚步声完全消失之后，这个士兵领着源通过另一条小道，来到一个地方。这里有扇上了闩的小门。这个士兵抽开门闩，一句话也没说就把源推过门去。

源发现自己来到一条小路上，就像在穿越一个城市深处不为人所知的地段一般。在晨曦中，道路仍模糊不清，周围一个人影也没有。源虽然仍昏昏沉沉，但心里十分清楚，他自由了——由于某种原因，他得救了。

他四处张望，考虑着往哪里逃。此时，从幽暗中走出两个人来，源往回一缩，紧紧地贴在门上。两人中有一个是个子高高的小孩。她朝他直奔过来，跑近以后直盯着他看。他看着她那双眼睛，又大又黑，流露出热切的神情，听到她用一种热情的声调轻轻地喊了起来："是他——他在这儿——他在这儿——"

这时，另一个人也走近了。源看得清楚，那是他的母亲。但是，他还没有来得及说话，尽管他非常想说话，想对他母亲说"是我"，就感到整个身体颤抖起来，好像在慢慢地融化，突然他眼前一黑，女孩的眼睛先是变得更大、更黑，随即便消失了。他依稀地听到有个声音来自遥远的地方："噢，我可怜的儿子——"接着，他便摔倒在地，失去了知觉。

当源醒过来时，他感觉到自己像躺在什么摇摆晃动的东西上。他是躺在床上，但床在他身下波动。他睁开眼，发现自己住在一间陌生的从未来过的小房间里。在固定在墙上的一盏灯下坐着一个人，他正凝视着自己。源费尽气力张望，见是堂兄盛。他见源在张望，便站了起来，像往常那样微笑着。对源来说，他好像从来都没有见到过如此温和甜蜜的微笑。盛走到一张小桌子旁，拿起一碗热的肉汤，温和地说："你母亲关照，等你醒来就给你吃这个。她给了我一盏小灯，我已把汤放在上面保温两个小时了——"

　　他像喂孩子似的喂源，而源也像孩子似的顺从他，只是显得疲乏、木然。源喝完肉汤，因为仍相当虚弱，还是想不起来他是如何来到这里的而这里又是什么场所。他像孩子似的接受为他所安排的一切。他只是觉得这温热的汤十分顶用，使他那又干又肿的舌头感到相当舒服。他喝着汤，像在受用最高级的美味佳肴。盛一边用汤匙舀汤，一边轻声地说道："我晓得你想知道我们在什么地方以及为何要到这里来。我们是在一条小船上——我们做商人的长辈常用这条小船在附近的岛屿间运输货物。靠着他的势力，我们才上船的。我们准备渡过最狭的海面，在离这儿最近的港口暂住下来，等拿到证件后再去外国。你自由了，源，但这是花了极大代价的。你母亲、我父亲以及我哥哥凑齐了他们所有的钱，除此以外，还向二伯父借了一些。你父亲为此大发雷霆，听说他还一个劲儿地唠叨自己如何被一个女人出卖了，还说他和他儿子从现在起永远和女人断绝关系。他已经放弃了你的婚姻，为此花了很多钱，并寄了所能搞到的钱来赎买你的自由，使我们能搭上这条船逃命。上上下下都是花了钱打通关节的——"

当盛说这些话时，源只是听着，他还相当虚弱，难以领悟这些话的含义。他仅能感受到船在起伏波动，感受到食品的热量在饥饿的肌体内扩散。盛突然笑起来，说："我真不知道，要是不晓得孟是死是活，我还会不会愉快地出走。啊，他是个聪明人，这个家伙！听我说，我曾为他难过，而我的父母亲则在你和他之间无所适从。他们无法断定，知道你在何处并要被处死而不知道孟在哪里以及是死是活这两种情况哪种更糟糕。昨天，当我在你我两家之间的路段上行走时，有个人把一张小纸片塞到我手里。纸片上是孟的字迹，上面写着：'你们不要找我，也不要焦虑不安，父母亲也不必再挂念我。我很安全，并在我想在的地方。'"

盛笑着把空碗放到桌子上。他划着火柴点燃一支烟，高兴地对源说："在这三天当中，我一口烟都不曾抽过！行了，我那个缺德鬼兄弟安全无恙了。我把此事告诉了父亲，虽然老头子还很生气，并发誓说不再认孟是他的儿子，但他到底放了心，今天晚上赴宴去了。我的哥哥则去看新戏。这场戏按时髦做法，女的角色由女人自己演而不是男扮女装。我的母亲对我父亲生了一段时间的气，而现在我们都一切如常了。孟还活着，我和你则逃之夭夭。"他抽了一口烟，然后一反常态，严肃地说，"但是，源，我很高兴我们要到其他地方去，尽管我们走得这么狼狈。我很少谈论这种事，但以后我不参加任何革命了，我要及时行乐。我对我的国家及其战争感到厌倦。你们都以为我是个只知行文作诗的逍遥派，但实际上我常常沮丧、悲观。我现在很高兴可以去看看另外一个国家，并且去了解那里的人民是如何生活的。我感到很激动，心都要跳出来了！"

虽然盛在说着，源却一点也听不进去。甘美的食物、柔软的晃动着的小床以及既成事实的自由，使他沉浸在一种极为舒适的安逸之中。他只能微微一笑，感到眼皮又开始合拢。盛注意到了这一点，极其温和地说："睡吧——你母亲要我让你睡好——睡吧——你能够睡得比平常好，因为你自由了。"

源听到这句话，又一次睁开眼睛。自由？是的，他终于从这一切事件中解脱出来……盛为了完整地表达他的思想，接着又说："假如你像我的话，你会超脱的。"

不可能，源想着便睡着了——他所悲哀难受的事全都忘不了……就在他睡着的一刹那，他又想起了那个挤满人的牢房、那些苦恼不安的人影——那些个夜晚——那个赴刑前转身看他一眼的姑娘。他驱散思绪，进入了梦乡……随后，在极度的宁静之中，他突然梦见他站在自己的那块田地上，其中有一小片他种了庄稼。他看到的一切就像照片一样清晰；豌豆正在结荚，长着绿芒的大麦正在灌浆，那位呵呵大笑的老农夫正在邻近的他自己的那块地里劳动。那位姑娘也在地里，但她的手此时冰凉——冰凉。她的手如此冰凉，以致他醒了一会儿——但他即刻想到自己自由了。盛说过的，他不难过……是的，他唯一真正不想忘却的就是那一小片土地。

在源睡着之前，他的心里又泛起了一阵欣慰："在我归来之日，那块地还会在那儿——那块地会永远在那儿——"

第二章

　　王源离开祖国时刚二十岁，在许多方面还是个未成熟的孩子，胸中充满了幻想、困惑和实行了一半的计划，这些计划他不知如何去完成，也不知自己是否想去完成。在他的一生中，一直有人保护、照料和关怀着他，除了这些爱护，他不知世上还有别的东西。虽然他在牢房里被囚禁过三天，他实际上并不知道什么是真正的愁滋味。在国外，他一待就是六年。

　　那年夏天准备归国时，他快满二十六岁了。虽然还没有忧愁袭来，在他身上最终形成了成熟的男子气概，但在许多方面他已经是个男子汉了。他知道，男子气概是必不可少的。如果有什么人问他，他会坚定地说："我是个男子汉。我了解自己的心思，知道自己的志向。我的梦想现在已付诸计划。我已完成了学业，准备为我的祖国贡献一生。"确实，对源来说，国外这六年是他过往人生中的另一半。他生命中最初的那十九个年头只是不太重要的较小的部分，而这六年是更有价值的较大的部分，因为这六年使他在许多方面牢固地定了型，虽然他自己未察觉到，在许多方面他已不知不觉地有了自己的行为准则。

如果有人问他："现在，你准备怎样度过自己的一生呢？"他会老实地回答："我已在一个外国的学院取得学位，我的成绩优于我的许多同胞。"他非常自豪地说这些话，但却绝不会告诉别人另外一些令人不愉快的事。在他的外国同学中有些人会窃窃地反驳他所说的话，说："如果一个人别的什么也不想，只想从分数中得到荣誉，做埋头读书的书呆子，他当然可以取得这样的成绩。但我们在学校里还有别的乐趣。这个家伙——他苦心读书，这就是他的一切——他没有享受真正的生活——在足球比赛和划船比赛中，如果我们所有人都参加了，谁还顾得上学习？"

是的，源了解这些精力充沛、成群结队、轻松活泼的外国青年。他们当他的面说这些话，从不苦苦地将这些话闷在心中，而是在大庭广众之下将它们说出来。然而，源总有点志得意满。老师的称赞和授奖时的褒扬使他充满了自信，他的成绩常常名列榜首，授奖人总会说："虽然他是用外文进行学习，但仍然超过了其他人。"因此，虽然源知道由于这个原因他在同学中不受欢迎，但他依然一直自豪地继续努力学习。他很高兴自己显示出了本民族的能力，并对自己不像儿童一样将游戏看得很重而感到欣慰。

如果再有人问他："那么，你准备怎样度过你男子汉的一生呢？"他会回答："我已读过几百本书，已钻研过在这异国的民族中我能获得的一切。"

这些都是真的，在这六年中，源的生活孤独得就像一只笼中的画眉鸟。每天早晨他早早起床读书，当他住的地方的铃声响起时，他便下楼吃早饭。他总是一人静静地吃，不想自找麻烦，去与住所的任何一人攀谈，也不与女房东搭讪。他为什么要浪费时间去与他们交谈呢？

中午，他在食堂里与许多学生一起吃中饭。下午如果他没有在田间劳动或与他的老师在一起，他便做自己最喜爱的事。他到图书馆大厅去，埋头于书丛中。他读书，记下所需保存的资料，并思考许多问题。在这种时候，他不得不承认西方人不是野蛮的种族，不是孟那么辛辣地嘲讽的那种野蛮人。除了一些普通人有些粗鲁，西方人在科学方面知识广博。源多次在这异国听到他的同胞说，在运用关于物质的知识方面，西方人胜过别人，但在体现人类精神活动的一些艺术方面，西方人则有所欠缺。可现在，看着汗牛充栋的关于哲学、诗歌和艺术的书，源怀疑自己的民族在这些方面是否真的更伟大。当然，在这异国的土地上，如果要他大声说出这种怀疑，他宁愿死去。他甚至发现祖国的历代圣人所说的一些箴言警句都已被译成了外文，还发现一些谈东方艺术的书，他在这知识的海洋面前惊愕万分。他对拥有这些知识的民族半是忌妒，半是怨恨。他想忘掉这个事实：在他的祖国，一个普通人常常不能读书看报，而这人的妻子往往还不如他。

自从来到这异国，源一直有两种不同的心境。在那九死一生的三天之后，他的身体在船上逐渐恢复了。他感到又有了力气，庆幸自己能够死里逃生。在旅途中，异国宏伟壮丽的奇异景色不断呈现在他们眼前,盛的快乐也感染着源。就这样,源跨进了一个崭新的世界。他就像个孩子去看电影一样,充满了好奇和渴望,随时准备从每一件新奇事物上获得乐趣。

他发现一切都新鲜有趣,赏心悦目。当他第一次步入这个新国家西海岸的港口大城市时,他感到他所见到的东西比他曾经听说的更生动。摩天大楼高耸入云,街道平平整整,就像屋里的地板一样整洁干净,人坐或躺在上面都不会沾上灰尘。所有的行人看上去都清清爽爽,丰衣足食。他们皮肤洁白,服装整洁,令人赏心悦目。源感到很愉快,因为这儿没有穷人夹杂在富人中间。富人在街上十分自由地行走,没有乞丐拉住他们的袖子,高声乞求怜悯,乞讨一两个小钱。人们可以在这个国家里尽情游乐,因为一切人都生活得很丰足;人们可以高高兴兴地大吃大喝,因为所有的人都过着这样的生活。

起初几天,源和盛对所见到的一切美好事物赞叹不已。这些异国人住在宫殿里——对这两个初出茅庐的年轻人说来,这些房子仿佛就是宫殿。在这座城市里,出了商业区,便有宽阔的大道伸展出去,道旁绿树成荫。各家各户无须在房屋周围筑起围墙,每一家的草坪都与邻家的草坪连成一片。这对源和盛说来简直不可思议,因为每人似乎都十分信任自己的邻居,不必时时提防或怕有人盗窃。

这城里的一切仿佛完美无瑕。方方正正的高楼大厦背后衬着带有金属色泽的天空,轮廓鲜明,宛如宏伟的神庙,只是其中没有神。在摩天大楼之间,奔驰着成千上万的车辆,车上坐满了富裕的男人和他们的太太，甚至步行的人也似乎是出于愉悦自己而不是由于不得已。开始源对盛说："这个城里一定有什么地方会出事，因为这么多的人以这样快的速度赶路。"他们观察了一段时间，发现这些人轻松活泼，常常开怀大笑。他们爽朗地、喋喋不休地讲话，谈话中的快乐远远多于忧伤。他们无忧无虑，之所以急速地行走是因为他们喜欢敏捷。这就是他们的速度。

在这样的空气和阳光中，存在一种奇异的力量。在源的祖国，空气常常使人慵懒怠惰，夏天人们需要很长的睡眠，冬天人们则希望蜷缩在一个封闭的地方睡觉或取暖。在这个新国家，风和阳光中充满了一种野性的、进取的勃勃生机，因此源和盛也加速了步伐。在灿烂的阳光中人们活动着，就像在阳光下浮动的尘埃在熠熠闪光。

在最初这两天中，虽然他们感到一切都新鲜奇妙，赏心悦目，但有一件事使源的这种快乐笼上了阴影。即使已经过去六年，源也不能说自己已完全忘却了那一刻，尽管那不过是一件微不足道的小事。上岸的第二天，他和盛到一家普通的饭店去吃饭。那儿顾客盈门，其中有些人可能并不怎么富裕，但仍有足够的钱可以随心所欲地点自己想吃的饭菜。当源和盛从街上走进饭店的门时，源感到这些白种男女不知怎的老盯着他们看，源感到那些人有点稍稍回避他和盛，事实上源很高兴他们这样做，因为他们身上有股奇特的异国的气味，有些像他们爱吃的乳酪的味道，但不如乳酪那么难闻。他们走进这饭店时，一个女服务员站在一个柜台旁边接过他们的帽子，然后将它们挂在其他人的帽子中间，这儿的习惯就是这样。当他们出来取帽子时，那个服务员同时拿出了许多帽子。源前面有一个人挡住了他，使他不能上前，那人伸出手一把抓住源的帽子，那顶帽子是棕色的，跟那人自己的帽子一样。那人将帽子戴在头上就出了店门。源当时就看出出了差错，他立刻从后面赶上去，彬彬有礼地说："先生，您的帽子在这儿。我的帽子没您的那么好，被您错拿了。这是我的不是，我慢了一步。"然后源鞠了一躬，将帽子递了过去。

那人已不再年轻，一副瘦脸上带着焦虑、精明的表情。他不耐烦地听源说话，抓住了自己的帽子，然后带着极大的厌恶从自己的秃头上摘下了源的帽子。他一刻也没有停留，只说了两个词就走了，而这两个词是用十分鄙夷的口气吐出来的。

源孤零零地站在那儿，拿着自己的帽子，他想永远不再戴这顶帽子，因为他厌恶那人闪闪发亮的白色秃顶，而且他极不喜欢那人嗓音中的嘶嘶声。盛走上前来问源："你站在这儿干吗，好像遭到了什么打击？"

"那个人，"源说，"说了两个我不懂的词，这两个词伤了我的心，我知道这是两个脏词。"

盛听了之后哈哈大笑，但在他的笑声中也有几分辛酸。"可能他叫你洋鬼子。"盛说。

"我知道，那是两个脏词。"源恼怒地说，情绪开始低落。

"我们现在是外国人。"盛说。过了一会儿，他耸耸肩又说："天下所有的国家都一样，堂弟。"

源默不作声。但他不再那么兴高采烈，对所见的一切也不再那么欢欣鼓舞了。他努力使自己振作起来，固执而又带着一种抵触情绪。他，源，是王虎的儿子，王龙的孙子，他将永久地保存自我，永不会在成千上万的白种异乡人中丧失自我。

那天，他一直对自己受到的侮辱耿耿于怀。盛看出了他的心情，带着一丝忧郁的微笑说："不要忘记，如果在我们的国家，孟会大声奚落这个瘦小的人，骂他是洋鬼子，所以这种伤害也可能有另一种意义。"过了一会儿，他不断地叫源观看各种奇异景象，终于转移了源的注意力。

在后来的日子里，由于这个国家中有那么多值得一看和值得赞叹的东西，源本该忘了这件微不足道的小事，但实际上他一直念念不忘。如果源现在偶然想到这件事，它在他脑海里依然像六年前一样清晰，他仍能清楚地看到那人愠怒的面容，仍能感到当时所受的侮辱，而这种侮辱对他说来是不公正的。

即使他没有忘记，这种记忆在大多数时候也是被掩盖着的，因为在这异国，在他们最初度过的日子里，源和盛共同看到了许多美景。他们乘坐一辆火车，火车载着他们穿过崇山峻岭。虽然山下是和煦的春天，但山顶仍然白雪皑皑，山背后则衬着又高又蓝的天空。群山之中是黑色的峡谷，谷中有深深的、翻腾着泡沫的湍急的河流。源凝望着这片荒野的美景，觉得它美得动人心魄，几乎有点超越现实，就像一些野性十足的画家的作品挂在火车外面，充满异国情调，奇谲怪诞，色彩浓烈。这美景完全不是由构成他祖国的那些泥土、岩石和河流构成的。

火车驶出了群山，进入了河谷。那河谷极为宽阔，一块块的农田一望无际，一块就足有几个县大。机器像巨兽一般轧轧轰鸣，耕耘着沃土，以期丰收。源清楚地看到了这一切，这对他说来比群山更神奇。他凝望着那些大机器，想起了那个老农教他怎样握住锄头、怎样挥动它，并使它落在适当的地方。那个老农依旧在耕种他的土地，其他像他一样的人依然一成不变地做着同样的事。源想起了那个老农的一小块一小块阡陌分明的田地，想起了那个老农怎样聚积人粪尿，将它施在田里，那种类屈指可数的蔬菜长得绿油油的，又肥又壮。每一种植物都尽其可能地长得茁壮，每一种植物和每一寸土地都做到了物尽其用。但在这个国家里，人们绝不会去考虑一两棵植物或一两英尺土地。在这儿，土地以英里来丈量，庄稼多得不可胜数。

在最初的日子里，除了那个人对源说的话，源感到这国家里一切都好，都胜于他国内的那些同样的事物。每个村庄都是既清洁又繁荣，他辨认不出乡下人和城里人的区别，即使乡下也没有衣衫褴褛的人，没有房屋用泥土和稻草建成，也没有家禽家畜到处乱跑。这一切都值得羡慕，源心里不得不佩服。

但从最初的那些日子开始，源就感到这儿的泥土奇异而充满野性，与他祖国的泥土截然不同。随着时光的流逝，源进一步了解了这种泥土的特性。他常常沿着乡村的道路漫步。他在那所外国大学里也种了一小块试验田，就像在他的祖国一样，但他从来也没有忘记这两个国家的区别。虽然哺育这些白人的泥土与那哺育源的民族的泥土一样是泥土，可是当源在这种泥土上工作时，知道这种泥土不是那种埋着他祖先骸骨的泥土。这种泥土新鲜洁净，没有人类的残骸，也不那么驯服，因为在这个新的民族中，还没有足够的死者用他们的肉体来渗透这片土地。源知道，在他的祖国，人的肉体已渗透了那片土地。这个国家的土地比那些努力要占有它的人更加精壮。由于这儿的土地野性十足，在上面生息的人也变得野蛮起来。虽然他们丰衣足食、知识广博，他们的精神和容貌中却常常带着原始的野蛮。

这片土地是不驯的。绵延数千里的森林荒山、百年老树下的朽木烂叶、野兽自由奔驰的草原、四通八达的漫不经心的野径，这一切都显示出这片土地不驯的气概。人们使用他们所需要的一切，通过艰巨的劳动获得丰硕的、供过于求的收成。他们将树砍倒，只用那些最好的土地，而让其他一部分空闲着，即使如此，土地依然多得超过了人们的需要，而且这土地本身要比利用土地的人气度恢宏。

在源的祖国，土地是人的奴隶，人是土地的主人。许多山上的树木在多年以前就被砍光了，现在，人们甚至割尽山上的野草用来烧火。人们在那些小块田里苦心经营，力求获得最好的收成。他们迫使土地竭尽全力地生产，一次次地向地中倾注自己的劳动、汗水、垃圾和尸体，直至泥土完全丧失了纯洁。人们自己造就了这种泥土，没有他们，土地早就肥力耗尽，成为空虚的不育的子宫。

每当沉思默想这个新国家和它的奥秘所在，源就会想到这些。在他自己的那一小片土地上，若想获得丰收，他必须首先要考虑往田里撒进什么肥料。然而，这块异国的土地由于未经耕耘，依然非常肥沃。只要播下一些种子，这土地便奉献出大量的产品，勃发出旺盛的生命力，旺盛得使人们几乎承受不了。

从什么时候开始，源将憎恨混合进这种羡慕中去了呢？在六年结束的时候，源回溯往事，看到了他的憎恨增加的第二步。

在火车上的旅程结束时，源和盛早早地分手了，因为盛爱上了一座大城市，在那儿他找到了一些同胞。他说他喜爱学习诗歌、音乐和哲学，而那座城市里可以学习这些学科的学校要比别处好，他不像源，他对土地之类的事毫无兴趣。而源下定了决心，要在国外做他一直希望做的事，去学习怎样育苗、耕地以及所有诸如此类的事。他很快就相信这个民族之所以有力量，就是因为他们从土地上获得的丰收使得他们富足起来，这样，他学农的决心更坚定了。于是，源让盛留在那座城市，而自己继续向前，去另一座城市，进了一所他能在那里学到他想学的东西的学校。

首先，源必须在这异乡找到一个可以吃饭睡觉、可以称为家的地方。他到学校去时，受到一个灰发的白人接待，那人十分有礼，给了他一些单子，单子上写着他可以找到食宿的地方。源选了最好的一家。他在那家的门口按响了门铃，第一道门开了。一个高大肥胖的女人站在那儿，她青春已逝，粗腰上系着一条围裙，正用围裙擦着她裸露的粗壮的红胳膊。

迄今为止，源还从来没有见过一个这种身材的女人。在最初的一刹那间，他几乎不能忍受她的注视，但他还是很有礼貌地问："这座房子的主人在家吗？"

那个女人将双手放在大腿上，用又粗又高的嗓门答道："这是我的房子，它不属于任何男人。"听到这话，源转身就走，他宁愿换一个地方试试。他想，在这个国家里，竟也有许多像这个女人一样满怀恶意的女人，他宁愿住到一座属于一个男人的房子里去。这个女人简直不可想象，她的腰身和胸脯硕大无朋，她的短发的色泽很奇怪，源要不是亲眼所见，就不会相信那头发是从人类的皮肤上长出来的，它本来鲜艳刺目，黄得发红，但由于厨房的油腻和烟尘，它变得暗淡了。奇怪的头发下面就是一张肥胖的圆脸，满面红光，但红得有些发紫，这副脸上安着两只锐利的小眼睛，又亮又蓝，发出一种新瓷器有时会发出的那种光。再看她一眼源简直受不了，他垂下眼，看到两只铺开来的肥得没有线条的脚，这也叫他受不了。他急急忙忙地想走，便很有礼貌地与那个女人告了别，到别处去找房子了。

可是，在走访另外一两个标明有房屋出租的地方时，他却都被谢绝了。起初他不知是什么原因。一个女人说："我的房间客满了。"源知道她在撒谎，因为他看到了她做的那些空房的记号。这样的事反复发生。源最后终于悟出了其中的道理。一个男人粗鲁地说："我们这儿不收有色人种居住。"起初源不知这话是什么意思，他既不认为他淡黄色的皮肤与通常的人类皮肤有什么不同，也不认为他的黑色眼睛和头发与常人相异。但在一瞬间他忽然明白了，因为他看到了在这个国家里到处可见的黑人，并注意到白人极不尊重他们。

刹那间他的血往上涌。那个男人见他脸色阴沉、怒气冲冲，便带点歉意说："我妻子在这个困难时期要帮我找出一条生路来。

我们有固定的常客，如果我们接纳外国人，他们就不肯住在我们这儿了。有些别的地方接纳外国人。"那个男人说出了一个门牌号码，那正是源看到那个满怀恶意的女人的地方。

这就是源的憎恨加深的第二步。

他带着十足的傲气，彬彬有礼地向那个男子道了谢，又回头来到第一家。他将目光移往别处，不敢正视那个女人可怕的形体。他告诉那个女人他想看看她的房间。他非常喜欢那间屋子，那是靠近屋顶的一间小屋，非常清洁，被楼梯占去了一部分。如果他能忘掉那个女人，那间屋子似乎就相当不错了。他可以想象他在其中孤独安静地工作，他喜欢看屋顶在床、桌子、椅子、箱子上面斜伸下来。就这样，他决定住在这间屋子里，一住就是六年，在这六年中，这间屋子成了他的家。

事实上，那个女人的心肠并不像她的外貌那样可怕，他年复一年地住在她的房子里，每天去上学。那个女人渐渐地对他好起来，他也渐渐地了解到她的善良，在她凶神恶煞般的外表和粗鲁的举动之下，跳动着一颗善良的心。在那个房间里，源生活得像个教士，清贫整洁，他屈指可数的几件物品总是放置得井井有条。那个女人开始非常喜欢源了，她叹了一口粗气，说："王，如果所有的男孩子都像你这样规规矩矩就好了，我也不会像现在这样了。"

几天之后，源发现那个粗壮的女人虽然做事咋咋呼呼，但心地非常善良。虽然源听到她大声嚷嚷的声音会畏缩，看到她那一直裸到肩膀上的粗壮的红胳膊会颤抖，但他仍然真心实意地感谢她，因为他发现有人在他的房间里放了几个苹果。他们吃饭时，她高声地在桌子对面向源大声嚷嚷，但源知道她是出于好意。她说："王先生，我为你做了些米饭！我想，没有你习惯吃的东西，你会觉得吃不下饭的……"她无拘无束地大笑起来，高声说着，"米饭是我能做的最好的东西了——蜗牛、老鼠、狗以及所有那些你吃惯了的东西我却无法供应。"

　　源说实际上他在家中并不吃这些东西，可她好像并不理会源的争辩。过了一会儿，她说了一个笑话，源默默地微笑了。他想起在吃饭的时候，她总是强迫他多吃一点，饭菜多得使他吃不掉。她使他的房间经常保持着温暖和清洁。当她知道源喜欢吃某一种菜时，就不辞劳苦地做了给他吃。终于，源学会了不去看她凶相的脸，而只想到她的善良。随着时光的流逝，源越来越感到她心地善良。他在城中认识了几个与他处境相同的同胞，发现他们的房东都不如那个女人心肠好，许多女房东的嘴尖酸刻薄，将外国学生的食物撒在桌上，歧视那些与她们种族不同的人。

　　有一件事使源十分惊讶，那就是这个粗壮的大嗓门女人竟然曾经结过婚。在他的祖国，这种事就不会令人奇怪，因为在新时代到来之前，姑娘或小伙子都不得不与选定的某个人结婚。男人必须接受别人为他选择的那个新娘，即使那个人是个很丑的女人，他也不得不娶。但在这异国，很久以来一直由男人自己做主选择妻子，竟然有男人出于自愿选择了这个女人，真怪！他娶了她。在他临死之前，她有了一个女儿。现在这个女儿已经十七岁了，仍然跟她住在一起。

还有一件很奇怪的事——这个姑娘居然很漂亮。源从来也不认为一个白种女人会真正地美艳绝伦，但他不得不承认这个姑娘确实很美。她十分妩媚，说她漂亮一点也不过分。她继承了母亲的那种像火焰在燃烧一般的金属丝状的头发，但她青春的魅力使它变成了轻柔无比的铜色鬈发。那头发剪得短短的，弯弯曲曲地沿着她漂亮的头和洁白的脖子的线条，优美地披散下来。她有与母亲一样的眼睛，但更大、更深沉、更温柔。她用化妆术将眉毛和睫毛染成褐色，而不是像她母亲的那种苍白色。她的嘴唇丰满柔软，色泽鲜红。她的身体袅袅婷婷，宛如一棵小树。她的手纤细柔长，十分匀称，指甲长长的，染得通红。她穿着轻薄质料的衣服，这使她窄窄的臀部、小巧的乳房以及她身上所有运动着的线条都清楚地显示了出来。源就像一个年轻男人看一个女人一样看着她。她心中十分明白那些年轻男人以及源在看什么。源也知道她明白这一点，他感到有些莫名其妙地怕她，甚至有些厌恶她，因此他保持着自己的高傲，甚至不屑鞠一躬来回答她的问候。

　　他庆幸她的声音既不低沉也不柔和。无论她说什么，嗓门总是太大，通过鼻腔发出来的那种声音尖锐刺耳。她外表的温柔使他心中不安，但偶尔他们俩坐在一起，他的眼光落在她光洁的脖子上时，他暗自庆幸自己不喜欢她的声音……过了一段时间，他又在她身上发现了一些他不喜欢的东西。她不愿帮助她母亲整理家务。吃饭时，如果她母亲请她去取一样忘了带上桌的东西，她总是噘着嘴站起来，还常常说："你准备开饭总要忘记什么东西。"她也不愿将手放在肮脏油腻的水里，因为她为了保持自己的美貌，非常爱护自己的手。

在这六年中，源庆幸他不喜欢她的生活方式，并不断让自己清楚地意识到她的方式不能使人感到满意。他看到她那漂亮的不安宁的纤手在他旁边，便想起它们是懒散的，除了侍候自己，绝不会去为别人服务。源认为姑娘的手不应该是这样的。虽然有时他不由自主地会感到她近在身边，有一次甚至激动起来，可他忘不了他在这异国第一次听到的那两个骂人的脏词。对这个姑娘来说，他也是个外国人。他忘不了他和这个姑娘属于不同的种族，他们对彼此而言都是异乡人。他下定决心继续保持疏远和冷淡，走自己孤寂的路。

不，他自言自语，他心中曾有过许多姑娘，但她们最后都背叛了他。如果在这异国有人背叛了他，没有人会前来帮助他。不，他最好对姑娘们还是退避三舍。因此他不愿看那个姑娘，学会了永不用目光去探寻她的胸脯。如果她有时大胆地邀请他到某个舞场去，他会小心翼翼地婉言拒绝。

可是源有时仍然夜不能寐。他躺在床上，回忆起那个死去的姑娘。他伤感而激动，惊奇地想知道在世上的男男女女之间究竟是什么样的烈火燃得这般炽热。他的这种探求是毫无结果的，因为他从来不了解她，而她最终却暴露出了她的邪恶。特别在那些月光如水的夜晚，源辗转反侧，不能入眠。即使他睡着了，也会不时醒来。他躺在床上，守着夜的寂静，看婆娑的树影映在室中的白墙上，月光皎洁，室内通明。他心中终于开始骚动不宁。他挡住双眼，心想："我希望月光不要照耀得如此清澈——这使我渴望某种东西——就像渴望我从来也没有过的家。"

这六年是十分孤寂的。他一天天封闭自己，躲进更幽深的沉寂中去。表面上他彬彬有礼，与一切跟他说话的人交谈，但他从来不首先与任何人打招呼。他一天天地将自己与这个国家中他厌恶的东西隔绝开来。他的民族自豪感，沉默的古老民族的自豪感，开始在他心中形成。这种自豪感使他觉得祖国的文明比西方世界的文明更加源远流长。他学会了默默忍受在街上遇到的愚蠢好奇的凝视；他懂得了在市里可以进什么样的店去买生活必需品、刮脸或理发。有一些店主不愿为他服务，一部分人会不客气地拒绝他，另一部分人会讨双倍的价钱，还有一部分人装得很客气，说："我们在这儿求条生路，人们不欢迎我们与外国人做生意。"无论对方粗鲁还是有礼，源都学会了一言不发。

他可以一连数日离群索居，不与任何人交谈，结果他像一个孤独的异乡人，可能会迷失在快节奏的异国生活中。没有人向他询问关于他祖国的事。那些白种的男男女女生活在自己封闭的世界里，从不关心别人在做什么。如果他们听到某种不同寻常的事，也只是宽容地一笑了之，就像笑那些由于无知而做错事的人一样。源发现他的同学、替他理发的理发师以及他的女房东都有些偏见，例如认为源和他的同胞会吃老鼠、蛇，会抽鸦片，在他的祖国所有的女人都裹脚，所有的人都把头发编成辫子，等等。

一开始源非常急切地企图破除这些无知的偏见。他发誓他从来也没有尝过老鼠或蛇，他告诉那些外国人，爱兰和她的朋友能轻盈地翩翩起舞，不比其他任何国家的姑娘逊色。但他的辩解只是白费唇舌，他们很快就忘了他的话，只记得他们原来知道的那些事。源对这种无知的偏见时常感到异常恼火，他深深地恨这些人的无知，终于，他不再觉得他们所说的话中会有公道和真理，而开始相信他的整个祖国都像那个沿海的大城市，而祖国的姑娘都像爱兰。

　　在上土壤课的时候，源认识了一个同学。他是一个农夫的儿子，一个心肠极好的憨厚的小伙子。他对任何人都很和气。上课时，他在源身旁坐下，源没有跟他说话，他先开口与源交谈起来。后来他有时跟源一起走出校门，有时他们一起在阳光中溜达。他与源攀谈。有一次他请源与他一起散步，源从来没遇到过这样的善意，他欣然地接受了那个年轻人的邀请。散步时源感到了从未体验过的快乐，因为他一直生活得那样孤独。

　　很快源开始向他的新朋友讲自己的故事。路旁有棵树，树的枝杈伸向路边。他们坐在树下休息，继续他们的谈话。不久，那个小伙子急躁地喊起来："哦，叫我吉姆！你叫什么名字？哦，王，源王。我的名字叫巴涅斯，吉姆·巴涅斯。"

　　他听到那个小伙子把自己的名字念颠倒了，不由得产生了一种奇怪的感觉。他向那个小伙子解释，在他的祖国，姓应放在名的前面。这又将那个小伙子逗乐了，他试着颠倒着念他自己的名字，哈哈大笑起来。

　　在这类闲谈中，笑声不断，他们的友谊慢慢发展起来。他们开始进一步交谈。吉姆告诉源，他这一生都住在一个农场里，他说："我父亲的农场有二百公顷土地。"源说："他一定很富有。"吉姆惊讶地看着他，说："在这个国家，这只是个小农场。在你的祖国，这算得上大吗？"

源没有直接回答这个问题。他忽然觉得要说出他祖国的农庄是多么地小简直使人不堪忍受。他怕说出来会受到吉姆的嘲笑，只是说："我祖父有很多土地，人们称他为有钱人。但我们的田非常肥沃，一个人只需为数不多的土地就能生存。"

谈着谈着，源渐渐讲到了那座在镇上的大房子以及他的父亲王虎，王虎现在被称作司令而不是军阀。源也对吉姆谈到了那座沿海城市，谈到了那位太太、他的妹妹爱兰以及爱兰的种种时髦的乐趣。一天又一天，吉姆倾听着，提出他的问题，而源侃侃而谈，几乎不觉得自己竟说了那么多。

源发现讲话很快活。在这异国他乡，他一直都非常孤独，实际上比他主观感觉到的更孤独。对于那些小小的怠慢，如果有人问到他，他会自傲地说他根本不在乎这些不值一提的事，但实际上他耿耿于怀。他的自尊心一次次地受到伤害，他几乎都不习惯再保持自傲了。可现在，源坐下来，对那个白人小伙子讲他种族的光荣，讲他的家庭以及他的民族，这使他自己感到慰藉。吉姆的眼睛睁得大大的，充满了惊奇，源听到他非常自卑地说："你一定觉得我们看上去很穷——你是个司令的儿子——有那么多仆人——我想请你夏天到我家去玩，但又有些不敢，因为你过去是那么富裕。"吉姆的表情和话语像某种药膏，医治着源所有的创伤。

源彬彬有礼地向吉姆表示谢意，很客气地说："我相信你父亲的房子对我说来一定很大，很舒适！"源带着快意啜饮着吉姆的羡慕。

　　但在这场谈话中，源并不察觉自己心中有颗秘密的种子。他在心中把祖国看成他所描绘的那副样子。他忘了自己曾经憎恨王虎的一切战斗和他那些充满贪欲的士兵，而把他想象成一个伟大崇高、运筹帷幄的将军。他忘了那个鄙陋的小村，王龙曾在那儿生活、挨饿，用劳动和计谋挣扎奋斗。他只记得童年时镇上那座大房子里的许多院子，那是他祖父造的。他甚至忘了狭小破旧的土坯屋和成千上万像土坯屋一样的房子。它们都是用土坯垒成，顶上盖着稻草，庇护着穷苦的人们，有时也庇护着牲畜。他只清楚地记得那座海边的大城市，它拥有巨大的财富和许多游乐场。因此当吉姆问"你们有我们这样的汽车吗？"或"你们有我们这样的建筑吗？"时，源会很简单地答道："是的，这一切我们都有。"

　　他觉得自己并没有撒谎。在某一点上看，他说的是局部真实。如果全面地看，他相信他说出了总体真实，因为随着岁月的流逝，遥远的祖国在他眼中日臻完美。他忘记了一切丑陋的东西，忘记了到处可见的苦难。在他看来，在祖国，所有的农民都诚实知足，所有的仆人都忠心耿耿，所有的主人都仁慈善良，所有的孩子都孝顺父母，所有的姑娘都贞洁温柔、谦恭有礼。

　　源渐渐相信他遥远的祖国真是那么美好。终于有一天，他对祖国的信心驱使他在公众面前为他的祖国进行辩护。事情发生在这座城市的某座教堂里。那天教堂里来了一个人，他曾经在源的祖国生活过一段时间，他告诉人们他要放一些电影给他们看，这些电影与那个远方的国度有关，他还告诉人们，他将谈谈那个国家以及那儿的风俗习惯。源既然不信宗教，当然从来没进过教堂，但那天晚上他去了，想听听那个人的演讲，看看他会放什么样的电影。

源坐在人群中，看了看那位旅行家，第一眼就觉得他讨厌，因为他发现那个人是个教士。源只听说过教士但从来没见过，他早年在军校上学时，老师曾教育他们反对教士。那个教士到国外去，用宗教进行贸易，诱惑贫穷的人参加他的教派，为了某种不可告人的目的，对这种目的许多人只能猜测而不能完全了解，人们只知道，一个人如果不为任何目的或不想获得某种私有财产，是不会离开他的祖国的。现在那个教士高高地站在讲坛上，嘴角上的线条冷酷无情。他饱经风霜的脸上长着两只深深地凹陷的眼睛。他开始讲起来。他向人们描绘源的祖国的穷人和饥荒，他告诉人们，在那儿，部分地区的女婴一出生就被杀死，人们住在茅棚里等。总之，他讲的事都肮脏丑陋、可憎可恶。源听着这一切。然后那个人开始放电影，影片上的据说是他亲眼所见的事物。源这时看到乞丐从屏幕上向他拥过来，还有脸部溃烂的麻风病人、饥饿的孩子，他们虽然腹中空空，但肚子膨胀着。电影里还有狭窄拥挤的街道、负着牲畜也不堪承受的重荷的人。源在他幽居的生活中从来也没有见过这样的丑恶。最后，那个人一本正经地说："现在你们明白了，在这块可悲的大陆上，我们的福音书是多么不可缺少。我们需要你们的祈祷，需要你们的捐助。"然后他坐了下去。

源忍无可忍了。在这段时间里，看到他祖国的缺点在这些好奇、无知的外国群众面前暴露无遗，他心中的怒火越燃越旺，其中还夹杂着耻辱和忧伤。这不是他祖国的缺点，源心里这样想，因为他从未亲眼看过那人所说的一切。他觉得这个喜欢窥探的教士搜集了他所能发现的一切丑恶，并苦心地把这些丑恶展现在西方世界冷漠的眼睛面前。那人在结束时竟厚颜无耻为那些被他无情地损害了的人乞求金钱，这对源说来更是一种奇耻大辱。

源怒火中烧，心都要爆炸了，他跳起来，两手紧紧抓住前面的座位，眼中燃着黑色的火焰。他双颊通红，浑身颤抖。他高声喊："这人说的话和他放的电影都是谎言！在我的祖国绝没有这样的事！我自己就没有亲眼见过这样的景象——我没有见过这些麻风病人，没有见过这样饥饿的孩子，也没有见过这样的房屋！我家里有二十几间房间，我国有许多像我家一样的房子。这个人造谣骗你们的钱。我，我代表我的祖国在这儿说话！我们不需要这个人，也不需要你们的钱！我们不需要从你们那儿得到任何东西！"

源就这样高喊着，然后他抿紧嘴唇，防止自己哭出来，又坐了下来。人们坐着，鸦雀无声，对刚刚发生的事惊讶万分。

至于那个教士，他听着，淡淡地笑了笑，然后他站了起来，温和地说："我看出这个年轻人是个当代青年学生。好了，年轻人，我能说的一切就是我在穷人中间生活过，他们就是那些我在电影里展示出来的人，我在他们之中生活过大半生。当你回到你自己的祖国，到内地我居住的那个小城市里，我会将这些东西展示给你看……我们现在一起祈祷，结束今天的一切，好吗？"

但源不愿留下来参加这种虚情假意的祈祷。他站起来走出去，踉踉跄跄地走过街道，向自己的房间走去。不久，他身后传来了人们往回走的脚步声。这时，源又遭到了那晚的最后一次打击。当时两个男人从他身边走过去，并不清楚他是谁，他听到一个人说："怪事，那个中国家伙竟然那样站了起来，真怪——不知他们两人到底谁对。"

另一个说："我想，两人都有正确的地方。最好不要全信你从某个人那儿听到的话。但外国人怎么样关我们什么事呢？这与我们毫不相干！"那人打了个哈欠，另一个漫不经心地说："有道理——看来明天要下雨，是吗？"他们又继续走他们的路了。

听了他们的话，源不知为什么觉得，如果这些人关心这些事，他还不会这么伤心。他觉得，如果那个教士说的是对的，他们就应该关心这些事；既然那个教士撒了谎，他们也应该关心，应该搞清事实真相。他闷闷不乐地上了床，在床上辗转反侧，气得哭了，然后他发誓要干一番事业，让这些人知道他祖国的伟大。

这件事发生之后，源的新朋友平息了他的怒气。从那个纯朴的农村小伙子那儿，源得到了真诚的安慰。源向他倾吐自己对祖国的信心，跟他讲那些圣贤，那些圣贤塑造了他祖先的高尚心灵，制定了人们沿用至今的制度。因此，在那个遥远可爱的国度，绝没有在这个国家中到处可见的奢侈享乐和固执任性。在那儿，男男女女作风正派，循规蹈矩，他们的德行产生了美。他们不需要法律，而在别的国家，到处都是法律，儿童妇女也必须有法律保护。源热切地说，他相信他的祖国不需要法律，在那儿没有人会伤害孩子。这时他忘了太太告诉他的那些弃婴。他说妇女们总是很安全并在家中受到尊重。那个白人小伙子问道："那么女人裹脚不是真的？"源骄傲地回答："那是陈年的风俗习惯，就像你们也有过女人束腰的习俗一样。现在这早已成了过时的事，随便什么地方都看不到这种现象了。"

源昂首挺胸地捍卫着他的祖国，现在这成了他的使命。这使他有时想起孟，现在他能实事求是地来评价孟了。他想："孟是对的，我们的国家满目疮痍，被别人瞧不起，我们现在应该同心协力使她强大起来。我要告诉孟，无论如何，他看问题比我客观，比我深刻。"他希望能知道孟的地址，这样他就可以写信给他。

他想给父亲写信，也这样做了。源发现自己现在比以往任何时候都写得更加温柔，更加充满真情。刚刚萌发的对祖国的爱使他更爱自己的家庭了。他写道："我常常渴望回家，对我说来没有一个国家胜过祖国。我们的生活方式是最好的，我们的食物是最好的。一旦我回国，我将十分乐意回家。我在这儿停留只是由于我要学些有用的东西，用它为祖国服务。"

在这些话下面，他加上儿子向父亲问候的客套话，封上信，贴上邮票，走上街将信扔进邮箱里。这是个周末的傍晚，街上的店铺里灯火辉煌，年轻人正欢闹嬉戏，大声吼着他们会唱的歌，姑娘们与他们一起哗笑喧闹。看到这番野蛮的景象，源撇了撇嘴，冷漠地笑了笑。他让他的思绪追随着那封信，步入了威严和寂静，在那儿，他父亲正孤独地住在自己的院子里。至少他父亲左右有几百名部下，至少他，一个军阀，正按照他的准则荣耀地活着。源仿佛又看到了父亲，就像他过去常见的那样，父亲高贵庄严地坐在雕花的太师椅上，老虎皮披在父亲身后，燃着木炭的铜火盆在他前面，卫兵们守候在他周围，他是一个真正的大王。听着那吵吵嚷嚷的下流话，听着粗俗刺耳的音乐从舞场上传来，源这时比任何时候都更加为自己的民族而感到骄傲。他悄悄地离开了，单独回到自己的房间，十分坚定地专心读起书来。他感到自己比周围的人都更高贵，因为自己来自一个古老的君主制国家。

这是他的憎恨增加的第三步。

第四步接踵而至，它来自与过去不同的原因，但离源更近，它是源的新朋友干的一件事。这件事发生之后，他们之间的友谊渐渐不如以前深厚了，源的谈话也变得冷淡而疏远，他总是谈工作或老师说的某些事情。一切都是由于源现在知道吉姆常到他的住所来，不是为了看他，而是为了看房东太太的女儿。

这件事是很自然地发生的。一天晚上，源将他的新朋友带回房间。由于天气潮湿，他们不能按他们已经养成的习惯一起去散步。当他们走进源的住所时，一阵音乐从前面的一个房间里飘出来，房门半开着。这是房东太太的女儿在弹琴，她肯定知道房门是开着的。走过那个房间门口时，吉姆往里瞧，看见了那个姑娘，姑娘也看见了他，并向他送了道秋波，他捕捉住了它，悄悄地对源说："为什么你不告诉我你这儿有这么个桃子③？"

源看到吉姆色眯眯的表情简直受不了，他严肃地回答："我不懂你是什么意思。"虽然他不懂这个词，但懂其他的一切，他觉得心中极不舒服。后来他稍稍平静下来，心平气和地思索着这件事。他自言自语，说要忘了这事，不让关于一个姑娘的区区小事妨碍他们俩的友谊，因为在这个国家，人们对这种事看得很随便。

但这种事又发生了第二次，源这次感到深受伤害，几乎要哭出来。那天晚上他回来得很迟，已在别处吃了晚饭，以便晚上继续用功。当他走进他的住所时，听到吉姆的声音从大家合用的客厅里传出来。这时源很疲倦，长时间地读外国书使他眼睛发痛，读那些从左至右横排的外国书对习惯读从上到下竖排的中国书的人说来，是相当吃力的。听到朋友的声音时，源非常高兴，他渴望有人陪伴他一小时。因此他推开开着的门，高兴地喊了起来，神态中有一种一反常态的随便，他喊道："我回来了，吉姆——我们一起上楼去好吗？"

客厅里只有两个人。一个是吉姆，他拿着一盒糖，正在笨拙地抚摸盒上的包装纸，脸上挂着傻乎乎的笑容。在他对面，那个姑娘慵懒而优美地躺在一张深深的沙发里。看到源进来，她抬起头来看着他，将卷曲的铜色头发向后抛，开玩笑地说："他这次是来看我的，王先生……"紫色的血渐渐地涌上了源的面颊，他本来开朗热情的脸变得阴沉、平板而沉默。源气得满脸通红，吉姆的眼光中带着敌意，好像他做了一件随心所欲的事而被人发现了。那个姑娘看到这两个人之间的对视，挥着她漂亮的、指尖红红的手，恼怒地说："当然，如果他想走……"

两个男人中间一片死寂，忽然那个姑娘爆发出一阵大笑，随后源文雅而平静地说："为什么他不能做他喜欢做的事呢？"

他不愿再看吉姆一眼。他上了楼，仔细地关好门，在床上坐了一会儿，对他心中由忌妒而产生的痛苦和愤怒感到奇怪——他心中最难过的是，他不能忘记吉姆单纯美好的脸上那副傻乎乎的表情，这种表情使他倒胃口。

从此之后，源变得更骄傲了。他对自己说，他所听说过的白人是最散漫、最淫荡的种族，他们极不严肃地交流彼此最隐秘的思想。想到这一点，他忽然想起了他们爱去的剧院，剧院门口总张贴着许多广告，这些广告在商业区的大街上十分引人注目，上面画着一些半裸的女人。他痛苦地想到，没有一次他晚上回家时不在黑暗的角落看到罪恶的景象——某个男人贴身搂着个女人，他们的手臂缠着手臂，手以某种邪恶的方式抚摸着。这样的景象城中比比皆是。源十分厌恶这一切。面对这种到处可见的粗俗，源心中又不由得生起一股自豪感。

此后，他不再像以前那样去接近吉姆了。当他在那座房子里听到吉姆在什么地方说话时，他就默默地独自上楼到自己屋里去，一头钻进书本里。如果吉姆过一会儿到他这儿来，他与吉姆说起话来就有点拘谨、刻板。而吉姆常来，吉姆觉得那个姑娘不应成为他与源之间长期友谊的障碍，他不知道源对此无法理解，因此总还是高高兴兴的，好像没有发现源的沉默和疏远。有时候，源确实忘了那个姑娘，又很随便很融洽地与吉姆交谈，甚至温和地开些玩笑，但现在他总是等吉姆先到他这儿来。以前那份出去会见吉姆的热情已不复存在。源平静地对自己说："如果他需要我，我就在这儿，我对他的态度并没有改变。如果他需要我，让他来找我。"但他已经变了，实际上他并不像他自己所说的那样。他又感到孤独了。

为了安慰自己，源开始注意这座城市和学校里他不喜欢的所有东西，但每一件他厌恶的小事都像尖刀一样刺在他赤裸的心上。他听到街上人群中那喋喋不休的外国话，感到那些声音沙哑粗糙，不像他的祖国语言一样溪水般流畅。他注意到，有时在老师面前，一些学生学习心不在焉，发言结结巴巴。他变得更加注意保护自己，处处小心翼翼，总是使自己的发言尽善尽美。即使他身处异国他乡，为了祖国，他觉得应比别人学得更好。

他不知不觉地开始蔑视这个民族，因为他需要蔑视他们，可是他不得不羡慕他们的自由和富有，羡慕他们肥沃的土地和宏伟的建筑，也羡慕他们的发明创造以及他们关于风、水、空气和闪电的学问。可正是他们的智慧和他的羡慕使他更不喜欢这个民族。他们是怎样窃得这样的力量，将它带到这片土地上来的呢？他们为什么对自己的力量如此自信？为什么他们不知道他是多么地恨他们？一天，他坐在图书馆里，钻研一本非常奇妙的书。这本书清楚地指出，在一颗种子种下之前，人就可以预言它好几代的生长情况，因为人们清楚地掌握了它的生长规律。这种知识使源感到惊奇万分，他觉得这远远超出了人们的一般常识。他十分心酸地想："在祖国，我们一直躺在床上睡大觉。我们放下帘子，以为黑夜还没有结束，以为整个世界在与我们一起睡觉。可是天早就亮了，这些外国人一直醒着并且干着活……我们究竟要不要去寻找在这么多年里我们失去的东西？"

就这样，源在国外陷入了隐秘的深深的失望。这种失望使源想起了王虎不屈不挠的斗志。源决心以前所未有的热情投身于国家的事业，过了一些时候，他进入了一种忘我的境界。他在外国人之间行走谈话，不再将自己看作王源，而将自己看作他的人民，看作一个在异国的土地上代表了整个民族的人。

只有盛能使源感到自己还年轻，感到自己没有背负这种使命。在这六年里，盛一次也不愿离开他选择的那座大城市。他说："为什么我要离开这个地方？这儿的东西我一辈子都学不完。我宁愿透彻地了解这一个地方，而不愿去肤浅地了解许多地方。如果我了解了这座城市，我就会了解这个民族，因为这座城市是整个民族的象征。"

盛不愿到源那儿去，但又想见源。源经不住盛的来信的诱惑，因为那信中充满了措辞雅致而调皮的恳求。于是他们决定两人一起在盛住的那座城市过暑假。源在盛的小起居室里睡觉。他常坐在那儿，听别人的各种各样的讨论。有时他参与，但更多的时候他保持沉默。盛很快看出源的生活面是多么地狭窄，看出他生活得十分孤单，但是他没有将他的想法告诉源。

盛身上透露出一种源以前不知道的精明，他告诉源应该了解什么、看些什么，他说："我们在祖国一直崇拜书。你看看我们现在在什么地方。我们周围这些人比地球上任何民族都不把书放在眼里。他们只关心生活中的乐趣。他们不崇敬学者——学者只被他们耻笑。他们的笑话中有一半同他们的老师有关。他们付给教师的钱比付给仆人的还要少。你难道只想从那些老人那儿学到这个民族的奥秘吗？仅向一个农夫的儿子学习难道就足够了吗？源，你的眼界太窄了。你将自己拴牢在一件事、一个人、一个地方上，而忽视了其他的一切。我发现这些人在书本上花费的时间比任何人都少。他们从世界各地将书搜集到他们的图书馆里来，像使用粮仓或金库一样使用它们——书只是他们做出计划的材料。源，你可以读上千本书，但丝毫找不到他们繁荣富强的奥秘。"

盛反复对源说这些。在盛的潇洒从容和聪慧敏捷面前，源感到非常自卑，最后他问："盛，那么我该怎么办，再多学点吗？"盛说："去走遍天下，见识一切，了解你可能了解的所有人。让这一小块土地休息一会儿，让书也一样歇歇。你学到了些什么，我已经洗耳恭听。现在让我给你看看我学到了些什么。"

盛的言谈举止中透出一种老于世故、信心十足的神气。他将香烟上的灰弹去，用优柔的象牙色的手向下捋了捋乌亮的黑发。那手总使源在他面前局促不安，感到自己就像个乡下佬一样。源觉得盛真的在任何事情上都比自己见多识广。盛过去是个瘦弱、充满梦想的漂亮孩子，而他现在的变化多大啊！他在几年之间迅速而生气勃勃地成长起来，他已充分地意识到了自己的英俊、漂亮，并充满了自信。某种热力催促着他成熟。在这个新国家的电气化中，他的慵懒消失了。他像其他人一样说话、行动、开怀大笑。然而，在这种勃勃的生气中，依然留存着一些属于他自己那个种族的儒雅、从容和内向。源看到盛现在的言谈举止，心想，没有人能像他一样风流倜傥、才华横溢。源非常谦卑地问："你还像过去一样写诗和小说吗？"

盛快活地答道："写，比以前写得更多。我的诗已可以编成一本诗集了，我希望我写的一些小说能获得一两种奖。"盛这么说时似乎带着几分谦虚，但显示出一种充分了解自己的自信。源缄默不语。他觉得自己所取得的成绩确实微乎其微。他还像初来时一样无朋无友，一样笨拙。所有他能用来说明这几个月生活的只是一堆笔记本和一些长在一畦土地中的籽苗。

有一次他问盛："我们回国时你将干些什么？你会永远住在这座城市里吗？"

源问这话是想试探试探，看看盛是否也像自己一样为祖国的贫困而忧国忧民。但盛轻松愉快、毫不犹豫地答道："当然，永远！我不能住在别处。源，事实上，我们可以在这里说说心里话。除了在这样的城市里，我不能在别处居住。在我国，找不到一个适合我们这样的人居住的地方。一个人除了在这儿，还能在什么别的地方找到适合聪明能干的人享受的娱乐呢？世上还有什么别的地方清洁舒畅得足以让人居住呢？对于我们村庄的任何一个方面的回忆都使我感到厌恶——人们肮肮脏脏，孩子在夏天一丝不挂，狗又野又凶，任何东西上都有层黑压压的苍蝇，你知道那是怎么回事。我不能，也不愿住到别处去。毕竟西方人在追求舒适享受方面的一些东西值得我们学习。孟恨他们，但我不能忘记，多少个世纪以来，我们没有想到过使用清洁的自来水、使用电、看电影或任何诸如此类的东西。就我来说，我决心要尽情享受我能获得的一切，我将一辈子住在最好、最舒适的地方，写我的诗。"

"也就是说，自私地活着。"源直率地说。

"可以这么说吧。"盛冷冷地答道，"可是谁不自私呢？所有人都自私。孟在他了不起的事业中也自私。这种事业！看看它的领袖，源，你敢说他们不自私吗？一个头头儿曾经做过强盗；一个像顺风旗似的不断改变方向，倒向得胜的一方；还有一个靠为他们的事业征集来的钱过活！我是自私，但我认为说话坦率更光荣。我这样做是为了自己，我享我的福，这样我就自私，但我不贪婪。我爱美，我需要我的住所和环境处在优雅的氛围中。我不愿过穷日子，但我只要求能有足够的一份财富，使我处于和平、美好、快乐的氛围之中。"

"你祖国的人民是否生活得和平、快乐，你就不管了吗？"源问，他的心中热血沸腾。

"我有什么用？"盛答道，"多少个世纪以来，穷人出生，饥荒到来，战争爆发，一向如此。我会这么蠢，认为我的一生能改变这一切吗？我只会在斗争中丧失自己，丧失我最高尚的自我，我——我为什么要为一个民族的命运而战？我大概还能跳进大海使海水干涸变成良田呢——"

对这种滔滔不绝的议论，源无言以对。那晚他临睡之前躺在床上，倾听着那惊雷在这日新月异的城市上空炸响，在他寝室的墙壁外面轰鸣。

听着听着源害怕起来。他心灵的眼睛，透过那堵又小又窄的安全之墙看到了许多东西，那堵墙将他与外部那个奇异、黑暗、咆哮的世界隔开了。他不能忍受他的渺小。他在心里不断琢磨着盛的话中的道理。街灯的光照进室内，他依恋着屋中的那片温暖、那张桌子、那些椅子和生活中的那些普通事物。在这充满变化、死亡和不可知的生活的几千里里，居然有这么一小片安全的乐土。真奇怪，盛对安全舒适的毫不犹疑的选择竟使源觉得自己那种伟大的梦想真蠢，只要他靠近盛，不知为什么就失去了主见，既不勇敢坚强，也不疾恶如仇，而只是一个寻求实惠的孩子。

但源不可能总是与盛如此接近并单独地与他在一起。盛在这座城市里有许多熟人，他经常晚上出去与他能遇到的任何一个姑娘跳舞，即使源跟盛一起去，源依然是孤独的。起初源只是坐在边上，艳羡盛的英俊倜傥和翩翩风度，以及他与女人交往时的大胆风流。有时源不知自己是否可以效法盛，但过了一刻他又觉得无形中有某种东西使他退缩。他发誓绝不与任何女人说话。

原因是，盛以这种方式交的女朋友常常是外国女人。她们是白种或混血女人。源从来没有接触过一个这样的女人，由于某种奇怪的肉体上的原因。过去当他晚上与爱兰一起出去时，常常看到这样的女人，因为在那座海滨城市里，各种肤色的人自由地混合在一起。但他从来也没有邀请一个女人一起跳过舞。一个原因是他觉得她们的穿着打扮寡廉鲜耻，她们袒胸露臂，与她们跳舞的男人必须将手搭在她们裸露的白色皮肉上，可他不能这样做，这会使他心中产生反感。

现在源不愿这么做也没有其他原因。他注视着盛，看着盛走近时便向他频送秋波的那些女人，觉得只有某种女人才卖弄风情；那些最高雅、不那么寡廉鲜耻的女人在盛走近时，总将目光投向别处，或避开盛，只与那些与她们属于同一种族的人在一起。源越观察越觉得真是这样，他感到盛好像也知道这一点。盛只找那些笑得真切自如的女人。不知是为堂兄的缘故，还是为他自己和祖国的缘故，源心中不禁愤然起来。虽然他不完全理解为什么这些女人采取这样的态度，但他羞于启齿，怕伤了盛。他只是在心中嘀咕："但愿盛自重些，压根儿别去同她们跳舞，如果他配不上她们之中的佼佼者，我希望他至少藐视她们每一个人。"

源又伤心又恼怒，因为盛不怎么自重，正不择手段地寻欢作乐。但有件事也真怪，孟对外国人的所有愤懑并没有能使源仇视外国人，但现在，当他看到许多高傲的女人在盛走近时将目光转向别处时，源感到他开始恨她们了，而且真正地恨了起来，由于这几个人的缘故，他可以恨她们整个民族。因此源常常走开，不愿看到盛被人歧视。他常常独自一人过夜，有时读书，有时仰望星空，有时凝望城市中的街道，审视心中的疑问和迷惘。

在暑假期间，源耐心地跟着盛在那座城市里到处逛。盛的朋友很多。每当他走进一家他常去光顾的饭店，总有一个男人或姑娘欣喜地喊起来："喂，约翰尼！"他们都这样叫盛。源第一次听到他们这样叫时，被这种随随便便的做法惊呆了。他低声对盛说："你怎么受得了这么个粗俗的名字呢？"盛哈哈大笑，答道："你应该听听他们是怎样相互称呼的！他们用这么个亲切的名字喊我只为了是使我高兴。此外，出于友谊他们才这么做。他们在对最喜爱的人说话时才是最无拘无束的。"

看得出来，盛的确有许多朋友。他们晚上到他的房里来，有时两三个，有时五六个。他们在盛的床上或地上挤成一团，边抽烟边谈话。这些年轻人一个个争着看谁能想出最出格、最有趣的念头，看谁第一个使另一个人刚说的话意义混乱。源从来也没听过这种乱七八糟的谈话。有时他认为他们反对政府，就为盛担起心来。但终于会有阵新奇的风吹来，这时，这几个小时的谈话便会转向，他们又开始兴高采烈地接受现有的一切，蔑视任何新生事物，谈话便在这种气氛中结束了。然后，这些年轻人身上散发着烟酒的气味，嘻嘻哈哈地笑着，陶醉在自己以及整个世界的欢乐之中，心满意足地高声道别。有时他们大胆地谈女人。源在这个他所知甚少的话题上总是保持缄默，除了碰过一个姑娘的手，他还知道些什么呢？他坐着静听，对听到的一切很反感。他们走后，源很严肃地问盛："我们听到的一切都是真的吗？这个国家所有的女人都这样吗？难道这儿没有贞洁的姑娘，没有贤良的妻子，没有不受诱惑的女人？"盛逗趣地笑了，答道："他们很年轻，这些人——只是像你我一样的学生。关于女人，你知道些什么，源？"

源自卑地回答："真的，关于她们，我一无所知——"

后来，源经常注意那些在街上随处可见的女人，她们是这个民族中的一部分，但他看不出什么名堂。她们急急忙忙地赶路，穿着色彩鲜艳的衣服，脸上浓妆艳抹。可当她们妩媚大胆的目光落在源脸上时，那目光却是空泛、无情的。她们扫视他一秒钟就走过去了。对她们来说，他不是男人，只是个异乡的过客，不值得得到男人应有的礼遇，她们的目光说明了这一切。源不完全理解这一切，但他感觉到了她们的冷漠无情，并深深感到羞愧。她们趾高气扬，不可一世，冷漠无情地坚信自我的价值，这使源对她们感到害怕。甚至在擦肩而过时，他总是小心翼翼，不使自己由于疏忽而碰了她们中的任何一个，唯恐这种偶然的事引起不快。她们鲜红的嘴唇有棱有角，她们油光锃亮的头左顾右盼，大胆孟浪，她们走起路来一步三摇，这些都使源望而却步。他感到她们身上缺乏女人的魅力。可她们的确给这座城市增添了一种生气勃勃的魅力。经过许多的日日夜夜，源能明白为什么盛说这些人读书心不在焉了。源觉察到，当一个人仰望着摩天大楼那高耸入云、金碧辉煌的尖顶时，他是不能将这样的东西放进书中去的。

起初源看不出他们建筑的美。他的眼睛习惯了温带地区房屋那种低矮的瓦屋顶和屋顶平缓的坡度。可现在他看出了美——异国情调的美，它是真实的，也是美的。自从踏上这片土地，他第一次觉得非写首诗不可。一天晚上在床上，当盛睡着之后，他苦思冥想，试图写一首诗。总押不好韵，他不想用常见的、平和的音韵，不想用那种他曾用来歌咏田野和云彩的音韵。他需要强烈、粗犷、明确贴切的词汇。他不能用他母语中的词，它们经过长期的琢磨，已变得圆滑而失去了棱角。不，他要在这种年轻的外国语言中找出别的词来。可是这些词对他来说像新工具，沉重得使他不能得心应手，他还不习惯它们的形式和声音，因此他最终放弃了这种努力。他不能赋予这首诗一种形式，它无形地藏在他心中，使他激动了一两天或更长一点时间。最后他感到，如果他能设法赋予它一个形式的话，那么他就能对这个民族了如指掌了。可是他不能。他们的灵魂始终回避着他，他只是在他们急速运动的躯体中间走来走去。

盛和源是两个截然不同的人。盛的灵魂像那些诗韵，这些诗韵从容自如地从那个灵魂中涌流出来。一天，他将他写的诗给源看，这些诗写在烫有金边的厚纸上，他装作无所谓的样子说："当然，它们没什么了不起——这不是我最好的作品。我以后要写些更好的。这些只是些在我脑海中涌现的有关这个国家的随想，我将它们记了下来。我的老师夸奖我写得好。"

源一首首地仔细读那些诗，默默无言但充满崇敬。他觉得那些诗很美，个个词都经过推敲，恰如其分，就像一颗钻石嵌在一只镶金戒指中那么干净利落。盛轻松地说，其中一些诗已由他认识的一个女人谱上了音乐。在提起这个女人一两次之后，他便带源到她的家去，听她为他的诗谱的曲子。在那儿源又看到了另一种女人，以及盛的生活的另一面。

她是某个音乐厅的歌手，不是个一般的歌手，也还不是如她自己所想象的那样是个了不起的歌唱家。她住在一座许多人同住的公寓里，在公寓中，每个人都有自己的房间。她住的房间光线暗淡，但很安静。虽然室外阳光灿烂，却没有阳光照进她的房间。蜡烛在高高的青铜烛台上燃烧着，线香的香味浓烈地弥漫在混浊的空气中。每把椅子上都有坐垫，坐上去软软的，房间的尽头还有一张长沙发。那个女人躺在床上，修长、姣好，源猜不出她的年龄。看见盛时她喊了起来，挥舞着一只她用来抽烟的烟嘴，她说：“盛，亲爱的，我好久不见你了！”

盛很自在地坐在她身旁，好像他已在那儿坐过许多次了。她又说起话来，她的声音深沉、奇特，不像女人的声音。“你的可爱的诗——‘寺钟’——我已替它谱了曲！我正要打电话给你……”

盛说：“这是我堂弟源。”她几乎没有看源一眼。盛说话时，她站起身来，她修长的腿像孩子那样毫无顾忌地裸露着。她口中含着烟嘴，吐出一两个模糊不清的词：“哦，你好，源！”她好像根本没看见源。然后她径直走向她的钢琴，将口中的烟放到一边，手指开始轻柔地从一些琴键滑向另一些琴键，深沉缓慢的音符飘了出来，源从来没有领略过这样的音乐。过了一会儿，她开始唱歌，声音低沉得像她奏出来的音乐，微微颤抖，充满了激情。

她唱的那首歌很短，是盛在祖国时写的一首小诗，但这段音乐以某种方式改变了它的情调。因为盛的这首诗写得充满愁思，轻悠、淡远，飘逸得像月光下的竹影在寺墙上摇曳。但这个外国女人唱这些精巧的词时使它们充满了激情，那竹影变得浓重、坚实，那月光变得热情奔放。源感到不舒服，觉得这段音乐的形式同这些词创造出来的意境相比，浓烈得有点不相称。这个女人也一样。她的一举一动都充满一种使人不安的因素，她所唱的每一个词和她的每一次顾盼都不单纯。

在一刹那，源感到自己不喜欢她。他不喜欢她住的屋子，也不喜欢她的眼睛，它们衬着她的金发，显得颜色太深。他也不喜欢她对盛的顾盼。她老是喊盛"亲爱的"。她演奏完之后在室内徘徊，经过盛时常常碰到他。她将写好的乐谱交给盛，倚在他身上，有一次甚至将脸贴上他的头发，并漫不经心地低低地说："你的头发没有染过，是吗，亲爱的？它总是这么光亮……"对这一切源都不喜欢。

源十分沉默地坐着，感到这个女人令人反胃，虽然他的祖父遗传给他的胃很健康。他父亲传给他一种简单的知识，这种知识告诉他，这个女人的言行举止和外貌都不得体。他盼望盛对她表示厌恶，哪怕只是婉转地表示厌恶。但盛没有。他没有去碰她，这倒是真的，也没有以同样的措辞答她的话，或伸出手去握她的手。但他接受了她所做的和所说的。她将手在盛的手上放了片刻，他听任它待在那儿，并没有像源所希望的那样将手抽回来。她频送秋波，他也回眸凝睇，微笑着接受了她的大胆和恭维。源几乎不能忍受他所目睹的一切了，他像一尊高大而沉稳的塑像一样坐着，似乎目无所视，耳无所闻，直到盛站起身来。甚至那时，那个女人还用双手紧抓住他的胳膊，哄着盛来参加她的宴会，说："亲爱的，我想把你介绍给人们，你知道，你的诗是新颖的，你这人本身也是新颖的。我爱东方——这音乐相当美妙，不是吗？我想让人们都听到它——但也不希望太多，你知道，只是几个诗人和那个俄国舞蹈家。亲爱的，我有个想法，她可以给这音乐配上舞蹈——一种东方色彩的舞蹈——你的诗配上舞蹈将是非凡的，让我们试试看……"她不断诱劝着，直到盛握了握她的手，答应了她的请求。盛答应得仿佛有些不情愿，但也许是由于源在一旁看着，盛才表现得仿佛不大情愿。

他们终于离开了她的家，又来到街上，源深深地呼吸了一两口新鲜空气，高兴地看着遍地的阳光。他们缄默不语，源不想先开口，因为他怕说出自己的感想会得罪盛，而盛却沉没在自己的思想里，脸上挂着一丝微笑。终于，还是源先开口了，他带着几分试探："我从来没有从一个女人嘴里听到过这种话，我几乎从来没听人说过这种话。她真的这么爱你吗？"

盛哈哈大笑，说："这些词没有什么特别的意思。她对任何男人都会用这些词——这是这种女人的方式。那段音乐不差，她把握住了我诗中的情绪和意境。"源看着盛，在他脸上看出一种盛自己察觉不到的神情。这种神情明白地显示出盛喜欢那个女人说的甜蜜而无聊的话，他喜欢她对他的称赞，喜欢她的音乐对他的诗的美化。源便没有再说什么。但源在心中说，盛的生活方式不是他的生活方式，他绝不会像盛那样生活。他的生活道路将是最完美的，虽然他几乎还不清楚他的道路是什么，但他知道他不会与盛走同样的道路。

为了使堂兄高兴，源虽然在这座城市和它的旖旎风光中逗留了一段时间，观看了地铁和街道商店，但是他知道，无论盛怎么说，这里并不包含全部的人生。他自己的人生不在这儿。他像只孤雁，这里没有他熟悉或理解的东西。

有一天，天气十分炎热，盛热得懒洋洋的，躺下睡了。源独自漫步街头，随意乘了几辆公共汽车，来到一个他做梦也不会想到在这样的城市里会有的地方。因为他看惯了它的富足。他认为城中的建筑是宫殿，城中的每个人都认为吃得饱、喝得足、穿得暖是理所当然的，他们期望的不是这些，因为这些是他们应得的，是他们预料会得到满足的。除了这些基本需求，他们还要求有娱乐和更好的衣食，他们不是借此生存，而是希望给生活增添情趣。在源看来，这座城市里的每个公民都是这样。

可这一天，他发现自己仿佛置身于另一个世界，置身于一座穷人的城市里。他不知不觉地偶然闯进了这个地方，一下子就身在其中了。他看出那个地方的人是穷人，他了解他们。虽然他们的肤色是白的，但脸色也苍白，还有一些人皮肤黝黑，像野蛮人一样，源了解他们。他们困顿的眼睛、肮脏的身体、龌龊的手、女人的大声尖叫和过多的孩子的啼哭说明他们是穷人。在他的记忆里，有另外一种生活在远隔重洋的另一座城市里的穷人，但他们与这儿的穷人何其相似啊！源认出了他们，他喃喃自语："原来这座宏伟的城市也是建筑在一座穷人之城的基础上的！"爱兰和她的朋友曾经在半夜里出去，看到过这样的男人和女人。

源带着某种喜悦想："这个民族的人也在掩饰他们的贫穷！在这座富足的城市里，这些穷人暗暗地挤在这几条街上。就像别的国家可以见到的景象一样，一切都显得拥挤、肮脏。"

在那儿，源确实发现了某种书本上找不到的东西。他茫然地在这些人中间穿行，向狭小阴暗的房屋中看去，在街上的垃圾中间小心翼翼地走。饥饿的孩子在大热天里半裸着身子。源抬起头，只见满目凄苦，他想："他们住在高楼大厦中没什么了不起，他们中也有人住在棚子里——一样的棚子……"

天黑时，他终于回去了。他走进了其他的街道，清冷的灯光照亮了那些黑暗的街。他走进了盛的房间，盛已醒了，又快活起来，正准备与一两个朋友到剧院大街去寻欢作乐。

一看到源，盛就喊了起来："你到哪儿去了，堂弟？我真害怕你迷了路。"

源慢慢地回答："我看到了你告诉我的书本上没有的某种生活。这个民族虽有这样的财力，仍不能消灭贫穷。"他说出他去过哪儿，谈了一点他的见闻。盛的一个朋友像法官一样谨慎地说："当然，将来总有一天我们会解决贫穷的问题。"另一个说："如果这些人能干些，他们就会生活得更好，他们多少有些缺点。飞黄腾达的机会总是有的。"

源飞快地说："事实是你们掩饰你们的贫穷——你们为他们感到羞愧，就像一个人为某种讨厌的暗疾感到羞愧一样……"

但盛兴高采烈地说："如果我们让我这堂弟开个头，然后展开一场论战的话，我们就要迟到了！半小时之后戏就要开场了。"

在这六年里,源与三个人比较接近。在他生活周围的陌生人中,这三个人对他很友好。源有个老教师,他是个白发老人。一开始源就很喜欢看他的脸,因为它非常和蔼可亲,并带着温和的思想和完美的生活方式的印记。随着时光的流逝,源有了更多的老师,但只有这个老人向他披露他自己。老人心甘情愿地花费大量时间与源进行亲密的交谈。他阅读源计划写的一本书的提纲,帮他修正,并指出一两个有错误的地方。无论何时,只要源讲话,他就总是耐心地倾听着。他的蓝眼睛始终微笑着,总是充满了理解,于是源终于十分信任他了,后来也终于向他敞开了自己的心扉。

源告诉老人,他怎样在许多美好的事物中发现了这座城市里的穷人,在如此巨大的财富中间竟有穷人悲惨绝望地活着,这使他万分惊讶。讲到这些,源又想起一些别的事,他告诉老人那个传教士的谈话,以及那个传教士怎样用那些可恶的电影来糟蹋他的人民。那个老人温和沉默地倾听了一切,然后说:"我认为,不是每个人看问题都能做到面面俱到,俗话说,我们每人只看见我们寻找的东西。你和我,我们看着土地,想到的是种子和收获;一个建筑师看着同样的土地,想到的是房子;而一个画家想到的是土地的颜色;教士只看到那些需要救助的人,因此他自然对那些需要救助的人看得最清楚。"

源思索了一会儿,不大情愿地承认这是事实,但在心平气和的心境中,他不像以前那样对那个传教士深恶痛绝了,也许他仍然希望自己能恨,因为他还是认为那个教士是错的,源说:"至少他只片面地看到我们国家极小的一部分。"那个老人总是温和地回答说："可能是，如果他心胸狭窄的话，就一定是。"

在别人离去之后，在田野里、教室里，源通过这样的谈话，开始喜欢这个白种老人。他也爱源，并带着与日俱增的温情关注他。

一天，他犹豫不决地对源说："我的孩子，我希望你今晚到我家来。我们是很朴素平常的人，家中只有我妻子、我女儿玛丽和我，一共就三个人。如果你愿意来跟我们一起吃晚饭，我们将会很高兴。我已跟她们谈了许多关于你的事，她们也想认识你。"

这些年来，这是第一次有人向源讲这样的话，他被深深地感动了。对源说来，一个老师请一个学生到自己家去是件暖人肺腑、非同寻常的事。因此他以他母语中那种彬彬有礼的口气说："不敢当。"

那个老人听了瞪大了双眼，然后微笑着说："你会看到我们的生活是多么地简单朴素！当我第一次对我妻子说，如果你来我会很高兴时，她说：'我怕他已过惯了那种比我们好得多的生活。'"

源然后又客气地推辞，但最后终于同意了。就这样，那天晚上，他沿着或明或暗的街道，走进了一个四四方方的庭园，又向前走向一座年代久远的木屋。那座木屋隐蔽在树丛后面，四周都有走廊。一位太太在门口迎接他，她使他想起那位自己称作妈妈的太太。这两个女人之间，远隔着千山万水，她们的语言、肤色各不相同，但她们都有同样的表情。柔滑的白发、十足的母性、自然朴素的风度、诚实的眼睛、平静的声音、镌刻在眉宇间和口角旁的智慧和耐心，这一切使她们相像。当他们在大客厅里坐下来之后，源发觉她们之间的确存在着区别，因为这位太太的神情中有种灵魂上的充实和满足，而他家中的那位太太没有。这一位仿佛已在生活中获得了心中欲求的一切，而那一位没有。但两人殊途同归，正安度恬适平静的晚年，但一位经历的是一条有伴侣的愉快的道路，而另一位经过的却是一条孤独而黑暗的道路。

太太的女儿走了进来。她不像爱兰，一点也不像，这个玛丽是个不同类型的姑娘。她可能比爱兰年长一些，身材高得多，但不如爱兰漂亮。她好像很文静，声音和表情有些拘谨。但当你听她说话时，会发现她说的话都很有意思。她深色的灰黑眼睛在沉静时是严肃的，但在她妙语连珠时又闪出熠熠的光芒。在她的父母面前，她显得娴静、拘谨，但也并不惧怕他们。源觉察到，她的父母听从她就像听从一个平辈的人一样。

源很快就发现，她的确不是个平凡的姑娘。当那个老人谈起源写的东西时，玛丽也知道。她迅速敏捷地向源提了个问题，使源吃了一惊。源奇怪地问："你怎么会对中国的历史如此了如指掌，竟问出像晁错这样年代久远的人物呢？"

那个姑娘眼中带着微笑，闪闪发亮，她谦虚地说："我想，我与你的祖国总是有种亲密的关系，我读过关于你的国家的书。我跟你谈谈我所知道的关于晁错写的文章好吗？然后你就会知道我是个绣花枕头，实际上什么也不懂。他写了一篇关于农业的散文，是不是？我读过这篇文章的译文，还记得一些。似乎是这样的：'民贫则奸邪生，贫生于不足，不足生于不农，不农则不地著，不地著则离乡轻家，民如鸟兽，虽有高城深池，严法重刑，犹不能禁也。'"④

　　源熟知的这些词句,现在由这个姑娘用珠圆玉润的声音诵读了出来。显然她喜欢这些词句,因为这时她的脸变得严肃,眼中充满了神秘,仿佛一个人正在回味某种已知的美。她的父母肃然起敬地听着,为她感到自豪。她的老父亲转向源,就像一个激动得要在心中呼喊但依然表现得很礼貌而得体的人那样,他说:"你看出我的孩子是多么聪明机智吗?你以前见过像她这样的吗?"

　　源情不自禁地说出了他的欣喜。此后,每当她说话时,源就倾听着,并觉得自己与她有了某种亲密的关系,因为无论她说什么,即使说的只是些微不足道的小事,都那么恰到好处,正如他若处在她的地位会说的一样。

　　虽然那晚他第一次进入这座房子,但他觉得自己已非常习惯这座房子和这些人,以至忘了他们属于不同的种族。但他还是不时发现某种陌生而奇怪的东西,一种他不能理解的异国风情。后来,他们走进一个小一些的房间,在一张椭圆形的桌子旁坐了下来,晚餐已准备好,正放在桌子上。源拿起汤匙准备吃,但他看见别的人似乎都不慌不忙。不一会儿,那个老人低下了头,除源以外的其他人也跟着低下了头。源不懂这种事,他东张西望,看看会发生什么。那个老人好像对着无形的神大声祷告什么,虽然只说了几个词,但却充满了感情,好像他由于接受了一件礼物而感谢某个人。之后再没有什么别的仪式了。他们开始吃,源这时没有问任何问题,但他后来在谈话中问起了这件事,并得到了回答。

在此之前，源从未见过这种仪式，他感到非常好奇。吃完饭，他们在宽阔的阳台上坐了下来，沐浴在幽暗的暮色之中。源问他能不能知道在这种时刻他应该遵守何种礼节。那个老人沉默了一会儿，抽着烟斗，平静地将目光投向笼罩在阴影中的街道。后来，老人握着他的烟斗，终于开了口："源，好多次我不知该怎样向你讲我们的宗教。你看到的是一种宗教仪式，我们在为那些每天放在我们面前的食物而感谢上帝。这种仪式本身并不重要，然而它是我们赖以生存的最崇高的事物的象征——我们对上帝的信仰。你还记得你说过我们的繁荣和强大吗？我相信这是我们宗教的果实。我不知道你们的宗教是什么，源，但我知道，如果我让你在这儿生活，让你天天去上课，在这儿进进出出，而不告诉你我们的信仰，这对你以及我自己都是不诚实的。"

老人这样说时，那两个女人来了，然后她们坐了下来。那个母亲坐在一把摇椅上，她轻轻地前后摇动，好像风在吹动椅子。她坐在那儿听她的丈夫说话，脸上挂着温和而赞同的笑容。老人停了片刻，在他继续讲到神和上帝创造人类的奇迹时，他太太带着一种温和的感情说："哦，王先生，当威尔逊博士告诉我你在班上是那么出类拔萃，你写的文章是那么才华横溢时，我还以为你信基督教呢。如果你能信奉基督教，回国去现身说法，那对你的祖国将会多么有益啊！"

源听到这些话后惊讶万分，因为他不知道这些话是什么意思。出于礼貌，他只是微微笑了一下，稍稍低下了头。他正要开口，玛丽的声音打破了沉默，这声音像金属一般又尖又脆，其中带着一种源从没有听到过的音调。她不是坐在椅子上，而是坐在最高一级台阶上。她父亲说话时，她默默地坐着，手捧着下巴，似乎在听。她的声音在暗淡的光线中响起，激动不安，陌生、奇特，而且有点不耐烦，像一把小刀一样划破了这场谈话："我们进去好吗，爸爸？椅子更舒服，我喜欢灯光……"

老人听到她的话，茫然不解而又惊讶地说："怎么，哦，好，玛丽，如果你愿意，就进去吧。但你一向喜欢坐在这儿度过黄昏。每天晚上我们都在这儿坐一会儿的……"

但那个姑娘越发烦躁不安，她固执任性地说："爸爸，今晚我喜欢灯光。"

"很好，亲爱的。"那个老人说。他缓缓站起身来，大家一起进屋去了。

在灯光明亮的房间里，老人没有再提起圣餐礼的事。这时他女儿主导了谈话。她将上百个问题一股脑儿向源提出来，像连珠炮似的，有时问得很深，源只得坦率地承认自己才疏学浅，说不清楚。她说话时，源感到很愉快。源虽知道她算不上美人，但她热情、聪颖，皮肤细腻洁白，薄嘴唇透着淡淡的红色，头发光亮柔滑，几乎像他的一样黑，但要比他的漂亮。他看出她的眼睛是美丽的，现在它们带着诚挚的光芒，几乎变成了黑色，当她微笑时，它们又变成一种可爱的闪闪烁烁的灰色。她从不纵情大笑，但常常妩媚地莞尔一笑。她的手也会说话。它们柔软细长，好动不宁。虽然它们并不小巧玲珑，也许还显得过于清瘦，也不够光滑细腻称得上美丽，但在它们的外表和运动中含有一种力量。

源在这些外表本身中并不能汲取什么乐趣。因为他将她看成这么一种人，这种人的肉体仿佛并不是它本身，而只是其心灵的外壳。这对源说来很新鲜，因为他从未见过这样的女人，当他认为在她身上发现那种稍纵即逝的美丽时，它又在刹那间消失了。在她心灵的光辉的闪现中，在她机智的谈吐中，源完全忘了那种美。精神在这儿使肉体活跃起来，但精神并不费心去考虑肉体。因此这时源几乎不把她看作一个女人，而只是将她看成一个物体，它变幻无穷，光辉灿烂，热情洋溢，有时有点冷漠，常常会突然沉寂。但并不是由于无话可谈才出现沉默，这种沉默只是出现在她的思想把握了源所说的东西的时候。这时她细致地将她的思绪理出来，追根问底。在这种沉默中，她常忘了自我，忘了她的眼睛依然盯着源的眼睛，而他已讲完了。在这种沉默中，源发现自己不止一次越来越深地向那柔妙地渐渐变黑的明眸中看去。

　　她一次也没提起圣餐礼的事，那两个老人也没有再提，直到最后源起身告辞时，那个老人紧握住他的手说："孩子，如果你希望的话，下星期天与我们一起到教堂去，看看你是否喜欢它。"

　　源将这作为进一步的好意接受了，他说他愿意去。他愿意这么说是因为他觉得再见这三人是件乐事。他们待他亲如手足，虽然他们并不属于同一个民族。

　　源回到自己的房间之后，躺在床上，等待睡意降临。他想着那三个人，想得最多的是那两个老人的女儿。他从未见过这样的女人，她是用一种特殊材料制成的，与他所知的一切都不同，这种材料比爱兰更有光彩。爱兰有着快乐而漂亮的小猫眼和妩媚的倩笑，而这个白种女人虽然常常很严肃，却有种耀眼的内在光彩。如果你将她与她母亲糊涂而温柔的好心肠相比，她有时显得生硬、刚强，但总是显得清晰、明朗。她绝没有不规矩的举动。在她身上，没有那种连续而无用的扭动，只有看不见的肌肉的运动。她绝不会像房东太太的女儿一样，渐渐地、越来越清楚地亮出她的大腿、腰或脚。她的话语和声音都与那个替盛的小诗配上热情奔放的音乐的女人不一样。因为这个玛丽的言语中绝不夹带任何暧昧的意思。她绝不这样，她说起话来干脆利落，清晰、明朗，每个词都有自己的分量和意义，除此就没有什么言外之意，它们是她的思想的工具，而不是传达模棱两可的暗示的信使。

源想到她时，总想起她精神的部分，它被包容在一种色彩和她的肉体的物质之中，但没有被掩盖起来。他想起她说过的话，想起她有时说出的那些他从未想到过的东西。有一次，当他们谈到对祖国的爱时，她说："理想和热情不是一回事。热情只是肉体上的，肉体的青春活力使人热情洋溢。但肉体会衰老或垮掉，理想却不依赖肉体而存活，因为理想是包容在灵魂中的实质。"她的脸神采飞扬，迅速地变化着，她非常温柔地看着她父亲，说："我想，我父亲有真正的理想。"

那个老人平静地答道："我将它叫作信仰，我的孩子。"

源记得当时她什么也没有回答。

想着这三个人，他在这异国第一次心灵充实地睡着了。他似乎感到他们是实在的，也是可以理解的。

因此，当那天到来时，为了参加那个老教师所说的宗教仪式，源仔细地穿上他的好衣服，又到那个老人家去了。他家的门开着，玛丽正站在门口，源开始有点胆怯，玛丽看到他显然很惊奇，因为她眼睛的颜色变深了，脸上没有一丝笑容。她穿着一件蓝色的长大衣，戴了一顶颜色相同的小帽。她好像要比源的记忆中高一点，显得稳重而朴素。源结结巴巴地说："你父亲叫我今天来和他一起到教堂去。"

她严肃、忧郁，眼中带着烦恼的神情，注视着源的眼睛，说："我知道。你愿意进来吗？我们已经准备好了。"

因此源又进屋去，他记得那儿有美好的友情。但那天早晨，那个地方似乎对他不怎么友好。壁炉里不像上次那样燃着炉火。秋晨的阳光寒冷而单调，它穿过窗户照进屋来，显出地毯和椅垫的破旧。在幽暗的夜色、火光和灯光中看起来深沉、亲切和习惯的一切，在无情的阳光下显得过于破旧，似乎需要更新了。

但那个老人和太太进来时非常客气，依然像往常一样慈祥，他们为了做礼拜穿得很体面。那个老人说："你来了我真高兴。我只说了一遍，因为我不想过分影响你。"

但他的太太柔和而又热情地说："可我祈祷过！我祷告上帝指引你来。我每晚为你祈祷，王先生。如果上帝答应了我的祈祷，我将是多么骄傲。如果通过我们——"

他们女儿清脆的声音响了起来，这声音像穿透这陈旧的房间的一道光线，令人愉快，毫无恶意，音调非常清晰完美，但比以前源所听到那种声音要冷淡些："我们现在走好吗？剩下的时间刚够到达那儿。"

她在前面走，别的人跟着她。她坐在汽车的方向盘前，这辆车将把他们带到目的地去。两个老人坐在后面，她将源安置在她旁边。然而她转动方向盘时却一言不发。源出于礼貌也没有说话，甚至看也没看她一眼，只是有时转过头去看看沿途的奇景。源虽没有直接看她，但从侧面看到了她的脸，他所看到的景物衬着她的脸。现在她脸上既无笑容，也无光彩，它严肃得近乎悲哀，笔直的鼻子并不小巧；棱角分明而柔嫩的嘴紧闭着；清爽的圆下巴从黑毛皮领上露出来；灰色的眼睛笔直地遥望着前方的道路。她敏捷而熟练地转动方向盘，笔直而沉默地坐着，源甚至有点惧怕她。她好像不是那个曾与他无拘无束地谈过话的人。

他们来到一座大房子前。许多男男女女、老老少少正走进这座房子。他们也走进去，坐下来，源坐在两个老人之间。源这时不禁好奇地四处张望，因为这仅是他第二次进教堂。他在祖国虽见过许多寺庙，但他一生中没有崇拜过任何神，那些寺庙是为普通的、没有受过教育的善男信女而设的。有几次他走进庙去，仰望着巨大的塑像，倾听着敲钟时大钟里传出的深沉、警世、孤寂的钟声。他带着轻蔑看着那些穿着灰袍的和尚，因为他的家庭教师早就教导过他，这些和尚都是邪恶无知、掠夺人民的人。因此源从没有崇拜过任何神。

现在，他在这外国教堂里坐着观望，这是个令人振奋的地方。穿过狭长的窗户，早秋的阳光像巨大的光柱似的倾泻进来，照在讲坛的花上、妇女们五彩缤纷的服装上和表情各异的人脸上，但那儿年轻的脸庞不多。一阕音乐从某个隐秘的地方飘出来，起初很柔和，渐渐音量加大，直到整个室内的空气随着音乐震颤起来。源转过头去看音乐来自哪儿时，看到了身边的老人。老人的头垂在胸前，眼睛闭着，脸上挂着甜蜜的微笑，仿佛已心醉神迷。源四处张望，观察到其他人也沉浸在这种不由自主的静默中，出于礼貌，他不知应该做什么。他看到了玛丽，她像在方向盘前一样，笔直而高傲地坐着。她的下巴高昂着，双目睁着凝视远方。见她这么坐着，源也就没有为任何他不了解的信仰而低下头去。

想起那个老人曾说过，这些人从宗教中汲取力量，源观察着，想知道这种力量是什么，但他不能轻易地发现它。庄严的音乐一会儿又变得柔和，终于归于沉寂。一位穿着袍子的教士走了出来，诵读着什么经文，所有的人仿佛都很有教养地听着。然而源在观察中发现，也有一些人正在注意别人的服饰和面容等。但那个老人和他的太太专心致志地听着。玛丽的脸似乎仍注视着遥远处，无论听到什么都不动声色，因此源不知她是否真的在听。音乐一遍又一遍地响着，有人念起了源不理解的词句，那是穿袍子的教士在读一本大书，他在布道。

源倾听着，听出这好像是由一个愉快的、神圣的人传布的有益的劝世箴言，他劝人们应对穷人更仁慈，应克制自己，服从上帝。他所讲的与其他任何地方的教士讲的一模一样。

那个教士讲完，便大声向上帝祈祷，这时他要求大家低下头来。源又一次不知所措，他看到那对老夫妇虔诚地低下了头，可在他旁边的那个姑娘依然高傲地昂着头，因此他又没有低头。他睁大眼睛看那个教士是否能唤出神的形象，因为人们都低头准备膜拜神灵，但那个教士并未唤出任何形象，到处都看不到上帝的影踪。过了一会儿，他讲完了，这时人们不再等上帝降临，而是动了起来，站起身来回家。源也回到了自己的住处，他对所见所闻一点也不理解，而他记得最深的就是那个高傲的女人的头清晰的轮廓，那颗头从未低下来过。

可是自从这天开始，源的生活有了新的内容。有一天，他到他播种冬小麦的田里去，看许多垄麦子里哪些长得最好。他回到自己的住所后，在桌上发现了一封信。在外国，源孤独的生活中很少有信。他知道每隔三个月他会在桌上找到一封他父亲的信，每次信中那些用毛笔写的字句几乎重复同样的内容：王虎很好，但到来年春天，他要重新上阵打仗。源必须努力学好他所想学的东西，学习一结束就必须回家，因为他是个独子。或者他会收到一封爱兰母亲寄来的信，这总是封恬静美好的信，信中谈些她所做的琐事。她认为爱兰应该结婚。到现在为止她已答应过三家人家，都是征得爱兰自己的同意的，但每次爱兰都任性地拒绝与那个人结婚。源读到爱兰的任性时笑了笑。那个母亲提到此事时，常加上几句自我安慰："但梅琳是我的依靠。我已将她带回家与我们一起住了。她学习很好，每件事都做得十分妥帖，她仿佛知道一切该怎么做。她好像是我应该有的孩子，有时她比爱兰更像我的孩子。"

源能发现的就是这样一些信。爱兰也写过一两次信，信中夹杂着两种语言，充满了任性、玩笑和可爱的威胁。她说，如果源不给她带回些西洋的小玩意儿，她就会怎样怎样，并发誓她期望有一个西方的嫂嫂。盛有时也会写信，但很难得，从没定数。源带着几分悲哀意识到，盛的生活中充满了风流倜傥、谈吐机智的年轻人所追求的一切，那些城市里的人骚动不安地到处猎奇求新，盛的异国情调使他在这些城市居民的眼中更增了几分风采。

但这封信不是来自这些人中的任何一个。它躺在桌上，方方正正，洁白清爽，源的名字是用黑墨水写成的，十分清晰。源把信拆开，它是玛丽·威尔逊寄来的。她的名字写在信纸下方，朴素刚劲，在这字的形式中蕴含着一种力量和热情，它与房东太太每月账单上的粗俗字截然不同。在信中，她为了某个特殊的目的，请求源随便哪天有空就到她那儿去。因为从他们一起到教堂去那天开始，她就一直非常烦恼，心中有话没说出来，因此她很想向源倾吐她的肺腑之言。

源感到十分惊讶。当天晚饭后，他洗完澡，穿上他的黑色礼服就出去了。他临出门时，房东太太在他身后大声嚷嚷，说她那天放了一封一个女士寄来的信在他的桌上，她估计他现在是去看那个女士了。旁边的人哗笑起来，年轻的姑娘笑得最响。源一言不发，他只感到生气，气这粗俗的笑声竟会与玛丽·威尔逊有关，她太高洁了，这些人不配提起她的姓名。源恨透了他们，发誓绝不让他们知道她的姓名。他希望他到她那儿去时，哪怕是在心里，也绝不要想起这些笑声和面容。

但他摆脱不掉这种记忆，当他站在她家门口时，这种记忆使他感到窘迫，所以当门开了，她站在门口时，源显得冷淡而羞怯。她热情地伸出手来，源却没有去握，而是假装没有看见。他仍然在心中诅咒那些人的粗俗。她感觉到了他的冷淡。她的脸色暗淡下来，她收起了欢迎的笑容，严肃地请他进屋，声音平静而又冷淡。

他进了屋，屋里像他第一次去的那天晚上一样，温暖而亲切，壁炉中跳动的火苗照亮了整个房间。那把陈旧的高靠背椅子仿佛请他坐下，一种宁静和空虚正接待着他。

源等着瞧她将坐在哪儿，这样他就可以坐得离她远一些。可她看也不看他一眼，就在炉前的一条矮凳上满不在乎地坐下了。然后她向他招手示意，要他坐在附近的一把大椅子上。源坐上去之后，想设法使它往后移一移，这样他虽靠近她，近得能看清她的脸，但如果他伸出一只手，或者她这样做时，这个距离又远得使他们的手不能相触。他希望他们能这样坐着，同时心中还想着那件事，认为那些普通人的笑声真是粗鲁、下流。

他们两人坐在那儿，听不见两个老人的声音，也看不见两个老人的身影。那个姑娘出其不意地开始说话了，她没有提起她的父母，好像她要说的话很难出口，但又非说不可。她开门见山地说："王先生，我今晚请你来，你可能会认为我很唐突，因为我们几乎完全是陌生人。但我读过许多有关你们国家的书——你知道我在图书馆工作——我略微知道一些关于你的人民的事，我非常羡慕他们。我现在与你探讨一些问题，不仅是由于你自己的缘故，也是由于我将你看作一个中国人。我对你说话，就像一个当代美国人对当代中国人说话一样。"

她停了停，凝视着炉火，从火炉旁的柴堆里抽出一根树枝。她用树枝悠闲地拨弄着埋在燃烧的木柴下面的红色木炭。源等待着，不知说什么好，感到跟她在一起有些拘束，因为他不习惯与一个女人单独在一起。她又继续说了下去。

"事实上，由于我父母努力想使你对他们的宗教感兴趣，这使我感到很窘。关于他们，我不想说什么，只知道他们是我所知的最好的人。你了解我父亲——你知道——人人都知道——他是什么样的人。人们谈论着圣人，他就是一个。我一生中从未见过他发脾气或做出什么残忍的举动。没有一个姑娘或一个女人，曾有过更好的父母。遗憾的是，如果说他没有传给我他那份仁慈，他事实上传给了我他的头脑。在我的时代我使用了这个头脑，这个头脑转过来反对宗教，而宗教正是充实我父亲的生命的精神力量，真的，因此我不信宗教。我不能理解，为什么像我父亲这样的人，虽有发达的智力，却并不把它花在宗教上。他的宗教满足他的情感需要。他的理智生活在宗教之外——这两者之间没有通道……我的母亲当然不是个智力很高的人。她更简单些，我们也更容易理解她。如果父亲像她，当他们想使你成为基督徒的时候，我只会感到有趣——我知道他们永远不会成功。"

这时玛丽的目光直视着源，她的手停住了拨弄，那根树枝悬挂在她的指间。当她注视着源时，她变得更加热切了："可是，我害怕父亲会影响你。我知道你崇敬他。你是他的学生，你研究他写的书，你比任何学生都更倾心于他。我想，他有一种幻想，希望你能回国做一名基督教领袖。他曾告诉过你他曾经想成为一个传教士吗？他属于那一代人，那一代人中最诚挚的少男少女都面对着所谓传教的召唤。但当时他与我妈订婚了，她身体较弱，不能陪他去传教。我想，他们俩都曾有过一种感觉——一种失意的感觉……奇怪！一代人与另一代人是多么地不同啊！我们，也就是他们和我，在你身上发现了同样的东西。"她深沉可爱的眼睛直接注视着源的眼睛，落落大方，毫无媚态。她接着说："可是他们和我之间有着怎样的天壤之别啊！他们感到，如果能赢得你加入他们的行列，那是多么光荣，因为你本无信仰！对我说来，想到你可能被宗教改造成另一种样子，我便感到这是多么专横！你属于你的民族和时代。别人怎能将异国的东西强加在你身上呢？"

她热情洋溢地侃侃而谈，源被她的话打动了，但并不激动万分。因为她仿佛不仅将他看作他本身、一个男人，而且将他看作他民族中的一员，好像她正通过他向成千上万的人说话。在他们之间有道微妙的心灵的墙，一道往后退却的民族之墙。他感激地说："我十分理解你的意思。我向你保证，即使我知道他信仰那种我不能接受的东西，我也不会减少对他的钦慕。"

她的眼睛又转向炉中的火苗。这时火焰已弱下去，变成了炭和灰烬，火光不稳定地照在她的脸上、头发上、手上和深红色的衣服上。她沉思着说："谁能不钦慕他呢？我可以告诉你，在他所教导我的一切中，要我抛弃我幼稚的信仰是很难的。但我对他以诚相见，我能这么做，我们一次次地交谈。我对母亲什么都不能谈，一谈她就哭，真使我不耐烦。但父亲在每一点上都理解我，我们能够交谈，他总是尊重我的怀疑，我总是越来越尊重他的信仰。我们同样探讨一个特定的问题——什么时候人的理智会停止活动，而一个人不凭理解就能去信仰。在这个问题上，我们有分歧。他在转瞬间就能做到这一点——在信仰和希望中，虔诚地相信上帝。我不能，我们这一代人都不能。"

突然，她生气勃勃地站起身来，捡起一块木头，将它扔进炉里去，许多火星从宽畅漆黑的烟囱里飞升出去，火焰又熊熊地燃烧起来。源又一次看见她在新生的火光中熠熠生辉。她转向他，站在他面前，倚着壁炉架，虽严肃，但嘴角上挂着一丝微笑，她说："我想这就是我要说的，主要就这些。不要忘记，我没有信仰。当我的父母影响你时，想想他们是哪一代人。他们不是我们这代人，不属于你我的时代。"

源非常感激她，他也站起身来。他站在她身旁，心里正在考虑要说些什么，一些词句却已出乎意料地脱口而出，而这些都不是原来他心中想说的话。

"我希望，"他看着她，缓缓地说，"我能用我祖国的语言对你说话，因为我觉得你们的语言对我说来总有些别扭，你已使我忘记了我们属于不同的民族。不知为什么，自从我踏上你们的国土，我第一次感到有个心灵毫无隔阂地与我的心灵对话。"

他诚实而简单地说了这些。她像个孩子似的坦诚地看着他，他们的目光相遇了。她平静而温和地说："源，我相信我们会成为朋友，是吗？"

源有些胆怯，好像他伸出了脚要跨上未知的彼岸，又不知身在何处，如何落脚，但依然得跨上前去，他答道："如果这是你的希望……"他依然看着她，又加上一句，很低的声音中带着羞涩，"玛丽。"

她微笑了，笑得迅速、粲然而顽皮。她接受了他所说的话，显然阻止他继续往下说，就好像她说了这样的话："我们今天已谈够了。"然后他们谈论了一会儿书中或别处一些无关紧要的小事，直到听到门廊上响起了脚步声，她马上说："他们来了——我可爱的二老。他们参加祈祷会去了——每星期三晚上他们都去。"

她飞快地走到门口，开了门，迎接两位老人。他们走进屋内，寒冷的秋风使他们神采奕奕，满面红光。两位老人很快在火炉前坐下了，他们对源比以往任何时候都更亲近，仿佛把他当成家里人。他们请源坐下来，这时玛丽送来了水果和热牛奶，这些都是他们睡觉前喜欢吃的。源虽然天生对牛奶反感，还是端了一杯，啜了一小口，体会更好地成为他们之中一员的滋味，直到玛丽觉察到了这一点，她笑着说："我怎么忘了？"她泡了一杯茶递给源，大家一起乐了。

但后来源想得最多的是这样一件事。在谈话中，当他们偶然停下来时，那个母亲叹息着插进来，说："亲爱的玛丽，我本希望你今晚会来的。这是个很好的会，我认为琼斯博士讲得好极了——你不这么想吗，亨利？他说，有了足够的信仰，我们就能经受最大的考验，这一点讲得真好。"然后她慈祥地对源说："你一定常常感到非常孤单，王先生。我常想，你离你的双亲那么远，一定很难过，他们让你走这么远是多么不容易。如果你愿意，我们很乐意请你星期三来与我们一起吃晚饭，然后跟我们一起去教堂。"

源感觉到了她的善意，但只是说："谢谢你。"这样说时，他的目光落在玛丽身上。这时她又坐到了凳子上，她的目光低于他的视线，但离得不远。在她的脸上和眼里，源看出一种可爱温柔而又快活的表情，这表情意味着她对母亲很宽容，但也十分理解源。于是，这种目光将相互理解的他们俩连在了一起。

从此以后，源开始生活在一种隐秘的充实感之中。这个民族的人不再完全是他的异己，他们的生活方式也不再完全不可理解。源常忘记了他恨他们，也不像以前那样蔑视他们了。他现在有两个大门可以出入。一个就是他住所的大门，另一个是那座他进出自由、总受到欢迎的房子的大门。那座破旧的棕色房屋在这异国成了他的家。他曾认为孤寂很美，是他最需要的东西，可是现在他进一步地认识到，如果一切的存在都是令人厌倦和不必要的，而孤寂能使人从这种存在中摆脱出来，这时孤寂对一个人说来才是甜美的。可一旦人发现了可爱的存在物，孤寂便不再甜美了。在这座房子里，源发现了这种可爱的存在物。

这里有少量的旧书不起眼地、默默无闻地存在着。有时源一个人来到这个房间里，独自坐在那儿，这时房间里没有其他人，他拿起一本书，发现自己能同它谈得很投机。书在这儿比在其他任何地方对他都要亲近，因为这个房间在高雅的宁静和友谊中拥抱着他。

这里也常有他尊敬的老师存在。在这儿，源比在任何课堂上或田野里都更能发现那个老人的完美。老人一直过着简单、清贫、孩童般的生活。他本是一个农夫的儿子、一个学生，最后成了一名教师。许多年来，他对世事所知甚少，人们会说他好像并没有生活在这个世界上。可是他生活在理智和精神两个世界里。源常提出许多问题，探索着这两个世界。他常常坐在那儿，久久地静听，听那个老人谈他的学问和信仰。源感觉到老人所说的一切中没有狭隘和偏见，只有超越时空的心灵的博大精深，它简单纯洁，广阔无涯。对这样的心灵来说，任何事对人或对神来说都是可能的。这是一个聪颖的儿童心灵的宽广，对它来说，在真实和神奇之间没有界限。然而，这种单纯中充满了智慧，源不得不爱它，并苦恼地认为自己的理解力贫弱。有一天，玛丽走进屋来，发现源独自一人在苦恼，他烦恼地对玛丽说："你父亲几乎说服我做一个基督徒了。"

玛丽笑道："难道他没几乎说服我们吗？你会像我一样发现，关键在于'几乎'这个词。我们的心灵截然不同，源，不那么单纯，不那么笃信，而是更富有探索精神。"

她明确而镇静地说着，源将这些话与她联系起来，感到自己被从某种边缘拉了回来，而他本是既违背自己的意愿而又自觉自愿地被吸引向那边缘的，因为他爱那个老人。可是她每次都能将他拉回来。

如果这座房子是外层的大门，这个姑娘就是深入内部的入口。源通过她学到了许多东西。她讲她的人民的历史给他听，告诉他她的祖先怎样来到他们后来定居的这片土地的海岸上，他们本是由几乎地球上所有的民族混合形成的，他们用武力、诡计和各种战争手段从本地人手中争夺这块土地，将它占为己有。源像在童年时听《三国演义》的故事那样津津有味地听着。她又告诉他，她的祖先总是那样勇敢顽强、不顾一切地向最远的海岸开拓。他们有时在屋里的炉火前谈，有时一起去树林里漫步，边走边谈。深秋的树叶飘落下来，源似乎感觉到这个姑娘外柔内刚，这种刚强隐含在她的血液中。她的眼睛时而明亮，时而果敢，时而冷漠。她的下巴端正地位于笔直的嘴唇下面，说话时她会激动起来，对自己民族的过去感到非常自豪。源有些害怕她。

有件事似乎很奇怪，在他们共同度过的时光中，他感到她身上有种近乎男子的力量，而他自己身上却有种阳刚不足、需要依附的气质，这种气质不足以称为男子气概。好像他们在一起时，可能是一个男人和一个女人在一起，但他们相互融合了，说不清哪个是男人，哪个是女人。她眼中有种表情，似乎他从属于她，好像她觉得自己比他强。这时，他不禁感到有点畏缩，直到她的表情起了变化。他常常注意到她的美丽，她的身体带着青春的活力，挺拔、敏捷而轻盈。他不能不被她果敢的心灵所感动。可他从来也不能用自己的肉体去抚摸她实在的肉体，或把她作为一个被抚摸、被热爱的女人，因为她身上有某种东西使他有点怕她，因此他抑制了渐渐滋长的对她的爱慕。

他对这一点感到高兴。因为他还不想考虑爱情和女人。他对这个女人依依不舍，因为她对他有种吸引力，可他庆幸自己不想去触碰她。如果当时有人问他，他会说："两个属于不同种族的人结婚既不明智也不合适。这两个种族会有外部的障碍，两个种族都不喜欢这种结合。而且两个人之间也会有内部的斗争，这两者之间的离心力会像不同血统之间的离心力一样大——在两种不同的血统之间，这种争斗永无休止。"

但有几次，他那种觉得能安全地防御她的信心动摇了，因为有的时候，仿佛她在血统上对他说来也不完全是异国的，她不仅向他展示她自己的人民，也向他揭示他的人民。他自己从来也没以这种方式观察过他的人民；关于他的民族，他还有许多事情不知道。他只是以某种方式生活在人民中间，他曾是他父亲生活中的一部分，是军校和那些对事业充满热忱的青年的一部分，是土屋的一部分，也是那座宏伟的新城的一部分，但在各部分之间，没有将它们连为一体的纽带。当任何人问他关于他的祖国或人民时，他所说出的知识零碎松散，甚至有时他一边说，一边想起事实上某些事与他所说的话互相矛盾，他终于明白他根本没有真正地谈他的祖国，而只是由于骄傲的缘故在否定那个高个子教士所显示的一切。

这个西方姑娘从没见过他的人民在上面生息的那片土地，但通过她的眼睛，源看到了理想中的他的祖国。他知道，现在由于他的缘故，玛丽已尽可能地读了有关他的祖国的一切书籍，所有译成英语的中国书、旅行家的游记、故事、传说，还有诗，她都读了。此外，她还钻研图画。所有这些在她心中组成了一种幻化出来的知识，形成了一个关于源的祖国的梦。对她说来，它是个美丽绝伦的地方，在那儿人民安居乐业，生活在一个由圣贤的智慧建立起来的完美的社会里。

源倾听着她，自己也将祖国看成了这个样子。她说："源，依我看，仿佛你的祖国已经解决了人类的一切问题。父子之间、朋友之间、人与人之间的美妙关系——这一切都被想到了，并被简单完美地表达了出来。你的人民痛恨暴力和战争，我真羡慕这一切！"源听着，忘记了自己的童年，只记得他确实痛恨暴力和战争，既然他恨，他就觉得他的人民也像他一样。他想起那些村民，他们是怎样地恳求他反对任何战争的啊！因此，她的话对他说来好像是真的，也只会是真的。

有时她凝视着一张画，这画是她找到并留着与他一起欣赏的。画上画的可能是座细长高耸的塔，正从某个峻峭的山顶上刺向天空，可能是乡间的池塘，周围长着倒挂的垂柳，白鹅在树荫下嬉戏。她屏住呼吸轻轻地说："哦，源——美啊——真美！为什么当我看这些画时，我似乎觉得它们是我曾经住过并十分熟悉的地方呢？我心中对它们有种奇异的向往。我想，你的国家一定是世界上最美丽的国家。"

源凝望着那些画，通过她的眼睛去欣赏它们，并想起他在乡下的那几天，在那块土地上看到过的美，在那儿他看到过这样的池塘。他简单自然地接受了她所说的一切，很诚实地答道："的确，那是一片美好神奇的土地。"

然后，她有点烦恼地看着他，继续说："我们对你来说是多么的原始、粗野，我们的生活是多么粗俗，我们多么先进但又是多么落后啊！"源忽然觉得这也是真的。他想起了他的住所，那儿那个大嗓门的女房东常常对她女儿发脾气，吵吵嚷嚷地使整座房子充满了叫骂。他也想起了城市里的穷人，但他还是充满善意地说："至少在这座房子里，我找到了我所习惯的和平和礼貌。"

当她处于这种心境时，源几乎要爱上她了。他自豪地想："我的祖国对她有种力量，当她想起或梦到它时，她便变得温顺娴静起来，她的刚强也就消失了，她全然成了个女人。"他不知是否有一天他会不顾自己的愿望而爱上她。有时他想会这样，但随即他又对这个念头做出解释："她已经将我的祖国当成了自己的祖国，如果她住在我的祖国，她就会永远像这样温柔贤淑、谦恭礼让，具有女人风度，她将依赖我供给她的一切。"

在这种时刻，源想，如果事情真是这样，一切都会是很甜蜜的，教她怎样讲中文也将是很妙的事。他们将住在她安排布置的家里，那个家就跟他已开始喜欢的玛丽的现在这个家一样，舒适亲切，暖融融的。

但当他被这个念头吸引过去时，他有一天会发现这个玛丽又变了，她的刚强常会闪现出来，最突出的就是她处于支配人的地位的自我常会表现出来。在争论、谴责、评判和探究一个观点时，她能用一两个一针见血的词，一下子说到问题的要害，甚至对她的父亲也一样，但她对源比对任何人都温和。这时源又惧怕起她来，他感到她身上有股不驯的野性，他不可能驯服她。就这样，许多次她将他吸引过去，又将他从她身边推开。

在第五年和第六年里，源继续与这个姑娘若即若离。她不是超越女人的性情而使他害怕，就是女人味不足而使他没有欲望要得到她，可他从来也不能完全忘记她是个女人。无论怎样，最终的结果是，由于他的性格又内向又褊狭，她仅仅是他的朋友。

毫无疑问，他迟早会被她吸引，或与她更亲近，或对她更冷淡。但他终于躲避了她，由于一件本身并没有多么了不起的事。

源从来也不参加他的同伴们荒唐的活动。一年前，学校里来了弟兄两个，他们是源的同胞，但来自南方，那儿的人头脑和语言都很轻率。他们朝三暮四，嘻嘻哈哈。这两个年轻人非常轻松活泼，他们轻易地将自己交付给周围的下等生活。他们受到了普遍的喜爱，并常常寻找出风头的机会。他们学会了唱学生们喜欢的那种歌，这种歌往往只是一阵狂喊乱叫，它们滑稽可笑，节奏感强。他们唱得不比任何一个小丑逊色。他们来到人群面前，会像小丑一样舞蹈，露出牙齿哈哈大笑，不分好歹地喜欢任何观众的掌声。在源和他们之间有一道深渊，比他与白人之间的深渊还要深。不仅仅是由于他们的方言与他的不一样，由于南方和北方的语言不同，而是由于源暗暗地为他们感到羞愧。他想，让这些白人愚蠢地到处扭动他们的身体吧，他的同胞却不该在外国人面前出丑。当源听到喧哗的笑声和赞扬的吼声时，他的脸变得静默而冷淡，因为他辨别出，或相信自己辨别出了这种欢乐下的戏谑和嘲讽。

有一天，他尤其不能忍受。那天晚上，他们要在一个大厅里举行晚会。源也去了，并邀请了玛丽·威尔逊。她现在常常与他一起到公共场所去。他们一起坐在那儿。那两个广东人在轮到他们时上了台，一个扮成老农民，另一个扮他的妻子。那个农民有根假的长辫拖在背后，那个妻子非常粗俗，像个咋咋呼呼的女人一样大叫大嚷。源不得不坐在那儿看这两个人装扮傻子。他们为了一只家禽争吵咒骂起来，那只家禽是用布和羽毛制成的，他们两人在台上争夺那只家禽，一点一点地将它瓜分完了。他们说的话每人都懂但又好像说的是他们的家乡话。这种情景的确很可笑，那两人非常聪明机智，所有的人都开心地笑了，甚至源有时也稍微笑了笑，尽管心中不舒服，而玛丽却常常大笑起来。那两人走后，玛丽转向源，她满面笑容，神采飞扬，她说："源，可能这番表演直接源于你的祖国！我看到它感到非常高兴。"

听了这些话，源笑不出来了，他生硬地说："这根本不是我的祖国的样子，现在没有农民留辫子了，这不折不扣是你们纽约舞台上喜剧演员演出的闹剧。"

看出不知为什么源被深深地刺伤了，玛丽立即说："哦，我当然看出了这一点。这都是胡说八道。但无论如何，它别有风味，是吗，源？"

可源不愿回答。整个晚上他都闷闷不乐地坐着，直到晚会结束。到了玛丽的家门口时，他向玛丽鞠了一躬。她请他进去时，他拒绝了，虽然最近他热切地渴望进去，想在那温暖的屋子里与她一起坐一会儿。可是他现在拒绝了，玛丽用询问的眼光看着他，不知出了什么事。突然她对他有点不耐烦，感到他是外国人，与自己不同而且难于理解，于是她让他走了，只是说："那么下次再来吧。"他走了，心中格外委屈，因为她没有劝他一下。他悲伤地想："那两个广东人对中国的丑化使她瞧不起我了，因为她看到了我的民族是如此愚昧。"

他走回家去，心中生着闷气，并想着她的冷漠。他走进那两个小丑的住处，敲了敲门，进了他们的房间。他们衣冠不整地站着，正准备上床睡觉，源的出现使他们吃了一惊。他们的桌上正放着那根假辫子和长长的假胡须，还有所有那些他们用来装扮的东西。看到这些，源的口气中不禁又添了几分严厉。源非常冷漠地说："我到这儿来，是想告诉你们，你们今晚的所作所为是错误的。你们自己大出风头，只为了博得人们的一笑，而这些人一向随时准备笑话我们，这不是爱国的行为。"

那兄弟俩愣住了，起初他们俩面面相觑，然后其中一个突然爆发出一阵大笑，另一个跟着也笑起来。由于他们说的中文各不相同，那个哥哥用外语说："大哥，我们让你去保持祖国的荣耀，你去为成千上万别的人保持你十足的尊严吧！"他们又哄然大笑起来。源对他们的阔嘴巴、快活的小眼睛以及矮胖的身体讨厌透顶。他看着他们笑，然后一言不发地走了出去，在身后关上了门。

"这些南方人，"他喃喃自语，"我觉得，他们不属于真正的中国血统——只是些小部落里的人……"

那天晚上，源躺在床上，光秃秃的树枝在银色月光照亮的墙壁上投下了影子，形成了奇异的图案。他庆幸自己与他们没有交往，庆幸自己过去没有待在他们的军校里。他感到，在这异国，他与那些别人以为是他的同胞的人有着天壤之别。他独自屹立着，自豪地认为自己是唯一能真正显示他民族的本质的人。

源集中了所有的自豪感使自己振奋起来。他那天晚上的感情微妙，他知道自己最看重玛丽对他的夸奖，因此他受不了他的同胞在她面前愚蠢地出丑。这对他说来就好像她看见他自己出丑一样，他简直无法忍受。他自傲而又孤寂地躺在床上，由于这两个人，他甚至觉得所有的祖国同胞都成了异己，这使他格外孤寂。此外，还有一个原因就是她没有恳求他到她的家里去。他辛酸地想："现在她改变了对我的看法，她现在认为我真的是那两个傻瓜中的一个。"

他决定要表现得毫不在乎。他在心中搜寻有关她的不可爱之处的一切记忆：她有时是多么地强硬；她的声音有时像刀锋一样锐利；有时她那么自信，女人在男人面前不该这样；他还想起她坐在汽车方向盘前面，驾着车好像在驱使一只牲口，强迫它飞奔再飞奔，而她的脸像石头一样毫无表情。他不喜欢这一切回忆。他终于傲慢地结束了这些回忆，对自己说："我有我自己的事情要干，我要将它做好。等到我完成了我必须做的工作的那一天，我发誓，名单上不会有他人的名字在我之上，这是为我的人民争光。"

他终于睡了。

虽然源孤独寂寞，但他不能重新回到他过去那种隐居生活中去，因为玛丽不许他这样。她三天之后又给他写信了。看到桌上那封方方正正的信时，他的心不禁剧烈地跳动起来。他觉得他的孤独比以前还要沉重，他迅速地拿起信，急切地想知道她在信中说了些什么。当他拆开信时，他的心稍稍冷静了下来，因为信中措辞平常，不像她已三日没见一个朋友，而这个朋友是她已习惯朝夕相处的。信中只有四行字，说她的母亲有一种花，正含苞欲放，她希望源去看看，他是否愿意第二天去，到那时花就要怒放了……就这些。

这时源觉自己比以往任何时候都趋向爱这个女人，可她的冷漠也刺痛了他，他带着往日孩子气的固执，对自己说："好，既然她说要我去看她的母亲，那么我就去看她的母亲！"他有些赌气地计划第二天只对那位母亲表示他的热情。

他真的这么做了。第二天他与那位太太一起站在花旁，欣赏着冰清玉洁的花姿。玛丽来了，将自己的手套往上拉了拉。可是源只是一言不发地稍稍向她点了点头。玛丽不愿接受他的冷漠，虽然她没有停留脚步，只是对母亲谈了几句家常话，她直盯着源看了一眼，这一瞥如此镇静并完全充满了友情，竟使源忘记了他的痛苦。她走了之后，源突然发现那花可爱极了，对玛丽的妈妈和他说的话也感兴趣起来，以前他一直认为她很啰唆，她总是唠唠叨叨地说出些夸奖和爱慕的词来，源觉得她无论对谁都会不费力气地重复这些话的。但现在，在这个花园里，他想到她只是表现了她自己的本质。她是一个简单纯朴、善良仁慈的女人，对年轻的生命总是非常温柔亲切。她会抚摸一棵努力向土中扎根的小苗，如同它是一个小孩。如果一棵正在生长的树上的嫩枝被无意地折断了，或者有人偶尔踩在一株植物上，她几乎会哭起来。她喜欢用双手在藏着根和种子的泥土里摸索。

那天，源分享到了她的这种感情。他在露珠晶莹的花园里帮她拔野草，教她怎样移植小苗，告诉她，只要很有信心地将苗的小根散开，放进新的泥土中，它就不会枯萎。他许下诺言，说他将从祖国找来些种子，他要看看是否能搞到一种白菜，它的颜色又青又白，味道很好，他保证她会非常喜欢它。这些细微的小事又一次使他感到他是这个家中的一员。现在，他奇怪自己以前怎么会认为这位老太太说话既啰唆，也没有热情和母性。

然而，即使是那一天，他与那位老太太的共同语言也并不多，他们只谈了谈她种的那些花或蔬菜。他很快就发现她的心跟他自己的乡下母亲的心一样简单，一样善良，一样狭窄。她只关心要做什么菜、朋友之间的闲谈、自己的花园和它的收益，以及饭桌上的一盆花什么的。她的爱是对上帝以及家中其他两个人的爱，她生活在这种爱中，十分虔诚、单纯。源有时对这种单纯感到不可思议，因为他发现这位太太能熟练地阅读，随便拿起一本什么书，她都能很好地理解。然而，她像他自己国家里那些无知的村民一样，心中充满了一种奇怪的信仰。源是通过亲自与她谈话才了解到这一点的。有一次，她提起某个春天的节日时说："源，我们称这个节日为'复活节'，在这一天，我们亲爱的主死而复生，升向天堂。"

但源没有心思微笑，他清楚地知道，每个民族在民间都有许多这样的传说，他自己在童年时也读过这样的故事。他起初并不认为这位太太相信这些故事，但他听到了她慈祥的声音中的敬畏，看到了她的白发下诚实的眼睛中的善良，那眼睛像孩子的眼睛一样碧蓝清澈，充满宁静，这时他知道她的确相信这些故事。

源消磨在花园里的时光使他忘了玛丽那平静的目光所引起的一切感觉。当她回来时，源已将他的一切苦恼置之脑后。他对他的苦恼只字不提，而是向她问候，好像他们并没有三天不见。当只剩下他们俩时，她微笑着说："你这两小时都是在花园里与我母亲一起度过的吗？一旦你在她身旁，她就变得烦人起来！"

她的微笑使源自在起来，他也微笑着说："她真的相信她所讲的耶稣复活的故事吗？我们也有这样的故事，但我们常常不相信它们，甚至妇女也不信，如果她们受过些教育的话。"

她答道："她确实相信，源。我要进行斗争，使你不做这种信仰的俘虏，因为对你来说它们是不真实的，同时我要努力使我母亲坚信这种信仰，因为对她来说它们是真实和必要的，你能理解我吗？没有它们，她就会无所适从，因为她借此生存，也必须借此死去。但是你和我——我们必须有自己赖以生存和死亡的信仰！"

那位太太那天上午显得非常喜欢源，喜欢得常常忘了源的种族。如果源谈起他的家，那位太太会有些忧伤地说："源，我承认，大多数时间里，我忘了你不是个美国男孩。你在这儿简直如鱼得水。"

玛丽听了马上说："他永远不会成为一个真正的美国人，妈妈。"她又用更低沉的声音加上一句，"我为这一点感到高兴，我喜欢他的本色。"

源把这句话记在了心里，因为玛丽说话时带着一种隐秘的力量。那位母亲一时没有答话，但那双望着女儿的眼中显露出一丝忧虑。源心里想，现在她一定不像过去一样对他那么热情了。但后来当他与她又共处了一两次之后，那种小小的不快也就消散了。当时正是早春天气，有一种甲虫落在玫瑰上，源热心地帮玛丽的母亲灭虫，忘却了她对他的冷淡。但甚至在杀虫这种小事上，源也感到心中一团纷乱。他痛恨那种残酷的小东西，它们在生存的每一刻都在摧毁花苞和花叶的美丽，他想将它们全部消灭干净。然而他的手指讨厌从树上捉虫这种工作，捉过之后他身上感到肉麻，他一遍遍洗手，总洗不够。但那位太太没有这种感觉，每捉掉一个，她就感到非常高兴，她快乐地杀死它们，因为它们会带来灾祸。

就这样，源与那位太太又友好起来，同时他也尽量与他的老教师亲近。但事实上没有一个人与这个老人十分接近。他是一个复杂而又简单、有信仰而又有智慧的混合体，即使在关于某种科学定律的学术讨论中，那个老人的思想也会偷偷溜进一个遥远而朦胧的世界里去，源跟不上他的思路。老人会大声地说出他的冥想："源，可能这些定律只是打开一个封闭的花园的大门的钥匙，我们必须满不在乎地将它们扔在一边，凭借想象大胆地走进这座花园。源，这种想象力也可叫作信心。这座花园是上帝的花园。无处不在、永恒不变的上帝，在他的存在中，包含了智慧、正义、善良和真理。而这些，正是我们可怜的人类的定律试图引导我们去获得的理想。"

他就这么冥想着，直到有一天，源听后仍感茫然不解，便说："先生，将我留在门口吧，我不能扔掉这些钥匙。"

老人听到他的话悲哀地笑了笑，答道："你就像玛丽。你们这些年轻人就像雏鸟，害怕试试你们的羽翼，飞出你们所知的那个狭小的世界。哦，一直要到你们不再抱住理性不放，而开始相信梦幻和想象，你们之中才会出现伟大的科学家。像你们现在这样，你们之中不会有伟大的诗人、伟大的科学家——这两者往往出现在同一时代。"

在老人所有的话中源记得最清楚的是"你就像玛丽"。

源的确像玛丽。他们两人的出生地远隔千山万水，他们的血统也毫无联系，但他们之间有着相似之处，这种相似是双重的：一是任何时代的青年的叛逆精神相似，二是无论属于什么时代或血统，少男少女之间的感情相似。

现在阳春临近，树木返青，玛丽家附近的小树林里，小花从枯萎的冬叶中冒了出来。源从有关血统的想法中解脱，感到一种新的自由。在玛丽家中，没有事情使他畏首畏尾。在那儿他已忘了自己是个异乡人。他可以注视着他们三个，而忘了自己与他们之间的区别，因此他觉得那对老夫妇的蓝眼睛更自然了，而玛丽的眼睛也由于它们的变幻无穷而变得可爱，不再陌生、奇怪了。

他觉得她越来越可爱。现在她总是很温柔，不再那么泼辣了。她的声音也不像以前那样尖锐；她的嘴唇更加柔软，不再紧紧地抿在一起；她行动起来更为从容，并带着某种以前不曾有过的潇洒。

有时源到她家，她好像非常忙，来来去去像穿梭似的，他很少见到她。但当春天到来时，她变了，他们自己并没有感觉到这种变化。他们开始计划每天早晨在花园里见面。她在花园里来到他面前，像春天一样新鲜，她深色的头发在耳鬓周围光洁柔软。源觉得她穿蓝色衣服时最可爱，因此有一天他微笑着对她说："在我国人们喜欢穿蓝色。你穿蓝色的衣服很合适。"她微笑着回答："我很高兴。"

有一天，源很早来到她家，同他们一起吃早饭。当他在花园里等她时，他在三色堇的苗床上弯下腰，仔细地将野草从花的根旁拔掉。这时玛丽来了，她站在那儿看着他。她的脸上神采飞扬，热情洋溢，她伸出手，从他头上捡掉沾在上面的一片叶子或一根草。当她敏捷的手落下来时，碰到了他的脸。他知道她不是有意碰到他的，因为她总是小心翼翼地避免这种接触。她好像对路上别人粗鲁地给予的帮助也常常回避。她不像许多别的姑娘一样，会找个借口伸出手去碰碰男人。除了在问候时冷淡而又小心的接触，这的确是第一次他接触到她的手。

可是这一次她没有给自己找借口。从她坦率的眼中和她面颊上迅速消褪的红晕上，他知道她感觉到了这次接触，同时她也知道他同样感觉到了。他们迅速地对视了一下，又将目光移开。她平静地说："我们进去吃早饭好吗？"

他同样平静地回答："我必须立刻洗手。"

这一刻就这样过去了。

后来他又想起这件事，同时他的心飞向遥远的地方，想起很久以前的另一次与女人的接触，那个与他接触的姑娘现在早已香消玉殒。真是不可思议，与那一次热情而大胆的接触相比，这新鲜而轻柔的接触好像微不足道了，那一次接触依然火一般燃烧着，似乎更加真实。他喃喃自语："毫无疑问，玛丽不知道她做了这件事，我是个傻瓜。"他决定将它忘却，严格地控制住自己，不再去想这些事情，因为他并不追求这种想法。

在晚春的日子里，源一直过着一种奇特的双重生活。他在心中守着自己特定的地盘，安全地防御着这个女人。在明媚的春光中，在温柔的月夜里，他们会双双徜徉在新叶初生的树下，从城里的街上一直走到通往乡间的孤寂的路上。或者他们单独坐在宁静的房间里，听音乐一般有节奏的春雨敲打着玻璃窗。即使在这些与她独处的时刻里，他也打不破围着他心中那块地盘的樊篱。源对自己感到不可理解，因为他有时知道了自己的本性但又不想屈服于它，他不知道为什么此时他会如此激动。

那个白种姑娘在某些方面能使他激动，可同时又拒他于千里之外。她身上具有某种品质使他既爱又不爱。他爱美，从来也不回避它。他常常看出她的美丽，她深色的头发衬得她的前额和脖子雪白雪白，但他不爱这种白。他常看到她神采飞扬的眼睛，它们是灰色的，在深色的眉毛下面，清澈明亮。他羡慕那使这双眼睛闪光的心灵，但却不喜欢灰色的眼睛。她的手漂亮敏捷，会说话会行动，有棱有角，充满力量，但他不知道为什么不喜欢这样的手。

然而他一次次地被她身上的力量吸引过去。在这繁忙的春季，无论在田间、在教室还是在阅览室里，他常常陷入沉思，脑海中会突然浮现她的形象，这时候他会问自己："如果我离开她，会思念她吗？由于这个女人，我与这个国家紧紧联系在一起了吗？"他玩味着这么个念头：他可能将在美国继续待下去，学习更多的东西。可是他又会很清醒地问自己："为什么我真的要待下去？如果的确是为了这个女人，而我又清楚自己不愿与她的民族中的任何一位结婚，这样会有什么结果呢？"可当他进一步想下去时，心中不禁感到一阵痛楚："不，我要回家。"然后当他再进一步想下去时，觉得，他一旦回家，可能就再也不会见到她了，因为他怎么可能再回来呢？想到这一点时，他又感到必须推迟归期。

可能这种内心的斗争终于有了个结果，他继续留了下来，但是有些来自大洋彼岸的消息像祖国的声音一样召唤着他。

在源离家的这些年里，他几乎不知道祖国变得怎样了。他知道那儿总有些局部战争，但他一点也不关心这样的新闻，因为那儿一直战事频繁。

在这六年里，王虎写信告诉过他一两次他自己参加的一些战斗，一仗是与一小伙土匪的头子打的，另一仗是与一个军阀打的，那个军阀未受邀请就擅自经过王虎的地盘。源很快地浏览这样的消息，部分是因为他从来就不好战，部分是因为这种事情对他似乎一点也不真实，因为他毕竟正生活在这个和平宁静的异国。因此，当某个同学冒冒失失地大喊："喂，王，在中国新发动的这场战争是怎么回事？我在报纸上看到的。某个张或唐或王……"源总是非常羞愧，他会飞快地回答："没什么了不起的事，只是到处都会有的抢劫而已。"

爱兰的母亲忠实地一个季度写一封信给他，有时她在信中写道："革命正迅速发展，但我不知怎么办。现在孟已走了，我们家中没有革命者了。我听说新的革命终于在南方爆发。孟无法回家，他在南方是革命军中的一员，他写信来是这么说的。即使他想回家，他也不敢，因为我们当地的统治者惧怕革命者，依然在到处搜捕像他一样的人。"

源从来也没有完全将祖国忘得一干二净，如果有可能，他总在能找到的消息中追寻着这场革命的踪迹。他热切地在字里行间捕捉新闻中所报道的中国的变化，如"旧式阴历已被改成新式的西式阳历"，间或他会读到"禁止再替女人裹脚"或"新法令禁止一夫多妻"。在那些日子里，他读到许多这样的新闻，源欣喜地读着每一条新闻，并信以为真。通过这一切，他能看出他的祖国正日新月异地变化着。他心中这么想，也把他的想法写信告诉了盛："当我们今夏回国时，我们将会认不出这片土地了。在短短的六年里，我们的国家竟发生了这样翻天覆地的变化，这似乎快得不可思议。"

许多天之后，盛在回信中写道："你今年夏天就回家吗？但是我还没准备好。如果我父亲愿意寄钱给我，我还想在这儿生活一两年。"

读到这些话，源不禁反感地想起那个给盛的小诗配上慵懒凝重的音乐的女人，他从心里不愿想到她。但他希望盛能加快速度返回祖国。虽然盛在这儿已超过了规定的时间，他仍然还没有获得学位。源忧心忡忡，百思不解为什么盛从来不愿接受在祖国出现的那些新生事物。但他又迅速地替盛找到了借口，因为在这片丰衣足食、和平静谧的土地上，去想革命和为了某种事业的战斗确实是困难的，源自己在和平的日子里也常常忘记这一切。

然而，正像他后来知道的那样，当时革命已进入高潮。无疑革命正沿着它的老路，从南方开始北上。那时源正专心致志地埋头读书，一边诘问自己究竟对那个他既爱又不爱的白种女人的感觉是什么。而这时穿着灰色军装的革命队伍已越过中原到达长江边，孟也在其中。在那儿战斗已打响，而源，远隔着万水千山，正陶然地生活在和平之中。

在这种怡人的和平中他可以永远这样生活下去，因为突然有一天，他和那个姑娘之间的脉脉温情加深了。到那时，他们一直处在自己的位置上，比朋友关系亲密，比情人关系疏远，源认为这样是理所当然的。每晚，当那两位老人睡觉之后，他们俩要一起散一会儿步或谈一会儿话。在两位老人面前他们什么也不流露。玛丽会坦率诚实地回答他们的任何问题："没什么可说的。我们之间除了友谊，没别的。"确实，在他们之间，没有一次谈话别人不能听，没有一次谈话别人会在其中找到明显的证据。

但每天晚上他们俩总觉得一天还没有完结，除非他们已在一起单独相处了一会儿，虽然他们在一起时只是悠闲懒散地谈些白天发生的事，但在这短短的时间里，他们对彼此的精神和心灵的了解要比在任何时候都多。

在一个春夜，他们倘佯在玫瑰丛中，这些玫瑰长在一条蜿蜒曲折的小径旁，他们在那儿流连忘返。在幽径的尽头，有六棵围成一圈的榆树，这些榆树高大挺拔，树影婆娑。在婆娑的树影中，那位老人放置着一条木凳，因为他喜欢到这儿来，坐在凳上沉思默想。那天晚上树影浓黑，因为那是个月光如水的春夜，除了榆树生长的那个地方，整个花园沐浴在清澈的月光中。有一次他们在那圈树影中停住了脚步，那个姑娘有些漫不经心地说："你看这树影多么浓重，我们一跨进来就好像迷失了方向。"

他们默默无语地站着，源感到一种不可言喻、局促不安的快慰。看到月光如此清澈明净，他说："月光如此明亮灿烂，我们都能看出新叶的颜色了。"

"我几乎能感觉到树影的清凉、月光的温暖。"玛丽说。她跨出树影，走进月光中。

当他们在花园中徘徊时，又一次停了下来，这次源先停了下来，说："你冷吗，玛丽？"现在他很自然地说出了她的名字。

她答道："不……"有点语无伦次。不知怎么回事，他们忐忑不安地站在树影之中，然后玛丽迅速地向他靠拢过去，触到了他的手。刹那间源感到这个姑娘已在他怀里，他的胳膊搂住了她，他的脸颊靠在她的秀发上。他感到她在颤抖，他自己也在颤抖，他们像连成一体似的向板凳上沉落下去。她抬起头看着他，伸出双手捧住他的头，托着他的脸，喃喃低语："吻我！"

源在一些娱乐场的电影里见到过这种事，但自己还从来没有尝试过，他的头低垂了下来。她狂热的唇贴上了他的唇。两人的唇紧紧地贴在一起。她的整个身心在这亲吻中陶醉了。

但在刹那间他退缩了。他不知他为何退缩，因为在他的心底有一种欲望想要吻了又吻，吻得更深情、更长久。但有一种他不可理解的厌恶压倒了这种欲望，它是一个肉体对另一个异族的肉体的厌恶。他退缩了。他迅速地站了起来，又狂热又冷漠，又羞愧又迷惘。但那个姑娘继续坐着，迷惑不解，惊诧万分。甚至在树影中他也能看到她雪白的脸正仰视着他，那张脸惊奇诧异，正诘问他为什么要退缩。但为了他真正的生命，他什么也不能吐露，绝不能！他只知道他必须退缩。最后他用与平时异样的稍高些的声音说："这儿冷——你必须进屋去，我必须回家。"

她依然纹丝不动。过了一会儿，她说："如果你非走不可你就走。我想在这儿再待一会儿……"

源也感到自己有些莫名其妙。他既惋惜自己不能使她如愿以偿，又知道自己只能做他非做不可的事。带着一种做作的礼貌，源说："你必须进屋去，你要受凉了。"

她依然纹丝不动。然后她不紧不慢地故意说："我已经受凉了。这有什么关系？"

源听出她的话音异常冷漠无情，心灰意懒。他迅速地转过身，离开她，走了。

回家之后，他在床上辗转反侧，久久不能入睡。他只思念她一个人，心中担忧不知她是否还孤独地坐在树影里。她使他烦躁不安，忧心忡忡，然而他又知道他非这样做不可。像个孩子一样，他喃喃低语，为自己开脱："我不喜欢这种事，我真的不喜欢这种事。"

源不知道从此以后他们之间的事会怎样发展。无论如何，即使她能理解他的处境尴尬，他的祖国现在也已经在召唤他回国了。

第二天醒来时，他知道他必须去看玛丽，但他忐忑不安，犹豫不决，因为这天早上事实仍然清楚地摆在他面前：他已莫名其妙地使玛丽深感失望，虽然他知道自己除此之外，别无他路。

最后他终于到玛丽家去了，他发现他们三个正十分严肃而惊愕地看着一张报纸。当源进屋时，那个老人焦虑地问："源，这难道是真的吗？"

源与他们一起读那张报纸。报纸上粗大的黑体字报道着新闻，有一则新闻说，在源的祖国的某个城市里，新生的革命者袭击了白种人。他们将白人赶出家门，甚至杀了一些人，包括一两个教士、一个老教师、一个医生，还有其他一些人。源的心脏停止了跳动，他喊了起来："这一定是搞错了……"

那个老太太坐在一边等源说话，她喃喃地说："哦，源，我知道这一定是搞错了！"

玛丽一言不发。虽然源进来时没有看她，现在也没有注视她，但他发现她缄默不语地坐着。她的下巴搁在交叉的双手上，眼睛凝视着他。但他不愿正眼看她。他迅速地浏览了那张报纸，不断地喊道："这不是真的，这不可能是真的，这种事不可能发生在我的祖国！如果是真的，一定有某种可怕的原因……"

他的眼睛在报纸上寻找原因。玛丽这时说话了。他现在已十分了解她，并能从她说话的方式中体察她的思想。她的话简洁明朗，条理清楚，似乎有点漫不经心。她的声音显得既刚强又随便："我也找过原因了，源，但报上没有。似乎那些白人都十分无辜而友好，他们与他们的孩子在家中受到袭击时惊恐极了……"

源听了看着她，她也在看他。她的眼睛像冰块似的清澈、灰黑、冰冷。这双眼睛谴责着他，他无声地向她喊："我只做了我不得已才做的事！"但这双眼睛依然固执地谴责着他。

源努力想做到像平常一样镇静，他坐了下来。但他说话时一反常态，他急切地说："我要打电话给我的堂哥盛，他会知道事实真相是什么，因为他住在大城市里。我了解我国人民，他们不会做这种事。我们是文明的民族，不是野蛮的民族。我们爱和平，恨流血。我知道，这一定是搞错了。"

那个老太太在一边热诚地重复："我知道这一定是搞错了，源。我知道上帝不会让这种事降临到我们善良的传教士身上的。"

蓦地，源觉得太太这几句简单的话使他停止了呼吸，他几乎喊出声来："如果他们是那样的传教士……"然后他的眼光又落在玛丽身上，他欲言又止。因为现在她依然凝视着他，她的目光中包含着巨大、深沉、默默无言的悲哀，他一句话也说不出。他的心渴望得到她的宽恕，然而又是这颗心退缩回来，唯恐去寻求这种宽恕，因为虽然他的心愿意向这种宽恕屈服，他的肉体却不愿向它屈服。

他没有再说什么，除了那个老人，此后没有人再开口。那个老人听完他们的话，站起身来对源说："源，你愿告诉我你知道什么新闻吗？"这时源也站起身来，他突然不想留下来与玛丽单独在一起，他怕太太也离开他们。他心事重重地离开了他们的家。他不希望这个新闻是真的，他心中充满了一种无名的恐惧。他不能忍受这种耻辱，更多的还因为他感到那个姑娘在暗暗地评判他的退缩，并认为他是个懦夫。因此他尤其想证明在这件事上他的人民是无可指责的。

他们俩不会再亲近了。时光一天天流逝，源被卷进一股狂热的激情之中，他竭力要证明他的祖国的清白。他意识到，如果他能做到这一点，他就可以为自己辩护。在繁忙的学年即将结束的几个星期里，源忙得不亦乐乎。他必须一步步证明这不是他祖国的过错。盛说，这是真的，这样的事真的发生了，那一天他的声音通过电话线传来，镇静得恰如其人。源不耐烦地反问："但是为什么——为什么？"盛的声音漫不经心地传过来，源甚至可以想象他正耸了耸肩："谁知道？一群乌合之众——为了某种狂热的事业——谁知道到底是怎么回事呢？"

源恼怒了："我不相信，一定有某种原因，那些白人一定做了什么冒犯中国人的事！"

盛平心静气地说："我们永远也搞不清事实真相……"然后

他改变了话题问道，"源，我们什么时候再见？我很久没见你了——你什么时候回家？"

源只能说："很快！"他知道他必须回家。如果他不能为祖国澄清事实，那么他必须在办完该办的事之后尽快回国。

他没有再到花园里去，也再没有时间与玛丽在一起。他们表面上依然很友好，但他们之间再也没有共同语言了。源打算不再见她，因为他越来越无法证明他的祖国是无可指责的，这时他不知怎的转过来反对起自己真正的朋友来。

那对老人觉察到了这一点。虽然他们一如既往，依然对他非常温和友好，但他们也稍稍与他疏远了一些。虽然他们并不理解他，但他们丝毫不责怪他，并敏锐地感到了他的苦恼与忧伤。

但是源觉得他们在责怪他。他背负着整个民族的重荷。他天天读报纸，读到革命军正节节胜利，正穿过一片被征服的土地向前挺进，源感到焦躁不安。有时他想不知父亲怎样了，因为这支军队正稳步向北方平原进发，捷报频传。

但他的父亲仿佛远在天边。附近的、近在眼前的是这些温文尔雅、沉默寡言的异国人。源必须在某个时刻再到他们家里去，因为他们欢迎他去。他们从不谈论报上的新闻，在他面前提起可能会使他羞愧、折磨他的事情。尽管他们默不作声，但他们是在谴责。他们的沉默本身是在谴责。那个姑娘的严肃和冷漠、两位老人的祈祷，都使源如坐针毡。有时他们硬留源吃饭，饭前那个老人声音低沉、惶惶不安地祈祷，在感谢上帝之后还要加上这样的话："哦，上帝啊，救救他们吧！他们是在遥远的异国的你的仆人，他们正生活在水深火热之中。"那个老太太最后十分虔诚地加上一句柔和的"阿门"。

对这种祈祷源简直不堪忍受，对这个"阿门"他也受不了。使他越发不能忍受的是，玛丽曾警告过他抵御那两个老人的信仰，可现在她却低下了头，对他们有了一种新的崇敬。他知道，她并不比过去更加相信他们的宗教，她只是在他们为之愤怒的事上与他们有同感，因此她便与他们联合起来反对他。也许这仅仅是他自己主观的想法。

源又像一只孤雁了，他形单影只地工作到学年结束的最后一刻。这时他与其他人站在一起等待接受学位。在所有的人当中，他是唯一的中国人，他获得了他的学位证书。源孤独地站在那儿，听到有人提到了他的名字，原来是由于成绩优秀，他受到了学校的表彰。这时有几个人走上前来向他祝贺，但源心中想，他们来不来他都无所谓。

他独自一人整理书籍和衣物。最后他心中忽然冒出个念头，觉得那对老夫妇看到他走会感到十分高兴，虽然他们的善良仁慈并没有变。源高傲地思忖："我不知他们是否曾坐立不安，生怕我与他们的女儿结婚，现在他们看我走了，可能会很高兴！"

他酸楚地微笑了一下，相信是这么回事。然后他想起了玛丽，他心中想："为了一件事，我要感谢她——在我可能会转变为一个基督徒的时候，她救了我。是的，她救过我一次，但还有一次，是我自己救了自己！"

第三章

　　正如在童年时期对父亲又爱又恨，此刻源带着爱恨交织的情感离开了这异国。无论怎样不情愿，他都不能不爱它，正如任何人都必定会爱上一件强壮有力、生气勃勃和美丽绝伦的事物一样。他爱美，因此他必然会爱那群山上的绿树，爱那没有死者坟茔的草地，爱那肥沃、兴旺、富庶的土地上的野兽，爱那洁净、没有人类垃圾的城市。然而又正是这些东西他不爱，因为如果它们是美的，他就不知祖国的那些荒山秃岭是否有美可言。在那儿，死者躺在生者的沃土中，坟茔点缀着田野，源觉得这是荒谬的。祖国的这些景象涌上了他的心头。在火车上，当他看到那些富饶的乡村掠过，他暗暗地想："如果这是我的，我会深深地爱它，可是它不是我的。"不知为什么，他不能全心全意地去爱一件美好但不属于他的东西。甚至对那些拥有不属于他的好东西的人，他也不大喜欢。

他又登上了船，要返回故乡。他默默沉思，扪心自问在这离去的六年里获得了什么。毫无疑问，他学到了很多。他脑中塞满了有用的知识。他有一只小箱子，里面装满了笔记本以及许多其他种类的书。他还写了一篇长论文，论文的主题是关于某种麦子的遗传特征。此外，他还有几小袋麦种，那是从他的试验田里精选出来的，他计划将这些种子播进祖国的泥土里，让它不断繁殖，直到能收到足够的种子分发给他人，这样大家的收成都会增加。他知道这就是他所拥有的一切。

他不只有这些。他坚信某些东西。他知道，当他结婚时，新娘一定是他的骨肉同胞。他与盛不同，因为现在对他来说，白色皮肤、淡色眼睛和卷曲的头发并不神奇。不管他的配偶是谁，她一定和他相像，她的眼睛像他的，是黑色的，她的头发光滑，又黑又直，她的皮肤与他的色泽相同。他一定要有属于他自己的东西。

自从那个榆树下的夜晚之后，那个在某种程度上他十分了解的白种女人对他来说已变得完全陌生。她并没有变，她日复一日，一如既往，总是稳重沉静、彬彬有礼，并能聪颖敏捷地领悟他所说和所感到的一切，然而，她变成了一个陌生人。他们两人的心灵可能相知，但居住在两个不同的住所里。仅仅在离别那一刻，她才又努力向他靠拢。他临走时，她去送他，那对老夫妇也去了。他在火车上向他们道别，伸出手去向他们说再见，她久久地紧握着它。她的眼睛湿润而阴沉，低声哭着说："我们不再通信了吗？"

当时，从不伤感的源，被她眼中的痛苦搅得茫然，他结结巴巴地说："当然……要写信的……为什么不通信呢？"

　　可是她审视着他的脸，放下了他的手，变了脸色，说以后他们永远不会再通信了。正好那时老太太很快地插了进来，说："当然源会给我们写信的。"

　　源又一次保证他会写信告诉他们一切，可他心里明白他永不会再写信给他们了。火车开动时，他看了看玛丽的脸，看出她也知道他永不会再给他们写信了，他要回家，而他们是异国的人，他什么也不能告诉他们。就像抛弃一件永不再穿的袍子一样，他将他整整六年的生活撇到了一边，除了他脑中的知识和书箱……可是现在在船上，当他想起这些岁月，他感到心中有种不情愿的爱，因为这异国有如此多他想要的东西；因为他不能恨这三个人，他们的确是好人。可是这种爱是不情愿的，因为他正在回家的路上，他想起了一些他已遗忘的东西。他想起父亲，想起肮脏、丑陋、拥挤的小街，也想起他在监狱中的三日。

　　他虽不喜欢这些东西，但他仍然在心中为祖国争辩。在这六年里，革命已经爆发，无疑一切都发生了变化。难道一切还会如旧吗？当他出国时，孟是个亡命者，可盛告诉他现在孟已是革命军中的一个队长，可以随心所欲地周游各地。变化还远不只是这些。在这条船上，源不是唯一的中国人，有二十个左右的青年男女正像他一样返回祖国，他们在一起高谈阔论，在同一张桌上一起进餐。他们谈论着祖国正在发生的一切。源听说狭窄的街巷已被拆除，像别的国家里一样的那种宽广的大道穿过古老的城市，机动车在祖国的大道上奔驰，过去总是徒步或骑驴的农民如今骑上了摩托车。他还听说新生的革命军有多少大炮、轰炸机和武装士兵。他们还谈到，现在已提倡男女平等，谈到新颁布的法令禁止买卖鸦片等，他们相信，这些旧时代的罪恶都已一去不复返了。

他们谈了许多源前所未闻的事，源不禁奇怪自己为什么还有那么多陈旧的记忆，于是他更加迫不及待地想投入祖国的怀抱。他为自己的青春而感到欢欣。一天，他们一起坐在桌旁。置身于自己的同胞中间，源的心激烈地跳动着，他激动地说："我们生活在今天多么幸运，我们可以用我们的生命自由自在地做我们愿意做的事！"

那些青年男女相互顾盼，兴高采烈地微笑着。一个姑娘伸出她漂亮的脚说："看我！如果我生在我母亲的时代，你想，我能用这样健全的脚走路吗？"他们像孩子们在做游戏时那样开心，纵情地笑了起来。可这个姑娘的笑里有比欢乐更深的含义。一个青年说："在我国人民的历史上，我们第一次获得了自由——自从孔夫子以来的第一次。"

这时，一个兴高采烈的年轻人高声呼喊："打倒孔夫子！"于是这些人一起高喊："是啊，打倒孔夫子！"又说："打倒孔夫子，打倒我们痛恨的一切旧事物，让孔夫子和他的礼教永世不得翻身！"

有时他们谈论一些严肃的问题，焦虑不安地考虑并计划着将要为祖国做些什么。源和他的同伴心中都充满了报效祖国的热望。

在他们所讲的每句话中，都可以听到"祖国""爱国"这样的字眼。他们严肃地掂量着自己的缺点和能力，并把自己与其他人相比较。他们说："西方人在发明创造、体力和进取心等方面胜过我们。"另一个说："我们在哪些方面胜过别人呢？"他们相互看了看，说："我们在耐心、理解力和长期忍耐方面胜过别人。"

那个刚才伸出漂亮的脚的姑娘这时不耐烦地叫起来："我们忍耐了这么久，这是我们的缺点。就我而言，我决心什么也不忍受，我决不忍受我讨厌的一切。我将教会我国的妇女不再忍辱负重。在外国，我从没见到妇女忍受她们不喜欢的东西，这就是她们能进步得如此快的缘故。"

一个喋喋不休的青年喊了起来："是啊，在外国是男人忍受，现在好像我们也必须学会忍受了，弟兄们！"他们哄堂大笑起来，无拘无束，生气勃勃。那个多话的青年，带着爱慕悄悄地看着那个大胆、漂亮、没有耐心的姑娘。他想，她一定有办法去实现她的理想的。

这些青年男女就这样，在船上一路谈笑风生。源在他们之中度过一天又一天，一直都欢欣鼓舞，兴高采烈，对回国怀着最热切的期望。他们只注意到自己，看不到别人，因为他们对自己的青春活力充满了信心，对自己的知识和回国的热望感到满足，彼此相信自己会以丰功伟绩和对时代的贡献而崭露头角，出类拔萃。但是这些欣喜都在他们心里藏而不露。源发现他们使用的词汇是异国的，甚至当他们用汉语说话时，也必定加上一些外国词，来表达在他们的母语中找不到相应的词的那种意义。姑娘的服装半洋化了，男人全洋化了。如果只看一个人的背影，他也许说不出那人是什么种族。每天晚上他们跳舞，姑娘和小伙子们以外国的方式聚在一起，有时他们毫不羞涩地脸贴着脸，手拉着手跳舞，只有源没有跳。当同胞以异国的方式行事时，源感到自己甚至在这些小事上也与他们格格不入。他忘了自己过去也常常跳舞，他喃喃自语："跳舞是外国的玩意儿。"可是，他回避跳舞，部分是由于现在他不想去拥抱一个这样的新女性。他惧怕她们，由于她们会无拘无束地伸出手去碰男人，源一向都害怕那种亲密的接触。

日子一天天过去，源越来越惶惑，不知这么多年之后祖国在他眼中成了什么模样。在到达祖国的那一天，他独自走上船头，观望大陆出现。在它出现之前，大陆就已在海中显示了影踪。源俯视着清澄、冰冷、碧绿的海水，看到了泥土黄色的轨迹，长江穿过千万里土地，将卷走的泥土汹涌澎湃地冲入大海。那条轨迹与周围的海水鬼斧神工般的泾渭分明，轨迹中的每一个浪头都被旁边的海水推了回去。源伫立船头，在海面上看到了自己的倒影。过了一刻，好像船已越过了一道障碍。他俯视着那打着旋儿的黄色波涛，知道自己已经快到家了。

过一会儿，他去洗澡。当时正是盛夏的中午，天气酷热。水管里冲出来的水是黄色的，源开始想："我该在这水中洗吗？"他觉得这水不清洁，但然后又想："为什么我不该在这水中洗呢？这水中是因为有了祖国的泥土才变了颜色的。"他洗了澡，浑身感到干净清爽。

船渐渐开进了江口，江的两边是岸。两岸死气沉沉，灰黄低平，毫无美感可言。岸上有同样色泽的低矮小屋，屋上没有任何装饰，好像这片土地对人们认为它美还是不美这一点毫不在意。它永远像这样存在着。低低的黄色河堤是筑起来抵挡海水的，它们只是为了自己的存在而要求人们将它们加厚加高，它们并不在乎自己是否美丽。

　　即便是源，也必定能看出这一切都不美。他站在甲板上，站在世界各族人民中间。他们都站着凝望这个新的国家。源听见有人说："它不美，是吗？""它不如其他国家的景色美。"可他不想回答。他感到自豪，并在心里想："我的祖国掩饰着她的美丽。她像一个贞洁的女人，在门口时或在陌生人面前总穿上朴素的衣衫，只有在家里她才穿五彩缤纷的衣服，戴上戒指和宝石耳环。"

　　多年来还是第一次，源的这种思想形成了一首小诗，他感到有股冲动要写出四行诗来，他从口袋里抽出一本笔记本，顷刻之间写下了这首诗，这飞逝的欢乐时刻又给这天的狂喜增添了一点亮色。

　　蓦地，平坦阴沉的土地上耸起些塔尖。源出国时没见过这些塔。出国那天晚上他醒着，跟盛同在一个船舱里。现在他凝视着那些塔，像所有的旅行者一样惊奇。那些塔在灿烂的阳光中熠熠升起，耸立在那低矮的一切建筑之上。源听到一个白人说："我做梦也想不到它是一座如此现代化的大城市。"带着隐秘的骄傲，源觉察到了那个人话音中的崇敬，虽然他默不作声也没有掉头。源只是一动不动地倚着栏杆，全神贯注地看着自己的祖国。

正当这种自豪感在他心中生起时，船靠岸了，顷刻之间一大群苦力跳上船来。他们来自码头或港口，背上背着一只袋子或箱子。他们到处挤来挤去，急切地想寻点小事做，哪怕是很低下的差事。码头上，又小又脏的船划进炎热的阳光里，船上有许多乞丐在哀求乞讨，他们在竹竿上挑着篮子，许多人都有病。那些苦力中的许多人由于天气炎热赤着膊。他们身上大汗淋漓，积满了污垢。因为急切地想找到活干，他们在那些服装精致优雅的白种妇女中粗鲁地挤来挤去。

源看见那些白种女人退避着，有一些是由于害怕这些男人，但所有的人都害怕肮脏、臭汗和粗俗。源心中感到羞愧，因为这些乞丐和苦力是他的同胞。最奇怪的是，当他痛恨这些退缩的白人妇女时，忽然他也恨起那些乞丐和赤膊的苦力来，他充满激情地在心中叫道："管理者不该让这些人出来，在别人面前出丑，整个世界首先会看到他们。那些外国人还没看到别的就先看到这些，这太荒谬了……"

他决心采取某种行动以正视听，因为他不堪忍受别人的误解；对一些人说来这可能是微不足道的，可对他来说却非同小可。

突然间他又得到了安慰，因为当他从船上走下来时，看见太太和爱兰正在迎接他。她们站在人丛中，源一眼看去，发现爱兰如鹤立鸡群，源又激动又欣喜。当他问候太太时，她紧握着他的手，他感到了握着她那坚定的手的喜悦，也看到了她目光中和微笑里诚挚的欢迎。他不由自主地看到所有下船的人都将视线转向了爱兰，他很高兴他们能看到她，她与他属于同一种族，有同一种血液。她可以将贫穷和粗鄙的人们的形象抹去。

因为爱兰十分美丽。源最后一次见她时她还是个孩子，那时源还没有能看出她所有的美。现在，当他们一起漫步走上码头时，源看出爱兰确实可以进入世界的美人行列而毫不逊色。

她已失去了少女时代小猫般的媚态，这使她更加和谐自然。现在，虽然她的眼睛明亮灵活，她的声音仍像以前一样轻柔，她不知怎的已学会一种更温文尔雅、精妙绝顶的端庄，只是她的笑声有时还会从这种端庄中焕发出光彩来。披在她温柔可爱的脸庞两边的短发乌黑，且梳得光滑整齐；她没像别人一样烫发，而是使它保持笔直柔滑，就像乌木似的，在前额上还剪成一排刘海儿。这天她穿了一件新式的银色长旗袍，高领、短袖，露出了她漂亮的胳膊。旗袍十分合身，没有任何破碎的线条，肩、腰、腿、踝等部位的曲线都那么柔美、流畅。

源自豪地看着她，她的完美使他感到欣慰。在他自己的国家里竟有这样的女人。

太太身后站着一个高高的姑娘。她不再是个孩子，但也不完全是个女人。她不如爱兰漂亮，但她有清亮优雅的目光。如果爱兰不在旁边，她就会显得很美。她虽然身材较高，但一举一动楚楚动人，她的椭圆脸有些苍白，黑色的大眼睛恰到好处地嵌在长长的直眉下面。在整个欢迎的谈笑中，没有人想到向源介绍她是谁，他正要问这个问题时，突然想起她就是那个叫梅琳的孩子。那天她在监狱门口哭出声来，因为没能第一个看到他。他默默地向她鞠躬，她也以同样的方式回了礼。源后来才渐渐地意识到，她的脸令人难以忘怀。

那儿还有一个人，源记得他就是那个姓伍的小说家，太太当时反对他，并叫源保护自己的妹妹。那人十分自信地站在其他人中间，穿着西服，潇洒有礼，鼻下留着小胡子，头发像打磨过似的光亮漆黑。他的整个外表透露出一种信心，确信他正居于他应该处的位置。源很快就明白了这一点，在第一阵相见的寒暄和行礼过去过后，太太灵巧地拉着那个年轻人和源的手说："源，这就是要与我们的爱兰结婚的人，我们将婚礼推迟到你回来，是因为爱兰自己有这样的意思。"

源至今还清楚地记得太太过去是如何感到与那个青年格格不入的，但奇怪她为何从没写信提过他与爱兰的婚事。现在源当然只能说这是件好事，所以他拿起那个青年光滑的手用新式方法握了握，笑着说："我很高兴能参加妹妹的婚礼，我真幸运。"

那个人随和地、懒洋洋地笑起来，他以自己的方式垂下眼帘，看着源，慢吞吞地用时髦的英语说："我相信，幸运的是我！"他用另一只手在头发上抹了一下，源还记得他那些奇怪而可爱的小动作，现在他又看到了它们。

源不习惯这种讲话方式，于是他放下了那个人的手，毫无目标地转身。然后他又想起这个人已跟别的女人结过婚，他就更加奇怪了，既然现在他不好说什么，他就决定私下问问太太这是怎么回事。几分钟后，他们往大街上走去，汽车正在那儿等他们。源不禁看出那个年轻人和爱兰真是天造地设的一对，他们像他们的同胞，可不知为什么又不像他们的同胞，就好像一些古老粗壮、盘根错节的树干上开出了优美精致的花朵。

太太又拿起源的手说："我们必须回家，阳光从水面上反射过来，太热了。"源跟着她走上街头，汽车正在那儿等候他们。太太有自己的车，她领源上去，依然紧握着他的手，梅琳在她的身旁。

但是爱兰跨进一辆红色的双人小汽车，她的爱人跟着她。在这辆闪亮的汽车里，由于美貌，他们俩称得上男神和女神。车篷被推到后面去了，太阳照着他们闪光的黑发，他们的金色皮肤光洁无瑕，灿灿发光的猩红色的小汽车也不能使他们的美减色，相反更清楚地衬出他们体态的完美和优雅。

源又情不自禁地羡慕起这美来，他的民族自豪感又一次涌上心头。为什么他在国外从没见过这样的美呢？他不必再害怕回国了。

正当他凝视这种美时，一大群人也在呆看这些富人经过，这时一个乞丐从人群中跌跌撞撞地挤出来，冲向那辆华贵的猩红色汽车，将手放在门边上，拉住不放，并用那种人们听惯了的声调哀求道："给个小钱吧，给个小钱！"

车里那个有钱的年轻人刺耳地喊："放开你的脏手！"但那个乞丐更加起劲地继续哀求，他的手仍然抓着车门。那个年轻人终于从车中走了下来，他从脚上脱下西式的坚硬的皮鞋，用鞋跟敲那个乞丐抓住车门的手。他竭尽全力的打击使乞丐喊出声来："哦，妈呀！"然后那个乞丐退回到人群中，将受伤的手放在嘴上。

那个年轻人用他苍白美丽的手向源挥了挥，在一片吼声中发动了他的车，那辆猩红色的汽车穿过灿烂的阳光向前驶去。

在回国后最初几天里，源让自己的心闲置着，直到他能公正地评判身边的一切。起初他自我安慰地想："不管怎样，这里与外国并没有什么不同，我的祖国像世界上其他所有国家一样，为什么我要害怕？"

事实上，只是他自己觉得一切是这样，他心里其实也暗暗害怕发现那些街道和房屋是破旧的，那些人是贫穷卑贱的。发现它们并不如此，他感到欣慰。当他在国外时，太太已从她以前一直住的小房子里搬进了一栋大洋房。源第一天跟着她走进那栋房子时，她说："我这样做是为了爱兰，她觉得原来的房子太小太破，不适宜接待她的朋友。此外，我已兑现了我的诺言，把梅琳接来和我一起住了。源，她真像我自己的孩子。我没告诉你她将像我爸爸一样成为一个内科医生吗？我把爸爸教我的都教给她了，现在她在一所外国人办的医校上学。她还要读两年，然后她必须在他们的医院里工作一年。我对她说，不要忘记是我们中国人最精通人体的经络结构，但不可否认，在手术和缝合等方面外国医生最好。梅琳中西医都要学。此外，我仍然常在街上捡到遭人遗弃的女婴，现在街上这种弃婴很多，梅琳帮助我照料这些孩子。源，革命之后，男人和姑娘竟学得这样自由！"

源惊讶地说："我想，梅琳还只是个孩子，我记得她是个孩子……"

"她二十岁了，"太太静静地说，"早过了童年。在思想上，她比二十三岁的爱兰更成熟，她是个勇敢、沉静的姑娘。有一天，我看她协助一个医生从一个妇女的脖子上割掉了一个东西，她的手像男人一样沉稳熟练。医生夸奖了她，因为她毫不颤抖，也不怕血液喷涌。她毫不畏惧，是个非常勇敢沉着的姑娘。她与爱兰都很喜欢彼此，虽然她不会去追求爱兰所喜欢的那些享乐，爱兰也不会对梅琳所做的事有兴趣。"

这时梅琳已经走了，只有源和太太坐在客厅里，周围没有旁人，只有进进出出端送茶水糖果的仆人，源好奇地问："我想，这个姓伍的以前有个妻子，妈妈……"

听到这话，太太叹了口气答道："我知道你会奇怪，我与爱兰为这事也闹过别扭！源，他们俩谁都离不开谁，没什么好说的，无论如何也没法说服她。这就是我搬进这栋大些的房子的原因，因为我想，如果他们要见面，就应该是在这儿。既然他们要见面，我能做的一切就是防备他，直到他能与他的妻子离婚，获得自由……他前妻的确是个老式妇女，源，是他的父母为他选择的，他十六岁时与她结了婚。唉，我真不知谁更值得同情，是那个男人呢还是那个可怜的灵魂！我心中仿佛感受到了他们俩的悲哀。我也是这样结的婚，根本没有爱情，所以我觉得自己就像她。但是我暗暗许下诺言，要让我的女儿按她自己的意愿结婚，因为我知道没有爱意味着什么，这就是我所感到的他们俩的不幸所在。现在离婚手续已经办妥了。源，办这种事的手续，现在恐怕太容易了。他自由了；可她，可怜的女人，回到她内地的老家去了。最后我去送她，因为她和他住在一起，她告诉我，实际上他们俩早已只是名义上的夫妻。那时她正和两个女仆将衣服装进她结婚时当陪嫁的红皮箱里。她对我说的话是：'我知道结果一定是这样，我知道结果一定是这样。'这个女人不美，比他大五岁，也不会像现代的人一样说外语，甚至裹过脚，虽然她穿大码的西式鞋，竭力想掩饰这一点。对她来说，确实一切都结束了。她现在还有什么呢？我什么也没问。我现在最关心的是爱兰。我们现在在许多事上都无能为力。我们已人老珠黄，只得让年轻人随意地将我们扫地出门……谁能与这种命运抗争呢？不管怎样，现在社会动荡，没有信条可以指引我们——人们没有规矩可循，也不受惩罚。"

她说完时，源只稍稍笑了笑。她坐在那儿，衰老、平静，总有点忧郁，头发已经变白，唠唠叨叨地谈些老年人常谈的话题。

他感到心中充满勇气和希望。在他刚回来的那天，甚至仅在那几个小时里，这座城市不知为何就给了他勇气。它是如此繁荣昌盛。那天他坐着车快速从城里经过，一路上他看到富丽堂皇的新商店拔地升起，有的卖机器，有的卖来自世界各地的商品。过去那种寒酸的街道已不复存在，以前，街道两边往往挤满了低矮简陋的家庭小商店，现在这一切都已荡然无存。这座城市现在是世界的中心，新楼林立，楼房越造越高。在他离家的六年里，二十多座高楼大厦已耸入云天。

第一天晚上临睡前，他站在卧室的窗前眺望着这座城市，他想："它看上去就像盛在外国居住的那座城市一样。"周围到处是汽车刺眼的灯光、恼人的噪声、百万人低沉的絮语，以及骚动不宁、生机勃勃、勇敢进取的生命的冲刺和跳动。这是他的祖国。衬着无月的云，那些光芒四射的霓虹灯上闪现着他的祖国的语言，显示的是他的同胞制造的产品。这是他自己的城市，它足可以与世界上任何城市媲美。有一刻，他想起被姓伍的男子遗弃、让位给爱兰的那个女人，有点可怜那个女人，但想着想着他又硬起心来，在心中说："那些不能适应新时代的人必须被淘汰掉，这是对的。爱兰和那个男人是对的，不能否定新事物。"

带着切实而明确的快意，他睡着了。

接下来好几天，源带着这种欣喜，意气风发地在这座大城市里到处走动。他觉得他的前途仿佛胜过他的梦想，因为他是从一座监狱里离开这座城的，而现在他又真正地回来了。他觉得仿佛现在所有的狱门都敞开着，不仅他待过的监狱敞开了大门，而且其他所有束缚都已解除。那时，他父亲曾说，他必须违背自己的意愿结婚；那时的青年男女因追求自由而被捕枪杀。如今，这些都已成为被人遗忘的噩梦。而正因为他们为自由捐躯，现在所有的人才获得了自由。他在街上看见年轻人来来往往，他们精神抖擞，自由大胆，随时准备做自己想做的事，男男女女无拘无束地一起在街上走着。一两天后，孟来信说："我本该来看你，但我在这个新首都脱不开身。我们已使这座城市改变了面貌。堂哥，我们拆除了旧屋，开出新路，新路像一阵清风似的穿过城市，四通八达。我们正计划铺更多的新路。我们要废除无用的庙宇，在那儿建设起新的学校。在新的时代里，人民不再需要寺庙了，我们要教他们学科学……至于我，我是军队里的队长，在我们的司令身边工作。源，司令曾在军校时认识你。他说：'告诉源，这里有个适合他的位置。'堂哥，的确这儿有个空缺，他已与比他高得多的上级谈过了，那个人又在一个有影响的场合当众说起此事，在这里的学院里有个位置，你可以来这儿教你想教的课程。你可以住在这儿，帮我们建设这座城市。"

源读着这些雄心勃勃、热情洋溢的字句，狂喜地想："这是孟写来的，他过去东躲西藏，而现在他将干怎样一番事业！"一阵暖流从源的心中流过，因为祖国已为他准备好了一个位置。他在心中反复思考：他真心想教导青年男女吗？可能这是他报效祖国的最好途径。他将这个想法藏在心里，准备再等几天，直到尽完他眼下应尽的一些义务。

首先，他必须去看他的伯父和他的一家，三天之后要参加爱兰的婚礼，然后还要去看父亲。源在太太家中发现两封来自父亲的信等着他。当他看到那涂在几张纸上的颤抖的字，那种老年人书写的既大而又歪歪扭扭的字时，一种昔日的柔情在他心头腾起，他被深深地感动了，他忘记了自己曾害怕和仇恨过他的父亲。在这个新的时代，王虎像一个被遗忘的舞台上的老演员一样被人遗弃了。是的，他必须去看看父亲。

如果说这六年使爱兰越发美丽，使梅琳从一个孩子变成了成熟的姑娘，那么它们也使王大和他的太太大大地衰老了。爱兰的母亲这些年来似乎仍然保持着她的风韵，她的头发仅花白了一点，聪明的脸上增了几分智慧和耐性，但也稍稍失了些丰满。源发现这六年来他的伯父伯母真正地老了。他们现在不再住在他们自己的房子里，而是与他们的长子住在一起。源去看望他们，他们住在一幢带有漂亮花园的西式房子里。

那个老人正坐在花园里的一棵香蕉树下，源发现他竟像个老圣人一样平静快乐。现在他已不再寻花问柳，所做的最不体面的事也就是不时买些美人像回家。他有几百张这种像，当他想看时，就喊一个仆人把画像拿来，他一张张地翻，全神贯注地看。当源来时，他正坐在花园里，一个侍女站在他身边，一边用扇子替他赶苍蝇，一边像翻画给小孩看那样替他翻那些美人像。

源几乎认不出那个老人就是他的伯父。这个老人由于色欲旺盛，曾一度推迟了老年的到来，但不知是由于他像所有老人一样有时吸些鸦片，还是由于其他原因，当他的老年终于到来时，它就像一阵致命的狂风，使他干枯萎缩、瘦骨嶙峋。现在他皮肉松弛地坐在那儿，好像他的皮囊是件裁得过大的袍子。原来他身上的那些丰满的肥肉已不再存在，只剩下黄色皮肤的褶皱悬挂着。他没有换掉原来的袍子，这些袍子虽然用富丽的绸缎制成，但因为是按他胖时的身材做的，现在已拖到了他的脚后跟；袖子也挂下来，盖住了他的手；领子往下垂，露出了他又瘦又皱的脖子。

源站在他面前时，那个老人毫无表情地向他问候，并说："我一个人坐在这儿看这些画，因为我太太会说它们是邪恶的。"他像以前一样斜着眼笑了笑。不知为什么，在如此憔悴的脸上，这种笑容令人恐怖。他笑的时候看着那个侍女，她这时虚情假意地笑着讨好他，一边却盯着源看。可源觉得，那个老人的嗓音和笑声好像都比往常细了。

过了一会儿，老人又问："你走了多久了？"源告诉了他。他又问："我的二儿子⑤怎么样了？"源告诉他时，他咕哝着，好像这是件牵肠挂肚的事。他心里总记挂着盛，他说："在外国，盛用的钱太多了……"他发起愁来，直到源的话又重新振作起他的精神来，源说："盛明年夏天回来，他告诉我的。"那个老人盯着图画看，画上的秀竹下有一个美人，他喃喃地说："哦，噢，他说他会回来。"然后他想起了什么，突然骄傲地说："你知道我儿子孟是个队长吗？"源微笑着说他知道。那个老人自豪地说："是的。他现在是个非常了不起的队长，挣大钱了。有时候遇到麻烦，家里有个军人是件好事。我儿子孟，他现在高高在上了。他来看我，穿着像洋人穿的那种军装。他们告诉我，他皮带上有手枪。他靴跟上有马刺，我看到的。"

源保持着平静，想到在这些年里孟由一个亡命之徒变成了革命军中的一个队长，当时他父亲对他大喊大叫，现在他父亲为他感到自豪，源不禁微微地笑了。

两人谈话期间，那个老人总不自在，他不断地注意一些小礼节，就好像对待一个客人而不是一个侄子。他在身边小桌上的茶壶上摸索，好像要倒茶给源，源阻止了他；他又在怀里摸索着找烟斗让源抽烟，源终于觉察到他的伯父的确把他当作一个客人，那个老人正用困惑的昏花老眼看着他。最后老人说："你不知怎的看上去像洋人，你的衣服和举止动作都让我觉得你像洋人。"

当时源笑了，但他对老人说的话并不感到非常高兴，他感到压抑，可他终究不知是怎么回事。即使他已离家六年，在这一瞬间他明白了他与这个老人没有共同的语言，于是他便离开了……他回头看了一次，可是他的伯父已忘了他。老人已经睡着了，他的下颚动了动，然后就垮了下来，他的眼睛则紧闭着。当源看他时，他已进入了梦乡。一只苍蝇停在他的颧骨上，而那个侍女却盯着看源的洋人相而忘了扇扇子，苍蝇悠然地爬到他衰老下垂的嘴唇上，那个老人一动也不动。

源离开了他去找伯母，他也必须去拜见她。在等候伯母时，他坐在客厅里环视整个客厅。自从回国，他发现自己总以新眼光评价所见的每件事物。虽然他自己不察觉，其实他评价事物总是以他在外国的习惯为标准的。他对这间屋子非常满意，他觉得它是他所见过的最精美雅致的房间。屋中地板上有一块大地毯，上面织有色彩绚丽、图案复杂的野兽和花卉，红、黄、蓝三色交织在一起；墙上有几幅西洋画，画面上是阳光照耀下的群山和蓝色的溪流，这些油画都装在金灿灿的画框里；窗上是厚重的红色天鹅绒窗帘；椅子都一式一样，红色的，坐上去舒适柔软；到处都有小巧精致的黑色雕木小桌；痰盂也非同一般，上面绘有流光溢彩的翠鸟和五彩缤纷的花。在屋子尽头的窗户之间有四幅卷轴，上面画着四季图：红色的蜡梅是春，白色的百合是夏，金色的菊花是秋，大雪中天竺的红果是冬。

源感到这是他所见过的最舒适雅致、富丽堂皇的房间，其中充满各种摆设，可供客人摩挲把玩几个小时。每张桌上都有象牙或银子雕刻成的雕像或古玩。他带着温情和友爱，有一阵想起那个遥远的破旧的棕色屋子，这间房间里值得欣赏的东西要远远超过那间旧屋里的一切。他在屋里踱来踱去，等侍女回来通知他进去见那个老太太。这时，他听到一阵汽车的轰响，然后这声音在门口静止下来，他的堂哥和太太回来了。

这两人看起来阔气得胜过源记忆中的一切。那个男的人到中年，继承了他父亲的一身肥肉，看上去比当年他父亲还要肥，由于他穿着西装，这使他的身材一览无余，笔挺的西装清楚地显出了他肚子的形状。西装上面是个像熟透的黄金瓜一般光滑的圆脸，为了图凉快，他将头发都剃了。他擦着汗走进来，当他递草帽给仆人时，源看到他的脖子是由光头下面的三个肉卷组成的。

而他的太太是优雅的。她已不年轻，有了五个孩子，但没人知道这一点，因为她风韵犹存。每次生孩子以后，她就把孩子交给一个贫穷女人去喂养，把胸脯和身体束瘦。这是城里许多时髦女人的习惯。现在她看上去依然像处女一样苗条，虽然她已有四十岁了，她的脸是牙黄色，还透出一抹粉红，她的头发乌黑光滑，岁月和忧愁从未触动过她的整个外貌，天气的炎热也无法影响她。她慢慢地走上前来，优雅而又庄重地向源问候。只是在她投向她那肥胖而又汗淋淋的丈夫的短促而厌恶的一瞥中，源能看出她过去的坏脾气。但她对源彬彬有礼，她不再把他看作一个初出茅庐的毛头小伙子、一个大家庭中的孩子了。他是个男子汉了，去过外国，获得了外国学位。他看得出，他对她的看法对她来说举足轻重。

寒暄之后，他们坐了下来。堂哥吩咐拿茶来，源问："堂哥，你现在做什么工作？我看你交了好运了。"

堂哥大笑起来，非常得意。他摸着横挂在肚皮上的粗粗的金链子答道："我是新开张的银行的副经理，现在在租界里的银行工作，这是个美差，战争不会影响我们，而在其他地方到处都是战争。人们过去常把银钱投资到土地上。我记得我们的老祖父一直不安宁，直到他将一切都换成越来越多的土地，这才安下心来。可土地现在不如以前可靠了，有些地方的佃户起来造反，要抢地主的土地。"

"没有人制止他们吗？"源惊讶地问。

太太泼辣地插进来："他们该杀！"

堂哥在紧巴巴的西服中稍稍耸了耸肩，扬起他粗短的手说："谁来制止他们？现在谁有办法去制止什么事情？"源喃喃地说："政府呢？"堂哥重复着："政府！这新军阀和学生的大杂烩，这个我们所谓的政府！他们能制止什么？不，他们什么也制止不了。现在大家都自顾自，所以钱流进我们的银行，我们有外国兵和法律保护，很安全……是的，我有个红运高照的好位置，由于我的朋友的照顾，我才获得了这个位置。"

"我的朋友，"他太太飞快地插嘴说，"如果不是我，不是我与一个大银行家的妻子交朋友，通过她认识她的丈夫，求他给你一个位置的话——"

"是，是，"她男人急忙说，"我知道这一点……"他沉默下来，并有些不自在，仿佛有些难言的苦衷，好像他为他所拥有的一切已付出了一种秘密的代价。然后，源的堂嫂风度优雅地与他攀谈，她这种优雅是冷淡的、矫揉造作的，好像她事先在镜子前已说过和做过这一切，她说："源，你又回来了，都长大成人了，你现在一定什么都懂。"

源以默默的微笑否定他的博学。她笑了笑，将丝巾放在嘴唇上，又说："哦，我相信你知道许多你不愿说的事，因为你不会过了这么多年还只知道原来所知的那么一点。"

对此，源不知道该怎么说才好，他觉得局促不安。他堂嫂好像又虚伪又陌生，她好像被笼罩在虚伪里，他不能看到她的真面目。正在这时，一个仆人走了进来，领着老太太，源起身向他的伯母问好。

老太太走进这富丽堂皇的洋房，倚在仆人身上。她身材瘦长，头发仍然是黑的，但脸上已皱纹纵横，而她的眼睛依然如故，对所见的一切都尖刻、挑剔。进门时，她对儿子媳妇视而不见，但让源向她行礼，并接受了源的问候。然后，她坐了下来，对仆人喊："替我把痰盂拿来！"

仆人将痰盂拿来之后，她开始咳嗽，并非常体面地吐痰。她对源说："我还跟以前一样健康，谢天谢地，只是有时有点咳嗽，特别是上午痰多。"

她儿媳妇非常厌恶地看着她，但她的儿子安慰她说："妈，老年人总是这样的。"

老太太理也不理他。她将源从头到脚审视了一番，问："我二儿子在国外怎样？"听源说盛在国外过得不错，她肯定地说："他回来时我要让他结婚。"

她儿媳妇笑出声来，漫不经心地说："我看盛不会违背自己的意愿结婚，妈妈——就像现在的年轻人一样不会。"

老太太扫了她儿媳妇一眼，看来这个儿媳妇已多次说出自己的感想来顶撞她，而现在已不起作用了，她继续对源说："我三儿子是个军官。毫无疑问你已经听说了，孟在新军队中是个很大的队长。"

源再次听到这种话，又暗暗地微笑了，因为他想起这个老太太曾经怎样哭着反对孟做的事。他堂哥看到了这隐秘的笑，他正在一小口一小口地啜茶，他大声放下茶碗，说："是这样的。我弟弟带着从南方凯旋的军队回来了，现在在新首都有很高的地位，有许多部下。我们听到许多关于他英勇善战的故事。他可以随时来看我们，现在非常安全，因为旧统治者全被扫除干净，飞到外国逃难去了。只是他很忙，抽不出空来。"

老太太除了自己谈话，不容任何人插嘴。她又开始咳嗽，大声吐痰，然后问道："你想要有个什么样的位置呢，源？你已出过国，应该挣高工资！"

源温和地说："如您所知，爱兰三天之后结婚，然后我去看望父亲，最后我才看前途如何。"

"这个爱兰，"老太太突然说，并重读了这个名字，"我绝不让我的女儿跟这样一个人结婚！我要首先送她进尼姑庵！"

"送爱兰进尼姑庵！"听到老太太的话，她儿媳妇叫了起来，虚假地苦笑了一下。

"如果她是我女儿，我就会这样做！"老太太坚决地说，一边盯着她儿媳妇看，要不是突然被痰噎住，她还要再说。她咳了又咳，直到仆人替她揉肩捶背，让她喘过气来为止。

源终于起身告辞了。他从阳光灿烂的街上走过时，决定在这个风和日丽的日子里步行回家。他想，这一对老人真像行尸走肉。是的，所有的老人都如槁木死灰，他快活地想。可他自己年轻，这个时代也年轻。在这明丽的夏日的早晨，他似乎在整个城里遇到的都是年轻人——年轻的穿着浅色旗袍的欢笑着的姑娘，她们漂亮的胳膊以新的外国方式裸着，和她们在一起的小伙子们自由自在，喜气洋洋。源觉得城中所有的人都富裕年轻，而他自己则是其中的一员，生活对他来说充满了阳光。

可是，人们很快就开始为爱兰的婚礼操心忙碌，而忘掉了其他一切。爱兰和那个姓伍的男子在这座城里的有钱人中间颇有名气，他们不仅在与他们同一层次的人中间而且也在其他人中间闻名。一千多个客人被邀请来参加婚礼，几乎同样多的人要参加婚礼之后的宴会。源除了到家的第一天曾同爱兰谈过一会儿，几乎没有时间单独同她谈话，但即使是那一次，他觉得他也没有真正与她交谈。因为爱兰以前的那种自嘲的习惯已荡然无存，源发现现在自己无法透过她的优雅和自信洞悉她的内心世界。她以仿佛与过去一样的坦率态度问他："源，到家高兴吗？"他回答时看着她的眼睛，她的眼睛也看着他，但对他视而不见，因为她正沉浸在她自己的思绪里，她的眼睛里泛出的只是可爱的墨色的波光。在所有的时间里，她的眼睛一直是这样，直到源对她的心不在焉感到困惑，不安地脱口说道："你变了——你好像不快乐，你想结婚吗？"

可他们之间仍有距离。她睁大漂亮的眼睛，发出冷冷的银子般的声音，清亮地笑了笑，说："源，我不如以前好看了吗？我大概已经变得衰老、苍白、丑陋了！"源忙说："不，不，你更漂亮了，可是——"她像以前一样嘲笑他，说："什么，难道我该大胆地说，我需要结婚，并一定要与这个男人结婚吗？我曾做过什么我不想做的事吗？哥哥，我不总是很调皮任性吗？至少我听伯母这样说过。妈妈太好了，不会这样说，但我知道她是这样想的——"

虽然她淘气地使眼睛弯成月牙形，将眼睛上面美丽的眉毛拧在一起，源依然发现她的眼睛是空洞、茫然的，他没再说什么。从此以后，他再没有单独与她谈过话，因为在这三天里，她每天晚上都要穿一套新衣服，将自己包裹在绚丽的绫罗绸缎中再出门。虽然源也常被邀请作为客人和她一起去，但他仅仅在远处看着她，她是个美丽可爱、光彩照人的形象。在那些日子里，她对他说来很陌生，她沉浸在自己的世界里，即使看着别人也仿佛是在梦中。她一反常态地保持沉默，她的笑声如今成了微笑，她的眼光柔和而黯淡，她的身体丰满、柔软、优雅，缓缓地行动着，一种冷静的优美风度代替了她以前的轻松跳跃的欢快。她已抛弃了她那愉快的青春的魅力，而学会了沉默和优雅的新魅力。

白天，爱兰筋疲力尽地睡觉。源、母亲和梅琳见面吃饭，然后轻轻地在家中走动，各做各的事，家中几乎鸦雀无声。直到夜晚来临，爱兰才又出来会见她的爱人，然后再与他一起到那些请他们做客的人家里去。如果她起得早，也只是由于她可能要试衣服，许多裁缝为此而来，带来她想要的绸缎礼服，其中有一件淡桃红色的缎子结婚礼服，并配有飘曳的西式银色面纱。

源注意到婚礼前几天太太十分沉默、忧郁。除了与梅琳说话，她很少与别人交谈，她好像在许多事上依靠梅琳。她说："你把肉汤送给爱兰了吗？"或说："爱兰晚上回来时，应该有外国炼乳和汤吃。我想，她脸色不好。"或说："你知道，爱兰需要两颗珍珠扣住面纱。吩咐那个珠宝商把为她准备的东西送来看看。"

她心中装满了要为爱兰做的琐事，源知道一个母亲总会这样的，他很高兴她有这么个年轻姑娘帮助她。有一次当太太不在场时，他们俩碰巧单独在房里等人把饭送来。源不知应说什么，又感到非说点什么不可，他说："你真帮了太太不少忙。"

这个姑娘将她诚恳的目光转向源，说："她在我是个婴孩的时候救了我。"源答道："是的，我知道。"他很惊讶这个姑娘的眼睛里丝毫也没有羞愧，没有那种说她自己是个弃儿时可能会有的自卑。这时，由于她对太太的感情，源感到她就像自己家庭中的一员，他说："我希望她见到爱兰结婚能更高兴一些。我想，如果女儿结婚，大多数母亲是高兴的。"

梅琳什么也没有回答。她转过头去，恰好仆人端着肉碗进来了，她走上前去将碗接过来放在桌上。源看着她，她非常简单自然地做这件事，一点也不觉得她在做仆人的事。他出神地看着她，她柔软的身体健康灵活，她的手敏捷、有力，没有一个动作是多余的。这时，源想起太太曾不止一次地问梅琳什么事是否已做好，或吩咐她取消什么事。

爱兰的婚期很快临近了。这是个非常盛大的婚礼。中午十一点，许多客人被请到城里最大最时髦的饭店去。既然爱兰的父亲不在场，大伯父又不能长时间地站着，于是她的堂哥代替了她父亲的位置，爱兰旁边是她的母亲，太太一刻也不离开她。

婚礼依新法举行，这与爱兰爷爷王龙结婚时的简单仪式截然不同，与王虎那一代由长辈规定的古老而正规的婚礼也不一样。现在城里人结婚的方式五花八门，有些旧点，有些新点，但无疑爱兰和她的爱人的婚礼是最新式的。那天他们租了许多西洋乐器，到处摆满了鲜花，仅这些就花了几百银圆。各种客人穿着形形色色的衣服来参加婚礼，爱兰和她的爱人把他们都视为朋友。所有的人聚集在饭店里的大厅里。外面的街上塞满了汽车、流浪汉和穷人。他们摩肩接踵，竭力挤着想看热闹，想在这个日子里得到些什么——有人想乞讨到一些东西，有人想把手偷偷地伸进别人的口袋，拿走在那儿能找到的东西。雇来的卫兵把他们推了回去。

穿过人头攒动的人群，源、太太和爱兰上了车，司机不断地按喇叭，唯恐轧伤什么人。卫兵看到坐着新娘的车，就冲出来高喊："让路！让路！"

通过这喧嚣的人群时，爱兰骄傲地坐在车里，沉默着。她的头在长面纱下低着，面纱由两颗珍珠和一圈小巧芬芳的橘花扣在头上。她双手捧着一大束洁白的百合和玫瑰，香气四溢。

世上从来没有过这样的美人。她的美使源也感到敬畏。她唇边挂着冷静的微笑，虽然她不会真正地笑出来。在低垂的眼睑下，她的眼睛黑白分明地闪烁着，她对自己的美貌了如指掌，并使这种美达到了登峰造极的地步。当她走出汽车时，人群沉寂了，几千双眼睛紧紧地盯住她，为她的美感到陶醉。人群先是沉默，然后是一阵骚动不宁的低语："啊，看她！""啊！多好看，多好看！""啊，我从来也没见过这样的新娘！"爱兰肯定都听见了，但她平静得就像没听见似的。

就这样，她进了大厅，音乐也奏了起来，这时所有的客人转过身来，同样出现了一片令人惊奇的沉默。源是最先下车的，他走到新郎旁边，然后看到爱兰徐徐地从客人中间走过来。两个穿白衣的孩子在她前面走着，为她撒下了玫瑰花瓣。穿着色彩绚丽的绸衣的少女们簇拥着她。源情不自禁地与人们一起惊叹她的美丽。然而，即使在爱兰炫目的美色面前，即使在所有人向爱兰注目的时刻，源仍然非常清楚地看到了梅琳，她作为伴娘正和爱兰在一起。然而，直到后来源才意识到梅琳也是美的。

宣读婚约之后，整个婚礼便结束了。新郎新娘向双方家庭的代表、向客人们、向应该施礼的所有的人鞠躬。盛宴和祝贺结束之后，新婚夫妇将一起去度假。源在回家的路上想着这一切，他惊奇地发现他想起了梅琳。当时梅琳在爱兰前面单独走，即使是爱兰的光辉也没能使梅琳黯然失色。他清楚地记得她穿着一件柔软的短袖高领旗袍，袍子是苹果绿的，她的脸衬着这种颜色显得清爽苍白，但果敢坚定。她那种与爱兰迥然不同的风格使她能在爱兰炫目的美面前立于不败之地。梅琳的脸不像爱兰。爱兰由于脸蛋漂亮、眼睛明亮、变幻无常或笑容妩媚而变得美丽。而梅琳的最动人之处在于坚实洁净的肌肤下骨骼的完美线条。源心里想，即使青春逝去，这种线条也会保持它的魅力和高洁。她看上去比实际年龄大。但在将来她老了的时候，她笔直的短鼻子、洁净的椭圆脸和下巴、棱角分明的嘴唇、光滑整齐的黑短发，会重新赋予她青春。生活不会使她大大地改变。虽然她现在显得庄重，但是在成熟时，她将依然年轻。

源想起了她的庄重。在整个婚礼过程中，只有两个人是严肃的，这就是太太和梅琳。在宴会上，人们将各种外国酒倒出来，所有客人高喊着自己也感到惊讶的连珠妙语，酒桌上觥筹交错，新娘新郎在客人中间走过，加入客人们的喧笑。甚至在这时，源在他那张桌上看到太太的脸依然是忧郁的，梅琳的也一样。她们两人时常在一起低声说着什么，指挥仆人做这做那，或与饭店主人商议着问题。源以为她们这样严肃是因为这些烦心事，于是不再想它，而是转过去观看那辉煌的大厅。

这天晚上，当一切都结束之后，爱兰他们走了，屋子里静悄悄的，只有仆人们在走来走去地铺床或整理房间。太太心情沉重地默默坐在椅子上。源觉得他有必要说些什么使她高兴，于是他好心地说："爱兰真漂亮，她是我见过的最可爱的女子。"

太太有气无力地答道："是的，她美，人们认为她是本城富家小姐中最美的，这已有三年了，她的美貌的确闻名遐迩。"她停了一会儿，然后带着一种奇特的痛苦继续说，"我希望，如果不是这样就好了。她长得这样漂亮，这是我和我的孩子生活中的灾难。她什么事也不必做，不必用脑子、用手或用其他任何东西，她只要让人们看着她，让赞扬声围绕着她。她只是提出要求，而其他人便会为她劳碌而使她如愿以偿。这样的美貌只有具有崇高精神的人才能承受，爱兰不是那种坚强得足以承受它的人。"

梅琳听了太太的话，从手中的针线活上抬起头来，温柔恳切地叫了声："妈！"

可是太太还要继续往下说，似乎此时她的痛苦已不堪忍受："我的孩子，我说的都是实话。在我的一生中，我一直都在抵抗这种美，可我失败了……源，你是我的孩子，我可以告诉你实话。你奇怪我为什么同意她与这个男人结婚。你可能心中疑惑，因为我既不喜欢也不信任这个男人，但我不得不这样做——爱兰已经怀了他的孩子。"

太太平淡地说出了这些可怕的字眼。源听着时，觉得脉搏停止了跳动。源已到了感到这种事情可怕的年龄，他的妹妹……他羞愧地瞥了梅琳一眼。她正低着头，看着手上的一块布，一言不发。她的脸不动声色，只是更严肃、更沉静。

太太看到源的目光，意会到了源的想法。她说："你不必介意，梅琳知道这一切。如果没有她，我将忍受不了这种生活。她安排一切，并知道我必须怎样做。源，我是个没有主张的人。梅琳是我可怜、美丽、愚蠢的孩子的姊妹，爱兰也依靠她。梅琳不愿让我把你叫回来。我曾经想，我必须让儿子回来帮助我，因为我不懂这种新的离婚法；我什么也不愿告诉你大堂哥，因为我觉得羞愧。但是梅琳不愿让我浪费你在国外的时光。"

源依然一言不发。他满脸通红，心烦意乱，又羞又气。太太十分理解这种心境，她悲哀地微笑着，又说："我不敢告诉你父亲，源，他最简单的方法就是杀人。即使他不会这样做，我也不能告诉他。我这般苦心培养教育我的孩子，却宠坏了她，这就是我为爱兰所操的心的悲惨结局！是由于进入了新时代吗？在过去，这两个人犯这种罪是该死的！可现在他们不会受到惩罚。他们会回家快乐地一起生活，爱兰的孩子会很快出世。但是，不会有人对这种事感到大惊小怪，因为如今婚后孩子过早出世的大有人在，现在是新时代了。"

太太忧郁地笑了笑，可她眼里充满了眼泪。梅琳卷起她缝的一小块丝绸，把针插在上面，走上前去安慰太太说："你太累了，不知自己在说什么。你已为爱兰做了一切，她和我们大家都知道。去睡觉吧，我去端汤来给你喝。"

太太听梅琳这么说便站了起来，感激地倚在她肩上出去了，好像她对这样做已习以为常。源目送着她们离开，但依然说不出话来，他被他听到的所有这些事搞得惶惑不安。

爱兰，他的妹妹，竟做了如此大逆不道的事！她如此利用了她的自由，那种他逃脱过两次的污秽粗野的事，竟通过她又进入了他的生活。他慢慢地走回自己的房间，十分烦恼，好像又处于以前那种精神分裂的状态。他不能清楚明了地想起任何事，心中既没有爱，也没有恨。现在他心中烦恼，一半是因为爱兰的轻率，因为这样的事不该发生在他妹妹身上，他只想在她身上找到全然的骄傲！另一半是因为在这种野性的东西中，有一种隐秘的甜蜜，使他自己也想偷尝禁果。这是在祖国他第一次感到困惑。

婚礼结束之后，源知道他不必再为礼仪而推迟去看父亲。他急切地想走，因为他发现现在家中有种悲哀的气氛，他越发想早点走。太太比以前更加沉默寡言，梅琳固定地把时间都花在学校里。在源准备行装的几天里，他很少见到她。他曾经认为她是在有意避开他，便对自己说："都是因为太太说爱兰的那些话，一个羞怯的少女很自然会把它们记在心里的。"他喜欢这种羞怯。当他必须出发，乘火车北上时，他发现他需要向梅琳告别，他不想与她不辞而别，一走就是一两个月。

因此，源选择了夜里的火车，这样他可以等到梅琳从学校回来，与她和母亲一起吃饭，走之前与她平静地谈谈话。

见面时，他倾听着这个姑娘讲话。她的话温柔、明朗、令人愉快。她既不羞涩，也不像有些少女那样咯咯地笑。她总是在忙着缝什么。有几次仆人进来问关于第二天的菜或诸如此类的问题，源发现她是问梅琳而不是问太太，梅琳告诉那个仆人应该怎样做，她好像这样做也已习以为常，说起话来落落大方。这天晚上，既然太太比平常更加默默无言，源也沉默着，梅琳就滔滔不绝地讲，告诉他们她在学校做的事。

"我的养母首先使我想到学医，"她边说边目光灼灼地看着太太，"我如今非常喜欢医科。但是这意味着我要学习很长的时间，并要花很多钱，这就是养母为我做的一切，我将以永远侍候她来作为报答。她在哪儿，我就会在哪儿。我想，将来有一天，在一个城市里我会有我自己的医院——一个妇幼保健院，医院中间要有个花园，环绕着花园，是有许多病床和病人休息处的病房——病房不太大，不能大得超出我力所能及的范围，但一定得清洁、漂亮。"

梅琳出神地谈着她的希望，放下了手中的针线。她眼中闪着光芒，唇上挂着微笑。源指间夹着香烟，注视着她，惊奇地想："哦，这个少女真美。"他看得出神，听不见她在说什么。忽然他感到自己不很愉快。他审视自己，想找出不愉快的原因。他发现他不喜欢这个少女的计划，她只为她自己安排一生的生活，并安排得如此圆满，以致她在将来的生活中不再需要别人。源觉得不应认为女人没有结婚的念头是好的。他看着太太的脸。自婚礼以来，她的眼睛第一次兴致勃勃地亮起来，她听着那个姑娘所说的一切。她温柔地说："如果到时候我还不太老，我也要在这医院里做点什么。现在的时代胜于我们的时代，这是个好时代，人们不再强迫妇女结婚。"

源听到了她的话。虽然他相信如此，或他嘴上会说他相信如此，但这也使他感到有些疑惑。不知为什么他认为所有女人都应该结婚，这是毋庸置疑的。当然这不是一个男人能对两个女人谈的话。她们对自由的热情在他心中留下了一丝冷意，所以，当他说再见时，他觉得自己不如事先想象的那样心里充满温暖，因为他的内心深处似乎受到了某种伤害，可他不知伤害从何而来以及它是怎样一种伤害。

很久以后，躺在火车狭窄的卧铺上，源还在寻思这件事，他想起了祖国的新女性和她们的所作所为。爱兰自由得让母亲伤心，同样是这个母亲却对梅琳宏大自由的生活计划感到欢欣鼓舞。源痛苦地想："我怀疑她是否能如此自由。她会发现实现她的计划是行不通的。总有一天，她会需要一个丈夫和孩子，像其他所有女人一样，毫无疑问。"

他想起他认识的那些女人，无论生活在什么地方，她们最终都要秘密地转向一个男人。可是，当他回忆梅琳的脸和语言，在她的面貌上和声音里搜索，他不能说他真正地找到了她想结婚的蛛丝马迹。他不知她是否在梦想着某一个青年，因为他想起她上学的学校里有许多青年男子。突然，就像平静的夏夜里刮起的一阵风，源一下子忌妒起那些他不认识的男青年来。他忌妒得那么强烈，甚至已不能对自己暗暗感到好笑，也不知道为什么自己要关心梅琳在梦想什么。但他清醒地计划着他该怎样去暗示太太，要她去警告梅琳，并更好地保护这个少女。他以前对世上任何人都没有像对梅琳这样关心，他一次也不想问这是为什么。

就这样，他在心中盘算着。火车在他身下摇摆着，发出咔嚓咔嚓的响声。他终于忧心忡忡地睡着了。

一路上源遇到了许多事，这些事暂时驱散了源心中的忧虑。自从他从国外回来，他一直住在那座海滨大城市里。除了宽阔的大街，他一次也没见过别的东西。日日夜夜，大街上各种汽车、摩托和公共电车川流不息，穿着温暖和鲜艳的衣服的人们以各自的方式忙碌着。街上即使有穷人、大汗淋漓的黄包车夫、小贩，但因为现在是夏天，他们看上去并不怎么可怜。冬天的乞丐现在还见不到，他们往往由于水灾或饥荒才离乡背井，来到城市的街上求生。这座城市对源说来是十分热闹有趣的地方，与他所见过的其他城市相比，它是出类拔萃的，那儿有他堂哥的新房子里的舒适和珍宝，有婚礼的盛大场面和五光十色的结婚礼物。当他离家时，太太将厚厚一沓包着的东西塞给他，他知道那是钞票，他心安理得地收起了这些钱，心想这是父亲寄给她转交的。他几乎忘记了世界上还有穷人，他的家似乎非常富裕安乐。

但他第二天在火车上醒来，从窗口望出去时，他见到的国家不是他心中想象的样子。火车在一条大江边停了下来，所有的人都必须下车乘船过江，到对岸之后再继续他们的旅程。源也下了车，与其他人一起，挤在一只无篷、宽底的渡船上，那只船似乎不足以容纳所有的人，因此最后上船的源只好站在靠水的船边上。

源记得他以前到南方去时也经过这条江，可那时他没有注意到他现在看到的这番景象，因为现在他的眼睛已长期看惯了其他的一些东西，眼前的一些景象不免使他觉得新鲜。他看到江面上俨然是个小船的城市，许多小船紧紧地挤在一起，有时一阵恶臭飘来，使他感到恶心。这时是八月，虽然还不到黎明，天已燥热起来。曙光还没有出现，天空阴沉沉布满了乌云，那云压将下来，好像要将水面和大地罩住，一丝风也没有。在昏暗的灯光中，一些人将小船撑开给渡船让路。男人们乱糟糟地挤出小船的舱门，几乎裸着身子，由于夜里热得失眠，他们的脸阴沉呆滞。女人朝啼叫的孩子尖叫，用手指梳理他们纠结的头发。赤条条的孩子号啕着，又饿又脏。那些拥挤的小船尽其所能地塞满了男人、女人和孩子。在他们赖以生活和饮用的水里，他们倒进去的污物散发出来的恶臭一阵阵飘出来。

源似乎忽然在这个早晨睁开眼睛看到了这一切。这番景象过了一会儿就消失了，因为渡船已离开了岸边的小船，进入了大江中心清洁的水面。突然之间，源所凝望的不再是那些呆滞的面孔，而是江中湍急的黄色水流。他正注意到这个变化时，渡船半转了过去，逆流而上，缓慢吃力地经过一艘巨大的白色轮船。衬着灰色的天空，那艘船洁净得像座雪山，高高地耸立着。源和所有挤在一起的人，仰望着在他们之上的这艘外国船的船头以及上面高悬的红蓝相间的外国旗。当渡船缓缓地绕过去，到了它的另一侧，人们可以看到船上有洋炮的黑色的炮筒。

这时源忘记了穷人的恶臭和他们拥挤不堪的小船。渡船在继续航行，源扫视着江面，在这大江黄色的胸脯上，他数了数，共有七艘外国战舰。这是在他祖国的怀抱里，这使源无法忍受，当他数船时，他忘记了其他的一切。一种对这些船的愤恨在他心里油然而生。甚至在上了岸之后，他仍禁不住带着仇恨回头看着那些船，自问为什么它们会在那儿。可是它们在那儿，洁白无瑕，不可战胜。那些黑色的大炮稳稳地瞄准了海岸。那些炮口曾不止一次地向岸上射出火焰和死亡。源忘不了这些事实。注视着这些船，源忘记了一切，只想到这些炮可能会伤害他的人民。他辛酸地自言自语："它们没有权利在这儿，我们应该把它们从我们所有的水域赶出去！"他一边回忆，一边痛苦地上了另一列火车，又踏上了去看望父亲的旅程。

源在自己心中发现了异样的东西：只要他能保持对那些白色战舰的愤恨，记得它们曾怎样轰击他的人民，只要他能记得外国人压迫中国人的那些罄竹难书的罪行，他便满腔仇恨。他在学校时，曾学到过烧杀掳掠的外国军队逼迫旧王朝的皇帝们签订了一系列不平等条约，在他生活的这些年里，这种事甚至在继续发生。在那座大城市，当他出国的时候，为祖国的事业大声疾呼的青年被穿白色军服的外国卫兵枪杀。只要能记住旧时代的所有这些邪恶，源便十分欣慰并怒火满腔。在他的一切行动中，无论他是在吃饭、睡觉，还是在眺望窗外掠过的田野村庄，他都沉思着。他想："我必须为祖国尽一分力量。孟是对的，他胜过我。他这样单纯，因此他更真心实意地恨外国人。我太软弱。我认为外国人好，只是因为一个善良的老教师或一个唠叨的女人。我应该像孟，刻骨铭心地恨他们，以我的满腔仇恨来帮助我的人民……"他就这样沉思默想，那些异国的船舰久久地在他的脑海里萦绕。

正当源孕育着自己的希望时，他又不由自主地觉得自己渐渐地冷了下来，并且这种冷漠微妙地滋长着。这时，一个肥胖的男人坐在他的对面，源离他那么近，没法总看着别处而不看到他肥胖的身体。天气越来越热，炽热的阳光透过无风的云层照在火车的金属顶上，车厢里的空气也火烧火燎。那个男人脱去了除短裤以外的所有的衣服，他坐在那儿，裸露着浑身的肉，他的肚子是厚厚的油光光的黄色肉卷，他下颚上的垂肉拖到肩膀上。好像这还不够恶心，尽管是夏天，他却咳嗽起来，咳了又咳，咳得轰轰作响。他常常随意将痰乱吐，源避也避不开。他讨厌这个同胞，这种怒气潜入了他为了祖国而对外国人所产生的义愤，他变得闷闷不乐起来。在摇晃的车厢里，天热得使人不堪忍受。源开始发现那些他不愿见到的东西。旅行的人这时又热又累，除了想挨到旅程的终点，别的什么也顾不上了。孩子们号啕着，扯着母亲的乳头。在每个车站上，苍蝇飞进开着的窗户，歇在汗淋淋的人体上、地板上的痰上、食物上和孩子们的脸上。源小时候从来没有注意过苍蝇，因为苍蝇比比皆是，没什么值得大惊小怪的；可是现在他出过国了，知道它们携带着致命的病菌，因此对它们深恶痛绝。他受不了有一只苍蝇停在他的茶杯上、从小贩买来的一小块面包上或他中午向火车上的服务员买来的盛饭和鸡蛋的碟子上。可是当源看到服务员手上的污垢和他装饭前擦碗的那块油腻肮脏的布时，他不禁问自己如此恨苍蝇又有何用。源痛苦地对他喊："用这种抹布擦碟子还不如不擦！"

那个人听到他的话后盯着他看了看，然后咧开嘴，非常和气地笑了，这时也许他感到热，便拿起那块抹布擦了擦他的汗脸，然后又将它挂在颈上，那是他惯于安放抹布的老地方。这时源真的不能忍受再碰他卖的食物了。源放下汤匙，叫喊着斥责那个人，并抱怨那些苍蝇和地上的所有污物。那人对这种不公道的斥责大为光火，他喊老天做证，说："这儿就我一个人，我只应该做一个人的事，地板和苍蝇不关我的事！谁会浪费他的生命在夏天打苍蝇？我敢打赌，如果全国的人一辈子都在打苍蝇，也制伏不了它们，因为苍蝇是天生的！"那人这样出着气，然后爆发出一阵开心的大笑，因为他即使是在生气的时候也是好性子，他继续咯咯大笑。

所有的旅行者都疲惫不堪，非常乐意到处听听看看。他们听到了事情的全部经过，一起反对源而赞同那个服务员。一些人说："苍蝇真是没底的多。不知它们是从哪儿来的，但毫无疑问它们也要活！"一个老太太说："唉，它们有权利活。我连一只苍蝇也不愿意伤害！"另一人轻蔑地说："他是从国外回来的学生，想把外国观念加在我们身上。"

靠近源的那个大块头胖男人已吃了大量的饭和肉，正在非常严肃地喝茶，一边响亮地打着饱嗝，听到人们说的话，他忽然开了口："原来如此！我已坐在这儿盯着他看了一天，想知道他是什么人，但实在猜不出来！"他带着一种乐滋滋的惊奇呆看着源，现在他知道源是什么人了。他边喝边打饱嗝，源后来不忍再见他，只得一动不动地看着窗外平坦的绿色田野。

他高傲得不屑搭理那些人，也咽不下那些食物。他坐在那儿，一连几小时地看着窗外。当火车北上时，在闷热多云的天空下，那些农村变得越来越单调，越来越萧条，那些有荒凉的水域的地方更是毫无生气。在每个车站上，源觉得人们看上去越来越凄苦。越来越多的人染上了疖子和眼炎。即使到处都有水，他们也不洗。

许多女人依然以那种令人讨厌的旧方式裹着脚，他原以为这种事早已不存在了。他看着他们，感到实在受不了。"这些是我的同胞！"他最后在心中辛酸地说，忘了那些白色的外国战舰。

可是源还得忍受另一种痛苦。在车厢的尽头坐着一个源先前没有见到过的白人。那个白人住在一个由泥墙围住的乡间小镇上，当火车到达那儿时，那个白人走过来，准备下火车。他经过源时注意到了他和他那张年轻悲哀的脸，他想起源曾大声地抱怨苍蝇。他看出了源的身份，充满善意地用英语说："朋友，不要丧气！我也要与苍蝇进行斗争，并将不断地斗争下去。"

源听到这外国声音和字眼抬起头来。他看到了一个瘦小的白人，他身材单薄，相貌平常，穿着灰棉布衣服，戴着一顶白色的太阳帽，长着一张普普通通的脸，他新近没有刮过胡须，但他淡蓝色的眼睛显得非常善良，源看出他是个外国传教士。源这时无言以对。这是最痛苦、最难忍受的事。一个白人看到了他所看到的事，知道了他这天意识到的事。源转过身去不愿回答。从源的位置上，源看到那个白人下了火车，步履艰难地穿过人群，转向那个由土墙围着的市镇。源想起另一个白人曾说过："如果你愿意像我一样活着……"

源自己问自己："为什么我以前从来没有看到过这些？为什么直到现在我才看到这一切？"

然而他必定会见到的丑陋刚刚开始向他展现。他终于站在他父亲王虎面前了，他看出父亲好像从来不认识他。王虎站在那儿，紧紧抓住客厅的门柱在等待他的儿子。他往日的雄风已荡然无存，甚至他的坏脾气也已销声匿迹。站在那儿的只是个灰色的老人，白色的长须从下巴上稀疏地垂下来，眼睛红红的，由于年老和酗酒而蒙上了一层翳，所以直到源走近了，他还是看不见源，但一定听到了源的声音。

源惊讶地发现，他走过的院子里杂草丛生，没有几个士兵站在周围，仅有的也都是些衣衫褴褛、游手好闲的家伙。门口的卫兵没有枪，他让源进去，好像他不愿问任何问题，也没有以对待司令的儿子的礼节来向源敬礼。源出乎意料地发现他父亲看上去如此憔悴、瘦弱。老迈的王虎穿着件灰色的旧袍站在那儿，肘部甚至打了补丁，他的骨头将那块地方在椅子的扶手上磨破了；他脚上穿着布拖鞋，鞋后跟也磨破了；他手边如今没有刀剑。

源喊出声来："爸爸！"老人颤抖地回答："真是你吗，我的儿子？"他们握住彼此的手。他看到了父亲衰老的脸，看到他的鼻子、嘴和昏花的眼睛不知怎的在皱缩的脸上显得特别大，他感到泪水涌进了眼眶。凝视着这张脸，源似乎觉得这不可能是他的父亲，不可能是他过去惧怕的那个王虎。他的皱眉蹙额和乌黑的浓眉曾是那样令人心惊胆战，他的剑即使在睡梦中也总是伸手可及。可是他的确是原来那个王虎，当他知道是源时，他高叫道："拿酒来！"

客厅里响起一阵缓慢的脚步声。那个豁嘴亲信现在也老了，但仍是司令手边的人。他走上前来，向司令的儿子问候，畸形的脸上露出了喜色。他开始斟酒。王虎拉着儿子的手将他领进屋去。

现在一个人在屋里出现了,然后又出现一个源起先没见到的人。他们是两个瘦小严肃的有钱人,一个老,另一个年轻。年长的是个瘦小干枯的人,整洁地穿着老式的织着图案的黑灰色丝绸长袍,上身穿着带袖的暗黑绸马褂,头戴一顶小圆帽,上面有个白布带做成的结,表示正为什么近亲戴孝。在他的脚踝附近,在黑天鹅绒鞋的上方,他的裤腿也用白棉布带子绑住。从这身阴沉的衣服上,他那张瘦小的老脸正向外窥视着;他脸上光光的,好像还长不出胡须,但却布满了皱纹;他的眼光锐利明亮得像一只黄鼠狼。

那个年轻人与他相像,只是他的袍子是暗蓝色的,他穿着儿子为死去的母亲所穿的孝服,他的眼光不锐利,但却像猿猴深陷的小眼睛一样充满了渴望。虽说猿猴较近似于人,但它们看着人类的时候,要理解它们或被它们理解并不容易。这是那个老人的儿子。

当源疑惑地看着他们时,那个老者用沙哑的尖声说:"我是你二伯,侄儿,我想,我还是在你是个男孩时见到过你。这是我的大儿子,你的堂哥。"

源惊奇地向他们两人问候,心中并不很愉快,由于他们陈腐的老式仪表和举止,源觉得他们很奇怪,但源仍然很有礼貌,比王虎更有礼貌,王虎对他们置之不理,只是坐在那儿快乐地盯着源看。

王虎由于源的归来而感到一种孩子气的快乐,源被这种快乐深深地感动了。王虎简直一刻也不能把视线从儿子身上移开,他凝视了一阵之后，爆发出了无声的大笑。他从座位上站起来走向源，抚摸他的胳膊和健壮的肩膀，又笑了起来，嗬嗬地说："就像我在他这个年纪时那么结实。我记得我也有过这样的手臂，我能投八尺的铁矛，挥动巨大的石锁。在南方的老司令手下时，我常在傍晚耍给我的弟兄们看。站直让我看看你的大腿。"

源顺从地站直，被父亲逗乐了，但是很耐心地听他的话。王虎转向他的哥哥，高声笑着，带着往日的虎虎生气，他喊着："你看到我的儿子了吗？我敢发誓，你的四个儿子中没有一个可以与他相比！"

王掌柜一言不发，只是压抑而无可奈何地笑了一下。可是他儿子平心静气、小心翼翼地说："我想，我的两个小弟弟跟他一样魁梧，我大弟弟长得也比我强壮，因为我虽然年纪最大，但个子长得最小。"他边说边眨巴着他哀伤的眼睛。

源听着他们说话，然后好奇地问："我其他的堂兄弟怎么样？他们在干什么？"

王掌柜的儿子又看了父亲一眼，可是既然那个老者默默无言地坐在那儿，脸上带着同样的微笑，那个年轻人便大着胆子回答源："我帮助我父亲收租和经营米店。有一段时间我们全家一起干，可现在这些部门日子很不好过。佃户们变得神气活现，不再交应交的租子，粮食也减了产。我哥哥是你父亲的，因为我父亲将他过继给了叔叔。我大弟要去闯荡闯荡，他出去了，现在在南方的一条船上，是个会计，因为他打得一手好算盘，好多银钱要经过他的手，所以他很富裕。我二弟在家，与他的小家一起住在家里。最小的弟弟在学校读书，我们的镇上现在有个新式的学校，我们希望他能尽快结婚，但也许还得等一段时间，因为我母亲几个月之前去世了。"

源回忆往事，想起他父亲曾经带他到二伯父家里去过，在那里他曾看见一个高大邋遢、活泼乐天的农村妇女，他奇怪她怎么会就此长眠，而她那瘦小而如侏儒一般行动的丈夫——他的伯父——却继续活着，而且几乎是毫无变化地活着。源问："这是怎么回事？"

那个儿子又看了父亲一眼，两人都沉默着，直到王虎开了口。王虎听到源刚才的问话，觉得好像有件什么事与他有关，他答道："怎么回事？噢，我们有个仇人，他是我们家族的仇人，现在他是我们老家附近的山上的一伙流寇的首领。有一次我以最公平的方式，用公开的计谋和围攻从他手中夺取了一座城市，但他到现在还没有宽恕我。我发誓他是有意驻扎在我们家的田地附近。我知道，他注意着我的亲戚。我这个哥哥非常谨慎，发现这个强盗恨我们，他不愿亲自去向佃户收租，而派了他的妻子去。她只是个女人，强盗在她回家的路上抓住了她，抢了她的钱，然后割下了她的头，让它在路边往下滚。我告诉我哥哥：'过几个月，等我再召集起我的人马，我发誓要搜出这个强盗——我发誓我一定做到，我发誓——'"王虎的声音在有气无力的愤怒中拖长，他盲目地伸出手，摸索着。那个站在附近的老亲信在他手中放了一只酒碗，昏昏沉沉地按老习惯说："镇静，我的司令。不要动气，要不然你会生病的。"他疲劳衰老的脚移动了一下，然后他打了一个哈欠，快乐地凝视着源，对他十分钦慕。

在王虎讲这件事的过程中，王掌柜虽然什么也没说，但当源看着他要对他说几句安慰的客套话时，源惊讶地发现他伯父苍老明亮的小眼睛里充满了眼泪。但那个老人依旧一言不发，他先拿起一只袖头，然后又拿起另一只，小心翼翼地擦眼睛，后来他又悄悄抽出干枯的老手在鼻子上抹了一把。看到这个冷酷的老人流泪，源惊讶得说不出话来。

他儿子也看见他哭了，他用若有所思的眼睛看着父亲，然后悲伤地对源说："跟她在一起的仆人说，如果她不开口，更听话点，他们还不会那么快就把她杀了。可她说起话来又快又响，一辈子随意说惯了，而且她脾气大、好发火，一开始她就高喊：'我该把钱给你们？你们这些狗娘养的！'当她这样大声喊叫时，那个仆人拼命逃跑，当他回头再看时，她的头已被砍掉了，我们丧失了她带着的全部租金，因为他们把一切都抢走了。"

他儿子就这样以一种平稳而单调的声音说着，一个词像另一个词一样平淡地流出来，就好像在他形似父亲的身体里，装着母亲喋喋不休的舌头。可他是个孝顺儿子，很爱自己的母亲。他的声音忽然中断了，他跑到院子里去，咳着安慰自己，并擦着眼泪，哀悼他的母亲。

源不知所措，他站起来倒了一碗茶给他的伯父，觉得自己在这间房里就像在梦中一样，在他的这些骨肉至亲中，他仿佛只是个陌生人。是的，他要过一种他们不能想象的生活，他们的生活对他来说像行尸走肉的生活一样毫无价值。刹那间，他忽然想起了玛丽，虽然不知为什么，他已有好久不想起她了。为什么她现在会在他的心头清晰地浮现，就像一扇门忽然洞开，她站在他面前，好像他穿过海洋，在一个起风的春日里像以往一样看见了她，她漂亮的黑发在脸旁飘荡，她的皮肤白里透红，她的眼睛呈深沉的灰色。这里无地容她，她不可能理解这个地方。她过去常谈的关于他祖国的图画，那些她在自己心中描绘的图画，仅仅是图画而已。源看着他的父亲和其他人，他们这时又沉浸在自我的世界里，现在，会面的最激动人心的时刻已经过去。源充满激情地想——哦，幸亏他没有爱她。他环视陈旧的大厅，厅里积满尘土，几个马虎的老仆人很久没有打扫房间了。绿霉在地面上的砖缝中长了出来；砖上有各种污迹——吐出的酒迹、痰迹、灰迹和滴落的油腻食物的斑迹；破损的花格窗曾用纸糊了起来，现在糊窗纸一片片地剥落；甚至在光天化日之下，也能见到老鼠窜来窜去。王虎喝完了酒，正坐在那儿打盹，他的下巴垂了下来，整个老态龙钟的身体变得松弛无力。在他上方的墙上有一枚钉子，上面挂着插在剑鞘里的剑。这时源才第一次看见它，而在一开始见到父亲时他并没有注意到它在附近闪光。剑虽然插在鞘里，但依然很漂亮，剑鞘也很精美，虽然剑鞘上雕刻的花纹上积满了灰尘，丝质的红缨褪了色，垂了下来，被老鼠一点点地啃去……

哦，幸亏他没有爱上那个外国女人，他为此感到庆幸。让她保存着关于他祖国的梦想吧，永远也不能让她知道真相！

源的喉头发出一阵悲切的呜咽……那个旧时代难道真的已从他面前逝去了吗？他想起了王虎和那个形如槁木、身材瘦小、面目可憎的人——他的伯父，还有他的儿子。这些人他依然是挣不脱的，他血管里流动着的血将他与他们联系在一起，即使他很想放出身上所有的血液，他也做不到。无论他怎样渴望脱离他们这一族，只要他活着，他们的血就在他身体里流动。

幸亏源已意识到他的青少年时期已经过去，现在他已经成为一个男子汉，必须自己照料自己了。这天晚上，源单独睡在他幼年和少年时代住过的那间旧屋里，周围有卫兵守卫着。那次他从军校里逃回家时，也曾孤独地坐在那间屋子里，并哭泣着入睡。这天晚上，他父亲为他的归来设了个小宴会，请了两个队长来一起吃喝，欢迎源的到来。宴会结束以后，源让父亲倚在自己身上，将他送进他自己的房间。然后源自己才回屋上床，他躺下睡觉的时候已经很晚了。

入睡前，源躺在床上，倾听着他父亲安营扎寨、生活多年的这个小镇的夜声，倾听着他以前从未听过的那些声音。他自言自语道："如果以前有人问我，我一定会说这个小镇的夜间万籁俱寂。"可是街上有狗吠、孩啼、未能入梦的人们的喃喃低语、时时响起的庄严孤寂的寺院钟声，以及某个女人为她即将死去的孩子招魂的痛苦的哀号。所有的声音都是微弱的，因为有寂静的庭院隔在源和大门之间，可是不知为什么源最近对任何事情都很敏感，他感到他在这个曾经熟悉的地方是个陌生人，他听到了每一种各不相干的声音。

突然，他听见木门在门窝里吱吱转动的声音。门被打开了，在摇曳的烛光中，父亲那个年迈的亲信走了进来。他弯下腰，小心翼翼地将蜡烛放在地板上，稍稍地喘着气，因为他的背僵直，然后他又站起来，关上门，插上门闩。源等待着，惊讶地想知道他将说些什么。

他老态龙钟地走向源，见源没有拉上窗帘，便说："你还没睡着，少爷，我有话非告诉你不可。"

看到老人衰老的身体做下跪状，源和蔼地说："那么，你坐着说吧。"但那个老人知道他的地位，好一阵不愿坐下来，直到最后才领受源的善意，在床边的脚凳上坐了下来。他开始通过裂唇嘶嘶地低语。虽然他的眼睛显露出诚实和亲切，但他的面目是如此可憎，源不忍去看他，无论他是如何善良。

但是他很快就忘记了那个老人的外貌，对他听到的一切感到既惊愕又沮丧。从一个冗长曲折、断断续续的故事里，源的心逐渐清楚地辨出了某些真相。最后，老人将两只衰老的手放在干枯苍老的膝上，用嘶嘶的声音使劲儿地说："小司令，就这样，你父亲每年向你的伯父借很多很多的债。他最初借大量的钱让你出狱获得自由，小司令。后来，为了保证你在国外过得安稳些，他借得更多。哦，他解散了他的部下，让他们走了。到现在，我发誓他留下来打仗的人已不足一百。他不能再打仗了。他的部下离开他，投奔另一个军阀去了。他们是雇佣兵，薪水一停发，雇佣兵还会留下来吗？那一小群留下来的人不是士兵。他们是穿破烂儿的小偷和军中的饭桶，他们住在这儿，是因为你父亲给他们饭吃。镇上的人恨他们，因为他们挨家挨户要钱，他们带着枪，叫人胆战心惊。他们仅仅是武装了的乞丐。我曾经将他们的所作所为告诉过司令，因为司令一直是这样令人起敬，从来不允许他的部下取得分外的战利品，也从不允许他们在和平时期拿人民的东西。嗯，当时他奔出去，咆哮着，紧锁眉头，在他们面前捋着胡须，可是这又有什么用，少爷？虽然他们假装害怕，但他们看到他老了，一边吼叫一边发抖，当他走后，我看到他们大笑起来。于是，他们又径直跑出去继续乞讨，为所欲为。告诉司令又有什么用呢？也许平静对他更适宜。就这样，他每月要借钱，这我知道，因为你伯父现在常来，如果不是为了钱，他就不会来。你父亲也以某种方法得到钱，我见他手上有钱。但我知道现在人们税交得不多，而他的士兵强要的钱占了他所有的钱的一大部分，如果你伯父不给他钱，他就不够用了。"

源一时简直无法相信这一切，他沮丧地说："但如果我父亲已像你所说的那样解散了军队，他现在只供这些剩下的兵吃饭，他不会需要那么多钱的。因为我知道，祖父还留给他不少地呢。"

老人弯腰靠近源，发出嘶嘶的尖声说："我敢打赌，那些土地现在都是你伯父的了，或几乎等于是他的了，因为你父亲怎么能偿还他欠下的债呢？小司令，你以为你去国外你父亲没有付出代价吗？他给你亲生母亲的钱刚够她花用，你的两个妹妹也与这个小镇上的商人结了婚。可是为了你，你父亲每个月把钱送到另一位太太那里。"

这时，源才觉察到多少年来他一直是多么地孩子气。年复一年，他始终认为父亲理所当然应该支付他所需要的一切。他不挥霍，不赌博，不要许多漂亮衣服，也不做那些年轻人偶尔做的浪费父母钱财的事。可是年复一年，他的起码的需求也已花费了他父亲的几百块银圆。眼下，他想起了爱兰的丝绸礼服和她的婚礼，还想起了太太的房子和她的那些弃婴。虽然源知道太太的父亲留给她不少钱，因为她是独生女儿，但源仍然怀疑这些钱是否足够支付她所有的费用。

源感到自己的心正向衰老的父亲靠拢。这么多年来，他从不埋怨，哪怕借债也千方百计地不让儿子捉襟见肘。源带着新生的男子气概，严肃地说："谢谢你告诉我这一切，明天我要去见见我的伯父和堂兄，搞清楚究竟发生了什么事，他们又是如何控制父亲的。"他似乎突然又想起了一件什么事，又加了一句，"还有如何对待我的。"

整整一夜，源始终忘不了这个想法。他一次次地醒来，虽然他安慰着自己，并想到无论如何他们毕竟是一家人，因此债也就不再真正称其为债了，然而，当他一想到那父子两人，他的心就沉甸甸的。是的，他们是他的亲戚，虽然他觉得自己与他们迥然不同，仿佛属于另一个种族。就这样，源在暗夜的孤独中沉思着。他睡在童年睡过的床上，在他父亲的屋子里，可是他有一次却忽然感到，自己仿佛已漂洋过海，成了一个外国人。这种感觉刺伤了他，他感到一阵突如其来的凄凉，他想："我怎么会变得像这样无家可归？"所有在火车上度过的日子和所见所闻浮现出来，又一次地折磨他，使他畏缩。他突然用低低的声音喊道："我无家可归了！"

但他又急切地想把这一呼喊从心头驱散，因为这对他来说是可怕的，他简直不堪忍受去理解它。

第二天，他反反复复地提醒自己，无论怎么说，他们总是亲戚，他不是真正的外人，他自己的亲戚不会伤害他。他也不愿意责备父亲。他对自己说，他很理解父亲，父亲由于年老和对儿子的爱才被迫欠下了债，除了向自己的兄弟借钱，他又能向谁去借钱呢？那天早晨，源这样安慰着自己。那天风和日丽，初秋的微风凉爽怡人。太阳照在院子里，轻飏的风把热气从屋里吹出来，源感到心情舒畅了些。

早上吃完饭，王虎便出去视察他的部下。这天，他当着源的面，表现出他正忙于他的军队的事务。他取下他的那把剑，喊他那个年迈的亲信过来把它擦拭干净，他站在那里咋咋呼呼，因为剑上已积满尘埃。源禁不住笑了，但心中腾起了淡淡的哀愁，因为他了解了事实的真相。

源见父亲走了，心想，这是个好机会，他可以私下去和他的伯父和堂兄谈谈。寒暄过后，源坦率地说："伯父，我知道我父亲欠了你一笔债。他现在老了，我想知道他一共欠了多少，我将尽到我的一份责任。"

源本来准备好了许多话，但就是没有为他刚刚发现的他的这种责任做准备。这两个生意人对视了一下，年轻的那个取来了一本账簿，这是一本店里专门用来记赊账的、软纸封面的大账簿。他把账簿捧到他父亲面前，他父亲接过账簿，把它打开，开始用沙哑的声音读王虎向他们借钱的那些年、月、日。源听着，听到那些日期从他南下上学时开始，一直继续到现在，借款数目一次比一次大，并且利滚利。最后，王掌柜读出了钱的数目："总共一万二千五百一十七块银圆。"

源听了这些话，坐了下来，好像被石头击中了一样。王掌柜合起账簿，将它递给他儿子，他儿子将它放在桌上，两个人等待着。源竭力保持常态，但却用比平常要低的声音问："我父亲拿什么来做抵押？"

王掌柜小心翼翼但不带任何感情地回答源，像平日说话一样，他的嘴唇几乎一点不动："我自然记得他是我的兄弟，我没有向他要我会向外人要的那种抵押品。此外，有一阵你父亲的地位和军队是我们的保障，可现在不再是了。自从我孩子他妈惨死，我就感到我到乡下去已完全不再安全。我觉得没有人再怕我了，大家都知道你父亲的威势已今非昔比。事实上，没有一个军阀的势力比得上从前了。现在南方正在闹革命，并且他们威胁着要经过这儿北上。这年头世风日下，到处都在造反，在我们的土地上，佃户们也从未像现在这样胆大妄为。然而，我记得你父亲是我的兄弟，就没有拿他的土地来做抵押，事实上，它也抵不上我为你而借给你父亲的钱。"

听到"为你"这两个字，源朝他的伯父看了一眼，但仍然一言不发，等那个老头儿继续说下去。那个老人又说："为了你，我情愿让我的钱流出去。我要让你成为一个保证人，无论你以什么方式担保都行。你可以为我做许多事，源，也为我的儿子们，他们是你的亲戚。"

这个老人不无仁慈地说着，显得非常理智，就像一个大家庭里的长者对待他的晚辈一样。可是，源听着这些话和这枯燥尖细的声音，看到他伯父干瘪的脸，却感到沮丧，他问："我能干什么呢，伯父？我现在还没有固定的工作呢。"

"你必须找到工作。"老人答道，"现在大家都知道每个留洋归国的人都可以拿到很高的工资，就像过去做官的人所能得到的那么多。在借钱给你之前，我已设法打听到了这个情况。我二儿子在南方当会计，他告诉我，如今具有外国学识就像找到一门好的生意一样可以受用不尽。如果你能找到一个经手银钱的职务，这对我们大家说来就再好不过了。因为我儿子说，现在政府为了实行那些新的计划，向人民征的税越来越多。新统治者有宏伟的计划，他们要建造宽阔的公路和高大的洋房，要为他们的英雄建造宏伟的陵墓等。如果你能找到一个美差，有银钱进进出出，你就舒服了，而且也帮助了我们大家。"

那个老头儿侃侃而谈，源却无言以对。此刻，他看到了他的伯父为他设计的未来的生活道路。他一言不发，只是凝视着他的伯父，但他见到的不是那个老人，而是正盘算着这个计划的一颗狭窄、庸俗而老朽的心灵。他知道，按老规矩，他伯父可以这样安排、这样索取他的青春年华。源想到这些，便十分痛恨这些旧时代的卑鄙的权力，他的心前所未有地激烈跳动着。这些权力像羁绊着年轻人手脚的绳索，使他们无法迅速前进。可他没有把这些想法呼喊出来。想到这些，他就想起了他年迈的父亲，想起王虎怎样无意之中将儿子束缚住了，因为他无法从其他地方得到银钱，以满足儿子的愿望。就这样，源茫然地坐着，暗暗地憎恨着他的伯父。

然而，那个老头儿没有察觉到这个年轻人的憎恶。他继续用同样单调的尖尖细细的声音说："你还有其他一些可以做的事。我的两个小儿子还未能自食其力。时世不济，我的生意也不像以往那样景气。自从我听说我哥哥的儿子在银行里混得不错，我就想，为什么我的儿子不可以去。因此，如果你能找到个美差，而且把我的两个小儿子也带去，到你的手下做事，你就能够偿还债务的一部分，我会根据他们的每月所得，考虑这部分金额的大小。"

源再也压抑不住心中的痛苦，他伤心得叫了出来："我被当作抵押品卖了——我的青春都属于你了！"

可那个老头儿睁开眼，不动声色地说："我不知你这是什么意思。尽量帮助自己的亲属，这难道不是一种义务吗？事实上，我已经为了我的两个兄弟而牺牲了自己，其中一个就是你父亲。多年来，我是他们土地的代理人，我管理父亲留下的那幢大房子，交税，为父亲留下的土地尽力操劳。可这是我的义务，我从来也不推卸。我们的父亲留给我们可观的土地和租金，因此别人都认为我们是富有的，但我们的孩子并不富。时世艰难，税金高，佃户几乎不交租子并且无法无天。因此，我的两个小儿子必须像我二儿子那样为自己找个职务。现在轮到你来尽你的义务，帮助你的两个堂弟了。自古以来，一家之中最能干的人总是要帮助家里的其他人。"

就这样，这古老的束缚落到了源身上。源缄默不语，可是他知道有些处在他这种情况下的年轻人会挣脱这种束缚，他们会逃走，住在他们爱住的地方，把对于家庭的顾虑统统抛到九霄云外，因为现在已是新时代了，源热切地希望自己也能获得这样的自由。他坐在这间黑暗破旧、满是尘埃的房间里，看着那两个亲戚，真渴望站起来高喊："这笔债不是我欠的，除了我自己，我谁的债也不欠！"

但他知道他不能喊出声来。孟为了他的事业可能会大声疾呼；盛可能会哈哈大笑，仿佛他接受了这种束缚，但很快又会把它忘得一干二净，然后随心所欲地去生活。然而，源属于另外一种人。他无法拒绝这种束缚，因为这束缚来自父亲对于他的无知的爱；他也不能埋怨他的父亲，因为他沉思再三，也想不出父亲还有什么其他可行的办法。

源凝视着地上通过开着的门射进来的一线阳光。在寂静中，他听到小鸟在院子里的竹丛间叽叽喳喳。最后，他郁郁地说："伯父，我真的成了你的投资。你把我当成了使你的儿子和你的老年有所保障的工具。"

那个老头儿听源这么说，思考了一下，向碗中倒了一点茶，慢慢地呷着，然后用干枯的手在嘴上抹了抹，又说："这是每一代人都要做而且必须做的事，当你有了儿子，你也会这样做的。"

"不，我决不！"源很快地说。到这时为止，他心中还没有出现过自己的儿子。可老人的这些话仿佛把未来唤进了他的生活。是的，总有一天他会有儿子。可这些儿子——他们应该是自由的——自由得不受他们父亲的任何计划束缚！他们不应该被造就成战士，不应该由他人安排前途，也不应该与家业拴在一起。

突然，他开始憎恨他家族里所有的人——他的伯父和堂兄弟们，甚至他的父亲。正在这时，王虎进来了。他视察好他的部下归来，十分疲劳，急切地想坐下来喝酒。他看着源，给源讲着一切。可是源受不了……他很快地站起身来，一言不发地走开，想一个人独处。

在自己的旧房间里，源躺在床上，像他儿时常做的那样，伤心地哭了起来。但他哭的时间并不长，因为他走后，王虎在客厅里停留了一会儿，这恰够他从另外两人的神态中觉察到出了什么问题。于是，他来到了源的房间。他推开门，用他龙钟的步伐尽快地走到源的床前。可是源不愿将脸转向父亲，他躺在那儿，脸埋在手臂里。王虎坐在他旁边，用手抚摸着他的肩膀，轻轻地拍着，倾吐着热情的许愿和断断续续的恳求，他说："我的儿子，你应该明白，除了你自己喜欢的事，你什么也不要做。我还没有老。我一直太疏懒了。我要再一次召集我的人马去打仗，使这个地区重新成为我的领地，夺回土匪头子从我这里抢走的税钱。我曾经打败过他，我还能够再次战胜他，你会获得一切。你将留在这儿，和我在一起，你可以要什么有什么。是的，你可以与你喜欢的人结婚。以前我错了，我现在脑子开化了，源，我知道现在年轻人怎样行事……"

现在王虎确实提起了一件重要的事，这事使源从眼泪和自我怜悯中解脱并变得坚强起来。源转过身去，激烈地喊道："我决不让你再去打仗，爸爸，我——"

源几乎要喊出"我决不结婚"这句话。长期以来，他一直对父亲这么说，以致这句话会不经思索地从口中溜出来。可这次，在深深的痛苦中，他停住了，没将这句话说出来。一个突如其来的问题出现在他心里。他真的不希望结婚吗？在不到一小时之前，他还在心中喊到，他的儿子们应该是自由的。当然有一天他会结婚。因此这句话在他的舌尖上停住了，他缓缓地对父亲说："是的，总有一天，我会同一个我喜欢的人结婚。"

王虎见源转过脸来，停止了哭泣，他高兴地答道："你会，你会，只是告诉我她是谁，我的儿子，让我派媒婆去办这件事，我要告诉你的母亲。但究竟哪个该死的乡下姑娘配得上我的儿子呢？"

父亲讲话时，源凝视着他，开始在自己心里看见一件他以前未曾发现的东西。"我不需要媒人。"他慢慢地、心不在焉地说，因为这时他的脑海中浮现出一张脸——一张年轻女人的脸，"我可以自己去说。现在我们年轻人都自己去说。"

这回轮到王虎目瞪口呆了，他严肃地说："我的孩子，能这样向她求婚的女人会是正派的吗？你没有忘记我以前曾警告过你，得提防这种女人吧，孩子？你已经选中一个贤淑的女人了吗？"

源微笑着。他忘却了当时的债务、战争和所有的烦恼。刹那间，他分裂的心灵在一条隐秘的畅通的道路上弥合了。有那么一个人，他可以向其倾吐肺腑之言，而且这个人知道他应该何去何从。老年人从来不能理解他和他的欲求，他们看不出他已不再是他们之中的一员。不，他们并不比陌路人更了解他。可源知道有一个属于他自己的时代的女人。但她同他并不一样。他植根于旧时代的土壤中，总是被分裂成两半，因为他没有力量将自己的根拔出来，重新植根于那新的、必要的、他的生命赖以生存的时代的土壤中。这个女人的脸清晰地在他眼中闪现，在他的整个生命中，没有一张脸能如此清晰，这样，其他所有人的脸都变得黯然失色，甚至在他眼前的父亲的脸也变得暗淡、模糊。只有她能把他从自我中解放出来——只有梅琳能给他自由，告诉他应该做什么。是的，她会安排她所遇到的一切，告诉他该做些什么！于是，他心情轻松愉快起来，不禁有些飘飘然了。他必须回到她那儿去。他迅速地从床上坐起来，把脚放在地板上。这时，他想起父亲曾经问过他的那个问题，心里充满了新鲜而迷惘的快乐，他答道："一个贤淑的女人？是的，我已选中了一个贤淑的女人，父亲！"

他忽然体验到一种从未有过的急切心情。没有半点迟疑和畏缩，他决定立刻去找梅琳。

虽然源迫不及待地想立刻就走，但是他发现他必须同父亲在一起待上一个月，因为当他考虑怎样才能找到一个借口离开时，王虎就变得失望和沮丧，源禁不住感动了，于是收回了他的暗示，因为他曾对父亲暗示，他有事要回那座海滨大城市。源知道他不留下来看他的母亲是不合适的，现在，她正住在她老家的乡下。这个女人自从为源住进了土屋，已恢复了孩童时代那种对乡村生活的热爱。如今她的两个女儿已结了婚。她常常到那个她曾经做过女佣的村庄去，后来就在她大哥家中落了脚，她哥哥十分乐意接纳她，因为她付钱给他，有那么一点军阀妻子慷慨大度的派头，她嫂子喜欢这种派头，这使得她在其他村妇中间高出了一等。虽然那个老亲信已带信给源的母亲，告诉她源来了，她还是耽搁了几天。

这时源却是一心一意甚至焦虑不安地想见到母亲，想直截了当地告诉她，他要自己选择妻子，实际上他已经选好，只等告诉她了。他的伯父父子俩很快回到老家的庄园去了，因此源这个月可以住在这儿，和父亲单独在一起，他觉得更自在了。

想起梅琳，源便十分高兴，这甚至使他对他伯父也显得彬彬有礼，他十分欣慰地暗自想道："她会帮助我找到解决债务的办法的。在我告诉她之前，我不再说气话了。"他这样想着，所以在与伯父分手时他镇静地说："我保证不会忘记这笔债，但你不要再借钱给我们了，伯父。我现在最关心的是，在这个月过去后，我将为自己找个好的工作。至于你的儿子，我一定尽力而为。"

王虎听着，肯定地说："兄长，请放心，一切都会归还给你。我靠打仗不能办到的事，我的儿子会依靠政府办到。毫无疑问，以他的学问，他会找到一个官职的。"

"是的，如果他努力的话，这是毫无疑问的。"王掌柜答道。临走时，他对他儿子说："把你写的那张账单交给源。"他儿子从袖子里抽出一张折着的纸，递给源，啰啰唆唆地说："这是全部债款的总账，堂弟，我们，也就是我和父亲想，你也许想把这一切弄明白。"

即使在这时，源也不能对这两个矮小的人发怒。他认真地收起了这张纸，心中暗暗好笑，在送他们上路时，他表面上尽到了一切礼节。

是的，对源说来，一切都不像以前那样扑朔迷离。他能做到对那两个人彬彬有礼，在他们走后，他又非常有耐心地陪父亲度过了一个个夜晚。晚上，那老人喋喋不休地讲着关于战争和胜利的冗长的故事。为了儿子，王虎又重新追溯起自己的一生和所有的那些战斗。他在讲述时倒挂老眉，捋着残须，眼睛熠熠生辉。对他来说，他对儿子这样讲述，仿佛他度过的是非常光荣的一生。源安静地坐着，听见王虎高喊，看到他皱眉或看到他重做杀"豹子"的刺杀动作时，源微微地笑了，心中奇怪为什么他曾如此惧怕父亲。

然而，时间也不是慢得令人难忍，因为关于梅琳的想法如此突然地涌上源的心头，以致他不时需要独自沉静地思考一下这个问题。有时，他对自己在这儿耽搁感到高兴，在父亲讲故事的时候，他甚至感到欣喜，因为在那时，他可以静静地坐着，对父亲的故事似听非听。他心里暗暗惊讶，对于自己隐秘的心思，他竟是如此不敏感。在爱兰结婚的那一天，当他看到结婚仪式和爱兰的美貌时，他已经注意到了梅琳，并且认为她比爱兰美。实际上在那一刻他就应该明白了，在那以后，他还有许多机会应该明白这一点，如当他看见她在屋子里走来走去，她的手将一切安排得井井有条，她指挥仆人做这做那的时候。可是直到他在孤独寂寞中哭泣时，他才明白过来。

王虎苍老而快活的声音一次次打断源的梦想。源耐心地忍着，坐着听他说，要是他心中没这新生的日益增长的对梅琳的爱，他绝不会有这份耐心。他在梦幻中听着父亲叙说这一切，丝毫辨不出父亲说的是过去的战争还是计划将来进行的战争。父亲继续天真地唠叨着："我从我二哥给我的那个儿子那里还能得到一些收入，可是他不是个军阀，也不是个真正的地主。我不敢过于信任他，他游手好闲，老爱哭，是个天生的小丑，我敢打赌，他到死都是一个小丑。他说他是我手下的队长，但他几乎不送什么给我，我已有六年不去那儿了。我春天一定要去一次，唉，我一定要在春天重整旗鼓。我很了解我这个侄儿，他会直接投靠任何进犯之敌，甚至转过来攻打我……"

源蒙蒙眬眬地听着，对这个堂兄漠不关心。源几乎不记得他了，只记得他伯母喜欢说："我儿子在北方是个司令。"

是的，坐在那儿，不时向父亲问一两个问题，想着那个他认识而且热爱的少女是令人愉快的。他心里想，他将毫无愧色地让她看一看这些院子，因为她会理解他。他们两人是同一类人，无论这个国家怎样丑陋，它毕竟是他们的祖国。他甚至可以这么对她说："我父亲是个愚蠢的老军阀，他的故事数不胜数，他自己也分不清一个故事是真还是假。他把自己看作一个实际上他从来也不是的伟人。"是的，他可以对梅琳这样说，并知道她会理解。当他想到她的那种单纯和坦率时，他感到虚伪的羞愧从自己身上消逝了。哦，让自己趋向她，再还原成真实的自我，不再分裂成两半，就像他那几天在田野里、在祖父的土屋里时一样，那时他既孤独又自由！和她在一起他也会清静自由，返璞归真。

最后，他只想到要在她面前倾吐他的愿望，他坚信她会帮助他。当他的母亲终于到来时，他像他应该做的那样表示了欢迎。他看着她，想到她是自己的母亲时并不难受，然而他同她无话可说。虽然现在她皱缩的脸上现出一种健康的红润，但她是一个极其平凡的农村老妪。她仰望着他，挂着一根她借以走路的剥了皮的木拐杖，她昏花的老眼仿佛在惊讶地发问："我的儿子成了什么样的人啦？"

源，高大魁梧，穿着西服气宇轩昂，俯看着那个穿着老式上衣和黑棉布裙的女人，自己问自己："我真的是在这个老态龙钟的女人体内形成的吗？我感觉不到与她有什么血缘关系。"

可是如今，他既不难受也不感到羞愧。如果他爱上了那个白种少女，他在她面前会带着无地自容的羞愧说："这是我母亲。"但是他可以对梅琳说："这是我母亲。"而她，知道成千上万与他类似的男人有着这样的母亲，不会认为这事不可思议，因为对她来说，没有一件事是不可思议的。对于她，说这么一句话就足够了……在爱兰面前，他甚至也可能会感到羞愧，但在梅琳面前，他却不会。他可以与她坦诚相见而永不感到羞愧。因此，即使在他烦躁的时候，这种想法也会使他趋于安宁。于是后来有一天，他直截了当地告诉母亲："我订婚了，或者说相当于订婚了，那个姑娘我已选好了。"

那个老妇人温和地说:"你父亲告诉我了。哦,我倒是提起过几个姑娘,但你父亲愿意让你做你想做的事。你几乎不是我的儿子,而一直是他的儿子。他一向脾气暴躁,我没有能力反对他。唉,那个有知识的人,她可以逃避他,到别处去生活;可我却留了下来,让他把我当作出气筒。我希望你选择的是个体面的姑娘,能缝衣做饭。我希望有一天能看到她,虽然我明白这新时代乱了套,年轻人随心所欲,媳妇甚至也不按规矩来看她们的婆婆。"

源想,她知道这事兴许会感到欣慰,因为她不必再费力劳神去操心别的事了。她坐在那儿,以她特有的方式茫然地凝视着什么,然后,她动了动眼睛和下巴,忘却了源,文静地睡了,或似乎是睡了。他们这两个人不属于同一世界,他是她的儿子这一事实对他说来毫无意义。事实上,除了他要回到梅琳那儿去,他对一切都已经无所谓。

向父亲告别时,他强迫自己彬彬有礼地与他们说再见,表现得好像很伤心和依依不舍的样子。他又上了南下的火车,非常奇怪的是,他几乎注意不到火车上的乘客。无论他们行动规矩还是不规矩,对他说来完全一样,因为他只想到梅琳一个人。他回忆起他所知道的有关她的一切。他想起她有一双狭长的手,这双手手掌狭窄,手指纤细,坚定有力。他忽发奇想,也许这双手能敏捷严谨地割去人体上的病态赘生物。她的整个身体焕发出一种精明强干的力量,这种力量来自她那纯净苍白的皮肤下连接在一起的优美骨骼。他不断地回忆她如何样样在行:仆人们依赖她;爱兰会喊出声来，定要梅琳说说一件外衣镶上边好不好；只有梅琳能为太太做她想做的事。源安慰自己，自言自语地说："二十岁的她比三十岁的女人还能干。"

当源回忆起她，总感到她对他说来有双重的魅力。她有年长妇女的老成稳重和严肃认真，源注意到太太、伯母以及所有以老式的教育方式培养出来的女人都有这种特点。但梅琳身上还有些新东西，她在男人面前既不羞羞答答，也不沉默寡言。在任何地方她都可以坦率从容地讲话，像爱兰一样，自由自在，不拘一格。在火车的喧嚣和骚动之中，当田野和村镇在窗外掠过时，源却视而不见，他只是坐着，在心中编织着关于梅琳的梦。他回想起她所有的片言只语和一颦一笑，使他心中那幅珍贵的画像臻于完美。当他竭尽所能地将过去的一切都想到之后，他便开始想象当他再见到她的那一刻，他将怎样跟她说话，怎样倾诉他对她的爱。好像那一时刻果真完美地存在着似的，他甚至可以看见她严肃姣好的面容，看见她说话时正视着他的眼睛。接下去，哦，他必须记住她仍然这样年轻，她虽然不是大胆老练、胸有成竹的姑娘，但楚楚动人，沉静庄重。他会拿起她纤细的小手，那不泄露她的感情的纤手……

可是谁能按自己的希望憧憬将来的某一时刻，或哪个爱人会知道这将来的一刻将向他提供些什么？源的舌头虽然在火车上很灵活地编练着那些词句，但当那一刻真的到来时它变得十分笨拙。当他走进太太家的门廊，那座房子里鸦雀无声，只有一个仆人站在那儿。寂静像一股冷气向他袭来。

"她在哪儿？"他对仆人喊，然后像想起了什么，他平静地问："太太呢，她在哪儿？"

仆人答道："她们到弃婴室去看那个刚捡来的婴儿了，那个婴儿病了。她们说可能要迟些回来。"

源只得静下心来等。他一边等一边想把思想转移到其他事情上去，可是他的心由不得他——它无法违背自己的意愿，总是要回到它怀着的那个强烈的希冀上去。黑夜降临，她们俩还没有回来。仆人喊开晚饭时，源不得不到餐厅单独吃饭，饭菜在他口中毫无滋味。他几乎有点恨那个婴儿了，因为它耽误了他几星期来渴望的那个时刻。

源吃不下饭，正要站起身来，这时门开了，太太走了进来，她脸色沮丧，一副精疲力竭的样子。梅琳跟在她身后，也是默默无语，垂头丧气，源从来没见过她这样。她看着源，又仿佛没看见他，她在他面前低声哭了起来，似乎源一刻也没有离开过，她说："那个小孩死了，我们尽了一切努力，可她死了。"

太太叹了口气，坐下来悲伤地说："你回来了，我的孩子？我从来没见过比她更可爱的婴儿，源，她刚出生三天就被遗弃了。她不是穷人家的孩子，因为她的小衣服是绸子做的。起先我们以为这个孩子是健康的，但是今天早晨她开始抽搐，是那种古已有之的病魔使这些新生儿遭了殃，不到十天就把她带走了。我已看到过许多漂亮健全的儿童染上了这种病，就像被一阵邪风卷走一样迅速死去，现在还没有任何办法战胜这种病魔。"

那个姑娘坐着听太太讲话，她也吃不下饭。她紧握着纤细的双手，将它们搁在桌上，愠怒地说："我知道这是什么病，它没有存在的理由！"

源看着她愠怒的脸，比以前看她时更觉感动，他发现她已热泪盈眶。她的愠怒和眼泪像撒在源那颗火热的心上的冰。因为他看出，它们已将这个少女的心包裹起来，远离着他。他心中只有她，可是此刻她却没有想到他。他坐下来听着，平静地回答着太太向他提出的有关他父亲的房子的问题。源看出梅琳甚至没有听到他们的问答。她坐在那儿，出奇地安闲，她的手平静地放在腿上，从这张脸看到那张脸，什么话也没说，只是眼中的泪水越来越多。源看出梅琳心不在焉，因此那天晚上他什么也不能说。

但是，不把心里话倾吐出来，他又怎么能安宁呢？整个夜里，他断断续续地做着关于爱的古怪的梦，可是爱情从未清晰地出现过。

清晨，他浑身无力地从梦中惊醒。这是一个阴天，当时正值夏末秋初。源起床后向窗外望去，只见灰蒙蒙一片，平坦静止的灰色苍穹，覆盖着这平淡灰色的城市和灰色的街道，街上的人们懒散地行动着，在大地上显得又渺小又暗淡。面对这片萧瑟景象，源的热情渐渐地消退了，他对自己感到惊讶，惊讶他居然梦到了梅琳。

怀着这种心情，他开始无精打采地吃早饭，这天的饭菜对他说来实在是淡而无味。不一会儿，太太进来了。在饭前与源互道早安时，她就发现他有点不大对劲儿，于是她开始婉转地提些问题，促使他说出真情。可是源感到无法对她讲出他刚刚滋生的爱情，因此，他只是说了父亲向他伯父借了大笔钱款这件事。这件事暂时转移了她的注意力，她哭着说："为什么他不告诉我他经济拮据呢？我本来可以少花点钱。我很高兴我在梅琳身上用的是自己的钱。是的，我为这样做感到自豪。我父亲没有儿子，他给了我足够的钱。临死之前，他将钱存在一个安全可靠的外国银行里，那些钱多年来一直存在那儿。他非常爱我，甚至为了我卖了许多祖传的土地，将它们变成银钱。如果早知道，我就会……"

源郁郁地说："为什么你要这样做呢？不，我要找个工作，我的知识在那儿将要发挥作用，我要尽可能地省下工资，把它还给我伯父。"

他忽然又想到，如果他这样做，他怎么能有足够的钱结婚、造房子，做所有那些年轻人憧憬的事呢？在旧时代，儿子们与父亲同居一屋，媳妇和孙子在一口锅里吃饭。可是在新时代，源不能忍受这种事。一想到王虎住的院子和那个将成为梅琳婆婆的老太太，他就发誓绝不和梅琳住在那儿。在什么地方他们会有他们自己的家，一个他眠思梦想的家呢？那个家中只有他们两个人，他们将使它优美如愿，他们的家里座椅舒适，窗明几净，画悬四壁。在太太面前，他沉浸在这种憧憬之中。太太非常和蔼地说："你还没有将一切都告诉我。"

源的心忽然剧烈地跳动起来，他满脸通红，眼睛灼灼发亮，他感到它们在眼睑下燃烧。他说："我还有话要说，我确实有话要说！我不知怎的意识到我爱上了她，没有她我就不能活。"

"她？"太太惊讶地问，"什么她？"她寻思着。这时源叫了出来："除了梅琳，还有谁？"

太太惊讶万分，她做梦也没想到过这件事，因为在她看来，梅琳还是个孩子，是她在一个寒冷的冬天将梅琳捡回自己的屋子的。她看着源沉默了一会儿，沉思着说："她还年轻，充满了对未来的憧憬。"然后又说，"我们不知道她父母的姓名，如果你父亲知道她是个弃儿，我不知他会怎么样。"

源急切地说："我父亲对此绝无异议。在这个时代，我不能被陈旧的风俗习惯所束缚。我要自行选择。"

太太很有礼貌地忍耐着，现在她已很习惯这种谈话了，因为爱兰经常激昂地说着这些话，从与其他父母的交谈中，她知道所有的青年男女都以同一种腔调说话，他们的父母不得不尽可能地忍受这一切。因此她只问："你对她说了吗？"

源顷刻之间忘了他的大胆表现，像个老式的恋爱者一样羞怯地说："没有，我不知道怎么开口。"稍稍思索后，他又说，"好像她总是全神贯注地忙着她自己的事情。其他姑娘往往以手的接触或眉目传情开始，可她从来不这样。"

"是的，"太太自豪地说，"梅琳从来不会这样做。"

当源正情绪低落地坐着时，一个想法突然跳入他的脑海：他可以请太太为他去说。他在心中飞快地嘀咕，这样到底更妥当些。梅琳会听太太的话，她是这样热爱并尊敬太太，对源来说，这样做也许会有效果。

源忽然觉得，眼下虽然是新时代，但最好还是不要自己去说这种事。这将是一种既新又旧的方式，那个如此年轻的姑娘可能会更喜欢它。源思索着这一切，非常热切地对太太说："母亲，你愿意为我去说吗？她太年轻了，如果我去跟她说，也许会吓着她。"

太太微笑了一下，温柔地凝视着源，答道："我的孩子，如果她想与你结婚，而你父亲也同意，就让这事办成吧。但是我不愿强迫她。强迫一个姑娘与一个男人结婚——这种事我永远也不会做。这是新时代给女性带来的唯一的一件伟大的新生事物——没有人再强迫她们结婚了。"

"是，是的——"源大声地说。

可是他并没有想过这个姑娘需要人强迫，因为结婚对所有的姑娘来说是自然而然的事。

他们在交谈中吃完了早饭。这时梅琳进来了。她穿着她上学时穿的蓝色绸旗袍，显得清新又干净；她短短的直发往后梳；耳朵上和手上都没有首饰，她不像爱兰，爱兰总是戴着珠宝，否则就觉得像没穿衣服似的。她面容恬静，目光坚定；嘴唇弯弯的，色泽淡雅，不像爱兰的总是那么红；她的脸颊苍白而光滑。虽然梅琳从来不红光满面，但她清爽的金色皮肤光滑纯净，总洋溢着青春的活力。她彬彬有礼地问候他们，可以看出，经过一夜的休息，昨日她心中的哀伤已不复存在。她又恢复了宁静，准备迎接新的一天。

源瞧着梅琳，她坐下并拿起碗开始吃饭。这时，太太说话了，她的嘴角挂着一丝笑意，眼睛里也闪现着同样的微笑。源突然觉得，要是他能阻止住太太或选择另一时刻就好了。不管怎么说，他希望这一刻晚些到来。这时，一阵羞怯涌上他的心头，他低头垂眼，如坐针毡。太太看到源的窘状，眼中闪现着隐秘的微笑，她说："孩子，我有一个问题要问你。这个年轻人，源，虽是个了不起的现代人，并想自己选择妻子，可是他在最后一刻变得胆怯起来，又退而求助于老办法，终于请了个媒婆。我就是这个媒婆，你是这个姑娘，你愿意接受他吗？"

太太直截了当地用枯燥单调的声音说了这一切，源几乎有点恨她了，对他来说，没有比这更糟糕的了，因为这么说足以吓坏任何姑娘。

梅琳吃了一惊。她小心翼翼地将碗放下来，然后放下筷子，莫名其妙地凝视着太太。然后，她用细微的声音对太太耳语："我必须这样做吗？""不，孩子，"太太这时严肃地说，"如果你不愿意，就可以不同意。"

"那么我不愿意。"那个姑娘快乐地回答，她的脸由于欣慰而显得神采奕奕，然后她又说，"妈妈，我有许多同学不得不结婚，她们哭了又哭，因为她们必须离开学校去结婚，因此我害怕。哦，我感谢你，妈妈。"这个姑娘总是这样沉静稳重，这时她迅速地从座位上站起来，走上前去，在太太面前跪了下来，并弯腰向太太行了一个老式的答谢礼。太太用一只手臂将她扶起来。

然后太太的眼光落在源身上，他坐在那儿，血色从他脸上飞速退去，只留下一片苍白。他咬着苍白的嘴唇，使它们平静下来，因为他不能轻弹眼泪。太太有点怜悯他，她慈祥地看着那个姑娘，说："你仍然喜欢源，梅琳，是吗？"

梅琳迅速地回答："哦，是的，他是我哥哥，我喜欢他，但是不想和他结婚。我不想结婚，妈妈，我想上完学，成为一个医生，我要不断学习。每个女人都会结婚，我不想只是结婚、料理家务和带孩子。我下决心要成为一名医生。"

梅琳说这些话时，太太带着得胜的神气看着源。源也看着这两个女人，他感到她们在串通一气反对他，女人们团结起来反对一个男人，这使他受不了。旧风俗毕竟也有好的一面，依老法，一个女人理所当然地要结婚、生孩子。梅琳应该结婚，她不愿结婚是有悖于常情的。他沉思着，怀着一种男子气概，他在心中愤怒地谴责着这些女人："如果女人都像现在这样，真是不可思议！谁听说过姑娘到了年纪不结婚？一个姑娘不结婚简直不可思议，这对于民族和后代来说都是一件憾事！"他想，甚至最聪明的女人也是很愚蠢的。他一抬头，遇着了梅琳镇静的目光，这一次他认为它们是由于冷酷无情才显得如此镇静自信，于是他愠怒地看着她。太太很有把握地为她解释，说："她要等到自己希望结婚时才结婚。她将以对她来说最好的方式安排她的一生，你必须承受这一点，源。"

这两个女人注视着他，在她们新的自由中甚至带有某种敌意，年轻的挽起了年长者的手臂……是的，他必须承受这一点！

在这阴沉沉的一天，源晚些时候离开了那间他曾经扑上床去的房间，漫无目标地在街上游荡，他又一次心如乱麻。在愁苦中，他哭了又哭，胸中的心剧烈地疼痛，似乎它由于一会儿炽热，一会儿冰冷，终于不能正常地跳动了。

源心灰意懒地想，现在该怎么办呢？他在街上到处溜达，挤来撞去，旁若无人……是的，如果说快乐已经消逝，他的责任却依然留存。他欠的债不会消失。他想这样至少他可以独自一人还清债务。他思念起留在家中的老父，他搜索枯肠，考虑自己能做些什么事，能在哪儿找个工作求生，省下工资还债。他心里暗暗地说，他要尽自己的义务，他感到自己还没有初试锋芒。

时光就这样流逝着，他漫步的足迹遍布全城，对他来说，这座城市变得可憎可恶，街上外国人的脸甚至他的同胞以及他自己穿的西服都使他感到可恨。他觉得，至少在这一刻，旧的风俗习惯更好。他怒不可遏地对他冰冷、受伤的心呼喊："是那些外国方式使我们的女性变得如此冥顽不灵、自由放任，使她们违背自然天性，像尼姑或妓女似的活着！"他带着特殊的厌恶想起房东太太的女儿以及她的淫荡，想起玛丽和她那可以随便让人亲吻的嘴唇，他诅咒她们。后来，他带着一种不可遏止的仇恨看着每一个从他身边经过的外国女人，他喃喃自语道："我要设法离开这座城市。我将要到我看不到外国风尚和新生事物的地方去，我将在祖国的怀抱里居住、求生。我希望我从来没去过国外！希望我从来也没离开过那土屋！"

他忽然想起他以前认识的那位老农夫，那位农夫曾经教他怎样挥动锄头。他要到那儿去看望那个老人，重新体会跟自己的同类在一起的快慰，而不受那些外国人和他们的习俗的腐蚀。

他立刻转到路边，上了一辆公共汽车，以便及早到达那儿。车开到了尽头，他才继续步行。那天他走了很远，寻找他曾耕种过的土地、那个农民以及他的家。可是一直到将近黄昏，他还没有找到，因为街道已大大地变样了，街上行人熙熙攘攘，当他最终认出那个老地方时，他发现那里已没有耕地了。几年前，这儿还是一片肥沃丰产的土地，那个老农民曾自豪地声称，他的家族已在这块土地上生活了一百多年。现在，一家丝织厂在这儿平地而起，这是一件新事物，它跟过去的村庄一般大小，厂房的砖头又新又红，窗户在屋顶上闪闪发光，黑烟则从烟囱里缕缕不绝地冒出来。当源正站着观望这座工厂时，一声尖锐的汽笛鸣响了，铁门突然打开，一股缓慢、滞重，由男人、女人和孩子组成的人流从宽阔的大门口涌了出来。他们度过了劳碌的一天，知道明天的生活将同样如此，他们必须这样日复一日地活着。他们的衣服浸透了汗水，身上带着丝茧中死蛹的令人作呕的恶臭。

　　源站在那儿注视着这些面孔，有点异想天开地想在其中发现那张老农夫的脸。可是他一定被一个妖魔吞没了，就像他的土地一样。他不在那股人流里。这些毫无血色的城里人，每天早晨从陋屋里爬出来，晚上又爬回去。那个老农夫已到别处去了，他和他的妻子还有老水牛都走了。源想，他们肯定走了，现在一定是在什么地方过他们自己的生活，就像过去一样的坚韧不拔。想着他们时，他露出一丝笑意，暂时忘却了自己的痛苦。在回家的路上，他一直沉思着。他也要以某种方式寻找他自己的生活。

第四章

第二天发生的两件事决定了源的生活道路。太太一大早就对源说："我的孩子，现在你住在这个家里是不适宜的。设想一下，如果梅琳知道你心中对她的想法，而又天天看到你，该是多么地难堪。"

源带着前一天的余怒答道："我很清楚，因为我也有同感。我觉得我也想到一个不至于会天天见到她的地方去，在那儿，我会忘记每次见到她的情景和她说她不需要我的声音。"

源起初愤怒而勇敢地说着这些话，可是在快说完的时候，他的声音颤抖起来。无论他怎样压抑着怒气，说他要到见不到梅琳的地方去，但当他仔细思量时，他痛苦地发现，事实上，他还是希望不顾一切地留在他能看见她和听见她的声音的地方。这天早晨，太太恢复了她温和的天性，因为这时她无须为保卫梅琳或妇女的事业而反对男人，她本来就是慈祥温柔、善解人意的，她清楚地听到了源的声音中的颤抖，注意到他忽然中断了谈话，迅速地吃起碗里的食物来。他们是在饭桌上见面的，梅琳还没有来。太太安慰源说："这是你的初恋，我的儿，它来得不易。我知道，你的性格很像你父亲。别人告诉我他像他母亲，她是个严肃沉静的人，总是执着地爱着她所爱的一切。是啊，爱兰就像你祖父，你伯父告诉过我，她有你祖父那样的快活的眼睛……好了，我的儿，你太年轻，不能过于死心眼，你离开这儿吧，去找一个你喜欢的地方，并找到一份工作，尽力去还你二伯的债，认识年轻的男男女女，过一两年——"她停住话看着源，源等待着，看着她，她接着说，"一两年以后，梅琳也许会改变主意。谁知道呢？"

但源还是不抱希望，他固执地说："不，她不是个容易改变主意的人，母亲，我能看出她接受不了我。我心血来潮，还以为她是我需要的女人。我不想要外国型的姑娘，我不喜欢她们。可是梅琳正中我的意，她是我喜欢的那种姑娘，但不知为什么她既新又旧——"

源又突然停了下来，他吃了满满一口食物，但又咽不下去，因为他的喉头哽着他羞于流出的泪水，为爱情流泪似乎有点孩子气，他希望自己表现得泰然些。

太太心里非常明白，她让他这样停了一会儿。最后，她友好而平静地说："好了，就这样吧，我们等待着。你还年轻，有足够的时间等待，而且事实上你有债务。你必须记住你要承担做儿子的责任，无论如何，义务总归是义务。"

太太说这些话是为了鼓起源的勇气，她确实收到了效果。源费力地咽了几次，咽下了口中的食物，然后他突然发泄了他压抑在心中的怨气。虽然这些都是他前一天自言自语过的话，但他依然感到非说不可："是的，这是他们的老生常谈，可是我发誓我已对它感到厌倦，我总是为我的父亲尽义务，可他怎样报答我？他会将我与一个无知无识的农村妻子拴在一起，让我永远地受着束缚，并且他永远也不会明白他为我做了什么。现在他又将我与我的伯父捆在一起。我要去做我以前做过的事——我要走，去参加孟的队伍，将我的毕生精力用来反抗那种被老一代人叫作义务的东西，我将再一次这样做。父亲做的那一切是由于愚昧无知，这毫无道理，像他那样愚昧无知并且伤害了我的行为是可恨的。"

这时源也清楚自己正在毫无道理地瞎说，因为父亲虽然强迫过他，但仍然设法搞到了他能搞到的钱来救他出狱。源怒气未消，准备等太太提起这一点。可她没有说他预计她会说的话，而是镇定安详地说："我认为，如果你和孟一起生活在新的首都，这样也很好。"源对她的不争不辩感到惊讶，于是他沉默了。这件事平息下来，他们没有再说话。

在同一天，源恰巧收到了一封孟的来信。源一打开信，首先就看到他的堂弟孟责怪他不回信的话。在信中，孟不耐烦地说："我费尽心机为你保留了这个位置等你来，因为现在每个这样的机会都有上百个人在等待。请你现在就立刻动身，因为三天之后，这所大学校就要开学了，没有时间再像这样来回通信了。"在信的末尾，孟热情洋溢地说："不是每个人都有机会在新首都工作的。现在，这儿有成千上万的人等待着，希望找到工作。整个城市正日新月异地变化着，人们在这儿建起了一个大都市应有的一切。弯弯曲曲的旧街道已被拆除，将要建造的一切都是崭新的。来吧，来这儿做出你的贡献！"

源读着这些豪言壮语，觉得心在剧烈地跳动，他将信扔在桌上，大声叫起来："好啊，我真想去！"他立刻开始收拾他的书籍、衣服以及所有的笔记和文章，为他一生中的下一步做好了一切准备。

中午，源告诉太太孟写信来了，他说："我最好还是走，既然一切仿佛应该如此。"太太温和地表示赞同，然后，他们又一次陷于沉默。太太像往常一样温良，但对眼前的事有些冷漠。

晚上，源和她一起像平时一样吃晚饭，太太讲了许多琐事，说到爱兰两星期之后将回家来，因为她和她丈夫原计划一起去那个北方的古都玩一个月，现在半个月已经过去了；她又说起，一种咳嗽传到了她的婴儿室，到今天为止已有八个孩子染上了。接着她镇定地说："梅琳整天都在那儿，试用一种新药，外国人将这种药注射进血液以止咳。我已告诉她，你很快就要走了，我叫她今晚回家，我们可以多一个晚上在一起。"

这一整天源都在思索、筹划，他想过好多次，他应否再见一下梅琳。有时他希望他不再见她，可是当他有这种感觉时，他又带着一种压抑不住的热望，想趁她不知不觉的时候再见她一次，让他的眼睛恋着她的一颦一笑、一举一动，即使他的耳朵听不到她的声音。可是他不能主动提出要见她一下。如果这事碰巧发生了，便顺其自然；但如果她不来，他见不到她，也只得认命。

受挫的爱情在他心中掀起了层层波澜。这天他在自己的房间里徘徊，徘徊时脚步停了好多回。有时他扑到床上，沉浸在忧郁的愁思中，怎么也想不通为什么梅琳不愿接受他。他甚至哭了，因为他是一个茕茕孑立的孤独者。有时他漫步走到窗前，凭窗伫立，眺望着这座城市。城市在炽热的阳光照射下熠熠闪光，就像一个愉快的女人，对他的愁苦漠不关心。想到自己爱别人却不被人爱，他很生气，感到自己被大大地亏待了。过了一会儿，他突然想起也曾有两个女人爱过他，但他没有给予回报。想到这儿，他不禁大为惊慌，心里暗暗喊道："难道她永远不会爱我，就像我永不会爱那两个女人一样吗？她恨我的肉体，就像我恨她们的一样，所以她不得不这样做吗？"他发现这种恐惧可怕得使他无法忍受，于是又很快转念想道："这不能够相提并论。那些外国人，她们从来没有真正地爱过我，就像我爱她那样。没有人像我一样爱过。"他又一次自豪地想："我以最高尚、最纯洁的感情爱着她。我甚至从来也没想去碰一下她的手。噢，我只是有过转瞬即逝的一闪念，要是她爱我……"他觉得，她一定理解他对她的爱是多么的伟大、崇高，因此，虽然她已拒绝了他，他仍然应该再见她一次，让她知道他是多么的坚定不移。

因此，当他听到太太说这些话时，他感到自己的血涌上了脸部，在高度的兴奋中，他有一刻希望梅琳不要来，在走之前，他根本不想见到她。

但他还没来得及想出退避的计划，梅琳已像平时那样恬静地走了进来。起初，他不敢正视她。他站起身来，直到她坐下之后才又坐下来，他看到她墨绿色的绸旗袍，看到她可爱的细细的小手拿起象牙筷子，那筷子的颜色和她的肤色一样。他找不出什么话来说，太太觉察到了，于是像往常一样对梅琳说："所有的事都做完了吗？"

梅琳也以同样的方式说："是的，我对最后一个孩子也进行了治疗。但是我想，这种治疗对有些孩子来说已经太晚了。他们已开始咳嗽，但治疗一下总是会有帮助的。"她十分温柔地笑了一下，说，"你知道那个被他们称作'小鹅'的六岁的女孩吗？她看到我带着针走进去时，竟哭出声来，抽泣着说：'哦，阿姨，让我咳，我宁愿咳，你听，我已经咳了！'然后她装着用力咳了一声。"

于是她们笑起这个孩子来，源也笑了，他发现自己笑的时候正不知不觉地看着梅琳。他感到羞愧，一旦他看到了她，他的视线就离不开她。是的，一刻也离不开，他的眼紧盯着她的眼，虽然他一言不发，呼吸急促，可是他用他的眼睛恳求着她。他看见，她那苍白纯净的面颊上升起了红晕，但她毫不躲闪，大大方方地迎着他的凝视。她上气不接下气地急促地说着话，他似乎从来没见她这样说过话，就像他已问了她一个问题，虽然他不知道这是个什么样的问题。梅琳说："源，至少我会写信给你的，你也会给我写信。"似乎再也受不了源的凝视，她十分羞怯地转向太太。她的脸依然在发烧，但是她的头勇敢地昂着，她问："你说这样行吗，妈妈？"

太太清了清嗓子，像在谈一件很平常的事似的说："孩子，怎么不行呢？这只是兄弟姊妹之间的通信，如果这种事都不行，还叫什么新时代呢？"

"是的。"那个姑娘欢欣地说，向源粲然一笑。源也对她探求的目光报以微笑。他的心这一天都禁锢在悲哀里，这时好像一下子找到了一扇可以逃脱的小门，这扇小门正向它敞开。他想："我可以告诉她一切！"这是令人陶醉的狂喜，因为在他的一生中，还从来没有一个他可以向其敞开心扉、倾吐衷肠的人。他比以前更爱她了。

那天晚上，他在火车上暗自寻思："如果有她那样的朋友能够倾吐肺腑之言，我这辈子即使没有爱情也行。"他躺在狭窄的床上，心中充满了纯洁崇高的思想和坚定不移的勇气。爱净化了他，就像他以前情绪一落千丈一样，她的几句话又一下子使他的情绪高涨起来。

清晨，火车风驰电掣般地穿过曙光下一片绿幽幽的丘陵，在雄伟壮观、回声振荡的古城墙脚下轰隆隆地驶了几里路，然后在一座崭新宏大、具有外国风格的灰色混凝土建筑旁停了下来。源坐在窗口，清楚地看到这灰色的背景上衬着一个人，并立刻认出那人是孟。孟站在那儿，灿烂的阳光沐浴着他的刀、插在皮带上的手枪、铜扣子、白手套，还有他瘦长的脸。他身后是一队排得整整齐齐的士兵，每人的手都放在手枪的皮套上。

到这时为止，源一直都是个普通的乘客，但当他走下火车，人们看到一个英姿勃勃的军官正在迎接他时，便立即给他让开了一条路。那些衣衫褴褛的乞丐起先一直在向其他旅客乞讨，现在也不再盯住那些旅客，听任他们背起口袋和篮子走开，而是跑过来向源行乞。孟看到他们吵吵嚷嚷，便大声喊叫起来："滚开，狗东西！"他转向他的部下，厉声说："照料好我堂哥的行李！"孟没有再跟他们说话，他拉着源的手，领他穿过人群，像以往一样急躁地说："我以为你不会来了。你为什么不回我的信？没关系，你终于来了！我一直很忙，要不然我会到船上来接你。源，你这次回来正赶上了好时候，现在就迫切需要像你这样的人。祖国到处都需要我们。人民像绵羊一样无知……"

这时，他在一个小检查官面前停了下来，高声说："当我的部下带着我堂哥的行李来时，你放他们过去。"

那个小检查官是个卑微而又顾虑重重的人，并刚刚得到这个位置。听了孟的话，他说："先生，上级命令我们打开所有的行李，搜查鸦片、武器和反革命书籍。"

孟开始发火，他可怕地咆哮着，双目圆睁，乌眉倒竖。他吼道："你知道我是谁吗？我的司令在党内的地位是最高的，我是他的第一队长。这是我的堂哥！这种只对普通乘客才生效的区区规则，怎么能用来污辱我？"说话时，他将戴着白手套的手放在手枪上，于是那小检查官急忙说："先生，饶了我吧！我确实没看出你是谁。"这时，孟的士兵们到了，那个检查官在源的行李上印上记号，没有检查就放行了，整个人群也耐心地分开让他们通过，目瞪口呆地看着。那些乞丐默默无言地从孟的身边退走，直到他过去之后才继续乞讨。

孟昂首阔步地穿过人群，领源走向一辆汽车，一个士兵迅速上前打开车门。孟请源上车，然后自己也跟了上去，车门随即关上了。士兵们跳上车，站在车的两边，然后汽车风驰电掣般地开走了。

　　因为是早晨，街上的人群熙熙攘攘。许多农民用扁担挑着菜筐，筐里装着他们的产品。一队队的驴子驮着装满谷子的大袋，袋子横在晃动的驴背上。街上还有装满水的独轮车，车上的水取自附近的河，被运进城里去出售。街上还有上班去的男男女女、到茶馆去吃早点的男人，以及各式各样各行各业的人。开车的士兵技术娴熟，胆大心细，他不停地按着喇叭，在人群中奋力开出一条路来。人们向街的两边奔跑，就像一股强劲的风将他们一吹为二。他们趔趔趄趄地拉扯着他们的驴子，以免车子碰上这些牲畜。妇女们在路边紧紧地搂着孩子。源感到害怕，他看着孟，看他是否会下令在受惊的人群中开得慢些。

　　但是孟对这种横冲直撞已经习惯。他坐得笔直，凝望着前方，并兴高采烈、得意扬扬地向源指点着可见的一切。

　　"源，你看到这条路了吗？一年以前它还不到四尺宽，连一辆汽车都通不过！那时即使在最宽的马路上，仅有的交通工具也只是马拉的大车。可现在，你瞧这条路！"

　　源回答说："我看到了。"他透过士兵们身体之间的缝隙看出去，看到了宽阔坚实的街道，路两旁是房屋和商店的废墟，人们拆了这些房子为新的街道让路，在这片废墟的边缘，人们已建起了一些新的商店和房屋。单薄的建筑如雨后春笋一般平地升起，它们有着富丽堂皇的外国样式，被漆得五光十色，并安装着大玻璃窗。

但穿过这宽阔的新街之后，一个巨大的黑影蓦然出现在他们眼前，源看出那是高耸的古城墙，他们已到了城门口。墙脚下，特别是在城门洞里，源看到一堆堆用席子搭成的小棚子，其中居住着赤贫的人们。这时还是早晨，他们正忙着自己的营生，女人们在四块砖支起的大锅下点起火，捡回一些她们在垃圾堆上找到的菜帮子，正在准备早饭。孩子们赤裸着肮脏的身子跑来跑去，男人们走出来，依然萎靡不振，正准备去拉黄包车或拖板车。

孟注意到源正看着这些景象，他恼怒地说："明年我们将不允许这些小棚子存在。到处都有这样的人，这是我们大家的耻辱。国外的大人物必然会到我们的新首都来，其中甚至还有王子。可是这种景象真丢人！"

源清楚地明白这一点。他和孟有同感，觉得这些棚子不该在那儿。确实，这些男男女女贫穷得不堪入目，必须采取措施使他们从人们的视野中消失。源沉思了一会儿，然后说："我想，可以让他们工作，或送他们回家种田，这样他们就会——"

孟的脸色变了，仿佛这话勾起了他过去的什么隐痛，他激动地叫道："哦，就是这些人使我们的国家倒退！我希望我们能把祖国打扫干净，只用青春来建设它。我真想将整个城墙拆了。当我们用大炮而不是弓箭来打仗时，这古老愚昧的城墙就再也没有什么用了！什么墙能防御飞机扔炸弹呢？让我们拆了它，用这些砖头来建造工厂、学校和供年轻人学习和工作的地方！可是这些人，他们一无所知，他们不许人拆城墙。他们威胁说——"

听见孟如此说话，源问："我记得你过去常为穷人悲哀，孟，是吗？我好像记得你常为穷人受压迫而愤慨，当一个穷人被外国人或警官打了时，你总是义愤填膺。"

"我一如既往。"孟飞快地说，转过身去看着源。源看出他的凝视漆黑、深沉，像有一团火在燃烧。孟说："如果我看到一个外国人碰一碰这儿最穷的乞丐，我会像以前一样愤愤不平，也许这愤慨比以前更甚，因为我对外国人无所畏惧，我可以拔出手枪对准他。但我的见识要比以前广了。我知道眼下妨碍我们的主要就是这些我们为之服务的穷人。他们人数太多。谁能教化他们？他们是没有希望的人。所以我认为，要让饥荒、洪水和战争卷走他们。让我们只保留下他们的孩子，然后在革命的过程中塑造他们。"

孟用洪亮的声音和老爷派头说着这些话。源与他相比，略显得不如他那么敏捷，源一边听一边思考，认为孟说的话中确实包含着真理。他忽然想起那个外国传教士，那个传教士在许多好奇的人面前给他们看那些可厌的景象。是的，甚至在这座宏伟的新城里，在这宽阔的街道上，在这些华丽的商店和房屋之间，源也看到了一些那个传教士向人们展示的东西——一个乞丐的双目失明，他的眼睛被疾病毁了。这些小棚子的门前都流着污水，所以这早晨的清新空气中已掺入了一种腐臭。他在那个外国传教士面前感到的愤恨和羞愧又在他心中生起，愤怒夹杂着痛楚，搅动了他的五脏六腑，他像孟一样感情冲动地叫道："我们一定要把这一切污秽荡涤干净！"源在心中肯定孟是正确的。在这样的新时代，这些庸庸碌碌、浑浑噩噩的穷人有什么用？他的心肠一直都太软了，让他也像孟一样硬起心肠来吧，不要让自己为同情这些无用的人而白白消耗了自己。

他们终于到达了孟的营房。由于源不是营中的士兵，他不能住在营房内。孟已为他在附近的旅馆中租了一个房间，那个房间又小又暗，而且不干净。当源有些疑惑时，孟抱歉地说："现在城里住房非常拥挤，无论出多高的价，我也无法随便就租到房子。建造房屋的速度不够快——这座城市的规模在迅速扩大，建设力量跟不上它的发展速度。"孟得意地说，然后他又自豪地说，"堂哥，为了我们崇高的事业，我们能够忍受建设新首都期间的一切艰难困苦！"于是源打起精神，说他很愿意住在这儿，这间屋子很好。

这天晚上，源独自一人在他的房间里，坐在窗前的小写字台前，开始写给梅琳的第一封信。他斟酌开头应怎么写，不知是否要说些客套话。但是在这天快要结束的时候，他已有点满不在乎起来。那些废墟中的旧房子，那些崭新兴旺的小店，那穿过旧城、无情地向前延伸但尚未竣工的宽阔街道，以及孟的所有热情、无畏和愤慨的言谈都使源满不在乎起来。他又思考了一会儿，然后以时髦的外国方式开了头："亲爱的梅琳——"他写下这粗黑醒目的几个字，在继续写之前坐着沉思。他凝视着这些字，心里充满了柔情。"亲爱的"，这话除了对最心爱的人说，还能对谁说呢？梅琳，这是她本身，她就在那儿，然后他又拿起笔开始疾书，告诉梅琳他那天看到的一切——一座崭新的、年轻的城市正从废墟上升起。

　　如今这座新城将源卷进了它生活的旋涡。他从未像现在这样繁忙、快乐，也许这只是他的自我感觉。到处都有工作可做，工作中有无限的乐趣，工作的每时每刻都充满了崇高的意义，这就是为大众的未来幸福而努力。在孟领源所见到的一切人中间，源也感受到那种同样的对工作和生活的崇高热望。这座城是这个国家博动着的年轻的心脏，城里到处是与源相差无几的年轻人。他们绘制着宏伟的蓝图，憧憬着美好的未来，不为自己，而是为了人民。这儿有许多搞城市规划的人，主任是个矮小的风风火火的南方人，说起话来显得有些急躁，他的脚步和他的小巧精致、孩子般的手的挥动都很迅速敏捷。他也是孟的朋友，孟向他介绍源说："这是我堂哥。"这一句话就够了，他开始滔滔不绝地谈开他的城市规划，讲他将怎样拆除古老蠢笨的城墙，那些古砖经历了几百年的日晒雨淋，依然很好，像石块一样完整，比现在制造出来的砖要强。他的目光炯炯有神，他说，这些砖应该用来建造新政府所在地的大厦，那是一座不同凡响的新式大厦。一天，他带源进了他的办公室，那间办公室在一座东倒西歪的房子里，到处灰尘蒙蒙，蛛网飘拂。他说："这些旧房子不值得我们再去花费人力物力。我们由它们去，等到新房子盖好，我就拆除这些旧房子腾出地方来建别的新房子。"

积满尘埃的房间里摆满了桌子。桌前有许多年轻人正在画设计图或在纸上测绘，有的正给屋顶和檐口画上鲜艳的颜色。虽然这些房间十分破旧，但由于其中的这些年轻人和他们的宏伟蓝图，它们就充满了勃勃生气。

这时，他们的主任高喊了一声，一个人应声跑了进来，主任以长官的口吻说："把新政府的建筑设计图拿来！"拿到图纸后，他将它们在源的面前展开。图纸上真的画着十分高大雄伟的建筑，建筑材料是古城墙砖。它们崭新恢宏，排列整齐，每个屋顶上都飘扬着新的革命的旗帜。街道也画在图上，街旁绿树成荫；身穿富丽服装的男男女女一起走在人行道上；街上没有驴队、手推车、黄包车或现在可见的任何低级交通工具，只有色彩鲜艳的红、蓝、绿色的大汽车，车上坐满了富足的人。图上也没有出现乞丐。

看着这些设计图，源不得不承认它们美极了。他心醉神迷地说："什么时候能竣工？"

那个年轻的主任很有把握地说："五年之内！现在一切都在突飞猛进地发展。"

五年！这算不了什么。源又在自己黑暗肮脏的屋子里沉思默想。他看着周围的街道，现在这儿还没有他在图上看到的那些建筑。这儿没有树木，也没有富裕的人群，穷人依然在喧闹争斗。但源认为五年的时间只是一瞬。就好像一切都已经实现了似的，那天晚上源给梅琳写信，告诉她人们已计划好了什么。当他将一切都写下来，详细地告诉她这座新城未来的前景时，这一切更是似乎已经实现了，因为所有的设计图都画得清清楚楚：屋顶的颜色是鲜蓝的，由琉璃瓦盖成；图中的树上挂满了叶子。源记得，在一座革命英雄的塑像前甚至有一座喷泉。他不知不觉地将这一切都写下来告诉梅琳，好像一切都已完成。他写道："这儿有个宏伟的大厅，有一道巨大的门，宽阔的街道旁绿树成荫……"

其他方面的情况也一样。年轻的医生学习西医的治疗方法，为病人开刀解除痛苦，他们蔑视父辈的医道，设计出了大医院。有的年轻人计划办大型的学校，在那里，农村里的孩子都可以受教育，这样整个国家就没有不会读书写字的人了。有的人着手制定管理其他人的新法律，这些法律制定得十分周详，监狱也为那些违抗他们的人准备好了。还有一些人计划用不拘一格的新颖写作方法写新书，书中写的都是男女之间的自由恋爱。

在所有的计划之中，还有一位司令制订的战斗计划。他筹划着新部队、新战舰和新的战争方式。他计划有一天发动一场大规模的新式战争，向全世界证明他的祖国像其他任何国家一样强大。这个司令就是源以前的家庭教师，他后来成了源的队长，现在是孟的顶头上司。当源被人出卖并送进监狱后，孟秘密地投奔了他的部队。

现在，源知道孟的司令原来是这个人时，心里颇有点不自在，他希望司令不是他，因为他不知道这个司令是否对他还有几分怨恨。可是当司令命令孟将堂兄带到他跟前时，源也不敢拒绝他。

因此，在一个指定的日子里，源和孟一起去看他。虽然源表面上装作不动声色，沉着冷静，但心里疑疑惑惑，忐忑不安。

他走过一道卫兵守候的大门。卫兵们军服整齐，英姿勃勃。他们个个长枪在手，枪筒寒光闪闪。他穿过干净整齐的院子，走进一个房间，司令正坐在桌旁，这时，源才感到害怕是没有必要的。顷刻之间，源已看出他的老家庭教师并不会抱怨他。他比源上次见到时更加衰老，但现在他已是个闻名遐迩的军队司令了。虽然他不苟言笑，严酷无情，可他的脸色并不气势汹汹。当源进来时，他没有起身，只是对着一个座位点了点头。源在凳子的边上就座，因为他曾是这个司令的学生。他看到他依然记得的那双锐利的眼睛正从西式眼镜后面凝视着他。他那沙哑的、多少使人感到有点亲切的声音源也还记得，现在他突然问道："那么你现在到底还是参加我们的行列了！"

源像儿时一样简单地点了点头，说："我的父亲将我推上了这条路。"他将他的经历说了一遍。

司令以十分锐利的目光看着他，又问："那么你仍然不喜欢军队？有了我教给你的一切，你仍然没能成为一个战士？"

源像以往一样有点茫无所措，忐忑不安。但他马上又下决心做到无所畏惧，不害怕这个人。他说："我仍然恨战争，但我能以其他方式尽我的一分力量。"

"什么方式？"司令问。

源答道："如今我要在这所新的大学校里教书，因为我要挣钱，我将自己闯出一条路。"

这下司令开始不安起来，他望着桌上的一只外国钟，似乎源不是战士，他便对他毫无兴趣。于是源站起来，在一边等着，听司令对孟说话。司令说："你制订好新营地的计划了吗？新的军事法要求从各省增加征兵数目。从今天算起，新的分遣部队一个月以后到达。"

听司令这么说，孟将鞋跟一碰，站得笔直，他在司令面前一直没有坐下来。他敏捷地敬了个礼，以清晰自豪的声音说："司令，计划已经订好，正等您批准，然后就可以执行了。"

这简短的会见就这样结束了。这时，排成纵队的士兵们正从操场上操练回来。源从他们中间经过时，虽然心中强烈地生起往日的那种厌恶，但他不得不承认这些人与他父亲手下的那些慵懒松懈、嘻嘻哈哈的家伙截然不同。这些人都很年轻，至少有一半不到二十岁，他们严肃认真，不苟言笑。王虎的部下总是吵吵闹闹，嘻嘻哈哈，当他们操练完，七零八落地回家休息时，总是祖鲁地耍着花招推来搡去，高声咋呼，瞎开玩笑，所以院子里总是充满了粗鲁的笑声。小时候，源每天都能知道什么时候开饭，因为他和父亲居住在内院，每当开饭时便会听到院外的哄闹、咒骂和狂笑声。可是眼前的这些年轻人沉默地归来，他们的脚步庄重一致，发出宛如一个巨人那样的脚步声。源从他们身边走过，望着他们那一张张的脸。他们全都年轻、单纯、严肃。他们是新型的军队。

那天晚上，源又给梅琳写信，信中这样写道："他们看上去年轻得不像士兵，他们的脸是农村少年的脸。"然后他想了一会儿，想起了他们的脸，又写道，"可是他们有一种战士的气概。你不理解，因为你没有像我一样生活过。我的意思是他们是单纯的。看着他们，我就知道他们是如此单纯，他们完全能像吃饭那样杀人——这是像死亡一样可怕的单纯。"

在这座新的城市里，源找到了自己的生活和使命。他终于打开了书箱，将书放在他买来的书架上。还有那些他在外国培育出来的种子，他有点怀疑地瞧着依然封在口袋里的各类种子，自问如果将它们种在祖国更黑更厚的土壤里，它们将会怎样生长。他撕开一只口袋，将种子倒在手掌上。硕大、金黄、等待机会萌发的麦种躺在他手上。他必须找到一小块土地试验它们。

如今，源已被卷进由迅速变换着的日、周和月组成的时间的轮回之中。他在学校里度过整个白天。每当早晨，他就走向那些或新或旧的房子。那些新房子是灰暗的西式大厦，由水泥和细钢筋建成；这些房子建得太快，以致许多地方已一块块剥落下来。但源的教室是在一座老房子里。因为房子是旧的，学校领导甚至不愿把破窗户修理一下。金色的秋日变得悠长、温暖。起初看到门铰链锈得嘎嘎作响，门无法关上时，源也没说什么。可是随着冬天的临近，天气已变得寒冷刺骨，十一月随着西北高原刮来的朔风呼啸着到来，细黄沙通过每一道缝隙沙沙地钻进教室里来，源裹着大衣，站在他瑟瑟发抖的学生面前，改正他们错漏百出的文章。夹着灰沙的风吹过他的头发，他在黑板上为他们写下诗词的格律。但这几乎没什么用，因为学生们心不在焉，一心想在衣服里缩成一团。他们蜷缩着，但有些人的衣服毕竟太单薄了，抵御不了严寒。

源起先写报告给他的领导。那个领导是个官员，他七个星期中有五个星期在那座沿海的大城市度过。他对这些信置之不理，因为他在多个地方工作，他的主要任务是收齐他所有的工资。源生气了，亲自找到学校的最高领导，将学生们的窘境告诉他：窗户上的玻璃破了，地板上的木板已开裂，刺骨的寒风从他们的脚间吹过，门也关不上。

但那个领导有许多任务，他不耐烦地说："忍一忍，忍一忍！我们现有的资金必须用来造新房子，而不是修无用的老房子！"这是这座城里到处都可以听到的话。

源考虑着那个领导理直气壮的话，梦想着崭新的大厦和舒适温暖的教室，可事实是冬天日渐逼近，一天冷似一天。如果源想解决这个问题，他就必须用自己的工资雇一位木匠来修理，使房间能避风防寒。经过一段时间的工作，他已经开始喜欢教学了，并感到自己对所教的学生产生了爱。他们通常不怎么富裕，因为有钱人将他们的孩子送进了私立大学，那类学校里有许多外国教师，校舍里每天还有供他们取暖的火和精美的食物。但这是一所公立学校，由新的政府开办，因此缺少资金。这所学校里有小商人的儿子，有薪金微薄的老私塾先生的儿子，还有几个精明的乡村小伙子，他们希望能够比在田间劳动的父辈们生活得更好些。他们全都年轻单纯，衣衫褴褛，营养不良。源爱他们，因为他们紧张而热切地希望能理解他教给他们的一切，虽然他们常常不怎么理解。有的学生懂得多些，有的学生懂得少些，但总的说来所有的人都懂得不多。是啊，看着他们苍白的脸和热切地注视着他的眼睛，源希望他能有钱用来修理教室。

可是他没有钱，他甚至不能按期拿到工资，因为他的一些领导先拿钱。如果这个月钱不够，或因某种原因一些钱停发了，如为了军队，为了某个官员的新房子，或一些钱落进了某人的私囊，那么源和其他一些新教员就必须耐着性子等。源没有耐心，因为他急切地想摆脱他伯父的债务，至少能先摆脱一项债务。他写信告诉王掌柜："至于你的儿子，我还无能为力。我在这儿没有权，我能做的一切就是保住我自己的位置。但我把挣到的钱的一半寄给你，直到我还清我父亲借的钱为止。只是我不能为你的儿子负责任。"就这样，源在这个新时代至少挣脱了一些血缘关系的束缚。

因此他无法为他的学生们花费他自己的钱。他写信告诉梅琳，他多么想能够修理教室，冬天来临，天气多么寒冷，可是他不知道该怎么办。这一次她很快就回信了："为什么你不将他们带出破旧而不中用的房子，到暖和的院子里去上课呢？如果不下雨，带他们到太阳底下去上课。"

源手中拿着她的信，奇怪自己怎么没先想到这一点。冬天气候干燥，常常天气晴朗，阳光灿烂。从此以后，他常常在他找到的一个阳光充足的地方给学生上课，那是在两座建筑的边墙形成的一个角落里。如果有人经过时笑话他们，源就置之不理，因为阳光是温暖的。他不禁更爱梅琳了，因为她在新房建造起来之前很快想到了这个简便可行的方法。梅琳回信的迅速也使他领悟到了什么。当他提出一个无法解决的难题时，她的信总是回得比平时快。源开始变得狡猾起来，总是不断向她倾诉他的种种困境。如果他谈到爱情，她就不会回答，可如果他谈到困难，她就会热心地回信。他们俩之间的信件来往得很快，像秋风吹落的树叶一样越积越厚。

在隆冬来临之际，源还找到另一种使身体暖和的方法，那就是去田间劳动，将那些外国的种子播在田里。在学校里，源必须开许多种课，因为对这些渴望求知的年轻人来说，这所学校没有足够的师资。当时到处都开办了新的大学校，传授那些人们从来没有学过的外国知识。年轻人拥进学校去学习，但学校没有足够的师资能向他们传授在这个新时代他们渴望知道的一切。因此，由于源去过国外，他便受到推崇和荐举，要他把所知道的一切教给学生。他所教的课程之一就是怎样以新的方法种植和保养种子。他得到了一片土地。那块地在城墙外面，靠近一个小村庄。源带领他的学生上那儿去，他将学生组成了一支有四路纵队的小队伍。在街上，源阔步走在学生们的前面，他为他们买的是锄头而不是枪，他们把锄头扛在肩上走。过路的行人瞪着他们看，许多人停下手中的活盯着他们，惊奇地大声说："这真是稀奇！"源听到一个老实巴交、愚鲁迟钝的黄包车夫喊道："哦，如今我在城里天天看到新鲜事，可是没有哪桩事比这更新鲜：用锄头去打仗！"

听到这话，源不禁笑了，他回答说："这是最新型的革命队伍。"

当他在冬日的阳光下轻松地前进时，这种自豪感使他欣慰。这的确是支队伍，是他有生以来领导的唯一的一支队伍，它由到田间去播种的年轻人组成，当源前进时，他以儿时在父亲的军营中学会的那种节奏迈着步子。虽然源不知不觉，但他的步伐如此响亮、清晰，以至他部下的凌乱步伐也开始变得整齐，并与他一致起来。顷刻之间，他们行军的步伐在他们身上形成了一种脉搏般的节奏。当他们穿过阴暗古老的城门时，步伐声在长着苔藓的墙砖间回荡，回声一直传往墙外的乡间，这一节奏在源心中开始形成短小精悍的诗句。这种事很久没有发生过了，仿佛他刚从扑朔迷离的迷津中走出，仿佛现在的工作使他宁静，使他神清气朗，并升华为诗篇。他凝神屏息地等待着，当这些诗句向他涌来时，他以在土屋逗留的那几天中感受到的久远而清晰的快乐捕捉住了它们。三行生气勃勃的诗清晰地出现了，可是还缺少第四行。路已快到尽头，那块地就在眼前，他仓促中竭力想将最后一句诗挤出来，可它却毫无踪影。

他必须将这些诗句从心中驱除出去，因为这时他的学生中间响起了一片低语和怨言。他们上气不接下气，说源领他们跑得太快了，他们不能跑这么快，锄头又这么重，他们吃不惯这样的苦。

因此源必须抛开他的诗，他真诚地安慰他们说："我们到了，就是这块地。在开始种地之前，大家先休息一会儿。"

那些年轻人躺在那块地旁边的田埂上，汗真的从他们苍白的脸上淌了下来。他们胸部起伏，喘着粗气。其中只有几个农村小伙子没有陷入这样的窘境。

他们休息时，源打开了装有外国良种的袋子。青年们都将双手握成杯状，源将那些饱满的金色种子倒进他们手中。现在他觉得这些种子特别珍贵。他想起了他怎样在万里之外的异国土地上种植这些种子，想起了那个白发老人。他自然也想起了那个与他接吻的外国姑娘。当他坚定地将种子倒出来时，他想起了这一切。他希望她没有那样做过！可那一刻终究救了他，使他孤独地踏上了他的人生旅程，直到他找到了梅琳。他迅速抡起锄头开始挖地。"看，"他对观望着的学生说，"锄头必须抡起来！开始可能要费些力，因为你们一上来不可能像这样挥动锄头。"

他像那个老农曾经教他的那样上下挥动着锄头，锄头在阳光中闪闪发光。那些年轻人一个个从地上爬起来，试着像他那样挥动锄头。爬得最慢最迟的是那两个农村小伙子，他们虽然清楚地知道怎样使用锄头，却拖拖拉拉地不愿动弹。源看出了这一点，厉声喊道："你们怎么不干？"

那两个小伙子起先没有回答，然后其中一个快快不乐地咕哝着："我到学校来不是为了学习我在家里已干了一辈子的事，而是来学习一种更好的谋生手段的。"

听到这话，源生气了，他迅速地回答说："是的，如果你知道怎样将田种得更好，你就不必离开家，去寻找挣钱更多的活计了。更好的种子、更好的耕作方法和更丰硕的收获也会使你的生活更好。"

这时，在源和他的学生周围已聚集了一小群村里来的农民。他们惊奇万分地站着，目瞪口呆地看着这些年轻学生带着锄头和种子出来种地。起初他们诚惶诚恐，默不作声。但看到那些年轻人不会使用锄头，他们立刻开始咯咯大笑。当源说这些话时，那些农民已感到不那么拘束了。有个人高声说："先生，你错了！无论一个人怎样工作，无论他播什么种子，一切收获都是由老天爷决定的！"

源不知为什么受不了当着学生的面遭到反驳，所以他不屑搭理这个无知无识的人。如同没有听到这蠢话一般，他教学生们怎样将种子播进田垄，怎样在种子上盖上一定厚度的土，最后又怎样在每一田垄的尽头插上标牌，说明种子的名称、播种时间以及播种人的姓名。

那些农民目瞪口呆地看他们做这一切，对这种精耕细作感到好笑。他们放肆地笑着，高声说："你数过每粒种子吗？""兄弟，你已给每颗种子取了名字，记下了它的皮色了吗？"另一个喊道："我的妈呀！如果我们这么细心地照料每一颗小种子，我们十年也不会有收成！"

源的学生对这些粗俗的玩笑不屑回答，那两个农村小伙子是所有人当中最气愤的，他们高喊："这些是外国种子，不是你们在地里播的一般种子！"农民们的嘲谑使他们比老师还要起劲地工作。

过了一会儿，嬉笑声在观望的人群中沉寂了。他们沉下了脸，感到无趣，好像碰巧似的一个接一个吐了口唾沫，然后转身回村去了。

然而源十分快乐。他们继续播种。抚摸着手中的泥土，他感到心情舒畅。这泥土十分肥沃，它衬着金黄色的外国良种，真令人赏心悦目。这天的工作就这样完成了。源觉得他的身上有一种带有快意的疲倦，但这种疲倦使他精神焕发。他抬起头来，看到了那些年轻人，他们中间即使最苍白的这一下也有了清新健康的脸色，虽然迎着西面吹来的寒风，他们的全身却很暖和。

"这是个取暖的好方法，"源笑着说，"这比什么火都强。"那些年轻人为了使源高兴，便大声笑起来，因为他们喜欢他。但那几个农村小伙子虽然脸颊红红的，却有点闷闷不乐。

那天晚上，源独自一人在房间里，将一切写下来告诉梅琳。因为对他说来，每晚告诉梅琳他一天是怎样度过的已像吃饭喝水一样必不可少。写完了信，他站起来走到窗口，眺望那座城市。暗淡的旧房子鳞次栉比，参差错落，一群群地挤在一起，在月光中显得黑黝黝的。但在这些旧房子之中，到处都有些高大的有红屋顶的新大楼突兀地耸立着，它们有棱有角，具有异国情调，许多窗户里灯火通明。穿过整个城市的几条新马路显现出灯火辉煌的宽阔的轨迹，使月光黯然失色。

注视着这座日新月异的城市，他对眼前的一切却似见非见，因为他看得最清楚的还是梅琳。在他的心中，梅琳是那样年轻、清晰，而整个城市只是她的脸庞的背景。蓦地，那第四行诗从他脑海里跳了出来，就像他见到它印在纸上一样，这首诗居然这样神奇地完成了。他奔向桌子，拿起他刚刚封好的信。他拆开信，在信上加了这些字句："这四行诗今天突然来到我的心中，头三行是在田间劳动时出现在我脑海里的，但直至回到城里想着你时，才找到完美的最后一行。它当时来得十分容易，就像是你说给我听的一样。"

源就这样住在这座城里，白天忙于工作，整个晚上则用来写信给梅琳。她写给他的信要少些，但写得稳重，词句少而精，却并不单调乏味，因为她的话言简意赅。她告诉他，爱兰在离家几个月之后又回家了，他们夫妇俩将一个月的旅游一延再延，直到现在才回来。梅琳写道："爱兰比以前更美了，可是她失去了她的温柔，也许她的孩子会将这种温柔带回来。那个孩子再过不到一个月就要出生了。她常回家来，因为她说在自己的旧床上睡得更舒服。"她还告诉他："今天我第一次真正地为病人动手术，那是截去一个妇女的脚。她的脚在儿时被裹起来，一直裹到现在，已形成了坏疽。我不害怕。"她说："我永远喜欢与那些弃儿一起玩耍，我也是其中的一员，她们是我的妹妹。"她还常常告诉源一些弃儿说的可爱的孩子气的话。

有一次她写道："你的伯父和他的大儿子要求盛回家来。他们说他花钱太大手大脚。现在，他们不能从老家的土地上收到租金，长媳又不愿将她丈夫的薪金寄往国外，而别处也找不到大笔的款子，因此盛必须回来，因为他很快就会缺钱了。"

读这封信时，源沉思着，想起他最后一次看到盛的情况：他穿着精致的新衣，走在那个外国大城市阳光灿烂的街道上，舞动着一根闪闪发光的小手杖。自从他注意修饰仪表，他的确花了大量的钱。盛毫无疑问得回家，银钱短缺毫无疑问是使他回家的唯一原因。源接着又想起了那个向盛献媚的女人。他想："盛最好还是回来。我很高兴他终于要离开她了。"

梅琳总是小心翼翼地回答源告诉她的每一个问题。当冬天日渐寒冷时，她告诫源穿上厚一些的大衣，吃得好一些，睡眠要充足，不要过度劳累等。她还多次关照源在旧教室里要注意防风。可他在信中提到的一件事她始终没有回答。他在每封信中都写道："我没有变。我爱你，我等待着。"可她对此从不回答。

不管怎么说，源认为她的信写得完美无瑕。每个月四次，在那一定的日子里，源知道他晚上回屋去时总能如愿以偿地在桌上发现她长长的信，信封上是她那清晰小巧的字体。每个月中的这四天成了源的节日。为了预见自己必然会得到的欢乐，源买了一个小型的日历，预先将他会收到信的日子在日历上标上记号。他用红笔将它们标出，看了一下，到新年一共还有十二个这样的日子。到过年时就会有假期，他将回家去看她。过年之后的日子他没有做记号，因为他心中有一种隐秘的希望。

源就这样从这个第七天挨到下一个第七天，除去工作，几乎不到别的地方去，他也不需要朋友，因为他心里很充实。

可是孟有时会强迫他出去，这时源就与孟到某个茶馆里坐上一晚上，听孟和他的朋友发牢骚。因为孟并不如当初源看到他时那么春风得意。源听着，听出孟依然愤世嫉俗，依然大声疾呼要反对这个时代，甚至是新时代。一天晚上，在一条新街上刚开张的茶馆里，源、孟和四个青年军官在一起吃饭，这些年轻人对一切都感到不满。桌上的灯起先太亮，然后慢慢地暗了。菜上得太慢，使他们不太满意。他们想喝一种外国白酒，却买不到。跑堂的在孟和其他四个军官中间穿梭奔忙，大汗淋漓，气喘吁吁，不时地擦着他的光头，生怕得罪了这些皮带上佩着寒光闪闪的手枪的青年军官。甚至当歌女们进来，学外国的时髦手舞足蹈地跳起舞来时，这些青年人依然未能尽兴。他们大声嚷嚷，说这个歌女的眼睛怎么小得像猪眼睛似的，那一个又长了一只蒜头鼻，这个太肥，那个太老，直到所有的歌女眼中满是眼泪和怨恨。源虽然也认为她们不漂亮，却不由得同情她们，他终于说："算了吧，不管怎么说，她们总得挣钱糊口。"

一个军官听了大声说："我看她们最好挨饿。"他们爆发出青年人的哄笑声，站起身来，他们身上的刀把撞击着，发出叮叮当当的声响，然后他们离开了茶馆。

那天晚上，孟送源回他的住所。他们一起沿街走着，孟吐露出他的不满，说："事实上我们都窝了一肚子火，因为我们的领导没有公平地对待我们。在革命中，我们人人平等，每人机会均等，这是原则。可是现在我们的领导正在压迫我们。我的司令，你认识他，源，你见过他，哼，他像个旧军阀似的坐在那儿，每月作为这个区的军队首长领到大笔薪金，而我们年轻人总被困死在一个位置上。我当时很快被提升为队长，提升得如此之快，以至我充满了希望，愿为我们伟大的事业赴汤蹈火，因为我期望能青云直上。虽然我费心劳神地工作，可我粘在这儿了，我始终是个队长。我们都不可能再往上升了。你知道为什么吗？因为这个司令害怕我们，他害怕我们有一天会胜过他。我们年轻力壮，更有才能，所以他压制着我们。这难道是革命精神吗？"孟在一盏路灯下停了下来，向源提出这些尖锐的问题。源看到孟的脸像他过去在忧郁的少年时代一样，充满了愤慨。当时有几个过路人好奇地在旁边盯着他们看。孟看到他们，便降低嗓门，继续往前走，最后，他十分烦恼地说："源，这不是真正的革命。必须再有一场革命。这些人不是真正的领导，他们像旧军阀一样自私。源，我们年轻人必须重新开始。人民大众还是像以前一样受压迫，我们必须为他们重新奋起。如今我们所有的领导都已将人民大众忘得一干二净了……"

孟说着说着停了下来，凝视着前方。这时，在一个很有名的游乐厅的大门口，响起了一阵喧哗声。这个游乐厅的灯光炫目地照耀着，像鲜血一般殷红明亮，在这血色的光中他们看到一幕令人咬牙切齿的景象。一个来自某条外国轮船上的水手，就像源在江上的外轮上看到的那种水手，正半醉半醒地攥紧粗糙的拳头打那个用车将他拉到游乐厅里来的人。他醉醺醺地、气势汹汹地大声嚷嚷，头重脚轻，趔趔趄趄。孟看到那个白人在打人，便很快地向前冲去，源也跟在他后面跑。当他们跑近时，听到那个白人正在用下流话咒骂那个黄包车夫，因为那个车夫竟敢认为那个白人给的钱不够。在那个白人的击打之下，那个车夫哆嗦着，举起手来抵挡，因为那个白人身材高大，当他醉醺醺的拳头落下来时，每一下都又凶又狠。

孟冲到他们面前，朝那个外国人喊道："你敢，你敢！"他扑向那个白人，抓住他的胳膊，将它们扭在他的背后。可那个水手不愿这么轻易地就束手就擒，他可不在乎孟是个队长或是什么别的。对他来说，与他不同种族的人都一样，都是卑贱的，他转过来骂孟。若不是源和车夫跳到他们之间挡开那些拳击，他们在相互憎恨中会扑向对方撕打起来。源痛苦地恳求孟："他喝醉了，这个家伙，他只是个普通人，你忘了你自己的身份。"他一边说一边迅速地将那个醉醺醺的水手推进了游乐厅的大门，那个醉汉到了那儿便忘了这场争吵，径自寻欢作乐去了。

源将手伸进口袋，掏出一些零碎铜板，递给那个车夫，于是这场争吵就此平息了。那个车夫是个矮小干瘪的老人，一天到晚吃不上一顿饱饭。他很高兴事情能这样了结，感激之余他略略笑了一下，说："你懂道理，先生！确实，一个男子汉不能跟孩子、女人或醉汉计较。"

孟气喘吁吁地站在那儿，他对那个水手的气还没有完全消掉，依然怒气冲冲，不能自禁。当他听到那可怜的笑声和陈腐的俗话，看到那个挨打的人有了几个铜板便很容易地息了怒火，他简直不堪忍受。是的，他受不了。这时，那个外国人对中国人的侮辱在他心中激起的愤慨莫名其妙地变了味。他默默无言，但眼中又重新闪出愤怒的光，现在这目光落到了那个黄包车夫身上。孟屈身对准那个车夫的脸打了一记耳光。源看到孟这么做，禁不住叫了起来："孟，你这是干什么？"为了这残酷无情的一巴掌，源急忙又从口袋里找出一个铜板给那个车夫。

但那个人没接这钱，他站在那儿，给打蒙了。这一巴掌突如其来，出乎他的意料。他张口结舌地站在那儿，嘴角淌出一些血来。突然，他弯下腰抓起黄包车的把手，只对源说了一句"这一记比任何外国人打得都狠",就走了。

孟在打了这一下之后也没有停留,他大步走开,源在后面追他。源赶上孟,正想问他为什么要打这一巴掌,但他看到孟的脸,便默不作声了,因为在明亮的街灯下,他惊讶地发现眼泪正沿着孟的双颊流下来。孟透过泪水凝望着前方,最后痛心疾首地喃喃说道:"为这样的人民而奋斗还有什么意义?他们甚至不恨他们的压迫者。像这样的事,只消几个小钱便可以息事宁人了……"孟在这一刻离开了源,一句话也没说就拐进了一条幽暗的小街。

源站着踌躇了一会儿,思忖是否要跟孟走,使孟不至在愤怒中进一步做出什么过火的举动。但他又急切地想赶回自己的屋子,因为这是第七天晚上,他眼前清晰地出现了那封信等待着他的情景,所以他又一次让孟单独地、怒气冲冲地走了。

终于快到年底了,从年底到放假只有几天的时间,一放假源就可以重新见到梅琳了。在那几天里他所做的一切似乎都是某种等待的方式,他在等待着他获得自由的那一天到来。他竭尽所能地做好他的工作,但这时他的学生对他来说已不再充满活力或意义,他已不能倾心关注他们,了解他们究竟学得是好是坏。他早早地上床,巴望夜晚快些度过,也早早地起床,以工作来度过白天。可无论他怎样做,时间还是过得太慢,就像时钟已停止了转动。

有一次源去看孟,他计划和孟乘同一趟火车回家,因为这时孟也放假了。虽然孟总是强调他是一个革命者，即使永远不回家也无所谓，但现在他心中烦躁不安，渴望着某种变动，盼着能有某些他做不到的事情发生。他愿意回家，因为他没有更好的事可做。他再没有跟源谈起那回他打一个平民的事，好像他已把这件事忘了。如今，一种新近产生的怒气又充塞着孟的心胸，这是因为老百姓甚是冥顽不化，居然不愿意在新政府规定的那一天过新年。事实上一般的人都习惯用阴历，而年轻的新人则希望用与外国一样的阳历，人们已被搞糊涂了。新政府在街上张贴了布告，命令所有的人将庆祝活动安排在阳历新年。人们聚集在一起观看布告，有的不识字，就听人群中的读书人将那道命令一字一句地念出来。人们到处都在窃窃私语："不管怎么说，新年的日期怎么能这样安排呢？如果我们早一个月送灶王爷，老天爷又会怎么想？我们打赌，老天爷也不会以外国的太阳算数！"他们固执地坚持己见，妇女们不做年糕和菜，男人们也不愿去买红对联贴在门上以求吉利。

年轻的新统治者对人们如此执迷不悟感到非常恼火，他们制作自己的新对联，对联上不写神佛之类的内容，而代之以革命的内容。他们派出自己的雇员，以强制手段将这些对联贴在老百姓的门上。

源去看孟的那天，孟有一肚子诸如此类的故事，他得意扬扬地将故事收了尾："不管他们愿意与否，我们必须教育大众，强迫他们破除迷信！"

源没有回答，他确实不知说什么才好，因为他能够理解对立的双方。

在以后的两天中，源注意了一下，果然发现许多人家的门上都贴着新对联。他没有听到一句表示异议的话。男人和女人看着贴在门上的红纸，保持着沉默。也许有人会偶尔大笑一声，或对地上的尘土吐口唾沫，然后继续走他的路，好像心中充满了某种不愿告人的东西。男男女女都像平常一样劳作，好像他们并没有什么过节不过节的事。虽然所有的房门上都热热闹闹，张贴着崭新的红纸对联，但人们似乎视而不见，只是有意地以惯常的态度做着日常工作。源禁不住偷偷发笑，虽然他知道孟的气愤另有原因，但如果有人问他，他也会承认人们应该服从命令。

在那些日子里，源对任何小事都报以欣悦的微笑，因为不知为什么，他总感到梅琳一定变了，变得更热情了。虽然她没有对他所写的有关爱情的词句做出任何反应，但她读到了这些词句，他相信她至少不会将它们忘得一干二净。对他来说，这可算他一生中最快乐最幸福的一年，因为他对这一年充满了希望。

源怀着这样的希望开始了他的假日，即使是孟的怨气也无法向他投下阴影，但是如果他让孟随心所欲的话，孟在这天的旅途中几乎会同他吵起来。事实上，孟心中压抑着一种隐秘的怒气，什么事都不能顺他的心。在火车上，孟很快就对一个富人发火了，那个人敞开身上穿的皮袍，占了两个人的位置，因此一个看上去穷一些的人不得不站着。过了会儿，孟同样又对那个穷一些的人发起火来，因为他忍受了这种事。源终于忍不住笑起来，半开玩笑地推了推孟，说："你对什么都不满意。你不喜欢富人因为他们富，不喜欢穷人因为他们穷。"

但孟心中正恼火，一点也不愿任何人开他的玩笑。他恼怒地转向源，用低沉凶狠的音调说："是的，我对你也同样不满，你容忍一切。你是我所知道的最温暾的人，永远也不能成为一个真正的革命者！"

看到孟恶狠狠的样子，源不禁变得严肃起来。他没有答话，因为所有的人正盯着孟看，而孟压低嗓门不让他们听到他在说什么。他的脸依然怒气冲冲，眼睛在倒挂的浓眉下闪闪发光。人们害怕这个人，他的皮带上插着一把手枪。源默不作声地坐在那儿，但在沉默中，他不得不承认孟说出了真理，他感到受到了点伤害，虽然他知道孟不是针对他，而是在对一种无形的东西生气。源冷静地坐了片刻，这时火车正沿着蜿蜒的铁道穿过峡谷、山坡和田野。源陷入了沉思，自问他是个怎样的人，他最需要的又是什么。确实，他不是个伟大的革命家，也永远不会是，因为他不能像孟一样恨得长久。他不能，他只能气一阵子，恨上片刻，但绝不会长久。他真正需要的是一种他能在其中工作的和平。他最喜爱的工作就是他现在的工作。他度过的最好的时光是他用来教育学生的时光——除了他用文字倾诉他的爱的时刻……

源沉浸在他的梦想中，突然间，孟轻蔑地对他喊道："源，你在想什么？你坐在那儿傻笑，就像一个小孩在不知不觉之中嘴里被塞进了一块麦芽糖！"

源不禁羞愧地大笑起来，血涌上了他的脸，使他脸上发烧。

源暗暗地诅咒自己，因为他知道，在目前的状况下，将自己那些隐秘的想法向孟披露是不适宜的。

但有什么相逢会像梦中的相逢一样甜蜜呢？这天晚上到家时，源是跳上台阶进屋的，可屋里一片静寂。过了一会儿，一个女仆出来向他请安，说："女主人说要你立刻到你大堂哥家去，他们设了家宴正为国外归来的二少爷洗尘。她在那儿等你。"

当时他渴望知道梅琳是否与太太一起去了的心情，要比他对盛回家的兴趣更为强烈。但无论他多么想知道这一点，他也不愿意问一个仆人，因为仆人会以极快的速度将一个男人和一个姑娘联系在一起。因此他必须耐心等待，等他到了伯父家里，他就可以知道梅琳是否在那儿。

多少天以来，源一直在梦想他将怎样先见到梅琳，他总是梦到他单独地同她相遇：当他跨进房门之后，他们就神奇地单独会面了。不知为什么，他认为她一定会在那儿。可事实上她不在那儿。即使她在他堂哥的家里，他也不能指望单独见到她，在众目睽睽之下，他除了冷静有礼，绝不敢在她面前显得有什么异样。

事实也是这样。他到了他堂哥的家，走进那间客厅，客厅中摆满了昂贵的外国装饰品和椅子。他们就在那儿聚会。孟比源先到，客厅里的人刚刚结束了对孟的欢迎。源来到时，他们又开始欢迎源。源必须走到他伯父面前向他鞠躬，他的伯父现在很清醒，很快乐，因为所有的儿子都围绕在他身边，除了他送给王虎的一个儿子和那个驼背和尚。但他和太太早已不把他们俩算作他们的儿子了。那对老夫妻穿着节日的盛装。老太太的身子将她的座位塞得满满的，她态度威严，一本正经地吸着水烟。一个侍女站在她身旁，老太太每吸一两口，侍女就给她重新添满。老太太手中拿着一串念珠，她不断地在指间数着那些棕色的珠子。她虽吸着水烟，但仍然不忘对老头子开的玩笑说上一两句相抵的正经话。当源的伯父回答源时，他苍老松弛的脸上布满成千上万条皱纹，他高声说："好啊，源，我的儿子又回家了，他像个姑娘一样漂亮，我们害怕他带个外国老婆回来，一切担心都是不必要的，他还没有结婚！"

老太太听了非常严肃地说："我的老爷子，盛太有头脑了，不会去想这种下流事。我求你在这把年纪不要说这种蠢话！"

可是这一次老头子毫不惧怕老太太的口舌。他觉得自己是一家之长，是这间豪华的客厅里所有的漂亮男女的首领。他喋喋不休，在众目睽睽之下放肆地喊道："说说儿子的婚事难道是不得体的吗？嗯？认为盛会结婚是不应该的吗？"老太太威严地说："在这个新时代，我知道什么是合适的方式，我的儿子不会埋怨他的母亲强迫他违背自己的意愿。"

源半带微笑地听着这老两口之间的口角，发现了一件奇怪的事。他看到盛冷淡而凄惨地微笑了一下，说："妈妈，我不会埋怨你，我到底还没有那么新派。你高兴让我怎样结婚就怎样办，我不介意。无论在哪儿，我想，女人对我都一样。"

爱兰听了这话笑着说："这只是因为你太年轻了，盛——"其他人同她一起大笑起来。这一刻一晃而过，但源不能忘记当众人哄笑，盛自己也镇定地微笑时眼睛里的神情。那是一种对一切都无所谓，甚至对与什么样的女人结婚都毫不在乎的神情。

然而，在那天晚上，源怎么可能仔细考虑盛的事？甚至在他向那老两口鞠躬时，他的眼睛已在寻找梅琳，并找到了她。源先看到了她，她十分恬静安详地站在她的养母旁边。刹那间，他们的目光相遇了，但他们都没有笑。她在那儿，即使不是如在梦中一样，源也不会完全失望。她在这间房间里，这就够了，即使他一句话也不能跟她讲。当时他想，他将一句话也不跟她说——现在不说，不在这间拥挤的房间里对她说。让他们真正的会见留在之后，在其他的什么地方。虽然源常常看她，可是在第一次四目对视之后，他再没有重遇她的目光。爱兰的母亲热情地问候他。当他走到她面前时，她抓住他的手，轻轻在他手上拍了一下才放下。源在她身边停留了一会儿，当他停留时，梅琳找了个借口去取一些她需要的小东西。虽然他与其他所有人周旋着，但他知道她与他同在，这使他心中感到热乎乎的。当她走来走去向碗中倒茶或送一块糖果给一个小孩时，他能见到她，并可以用目光一次次地追寻她。

那晚人们所有的谈话和寒暄大都是为了盛，孟和源很快就成了其他人当中的一部分。盛比以往任何时候都英俊，他风度翩翩，一副博学多才的样子，他的一言一行都潇洒得体，以至源在他面前就像小时候一样腼腆。在这个完美无瑕的人面前，源感到自己又成了一个小孩。然而盛不愿使源如此拘束，他以过去的那种友好的方式握着源的手，握着不放。源感觉到盛的光滑细嫩、女人般的手指的触摸，这种触摸使人既有快意又反感，盛现在眼中的神情也是这样。虽然盛表面上显得很亲切很坦率，但在他的面貌和举动中有某种近乎邪恶的东西，就好像一朵被狂风吹拂着的花，它香气浓烈，但除了芬芳，似乎还有些别的东西，可这究竟为什么源也说不出个所以然。有时他想象他已捕捉到了这种东西，但马上又发现他并不知道。盛谈笑风生，他的笑声总是很得体、很动人；他的声音像口钟，不高不低，音调柔和；他快活而机敏地参加家庭的闲谈。可是源感到盛的心思一点不在那儿，而是在某个非常遥远的地方。源不禁怀疑盛是否会为回家这事感到后悔。有一次，源在靠近盛时找到个机会，他悄悄问盛："盛，你离开那个外国的城市感到后悔吗？"

源注视着盛的脸，等待他回答。盛的脸光溜溜的，如金子一般，但毫无表情，他的眼睛像墨玉般光滑。他守口如瓶，只是机敏而可爱地笑着答道："哦，不后悔。我已做好了准备要回家。对我说来哪儿都一样。"

源又问："你又写了许多诗吗？"盛无所谓地说："是的，我现在出版了一小册诗集。其中有几首你看过，但几乎全部都是你走之后新写的。如果你喜欢，今晚你走时我送你一本。"当源表示很想读读这些诗时，盛只微微地笑了笑……源又一次问了一个问题："你将留在这儿生活，还是到那个新首都去？"

好像这儿有什么与他关系重大的事似的，盛迅速地回答说："哦，我当然要留在这儿。我已离家这么久，也习惯过摩登的生活了。我不能住在像新首都那样的不完善的城市里。孟已告诉了我一些情况，我要是问他他还会告诉我。那儿没有现代化的浴室，没有名副其实的游乐场，没有上等的剧院——事实上，一个文明人应该享受到的一切那儿都没有。我曾对孟说：'我亲爱的孟，请问，在那个你为它感到无比自豪的城市中，究竟有些什么？'"然后盛又陷入他愠怒的沉默。"小孟变得多厉害啊！"盛操着纯熟的外国语说了所有这些话，这比他讲家乡话要流利得多。

盛的大嫂发现盛十全十美，爱兰和她的丈夫也这样认为。这三个人对盛百看不厌。爱兰虽然有孕在身，仍像从前一样开心地笑着，比平日笑得更加欢畅。她对盛很随便，总是拿盛取乐。盛对她的妙语对答如流，并且恭维她，爱兰则美滋滋地接受他的恭维。虽然她身怀六甲，但仍然像以前一样美丽。其他女人在这种时候脸上会粗糙发黑，显得苍白而迟钝，可是爱兰像朵可爱的盛开的花，一朵在阳光下怒放的玫瑰。她把源视为哥哥，活泼地向他问候。她对盛则待以倩笑和妙语。她英俊的丈夫大大咧咧地、懒洋洋地看着她，丝毫也不忌妒。因为无论盛有多美，爱兰的丈夫认为自己远胜于盛，任何女人都会垂青于他，而他所选中的那个女人尤其如此。他爱自己爱得过分，以至不会忌妒了。

宴会在谈笑中开始，他们欢聚一堂，不像过去那样按辈分排列座次，是的，现在已不再那么讲究辈分了。当然，老爷和太太坐在最上座。但在爱兰和盛之间彼起此伏的欢笑和其他人偶尔参加进去的笑声中，却听不到老爷太太的声音。这是个极乐的时刻，源不由得为他所有的这些骨肉同胞感到自豪。他们都是富裕的、衣冠楚楚的人。每个女人都穿着色泽艳丽、款式新颖的优质绸缎袍子；除了源的老伯父，男人们都穿着西服；孟傲慢地穿着他的军官服装；甚至孩子们也高高兴兴地穿着色彩鲜艳的绸衣，佩着西式缎带。桌上堆满了各种西式菜肴、糖果和酒。

源想起了什么。他的家庭里的所有成员并不全在这儿。在远离海岸的地方，他自己的父亲王虎正一如既往地生活着；王掌柜和他的孩子们也一样。他们不讲外国话，不吃外国食品，像他们的祖先一样活着。源想，如果他们被带进这间房间，一定会很难堪，会感到局促不安。王虎很快就会发脾气，因为这儿的地板上铺着丝织的花地毯，他不能再按老习惯随地吐痰了。虽然他不是个穷人，但他所习惯的最好的地面也只是用砖或瓦铺成的。而看到大量的金钱花费在图画、有绫罗绸缎覆盖的椅子、西式小摆设和那些西式的女人用的首饰上，王掌柜一定会感到心痛。王龙家里的这一半成员既不能忍受王虎过的那种生活，也不能忍受老家中王掌柜过的那种生活。老家的那座房子是王龙在那座古镇上留给他的儿孙们的。现在这些孙子和重孙会认为那座房子太简陋，不适宜他们居住。那座房子在冬天很冷，除非阳光从南面照进来。房子里既没有天花板，也没有任何现代化设备，这对他们说来不是一座适合居住的房子。至于那座土屋，它只是一个不能住人的棚子而已，他们甚至已经忘却了它的存在。

但源没有忘记。在宴会上，源坐着，环视桌子周围的一切。他穿着款式新颖的白色西服，对往事的回忆奇异地在他脑海中闪现。他忽然想起了土屋，当他想起它时，他不知怎的感到自己依然喜欢它……他还没有彻头彻尾成为他们中间的一员。他慢慢地思索着：他既与爱兰不一样，也与盛不同。他们西化的外表和行为方式使他希望自己还没有西化到这种程度。然而，他也不能住在那座土屋里，不能，虽然他深深地喜爱与它有关的某些东西。他知道他现在不能像祖父那样心满意足地住在那儿，并感到它是自己的家。他不知怎的处在中间地带，一个孤寂的地方——就像他处在洋房和土屋之间一样。他没有真正的家。他的心孤寂飘零，无论在何处都找不到一个完全的归宿。

他的目光在盛身上停留了片刻。如果盛没有金黄色的皮肤和黑色的炯炯有神的眼睛，他就像一个十足的外国人了。盛的一举一动都西化了，并像个来自西方世界的人一样说着话。是的，爱兰喜欢这些，大堂嫂也一样，甚至大堂哥也觉得盛新鲜时髦，与众不同。大堂哥沉默不语，局促不安，不知怎的还有点妒意，为了安慰自己，他一言不发，心情沉重地吃着东西。

源暗中飞快地瞥了梅琳一眼，心中也颇有妒意，因为当他在爱兰的目光中看到她对盛的钦慕时，他想到了某些事情。梅琳也会像其他的年轻妇女一样看盛，被他的俏皮话逗得大笑，并在眼光中流露出对他的钦慕吗？源看见梅琳冷静地看着盛，然后又安静地将她凝视的目光转开了。源的心中如同一块石头落了地。怎么，梅琳像他自己一样！她也处在两者之间，既不完全新，也不同于旧。他又一次看着她，充满了热情和渴望。他听任谈笑的声浪在他身外泛滥，心满意足地看了她一阵子。当时她坐在太太旁边，正倾着身子，用筷子优雅地从中间的碟子里夹起一块白切肉，将它放在太太的碟子里，并对太太莞尔一笑。源在心中充满激情地自言自语，她与爱兰这一类女子有着天壤之别，恰如幽竹下的野百合与温室里的花朵截然不同。是的，她也在两者之间，那么，他便不再是孤单单的一人！

刹那间，源的心中充满了温暖和柔情，他相信，梅琳也会像他一样一往情深。源为他的爱情心荡神驰，如今，他一切的感情都已热切地汇聚到这一点上了。

那天晚上他上了床，久久不能入睡。他憧憬着第二天怎样单独与梅琳谈话，并揣测现在她对他怀着怎样一颗心。他认为他写的许多信会起作用，会使她变得对他热情起来。他憧憬着他们怎样坐在一起谈话，或许他能够邀她一起去散步，因为现在许多姑娘已单独与她们认识并信任的男子一起去散步。他想，如果她犹豫不决，他将怎样对她说他是她的兄弟，但随后他又很快地否定了这个借口，勇敢地对自己说："不，我不是她的兄弟，我不可能是别的什么。"最后他终于睡着了。夜里，他做了许多稀奇古怪的梦，但没有一个梦是完整的。

但是有谁能料到，就在那天夜里爱兰会生孩子呢？可事实就是这样。当源在早晨醒来时，听到举家上下充满了嘈杂声和穿梭奔忙的仆人的喧闹。他起了床，梳洗完毕，穿好衣服，来到饭厅。饭桌上的早餐只准备了一半，一个睡意蒙眬的丫头懒洋洋地走来走去。屋里仅有的一人是爱兰的丈夫，他坐在那儿，依然像前一天晚上一样衣冠楚楚。源走进饭厅时，爱兰的丈夫快活地说："源，如果某人的妻子是个新女性，他最好永远不要做父亲！我熬过了一段艰难的时光，如同我自己生出了这个孩子。我一夜没合眼，爱兰大哭大喊，发出这样的号啕声，我以为她快死了，只有医生和梅琳向我保证她一切顺利。如今这些女人生孩子真难。这个婴儿是个男孩，真是运气，因为爱兰在清晨已将我叫到她床前，向我发誓她绝不再生第二个孩子了！"他又笑了，用他漂亮光滑的手抹了抹他那张哈哈大笑、半带懊恼的脸。然后他坐下来，胃口极佳地吃侍女摆在那儿的早餐。在此以前，他已经做过好几次父亲了，所以现在的事对他说来只是小事一桩。

就这样，爱兰的孩子在这座房子里出生了。全家都被卷进了这件事，并为之忙得不亦乐乎。除了有时在经过时偶尔看到梅琳，源几乎看不到她。医生一天来三次。除了外国医生，爱兰对所有医生概不满意，因此太太为她请来了这个外国医生。他是个高高的红发英国人，他看了看爱兰，并与梅琳和太太谈了话，叮嘱她们该给爱兰吃什么食物，以及她需要休息多少天等。孩子也要人照料，爱兰要梅琳来亲自做这一切，梅琳也答应了。那个孩子哭闹得厉害，因为雇来的第一个奶妈奶水不足，所以她们找了许多奶妈，逐一地试用她们。

爱兰像当时的许多时髦妇女一样，不愿用自己的乳汁喂养她的儿子，唯恐乳房长得太大太丰满，有损她苗条的身段。梅琳为这事跟爱兰吵了唯一的一次架，吵得很厉害。她大声责怪爱兰："你不配有这个漂亮可爱的儿子！他生出来时壮实健康，嗷嗷待哺，你的奶胀得满满的，却不愿喂他！可耻，可耻，爱兰！"

爱兰生气得大哭起来，她自我怜悯地对梅琳大喊："你对这种事什么都不知道——像你这样的女孩子怎么会知道呢？你不知道一个孩子在我身上一月一月地长大，我身上的衣服变得越来越难看，这对我说来有多么痛苦。现在，在这一切痛苦过去之后，我难道在一两年里还应该继续这么丑吗？不！让女仆去干这种粗活吧！我不愿做这种事，我不愿！"

然而，虽然爱兰流着泪，漂亮的脸蛋气得通红，显得心烦意乱，梅琳却不愿轻易地就此罢休，她吵到了爱兰丈夫的面前。源当时正在那间房间里，因此听到了这场争吵。当她恳求那位父亲时，源心醉神迷地听着，仿佛从来也没见过梅琳如此可爱真诚。她迅速地走进来，怒气冲冲，并没有看见源。她开始坚决地对那位父亲说："你就听之任之吗？你愿意让爱兰不给孩子喂奶而让奶断了吗？孩子嗷嗷待哺，她却不愿喂他！"

但那个男人只是笑了笑，耸了耸肩，说："有什么人曾使爱兰做她不愿做的事呢？至少我没有尝试过，现在肯定也不敢这样做。爱兰是个现代女性，你知道！"

他哈哈大笑，对源瞥了一眼。但源正在看梅琳。当她凝视着那个男人微笑的脸时，她的眼睛变得很大，她清秀苍白的脸变得更加苍白。她飞快地低声说："哦，缺德，缺德，缺德！"她转过身走了。

她走后，那个丈夫友善地对源说了些当女人不在场时男人会说的那种话，他说："不管怎么说，我不能责怪爱兰，带孩子是件非常烦人的事，这事迫使一个人每隔一两个小时就要想到照应家里。我不能要求她放弃她的娱乐，事实上，我也喜欢她保持她的美貌。再说，这个孩子吃某个仆人的奶还不是跟吃她的奶一样？"

当源听到这些话时，他感到自己心里在热切地为梅琳辩护，她的一言一行都是对的！他突然站起身来离开了这个男子，不知为什么，这个男子现在使他感到讨厌。"至于我，"源冷冷地说，"我认为有时一个女人摩登得过分并不好。我认为爱兰在这件事上是错误的。"他慢慢地走回他的房间，希望在路上能遇到梅琳，但终于没有碰到。

他的几天假期就这样一天天逝去。没有一天他能有十分钟以上的时间看到梅琳，也没有一次他能单独见到她，因为她总是和太太在一起照料那个新生儿。太太沉浸在一种狂喜之中，因为她现在终于有了个她曾盼望许久的男孩。虽然她已习惯于各种新习俗，可现在，她在甜蜜而颇有点羞涩的快乐中也按老风俗办了些事。她染了一些红鸡蛋，买了些银的饰物，而且已开始为办满月酒做准备，尽管这样做为时还过早。她在计划每一件事时都会与梅琳商量。她仿佛几乎已忘记了爱兰是这个婴儿的母亲，她无比信赖她的养女。

这时离婴儿满月还有一段时间，但源必须很快回到新首都去工作了。眼下时光白白地逝去，这对源说来不啻虚度光阴。过了些时候，源开始有点闷闷不乐了。他心里想，梅琳没有必要这么忙，如果她愿意的话，是可以为他抽出些时间来的，他就这么沉思默想了几天。当假期的最后一天临近时，他确信他的感觉没有错，梅琳是在故意做这做那，存心在任何时候都不单独见到他。太太沉浸在孩子出生的狂喜中，甚至也忘记了源和他爱着梅琳这件事。

于是，一直到源必须回去工作的那一天，事情还没有任何进展。这天盛欢欣地走进来，对源和爱兰的丈夫说："今天晚上有人邀请我去参加一个盛大的晚会，他们还缺几个年轻人。你们俩愿意忘掉你们的年龄，装作重新年轻起来，为一些漂亮的女士做伴吗？"

　　爱兰的丈夫欣然地笑起来，回答说他十分愿意，这两星期以来他一直被爱兰的事束缚得动弹不得，以至他都忘记什么是欢乐了。可源不知为什么退缩了，因为他已有好几年不去这样寻欢作乐了。以前他常与爱兰一起去，但从那以后他再没去过。他一旦想起陌生的女人，便又感到了过去的那种羞怯。但是盛一定要源去，他们两个人一起强迫源去。源虽然起初不愿去，但后来他无所谓地想："为什么我不去呢？坐在这座房子里，等待着那永不会来临的时刻，真蠢。我怎样寻欢作乐，梅琳又怎么会介意？"被这种念头驱使着，他大声说："那么好吧，我去。"

　　在所有这些日子里，梅琳好像都没有关注过源，她一直十分忙碌。但那天晚上，源从屋里走出来，穿着他常在晚上穿的黑西装，正巧碰到梅琳从他面前走过，怀中抱着那个熟睡的婴儿。她疑惑地问："源，你到哪儿去？"源答道："与盛和爱兰的丈夫去参加一个晚会。"

　　此刻，他想在梅琳的脸上看到表情的变化，但他心中没有把握，过后他想自己一定想错了，因为她仅仅将熟睡的婴儿搂得更紧一点，平静地说："那么，我希望你过得愉快。"说完，她就走开了。

源这天晚上的确过得快乐，他做了他从来没有做过的事。不管什么时候，只要有人喊他去喝酒，他都来者不拒，开怀痛饮。他滥饮着，直到醉得无法看清那些与他跳舞的姑娘的颜面，而只知道怀中有个姑娘在跟他一起跳舞。他喝了那么多他没饮惯的外国酒，因此他眼前那装饰着鲜花的舞厅变成了明亮炫目、波光闪耀、飘忽不定的迷宫。尽管这样，源还是很好地控制着醉意，因为除了他自己，没人知道他真正醉到了什么程度。盛甚至高声夸奖他，说："源，你真是个幸运的家伙！你是那种酒喝得越多脸越白的人，不像我们这些差劲的人，越喝脸越红。我敢发誓，只有你的眼睛表明你喝了酒，它们像煤球一样烧得通红！"

　　在那天的晚会上，他遇到了一个似曾相识的人，那是盛带到他面前的一个女士，盛说："这是我的新朋友，源！我把她借给你跳一轮舞，然后你必须告诉我，你是否知道有谁跳得比她还要好！"于是源发现自己将她搂到了怀里。她是个奇特、苗条的女子，穿着白色的由闪光的料子做成的洋式长裙。当源俯视她的脸时，他觉得他们似曾相识，因为那是一张令人难忘的脸。这张脸圆如满月，色泽黝黑，嘴唇丰满而充满激情。这是一张算不上美但奇特而耐看的脸庞。她带着几分惊讶先开了口："怎么，我们认识，我们曾乘过同一条船，你还记得吗？"源尽力思索，终于想起来了，他笑着说："哦，你就是那个高喊要永远自由的姑娘。"

　　听源这么说，她大大的黑眼睛变得忧郁、深沉，那丰满的、涂着厚厚一层唇膏的嘴唇噘了起来，她答道："在这儿要自由可不容易。哦，我想我是够自由了，但却是可怕的孤独……"突然她停住不跳了，她拉着源的袖子说："来，找个地方坐下，跟我聊聊。你有过像我这样悲惨的命运吗？……你不知道，我是我死去的母亲最小的女儿。我父亲是这个市里的副市长，他有四个小老婆，她们都是些卖唱的女子。你能想象我过的生活吗？我认识你妹妹，她是漂亮，可是她与其他人一样。你知道他们的生活内容是什么吗？就是整个白天赌博，通宵达旦闲聊、跳舞！我不愿这么醉生梦死，我想有所作为……你如今在做什么工作？"

这些真诚的词句从她涂过口红、引人注目的嘴唇间奇特地吐出来。源告诉她那座新城和他在那儿的工作，以及他怎样找到了自己的落脚之处和工作的经过。她不安地听了一会儿。这时盛回来了，拉着她的手要带她回去跳舞，她任性地将他推开了。她对他噘起了过于丰满的嘴唇，认真地高声说："不要打搅我，我想严肃地与他谈谈……"

盛听到她的话大笑起来，他逗趣地对源说："你会使我忌妒，如果我真的认为她对某件事严肃起来的话。"

那个姑娘已经重新转向源，开始向他热情地倾吐心曲。她的身体也说着话，她小小的裸露的双肩耸着，漂亮而丰满的手在果断地挥舞："哦，我恨这一切。你不恨吗？我不能再去国外了，我父亲不会给我钱，他说他不能再在我身上浪费钱了。他所有的妻妾从早到晚赌博！我恨这儿的一切！那些姨太太都用脏话骂我，因为我与男人一起出去！"

现在源一点也不喜欢这个姑娘，她袒胸露臂的样子、她的外国服装和她红得过分的嘴唇都使他反感。尽管这样，他依然能感觉得到她的真诚，并为她的处境而难过，因此他说："为什么你不找点事做做？"

"我能做什么呢？"她问，"你知道我在大学里学的专业是什么？西式家庭的室内装潢！我已将我自己的房间装饰好了。我也为一个朋友的室内装潢帮了一点忙，但这并不是为了获得报酬。在这儿，有谁需要我的那些本领呢？我想属于这儿，她是我的祖国，但我已离开她太久。没有一处是我的归宿，没有一个国家是我的安身之处……"

现在，源忘了这是个意味着寻欢作乐的夜晚，他被这个可怜的人的境况深深地感动了。他同情地看着她。她坐在他前面，穿着俗不可耐、珠光宝气的衣服，显得花哨艳丽，她描画过的眼睛里充满了泪水。

源还没来得及想出什么话来安慰她，盛又回来了。这次盛不愿遭到拒绝。他看到了她的眼泪，将双臂搂住她的腰，一面笑她，一面将她拖进了急速旋动的音乐之中，留下了源一个人。

不知为什么，源再没心思去跳舞了，所有的欢乐这时都从这喧闹的大厅里消失了。有一次，那个姑娘在盛的怀抱里向源这边旋过来，但这时她的脸仰望着盛的脸，她的脸又变得神采飞扬而空洞无物，好像她从来也没说过她对源说的那些话……源沉思着坐了一会儿，让仆人一次次地替他斟满酒杯，而他继续形单影只地坐着。

一直等到这个狂欢的夜晚结束，他们才回家去。源依然步履稳健，但事实上酒在他身体里像高热一样烧人。然而他还有足够的力量让爱兰的丈夫倚在他身上，因为那个人已不能独自行走了，他醉得脸色发紫，像个傻孩子一样咿咿呀呀地发出一些毫无意义的声音。

当源到家门口敲门要进去时，门立即开了。站在开门的男仆旁边的是梅琳，当那个醉汉看到她时，他似乎想起了源与梅琳之间的某些事，他对梅琳喊道："你——你——你应该走开，舞会上你有一个——一个漂亮的情敌，她不愿——离开源——危险，呢？"他傻乎乎地大笑起来。

梅琳没有回答。当她看见他们俩时，她冷冷地对那个仆人说："将我姐夫送上床去睡，因为他醉得太厉害了。"

当他们走后，梅琳扶住源。她突然凝视着源，眼中爆发出怒火。就这样，他们两人终于单独相会了。当源看到梅琳注视着他的愤怒目光时，他感到像有一股寒冷的北风吹拂着他，使他清醒过来。他感到体内的热度正在迅速地消退。有一瞬间他几乎感到害怕她，她是如此地窈窕、挺拔、愤怒。他一言不发。

可她却没有保持沉默。这些天里她一直很少对他说话，但现在她开口了，她的词句像连珠炮似的射出来："你像其他所有人一样，源，像所有饱食终日、无所事事、愚蠢无用的王家人一样！我使自己成了个傻瓜。我曾想：'源与众不同，他不像个半洋化的纨绔子弟，这些纨绔子弟总将最好的青春年华花在酗酒和跳舞上！'可实际上你也一样，一样！看看你这副尊容！看看你傻乎乎的西装！你浑身酒臭，也喝醉了！"

源听到这话发怒了，像个孩子似的发起了脾气，他喃喃地说："你什么也不愿给我，你知道我一直在等待你，而你一直在找各种各样的借口……"

"我没有！"她叫道，然后她失去了控制。她跺着脚，向前倾着身子，在源的脸上迅速地狠狠打了一巴掌，好像他真是个淘气的孩子："你知道我一直有多忙——他所说的那个女人是谁？这是你在家的最后一个晚上了——我已计划好……哦，我恨你！"

她突然大哭起来，并迅速地跑开了。源痛苦地站着，除了听懂了梅琳说的她恨他，对别的一切都不明白。源的假期就这样可悲地结束了。

第二天，源独自一人回北方的工作地去，因为孟的假期短些，他已先走了。冬末的冷雨开始下起来。在这阴沉的日子里，火车向前奔驰着，雨水不断地从列车车窗的玻璃上流下来，所以他几乎看不到积水的田野。在每个城镇里，街上流淌着脏水，车站上空空荡荡，只有几个瑟瑟发抖的人，他们因为要干活而不得不待在那儿。源想起他没有再见到梅琳，因为他在清晨就离开了，她也没在那儿跟他道别。源心里想，这真是他一生中最最沉闷忧郁的时刻……

源终于看厌了雨，在令人心神不宁的愁闷中，源从包中拿出那天晚上盛送给他的那本诗集，那本诗集他还没有读过。他开始漫不经心地翻动那厚厚的、象牙色的书页，并不在意他是否在读。每一页上都印着清晰的、黑色的句或词，一小组故弄玄虚的短语，乍一看十分优雅精致。直到他忘掉了一些烦恼，对这些诗产生了好奇心，源才更加仔细地读起这本书来。这时他才发现盛写的这些小诗只是些空洞的形式。它们只是些玲珑剔透、言之无物的形式，其中的一切都精巧而空洞，但它们在诗的格律和音韵上却如此完美流畅，以致源一开始几乎忽略了它们内容的贫乏。直到了解这种形式之后，他才发现它们实在是言之无物。

他合起了烫银的装帧精美的书，将它放下了……车窗外，村庄一个接一个掠过，阴沉地瑟缩在冬雨里。人们在门口忧郁地望着那冬雨，雨敲打着他们头上的草屋顶。阳光灿烂的时候，这些人可以像牛马一样生活在户外，快活而健壮。但淫雨将他们赶进陋屋，逼得他们在争吵和凄苦中几乎发疯。现在他们向门外望去，诅咒着下了这么多雨的老天……

盛的那些诗精致可爱：照在一个死去的女人金发上的月光，公园里凝结成冰的泉水，明镜一般的绿海上的仙岛，狭狭的，躺在白色的沙滩之间……

源看到了那些阴郁的野兽般的脸，他心如乱麻地想："至于我，我什么也写不出。我能一目了然地看出盛写的东西非常精致。但如果要我写盛写的那些东西，不知为什么，我就会想起这些凄苦的脸、这些陋屋和所有这些水深火热的生活。而盛对这些却一无所知，也永远不会知道。可是我也不能写这样的生活。我不知为什么我是这样烦恼，同时又这样沉默。"

他开始沉思。他想，一个不能使全身心都生活在一个地方的人也许什么也创造不出来。他回忆起爱兰结婚那天他想到自己处于新旧之间的事。然后，他苦笑了一下，想起他曾多么愚蠢，竟以为自己并不孤独。他是孤独的……

他的旅程结束的时候，雨仍在下。他下了停在空蒙的烟雨中的火车。古老的城墙在雨中屹立着，威严、黝黑、高大。他叫了一辆黄包车，爬了进去，凄冷孤单地坐着。那个车夫拉着车在泥泞的街上走。有一次车夫绊倒了，跌在地上，他爬起来站稳，歇了一会儿喘口气，从湿淋淋的脸上撸下一把雨水。源从车上看出去，见那些丑陋的棚子仍然依附着城墙。雨水已淹进了棚子，里面那些可怜无助的人正坐在水中，默默地期待着老天的变化。

新的一年就这样开始了，源原以为这将是他最美好、最幸福的一年。但这一年里他不但没有幸福，反而充满了种种灾难。灾难成了这新的一年的开端。淫雨使春天姗姗来迟，使人不堪忍受，虽然庙里的和尚祈祷了许多次，但他们的祈祷和牺牲都毫无结果，新的灾难依然出现，因为这种迷信激起了根本不信神、只信奉英雄的年轻的统治者的愤怒，他们下令关闭这些地区的寺庙，毫不留情地派士兵进驻这些寺庙，将和尚赶到最差的斗室里去。这反过来又激怒了农民。当农民们背井离乡去讨饭时，他们又会由于这样或那样的理由愤然地反对同样的和尚，但现在他们又害怕神会重新发脾气。他们说，这些该死的淫雨无疑是这些新的统治者引起的，因此这一次他们联合了和尚一起反对年轻的统治者。

雨下了一个月仍未停，大河水位开始上涨，洪水流进了一些小河和运河里。到处都开始看到那古已有之的洪水滚滚而来。如果有洪水，接踵而至的便是饥荒。人们本已相信新时代将会把他们带进新天地，可现在他们发现事实并不如此。老天还是那样漫不经心，不负责任；由于洪水和干旱，大地像以前一样颗粒无收。人们开始抱怨新的统治者是冒牌货，并不比旧统治者好。新时代的统治者的诺言曾一度平息了人们以往的那种不满，现在却又是怨声载道了。

　　源发现自己又被分成了两半。孟这些天来被雨困在狭小的兵营里，不能像往常那样以训练士兵的方式来消耗他作为年轻人的那种旺盛的精力。他常常到源的房间里来，对源所说的一切都争论不休。孟咒骂淫雨，咒骂他的司令，咒骂那些新领导。他每天都叨咕说，这些人变得越来越自私，根本不顾人民的死活。孟有时未免失之偏颇，有一天，源不得不很温和地对他说："下了这么久的雨，我们很难责怪他们，即使发了洪水，我们也不能怪他们。"

　　但孟粗暴地喊道："我要怪他们，不管怎么说，他们不是真正的革命者！"然后他压低了声音，不安地说，"源，我要告诉你一件别人不知道的事。我告诉你，是因为你虽然不够勇敢，也没有明确地加入某项事业，但却有着自己的生活方式，忠诚、老实、始终如一。听我说，如果有朝一日我离开了这儿，你也不要惊奇！告诉我的父母不必害怕，事实是，在革命中，现在又有一种力量成长起来——它更好、更真实，源，这是一种新型的革命！我和四个同伴决定去投奔这支革命队伍。我们将带着我们忠实的部下西行，革命力量正在那儿形成。已有数千年轻优秀的热血青年秘密地参加了这种革命。我将有机会与那个一向压得我抬不起头的老司令斗一斗了。"孟虎视眈眈地站了一会儿，然后他阴沉的脸豁然开朗起来，但也不过是像他平常一样开朗，因为他的脸不管怎么说总是阴沉的。他深思熟虑但却更加平静地说："这种真正的革命，源，是为了人民的利益。我们将夺取国家政权，为了普通人民的利益掌握政权，世上将不再有穷人或富人……"

孟滔滔不绝地慷慨陈词，源带着几分伤感，沉默地听他说着。源心情沉重地想，他这一生在许多地方听到过这样的话，但如今世界上依然有穷人，也依然有这样的豪言壮语。他想起甚至在富裕的外国也有穷人。是的，世上永远有穷人。源听任孟尽情地说着，最后孟走了。源走到窗前，在窗口伫立了一会儿，看在雨中吃力地行走着的三三两两的行人。他看见孟出了门，正从街上大步走过，即使是在雨中，孟也是这样昂首向前。但是他是街上唯一的一个有自尊心的人，因为街上绝大多数都是些淋得精湿的黄包车夫，他们正挣扎着走过滑溜溜的石子路……忽然间，源又想起梅琳还没有写信给他，他不能全然忘却这件事。他也没写信给她，因为他想："如果她这么恨我，写信也没用。"由于源想起了这件事，这一天就变得十分黯淡了。

只有他的工作依然如旧。他本该将全部精力投入工作，但即使在学校里，这一年对他来说也十分不利，对时局的不满已蔓延到了学校里，学生们对有关他们的法令争论不休。他们已充分意识到青春赋予他们的权利。他们与他们的领导和老师发生争执，拒绝工作，在校外逗留。因此，当源进入那四面透风的教室时，教室里常常空荡荡的，没有人听他讲课。他必须重新回到住所，坐下来读那些他已读过的旧书，因为他不敢花钱买新书。他始终不渝地将他收入的一半寄给他的伯父还债。在这些漫漫长夜里，要还清这笔债对他来说就像他曾对梅琳怀有的梦想一样毫无指望。

他一连七天都到学校去，但发现教室里始终空无一人。在百无聊赖中，他有点心灰意懒，一天他蹚过泥浆，穿过滴滴答答的雨，来到先前他播种外国麦子的地方。甚至在那儿也没有收获的希望，不知是由于外国种子不适应长期的淫雨，还是由于板结的黑黏土排水不畅，使麦根受不了，这些外国麦子在泥泞的黏土中开始腐烂了。这些麦子起先曾迅速地发芽并长高，每棵小苗都生机勃勃，欣欣向荣。但这土地和天空对它说来都是陌生的，它没能自然地深深扎下根去，因此它腐烂了，被糟蹋了。

当源站着，悲伤地注视着这破灭的希望时，一个农民看见了他，并不顾滂沱大雨跑了出来，幸灾乐祸地喊道："你终于发现外国麦子不行了吧！它蹿得快，长得又高又肥，但它没有后劲儿！当时我就说，用这种又大又白的种子真是违背天意。瞧我的麦子，泥土虽然太湿，但它不死！"

源默默地看着。确实，在邻近的田里，那些矮小硬朗的麦子稳稳地在泥浆中站着，发育不良，低矮瘦小，但没有死……源无言以对。他受不了那人粗俗的脸和快活而愚昧的笑声。刹那间，他明白为什么孟打了那个黄包车夫。但源永远也不会动手打人。他只是默默地转过身,径自走他的路。

在这个沉郁的春天里,何处是绝望的尽头,源自己也不知道。那天晚上他躺在床上抽泣,心中闷闷不乐,但他的难过绝不是仅仅出于一种原因。他哭,是因为他对时世如此艰难感到悲伤。穷人依然一贫如洗,这座新城至今没有竣工,它在雨中显得那样单调乏味,阴郁沉闷;地里的麦子全烂了;革命力量已经削弱,新的战争迫在眉睫;他的工作也被学生们的闹事所耽搁。那天晚上,源觉得没有一件事是在理的,但这一切中最大的烦恼是四十天来梅琳没有写来一封信,而她最后说的话至今在他耳边萦绕,就像她当时说的时候那样清晰。自从她哭着说"哦,我恨你!",他再没有见过她。

有一次,太太倒是写了一封信给他,源异常急切地拿过信,想看看太太是否在信中提到梅琳的名字,但这封信对梅琳只字未提。太太只是谈了爱兰的小儿子的情况,以及她自己是多么快乐,爱兰虽回她丈夫的家了,但将孩子留给了她照料,因为爱兰认为孩子是累赘。太太不无欣慰地说:"爱兰这么爱她的自由和快乐,我几乎都高兴不过来了,因为这使她把这个孩子留给了我。我知道她这样做有点不对……但我整天坐着,把那个孩子抱在手中。"

源躺在黑暗寂寞的房间里,想着这封信,心里又增加了一点淡淡的哀愁。新生的小男孩仿佛已占据了太太的整颗心,她不再需要源了。在一阵突发的自我怜悯中，源想："似乎哪儿也不需要我！"最后他流着泪睡了。

实际上，到处沸腾蔓延的民怨比源所了解的要厉害得多，因为在这座新城里，他孤陋寡闻的寂寞生活限制了他的视野。他尽心尽职地每月给他父亲写信，每隔一个月王虎也回他一次信。但源没有再回家去看他，部分是因为源希望工作稳定，但更多是因为在这动荡的时世中没有多少稳固不变的东西，还有部分是因为在短短的假期中，他最渴望的事是见到梅琳。

他也不能从父亲的信中清楚地觉察到时世的变迁，因为那个老人总是不知不觉地一遍遍老调重弹。他总是气壮如牛地写着他怎样计划在春天发动一次大规模的袭击，打击周围一带的土匪头子，因为那个土匪已变得有点胆大妄为了。可他王虎发誓带领他忠实的部下，为了所有的好人将土匪打败。

源读着这些，几乎不再将它们当真。现在听到父亲的大话，源不再生气了，如果他有什么反应，也只是伤感地笑一笑，因为这种大话曾是一种威慑他的力量，现在他已明白这只是一些空话。有时他想："父亲真的老了，我夏天必须回去看他，看看他过得怎么样。"有一次他忧伤地想："由于父亲为我所做的一切，这次假期我本该回家的。"他叹了口气，陷入了沉思，盘算着按他现在还债的速率，到夏天他能还掉多少。他希望工资不要一直像这多事之秋的情况一样，老是推迟发放或干脆不发。现在的时世是既不新又不旧，却动荡不安。

因此，王虎的信中没有任何暗示，使源为即将降临的灾祸做好准备。

一天，源刚刚起床，在他的小炉子旁边洗脸。每天早晨，他通常要自己生炉子以防寒防潮。这时响起了敲门声，敲门声怯怯的，但很固执。源喊道："进来！"进来的不速之客是源怎么也意料不到的。那是源乡下的堂兄，他的伯父王掌柜的大儿子。

源立刻看出有什么不幸降临到这个饱经忧患的瘦小的人身上了，他皮肉松弛的黄色脖子上青紫斑斑，那张干枯的瘦脸上有深紫色的血痕，他的右手上少了一根手指，一块肮脏的浸透血渍的破布包扎着那根指根。

源看到了所有这些暴力留下的痕迹，他默默地站着，惊讶得不知说什么或想什么才好。那个瘦小的人看到源就哭了，但他压抑着哭声，只是无声地抽泣着。源看出他有件可怕的事要告诉他，因此他迅速穿上衣服，让他的堂兄坐下，同时在一只罐子里取了点茶叶，从小炉子上取下水壶给他泡茶，然后源说："快告诉我发生了什么。我看得出这是件非常可怕的事。"源等着他的堂兄开口。

堂兄缓过气来，以很低的声音开始叙说，他不时朝房门那边张望，见没有动静才放心。他说："九天前的那个晚上，土匪袭击了我们的庄子。这都是因为你父亲。他到我父亲家里住了一段时间，等着过阴历年。他不愿像老人应该做的那样安分守己。我们再三恳求他不要多嘴，但他偏要到处吹牛，说他已怎样计划好等春天一来就与那个土匪头子开战，他将像以前一样打败那个强盗。我们在附近有许多仇敌，因为佃户们总是恨地主，肯定是那些佃户不知怎的告诉了那些土匪，煽动他们来打我们。于是土匪头子勃然大怒，派出人马到处轻蔑地扬言，说他不怕老掉了牙的王虎，而且他不愿等到春天，现在就打算同王虎和他的一家决一雌雄……即使是这样，堂弟，我们本可以使他按兵不动，因为听到他的话之后，我和父亲连忙给这个土匪头子送去了大量的钱、二十头牛、五十只羊，让他的兵把这些牲口杀了吃。就这样，我们由于你父亲侮辱了他而向他赔罪，恳求他不必介意一个老人的话。要不是因为我们镇上平地起了一场风波，这件事本来是可以平息的。"

堂兄停住不讲了，突然间颤抖了一阵子。源稳住他，说："不要急，喝点热茶，不必害怕。我将尽力而为地帮助你们。请你尽量说下去。"

堂兄终于又能压抑着颤抖，继续说下去了。他的声音依然紧张尖细，几乎像耳语："唉，新时代的这些麻烦事我都不懂。现在我们镇上有所革命的学校，所有的年轻人都到那儿去上学。他们唱歌，将他们的新神像挂在墙上，在新神像面前敬礼。他们恨那些旧有的神祇。噢，如果就这些倒也没什么，只是他们煽动一个宣誓要加入他们队伍的人，就是那个驼背，我们以前的堂兄，你肯定没有见过他。"堂兄此刻又停了下来，提出了他的疑问。源心情沉重地说："我很久以前见过他一次。"源想起了那个驼背小伙子，父亲曾告诉他那个驼背有颗战士的心，因为王虎有一次经过土屋时，那个驼背想要他的枪。那个孩子拿起那把枪，仔细地察看每一部件，对它爱不释手，好像那把枪是他自己的一样。王虎总是打趣地说："若不是因为他背驼，我就会向我的兄弟要他做儿子。"源想起了那个驼背，他点点头说："讲下去，讲下去！"

于是那个瘦小的人又接着往下讲，他高声说："我们的这个和尚堂兄也被这阵疯狂冲昏了头。听说在最近两年里，自从他那个住在附近的尼姑庵里的养母久咳不治，他就变得一反常态，开始不安分了。他养母活着的时候，常常替他缝袍子，有时带给他一些她自己做的没有荤油的甜食，那时他安安静静地过着日子。她一死去，他在庙里就开始离经叛道，终于有一天，他从庙中逃了出去，参加了一种新的集团。我不知它属于什么性质，只知道他们煽动农民为自己抢夺土地。唉，这帮人与原来的土匪结成一伙，把城乡搞得一片混乱，这种局面我们还从未见过。他们说的话那么不堪入耳，我都说不出口。他们六亲不认，杀人先杀自己的一家。今年，百年不遇的大雨下个不停，人们知道肯定要发大水，接着便是饥荒。混乱腐朽的新时代使得人们越来越胆大妄为，他们已顾不上什么礼仪道德了……"

他将故事拉得这么长，并且又开始发起抖来。源简直受不了，他开始不耐烦起来，催促堂兄继续讲下去，说："是的，是的，这我知道，我们这里也同样下雨，但请你告诉我究竟发生了什么？"

那瘦小的人表情严肃地说："这——这些新老强盗和农民联合起来了，他们来到我们镇上，将它洗劫一空。我父亲和兄弟、我们的女人和孩子只带着能藏在身上的一点东西逃走了。我们向我大哥的家里逃，他正为了你的父亲在一个城市里做官。但你父亲不愿逃。他不逃，而且像个老傻瓜一样说大话。其实他能做的充其量只是跑到我们祖父留下的那片田地上的土屋里……"

那个人又停顿了一下，并更剧烈地颤抖起来，他上气不接下气地说："可他们——那个土匪头子和他的人马，很快就追到了那儿。他们捉住了你父亲，捆住他的大拇指，将他吊在土屋里中堂的梁上。他们把他的财物抢得一干二净，特别是把他最喜爱的那把剑拿走了。他们一个兵也没给他留下，除了那个豁嘴老仆人，那个老仆人藏在一口井里，保住了自己一条命。我听到动静，想悄悄地去帮他。但他们突然又回来了，抓住了我，把我的指头斩了。我没有告诉他们我是谁，要不然他们会杀了我。他们以为我是个仆人，对我说：'去告诉他儿子，他吊在这儿！'因此我就来了。"

源的堂兄十分伤心地哭起来，并急忙松开手指上血迹斑斑的破布，将碎裂的骨头和模糊的血肉给源看，指根在源眼前又开始流血。

现在源真的控制不住自己了，他坐下来，捧住头，想尽快地决定他该怎么办。首先，他必须到父亲那儿去。但如果父亲已经死了，噢，他一定还有点希望，既然那个忠实的老仆人还在那儿。"强盗们走了吗？"源问，突然抬起他的头。

"是的，他们得到一切之后便走了，"那个人答道，然后他又抽泣起来，说，"但那座大房子——那座大房子，它被洗劫一空，并烧光了！这是佃户们干的，他们帮了那些土匪的忙。这些佃户，他们本该联合起来帮助我们。他们已夺走了我们祖父传下的好房子，现在他们扬言还要夺回土地、分土地，我这是听说的，可谁敢去弄明白这究竟是怎么一回事呢？"

听到这些，源受到的打击比他父亲遭受的痛苦还要大。现在，如果他们已丧失了全部土地，他本人和他的家当然就会遭到抢劫。他缓缓地站起来，对发生的一切感到惶惑不安。

"我将立刻动身到父亲那儿去，"源说，考虑片刻之后，他又说，"至于你，你现在到那座沿海的大城市去，找到那座房子，地址我会替你写下来，你到那儿找我父亲的太太，告诉她我先走了，如果她愿意到她的老爷那儿去，就让她去。"

源就这么决定了。那个人吃了饭上路之后，源在当天就出发到父亲那儿去了。

在火车上的两天两夜里，这飞来之祸仿佛是某本古老的书上一个恐怖的故事。源心里想，在这个新时代，发生这种古老而可怕的事简直不可思议。他想起那座井然有序、和平安宁的海滨大城市，盛在那儿优哉游哉地度着快乐的光阴，爱兰则高枕无忧，大大咧咧地活着，总在妩媚地笑，全然天真无知——是的，她就像居住在千里之外的那个白种女人一样对这类事一无所知……他深深地叹了口气，朝窗外望出去。

在离开这座新城之前，他去找过孟。他把孟拉进一个茶馆的角落里，告诉他发生了什么事。源这样做，是因为他心中存有一点点希望，希望孟会为了家族的缘故愤怒起来，嚷着他也要去，去帮助他的堂兄。

但孟不动声色。他静听着，扬起了黑眉，分辩道："我猜想，也许事实上是我们的叔伯们压迫了这些人。好了，让他们去受罪吧。我没有参与他们的罪恶，也不愿分担他们的苦难。"他接着说，"你真蠢，依我看，为什么你一定要去，为了一个早就该死的老头子冒生命的危险呢？你父亲究竟为你做了什么呢？我对他们中的任何一个人都毫不关心。"然后他看着源，源坐在那儿，在这飞来横祸的打击之下，默默无语、垂头丧气地沉思着。孟倒也并不完全是铁石心肠，他弯下身子，将自己的手放在源搁在桌上的手上，压低嗓音说："跟我走，源！你以前曾跟我走过，但没有全心全意。现在真正地加入我们的行列吧，为了我们新的崇高事业。这一次是真正的革命！"

可是源虽没有挪开自己的手，却摇了摇头。孟果断迅速地将自己的手拿开了，站起来说："那么，这就是告别了。当你回来时，我已经走了。可能这一别便是永诀……"坐在火车上时，源想起了孟的形象。孟穿着那身军装，显得高大、英武而鲁莽。说完那些话，他就迅速地走了。

整个下午，火车都在铁轨上摇晃。源唉声叹气地看着周围。周围是那些仿佛在任何火车上都一样的旅客：裹着绸缎和裘皮的商人，清贫的学生，带着啼哭的孩子的母亲。但在过道的另一边，对着源的座位，坐着两个年轻人——弟兄两个，看得出他们刚从国外归来。他们的衣服是崭新的，款式是国外最新的流行式样：宽松的短裤、色彩鲜艳的长袜和黄色皮鞋，上身是针织厚毛衣，胸前绣着西洋字母。他们的新皮包闪闪发亮。他们无拘无束地笑着，用外语流畅自如地交谈。他们中有一人有只鲁特琴，他漫不经心地弹着，有时他们一起唱唱外国歌。车上所有的人都惊奇地听着他们发出的喧闹声。他们所说的一切源都懂，但他没有露出一点听懂的迹象。因为他筋疲力尽，心灰意懒，没有心思参加任何谈话。一次火车停下来时，他听到那兄弟俩中的一个对另一个说："我们要使这个工厂开张，越快越好，那时我们就可以使这些不幸的家伙有工作做了。"有一次，源又听到另一个责骂那个服务员，那也是因为他挂在脖子上用来擦碗的那条又脏又黑的抹布。当坐在源旁边的一个商人咳嗽并朝地板上吐痰时，那兄弟俩都对他怒目而视。

源看到了这些事，也非常理解这些事，因为他也曾经有过同样的感觉，说过同样的话。可是现在，他看着那个肥胖的男人咳了又咳，终于将痰吐在地上，他漠然地由那人去了。现在他已明白了这种事，再也不感到羞愧或愤怒，只是听之任之。是的，虽然他自己不会这样做，但会听任其他人随心所欲地去做。他可以看到那个服务员的黑抹布而不再大声指责他，他至少已经可以默默忍受车站上小贩的肮脏了。他已麻木不仁，但不知自己为什么会变成这样，这看来好像是因为已没有希望去改变这芸芸众生。然而他知道，他既不会像盛只是为了自己的快乐而活着，也不会像孟一样忘掉对父亲的责任。毫无疑问，如果他能够新得彻底，对一切都满不在乎，像盛和孟一样我行我素，对一切不愿见到的事视而不见，也感觉不到烦恼之事的羁绊，这样对他也许倒更好。然而他仍然是他自己，他父亲仍然是他父亲。他不能抛开对于那个老人的责任。那个老人曾是他自己的过去，而且现在依然在某种程度上是他的一部分。因此他耐心地继续他漫长的旅程，直到终点。

火车终于在靠近土屋的那个镇上停了下来。源下了车，快步走过这个镇。虽然他逗留时没看到什么，但仍能觉察出这是个不久之前被土匪们占领的地方。人们默不作声，心惊胆战。到处是被烧毁的房屋，直到现在，那些逃走的房屋主人才敢回来，正在那儿懊丧地察看着。但源径直穿过主街，一刻也不停下来看一看那些高大的房子。他走出了镇子的另一边城门，转弯穿过田野，向他记忆中的土屋走去。就这样，他又来到了那座土屋前。

他又一次弯着腰走进中间的堂屋，他看到墙上他儿时胡乱涂鸦的幼稚诗句依然如故，但他无暇停留下来品味它们现在在他心中引起的感觉。他喊了一声，两个人应声而出。一个是老佃户，他满面皱纹，牙齿脱落，他的妻子已经去世，他孤单寂寞，就像风中的残烛。另一个是老态龙钟的父亲的老忠仆。这两人一见源就叫了起来，那个老忠仆一言不发地抓住源的手，甚至都没有像对少爷那样向他鞠躬，他急急忙忙地将源领到他以前的卧室，王虎正躺在那儿的床上。

王虎躺在那儿，僵直安静，身体长长的，但一息尚存，因为他的眼睛正固定地凝望着一处，口中不断地喃喃自语。看到源时，王虎一点也不感到惊讶，他像个可怜的孩子一样，伸出他苍老的双手，只是说："看我的两只手！"源看着那两只苍老的皮开肉绽的手，痛苦地叫出声来："哦，我可怜的父亲！"这时那个老人好像才第一次感到了疼痛，混浊的泪水涌进了他的眼眶，他呜咽了一阵，说："他们打伤了我……"源安慰着他，轻轻地抚摸着他肿胀的大拇指，一遍又一遍地说："我知道是他们干的，我相信是他们干的……"

源开始默默地流泪，那个老人也一样，父子俩在一起哭着。

除了哭泣，源还能够做什么呢？他看出父亲已奄奄一息。王虎的肤色苍白蜡黄，令人害怕，哭泣时已上气不接下气。源心里害怕，恳求他安静下来，同时也强迫自己不再哭。王虎还有一件伤心事要告诉源，他哭着对源说："他们把我的剑拿走了……"他的嘴唇又颤抖起来，并想按老习惯用手捂住嘴，但他一动手就疼，于是只好让手搁在床上，以他本来的面目看着源。

源一生中对父亲从来也没有像现在这样温柔。他忘却了所有逝去的岁月，好像看到父亲总是像现在这样有颗单纯童稚的心。源一遍遍地安慰父亲，说："父亲，无论如何我都会将它取回来，我要送一笔钱去把它赎回来。"

源明知他做不到这一点，但他不知明天父亲是否还能活着去想他的剑，所以他许诺一切以安慰这个老人。

可除了安慰，他还能做什么呢？老人稍稍感到了一丝欣慰，终于睡着了，源在他身旁坐着。那个老忠仆送来了一点食物，他蹑手蹑脚地进进出出，生怕惊扰了他病痛中的主人不踏实的睡梦。源默默无语地坐在那儿，他的老父睡着时他就这么坐着，终于，他将头伏在身旁的桌子上，也睡着了。

夜晚快要降临时，源醒了，他的每根骨头都又酸又痛，因此他必须起来。他站起身来，悄无声息地走进另一个房间，老忠仆正在这间房间里，他哭着向源复述了一遍他已知道的事。说完，老人又加上一句："我们必须设法离开这座土屋，因为附近的佃户对你们恨之入骨。如果他们知道我的老主人是这样无依无靠，他们会突袭我们。小司令，如果你不回来，我敢肯定他们会来的。看到你来了，又那么年轻力壮，他们可能会暂时推迟行动……"

这时那个老佃户插了进来，他看着源，犹豫不决地说："少爷，我希望你不要穿西装，因为现在乡下人对新派的年轻人恨得要死。那些新的统治者曾许下诺言，说一切都会好转，但今年大雨下个不停，肯定要发大水。如果乡下人发现你穿的西装跟那些人穿的一样——"他忽然停下话来走开了，过了一会儿，他拿着他最好的蓝布袍子回来了，袍子只补过一两次，他劝说源道，"少爷，为了救救我们，穿上这身衣服吧，我还有些鞋，穿上后人们看到你就——"

源穿上袍子，心想，如果这样会更安全的话，他倒也心甘情愿。他知道受伤的父亲现在不能被转移到其他地方去，他一定会在他倒下的地方死去。源虽然嘴上不这么说，心里却这么想，因为他知道那个老忠仆永远也不能忍受"死"这个字。

源在父亲的身边守候了两天，王虎依然活着。源守着父亲时，心里总在猜测，不知太太是否会来。也许她不会来，因为她有个极为钟爱的孩子需要照顾。

可是她来了。第二天傍晚，源正坐在父亲旁边。现在除了别人强迫王虎吃点东西或活动活动身子，他就一直躺在床上，好像在继续他的睡梦。他苍白的脸变得更加毫无血色。一种轻微的臭味，从他受感染的腐败创口上冒出来，混入室内的空气。室外早春已经临近，但源一次也没有迈出去看看蓝天和大地。他相信那些老人说的话，人们恨他，他现在不能出门去激起这种仇恨，为了王虎，为了使他能平静地在这间老屋里瞑目。

他坐在床边，思绪万千。他想得最多的是，他的生活是多么地不可思议和扑朔迷离，他的生活中不知为什么总没有一种可以把握的已知的希望。这些年长者，当他们生活在他们的时代时，他们的头脑清楚而简单——金钱、战争、快乐——他们认为这些东西是美好的，并值得人们为之追求终身。有些人将一切奉献给神，如他的大伯母，以及海外的那对老夫妇。任何地方的老人都一样，像孩童一样单纯，对一切都懵懵懂懂。可那些与他同属一个类型的年轻人是多么迷惘，因为那些古旧的神灵和财富几乎已不再使他们满意！有一刻他想起了玛丽，不知她现在生活得怎样——也许像他一样，至今没有清晰而伟大的目标……在他所知的一切之中，只有梅琳胸有成竹地把握着某种确定的她知道她想做的事情，如果他能跟梅琳结婚……

他正这样徒然地默想着，忽然听见了什么人的嗓音。是太太的声音！她来了！源迅速地站起来走出去，因为听到她的声音而欣喜万分。太太在那儿——在她身边，与她在一起的是梅琳！

源从未敢这样想过或盼望过，因此他惊讶万分，只能看着梅琳，结结巴巴地说："我想……谁带着孩子呢？"

梅琳平静地、很有把握地说："我告诉爱兰这次她必须来照看孩子，也是凑巧，他丈夫常常去看某个女人，为此爱兰跟他大吵了一场，因此回家几天对她正合适。你父亲在哪儿？"

"我们马上去看他。"太太说，"源，我把梅琳带来，是考虑到她会以她的医术诊断他的伤势。"源立即将她们领进屋去。然后他们三人在王虎的床边坐下了。

不知是由于谈话声，还是由于王虎难得听到女人的声音，或是由于其他什么原因，王虎从昏睡中暂时醒了过来。看到他沉重的眼皮睁开了，太太温存地说："老爷，你还记得我吗？"王虎说："嗯，记得——"然后又昏睡过去，因此他们无法确定他说的是否是真话。但他很快又睁开眼睛，这一次他凝视着梅琳，像在梦中似的说："我的女儿……"

这时，源本想告诉他梅琳是谁，但梅琳阻止了他，她怜悯地说："让他喊我'女儿'吧。他已奄奄一息了。不要惊扰他——"

当父亲的目光又转向源时，源保持着沉默。虽然他明白父亲并不清楚自己说了什么，但听父亲这样称呼梅琳，他心中感到甜滋滋的。他们三人站着，以某种方式形成了一体，静静地守候着，但王虎更深地沉入昏睡。

那天晚上，源、太太和梅琳一起商议应该怎么办。梅琳心情沉重地说："如果我的判断不错，他挨不过今晚。这三天他能活下来真是奇迹，他有颗结实健壮但苍老的心，可是它并不结实得足以承受他所必须忍受的一切痛苦，并不强壮得足以接受自己已被打败这个事实。此外，他受伤的手上的毒已进入血液，手已开始发炎，我替他洗手包扎时注意到了。"

当王虎昏昏沉沉地濒临死亡时，梅琳以娴熟的医术清洗他那血肉模糊的创口，并替他止痛。源有点自卑地站在旁边看着她。当他看着梅琳时，他始终在问自己，这个温和柔顺的女孩与那个高喊她恨他的怒气冲冲的女人是否是同一个人。她在这座粗陋破旧的屋子里到处走动，就像她一直都住在里面。在它的贫陋之中，她不知怎的竟能找到一些她服侍病人所需要的东西，这些东西源永远也不会梦想到会是有用的——稻草被她用来织成席子，垫在垂死的老人身下，使他能比在木板上躺得更舒服些；她从干涸的小水池边找到一块砖头，将它在灶里烤热，然后放在老人正在渐渐冷却的脚边；她细心地煮了小米粥喂那个老人吃。虽然老人一直不开口，但不像先前呻吟得那么厉害了。源一边责怪自己没有亲自做这些事，同时也自卑地知道自己不会做这些事。她狭长有力的手指能非常轻柔地操作，她似乎并没有移动老人那苍老枯瘦的大骨架，但却使他舒适了。

梅琳说话时，源听着，并相信她所说的一切。老忠仆说，一料理完后事，他们就必须马上离开，因为那些不怀好意的人在周围越聚越多。他们筹划着该怎样安排一切，太太听着他们各人的意见。那个老佃户压低声音窃窃地说："这是真的，今天我出去走了走，听到各处都流传着一种谣言，说少爷这次回来是要求土地的所有权。你们最好还是走吧，等这阵倒霉风头刮过去再回来。我和老豁嘴将留在这儿，我们假装赞同他们，暗中依然为你们做事。少爷，破除土地法真是罪过，如果我们用这样无法无天的手段夺取土地，神不会宽恕我们，土地爷也不会宽恕我们，他们知道谁是合法的主人……"

一切都计划好之后，老佃户到镇上去买了一口普通的薄皮棺材，在夜深人静的时候将它偷偷运了回来。那个老忠仆看见这口棺材时，轻轻地哭了，因为这种棺材是任何一个普通的人死去时都会用的棺材，而他的主人却不得不躺在里面。他抓住源，恳求说："答应我，你将来一定要回来，把他的骨头重新挖出来，像本来应该的那样，将他葬在一口大套材里——他是我所见过的最最勇敢、始终善良的人！"

源答应了他的要求，但心中有些怀疑，觉得自己也许永远不会实现这一诺言。谁能预料将来会发生什么呢？现在一切都凶吉未卜，甚至连王虎和他的祖辈用来埋葬尸骨的那片土地今后属于谁都不知。

正在这时，他们听到有人在喊叫。是王虎的声音。源奔进房去，梅琳紧跟着他。王虎睁大眼睛望着他们，醒了，他神志清醒地说："我的剑在哪儿？"

可他并不等着回答。源还没来得及将他的诺言重复一遍，王虎又闭上眼睛睡了，没有再说话。

夜里，源从他坐着守候的那张椅子上站起来，心中惶惶不安。他将手放在父亲的喉咙上，每过一刻就这样摸摸，感到游丝般的气息依然微弱地进进出出。这的确是颗苍老而结实的心，虽然灵魂已经出窍，可是这颗心仍然跳动不止，也许还要继续这样跳上几个小时。

由于三天来源一直待在这座土屋里，他心中甚是烦躁不安，觉得非出去一会儿不可。他想悄悄地溜出去，到打谷场上去呼吸几分钟凉爽的新鲜空气。

他溜了出去，尽管种种烦恼使他心情沉重，他依然感到户外的空气清新怡人。他眺望着田野，附近的那些田地按理应该是他的，他父亲死后这座房子也是他的，因为在他祖父死后，这些产业早已分配好了。他想起了那个老佃户说的话，想到了这块土地上的人已变得冷酷无情。他想起很久以前他们就对他充满恶意，认为他洋气，虽然那时他并没有这么敏锐地感觉到这一点。如今没有任何东西是可靠的，他感到害怕；在这个新的时代，谁敢说什么东西是属于自己的？除了自己的一双手、一副头脑和一颗爱人之心，世上没有一件东西是属于他自己的——甚至是他爱着的那个人，他也不能称作是自己的。

正当他这样想时，他听见有人在轻轻地呼唤他的名字，他抬头一看，见梅琳正站在门口。他迅速地走近她，她对他说："我想，他的情况可能更糟了。"

"每次我摸他颈部的脉搏时，都感到它跳得越来越弱。我害怕到天亮时他就要不行了。"源说。

"我不睡觉了，"她说，"我们一起守夜吧。"

她这样说时，源的心剧烈地跳动起来，对他来说，似乎"一起"这个词从来没有被人这样甜蜜地使用过。可他找不出话说，只是倚在土墙上，而梅琳站在门口，两人忧郁地望着沐浴着月光的田野。那时正临近月半，月亮圆满而清澈。当他们望着这一切时，静默凝聚起来，在他们中间涨得满满的，使他们不堪忍受。源终于感到自己已强烈地被这个女子所吸引，他柔情脉脉，心醉神驰，觉得必须说些很平常的事，既听到自己的说话声，也听到她的回答，免得做出傻事，伸出手去抚摸她，而她却恨他。因此，他嗫嚅着说："我很高兴你来了……你减轻了我父亲这么多痛苦。"她娴静地回答道："我很高兴能帮助你，是我自己要来的。"她像以往一样平静。源必须将谈话继续下去，于是他将声音压得又低又轻，与夜晚协调起来："你……你害怕住在这样一个孤独寂寞的地方吗？以前我以为自己喜欢它——我的意思是当我还是个小男孩的时候。现在我不知道——"

她环视四周，看到了那熠熠生辉的田野和那小土屋银色的屋顶，若有所思地说："我想，我能在任何地方生活。但对像我们这样的人说来，最好能生活在那座新城市里。我一直在思念那座新城，我想去看看它，希望在那儿工作。也许有一天我能在那儿建一座医院，我要将自己的整个生命投入这种新的生活。我们是属于那儿的——我们这一代新人——我们——"

她停住了，自觉有些语无伦次。忽然她轻轻地笑了一下，源听到了这笑声，向她看了一眼。在这一瞥之中，他们俩忘记了他们的处境，忘记了那个垂死的老人，忘记了土地所有权的归属。除了他们分享的那一瞥，他们俩已忘却了一切。然后，源注视着她的眼睛，用耳语般的声音说："你说过你恨我！"

她有点气喘吁吁地说："我是恨过你，源，但只是在那一刻……"

她看着他时，嘴唇微张着。他们的目光更深地渗进彼此的瞳眸里。源目不转睛地凝视着她，直到看到她小巧的舌头柔软地伸出来，舔了舔张开的嘴唇，他的目光才转向她的嘴唇。蓦地，他觉得自己的嘴唇有点发烧。一个女人的嘴唇曾吻过他，使他感到恶心……可是他想吻这个女人的嘴唇！他突然而明确地渴望得到这样东西，正像他以前从未渴望得到任何东西一样。除了一定要做这件事，他不能再想别的事情。他向前弯下身子，迅速地将自己的嘴唇贴上了她的嘴。

她站得笔直，安静地让他亲吻。这副血肉之躯是属于他的，和他属于同一种类……最后他终于松开了她。他看着她，她微笑着与他对视。然而，即使是在月光下，他也能看出她双颊通红，眼睛闪闪发亮。

她努力地想做到与平时一样，说："你穿着棉布长袍变了样。我还不习惯看你这副打扮。"

源一时答不出话来。他很奇怪，在他们接吻之后，她竟然还能如此镇静地说话，还能站得如此泰然，依然将手背在身后。他有点不安地说："你不喜欢这打扮吗？我看起来像个农夫——"

"我喜欢，"她简洁地说。然后她若有所思地审视了他一番，说："这使你成了真正的你，这比你穿西装看上去更自然。"

"如果你喜欢，"他热切地说，"我将永远穿袍子。"

她摇摇头，微笑着答道："不要永远，应该有时穿这种，有时穿那种，要看场合，一个人不能永远是一个模样。"

不知为什么他们又默默无语地对视起来。他们已完全忘记了死亡，对他们来说，死亡已不复存在。但是现在他必须开口说话，要不然他怎能继续忍受这心心相印的默视？

"那……那我刚才做的事，该是一种外国习俗……如果你不喜欢——"源结结巴巴地说，眼睛依然望着她。如果她不喜欢这种事情，他就会请求她原谅，但他又不知她是否明白他指的是那一吻。然而那个词他说不出口，他顿住了，依然注视着她。

她平静地说："并不是外国的所有东西都是坏的！"她突然将视线从他身上转开，低头看着地下，这时，她就像一个老式姑娘那样羞怯。他看到她的眼睛扑闪了几下，有一刻她好像在微微颤抖，几乎要转身走开，重新留下他孤零零一人。

可是她终于没有走。她勇敢地控制住了自己。她舒展肩背，挺直腰板，昂起头，坚定地迎着源的目光，微笑着，期待着。源也这样凝视着她。

他的心跳动得越来越剧烈，全身热血沸腾。在这个星夜里，他开怀地笑了。在这一刻之前，他有点害怕的是什么呢？

"我们俩，"源说，"我们俩——我们什么都不用怕。"

① 根据第二部《儿子》，王大和王二分别将自己的一个儿子送到王虎的军队当兵：王大送的是二儿子，但这个孩子性子软弱，不适应军队生活，后来在家里上吊自杀了；王二送的是长子，即麻脸儿子，逐渐受到王虎赏识，后来被提拔作为一座城的军事主官。王大的三儿子是个驼背，后来在家乡做了和尚，所以此处提到的给王虎的那个儿子绝非王大的三儿子，应为王二的长子。作者写到此处时，可能将王大的三儿子与王二的长子身份混淆了。后文中提到的王大那个为王虎管理一座城的二儿子也应为王二的长子。——编注

② 此处提到的王大的二儿子应为王二的长子。——编注

③ 美国俚语，意为"漂亮的女子"。——译注

④ 汉代晁错的《论贵粟疏》——译注。

⑤ 此处指王盛，当时正在美国留学。——编注

儿子们

Pearl S. Buck
Sons

[美] **赛珍珠**..............著

韩邦凯 姚中 顾丽萍..............译

北京联合出版公司
Beijing United Publishing Co.,Ltd.

第一章

王龙已经奄奄一息了，他躺在他自己田地中间的土坯房子里，那房子又小又黑。他躺在年轻时住过的那间房间，而且正好躺在当年洞房花烛夜睡过的那张床上。在城里，他还有一院大房子，如今是他的儿孙们住着。大房子里的一间厨房都比他现在的这间屋子平坦些。不过，反正早晚都得死，那么能死在这儿他也挺满足了：这儿是他自己的田地，房子是父辈们传下来的旧房子，屋子里桌凳做工挺粗糙的，连油漆都没上，床上吊的是老蓝棉布做的床帐。

王龙心里明白自己的死期已到，他看着守在他身边的两个儿子，他也知道他们在等他死，而他的确快要死了。两个儿子为他从城里请来了好大夫，这些大夫带着针和草药，又是号脉，又是看舌苔，但是临了收拾好针药要走之前，大夫们说："年岁到了，谁也挡不了他死呀！"

王龙接着听到他那两个儿子在说悄悄话，他们是专门赶来陪他，为他送终的。他们以为老人家睡着了，其实他并没睡着，他听见他们说话了。他们俩神情庄重地对视着，老大说："咱们得赶紧派人去南方把咱兄弟叫回来，咱兄弟也是他的儿子啊！"

老二回答道："可不是吗，就得赶紧啦！谁知道他跟着他那位将军在哪儿瞎转悠呢？"

听了这些，王龙知道他们已经在为他预备丧事了。

王龙的大儿子为他买的那口棺材就停在他床边，为的是让他看了舒坦些。这口棺材可真不小，是用一棵木质相当坚硬的楠树做的。棺材把那间小屋子挤得满满当当的，弄得进进出出的人都非得绕着走而且非得蹭着棺材的边儿才过得去。这口棺材花了近六百两银子，不过这一回连老二都没说二话，尽管这小子平时过日子可抠了。的确，王龙这两个儿子这回倒真没心疼这银子，主要是王龙太满意这口棺材了。只要稍微觉着好受一点了，他就会伸出那只颤抖的黄手去抚摸那黑得锃亮的棺材。棺材里还套着一口内棺，光滑得跟黄绸缎似的，里外两口棺材套得那么合适，就像人的灵魂装在人的躯体里一样。真是一口谁看了都会满意的棺材。

尽管如此，王龙倒不像他父亲死得那么痛快，虽然他的灵魂有八九十来次都打算上路了，但他那强健的肉体一次次坚持不让灵魂动身，一天就这么结束了。当肉体与灵魂在体内搏斗时，王龙感觉到了，他害怕见到这场灵与肉的搏斗。年轻时，王龙是个粗壮、精力充沛的人，他是个肉多于灵的人。他不能轻易地让肉体逝去，在他的灵魂打算悄悄溜走的时候他感到害怕。他哭了，嗓音沙哑而哽咽，没有一个词儿，像孩子的哭声似的。

每当他这样哭时，他那年轻的姨太太梨花就会伸出她细嫩的小手去抚摸他干瘪的手，她是日夜守在他床前的；他的两个儿子也会急忙上前安慰他，跟他一遍遍地讲述他们打算要做的一切，尤其是如何举行他的葬礼。他的大儿子弯下那满身绸缎的硕大躯体，对着干瘪老汉的耳朵，大声嚷道："我们都去给您老人家送葬，出殡的人至少得排一里多地。您的姨太太们都会去哭您，还有您的儿子、孙子，都给您披麻戴孝，村里人和您的佃户们也都去！走在最前面的是您的魂轿，里面放着我们请画家为您画的像，跟着就是您那口最体面的大棺材，您老躺在里面就跟皇上一样，装裹您的新衣服都为您预备好了，我们还租了顶绣花棺罩，深红的底，金色的花纹，可好看了，把棺材抬着走过大街时，把罩子盖在棺材上让镇上的人都能看到！"

他就一直这么嚷着，直嚷得面色通红，上气不接下气，要知道他很胖，当他直起身子喘口气时，王龙的二儿子又接茬往下说。他身材瘦小，面色黄黄的，一副狡诈的样子，他的声音从鼻子里出来，尖声细气的。他说道："我们还要请和尚念经为您超度。我们还专门雇了哭丧的和抬棺材的，穿的是红黄色的袍子，还要扛上我们为您命赴黄泉之后准备的各种东西。大厅里已经糊好了两套房子，一套跟这里的一样，另一套跟城里的那套一样，房子里有家具、奴仆、轿子、马，反正您需要的全齐了。这些纸糊的东西做得可讲究了，各式各样的，葬了您之后，在坟头就烧掉它们，我敢说哪家的纸人纸马也比不上您的这一套好。这些东西都得排在出殡的行列里，让人人都瞧得见。老天保佑出殡那天天气好！"

这下子，老汉高兴了，他气喘吁吁地说："我想——全镇的人——都会去的！"

"没错，全镇的人都会去的！"他的大儿子大声喊道，一边用他软软的大手比画着，"大街两旁会站满来看出殡的人，要知道从来没有见过排场这么大的葬礼，从黄家最体面的时候到现在，从来没有过！"

"啊——"王龙说道，他感到舒心多了，又一次忘了自己是个垂死的人，很快进入了梦乡。

可是就这么点舒心的日子也维持不了多久，老人病危的第六天清晨，这种舒心的感觉消失了。王龙的两个儿子等得不耐烦了。长大成人之后就没住过这房子，他们已经住不惯了，太窄了，再说，他们父亲那种不死不活的劲头也已经把他们拖得筋疲力尽了，因此他们早早就到里面的小院去歇息了。那小院是很早以前王龙娶第一房姨太太荷花的时候盖的，那时是王龙最威风、最神气的时期。临去睡觉之前，他们交代梨花：万一老爷再次出现要死的情况就立刻叫醒他们。王龙的大儿子睡的那张床，在以前王龙的眼里是那么美好，他在上面度过了不知多少个云欢雨爱的千金良宵，但他大儿子嫌它不好，嫌它太硬而且都旧得有点摇摇晃晃了，不过，一旦躺下去，他也照样呼呼大睡。王龙的二儿子则睡在墙边的一张小竹床上，他睡得安安静静的，像只猫似的。

可是梨花却一点没睡。整整一夜她都静静地坐在一张小竹凳上，一动也不动。那小竹凳很矮，梨花坐在床边时，她的脸离王龙的脸很近，她把老头儿干瘪的手握在自己温软的掌心里。她的年岁小得都可以当王龙的女儿了；但她看上去倒也并不年轻，她脸上那股稳重劲儿、干事情的那股耐心劲儿，真可说是尽善尽美，训练有素，一般年轻人是绝对没有的。她就这样坐在老人的身边，并没有流泪，尽管这位老人对她非常好，可以说比她所认识的任何人都更像她的父亲。她就这样一小时一小时地、目不转睛地看着王龙那张垂死的面孔；他睡得很静、很沉，简直像死了似的。

突然，在黎明前最黑的那一刻，王龙睁开了双眼，他感到极度虚弱，似乎他的灵魂已经离开了他的躯壳。他转动了一下眼珠，看见梨花坐在那里。他身体弱得自己都开始害怕了，他一口气好不容易冒到嗓子眼，又从牙缝里勉强挤了出来，好像耳语一般："孩子——这就是——死吗？"

她看到他那惊恐的样子，便用她那自然的口气平静而大声地说道："不，不是，老爷——您好多了，您不会死的！"

"真的吗？"他又轻声问道，她那自然的口气使他好受多了，他眼睛露出光来，牢牢地盯住了她的脸。

梨花看出苗头不对，感到心跳加快。她站了起来，俯下身子对他说话，仍然用那温柔而自然的口气："老爷，我什么时候骗过您？您瞧，我握着您的手都觉得出来，温温的，挺有劲儿的——我想，您是一点点在好起来。老爷，您好多了！您根本用不着怕——什么都不用怕——您好多了——好多了——"

她就这样不停地安慰他，一遍一遍地对他说他的身体已经好多了，一边紧紧地握住他的手。他躺在那儿朝她微微笑着，眼光虽然仍然盯着他，但已经慢慢失去光泽，他的嘴唇开始发硬，耳朵竭力想听到她那沉稳的声音。此时，她见他真的快死了，于是俯身紧紧地倚着他，提高嗓门，大声而清楚地喊道："您好多了——您好多了！老爷，您不会死的——不会的！"

就这样，她安慰了他，不过，就在他在最后几下心跳中听到她的声音之后，他还是死了。但是，他死得可不平静。虽然他在临死前一刻感受到了安慰，但是在他灵魂出壳之际，他那被窒息的躯体狂怒般地跳了起来，四肢猛烈地向四周乱挥，结果他那瘦骨嶙峋的手朝上一挥，正好打到了向他倚去的梨花。这一下打得着实不轻，而且正好打在脸上，梨花一边用手捂着脸颊，一边轻声说道："老爷，这可是您第一次打我啊！"

但是他没有回答她。她向下一看，见到他歪歪斜斜地躺着。在她看他的同时，他吐出了最后一口气，然后便安静了。她一边轻轻地、细心地抚摸着他，一边把他的四肢放直，最后平平地把被子给他盖好。她用纤细的手指合上了他那对依旧瞪着却什么都看不见了的双眼。她看了一眼他脸上依旧挂着的笑容，这笑容就是刚才听到她说他不会死之后露出来的。

做完了这一切，她知道她必须去叫王龙的两个儿子了。但是，她又在小竹凳上坐了下来。她很清楚她得去叫他的两个儿子。她拿起刚才打过她的那只手，握住它，并把头低下去贴在上面，趁只有她一个人的时候，静静地流了几行眼泪。她的心肠与其他女人不一样，她的悲伤是确确实实的，但她不能够像其他女人那样用眼泪洗去她的悲伤，因为眼泪从来都没有为她带来过安慰……她并没有久坐，站起身来去叫那兄弟两人，并对他们说："你们也用不着急急忙忙地赶去了，他已经死了。"

但他们还是急急忙忙地去了，老大穿着缎子的睡袍，由于睡觉压的，睡袍皱皱巴巴的，头发也很乱。他们俩马上就到了父亲身边。王龙躺在那里，因为刚才梨花已经把他放直了，他的两个儿子看他的那副神情仿佛以前从来没见过他，又仿佛有几分怕他。老大悄声问道，好像屋子里还有什么陌生人似的："他死的时候很难受吗？"

梨花平静地答道："死的时候，他一点也不知道。"

二儿子又说道："瞧他躺着的样子就跟睡着了似的。"

兄弟俩盯着故去的父亲看了一会儿，看着看着心里突然泛起一股不可名状的毛骨悚然的感觉。梨花也猜出他们会感到害怕，于是轻声说道："要为他办的事还多着哩！"

这兄弟俩从沉思中清醒过来，庆幸有人提醒他们阳间的事情。老大匆匆整了整睡袍，用手抹了抹脸，嗓子沙哑地说道："可不是嘛——我们得赶紧准备办丧事——"

他们急急忙忙地走了，庆幸自己总算离开了停放父亲尸体的房子。

第二章

　　王龙在世时，有一天曾对他的两个儿子说过，下葬之前，他的尸体和棺材必须停放在乡下的土坯房子里。可到了现在为他准备丧事的时候，两个儿子发现城里、乡下两头跑实在不是个事，想想离下葬还有七七四十九天，他们感到似乎不必非照先父的遗训办不可，反正他现在已经死了。对他们说来，确实许多事都不方便，城里庙中的和尚嫌路远，连那些为王龙擦洗身子，穿上绸袍，再把他放进棺材的人都要求收双倍的钱，他们开价之高令老二咋舌。

　　兄弟俩相互看了一眼又把目光移到了王龙的棺材上，他们心里想的是同一件事：死去的人反正是不会开口了。于是他们喊来了佃户，叫他们把王龙的棺材抬到城里的房子里去，梨花尽管反对也压不倒他们的意见。看到自己说也无用，梨花便平静地说："我原先想，这傻子和我是再也不会住到镇上的房子里去了，现在既然要把王龙的棺材抬去，那我们俩也就得跟着去。"她领着王龙的大女儿，跟在王龙的棺材后边沿着乡间的路出发了。王龙的大女儿是个傻子，岁数不小了，可整天还是像个孩子一样，她一边走一边哈哈大笑，大概是因为春光明媚、阳光灿烂吧！

于是梨花又一次住进了她和王龙曾经住过的院子。在过去的某一天，王龙在大房子里感到孤独、无聊，尽管年纪不小了，却突然感到很冲动，于是把梨花带进了这个院子。现在这个院子非常寂静，每扇门上的红纸全都被撕了下来，以表示这儿正在办丧事，在通向大街的正门上贴了白色的对子，这也是办丧事的标志。梨花同死者住一间屋，就睡在死者的旁边。

一天，她正守在王龙的棺材旁边，一位丫鬟陪着王龙的大姨太荷花来到了门口，说是要来悼念老爷。梨花照规矩必须客客气气地回话，她也的确这么做了，尽管她心里很恨她从前的这位女主人。她站在一边侍候，把棺材边上的这个或那个烛台移动一下。

自从王龙暗地里纳梨花为妾的事被荷花发觉之后，梨花和荷花再也没见过面，这是第一次。当时荷花知道王龙的事之后，大为恼火，说再也不想见到梨花了，她之所以恼火，是因为王龙竟敢把一个从小给她当丫鬟的贱女带到自己屋里来。她又嫉妒又恼怒，以至于干脆装着不知道梨花是死了还是活着。不过，好奇总是事实，王龙死了以后，荷花便对她的仆人杜鹃说："算了，既然这老东西都死了，我和她也就没什么好吵的啦。找个时候，我得去看看她现在怎么样了。"在好奇心的驱使下，她挑了个和尚还没来念经的时辰，在丫鬟的搀扶下，摇摇摆摆地走出了自己的院子。

她踏进了梨花的房间，为了大面儿上过得去，她也带来了一些香烛，并叫一名奴婢在棺材前点燃了。奴婢点香时，荷花的眼睛一直盯着梨花，她拼命地想看看梨花到底变了多少，看上去到底有多大年岁。不错，尽管荷花也穿着孝袍、孝鞋，但她脸上根本没有半点哀悼的神情。她冲着梨花嚷嚷道："哟，你还是从前那副白不龇咧的小可怜相，一点没变。也不知当时老爷看上你什么了！"梨花长得太瘦小，又没有红润的颜色，根本称不上艳丽，荷花从这一点上找到了安慰。

梨花站在棺材边上，低头不语，但心里充满了对荷花的厌恶，这种厌恶使她自己感到害怕。想到自己这么坏，竟然厌恶自己的女主人到如此程度，她自己暗暗感到品格的卑下。但是，荷花这个人生性易变，连恨一个人也恨不了多久。看够了梨花，她看了看棺材，又嘟囔道："他那两个儿子为了买这玩意儿一定花了不少银子！"她笨拙地站起来，很欣赏地摸了摸棺材。

梨花可受不了这个，这口棺材她日夜守护着，怎么能这样随便地摸呢？她大声喝道："不许摸！"她握紧了胸前的小拳头，牙齿咬住下唇。

荷花听到这喊声之后，大笑起来，她喊道："什么——到现在你还这么向着他呀！"她的笑声中明显含着轻蔑。她坐了一会儿，看着蜡烛噼噼啪啪地烧着，看了一会儿就觉得腻烦，于是穿过院子走了。在她好奇地打量院子里的一切时，突然见到傻子坐在太阳地里，她叫了起来："啊？这小东西还活着？"

听她这么一喊，梨花赶紧起身站在傻子身边，心里又是一阵厌恶，差点忍不住。荷花走后，她找来了一块布，把刚才荷花用手摸过的地方擦了又擦。她给了傻子一块甜饼，傻子高兴地接了过去，由于出乎意料，傻子边吃边乐。梨花伤心地看了她一会儿，叹了口气，说道："只有你爹一个人对我好，不把我当下人。他给我留下的就只有你了！"傻子只顾吃甜饼，她既不会说话，也听不懂别人对她说的话。

梨花就这样一天天等着出殡那天的到来。那些日子基本上非常安静，就是和尚念经的几个钟头有点响声，王龙的两个儿子也是能不来就不来。待在停尸的房子里总让他们感到不安、害怕。王龙生前那么结实，他身上的七魂是不容易散去的。他的七魂似乎真的没有散，整个房子里总是听到一些稀奇古怪的声音，女仆们夜里躺在床上也会喊出声来，说是阴风抓住了她们，弄乱了她们的头发，要不就是她们听到窗格上发出咯咯的声音，再不就是厨子的锅会忽然失手掉在地上，丫鬟端的碗也会打翻在地。

听到仆人们这些传闻之后，王龙的儿子、儿媳装着不在乎，笑话仆人的无知和愚昧，但是事实上他们也感到不安。当荷花听到这些传闻后，她大喊道："这老东西一向就是倔脾气！"

可是杜鹃却说："太太，人都死了，他爱怎么就怎么吧。下葬之前，咱别说他坏话！"

只有梨花不害怕，她现在还像王龙活着的时候那样，和他住在一起。只有看到穿黄袈裟的和尚来了，她才起身走进自己的屋子，在那儿听他们念经敲木鱼。

死者的七魂一点一点地被放走了，每次过完七天，主事的和尚就会对王龙的两个儿子说："他身上的七魂又走了一魂。"他每次来说一趟，都会得到赏银。

就这样，七七四十九天，一天天过去了，出殡的日子越来越近了。

现在，全镇的人都知道风水先生为王龙这位大人物选定的下葬的日子，就是春分那一天。当妈妈的催着孩子们早早地吃完早饭，免得他们磨磨蹭蹭耽误了看送葬，地里干活的人这一天也只好把农活先撂一撂，店铺里的掌柜和伙计们在琢磨葬礼行列经过的时候，怎么站才能看得更清楚。这一带的人全认识王龙，都知道王龙从前也是和其他人一样在地里干活的穷人，后来发财了，置了房产，给儿孙们留下了一笔财产。穷人想看葬礼，是因为这件事本身值得细细琢磨：一个和自己一样的穷人居然能死得如此排场、如此风光，这正是每一个穷人都在暗自祈求的结局。富人也要看葬礼，是因为他们知道王龙的两个儿子现在很富，所以富人们当然得悼念这位了不起的老人。

可是在王龙的家里，这一天却是乱哄哄的，要把这么大场面的丧事安排得井井有条，的确也不是件容易的事。王大忙得团团转，他现在是一家之主了，什么都得照顾到了：他得安排几百个人的孝服，还得为太太和孩子预备轿子。忙是忙，但他为自己的重要地位感到骄傲：那么多人跑进跑出，大声请示他这个或那个该怎么办。由于焦急，他脸上的汗水淌得像在三伏天。

他的眼睛忽然转到一边静静地站着的老二身上，他越是热，越是觉得老二的冷静叫人生气，他大声说道："你把什么事都推给我干，你瞧瞧你，连自个儿的老婆孩子衣服穿没穿好、脸洗没洗干净都管不了。"

听到这番话，老二不紧不慢，带着一丝不易觉察的讥笑答道："既然你只有自己干才感到高兴，那么别人何苦去瞎忙乎呢？我和我老婆知道得可清楚了，这种事情最能使你和你太太高兴，而我们最想让你们高兴了！"

王龙的两个儿子在父亲的葬礼上照样唇枪舌剑。部分的原因是两个人都因为老三没回来而心情不好，而且都把老三没能及时回来的责任推给对方：老大怪老二没给带信的人足够的盘缠，老二怪老大派人带信晚派了一两天。

整个大院里，这一天只有一个人是平静的，这就是梨花。她穿着丧服，丧服的规格等级仅次于荷花。她静静地坐在王龙的棺材旁边等着。她一早就穿好了衣服而且又给傻子穿上了孝服，尽管这可怜的人根本不懂这是在干什么，一个劲儿地傻笑，而且不喜欢这些古里古怪的衣服，想脱下来。梨花给了她一块饼，又让她拿着她那块红布条玩，总算把她哄住了。

对荷花说来，这一天可真难熬：普通的轿子她坐不了，她的块头太大，轿子抬到她跟前，她试了这顶试那顶，真要命，哪个都不行，她不明白为什么如今的轿子都做得这么小。她哭了，担心得不得了了，生怕她没法加入送葬的行列，而死去的这位大人物正是她的丈夫啊！她看到傻子也穿好了孝服，于是就把气朝她身上发去，她冲着老大喊道："什么——她也要去送葬？"她抱怨说，像这种公开的场合，傻子就不该抛头露面。

但是，梨花软中带硬地说："不行，老爷专门嘱咐过我，叫我什么时候都得带着他这可怜的孩子。我可以让她不闹，她听我的，我也习惯了，我们俩不会给谁添麻烦的。"

老大让别的事搅得昏头昏脑，碰上这种小事也乐得"小事化了"。看到老大那副着急的样子，轿夫们可抓住了敲竹杠的好机会，抬棺材的人也跟着抱怨棺材太沉、路太远。佃户和镇上的闲人都拥到院子里，挤得哪儿都是，傻愣愣等着看热闹。更添乱乎的是老大的太太一个劲儿地埋怨、责备老大，嫌这个那个没有搞好，于是老大东奔西跑、汗流浃背，他嗓子都喊哑了，也没人听他的。

谁都闹不清葬礼到底能不能在那天搞完，不过有件巧事倒是谁都知道：王老三突然从南方回来了。到了最后一刻，他进来了。大家都瞪大眼睛看他，看他有哪些变化。他离家出走十年了。从王龙收了梨花的那天起，大家就没再见到过老三。就在那一天，老三带着莫名其妙的满腔怒气出走，从此再没回来过。走的时候，他是个带点野性的大小伙子，两道粗黑的眉毛几乎盖住了眼睛，他是带着对父亲的怨恨出走的。现在他已经完全是个成年人了，仍然是三兄弟中个子最高的，不过面容改变得很厉害，要不是他皱眉头的那个老样子和那张阴沉的嘴，大家可能会认不出他来。

他迈步跨进大门时，是一身军人装束，不过不是普通当兵的那种装束。上衣和裤子都是上等的深色料子，上衣的纽扣像是镀金的，皮腰带上佩着一把剑。他身后跟着四个扛枪的士兵，都是挺精神的男子汉，只有一个人是豁嘴，不过体格上也和其他三个一样结实。

这些人一走进大门，院子里很快就静下来了，每个人都转过脸去看王老三，谁也不再嚷嚷了，因为老三那样子很厉害，一副惯于发号施令的架势。他大步穿过围着看热闹的佃农、和尚和闲杂人等，高声喊道："我两位哥哥在哪儿？"

这工夫早有人进去告诉老大、老二，他们的兄弟回来了。于是他们走出来，但还不知该如何接待他：是恭恭敬敬地迎接他呢，还是把他当作一个离家出走的小弟弟？当他们看到老三那一身整齐的装束以及身后四个威风凛凛的卫兵，他们马上就毕恭毕敬了，礼貌周到得就像接待一位陌生的客人一样。他们向他行礼，并重重地叹了一口气。老三也向两位哥哥深深地行礼，然后他向左右看了一眼，问道："父亲大人在哪里？"

两位兄长领老三到里院，王龙的棺材上盖着绣了金色图案的罩子，老三命令卫兵待在院子里，他独自进到房间里。梨花听到皮靴踏在石板上的嚓嚓声之后，匆匆地看了一眼是谁来了，看清之后，她马上把脸转向墙，并且一直对着墙站着。

不知老三是否看见她或认出了她是谁，反正他没有任何表示。他对着棺材鞠躬，然后要来了为他准备好的孝服，穿上一看才发觉太短，他两位哥哥没有想到他长得这么高。不管怎的，他还是穿上了孝服并点了两支随身带来的新蜡烛，他还叫人去搞些新鲜肉来供在父亲的棺材前面。

在这一切准备完毕之后，他跪在地下叩了三个头，接着正正规规地叫了一声："啊，我的爹呀！"这段时间里，梨花依旧对着墙一动不动地站着，从来没转过头来看一眼。

礼仪完毕之后站起身来，老三用他那短促干脆的声音说道："准备好了就开始！"

奇怪的是，刚才这里还是你喊我叫乱哄哄一片，现在却立即安静下来，而且全乐意听从指挥，仿佛老三和他那四个卫士的出现就意味着权威，轿夫们刚才冲老大抱怨时的那股蛮横劲儿全没了，他们的声音是温和的，语气是恳求的，言辞也显得通情达理多了。即使这样，老三还是双眉紧蹙，瞪眼看着那帮人，以至他们的声音先是变低，后来干脆没了。老三说："你们只管好好干活！放心好了，我们这家绝亏待不了你们！"他们马上一声不吭地走到轿边，仿佛士兵和枪有什么魔力。

大家各就各位，最后棺材被从屋里抬进院子里。棺材四周绕着麻绳，碗口粗的树干做成的抬杠穿过麻绳，抬棺材的人把抬杠放到肩上。还有一顶轿子是放王龙的灵位的，轿子里也放了些王龙的其他东西：一只他抽了多年的烟斗、一件他穿过的衣服和一幅王龙病倒之后他们请人为他画的像，在这之前，他也没有一幅像样的画像。说实话，这幅画并不像王龙，只是像个圣人什么的，不过画家也算下了功夫了，他画了胡子、眉毛和许多皱纹，老年人一般的确都有这些东西。

送葬的队列开始行进了，女人开始抽泣和恸哭，声音最响的是荷花。她把头发弄得乱七八糟，拿着一条雪白的新手帕擦擦左眼又擦擦右眼，她呜呜咽咽地喊道："啊，我的靠山哪，他走了——走了——"

大街两旁密密匝匝挤满了人，想看王龙的灵柩最后通过。当他们看到荷花时，就啧咕着表示赞许。他们说："她是个非常正经的女人，她哭的这个人也真是个好人。"有些人看到这么胖的女人居然哭得这么有劲儿，声音那么响，觉得很惊讶，他们说："不知王龙有多富，能把一个女人养得胖到这个样子！"他们当然是羡慕王龙葬礼的这个排场。

至于王龙的儿媳们，根据个人的秉性，哭的方式有所不同。王大的太太哭得很文明，恰到好处，不时用手绢擦擦眼角，要是她也像荷花那样大哭大号，那就显得不得体了。她丈夫一年前新娶的姨太太是个俊俏丰满的女人，这位姨太太则是跟着太太哭的。王二的乡下老婆则忘了哭，因为她还是第一次像这样坐在男人们抬的轿子上穿过城里的大街，看着几百张贴墙根站着或挤在临街家门口过道上的男人、女人、孩子的脸，她实在哭不出来，即便她想起该哭了，刚把手捂到脸上，她又想透过指头缝再张望一下，这样一来又忘了哭了。

自古以来就有一种说法，即女人的哭有三种。有些女人哭时声音很响，同时眼泪往下淌，这可称为真哭；有些女人哭时声响很大却不流泪，这可称为干号；另有一些女人光是默默地流泪，这可称为无声的哭泣。所有跟在王龙的棺材后面的女人之中，包括王龙的姨太太、儿媳、女仆、丫鬟及雇来哭的人，只有一个人是在无声地哭泣，她就是梨花。她坐在轿内，拉下帘子免得别人看见，自己则在轿子里悄悄地流泪。甚至到送葬结束，王龙入了土，纸人纸马等烧成了灰，点好的香开始冒烟，王龙的儿子鞠躬叩头完了，雇来哭的人也哭够了规定的时间并领了工钱，一切都结束，新坟头都堆起来，没有人再哭了，因为再哭也没用了，就是到了这种时候，梨花依旧一声不出地流泪。

她也不回到城里的那院房子里去住。她要回到乡下的土坯房子。王大劝她和大家一起回到城里住算了，至少可以等遗产分配搞完以后再搬到乡下去住。梨花听了摇了摇头，说："不，我和他在乡下住的时间最长，这段时间也是我最幸福的时光，他留给我这个可怜的孩子，要我照顾好她。如果我们搬回城里，大姨太荷花一定不喜欢她，再说大姨太也并不喜欢我，因此我们俩还是住在老爷的旧房子里吧。你不必担心我们，万一我们缺什么，我会跟你张口要的。不过我也不会缺什么的，有老佃户夫妇和我们在一起挺保险的，不会有事的。这样，我也可以挑起老爷交给我的担子：照顾好你妹妹。"

"您既然一定想这么办，那么，好吧！"王老大装出挺不愿意的样子说。

其实他是挺高兴的，因为他太太已经表示不欢迎傻子，说傻子这种人根本不可以在院子里走来走去，尤其是有孕妇的地方更不该让她去。再说，王龙一死，荷花肯定更加为所欲为，麻烦事一定少不了。他同意梨花的想法，梨花拉着傻子的手回到了乡下的土坯房子，那个她曾经像雨露一样滋润过王龙的地方。她住在那里，照看着傻子，最易走到王龙的坟头。

是的，自此之后，往王龙坟头跑得最勤的就是梨花。荷花虽说也去过，但只是在寡妇非上坟不可的那几天，而且她总是选别人能见得到她的时间去上坟。而梨花总是悄悄地去，去得很勤，什么时候心里难受、感到孤单，什么时候去，她尽量挑没人的时候去：人们肯定在家里的时候、晚上别人睡觉的时候或是别人在地里忙着干农活的时候。只有在这种时候，她才领着傻子到王龙的坟上去。

她从来不大声哭，她往往把头倚在王龙的坟上，边哭边轻轻地说："啊，我的老爷，我的父亲，我唯一的父亲啊！"

第三章

　　尽管王龙死了而且已经被埋在地下了，人家还是不会忘记他，因为他的儿子还得为父亲服三年的孝。王龙的大儿子，现在是一家之主了。他非常小心谨慎，一切事情该怎么办就怎么办，而且要办得十分体面才行，万一一碰到吃不准的事他就去请示太太。在王龙凭着运气和自己的聪明买下城里的房子发达之前，王大只是个乡下孩子，他是在田野和乡村长大的。当他悄悄地去请示太太的时候，太太的回答往往是冷冰冰的，好像由于他不懂这个或那个总有点看不起他，不过她的答复也总是十分仔细的，因为她并不想在这幢房子里当众出丑。

　　"等把他的灵位放到大厅里以后，就用碗盛上一些供品摆在灵位前边；我们的祭祀应该这样进行——"

　　她告诉王大每一个细节应该怎么做，王大听完之后就跑出去发号施令。第二次祭祀所需的服装就这么定了，布料买来了，裁缝也已请好。三个儿子穿白色的鞋，要穿一百天，一百天之后才准许穿浅灰色之类色彩不鲜艳的鞋。但是，绝不许穿绸缎衣服，他们的太太也不准穿，一直要到三年服孝期满，等王龙的灵位最后刻好并和其他祖宗牌位放在一起，只有到这个时候，才准许恢复正常。

王大传下话来为家里的每个人准备祭祀时穿的衣服。他现在当了一家之主，一旦讲话，声音总是很响，而且带着明显的老爷腔调；要是吃饭，他也总是坐上座。他的两个弟弟听他讲话。老二歪着他那张薄唇小嘴，好像在暗自发笑。老二总觉得自己比大哥聪明能干。王龙在世时，一直把土地出租的事交代给老二去管。这样，就老二一个人心里明白王家有多少佃户，每一季收成中能得到多少钱作为地租。心里有这个底，老二嘴上不说，心里总觉得自己比老大、老三更强。老三听大哥发号施令时，好像是个惯于听从命令的人，但又好像有些心不在焉，甚至好像急着要离开。

实际情况是三个人都在等着分家产，因为各自都希望照自己的想法得到一份家产，所以他们都同意分家。不论老二还是老三，都不希望老大独吞全部土地，因为那样一来，他们就不得不依靠老大过日子了。三兄弟各有各的想法。老大想知道自己能得多少而且所得到的究竟够不够家用，他有两个老婆、好几个孩子，加上他那些摆不到桌面上讲的各种开销。老二有很大的谷物销售市场，另外也搞点高利贷，他希望家产分得多多的，那他赚钱的本事就更大了。老三脾气很怪，成天寡言少语，谁也不知道他究竟在想什么，而从他那张阴沉沉的脸上又实在看不出什么名堂。尽管谁都不知道也不敢问他究竟打算如何处置他的家产，但是他显得焦躁不安，至少可以看得出他急于离开家。他是三兄弟中最小的，但大家都怕他，甚至仆人都怕他。只要他一声喊，不论男女仆人，马上跑到他面前，速度比平时快一倍。别看王大声音大又带点老爷腔调，仆人们听他吩咐、为他做事是最磨磨蹭蹭的。

在王龙那辈人中，他算是最后一个死的，不但寿命长，身体也好。只有他的一个远房表亲还活着，他是个东游西逛的兵痞，兄弟之间谁也不知道他到底在哪儿，因为他只是个小上尉，他所在的部队一半像兵，多一半像匪，哪个将军出钱多，他们就投靠哪个将军，假如他们能自个儿单干则更好，那他们就谁都不投靠。三兄弟不知道他们父亲的这位表亲在什么地方，除非知道这个人已经死了，不然的话，他们认为不知道反倒好。

既然他们没有长一辈的亲属，那么根据一般的规矩，他们就得请一位德高望重的街坊召集一些乡绅贤达来主持他们的分家事宜。有一天晚上，他们在一起议论请谁为好，老二说："大哥，要论跟咱们最近乎、最可信任的人，就得数米铺的刘掌柜了，我跟他学过徒，他女儿又是您夫人。我们请他来主持分家吧。谁都说这个人正派、公道，而且他自己挺有钱的，也不会眼红我们。"

一听到这个，王大就暗暗有些不快，因为他自己怎么没先想到这个，倒让老二提了，于是他郑重其事地说道："老二，你要是不这么嘴快就好了，我刚想说请我岳父来主持分家。不过，既然你已经说了，那就这么办吧，我们请他。不过，刚才我自己也正想这么说，可你总是嘴太快，不该你说的时候你也说。"

老大一边责备老二，一边狠狠地瞪着他，大口大口地喘气，厚嘴唇都气歪了。老二把嘴向下一撇，像是要笑又没笑出来。老大匆匆移开目光，对他的三弟说道："三弟，你的意思呢？"

老三还是那副盛气凌人、半睡半醒的样子，他抬起头说道："我是无所谓的！不过，无论干什么，说干就快干。"

王大站起来，一副说干就干的架势，尽管他已人过中年，想快也快不起来了，别的且不说，即便想走得快一点，他那胳膊腿都有点不听使唤了。

这事就那么定了，刘掌柜也愿意。他一向敬重王龙，认为他是个精明能干的人。这三兄弟还邀请了一些有身份的邻居及城里那些有地位的殷实人家，这些人在某个指定的日子聚集在王宅的大厅里，按身份高低依次就座。

刘掌柜叫王二交出待分的土地和钱财的清单。王二站起来把写好的单子递给老大，老大递给刘掌柜，刘掌柜接了过去。他打开单子，戴上一副黄铜边的大眼镜，嘟嘟哝哝把清单的内容对自己念了一遍，其余的人都静静地等着。然后，他又大声地念了一遍，这时，坐在大厅的人才知道王龙临死前已经是一位拥有八百顷地的大地主了。在这一带，别说在一个人名下，就是在一家人名下都没有过这么些土地，从黄家大户的全盛时期以来，一家都没有过。这一切老二心里是一清二楚的，因此他并不吃惊，其他人则不一样了，不论他们怎样竭力为不要失态而板着脸，他们那种垂涎欲滴的神情还是暴露无遗。只有王老三看上去是一副满不在乎的样子，他人是坐在那儿，可心却在别处。他等得都不耐烦了，他希望这一切赶快结束，结束后好回到他心驰神往的地方。

除了土地，王龙还有两院房子。乡间有一院，城里还有一院庞大的老房子，那是从黄府黄老爷手里买的，那时黄老爷快咽气了，房子快塌了，儿子们也都各奔东西了。除了房产和土地，还有不少钱，有借给这儿那儿的，有投在粮食买卖上的，还有几包搁在一边或藏起来的，加在一起和土地的一半价钱差不多。

在王龙的三个儿子分家产之前，另有几笔款项必须先扣除，除了几个佃户和做生意的应该得到的几笔小款项之外，最主要的是王龙的两位姨太太该得的部分。王龙一生娶了两个姨太太，一是荷花，那是他从某个茶馆里找到的，一方面是因为王龙看中了她的姿色，另一方面是因为他的乡下老婆已经使他腻味，他希望求得更够味的情欲的满足；另一个是梨花，她原本是他府上的一个丫鬟，是他收来抚慰他的晚年的。这两个都是姨太太，哪一个也不算正式的原配。姨太太在老爷死后，如果还年轻，想改嫁，别人是不便过多指责的。三兄弟也清楚，万一她们不改嫁，只要还活着，她们就有权住在王宅里，而且他们得供给她们吃穿。荷花又老又胖，肯定不会改嫁了，而且她乐得留在王宅里继续舒舒服服地过日子。刘掌柜叫到她后，她就从门边的座位上站起来，由两个丫鬟搀扶着，一边用衣袖抹眼泪，一边悲伤地说道："唉，供养我吃穿的人不在了，我还会想谁呢？我还能上哪儿去呢？我现在也一把年纪了，能给我点吃的、穿的，再给我点消愁解闷的烟和酒，我也就心满意足了。我知道，我家几位少爷一向是很慷慨的！"

刘掌柜自己是个好人，便以为别人也都是好人，他和善地看着荷花，完全忘了她是一个什么样的人，也忘了他除了知道她当过一个好人的姨太太这一点之外还了解她些什么。他恭敬地说道："你讲得很好，也很合情合理，你丈夫是位善良的老爷，谁都这么对我说。好吧，我宣布，你每月可以得到二十两银子，仍旧住在原先的院子里，照样给你丫鬟，供你吃，除此之外，每年再给你几段料子做衣服。"

荷花一字不漏地听着，听到这里，她的眼珠子从老大身上转到老二身上，伤心地合上两只手，用刺耳的声音说道："才二十两？你说什么——才二十两？这点钱还不够我买点甜食的哩！要知道，我的胃口一向不好，那种粗茶淡饭我是咽不下去的！"

老掌柜摘下眼镜，惊讶地望着她，然后严厉地说道："好多人家全家一月的开销也不过二十两，不少有钱人家一旦老爷死了，能给十两银子就很不错了，更别说那些穷人家了。"

荷花这下可真哭开了，她还是头一次这样一点不装假地哭她的丈夫王龙："我的老爷哟！您要是不死就好了！我现在叫人家扔在一边不管了，您又跑到那么老远去了，再也救不了我啦！"

大少奶奶此时正好站在附近的帘子后边，她把帘子拉开，向王大使眼色，意思说，当着那么多有身份的人，荷花这样大哭大喊实在不成体统。王大坐在椅子上不知如何是好，想设法避开他太太的目光，却又避不开，这叫大少奶奶十分恼火。最后，王大站起来用压过荷花的嗓音喊道："刘大人，就多给她一点吧，要不没法接着往下说了。"

可是，王二憋不住了，他站起身来说："真要多给，就从我哥的那份里出吧！照我说，二十两银子的确够多了，算上她打牌花的钱都有富余哩！"

他之所以这样讲是因为荷花年纪大了之后越来越喜欢打牌，除了吃、睡，一天到晚就知道打牌。这时，大少奶奶气得不得了，她一个劲儿地冲她丈夫比画、使眼色，叫他千万别答应，最后干脆嚷嚷出来了："不行，给荷花她们的钱先扣，扣完了再分。荷花算我们什么人，凭什么要我们多给？"

大厅里开始骚动起来，温和的老掌柜看看这个，看看那个，不知如何是好；荷花是一刻不停地使劲儿闹腾，所有的人都被这乱哄哄的场面搅得头昏脑涨。要不是老三发火，还不知要闹多久哩。老三一下子站起身，用皮靴使劲儿踩了踩大厅的花砖地说道："我给！一点点银子算个什么？烦死人了！"

这倒似乎是一个解决难题的好办法。老大的太太说："他是办得到的，他单身一个，比不得我们拖儿带女的。"

老二笑了，轻蔑地转了一下身子。他偷偷地笑了，好像在对自己说："要是有人傻得不知道自己照看自己，那可不关我的事！"

老掌柜可高兴了，他叹了口气，掏出手帕抹了把脸。他这个人在安静的屋子里住惯了，对荷花这种大吵大闹是不习惯的。荷花本来还可以再哭一会儿的，但是王龙的这个三儿子身上有一种挺厉害的东西，她想了想觉得还是不哭为妙。她突然收住了哭声，坐了下来，一副自得其乐的样子。尽管她竭力把嘴向下撇，装出悲伤的样子，但是，不一会儿，她就不记得了，她随心所欲地把屋子里的每个男人看了个够，接着从丫鬟托着的盘子里抓起一把西瓜子呱嗒呱嗒地嗑开了，虽然她年纪不轻了，但满口白牙倒很坚固、齐全。她十分悠闲自得。

关于荷花的事就这么定了。老掌柜四周望了望之后说道："二姨太在哪儿呢？我看这里写着她的名字哩！"

这是在说梨花。刚才没有一个人注意到她到底来了没有，现在才发现她不在大厅里，于是差人到里院去找她，但是哪儿都找不到她。这时，王大才想起他根本就忘了告诉她了，于是他急忙派人去找她，其余的人在那里边喝茶聊天边等她。众人等了大约一个钟头，最后，她终于由一名丫鬟陪着来到了大厅门口。可当她往里一望，见到那么多男人时，便不肯进去，当她看到那个当兵的之后，干脆退到厅外的院子里去了，最后老掌柜只好到外边去找她。他和蔼地望了她一眼，为了不让她感到不自在，他没有正面盯着她看。他见她依然那么年轻，还是一位年轻女子，非常苍白但很漂亮，他对她说道："太太，你真年轻，要是你认为自己的生活还没有到头的话，谁也不能责怪你，给你的银子不会少，你可以回家，再嫁一个好人，或者你愿意怎么办都行。"

但是她根本没想到会听到这样一番话，她以为要把她送到外边的什么地方去，她不理解，她哭了，由于害怕，她的嗓音很弱而且有点颤抖："啊，先生，我没有家，除了我死去的老爷留给我的一个傻子之外，我没有别的亲人了，我们俩也没别处可去了。先生，我想，我们俩还可以住在原先的土坯房子里，我们吃得很少，只需要一点布衣服就行了，老爷死了，我再也不会穿绸子衣服了，一辈子都不会再穿了。我们不会来麻烦这个大院的任何人的。"

老掌柜回到大厅里，他问老大："她说的傻子是谁？"

王大犹豫了一阵，说道："她是个可怜的人、我们的妹妹，她从小就不大对劲儿。不过我爹我妈从不让她饿着，也不叫受罪，不像有些家那样对待傻子，因此她才能活到今天。我爹嘱咐他的这个女人照看他的傻女儿，只要她不改嫁，就给她一份银子，她爱干什么就干什么。她这个人很温顺，的确，她不会来麻烦谁的。"

荷花听完，突然说道："不错，不过也用不着给她很多钱的，她从前是这里的丫鬟，吃惯了残羹剩饭，穿惯了粗布衣服，谁知后来老爷那么大年纪了却迷上她那张小白脸，肯定是她勾引老爷的——要说那个傻子嘛，早死早利落！"

王老三听到荷花这么一番话之后，狠狠地瞪着她，直瞪得她心里发毛，扭过脸去。接着他便大声说道："大姨太拿多少她就拿多少，我给！"

荷花虽不敢大声表示不满，但还是嘟囔道："小姨太和大姨太同样看待，这本身就不合适，再说她从前又是我的丫鬟。"

她似乎又要故伎重演，再来大闹一场，老掌柜一看苗头不对，急忙宣布："是的，是的，因此，我宣布，大姨太每月二十五两银子，小姨太每月二十两银子。"他又转身对梨花说："太太，你还是回你的住处，静静地养着去吧。你想做什么由你自己决定，每月还可以得到二十两银子。"

梨花千恩万谢了一番。她由于事先不知道会发生什么事，紧张得嘴唇发白，声音颤抖。听说自己还能像从前那样太太平平地过日子，她心里的一块石头总算落了地。

这两桩事一解决，剩下的就好办了。刘掌柜接着往下进行，他刚要宣布把土地、房产和银子分成四份，两份给一家之主的老大，一份给老二，另一份给老三，突然间，老三开了口："我不要房产也不要地！年轻时，爹总想叫我务农，可我不干，我对地早就腻透了！我没结婚，要房子做什么？大哥，二哥，干脆把我那份都折成银子给我得了。不行的话，干脆我把我那份房产和地都卖给你们，你们给我银子得了！"

听到这番话，两位当哥哥的都愣住了：天下哪有这种人啊？把自己继承来的家产全部折成银子。银子是不经花的，而且花了就花了，一点痕迹也留不下，不像房子和地，好歹总是自己的一笔财产。大哥严肃地对老三说："三弟，天底下一辈子不结婚的人是没有的。我们迟早会为你说下一房媳妇的，既然爹去世了，这就是我们当哥哥的责任，到那时，你就需要房子和地啦！"

老二则说得更加直截了当："无论你打算怎么处置你分内的那些土地，我们反正是不会从你手里买地的。这种事好多家都发生过。某一位兄弟把继承的产业折成银子带走了，过两天银子花完了又回家来大吵大闹，说家人骗了他的产业。反正银子已经没有了，口说不足为凭，即便有凭据，也不过是一张写了字的纸片，碰到想赖账的人也说不清楚。即便这个人自己不来闹，他的儿孙也会来闹，就是说，几代人都不得安宁。要我说，这地一定得分。如果你肯的话，我可以为你照料这些地，把这些地每年的收入交给你，但你一定不能把自己继承的产业折成银子带走。"

谁都不得不佩服老二的这番心计，于是，尽管老三还在嘟哝"我不要房产也不要地"，但根本没人理他这个茬，只有刘掌柜好奇地问了一句："你要这么多银子干什么？"

当兵的老三粗声粗气地说："我有我的事业！"

他们之中没一个人听得懂他的意思。过了一会儿，刘掌柜宣布银子和地必须得分，如果老三确实不想要城里的好房子，那倒可以要乡下的土坯房子，因为原料是地里的泥土，又花不了多少人工，所以这房子值不了几个钱。刘掌柜还宣布老大、老二必须为老三的婚事预备一笔钱，当爹的去世了，这就是当兄长的责任。

王老三静静地坐在那里听完刘掌柜上面那番话。当一切都按规矩公平地分妥之后，三兄弟设宴招待出席遗产分配仪式的来客，然而由于服丧期未满，他们还不可以尽情欢宴，也不能穿绸缎衣服。

王龙一辈子在上面费尽心血的土地，现在不再属于他，而是属于他的儿子们了，只有那一小块坟地是属于他的。然而，王龙的血肉之躯溶化并流入大地的深处了；他的儿子们在大地上面随心所欲，他却躺在大地的深处，他仍然有自己的那份份额，这是谁也夺不走的。

第四章

王老三早就等得不耐烦了，遗产分配的事一结束，他就通知他的四个勤务兵，准备立即上路，赶回部队。看到他如此来去匆匆，王大很吃惊，他说："什么？——你又要走啊？连为咱父亲服三年孝的时间你都等不得吗？"

"再等三年？那怎么行？"老三激动地说，边说边拿他那双厉害的眼睛瞪着他的大哥，"只要我离开了你和这个家，就没人知道我在做什么，也没人在乎是否知道我在做什么！"

听了这话，王大好奇地看着他弟弟，并且不无困惑地问道："到底是什么事逼得你非走不可？"

王老三在往皮带安上佩剑时停了一下。他朝他大哥望了一下，王大是个有点虚胖的人，满脸的肥肉往下坠，嘴唇挺厚，有点往上噘，手指摊开着，他的手和女人的一样，尽是肥肉，指甲又长又白，手掌心是粉红色的，又厚又软。王老三移开目光，轻蔑地说道："告诉你，你也不懂。我只需说我必须马上回去，这就够了，因为那边有人等着我回去领导他们。我只需告诉你，我手下有一帮人随时准备听从我的命令。"

"那你挣不少钱吧？"王大不解地问道，根本没感觉到他弟弟语气中所含的嘲讽，因为他总自以为自己是个讨人喜欢的人。

"有时挣得多，有时不见得。"老三答道。

但是王大实在想不通为什么会有人做了事却不要报酬，于是他接着说："这算什么买卖？雇人干活又不付工钱。要是我像你这样当兵或当手下有几个兵的上尉，如果一个将军命令我打仗却又不发饷的话，那我肯定会投奔别的将军的。"

老三并不答话。走之前，他心里还惦记着做一件事。他找到了老二，对他悄悄地说："你别忘了每月给梨花的钱要付足，给我送银子之前先把那五两银子扣出来。"

老二睁大他那眯缝着的双眼。他这个人不大容易理解别人为什么要白白地把大笔的钱给出去，于是他问道："你为什么要给她那么多钱？"

老三急急忙忙地答道："她要照顾那个傻子。"

他似乎还有话要说可又不想说，那四个勤务兵帮他收拾行装时，他显得坐立不安。他走出城门，朝他父亲坟地的方向望去，分给他的土坯房子也在那个方向，他又嘟哝了一句："既然分给我了，倒不妨走一趟，去看看我的房子。"

但他深深地吸了一口气，摇了摇头，又回到城里的房子里。他叫上四个勤务兵，急匆匆地上路了。他很高兴自己终于离开这里了，这里似乎总有某种来自他父亲的力量压制着他，而他却无力反抗。

另外两个儿子也盼着早点从父亲底下解放出来。老大盼着三年服丧期快点过去，那时他就可以把父亲的牌位请到专摆祖宗牌位的祠堂里去。一天不请走牌位，他就一天不舒心，总感到父亲至今还在监视着他似的。老大希望能自由自在地寻欢作乐，随心所欲地花他父亲留下来的银子。但是，只要不请走牌位，他就不敢随便动腰包里的银子，也不敢去寻欢作乐，三年服丧期未过就去寻欢作乐是不成体统的。对这个整天想着偷偷地去寻花问柳的浪荡公子来说，王龙这个老头子虽然死了，却还是有一定的约束力的。

老二也有自己的一套计划，他想把一部分土地变卖成银子，为的是扩大他的粮食生意。刘掌柜老了，他儿子又是个读书人，不热衷搞父亲的那一套生意，老二就想把刘掌柜手里的一些市场弄到手，这样一来，老二不但可以把粮食运出这地区，而且可以运到邻国去。但是在服丧期内搞这么大的交易似乎不太可能，老二也只好耐心地等着，什么话也不说，最多有一搭没一搭地问老大："等服完三年孝，你的地打算怎么办？是卖呢，还是怎么着？"

老大也心不在焉地答道："嗯，我还没想好哩！我几乎没想过，不过我不像你一直在做生意，这么大年纪了，再搞生意也不行了，我想，我怎么着也得留下够我养家糊口的地才是。"

"可我跟你说，对你说来，有了地也是件麻烦事，"老二说，"如果你自己当地主，就得有佃户租你的地才行，你还得去收租、过秤，想靠租地过日子，那还真有不少啰唆事哩！这些事，爹在世时，都是我帮着干的，但这会儿我不能再帮你干啦，我也有我的事。我想把地全卖了，只剩下一点最好的地，再把卖地得的银子全部用高利息贷出去。咱俩比一比，看谁先发财。"

王大很眼红地听完老二这番话，他知道自己要花很多钱，要花的钱比他现有的多得多，他有气无力地答道："好吧，我再看看，或许卖得比原先想的再多点，然后再和你一样把钱贷出去。不过，看看再说吧！"

在谈卖地这件事情时，两个人都不由得压低了嗓音，仿佛他们担心埋在地下的老人可以听见他们讲话。

这两兄弟竭力压制自己不耐烦的情绪，等着三年服孝期满。荷花也在等，边等边发牢骚，因为三年之内她不可以穿绸缎衣服，而只能规规矩矩地穿棉布衣服；她边等边叹气，因为她实在不喜欢穿布衣服，而且这三年之中，她不可以去赴宴、作乐，要去也只能偷偷地去。荷花交了五六个老妇人，家境都不错，这些人整天坐着轿子走东家串西家，饮酒作乐，打牌聊天。这些人都过了怀孕生孩子的年纪，因此一点都不用操心家里的事，如果她们的丈夫还没死，那他们也早就去找更年轻的女人了。

荷花常在这帮女人面前埋怨王龙，她说："我把一辈子当中最宝贵的青春献给了他，全都给了他，不信你们可以问杜鹃，我年轻时可漂亮了。我一直跟他住在乡下那间土坯房子里，从未进过城，直到他发了财买了城里这套房子才搬来住。我从不抱怨，对他百依百顺。他什么时候想拿我取乐，我都答应他，但他还嫌不够。等我年纪稍大一点之后，他马上把我的一个丫鬟收去当了二房。那个丫鬟又白又弱，我是出于可怜才收留她的，她根本干不了什么事。现在他死了，我得了什么？就那么几两破银子。"

听完这番话，总会有这个或那个女人安慰她两句，人人都装着不知道荷花结婚前只是个在茶馆卖唱的歌女。有时会有个女的大声嚷道："唉，男人都是这副德行的，等我们人老珠黄了，哪怕就是他们把我们整得人老珠黄的，他们就另寻新欢！我们当女人的全都是这个命！"

她们一致同意两点：一是所有的男人都是邪恶、自私的；二是她们是所有的女人中最值得同情的，因为她们做出的牺牲最彻底。取得了一致意见，而且每个人把自己的男人数落一番，说明他是最坏的之后，她们就津津有味地饱餐一顿，然后再摆开牌局，大战一场，荷花就是这样一天天打发日子的。杜鹃也很起劲，因为照一般规矩，牌桌上赢的钱总要赏一些给仆人的。

即便如此，荷花仍然希望这三年服丧期快点结束，那时她就可以脱下棉布丧服，重新穿上绸缎衣服，彻底忘记王龙。有时，全家都要到王龙坟上烧纸烧香，为了大面上过得去，荷花也不得不去，除此之外，要不是每天清早穿棉布丧服、晚间脱棉布丧服的话，荷花根本就不会想到王龙，因此荷花希望尽早扔掉这身棉布丧服，那样她就根本用不着想起王龙了。

只有梨花一点不着急，她经常到王龙的坟上去悼念他，而且总是挑没人的时候去。

在服丧期间，两兄弟，以及他们的太太、孩子，都必须生活在一起，住在这个大院子里。妯娌间一向不和，住在一起并不容易。妯娌俩不和，闹得兄弟俩也心烦意乱，因为她们俩谁也不会把话憋在肚子里，有机会单独和自己丈夫在一起时，她们总要大叹一番苦经的。

　　王大的太太以她惯用的矜持口吻对王大说："说来也怪了，自从嫁到你们家，我从来没有得到过应该有的尊重。老爷子在世时，我想我只好忍着，我不想让孩子们见到他们的爷爷是多么粗鲁、多么无知，我嫌丢人。我之所以肯忍受，是因为我应该这么做。现在老爷子去世了，你是一家之主了。老爷子愚昧无知，因此看不清你弟媳妇是个什么样的人，不知道她是怎么对待我的，可现在你当家了，你知道她是个什么人了，为什么你还不好好教训教训这个女人呢？她从不把我放在眼里，还以为我同她一样，也是粗俗的、不吃斋念佛的乡下女人哩！"

　　"她又对你说什么啦？"

　　王大哼了一声，尽量耐着性子问道。

　　"倒不光是她说了些什么话，"这女人冷冷地答道，说话时嘴唇几乎不动，语调也毫无抑扬顿挫，"关键是她的行为和品行。每回我走进有她在里面的屋子时，她总装着在忙一件脱不开手的事，于是既不起身打个招呼，也不给我让座儿。她那副俗气相，别说在我面前讲话，就是从我身边走过，我都受不了。"

　　"得了，我总不见得去对老二说，'你太太那副俗气相，我太太实在吃不消'。"王大边摇头边说，说着，顺手去摸腰包里的烟斗。他为自己的这番巧妙的答话感到得意，居然斗胆笑了笑。

这个女人就是没有那种尖嘴利舌的本事，事实上，好多次她都希望自己能很快地和别人来一场唇枪舌剑，可就是心里有话，舌头的反应却没那么快。她恨老二的太太，正是恨她的尖嘴利舌。还没等这个城里女人想好一篇正儿八经的答话，那个乡下女人眼珠早转了好几转，嘟嘟嘟一顿快人快语把城里女人搞得狼狈不堪，以至旁边站着的仆人、丫鬟都背过脸去，怕大少奶奶看见他们在笑。有时，某个年轻丫鬟一不小心咯咯地笑出声来，其他人也忍不住笑了起来，城里女人被搞得十分恼火，于是便更恨那个乡下女人了。听完老大的答话，这女人盯着她丈夫看了一下，看看他是不是也在拿她开心。只见他悠闲地坐在藤椅上，笑眯眯的。她挺直腰板坐在硬木椅子上，垂下眼皮，把嘴收得又小又紧，冷冷地说道："我很明白，连你也看不起我！自从你娶了那个烂污女人以后，你就看不上我了。我要是没有嫁人就好了。要不是为孩子着想，我真想出家当尼姑算了。为了把你这个家搞得像样一点，至少比农夫的家像样一点，我花了多大精力，可你呢，连声谢谢都没有。"

她边说边用袖子小心翼翼地擦去泪水。然后，她站起身来，走进她的房间。隔了一会儿，王大便听到她高声念经的声音。这位太太上了年纪之后常常求助于尼姑、道士，求神拜佛的事做起来是一丝不苟。她自己花不少时间念经不算，还常请尼姑到家来指点她。尽管没有起誓说要吃素，但是她一再声明自己几乎是动不得荤腥的。她在富人家，这样做就不像穷人家那么必要了，穷人家为了保险起见是非这样做不可的。

现在，她又像往常生气之后那样，到房间里去高声念经了。王大听到后，无可奈何地摸了摸脑袋，叹了口气。的确，自他娶了二房之后，大太太一直不肯原谅他。姨太太原先是个头脑简单的小美人，是他有一天逛街时在一个穷人家门口见到的。当时，她坐在大盆边上的小木凳上洗衣服，她年轻、漂亮，弄得他神魂颠倒，走过她时，一而再再而三地回头张望还看不够，后来干脆来回在她跟前走过。她父亲见她能嫁到这么有钱的好人家去，真是求之不得，王大也确实给了他不少钱。但这个女人的确头脑极其简单，王大现在对她已了如指掌。有时，他不免纳闷当时自己怎么会那样迷恋她。她对大太太怕得要命，自个儿一点脾气都没有。有时，王大叫她到他的房里去过夜，她竟会低下头去支支吾吾地说："那么，大太太能答应我今晚去你那儿吗？"

有时见到她那副胆怯的样子，王大真是生气，他发誓下次一定娶一个身强力壮的泼辣女人，不像其他女人那样老是害怕他的大太太。但有时，见到小老婆在大太太面前千依百顺，甚至不敢正眼看他一眼，他又暗暗觉得，也许这样反而好一些，至少，这两个女人没有大吵大闹，他的日子总算还太平。

尽管小老婆这样听话在某种程度上叫大太太满意，但她仍然不停地指责王大。首先，他毕竟还是娶了第二个女人；其次，即便非娶不可，为什么要娶这么个穷丫头。王大讨厌大太太，喜欢姨太太那张可爱的娃娃脸，大太太骂她骂得越凶，他就越喜欢她，于是，明明是自己的小老婆，但为了要得到她，王大不得不鬼鬼祟祟，偷偷摸摸的。她要是说不敢到他房间去，王大就说："你就放心大胆地来好啦，大太太今晚倦极了，不愿意我去纠缠她的。"

大太太的确是个冷漠的女人，她庆幸自己已经过了生育的年龄。王大给她作为大太太应该享有的尊重，白天对她千依百顺，姨太太也是如此，但是晚上，姨太太就到王大身边，这样一来，王大的两位太太便各得其所，倒也相安无事。

然而，同弟媳之间的争吵还没有了结，王二的太太还在冲她丈夫发牢骚："一看见你嫂子那张白不齜咧的脸，我就恶心得要死。我跟你说，你要是再不把咱家的院子同他们的隔开，我总有一天要在大街上臭骂她一通，非把她羞死不可。她这个人最小肚鸡肠了，生怕别人不尊重她，冲她鞠躬时弯腰弯得不够。我根本不比她差，只比她强，幸亏我不像她，你也不像那个傻大胖子，尽管他是你哥！"

王二和他太太相处得不错。他是个举止文静、黄黄瘦瘦的小个子，他喜欢她，是因为她红光满面、膀大腰圆、性欲旺盛，还因为她聪明伶俐，是个会持家的好妻子。尽管她父亲是农民，她过去没享受过好日子，但现在能享受了，她也不像有的女人那样拼命追求享受。她宁可吃粗茶淡饭，穿布衣不穿绸缎。她唯一的缺点是那张嘴太碎，喜欢和仆人们一起东家长西家短地瞎聊天。

她喜欢自己洗、自己擦，用自己的两只手干，因此说她称不上太太也的确不假。不过，正因为如此，她就不必雇那么多仆人，她只雇了一两个农村姑娘当她的心腹丫鬟。这也正是王大的太太反对她之处，她不懂得主仆应该有尊卑之分，却去和仆人们平起平坐，有失主人的身份。仆人之间免不了要交谈，于是当嫂子的便听到弟媳妇的仆人吹嘘她们的女主人是如何大方，比她大方多了，她一旦心情好，就会送她们点吃剩的点心啦，送点做鞋用的零碎布料啦等。

王大的太太对仆人确实苛刻，可她对谁不苛刻？对她自己也一样苛刻。但是她从来不像王二的太太那样跑进跑出：穿一身褪了色的旧衣服，头发乱蓬蓬的，趿拉着一双脏鞋，一双脚也够大的。王大的太太坐起来都和那个乡下女人不一样，那个女人坐着或站着给孩子喂奶时，经常是大敞着怀，把一对乳房全露在外面。

其实说起来，这两个女人吵得最凶的一次正是由喂奶的事引起的，而且这次大争吵反倒使兄弟俩最终找到了和解的办法。有一天，王大的太太走出大门刚准备上轿，那天正好是一个神的诞辰，她想到城里供奉这尊神的庙里去还愿。她刚走到街上，就看见王二那个乡下女人像下人那样敞着怀，一边奶孩子，一边跟一个卖鱼的贩子说话。

这种粗俗不堪的景象是她所不能容忍的，于是她走过去狠狠地责备她的弟媳，她说："你作为我们家的一位太太怎么能这样做呢？即便是我的仆人，我也不允许这样，这也实在太不雅观了……"

她讲出话来一板一眼、慢慢悠悠的，根本不是那个乡下女人的对手："谁不知道孩子要吃奶呀？我有孩子要吃奶，也有奶好让孩子吃，没有什么雅不雅的！"

她不但不把上衣的纽扣扣好，反而扬扬得意地把孩子掉转头来，吮她的另一个乳房。听到她大声嚷叫，一帮人慢慢聚拢来看热闹，在厨房里忙乎的女人跑了出来，边走边擦手，挑担的农夫也放下担子来欣赏这场争吵。

可是，见到那一张张黄脸，王大的太太受不住了，她打发走了轿夫，跌跌撞撞回到自己院子里，烧香还愿的好兴致荡然无存。乡下女人可没见过这种矫揉造作的劲儿，她一向见到的就是当妈的在哪儿都可以奶孩子，谁知道小孩哭是要这个还是那个？不用奶头，谁能叫孩子不闹？于是，她站在那里一个劲儿地嘲骂她的嫂子，而且连骂带损，十分巧妙，逗得围观的人群哄笑不止。

王大太太的一个丫鬟出于好奇，站在一边听了一阵，然后跑到女主人跟前把乡下女人说的话原原本本地学了一遍。她悄悄地说："太太，她说您太清高了，弄得我们老爷整天不知如何是好。您要是不发话，老爷都不敢和他的小老婆亲热，只有您发了话才行，听的人全都笑了。"

一听这话，王大太太的脸都气白了，她一下子跌坐在正厅方桌边的一把椅子上，等着。那个丫头又跑了出去，过了一会儿又气喘吁吁地回来报信："现在她又在说，您对道士尼姑比对自个儿的孩子还亲，还说，谁都知道那帮人心怀鬼胎，不是好东西。"

听到这番诋毁，王大太太站起身来，她再也忍受不住了，她吩咐丫鬟叫看门人立刻来见她。于是，丫鬟又一次兴高采烈地奔出去，要知道并不是天天都有这样的好戏可看的。不一会儿，她把看门人带进来了。看门人是个饱经风霜的老人，以前也是王龙的长工，因为他人老又忠心耿耿，再说没儿子供养他，所以他被留下来看大门。他也跟其他人一样很害怕见大太太，他弯着腰，低着头站在她面前，她语气威严地说道："老爷现在在茶馆，不知道家里发生了这种事，他兄弟也不在这里，没法管他的家，我必须尽到我的责任，我不能让大街上的老百姓在我们家门口张口瞪眼地瞧热闹。你快去把大门关上。万一把老爷的弟媳妇关在外面了，就把她关在外面好了。她要是问谁叫你关大门的，就告诉她是我说的。你一定要照我说的去做。"

这老头儿又鞠了一躬，一声不吭地退了出来，去干大太太吩咐他干的事情。乡下女人还在那儿，围观的人群一阵阵哄笑使她感到很来劲。她没有注意到身后的大门正在慢慢地关上，直到只剩下一道门缝时，她才发现。老人把嘴贴在门缝上，用沙哑的嗓子轻轻地说："嘘！太太！"

她回头一看，明白是怎么回事之后，一步跨到门前，侧身一挤，钻进了大门，孩子依然抱在她怀里。她尖着嗓子问看门老头儿："谁叫你把我关在门外的，你这条老狗？"

看门老头儿低声下气地回答："是大太太，是她叫我把您关在外面的，因为她不愿意那么多人围在她家门前吵吵嚷嚷的。不过，我在关门之前还是先告诉您了。"

"这两扇大门难道是她的？难道我就该被关在自己家的大门外面？"她一边尖叫着，一边猛地冲进她嫂子的院子。

可是，王大的太太早就料到她会来这一手的，她已经钻进自己的房间，闩上门念起经来。不管那个乡下女人怎么拼命敲门也没用，她听到的只是单调平板的念经声。

不用说，兄弟俩当晚就从各自的太太那里了解到了白天所发生的事。第二天一清早，在去茶馆的路上，两兄弟见面时全都面带倦容。老二带着自我解嘲的笑容先开了口："太太们想挑唆我们不和，但咱俩没工夫做冤家。最好把她们俩分开。你眼下住的院子归你，冲大街开的那扇大门归你们用。我还住现在的院子，开一道冲着小巷的门归我们用，这样，我们的日子可以太平一点。如果将来老三要回来住，就把原先咱爹的那院房子给他住。旁边大姨太的那院子，等她死了也可以给老三。"

头天晚上，王大的太太把经过的情形一五一十地说了一遍又一遍，这回王大真让她给逼急了。王大赌咒发誓地对他太太说，这次他一定绝不手软，毫不客气；对，这次他非得摆摆一院之主的谱不可，一院之主的太太竟然被一个应当俯首听命的晚辈气成这个样子，那还得了？听完弟弟的一番话，他想起了头天晚上受太太催逼的情景，于是，尽管话讲得并不厉害，但他还是责备说："不过，你太太在大庭广众下那样对我太太讲话，实在太不像话，这事不能就这么算了。你至少得揍她一两顿。我一定要你揍她一两顿。"

老二那双眼睛滴溜一转，接着他就花言巧语地哄他哥哥了："哥，您跟我，咱俩是爷儿们，谁不知道娘儿们是怎么回事？她们再能耐，也是头发长见识短。好男不跟女斗。哥，咱哥儿们，谁还不知道谁？您说得不错，我那口头子就是个傻乎乎的乡下女人。您跟嫂子讲，就说我这么说了，我替我那口子给嫂子赔不是。赔个不是怕啥？又不少身上一块肉。咱们把女人和孩子都分开，咱就太平了。哥，咱照样在茶馆里碰头，谈咱们要谈的正事，一回到家，咱各进各的门就是了。"

"不过——不过——"王大一着急说不下去了，他那脑子的确不如他弟弟转得快。

老二的脑子确实好使，这时他马上看出他哥哥本人已经消了气，关键是不知道回家后怎么向太太交代，于是，他接着说："哥，跟您说，您就这么对嫂夫人讲：'我把我弟弟的院子同咱们的隔开了，以后他们再也没法来瞎搅和了。对这种人，就得这么教训他们才行。'"

王大听完这番话果然高兴了，他笑了。他一边搓着他那双又白又胖的手，一边说：："对，就这么办！"

老二说："我今天就去请泥瓦匠。"

这么一来，兄弟俩都把自己的太太哄得心满意足了。老二对他太太说道："这下好了！你再也用不着受那个装腔作势、傲气十足的城里女人的气了。我跟我哥说了，我再也不愿和那女人住一个院子了。我们分家，我当我自己的一家之主。我不用再受我哥的欺负，你也不用听他老婆的使唤。"

老大回到太太身边，大声说道："一切都办妥了，我美美地收拾了他们。你放心吧。我对我弟弟说：'你、你老婆、你孩子不能再和我们一起住了，有大门的这院房子归我们，你们在朝东的小巷那边再开一道门，以后你女人再也别想来惹我太太生气了。就算你老婆还愿意像大街上的老母猪奶小猪那样，在自个儿门前晃来晃去地给孩子喂奶，那么至少也不会丢我们的人了！'孩子他妈，我就是这么说的，你放心好了，因为你再也用不着见那个乡下女人了。"

妯娌俩分别被自己的男人哄得心满意足的，都以为自己是彻底胜了，对方彻底败了。兄弟俩的关系也比从前好多了，而且都认为自己是非常聪明、了解女人的男子汉。两兄弟心情都非常好，他们盼着服丧期快点结束，那样，他们便可以在茶馆聚会，商量怎样卖掉那些他们打算卖掉的地。

三年，在变化多端的等待之中，终于过去了。哀悼王龙的服丧期终于结束了。根据历书择定了结束丧期的日子。王大为脱孝服的各种仪式又忙乎了好一阵子，他无非是向老婆讨教，他老婆最懂这一套了，于是他老婆一件件向他交代，他一件件去办。

王龙的儿子、儿媳和所有穿了三年孝服的近亲都穿上了漂亮的绸缎衣服，女的还都挂了点红颜色。在好衣服外面，又套上了他们穿了三年的麻孝袍，根据当地的风俗，他们走出大门口，门口堆了一堆金银色锡箔叠成的元宝，道士们站在旁边，然后点燃了纸钱。在火光中，为王龙穿孝的人全都脱去了孝袍，露出了穿在里面的鲜艳的衣服。

仪式完毕，众人走进院内，相互祝贺悲悼的日子终于过去。他们向王龙的新灵牌鞠躬，因为旧灵牌已经被烧掉了。他们还在新灵牌前供上了酒肉。这块新的灵牌是永久性的，这块灵牌是用上好的硬木做的，下面有一个小木盒托住，这种永久性的灵牌一般都是这样的。给灵牌上漆的同时，王龙的儿子去找镇上最有学问的人为王龙的牌位题词。

镇上最有学问的人要算老秀才的儿子了。老秀才曾经当过大家的私塾先生，年轻时也曾进京赶考。不错，他没考中什么，但总比从未进京赶考的人学问大得多。如今，他把自己的学问全传授给了他儿子，他儿子也是个秀才。接到邀请来做这么荣耀的事情之后，他便像秀才们那样，甩着袍子、踱着方步，大摇大摆地来了，鼻梁尖上还架着一副眼镜。一到之后，他就先在牌位前按规矩行了礼，然后便在牌位前的桌子旁边坐下，接着把长袖往上一捋，把驼毛毛笔的笔锋舔得尖尖的，准备动笔了。毛笔、砚台、墨全是崭新的，作这样的题词，这些东西必须是崭新的。就这样，他开始挥毫题词了。写到最后一个字的最后一笔的时候，他停顿了一下，等了一会儿，闭上眼睛，沉思片刻，似乎只有这样，他才能抓住王龙的整个灵魂并且在最后一字的最后一笔之中充分表现出来。

沉思片刻之后，他想起了这么一句："王龙，其肉体与灵魂之财富均属于土地的人。"想到这一句之后，他仿佛觉得自己抓住了王龙这个人的实质，也便牢牢地抓住了他的灵魂。他用毛笔蘸了点朱砂，在灵牌上写下了最后一笔。

写好灵牌之后，王大用双手小心翼翼地捧着，他们一起跟着他，把灵牌放到楼上一间专放灵位的房间里，里面放着王龙的父亲和祖父的牌位。这两位先人的牌位现在放在这么阔气的房间里，这是他们活着时想都没想过的事，在他们看来，只有阔人才搞牌位之类的东西。即便他们想到过牌位，那最多也不过是请一位识点字的人在一张纸上写好他们的名字，然后贴在屋里的土墙上，能贴多久就算多久，被风吹走了也就算了。但是，王龙一搬进城里的这套房子，就为他的这两位先辈搞了两个牌位，似乎他们也住在这里，其实，究竟他们的灵魂在不在那里谁也不知道。

王龙的牌位也被放进了这间屋子。当他的两个儿子做完了该做的事情，关门离开那间屋子时，他们内心深处不觉暗暗感到高兴。

现在该是大宴宾客、高高兴兴的时候了。荷花穿了件丝袍，耀眼的蓝底上配着大花。对她这么个又老又胖的女人说来，这件衣服未免太刺眼了，不过大家都只顾大吃大喝，没有人去说她，再说大家也都知道她是个什么样的人。宴席间，人们又说又笑又喝。王大喜欢热闹的宴席，于是一遍又一遍地大声嚷道："喝干！喝干！把杯底亮出来！"

他喝得太多，结果双颊和眼圈都慢慢泛出暗红色。他太太此时正在另一个院里和女眷们在一起，听说他快要醉了，立即派了个丫鬟传话说："喝醉酒不是什么体面的事，特别是在今天这种场合。"这么一来，他终于清醒了一些。

不过就连王二今天也觉得挺快活的，一点也不吝惜什么。他抓住机会悄悄同一些客人交谈，以便弄清楚有没有人想买地，而想买的地又比他能拿得出的数目还大。他东转转西转转，不断地对人说，他有些好地打算卖掉。这一天就这么过去了，兄弟俩各自都很满足，因为他们都终于挣脱了亡父原先套在他们身上的枷锁。

有一个人没有参加这次宴席，那是梨花。她托人带话说：

"我照顾的那个姑娘今天有点不舒服，我不来了。"反正她不来也没有人惦着她，于是王大派人传话说，如果她不愿来也可以不来。只有她一个人还没有脱去孝衣，白鞋没脱，白头绳也还没解掉。她也没给傻姑娘脱下或解去这些象征悲哀的东西。其他人大吃大喝的时候，她在做自己爱做的事情，她拉着傻姑娘的手，领着她到王龙的墓边坐下。傻姑娘在那儿玩耍的时候，梨花坐在那儿看田野，心里很满足，因为她和喜欢过她的人离得那么近。眼前的田野是由横一块、竖一块错落有致的绿色的田畦组成的，一直向前、向左右延伸，直至她看不见的远方。远处有一个蓝色的小点，或站或动，那是一位农夫在侍弄他的春麦。王龙也曾这样弯腰侍弄他地里的庄稼，梨花想起了王龙讲给她听的许许多多事情。王龙上了年纪之后，老喜欢给梨花讲很久以前梨花尚未出世时的事。他特别爱讲给她听，他以前是怎么犁地，又是怎么种植的。

王龙一家人的这一刻、这一天就这样过去了。可是，即便是如此重要的一天，王龙的三儿子也没有回家来看看。他是不会回来了。不管到哪儿，一去他就扎在那儿了。他忙忙碌碌地过着他自己的生活，与家中的其他人隔开了。

第五章

　　有些大树的树杈是从强壮的主干上发出来的，但是一旦发出来之后就按照自身的方式向四面八方伸展出去，尽管它们的老根只有一个。王龙的三个儿子也是这种情形。王龙的小儿子王老三是三兄弟中最壮实的一个，也是意志最坚强的一个，他现在在南方的某省当兵。

　　接到父亲病危消息的那一天，王老三正好站在郊外的一座庙前，他的司令住在城里。庙前有块空地，正好用来操练他的士兵。他还教他们战略战术。那天，他在练兵的时候，他哥哥派来送信的人急急忙忙地跑来，气喘吁吁地说："三少爷——您父亲，我们老爷快不行了！"

　　自从愤然离家出走，王老三再也没和他父亲有过来往。他之所以生他父亲的气，是因为当时已经年迈的父亲居然把养在家里的年轻丫鬟梨花娶为小老婆，直到听到这件事，王老三才发现自己早已爱上了梨花。那天夜里，他闯进了他父亲的院子；白天他听到这个消息后已经生了一天的闷气，他憋得实在受不了，终于冲进了父亲的房间，看见父亲和她在一起。她面色苍白，静静地坐在那儿，他很清楚本来自己是可以爱她的。对父亲的愤怒像大海的波涛一样，简直无法控制，他知道，倘若自己留下来，任凭愤怒的情绪继续发展的话，他非气死不可。当晚，他便逃出家门，由于他从前一直渴望成为一名闯荡江湖的英雄豪杰，于是他花光了所有的钱，尽可能往南方走，终于投奔一位当时有名的绿林司令。王老三又高又壮，黑黑的脸，杀气腾腾的，硬嘴唇、大板牙，那个司令一眼就看中了他，并且要他在自己身边做事。他再三提拔王老三，比通常的提拔快得多。王老三之所以如此得宠，一方面是因为他沉默寡言、不苟言笑，很快获得了司令的信任；另一方面是因为他性情暴躁，一旦脾气上来什么都敢干，要想招募到这样勇敢的士兵并不是那么容易的。除此之外的原因就是战争。一打仗，士兵就有机会得到较快的提升。王老三的情况就是如此，他上面的军官战死和被撤之后，司令就不断地提升他，从普通兵一直升到连长，王老三回乡为父亲奔丧时就已经混到连长了。

听完送信人带来的消息之后，王老三便支走了手下的士兵，一个人在练兵场上踱来踱去，送信的人远远地跟在他后面。那是初春的一天。以前，在这种日子，他父亲王龙总是会早早地起身，走出去看他的庄稼，或是扛起锄头到麦田里松土。别人也许看不到任何新生命的迹象，但是他从中看到了幼苗茁壮成长的势头，看到了一种变化，看到了丰收的苗头。现在王龙去世了。他的三儿子觉得，在这样一个初春的日子很难想象到死。

王老三也以自己的方式感到了春天的气息。他父亲坐卧不宁地往庄稼地里去的时候，王老三也在这里坐卧不宁。每年春天他都要想起自己心中的大计，那就是离开老司令，自己招兵买马，另立山头。每逢春天，他就觉得自己可以做而且必须做成这件事。他年复一年地计划着怎样才能做成这件事。这件事成了他的梦想和野心，这种梦想和野心越来越强烈，到了今年春天，他暗暗对自己说，今年非动手干不可了，他再也忍受不了在老司令手下跑龙套的生活了。

实际上的情形是王老三十分痛恨老司令。当初他刚投奔到老司令麾下时，老司令正领着一帮人反抗贪官的压迫，那时司令还年轻，因此可以讲出一大套革命道理，以及所有勇敢的人为什么要为一项正义的事业而奋斗等，而且他声音洪亮，口若悬河，不知不觉地就把听的人感动了。

王老三第一次听到这些振奋人心的美好言辞，也受了感动，他这个人心地纯朴，于是暗暗发誓一定要站在司令一边，为正义的事业而战，这种崇高的目的在他心里深深地扎了根。

起义成功之后，司令从沙场上退了下来，选了一块山清水秀的河谷地带安营扎寨。看到一个沙场上的英雄一下子变成了沉湎于声色的凡夫俗子，王老三确实感到震惊，司令忘本到了如此地步，王老三觉得实在不能原谅他。王老三觉得自己受了欺骗，被人夺走了些什么，具体被夺走了什么，他自己也说不清。正是这种痛心疾首的心情使他萌发了自己出去另闯一番事业的念头，他想离开司令，尽管从前他曾在沙场一心一意地为司令效劳过。

这些年来，司令再也没有号召力了，他既不下地也不打仗。他自己越长越胖，每天大鱼大肉地吃，喝的是国外搞来的催人发福的烈性酒。他闭口不谈打仗的事，整天谈的是某某厨师在海里抓来的鲜鱼上所浇的什么调味汁，以及这位厨师居然能烧出皇上都喜欢的某种菜肴，等等。除了吃之外，他所知道的唯一一种娱乐便是女人。他搞了五十多位小老婆，而且他还挺有兴致地罗致各种不同类型的女人。有一个洋女人的皮肤雪白，眼睛碧绿，头发跟大麻似的，这也是他花了一大笔钱从不知什么地方搞来的。不过，他也害怕这个女人，因为这个女人一肚子不满意，整天愁眉不展，还不时用她的外国话嘟嘟囔囔，像在念咒语。尽管如此，老司令还是觉得她挺有意思，不时把她当自己的本钱，吹上一通牛，甚至在他的小老婆们面前吹。

司令是这副德行，下面的营长、连长也都越来越不像话，整天聚在一起吃喝玩乐，也不和当兵的住在一个地方，当兵的全都恨透了司令和他手下的那帮当官的。由于长期不打仗，有抱负的年轻人感到压抑，不知所措。王老三不和那帮当官的同流合污，仍然过着清贫的生活，对于女人，他甚至连看都不看一眼，这帮年轻人便一个一个地、一帮一帮地聚集在他周围。他们互相议论道："他就是能带领我们闯出去的人吗？"

他们把期望的目光转到王老三身上。

只有一件事叫王老三感到不好办，那就是他没有钱。自从离家出走，他除了每个月底从司令那儿领一份可怜的军饷之外，一点富余的钱都没有，有时甚至连这份钱都领不到，司令总拿不出足够的钱付给他手下的官兵——他自己的花费太大了，家里那五十个女人个个贪得无厌，经常为了珠宝和衣服等争得不亦乐乎，有时大哭大闹，有时抛媚撒娇，总之要把东西搞到手为止。

于是，王老三觉得要想实现他所希望的事情就非得领着一帮人当一阵子强盗、土匪不可，许多像他这样的人已经这么做了。等抢了一阵，抢够了之后，他便可以等待合适的战机以便同政府军谈交易，最后可以要求被政府军招安。

再说，当土匪太不配他的胃口了，他父亲一辈子老老实实的，不论在什么饥荒或战乱的年代都没有轻易去抢过别人的东西。王老三并没去当土匪，他只是在等待时机。由于多年的梦想，他相信苍天早就照他所想的那样为他安排好了命运，他只需等待时机、抓住时机就行了。

他是个急性子的人，有一件事使他几乎不可能再耐心等下去，那就是，他打心眼里开始讨厌他现在生活的南方农村了，他想回到自己的老家北方去。他是个北方人，南方人爱吃的没完没了的米饭，他有时连一口都咽不下去，他非常想再尝尝死面饼子卷大葱的滋味。他常常用粗嗓门大声说话，因为他打心底里讨厌那些油头滑脑的南方人，太圆滑了就给人一种狡猾的感觉，从人的本性来说，人不可能总是那么文质彬彬、唯唯诺诺。他认为一切聪明人的心都不是那么实在的。他之所以常常用凶狠的目光瞪他们，之所以常常冲他们发火，就是因为他想再回到自己的家乡去。那儿的人，个个体格魁梧，像个男子汉的样子，不像这些南方人，一个个长得像小猿猴。北方人说话不多，干脆利落，心地纯正，没有那么多弯弯绕绕。因为王老三脾气太坏，所以他手下的人都怕他，怕看到他两道浓眉皱起来的那副凶样和他那张凶恶的嘴，由于他这副尊容再加上他那白白的大板牙，大家给他取了个外号，叫他"王虎"。

晚上，在自己的小屋里，王虎常常会在那张又硬又窄的小床上辗转反侧，琢磨他的计划，琢磨怎么才能实现他的梦想。他心里很明白，如果他父亲去世，他便可以得到一笔遗产。但他父亲就是不死，为此，王虎常常在深夜恨得咬牙切齿。

"老家伙再不死就把我的好日子全耗光了，他再不快点死，我就来不及干一番事业了。也真怪，这老家伙就是不死！"

这一年的春天，王虎觉得自己得赶紧下决心行动，再不能等下去了。他刚要下决心去抢劫的时候，传来了他父亲病危的消息……得知这个消息之后，他穿过田地走回驻地，心跳得很剧烈，因为他看到眼前有一条清晰、平坦的道路可走，他可以不必去当盗匪了，这给了他多大的安慰！要不是生性好静，他真会高兴得喊出声来。这个想法是高于一切的；他相信自己的命运没相信错，有了遗产他就可以得到所需要的一切，老天爷在保佑他。这个想法是高于一切的；现在他可以跨出第一步，继而在无穷尽的命运之路上不断往上走，他知道他天生就是要成为伟人的。

不过，从他脸上，谁也看不出他的狂喜。从他那张凶恶的、毫无表情的面孔上，谁都不曾看出过什么；他母亲把她自己那双坚定的眼睛、嘴巴甚至那岩石般坚实的肌肉都传给了他。听完消息，他什么话都没说，但他回到自己的房间，开始为北上准备行装，他告诉四名亲信，要他们与他同去。把简单的行装准备好之后，他便进城去找司令了。司令在城里有一所老房子。王虎先叫卫兵进去通报。不一会儿，卫兵出来说他可以进去。他把四个随从留在门外，一个人进去了，司令正在吃饭。

司令低头弯腰坐在那里吃饭，两个小老婆站在一边伺候他。他脸没洗，胡子也没刮，上衣扣子都没扣。他年轻时就很邋遢，现在老了更是不修边幅了。年轻时，他曾经是一个非常普通、低下的工人，只是他不肯做工，于是开始抢劫，后来由抢劫又转到干土匪这一行。不过，他倒是个和蔼可亲的老头儿，说话非常随便，对王虎很热情，也很尊敬，因为他自己现在岁数大了，人又胖，懒得很，再也干不动王虎所干的事情了。

王虎进来向他敬完礼后说："今天家里来人说我父亲快不行了，我两位哥哥等我回去为父亲办丧事。"老司令把身子向后舒舒服服地一靠，说道："去吧，孩子，回去尽尽孝道，这是应该的。完事之后再回来。"然后从身上摸出钱包，打开之后取出一把钱给他，并且说："赏你点盘缠，一路上别太委屈自己了。"

他朝后一仰靠在椅子上，突然喊起来，说有东西掉进他那蛀空的牙齿里了。他的一名侍妾从头发里抽出一根细细的银簪子递给他，于是他便自顾自剔起牙来，把王虎撂在一边不管了。

王虎就这样回到了父亲的家里。尽管心里火烧火燎般地着急，他还是耐着性子等到遗产分配完毕，等到他可以再次急匆匆地离开家里那一天。不过，三年服丧期没结束之前，他是不肯实行他的计划的，他在这方面是一丝不苟的，只要做得到，该尽的孝心总要尽到才是，于是他一直等着。现在要他等就不难了，因为他的梦想最终已经落实。在这三年中，他不断地想法使每一个步骤都十分完善，不断地省钱，而且注意挑选那些他希望今后能够追随他的人。

正像树杈再不会去想念主干一样，王虎既已得到自己所需要的东西，便再也不去想他的父亲了。王虎是个好钻牛角尖的人，一个时期他脑子里只能惦着一件事，他心里只放得下一个人。目前，只放得下他自己，除了他自己的梦之外，他没有别的梦。

然而，他的梦似乎也在膨胀。在他待在哥哥院子里时，他看到了他们俩有而他却没有的东西，他羡慕他们。他不羡慕他们的女人、房子或财产，也不羡慕他们那种欣欣向荣的气象或到哪儿都有人冲他们行礼的那种地位和派头。不，这些他都不羡慕，就羡慕一件，那就是他们有自己的儿子。他呆呆地看着哥哥家的孩子们，看着他们玩呀，吵呀，闹呀，他平生第一次突然产生了一个念头，他希望也有一个自己的儿子。对一位武士来说，能有自己的儿子该多好啊！除了自己的儿子，谁也不会全心全意地忠于你的。他真希望自己有个儿子。

想了一阵，他又把这个念头搁到一边去了，至少目前不能考虑，因为现在不是他停下来在女人身上花功夫的时候。他讨厌女人，在他看来，女人对于他只会是一种障碍，尤其是当他要开始一番冒险事业的时候。他也不肯草草结婚，撂下老婆就走，因为既然讨老婆是为了得儿子，那么就应该娶一个正儿八经的老婆，养一个货真价实的儿子。于是，他暂时把自己的想法抛到一边，让这个想法深深地藏在心底，等将来有机会再说吧！

第六章

　　王虎此时正在南方积极准备，打算拉一帮人闯出去干一番自己的事业。有一天，在家乡的王二对大哥说："要是明天上午有空，咱俩上紫石街茶馆吧！有两件事我们得谈谈。"

　　老大听弟弟这样讲，心里不免纳闷，因为他知道肯定要谈土地的事，可是他不清楚还有哪件事要谈，于是他答道："明天我一定去茶馆，不过，还有哪件事要谈？"

　　"我收到三弟写来的一封怪信，"老二答道，"他主动提出来让我们的儿子上他那儿当兵去，只要我们舍得，去几个都行。他正在计划搞一件大事，身边需要几个靠得住的自己人，可他自己又没儿子。"

　　"我们的儿子！"王大吃惊地重复了一遍，由于惊讶，他那张开的大嘴都没合拢，眼睛直愣愣地看着他二弟。

　　王二点了点头。"我不知道他打算叫他们去干什么"他说道，

"不过明天到茶馆咱们再慢慢聊吧！"他摆出要走过去的样子，他是在从粮市上回来的路上叫住他大哥的。

可是，王大这个人不论谈什么事都不会这么快就住嘴的，再说，他有的是时间，这些天心情又不错，于是他说道："一个男子汉想有自个儿的儿子还不容易？我们一定得给他寻个媳妇，老弟！"

他把两个眼睛一眯缝，脸上露出狡黠的神色，仿佛他要说出什么惊人的妙语。看到老大这副样子，王老二微微一笑，冷冷地答道："要论同女人打交道，我和老三可都不如您老兄那么得心应手啊！"

他边说边走开了，因为他不想在大街上站着听他大哥口若悬河地聊个没完，来来回回那么多人，让人听去算什么意思。

于是，这兄弟俩第二天一早在茶馆碰头了。他们挑了角落里的一张桌子，他们往那儿一坐，哪儿都看得见，可是别人看他们却不太容易，更听不清他们俩在讲些什么。王大坐在里面他常坐的那个上座。然后他喊来了茶馆里的跑堂的，点了些吃的——热的糖饼、清早吃了提胃口的咸肉、一壶热酒和下酒的菜，吃点下酒菜可以冲淡一点酒劲儿，免得一清早搞得醉醺醺的。王大又点了几个他喜欢的菜，他是个讲究吃的人。王二坐在那儿听老大点菜，听着听着终于坐不住了，因为他不知道到底要不要他付账，最后他直截了当地说道："大哥，这些肉和吃的如果是为我叫的，那么我跟你说，我可不要，因为我饭量有限，胃口很小，尤其是在早晨。"

没想到王大却慷慨地说："今天你是客人，你放心，我做东。"

这下他让他二弟放下心来，等肉菜一上来，老二便尽可能地大吃起来，他总是忍不住要留小心眼，尽管他很有钱，他还是能省就省，碰上吃白食的机会不狠狠地吃一顿不就亏了吗？别人要是有点旧衣服或者其他不要的东西，一般送给家里的仆人算了，他可不舍得送，总要悄悄地拿到当铺去，好歹弄回点钱来，一旦当客人，他总要想法多吃一点，尽管他的胃口不大。他强迫自己尽量多吃，最好吃到第二天、第三天都不感觉饿才好，这也真奇怪，他哪至于需要这么干呢？

这天早晨，他又故伎重施，而且兄弟俩吃的时候根本顾不上说话，即便在等下一道菜的时候，他们也不说话，而只是环顾一下四周；一个人吃东西的时候如果开始谈正经事，这对他的食欲是很不利的，因为一谈正经事就没有胃口吃东西了。

他们俩不知道，原来这家茶馆就是他们父亲王龙当年来过的茶馆，并且就是在这家茶馆里王龙找到了歌女荷花，后来荷花当了王龙的小老婆。对王龙说来，这是个奇妙的地方，这是所具有魔力和美感的房子，四面墙上挂的是画在绢丝画卷上的仕女图。可是，对他们俩说来，这是个极其平常的地方，他们做梦也想不到这家茶馆对他们父亲说来意味着什么，也想象不出当年王龙第一次以乡下人身份挤进城里人行列时的那副腼腆、害羞的样子，绝对想不到的。现在，这兄弟俩身穿绸缎的袍子坐在这儿，悠闲自得地四下里看看。碰上他们找座儿的时候，认识他们的人便急忙站起身来向他们行礼致意，跑堂的也赶忙过来伺候。茶馆的老板亲自跟着端着热酒的跑堂走到他们俩跟前，老板说："这酒是新开的，酒坛里的，酒坛上的封条都是我亲自为二位老爷拆掉的。"老板又再三问酒菜是否合他们的口味。

因此，王龙的儿子们居然和荷花的画像在一起。画像挂在尽里边的一个角落，那是画在绢丝的画卷上的，当时的荷花是位纤细的姑娘，手中拿着一朵含苞待放的荷花。王龙当初看这幅画时曾经心跳不已、失魂落魄，然而现在王龙已经去世，荷花同以前已判若两人，挂在茶馆里的这幅画也已经被烟熏得不像样子，甚至有苍蝇屎在上面。谁也不会去欣赏这幅仕女图，也不会有人想去问问："挂在这角落上的美人究竟是谁呀？"王龙的这两个儿子也绝对想不到这就是荷花，或者说想不到荷花这么漂亮过。

他们坐在那儿继续吃着早点，周围的人个个都挺尊重他们。王二尽管拼命地吃，但还是吃不过他哥哥。王二吃饱喝足之后，王大还在那里继续猛吃，一边喝酒一边咂嘴品着酒的香味，直吃得汗流满面，就跟在脸上抹了一层油似的。老大再也吃不下时，便靠坐在椅子上，跑堂的及时送来了从开水里拧出来的热毛巾。他们俩用热毛巾擦头、擦脖子、擦手、擦胳膊。跑堂的端走了残酒剩菜，擦干净了桌上的骨头等杂物，然后送来了新沏的绿茶，直到这时，这二位才算准备停当，要正式谈话了。

此时，上午已过去了一半，茶馆里坐满了人。这些人和他们俩一样，也都是撇下家里的老婆、孩子到茶馆来图清静的，吃完早点和朋友们品品茶、聊聊天，听点新闻。在家里待着，男人们就别想找清静，女人们又喊又叫，孩子们又哭又闹，反正他们天性如此，谁也没办法。在茶馆里就不一样了，尽管说话的嗡嗡声响成一片，但仍然给人一种宁静的气氛。在这种宁静的气氛中，老二从胸前掏出一封信，从信封中取出信来摊平，之后放在老大面前的桌上。

老大拿起信来，清了清嗓子，大声地咳嗽了几下，看信时一边看一边轻轻地读出声来。写完几句简单的平常问候话，王虎接着往下写，他的信和他人的性格一样，又粗又直：

> 给我寄点银子来，多少都行，我很急需。你们要是肯借给我银子，那么将来我事成之后一定连本加厚利还你们。如果你们有十七岁以上的儿子，也送到我这儿来。我一定好好栽培他们，你们做梦都想不到我会怎么提拔他们，我周围要几个靠得住、信得过的自己人。寄些银子，送几个儿子来，我自己没有儿子，你们知道的。

看完信，王大看看他弟弟，他弟弟看看他。王大满腹狐疑地说："除了说他在南方一个司令手下当兵之外，他到底还跟你说过些什么没有？他到底在干什么事？究竟要我们儿子去做什么呢，也不跟我们讲，这也太奇怪了。总不能就这样稀里糊涂地把儿子送出去呀！"

他们坐在那儿喝茶，谁也没说话，但各自心里都有点疑惑，什么都不清楚就把儿子送出去实在有点太悬乎了，可是想到"我一定好好栽培他们"这句话时，又觉得反正自己有一两个儿子，不妨送一个去碰碰运气。王二小心翼翼地说道："你有几个儿子已经过了十七岁吧？"

王大答道："是的，有两个过了十七。可以送老二去。我从来没想过该拿他们怎么办，在我们这种家里，他们从小到大日子过得够舒服了。老大是不能出去的，我们家除了我，就得靠他了，不过我可以送老二去。"

王二说："我们家老大是个闺女，下边一个是儿子，要是有你家老大在家顶门户的话，我想我这个儿子倒是可以去的。"

他们俩坐在那儿，各自考虑自己孩子的情况，考虑自己有些什么，而孩子们的一生对自己有多大的价值。王大同太太生过六个孩子，其中两个夭折了；同小老婆还生过一个，这个小老婆再过一两个月又该生第二个了。除了三儿子有点毛病之外，其他孩子身体都很好。老三几个月大的时候被仆人不小心摔到地下过，于是他的背部靠肩膀的地方拧成一个结，头长得太大，结果脑袋缩在那个结里，像乌龟的头缩在壳里一样。王大叫一两个医生来看过，甚至到某个娘娘庙去许过愿，说假如娘娘显灵治好他儿子，他就给娘娘一身衣裳，尽管平时他根本不信这些玩意儿。这一切都没用，这孩子到死也得背着这个包袱了，唯一叫孩子他爹感到庆幸的是，他到底没有给娘娘奉献一身衣裳，因为她没为他做什么事。

王二有五个孩子，中间三个是儿子，两头两个是闺女。不过他老婆还正当年呢，肯定还要生，她那副膀大腰圆的样子至少得生到四十多岁。

有这么多孩子，真送出去一两个也不算什么。最后，王二抬起头问道："你看该怎么给三弟回信呢？"

这时，王大倒有点迟疑了，他不是一个能很快自己拿主意的人，这么多年来，他一向是靠他太太做决定，太太让他说什么，他就说什么，王二也知道这一点，因此他问得挺巧妙的。

"要不，我这么回答他，你看好不好？我们俩一人送一个儿子去，至于银子，我能寄多少就寄多少。"

王大听他这么一说，心里很高兴："好啊，就这么办吧，二弟，我们就这么定了。其实我倒真愿意送走一个儿子，有时候家里真是一刻也安静不下来，不是小的闹就是大的吵。我送去二儿子，你送去大儿子，万一家里有什么三长两短，反正我大儿子还可以顶着。"

事情就这样定了，他们俩又喝了一会儿茶。接着他们就开始谈地的事了，谈他们要卖的东西了。在他们坐在那儿小声议论卖地一事的时候，他们俩不约而同地想起了一件往事。某一天，他们俩第一次谈起卖地的事，王龙已经上了岁数，他们俩在土坯房子附近的地里说话，想不到父亲还有力气爬出来偷听他们说话。但是，王龙的确出来了，当他听到"卖地"两个字时，立刻怒气冲冲地大喊道："好啊，浑小子，想卖地？"

他气得不得了，要不是他们俩一人扶一边的话，这老头儿非气得晕倒不可，他嘴里一个劲儿地嘟囔："不，不，我们绝不能卖地。"为了安慰他，考虑到他年纪太大不能生气，他们俩在他面前保证，今后一定不卖地。在做这个保证时，他们俩还会意地相视而笑，因为当时他们就预料到，将来总有一天他们还会走到一起来商量卖地的事的。

到了这一天，他们都急于凑钱，但是父亲在地头训斥他们的情景还是历历在目，因此他们谈起卖地的事总不像他们想象的那么轻松。各自在心中都有点保留，万一老头儿的话倒是对的怎么办？谁都不肯一下子把地全卖光，那样是不行的。万一生意不好了，总还有几亩地养家糊口。要知道，在那种年代，谁也说不准哪天会打仗，什么时候会来个土匪头子把村子给占了，或者摊上什么其他倒霉的事情，因此最好能有点永远也丢不了的东西，那就是地。然而，地卖了可以有银子放债，那些利息钱对他们俩的诱惑太大了，这就搞得他们左也不是，右也不是。王二问道："你打算卖哪几块地？"王大带着莫名其妙的谨慎回答道："我毕竟跟你不一样，我没有买卖要做，除了当地主，我也没别的可干，因此，我卖地不能全卖光了，也不能卖得太多，能换点现钱，够花就得了。"

王二接着说："我们干脆出去走走，看看我们的地到底有多少、都在哪些地方，连那些远处的、小块分散的地也都看一看。咱爹那时候想地都想疯了，赶上荒年、地价便宜的时候，什么地他都要，这一带哪儿都有我们家的地，其实有的地才巴掌那么大一块。假如你要当地主，地还是集中一点好，好管一点。"

听起来这话确实合情合理，于是王大付了他们的饭菜酒钱，多给了点，算是给跑堂的赏银，然后他们便站起身来走了。他们俩往外走，王大走在前面，这时茶馆里不时有人站起来向他们打躬作揖，为的是让别人晓得他们是这两位镇上大人物的熟人。而这兄弟俩，老大笑容可掬，轻松自如地向每个打招呼的人点点头，因为他愿意看到别人对他恭恭敬敬、服服帖帖的样子；老二则不同，他眼睛朝下，谁都不看，很少点头，即便点头也点得很快，好像他不敢太友善了，生怕有人会把他拉到一边向他提出借钱的要求。

兄弟俩走出茶馆去看地了，老二放慢步子以便同老大保持一样的速度，因为老大又胖又沉，已经不大习惯走路了。才走到城门口，老大就已累了，于是他叫来两个出租毛驴的人，弟兄俩骑上毛驴出了城门。

兄弟俩整整花了一天的工夫看他们的地，中午在路边的一个小店里吃了点东西。他们东南西北地转悠，每块地都转到了，他们的眼睛厉害得很，佃户们在地里种了些什么，他们都看得一清二楚，佃户们在他们俩面前都规规矩矩，因为这两位就是他们的新地主了。王二把每一块最值得卖的地都做了记号。他们三弟的每一块地也都被做了标记，准备卖掉，只有一块离土坯房子较近的地除外。弟兄俩仿佛心照不宣，谁也不走近那座土坯房子，不走近大枣树下的小土丘，即埋葬他们父亲的地方。

天快黑了，他们才骑着疲惫不堪的毛驴回到城门口，他们下了毛驴，付了原先讲好的租毛驴的钱。两个牵毛驴的跟着走了一天的路，也累得不行了，于是想多要点钱，说是走那么多路，鞋底都快磨穿了。要是王大一个人，他肯定就同意给了，但老二不答应，他说："不行，该给的已经给了，你的鞋磨穿不磨穿关我什么事？"

他一边说一边走开了，背后那两个人怎么骂他，他都不理会。弟兄俩走回家里，分手时很理解地看了对方一眼，王二说道："要是你愿意，七天之后我们就把孩子送走，我亲自去送他们。"

王大点了点头，筋疲力尽地走进自己的家门，这一天也许是他一辈子中最累的一天，他暗自想，地主也真不好当啊！

第七章

在约定的那一天，王二对他哥哥说："要是你家二儿子准备好了，我儿子也准备好了，那么明天天亮我就带他们去他们三叔那儿，把他们交给他们三叔，他爱叫他们干什么就干什么。"

当天，王大待着没事就把老二叫到身边，他仔细地打量了老二一番，看看他到底怎么样，到底行不行。老二一被叫就来了，来了就站在父亲面前等着。他个子不高，一副纤细、瘦弱的样子，也不好看，很腼腆，胆子很小，双手总在发抖，手心里总是潮乎乎的。他站在父亲面前，下意识地搓着他那双发抖的手，耷拉着脑袋，不过，他不时很快地抬一下头，用眼角瞟他父亲一眼，然后又赶紧低下头去。

王大盯着他看了一会儿。把他从兄弟姊妹中喊出来这么单独地打量他，这还是头一趟。王大突然开了口，他一面说着话，一面思考着："你跟你哥要是掉个个儿就好了，要是当将军，他的体格比你好，你看上去太弱，我都担心骑到马背上你是不是坐得稳。"

听到这些话，这个孩子突然跪倒在地，合起掌来求他父亲道："啊，爸爸，我最讨厌当兵了，我喜欢读书，我愿意当秀才！爸爸，让我留在家里守在您和母亲身边吧！我决不要求到外边去上学，我就在家自个儿读书。要是您不送我去当兵，我保证在家乖乖的，什么都不跟你要。"

尽管王大可能会发誓说他对谁都没透露过这件事，但这件事不知怎的还是传出来了，其实，王大这个人肚子里根本存不住任何秘密。他就是这么一个人，每当他有点什么想法或是他制订了什么秘密计划，他的喘气、叹息，他那种欲言又止的神秘样子，一下子就使他露出了马脚，而且他自己都不知道怎么会露马脚。他也许会发誓说没告诉过任何人，可实际上，他已告诉了他大儿子，也在夜里告诉了他小老婆，最后还告诉了他太太，实际上他是不得不征得她的允许。他把这件事说得可好了，他太太还以为她儿子马上就能当将军，因此她当然是愿意让儿子走的，她认为，对她儿子说来，这是再合适不过的事。但是，大儿子机灵得很，知道的事可多了，别人根本想不到他会知道那么多事，因为他老是摆出一副难以捉摸、无精打采的样子，仿佛他什么都没看见。此时，他故意气他弟弟，他说："你将来也不过就是跟在我们那个又疯又野的叔叔后面当个小兵而已！"

王大的这个儿子是个连杀鸡宰鸭都不敢看的人，肠胃娇嫩得很，几乎不能吃肉，听他哥哥这么一说，吓得不知所措。他不敢相信这是真的，那天晚上，他一夜都没睡，也干不成事，只是等着父亲叫他去，因此，父亲一说他就跪下来求父亲可怜他，别让他去当兵。

但是，王大一见儿子跪在那儿求自己，反而十分恼火，他是那种知道自己有权就要专横跋扈的人，他一边用脚跺着砖地，一边大声喊道："你一定要去！这个机会多难得呀！你堂兄也要去，你应该高高兴兴地去！我年轻时要是有这种机会，我会高兴死了。可是我却没有这样的机会，南方是去过了，什么名堂也没干出来，刚待了没多久，我妈病了，我爹就求我赶紧回来。我从来就没有想过要不听我爹的话，想都没想过！我根本就没有机会跟着有地位的叔叔飞黄腾达！"

说到这儿，王大忽然长叹了一声，因为他忽然想到，要是当初年轻时也有儿子现在这种机会的话，他现在该多了不起，他穿上金光灿灿的军装，骑上高头大马又该是何等威风凛凛！他想象着将军该是什么样的，总觉得自己身材魁梧，很有将军的气派。他又叹了口气，看着这个瘦小可怜的儿子，然后说道："说真的，我真希望能送走一个比你更好的儿子，但是除了你，别的年纪都不够，你哥哥又不能离开家，他是长子，家里除了我，就得靠他了，你弟弟是驼背，再下边一个又太小了。你一定得走，再哭也没有用，反正你不走也得走。"说完，他起身急忙走出去，免得被儿子纠缠不休。

王二的儿子却完全不是这个样子。他是个嘻嘻哈哈、大大咧咧的年轻人。他三岁时得了天花，为了救他，他妈妈把大拇指捅到他鼻子里。从那时起，他就落下了"麻子"，现在，人人都不叫他名字而叫他"麻子"，甚至他爹妈也这么叫他。王二把他叫去，对他说："把你的衣服打成个包袱，明天跟我去南方，我要把你送给你那个当兵的叔叔。"他听了之后，高兴得跳跳蹦蹦地跑开了，他最喜欢看新鲜事，也最爱向别人吹自己所见过的东西。

他妈妈这时正在厨房门边的小土炉子旁搅着锅里的什么东西，她从来没听过这件事，于是抬起头来，大声嚷道："你花钱到南方去干什么？"

王二向她解释这件事，她一边听一边不停地搅着锅里的东西，与此同时，她那双眼睛一直盯着正在洗鸡的一个丫鬟，生怕丫鬟会偷偷地拿走鸡肝或未生出来的鸡蛋之类的东西，因此她只听到了丈夫的最后几句话："这件事是一桩冒险的事，我不知道他说要栽培我们儿子到底是什么意思，但是生意上还需要人手，我们只有这一个儿子是够岁数的。再说，我哥也要送走一个儿子。"

听完这几句话，她才把心思放到这件事上，她说："好吧，要是我们家儿子有机会出人头地，那么我们一定得把我们儿子送去，要不然，我这一辈子就永远听我嫂子吹她那个当英雄的儿子啦。说真的，我们这个儿子也应该干出点名堂的，个子那么大，满脑子又有那么多鬼点子。你说得对，店铺里的事还有别的孩子哩！"

第二天，王二领着两个小伙子出发了，他们各自带着自己的衣服，不过王大的儿子挺讲究的，专门弄了个挺好的猪皮皮箱装衣服。由于哭的缘故，他的眼睛红红的，他还特意留心着，看他的男仆人搬箱子时姿势对不对，免得把里面的书搞得东倒西歪的。王二的儿子一本书也没有带，就带几件衣服，用一大块蓝棉布的包袱皮一裹，自己挎着，边走边跑，看见点新鲜事就大声嚷嚷。这时正是春天，天气很好，城里街上摆满了头茬上市的新鲜菜蔬，人人都在那儿忙着做买卖。对这小伙子来说，今年是个好年，今天是个好天，他又是第一次远行去南方，早晨他妈又做了个他最爱吃的菜，因此，他心情特别舒畅。王大的儿子则慢慢地、一声不吭地跟在后面，走路都是一板一眼、规规矩矩的，几乎从来不看一眼他那位堂兄，只是不时用舌头舐舐他那似乎很干的嘴唇。

　　王二跟着两个小伙子走着，脑子里却在琢磨自己的事情，他是向来不留意孩子们的。他们到了城北边上停火车的地方，王二付了钱，他们就上车了。王大的儿子这时感到很难为情，因为他叔叔买的是最便宜的车票；在王二看来，两个孩子能有车坐已经够好了。王大的儿子不得不走进这节全是普通老百姓的车厢，车厢里的人满嘴大蒜味，身上的衣服又脏又破，王大的儿子身上穿着上好的蓝绸缎袍子，此时却不得不坐在这群人中间。可是他也不敢说什么，叔叔脸上那种不易察觉的轻蔑的神情叫他害怕，于是他坐到自己的座位上，把书箱放在身边，紧贴着书箱坐着一个农民。他可怜巴巴地看着将要与他分手的男仆人，还是不敢说什么。

　　王二和他儿子看上去倒好一些，因为早上起来时王二穿了件布袍，他觉得在三弟面前最好别穿得那么阔气，免得三弟以为他多有钱似的。他儿子长这么大还没穿过绸缎袍子，他穿的这件布衣服是他妈妈亲手缝的，又宽又大，免得他长了个子之后穿不下。王二看了一眼侄子，阴阳怪气地说道："出门在外你穿这么好的衣服是不行的。你还是把这件绸袍脱下来，叠好放在箱子里，就穿里面的衣服得了。省下这件最好的衣服吧！"

他侄子吞吞吐吐地答道："可我还有更好的衣服哩！这就是我在家平时穿的衣服。"尽管如此，他也不敢不听他叔叔的话，还是站起身来按他叔叔说的，把绸袍脱了。

整整一天，他们坐在火车里，王二盯着窗外向后驰去的乡村和城镇，一边看一边发表议论，而他儿子每看到一件新鲜事，都要大惊小怪地喊出声来。火车每到一站，他都想尝尝小贩卖的新鲜糕点是什么味道，可惜他爸爸就是不买。王大的儿子脸色苍白、神情腼腆地坐在那儿，由于车开得太快，他有点晕车，他头靠在猪皮皮箱上，整天不说一句话，连东西都不想吃。

后来，他们又坐了两天船，那只船又小又挤。最后，他们终于到达王老三所在的那座城市。一上岸，王二就雇了两辆人力车，两个孩子坐一辆，他自己坐一辆。拉两个孩子的那个车夫抱怨说太沉了，王二解释说这两个孩子还小，不算大人，再说其中一个因为有病，比一般的孩子还瘦。讨了半天价，他最后答应这辆车稍微多付些车钱，当然比另外再雇一辆还是便宜一点。车夫总算答应了。车夫按王二给的地址找到了地方，把车停了下来。王二从怀里掏出一封信，把信上的地址和门牌上的地址对了一下，的确没错。

王二这才迈步走出人力车，并且叫那两个小伙子也下车。然后他又和车夫讨了一阵价，因为这个地方并不像他们说的那么远，最后还是比原先讲好的价钱少付了一点。他抬着一只箱子的一头，叫那两个小伙子抬另一头，准备走进一扇两边有石狮子的大门。

一边的石狮子旁站着一个当兵的，他大喊了一声："怎么回事？你们以为这扇门你们想进就可以进吗？"他把枪从肩上取下来，把枪托往地上使劲儿一砸，他那副凶神恶煞的样子把他们三位吓呆了。王大的儿子吓得都发抖了，就连"麻子"一时都不知如何是好了，因为他从来没有在离枪这么近的地方站过。

王二急忙从怀中掏出他三弟的信让那个当兵的看，一边又对当兵的说："我们就是信里提到的三个人，这是我们的证明。"

可是这个当兵的不识字，于是他叫另一个当兵的来。第二个当兵的来听他们说了一遍，认真地打量了一番，然后他把信接过去了，谁知他也不识字，于是他把信拿到里面去了。过了好大一会儿，他出来用大拇指朝里一指，说道："没错——他们是连长的亲戚，让他们进来吧！"

于是，他们重新抬起箱子，经过石狮子进了大门，不过那个扛枪的士兵一直看着他们，仿佛很不情愿放他们进去，又仿佛依然很怀疑他们。他们跟着另一个士兵，穿过了十几个院子，每个院子里都有好多士兵在那儿闲待着，有的在吃喝，有的脱光了衣服在太阳底下捉衣服里的虱子，有的在那儿呼呼大睡。最后他们到了最里面的一院房子，中间一间房间里坐着王虎。他坐在桌边等他们，身上穿的是深色的制服，料子似乎是进口货，纽扣是铜的，每粒纽扣上都有一个符号，是冲压出来的。

看到亲戚走进来时，他赶忙站起身来，大声地叫一旁伺候的士兵去拿酒肉上来。他向二哥鞠躬，王二也向他鞠躬，并且叫两个侄子向叔叔鞠躬。然后他们依照辈分各自就座，王二坐在最上席，其次是王老三，两个孩子坐在他们的下首。仆人端来了酒，为大家斟酒，斟完酒之后，王虎看了看两个侄子，突然粗里粗气地说道："这个小子满脸红扑扑的，身体倒是够结实的，就是不知道他的麻脸后边到底有几分聪明劲儿，看上去怎么像个小丑？二哥，我希望他不是个小丑，因为我不喜欢有太多的笑声。他是你儿子吧？——从他身上我看得到她妈妈的一点影子。至于说这一个——我大哥难道就这两下子？"

他说这话时，那个面色苍白的小伙子把头垂得更低，嘴唇上方都冒出冷汗了，他悄悄地伸手擦了擦，在整个过程中，他的头始终是低着的。王虎继续仔仔细细地打量他俩，目光阴沉，连一向挺不在乎的"麻子"都被看得发毛，不知眼睛朝哪儿看为好，因此，他一会儿看看这里，一会儿看看那里，一会儿动动脚，一会儿咬咬手指甲。王二略感歉疚地说道："三弟，这两个孩子的确不行。我们拿不出更合适的人，觉得太有负你的一番美意。大哥家的老大要在家里顶门立户，老三又是个驼背，我家的麻子是大儿子，他弟弟又太小。这两个眼下看来就算最强的了。"

既已看清楚自己的两位侄子是何等样子，王虎便叫一士兵将他们俩带到边上一间房去，在那儿吃肉喝酒，并且说，不叫他们就不要再来了。那个士兵准备领他们走，可是王大的儿子回头可怜巴巴地看着他叔叔，王虎见他犹豫不决的样子，便问道："你怎么还不走呢？"

这个孩子细声细气地答道："我能不能带走我的箱子？"

王虎扫了一眼，见到了门边那只挺不错的猪皮皮箱，然后，他带着轻蔑的语气说："拿上吧，不过，以后这皮箱对你也没什么用处了，因为你得脱下袍子，穿上士兵们穿的制服。穿着绸袍是没法打仗的！"

听完这话，王大的儿子吓得面如土色，一声不吭地走了。房间里只剩下王二和王老三兄弟俩。

王老三好半天没说话，他这个人向来不会为了礼节去主动找话题的，最后还是王二开口问道："你在想什么呢？是关于这两个孩子的事吗？"

王虎慢慢地说道："不是的，我想的是，大多数我这个岁数的人都有了自己的孩子，而且都长大成人了。看到这光景，谁都会感到舒心的。"

"这有什么？你要是早点结婚，现在也有孩子了。"王二微笑着答道，"不过，这么长时间我们都不知你在哪儿，爹也不知道，因此也没法为你娶媳妇。大哥和我都愿意为你操办这件事，你娶亲要花的钱我们也有。"

但是，王虎坚决地反对这种想法，他说："不必了，你们或许觉得奇怪，但我的确对女人毫无兴趣。说来也怪，我还从来没见过一个女人——"他突然顿住，因为一个仆人端着肉进来了，兄弟俩再也没说什么话。

他们吃完之后，仆人便撤走了桌上的碗碟，送上来茶水。王二准备问问王老三到底打算用他的银子和这两个年轻人去干什么，不过他不知如何开头为好。他还没想好用什么方法提问的时候，王虎却突然说："我们是亲兄弟，相互理解。我全靠你！"

王二喝了口茶，然后小心谨慎地说："既然我们是兄弟，你当然可以依靠我，不过我想了解一下你的计划，才好知道究竟能为你做点什么。"

王虎将身子向前一倾，跟王老二耳语起来，他说得很快，他呼出的气像一股热风吹进了王二的耳朵："我周围全是忠于我的人，有一百多人，他们全都讨厌那个老司令！我也讨厌他。我向往家乡的土地，我真不想看到那些矮个子的南方人。是的，我有的是忠于我的人。只要我一声令下，他们便会在深夜里跟着我杀出去。我们要打到有崇山峻岭的北方去，要是老司令来追我们，不等他和我们交战，我们就已到了好远好远的北方了，或许他也不会去追我们——他年纪太大，又整天吃喝、玩女人，而且在我那一百多人中有许多是原先他手下最好、最强的人，当然不是那些南方人，而是我们更厉害、更勇敢的北方人！"

王二一向是个身材矮小、文质彬彬的生意人，当然，什么地方在打仗，他也知道，但他和打仗从来没有任何关系，只有一次，他父亲的家里曾经留革命军住过几宿；他根本闹不清仗是怎么打起来的，他只知道离打仗的地方若太近，粮价就上涨，离得远一点，粮价又会下跌。他从来没有和战争离得这么近，这仗都打到他自己家里来了！他那小嘴、小眼睛似乎都变大了，他也对王虎耳语道："那么我这么个文质彬彬的人能在这里面帮什么忙吗？"

"这个！"他说道，此时他的耳语已经像在铁板上打铁那么大声了，"我必须要有许多银子，我自己的全部银子，加上我再问你借些银子，利息尽量低一点，到我混出名堂了就还你。"

"可是拿什么做担保呢？"王二屏住气问道。

"这个！"王虎又来这么一句，"我需要多少你就借给我多少，地里能收来多少你就借给我多少，直到我召集起一支大军，到北边我们那块地方去混出点名堂，我要成为整个地盘的主人！然后，我和我的地盘要不断地扩大，随着我打的每一次胜仗，我会越来越了不起，直到——"

"直到什么？"他说道。

王虎突然站起来。"直到整个国家没有一个人比我更伟大！"他说道，此时，他的耳语已经如大喊大叫一般。

"那么你到底要当什么？"王二惊奇地问道。

"我想当什么就当什么！"王虎大声说道。他那粗黑的眉突然向上一扬，并用手掌猛击一下桌子，王二听到啪的一声，吓了一跳，两人相互对视了一阵子。

王二从来没听到过这样的奇谈怪论。他可不是个想入非非的人，他最大的梦想也不过是晚上坐在账本旁，回顾一下当年卖了多少，盘算一下下一年应该用什么保险的方法扩大自己的买卖。王二瞪眼看着他弟弟，他弟弟又高又大又怪，一对眼珠闪闪发光，像老虎的眼睛一样，两道黑眉像小旗。他这么一瞪眼，把王二吓得够呛，不敢说什么顶撞他的话。王虎那对眼睛实在厉害，王二的心缩成一团，明显地感到了他弟弟的力量。然而，他依然十分谨慎，依然忘不了他那习惯性的谨慎，于是，他干咳一声之后，轻声说道："不过，这一切，于我、于我们究竟有什么关系？如果我们借银子给你，究竟有什么可作担保呢？"

王虎把目光移到他二哥身上，然后口气威严地答道："你以为我飞黄腾达之后会忘本吗？难道你们不是我的亲兄弟，你们的儿子不是我的亲侄子吗？有哪一个军阀在自己青云直上的时候不提拔他家族里的人？对你说来，难道有个当国君的弟弟是件无所谓的事吗？"

当王虎盯着王二的眼睛时，王二似乎突然之间有点相信他三弟的话了，尽管不是很情愿地相信这番话，因为他还从未听到过这等奇谈怪论。他理智地说道："至少属于你的那一份，我一定给你，另外，能借你多少我也尽量借，只要你真能像你说的那样步步高升。事实上，好多人以为自己能步步高升，但是并不是人人都能步步高升，这是毫无疑问的。"

王虎的眼睛里突然冒出火来，他坐下来抿紧了嘴唇，然后说："我明白，你很谨慎小心啊！"

他的口气又冷又硬，王二听了，不免有点害怕，于是为自己辩解道："可是，我有家，有那么多小孩，而且孩子他妈岁数还不大，她还要生养，这一切全靠我来照看。你还没结婚，你不知道养那么一大家子是什么滋味，吃的、穿的又年年涨价！"

王虎转过身去，仿佛漫不经心地说道："我的确不知道，不过你听着，每个月我要派一个亲信去你那儿，他是个豁嘴，你一见就知道了。他能拿得动多少银子你就给他多少银子。我的地尽快卖掉，尽可能卖个好价钱，因为我今后每个月要有一千两银子才行！"

"一千两！"王二因为吃惊，嗓音都变了，两只眼睛也呆了，"可你怎么花得了这么多银子呀？"

"我这儿有一百来个士兵，要吃、要穿、要买枪支弹药。要是不能很快地俘虏一批军队，要想扩大军队，就一定得花钱买枪买炮。"王虎一口气说下来。他突然来火了。"你不该问这问那！"他大声吼道，又拍了一下桌子，"我知道我应该干什么，在我飞黄腾达、称霸一方之前，我必须得有银子！等到有了一块地盘，如果愿意，我可以征税。但是现在，我必须有银子。站在我这边，到时少不了奖赏。不站在我这边，我只当没有你这个亲哥哥！"

说最后几句话时，王虎把头伸到离王二很近的地方。看到浓黑眉毛下那双凶狠的眼睛，王二急忙缩回脑袋，咳嗽了一声，说道："哎，我当然站在你一边啰！我是你哥哥嘛！可是，你什么时候才开始行动呢？"

"你什么时候可以卖掉我那块地呢？"王虎问道。

"马上就要过麦秋了。"王二慢吞吞地答道，一边答一边思考着、犹豫着，因为方才听到的一切已把他搞得头晕目眩了。

"这么说，人们手里很快就有钱了，"王虎说，"在稻子种下去之前，你可以卖掉一些地，没问题。"

这话的确不假，王二因为害怕，也根本不敢反对他这个脾气古怪的弟弟，他明白这件事好歹得想办法办了才行。于是，他站起身来说道："如果事情这么急的话，我得马上回去，看看我能干点什么，因为麦秋收来的那点钱一会儿花完了，人们又觉得自己没钱了，于是又开始忙乎地里种的那点东西了，想叫他们花钱买太多的地就不太可能了。"

王二一刻也不想多待，这个地方到处是恶狠狠的人，到处是枪炮，他想马上离开这个地方。他只到那两个小伙子待的隔壁房间去看了看，他们俩坐在一张长凳上，前面是一张没上油漆的方桌，桌上放着吃的东西，也就是王虎刚才请他二哥所吃剩下的肉，给孩子们吃吃也就够不错了。王二的儿子一个劲儿往嘴里塞，吃得挺来劲的。不过，王大的儿子一向讲究得很，不习惯吃别人吃剩下来的东西，他坐在那儿，用筷子稍稍拨一点米饭吃吃，根本不去动别人吃剩的那些肉。王二忽然感到很不舍得离开这两个孩子，尤其是自己的孩子。有一刹那，他忽然产生了疑问，究竟该不该把自己孩子带到此地来。但是，这事已经开始了，他没法再退回去了，于是，他只说道："我回去了，我唯一要交代你们俩的就是听三叔的话，从现在开始，你们就是他的人了，他这个人很凶，又没耐心，你们出了错，他绝不会原谅的。不过，假如你们听话，他说什么你们干什么，那么你们有朝一日会被提拔上去的。你们三叔的命运是写定了的。"

然后，他急忙转身走了。他控制不住自己的感情，他没想到同自己儿子分手是那么不好受的事。为了宽宽自己的心，他自言自语道："好了，不见得每个小伙子都有这种机会的，既然是个机会，总是个好机会。他总不至于当个小兵的，只要这事办成了，好歹得他个什么官儿当当。"

他决心好好干，为了成功，尽力去干；至少看在儿子的分儿上，他是一定要全力以赴的。

王大的儿子一见他二叔要走，就开始大声哭起来。王二一听到哭声就走得更快了。但哭声像在追他，他很快地跑到有石狮子的大门口那儿，总算再也听不到哭声了。

第八章

　　儿子竟然干起这种行当了，要不是王龙的魂灵远在千里之外，他非气得从坟墓里跳出来不可。王龙一辈子最恨的就是打仗和当兵的，现在居然把他那好端端的土地拿去卖掉，居然拿这笔钱去支持老三打仗；可是，王龙照旧睡在那儿，而且根本不会醒来，没有人挡得住王龙的儿子们正在干的事情，只有一个人例外，就是梨花。她一直不晓得他们在干些什么。王大、王二都怕她，因为她对王龙最忠心耿耿，因此，什么事都瞒着她。

　　王二回到家之后便约他哥哥到茶馆去，在那儿可以安安静静地边喝边谈。不过，这一次王二挑了个十分僻静的角落，两边的墙上既没门也没窗，坐在那儿，有谁走过来他们都能看到。他们把脑袋凑在一起，轻轻地嘀咕着，还不时用点暗语和黑话。王二跟他哥哥讲了王虎的计划，回到自己家重新过起从前的普通生活之后，王二越来越感到三弟的那套计划像一场梦——一场黄粱美梦。可是，王大一边听一边就迷住了，觉得这件事很美妙，又并不难做。随着计划一步步摊开，王大这个身材硕大、头脑幼稚的家伙便越来越激动，因为他看到自己升到了想都不敢想的高位——国君之兄！他这个人没有多少文化，智力平平，而且是个爱看戏的人。在他看过的许许多多戏里，讲的都是古代英雄伟人的事迹，这些人起先不过是普普通通的老百姓，后来因为武艺高强、计谋超群，终于建立了自己的王朝。他看到自己是这种人的哥哥，而且是大哥，他的眼睛就放出光来。他用沙哑的嗓音低声说道："我一直说我们三弟跟别的小伙不一样！当初就是我求咱爹不叫他下地，让他完全和别的地主家的孩子一样专门为他请了先生，教他懂得各种事情。我三弟绝不会忘记他大哥为他做过的事情，也不会忘记，如果不是因为我的话，他照样在咱爹的地里当乡下人！"

他自鸣得意地朝下看了看，在肚子上摸了摸，把身上穿的紫色绸袍理平，他想到了他二儿子以及他全家将会步步高升，他自己可能被封为王爷，他弟弟要是当了国君，那么他毫无疑问要成为亲王。在他读过的书里以及他在戏院里看的那些戏里，有许许多多这类故事。王二清醒之后，越来越怀疑了，说真的，老三的那套冒险计划与这座宁静的小城实在是相去甚远。不过，当他看到他大哥为将来的憧憬而想入非非的时候，他又不免产生嫉妒的心理，他的那种谨慎使他变得贪得无厌，他暗自思忖道："我一定得非常小心才是，万一老三的梦想倒真实现了呢？万一他的梦想成功，哪怕只成功了十分之一呢？我一定要准备好分享他的成功，因此，决不能过早抽身不干。"接着他大声说道："话是不错，不过，我得为他筹银子，没有我，他什么也干不成。在他飞黄腾达之前，他一定要有大笔的钱，上哪儿去弄那么多钱，我也不知道。我毕竟只是个小富翁而已，和那些大阔佬几乎是不能比的。头几个月的钱我可以靠卖他的那份地搞到，接下来，你和我再卖掉些我们的地。但是，如果到那时候，他还上不去，那我们怎么办呢？"

"我会帮他的——我会帮他的——"王大急匆匆地答道，此时此刻，他简直不能想象有谁能比他更多地帮助他三弟。

这两个人急忙站起来，王二说道："我们再到地里去看看，这次我们真要卖地了！"

和上次一样，这一次走到地里时，他们又不约而同地想起了梨花，他们没有走近那座土坯房子。他们从城门口雇了两头毛驴，骑上毛驴沿着田间的小路走。毛驴的主人是年轻的小伙子，跟在毛驴后面跑，边跑边抽打和吆喝毛驴，催它们快跑。他们往北走，远远地离开了那座土坯房子和那片地。王二骑的那头驴跑得还不赖，王大骑的那头驴实在吃不消王大那块头，它的细腿晃晃悠悠直打战。王大越长越胖，刚刚四十五岁，他的腰已经又粗又圆，脸颊上的肉厚得都垂下来了，像臀部的肉似的，看他这副样子，再过十年，他准会成为镇上和乡里都闻名的大胖子。这样一来，他们有时不得不停下来，等一等王大骑的那头驴，不过，总的来说，两头驴跑得还是够不错的。这一天，他们把在上次标好要卖的地上干活的佃户全部见了一遍。王二问了每个人是否想买他正在种的这块地，如果要买，打算几时买，多久能付钱。

既然王虎需要银子，他们决定把最大的一块地给他。这块地离城最远。种这块地的是一个善良、勤恳的农民，很早就开始在王龙的土地上辛勤耕耘了。他后来娶了一个丫鬟。他老婆是个健壮、诚实、咋咋呼呼的女人，她怀孩子时还照样干活，并且逼她丈夫拼命干活。他们的小日子越过越兴旺，租王龙的地也越租越多，直到后来租了好几十亩地，并雇了几个人帮他种地。不过，他们自己也照样下地种田，他们这一对夫妇是很懂得勤俭节约的。

这一天，王家的两兄弟专门来找这个人，王大说道："我们的地多的是，我们需要银子搞点别的买卖，要是你想买你种的这几块地，那太好了，我们卖给你。"

这个农民眼睛瞪得老圆，跟牛眼睛似的，嘴巴张得老大，说话时舌头总是舔着牙齿，发出含混不清的嘶嘶声，他没法控制，他一向就是这样讲话的："我没有想到你们家那么快就打算卖地了，想当初你们爹对地抓得多紧呀！"

王大把嘴往下一撇，郑重其事地说："就是因为他太喜欢地了，他给我们甩下了一个好重好重的包袱。他的两个小老婆要我们养活，其实她们俩谁都不是我们的亲生母亲，大的那个爱吃爱喝，又爱打牌，人又不精明，打牌经常输。地里的钱来得慢不说，还得看老天爷高兴不高兴。我们这种家，花钱总得出手大方一点，如果把家搞得又穷又寒酸，搞得不及老人家在世时那样有排场，那又显得太不体面了。为了维持这个家，我们不得不卖掉点地。"

当他大哥在那儿滔滔不绝地讲话时，王二在一旁坐立不安，又是咳嗽，又是皱眉头，他觉得他大哥简直只比傻瓜强一点，因为如果让人看出你急于将货物推销出去，那么价格自然要往下跌。他赶紧接过话头说："不过，有好多人都在问我们的地，想买哩，因为谁都知道在我父亲买下的地当中，这几块可以算这一带最棒的了。要是你不想买你租的地，早点告诉我们，有好些人还等着呢！"

　　这位龅牙的农民很喜欢他种的这片地。每一寸土地，哪块地在哪儿，哪块地有坡，为了确保丰收应该在哪儿挖条水渠，他都一清二楚。他往地里上了不少好肥料，不单是他自己家人与牲畜的粪便，他还背起粪桶大老远地跑到城里去拾粪，为了拾粪，他经常一大清早就起身。想想他自己所背过的那些臭粪，想想自己在这块地里所下的功夫，他总觉得要是就这样轻易地把这块地让给别人，那可实在太糟糕了。于是，他吞吞吐吐地说："嗯，原先我倒没想到马上就买这块地，我盘算着兴许这块地要到我儿子成家立业时才能往外卖哩。不过，要是你们打算马上就卖，那我得想一想，明天再告诉你们我的想法。那么，你们打算卖什么价呢？"

　　兄弟俩相互看了一眼，王二抢在他哥之前开了腔，因为他怕他哥把价报得太低了："价钱是公道的：一亩地五十两银子。"

　　对于离城这么远的地说来，这个价钱是够高的，肯定卖不到这个价钱，双方心里也都明白，不过总算有了个讨价还价的起点罢。然后这位农民答道："这个价我可付不起，像我这么穷哪付得起这个价？不过还是容我想一想，明天再答复你们吧。"

王大急于成交，于是他又加了一句："稍微多点少点问题也不大嘛！"

王二狠狠地瞪了他一眼，并拉了拉他的袖子，生怕他再说蠢话，接着就领他走了。那个农民在他们身后喊道："明天想好了我会来的。"

话是这么说，其实他的意思是非得和老婆商量不可，不过要一个男子汉承认自己把老婆的话挺当回事，那未免太丢人了，于是为了给自己留点面子，他只好那样说。

当天晚上，他和老婆说了这件事，第二天他就到城里那两兄弟住的地方去找他们，他在那儿和他们争争吵吵、讨价还价，就像当年王龙买这些地时那样。那时，王龙为了买这家的地也是费尽了口舌，现在，这家的房子已经荡然无存，只剩下了一堆破砖烂瓦。他们最后总算讲定了价钱，比原先王二的要价低三分之一，这个价格还算公道。那个农民很乐意出这个价，因为这个价正好和他老婆讲的一样，他老婆曾经交代他，实在降不下价来，就可以按这个价买下。这块地的买卖就这样成交了，这个农民问道："钱怎么付，是付银子，还是付粮食？"

王二立即答道："一半付银子，另一半付粮食。"

王二是这样想的：有了粮食还可以倒卖一两次，再弄出点钱来，而且这也不算揩他弟弟的油，因为他毕竟花了气力去倒腾粮食，从中得点利润也是理所当然的事。谁知那个农民却说："我可凑不齐那么多银子。我先付三分之一的银子和三分之一的粮食，剩下的等明年过完秋再给你粮食。"

王大一本正经地转了一下眼珠，然后说："可是你知道明年天气怎么样？能下多少雨？我们怎么知道明年到底能不能得到你的粮食呢？"

这个农民低声下气地站在他的地主——两位城里人——面前，未曾开口先咂了一下嘴，然后耐心地答道："我们种地全靠老天保佑，你要是怕不保险，最好还是把地收回去。"

最后还是按那个农民说的办法定了，第三天，农民带来了银子，他不是一下子把银子掏出来的，他分了三次把银子从怀里掏出来，每包银子都用蓝布裹着的。每次掏银子，他的动作都很慢，脸上露出痛苦的表情，很艰难地把银子搁到桌上，仿佛很伤心。他的确心疼得很，这些银子凝聚了他多少年的心血和汗水啊！为凑够这笔银子，他东抠一点，西抠一点，东借点，西借点，平时要不是精打细算、省吃俭用，根本凑不足这笔银子。

可是，在王家这兄弟俩眼里，除了银子，什么也看不到。他们在收据上盖了印，那个农民叹了口气，离开了他们。王大带着轻蔑的口气说："嗨，这帮乡下人总是这副样子，总说他们日子过得多苦，挣得多么少。可是我们谁想象不出他是怎样挣银子呀？我敢说，他挣这点银子根本不是什么费劲儿的事情！他们能从地里这么一大笔一大笔地敛银子，以后非好好地敲他们一下不可！"

说完，他捋起袖子，搓搓那双白嫩的手，捧起银子再让银子从指头缝中流下去，他那手指头很胖，而且像女人的指头一样，每个关节那儿还有个小窝窝。王二收起了银子，王大挺不情愿地看着他收。王二又快又熟练地把银子又点了一遍，尽管早已点得清清楚楚了。他像店员那样干脆利落地把银子分成十两一包，用纸封好。王大很不情愿地看着老二把银子一包包封好，最后他带着期望的口气问道："我们用得着把银子都给老三送去吗？"

"要送去，"王二冷冷地答道，他也看出了他大哥的那副馋相，"我们一定要马上给他送去，不然他的事就要吹。另外，我还得尽快把粮食卖了，准备好银子等他派人来取。"

可是老二并没有告诉他大哥，他打算把粮食倒腾一两次，这些商人们的把戏，王大是一窍不通，于是他只能坐在那儿叹气，眼睁睁地看着银子流走。他二弟走后，他在那儿坐了一会儿，感到很难过，感到自己穷得像遭了别人抢劫。

梨花对这一切是一无所知。王二这家伙比谁都精，他做任何事都从不向人透露，即便是给梨花捎去她的生活费时，他也不向她露一句话。根据王虎留下的话，老二必须每月给梨花送去二十五两银子，她第一次接到这笔银子时，曾轻声地说："怎么多出来五两呢？我记得应该只有二十两呀，要不是老爷留下的这苦命的孩子，我连二十两也用不了。这五两我可没听说过。"

王二回答道："拿着吧，我三弟说了要你收下，这是他那份里面的。"

梨花听到这话，马上点出五两银子，把银子推到一边，手颤颤悠悠的，好像害怕被银子烫着，她说："我不要这个钱——除了我该得的这份，我什么都不要！"

起先，王二还想硬是要她收下，但是，接着他想到借钱给他三弟去闯天下对他说来是多大的一种风险，想到他自己辛辛苦苦来回奔走却没得到任何报酬，他也想到了三弟闯天下的事很可能失败。想到这一切之后，他抓起了梨花放在桌上的银子，小心翼翼地放到怀里，然后用他细小、平静的声音说道："好吧，这样也好，既然大姨太已经拿了那么多，你少拿点也行，我去跟三弟说。"

　　看到梨花这副脾气，他最终忍住了没说，连她住的这房子也是属于老三的，因为她陪着傻丫头住在这儿，对他们都有好处。他走了，从此再没跟梨花多说过什么话，而梨花除了偶尔有事去城里同他们见过一两次面之外，也没再到城里去见过王家的人。有时，多半是两个季节交替之际，她倒是见到过王大。春天，王大来给佃户们称种子，当然，实际上他不过是高高地往那儿一站，称种子的事全是他雇来的帮手干的。另外，在收获季节到来之前他也会来估估产量，这样他就可以知道佃户们是否在骗他，因为佃户总是向他抱怨年景不好，雨太多了或雨太少了，等等。

　　王大一年要来去跑好几趟，每趟都热得满头大汗，因为累，脾气也不好，见到梨花也不过哼哼两声算是打过招呼。尽管每回见到他，梨花都恭恭敬敬的，不过，她总是尽可能不和他讲话，因为他越来越粗俗邋遢，而且总是色眯眯地偷觑女人。

　　看到王大经常来来回回，她以为土地的情况还是老样子。王二照看他自己的地和他三弟的地，也没人想着要告诉她点什么。她这个人沉默寡言、性情孤僻，除了小孩，别人很难同她搭上话，因为这一点，尽管她人挺温顺的，人们还是有点怕她。除了最近刚结识的几位尼姑，她几乎没有任何朋友。这几位尼姑所在的尼姑庵离得不远，灰砖的房子，坐落在一片青翠宁静的柳林之中。她们来为她讲经，她高高兴兴地接待，她们一走，她就惦念她们，她希望能多背会一些经文，好超度王龙的亡灵。

要不是王大家的驼背儿子，梨花可能永远也不会晓得卖地的事。就在那个农民买头一片地的那一年，"驼背"远远地跟在他爹后面，因此王大到地里的时候并没发现有人跟着。

"驼背"这个孩子脾气特别怪，和大院里哪个孩子都不一样。他一出世，他妈就讨厌他，谁也不知是为什么，也许是因为他不像别的孩子那么红润健康，那么讨人喜欢，或者是因为她怀他和生他时心情烦躁。因为不喜欢他，所以她马上雇了个奶妈来奶他。奶妈也不爱他，为了他，奶妈没法照看她自己的孩子了，奶妈说这孩子的眼睛里有股子邪气，那神情根本不像这么小的小孩应该有的。她还说这孩子毒得很，吃奶时故意咬她。有一回，她抱着他喂奶，突然尖叫一声，把他扔到了院子里的砖地上。人们出来问是怎么回事，她说孩子咬她奶头直咬得流血，说着就敞着怀让大家看，她没瞎说，奶头真的在流血。

从那时起，这孩子就开始驼背了，似乎他全身向上长的劲儿都聚到背上这块疙瘩上了。人人都称他"驼背"，连他父母也这么叫他。知道自己是个可怜虫，家里又有别的儿子，没人为他操心，连书都不用读，一点事儿也不必做，于是，他很小就学会躲避人，特别是躲避那些老拿他的驼背开心的孩子。他常常独自在街上徘徊或是悄悄跑到老远的乡下去，走时一瘸一拐的，背上还得驮着那堆重重的包袱。

那天是收割的日子，"驼背"悄悄地跟在他父亲后边，尽量不让他看到，他知道他父亲在这种日子里脾气总是很坏，因为他非去地里不可。他跟踪到土屋附近时，他父亲从土屋边上走过去了，他却想看看是谁坐在土屋的门前。

原来那是王龙的傻女儿，她像平时那样坐在那儿晒太阳，从体格上看，她毕竟已经是个成年女子了，再说她都快四十岁了，已经有几丝白发了。但她仍然是个可怜的孩子，只知道坐在那儿做鬼脸、折衣服角。"驼背"惊奇地望着她，因为他从来没见过她。于是，他也开始对她做鬼脸，笑话她，当他捻手指发出噼啪声时，那可怜的家伙吓得喊出声来。

梨花跑出来看是怎么回事。一见到梨花，"驼背"急忙一瘸一拐地跑到小竹林里躲起来，像个野生的小动物似的偷偷地向外张望。梨花已经知道他是谁了，她淡淡一笑，微笑中透出凄凉的神情。接着，她从怀里掏出一块小甜饼，她经常揣着这种小甜饼，用来哄那个傻姑娘，这个傻子有时候会莫名其妙地突然发起拗脾气，不肯听话。她也掏了一块饼给"驼背"，他开始呆呆地瞪眼看着她，最后终于从竹林中爬出来，抓住甜饼一口塞进嘴里。她连哄带劝地终于把他弄到门口的一条长凳上坐下，坐在她旁边。她看到这可怜的"驼背"歪歪扭扭地坐下了，她也注意到，在背上重负的压迫下，他那张脸显得十分瘦小、疲乏，他的眼光深沉，充满了忧伤。她除了知道他个头瘦小，根本看不出他究竟算是大人还是孩子。她伸出胳膊搭在他弯曲的脊背上，然后用充满怜悯的语调，轻轻地说："告诉我，小弟弟，你是不是我老爷的孙子？我听说他有一个孙子和你一样。"

这个孩子郁郁不乐地甩开她的胳膊，点了点头，摆出一副又要走的架势。她用好言好语劝他，并且又给了他一块小甜饼，然后微笑地对他说："我觉得你嘴这一块长得很像我那死去的老爷，他就埋在那边的枣树下面。我很想念他，我真愿意你常常到这儿来玩，因为你长得有点像他。"

居然有人愿意要他去玩，"驼背"可从来没听到第二个人对他讲过这样的话，以前，尽管他也是富家子弟，他却总是被弟兄们推过来搡过去的，连仆人们也不把他当回事，总是到最后才伺候他，因为他们知道"驼背"的妈妈不喜欢他。他可怜巴巴地看着梨花，嘴唇开始颤抖，突然他哭起来了，尽管他自己也弄不清为什么要哭，他一边哭一边说："我希望你别逗我哭了——我也不知道我为什么要这样哭——"

为了安慰他，梨花用手臂揽住他那隆起的脊背，尽管他嘴上不会这么说，但是他感到这是他得到过的抚爱之中最甜蜜的一次，他不知不觉地感到受到了极大的安慰。可是梨花并不是一直在可怜他，在她眼里，他的背似乎变直了，变得同其他的小伙子一样了。从这天以后，"驼背"就常常到土屋来玩，反正没有人会留意他上哪儿去了或在干什么。日复一日，"驼背"的灵魂受到了洗礼，她对他的确有一套办法，她使"驼背"觉得她要依赖他，为了照顾好傻子，她需要他的帮助。以前，任何人都没有找

"驼背"帮过任何忙，这样一来，"驼背"渐渐变得文雅起来，随着时间的推移，原先他身上的那股邪气消失了。

要不是这个孩子，梨花也许永远也不会知道卖地的事。这个孩子倒也不是有意把这件事透露给她，他是什么事都对她讲，东聊西聊。有一天，他说："我有个哥哥要当兵了。我三叔以后要当大将军，我哥现在跟着我三叔学当兵哩。我三叔以后还要当皇帝，到时候我哥就在他手下当大官，我听我妈跟我说的。"

他说话时，梨花正坐在门边的一条长凳上，一边看着远处的田野，一边轻声轻气地说："你三叔真的那么行吗？"她停了一下，又接着说："我倒希望他不当兵，因为打仗太残酷了。"

可是，这个孩子大声嚷道："他当然行啦，他一定会成为最伟大的将军。我觉得，一个士兵要是勇敢，当上英雄，那是一个男子汉能做的最了不起的事！他要是成功了，我们都跟着沾光。在他成功之前，我爸和我二叔每个月都给三叔捎银子，来我家取银子的是个豁嘴的大个子，样子可难看了。不过，这些银子，将来三叔都要还给我们的，我听到我爸跟我妈说的。"

梨花听到这话，心里升起一小片疑云，她沉思片刻，然后装着好像是纯粹出于好奇，随便问问一件不要紧的事情那样，细声问道："我不明白，哪来那么多银子呢？是你二叔从他店里借的吗？"

这孩子为自己知道那么多事情而有几分得意，便傻乎乎地答道："不是，他们把我爷爷的地卖了。我经常看到那些农民到我家来，从怀里掏出一个小布卷，打开小布卷，里面都是银子，银子倒在我爸爸屋里的方桌上，像星星那样，闪闪发亮。我见到好多次了，我站在一边看，他们也不管我，因为我是最不值钱的。"

梨花突然站起身来，"驼背"不解地看着她，因为她平时动作一向是很慢很轻的，她也注意到自己失态了，于是十分温和地对他说："我刚才突然想起一件事——非办不可的事。我走开的时候，你能帮我照顾一下傻丫头吗？除了你，交给谁我都不放心。"

能为梨花做这件事，"驼背"感到很得意，他根本不记得自己刚才说了些什么话。梨花在收拾东西准备上路时，"驼背"有几分得意地坐在那儿，手里拿着傻子的一件衣服。梨花看到他在那儿坐着，于是顺手拽出一件黑色上衣，就急匆匆地穿过田野出发了。在这两个可怜的人身上不知有一种什么东西，在这种情况下居然还能拉住梨花，让她再回头看他们一眼，而且能叫她把心事放在一边，冲着他们俩露出一丝微笑，虽然有点凄凉，但却是温柔的微笑。但是她不得不抓紧时间赶路：即便她满怀爱意地看着这两个她所爱的人，事实上除了他们，她现在谁都不爱了，她胸中的愤怒仍要冲出来；即便她的愤怒往往是平静的愤怒，也是一种强有力的愤怒，她的心怎么也静不下来，除非她找到老大老二，问明白他们究竟是如何处置他们父亲留下的好地的，也就是王龙临死前再三叮嘱他们要留给后代的那些好地。

她在田间狭窄的小路上匆匆走着。路上只有她一个人，除了远处一两个穿蓝棉布衣服弯腰种地的农民，路两边什么人都看不到。看到这情景，她的眼里噙满了泪水；这些天来，她的眼泪很多，出来得很快，因为她又想起了王龙。以前，王龙也经常在这些小路上走过来走过去，他十分珍爱他的土地，有时他会抓起一把土在手心里翻过来倒过去，他爱地爱到都舍不得租出去，即便租出去也最多租一年，因为他要保住自己的地——可是，现在他的儿子们竟然把他的地卖了！

虽然王龙已经去世了，但他一直和梨花生活在一起，对她说来，王龙的灵魂始终在这些土地的上空盘旋，她相信，如果地真的被卖掉了，王龙肯定会知道的。的确如此，不论白天还是晚上，常常会有一阵凉风向她面孔袭来，或是一阵旋风沿着路边刮过去，因为这种风很厉害，谁都觉得害怕，据说，这一定是死者的灵魂刚刚从这里经过。每当梨花脸上感受到这种风的时候，她总要抬起头来微笑，因为她相信这风很可能就是王龙的灵魂。王龙这个老人对她说来就像父亲一样，但是比她的亲生父亲还要亲，就是她亲生父亲把她卖给王龙的。

怀着这种王龙就在她身边的感情，她继续急匆匆地在田间穿行。她看到地里的庄稼长得很好，五年没闹灾荒，今年看来也不会。地里的麦子被侍弄得不错，长势喜人，不过离收割还有些日子。她经过一片麦地，突然一阵小风刮来，麦田里卷起一串涟漪，银白色的，又光又滑，像有人用手抚摸过。她心里纳闷这是一阵什么风，甚至她对自己此行的目的都有点犹豫了，随着那阵风消失在麦田里，麦子恢复了平静，她的心才又平静下来。

她走到了城门口。那里有许多卖水果的小贩，她低着头只管往前走，从不抬头看别人。谁也没有注意到她，她又小又瘦，也不像从前那么年轻了，她穿着一件黑褂子，又没涂脂抹粉，男人们哪一个都不会去看她的。她就这样往前走着。万一有什么人注意到她那张平静而苍白的面孔，那么他怎么也想不到这个女人心中蕴藏着极大的愤怒，想不到她会下决心去痛斥老大老二，想不到她会有这样的勇气。

走到城里老大的大院门口，她没有通报就直接闯了进去。看门的老头儿正在打盹儿，嘴巴半张着，露出他那稀稀落落仅有的三颗牙齿。梨花走进去时，他吃了一惊，不过一看是他认得的梨花，于是没管她，又接着打盹儿了。她按原先想好的，直奔王大的家，因为尽管她从心里不喜欢王大，但是，要感动王大总比说服贪婪的王二希望更大一点。她知道王大这个人蠢是蠢一点，不过有时心并不那么坏，很少故意使坏，如果不需要太麻烦他的话，他有时倒也肯发发善心。可是，老二那双冷冰冰的小眼睛可真叫她发怵。

她走进了前院，有一个男仆在院子里待着，像在等什么东西，另外一个挺漂亮的丫鬟从屋里偷偷地出来，想捂住这个男仆的眼睛。梨花客客气气地对这个丫鬟说："孩子，告诉你们太太我来了，有点事找她，不知她能不能见我。"

王龙死后，王大的太太对梨花似乎友好了一点，反正比她对荷花友好得多了，因为荷花太粗野，说话太随便，梨花就从来不那样讲话。在后来全家人聚会时，王大的太太甚至会对梨花说这样的话："你跟我毕竟要比跟别人近乎得多，因为咱俩的心眼比他们好，比他们善。"

后来她还对梨花说："有时间过来跟我聊聊尼姑们讲的关于菩萨的事情。这一家人中，就咱俩是真心诚意信佛的。"

她这么说是因为她听说梨花在离土屋不远的尼姑庵里听尼姑讲经。因此，梨花现在先来找她，那个漂亮的小丫鬟不一会儿就出来了，一双眼还在那儿东张西望，想看看刚才那个男仆还在不在。她对梨花说："太太说叫您进去，在大厅里坐着等她一会儿，她念完经马上就来。她每天早上一定要念经的。"

于是，梨花走进大厅，在大厅一侧的一张椅子上坐下。

王大这一天正好起身很晚，因为他头天晚上到城里一家饭馆赴宴去了。宴席颇为讲究，上等的好酒不算，每位客人身后还有一位漂亮的歌女陪着，专管斟酒、唱歌助兴、陪客人说话及做客人要她做的其他任何事情。王大美美地吃了一顿，酒也比平时喝得多，陪他的歌女是一个最漂亮的、讲话嗲声嗲气的姑娘，看上去不过十六七岁，但她那风骚劲儿倒像有十多年陪客经验的老手。王大喝得实在太多，到第二天早上他还记不起来前一天晚上的情景，他走进大厅时，脸上挂着笑容，边打哈欠边伸懒腰，根本没注意到厅里有人。实际情形是，王大这天早晨对什么都不留心看，心里还在美滋滋地回想头天晚上那个姑娘同他调情的样子：她悄悄地把她那凉凉的手指头伸进他衣领后面，轻轻地挠他的脖子。想到这里，他心里盘算着要去问那位做东的朋友这姑娘住在哪里、是哪家酒店的姑娘，他要找到她，看看她究竟是干什么的。

他大声地打着哈欠，把双臂伸过头顶伸了个懒腰，然后拍拍大腿使自己清醒得快一点。他就这样逍遥自在地步入大厅，身上只穿了一件绸子睡衣，赤着脚，蹬着一双缎面的拖鞋。接着，他的目光忽然落到了梨花身上。一点不错，就是梨花，她穿着一身灰黑的褂子，一声不吭地、笔直地站在那儿，像个影子一样，然而她的身子颤抖得厉害，因为她十分厌恶这个王大。他绝没想到会在大厅里见到梨花，急忙把双手放下，闹得连这个懒腰都没伸舒服，他又仔细瞪眼看了她一下。发现的确是她，他便尴尬地咳嗽了一声，然后挺客气地说道："没人告诉我大厅里有人。我太太知道你来了吗？"

"她知道了，我叫人告诉她了。"梨花说，一边说，一边向他鞠了一躬。接着，她便犹豫起来，她暗自思量道："我现在就说，把我想说的话对他一个人先说出来，这样或许更好一些。"于是，她开始急急忙忙地说起来，比平时讲话快得多："我其实是来见大少爷您的。我痛苦极了——我都不敢相信这件事是真的。老爷生前说过：'这地千万不要卖。'但是，现在你们在卖地——我知道你们在卖地！"

犁花只觉得一阵红潮慢慢涌上脸颊，她一下子气得不得了，控制不住自己，哭泣起来。她咬住嘴唇，抬眼盯着王大，她十分讨厌他，简直都不愿正眼看他一眼，但现在为了王龙，她居然这么做了，即便如此，她所看到的也只是王大那脖子上黄黄的肥肉，那是因为衣领没扣好而露在外面的，还有他眼睛下面耷拉着的眼泡肉以及他那完全翻在外面的发白的厚嘴唇。当王大见到梨花的目光落在自己身上时，他不知所措了，因为他特别害怕女人发火，于是，他转过身去，好像是为了体面起见必须把扣子扣好。然后他回过头来，急急忙忙地说："你别听人家胡说——根本没这回事！"

梨花更加激动了，谁都没有见她这么激动过："不，肯定有这回事——告诉我这件事的人是个从不撒谎的人！"她不能说出她是从哪儿听来的，她担心王大要打他那驼背儿，因此她没说出"驼背"的名字，她接着说，"我真没想到老爷的儿子会这么不听他的话。我是个软弱的女人，你们谁也不把我当回事，但是我还是要说，我要告诉你们，老爷会替自己报仇的！别以为老爷离我们很远，他的魂灵就在他的土地上空，他要是发现地被卖了，他一定会想办法教训那些不听话的儿子的！"

　　她讲这番话时，语气有些异样，眼睛瞪得很大，眼神十分严肃，嗓音低沉而阴冷，这么一来，王大真有点莫名其妙地害怕起来。别看他块头挺大，其实他最容易被人吓唬住了。谁都别想劝他晚上一个人到墓地去，他嘴上不说，但是心里真的相信那些关于鬼魂的故事；尽管他可以装作没事似的一笑了之，但从心里讲，他是相信这些鬼故事的。因此，当梨花讲完这番话，他急忙说："就卖了一小块地——那是我三弟的，他等着用银子，再说他一个当兵的，要地也没有用。我保证以后再也不卖了。"

　　听完这话，梨花刚要张口说话，谁知王大的太太进来了。这天早晨她怨气很大，对王大非常恼火，因为他头天晚上喝得醉醺醺地回来，还一个劲儿谈起他所见到的这个那个女人。一见到王大，她便轻蔑地看了他一眼，王大连忙大大咧咧地点头微微一笑，装作什么事也没发生过。然而，他在偷偷地察言观色。他暗自庆幸梨花在这儿，因为他太太比较顾面子。有梨花在场，她说话毕竟会有所顾忌。于是，他的口齿又开始变得伶俐一点了，他还正儿八经地摸摸桌子上的茶壶，看看茶还热不热。他说："啊，正好，孩子他妈来了，你看这壶茶够热了吗？我还没吃早点，正准备到茶馆去喝点茶。那我就走了，不打扰你们了——我很清楚，女人们在一起总要谈点我们男人不便听的东西——"他干笑了几声，他太太依旧一言不发，还冷冷地瞥了他一眼，搞得他很狼狈，于是他赶紧哈着腰溜走，因为走得太快，他身上的肉都颤悠起来了。

王大在场时，王大太太什么也没说，只是端坐在椅子上，离着椅子靠背好远，她是一向不靠在靠背上的，她一直等到他离开为止。她看上去真是一副太太的架势，穿一件平滑的缎子衣服，蓝灰色的，头发梳得油光光的，盘得好好的，尽管离午间还早着呢。这时候，大多数的太太可能还躺在床上翻身，或者伸手去拿茶杯喝头一口茶呢。

看到自己男人走了之后，她长叹了一声，然后板着面孔说道："没有一个人知道我和这个男人过的是什么日子！为了他，我献出了自己的青春和容貌，而且不管日子多么难过我也从不抱怨，即使是在我生了三个儿子之后，即使是在他娶了一个小户人家的女儿、一个我可能雇来当丫鬟的女人之后，我都没抱怨过。尽管我看不惯他的做法，但是他所做的一切，我都容忍了。"

她又叹了口气。梨花看到，尽管王大太太的举动不免带点装腔作势的成分，但她的确是够伤心的。为了减轻她的忧愁，梨花说道："我们谁不知道您是位贤惠的太太呀！连尼姑们都对我说您学礼拜仪式学得真快，比她们教过的任何一个做杂役的尼姑都学得快。"

"她们是这么说的吗？"王大太太高声地问，心中十分高兴，接着她便说她读了哪些祷文，一天读几遍，以及她如何发誓吃素，凡人为什么应该严肃地考虑关于未来的事，因为在痛苦的人生循环再次开始之前，所有的人最后不是在天上休息，就是在地狱里受罪，善有善报，恶有恶报，等等。

　　她就这样滔滔不绝地聊着，梨花一边听她讲，一边考虑她能不能相信刚才王大所做的不再卖地的保证，对她说来，要相信他的话真是挺不容易的。猛然间，她觉得疲倦得很，于是她抓住王大太太喝水的空隙，站起身来，轻轻地说道："太太，我不知道大少爷是不是把他做的事情讲给你听了，不过，假如您有机会，我希望您把他父亲的临终嘱咐再跟他讲讲，那就是，地千万不能卖掉。我的老爷辛苦了一辈子才搞到这么些地，他希望子孙后代有个安身立命的根本，刚到他儿子这一辈就开始卖地，这总不是件好事情。太太，我求您帮帮我，劝劝他！"

　　这位太太的确不清楚王家究竟卖掉了多少地，不过她总是喜欢摆出什么都知道的样子，于是她蛮有把握地说："你不用害怕，我不会让我男人去做什么不该做的事的。如果说卖地，那肯定是三弟那些离城里很远的地，三弟有计划，他要当将军，还要让我们都飞黄腾达，他更需要的是银子，而不是地。"

　　梨花又一次听到别人说这样的话，她感到放心了一点，她想，这一定是真的。她离开时心里好受了一点。她鞠了一躬，轻轻地道别，对王大太太一副顺从的样子。她走后，王大太太感到很得意。梨花回到了土屋。

王大在他去的茶馆里见到了他二弟。王二正在那儿吃午饭，王大重重地坐到他二弟独自吃饭的那张桌子旁边，愤愤地说道："看起来，男人简直没办法摆脱女人的唠叨，好像我自己家的麻烦还不够似的，我们父亲的小姨太梨花竟然也跑到我这儿来，说她听到了卖地的事，她吵吵嚷嚷地要我向她保证再也不卖地了！"

王二看了他哥哥一眼，接着，他那张平滑的薄脸皮微微现出一道曲线，算是微笑。他说："这种人说话，你理她干啥？让她说去好啦！在我父亲这个家里，她是最微不足道的，她没有任何权力。别理她，要是她再跟你谈起地，你就跟她扯别的事，就是别谈土地的事。你可以跟她扯东扯西，但一定要让她看到你根本不愿理她，因为她没有权力做任何事情。她也该知足了，每月有银子，还让她在土屋里住下去。"

此时，店小二拿来了账单，王二仔细看了一遍，在心里算了一下，发现没错。他掏出了所需的钱，不过付钱时，他慢慢吞吞的，好像总觉得别人多收了钱。然后他冲他大哥略一欠身就走了，王大一个人留下吃。

不管他二弟怎么说，和他二弟坐在一起时，王大还是有点闷闷不乐。他真有点害怕，他担心梨花讲的话有什么其他意思，梨花说过，老爷即使死了，也离大家很近。他越想越不对劲儿，于是他叫来了店小二，要了一盘清蒸螃蟹，想借此宽宽心，忘掉那些令他烦恼的事。

第九章

　　王虎两三次派那个豁嘴的亲信到他哥哥那儿去，两三次，那个豁嘴的人都带着银子回来了。他把银子裹在蓝包袱布里，往肩上一挎，就像背着点不值钱的衣物，他穿的蓝布衣裤都很破烂，光着脚，穿着双草鞋。无论是什么人，要是见了这个背着小包袱在尘土飞扬的路上慢慢晃悠的人，准认为他是个普通老百姓，而绝对想不到他背的竟是银子。不过，如果看得略微仔细一点，也能看出点破绽，那么小的包袱怎么把他累得满头是汗呢？幸好也没有人那么仔细地看他，他穿得那么破烂，除了那个豁嘴，他那张脸也没什么特别之处。偶尔有人看他两眼，也是因为那豁嘴实在太难看了，还有那两颗露在外边，像从鼻子里长出来的大牙。

　　就这样，"豁嘴"把银子平平安安地带到了王虎那里。王虎存够了能用三个月的银子，便定下了起事的日子。他发出秘密信号，准备追随他的人马上得到了命令。在秋收之后、北风南下之前一个没有月亮的夜里（直到快天亮时，天边才出现一弯新月），王虎的追随者一个个从床上爬起来，离开了他们原先的老司令。

总共有一百人在夜里爬起来，人人都悄悄地起身，一点声响都没有，然后卷好铺盖，打成背包背在肩上，如果有枪，就把枪拿上。如果能顺手牵羊抄上身边士兵的枪支当然再好不过，但是恐怕不容易，因为一般说来士兵睡觉总要用身体压住枪支，一有动静，他便会惊醒，大叫起来。这是因为枪支很贵重，卖一杆枪可以换回一堆银子。有时赌钱输得太厉害了，士兵就会想到卖枪，或因好几个月没仗可打，又没去抢掠而发不出军饷的时候，当兵的就会琢磨卖枪了。士兵要是丢了枪可是个好大的罪过，因为枪支都是老远从国外运来的。这天晚上，这帮爬出来的士兵除了自己的东西，只多搞到了二十支枪，因为那些当兵的睡觉太警醒了。不过，就这些也不错了，至少可以增加二十个新兵。

这一百个士兵全是老司令手下的精兵强将，是年轻士兵中最英勇善战的一批。他们之中很少有南方人，几乎全是北方内地省份的人，全是些胆大妄为的亡命之徒。王虎相貌堂堂，身材魁伟，很容易就赢得了这批人的拥戴。他的沉默寡言、说来就来的火爆脾气和那股子凶狠劲儿，都令他们佩服。他们佩服他，还有一个原因是老司令越来越不行，又老又胖，上马都要两个人扶他踏上脚蹬子。老司令这副德行实在没法叫年轻人佩服，于是他们决定抛弃老司令，追随新英雄。

那天夜里，一接到信号，每个人都立即起身带上枪，有马的牵上马，准备出走。信号很简单：感到右脸蛋被轻轻拍三下之后，就得马上起身，挎上子弹袋，带上枪，有马的骑马，没马的步行，到五里之外一个山顶上的集结点集合。那里有座旧庙，除了有一位上了岁数、老眼昏花的隐士在那儿住着，没有任何人。房子虽然破旧一点，但总可以住人，王虎准备在那里把他们训练成一支军队，然后带领他们打到他所选定的地方。

王虎已经把一切都准备好了。几天前，他派他的亲信"豁嘴"和自己的麻脸侄儿去做安排，他们预备了几坛酒放在庙里，还准备了些生猪、家禽在原先僧人的住处，他们还关了三头肥公牛。这些都是王虎从附近的农民家买的，他是个诚实的人，该付多少钱就付多少钱，他不像有些当兵的那样乱抢穷人的东西。他叫他的亲信规规矩矩地付了钱，把牲畜赶到山上的庙里面，叫他侄子留在那儿当看守。

他的那个亲信还买了三口大铁锅，然后用脑袋顶着把三口铁锅一口一口都搬到了山上。他又用庙里的破破砖砌了三口炉灶把锅支上。别的东西他一样也没多买，因为王虎心里只想早早离开这个地方，跑到远远的北方去，到了那儿，老司令也就奈何他不得了。不过，他也不想离北边的京城太近，免得过早同政府军发生冲突；政府军有时要出来收拾王虎这一类的军阀的。尽管如此，王虎对哪头都不怕。老司令这头是没几天可威风的了；政府这头也没什么可怕，因为这时候旧王朝垮了，接替它的新王朝还没出现，所谓政府军是十分虚弱的，盗贼蜂生，干戈四起，军阀们为夺取最高权力拼命混战，谁都控制不住他们。

那天夜里王虎来到这座庙里，身边还带着王大的儿子。到底该怎么对付这个胆小怕事、萎靡不振的小伙子,对他来说简直是一个难题。那个"麻子"倒是乐于冒险,叫他干什么他都高高兴兴地去干,这个白面书生则是能躲就躲。王虎大声呵斥,叫他快点跟上,他在他三叔后面,边爬边发抖。王虎点燃火炬一看,这小伙子满身是汗,王虎轻蔑地冲他嚷道:"这是怎么回事? 什么也没干,你哪来的一身汗啊?"

可是他说完就走了,也并不想听他侄子的解释。他在夜色中大踏步地往前走,小伙子跌跌撞撞地跟在后面。

走到山顶通往旧庙的关口处,王虎找了块石头坐下,他叫小伙子先到庙里去帮忙准备些吃的。他一个人坐在那里,等那些答应投奔他的人到来。不一会儿,他们三三两两、十个八个、成群结队地来了,王虎见到他们非常高兴,和他们一一打招呼:"嗬,你来啦!"他大声叫道:"嗬,好棒的小伙子!"

投奔他的人沿着庙前小道那破败的石阶走上来。一听到他们的脚步声,王虎便举起手里冒烟的火炬,把火炬吹着。在火苗的亮光下,他高高兴兴地迎接他的部下。一百个人就这样集结在一起了。人都到齐之后,王虎便分派他们干活,他下令杀鸡杀鸭、宰猪宰牛。一听说要干这事,他们个个都兴高采烈,要知道他们已经有好些日子没吃肉了。有的人把炉灶生着,弄得旺旺的;有的人到附近的山涧去担水;还有些人杀猪、杀牛、剥皮、切肉。给鸡鸭褪毛之后,他们便从庙周围的树上找来一些带枝杈的青树枝,把鸡鸭穿在上边,整个儿地放在火上烤。

一切准备停当之后,他们便在庙前的平地上摆开了宴席,石缝中的野草顽强地向上长，已经把石头都撑裂了。平地的中央有只一人多高的铁鼎，满身是锈，看来是有年头了。此时天已大亮，初升的太阳把阳光倾泻在他们身上，凉飕飕的山风使他们感到更饿，他们聚在一起畅怀大笑，闻着香喷喷的肉味，急不可待地大嚼起来。人人都吃得饱饱的，到处是欢笑声，因为他们觉得在他们年轻勇敢的新头领的领导下，新的更美好的一天开始了。这个新头领将带领他们去占据新的地盘，那里有吃有喝有女人，有血气方刚的男子汉所需要的一切。

在稍稍吃了几口垫垫肚之后，他们便打开酒坛的封口，给每个人的碗里都倒满了酒。他们喝啊，笑啊，一会儿提出敬这个一碗，一会儿提出敬那个一碗，大多数都是敬他们的新首领的。

那位老眼昏花的隐士在外边的小竹林里惊奇地看着这帮人，嘴里不断嘀嘀咕咕；他瞪眼看着这帮人拼命地吃喝，心想，这帮家伙一定是魔鬼。当他看到他们撕开烤得香喷喷直冒烟的鸡鸭时，他的口水流了出来。但是他不敢出来，因为他不知道这帮人是干什么的，怎么会突然间来到这片宁静的山林。三十多年来，他一直独自居住在这儿，靠一小片地养活他自己。有一个士兵，吃饱喝足之后，顺手把他啃过的一块牛腿骨扔了，这块骨头正好落到小竹林边上。老隐士把这一切都看在眼里，于是，他伸出瘦骨嶙峋的手一把抓住骨头，悄悄地带进竹林，二话没说就啃了起来。他一边啃一边颤抖，可能是因为这么多年来他从未吃过肉，现在都已不记得肉味是什么样的、肉是多么好吃了。他什么也不顾了，只顾在那儿嗍骨头。虽然他已经有点糊涂了，但是在嗍骨头的时候，他心里也明白，对他来说，这是一种罪孽。

他们吃饱了，吐得满地都是骨头。这时，王虎一跃身跳到一只石头乌龟的背上。平台的一边，有一棵高大的刺柏，石乌龟就伏在这棵刺柏旁边。这只石乌龟原先是名门望族的墓地的标志，它的背上还驮着一大块碑石，上面刻有称颂死者的碑文。但是后来那棵刺柏往上生长的劲儿太大了，终于顶翻了碑石继续往上长，而倒在一边的碑石已经裂开，上面的碑文也因长年日晒雨淋而变得无从辨认了。

王虎跳上这只石龟，站在上面往下看着他的部下。他手握剑柄，脚踏龟头，威风凛凛地站在那里，两道黑眉毛紧蹙着，露出骄横的神情，两道目光炯炯有神，寒气逼人。他看着属于他自己的这批人时，热血沸腾，全身就像要爆炸一样，他心想："这些是我的人啦——是发誓要效忠我的人。我终于盼到了这个时刻！"他那洪亮的嗓音穿过了寂静的山林，在庙前的空地上回响："我的好弟兄们！我就是这样一个人！我和你们一样是穷人。我爹是种地的，我也是种地的。但是在种地之外，我另有一种命运，于是，很小的时候我便从家里出来，加入了老司令的革命队伍。

"弟兄们！起先，我做梦都想打仗，杀尽那些贪官，老司令当初也是这么说的。但是，他这个人胸无大志，大家也都知道他变成了一个什么样的人。我觉得不能再替他卖命了。我看到老司令的那套革命没给我们带来什么好处，我也看到现在到处是贪官污吏，人人都在为自己拼命，于是我想，我应该把老司令手下那些最卖力气又得不到好处的弟兄召集起来，自己去闯出一块天地来——一块没有贪官污吏的天地。不用我说你们也清楚，当官的没有一个是好的，说是什么父母官，可是老百姓被这些当官的压得抬不起头、直不起腰。从前就是这样的，五百年前就是这样的，英雄好汉们就是要劫富济贫。我们也要这么干！弟兄们，英雄好汉们！跟我干吧！我们同生死、共患难！"

他站在那儿，用低沉的嗓音喊出了上述这番话。他的目光闪动着，望着面前蹲在地上听他讲话的弟兄们，他那两道粗眉像两面摊开的小旗，忽高忽低，变换着他脸上的表情。他讲完话，所有的人全站起来，高呼："我们发誓永远跟着你！"

这时，有个爱开玩笑的家伙尖着嗓子喊道："嗨，我说，他真像个黑眉虎啊！"

王虎的确像只黑眉虎，他个儿很高，比较瘦，行动敏捷，下巴较窄但颧骨又高又宽，眼睛亮亮的，很有神，还透出几分野气。眼睛上面是两道粗黑的眉毛，它们往下生长，几乎挡住了双眼，因此当他把眉毛往下一压的时候，他那双眼睛就好像从山洞里往外看人，而他一扬眉毛，一双眼睛就从眉毛下边蹦了出来，整个面孔突然间大了许多，真像跳出来的猛虎。

听到这话，大家都放声大笑，接着这个人的话头大声嚷道："对啊！老虎，黑眉虎！"

可怜的老隐士在一旁听见他们大喊老虎，不知是怎么回事。这一带山里有时是听得到虎啸声的，老隐士最怕老虎了。听他们这么一嚷，他在竹林里东张张西望望，然后连忙跑回庙后边他平时睡觉的小屋，插上门，一骨碌爬上床，用被子蒙住头，躺在那儿边发抖边抽抽搭搭地哭开了，后悔刚才尝了那块牛骨头。

　　王虎也真有老虎一般的谨慎，他明白他的闯荡生涯刚刚开始，他必须时时警惕将要发生的事情。他叫手下的人睡一会儿，醒醒酒。他们睡下之后，他又叫了三个比较机灵的家伙出来，要他们乔装打扮一番。他叫其中的一个把衣服脱了，换一身破烂衣服，把脸抹得像叫花子那样又脏又黑，然后交代他到老司令驻军的城市边上的村里去讨饭，任务是弄清楚老司令是不是在准备对他们进行追击。他叫另外两个到城里的当铺弄一身农民的衣服，再搞一副挑子，买上点东西担到市场上去卖，边逛边留心周围人的谈话，听听他们说些什么，有没有说起老司令手下的精兵强将走了之后发生了些什么事或者会发生什么事。到了关口那里，王虎又派出他的亲信"豁嘴"，叫他到附近的乡下去仔细观察，如果有大批人马在附近活动，他就立即回来报信。

　　送走这几个人，等其他人醒酒起身以后，王虎便开始清查兵力。他坐下来用毛笔在纸上记下现有兵力的人数、枪支弹药数，以及士兵们衣服、鞋子的情况，看看是否适于长途跋涉。他命令士兵列队从他面前走过，以便他仔仔细细地观察每一个士兵。他发现，除了他那两个侄子，共有一百零八个棒小伙子，没有一个年纪太大的，而且其中只有几个人身体不太好，当然红眼睛之类的小毛病没有计算在内，这种谁都可能得的小病根本不算病。当士兵们从他身边慢慢走过时，他们惊讶地看着王虎在纸上做着记号，在这些士兵中，只有两三个人是识字的，因此他们对王虎更是钦佩不已：没想到，除了打仗，这家伙还有这么两下子，能把字写到纸上，过后看还能知道是什么意思。

王虎查点清楚了，除了士兵之外，他还有一百二十二支枪，每个士兵的子弹袋都是满的，另外还有他从老司令仓库里捞的十八箱子弹。这些子弹是他叫他的亲信一箱一箱背上山来的，就放在庙里的菩萨后面，因为这一处的屋顶最好，漏的地方最少，而且菩萨正好可以挡住从裂开的门缝中溅进来的雨水。

至于服装，士兵们目前身上的衣服穿到冬天到来之前是没问题的，每个士兵还都有一床被子。

王虎很满意自己目前的装备，剩下的食物还够他们吃三天的，他计划当晚开始行军，尽早赶到他在北方的新地盘。即便不讨厌南方，他也要开拔到另一个地方去。因为老司令太懒了，在这儿一蹲就是十多年，逼老百姓给他纳粮交税，把老百姓刮得囊空如洗，所以王虎怎么也得换块新的地盘。

他也并不想和老司令为这块老地盘大动干戈，他只想把队伍带到他老家那一带去。他老家的西北方向有一片山，他的队伍可以驻扎在山里，万一被逼得太紧，他还可以把队伍带到更深的山里去，那里山高路险人也野，即便是军阀，也不大去的，除非被逼到走投无路的地步。倒不是说王虎现在已经到了走投无路的时候，他现在觉得他面前的路宽得很，只要他敢闯敢干，闯出点名气来，今后他什么大事干不出来？

这时候，派出去探消息的人回来了。其中一个说："人们到处在传：'老蜂窝出乱子了，新蜂王又带着一批杀出来了。'人们都害怕得要死，他们说，他们已经被榨干了，这一块地可喂不饱两拨子兵啊！"

假扮叫花子的那个人说："我偷偷地逛到原先的兵营去了，我把脸抹得又黑又脏，谁也没认出我来。我一边讨饭，一边听，一边看。兵营里乱了套，老司令在那儿大喊大叫，一会儿命令别人做这事，一会儿又说，算了，还是做那事。他都给气糊涂了，脸变得像个紫茄子，都没个正形了。我壮着胆子往里走，离他已不远，只听见他气得大喊：'真他妈没想到，黑眉毛小子会这样！我那么相信他，什么都不瞒他。人们还老说北方佬比我们老实！我恨不得把这小子穿起来烤着吃了！这个贼！这个贼小子！'他开口闭口都说要他的人拿上枪找到我们，和我们干！"

这个人停下来喘了口气，他正好就是尖着嗓子讲话、爱开玩笑的那个家伙，他又接着说，嗓门越来越高，边说边咧着嘴笑："可是，我一看啊，就连一个动换的也没有！"

听到这儿，王虎微微一笑，他知道他什么都不用担心了，那些当兵的已经快一年没拿到军饷了，他们之所以还愿意留在那儿，是因为即便待着啥都不干也有饭吃。但是若要他们打仗，那就得先给他们付钱，王虎知道老司令真到这节骨眼上又舍不得掏钱出来了，于是过上一两天，他的气消下去之后，他也只好再去和他的女人鬼混，那些当兵的就知道吃了睡，睡了吃。

王虎遥望北方，他心里明白他谁都不用怕。

第十章

王虎允许他的士兵美美地吃喝了三天，直吃到他们吃不下，直喝到酒坛底朝天。吃饱睡足之后，他们一个个精神抖擞，生龙活虎。这些年来，王虎一直和当兵的生活在一起，他很了解这些人。他知道应该怎么管好这些身强力壮、普普通通、愚昧无知的士兵，他知道怎么了解他们的性情，利用他们的性情，怎样做到看上去给他们一点自由但又能不失去控制，随心所欲地摆布他们。此时，士兵们为一点小事吵得不可开交，其实不过是睡觉时不小心，一方压了另一方的腿而已。有些兵士开始想女人，追女人，到了这种时候，王虎知道应该来点厉害的新玩意儿了。

他又一次跳上石龟，双手在前胸一叉，开始训话："今晚太阳一下山，我们就要开始行军了。每个人自己照顾好自己，万一有什么人还想回到老司令那里去吃吃睡睡，那么请现在就走，我保证不杀他。但是，今晚开始行军之后，谁要是敢背叛我们的誓言，那我就用这把剑戳死他！"

讲到最后一句话时，王虎突然拔出剑来，快得就像划破天空的闪电。他用剑直指听他训话的士兵们，吓得他们面面相觑。王虎站在那儿等着，有五个年纪略大一点的士兵犹犹豫豫地相互看了一眼，又看了看王虎那把寒光闪闪的剑，一句话没说便爬出来，沿着下山的路走远了，消失了。王虎看着他们走下山去，手里仍握着那把闪光的剑，一动不动。他大喊一声："还有人要走吗？"

下面是死一般的寂静，所有的人一动不动。突然，人群边上站起一个细高挑身材的人影，躬着背，急急忙忙地准备离去。这个人是王大的儿子。王虎一看是他，大喊一声："你不能走，蠢货！你爹把你交给我了，你不能想走就走！"

他边说边把剑插回剑鞘，同时轻蔑地说："我才不会用这把宝剑去蘸你的血呢！我要狠狠地揍你，就跟揍孩子一样！"这个小伙子终于站住了，像平时那样耷拉着脑袋。

王虎这时用平时的口吻对大家说："这事就到此为止。看好自己的枪，把鞋带、腰带系紧，今晚要走远路呢。为了不让别人发觉，我们白天睡觉，夜里行军。每进入一块新地盘，我都会告诉你们控制这块地盘的老爷叫什么名字，万一别人问我们是干什么的，你们一定得说：'我们是散兵游勇，打算投奔这里的老爷。'"

这时，太阳已经下山，仍有点白日的余晖，但是已经看得见星星了，没有月亮。士兵们衣衫不整地走过了出山的关口，每个人背上背一个包袱，手里拿一杆枪。王虎把多余的枪支交给那些他了解和信赖的人，现在追随他的人中间有不少是没有经受过考验的，丢一个人不要紧，丢一杆枪可不得了。马匹将他们带到山下。在踏上北去的大路之前，王虎停下来用他那严厉的口气说："我不发令，谁都不准休息。天亮之前，我会挑一个村子让你们住下，在这之前不会有长时间的休息。到了村里，你们可以吃点、喝点，由我付钱。"

说完，他翻身跃上马背。他这匹马很高，枣红色的，骨骼很粗壮，鬃毛长长的还带点卷儿，这是匹蒙古马，相当健壮，耐力也好。这天晚上有必要用这匹马，因为王虎随身带了不少银子，带不了的他已经交给他比较相信的人，其他人也都分别带了一些，不过数量不多，这样，万一有人经不起银子的诱惑，那么也不会损失太多。尽管自己的马很健壮，王虎也不让马跑得太猛，总用缰绳勒着点，让马慢慢地走。他这个人心很善良，总惦着后面那些没有马骑而步行的士兵。他的两个侄子跟在他的左右，他们骑的毛驴是王虎为他们买的。毛驴的小短腿当然赶不上王虎那匹大洋马的步伐。总计三十多个人有马骑，其余的人步行，王虎把骑马的人分成两拨，一拨在前，另一拨在后，步行的人在中间。

他们就这样在宁静的夜色中一里一里地走着，王虎不时叫他们停下来稍微休息一会儿，他一个命令，队伍就又继续朝前走。他的士兵个个身强力壮，毫无怨言，乖乖地跟着他走，因为他们对他寄予很大的希望。王虎对他们也很满意。他暗暗发誓说，只要他们不辜负他，他就绝不辜负他们，有朝一日飞黄腾达了，他一定不忘记提拔这批最早的追随者。看着这些人对他如此信赖，简直像孩子信赖那些钟爱他们的亲人一样，王虎的心头不由得生起一丝柔情，他这个人只能这样悄悄地流露他的柔情：在经过一片草地或墓地前的刺柏树林时，他就让他们多休息一会儿。

他们一连走了二十几个晚上，白天就在王虎指定的村庄歇息。进村之前，王虎一定会打听清楚谁是那块地盘的头领，万一有人问起他们这帮人是干什么的、准备上哪儿去，王虎总是早就预备好一套应付的词儿了。

他们每到一个村子，老百姓见了他们就像见到了瘟神，不知这帮散兵游勇要住多久、他们爱吃什么、喜欢什么样的女人。王虎因为刚拉起队伍，很有点雄心壮志，所以对他的士兵管得很紧。另外，由于他本人对女人十分冷淡，谁要是在这上头出错，他就更加恼火。他说："我们不是强盗、土匪，我也不是强盗头儿！我要闯出一条比当强盗更好的路子，我们靠的是高超的武艺和正大光明的手段，不能靠欺负、敲诈老百姓。需要什么东西，规规矩矩去买，我付钱。每个月给你们饷银。但是，千万别去惹人家良家妇女，偶尔花两个钱和窑姐儿玩玩是可以的，但是也要尽量少去。当心，别去找那些太便宜的，她们闹不好有花柳病，染上可就麻烦了，千万别找那些女人。不过，要是叫我知道我手下的人勾搭有夫之妇或强奸人家黄花闺女，那我是非杀不可，没有二话的！"

王虎说话时，每个士兵都静静地听着、想着，要知道王虎那双炯炯有神的眼睛在眉毛底下盯着他们呢！他们也明白，尽管王虎心很善，但是真要杀人，他也绝不会含糊的。这帮年轻人口中嘀嘀咕咕，对王虎十分钦佩，这些天来，王虎确实不愧为他们心目中的英雄。他们高呼："嗨，老虎！嗨！黑眉虎！"他们就这样继续行军，或按王虎的命令停下来休息，人人都心悦诚服地听从王虎的指挥，即便心中不服，也绝不敢流露出来。

王虎之所以挑选离他家乡不太远的地方作为他队伍的大本营，是有许多原因的。其中一个原因就是可以离他两个哥哥近一点，在他有自己的税收之前，他的两个哥哥答应每个月给他一笔银子，如果离他们近一点，银子就来得保险些，不用担心在路上被人劫走。另外一点，万一他遭到突然的惨重的挫败，如果老天爷不帮忙，这种事对任何人都是可能发生的，那么他至少可以躲到亲戚中间，他的家族很大也很有钱，这样他就会平安无事。于是，他带着队伍坚定不移地向着他哥哥们所在的那座城市挺进。

在他们就要看到城墙的前一天，王虎对他的士兵很不耐烦，因为他们一接到晚上行军的命令，总是磨磨蹭蹭的，不想动身。王虎也听到了一些他们的抱怨，有一个说："得了，有许多事要比虚名实惠得多！我不知道当初我们到底该不该跟着这样一个凶神恶煞的家伙！"另外一个说："有时间睡觉，用不着整天跑路，总归比现在这样好，即便吃得少一点，也比这样好！"

这些士兵的确累了，他们已经不适应这样的长途跋涉了，近几年来，老司令一直养尊处优，他那松松垮垮的毛病也传染给了他的士兵。王虎很清楚这帮人是多么喜怒无常、愚昧无知，他在心中诅咒他们：马上就到目的地了，他们倒抱怨开了。但是，他忘记了一点：他高高兴兴、心满意足地回到了北方，又吃到了死面饼子，闻到了新蒜头的香味，他的士兵对这些玩意儿可并不熟悉啊。有天半夜里，他们在刺柏树下歇息，他的亲信——那个"豁嘴"，悄悄地对他说："依我看，该找个地方给他们连放三天假，好好吃一顿，再略微多发点银子。"

王虎一听就跳起来了，他大声喊道："你把那个扬言要掉队的家伙给我找出来，我非毙了他不可。"

可是"豁嘴"把王虎拉到一边，心平气和地轻声说道："别这么说，别发火。这些人只不过是些孩子，只要稍微给他们一点甜头，他们的劲头就来了，只要很小一点甜头就可以了，比如一盘肉、一壶新开的酒或者放一天假让他们好去赌钱。他们就是这么简单的人，说高兴就高兴，说伤心就伤心。跟您不一样，他们的心眼还没有开窍呢，他们就知道惦记明天的事，多一天的事他们也不去想。"

"豁嘴"是站在一片淡淡的月光下向王虎求情的。他们出发时还是新月，现在月亮又圆了，在月光下，"豁嘴"的样子十分可怕。不过，王虎已经考验了他多次，证明他的确忠心耿耿，因此，在他眼里已经看不到他那裂开的嘴唇了，他只看到一张普通的黄面孔和一双谦卑而又忠实的眼睛，王虎信任他。尽管王虎不太知道他究竟是谁，但还是信任他。"豁嘴"这个人从不谈他自己的情况，经再三追问，他最多也不过说："我的老家离这儿很远，我就是告诉你地名你也不会知道的，太远了。"

谣传他曾经犯过罪。据说，他原先有个很漂亮的妻子，他妻子看不惯他的相貌，便找了一个相好。"豁嘴"有一次将他们俩双双抓获，杀了他们就逃出来了。传说是真是假谁也说不清，不过有一点是真的："豁嘴"开始靠拢王虎不为别的，就是因为王虎既凶狠又漂亮，正因为他漂亮，对于这个又穷又丑的人才是一件稀世珍宝。王虎也感觉到了"豁嘴"的这种爱，王虎之所以把他看得比其他人都高，就是因为"豁嘴"追随他纯粹是出于爱，既不争地位又不计报酬，甚至不要求任何回报，只要能待在王虎身边就行。王虎常常得益于此人的忠诚，对他的话，王虎往往听得进去。王虎觉得"豁嘴"这次又说对了，于是他走到士兵们休息的刺柏树下，他们个个累得筋疲力尽，正安安静静地躺在那里。王虎讲话的口气比平时要和蔼得多："好弟兄们，我们马上就要到我的老家了，离我出生的村庄不远了，这一带的路，无论大路、小路，我都很熟悉。这几天来，你们辛苦得很，但你们很勇敢、顽强，现在我打算好好犒劳一下你们。我要带你们到我家周围的几个村里去，就是不去我那个村子，那里的乡亲都是我家的亲戚，我不想打扰他们。我要买牛买羊，杀猪，烤鸭烤鹅，让你们吃个够。酒也有你们喝的，这一带最好的酒就是这里产的，是烈性白酒，酒味可冲啦。每个人还有三两赏银。"

这些士兵高兴极了，立刻起身，背上枪出发了，当晚他们经过了城里，王虎领他们到了他自己村子后面的几个村子。他们停下来，把人分成四组，分别住进了四个村子。但是，王虎不像别的军阀那样蛮横地住到村子里去，他首先亲自到一个个村子去和村里人商量。天刚亮，袅袅炊烟说明村里人正在做早饭，王虎找到村长，客客气气地对他们说："一切费用由我付，我的士兵绝不多看一眼不可以属于他的女人。你们村得住二十五个人。"

尽管王虎讲得客客气气，村里的老年人还是忧心忡忡，因为从前也有军队来过，他们说得好好的，结果一个子儿不给就走了。这些老年人斜着眼睛看看王虎，在门口商量时，他们一面嘀咕一面摸着胡子，最后，他们提出请王虎先交一笔定金。

　　王虎痛快地掏出了银子，这些人毕竟是他的乡亲。他把定金留给了每个村的长者。和他的士兵分手之前，他悄悄地对他们说："记住，这里的乡亲全是我父亲的朋友，这是我自己的地盘，老百姓看到你们什么样就知道我是什么样的了。说话要和气，买东西要给钱。谁要是看良家妇女一眼，我就宰了他！"

　　看王虎这么厉害，他手下的士兵全都大声保证照他说的办，并且赌咒发誓了一通。他们住下来之后，吃的东西也给他们预备好了，王虎马上付了足够的银子，这样一来，原先脸拉得老长的村民们终于露出了笑容。一切都办妥之后，他心情愉快地对两个侄子说："好吧，孩子们，你们的父亲见到你们会很高兴的，我敢保证，我也要好好休息七天，因为不久就要打仗了。"不管怎么说，到家了，心情总归是愉快的。

　　他掉转马头向南而行。路过土屋时他没有停，因为他并不是故意经过土屋的，他的两个侄子骑着毛驴跟在他后头。快到城里了。他们穿过旧城门，来到城里的大院。几个月来，王大儿子那苍白的脸上头一次露出笑容，他急急忙忙赶回家去。

第十一章

　　王虎在城里的大院里共住了七天七夜，他那两个哥哥像招待贵客那样招待他。他在大哥的院里住了四天四夜，王大竭尽全力博得他的欢心。王大所做的不外乎给他三弟提供一切他认为算是享受的东西，天天晚上陪他喝酒，带他去戏院、上茶馆，茶馆里还有歌女和弹琵琶的。不过，看起来王大与其说在招待他三弟不如说是在招待他自己，因为王虎这个人脾气很古怪，饭他是多一口也不吃的，吃完就一声不吭地坐着看别人吃，连酒也不肯多喝。

　　酒席上别人都高高兴兴地又吃又喝，直吃到浑身出汗，宽衣解带，甚至有人到外边转一遭大吐一通，回来还接着吃接着喝。王虎是不管什么好东西都不为所动，再好的汤、再好的菜，他说不吃就再也不吃了。海蛇由于数量很少，难以捕捉，所以价钱很贵，烧得美味可口的海蛇肉，他也不吃，连甜食也不吃，不管什么蜜饯、甜莲子，还有其他随时用来当零食吃的东西，他一概不吃。

尽管王虎也跟着他大哥到那些男人可以同女人打情骂俏的茶馆去，但是到了那里，王虎照样一本正经笔挺地坐着，腰上那把剑也一直佩着，从不摘下。他那双黑眼睛总是一动不动地看着眼前的一切，看上去他既没有不高兴，但也算不上高兴，他也从不评论哪个歌女嗓子好或哪个歌女长得漂亮。反过来，倒有那么一两个歌女注意到他了，他那粗犷劲儿和堂堂的相貌对女人很有吸引力。她们走到他身边，频送秋波，极尽挑逗之能事，甚至把她们的小手搭到他身上来。可是他照样坐着，一动不动，眼神也无动于衷，嘴唇阴沉沉地紧闭着。要是他开口讲话，那往往也是漂亮女人很少听到的话，比如，他也许会说："唱的是什么呀？叽叽喳喳跟鸟叫似的！"有一回，一个长得挺娇嫩的小姑娘浓妆艳抹地走到他跟前，两眼勾魂似的盯着他，软绵绵地唱了起来，王虎竟大声喊道："我不爱听，讨厌！"说完起身走出茶馆，王大只好也跟着出去了，其实他真舍不得放弃这么精彩的好戏。

　　王虎像他母亲，不善于辞令，一般没必要的话他都不说，但是一旦张口，他的话往往是直言不讳的，到后来人们反倒怕他开口了。

　　有一回王大的太太来看他，他就实话实说地来了一通。王大的太太见他的目的是想为她的二儿子说两句好话。有天下午，她来了，王虎正在屋里喝茶，王大在一张小桌上喝酒。她扭扭捏捏地走了进来，显得十分谦卑，她鞠了一躬，装腔作势地笑了笑，没怎么看这两个男人。刚才王大见她进来，慌忙抹了一下嘴，给自己倒了一碗茶，而没从温酒的锡壶里倒酒。

她一双小脚迈着颤巍巍的步子走进屋来，满脸哀怨的神情。她挑了个下座坐下，王虎站起来让她坐上座，她没有动。接着她开始说话了，嗓音轻微、细弱，最近她要是不发火就老是用这种嗓音讲话的。她说："不啦，他三叔，我知道自己的身份。我只不过是个软弱没用的老婆子。我忘不了这一点的，万一我忘了，你大哥也总会提醒我的，你看他现在相好的女人，哪一个不比我好，哪一个不比我有能耐？"

　　她边说边用眼角瞥了一眼王大，王大吃不消了，开始微微冒汗，接着含含糊糊地说："太太，您说哪儿去啦？我什么时候——"

　　他心里开始琢磨，是不是最近干的什么事已经让她知道啦。他的确结识了一个歌女，年纪很轻，有点忸怩，是在一次酒宴上认得的，后来他就常去看她，按时给她一些钱。他是想给她在城里什么地方买间屋子，让她住下。眼下好些人都是这么做的，因为真娶一个小老婆弄到家里免不了有不少啰唆事，但他又很喜欢这个女的，舍不得放手，至少想多玩一阵子，所以这也算是个法子。但是，这事还没办成，因为这歌女的妈还活着，她是个贪心的老太婆，嫌王大开的价太低。细细一想，王大觉得他太太不可能知道这事，还没办成的事她怎么会知道呢？他又用衣袖抹了一下脸，故意将目光从她身上移开，咕噜咕噜喝起茶来。

　　这一回，王大太太倒没有琢磨他，她根本没理他的嘟哝，接着往下说道："我自己跟自己说，虽说我只是个女流之辈，但我毕竟是我儿子的妈，我应该专程来看看他三叔，谢谢他三叔对我那没用的二儿子的照应。我这几句谢谢在他三叔眼里，也许什么都算不上，不过我做自己应该做的事，心里是高兴的，因此，不管多难，我还是来了。"

说完，她又看了王大一眼，王大挠挠头，傻乎乎地看着她，吓得又是一身汗，他不知道她往下要说什么话，再说，他这个人胖，动不动就出汗。她接着说："我这就算谢过您了，他三叔，话是不值钱，不过这可是真心诚意的。说到我儿子，我得说一句，要是有谁值得你关心、提拔，那就准是他了。这个孩子心最善，最文静，最好，脑子又聪明！我是他的妈，别人说，在妈眼里儿子总归是好的。话是这么说，不过我还是想告诉你，你大哥和我的确把我们最好的儿子托付给你了。"

王虎一直静静地听着，别人讲话时他一向是不插话的。他自始至终看着王大的太太，但是他看人的样子有点特别，让人不知道他到底是不是在听，只有等他答话之后才知道。他答话了，他的答话是一针见血、直截了当的："要真是这样，嫂夫人，那我真为你和大哥感到难过。我从来没见过像他这样害羞、这样虚弱的小伙子，胆子比母鸡的还小。你们要是把大儿子给我就好了。这孩子有点倔，这倒没事，我可以训练他，说不定可以把他打造成一个好兵，倔点不要紧，听我的就行。可是你们老二成天就知道哭，带着他就像带着个滴水的漏斗一样。他这个人没脾气，反倒没法训练，不好造就。说实话，大哥二哥的这两个孩子我都不喜欢，你们家这个太软、太腼腆，他那点机灵劲儿也都叫眼泪冲走了；二哥那个孩子身体是够壮实的，可他太没心眼，成天光知道傻笑，跟个小丑似的，小丑混得再好也不过是个小丑。现在需要孩子，我自己却没有，真的太糟糕了。"

不知道对这番高论，王大的太太将如何评论，但这可把王大吓得够呛，因为这么些年来，谁敢跟她这么说话呀。她的脸憋得通红，刚张开嘴要说话。然而，还没等她说出声来，她大儿子突然从帘子后面冲了出来。他在帘子后面听了半天。他急切地嚷道："噢，让我去，妈妈！我要去！"

这个一表人才的小伙子站在他们三人面前，急切的目光在他们三人的脸上扫来扫去。他身穿一件淡蓝色的长衫，就是富家子弟们都爱穿的那种孔雀毛颜色，鞋是进口皮子做的，手指上戴着一枚玉石戒指，他的发型是最新的式样，往后梳得光溜溜的，还抹了喷香的头油。他的脸很白，和别的有钱人家的少爷一样，他也不必到大太阳底下去干活，他的手和女人的手一样柔软。尽管他长得很漂亮、很白，但是看得出来，他还是结实的，他的眼睛里流露出急切的神情。他一注意，动作就十分迅速，他往往忘记了城里年轻人的时髦脾气：懒散和对什么都满不在乎。看来只要他心中燃起欲望的火苗，他就会像现在这个样子：把懒散和消沉的情绪一扫而光。

他妈妈不顾一切地拼命嚷道："别胡说八道！你是长子，你父亲百年之后，你就是一家之主。我们怎么能让你去当兵打仗去送死呢？为了你，我们什么都舍得，送你上学，专门请老师教你，我们连送你到南面的学校去读书都舍不得，怎么舍得叫你去当兵打仗呢？"看见王大耷拉着脑袋一声不响地坐在那儿，她火了："嗨！他不是你的儿子呀？全靠我一个人呀？"

王大有气无力地说："孩子，你妈说得对，她一向是对的，我们不能叫你冒这个险。"

没想到这个十九岁的小伙子居然跺脚号啕大哭起来，他跑到门旁用脑袋撞起门框来，他哭喊道："不让我干我想干的事，我就吃毒药！"

王大夫妇不知所措地站起身来，王大太太大声叫大少爷的仆人来。仆人惊慌失措地跑来之后，王大太太便对他说："快带少爷到外边去玩玩，散散心，看他的这阵火气能不能消下去！"

王大急忙从钱袋里掏出一大把银子，塞到他大儿子手里，说道："拿着，孩子，去买点什么你喜欢的东西，或是去玩玩，干什么都行！"

开始，这孩子推开银子，似乎不愿意接受这种安慰，但是男仆在一旁再三哄他、求他，过了一会儿，小伙子好像挺勉强地收下了银子，接着他一边狂奔一边大喊大叫地表示愿意离开家，愿意跟他三叔走，在家叫人牵来牵去的滋味他受够了。

事过之后，王大太太一下瘫坐在椅子上，叹了口气，气呼呼地说道："他老是有那么股倔脾气，我们真不知拿他怎么办好，他比我们给你的老二要难调教得多！"

王虎一声不吭地目睹了刚才的这一切，他说："有脾气的要比没脾气的好调教！如果你们把他交给我，我准有办法对付他，他之所以敢那么大吵大闹，是因为你们平时没立下好规矩。"

王大太太可实在听不下去了，他居然说她儿子平时没有教养好。她正儿八经地站起身来，边鞠躬边说道："你们兄弟俩肯定有不少话要说。"说完，她便出去了。

王虎看看他大哥，露出一丝怜悯的苦笑，兄弟俩沉默了一阵。王大重新开始喝酒，不过已经兴致索然，脸上一片愁云。他长长地叹了一口气，然后若有所思地说："有件事像个谜一样，我总也猜不透。年轻时挺温顺的女人怎么一上了点年纪就完全变了呢？变得整天吵吵闹闹、唠唠叨叨，简直不讲理，把人弄得头昏脑涨的。我发誓以后什么女人都不理了，女人全一个样，到时候第二个女人也会学头一个女人的样子。"他不无羡慕地看着他三弟，两眼露出大孩子般的忧伤，他伤心地说，"你命好，反正比我的命好。你既不受女人管，又不受地管。我身上像绑了一条绳子。父亲留给我的地就像一条绳子把我捆住了，我要是不管，全家就没有收入，这帮佃农可恶得很，一个个像强盗，成帮结伙和你作对，不管你这当地主的平时对他们多好、多公平。而我的管家——真要是老老实实的人，谁会去当管家？"他把厚嘴唇往下一撇，叹了口气，看看他三弟，又接着说，"你真是命好，你没有地，更没有女人缠住你。"

王虎以极为轻蔑的口气答道："我压根儿就不认得任何女人。"

他很高兴，四天终于过去了，他可以到二哥的院里去住了。

一住进二哥的院子，王虎就惊奇地感觉到这儿和大哥的那院完全不同，一种轻松幽默的气氛让人感到舒服，当然，孩子之间打打闹闹是免不了的。这些喧闹和轻松的气氛全都出自老二的那个乡下媳妇。这个女人天生就喜欢咋呼，一讲话满院都听得见。她满面红光，嗓音洪亮。她一天当中不知要发多少次火，一会儿用这个孩子的头去撞那个孩子的头，一会儿抡起那只袖子挽得老高的胳膊啪的一声扇孩子一个耳光，弄得从早到晚满院吵声哭声不绝于耳。尽管这样，她还是爱孩子的，不过是用她那种粗鲁的方式，比如，她会一把抓住从跟前走过的孩子，用鼻子使劲儿去蹭孩子的脖子。她用钱一向很省，不过有时孩子哭哭啼啼地跟她要一个铜板，说是要买块糖，或是从挑担的小贩那儿买碗甜羹，或是买串糖葫芦，她却总是痛痛快快伸手到怀里摸出铜板给孩子。王二就在这喧闹的院子里，一声不响地蹀来蹀去，脑子里盘算着各种秘密的计划，他总是很满意自己的计划。他和他老婆日子过得挺太平，各自都还满意对方。

这些天来，王虎还是头一次把他的宏图大略暂且搁在一边，当他的士兵休息、吃喝的时候，他住在哥哥的家里，王二的家里有一种他所喜欢的东西。他终于明白为什么同样出自王家，他那麻脸侄子总是那么乐呵呵的，而另一个侄子却总是胆小害羞。他感觉到了王二夫妇之间和孩子们之间的那种满足感，尽管他们很少洗澡，而且仆人们除了让孩子们白天吃好、晚上睡好之外，对别的事一概不管。可是这帮孩子个个都乐呵呵的。每一次看到孩子们东跑西颠的情景，王虎都不免为之一动。有个五六岁的孩子，王虎最喜欢，他长得最白、最胖，不知怎的，王虎总想亲近他。可是，当他犹犹豫豫地向那个孩子伸出手去，或是给那个孩子一枚铜板时，这个孩子马上就不笑了，咬着小手指愣愣地瞪着他，然后便摇着头跑开了。尽管他勉强笑笑，不当一回事，但是遭到拒绝使他很难过，好像那孩子是个大人。

王虎等着过完这七天。由于无所事事，他就想得更多，看到两个院里那么多孩子，他又一次感到自己美中不足：没有儿子。想着想着，他不免想到了女人。他还是头一次自由自在地生活在这么一个家里，这儿有太太、女仆、丫鬟走来走去。有时，他看到苗条的女仆背对着他正在做什么事情，心里竟突然会泛起奇异而甜蜜的感情。他想起当他还是个年轻小伙子的时候，梨花也是这个样子，也是在这个院子里。可是，当这女仆转过身来，王虎看到她的脸之后，他以前的那种迷惑又出现了，实际情形是这样的，这个年轻人的情感之泉已经堵塞，一见到女人，他的心就会自行关闭，于是他便躲开了。

有一天下午，王虎无所事事，心里依旧怀有那种奇异的感觉，他突然想起应该去拜访一下荷花，因为以前他见到梨花，多数是在荷花的那个院里，他想再看看那些房间和那个院子。于是，他去拜访荷花，在去之前先派了一个仆人去通报。荷花从牌桌旁站起身来，她刚才正和她几个朋友打牌，她们是附近大户人家的老太太。不过，王虎不会久坐的。他扫了一眼屋子，想起了它原先的样子。接着他后悔到这里来了。他站起身来，烦躁不安，想马上走。荷花不理解他在想些什么，她大声说："哎！别走啊！我这儿有一罐甜姜，还有甜藕，好多你们年轻人爱吃的东西！尽管我老了也胖了，但是还没忘记你们年轻人是什么样的，一点也没忘！"

说着她把手搭到他胳膊上，边笑边用媚眼看他。他突然生起一股反感，站起身，行了个礼，找了个借口就匆匆离开了。他听见那个女人打牌时的笑声，这笑声一直跟着他，直到他走出院子。

他去过荷花那里之后，他的回忆反使他更加不安。他想，他的生活不在这里，而是在远方，他必须出发。等他给父亲上完坟，他就要马上远远地离开这里。上坟是一定要去的，尤其是在出远门之前。

于是，第二天一早，也就是他回家的第六天，王虎对他二哥说：“我打算到父亲坟上去烧点香，我不能再住下去了，不然我手下那些兵该变疲沓变懒了，还要走好长的路呢！关于我需要的银子，你怎么说？”

王二说：“没什么，还按原先说好的，我每月给你银子就是了。”王虎不耐烦地嚷叫起来：“放心！我以后全都会还你的。我上坟去了。你叫两个孩子做好准备，今晚别吃太多也别喝太多，明天天不亮我们就动身。”他走了，心里想最好别带老大的那个儿子，可他又不知该怎么推托，生怕大哥说他偏心眼儿。他从家里捎上了一把香就上坟去了。

王虎和他父亲过去一向不和，王虎从小就恨他父亲，因为他父亲一定要他守住他那点地，而王虎从小就对地有一种仇恨。至今他仍然仇恨土地。他快走到那座属于他的土屋了，他也恨这座土屋，尽管这是他童年时代的家。他从来没爱过这座土屋，因为这曾经是他的牢笼，他从前还以为他永远也飞不出这个牢笼呢！他没有走近土屋，他绕了一个圈，穿过一片小树林，来到他们家坟地的小丘旁。

他快步走近坟地，忽然听到了哭泣的声音。他心想：这会是谁呢？当然不会是荷花，她肯定在家里打牌。他蹑手蹑脚地慢慢靠近墓地，从树枝的缝隙中偷偷向外张望。他看到了一幅他从未见过的画面。梨花正依在他父亲的坟头，随随便便地坐在草地上，从她坐的姿势可以知道，她认为周围没人，可以痛痛快快地哭一场了。王虎的那个傻子姐姐坐在离梨花不远的地方。王虎已多年没见到他姐姐了，她的头发差不多完全白了，脸上皱巴巴的。她坐在秋天的阳光下，正在玩一小块红布头，一会儿叠起来，一会儿又打开，微笑地看着被阳光照射后显得分外耀眼的红色。一个瘦小的驼背男孩子坐在一旁，手里抱着一件傻姑娘的衣服，看他那副忠心的样子，就可以知道他是在做一件他所爱戴的人交代他的事情。他噘着嘴，满脸忧伤地看着梨花，看她那副伤心的样子，他都快哭了。

王虎站在那里惊呆了，他听着梨花低声地抽泣，那抽泣声仿佛来自她心灵的最深处。听着听着，他再也听不下去了，对父亲的旧恨又复活了。他把香往地下一扔，转身急匆匆地走了。他边走边出着粗气，他自己不觉得，其实他每出一次气都是一声长叹。

他快步穿过田野，他只知道自己必须马上离开这个地方、这块土地——这个女人——他必须回到他自己的事业中去。他回去时，秋天的阳光十分明媚，但是他视而不见，看不到这迷人的秋色。

第二天黎明时分，王虎起身骑上他那匹红马。在凉爽的秋风中，红马显得有点急躁，它走得很快，蹄子重重地敲打着鹅卵石路面。老二家的"麻子"骑着毛驴跟在后面，他早上吃得很饱。他们俩绕到王大家门口去叫王大的儿子。他们刚到门口，只见一个男仆跑出来，边跑边喊："这叫什么事啊！真是这院的晦气啊！"他跑开了。

王虎觉得自己开始忍耐不住了，他大声喊道："什么晦气不晦气的？太阳都出来了，我还没有上路，这才叫晦气呢！"

那个人没有回头，王虎狠狠地咒了一句，然后对"麻子"说："你那个堂兄真是个包袱。快去告诉他马上出来，要不我们就不等他啦！"

"麻子"马上从小毛驴上跳下来，跑进去了，王虎也从马上下来，把缰绳交给看门的老头儿，让老头儿帮他拿着。他还没走进去，"麻子"已经跑出来了，脸白得跟鬼一样，喘得好像刚刚绕着城墙根儿跑了一圈。他一边喘一边说："他……他来不了啦——他上吊死了！"

"你说什么，小毛猴？"王虎说完便三步并作两步跑进他大哥的院子。

院子里乱成一锅粥了，男人、女人及仆人们都围在那儿。一片嘈杂声中，有一个女人的哭声特别响，那就是小伙子的母亲。王虎推开围在那儿的人，挤到人群中间，看到了王大。他脸色蜡黄，老泪纵横，双手托着他家二儿子的身体。这小伙子死了，手脚伸得直直的，躺在他父亲的怀里，脑袋向后耷拉着。他是把腰带套在房梁上吊死的。他和他哥哥睡在一间屋里，他哥哥是第二天天亮了才发现他出事的。他睡得很死，前一天晚上他喝了点酒，玩到很晚才睡。天蒙蒙亮时，他看见一样东西晃来晃去的，起先他还以为是件衣服，可又一想，怎么会挂在那儿呢？仔细一看，他吓得大喊起来，全院的人都被吵醒了。

有一个人把发生的事告诉了王虎，其他人在一旁七嘴八舌地做补充。听完，他站在那儿，带着一种非常奇怪、复杂的感情看着死去的侄儿。这时，他才觉得这孩子实在也很可怜，孩子活着时，他却从未有过这种怜悯之情。这孩子死了之后，更是显得又轻又瘦小。王大抬头看见他三弟在那儿，便哭诉道："我做梦都想不到这孩子宁肯死也不肯跟你走啊！你准是待他太可恶了，不然他怎么会恨你恨到这个样子！你是我兄弟，要不，我真想……真想……"

"不，大哥，"王虎以比平时温和得多的口气说道，"我并没有错待他。他好歹还有毛驴骑，好多比他年岁大的人只能走路。不过，要是早知道他有寻死的勇气的话，我怎么也应该把他教好的！"

他又站着看了一会儿。忽然，人群又骚动起来，原来刚才跑出去的仆人回来了。他带来了风水先生、道士等一帮人，他们是专门处理这类不幸事件的。在一片混乱中，王虎离开了。他独自在一间屋子里等着。

他等了一会儿，做完了弟弟在这悲哀的家中应做的一切之后，他骑上马走了。走的时候，他的心更沉重了，但是他强迫自己心肠硬一些，而且一遍遍地回想以前的事，他从来没有打过这个侄儿，也没错待过他。谁会想到他竟绝望到这步田地呢？王虎对自己说，这是上天的意思，没有人挡得住这个灾难，因为每个人的生命都是上天赐予的。他就这样强迫自己忘记这个面色苍白的小伙子，忘记他躺在父亲怀里脑袋向后耷拉时的那副模样。王虎对自己说："有儿子也不见得是好事啊！"

经过这样一番自我安慰，他感觉好受多了。他对"麻子"说："来吧，孩子，路还长着呢，我们得上路了！"

第十二章

王虎用皮鞭猛抽那匹马，让它拼命地跑。马在田野上飞奔，真像长了翅膀一样。天气倒正适合王虎的远征，只见晴空万里，秋风清劲。风里充满了活力。树枝在秋风中摇曳，树叶纷纷飘落。路上的尘土被秋风扬起。旋转的秋风扫过阳光普照的庄稼。王虎心中那股玩命的劲头就像这秋风一样，又上来了。他故意绕了一大圈，避开梨花居住的那座土屋，他在心中说："过去的一切已经结束，我要追求明天的荣耀！"

天已大亮，圆圆的太阳从田野的尽头冉冉升起。他看着初升的太阳，眼睛一眨都不眨，他觉得仿佛上天在他出发的这一天为他盖上了印鉴。他一定会成功，因为他的使命就是成功。

清早，他赶到了士兵们住的村子，"豁嘴"出来迎接，并对他说："您回来了，这可好了，这帮家伙吃饱睡足了，可是他们还想多逍遥几天。"

"吃过早饭把他们集合起来，"王虎大声说道："明天我们就动身。"

住在王二家时，王虎一直在考虑究竟到哪儿去建立他的统治，他也同他二哥商量过，他二哥这个人一向谨慎，不过很有头脑。看来，他们哥俩都觉得最合适的地方是邻省刚过省界一点的地方。那个地方离王虎的家乡比较远。因此，万一队伍急需什么物资的话，他也不必从自己的乡亲们头上刮；但是，离得又不是很远，因此，万一打了败仗，他又可以躲到老家去。另外，由于离得不太远，他每月所需的银子也可以比较安全地带到。那里的土地也是很好的，有些是山地，有些是平川，而且很少有灾年。万一需要撤退或隐蔽，可以利用那里的大山。除此之外，那里还有一条南来北往的旅客必经的交通要道，设上一个关卡就可以收到不少买路钱。那儿还有两三个镇和一座小城市，因此，王虎不必完全依赖种地的农民。还有一个优点就是那里的地盛产酿酒用的上等粮食，因此，老百姓不算很穷。

撇开上边讲的有利条件，要说障碍，只有一个，那就是那个地区现在已被一个军阀霸占了，王虎要想称王，就得先把他干掉，因为再富庶的地区也供养不起两个军阀。这个军阀叫什么名字、有什么背景、有多厉害，王虎一概不清楚，从他两个哥哥那里得不到确切的情报，只知道此人外号叫"豹子"，因为他的额头向后倾斜，像豹子的额头，所以得了这么个外号。他对老百姓敲诈得很凶，老百姓都恨他。

王虎明白，他要进入那个地区就得悄悄地去，不能大张旗鼓地开进去。他必须偷偷摸摸地进去，把手下的士兵三个、五个地分开，看上去像些散兵游勇，没什么大不了。他自己再到山里找一个地方作为退路，占据这个有利的地形之后，他再派人到山下了解敌情，看看他要打的军阀究竟是何许人，他到底要从谁手中夺取那块在他看来天经地义应该属于他的土地。

他按计划一步步行动。他的士兵已在村外集合完毕，一个个酒足饭饱，想同暖洋洋的太阳一争高下的凉飕飕的秋风对他们根本不起作用。王虎付清了一切费用，问村民们："我的士兵有没有干什么不该干的事？"他听到他们爽快地答道："没有，没有。要是当兵的都像这样就好了。"王虎听了之后很高兴。接着，他把士兵们带到离村子很远的地方，然后同站在他周围的士兵们说："那块地方到处是好地，要对付的军阀只有一个。那里还有你们尝都没尝过的好酒！"

士兵们高兴得喊叫起来："带我们去那里，我们早就盼着去这样的地方啦！"

王虎冷冷地一笑，回答他们说："这件事也并不容易，我们先得弄清楚这个军阀到底有多少兵力。要是他的兵力比我们强得多，那我们就要想别的办法，不和他去硬拼，你们每一个人都要成为探子，去看、去听。不能让别人知道我们来了和我们打算干什么。我先去看看在什么地方宿营，"豁嘴"到省界边上一个名叫太平谷的村子去。他在那里找一家我知道的客栈住下，这家客栈在马路尽里头，门口挂着一个酒幌子。他在那里等你们，告诉你们该在什么地点集合。你们三五个或七八个人一群散开，装成逃兵的样子，万一有人问你们到哪儿去，你就问‘豹子’在哪儿，说你们打算投奔他。我给你们一人三两银子买吃的。不过，有件事我再说一遍。要是让我知道你们当中谁欺负老百姓或调戏良家妇女，那么我不管他是谁，听到一个人犯这事，我就杀两个人。”

有一个士兵大声问道：“连长，我们什么时候才能自由，才能干当兵的可以干的事呢？”

王虎答道：“我下了令，你们就自由了。你们现在还没为我打过仗呢！仗还没打，怎么能拿赏银呢？”

那个当兵的不响了，想想有点害怕起来，因为王虎说发火就发火，抽刀拔剑动作很快，而且什么花言巧语都说不动他。不过，大家都觉得他很公正，跟随他的人都算是不错的，他们明白什么叫作公平。他们还没打过仗，这是事实，他们愿意等，只要有吃、有住、有钱就行。

王虎看着他们分成一个个小组，分组之后，他就给他们发银子。“麻子”骑毛驴，“豁嘴”骑一头王虎为他买的骡子，他们三人便朝西北方向出发了。

快走到自己他知道的那个地区时，王虎催马爬上一块高地，那是有钱人家的一大块墓地，从那里可以俯瞰整个地区。他脚下的这片地真好，只有一些很矮的小山头，大片的河谷地带全是新种的冬小麦，已经长出嫩绿的麦苗了。西北角的小山突然拔地而起，形成参差不齐的大山，在蓝天的衬托之下，山上的悬崖峭壁被勾勒得棱角分明。老百姓的房子星星点点，聚成了一个个村落，土坯房子都还挺结实，有不少家的屋顶新上了房泥，甚至有些砖瓦房子。在近处各家的院子里，他可以清楚地看到一垛垛的干草，他还听到远处传来母鸡下蛋后的咯咯声。一阵阵秋风把农民唱的山歌断断续续地传到他耳边。这片土地太好了，王虎急于知道它究竟有多好。可是，他不想骑着马穿着军人的服装踏进这块土地，免得过早地把打仗的消息透露给老百姓。他看好了一条通往大山的路，他和他的士兵可以先隐藏在山里，然后再神不知鬼不觉地摸清敌方的兵力。

小山上是墓地，小山脚下有个村庄，就是先前他跟士兵们提到过的省界边上的太平谷。村里有一条一里多长的大路，王虎骑马拐到了这条路上，"豁嘴"和"麻子"跟在他后面。这时候正是赶完早集的农民回村的时候，村里的茶馆里坐满了农民，有的喝茶，有的在吃面条，有小麦面的也有荞麦面的。他们座位边上往往搁了好些空篮、空筐。听到路上传来马蹄声，他们惊奇地抬头张望。王虎走过时，他们张着嘴，傻愣愣地盯着他看。王虎也回过头看他们，他想看看这里的人怎么样，结果使他挺满意的，这些人肌肉发达，肤色好，看来吃得不错。王虎对自己说，既然这块地方的水土能养育出这样的汉子，那么他肯定选对了地方。王虎虽然注意看了看那些当地人，但是他那副样子是很文质彬彬的，完全像一个途经此地的过客。

大街的尽里头有一家他听说过的酒店，他吩咐两个随从在外边等候。他勒缰下马，撩起门帘，走进酒店。里边没人，这是个只有一两张桌子的小酒店。王虎一坐下，就拍开桌子。一个小伙子闻声跑出来，一见王虎那副凶相，吓得又赶紧跑进去叫他父亲，也就是小酒店的老板。老板走出来，顺手用抹布抹了一下桌子，然后客客气气地说："老爷，您来点什么酒呢？"

"你们有些什么酒？"王虎反问一句。

店老板答道："我们有这一带新酿的高粱酒，这酒最好不过，都用船运到全国各地去卖呢。闹不好，京城里的皇上也喝这种酒哩！"

一听这话，王虎轻蔑地一笑，他说："难道你们这小地方的人真的不知道吗？现在早就没有皇上啦！"

一听这话，店老板的脸上露出恐惧的神色，然后悄声问道："没听说呀！几时驾崩的？还是叫别人夺了皇位，要真这样，那么谁是新上台的皇上呢？"

王虎想不到会碰上这么无知的人，他又用略带轻蔑的口吻答道："现在我们根本就没有新皇上啦！"

"那谁来管我们呢？"店老板惊讶地问道，那神情仿佛刚刚遭到了不幸。

"现在是混战的时候，"王虎说，"好些个军阀打来打去，还不知道谁最后争得上皇位呢！这种时候，谁都有可能一下子混上去！"

嘴上这么说的时候，王虎心里那种拼命地要往上爬的野心，突然又翻腾起来，他在心里大声说："怎么敢说我就混不上去呢！"当然，他并没喊出声来，他安安静静地坐在那张没油漆过的小桌边，等着上酒。

店老板端着酒壶来了，从他脸上那严肃的神情可以看出他很苦恼。他又对王虎说："人无头不走，鸟无头不飞，没有皇上可怎么得了呀？那不又要天下大乱了？老爷，您说的这事可太糟糕，您要是不告诉我倒也好了，您这么一说，我可倒忘不了这回事了。像我这样的小老百姓，怎么忘得了呢？这下子，不管村里多太平，我也要成天担惊受怕了。"

　　店老板沉着脸给王虎倒了一碗温好的酒。王虎并没搭腔，此时，他正在想着别的事，没工夫听这老头儿瞎叨叨。没用几口，王虎就把一碗酒喝下去了，这酒真冲，他只觉得酒像渗进了血液，随着血直冲到他脸上、头上。他喝了两碗就不喝了，付酒钱时又多买了一碗，端给外边的"豁嘴"喝。"豁嘴"感激不尽，双手接过酒碗拼命喝起来，馋得像条狗。喝到最后，他一仰脖把酒倒到嘴里，因为他的上嘴唇是豁开的，不好使。

　　王虎又返身回到店里，问店老板："你们这一带现在归谁管？"

　　店老板东看看西看看，发现的确没人，这才悄悄地对王虎说："归一个强盗头儿管，叫'豹子'，这家伙真是心狠手辣。我们人人都得给他缴税，不定什么时候，他就带着一帮无恶不作的歹徒来，把我们抢得一干二净。我们全都恨不得把他干掉。"

　　"那么，这儿就没人跟他斗吗？"王虎坐下后问道，那神情仿佛这事跟他没什么关系，他只是随便问问。为了装作更加无所谓，王虎又说："再给我沏一壶绿茶吧，这酒好像还在嗓子眼这儿没下去，烧得难受。"

　　店老板把茶端来后，对王虎说："没人和他斗啊，老爷。要是往上告有用，我们早就去告了。有一回，我们到县衙门去找县老爷。我们把这事跟县太爷说了，指望他派点兵再从上头借点兵，我们想，两股兵加在一块儿，或许能把这小子收拾了。谁想到这帮官兵也一样坏，住我们的、吃我们的，分文不给不说，还糟蹋我们的姑娘，到头来，我们反倒多了个累赘。这帮官兵还特别怕死，还没打两下就逃跑，结果，这帮强盗越来越横。我们只好又去求县太爷把官兵撤回去，最后官兵撤回去了。这下可惨了，许多官兵干脆入伙当强盗去了，说是没办法，老没有饷银，他们也得吃饭。我们的日子就更难熬了，因为官兵到哪儿都扛着枪呀！倒霉的事还没完，县太爷又派人来收税，不论种庄稼的还是做买卖的，一律得缴税，税是越来越重，还说朝廷为了保护我们老百姓花了不少银子，老百姓当然要交税。什么朝廷？他跟他的大烟枪就是朝廷。打那时起，我们就再也不求县太爷帮忙了，宁可过年过节给'豹子'送好些礼，只要他不来捣乱就行。幸好这两年年景都不赖，可老天爷也不会总这么开恩，真来个荒年，还不知该怎么办呢。"

王虎一边喝茶，一边仔细听店老板一五一十地讲。接着，王虎又问道："这个叫'豹子'的家伙住在哪里？"

酒店老板抓住王虎的衣袖，把他拉到酒店东面的小窗前。他伸出沾满酒渍、弯弯曲曲的手指，指给王老虎看："那里有一座大山，有两座山峰，名叫双龙山。两座山峰之间有一片山谷，强盗的老窝就在那里。"

这正是王虎最想知道的，但他装作无所谓的样子，一边用手擦擦嘴，一边大大咧咧地说道："这么说，我得当心点，千万不能走近那座大山。我得走了，往北走，回家去。这是给您的茶钱。这酒真跟您说一样，确实是上等白干。"

王虎走出酒店，骑上马出发了，两个随从跟他后面，为了不再穿过别的村子，他们尽量绕道而行。他沿着弯弯曲曲的山脊骑马穿过一些没人的地方，尽管如此，他始终离人群不是很远，因为这一带的土地耕作得很好，到处是大大小小的村庄。他的眼睛一直盯着双龙山，他看准了双龙山南边一座稍微矮一点的山头，山上有一些松树，然后朝那座山骑去。

这三人跑了一天都没讲一句话，王虎不先说话，另外两个人谁也不会说的，除非有十分要紧的话。"麻子"是憋不住的，一没有声响他就感到没劲，于是，他哼开小曲了，刚哼两句，王虎就板着脸不叫哼，这工夫他没心思听任何欢快的声音。

骑了好几个钟头，到太阳快下山之前，他们才骑到那座有松树的小山脚下。王虎翻身下马，牵着那匹走乏了的马，沿着粗糙的石阶往上走。两个随从也跟着往上走，他们三人骑的马、驴、骡也沿着石阶磕磕绊绊地往上走。他们越走，山显得越荒凉，山路越来越陡，岩山和松树间常常有溪水流出，山草长得好密、好深。石头上的青苔是湿的，说明这里最多有一两个人来过，几乎是没人走过的。太阳下山时，他们走到了山路尽头，那是一座石头筑起的庙宇，背靠山崖，实际上山崖正好是庙的里面那堵墙。这座庙几乎全被树遮住了，要不是落日照在褪了色的红墙上，他们几乎注意不到它。小庙很破旧，庙门紧闭着。

王虎走到庙前，耳朵贴在庙门上听了一会儿。他什么也没听见，于是便用马鞭的把手敲起门来。好半天没人开门，王虎火了，更加用力地敲门。最后，庙门打开了一道缝，露出一个老和尚的光头。王虎说："我们今晚要在这儿住一宿。"由于这地方很静，王虎的声音特别响，特别清楚。

老和尚又把门稍微开大了一点，用有点尖的嗓音说："山下的村子里不是有客栈吗？我们是些与尘世没有来往的僧人，只有清水素食而已。"老和尚看着王虎时，两个膝盖在微微打战。

王虎把老和尚推到一边，走进庙门之后就对"麻子"和"豁嘴"说："这个地方就是我们要找的！"

他看都不看其他的和尚，就直往里面闯。他走到放菩萨的大厅，菩萨也跟这座庙一样，破旧不堪，金身已经剥落，露出了泥胎。可是王虎根本连看都没看这些菩萨一眼。他径直走到里面和尚们住的地方，给自己挑了一小间好一点的房间，那像是前不久刚打扫过的。他解下佩剑，"豁嘴"跑前跑后为他准备吃的、喝的，其实不过是一点米饭和青菜。

夜里，王虎正在他挑选的房间里的一张床上躺着，忽然，从放菩萨的大厅里传来一阵悲号声，他连忙起身，走出去看发生了什么事。大厅里有庙里的五个和尚，另外有两个农民的儿子充当帮手，他们父亲为了还愿把他们留在了庙里。这七个人全都跪在那里，求菩萨保佑。菩萨则挺着肥肥的肚子，坐在大厅中央。厅里有一个火把，火苗在晚风中飘忽不定，这些人跪在那儿大声祈求菩萨保佑。

王虎站在那里看他们，听了一会儿，他才明白原来这些人之所以求菩萨保佑，就是因为害怕他，他们在那儿喊道："菩萨保佑！救救我们，把我们从这个强盗的手里救出来吧！"

听到这里，王虎大喝一声跑了出来。听到猛的这么一声喊，老和尚们吓坏了，要站起来，慌乱之中袈裟绊了一脚，一个个狼狈不堪。只有一个和尚十分镇定，他是庙里的方丈，他想着自己的死期已到，劫数难逃了。可是，王虎嚷道："老光头们，我不会伤害你们的！你们看，我有银子给你们，干吗要怕我呢？"说着，他打开腰里的钱包给他们看他带的银子，说真的，他们从来还没见到过这么多银子呢！接着，王虎又说："我的银子还不止这些呢！我不会要你们的东西，只不过借宿一夜，这种事谁都会碰上的。"

看到银子，老和尚们的确放了心。他们相互看看，点点头议论起来："他准是个军官之类的人，大概是杀了他不该杀的人，要不就是在司令面前失了宠，没办法了，非得到外边躲一阵，避避风头。这种事我们听得多了。"

这些人爱怎么想就怎么想吧，王虎才懒得理呢。他闷闷地冷笑一声，就回屋睡觉去了。

第二天，天刚亮，王虎便起身走出庙门。外面雾很大，山谷里满是云雾，把这座山头同别的山头隔开了，王虎独自一人，有一种躲到世外桃源的感觉。不过，寒冷的空气又使他想起，冬天快要到了。在下雪天到来之前，他还有好多事要做哩！他的士兵的吃、住、穿都得靠他想办法。于是，他走进庙里，来到"豁嘴"和"麻子"睡觉的厨房。他们身上盖了些稻草，还睡着呢。"豁嘴"呼出的气，由于上唇透风，发出口哨般的声音。他们睡得真沉，给和尚帮忙的乡下小伙已经在悄悄地朝炉灶里填干稻草，铁锅的大木头锅盖下已经开始冒气了，他们居然照睡不误。乡下小伙一见到王虎，连忙缩回去躲起来了。

不过，王虎根本没打算理他。他叫"豁嘴"起来，抓住他猛摇，总算叫醒他了。王虎叫他起来吃饭，吃完赶紧去那家小酒店，他生怕有些士兵会在早上经过那家小店。"豁嘴"迷迷糊糊站起来，用双手搓搓脸，使劲儿伸了伸懒腰。他很快地穿完衣服，从正在咕嘟的铁锅里舀了一碗乡下小伙煮的高粱米粥，匆匆喝完。他下山去时，王虎一直看着他的背影，很满意他的忠心。要是不从正面看，光从背后看的话，"豁嘴"也是蛮不错的一个男子汉。

王虎等他手下的人逐个到这个僻静的地方来会合。趁等人的工夫，王虎便开始考虑他的计划，考虑挑哪些人当他的亲信和参谋。他计划分配多少人去完成一件什么工作，例如，多少人去探听消息，多少人去搞粮食，多少人搞柴火，多少人管烧饭、修枪、擦枪，以及每个人应承担多少日常的杂务。他认为，对这帮人必须厉害点，该奖的时候才奖，一切都得听他指挥，生杀大权应该操在他一个人手里。

除此之外，他还想到每天应该抽几个小时搞实战演习，这样，到真的打起仗来，才能有备无患。由于子弹不多，他不敢搞实弹演习，但总可以尽量多教他们一些军事常识。

王虎心急火燎地在山顶上等了一天，第一天来了五十多个，第二天又来了将近五十个。看来，有个别人由于其他原因大概不会再来了。王虎又多等了两天，还是没有新人来，王虎很难过，倒不是心疼人，而是心疼枪支弹药，每个没来的人都带走了一支枪和一子弹袋的子弹。

老和尚们见到这么一大帮当兵的来到庙里，跟他们住在一起，总觉得不对劲儿，不知道怎么办才好。王虎再三安慰他们："你们别怕，只要是我们用了的，一定付你们钱。"

老方丈年纪很大了，脸上的肉都干得贴在骨头上，皱巴巴的，他用微弱的声音说道："我们倒不光是担心收不回银子，可是有些东西是银子也买不到的。这个地方一直是很安静的，这座庙的名字就叫圣安寺，我们几个远离尘世，太太平平地在这儿生活了几十年。你们这帮人一来，就再没有太平了。供菩萨的殿堂里挤满了你们的兵，他们到处吐痰，到处撒尿，甚至站在菩萨面前也敢撒尿，实在太粗野了。"

王虎说："要让我的手下改掉这些坏毛病可太难了，因为他们是当兵的，倒不如请你们和菩萨挪挪地方。把菩萨挪到最里面的殿堂去，我可以下命令不准他们到里面去，这样你们就可以太平一点了。"

看看也没有别的办法，方丈只得同意这么办。他们把一尊尊菩萨连底座一块儿抬进去，只剩那尊金身佛像没有被抬走，它实在太沉了，他们怕万一把菩萨摔碎了，菩萨要降罪。金身佛像只好屈尊同士兵们共居一室，不过和尚们用一块布蒙住了菩萨的脸，免得他看到士兵们的罪孽而生气。

王虎从手下的士兵中挑了三个人，打算作为他的亲信。第一个是"豁嘴"；另外还有两个，一个外号叫"老鹰"，原因是他的鼻子勾得厉害，脸很瘦，嘴唇往下耷拉着，比较窄；另一个叫"屠夫"。"屠夫"体格魁梧，红扑扑的，很胖，脸又大又平，鼻子、眼睛就像用手抹上去的。不过，他身体很健壮，过去也的确是个屠夫，有一次打架，他把一个邻居杀了。他经常抱怨说："要是当初我手里端的是饭或拿的是筷子，我就不会杀死他了。可是他非挑我手里拿着刀的时候跟我吵架，那把刀也不知怎么搞的，好像是自己飞出去的。"那个邻居到底还是死了，为了躲这场人命官司，"屠夫"只有一走了之。他有一种特别的本事，别看他长得五大三粗的，他的手却十分灵巧，他能用筷子夹住正在飞的苍蝇，夹完一个再夹一个，准得很。他的同伙常常出钱叫他表演这个绝技，看完他成功的表演，大家禁不住大声喝彩。既然他能精细到这种程度，不用说，他用刀杀人时肯定能戳得很准，他给人放血时也一定能做得干净利落。

这三个人全都十分精明能干，尽管他们都不识字。不过，他们的这种生活也确实不需要书本里的学问，他们也从来没有想到过这种学问对他们会有什么用处。王虎挑出这三个人之后，便把他们叫到他房里，他说："今后我就把你们三个当我的亲信，你们要帮我留心其他的人，看看有没有人想背叛我或不听我的命令。你们放心，到我飞黄腾达时，我是一定不会忘了给你们论功行赏的。"

他叫"老鹰"和"屠夫"出去，单留下"豁嘴"，他很严肃地对"豁嘴"说："我把你放在他们俩上头，你得盯着他们，看看他们有没有对我不忠诚。"

接着，他又把他们三人叫到一起，他说："不管是谁，只要对我不忠，我马上就杀了他，绝不让他有工夫喘第二口气。"

"豁嘴"平静地回答道："你不必担心我，连长。就算你的右手背叛了你，我也不会背叛你。"

另外两个也迫不及待地赌咒发誓，"老鹰"叫喊得最响："难道我会忘记是您把我提拔起来的吗？"他之所以这样说，是因为他也有他自己的希望与追求。

为了表示他们的谦卑与忠诚，这三个人都跪在地上给王虎叩头。办完此事，王虎又挑了些比较机灵的人，打算派他们出去，多方打听敌方的消息。他命令他们："尽快去打听消息，在大冷天开始之前，我们要立住脚跟。查清究竟'豹子'手下有多少人，万一碰上他们的人，和他们聊聊天，看看他们对'豹子'是否很忠心，有没有办法收买他们。能收买就收买，因为你们的命对我说来比银子更宝贵，假如花钱能买到一个人，我决不让你们去送命。"

这些人脱去军装，只剩下些破破烂烂的内衣内裤，王虎给了他们一些钱，让他们去买些外面穿的普通衣服。他们下山进村，到当铺买了几件穷人当了又没钱赎回的旧衣服。这些人穿上了旧衣服就开始在各村东游西荡，酒店、牌桌、铺子都是他们消磨时间的好去处，不过，无论到哪儿，他们都竖起耳朵听着，听到什么就回去一五一十告诉王虎。

这些人打听到的消息，同王虎起先在酒店里听到的完全吻合。这一带的老百姓对强盗头儿"豹子"都是又恨又怕，为了不让他到村子里捣乱，老百姓年年要给他送银子、送东西，而且这家伙开价越来越高。他的借口是手下的人年年增加，况且，他既然为老百姓打退了别处的强盗，那么老百姓当然应该付钱给他。他手下的人的确年年在增加，因为这片地区的二流子、逃犯、懒汉全都跑到了双龙山"豹子"的巢穴里，投奔到"豹子"的旗下。身强力壮胆子大的当然受欢迎，胆小体弱的也可留下当仆人使唤。甚至有女人投奔到"豹子"那儿去，她们当中有的是胆大的寡妇，有的是不在乎名声好坏的女人，也有的是跟着丈夫一起上山的，还有一些是被抓获的女俘，她们专供男人享乐用。"豹子"也的确挡住了一些外来的强盗。

尽管如此，老百姓还是恨他，还是不情愿给他东西。不过，老百姓情愿得给，不情愿也得给，因为他们没有武器。要是在过去，他们或许会拿起刀、叉、大镰刀之类的农具和强盗们拼一气，可是如今强盗们用的是洋枪，老百姓上哪儿弄洋枪去？而且谁又有这种拼命的胆量呢？

当王虎问起"豹子"究竟有多少人时，答案是五花八门的，有的说"五百"，有的说"两三千"，有的甚至说"一万"，究竟多少也闹不清，但是肯定比王虎目前的兵力多得多，这一点是毫无疑问的。这一点叫他颇费踌躇，他觉得自己非得以智取胜不可，不到万不得已时，绝不能硬拼。他一边琢磨一边听那些探子汇报，他让他们随便说，但他心里明白，越是不知道什么的人越是爱吹。那个爱开玩笑的家伙开了腔，他就是把王虎称作黑眉虎的家伙。他用他那又细又尖的嗓子吹起来了："我是一点也不害怕，我一下子跑到最大的镇子里，县衙门就在那个镇上，我在那儿探听情况。看来，那儿的人也害怕'豹子'。逢年过节，'豹子'都要老百姓送东西，做生意的不给银子，'豹子'就要攻打那个镇。我碰到一个卖炸肉丸子的小贩，他的肉丸子做得真好。他们这儿的猪肉本身就好，肉丸子里又加了蒜泥，味道真不错，我真愿意我们待在这儿别走了。我问这个卖肉丸的：'你们的县太爷为什么不派兵去收拾这帮强盗呢？'他对我说——这家伙人倒不错，还给我多饶了一点碎丸子——'我们的县太爷整天只知道抽大烟，连自个儿的影子都害怕，他手下那个管军队的将军从来就没打过仗，连怎么拿枪都不知道。他是个动不动发火、成天大惊小怪的家伙，连一碗汤烧得不称心他都会大发脾气，但是老百姓的事他根本不放在心上。你看看县太爷养的那批保镖，就晓得县太爷是什么样的人了。他付给保镖的银子越来越多，生怕保镖们背叛他，或被别人收买，花银子就像倒剩茶根儿。有那么些保镖也不行，一听到'豹子'的名字，他就吓得发抖，嘴里虽哼哼着要怎么怎么，可是却一动都不敢动，为了让'豹子'别来捣乱，他每年不知花了多少银子。'这个小贩就是这么跟我说的，后来，我见他已经没心思做生意了，我就接着往前走，和一个叫花子又聊了一会儿。他坐在太阳地里捉虱子，这老头儿人挺机灵的，靠讨饭过日子。他逮着每个虱子，都要掐下虱子的头，把虱子放到嘴里咬。我敢说，这家伙吃虱子也吃饱了！我们聊了好些事。听他讲，县太爷今年有点想收拾一下那帮强盗了，因为他的上司已经听到风声，说他没本事，只好让强盗在这里作威作福。有不少人眼馋他那把县太爷的交椅，跑到上头去告他不称职。他要是下了台，至少有十几个人想抢这个肥缺，这个地方实在太富了。老百姓听到这消息又有了心事。他们说：'哎，我们好不容易喂肥了这头老狼，它现在总算不那么贪心了，再换一头新的，我们又得重头喂起。'"

王虎让他们随便聊，这帮人就把听到的全都说了出来，边说还边开玩笑，嘻嘻哈哈，因为他们对王虎很有信心，而且个个都吃得挺饱，对他们路过的土地、村子都很满意。尽管老百姓既要养"豹子"又要养县太爷，但是因为这个地方很富，他们还是养得起王虎这帮人的。王虎让他们瞎聊一气，虽然其中有些话没什么价值，但总会露出一两句王虎想听的话。王虎比他们聪明，他知道怎么从麦糠里捡出麦粒来。

刚才那家伙吹完，王虎马上抓住了他最后提到的那件事：县太爷害怕丢官。他仔细考虑了这件事，觉得自己仿佛找到了成功的奥妙：他可以通过这个老朽的县太爷来抓住统治这片地区的权力。他听得越多越觉得"豹子"并不见得像他原先想的那么厉害。过了一会儿，他下了决心：派一个探子钻到"豹子"的老巢里面去，看看"豹子"究竟有多少兵力、这些兵究竟是些什么样的人。

王虎的士兵们正在吃晚饭，一个个嚼着硬馒头，端着碗粥喝，全都蹲在那儿。王虎看着这帮人，拿不定主意究竟派谁去，看上去哪个都不够机灵。他的眼光落到了身边的侄子身上，这小伙子吃起东西来总是一副贪婪的样子，嘴里塞得满满的，腮帮子鼓鼓的。王虎径直走到自己房间里，他侄子在他后面跟着，因为这是他的职责，王虎叫他侄子把门关上，听他说话。他说："我要你去做一件事，你敢不敢去？"

小伙子一边嚼嘴里的东西，一边挺硬气地说："三叔，不信你就试试吧！"

王虎说："我是打算试试你。你带上一把孩子们用的弹弓，到双龙山去一趟。快天黑时去，装成一个迷了路的孩子，害怕山里的野兽。在'豹子'的老窝门前大声哭。他们放你进去之后，你就说自己是个农民的孩子，住在山那边，你是到山上来打鸟的，没想到那么快就天黑了，迷路了，求他们让你在山上的庙里住一宿。万一他们不肯留你住，至少得求他们派一个人送你到出山的关口那里。然后就靠你的眼睛了，什么都别放过，有多少人、多少枪，'豹子'是什么样的，把一切都记住，回来告诉我。你敢不敢去？"

王虎瞪着那双黑眼珠看着他侄子，只见这小伙子的脸变得煞白，脸上的麻子更显眼了，像一点一点的小伤疤。不过他还是壮着胆子说："我敢。"

"我从来没要你做过什么事，"王虎神情严肃地说，"不过这一回，你那种小丑样子或许会有点用处。要是你迷了路，或是一时没了主意，说漏了嘴，那就是你自个儿的事了。不过，你看上去总那么乐呵呵、傻呵呵的，其实你并不傻，因此我才决定派你去。装作一个傻头傻脑的人并没有多大的危险，但是万一你被他们看出来了，你能不能宁死不开口？"

小伙子的脸上又有了血色，他挺硬气地站在那儿，身上穿着老棉布衣服。他答道："三叔，不信你就瞧着吧！"

王虎看到侄子这个样子，心里十分高兴，他说："好小伙子，有胆量！干得好一定提拔你。"他看着"麻子"，微微一笑，那颗除了生气之外从来不会感动的心也为之一动，这倒不是为自己的侄子而感动，他并不喜欢这个侄子，而是他隐隐约约又萌发了想有自己儿子的念头；不过，他希望自己的儿子别像这个侄子这样油头滑脑，他应是一个健壮、可靠而且严肃的男孩。

他叫这个小伙子穿上一身农家子弟的衣服，腰里绑一条毛巾当作腰带。想到他要翻山越岭，王虎又叫他穿上一双旧鞋。小伙子用树上的小枝丫做了一把弹弓，然后，他连蹦带跳走下山去，消失在丛林之中。

在侄子出去探听消息的这两天里，王虎按计划分配每个士兵做事，不让一个人闲着或打打闹闹。他派亲信到村里去买粮食，而且分批派他们出去，每次只买很少的肉和粮食，免得让别人看出这些人买的粮食是够一百个人吃的。

第二天傍晚，王虎走出去向山下张望，看看他侄子回来没有。他心里十分担忧，担心他侄子遭到不测，因此，他蓦然间产生了一种怜悯和自责的情绪。夜幕降临、月亮升起的时候，他远望双龙山，暗自想道："我应该派个大人去，不应该派我侄子去。

万一他有个三长两短，我怎么向二哥交代？不过，除了自己的亲人，我又能信得过谁呢？"

他的士兵入睡了，月亮已经高高地挂在天上，他还在那儿张望，但是他侄子仍然未归。最后，夜里的凉风刮起来了，王虎走进屋里。他的心情很沉重，有件事是他以前不知道的，那就是，万一这个小伙子真的一去不复返了，王虎会很想念他，这小子有好多办法逗你乐，叫你没法生他的气。

后半夜，一阵敲门声把王虎惊醒了，他连忙爬起来跑去开门。王虎拉开门闩，只见他侄子站在门前，尽管已经累得筋疲力尽，但精神头还挺好。他走路有点瘸，原来裤子划破了，大腿上有血迹。不过，他还是兴高采烈地招呼他三叔。

"三叔，我回来啦！"他小声说道。王虎忽然无声地笑了，只有当他真的十分开心时，他才这样笑。他急忙问道："你的腿怎么啦？"

小伙子满不在乎地说："没事儿。"

王虎十分高兴，破天荒地开了个玩笑："别是让豹爪子给抓的吧？"

这小伙大声笑起来，他知道三叔是在开玩笑。他坐在台阶上说道："没让他抓着。青苔很湿，又有露水，滑得很，我一不小心滑到山路边的一棵树上，让树枝划破了点皮。三叔，我饿得不行了！"

"那就快吃点东西。吃点、喝点，睡会儿觉，完了我再来听你讲。"

他叫侄子到大厅里坐下，然后喊来一个当兵的，给这小伙子弄点吃的。他的喊声惊醒了几个人，紧接着一个个都醒来了，他们全都聚到院子里，都想听听这小伙子到底看到了什么。小伙子吃完，王虎看出大家的心思，再说这小子凯旋也兴奋得睡不着，天又快亮了，于是他说："那就先说说吧，说完了再去睡觉。"

　　在脸上蒙着布的菩萨前面有一个祭坛，"麻子"便坐在祭坛上说起了他的冒险经历："我走啊走，那座山比我们这座山高一倍。三叔，'豹子'的老窝在山顶的一块平地上，圆圆的，像个碗一样。我们要是打赢了，最好就把他们的窝占上。那里有房子，就像个小村庄一样。三叔，我就照你吩咐的那样，天一黑，我就在怀里揣了几只死鸟，一边哭，一边向大门走去。那座山的那些鸟样子真怪，颜色真漂亮。我打到一只黄颜色的鸟，全身金黄，可好看了，我还带在身边哩——"说着，他从怀里掏出一只黄色的鸟，软绵绵的，已经死了，像一块黄金一样。王虎急着想听下文，很讨厌"麻子"玩鸟，不过，他终于忍住了，没有发作，还是让"麻子"继续讲下去。"麻子"把黄鸟小心翼翼地放在他坐的祭坛上，看了看那一张张专心听他讲的面孔。他身旁有一个火把，是王虎叫别人点的，就插在祭坛上的香炉里。"麻子"接着说道："他们听着敲门声，就从里面走出来。起先，他们只开了一点缝，看看到底是谁。我装作怪可怜的样子，哭着说：'我家离这儿好远——我逛得太远了，天黑了，我害怕树林里的野兽，行行好，让我到庙里待一宿吧！'开门的人又把门关上了，他跑进去问该怎么办，我又接着使劲儿哭。"接着"麻子"

就学给他们看他是怎么哭的，大家听了笑个不停，对他发出一声声赞叹："这个小猴子真精！这个小麻子真鬼！"

这小伙子咧开嘴笑，高兴得不得了。他接着说："他们总算让我进去了。我尽量装成傻呵呵的样子，吃完馒头喝了点粥之后，我假装害怕得哭起来：'我要回家。你们是强盗，我害怕你们，我害怕'豹子'！'我跑到大门那儿，求他们放我出去，我说：'我情愿到外边叫野兽吃掉！'

"看到我那副傻样，他们全笑了，他们安慰我，叫我别哭，还说：'难道我们会伤害你吗？等到明天早上再说吧！到时候一定叫你走。'过了一会儿，我不哭了，装出松了口气的样子。他们问我是从哪儿去的，我说了一个村子的名，我也是听来的，大概在山那边。他们又问我别人是怎么说他们的，我说我听说他们个个胆子都很大，还说他们的头儿不是人，是个人的身子，长了个'豹子'的脑袋。我还说：'我很想见见他，不过我也真有点害怕见到这样的怪人。'他们全都笑我。接着，有个人对我说：'来，我带你去见见他。'他带我走到一扇窗户跟前。我从外边往里看，里面点着火把，只见他们的头儿在里面坐着。三叔，这个人长得就是怪，脑袋上半截特别宽，眉毛以上就往后斜过去，真像个豹子，他正在和一个年轻的女人喝酒。她长得挺好看，不过样子有点凶，他们俩喝一壶酒，男的喝一口，女的喝一口。"

"那里有多少人，他们的枪是什么样的？"王虎问道。

"好多好多，三叔，""麻子"答道，"光是打仗的人就比我们多两倍，另外还有打杂的、女人，我还看到许多孩子在那里跑来跑去，也有跟我一样大的小伙子。我问过一个小伙子他的爹是谁，他说他不知道，因为那儿的人不是一个人有一个爹，他们只知道谁是妈，不知道谁是爹。这事可太奇怪了。打仗的士兵都有枪，打杂的就只有镰刀、菜刀什么的。在离他们老窝不远的山顶上，他们堆了不少圆的石头，万一有人攻打他们，他们就把石头滚下来。要想进到里面，一定得通过一个关口，别的地方全是悬崖，关口那儿有人把守。我是趁看守睡着的时候逃出来的。他躺在那儿打呼噜，他的枪就放在他身边的石头上，我本来可以顺手把枪拿上的，我真忍不住想拿，后来我还是没拿，我一拿，他们就知道我先头讲的话是骗他们的了。"

"那些打仗的士兵怎么样？个子大吗？看上去胆子大不大？"王虎又问道。

"胆子够大的，""麻子"答道，"个子有的大，有的小。他们吃完饭就在一起聊天，根本没人管我，因为我同那些小伙子在一起待了一会儿。我听到他们都在骂'豹子'，说他不照规矩办事，把抢来的东西大部分都留给自己了。他不放过一个稍微漂亮点的女人，不让别人碰他的女人，除非他玩腻了，别人才有份。他不像弟兄之间那样公平地分东西，他老把自己抬得老高，其实，他也是个普通人，也不识字，那些人都讨厌他那副称王称霸的样子。"

听到这个，王虎很高兴。他一边听他侄子在那儿讲，一边默想。他侄子讲东讲西，一会儿说他吃的是什么，一会儿又讲他自己多机灵。王虎边想边琢磨着下一步的计划。过了一会儿，王虎看他侄子差不多讲完了，再没什么新玩意儿，只是为了让别人继续注意他、称赞他才在那儿不断重复已经讲过的话。王虎站起身，命令小伙子去睡觉，叫其他士兵去完成他们各自的任务，因为天已经亮了。火把已经快烧完，在旭日的光辉中，火把那摇曳的火苗显得十分苍白无力。

王虎回到房里，把三个亲信叫到身边，说道："我再三琢磨过，我相信，我不花费一人一枪，就可以打赢。我们一定不能同他们明着打，因为他们的人比我们多得多。杀蜈蚣的时候，总是先把它的头掐掉，这样一来，它那一百条腿就乱了套，有的往前，有的往后，这么多条腿也没用。我们就是要先干掉这帮强盗的头子。"

三个亲信一听到这么大胆的计划，全都惊呆了。"屠夫"粗声粗气地说："连长，听上去怪好的，可是抓不到蜈蚣怎么掐它的脑袋呢？"

"照样可以掐，"王虎答道，"我的计划是这样的，不过得靠你们几位帮忙才行。我们装扮成江湖上英雄好汉的样子，去找县太爷，就说我们是散兵游勇，愿意为他当差，给他当保镖，发誓为他除掉'豹子'。他为了保住县太爷的宝座，有我们帮忙，他正是求之不得。然后，我要他假装同强盗讲和，邀请'豹子'赴宴，坐在县太爷边上。到时候，县太爷把酒杯往地下一扔，我们就从暗处冲出来把强盗们干掉。我再秘密地安排一些手下，埋伏在镇上各处，万一有一小部分人不肯投奔我，就把他们收拾掉。这不就把蜈蚣的脑袋掐下来了吗？这并不是多难的事情。"

其余的人也都觉得这个计划行得通，他们对王虎佩服得五体投地，都同意这么干。接着他们又商谈了一下具体的细节，谈完之后，王虎让三个亲信退下，召集全体士兵到大殿集合。王虎先派他的亲信去看看那些和尚，免得他们偷听，接着他便向士兵讲了他的计划。听完，他们大声欢呼起来："好，太好啦！黑眉虎，真有你的！"

王虎站在蒙了布的菩萨下面，听着士兵们的议论，虽然他没说话，他一向高傲冷漠，但是此时他心头涌起一阵拥有权力之后的喜悦。他扫了士兵们一眼，神情严肃地站在他们中间。士兵们还想再听他说点什么，他说："你们好好吃点、喝点，穿上最平常的衣服，但别忘了，你们照样是士兵，带上枪到城里各处藏起来，不过别离县衙门太远。到时候，我一吹哨子，你们就赶到。我不叫你们，你们就等着。"他转身对"豁嘴"说："每人发五两银子，当酒饭钱、住店钱。"

银子一发，个个都挺高兴。王虎把他的三个亲信叫到身边，全都是一副豪侠的装束，衣服里都藏了匕首，带上枪之后，他们三个一起出发了。

和尚们见这帮人要走，都高兴极了。王虎见到他们那副高兴的样子，对他们说："别高兴得太早了，兴许我们还要回来呢！要是找到更好的地方，我们当然就不会回来了。"话虽这么说，王虎还是付给和尚不少银子，比应该付的还多些。他对老方丈说："补补屋顶、修修房子，一人再买一件新袈裟。"

和尚们万万没想到王虎如此慷慨，老方丈都有点不好意思了，他说："你真是个大好人，我只有在菩萨面前求他保佑你，除了这个，我也没别的办法报答你呀！"

王虎答道："在菩萨面前说不说都无所谓，反正我向来不信菩萨。不过，万一今后听到一个叫'老虎'的人，那么你可要在别人面前讲他几句好话，说老虎这个人对你不错。"

老方丈看着王虎，口中连声应道："一定说，一定说！"他双手紧紧握住银子，万分珍惜地捧在他胸前。

第十三章

王虎领着他的亲信直奔县城，到了县城，又直奔县衙门。衙门口的卫兵倚着石狮子，懒洋洋地站着。王虎毫无惧色地对卫兵说："让我进去，我有要事禀报县官大人。"

卫兵迟疑了一会儿，因为他见王虎根本没有掏银子的意思。王虎见他不愿意，立即大喊一声，刹那间，他的三个亲信跳将出来，用枪口对着卫兵的前胸。这卫兵吓得脸色蜡黄，连忙退到一边，让他们进了门。大门附近有几个闲逛的人看见了刚才的这一幕，但谁也不敢动。王虎把两道黑眉向下一蹙盖住了双眼，然后恶狠狠地大喝一声："县长在哪儿？"

没有一个人敢应答，王虎一看就火了，他用枪指着离他最近的一个人，然后用枪戳了一下他的肚子，这个人吓得跳起来，连声喊道："我带你去找他——我带你去找他！"他嗒嗒地跑在头里，见他吓成这副样子，王虎暗自好笑。

他们跟着这个人穿过了一个又一个庭院。王虎面向正前方，虎视眈眈地，既不往右边看，也不往左边看，他的亲信也尽可能学他的样子。最后，他们走到了内院，那地方非常美，有一座池塘，池塘边种的是牡丹花，周围还有不少高大的松树。不过，内院各间屋子的门窗全都紧闭着，四周一片寂静。给他们带路的人在门槛那儿站住，咳嗽了一声。一个仆人走到装有格子的门边，他说道："你有什么事？我们老爷睡了。"

王虎大喊道："那你快叫醒他。我有十分紧急的事要向他禀报。他一定得起来，这是有关他前程的事。"王虎的喊声在寂静的内院里回响着。

那个仆人瞪眼看着他们，有点拿不定主意，不过看到王虎那副凶神恶煞的样子，他猜想他们准是上头派来的信差。于是，他进屋去摇醒县太爷。这老家伙从梦中惊醒，连忙洗脸、穿衣，走到客厅里坐下。他吩咐仆人把他们领进客厅。王虎大大咧咧走进客厅，恰到好处地向县太爷行了个礼，身子躬得不深，因此算不上毕恭毕敬。

看到眼前这帮凶神恶煞的人，县太爷十分惊恐，他连忙起身，请他们坐下，叫人送上了点心、水果和酒。他讲了一番客套话，王虎也尽可能回了几句客套话。这套礼节性的话一说完，王虎立即开门见山地说："我们从上面的人那儿听说，大人您让一帮强盗缠得很苦，我们来这里就是想凭我们的武艺和本事，帮大人收拾掉这帮强盗。"

在这之前，县太爷一直在纳闷、在发抖，听到这句话，他才用沙哑、颤抖的声音说："是啊，我的确伤透了脑筋，我不是武林出身，只是一介书生，也不知道怎么去同这种人交往。我雇了一位司令，但是这个人吃的是政府给的薪水，叫他干别的可以，就是不肯去打仗。这一带的百姓又顽愚至极，真的打起仗来，说不定他们会倒向强盗一边同政府作对，稍微征一点点税，他们就不高兴。不过，你是谁？敢问尊姓大名、祖籍何处？"

王虎别的没说，只是答道："我们是走江湖的，有人要我们帮忙，我们就卖卖拳脚。听说这一带闹强盗，要是您愿意雇我们，我们这儿倒有一套计策。"

平时，县太爷会不会听陌生人讲这样一番话，谁也不知道，但是，现在县太爷很害怕丢了他的饭碗，他又没有儿子，这么大岁数再去混个饭碗又谈何容易。除了一位结发之妻，他还有一百来个亲戚，全都靠他养活。他已经到了老朽的年纪，他的敌人却越来越强，越来越贪婪，因此，只要碰上能帮他摆脱困境的东西，他就会像抓救命稻草那样抓住不放。他把仆人打发走，只留几名卫兵，他准备洗耳恭听。王虎摊出了他的计划，县太爷立即紧紧抓住。他只担心一条：万一王虎失手，"豹子"不死，那么这帮强盗肯定要疯狂地报复。王虎看出这个老头儿担心什么，满不在乎地说："我杀一头豹子就跟杀一只猫一样，我可以剁下它的头，把它的血放干净，我的手决不会打战，不信你看着！"

县太爷沉思了一阵，想到自己年纪那么大，手下的兵又都那么胆小无能，觉得除了靠王虎这帮人，似乎也别无办法了。他说道："我看也只好这么办了。"

接着，他又喊回仆人，叫他们端来酒肉，摆下宴席，像招待贵客那样招待王虎和他的亲信。王虎和县太爷一起研究了计划里的每一个细节。在以后的几天里，他们便根据计划开始行动。

县太爷派密使到强盗的老窝去送信，他说，他年纪大了，即将卸任，另外一位新县长将要接替他的职位。他不希望他卸任之后再与他们产生不和，他想请"豹子"和众位头领到他家赴宴，借此机会，介绍他们认识一下即将上任的新县长。强盗们听到这个消息后，十分谨慎。幸好王虎早有准备，他已经叫县长派人到各地散布消息，说老县长快走了。因此，强盗们派人到老百姓中打听消息时，他们听到的消息和老县长派人捎来的消息是一致的。于是，他们相信了这条消息，而且，他们觉得，如果新县长能受老县长的影响，也害怕他们，也老老实实缴钱，那倒真是不坏，连仗都可以不必打了。他们接受了老县长的邀请，回话说，他们将于某月天黑前去赴宴。

那天正巧赶上下雨，风雨交加，天色更显得黑了，不过那帮强盗倒是并不食言，他们穿着最好的衣服来了，他们的武器磨得又快又亮，每个人都把剑抽出来握在手里。院里站满了他们带来的卫兵，有些卫兵甚至站到大门外的街上去了，目的都是以防有诈。不过，老县长的戏演得很像，虽然说他两个膝盖总禁不住要打战，但是，他脸上完全是若无其事的样子，嘴上也是客气话不断。老县长命他手下把武器全都交出来放在一边，这帮强盗看到除了他们自己，别人都没武器，就更放心了。

老县长叫自己的厨师准备最好的酒宴，"豹子"和众头领就在内院的大厅里入席，其他卫兵的宴席则设在其他庭院里。一切准备就绪之后，老县长便领着众头领走进大厅，他请"豹子"入主宾席。一番谦让之后，"豹子"坐下了，老县长自己在主人席就座。不过，他早有准备，他的座位离一扇门很近，到他扔酒碗为号的时候，他就可以夺门而逃，躲起来，等到没事了再出来。

宴席正式开始。起初，"豹子"喝得很谨慎，发现某个头领喝得太多，他还要瞪他一下。可是，这酒是这一带最好的酒，味道实在太好了，肉也烧得很可口，而且故意搞得有点咸，吃多了就口渴。这帮强盗吃的只是粗茶淡饭，哪里尝过这么好吃的肉，他们从小就没享受过任何讲究一点的食物，那种可口的热炒小菜他们连做梦都想象不出。最后，他们再也顾不得节制，拼命大吃大喝起来，院里的卫兵比起头领来，更是有过之而无不及，因为他们毕竟不如头领们那么有头脑。

王虎和他的亲信躲在格子窗附近的帘子后面向外观察着，离一扇门很近，他们过一会儿就要从这扇门里冲出去。每个人都抽出剑做好准备，竖起耳朵注意听动手的信号：瓷酒碗摔在地上的声音。酒席足足摆了三个多小时，到这时，喝酒已经像喝水一样了，仆人们进进出出忙个不停。这帮强盗吃足了肉，喝够了酒，肚子撑得快圆了。忽然，老县长发起抖来，脸色变得像香灰一样，他颤声说道："我的心跟刀绞一样的疼啊！"

他匆匆举起酒碗，但是手一晃，把酒碗摔了出去，落在砖地上。他摇摇晃晃地走出了那扇门。

没等强盗头领们来得及喘口气，王虎吹响了哨子，向他的手下大喊一声。他们立即破门而出，朝强盗头领们扑过去，每人对付王虎预先为他指定的一个头领。王虎把"豹子"留给自己来对付。

仆人们预先得到过指示，一听到喊声立即闩上所有的门。"豹子"一看苗头不对，赶紧跳起来朝那边冲去，就是县长走出去的那扇门。王虎紧追不舍，并用剑刺中了他的胳膊。"豹子"在跳起来时，顺手抄起一把匕首，那不是他自己的，除此之外，他没有别的武器。大厅里一对对厮杀的人乱成一团，喊声、诅咒声响成一片，王虎的亲信里没有一个顾得上看别人打得怎么样了，除非他已经干掉了自己的对手。有的强盗因为醉得厉害，没几个回合就被杀死了。王虎的亲信们杀完了各自的对手，便来看王虎打得怎样，想来帮他的忙。

"豹子"可不是一般的敌手，别看他喝了那么多酒，他的动作依然十分灵活，他的飞腿无论进攻还是防守都很厉害，王虎没法一剑置他于死地。但是王虎不愿意别人帮忙，他坚持一个人同豹子拼搏，他渴望得到亲手制服"豹子"这样一种荣誉。看到"豹子"那种勇猛拼杀的劲头，看到他抓一把这么差劲的匕首在那里玩命挣扎的样子，王虎真有点钦佩他，此所谓英雄惜英雄。他感到难过，因为他一定得杀死"豹子"。王虎的剑在空中飞舞，终于把"豹子"逼到了一个角落，他实在是吃得太饱、喝得太醉，没能打出他的最好水平。另外，"豹子"靠自学武艺的，毕竟比不得王虎，王虎是在正规的军队里学过的，武器怎么使用、怎么摆假动作，他全都知道。"豹子"终于招架不住了，王虎对准他的要害猛刺一剑，紧接着用力一搅，血和水一起喷了出来。

"豹子"倒下去临死之前，狠狠地瞪了王虎一眼，目光是那样恶狠狠，王虎一辈子也忘不了。这个人的确像个豹子，他的眼珠不像普通人那样呈黑色，而是带点黄白色，像琥珀的颜色。王虎看着"豹子"终于倒在地上不动了，死了，他那黄色的眼珠依然瞪得大大的。王虎对自己说道，这人的确称得上"豹子"，除了眼睛，他的头也长得很怪，顶部很宽，而且像野兽的头顶一样，向后倾斜。王虎的亲信聚拢在他周围，称赞他的武艺。王虎拿着带血的剑，但像忘了它似的，两眼仍盯着死去的"豹子"，挺难过地说道："要是用不着杀他就好了，他这个人的确凶猛，只有英雄好汉才有他那样的眼神！"

王虎还站在那里，为自己做过的事情难过，"屠夫"却大叫"豹子"的心还是热的，没等别人看清他打算干什么，他已经伸手从桌上拿了一只碗，接着用他那双看上去粗糙、实际却精巧的双手切开"豹子头"的左胸，用力一挤肋骨，"豹子头"的心便从切口处滑出来，屠夫把心放到碗里。这颗心的确还没凉，被放到碗里之后还动了一两下。"屠夫"端着碗走到王虎面前，高高兴兴地大声说："拿着，把它吃下去，连长，自古以来就有这样的说法，谁吃了壮士的活心，谁的勇气就会加倍！"

可是，王虎不肯吃。他转过身去，傲慢地说："我用不着吃。"他的目光落在刚才"豹子"座位旁边的地上，发现"豹子"的剑在那儿闪闪发亮。他过去捡起了那把剑。这把剑的钢非常好，现在大概造不出这么好的剑了。它锋利极了，可以切断整匹的绸缎；它寒光逼人，像可以切断云彩。王虎在一具强盗的尸体上试了试这把剑，他没使劲儿，这把剑就划破了衣服、肌肉，一下子划到了骨头。王虎说："我就要这把剑吧！我从来没见过这么好的剑。"

忽然，他听到一阵呕吐声。原来是"麻子"，他站在那儿看"屠夫"，看着看着突然恶心起来，想呕吐。王虎听了之后，知道这是因为"麻子"从未见过杀人的场面，于是他温和地说："你已经不错了，至少刚才打的时候你没恶心。到外边院子里透透气。"

可是，"麻子"不愿去外面，他挺起胸膛站在王虎旁边。王虎看了之后很高兴，说："我要是算个老虎，那么你也算是个小老虎了，真的！"

小伙子高兴得咧开嘴笑了，牙齿露出来，更衬出他那张因恶心而发白的面孔。

王虎亲手杀死"豹子"之后，便走到其他庭院，看看他的士兵同其他强盗打得怎么样。那天多云，天很黑，连人影都看不清。他命令点上火把，一看死的人不多，他很高兴，因为他提前下过命令不要滥杀，对愿意倒戈的，或不愿倒戈但是特别勇敢的人，就不要杀。

王虎的事还没办完。他决心趁强盗们还没站稳脚跟之机，当晚就去攻打他们的老巢。他没有去见县长，只请人带话给县长："不把这蛇窝彻底捣烂，我决不来领赏！"他集结他的兵力，在茫茫夜色中，穿过田野，直捣双龙山。

王虎的兵有点不情愿再去了：已经打了一仗，还要走三里路，说不定还要打一仗。他们希望能到城里抢掠一通，作为给他们的奖赏。他们又向王虎发牢骚了："我们为你打仗、卖命，但是你总不准我们去抢点、捞点，从来没见过你这么厉害的头儿，也没听见过当兵的光打仗不抢东西，连碰一下小丫鬟都不准。这次打仗之前，我们已经忍了好久啦，谁知打完仗了你还是不准。"

起初王虎想不理他们算了，可是这帮人一个劲儿地嘟哝，他再也忍不住了。他心里很清楚，对这帮人非厉害点不行，不然他们会背叛他。于是，他挥动那把好剑，在空中舞得嗖嗖作响，然后冲着他们大喊道："我杀了'豹子'，我也照样可以杀你们，我谁也不怕。你们这帮子怎么没一点脑子？这块地盘将来是我们的，我们怎么能头一天就抢东西呢？那老百姓还不恨死我们？谁也不许再说那种混账话！到了双龙山，你们想抢什么就抢什么，不过有一条，女的要是不肯，不准硬来。"

他的兵又让他唬住了，有一个士兵不好意思地说："连长，我们是说着玩呢！"另一个士兵边想边问道："连长，我可没发过牢骚。要是抢了双龙山，我们住哪儿呢？我原先以为我们就住在他们那个老巢里。"

王虎还有点生气，绷着脸说道："咱们不是土匪，我也不是强盗头儿。我的计划比你们的高明，不过你们得相信我，别犯傻。'豹子'的老巢要烧掉，从此这里再也没有强盗，谁也不用害怕强盗了。"

他手下的士兵，甚至包括他的亲信，全都惊讶得不得了，其中一个人问出了大家想问的话："那么，我们干什么呢？"

"我们要成为军人，而不是强盗，"王虎严厉地答道，"我们用不着搞自己的寨子，我们就住在城里，住在县长的院里。我们就是他的军队，我们谁都不用怕，因为我们的军队是在政府名下的。"

这帮人对他们头领的聪明才智肃然起敬，他们身上的流气像风一般消失了。他们欢快地笑着，对他十分信任。他们又继续攀登石阶，向双龙山进发，山间的雾气在他们身边缭绕，他们的火把在雾里吱吱地冒着烟。

他们突然出现在关卡处，强盗窝的卫兵惊得动不了了，还没来得及讲话就被人用剑戳死。王虎看在眼里，尽管不满意这种做法，却也没说什么责备的话，对这种野蛮无知的人也不能管得太紧，闹不好他们要记仇的。他们继续朝山寨的大门走去。

这座山寨的确像一个村子，四周的墙是用山上的岩石加黏土、石灰砌起来的，十分坚固，大门是木头做的，但是外面用铁条箍着，嵌在墙里。王虎使劲儿敲门，门是闩着的，他敲了半天，门纹丝不动，也没人答应。王虎再敲，还是没人答应。王虎猜到里面的人已经知道他们的头儿出事了，肯定有人回来报信了，要么这些人全已逃走，要么他们盘踞在寨子里准备迎战。

王虎命令手下人找来许多干稻草，扎成一把一把的，堆在木头门前面烧，等烧出洞之后，由一个人爬进去拉开门闩，打开大门。其余的人一拥而入，由王虎领路。

山寨死一般的寂静。王虎站在那儿注意听，但一点声音也没有听见。于是，他下命令叫每个人点燃火把，烧房子。茅屋屋顶一下子就烧着了，他手下的人兴奋地大声怪叫，顷刻之间，山寨成了一片火海，房子里的人像蚂蚁出洞一样仓皇逃命。男人、女人和孩子们泉水般往外涌，哆哆嗦嗦地东奔西逃，王虎的手下开始用刀捅这些逃命的人，王虎及时制止了他们，他大喊着放他们逃命，不过他手下的人可以进屋抢东西。

王虎手下的人立即冲进房子，仿佛不觉得有烈火在燃烧，绸缎、布匹、衣服，他们抓到什么捞什么。有些人找到了金银，有些人找到一坛坛的酒和吃的，于是便拼命地吃喝起来，有些人急于抢东西，又去扑灭自己点的火。王虎看到他们那副幼稚的样子，立即派亲信去看住他们，以免他们被火烧伤，因此，火被扑灭的地方并不多。

王虎站在远处观看，他把他侄子留在身边，不许他去抢东西。他说："孩子，我们不是强盗，你是我们王家的骨血，我们不能去抢别人的东西。这些人是些愚昧无知的家伙，隔上一段时间，总得允许他们这么来一次，不然他们就不忠心耿耿为我做事了，再说，一样是抢，在这儿抢总比到山下去抢要好一些。这些人是我的工具——我要干一番大事业就少不了这帮人。但是，你同他们是不一样的。"

于是，他把他侄子留在身边。幸亏他这样做了，不然他险些遭到不幸，因为这时发生了一件十分奇怪的事。当时，王虎正倚着枪站在一旁，见房子上的火苗渐渐地弱下去，有些地方已经没有明火，光在冒烟。这时，"麻子"突然大叫一声。王虎一转身，只见一把剑从上往下向他劈来，他马上用剑去挡，对方的剑刃在他的剑刃上一滑，碰了一下他的手，落到地上，还好碰得很轻，最多蹭破了点皮。

王虎一下子跳到暗处，抓住了一个人，他的动作比老虎还要敏捷，他把这人拖到火光前一看，发现竟是个女人。他牢牢抓住她的一只胳膊，正在他不知所措的时候，"麻子"突然嚷道："那天和'豹子'在一块儿喝酒的，就是这个女人！"

没等王虎说话，这个女人便拼命挣扎，发现实在挣脱不开，她一扭头吐了一口唾沫，正吐在王虎的眼睛上。王虎还从来没受过这种气，再说唾沫这玩意儿又脏又恶心。他拼命扇了她一记耳光，就像打一个倔脾气的小孩一样，她的脸上马上显出了紫红色的手指印。王虎喊道："让你尝尝这个，你这只母老虎！"

王虎想都没想就吼出了这么一句。她恶狠狠地回嘴说："我怎么没杀死你——你这个杀千刀的——我就是要杀你！"

他仍然紧紧地抓住她，狞笑着说："我知道你想杀我，要不是我旁边站着这个麻脸小伙子，恐怕这时候我已经头破血流死在这里了！"他叫手下去找点绳子把她绑起来。他们把她绑在大门边的一棵树上，好让王虎考虑怎么处置她。

他们绑得很紧，无论她怎么挣扎都没用，她一边挣扎一边大骂所有的人，王虎被她骂得最凶，骂的那些话是一套一套的，恶毒极了，很少听到有这样骂人的。王虎看着手下的人绑她，绑结实之后，各自取乐去了。王虎便在这个女人面前走来走去，每次经过她，王虎都要看她一眼，一次比一次看得仔细，一次比一次惊奇。他发现她很年轻，美丽的面庞光艳照人，却又流露出一种坚毅的神情，嘴唇又薄又红，额头又高又光，两眼明亮、敏锐，充满了怒火。她的脸很窄，像狐狸的脸。这的确是一张很漂亮的脸，即便在她骂他、向他吐唾沫，或者拼命挣扎的时候，仍不失为一张漂亮的脸。

王虎只是静静地走来走去，不时看她两眼，根本就不理睬她。到快天亮的时候，她实在痛得累得吃不消了。她不骂了，只是吐唾沫。过了一会儿，她痛得实在受不了，连唾沫也不吐了。最后，她舔着嘴唇，气喘吁吁地说："稍微松一松吧，我实在疼死了！"

王虎不理睬她的话，只是冷冷地一笑，他认为她是在施诡计。每次王虎走过她身边，她都求他，可王虎就是不理她。最后，他经过她身边时，她的头垂下去，不再吭声。可是，王虎仍不敢走近她，他不想再让她吐唾沫，他以为她是装睡或装死。他又来回走过她身边多次，她依然没有发出声音，王虎便叫"麻子"去看看她怎么回事。"麻子"托起她的下巴看看她的脸，没错，她是昏死过去了。

王虎走近她细看时才发现，她比刚才更美。她不到二十五岁，不像一般的农家女，也不像普通的女人，他不禁纳闷她究竟是什么人，怎么会到这里来，"豹子"又是怎么把她弄到手的。他叫来一个手下把她放下，虽然仍然捆着她，但不再捆在树上，而且捆得不那么紧了。他叫手下人将她平放在地上躺着，她一直到天亮才苏醒。天亮了，阳光穿过清晨的薄雾，照在他们身上。

此时，王虎召集手下的人说道："时间到了，我们还有别的事要做。"

王虎手下的士兵逐渐停止了瓜分赃物的争吵，在他的招呼下集合了。他拉开枪栓，准备处置违抗命令的人，大声严厉地说："收拾好枪支弹药，这都是我的了。"

士兵们照办了。王虎数了一下，共有一百二十支枪和大量的弹药，其中有些枪锈迹斑斑，没什么价值，王虎把这些老式的笨头笨脑的枪放在一旁，等有了好的便扔掉它们。

在匪巢的一片硝烟与废墟中，他的部下把战利品捆成了大大小小的捆儿，王虎点了点枪支，把它们交给可靠的人保管。最后，他转过头来看那个被绑着的女人，她已醒过来了，睁着眼躺在地上。王虎看她时，她也狠狠地盯着他。他厉声问她："你是什么人？家住哪里？我把你往哪儿送？"

她拒不回答，啐了他一口，那张脸看上去活像一只狂怒的母老虎。这一下大大激怒了王虎，他命令两个士兵："把她用棍子抬到县里去，送她进监狱，那样她就会招供了。"

士兵们遵命，他们拿一根棍子粗暴地穿进绳子，肩扛着两头儿，把她吊在中间。

这时一切都已准备停当，太阳在山顶露了出来，清晰而明亮，王虎走在队伍前面。匪巢那边仍有一缕烟雾升起，王虎没有再回头看一眼。

他们又沿着大路从乡下向城里进发了。一路上，人们用眼角瞟着这群人，特别注意那个被绑在棍上的女人，她的头倒垂着，狐媚子脸灰白灰白的。人们都觉得奇怪，但没人敢问发生了什么事，以免卷进纠纷中去。他们心中害怕，看了一两眼后就都忙自己的事儿，再不抬眼瞧了。走了一整天，太阳依然照耀在田野上空，王虎他们已来到城门口。

到了城墙下的阴影处，亲信"豁嘴"走了过来，把王虎拉到城门旁的一棵树后，悄悄对他说着，由于着急，他嘴里嘶嘶作响："我有话说，一定得说。最好别沾惹这个女人，她的脸和眼睛有一股狐媚气，这种女人是狐狸精，她们有妖术。我还是用刀结果了她吧！"

王虎常听说这种狐狸精的故事，可他胆大无畏，此时大声笑着说："我谁也不怕，鬼也不怕，何况一个女人！"他一把把"豁嘴"推开，仍旧走在众人前头。

"豁嘴"紧跟其后，叨叨着："女人比男人邪，她是狐狸，比女人还邪！"

第十四章

王虎来到头天晚上大干过一番的院子里，他的士兵都尾随着他进来了，一个个都显得倦怠不堪。院子已被打扫干净，和他们初到时一样。死尸都被拉走了，血迹也洗净了。卫兵和仆人各就各位，王虎进门时，他们都是心怀畏惧、小心翼翼的。他傲慢得像个皇上，人们即刻向他致意。

可他傲慢地挺直了身子，大步穿过院子和走廊，黑黑的脸上显出得意、庄严的神色。现在他清楚地知道这片地区整个落在他手心里了，他冲站在那儿的一个卫兵喊道："把捆着的这个女人送进监狱！看着她，给她点吃的，不许虐待，她是我的俘虏，由我来决定怎么处置她。"

他站着看人们把她抬走了。她已精疲力竭，脸色苍白，原来鲜红的嘴唇现在已发白，更衬托出她那漆黑的双眼；她大口喘着气，仍用那双又大又凶狠的黑眼睛望着王虎，见他看自己，便扭了一下脸，但没吐口水。王虎很惊讶，他从未见过这样的女人，不知以后怎么对付她。她这么仇恨他，复仇心这么强，是绝不能放掉的。

他暂且不去想此事，进屋见了县太爷。老县太爷从黎明起就一直在等他，衣冠整齐地坐在那儿，安排了最好的饭菜。见王虎进来，他有点战战兢兢、心慌意乱，虽然他感激王虎，但他明白这种人是不会白给别人干事的。他担心，不知王虎会要求什么样的报偿，唯恐他的欲望太过，那样对他来说可比"豹子"更难缠。

他忐忑不安地等着，下人通报王虎到了，只见王虎像个英雄似的大踏步走了进来。老县太爷此时惊慌失措，情不自禁地抖了起来，似乎手脚都不是他自己的了。他请王虎入座，王虎客气了一下，微微鞠了一躬。老县太爷喊人端茶、上酒肉，然后他们坐下来，寒暄了几句。

一切礼仪完毕，老县太爷才开口讲话。他环顾左右，唯独不敢看王虎。王虎不动声色，现在他是掌握主动权的，他明白县太爷的心理，他只看着那老头儿局促不安的样子，就知道是被他吓的，他为此感到快活，因为他有意如此。老县太爷开始说了，他的声音又软又轻，仿佛是在耳语："昨晚您的功德我将永世不忘。感戴大恩大德，把我从多年的灾难中解救了出来，使我可以享受老来的安宁。我要对您——我的恩人说的是，您比我儿子还亲，我该怎么报答您呢？又该怎么犒赏您的部下呢？讲吧，您要什么？若要我的官位，我让就是。"

他哆哆嗦嗦地等待着，咬着手指头。王虎静静地坐在那儿，直等到老县太爷讲完，才有分寸地答道："我什么也不要，从年轻时起我就跟一切坏蛋、恶棍作对，我做这些都是为了解救百姓。"

他坐着不言语了，这回轮到县太爷说话了："您是英雄豪杰，如今我不敢指望还有这种人。但若不向您表示谢意，我死也不能瞑目。请明告您喜欢什么。"

他们就这么你来我往地说着，礼让着，慢慢接近了话题。王虎婉转地表示他想接收、改编原来追随"豹子"而愿意倒戈的人，老县太爷听到这话吓坏了，他双手抓住椅子扶手才站起来，问："那你是想接替他做强盗头儿了？"

他自忖若果真如此，他就真完了。这位来历不明、又高又大的黑眉毛汉子看上去比"豹子"更凶猛，也更机灵，这儿的人起码还认识"豹子"，也了解他的欲望。想到这儿，县太爷不由自主地呻吟了一声。王虎直截了当地说道："你不用怕，我并不想做强盗。我父亲是个体面的地主，我有他遗留给我的财产，我不穷，用不着去抢。我还有两个哥哥，他们都是正派的有钱人。我的前程要用我自己的战绩去开创，不是强盗的卑劣行径所代替得了的。这就是我所要求的报偿。让我和我的人马留在这儿，任命我为你部队的司令，我们是你的部属。我将保护你和百姓免受盗匪之苦，你供养我们并给俸饷，我可在省里有个名分。"

老县太爷听着，感到十分为难，他说："那我把现在那位将军怎么安排？我夹在你们中间可要命了，他是不会轻易让位的。"

王虎果断地答道："那就让我们像君子那样打一打，若他赢，我就走，我的人马、枪支都归他；我赢了，他就走，他的人马、枪支都归我。"

县太爷叹着气，他是个文人，是崇尚圣贤、希望和平的。他派人去请那位将军来。不一会儿，人来了，那是个有点自负、大腹便便的男人，身穿洋式外套，留着稀稀拉拉的胡子，打整了稀疏的眉毛，尽力使自己显得更勇猛。他脚边拖着一柄长剑，走路时步子踏得很重。他弯下腰鞠躬，想表现出十分凶狠的样子。

县太爷冒着汗，犹犹豫豫地告诉了他事情的本末。王虎冷冷地坐在一旁，眼望别处，似乎在想着不相干的事。县太爷终于把话说完了，他垂着头，恨不能死了才好。他想着，这么夹在这两人中间，要死也快了。他一贯认为那位将军很凶，脾气暴躁，可王虎更厉害，谁见了他那张脸都免不了这么想。

这位大肚子将军一听就火了，肥胖的手按住了剑，像要向王虎进攻。王虎其实早就看到了，佯装望着院子里的牡丹池。他用牙咬住宽厚的嘴唇，垂下了黑眉，双手交叉在胸前，狠狠瞪着这位小个子将军，目光阴森可怕。那矮子迟疑了一下，思索了片刻，强忍住怒火。他不是傻瓜，明白自己大势已去，他不敢与王虎较量，最后他对县太爷说："我考虑了很久，我该回我父亲那儿去了。我是独生子，他现在也老了。由于有贵处职务在身一直不能如愿，除此之外，我还有胃病，不时发作。您是知道我这病的，正因为有病，我才不能去剿灭那帮强盗，天降的这病这些年来一直缠着我。现在我情愿返归老家为父尽孝，并治治我这病。"

说完，他僵硬地鞠了一躬，老县太爷也站起身鞠了一躬，低声说："这些年你忠心尽职，一定会得到好报的。"

矮子将军退了下去，县太爷遗憾地看着他，叹了口气，想道，作为一个武夫，他毕竟容易相处些。如果强盗还未被镇压下去，他在这儿倒不难侍候，只不过有时为吃喝这种小事发点小脾气罢了。老县太爷又偷眼看了看王虎，立刻感到不安起来。王虎年轻、粗野、非常凶残，脾气又暴躁。但他只平和地说："现在你如愿以偿了，将军一走你就可进驻他那院里，接管那些兵勇。还有一事，上边若知道换了司令，我该如何对答呢？要是那位老将军去告我呢？"

王虎的反应极快，他立即答道："那正好给了你一个机会，你可以跟他们说，你请了一位勇士，镇压了强盗，你留下那位勇士做你的私人保镖。然后我做你的后盾，强迫那位将军写个申请，请求退休，他得提名我接替他。你聘了我去收服那些强盗，这就是你的政绩。"

尽管此计勉强，但县太爷认为此计并非卑劣。他开始振奋了，只是还有点畏惧王虎，怕他跟他翻脸无情。王虎有意让他怕着点，那样对自己有利，于是他冷冷地笑了笑。

王虎在县里安顿下来了，此时北方已是冬天。他很满意自己的作为，他的人马有了吃，有了穿，他也有了供俸，可以给他们买冬衣，他的士兵都吃饱穿暖了。

一切安排就绪后，冬天来临了，王虎日子过得很顺利。一天，因为无事可做，王虎突然想到他俘虏的那个女人还在监狱里。他默默地笑了笑，在门旁对侍卫喊着："去把我两个月前关进监狱的那个女人带来！我忘了惩治她了，她企图杀了我呢。"他暗自笑了，又说，"我敢说，现在她服了！"

他等着，觉得很高兴，有心看看她有多驯服。他独自坐在自己的大厅里，身旁是一只烧炭的大铁盆。外面下着大雪，雪落了满院，在树枝上积了厚厚的一层。那日无风，只是寒气逼人，冰冷的雪花凝结不化。王虎坐等着，在火盆旁感到一股暖意，他身穿羊皮袍子，椅子上铺着整张虎皮，用以御寒。

约莫过了一个钟头，他才听见寂静的院中一阵骚动。他向门外望去，卫兵押着那个女人来了，另有两个卫兵帮着。她左右乱扭，使劲儿挣脱捆着她的绳子。卫兵们把她搡进了门，连雪都被带了进来。把她推到王虎跟前站定后，卫兵歉疚地说："司令，费了这么长时间我才办好，您多包涵。对付这个小娘儿们得一步一挪的。在牢里她光着身子睡在炕上，我们都不好进去，太不像样了。我们都是有老婆的正经汉子，只好让牢里别的女人硬给她把衣服套上。她咬她们，抠她们，跟她们打，可总算穿上了点衣裳，我们这才进去把她捆上拉出来。她简直疯了，从来没见过这种女人。牢里的人甚至说她不是人，是狐狸变的，来作孽为害的。"

那个年轻女人听到这儿，把一头散发往后甩了甩。她原是剪短发的，头发已长到垂肩了。她尖叫着："我没疯，我恨他！"她骂着，下巴点着王虎，她冲他啐去，他飞快地往后退了退，差点被啐到。卫兵们见状赶紧把她拉住，唾沫全喷在吱吱响的火盆上了。卫兵见此又补了一句："司令，您看，她就是疯了。"

王虎一言不发，死盯着那个疯狂的女人看着，听着她骂。她骂人时也不像普通的无知女人。他凑近了看她，她虽消瘦，憔悴，但仍是美的、骄傲的，完全不像蠢笨的乡下丫头。她的脚大，像未曾缠过，在那一地区好人家出身的女孩子又不会这样。这种种矛盾的现象使他也无法判断她的来历。他只是盯着她看，看她美丽的黑眉毛在一对愤怒的眼睛上方紧皱着，紧绷着的嘴唇在雪白平滑的牙后咬着。看着看着，他断定这是他一生中所见过的最美的女人。尽管她面色苍白、恼怒、生气、脸紧绷着，但仍然光艳照人。他终于慢慢道："我根本不认识你，你为什么恨我？"

那个女人激昂地回道，声音清晰动人："你杀了我的丈夫，我不报此仇决不罢休。你就是杀了我，我也不瞑目，直到替他报仇雪恨为止！"

卫兵们慌了，举起了剑怒喝道："臭刁婆，你跟谁说话来着？"要不是王虎示意不要碰她，那卫兵早用剑背打她的嘴了。王虎平静地说："'豹子'是你的丈夫？"

她依然激动地喊着："一点不错！"

王虎懒懒地朝前靠了靠，平稳、轻蔑地说："是我杀了他。现在你有新主人了，那就是我。"

一听此话，那个年轻女人往前一冲，像要扑上去杀了他，两个卫兵扭住了她，王虎看着他们争打。他们又挟得她不能动了。她额头上汗如雨下，她喘着、泣着，但仍站着，用满怀仇恨的眼睛瞪着王虎。他迎着她的目光，凝视着她，她也反盯着他，毫不畏惧。她目不斜视，似乎决心使他退却，自己却不垂下目光。王虎也一直盯着，毫不退缩，也看不出生气的样子。他沉着，耐心十足，在极度的愤怒中有很强的自制力。

那个女人呢？瞪着他看了很久。他仍与她对视着，最后她的眼皮开始抖动起来，她哭了出来，转过头去对卫兵说："把我再送回监狱去！"她再也不想看他了。

王虎淡淡一笑，对她说："看，我说你有新主人了吧。"

她不再理他，站在那儿，突然垂头丧气了，张开了嘴，喘了一会儿气，又让卫兵送她走，她再也不挣扎了，只想尽快离开他。

这下王虎更急于了解她是何许人了，想知道她是怎么进的强盗窝，弄清她的身世。卫兵回来了，摇头说："我碰到过烈货，可没有像这只母老虎这样的。"王虎对他说："告诉狱长，我要弄清她是谁、为什么到了匪窝。"

"她不会回答任何问题的，"卫兵说，"她什么也不会说。唯一不同的是，原来她不肯吃，现在可是狼吞虎咽，这并不是因为饿，而是为了壮身体。她不会告诉别人她是谁的。女人们好奇，想尽办法套她，可她还是不说。也许上刑能有用，但我也没把握，她那么硬。司令，给她动刑吗？"

王虎想了想，然后咬了咬牙说："要是没别的办法，那就用刑吧。她必须服从我，但是别给整死了。"过了一会儿，他又补充说，"别弄断骨头，也别伤了皮肉。"

当天晚上，卫兵惊慌地来报告："司令，老天爷，那样用刑没法让她开口，不能伤骨头，也不能伤皮，她在嘲笑我们呢。"

王虎阴沉沉地说："暂且放着她，给她酒肉。"他也不再去想这事，等有了主意再说。

在他琢磨办法的同时，他派心腹"豁嘴"去他老家一趟，把他的巨大成功、他如何以少胜多以及如何确立了自己地位的所有情况，统统告诉他的两个哥哥。然而，他又警告说："别吹过了头，这个小地方和小小的职位只是第一步，前面还有更显赫的呢。别让我哥哥们以为我已经实现了我的计划，不然他们会靠到我身上，叫我提拔他们的儿子，我可不想要他们的儿子了，即便我自己没儿子也不要了。跟他们讲我的小小胜利，可以鼓动他们继续给我钱，我还需要钱。我现在得养五千个兵了，他们吃起来都像饿狼一样。告诉我哥哥，我已经打开了局面，但还得继续走下去，我要统治全省，甚至更多的省，我前途无量。"

"豁嘴"一一答应了。他穿着打扮像个去远处上香的穷香客，随后上路了。

王虎这里则着手安顿他的人马，他的确值得为他的所作所为感到骄傲。他已经体面地站住了脚，他绝不是什么一般的土匪头子，而是在县衙门里有了一席之地的地方政府的一员了。在那个地区的沿河两岸及湖畔一带，他的名声十分响亮，人们到处都在谈论着"老虎"。他招募兵勇，人们蜂拥而至，聚集在他的麾下。他仔细地挑选着，老、弱、病、残一律不收，他还遣散了军中那些无能之辈，因为军中确实有许多饭桶。这样整编以后，王虎纠集了一支约有八千年轻力壮士兵的有战斗力的队伍。

除了战死及在匪巢中烧死的，王虎把他原有的百号人都提拔成了小军官来带新兵。一切就绪后，王虎并没有像别人一样放松或大吃大喝。他每天早早起身，冬天也是如此；他亲自训练士兵，要他们学习打仗的技能，如佯攻和正攻的战术，还有埋伏、撤退等。凡是他懂的，他都要教给他们，他不会甘心久居这个小县城的，他的野心很大，还在不断膨胀。

第十五章

王虎的两位兄长一直在耐心等待他的消息，但两人表现不同。王大由于二儿子上吊死去，便装出一副对三弟再无兴趣的样子。他每想起二儿子就悲痛一阵子，他的太太也如此，只是她一数叨丈夫就会觉得好过些，她常说："从一开始我就说他不该去，像我们这样的人家送这么好的儿子去当兵根本就不对，我说过那是种下贱的营生。"

开始王大还傻乎乎地答话："太太，我不知道你不愿意，我以为你早想好了，尤其听说他不是当一般的兵，我兄弟会提拔他呀。"

可这位太太认定了她的理，激动地喊道："你从来就不知道我在说什么，你总是心不在焉的，准是想着女人什么的。我说过好几次，说得清清楚楚，他不该去。你兄弟自己还不就是个小兵？你要是听了我的话，儿子今天还活得好好的，他是咱们最好的儿子，是个文人坯子。在这个家里没人听我的！"

她叹了口气，一副可怜相。王大左顾右盼，想想又惹她发脾气，真不是滋味。他再不吭声，只盼着她的怒气就此消下去。二儿子已经死了，太太一味强调他是最好的儿子。其实二儿子活着时她常责骂他，找他的碴儿，说大儿子最好。现在大儿子似乎不那么对她心思了，死了的儿子又吃香了。还有三儿子，即驼背。听说他现在跟梨花去住了，她从不找他。别人说到时，她就说："他身体不好，乡下的空气对他有好处。"

有时她给梨花捎去点小小不言的没用的礼物表示谢意。绘花的小瓷碗啦，一小块廉价的布料什么的，虽不是绸的，但相当花里胡哨，梨花从不穿这个。不论收了什么礼物，梨花总是客气地感谢她，还捎回新鲜鸡蛋或田里的什么出产，还了礼就不欠人情了。拿了布她会给那个傻子玩或给她做件衣服、做双鞋，让她高兴高兴；还会把瓷碗给"驼背"，只要他喜欢；或给住在土屋里的农妇，她会喜欢那花色，因为这比她自己那青花瓷的好看。

王二也等着弟弟的消息。他悄悄地到处打听，传闻北边有个强盗头子被一个新去的年轻壮士杀了，他不敢确定这是不是真的，也不知那位壮士是不是他兄弟。他等着，攒钱等着"豁嘴"来。他慎重地把王虎的地卖了，以极高的利放了出去，要是赚了一两倍，他就会心安理得，因为那是他应得的报酬，他替兄弟出了力，这对兄弟又没损失，谁也不会像他这样替王虎办得那么漂亮了。

"豁嘴"来的那天，王二急不可待地想听他怎么说。他把"豁嘴"拉到他屋里，倒了茶，一字不落地听"豁嘴"从头到尾说了一遍。

"豁嘴"完整地讲完，说："我们司令说我们不能操之过急，这只不过是第一步，只在一个小县城里混，他的目标可是对着省里哪。"

王二吸了口气，问道："你认为他有把握吗？我们把钱花在他身上靠得住吗？"

"豁嘴"答道："你弟弟是个极聪明的人，要换了别人，就会满足于接替那个强盗头子，在那个地方掠夺，称王称霸。你兄弟可不那么傻，他懂得要想掌权先得让人敬重，现在他有官方的支持，虽然只是在小县城里谋了个官位，但那可是政府的司令长官。他若出去和别的军阀打仗，或是到春天想借机寻衅，他可以冠冕堂皇地代表某种权威，而绝不是什么叛逆。"

见兄弟这么谨慎，王二很高兴，他诚心诚意地留"豁嘴"，说："已经快中午了，如不嫌弃这家常便饭就来跟我们一起吃吧。"并请他入了座。

王二的太太一见"豁嘴"，连忙热情地招呼说："我们那麻脸儿子有什么消息？"

"豁嘴"站起来回答说她儿子很好，干得不错，司令要提升他，无疑是把他当作自己人的。没容他再说，那位太太忙张罗他坐下，叫他别太客气。坐下以后，他原本想告诉他们那小伙子怎么去匪巢，怎么机灵，干得如何利索。话未出口他又止住了，心知女人是很怪的，脾气没准儿，当母亲的就更怪，总担心自己的孩子出事。反正他已经说了不少，她挺高兴，那就行了。

不一会儿，她就忘了她问的话，去忙别的事了。她跑来跑去，拿碗、摆桌子，胸前还搂着个孩子，孩子静静地吃奶。她腾出另一只手忙着给客人、丈夫和饿得吵个不停的孩子们盛饭。孩子们从不上桌，而是举着碗筷在门口或街上吃，吃完了再跑进来添。

吃过饭喝完茶后，王二领着"豁嘴"来到王大家门口。他叫"豁嘴"等着，他进去叫王大一块儿去茶馆再聊。他叮嘱"豁嘴"别让老大太太看见，不然还得进去听她叨叨。王二来到王大上房，见他在长椅上睡着了，打着呼噜，旁边放着一盆红红的炭火。

王大感到有人轻轻碰他胳膊，醒了，愣了一会儿就明白了。他撑了起来，穿上皮袍，悄悄跟着老二走了出来，谁也没听见。除了他小老婆，没人看见他们出来。她正伸着头看是谁呢，王大伸手示意别出声，她让他过去了。她胆小，怕太太，可是心肠好，秉性温和，她会撒谎说没见着他。

他们一道来到了茶馆，"豁嘴"又从头说了一遍。王大感叹没儿子可往弟弟那儿送了。二弟的儿子那么出息真让他嫉妒，可他没表现出来，还夸了几句。他完全赞同二弟关于送钱去的意见。

回到家后，王大突然觉得妒火难忍，忙去找大儿子。小伙子正在屋里挂了帐子的床上躺着，容光焕发，悠闲自在，正在读一本名叫《三个美女》的淫荡故事。见父亲进来，他吓了一跳，忙把书藏在袍子下。可王大根本没看见，他满脑子正想着要跟他说的话，这时他急忙说："儿子，你还想去找三叔，想高升吗？"

小伙子已长大成人，这时他优雅地打了个哈欠，漂亮的嘴巴像姑娘的一样，呈粉红色。他看了看父亲，懒洋洋地笑了笑，说："我以前那么傻吗？竟想去当兵？"

"不会让你当个兵的，"王大急忙解释，"一去你就会比当兵的高一大截儿，仅次于你叔叔。"他压低了声音，哄着儿子，"你叔叔已经是司令了，他功成名就了，他的狡猾手段是我闻所未闻的，现在最难的那一步已经跨过去了。"

他儿子固执地摇摇头。王大又是生气又是无奈，看了一眼躺在床上的大儿子。此时他已看出大儿子是哪种人：年纪轻轻但生活讲究、挑剔，终日无所事事，除了享乐，没有别的志向，唯恐比别人穿得差，比不上别人时髦。大儿子躺在绸被上，遍体绫罗，足蹬缎鞋。他皮肤细得像女人，搽了油和香水，头上也搽了香水和外国头油。小伙子努力使自己身体优美，他欣赏那种柔和与美丽。晚上在娱乐场作乐时人们都赞赏他，这就够了。他是富人家的大少爷，没人想得到他的祖父会是王龙，是个土庄稼人。此刻王大望着大儿子，虽然他在许多方面很糊涂，但他看着大儿子，感到惊恐，他一反往常的平和语气，高声喊道："我的儿子，我替你害怕，怕你没好结果！"又用从未有过的大声音叫道，"我看你得出去闯闯，别终生沉溺于享乐。"他有种莫名的恐惧，巴望那一刻能激起大儿子的雄心，可太晚了，时机已过了。

听到父亲不寻常的喊声，小伙子又气又怕，突然从床上坐了起来，叫道："我妈呢？我去问问她是不是想让我去，看她是不是也这么想撵我走！"

听到这话，王大又清醒了，忙安抚道："我——呃——你是我的大儿子，你愿意干什么就干什么吧！"

他又迷糊了，那阵明白劲儿又消失了。他叹了口气，心想，少爷们和普通年轻人是不同，他的二弟媳是个俗气女人，她那位麻脸儿子当然顶多比他家的仆人强点。他感到安慰了，慢慢地踱出了大儿子的房间。小伙子又躺了回去，头枕在手上，微微一笑，过会儿又拿出那本书津津有味地读了起来，这是一位朋友推荐给他的淫秽而富有刺激性的一本书。

王大仍垂头丧气，头一次感到生活不那么顺心。再看到"豁嘴"时，他觉得真不是滋味。那人荷包里装满了银子，腰上也缠着银子，包袱里也装得满满的，差点就上不了肩了。王大一时也想不出能让三弟为他效什么劳，他反正感到酸溜溜的，生活那么没劲。他没有能光耀门庭的儿子，他只有土地，他憎恶土地，可又不敢完全脱离它。他太太也看出了他很沮丧，出于无奈，他对她诉说了他的烦恼。他一贯听她的，认为她比自己高明，尽管别人这么说时他是否认的。这次她也帮不了他，他一说起三弟有多了不起时，她竟满怀轻蔑地大声尖笑道："一个小县城的什么司令是算不上大军阀的，可怜的老头子。你真傻，还会羡慕他！等他做了省里的军阀我们再把儿子送去也不迟，到那时恐怕你那还在吃奶的小儿子就差不多了。"

王大一言不发地呆坐了一会儿，那阵子他已不那么起劲地去作乐了，连跟朋友们聊天的兴趣似乎也不大了。他一个人独坐着，其实他一贯是喜欢凑热闹的，忙东忙西，哪怕是听着家里的喧闹，仆人们跟小贩斗嘴，孩子们的哭喊、吵闹，日常的骚乱都比孤零零地坐着强。

现在他可是一个人坐在那儿，可怜巴巴的。他头一次感到自己不再年轻了，不知为什么岁月就这样过去了，他似乎还没有享受过生活，还没有出过什么风头呢。最惨的是他从父亲那儿继承的土地，那是他唯一的生计，他不得不经心，要不老婆、孩子、仆人就都没饭吃了。好像那地里有魔法，得按时下种、施肥、收获，他得站在毒日头底下估产量、收租了。最要命的是他这么一个天生享福的老爷得干活。他有管家，可是那人太滑头，又不听他使唤，一想到这儿他就有气，那个管家越来越富，靠他发了财。所以，尽管不情愿，他还得一年四季去田里察看、照料。

他常坐在屋里，若是冬天的阳光暖暖的，他也会坐在院中的大树下，颓丧地想着他得年复一年地去田间。租他地的人有时会像强盗一样不交分文，他们总是抱怨"今年又涝了""从来没有这么旱过""今年闹蝗虫啊"等。总之，这些佃户和他的管家诡计多端，一致跟他这个地主作对。跟他们这样纠缠不清搞得他倦怠至极，因此他更厌恶土地。他盼着有那么一天，王虎成了大人物，做大哥的就用不着冒着严寒酷暑去地里转悠了。他盼着有一天他只要说"我是王虎的哥哥"这句话就能管用。似乎从某个时候开始，人们就称他为"王地主"了，而现在这已经成了他的名字；到目前为止，这还算得上是个光彩的名字。

王大在父亲王龙活着时一贯问父亲要钱，随心所欲，钱总够他花的，因此他向来是不劳而获，现在他感到难受了。分家后他更辛苦，即便他干着这种他适应不了的活，钱还是不够花，而他的老婆、儿子们又从不理会他付出了多少辛劳。

他的儿子们穿着极考究，冬天要穿裘皮，春秋天要穿镶着细巧皮边的袍子，衣服若裁剪得不时髦、不合身，那简直得别扭死，他们最怕的就是被与他们为伍的那班纨绔子弟嘲笑。有大儿子做榜样，老四如今也跟着学，才十三岁就挑剔衣服的裁剪，手上戴着戒指，头上也涂着香水和头油，有一个丫头专门服侍他，出门有男仆跟着。因为他是他妈妈的宝贝，怕让鬼捉了去，所以他一只耳朵上戴了只耳环，以便使鬼神以为他是女孩，不值钱的。

王大无法使他太太相信他们的收入比以前少了，太太问他要钱，他要是说"我没有那么多，只能给你五十两"，她就会大叫："我给庙里许了愿，给一尊佛修个身，我要是给不出钱就太没脸了。你有钱，我知道你喝酒、赌钱、玩女人，花钱像流水，我知道你有。这家子就我信佛敬神，说不定哪天还得我求神超度你出地狱，我要是没钱，到时候你会后悔的！"

王大得设法去弄钱，他厌恶那些没有胡子、不可思议的和尚，他不信任他们，他听说过他们干的那些罪恶勾当。可他的钱得送到这些人手里，他心里着实气恼。他不敢断定他们懂不懂法术，所以尽管他装出不信神的样子，说这是女人们的事，但又猜想他们可能确实有点法力，这是他本身的一个矛盾。

他的太太可一门心思信神，和寺庙关系密切，她那么虔诚，花费许多时间去拜谒，她最得意的事就是从庙前走过，像个阔太太一样依着使女，跨进庙时，庙里的和尚甚至大方丈都会迎出来朝她行礼，竭尽拍马、吹捧、谄媚之能事，赞她为神佛的得意弟子在凡间修行，功德不浅。

他们这样说，她就笑了，垂下眼睛拜着。往往在她还晕头转向时就又许下了这样那样的愿，许的数目往往比她情愿付的多。可和尚们会甜言蜜语，到处挂她的名字，给别的信徒做榜样。有座庙甚至给她做了个木牌，涂成朱红色，上有烫金的字，赞美她的虔诚，称誉她为佛的忠实信徒。木牌挂在该庙的一个小殿里供人们观看。这以后，她的神态更得意，对佛也更笃信不疑了。她起坐沉静，双手合十，手里总举着念珠，口中念念有词。别人闲谈或嚼舌时，她则念经。从此，她对丈夫也就更苛刻，因为她需要足够的钱来维系她的美名。

王大的小老婆见太太有什么也要什么，当然她不是为了拜佛。别看她不停地讨好、取悦太太，可她也要她那份银子。王大纳闷她要钱做什么，她不穿花哨的绸缎，不买珠宝首饰，可她的钱花得很快。王大不能抱怨，否则她就会到太太那儿去哭，太太就会数落他，既然讨了这么个小老婆就得供养她。这两个女人倒是以她们特有的方式平安相处，需要什么东西时还能共同对付他。

一天，王大终于发现了秘密，他看见小老婆溜出了旁门，从怀里掏出了什么给了站在那儿的一个人。王大偷偷一看，那正是她的老爹。这下王大深感痛苦，他自语道："我还养着这个老浑蛋和他的一家子！"

他走回房中，坐下叹气，难过了好一会儿。但难过并没有什么用，他拿不出任何办法。她是向他要钱给了自己的父亲，若是她要钱买吃的、穿的及一般女人钟爱的东西，她也有权利呀，她得依赖丈夫呀。王大想想也与她计较不得，只好作罢。

他自己心里备受熬煎，他控制不住自己的欲望。说真的，快五十岁的人了，他从来没有在女人身上少花钱。他有这个弱点，让她们笑话他小气他可受不了。除了这两个女人，他在该城的另一处还有个公认的外室，那是个歌女。她漂亮，缠住人不放。虽然他跟她很快就断了，但她死死缠住他，声言要自尽，并说世界上她最爱的就是他。她趴在他身上哭，手指掐着他脖子，勾住他，他简直不知该拿她怎么办。

她母亲也跟她在一起，一个可恶的母夜叉。她有时也会尖叫："你怎么能把我女儿甩了呢？她把一切都给了你！她以后靠什么生活？在剧场唱了这么多年，后来跟了你，嗓子都完了，位子也让别人占了。你要是抛弃了她，我得跟你干，告到官府去！"

这一招儿可吓坏了王大，他怕人笑话他，怕这女人的下流话让人听见，还告到官府去，于是赶忙把钱尽数摸出。母女俩见他怕了，就算计好，利用各种机会哭闹，他就马上给钱。奇怪的是，有了这么多麻烦，这位臃肿虚胖的老爷仍不能克制自己。在酒宴上，他见了唱小曲儿的姑娘依然忍不住要捧一捧，但等回了家第二天清醒后又叹自己蠢，咒骂自己可鄙。

近来仔细想想他的颓丧、消沉，他有点不寒而栗，对自己的萎靡不振感到害怕。他饭不思、食不进，一点胃口也没有，担心自己很快就会死掉。他务必得摆脱一些烦恼，因此他决心卖掉大部分土地，靠卖地的钱过活。他的钱他花，儿子们将来没钱自己想办法。他突然觉得为下辈人而克扣自己可太没名堂了。于是他起身去找老二说："我不该过着地主的生活，我是城里人，是道遥自在的。我年纪越来越大，也越来越胖，不能在春种秋收时再往地里跑了，不定哪天我就中暑或受凉死在外头。我也不惯跟那些庄稼人来往，他们骗我、占我的便宜。我来求你替我卖掉一半地，给我现钱，用不着的钱替我放出去，我不想再拴在田里了。另一半地我留给儿子，他们现在都不肯帮帮手，我每次叫大小子替我去地里看看，他总说跟朋友约好了，再不就是他头痛。照这么干下去我们得挨饿了，佃农们才真发了。"

王二看了看哥哥，从心底里看不起他，他缓缓地说道："我是你兄弟，帮你卖地不要佣金，反正给你卖个最好的价儿。可你得给每块地定个起码的价钱。"

王大恨不能立时把地出手，赶紧说："你是我兄弟，你觉着价钱合适就卖，我还信不过你吗？"

卸掉了一半包袱，他满心轻松地去了，他可以自由自在一阵子，只等钱到手了。他没跟太太讲，她会大闹的，说他把地白给了别人，要卖他可以自己去卖，卖给常跟他一起吃饭、有交情的那些人。王大不愿这么干，别看他自吹自擂，可他内心里更信任弟弟的智谋。现在他情绪又高了，吃饭也香了，生活又有乐趣了。想到别人的烦恼比他的还多，他又沾沾自喜了。

王二得意非凡，这下他把这些都弄到手了。他准备自己买哥哥最好的地，他会给个公道的价钱，他不是那种坑人的人。他告诉哥哥，他买了一点他的好地，为的是这些地不落到外姓人手里。王大是不会知道他买了多少的，王二趁他醉时签字画押，他根本看不清纸上都有谁的名字，醉中只觉得他兄弟是完全可信赖的。要是知道这么多地都到了弟弟手里，他会不高兴的。王二把那些薄地卖给了佃户们或愿意买的人，他确实卖出了许多地。王龙活着时的确明智，买了许多好地。王二买进了他哥哥继承的最好的那部分地产，这样他就把父亲最好的地弄到了手。他往后可以卖自己的粮食，积攒更多的金银，因此他在那个城镇和地区越来越有势了，人们都称他为"王掌柜"。

虽然他知道人们意料不到这么个瘦小男人这么有钱，但他照旧粗茶淡饭，也不像多数富人那样为了显富而讨小老婆。他还穿着一贯穿的那种旧款式的深灰色绸袍。家里不添置新家具，院子里也不种花，不养那些没用的东西，以前有的现在也死了。他老婆是个会过日子的女人，养了一大群鸡，任它们跑出跑进捡孩子们掉的饭粒，这些鸡在院里乱跑，啄光了所有的草和绿叶，所以院子里光秃秃的，只有几棵老松树，土都板结了。

王掌柜不让儿子们乱花钱，也不准他们养尊处优，他给每个儿子都盘算好了，供他们念几年书，学学认字、写字、学会打算盘。他不让他们念太多书，成为书呆子，因为念书的人干不来活。他送他们去当学徒，完后跟他做生意。他把"麻子"送到弟弟那儿去了，叫下一个儿子管理地亩，其他的一到十二岁就学徒。

梨花带着两个孩子住在土房里，日复一日，没有更多的要求。她再也不埋怨卖地的事，她不见王大来，但见到王二在秋收时前来估产或来察看庄稼长势及出苗情况。她也听说，尽管王二是城里人，可是做地主比他哥哥还刻薄。他在庄稼还青时就对产量胸有成竹，误差不过十斤。若佃户过秤时偷偷用脚踩，在稻子里掺水或把麦子泡发了，他的眼睛可尖着呢。他做了多年的粮食生意，熟知庄稼人怎么欺骗商人和城里人，他们天生就是对头。梨花问别人他发现有人耍了花招后生不生气，他们都勉强承认他从来不发火。他沉得住气且毫不留情，比其他人聪明多了，在村里他有个绰号叫"常有理"。

这个名字有讽刺味儿，又饱含着仇恨。村里人都从心底里恨王掌柜。他本人可满不在乎，听他们这么叫他甚至感到高兴。一天，一位农妇这么叫着、骂着，因为她趁他转身时往要称的粮食筐里放了块石头，被他看见了。

农妇常骂他，女人的唇枪舌剑比男人厉害。男人要是耍花招被发现了就会害臊或难堪，可女人会骂，还朝他喊："你在吸我们的血，忘了你爹妈怎么在地里受苦了？他们跟我们一样，也挨过饿。"

人们被激怒时，王大会害怕，他明白富人怕穷人，穷人看起来卑贱、本分，但在对付所恨的人时，他们却毫不畏惧。王掌柜什么也不怕，什么也不在乎。一天，梨花看见他路过就把他叫住，她走出来说："少爷，您对人要是不那么狠，我就高兴了。他们穷，干活很苦，像孩子一样不懂事。听他们咒骂老爷的儿子，我心里不舒坦。"

王掌柜听了，一笑了之，谁说什么、做什么都不能影响他，他得了益处就行。他有财富，什么也不怕，有钱就气粗、腰杆子硬。

第十六章

那年的冬天是漫长的，北风劲吹，雪花飘飘，王虎只好待在县里，百无聊赖，单等着春天来临。他稳坐大营，县长得征税养活他这八千士兵，为他又加了一种地产税，叫地方军保安税，可这地方军实际是王虎的私人部队。他训诫他们，时机到时得为他扩大势力。每个庄稼人都为他纳税，强盗逃了，匪巢被烧了，他们不用再怕"豹子"了，百姓都夸赞王虎，甘愿供养他们，可他们自己不清楚自己的负担有多重。

王虎还令县长为他征了其他税，商品税和贸易税是征店铺和商人的，那个地区又是个南北交通要道，因而也向过往旅客征税，这些钱都秘密地、源源不断地进了王虎的金库。他很精明，知道雁过拔毛这种事，因此不让太多的人经手。他派心腹去监督税收，他们遵嘱，在执行中言辞十分和善。不论谁多拿了钱，他们都有权处置，他们中若有人背叛，王虎则必亲自惩罚。他稳坐军中，专横暴戾，人人都怕他。他们也知道他公正，不会无故杀人或以杀人取乐。

如此坐等冬天过去，王虎深感焦躁。尽管他一帆风顺，但这种庭院生活不适合他。他没有朋友，也不想和人过于亲密，人们怕他，他的地位就更巩固。他生性不好饮宴交友，他独处一室，身边只有麻脸侄子，一旦他需要什么，总有人侍奉。亲信"豁嘴"也不离他左右，那是他的贴身警卫。

县太爷已年迈，且嗜鸦片，终日无精打采。他周围的人结帮成伙，互相猜忌。衙门中充斥着下人们及其亲属，都想在这儿吃白食。人们互相争斗，不停地吵嘴，攻击对方。老县太爷对这类事都不闻不问，自顾自吸鸦片，他不可能事事摆平。他与老妻单独住在里院，能不出来就不出来。他仍固守岗位，每逢接待日，他黎明即起身，穿上官服来到大厅，登上座椅，坐下来开始审案子。

他竭尽薄力，是个好心肠，自认为赏罚分明。他哪里知道到他这儿来告状的人道道关口都得付钱，那些没钱的根本不可能来告状。站在他旁边的大小官吏都分钱，而他事事得靠这些人。他又老又糊涂，根本抓不住要领，自己又羞于启齿。在审案过程中，他甚至会打瞌睡，听不见别人在说什么，又不敢问，怕人家说他无能。他得求助于左右那些小官儿，他们总是恭维他。他们若说"啊，这人太坏，那人该那样做"，老县长就会立即表示赞同，说："我就是这么想的——我就是这么想的。"他们若喊道"这种人应该好好打一顿，太无法无天了"，老县太爷就会颤声道："对，对，打他！"

在这段无聊的日子里，王虎常去衙门大堂旁观、旁听，以消磨时间。他总是坐在一边，他的心腹和麻脸侄子站在他周围护卫他。他亲自耳闻目睹了这些不公平的审判，开始他还自嘱不用去留意这些事。他是军阀，民事与他无涉，他要把精力用在士兵身上，让他们不受这种散漫无聊的生活的影响。有时他在大堂上看着有气，就出去跟士兵发火，逼他们去操练、演习，也不管天气如何恶劣，这样他才能消点气。

但他毕竟是个血性男儿，见到不公平的事一桩接一桩就按捺不住了，摆布县长的那些官儿使他怒火中烧，特别是为首的那个。他知道跟那个老废物县长说也没用。他常去听审案子，不公平的事见多了就憋不住，于是他会起身走开。他曾经多次自言自语道："春天若再不来，我就叫逆我者亡。"

那些官僚也不喜欢他，他每年征的税太多。他们嘲笑他是个粗人，不如他们有修养、有学问。

一天，王虎的怒气不可遏制地爆发了出来，连他自己也没预料到，因为起因不过是一件小事。有时小风、片云也是能引来狂风暴雨的。

那是年前的一天，人们都去讨债了，凡欠债的人尽可能躲到大年初一，没人会在初一讨债的。老县太爷那天也是年底最后一次升堂。那天王虎简直坐立不安，太乏味了。他不想去寻欢作乐，主要是不愿让部下看见，使他们更加肆无忌惮。他也不能多看书，小说和故事讲的都是幻想或爱情之类的玩意儿，它们会消磨一个人的意志，哲理方面的书对于他又太深奥。既睡不着，他就与卫兵来到大堂上坐了一会儿，看着有谁来告状。实际上他一心只等春天降临。近十天来湿冷，阴雨连绵，士兵们都不愿出门。

他坐着，只觉得生活枯燥索然，他的生死无人关心。他皱着眉懒散地坐在那儿。这时只见以前来过的他认识的一个阔佬进来了，这个人是该城放高利贷的，生得脸面滋润、胖胖的，两手又小又光滑。他边说话边指手画脚，不停地捋着袖子。王虎盯着他的两只手看，它们那么小，那么柔软，肉乎乎的，手指很尖，留着长指甲。他目不转睛地看着，连人家说了些什么也没听见。

这次，这位大债主是和一个穷农民一起来的，那个农民吓得要命，不知如何是好。他跪在县太爷面前，脸贴着地，一言不发，怪可怜见的。那个放印子钱的人申诉说，他借给这个农民一笔钱，以土地为抵押。两年过去了，那笔钱加利息已经抵过这块地了。

他捋着绸衣袖，挥着那双细嫩的手，嗓音里带着责骂的声调。他恭维着老爷："事情就是这样，圣明的老爷，他不让出那块地！"说着他用那双小眼气愤地瞄着那个可恶的农民。

那个农民沉默不语，仍跪在那儿，脸朝下抱着双手。县太爷问道："你为什么要借钱又为何不还呢？"

农民略抬了下头，眼望着县太爷的脚凳，急忙答道："老爷，我是个普通穷百姓，不知道该怎么在您面前说话，尊敬的老爷。我从没跟比村长更大的官儿说过话，不懂规矩，我这么穷也没人替我说。"

县太爷和蔼地说道："不用怕，讲下去。"

农民张了几次口才开始讲，始终没抬眼睛，浑身抖着。他身穿打了补丁的破棉袄，棉花都露了出来，光脚穿着草鞋，鞋掉了，脚趾就踩在潮湿的砖地上。他似乎对这些都没感觉，轻声说着："老爷，我有一小块祖宗传下来的地，是块薄地，养不活我们的。我爹娘死得早，剩下我和我老婆。要是我们自己挨饿也倒罢了，可她生了个儿子，过了些年又生了个丫头。他们小时候还凑合，长大了，我们给儿子娶了媳妇，又添了孙子。本来那块地养活我和老伴儿都不够，可现在有这么多人。闺女还小，不到出嫁的年纪，我们总得养着她。两年前我把她许给了邻村的一个老头儿，他老婆死了，要找个续弦管家。我得给闺女做件嫁衣，老爷，我没钱，就借了点，只有十两银子。这在别人眼里不算什么，可对我是个大数，我问这位债主借的，一年不到十两就滚成了二十两，两年就成了四十二。老爷，钱怎么能生得那么快？我只有那块地，他叫我滚，可我到哪儿去呢？只好叫他来赶我吧，没别的办法了。"

说完，他又闭口不言了。王虎盯着他瞧。奇怪的是他始终看着那人的双脚。那个农民的脸扭缩着，毫无血色，一望而知他生活困苦，从不得温饱。一双脚更显眼，脚趾骨节突出，脚底则像干牛皮一样。看着看着，王虎心中感到异样，他要看老县长怎么发话。

这位放高利贷的是该城的知名人士，常和县太爷同桌共餐，在衙门里吃得开。每次打官司都上下打点，他经常打官司。县太爷虽被农民的一席话打动了，但仍犹豫着，最后他还是求助于他的首席参谋。这人与他年纪差不多，但身体健壮，腰板挺直，尽管三抈稀稀拉拉的胡子已经白了，但依然脸面光滑、相貌堂堂。县太爷问他："兄弟，你看怎么样？"

他捋了一下胡子，心里掂量着他收的贿赂，貌似公允地说："不能否认这庄户人确实借了钱，而且没还。借钱要付利息，这是天经地义的。庄户人靠种地吃饭，借贷人就靠利息过活。农民如果把地租出去而收不到地租，他也会抱怨，那合情合理。这位债主的问题也是一样，他也得收利。"

县太爷细心听着，不断点着头，他被说服了。那个农民突然抬起了眼，头一次惶恐地看看这个又看看那个。王虎没看见那张脸和那副眼神，只看见那双赤脚不安地叠在一起，他突然感到受不了了。他怒火上升，站了起来，使劲儿拍了下巴掌，咆哮道："这块地该判给那个穷人！"

堂上的人一听王虎这话，都转过头来看着他。他的卫兵也都站到他身边，端起了枪，人们往后退着，一时鸦雀无声。王虎倒不怒了，他忍不住指着那个高利贷者说着喊着，两道黑眉上下动着："我一次次地见这个肥蛆在这儿讲这种事，他上下都贿赂好了，我讨厌他，把他带走！"又冲卫兵们喊："用枪押下去！"

听到这话，人们都以为王虎疯了，大家一哄而散。跑得最快的是那个放债的，他跑到大门口，抱头鼠窜。他熟悉那些弯弯曲曲的小巷，他跑掉了，卫兵们找不到他。卫兵们跑着，你看看我，我看看你，喘会儿气，回来时街上仍一片混乱。

他们回到院子里，那儿真乱糟糟的。王虎一不做二不休，传他的兵来命令道："把人全赶出来——把那些死蛆和他们的家小全赶走！"

那伙兵巴不得这样，院中的人狼狈逃窜，不到一个钟头就一个人影儿都没了，只剩王虎和他的兵了。县太爷和太太、仆人在自己院子里，王虎不准当兵的进去。

这一切风卷残云般地过去后，王虎回到了自己房内，靠在桌旁喘着粗气，自己倒了杯茶慢慢喝着。他知道他得顺势干下去，越想越觉做得对。压抑了那么久，他现在感到心里很轻松。"豁嘴"偷偷进来看他需要什么，"麻子"拿来了一罐酒，他仍默默笑了笑："好啊！今天我总算是扫清了一个魔窟！"

人们听说了县衙门内的变故，许多人都拍手称快，他们深知县衙门的腐败。也有人提心吊胆，打算观察王虎下一步将如何行事。不少人在大门外嚷嚷，要开宴席、释放犯人，大家庆祝一番。

这次事件的最大受益者是那个农民，可他没来。虽然这次他躲过了，但他不相信以后会有什么好运。一听说那个债主逃跑了，他就颓丧地跑到地里，又跑回了家。有人问他老婆孩子他去哪儿了，他们就说他走了，也不知他在哪儿。

王虎闻知人们的要求，想起监狱里有许多冤屈的犯人，且无指望获释。那些人大多是穷人，没有钱去活动。他指示随从去放了这些人，吩咐士兵大宴三天。他叫来了县衙门的厨子，大声说："做本地名菜，要辣椒和鱼下酒，能让我们痛饮就行。"

他还要了好酒、鞭炮、烟花，让大家高兴一番。人人都是喜气洋洋的。

王虎的亲信们去监狱传令前，他猛地想起那个女人还在狱里。冬天他多次想放她出来，可又不知拿她怎么办，只好嘱咐手下好生待她，不要上镣铐。现在他想到了她："我怎能放她走呢？"

他要给她自由，但不能让她远走高飞。他自己也惊奇自己竟这么关心她的去留。自己有这种心事也是他意料不到的。他感到为难，就把"豁嘴"叫到他的卧房，说："我们从强盗窝弄来的那个女人怎么办？"

"豁嘴"认真地答道："是啊，还有她呢。依我看，让我去告诉'屠夫'宰了她，还少流点血。"

王虎目光旁视，慢慢地说："她只不过是个女人，"停了一会儿又说，"不论怎么说，我再见见她，然后决定怎么处置。"

"豁嘴"听后很失望，可他没说什么就走了。王虎命人立即带那个女人来，他在堂上等她。

他来到了大堂上，出于一种虚荣心，坐在县太爷的宝座上。他希望那个女人见到他坐在那把雕花椅上，高高在上。没人会有非议的，听说县太爷感冒了，至今还未起身呢，王虎端坐在那儿，样子傲慢，俨然一副英雄的面孔。

她由两个卫兵押了进来，身穿布衣和普通蓝裤，但仍遮不住她的风韵。她饮食良好，不再憔悴，变得丰满起来，但仍不失苗条。她岂止漂亮，简直是大胆而美丽。她自在、稳重地走了进来，站在王虎面前静静地等着。

他惊奇地看着她，没料到她的这种变化，于是他对卫兵说："她现在怎么这么安静了？以前多野啊！"

他们摇摇头，耸耸肩："我们也不知道，上次从长官那儿走时她就像见了鬼一样，极度衰弱，彻底垮了，打那儿以后她一直如此。"

"你们为什么不来告诉我?"王虎低声道,"不然我早就放了她了。"

卫兵们惊讶了,忙解释道:"司令,我们哪知您对这事这么上心?我们还等着您的指示呢。"

王虎差一点脱口喊出来:"我当然惦记此事!"然而在即将开口的一刹那,他控制住了自己,他怎能当着他们和这个女人的面这么说呢?

"松绑!"他突然叫道。

他们赶紧给她解开绳子,看她的反应如何,王虎也等待着。她站在那儿纹丝不动,王虎冲她嚷着:"你自由了,爱上哪儿就上哪儿!"

她答道:"我能去哪儿呢?我没家。"

说着她抬头看了看王虎,一派单纯的样子。

看到这种表情,王虎内心又翻涌起来,他的血液沸腾,穿着军服的身躯在微微颤抖。这次是他的眼睛垂下来了,她比他镇定。屋内的空气停滞了,人们不安地相互传递着眼神。王虎突然意识到士兵们还站在那儿,便朝他们吼道:"走开,都到门外去!"

他们垂头丧气地出去了。他们看出了司令的意思,人不论高低贵贱都有那么一宗事。他们守候在门外。

堂上只剩下他们两人,王虎向前靠了靠,生硬地说:"你自由了,挑个地方,我派人送你去。"

她大胆爽快,眼睛直视着他:"我选好了,做你的奴仆。"

第十七章

假如王虎是个普通的粗人，不知礼仪、法纪，他或许会要了这个女人。这个女人没有爹，没有兄弟，也没有其他什么男人来为她出头。他本来是可以对她为所欲为的，但是年轻时候心灵上受到的创伤使他变得瞻前顾后，他想，若能克制七情六欲，熬到可以娶她为妻时再享同衾共枕之福，那么乐趣更浓。再说，他虽然情欲难熬，度日如年，但是他之所以想要娶她为妻，一种更强烈的愿望是要她生儿子，生一个他的儿子、他的长子，而且唯有明媒正娶的妻子才能为男人生个正宗的儿子。是的，他对她所渴求的、令他内心狂喜的有一半是为了这个。他健康强壮、精力充沛，她狐媚丽质、无畏无惧，两者结合生男育女，后代该是何等完美。王虎一想到这里，似乎他的儿子就已生在眼前了。

他急匆匆叫来他的亲信"豁嘴"，吩咐他说："去告诉我两位兄长，我要取出那份留给我成家用的银子。现在我要派结婚用场了，我已经答应这个女人。告诉他们给我一千块大洋，我要送彩礼，办喜酒，自己还得做一件新礼服，讲讲排场。如果他们只给八百，你就立即拿着回来，别为另外的两百误了时间。请两位兄长也来喝喜酒，他们爱带什么人就带什么人来。"

"豁嘴"听了这番话，简直惊呆了，他的下巴可怕地颤抖着，结结巴巴地好不容易挤出几句话来："嗬……将爷，嗬……司令，和那个狐狸精！就玩她一天吧，玩一阵子，可不要娶她……"

"闭嘴，傻瓜！"王虎从椅子上跳起来，冲着他吼道，"难道我求你恩准不成？我要叫人把你当作普通犯人打一顿！"

"豁嘴"耷拉着脑袋不作声了，他眼泪汪汪的，拖着沉重的步子去为主子跑腿。他感觉到这个女人只会给他的主人带来灾祸。一路上他还忍不住一遍又一遍地咕哝着："哼，我见过这些狐狸精！司令怎么也不会相信我说的灾祸！这些狐狸精总是迷住最好的男人——总是这样的！"

冬天十分干燥，大道上尘土积得很厚，他的脚步扬起积尘，一边走一边咕哝着，有时眼泪不知不觉地顺着脸颊往下流。过路人看到他痴呆呆地只管闷头赶路，满腹心事、眼不旁顾的样子，都以为他是疯子，纷纷给他让路。

他到了王掌柜家，发现他不在，就径直来到他的粮店。王掌柜正坐在柜台后面一角的桌旁算账，他一见兄弟的这个心腹先是故作镇静，但一听他捎的口信，不觉大吃一惊。他抬起头，手中捏着笔，激动地说："钱都贷出去了，我一下子哪能凑齐这么大一笔银子？我兄弟应该在订婚时就通知我，也好给我一两年的时间准备。如此匆匆成婚，哪还成个体统！"

王虎很了解他的兄长是个死抱住钱不放手的人，因此在差他心腹走之前就吩咐过："如果我兄长想敷衍搪塞过去，你可要逼他一下。直截了当地告诉他，我要是拿不到这笔钱，就只得亲自跑一趟去取了。你回来后三天之内我会把这件事办成。你去不要超过五天，要快，说不上什么时候上头要派兵来打我。如果省里官府衙门知道了我所做的事，我就没法再掩人耳目了。他们肯定会派兵来打，一打起仗来根本没法举行婚宴。"

现在事情很清楚，王虎曾施行暴力，他必须在衙门受审，而且很可能判刑。但是另一个更明确的事实是，王虎对这个女人已到了迫不及待地想弄到手的地步。他知道，若是弄不到这个女人，他就谈不上是个勇士。因此他无所顾忌地行事，并且凶相毕露地驱使他的心腹速去速回。他在心腹临行前还曾嘱咐道："我知道，老二是做买卖的，他肯定会大叫大嚷，说他把钱放了贷，无法取出来。你别去听他那一套。你就跟他说，我手里仍握着剑呢，我这把剑就是杀老豹子时，从他那里夺来的，锋利得很啊！"

这种威胁之词无疑是最后一张王牌，王虎的心腹办事时心中自有打算，非到万不得已，他绝不搬出这张王牌，他看不起那个女人——一个漂泊江湖的贱女人。一个大户人家娶那种女人做媳妇简直是耻辱。他还没敢讲出那个女人从强盗窝里跑出来的实情呢。他心里可是真想讲出实情来，真想阻止她嫁给他的主子，但他也十分清楚王虎的脾气：他要的东西，无论如何都要弄到手的。不得已，他最后还是搬出了那张王牌。

王掌柜无奈，只得四方奔波，讨回一些银子。他心里沮丧得很，因为被迫突然将银子收回，白白损失了利钱。他垂头丧气地找到他大哥说："那笔给老三派结婚用场的钱，他现在要取了。要娶一个娼妇之类的女人做老婆，这种女人听都没听说过！老三可真像你啊。"

王大搔搔脑袋，一时想不出如何答对才好，最后他决定不伤和气，便说："真是怪事，我还以为他要准备成家时会来求我们去为他操办订婚事宜的。咱爹死了，这种事本来应由他操心的。是呀，以前我也曾想到过选一两个丫头。"他心里想，要是让他选个丫头的话，他会比别人都选得好，他才了解女人呢，城里所有最好的未婚女子他都了解，至少可以打听到。

王掌柜心急火燎，可不像老大那般慢条斯理，他冷笑一声说："我知道你心里想到过一两户人家！我可不管这种事！要紧的是你怎么应付他要的一千大洋，我手头上可拿不出这么大一笔现钱！"

王大呆呆地望着老二，慢吞吞地坐下，双手放在肥厚的膝上，两眼直勾勾的，说起话来嗓子都沙哑了："我有多少钱你都清楚，从来没有现钱闲放着，要不然再卖块地吧。"

王掌柜沉吟片刻，新年前卖地不是合适时机。地里全种上小麦，他还指望多收些麦子。但回到店里拨一下算盘，权衡利弊，他发觉多卖一块地总要比抽回放高利贷的钱合算，所以决定将一块不肥不瘦的地卖掉。消息一传出，来买地的人不少。一块地卖了一千大洋零一点，但他只给了那个心腹九百，余下的自己留着，以防王虎再来要钱。

那个心腹头脑简单，他只记住主人嘱咐过他不要为争一两百块大洋而误了时间，所以九百块一到手，他就回去了。王掌柜立即将未要去的余款放了贷，能省下这点钱，不管怎样，多少是点安慰。

在这笔交易过程中只有一件不顺心的事。他卖的地是土屋不远的一两块地，卖地时，梨花刚好从屋里出来，走到屋前的打谷场上。她看到一帮人聚在田头，就用手遮着阳光眺望了一会儿，马上明白是怎么回事了。她匆匆赶到王掌柜身旁，将他从人群里拉到一边，睁大了眼睛责备他说："你又卖地了？"

王掌柜没和她纠缠，他的麻烦事已经够多了，哪还有心思与她缠个不清。他直截了当地说："我兄弟要娶亲了，我手头又没有闲钱给他花，只得卖地了。"

梨花一听说这事，神态奇怪极了，她一声不响地退回土屋里。从那天起，她的生活圈子缩得更小了。平时她常去看望那两个孩子，除了看孩子之外，她的时间都花在专心致志地听尼姑讲道上。现在她要求尼姑每天到她家讲道，即使是上午，她也欢迎她们来，然而，其他人都相信上午见尼姑是倒霉事，晌午前走在路上见尼姑经过，大多数人会向她们吐唾沫，因为那不是好兆头。

她发誓终身不食荤，这对她并非难事，因为她从不杀生。即使在炎热的夏夜，她也会关上格子窗，这样蛾子就不会飞进屋里扑火自焚，这也算是一种放生吧。她最大的夙愿是希望那个傻姑娘死在她前头，那样她就不需要动用王龙留给她的那包以备必要时用的毒药了。

她向尼姑学道，念经念到深夜，手腕上老戴着一串玫瑰色的香木小念珠，这就是她的全部生活。

打发走王虎差来的人后，王掌柜和王地主商量着是否要去参加老三的婚礼。他们一想到老三功就名成，有了一定的权势，当然很愿意去沾沾光，但是来人再三强调此事得急速办理，要抢在上头派兵讨伐之前成婚，因此这老大老二又有些害怕。他们不知道王虎的兵力究竟有多强，万一打了败仗，老三要被问罪受罚，而他们也许会受到株连，因为是兄弟关系嘛。王地主还特别想去看一下老三究竟弄了个什么样的女人，据来人所说，那个女人确实值得一看。他太太知道这件事后，冷冷地说："像我们听到的那种争斗可是不得了的事情，可不得了啊，要是他被上头判刑，那么我们全都要判。我常听人家说，一个人要是造了反，那是要满门抄斩，株连九族的呀。"

过去皇帝肃清乱臣贼子是用这种刑的。王地主在戏院书场里也曾看过这样的戏，听过这样的书。他以前很喜欢在戏院书场这种地方打发时间，现在虽然有身价了，不屑于那种低档的娱乐，也不敢随便挤身于那种地方的平民百姓中间，但若有过路说书人到茶馆里说书，他还是去听的。现在一想起那些故事，他的脸色便吓得发黄，他匆匆跑到王掌柜处，说："我们最好立个文书，说明我们的兄弟是个不孝之子，我们已把他逐出了家门。如果他打了败仗，被判了刑，我们和我们的儿子就不会受牵连。"他说这话时心中有点沾沾自喜，毕竟他自己的儿子当初没有跟王虎走。接着，他幸灾乐祸地对老二说："你儿子目前身处险境，我实在为他感到忧虑！"

王掌柜皮笑肉不笑，显得十分尴尬。沉思片刻后，他觉得，为谨慎起见，立个文书确实是良策。一纸文书即刻就写成了，文书上说明王老三即外号"老虎"的，如何一贯不孝，已与本家脱离关系。他先让老大签字，接着自己签，然后把文书拿到县衙门，纳了一笔钱，请县衙门秘密地盖上大印。王二拿回这张盖了官府大印的字据，小心翼翼地收藏起来，藏在没人能够发现的地方。

这样，兄弟俩才觉放心。一天早上，两人在茶馆相遇，王地主开口说："现在万无一失了，何不去痛痛快快地饱餐一顿？"

他们两人已到了不便轻松出远门的年龄，还没有来得及考虑停当，四处传闻已起。消息一传十，十传百，很快传遍了全县，说是有一个乡下暴发户原在南方一位将领手下当差，后来开小差跑了出来，既是逃兵，又干抢劫，夺了一个县城称王称霸，不可一世，省里的长官听到这个消息十分气愤，已派兵前去捉拿。这位长官也是听命于上方，若捉拿不了这个反贼，他自己也要受罚。

当谣言从路边客栈或茶楼小馆里传出时，少不了有些人津津乐道，将事情一五一十地搬给王氏兄弟听。他们俩很快放弃了原先的打算，有好一阵子闭门不出，免得招惹是非。他们心中暗自庆幸，亏得以前尚未吹嘘过自己的兄弟如何显赫。那张县衙盖印的字据对他们也算是个安慰。如果有人当着他们的面说起老三，王地主就会大声道："他一直在外面野，早与老家脱离关系了！"

而王掌柜却会噘起两片薄嘴唇说："随他去干什么，反正与我们无关，他与我们哪里还有什么手足之情？"

　　谣言传到王虎那里时，他正在大办婚宴。他已下令全营上下大宴三天，杀猪宰牛、捕鸡捉鸭，凡用于婚宴的，一概由他付钱。虽然他在这个地方有权有势，完全可以白吃白拿，无人胆敢违抗，但是他不愿仗势欺人，因而声明一切由他自掏腰包。

　　这种仁义之心感动了百姓，人们交口称颂道："军阀向来都是十恶不赦的，如今这个军阀却是好人。他有权有势，强盗不敢来，他自己不抢百姓，也不收税，天底下没有比他再好的了。"

　　但是百姓尚不敢太公开地拥护他，因为他们也听到了谣言。他们还要等一阵子看看动静，因为他到底能否打赢还不知道。如果他败了，那么效忠于他的人也要倒霉。所以，要等他打赢了那一仗，百姓才敢出面拥护他。

　　尽管一下子有那么多的人大吃大喝，备齐这样的宴席对百姓而言是个沉重的负担，但他们对王虎还是要什么就给什么。王虎办酒席的规格很高，他和新娘、几个亲信和伴娘那一桌规格就更高了。那些伴娘约有半数是左邻右舍，另一半当中有一个是狱吏的老婆，有几个是安分守己的人家的女人，这些人不管谁来统治，有奶便是娘，谁给吃饭就效忠于谁。王虎需要一些女人照看他的新娘子，他对她可是当心得很，在洞房花烛夜之前的几天内，他特别克制自己，不去亲近她。虽然夜里欲火烧身，难以入眠，但是一种更强烈的感情是他希望她生正宗的儿子，这种感情逼迫他克制欲念，而且他认为，在这方面处事谨慎便是对未来的儿子尽责。

的确，她和梨花不一样。他脑海中最初的女人形象是温柔、脸色苍白的女子，他一直认为自己最喜欢那种类型的女人。然而现在，他的想法开始有点乱了，不再执着于那种类型。于是他要了她，并要她永远守着自己，为自己生儿子。

那几天没人去打扰他，他的几个心腹知道，他已完全沉醉于情欲之中了。他们私下商量着如何赶紧办完婚事，因为谣言也早已传入他们的耳朵，他们想趁早办完这事，让司令了却一件心事，以便一旦情况紧急就可带领大家干一阵。

出乎王虎的意料，婚宴已快速备妥。狱吏的老婆陪伴着新娘，四方院门敞开，大宴宾客，谁愿意看热闹、喝喜酒，一概欢迎。但是，城里人来得很少，女人更少，因为大多数人害怕。只有那些无家无业的游民无所畏惧，纷纷前来，反正任何人都可以参加婚宴，他们既可放开肚皮大吃，又可看看新娘的打扮，饱饱眼福。王虎也派人去请县老太爷赴宴，但是这位县老太爷派人回话说，他很抱歉不能前来赴宴，因为他拉肚子拉得起不了床。

结婚那天，王虎似在梦中一般，几乎不知自己在干什么，只感觉到时间过得很慢。他简直不知道自己该做什么才好，似乎每呼吸一口气都有一个小时那么长，太阳好像老是升不起来，好不容易盼到了中午，太阳又似乎停住不动了。他不像别人那样在婚礼上兴高采烈，他怎么也高兴不起来。他闷闷不乐地坐着，没有人拿他开玩笑。一整天他都感到格外口渴，他喝了很多酒，对饭菜却不置一筷，仿佛他已经吃了一顿饱饭，肚子丝毫不饿。

来喝喜酒的男人、女人和一群群衣衫褴褛的穷人吃着，喝着，街上跑来的饿狗啃着人们扔在地上的骨头，一时竟然有几十条狗在庭院里窜来窜去。王虎默默地坐在自己房内，麻木地似笑非笑，像在做梦，好不容易熬过了一天，到了晚上。

伴娘们为新娘子铺好床，王虎走进她的房里。这个女人是他有生以来接近的第一个女人。真是怪事，闻所未闻的怪事，一个三十多岁的男人，十八岁就跑出老家当了兵，在江湖上混了那么多年，却从来没有接近过女人，他的心可真是封得严严实实的。

此刻，被禁锢的欲念如开了闸的流水，任何力量都无法把它重新堵住。这个女人坐在床上，他两眼盯着她，喘着粗气。她听到了喘气声，抬起头，两眼也盯住他不放。

他走到她跟前，她坐在新婚的床上，默默无言，但毫不掩饰地流露出满腔的热情，在那一刻，他强烈地爱着她，由于他从来没有接近过其他女人，这个床上的女人对他来说是完美无瑕的。

半夜里，他将身体转向她，用粗哑的嗓子低声说道："我还不知道你是谁呢。"

她平静地答道："那有啥关系？反正我是你的嘛，以后会告诉你的。"

他不再说什么了，此时此刻他感到满足，他们俩都不是普普通通的人，他们的生活也不是普通人所可以比拟的。

第二天一大早，王虎的那些心腹没有让他多睡一会儿，他们在新房门口等着他出来。他走出房门，神情安详，容光焕发。"豁嘴"躬身上前说："老爷，昨天是您大喜的日子，我们没敢禀告，北面传来谣言说，省都督知道您夺了城，他们要派兵来打了。"

这回轮到"老鹰"说话了："我听一个打那条路上来的穷讨饭的说，他亲眼看到万把人朝我们开来了。"

接着"屠夫"也急急忙忙把他所听到的说上几句，他嘴唇厚，说话又结巴："我——我也听到的——我去城里想看看城里人是怎么杀猪的，那杀猪的告诉我的。"

然而，王虎听了这些话却依然从容不迫，轻松自若。这是他从军以来第一次对打仗如此冷漠。他微微一笑，轻描淡写地说道："有我手下的人怕什么，让他们来吧。"他在靠窗的一张桌子旁坐下，在吃早点之前先喝了点茶。那是大白天，他脑子里却突然生出一个念头，每天大白天完了不就是夜晚吗？他似乎现在才明白，他以前度过的那么多夜晚都毫无意义，只是白白浪费了大好时光，唯有昨天那一夜才过得有意思。

但是有一个人听进了心腹们讲的话，她站在帘内，透过缝隙看到那些人一副垂头丧气的样子，而他们的头领却只顾自得其乐。王虎起身出去，走到用早点的房间，那时她把"豁嘴"叫住，明确地吩咐："把你们听说的全都告诉我。"

他很不愿意将那种与女人无关的事报告给她听，于是他支支吾吾，装作无可奉告。这时，她摆出一副太太的架势厉声喝道："别跟我来这一套，老娘五年来见惯了腥风血雨，打仗进进退退的也见得多了！快讲！"

"豁嘴"感到局促不安，不知所措，这个女人的一双眼睛竟然大胆地盯着他的眼睛，而不像一般妇道人家那样眼光朝下，特别是她才结婚，理应懂点羞耻。现在倒过来了，她倒像个男人似的让他禀告一切。于是"豁嘴"只得把他们怕些什么、处境危险到什么程度等一一告诉了她。他说，上面派来的兵在人数上大大超过了他们，而且不知道王虎手下的大部分人在打仗时是否一定会效忠他。她听了之后，便叫他快去请王虎来见她。

他来了，好像并非应召而来，而是摆出一副嬉皮笑脸的样子，以前可从来没有人看到他这样过。她坐在床沿，他也挨着她坐下，拉起她的袖口，用手指抚弄着。他有点局促不安，两眼盯着她，呆呆地笑着。相反，她却显得泰然自若。

她用她那清脆但又多少有点刺耳的嗓音连珠炮似的说道："打起仗来我可不会碍你手脚，我不是那种女人。他们说有一支军队来讨伐你了。"

"谁说的？"他问，"三天之内我不想管什么事，我给自己放假三天。"

"要是这三天中他们逼近了呢？"

"一支军队三天内行不了六七百里的。"

"你知道他们什么时候启程的吗？"

"这件事不可能这么快就传到省城的呀。"

"完全有可能！"她说话极快。

事情也真怪，两个人，一个男人，一个女人，竟然可以坐在一起谈着与爱情毫无关系的事情，没有绵绵的情话，可是王虎对她的亲热劲儿就同在夜里一样。一个女人能够如此对答，实在使他惊奇，因为他以前从来没有和别的女人这样谈过话，他通常把女人都看成漂亮面孔笨肚肠。他害怕与女人交谈，原因是他吃不准女人究竟懂些什么、究竟会说些什么。即便是对一个卖笑卖身的女人，他也做不到像其他普通士兵那样，一看到女人就冲上去。他对女人的冷漠态度，有一半原因是他害怕不得不和女人说话。但是现在，他和这个女人偎依着坐在这里交谈，竟然如此容易，就好像她是个男人。他听着她继续说下去："你的兵力比省里派来的兵力弱，一个善战的人发现敌强我弱时，就必须使用谋略。"

听到这里，王虎暗暗发笑，粗声粗气地说："我当然知道，要不你也到不了我手中。"

听他这么说，她的眼光突然垂下，仿佛要掩饰什么事情。她咬了咬下嘴唇，回答说："最简单的办法是杀人，不过首先得抓住才杀得成。这种简单的办法现在谈不上。"

王虎面露骄色："我的人马对付官兵，至少一顶三。今年这个冬天我一直在操练他们，拳术、腿功、刀剑格杀水平都有提高，再加上实战演习，他们没有一个怕死的。再说，大家也都知道官兵是些什么料，这些人总是看谁强就倒向谁，毫无疑问，这个省官兵的饷银并不会比其他地方的官兵多。"

她一下子把袖子从王虎的手中抽出，不耐烦地说："你还是没有个计划！听着——我临时想到个计划。那个县太爷老头儿，你们派了人在他衙门站岗的，把他扣作人质就行了。"

她说得那么认真，那么一本正经，王虎不由自主地听她说，但他自己也感到奇怪，他难得与别人商量事情，总认为自己应付事情的能力绰绰有余，可这会儿他却乖乖地听她往下说着："先把你的人马集合起来，然后把县太爷带来，教他一番编好的话，逼着他去见省里带兵来的将军，我们派两个心腹跟在他左右，听他究竟怎么说我们，要是他不按我们的话说，就让左右给他一刀，那也就是开仗的信号。可是我相信，这老头儿胆小如鼠，肯定会照我们让他讲的话去说的。让他说这里凡事都得由他点头同意，他不同意的事谁也不会去做。所谓造反的谣言其实是指他原来的总兵造了反，要不是你给他解了围，他的县府大印早就落到他人手里了，说不定他那条老命也早就丢了。"

王虎一听，觉得这条计策似乎是上策。她在讲这条计策时，他听得眼珠子转都不转一下，直勾勾地盯着她的脸看。他看到了展现在他面前的全盘计划。王虎站起身来，默默地笑着，心想：她到底是干哪一行的？他走出房间，按她所说的行动起来，她紧跟在他身后。王虎命令一名心腹去把县太爷带到议事大厅来，这个女人别出心裁地提议他和她一起到大厅内坐下，把县太爷带到他们俩面前。王虎也表赞同，因为他们俩必须好好地吓唬一下这个老家伙。于是他们俩踏上厅台，王虎坐一张雕花椅，这个女人坐了他旁边的一张椅子。

不一会儿，县老太爷被两名士兵带上来了，他跌跌撞撞，瑟瑟发抖，身上一件长袍胡乱地披着，他半睁着眼茫然地向大厅四面看看，发现一个他认识的人都没有。那些原来在他手下当差的，见到他进来，早就寻找各种借口躲开了。厅里只有沿大厅的墙列队的士兵，他们都背着枪，听命于王虎。然后他抬头往台上看去，嘴唇发紫，抖个不停，嘴也合不拢，只见王虎眉毛倒竖，一脸凶相，杀气腾腾地坐着，身边还有一个陌生女人——一个他从来没有见过也没有听人家说起过的女人，他无法想象这个女人是从哪里钻出来的。他站在台下战战兢兢，心想这回必死无疑了。他素来不愿惹是生非，一生研读"四书五经"，想不到会落得如此结局。

只听得王虎厉声吆喝，一点也不讲礼仪："你现在被捏在我的手掌心里，必须听从我的命令，否则就别想活命。明天我带手下去迎战，你和我们一起去。开仗前，我会让我的两个手下陪你去见省里那个带兵的。你对他说，你已经请我当了你县里的总兵，是我打败了你衙门里的叛贼，把你救了出来，是你请我，我才留在此地的。无论你说什么，我的两个手下人都会听到，只要你说错一句，我就要你的命。但若你按照我的话说得好，你就可以回来，再回到台上做你的官。我会照顾你的面子，不让外人知道谁在这衙门里掌大权。老实告诉你，七品小县官这个位置根本不在我眼里，我也不会找别人顶你的位置，只要你照我的命令行事，保证你没事。"

这个手无缚鸡之力的老头儿，除了唯唯诺诺，还能说什么呢？他呻吟般地答道："我是在你的刀尖上，跑也跑不了，就照你说的那么做吧。我老了，膝下无子，只能得过且过。"

他转身走开了。他的腿发软，因此他拖着步子，呻吟着回到了自己的家。他的老夫人是个从不出门一步的女人，他们也确实没有儿子，因为她生的两个孩子都在尚不会说话时就夭折了。

现在一切是否会照着王虎的策划顺利进行，谁也说不上来。倒是他的命运又一次帮了他。冬去春来，大地上柳树重新吐绿，桃花再度争妍。农夫们脱去了冬装，又开始光着背脊在田里干活了，轻轻的春风、暖暖的阳光抚摸着农夫光背脊上一块块隆起的肌肉，他们感到乐陶陶的。大地从漫长的冬天里醒过来了，军阀们也醒过来了；大地生机勃勃，军阀们却充满了对战争的欲望。他们争斗成性，旧的矛盾才得缓和，新的矛盾又激化了。每个握有兵权的人都野心勃勃地想去争夺地盘，扩展势力范围。

　　那时，国家大权被一个软弱无能、优柔寡断的人把持着，许多军阀早就垂涎三尺，他们各自心里都在盘算着，现在该是夺取国家权力的最佳时机。各地军阀中有许多是势不两立的，但也有一些军阀联合在一起共议大事。他们商议如何夺取国家大权，如何除掉那个无能无知、听命于他人的傀儡，以及如何由自己立个新傀儡在那里替他们办事。

　　在这些军阀中，王虎只是个势力很小的无名小辈。有人会在聚会或宴席上的交谈中提起王虎："你们听说过那个连长吗？他从他的上司那里分裂出来，现在自己占了块地盘。据说他非常勇猛，名叫老虎，他的脸上有两道粗粗的浓眉，脾气也凶暴得像只老虎。"

　　如此，王虎所在的那个省的大军阀也就知道了他，他已听说王虎如何驱除了老豹，对此他很赞同。他是全国的大军阀之一，心里早就产生了除掉上面那个无能的傀儡的念头。他想，即使他自己坐不上那把交椅，至少也得立一个他的人坐那把交椅，那样的话，国家的财政收入就会落进他的腰包了。

因此，这个春天隐伏着动荡不安，各路人马野心勃勃，蠢蠢欲动。这个省的大军阀下令在城门上、墙上以及各处有人走过的地方都贴上布告。布告上说政府的官员压榨百姓，罪大恶极，黎民百姓忍无可忍。虽然本省兵力单薄，但他有必要挺身而出，解救百姓。布告既已贴出，他便开始积极备战。

至于老百姓，他们中识字的人不多，也看不懂什么救世之说，他们只是直接感到苛捐杂税的名目越来越多，使人叫苦不迭。土地税、谷物税、车马税等不一而足，在城里则还有店堂税、商品税，各种税额都增加了。如果百姓的抱怨被军阀手下的人听到了，他们就会大声喝道："你们这班人真是忘恩负义！难道你们不应报答救了你们的人吗？士兵要保卫你们，为你们去打仗，你们不拿出钱来谁拿呢？"

老百姓无奈，只得交捐纳税。他们心想，要是不交的话，不但要惹怒这个军阀，也会让新的军阀乘虚而入，而新的军阀一进来，趁着得势，肯定会大掳大掠一阵，那他们就更苦了。

既已下定决心要打这一仗，这个省的军阀便迫不及待地招兵买马，希望各路中小军阀投到他的麾下。他一听说王虎造反的事情，就对省长说："有个名叫王虎的新将领，势力还不大，不要对他压得太厉害了。我听说他是一条好汉，当今就需要他这样的人做我的部下。全国上下势将分裂，也许就在今春，最多也是明年或后年，南北方即将开战。请善待此人。"

虽说一个国家内的军事首领应该属同级政府的文职长官管

辖，但众所周知，大权事实上总是握在拥有兵权的人手中。一个手无寸铁的文官，即便有名正言顺的管辖权，又如何能反对同一行政区内掌握兵权的武官呢？

于是，命中注定王虎会安然渡过今春的难关。官兵朝王虎开来时，他带着手下的兵马迎去，让县老太爷坐着轿赶在队伍的前头，几个精兵则尾随轿子以防不测。到达会面地点后，县太爷走出轿子，跌跌撞撞地从满是尘土的乡间小路上走过去，他穿着县官的官服，由王虎的两名心腹扶着。官兵的统领迎上前来，见过礼后，这老头儿颤抖着声音说："将军，你搞错了。王虎这个人不是盗匪，他是我县里新任命的总兵，是他救了我，平息了叛乱，现在他护卫着县衙。"

这位将军并不相信这套话，别人也不会相信，因为他的密探早就把真相报告给他了，尽管如此，他还是下令停止进军，以免在这种冲突中损军折将，他的枪炮弹药还得用来打大仗呢。等老县官说完后，他只是稍稍责备了几句："你该早些送信通报才是，我还以为是一场叛乱呢。我这次带兵过来，空跑一趟，必须罚款，限你们交一万块大洋。"

王虎知道事情已解决，就十分高兴地班师回营。这回轮到他向百姓征税了。那个地方盐产丰富，本地用不完，就运到外地去卖，据说还有运到外国去的，于是他提高了所有的盐税。不到两个月，他已凑足了一万多块大洋。

此事一旦了结，王虎越发有势了，在整个过程中，他没有失去一兵一卒，他认为，这应当归功于他的女人，从此以后，他更加看重她的智慧了。

但是他仍然不知道这个女人的来历。尽管他们俩仍是情意绵绵，但他有时总免不了想了解她的过去。每当他询问她时，她总是敷衍着说："说来话长，等到冬天没有战事时再告诉你也不迟。现在是春天，是打仗而不是闲聊的时候，你得利用这段时间扩充你的势力才是。"

她总是不安地搪塞，眼光炯炯有神而又显得严肃。

王虎觉得这个女人说得在理，那时举国上下盛传今年春季军阀将要混战一场，而且规模将是十年中最大的一次。百姓们唉声叹气，议论纷纷，不知道战争会给他们带来什么样的损失。然而，需要耕作的田地照样在耕作，在城里，商店还是开着，人们必须养家糊口。即便人们对即将降临的灾难担惊受怕，哀叹几声，等待和观望着事态的发展，他们还是得照常生活、做事。

王虎所在的地区，众人都看着他的动静。他的权力已经公开，也已经巩固了，大家都知道税收是经他的手处理的。虽然老县官还在位做做样子，但实际上掌权的是王虎。在议事大厅里，他堂而皇之地坐于县太爷的右侧，一旦要判决什么事情，县太爷就会看他的脸色行事。以前付给地方议会的钱现在都流进了王虎和他几个心腹的腰包。然而王虎并没有变，他只取富人的钱财，如果穷人有事求他，他们尽可以畅所欲言。有很多穷人都称颂王虎。这一次王虎如果参战，本地的百姓必须支付他所需要的军饷，所以大家都在注意他的动静。

至于王虎，他已经充分考虑过这件事，他曾独个儿沉思默想，也和他的女人以及心腹们商量过。但他仍有些困惑，不知怎么做对他最有利。省里的军阀已经将命令下达给每一个分散的各据一方的将官，命令说："带领兵马来我麾下听命，这场战争将是诸位晋升的最好时机。"

但是王虎决定不了是否该前去应召，他拿不准哪边会胜。如果他投入将要失败的一方，那么自己的势力会削弱，甚至会彻底毁灭，毕竟自己好不容易刚刚立住脚跟。他苦思冥想了半天，最后派出密探去打听究竟哪边会胜。在探子回来之前，他将拖延表态或宣布中立。他要等到战争接近尾声胜负分明时才赶紧宣布投向哪一边。那样，他可以不损一兵一枪，踏着胜利的浪潮与其他各路兵马一起坐享其成。派出密探后，他坐等着消息。

夜里，他和他的女人谈论此事。他们俩的情欲与权欲奇怪地纠结在一起。在满足了情欲的饥渴之后，他舒舒服服地躺着和身旁的女人谈论起来。他把自己所有的计划和梦想都一股脑儿告诉她，最后又加上一句："这就是我要做的事，你若替我生个儿子，那么，所有这一切就很值得了。"

然而，对于他的这种希望，她从未给过一个肯定的答复，每当他这么说时，她就变得不安起来，就会用一些家常琐事搪塞过去。她常这么说："最后一仗的计划究竟定了没有？"也常会这样说："计谋是最好的战争，而最痛快的仗是最后胜利在望时的那一仗。"

然而王虎自己情意正浓，根本没有注意到她态度上有什么冷漠的地方。

整个春天，王虎都是在等待中度过的，虽然他常常等得不耐烦，但有这个新婚的女人在身旁，他倒也忍受下来了。夏天到了，小麦已经割过，从山谷间传来的打谷子的声音，整天回荡在阳光普照、静寂而炎热的大地上。套种在麦田里的高粱长得秆高叶茂，花穗向四面伸展着。此时王虎正在等候消息。到处都是战争的烽火，南方和北方一样，都是几路军阀暂时联合在一起。王虎则还是等着，他希望南方胜不了北方，那些又矮又小的南方人实在令他厌恶。有时他暗忖，若是南方打胜，他就进山隐居一阵子，伺机东山再起。

他也并非袖手干等，而是竭尽全力操练队伍、扩充人马，他招募了不少强壮小伙子，让老兵带新兵。这样，他的人马扩充到将近一万。为了给这么多人发饷，他增加了酒、盐和流动商人的税金。

这时他唯一的难处是缺乏枪械。要解决枪支问题，有这么两个办法：想方设法偷运；或是攻打附近的小部队，缴获他们的枪支弹药。两条路必取其一。枪械在那时是奇货，是外国货，要从外国带进来可不容易。王虎占地盘时并没有想到枪械的进路，因而选了一块内陆地区，没有一个沿海口岸。所有沿海口岸都有兵把守，要走私弄枪是不可能的。再说他又不懂外国话，他身边的人当中也没一个懂的，所以打算和外国人做生意也行不通。唯一可行的办法似乎就是在附近一带打一仗，解决他部队中许多人没枪的问题。

一天夜里，他把这想法告诉了他女人，她马上来了劲。她常常是一副没精打采的样子，对他有点心不在焉，可是一来了劲就急着说："我记得你说过，你有个哥哥是做生意的！"

"确实有的，"王虎说，并不明白她的意思，"他可是做粮食买卖的，不是买卖枪支的。"

"是啊，你怎么不懂？！"她不耐烦地冲着他嚷道，"既然他做买卖，那就可能和沿海口岸有联系，也就能买枪，混在粮食里走私进来呀。我说不上怎么去做，总该有办法的。"

王虎考虑片刻，觉得她聪明过人，言之有理，就按她说的去安排了。第二天，他叫来了麻脸侄子，这小伙子一年来长高了，王虎把他带在身边，常常让他执行一些特殊的小任务。王虎吩咐道："去见你的父亲，装作回家探望的样子。只剩你们爷俩时，你就对他说，我要三千条枪，我现在没法行动，就是因为缺枪。人到处都有，但没有枪，要这些人有什么用？对他说，他是做生意的，沿海生意熟门熟路，可以替我想个法子。我派你去，因为这件事必须严格保密，你是我的嫡亲侄子。"

小伙子当然很高兴回去一趟，他连连保证守住机密，并为这趟差事感到挺自豪。王虎又开始等待，同时，他继续招募新兵，只是挑选得很仔细，对每个人都要考验一番，看看他是否不怕死。

第十八章

那小伙子绕道往回家的路上走去。他脱下军服，换上一身农家子弟的装束。眼下，他穿着一身蓝的粗布衣服，配上他那黝黑的麻脸，看上去可真像个乡下小伙子，活灵活现的王龙的后代。他的坐骑是一匹老白驴，一件破棉袄叠起来当作驴鞍，他时不时用光脚丫子踢踢老驴的肚子，催它赶路。看到他在炎炎夏日之下半睡不醒似的模样，没人会想象出他是在奉命送信，准备买三千支枪送到并不打仗的地方去。他不打瞌睡时，便边走边唱军歌，他就喜欢唱歌。田里的农民听到他唱着军歌，停下活，抬起头来不安地打量着他，有个农民在他身后大声嚷道："该死的，唱什么当兵小调——你倒是想把黑乌鸦唱回来不成？"

小伙子很开心，一路上还不时吐唾沫，东吐一口，西吐一口，显得有点毫不在乎，并摆出一副想唱就唱的样子。其实，除了军歌，别的歌他也不会唱，他在行伍中混了这么久，不可能要求他唱出的歌和农家小调一样。

他在第三天中午到了家，在丁字路口，他下鞍步行，碰巧他的大堂兄在路边闲逛。大堂兄一见是他，就止住打哈欠，忙招呼道："嘿，当将官了吧？"

麻脸小子立即诙谐地回敬一句："还没哪，可我至少中了个第一名！"

他这么说多少有点挖苦他的堂兄的意味，因为大家都知道，王地主夫妇俩总是吹嘘他们如何教导大儿子念书，准备下一季送他去某个学府赶考，将来他准会成为一个大人物云云。但是，过了一季又一季，然后一年又一年，他却从来没有去赶过考。麻脸小子同他堂兄说话时看得出，他前一个晚上不知在什么地方鬼混过，睡到现在才起床，而且也不是到什么学校去，而是到茶馆去混日子。这位堂兄既瞧不起人又爱挑刺，对麻脸小子上下打量了一番说："至少中了第一名的将官连一件绸大褂也穿不起，哼！"

他说完也不等答话就径直走了，他走起路来一摇一摆地踱着方步，身上那件嫩绿色大褂随着脚步一飘一飘的。麻脸小子笑了笑，朝他身后吐了吐舌头，走进自己的家门。

他一跨进自己家的大门，发现一切依然如故。此时正是吃午饭的时候，屋内房门敞开，他看见他爹坐在桌旁独自一人吃着，小孩子们照常是端着饭碗跑来跑去的，他母亲站在门口，端着碗，用筷子往嘴里扒饭，她一边嚼，一边和来借东西的邻家女人闲聊，说什么前天夜里一只猫偷了条咸鱼，那条鱼高高地挂在大梁上，竟也被它抓到了。她看到麻脸儿子时，冲着他大叫起来：

"嗨,正好回来吃饭,赶得可真巧!"说完又继续同那女人聊天。

小伙子对母亲只是笑笑,叫了一声,其他什么话也没说就走进了房。他父亲朝他点点头,稍有点意外。儿子恭敬地叫了声"爹",然后转身自己动手拿了一只碗、一双筷,从饭桌上往碗里盛了饭,走到旁边,坐在一条凳子上吃起饭来。有长辈在时,小辈只能坐在一边,而且不能舒舒服服地坐满一个凳面。

吃完饭,父亲在自己的饭碗里倒了点茶,但没有倒满,他无论什么时候都十分节俭。他呷了几口茶后,对儿子说:"带回什么话吗?"

儿子说:"有的,这儿不便说。"他这么说是因为弟妹们围成了一圈,一声不响地瞧着他,他是个陌生人,无论说什么,他们都好奇地听着。

此时,母亲回到饭桌旁添饭,她胃口很好,每次都要吃到她丈夫吃完饭走了好久,她才吃完。她两眼盯着儿子说:"我敢肯定,你足足长高了七八寸!怎么穿这身破衣服?你叔叔没好点的衣服给你穿?他们给你吃什么长成这么个个头——一定是好酒好肉喂足了!"

儿子咧嘴笑了笑说:"我有好衣服,这次没穿上。我们每天都有肉吃。"

王掌柜听得惊呆了,不觉大叫起来:"什么?我兄弟每天给当兵的吃肉?"

儿子赶紧说:"哪里?只是现在快要打仗,他想让大家吃得身体壮些,打起仗来勇猛些。我和那些当小兵的不住在一起,吃饭时我和叔叔的心腹们一起吃，我们可以吃叔叔和婶婶吃不完的菜肴。"

听到这儿，他母亲来劲了，说："把那女人的事说给我听听！真是怪事，结婚吃喜酒也没请咱们去。"

"请了。"王掌柜一看这个话题一说开就没个收场的时候，因此赶紧接口说，"他是请我们去的，可是我推掉了。要是去的话，你又得买新衣服，买这买那的去应酬那场面，得折腾不少银子呢。"

他女人听他这么说，气得要命，大声说道："啊，你这个老吝啬鬼，我哪里也去不成——"

王掌柜清了清嗓子，对儿子说："这儿没个安静，跟我到外面去吧。"他站起身来，还算温和地把孩子们推开，往外走去，儿子在后面跟着。

王掌柜和儿子在街上一前一后地走着，到了一家他很少去的小茶馆，选了一个安静角落里的桌子坐下。茶馆里这个时辰客人不多，农民已经卖完了挑出来卖的货，回家去了，下午来喝茶聊天的城里客人还没有到。坐定后，儿子把来意告诉了父亲。

王掌柜仔细地听儿子说每一句话，他一言不发，从头至尾听完儿子要说的话，听完后也不露声色。要是换了王地主，早就会惊得眼珠吊起，发誓说这种事根本办不成。王掌柜可不然，他已经暗中致富，对他来说没有办不成的事。如果他犹豫不决，那是在衡量事情的利弊得失。到处都有他的钱，人们向他借钱办各种事情。甚至寺庙也借他的钱，这些年来虔诚地信佛的人越来越少，只有女人，通常是些老太婆还信佛拜菩萨，许多寺庙因此变穷，僧侣不再有以前那么显赫的等级，有些寺庙把庙地抵押给王掌柜，向他借钱。王掌柜还把钱投资到航运业、铁路运输业，并投了一大笔钱在城里办妓院，他自己却从来不涉足自己的妓院。他的哥哥走进城里那座才开张了一年光景的新大院去嫖妓时，怎么也不会想到那是他兄弟开的。妓院这行业赚头很好，王掌柜就是看准了男人的本性才干这一行的。

就这样，他的钱从上百条秘密渠道流了出去，如果他一下子将钱收回，就会有千百个人遭殃。他有那么多钱，却从来不比过去吃得多吃得好，也不像那些吃穿有余的人那样寻欢作乐，也不让自己的儿子穿绸裤子。看他那过日子的样子，绝对没有人会把他当作有钱人。也正因他这么过日子，他才可以盘算盘算三千条洋枪的事，而且绝不会像王地主那般听后大惊小怪。是呀，要是有人在街上碰到这兄弟俩在一起，肯定会说王地主才是有钱人，因为他花钱大手大脚，滚圆滚圆的身子上下裹着绫罗绸缎做的长袍马褂，外加皮袄皮帽，就连他的儿子也从头到脚都是绸缎，怎么也算得上有钱人了。王家只有那个小驼背默默无闻地与梨花住在一起，他虽然也快成年了，却一天又一天地被人所忘却。

王掌柜默默地思索了好一会儿才开口说："花这么大一笔款子买枪，我兄弟可说过给我什么担保吗？没有担保我可不干，要知道，买枪是犯法的呀。"

他儿子说："他说：'告诉我哥，他要是不相信我，就把我留着的地全部拿去作担保吧，一直抵押到我收到的税够还他时为止。我在自己的地盘里掌握着所有的税收，但是我一下子拿不出一笔巨款，即使拿得出来，那叫我的士兵吃什么？'"

"地我不要，"王掌柜考虑了一下说，"今年收成不好，差不多闹饥荒了，地卖不出价。他留着的那些地卖了也不够数。结婚时的花费早已动了地了。"

然而那年轻人乌黑的小眼珠子闪闪发亮，露出一脸热切的神色，他说："爹，我叔真是个大人物。你该看看人家是多么怕他！他也是一个好人，他并不为了杀人才去杀人。甚至连省里的都督大人也怕他。他自己什么也不怕——真的什么也不怕，要是怕什么的话，他也不敢和那个被人称作狐狸精的女人结婚了！而且假如你给他办成了那些枪，他的势力就更大了。"

做儿子的这些话对做父亲的并没起到多大作用，但话里有些道理。真正打动王掌柜的倒是那最后一句话，有个有权势的军阀兄弟要比任何报酬都管用。是的，如果真如谣传所说要有一场大战，而且战火蔓延到这里的话——谁知道战争要打到什么地方为止？——他的巨大家当就会被掠夺抢劫一空，即使不是被敌军士兵掠夺，也会遭到亡命穷鬼的抢夺。王掌柜现在的家产不再是田地，他仅存的土地无非是些屋边地，他的家当是商店和借贷生意，这一类财产在乱世是很容易被人抢劫的。如果没有某种势力的保护，一个富人很可能随时变成穷光蛋。

于是他暗自思忖，这些枪支在将来某一天可能起到保护他的作用，问题是如何去买，也就是如何走私进来。走私是能办到的，因为他自己拥有两条小轮船，是用来向邻近的一个国家运送大米的。私运大米出口是违法行为，因而他必须偷偷地干。干这一行获利甚厚，足够使他有钱去行贿。那些当官的见钱眼开，受了贿赂便马马虎虎地检查一下，睁一只眼闭一只眼地给他的两条小轮船放行，相反，对于外国轮船以及其他没有给他们好处的船只，他们就摆出一脸秉公办事、气势汹汹的架势。

王掌柜心想，他的两条船从外国回来有时是空载的，有时也半载着棉纱和小件洋摆设。在那种情况下，他很容易把洋枪混杂在货物内走私进来。即使被查出，他也可以上上下下塞点钱贿赂一番，就连两个船老大也可以塞点好处封住他们的嘴。是的，这一切是办得到的。考虑停当，他先环顾四周，看看是否有闲人或官府差人在旁，然后从牙齿缝里轻轻挤出几句话，对他儿子说道："这些枪支运到沿海地区没问题，甚至运到离我兄弟最近的铁路线站头也行，但是从铁路到他那里没有大路可通，也没有水路，要步行或者用牲口驮着走一两天，那怎么行？"

这一点王虎可没向那年轻人交代过，所以他听了只是傻乎乎地搔头摸耳，两眼干瞪着他老子说："那我还得回去问他。"

王掌柜说："对他说我设法把枪和其他货混在一起，标上别的货名，运到一个指定地点，然后他得自己去取货。"

当天晚上"麻子"住在自己家中，他妈特地做了他爱吃的蒜肉包子，味道好极了。他吃了个饱，还把吃剩的全部塞进怀里留着路上吃。第二天，他骑上毛驴绕道回他叔叔处回话去了。

第十九章

　　一个月后，事情终于发生了，事情来得突然，简直使人难以置信，就连傲气十足的王虎一开始也不敢相信。等到大家获悉大军阀已相互开战并且把全国割据成两半时，战争的狂热席卷了整个地区。随着这阵狂热，好战分子趁着乱世各自粉墨登场，他们当中有游手好闲者、亡命冒险者、无业流浪者、逃离家庭者、赌场失意者等各种各样愤世嫉俗的人。

　　在王虎借县老太爷之名统治的那个区域，叛民结帮聚众趁火打劫，他们给自己取名为"黄巾帮"，并以黄巾裹头为标记。他们起初只是小打小闹，在路过农户时抢点东西吃，或走进村里的小客栈白吃一顿后扬长而去，他们有时也付几个钱做做样子，但嗓门提得老高，露出一脸凶相，客栈老板怕闹事，只得忍气吞声，自认晦气。

　　后来黄巾帮人数增多了，胆子也越来越大。他们开始转念头弄枪，因为帮内只有几个从军队开小差下来的人才有枪。尽管他们尚不敢到城市集镇去行劫，但在小乡村里，他们对普通老百姓行劫的胆子越来越大。曾有几个胆大的农民向王虎报告过乡间的匪情，他们说，黄巾帮这些人横行无忌，胆子极大，他们夜间闯入民宅行劫，若抢不到值钱的东西，就肆无忌惮地把全家斩尽杀绝。王虎也曾派出探子向农民打听虚实，可是那些探子遇到了一些胆小怕事的农民，他们不敢据实反映，所以王虎对此也将信将疑。在一段时间内，他并不采取任何行动，把这些事看得十分淡漠。他的全部心思都已放在何时向何方宣战的问题上了。

盛夏来临，大批军队开到了南方，有些士兵受不了帮匪的诱惑而入了伙，于是盗匪人数大为增加，胆子也变得更大。每年到这个季节，这些地方的高粱秆都长得很高了，为盗匪提供了有利的隐蔽所，以致盗匪更加猖獗，老百姓如果不是成群结队的话，简直不敢在小路上行走。

现在王虎对此事抱什么态度尚未能知，因为他多少有点受他手下人的影响，他毕竟得相信他的暗探和心腹的看法。这些人平时捧他，使得他觉得没有人敢对他弄虚作假。有一天，从西边乡下过来两个农民，是兄弟俩，他们扛着一只麻袋。他们不肯把麻袋打开给别人看，不管别人怎么盘问，兄弟俩口口声声说道："这袋东西是给司令的。"

站岗的猜想那是给王虎的礼物，所以就放他们进去了。兄弟俩走进大厅，看见王虎坐在那儿。他常常在这个时辰坐在厅里。兄弟俩走上前去，在向他行礼请安之后，一声不响地打开麻袋，从袋里拿出两双手来：一双手粗糙不堪，肤色深褐，已经干裂；另一双手的手掌上还看得出扶持犁耙而长出的老茧。兄弟俩举起这些残肢，残肢截断处的血液已经凝结、发黑。两人中年长的那个也不过中等年纪，方正脸型，看上去十分忠厚老实，而这会儿却怒气冲冲地说道："这些就是我老父老母的双手，他们死了！两天前，盗匪抢劫了我们村子。我爹大喊没有东西给他们，他们就砍掉了他的双手。我妈冲上去大骂这批盗匪，他们也把她的双手砍了下来。我和兄弟当时正在田里干活，我女人和弟媳逃出来，哭叫着找到我们。我俩和乡亲们一起跑回村时，强盗已经走了，他们人也不多，总共才十来个人。我们的父母年纪大，村子里又没人敢出来帮助他们，生怕今后受连累。老爷，我们向你缴税，向你缴的税比国家规定的税还高，我们缴土地税、盐税，所有的买卖都上税。我们向你缴税是为了受到你的保护啊。你打算怎样保护我们呢？"

他们一面说着，一面仍举着那两双粗糙僵硬的断肢。

听了这番大胆的倾诉，王虎并没有像身处他那种地位的人一样动怒，他非但不动怒，反而感到惊讶和气愤，这倒不是因为这两个农民敢于大胆直言，而是因为这种事竟然发生在他管辖的区域，未免太不像话了。他大声传令召集各队队长，传令兵把队长们一个一个地找来，共五十来个，他们进到厅堂集合听命。

王虎亲自从方砖地上拿起断肢，高举着对大伙说："这些是良民百姓的手呀，那帮盗匪趁他们的儿子在田里干活，竟在光天化日之下抢劫杀人！谁愿打头阵剿灭这帮盗匪？"

队长们的眼睛盯住那两双手，眼前的景象使他们震惊。他们怎么也没有想到，在他们管辖的地域，竟然有盗匪敢于在光天化日之下行凶抢劫。大伙儿禁不住交头接耳地议论开了："怎么可以容忍这种事情发生在我们的地盘上？""难道让那帮贼子在我们的地盘上耀武扬威吗？"最后大伙齐声喊道："去干掉他们！"

　　王虎转身向兄弟俩说："安心地回去吧。明天我们就要开始行动了。抓不住这伙盗匪的头子，我王虎决不罢休。我要像除掉'豹子'那样除掉他！"

　　那个弟弟开口说："青天大人，依我们看来，这伙强盗只是些散兵游勇，还没有个头儿，他们是几个同宗同族的人，正物色强人当他们的头呢。"

　　"若是这样的话，"王虎说，"击溃他们就容易得多了。"

　　"但全部消灭他们可不那么容易。"哥哥直截了当地说。接着兄弟俩仍没有要走的样子，好像还有很多话要说，可是又不知从何说起。王虎等得有点不耐烦了，他以为这兄弟俩之所以还不肯离去，是因为对他仍有点不信任，于是略带愠色地说道："老'豹子'那么一个了不得的强盗，吃了你们二十多年的供奉，我都把他杀了，难道你们还不相信我的力量？"

　　兄弟俩吓得面面相觑，那个哥哥咽了一口口水，慢吞吞地说："青天大人，不是那意思。有些话我们想私下对你说说。"

　　王虎转过脸去大声吩咐那些站立在两旁的队长出去准备人马，于是他们纷纷离去，只剩下一两个从不离他左右的心腹守候在那儿。那个哥哥伏地俯首向王虎连磕三个响头，然后说："大人别生气，我们都是穷人，我们需要您的保护，但我们只能请求，可拿不出钱来犒劳上下呀。"

王虎诧异地说："什么？你们求我做力所能及的事，我哪里会要你们犒劳呢？"

那人毕恭毕敬地答道："今天我们动身的时候，村里的人试图劝说我们不要来。他们说，如果我们带军队回村里，那比遭强盗抢劫更糟，军队要的代价太高了。我们穷人靠双手养活自己，勉强度日糊口，强盗来抢过了也就离去了，但是当兵的来了就住进我们家里，眼睛盯着我们的闺女，吃我们留着过冬的粮食。他们有枪，我们又不敢不给他们。大人，假如你的手下去这么干的话，那就别派他们去吧，我们还是逆来顺受算了。"

王虎是个好人，听到这番话后火冒三丈，立即大声呼喝那些队长回到大厅。队长们三三两两进到厅里，王虎脸色铁青，眉毛倒竖地对他们训话："我管辖的地盘不大，派出去的人要不了三天就可以办完事回来，我立一条规矩：我手下的人出去都不得超过三天，谁要是下去鱼肉百姓我就毙了他！谁要是打强盗有功，有赏！赏他银子，回来有酒有肉饱吃一顿。我可不是强盗头子，我的人可不准当盗匪！"他说这话时目光严厉，吓得队长们诺诺称是。

王虎如此办事，那兄弟俩才放下心来，他们小心翼翼地把父母的断手重新放入麻袋，带回去准备将父母完尸葬入坟中。回到村里后，他们对王虎称赞不已。

但是王虎把兄弟俩打发走以后有些神情沮丧，闷闷不乐，因为他坐定一想，觉得自己承诺得过早、过多，由于被这兄弟俩带来面呈的遗物所感动而由良心支配了决策。他本来无心去与那些强盗为难而损兵折将，耗费弹药。他也知道手下里有些人就像别的军队里的一些人一样自由散漫，一心想寻个舒服的地方，这些人很有可能受强盗的诱惑，带着枪去投奔强盗。

正当他闷坐在自己房里时，传令兵呈上一封掌柜王二的来信。他拆开一看，原来是枪支已经备妥。这封信写得相当含蓄，转弯抹角地告诉他买来的枪支分藏于粮食麻袋中，那些麻袋粮食是要运到北方的面粉厂去加工成面粉的，将于某月某日停留在某地。

王虎一辈子也没遇到过这样的难题，枪支是无论如何要设法去取来的，可他手下的人马分散到乡下去对付强盗了。他颓丧地坐着自叹倒霉。这时他的爱妻进来了。其时正是盛夏的中午，她迈着特别轻柔、倦怠的步子，身上只穿一套白色的绸衫绸裤，领口敞开着，裸露的脖子柔滑、浑圆，比脸蛋还要白嫩。

尽管王虎这时正有不顺心的麻烦事，然而一看到爱妻进来，看到她那美丽的脖子，他那副愁眉苦脸的神态一下子消失了；他渴望她能走近，使他可以伸手抚摸她脖子上的细皮白肉。她走上前来，身子靠在桌子边上，两眼盯着他手中的那封信，问道："什么事呀，竟把你恼得脸都铁青了？"她收住话头咯咯笑了一阵，接着又说，"可别是我恼了你呀，这么个铁青脸瞅着我，真像是要把我杀了似的！"

王虎什么也没说，把信递给她，两眼却盯住她那裸露的脖子，目光顺着那柔滑的线条往下转到她的胸部。他和这个女人如胶似漆地厮混，日子虽不长，但已经恩爱得无话不谈了。她接过信看起来。这时，她的上身因为看信而微微前倾，两片线条分明的薄唇轻轻翕动，她两耳挂着一对金耳环，油亮亮的头发挽成一个髻盘在颈后，用一个黑色的丝网罩住，她的形象在他心目中比什么都美，此外，他对她能识字看信这一点也倍加赞赏。

　　她读完信后将信放回信封里，按在桌上，双手的动作敏捷轻巧。王虎对她说："怎么办才好？这批粮肯定是要去取来的，究竟是智取呢还是强取？"

　　"这不难，"女人流利地回答，"智取或强取都很容易。我刚才看信的时候就有主意了。你只要派一批手下的人假扮成强盗的样子，就和现在传闻的强盗一样，让他们去把这批装枪的粮食抢回来，这样谁还会知道你与这件事有什么瓜葛？"

　　王虎听了不禁露出了笑脸，这条计策太高明了，简直天衣无缝。这时房里就他们俩，卫兵通常一见这个女人进房就识相地退到外面守候，他将她一把拉进怀里，用那双粗糙的手摸遍了她软绵绵的身体。在感到满足之后，他说道："天下没有比你更聪明的女人了，我杀掉'豹子'那天就知道自己福分不浅。"

　　他扬扬得意地走到外面，把"老鹰"叫到跟前吩咐："我们要的那批枪支到了，藏在装粮食的麻袋中，现已停在离此地七八十里路外的铁路交叉口，让别人以为这些粮食是准备转运到北边粮厂去加工成面粉的，你带上五百弟兄，都带上武器，装扮成一帮强盗到那里去抢那批粮食，抢到手后便装作要运到匪巢去。事先在近处备好车马，粮食一上车，连粮带枪统统给我拉回来！"

"老鹰"是个聪明人，他自信智谋双全，就像"屠夫"自信他的双拳大如碗口一样。他乐于去干这种讲究计谋的差事，因此乐滋滋地鞠躬听命。王虎继续吩咐："待枪支全部拉回来以后，我肯定给赏，每个人都可论功领赏。"

吩咐完后，王虎回到房里，女人已经走了。他在一把雕花木椅上坐下，椅上有一个用芦苇编的坐垫，是用来纳凉的。他解下武器带，松开领口处的纽扣。这天真是出奇地热。此刻，他仍回味着她那细嫩的脖子以及连接胸脯处的弯弯的线条，他感到惊异的是，她的肉体为什么那么柔软，皮肤又为什么那么光滑细嫩。

可是他一点也没注意到二哥给他的信已不见了，刚才那个女人就把这封信揣进胸襟下方，他的手伸进她胸口时却未曾碰及。

"老鹰"走了有半天的光景，王虎独自一人走到院子的边门外散步乘凉。边门朝街敞开着，这条小街白天尚有人行走，因为已是夜间，所以不见一个行人。他边走边想着心事，忽然听到一阵蟋蟀的唧唧声。开始他并不十分留心听，可是唧唧声又不停地响起来，他感到好生奇怪，因为那不是蟋蟀出没的季节，于是他朝响声走去，想看个究竟。不料在黑暗处，他看到一个人蹲在门后，身子一大半被门挡住。他伸手拔剑走近一看，那个人原来是麻脸侄子，那小子脸吓得煞白，上气不接下气地低声说道："叔叔，别出声！别告诉你老婆我躲在这里。你方便的话请到街那边去，我在十字路口等你，我有话对你讲，事情紧迫，耽搁不得。"

这小子像一条影子一样一闪就溜走了。王虎反正是独自一人，无所谓方便不方便，紧跟着朝十字路口走去。王虎先自到达，却看见这小子贴紧墙边，躲躲闪闪地摸过来，他吃惊地问："你这是咋的啦，像条挨打的狗似的！"

这小子立即压低了嗓音说："嘘——有人派我到一个远地方去——若你老婆看到我就糟了，她精明得很，说不准她派了谁监视我，她不止一次地警告我，如果我说出来，她就杀了我！"

王虎惊得一下子都说不出话来了，他一把提起那小子，腾空拖到一条胡同的黑暗处，命令他道出实情。那小子凑近王虎耳边悄悄地说："你老婆叫我把一封信交给人家，我没拆开看过，不知道这信究竟是写给谁的。她问我识不识字，我说我是乡下人，怎么会识字。她给了我一块大洋，叫我今晚把这信送到北城外一家茶馆，有人会在那里接头取信。"

他伸手从怀里抽出一封信交给王虎。王虎一声不吭地接过信，快步穿过胡同，走进一条小街。小街上有一个老头儿开了一家孤零零的老虎灶卖开水。王虎在那里借着挂在墙上小油灯的微弱光线，撕开信封，抽出信来看着。信里很明显暴露出她——竟是他自己的老婆——的阴谋，她已经把枪支到站的事告诉了人家。对了，他现在明白她写信之前已见过某人，并告知了枪支的消息，而在这封信上，她只是发出一个正式的命令。她在信中还写道：

你们取到枪支后即集合人马，待我到达。

王虎读到这儿，仿佛觉得天旋地转。他是那么真心诚意地爱着她，爱得如此热切以至做梦也没想到过她会背叛他，心腹"豁嘴"的多次警告他都忘得干干净净，甚至这些天来他大意得连"豁嘴"脸上忧愁的神色都视而不见。他爱她爱到了这种程度，似乎她已经是完美无缺的一个女人，只要她给他生个儿子，他就别无他求了。他曾经一次又一次地深情地问她是否怀孕了。他色迷心窍，甚至想也没想过她内心是否也爱他。即使在看信之前那一刻，他还在心急难熬地等待着夜晚，等待着与她销魂的时刻。

　　现在他才明白她从来没有爱过他。在他等待战局变化、等待发迹的关键时刻，她却耍弄这种阴谋诡计。而且她竟然若无其事地每夜与他同床，每当他问起怀孕生儿子的事，她竟然还装模作样地显出很难受的样子。他一想到这些，就气愤得觉得非要出这口气不可。以前有过的那种杀机又上来了，而且此刻的杀机比以往任何时候都强烈。他的心剧烈地跳着，两耳嗡嗡直响，双眼变得模糊起来，眉毛拧成一团，拧得直到发痛为止。

　　他侄子跟在他身后，站在门背后的阴影里，王虎狠狠地把他推到一边，一句话也不说。他侄子从来没见过他发脾气时力气那么大。他把那小子猛力一推，使他重重地摔倒在路边的尖石上。

　　王虎怒气冲冲，满脸杀气，大步走回家去，边走边伸手抽出宝剑，顺手把剑在大腿上擦了擦，这把剑就是"豹子"那把纯钢利剑。

　　他径直走到那个女人的卧室。由于天热，她还没把窗帘放下，她赤条条一丝不挂地躺在床上，两只手臂张开着，一只手臂微微弯曲，另一只手臂搭在床沿。那晚的圆月已经升起，高高挂在院子的围墙上，月光倾泻，沐浴着她裸露的身体。

　　虽然王虎看到这个女人是那么美丽，她那沐浴在月光中的裸体美得就像一尊石膏像一样，但是他没有犹豫。盛怒之下，他体验到了一种比死还难受的痛苦，因此他绝不会手软的。此时他有意回想她如何欺骗他、如何背叛他，在这种力量的支撑下，他举起利剑，干净利索地刺进了她的喉咙。她的头枕在枕头上，他就把刺入喉咙的剑往上挑去，仿佛这还不够发泄心头的怒气，他又狠命用剑捣了捣才拔出，然后顺手把剑在缎子被面上擦拭干净。

　　她嘴里只吐出一个字来就被血堵住了，他没听清她说的是什么字。她只是在剑插进喉咙的一瞬间动了一下身子，然后四肢突然伸开，两眼圆睁，死了。

　　干完之后，他并没有停下来思考自己做的事情，而是大步走进院子，大声呼唤手下人马集合，厉声向他们下达命令。现在他一刻也不能耽搁，必须立即尾随"老鹰"赶到取枪支的地点，要弄清楚他究竟是否在强盗动手之前拿到了那批枪支。他留下二百人留守，让"豁嘴"指挥，其余的人都由他亲自带领出发。

　　一行人经过大门时，看门的老头儿刚从床上起来，打着哈欠，睡眼蒙眬地看着这突然的行动。王虎骑在马上朝老头儿大声吩咐："我睡房里有件东西，去把它抬出来扔到河里或池塘里，在我回来前把事情办好！"

　　王虎骑在高头大马上，威风凛凛，他的怒气渐渐消退，但是他的内心痛苦得似乎在淌血，一滴滴地滴在他旺盛的生命根基上。

无论他如何努力驱散心头的愤怒，但内心的血在不停地暗暗流淌。突然，他抑制不住地长叹一声，可马蹄在尘土飞扬的道路上的嗒嗒声淹没了他的叹息声，因此别人没有听到他的叹声，而且王虎自己也没有意识到自己一路上一次又一次地发出痛苦的呻吟。

当天夜里和第二天整个白天，王虎带着人马行走在乡间的道路上，寻找着"老鹰"。白天没有风，烈日烧烤着他们的脊背，但是王虎不许大家休息，他心里的那件事不允许他有片刻的停留。近黄昏时，在一条南北大道上，他们看到"老鹰"带着一伙人走了过来。起初王虎还不敢肯定这伙人就是他派去的队伍，因为"老鹰"和那伙人的打扮就像王虎当初吩咐的那样，他们穿着破烂的内衣，头上缚一条毛巾。所以一直等他们走近了才认出那是自己人。

王虎从枣红马上下来，坐到路旁的一棵枣树下，他已经筋疲力尽，只能坐等着"老鹰"走过来。他越等越担心自己的怒气会很快消失，他怀着极度的痛苦强迫自己记住他是如何被骗的，以此维持怒气。但他内心的痛苦和愤怒是极其复杂的，虽然那个女人被他杀了，他却依然爱着她；他庆幸自己杀她时没有犹豫，却又仍旧满怀激情渴望着她。

这种交织在一起的愤怒和痛苦使他变得十分暴戾。"老鹰"走到他跟前时，王虎冲着他咆哮起来，他的眼睛深深陷在眉毛下面，抬也不抬。

"啊，你准是没有拿到枪！"

"老鹰"削尖的脸上一副傲气，他也是暴躁性子，又长了一条口若悬河的舌头。他毫无惧色，火辣辣地回答王虎，没有半点谦恭："我怎么会知道有人向强盗通风报信？有内奸向强盗告密，他们跑到我们前头去了。你告诉我时已经晚了，他们的消息早，我有什么办法呢？"他说话时，解下佩着的枪放到地上，双臂交叉在胸前，两眼挑衅似的盯着他的将军，以示他不甘无辜受责。

　　王虎想想也有道理，他疲倦不堪地立起身来，身子倚着枣树粗糙的树干站着，将身上的皮带紧了一紧，最后有气无力地开始说话，言语中听得出他内心的极大痛苦："一批好枪落空了，我得去和这班强盗算账，把枪夺回来，事情逼得我们动手，那就动手吧！"他心烦意乱地摇晃着身子，吐了口唾沫，振作一下精神继续说，"我们一定要找到这班强盗，给他们点苦头吃吃。如果打起来之后你们倒下一半，我也没办法。我的枪应该归我，如果一杆枪要拿十来个人的生命去换，哼，那我也干了，就算每杆枪死十来个人也值得！"

　　说完这番话，他翻身上马，勒紧缰绳，可是那匹枣红马刚才正津津有味地吃树下的草，这时还舍不得离开，马蹄子蹬前蹬后的，显得烦躁不安。"老鹰"站在原地死样怪气地看着，然后说："我完全知道这些强盗在哪里。他们都集中在他们的老巢里，我敢保证枪也在那里。谁是他们的头儿我不清楚，这些天来乡下太平了些，因为他们都集中在一起忙活着什么，好像准备选个为首的。"

　　王虎心里当然很清楚谁会是这伙强盗的首领，但他没有说，只是下令向匪巢进军。他说："我们就要去和强盗开仗了，打完仗，我要扩充人马，凡是有枪的都可以收进我的队伍。你们看到枪就要拿来，凡带回一杆枪都赏给一块大洋。"

王虎带着人马又在山脚下蜿蜒的谷道上行进，最后来到一座双峰大山前。他的士兵衣衫褴褛，在田里干活的农民仰起头来好奇地打量着这伙人。士兵们冲他们喊道："我们是去打强盗的！"

对这样的消息，一路上的农民有不同的反应。有时候农民们会高兴地回答："那太好了！"但是更多的情况是农民们一言不发，只是愠怒地瞧着士兵们踩过他们的粮田、瓜田和菜地，他们不相信当兵的会干出什么好事来，已经对他们讨厌极了。

王虎率队开始登山。在山麓的两道悬崖间有一条细长弯曲的小道，他们沿小道绕山而上。他下了马，牵着马缰绳，其他骑马的人也下了马。他并没有注意别人，只是弯腰往前走着，似乎他是独自一人走在山路上，因为他心里还在想那个女人。他自己也觉得奇怪，怎么会爱上这女人，而且至今还恋着她。他心里在哭泣，几乎毫不留意小路上的青苔，一面想心事一面走着。但是他并不后悔杀了她，不，他不后悔，因为像这么一个女人，一面可以与他言欢亲热，一面又可以骗得他天衣无缝，怎么也捉摸不透，只有死了，她才无法继续骗人。他自言自语地咕噜着："毕竟是个狐狸精。"

王虎率领部下步步紧逼山上，最后接近一个关口。他命令"老鹰"带五十个人到前面去探一下虚实，他自己则走到一片松林的树荫下等候消息。那时太阳当头，酷热难忍，在树荫下好凉快一些。不到半个时辰，"老鹰"回来报告说，他已绕强盗寨子一周探了个明白，他说："他们毫无准备，正忙着整建山寨呢。"

"你看到他们有带头的吗？"王虎问。

"没有，""老鹰"答道，"我爬到离他们很近的地方，甚至可以听到他们的说话声。他们是一帮散兵游勇，可不是什么经过训练的强盗，对打仗一窍不通，关口竟也没有派人把守。现在他们正在为争夺稍微好一些的房子吵闹呢。"

这是个极好的消息。王虎大声命令冲进去，他自己跑在最前面，一面跑一面继续命令大家冲进匪寨后见人就开枪，至少要把强盗打散了，那时他就可以停火谈判，要他们投诚。

他们冲了进去，王虎站在一边压阵，其余的人向强盗密集处扫了一梭子，顿时哭喊声响成一片，到处是强盗的尸体，还有一些中了弹，倒在地上，扭动着，痛苦地做垂死前的挣扎。这帮强盗确实毫无准备，只想着他们的房子，想着如何扎营建寨。整个寨子集结了三五千人，就像土丘上的蚂蚁一样，刚才还在忙着堆砖、搬木料、运盖屋顶用的稻草，为将来大干一场做准备，现在突如其来的攻击使得他们大惊失色，他们立即扔下手中的活，四散逃命去了。王虎发现没有人指挥这帮人，开始隐隐约约感到一种慰藉，因为他心中清楚本来会由谁来指挥这帮人，那样的话，他迟早得和自己所爱的女人斗一场，那倒还不如像现在已经把她杀了好。

一想到这些，他头脑中固有的宿命观念就又一次涌上心头。他摆足架势呼喝着手下，命令他们停止射击，然后向那些活着的强盗喊话："我是王虎，是管辖本地区的长官。我决不会容忍强盗！本人杀人不眨眼，自己也不怕死。你们当中有谁胆敢和我作对，我就立即叫他死。我也讲慈悲，对你们当中悔过自新的人，我会给他出路的。现在我要回城去了。三天之内，无论谁带枪投诚，我都欢迎。谁多带一条枪，我会赏他银子。"

说完，他厉声下令自己手下集合下山。离寨下山时，他十分小心，让一部分士兵持枪面对着关口慢慢地后退着走，以防一些胆大的强盗趁机放冷枪。而事实上，这帮强盗都是些无知的乌合之众，他们全都中了那个女人的圈套，她以前是"豹子"的手下，强盗们受她的唆使，急着去夺那批枪，可是其中大部分人连枪怎么用都不知道，只有极少数原来在军队中干过的逃兵会使枪，这些人不敢向王虎的人放枪，因为那样做等于摸老虎屁股，惹怒了老虎，他转过身来会把他们全部收拾掉的。

山上现在是一片寂静，寨子里毫无动静。一路上只有风吹松涛的呼呼声，偶尔传来一两声鸟鸣。他领着队伍回到山下农田时，士兵们兴高采烈地到处对庄户人说道："再过三天，强盗肯定就完了！"

有些庄户人听了很高兴，很感激，但大多数人的眼光里、言语中仍然流露出警惕和不信任，他们要等着看看王虎究竟要向他们索取什么报酬，因为还从来没有过一个军阀会无偿地为乡下老百姓做好事。

王虎回到营地，给每个士兵分发银圆以示奖赏，然后又命令备好酒好菜犒劳众人，但不许大家喝醉。安排停当，他就耐心地等待着看这三天的情况。

三天之内，那些强盗一个一个地或三五成群地陆陆续续来到城里投诚，各人都带了枪。但很少有人带两条枪的，因为谁要是有多余的枪，他就会拉上一个朋友或兄弟什么的一起来投奔，这些人中其实大多数都是吃不饱穿不暖的穷人，他们愿意在某个首领的指挥下找一个安身之处。

王虎下命令说，凡是身体健壮、年纪不太老的人都留下编入队伍，对那些不合格的人则收下枪支，赏他们钱物后打发走，凡留下来的人全部给吃给穿。

三天过后，他又宽限了三天，之后又每天有人来投奔，直到宅院和兵营都爆棚为止。王虎只得把一些士兵安排到城里的民房去住。有时房主来向他埋怨房子太挤了，挤得自己家里的人合住在一两间房间里。倘若来埋怨的人年纪尚轻，说话又不客气，那么王虎就会吓唬他几句："有什么法子？忍着点吧！难道你情愿让强盗出没糟蹋你们吗？"

但倘若是老人来诉苦，说话又谦恭有礼，他就以礼相待，送给来人一些钱物，并温和地安慰他们说："这只是短时间的事，我很快要带兵去打仗，叫我老守着这么个小县城为地盘，我是不甘心的。"

现在王虎自己没有女人了，想到别的男人有女人就有一种说不出来的怨恨，无论到哪儿，他都要声色俱厉地教训自己的部下："我的队伍中谁要是对女人不规矩，告诉我，我宰了他！"他把新兵安顿在离他住所最近的地方，而且常常一发现有谁色眯眯地瞧着良家妇女，他就要真心诚意地警告他一番。

王虎对所有的部下都是言出必行，尽管他手头拮据，因为新近投奔他的强盗有四千来人，而且他二哥帮他买的三千支枪他只拿回了两千零一些，但是他还是保证发饷给每一个士兵。他也知道此非长久之计，必须在税收上想出些新名堂来。目前他尚且可以依赖自己秘密出资开设的店铺，获取一些利润聊以贴补，不过，对一个军阀来说，干这种行当是要冒很大风险的，如果他一下子被打败了，就必须到别处退避一阵子，那就无法养活部下了。因此王虎开始动脑筋想征收某种新立的税项。

其时，夏天已快过去，王虎派出的密探又纷纷回来聚在一起，带回的消息雷同——南方军阀再一次被击败，北军获胜。他十分相信这个消息，因为近几个星期省里的军阀没有像前一阵子那般催逼他出兵助战。

王虎急忙派了他的侄子和"豁嘴"带着他的亲笔信和一份礼物前往省城拜见督军。信写得极其谦恭有礼，首先表示对未能早一些助战而感到遗憾，然后说明是因为自己一直忙于在辖区内剿匪，现今一切就绪，准备立即参战打击南方云云。

王虎的命也真好，那两人到达省城向督军呈上书信的那一天正是南北双方宣布休战的日子。战争期间南方的倒戈者被派回南方去执政，而且北军因为打了胜仗，在南方诸地肆意劫掠了数天，夺得的财物就作为官兵们的战利品。北军满载而归，省城上下喜气洋洋，因此当督军收到王虎的书信时，他客气地接受了迟到的效忠。他回信说，夏尽秋至，时日消逝很快，战争已结束，但预计明春还会有其他的战事，望王虎时刻备战。

派去的两人将回音带给王虎，他感到十分满意，因为他知道，他的名字将列入胜利者的名单，这真是唾手而得的声望，在整个战争期间，他未损一兵一卒、一枪一炮，而且队伍壮大，充实了力量。

第二十章

秋高气爽，一阵阵清风吹拂着金黄色的田野，到处可见农民忙着收割。夜晚皓月当空，老百姓欢欣鼓舞地准备庆祝中秋佳节。那一年，除一两种庄稼歉收，其他收成都不错，老百姓并无饥荒之虑，加上盗匪被除，四方太平，远方的战火幸而也未蔓及本地，这些全靠神明保佑，老百姓准备在中秋谢神。

王虎静观自己的处境，发现今年比去年大大改善。现在城里城外归他统辖的军队有两万多人，枪支差不多有一万二千支。此外，他现在出了名，大家都把他看作军阀之一。战后仍居其位的那个软弱昏庸的统治者在发布文告致谢众有功将领时，王虎的名字也被列入其中。王虎成了击败南方、保护中央政府统治的众多将领之一，而且这些将领全部被中央政府授予了官衔。他受封的官衔虽然不大，只是个有职无权的空衔，但毕竟是个官衔，他实际上又未曾参战，无功受封何乐而不为？

中秋节是个大节，每家每户都要大吃大喝一顿，但这一天讨债的要上门，欠债的要还账。王虎有一大难题，就是买枪的那笔钱王掌柜催着要取回，说是因为别人也逼着他还债。王虎发起火来，派人去与王掌柜谈判说，没有拿到枪支当然不能付钱。他还吩咐去谈判的人对他说："你应该早就警告你的代理人不要把枪支交给抢先去夺枪的人。"

王掌柜也有他的道理，他说："那些人拿着我给你的亲笔信，而且上面有你的签名，我怎么知道他们不是你的人呢？"

王虎对此无话可答，但他手里有军队做后盾，所以最后气势汹汹地回话说："我最多付一半的损失。你不同意，我就一分钱也不付。现在可不比以前了，我不愿意做的事情我就可以不做。"

王掌柜是个小心谨慎且富有心计的人，如果事情要谈崩的话，那还是接受对方的条件为好。他也完全承担得起那一半的数目，因为他可以通过提高租金以及提高一两处地方的债息来弥补自己的损失，他对应在哪些地方改变租金或利息而不至于遭到抵制是完全有把握的。

起初王虎对如何筹足这笔款项去还债简直是一筹莫展。他必须维持一支庞大的军队的开销。虽然银子每月甚至每天似长江之水流入他的腰包，但是为支付必须的开销，银子又似八月的潮水流了出去。于是，他传几名心腹到内室秘密商量。

"还有什么列得出名堂来的税收项目吗？"

心腹们搔首抓耳，绞尽脑汁，却只是面面相觑，毫无办法。这时"豁嘴"开口了："如果加重百姓粮食作物的税收，他们可能会造反的。"

这一点王虎是明白的。事情的确如此，如果把百姓逼到绝路上，不反抗就要饿肚皮，那么他们肯定会铤而走险。王虎在当地的地位虽说已经稳固，但并非牢固到可以无视百姓造反的地步。他必须想出些可行的新名堂来，最后终于想到了可以增设税项的一个主要行业。当地制作的老酒坛子远近闻名，每只坛子收税一两个铜钿是可以实行的。

酒坛子是用一种优质陶土制作并涂上蓝釉而成，老酒装坛后，用同样的陶土封口，在封口处打上印记。远近各地的人只要看到那种印记，就可确定坛装的是陈年佳酿。王虎忽然想出这个主意，高兴得一拍大腿叫道："做酒坛子的人一天比一天富，我们为什么不叫他们和别人一样纳税？"

大家一致认为这个主意很好，王虎当天即宣布征税。他把事情办得非常得体，特地派了个人传话给该行业的头头儿。他说，由于他的保护，地里酿酒用的高粱以及当地百姓才免遭匪祸，否则坛子里就无酒可装了。出力保护当然需要钱，他的士兵要吃饭、领饷，他要买枪发给士兵。当然人家十分明白王虎的好言好语后面是几千条枪的武装力量。所以，尽管这些制陶作坊的业主非常生气，密聚在一起商议了上百种对策，试图抵制乃至想到要造反，但最后还是不得不接受纳税条件，他们知道王虎这个人说得出就做得出，况且比他坏的军阀多得很呢。既然无法违抗，那就只得从命。

王虎派人对酒坛的产量做了估计，这样一来，每月又有了一笔可观的银子收入。约过三个月，他付清了欠王掌柜的那笔款子。打那以后，制坛作坊的业主习惯于每月上税，王虎乐得听其自然，每月收税，绝不吐露已经还清债务的真情。说实在的，凡是能搜刮上来的他都要，为实现他的最后野心，还有好长一段路要走，他一直野心勃勃地忙于各种事务。

他意识到并看到自己在本地的搜刮已经到了极限，也越来越强烈地感到自己偌大的一支武装力量守在现在这么个弹丸之地实在太不相称。明年春天，他非得扩大一下地盘不可，这个地方太小了，一旦发生饥荒可就完了。天有不测风云，荒年随时有可能出现，只是王虎运气好，自占了这个地方以后尚未遇到过大的灾荒，只有一两回小灾小难而已。

转眼冬天又近了。冬季一般不会有什么战事，于是王虎努力利用这个时间提高自己武装的战斗力。只要不是狂风暴雨或大雪纷飞的天气，他就每天操练士兵。他自己操练最精良的几个士兵，然后让他们去操练别的士兵。此外，他尤其注意枪支的数目，每个月他都要让人当着他的面把枪支点清，将数量、型号都一一列单入册。他甚至警告部下，无论何时，只要发现枪支被窃，少一支枪就枪毙一两个或两三个士兵以保持枪和人的原比例。没有人敢不服从他，大家越来越怕他。大家都知道，他杀机起来的时候连自己的老婆都会杀掉的，对自己心爱的老婆尚且下得了手，更何况对别人呢。只要他发脾气，那两撇浓黑眉毛紧锁在一起，大伙就心惊肉跳的。

北方的严冬降临了，王虎自己无法出外活动，也无法逼着士兵外出，只得整天守在屋里，无所事事、孤孤单单地等待着天气好转，这种气氛与他向来忙忙碌碌的日子极不协调。

在那些沉闷的日子里，他多么希望自己也能像别人一样醉心于吃喝嫖赌，以此消磨时间，忘却各种烦恼，但他不是这样的人。他每天吃的仍是粗茶淡饭，他觉得这比吃大鱼大肉更好受。他对女人也毫无兴趣，相反却觉得讨厌。也有过一两次他试着赌博，但是他掷骰子反应不快，下赌注又看不准时机，输急了就发脾气，竟用手去摸腰里的刀把。那些和他一桌赌的人一看见他双眉拧成一团，咬紧牙齿，手摸刀把，吓得连忙有意输给他。到头来，王虎对这种玩意儿感到厌倦，他大声吼道："我早就说过，傻瓜才玩这东西！"说完就愤愤离去，搞这种无聊的玩意儿实在无法帮助他解脱烦恼。

比白天更难过的时刻莫过于夜晚了，他恨透了夜晚，孤单单的一个人度过夜晚实在使他难于入眠。这种日日夜夜的孤独对一个像王虎这样的人说来不是一件好事，心灵上的痛苦使他看不到别人可以看到的欢乐，实际上，有些人承受的痛苦比他更深，但他们仍能寻求欢乐。王虎有着强壮而又欲念旺炽的肉体，独自一人睡觉确实难熬，此外，他连一个可以交谈的朋友也找不到。

那位县老太爷和他的已是风烛残年的夫人就住在不远处的宅院里，他可以称得上一个老好人、一个有学问的人，但对像王虎这样的人来说，他又实在是太无用、太胆小怕事了。不管王虎对他说什么，他只会双手抱拳，急忙作答："是的，阁下，是的，将军！"

跟他说不上两句话，王虎就不耐烦了，他会双目圆睁，把那个老学究吓得面如土色，只得匆匆告退。在走出房间时，他那裹着褪色旧长袍的瘦削身体直打哆嗦，令人看了既讨厌又可怜。

　　但王虎毕竟还是正派的人，他知道县老太爷对他已是尽心尽力，所以每当他自己感到火气快要冒上来时，就竭力压住，赶快抬手示意送客，以免脾气发起来伤了这个老头儿。

　　他的心腹之中也有那么三个能干的角色。"老鹰"是其中之一，就其聪明程度而论，他一人顶得上一千个普通士兵，但从另一方面看，他又是个无知无识之辈。他只会谈论弄枪使拳的武经，如何与敌打斗呀，如何先踢右腿又出其不意地用左腿使个扫堂腿呀，又如何在战斗中声东击西呀，等等，他一遍又一遍地重复这些，重复得令人生厌，因此王虎对他既重用又讨厌。"屠夫"也是其中之一。他的两只拳头大而敏捷，健壮的身体可以一下子撞破一块门板。然而他思想迟钝，说话口吃，绝不是一个可以在寒冬腊月的长夜交谈的伙伴。再就是"豁嘴"。他虽算不上了不起的勇士，却是一个最忠实可靠的部下，而且用他送信做说客也最合适不过了。可是，他说起话来发出的嘶嘶声加上唾沫飞溅的样子令人扫兴。王虎也不会屈尊去与辈分低一辈的侄子谈天，也不会降低身份去和那些当兵的一起痛饮作乐。他知道，如果一个指挥官混同于一个一般的士兵，让他们看到他喝醉后的丑态，那就使自己扮演了一个普通人的角色。如果那样，一旦打起仗来，士兵就不会再敬畏他，就不会听从他的指挥。的确，王虎从来不在普通士兵面前降低身份，他总是在全副武装并且腰佩指挥刀时才出现在士兵面前。他无论走到哪里都佩带着指挥剑，他对这把剑是既爱又恨。这把剑的刀刃是如此锋利，恐怕世上再也找不出可与其匹比的了。但是有时候，他独自一人会对着这把剑沉思冥想：如果持剑朝一片云彩劈下去，柔软的云彩当然会被劈为两半，她的脖子就同那片云彩一般柔软，因此那天夜里，剑锋把她的脖子割断了。

王虎越来越感到孤独，即使白天可以找人交谈一下，但又如何度过冬天的漫漫长夜呢？有时他点燃一支红蜡烛，读《三国演义》《水浒传》及其他类似的故事书，这类书都是他年轻的时候爱读的，也正是这类书使得他后来倾心于戎马生涯。他想以此挨过长夜，但看书总非长久之计。有时蜡烛燃尽，寒意袭人，最终还得在床上挨过黑沉沉、冷冰冰的长夜。

每天夜晚他都努力克制自己不去想那个死了的女人，然而又怎么能克制得住呢？他深深地爱着她，为她叹息。他的叹息又并非渴望她复生，他知道并且常常告诫自己，即使她依然活着，也永远不可能成为自己所信赖的人，永远不可能成为自己敞开整个心扉去爱的人。这个女人死了才安宁，要是她还活着，要是他原谅了她并处处提防着她，那么他的心思就会被对她的惧怕所干扰，他的事业心也会受到妨碍，他也就永远成不了大人物。

到了夜晚，他还会痛苦地想起这个问题："豹子"只不过是个无知无识的家伙，他当个小小的强盗头子，竟然就赢得了那个女人的爱，而且她不是个寻常的女人。那个"豹子"死了还有魅力吸引她，那股力量大得使她宁可依恋死人也不要活着的爱。

王虎怎么也不相信那个女人从来未曾爱过他自己，不，他绝不相信。他不止一次地回想起一些就发生在自己现在躺着的这张床上的情景，那个女人当时是何等坦诚、热情，如果没有爱的激发，她绝不会显露出那样的热情。他开始感到非常沮丧、虚弱，尽管自己的傲气和地位都超过了"豹子"，但他总又感到自己在某种方面比不上他。"豹子"死了还能在她的心目中占有地位，而自己活着却占有不了她的心。王虎对此百思不解，只能把这看作命该如此。

他不再像以前那样把自己看得十分了不起，他怀疑自己永远不会有什么大作为。就算有所作为，又是为了谁呢？没有儿子，日子变得那么漫长而毫无意义。所有的一切荣誉和家产都会随着自己生命的消亡而消亡，或者传给别人。对两位兄长和他们的儿子他并不喜欢，并不愿意为他们去卖命拼杀于疆场。在这寂静的漫漫长夜中，他喃喃地自言自语道："杀了她一人，等于杀两条生命，把本来可能会有的儿子也给杀了！"

王虎的脑海中近来常常浮现出她被戳死在床上，鲜血从她喉咙上的刀口直喷而出的情景，他觉得自己再也无法忍受这痛苦的回忆，再也不能躺在这张她被杀死的床上。虽然床已经被洗刷干净，重新上了漆，再也看不见任何血迹，枕头也换了新的，也没有人敢在他面前重提此事，他自己又不知道她的尸体被扔到了何方，但是，他已无法在这张床上入睡。他起身坐到椅子上，全身哆嗦，用棉被紧紧裹住身体，就这么痛苦地坐着，一直坐到东方泛白、晨曦渐露，一阵阵清晨的寒气透进纸糊的窗格。

冬天的夜晚就这么日复一日地熬过去。他内心似乎在大声地呼喊，不能再这样继续下去了，悲凉而孤独的夜晚折磨得他不像个正常人，它们吞噬了他的雄心。他开始为自己感到害怕，因为他再也看不到世上美好的东西，而且对所有的人都感到讨厌，对自己的侄子尤其不耐烦，他痛苦地寻思："这个麻脸猴，商人的儿子，我最近最亲的后辈，就这么个东西配为我王家传宗接代？"

最后，当他感到自己似乎必疯无疑时，才突然醒悟过来。一天晚上，他在幻想中似乎感觉到，那个女人的鬼魂像在她活着的时候一样阴谋与他作对，他醒悟了，又变得冷酷无情了，他对她的鬼魂嗤之以鼻，心里默默地说道："不是所有的女人都会生儿子吗？我不是比女人更想要儿子吗？我会有儿子的。娶一个女人不生儿子，就娶两个、三个，直到生下儿子为止，我真他妈的笨！竟把心思用在一个女人身上！开始迷上的那个女人是父亲屋里的女仆，我根本不了解她，只是与她偷偷说过一两句话，但后来竟为她伤心了将近十年。迷上的第二个女人被我杀了，难道也要为她伤心十年吗？到那时再另找女人去生儿子岂不是太老了吗？不，我要和别的男人一样，我要看看自己是否也能像别的男人一样想得开，高兴娶哪个女人就娶哪个，不行就再换一个。"

一天，他把"豁嘴"叫进房来，对他说："我现在要重新娶个老婆，只要漂亮的就行。你去跟我那两个哥哥说一声，我原先的老婆死了，叫他们帮我再物色一个。我自己正忙着打仗的事，春天一到肯定又要打仗，我不想因为去张罗这种事而误了打仗的大事。"

"豁嘴"高高兴兴地去跑这趟差。他那双善于察言观色的眼睛早就看出了苗头，他知道自己的主子痛苦的原因，也知道另找女人对他来说是一剂良药。

　　王虎一面等着结果，一面加紧备战，策划如何扩大势力范围。而且，他希望把自己搞得劳累一些，以便夜里能够入睡。

第二十一章

"豁嘴"一路绕道而行，生怕被别人认出来，生疑。他来到城里就直接走进王氏兄弟居住的大宅。他问清楚当天中午王掌柜正在账房里算账，于是立即赶到账房去拜见。王掌柜正坐在自己的账桌旁打算盘，核计一船小麦的利润。他的账房间狭小，光线暗淡，却支配着城里的主要市场。他抬起头来，听"豁嘴"说着王虎的事，听完不觉大吃一惊，两只小眼呆呆地瞪着"豁嘴"，薄薄的嘴唇朝上噘着说："现在弄点钱倒比弄个女人容易些，我怎么知道上哪儿去弄个女人给他？他死了老婆真是倒霉事。"

"豁嘴"知趣地坐在角落里的一条矮凳上，卑恭地答道："我的二爷，您只要找一个安分守己的女人给他就行了。让他有个女人转转他的心。他这人感情太深太怪了，干什么事都用全副心思扑上去，就像着了迷似的。那个女人死了他还想着她。几个月都过去了，他还念着丢不开，这样长期下去对他身体没好处。"

"她是怎么死的？"王掌柜好奇地问。

"豁嘴"是个忠心耿耿的人，处事小心谨慎。他刚想答话，却又把话缩了回去。他忽然想到，那些没有打过仗的人对杀人之类的事情肯定会大惊小怪的，他们听不得杀人的可怕事。可当兵的职业就是杀人或被别人所杀，如果不用计谋保住自己，就会死在别人手里，死人的事是不足为奇的。一想到此，他只简单地回答说："她下身血崩死的。"

王掌柜听过也就算了。然后他吩咐伙计送"豁嘴"住进一家小客栈，好菜好饭招待了一顿，他自己坐在账房间暗暗思忖："这种事得去问老大，只要与女人有关的事他知道的可多着呢，我自己除了老婆，还认识谁？"

他站起身走出去找老大，随手从墙上的钉头上取下挂在那里的灰色绸袍。他出门穿着它，一回到账房间就又脱下来挂在墙上，这样可以省着点穿。来到老大家门口，他问门房他哥哥是否在家。门房请他进屋，可是他宁可在门口等。不一会儿，门房出来回报说主人去了一家赌馆。王掌柜转身回到街上，在鹅卵石铺的街上缓缓向赌馆走去。昨夜刚下过雪，天很冷，满街积雪，只有路中央才露出一长条一字形的路面，那是过往小贩或像王地主那种出外作乐的人踏出来的。

到了赌馆刚要问伙计，他便听到老大从一间小房间里传出来的声音。他走进那间小房间，看见老大和一帮赌友围着牌桌正赌着呢，小房间里生了一只炭盆，暖烘烘的。

王地主看到老二进来，不觉暗暗高兴，此时他正希望有人找他他就可以离开牌桌了。他赌钱的本事不大。由于王龙对儿子管教很严，从来不许他们赌钱，所以王地主到了很大年纪才学着赌钱，而他的儿子却是从小就精于此道，就连他的第二个儿子也是赌到哪儿赢到哪儿。

当王地主一看到老二的脑袋从半开的门探进房里时，他马上立起身对他的赌友说："今天到此为止，我家老二找我有事呢。"他一边说一边拿起搁在一边的皮袍，走到王掌柜等着的地方。其实，王地主看到老二到赌场找他并不高兴，因为让他知道自己赌输了钱可太丢面子了，精明的人是不该输钱的。他见了老二，只是冷冷地问道："有什么事要对我说？"

王掌柜阴阳怪气地答道："我们找个地方谈谈吧，不知此地有没有清静些的房间？"

王地主把老二带到一间饮茶的房间，选了一张离别人较远的桌子坐下。他吩咐茶房送茶，然后又要了酒、一碟肉、几碟小菜。王地主点菜时，王掌柜坐着闭目养神。待茶房送上酒菜离开后，王掌柜才开始直截了当地说："老三的老婆死了，他派了个人来说要我们给他再找一个。我想，对这种事你比我精明。"

王掌柜一边说，一边心里暗暗好笑。王地主听了得意地哈哈大笑，笑得脸上的两块肥肉一抖一抖的。他说："要说我精明，就精明在这种事情上，但是可不能在我老婆面前这么讲喽！"

他边笑边扫视了一下左右，生怕别人听到，男人一讲起女人就这么副鬼头鬼脑的样子。王掌柜也无心和他打趣，只等着他说下去。王地主略加思索后接着说："这事倒也赶巧，这阵子为了我儿子的婚事，把城里人家的闺女都打听过了，哪几个合适我心中都有数。我打算让我大儿子娶县老爷的兄弟的女儿，那个闺女十九岁，门第好，人品也很好。我老婆看到过那个闺女的手工和绣品。她长得不漂亮，但出身门第好呀。可讨厌的是我那儿子太糊涂了，他竟然说要自己找媳妇，这种新潮思想他是从南方听来的。

"我对他说，这儿的人不时兴那么干，再说娶了媳妇以后他还可以找女人嘛。我那个可怜的驼背儿子呢，他妈许愿家里有个儿子出家做和尚，总不能让不驼背的儿子白白送去当和尚——"

王掌柜对老大家里的事丝毫没有兴趣，哪家的儿子不结婚呀？他自己的儿子也要成家的，但他才不想去费那个心思，这些都是女人管的事，交给自己的老婆去一手操办就得了，他只要求进门的媳妇三从四德，身体壮实，做事勤快。他听老大说个没完，就不耐烦地打断他的话说："你知道的闺女当中有哪些配得上我们老三？她们的父亲愿意让自己的女儿当继室吗？"

王地主认为这件事马虎不得，便把他所了解的闺女一个一个仔细地在脑子里做了一番比较，然后才说："有一个挺不错的，年纪不轻了，她父亲是个读书人，没有儿子，又想把自己的学问传下去，就教自己的女儿念书。这个闺女有学问，不缠小脚，用现在的话来说是个新潮女子。因为她与众不同，婚事也就耽搁下来了，没有人敢娶这样的女人，谁愿意招惹麻烦呢？听说在南方这样的女人不少，我们这里小地方守旧，男人不会要她的。她甚至常常上街，我有一次在街上看到过她的。她走起路来目不斜视，仪态大方。其实，她知书识礼的，也不像别人说的那么可怕。年纪虽说不轻了，但是最多不超过二十五六岁。你说老三会喜欢这么个不同一般的女人吗？"

王掌柜留有余地地回答说："你说她会持家吗？对老三会有用吗？老三自己也能看会写，就算他不识字，也可以雇一个读书人替他办事。我想，他不会对老婆有能看会写这种要求的。"

王地主一面和老二说话，一面不停地吃菜，茶房已经来回添了几次菜。听了老二的回答，他停住手，手里那只舀满汤的瓷勺不放在碗里也不往嘴里送，他大声嚷道："那么他也可以雇个仆人，或者随便找个女人好了。并不是能做家务的女人就是好老婆，关键是看她能不能讨男人喜欢，尤其是像老三那种不寻花问柳的男人。有时候我想，要是一个老婆能够坐下来给丈夫念念诗词呀、传奇故事呀，做丈夫的躺在床上听着，那倒是很舒服的。"

但这不对王掌柜的胃口。这时，他那双筷子正在他手里灵巧地拨动着，从一碟乳鸽炖桃仁中挑拣他喜欢吃的东西。他说："我喜欢勤俭持家的女人，会养孩子又会省钱才好。"

王地主从小就爱发脾气，这会儿见老二与自己意见不合，就突然冒起火来，一张大圆脸涨得绯红。王掌柜知道自己无法与老大在这件事上取得一致，又不愿意为这种事白白费掉时间，反正女人终归是女人，管她是哪一类的，她总得为男人服务吧，于是他赶忙说："好了，好了，咱们的老三也不算穷，给他娶两个媳妇吧。你先把你找的那个给他去成亲，过段时间我再给他挑一个。他要是对后一个也喜欢，就娶两个吧。像他那样地位的男人娶两房也不算多。"

经过妥协，兄弟俩达成一致意见。尽管这有点多管闲事的味道，但是王地主很高兴，因为毕竟是他说的那一个去给老三为妻。老二虽也会去替老三物色一个，但总不会让老三同一天娶两个女人吧。再说，他自己是家里的长子，是个当家的，凡事得由他做主。谈妥分手后，王地主即着手去办这件事，而王掌柜也回家去向老婆叙说一番。

王掌柜的老婆正站在满是积雪的街旁，靠在自家门边，两手插在围裙里取暖。一个小贩挑着一担活鸡停在街边兜卖。一场大雪使得活鸡价格下跌，因为养着的鸡在雪地里寻不到吃食，只得廉价卖掉。王掌柜的老婆正想在自家的鸡棚内添一两只母鸡，所以她不时地把手伸出去摸摸那小贩挑担里的鸡。王掌柜走近家门时，她正低着头挑选，头也没抬起来。他走过她身边时对她说："买好了快进屋。"

她赶紧选中了两只，小贩将鸡腿缚在一起过了秤，两人斤斤计较地讨价还价一番，最后说定了价钱。她进屋将鸡放在椅子底下，在椅子上弯身坐下等候丈夫说话。他干咳了一声，简单地说道："老三要娶个媳妇，原先娶的那个不知怎的突然死了。我不认得什么女人，这一两年你一直在给儿子找媳妇，不知有没有合适的给老三？"

她平时就最喜欢管生孩子啦、办丧事啦、办喜事啦等的闲事，一开口就离不开这些话题。现在丈夫提起老三的婚事，她马上接口说："有个闺女很不错，就住在我娘家的隔壁。人十分贤慧，我想，她要是再年轻点就可以配给我们的老大。她没有脾气，又懂得节俭，长得也没啥缺陷，只是牙齿从小就发黑，听说是蛀虫蛀黑的，掉了好几颗牙。不过她自己觉得难为情，平时总闭着嘴唇不让人家看见她的牙齿，而且说话很少很慢。她家境不错，家里有地。她爹看到她年纪一年比一年大起来，就希望她早日嫁出门去。"

王掌柜把刚才与王地主商量的决定告诉了老婆，接着又干巴巴地说："她说话不多倒是个好女人，你张罗着办吧，等他娶了第一个就把这个送过门去。"

他老婆一听大声嚷起来："哎呀，老三要娶老大说的那一个可是倒了霉了！老大知道个什么呀，就会找那些轻浮的女人。他老婆也不行，要是让她给找一个，她准会找一个念经信佛的女人。听说这阵子她就信尼姑和尚的，她甚至会让全家都烧香拜佛。依我看，要是有个病有个灾的，要是女人生不出儿子，那么到庙里去烧一次香求求佛也就够了。神仙和我们凡人一样，要是谁总来要这要那的，那真讨厌死了。"

说完，她吐了口痰在地上，用脚底擦了擦。她说话说得忘了椅子底下有两只鸡，两脚一缩，碰到了椅子底下的鸡，鸡一受惊，咯咯地大声叫起来。王掌柜站起来，不耐烦地嚷道："怎么搞的，鸡也养到房间里来了！"

她着急忙慌地把两只鸡拖出来，一边向丈夫解释怎么买了便宜货，他打断她的话说："算了，算了，我得回店里去。你去把这件事办了，过两个月就叫她出来。记牢，不要乱花钱，我们用不着再为老三的婚事花什么钱，一切费用以后跟他算账。"

不久，两门亲都定了，并写了婚约。同时王掌柜把账目也都记清了，定好一个月后成亲。

转眼到了农历年底，王虎得知一切就绪，就准备动身回老家去完婚。他虽然并不迫切要成个家，但既然已下了决心要办，也就干脆把别的事务暂搁一边，一门心思地去做了。他指定了三个亲信代理执掌军务，留下侄子在大营，以防自己不在时有什么不测，也有个可报信的人。军务安排停当之后，他装模作样地去请示县太爷是否准自己离开五六天时间，县太爷连忙说行。王虎还弦外有音地对县太爷说，他的军队和亲信都留在驻地不动，因此不怕有人趁机轻举妄动造他的反。然后，他穿上很好的衣服，把自己打扮得整整齐齐，还把最好的衣服打成一包放在马鞍上驮着，随身带了一小队卫兵，五十来人，个个荷枪实弹，往老家出发。他胆大，因此并不像其他军阀那样一动身就里里外外围上几百个卫兵。

一路上寒风凛凛，泥路冻得坚硬，两边田野灰蒙蒙的一片，偶有农户的房子，也都是泥灰墙、草屋顶，看上去和田野的颜色差不多，甚至于人的肤色也由于北方的寒风和尘土而看上去灰蒙蒙的。这单调的颜色使得王虎的心情在途中的三天一点也好不起来。他们这样日行夜宿，三天后回到了老家。

王虎先到大哥的家里，婚礼要在那儿举行。和家里人寒暄几句之后，他突然提出在完婚之前想到父亲的坟上去看看，尽尽孝心。大家都表示同意，尤其是王地主的老婆更加支持，因为她认为王虎长期出门在外，不比家里人可以定期去上坟，现在趁回家成婚之机，先上坟祭扫一下是很应该的。

王虎自己也完全知道为人之子有此责任，在条件许可时是应该这么做的，但是他现在决定去上坟并不是出于一种责任心，而是想排遣一下连日来的郁闷。他自己也不知道这是怎么回事，总之，他无法闲坐在哥哥的家里，他受不了他哥哥那种对办婚事所表示的虚假的殷勤，他感到压抑，感到必须找点什么借口出去一下，离开他们那些人，因为这屋子似乎不是他自己的老家。

他派了个士兵去买纸钱、香烛及上坟所需要的其他东西。然后，他带着这些东西出了城，士兵们扛着枪跟在他的坐骑后面走着。看到街上行人盯着他看，他模模糊糊地感到一些安慰，虽然他紧绷着脸，昂首挺胸目不斜视，好像什么也没看见或听见，可他心里觉得挺光彩的，而且他听到士兵们的大声吆喝："让路，让路！给将军让路，给我们老爷让路！"他看到老百姓敬畏地退到墙脚边，缩在门口，心里感到自己确实了不起。对那些平民百姓来说，他显然是高高在上的。于是他摆出一副更加耀武扬威的样子来。

王龙的坟旁有一棵枣树，王龙当时选上这块坟地时，那棵枣树还是一棵枝干光洁的小枣树，而现在它已长得盘根错节，并且旁边又长出了一些小枣树。王虎离坟还很远就下了马，缓步前行，以示他对父亲的尊敬。一个士兵站在远处替他看着马，另有几个士兵跟他走到坟前，替他在坟前摆好了纸钱、香烛。他们在王龙的坟前摆得最多，其次是王龙父亲的坟前和王龙兄弟的坟前，摆得最少的是阿兰的坟前，王虎只依稀记得阿兰是他生母。

然后，王虎庄严地缓步上前，在各个坟头前点燃了香烛和纸钱，并且在各个坟前下跪磕头，磕头的次数都是按照传统的规矩来的。磕完头，他一动不动地站着沉思了一会儿，坟地上的纸钱已燃尽，变成了灰，香火还在燃着，在冬日的空气中散发出一阵阵香味。那天没有太阳也不刮风，是个灰蒙蒙的阴冷天，好像要下雪。士兵们默默地守候在一旁，耐心地等待着他们的将军悼念他父亲的亡灵。最后王虎转身离开了坟地，骑上马沿原路返回家里。

其实，他在坟前静思之时，并非在想念他的父亲王龙，而是在想他自己。他想到，如果自己死了，躺在那片坟地里，就没有儿子来悼念他的亡灵，一想到这一层，他就觉得这次结婚是件值得庆幸的事，原来忧郁的心情似乎也有所好转，因为他的心灵深处正怀着生儿子的希望。

他返回的路正好经过他家土屋前的打谷场，梨花和"驼背"就住在这儿。王虎的随行士兵的喧闹声传进了土屋，驼背以最快的速度跌跌撞撞地跑出来看热闹。他压根儿就不知道骑在马上的那个人就是他的叔叔王虎，只是睁大了眼睛看王虎和他身后的一大帮子人。王虎也看着他，"驼背"差不多有十六岁，很快就是成年人了，但是他的个头还像六七岁的小孩，隆起的脊背就像挂在身后的一顶笠帽。王虎看到这么个人觉得新奇，便拉住缰绳问道："你是谁？怎么住在我的土屋里？"

那小子听说过有一个叔叔是当将军的，他常常梦想着有朝一日能当面看看当将军的叔叔长得什么样子，现在他知道自己面前就是这个人了，因此兴奋得直叫起来："你就是我叔叔啊？"

王虎记起来了，他看着那小子仰起的脸，慢吞吞地说："是了，我听说哥哥有个儿子是个丑八怪。但是太奇怪了，我们王家都很健康，身板挺直，爹生前也一样，到很老了身板还是笔直的，身体健壮得很。怎么会出了像你这模样的？"

那小子对这类问题似乎早已习以为常，他两眼只顾贪婪地盯住那些扛枪的士兵和那匹高大的枣红马，心不在焉地答道："我也是生出来的呀。"说完，他伸出手去摸王虎的枪，那张怪异而显出成年相的脸上长着一对下陷的神色忧郁的小眼睛，此时这对小眼睛盯牢了那支枪，嘴里恳求说："我从来没有摸到过洋枪，给我摸一会儿好吗？"

王虎看到他伸出的手干瘪得像个老头儿的手一样，顿时对这个丑小子动了恻隐之心。他解下自己的枪递给他，让他随便摸摸看看。他等着让他摸个够，这时有个人来到门口，那是梨花。王虎立即认出了她，她没怎么变样，只是比以前更瘦了，一向苍白的鹅蛋脸上布满了细细的皱纹，但一头秀发依然又黑又亮。王虎在马上拘谨地朝她深深鞠了一躬，梨花也略略屈身回礼，要不是王虎开口问她，她早就转身回屋去了："那傻子还活着吗？"

梨花轻声细气地答道："还活着。"

王虎又问："你的那份钱每月都拿得到吗？"

她还是轻声细气地回答："谢谢，每月都能拿到。"她说话时垂着头，眼睛瞅着打谷场结实的地面，这次她一答完话就赶紧转身走了，只剩下王虎呆望着空荡荡的门庭。

他突然对丑小子说："她为啥穿尼姑一样的袍子？"他刚才看到梨花身上那件灰长袍的领口像尼姑袍一样叉叠着，觉得好生纳闷。

丑小子心不在焉，完全被那支枪迷住了，他一面轻轻抚弄枪把子一面答道："傻子死了以后她就要到离这儿不远的庵堂里当尼姑，现在她已经背熟了很多佛经，一直吃素，早已是半个尼姑了。因为爷爷把傻子留给了她，所以傻子死了以后她才能把头剃光，真的去当尼姑。"

王虎默默地听他说完，心里隐隐感到一阵难过，然后他带着怜悯的神情对丑小子说："那时你怎么办？你这可怜的驼背丑八怪？"

丑小子答道："她一进尼姑庵，我就到庙里去做和尚。我年轻，有好多年要活，她等我死可等不及。做了和尚就有饭吃，要是病了，我背上的那团东西常使我生病，她可以来照料我，因为我们是亲戚嘛。"他说这些话时毫不动情，但接下来他的声音变了，带着哭腔，情绪颇为激动，两眼朝上看着王虎大声说道，"我是要去做和尚了——但是，啊，我的背要是直的就好了，那我就可以当兵了——你收我就好了，叔叔！"

少年深陷的黑眼睛中好像有一团火，王虎心地仁慈，他感伤地说："我很愿意收你，但像你这样子怎么能当兵呢？就当和尚吧！"

少年耷拉着怪难看的脑袋，声音微弱地应了一声："我知道。"他再没多说什么，把枪还给王虎，转身一颠一跛地穿过打谷场，走了。王虎继续上路，回去举行结婚大礼。

对王虎来说，这是一桩奇怪的婚姻。这一次他一点也不着急，白天黑夜都没什么两样。他默默地经历着一切，就像履行公事一样，他彬彬有礼地做所有的事情，不发脾气时他总是那么彬彬有礼的。现在，爱情和坏脾气似乎都离他那麻木的灵魂很远。穿大红婚服的新娘像远处模糊不清的一个人影，与他自己毫无瓜葛。非但如此，他甚至觉得自己与所有的宾客、两位兄长、嫂子和他们的孩子们，还有那个胖得异乎寻常、由杜鹃搀扶着的荷花都毫无瓜葛。然而，他看了荷花一眼，因为她的身子太肥胖了，呼吸起来气喘吁吁，声音大极了，令人生厌。出于礼仪，他站着向这些人以及其他所有非得施礼的宾客一一鞠躬。

喜宴开始后，王虎几乎没去碰鱼肉之类的菜肴。王地主说开了笑话，因为即使是在二婚喜宴上，也应该是热热闹闹、高高兴兴的。有一位客人听了笑话大声笑了出来，可是一看到王虎那严肃铁板的面孔，一下子又把笑声缩了回去。王虎在自己的婚宴上沉默寡言，只是当别人替他斟上酒时，他才捧起酒碗呷上一口，然后放下酒碗粗声粗气地说："早知道这酒比不上我那儿的，我就带一坛来了。"

婚礼结束后，他骑上枣红马，让新娘和女仆乘坐一辆骡拉的车，车窗挂着帘子。他对新娘连看一眼的兴趣都没有，只管骑着马往回赶路，就好像跟来时一样是独自一人。士兵们跟在后面，骡车在队伍后面颠簸着。王虎就这样把新娘带到了自己的地方。一两个月以后，第二个女人由她父亲领着来到了王虎的家，他也留下了她。一个还是两个老婆对他来说都无所谓。

新的一年又来到了，元旦和春节也很快地过去了，树上虽然仍是光秃秃的，但春天已在土壤中开始萌动。阴冷的下雪天再也留不住积雪，因为雪很快就被南方突然吹来的暖风融化了。田里的麦子还没长高，却呈现出一片新绿。农民结束了冬天里那种闲散的日子，又开始忙着整理锄头、犁耙，并且把牛喂得好一点，准备下田干活。路边的野草钻出了路面，孩子们拿着镰刀或削尖的木片和铁片四处寻找新长出来的野菜，挖起来充当粮食填饱肚子。

整个冬天屯扎在营地的军阀们也兴奋起来了。士兵们在冬天里个个养得壮壮实实，现在开始蠢蠢欲动，他们对赌牌、吵闹、进城闲逛那一套玩意儿已经腻烦了，现在脑子里想的是自己在春天里新的战争中命运如何，每个人或多或少抱有一丝希望，最好自己的顶头上司在战斗中丧命，那么自己就可以往上爬那么一级了。

王虎也有他自己的梦想，他已经设想了一个很好的计划，现在是实现这个计划的时候了。现在的王虎已经不是被情欲困扰和折磨的王虎了，那种情欲已不复存在，即使还在，也是被深深地埋藏着。每当这种欲念起来的时候，他就随便到两个女人中的一个那儿去发泄一阵，如果觉得身体没劲儿，他就靠拼命喝酒来提神。

王虎是办事公道的男子汉，他对两个女人一视同仁，没有偏爱之心。其实，这两个女人极不相同。一个有学问、爱整洁、朴素、温存、安静；另一个则有些笨拙、粗野，但也不失为一个好心肠、贞淑的女人，她最大的缺点就是那一口黑牙，一走近她就会闻到一股口臭。好在这两人从不吵闹，在这一点上王虎是相当幸运的，当然，他的公正态度也是两个女人不吵闹的原因之一。在这件事上，他是很审慎的，他轮流到她们的房间去，她们俩虽然完全不同，但对他来说一样是女人。

　　他再也不用孤身独眠了，然而，尽管两个女人轮流陪他睡，他却始终不与她们亲密。他进她们的房间的目的就是睡觉，他始终摆出一副当家人的架子，从不多说一句话。他和以前死去的那个女人之间的那种坦率、无拘无束的关系，永远不会在他与这两个女人之间出现。

　　有时候，他默默地思考着一个男人对女人的不同态度，他痛苦地认识到，以前的那个女人其实从来没有对他坦诚相见过，即使是当她像妓女那样放肆时也没有真正地对他坦诚过，因为她内心深处无时无刻不在谋划着对他的反叛。每当想起这些情况，他总是有意关闭自己的心扉，而通过在这两个女人身上发泄肉欲来安慰自己。这样做的另一个动机是他抱有一丝希望，希望两个女人中的一个会给他生个儿子。这种希望也进一步鞭策他实现取得辉煌胜利的梦想，他发誓要在这一年的春天打一场大仗去赢得权力和地盘，而且他自认为此仗必胜无疑。

第二十二章

春暖花开的时节，那白色的樱花和粉红色的桃花就像一团团淡淡的云雾轻轻地飘浮在绿色的原野上。这时，王虎和他的心腹们正在商讨开战大计。他们在等待两件事情的结果：一件是要看南北军阀如何重新开战，因为他们年前的休战并未使战局见分晓，他们之所以在冬季休战是因为在风雪泥泞中不便打仗而已。此外，南北军阀的本性各异，一方是体大气粗、行动迟缓、凶狠残暴，另一方是灵巧精悍、足智多谋、善打埋伏。这种脾性上的甚至可以说是种性和语言上的差异，也在某种程度上决定了双方无法长久休战下去。第二件事是要看年初派出去打听消息的探子回来如何报告。他们边等待边商讨着向哪个方向以及如何扩张自己的地盘。

他们聚在王虎的大房间里议论，每个人坐在自己官衔所规定的座位上，"老鹰"照例有话先说："我们不能去打北方，我们已经效忠北方了。"

"屠夫"不管"老鹰"说什么总要拙劣地重复一遍，因为他不愿让别人认为他不及"老鹰"聪明，再说他自己确实也想不出什么新花招，所以就附和着"老鹰"的观点大声说道："是不能打北方，即使占了北方的地盘，那也是长不出好东西的地，那里的猪真他妈的瘦，宰了也没有肉。我见过那种猪，不吹牛，那猪背脊尖尖的就像弯弯的大镰刀，母猪还没下崽就能数出肚里有几个，谁他妈的愿意上那儿去打仗，什么便宜也捞不到。"

王虎慢条斯理地说："然而也不能往南方打哟，那样的话岂不是打了我自己的乡亲，打了我父母的乡亲？再说打赢了也不能无所顾忌地对自己的乡亲征收税金呀。"

"豁嘴"总要等别人都说过了才开口。这回该轮到他了："有一个地方，以前算是我的家乡，可现在那里早已无亲无故了。在我们的东南面，一边靠海，整个县沿江延伸到入海处。那个地方到处是耕地，也有些小山，很富裕，是个鱼米之乡。县城是那里唯一的一个大镇，似小镇集市不少，百姓的日子过得挺富足。"

王虎听完后发问："那个地方是不错，但那么好的地方不可能没人霸占，不知是谁霸占着？"

"豁嘴"说出了那人的姓名。他原来是个强盗头子，一年前刚投奔南方的军阀。听到那个姓名，王虎立即决定去打那个强盗头子。他十分憎恨那些南方人，憎恨南方人煮的烂饭、撒上胡椒粉的猪肉，一个人即使有一口好牙齿，也无法嚼着吃那些烧得烂糊的东西。他至今记得他年轻时那可恨的岁月，于是他大声嚷了起来："好，就打那个地方，打那个人！既扩大了我的地盘，也算参了战。"

一旦决定这件大事，王虎就马上吩咐侍卫拿酒来，他与心腹们一起喝酒，同时下达命令，让所有的官兵做好行动的准备。等第一批探子回来报告南北方确切的开战时间，他们就立即开赴新战区作战。除了"老鹰"，几个心腹都起身告辞传达命令去了，"老鹰"故意留下，把嘴凑到王虎耳边，呼出的热气直冲王虎的脸，他用又轻又沙哑的声音说："打完仗后得给大伙几天时间抢一把乐他一乐。当兵的都在底下抱怨你管他们管得太严，没个自由，别的军阀都给下面自由，如果不让他们抢上几天，他们是不愿意去打仗的。"

王虎咬一咬嘴唇边又黑又硬的胡子，这些天他连胡子都没心思刮，尽它长着。他心里极不情愿，却又知道"老鹰"说得有道理，只得答应说："好吧，跟他们说，打了胜仗后给三天时间，只给三天！"

"老鹰"高高兴兴地走了。王虎坐在原处，心中有点闷闷不乐。他憎恶抢劫，但又无法阻止。对那伙当兵的如不给一点好处，他们中谁也不愿甘冒生命危险去打仗。他虽同意了这件事，却又放心不下，脑子里尽想着老百姓受苦的情景。他自己选定了带兵这一行当，却又硬不起心肠来，他只恨自己太软弱了。在这种情况下，他强迫自己硬起心肠并自我安慰地想，不管怎样，穷人并没什么值钱的东西被抢，总是富人被抢的多，而且富人也承受得了几天的抢劫。他知道自己有软弱的一面，害怕见到别人痛苦，但他又害怕别人了解到他的软弱后会看不起他。

　　派出的探子陆续返回驻地，一个接一个地向将军报告消息。他们都说，虽然尚未正式开战，但实际上南北军阀都忙于向国外购买武器，到处是扩军备战的气氛，肯定马上就会打起仗来的。王虎不敢耽搁，当天就命令全军人马到城门外集合训话，他手下的人马为数众多，城里已无法容纳大队人马集中。他骑着那匹高大的枣红马，身后紧跟一队侍卫，右边是他的麻脸侄子，这回他可不是骑毛驴，而是骑一匹高头大马，因为王虎已经给了他一个官职。骑在马背上的王虎昂首挺胸，傲气十足。全体官兵肃静地望着他，他那目空一切的神态、两道凶狠倒竖的浓眉以及嘴唇上长长的胡子，使他显得不止四十岁。像他这样威武的将军现在确实少见。他骑在马背上一动不动，有意让大家望了一会儿，然后猛地提高嗓子开始训话："士兵们、好汉们，六天以后我们就要向东南方进军，去开辟新的地盘，那是个沿江临海的鱼米之乡，我和你们将同享胜利的果实。我们兵分两路，一路由'老鹰'带领从东进攻，另一路由'屠夫'带领从西进攻，我亲自带五千精锐部队等在北路。待东西两路夹攻县城时，我带的五千人马从北门切入，形成包围圈猛打，直至消灭最后的抵抗。那里的军阀只不过是个强盗，弟兄们，你们早已向我证明你们是如何英勇地消灭强盗的。"接着他极不情愿地补充说，"如果打了胜仗，在攻占的县城里放你们三天自由，第四天一早就归队，到时我叫人吹号收兵，谁要是不归队我就毙了他。告诉你们，本人不怕死，也不怕杀人。好，命令完毕！"

士兵们一阵欢呼雀跃。解散以后，大家都急着去检查自己的武器弹药，看看究竟还剩多少子弹。那时候时兴用弹药换东西，那些平时迷恋酒色的士兵早已偷偷地用子弹换了酒色。临战时，他们就心急忙慌地查看剩下的子弹是否还够用。

第六天一清早，王虎率领队伍浩浩荡荡出了城。尽管这是一次重大的军事行动，他还是留下了一小半部队守护驻地。他也照例到县太爷府上告辞。那老头儿自从身体变得很虚弱以后就一直卧床不起。王虎告诉他，他留了部队保护他和他的宅院，老头儿声音微弱而彬彬有礼地表示感谢，心里却十分清楚王虎留下部队是防着他的。留守队伍由"豁嘴"率领，这是个苦差事，因为士兵们都不愿意留下来。王虎无奈，只好答应他们，如果干得好，恪尽职守，每人多得一块银洋，而且下次打仗一定轮到他们去，这样才让那些留守的士兵稍感满意。

出发前，王虎派人散布消息说，南面敌军要入侵他们的县城，因此他发兵抵抗。这样他的百姓听了都感到害怕，赶紧设法讨好他，当地商会捐款表示支持。队伍出发那天，城里很多人赶到大军出发地点，等着观看升旗、宰猪、焚香等以求旗开得胜的仪式。

祭旗仪式完毕，王虎开始率大军南下。他这次行动还带了大笔银钱，因为他善于谋略，在正式开战之前将设法用钱买通内线，不战而胜则最好，至少也可买通敌方的一些人为他打开城门。

时值阳春三月，辽阔的田野上是一片一望无际的绿油油的小麦，麦已有一尺多高，正待灌浆抽穗。王虎骑在马上放眼望去，心中扬扬得意，因为这是他管辖的土地，他爱这片土地就像一个君王爱自己的疆土一样。他心里也十分明白，为了维持他那庞大的军队，为了不断充实自己的私囊，就得不断开辟新的地盘向百姓征税。

部队往南走了好久，来到了一片石榴林，其时别的树早已长满了绿叶，但石榴的新叶才从多节的枝杈爆出。他知道他们已走过自己的辖地，已经到别人的地盘了。他东张西望，只见到处是肥沃的土地、肥壮的牲畜、胖胖的孩子，这一派景象不禁令他大喜。但是，当他的大队人马踏上这片土地时，田里的农民皱起了眉头，聚在一起说说笑笑的女人们顿时闭口，脸色吓得苍白，许多做母亲的慌忙用手捂住了孩子的眼。在走过有些地方时，队伍像往常行军时那样大声唱起战歌，田里的百姓听到了就会大声咒骂，他们不愿看到大队当兵的打破农家田园平静的气氛。村子里的狗狂吠着朝这伙陌生人奔来，但奔到队伍跟前看到是这么一大帮人，就又惶恐地夹着尾巴退缩了。不时还可以看到因受惊而在田里四处乱逃的耕牛，有的牛身上套着犁具，农夫就跟在牛的后面追赶。士兵们见到这种情景便发出阵阵哄笑，而王虎却制止大家起哄，以示他对当地百姓的礼貌。

大队人马走过村庄集市时，老百姓看到这些士兵拥挤在家家户户的门口要茶要酒、要馒头要肉的，又是喧闹又是狂笑，感到非常厌恶，但他们默默无言地忍受着。店铺老板站在柜台边横眉怒视这帮士兵，生怕他们拿了东西不付钱，有的店铺干脆装作打烊的样子上起了门板。王虎在这之前已经发给每人一些零花钱，供他们吃喝花用，而且下过拿东西必须付钱这道命令，但是他心里明白良将难带饿兵，更何况那成千上万无法无天惯了的乱世之兵，更是难以控制。他也嘱咐过各队队长要对自己统领的队负责，但他们又怎么能担保人人都循规蹈矩？在这种场面下，他唯一能做的就是对乱哄哄的士兵大声嚷道："谁要让我知道他干了坏事我就毙了他！"他相信这么一嚷嚷以后，大伙总会有所收敛，只能如此而已，事实上他对小事也只能做到睁一眼闭一眼。

但王虎想出了一个办法，在一定程度上控制住了他手下的人马。那是他们又行进到一座市镇时，王虎命令大队人马暂时停留在镇外，他自己则带了几百人先进镇里，找到一家看上去是当地最富的店铺。他命令这家店铺的老板召集镇上所有的店铺老板，聚集在他的铺子里议事。他们见到王虎时诚惶诚恐、毕恭毕敬，王虎对他们则以礼相待，他发话说："别害怕，我不会敲诈勒索，要求不会过分。我有上万人马等在镇外，只要你们给一笔相当数目的款子支持我的这次军事行动，我就让我的队伍在这里只宿一夜，第二天一早即开路南下。"

这些老板个个吓得脸孔发白，推选了一个代表上前结结巴巴地提了个数目。王虎一听就知道这个数目对他们来说太小了。他哼的一声冷笑，两道浓眉往下一吊说："我看你们的店铺殷实，油铺、粮店、绸缎行样样齐全，老百姓丰衣足食，街道热热闹闹。你们这么个市镇还小吗？还向我哭穷吗？这么一小笔数目亏你们有脸拿出手！"

他就是这样温文尔雅地逼他们拿出钱来，而不像别的军阀那样粗暴地威胁，说什么要是不给钱的话就把队伍拉进去抢劫等。王虎不会那样笨拙地吓唬他们，他运用巧妙的手段照样能达到目的。他常说百姓也要过日子，索取钱财要合理，数目必须在他们拿得出的范围内。王虎这样做的结果自然令双方满意，他不动肝火地拿到了钱，那些开店铺的老板也乐得爽快地摆脱了一支军队。

王虎的队伍继续朝东南方的海边行进，每经过一个市镇就停留一下，索取一笔钱财，第二天一早继续开路，老百姓都没什么太多的怨言。经过穷乡僻壤时，王虎只停下来要一些食物，并不多拿。

这样，经过七天七夜的行军，大伙儿吃饱喝足，军心稳定，王虎的钱囊也肥了许多，已远远不止出发前带着的数目了。他计算了一下路程，还有一天就可抵达将要攻打的中心市镇，他策马朝一座小山坡骑去，从山坡上可以望见那座市镇。那是一座不大的有城墙围住的城，背衬着湛蓝的天空，就像一块宝石嵌在连绵起伏的绿野中。城南濒临一条江，江水像一条银链，城又像穿在链上的珍珠。面对这样一幅美景，王虎不禁心潮澎湃。他当即派出一名信使去给这座有千把人守卫的小城送口信，宣告驻守在北方的王虎已兵临城下，要将当地百姓从强盗手中解救出来，为了不动干戈，强盗应乖乖地退出，他们可以拿到一笔款子作为退出的条件，倘若他们不肯退出，王虎手下上万个荷枪实弹的勇士动起手来，那就怪不得谁了。

管辖那城的军阀是个剽悍的强盗，长得又黑又丑，老百姓见他长得像庙堂里守门的神像，背地里给他取了个诨号叫"黑面门神"。他姓刘，故又称作"刘门神"。"刘门神"听了王虎派人送来的口信，那大胆狂妄的口气气得他半晌说不出话来，过了一会儿他才回答说："回去告诉你们头儿，要想打，就来吧！谁会怕他？我还没有听说过什么叫王虎的狗崽子呢！"

信使回来对王虎如实做了汇报。这回轮到王虎大发雷霆了，他的自尊心受到了伤害，那个军阀竟然说没有听到过他的名字。他心里暗忖，是不是平时对自己的估计过高了，但他表面上还是气愤得把牙齿咬得咯咯直响，并立即下令大队人马当天进军到城边扎营，把一座小城围得严严实实。城门紧闭，一时无法入城，王虎便布置士兵们在护城河边扎一排营帐，大家静待天明。护城河边扎营的士兵负责监视敌方的行动并随时向他报告。

第二天天一亮，王虎就起身叫醒了侍卫，随后下令鸣号击鼓召集全体人马训话。他命令全体官兵严阵以待，哪怕要围攻一两个月也不可松懈。训话完毕，他带着卫队登上城东的一座小山，山上有一座塔，他留下卫队在塔下警卫，自己只身登上塔顶观察城内的情况。从塔上向城内望去，只见这座不大的城内约莫住着不到五万的居民，居民房屋盖得很好，一色黑瓦房顶，瓦片层层相叠，远远望去就像鱼背上的鳞片。他回到扎营处又将队伍召集起来，下令渡过护城河开始进攻，可是，一阵弹雨从城墙上射下，士兵们只得赶忙退回到护城河外面。

王虎无奈，只得待机行事。他与各队队长商议如何攻城，大家建议围城封锁。围城久了，城里人无法解决粮食问题，到时自然容易攻取。王虎认为这个主意不错，如果硬攻的话就要损兵折将，而且城门很坚固，顶门柱和门梁都是用铁皮包裹起来的，要攻破有一定难度。再说，只要封锁住城门出口，外面的粮食无法运入城内，一两个月以后敌方就会军心涣散，被迫投降。眼下敌方兵强马壮，他们只能拖延时间，等待有必胜的把握时再攻打也不迟。

他们便开始围城封锁，在离城射程范围外扎营。他们在城外，吃喝全部依赖附近田里出产的东西，家禽、蔬菜、水果、粮食都取自当地农民。由于他们吃啥都给钱，城外的老百姓也就不反对他们。这个地方今年风调雨顺，夏天快要到了，地里的庄稼长势很好，准又是一个丰收年。有人传说西面山区久未降雨，有可能闹饥荒，而王虎和他的部队在此，日子却过得挺舒服。他不禁暗暗庆幸命运之神再次赐福与他，帮助他在此大大作为一番。

一个多月过去了，王虎在营帐内日日等待转机，可是从没有一个人出得城门来，他又等了二十多天，渐渐有点不耐烦了，士兵们也开始急躁起来，但敌方仍然很顽固，要是有人敢冲过护城河去，就立即会被城墙上射出的子弹逼回原地。

王虎百思不得其解，气冲冲地说："他们还有什么东西可吃的？怎么还有力气拿得动枪？"

站在他身边的"老鹰"对敌人的顽固勇猛也不得不感到钦佩，他吐了口痰，用手擦干嘴边的唾沫，说道："到了这种时候，他们肯定把狗呀、猫呀、各种牲畜甚至屋子里能抓到的耗子都吃得精光了。"

时间一天天过去，城内依然毫无动静，转眼已是盛夏。一天早上，王虎像往常一样走出营帐视察一番，看看有无蛛丝马迹的变化。突然，他发现北城门上飘起一面白旗，他兴奋得立即吩咐士兵也从营地上升起一面白旗。他心中暗暗庆幸，胜利的一天终于来到了。

　　北门开了一道小缝，小到只容得一人通过，门里走出一人后，城门随即关上，站在护城河外也可以听见城门关闭时铁闩的铿锵声。王虎焦急地盯住护城河的那一边看，只见一个年轻人手拿竹竿挑起的白旗慢慢地朝这边走来。王虎赶紧召唤部下列队成行，自己则在队列尽头站定等候来人。

　　那人走近一些，大声喊道："我是来谈和的，我们答应赔偿你们一笔款子，只要你们撤兵，要我们给什么都可以商量。"

　　王虎轻蔑地冷笑一声说："我们大老远地跑来难道就为你们几个钱？在自己的地方照样可以搞到钱，我要的是这座城，这个地盘必须归我管辖，你们非投降不可！"

　　年轻人撑着竹竿，眼睛像死人一般盯住王虎恳求说："发发慈悲撤兵吧！"他一面说一面跪倒在王虎面前。

　　王虎不由得怒火中烧，遇到有人有意同他作对时，他就会怒不可遏，于是他对那人大声吃喝道："我不夺此城决不收兵！"

　　年轻人听得王虎这么蛮横，就干脆站起身来，头朝后一仰，傲慢地说："那你们就待着吧，只要待得住，我们奉陪到底！"说完便朝城门走去。

　　王虎感觉到自己的杀机又冒上来了，同时又感到万分奇怪，这么火烧眉毛的事，对方竟然派这么个冒失鬼前来谈和，连起码的礼仪规矩也不懂。他越想越气，猛然命令身边的一个士兵："给我瞄准那个家伙毙了他！"

那个士兵枪法很准，年轻人应声倒在架越护城河的窄桥上，旗杆掉入河水中，漂浮着，白旗浸泡在泥水里。王虎随即命令手下士兵跑上前把尸体拖过来，执行命令的士兵们跑得飞快，生怕城墙上放冷枪，可是城上一枪未放。王虎心中好生纳闷，更令他吃惊的是，那具尸体被拖过来剥下衣服后，他们发现此人身体虽不算胖，但结实强壮，毫无挨饿的样子，显然城里还是有东西吃的。

这事实使得王虎十分沮丧泄气，他嚷了起来："这家伙真他妈壮实，城里究竟吃什么能维持这么久？真见鬼！"接着又赌咒道，"好吧，他们能这么待着我也就这么待下去，看谁厉害！"

这天他实在是气坏了，此后他便让手下士兵们自寻快乐，不再严加控制。若看到士兵们拿老百姓的东西白吃白用，也不再阻止。逢上老百姓向他告状或别人报告说亲眼看到士兵闯入民房为非作歹，他也只是紧绷着脸说："你们这些该死的，肯定暗地里把粮食运进城里了，要不这么长时间里边靠什么吃？"

但这些农民赌咒说绝对没那回事，有的农民可怜巴巴地说："谁在上头发号施令我们都无所谓，您以为我们拥护那个逼我们交税让我们挨饿的老强盗？老爷，如果您对我们慈悲，不让您手下人作恶，那我们是宁愿让您来管辖这块地方的。"

夏日炎炎，污浊的护城河水中孳生出无数蚊子，那么多士兵每日的粪便又成了苍蝇产卵繁殖的温床。王虎的心情变得越来越坏。他在心烦意乱时不禁思念起他自己的小城，那里有他自己的宅院、两房妻室，而这里除了讨厌的蚊蝇污水，什么也没有。这种心情使他变得与以前判若两人，他的部下也变得越来越无法无天，眼看着部下为非作歹，他只能听之任之。

一天夜里，明月高悬，天气异常闷热，王虎无法入眠。他走出营帐，散步纳凉，随身只带了几名侍卫。侍卫哈欠连连，瞌睡蒙眬地跟在他后面。王虎边散步边盯着城墙那边。月光下，城墙又高又黑，一副不可征服的样子。看着看着，王虎不觉又来了气，说实在的，这些天来，他的怒气一刻也未曾平息过。他暗暗赌咒说，有朝一日他要让全城的男女老少都尝尝这场战争的厉害。就在这时候，他忽然看到城墙上有一个黑影移动。一开始他还以为自己看花了眼，但再仔细看了一会儿，终于看清楚那是个人，正如螃蟹那般攀附着伸展到城墙上的藤蔓和树枝慢慢往下爬，快到墙脚时，朝地上一跳，便隐没在淡淡的月色之中，紧接着黑暗中显出一块摇晃着的白布。

王虎叫一名侍卫也扯开一块白布走上前去把那个人带过来，自己在原处等着，准备问个究竟。那人过来后伏地跪下，磕头求饶。王虎一声怒吼："把他拎起来让我好好看看！"

两名侍卫上前把那人架起让王虎看清楚，他发现那人虽然看上去有些憔悴相，长得又黑又瘦，但并没有挨饿的样子，因此他越看越气，仿佛喉咙口有什么东西噎着，过了一会儿他才又喝问道："是来献城的吗？"

那人回答说：“不是的，我们的头儿不投降，现在他还有吃的，他手下当官的也有吃的，只是饿了老百姓，不过现在也顾不上他们了。城里还能支撑一阵子，现在正等着南路来救兵，早些时候已派人偷偷越城去讨救兵了。”

王虎听了，顿时不安起来，他强按住心头之火，疑惑地问："你不是投降来的，那来干什么呢？"

“我逃出来完全是为了我自己。我们的司令是个令人憎恶的粗人，十分野蛮，一点教养也没有，他待我很不好。我出身书香门第，一向知书识礼，而他却常在士兵面前羞辱我。一个人对有些事情可以宽恕，但侮辱怎么受得了呢！他不仅当众侮辱我本人，而且侮辱我的祖宗，也正是为了祖宗，我才多次忍受下来。他也是有祖宗的，从祖辈上说来，也许他的祖上还是我家的佃农呢。”

“他是怎样羞辱你的？”王虎问道，同时心中暗暗庆幸事态有了转机。

“譬如说我练得一手好枪法，百发百中，他却当众耻笑我持枪的姿势。”说着说着他显得激动起来。

王虎看到了一丝希望，因为他清楚嘲笑和轻视最能激发起痛苦和仇恨，即便是朋友之间也是如此，一个人蒙受耻辱，就会千方百计寻求报复。恃才傲物的人更是如此，现在面前的这个人的神态就说明他属于这一类型。王虎直截了当地问："要什么代价，你说吧。"

他看看王虎身旁的一队侍卫，他们都听得入了神，连嘴巴张开着都不知道。他凑近王虎的耳朵说："让我到您营帐里去，以便直说。"

王虎转身回到帐内，只留下五六个贴身侍卫以防不测，但其实他看得出来这个人不像奸细，只是图报复而已。那人被带入帐内后说："我恨透了他，因此我愿意爬回城内为您打开城门作为内应。但有一事请您答应，收留我和几个同伴在您手下，万一那个老强盗不死，还求您保护我们，他是个杀人不眨眼的强盗，不死的话肯定会派人暗算我的。"

王虎不是那种白白接受别人的厚礼而无所表示的人，因此他对站在面前的那人说："你是个循规蹈矩的人，当然受不了那种侮辱，没有一个好汉能够忍受侮辱。你勇敢、有教养，能投奔我，我很高兴。回去告诉你的朋友和其他士兵，凡投降者我一概收留，同你一样带了枪来的，各赏五块大洋，对你我另赏二百大洋，还封你当我手下的队长。"

那人一听，原来一直惴惴不安的脸容才舒展开来，他兴奋地说："我一辈子都在寻找像您这样的将领，现在终于找到了。天快破晓，待到太阳照顶时，我一定大开城门恭候大军！"

话毕，他即告辞回城。王虎起身走出军营，目送他沿原路回去。他像猴子一样敏捷娴熟地攀附着藤蔓和树枝，一下子越过了城墙，在夜色中消失了。

待到太阳如一面铜锣冉冉升起在地平线上，王虎命令叫醒全体士兵，并吩咐大家轻手轻脚起床，准备出发，不准弄出任何声响，以免敌军察觉到这边的行动而产生疑虑。其实半夜里已有不少士兵知道城里有人偷越出来联络，估计到第二天一早必有行动，因此不等王虎下达命令，都已纷纷起床。是夜风清月明，用不着点燃蜡烛，大家都穿戴停当，枪械就绪，静待命令。王虎见大家准备完毕，就又吩咐全体官兵饱吃一餐，大块的肉、大碗的酒，足以鼓起官兵的斗志。吃饱喝足之后，只等擂鼓出发了。

等了一会儿，太阳已升得老高，阳光照着大地，热得人们喘不过气来。王虎一声令下，队伍排成六条长蛇阵。队列随着司令发出的一阵阵呐喊，高举上了刺刀的步枪向城门冲去。一些人踏桥而过，大部分人跳进护城河涉水而过，围聚在北城门四周。这时，众队长劝王虎不要站得离城太近。在这最后关头，他们仍怀疑那人是否有诈，但王虎胸有成竹，他相信一个人的复仇心是最可靠的。

起初的一刻，城里似乎没有反应，也未听得有枪声，王虎仍坚持让大家等着。不一会儿，太阳当头照下时，城门突然微微启开，一人从门里探出身子，王虎即刻大吼一声，领着大军拥进城门，冲上街道。冲锋的士兵犹如洪水决堤，迅速攻下了这座城。

王虎片刻不停，率队直奔老强盗的宅院，一路上冲着手下左右喊道，先要逮住老强盗才能放大家自由活动。贪婪之心驱使士兵们快步冲往前去寻找老强盗的住宅，他们边冲边抓住一两个胆小怕事者问路。待到冲进老强盗宅院时，只见地上乱丢着军号战鼓，宅内空无一人，老强盗早已逃之夭夭。也不知道他是如何获悉自己手下的人变节的，反正当王虎的大队人马冲进北门时，他已带着心腹部队从南门落荒而逃。王虎从留下的士兵嘴里得知他逃跑的消息，于是立即赶到南面城墙上，远远望去，但见往南的路上飞起一团尘土。是否要去追赶杀绝，王虎犹豫不定，转念一想，他所需要的乃是一座城池，这一区域的钥匙已得，何必再去穷追一个强盗和他的一小伙人呢？

回到那幢空宅后，他稳坐在厅堂上，扬扬得意地看着留在城内的敌兵成群结队走进厅来向自己举手下跪以示投降。这些人面黄肌瘦，只有在灾荒年月才能看到这般模样的人。他们把枪缴了，王虎对他们一概收编，并吩咐拿出食物让他们放开肚子大吃一顿，还发给每人五块大洋的赏钱。他也没忘了前一天夜里出城投降的那个人，当那人带着同伙走进厅堂时，他履行诺言，亲手赏给他二百大洋，并叫人送上队长的制服，将他视作亲信。

一切处理停当之后，王虎意识到该是对手下官兵履行诺言的时候了。对他们的控制已到了极限，非放松一下不可了，尽管他心里不情愿，但也无法不兑现自己许下的诺言。说来也奇怪，攻城之前，他恨透了城里的百姓，可是一旦夺得了城，他的怒气就立刻消失得无影无踪，剩下的只是对百姓的恻隐之心。当他下达让全体官兵自由三天的命令之后就躲在宅内，闭门不出，只让卫队与自己在一起。然而，即使这一百来个卫队士兵在宅院内也按捺不住，于是王虎只得让外面已经自由过了的士兵代替他们执勤，把他们也放出去自由一番。前来替换的士兵进来时，眼睛里欲火未尽，面色兴奋得黑里透红，野性毕露。王虎抑制着自己不去看他们，他不忍心去想象城里此刻的情景。他的侄子一向被他看管在身边，这时好奇心被激发起来，也想出去看个究竟，但王虎一阵严词呵斥，一肚子的怒火尽出在这小子身上："我王家的人难道也要学这帮粗坯去掠夺百姓？"

他将侄子看管得很严，不许他离开半步。为了不让他分心，他一天到晚使唤他拿这拿那，不是拿吃的，就是拿喝的，或是拿穿的用的，忙得他团团转。有时宅院外传进百姓受欺凌的哭叫声，他就迁怒于侄子，对他更加专横暴戾，吓得那小子大汗淋漓，大言不敢出。

其实，王虎只有在生气时才变得无情，发了火才会杀人，他做不到杀人不见血，这种气质对军阀来说显然是一大弱点。他还懂得对普通老百姓恨不起来也是一大弱点。他想强迫自己恨那些老百姓，因为他们对他攻城无动于衷、袖手旁观，迟迟不来帮忙打开城门，那是应该记恨他们的。可是，当他的士兵回来战战兢兢地向他要求发放粮食时，他的怒气又发泄到他们头上："什么？你们去抢东西，还要我供吃的？"

他们回答说："整个城里找不出一把粮食，总不能拿金子、银子、绸缎当饭吃。都找遍了，就是没有粮食。农民现在仍不敢把粮食送进城里来。"

王虎绷紧了脸，心里闷闷不乐，他知道他们说的是实话，所以尽管他呵斥了他们一通，还是派饭给他们吃。在吃饭时，有个家伙粗声粗气地说着下流话："唉，这些个女人瘦得像脱毛鸡，在她们身上一点劲儿也没有！"

王虎听到这话突然觉得无法忍受，便独自走进一间房间，坐下来呻吟了片刻，才又慢慢恢复过来。他让自己想到那一大片无边的土地，想到他是如何扩充了自己的力量，又如何在这场战争中扩大了一倍多的地盘，他告诉自己这就是他的事业，这就是他的伟大之所在。最后，他欣慰地想到他的两房妻室中肯定有一个会给他生儿子。他心里暗暗喊道："为了这一切，让别人在短短的三天内吃点苦，我都忍不下这个心吗？"

在这三天中他克制着自己，没有收回诺言。第四天一清早，他就从辗转不眠的床上爬起，下令向四处发信号吹号角，通知所有的官兵归队。由于王虎清早一起身就沉着脸，神情比往日更加严肃，两道剑眉不停地在眼窝上方跳动着，因此没有人敢违抗命令。

但有一人除外。王虎一走出那关紧三天的大门，就听到附近巷口传来微弱的哭声。憋了三天，他对这类哭声特别敏感，赶忙甩开大步朝那哭声处走去，想看个究竟。原来是一名士兵在归队时碰见了一个老妇，发现她手指上戴了一只细细的金戒指。这本来是一件并不怎么值钱的东西，因为这老妇只不过是个干粗活的人，不可能有什么了不起的昂贵物品，但是想占有这最后一点金饰的欲望使得这个士兵不顾一切地猛拉老妇的手指，痛得老妇恸哭起来："这戒指戴在我手上快三十年了，怎么还拿得下来哟？"

此时归队号已经吹响，士兵一着急，拔出刀子将老妇的手指砍了下来，尽管手指瘦如细柴枝，却也血流如注。那名士兵不顾一切地抢戒指，竟然没注意到王虎到来。这一幕发生在王虎的鼻子底下，亲眼目睹的惨状使他顿时怒不可遏，尽管此人是自己的部下，他的杀心却再也按捺不住。他向士兵猛喝一声，抽剑跳将上去，朝那家伙身上一剑刺去。这名士兵没吭一声便倒下了，殷红的鲜血泉涌出来，淌了一地。眼见此情景，老妇简直吓破了胆，也不管这是不是为了救她，她匆匆将受伤的手裹在破旧的围裙里便逃开了，不知躲到了何处。王虎再也没有看到她。

他在这名士兵的军服上将剑上的血迹擦净，命令侍卫卸下死了的士兵的枪，然后就转身离开，以免过后对自己的一时火起感到后悔，但人已被杀死，即使后悔也没有用。

他继续在城里巡视，看到一些可怜巴巴的人慢腾腾地几乎是爬着回到自己的家门口，无力地坐到跨在门槛上的条凳上，他们精疲力竭，没有一点儿生气，就像死尸一般坐着。王虎在灿烂的阳光下走着，卫队神气活现地尾随其后，那些坐在家门口的人连抬头望一眼的气力都没有，这使得他惊诧不已，而且感到一种莫名的羞耻。他不好意思停下来与任何人谈话，只是昂着头走路，装出不见有人而只见沿街商店的样子。店铺里的商品很多，不少东西他从来没有见到过。因为这是南方沿江的城镇，江与海相通，货物可从水路运入，所以有许多商品是外国货。但是那些商品放得乱七八糟，积满灰尘，显然是久未有人光顾的缘故。

城里少了两样东西：一是不见有食品卖，二是不像常见的城镇那般热闹，沿街竟没有叫卖的小贩和固定摊贩，街市空寂无人，而且也不见小孩。起初，他还没有意识到街上的寂静气氛，后来一经意识到那种可怕的寂静，禁不住怀念起通常家家户户屋里传出的各种声音和孩子们的欢笑声，怀念起孩子们在街上嬉戏的情景。忽然，他感到无法再看着那些幸免一死的男男女女的阴沉脸色。他的所作所为并未超出别的军阀，再说他也是为了壮大力量而迫不得已这样做的，因此这也不能算是自己的一条罪行。

　　不过，干他这一行的，王虎确实是过于心慈手软了。他再也不忍目睹这座已归属自己的城里的一情一景，转身返回自己的宅院。他神情沮丧，心态不佳，诅咒着部下，冲他们大声吼着，叫他们滚开，让路。他实在无法忍受士兵们如痴似醉的狂笑、心满意足后闪烁的目光，一看到这伙人手指上戴的金戒、衣扣上挂的进口表，还有别的掠夺之物，他就有一肚子气。甚至他两个心腹的手指上也戴上了不义之物，"老鹰"硬邦邦的无名指上戴着一只大金戒，"屠夫"的拇指又粗又大，竟然也套着一只翡翠戒指，尽管套不过指关节，他也得意地那么戴着。这一切使得王虎感到自己距离他们是那么遥远，他喃喃自语道，他们不过是些丧失了人性的下贱的畜生。他独自坐在自己的房间里发闷气，谁要是走近他，哪怕为一点小事，也会惹起他的无名之火，他痛苦地觉得，自己已孤零零地沉入了无底的深渊。

　　这么闷坐一两天后，士兵们见司令气成这样，开始害怕起来，行动上自然有所收敛。同时，王虎也一再克制自己，并聊以自慰地想，战争就是这么回事，既然已经走上了这条路，就得一干到底，也许自己命中注定如此。想到这儿，他终于又振作起来。他已经三天未洗脸和刮过胡子，这时，他漱洗了一番，穿戴整齐，然后派一名信使到县老爷府上去请他屈尊来一趟，自己则走进厅堂坐等。

　　大约过了两个小时，县老爷由两名当差的搀扶着，匆匆忙忙地赶来，他的脸色死人般的煞白，恭敬地朝王虎鞠躬请安，等候问话。王虎见他是个读书人打扮，看上去颇有教养，就起身回了一礼，并示意他坐下。此人的脸和双手的颜色与模样真是怪极了，且不说他瘦得皮包骨头，那颜色就像风干了一两天的猪肝。

打量了他一会儿，王虎惊叫起来："怎么，你也挨饿了？"

县老爷简单地回答说："是呀，百姓都在挨饿呀，这也不是头一回了。"

"但是最初派出来谈和的那人吃得可不坏呀。"王虎说。

"是的，那人一开始就是个重点照顾对象，"县老爷回答，"那样会给你们一种印象，如果不同意停战，他们还有粮食吃，还可以挺那么一阵子。"

对于这种策略，王虎不得不表示佩服和赞赏，可是他又有些疑惑地问："那个偷跑出城的队长也没有挨饿呀！"

县老爷回答："他们给当兵打仗的吃最好的，把最后的粮食都留给他们吃，而老百姓只得饿肚子，饿死了好几百人，老幼病弱的都饿死了。"

王虎叹了口气："怪不得襁褓中的婴儿一个都看不到。"他盯住县老爷看了一会儿，终于开口谈到正题，"你现在该归顺我了，原先那个军阀逃跑了，这个地区统统由我接管。这里同我北部管辖的地区合并，从现在起由我征税，我替你定个征税额，税收的一部分按比例每月上缴给我。"

对此王虎并未多说客套话，他已经够客气的了。县老爷哆嗦着干瘪的嘴唇，露出一口大得不相称的白牙，用微弱的声音说道："我们愿受你管辖，但是请宽限一两个月的时间，好让我们恢复生计。"稍停一会儿,他又沉痛地说,"不管谁来统治都一样,只要能够让我们安居乐业、生儿育女就行。有一点可以保证,只要你有能力抵御别的军阀,保护百姓不受掳掠,那么我和百姓们就向你缴税,这是没二话可说的。"

这些话正中王虎的下怀。当他看到县老爷饿得说话轻微、连连喘息的样子,不觉大发善心,立即大声吩咐手下:"备酒菜请他和随从用饭!"酒饭端上桌后,他又吩咐心腹:"马上带兵出城,叫农民把粮食运进城来,好让城里百姓买到吃的东西。战事已经结束,百姓的生计得好好恢复。"

这样一来,王虎在百姓眼中显然成了一个体察民情的统治者,县老爷对此也大受感动,立即向他表示感谢。王虎也觉得这位县老爷彬彬有礼,不失教养。虽然人已饿得发慌,见到菜肴端到桌上,眼睛里放出了光彩,但他仍然控制住自己,努力把抖动着的双手紧紧捏在一起,慢慢吞吞地行宾主之礼,让主人先坐,然后自己落座。而且即使在用饭时,他也是彬彬有礼。最后,王虎实在不忍心再陪他吃,就找了个借口离席,留下他一人用餐。他的随从在另一桌上吃,因此他可以爽爽快快地饱吃一顿。饭后,王虎听到部下大惊小怪地议论说,那些人吃过的菜盘饭碗真是干净极了,简直就不用洗,他们显然把盘碗都舔过了。

过了不久,市面逐渐恢复了生机,沿街小贩的篮筐里、店铺的柜台里又摆满了食品。看到这种情景,王虎甚感欣慰。他想,照此下去,老百姓的身体一定会逐渐复原,脸上的青灰色也会褪去,红润健康的脸面将会重新出现。整个冬天,他留在城里制定治理大计，安排税收。经过几个月的努力，除了市面的复兴，另一个明显的可喜现象是城里又看到了新生的婴孩和敞怀哺乳的妇女。他心里感到高兴，同时也产生了一些莫名其妙的激情。他平生第一次思念起家里的两房妻室，他渴望着回到自己家中，于是决定年底回去团聚。

话说攻城得胜之后，王虎先前派往外地探听军情的探子陆续回来了。他们报告说，南北之仗打得非常激烈，最后是北方获胜。王虎立即派专使备了银洋、绸缎等礼物，还带上书信一封，去见省里的都督。信是王虎亲笔书写的，他想趁机炫耀一下学问，军阀中有几个会动笔头的呢？除了亲笔写信，他还在信上盖了他新添置的朱红大印，以此显示他已有了相当大的权力。信中当然是叙述一番他是如何与南方军阀作战，如何击败敌方，如何为北方赢得了一大片沿江的土地的。

专使很快带回了佳音。都督充分赞扬王虎的胜利，并封了他一个名正言顺的新头衔，唯一的条件是要求他每年上缴一笔款项作为省军的开支。王虎知道自己现有的力量尚未强大到可以抵抗的程度，于是欣然接受了条件，就这样，他在省里站稳了脚跟。

现在，在扩大了一倍多的地盘里，除了山区少量土地比较贫瘠，其余都是稻麦兼种的肥田。这些地方还出产海盐、花生油、豆油和芝麻油。王虎十分得意，而且尤其令他高兴的是他现今掌握了内外互通的水路，今后若再需要从外国买枪，他就不必求助于二哥王掌柜了。

他确实渴望获得一大批洋枪。尤其是在这场攻城战所得的战利品中看到了两门大炮之后，他的这种渴望变得更强烈了。这两门炮的体积之大、质量之好，前所未见。炮身由高级钢材制造，光洁无比，找不到任何气泡或小孔之类的疵点，肯定出自技艺高超的匠人之手。而且这种炮出奇地重，非得二十多人同时铆足了劲儿方能抬起。

他对这两门大炮甚为好奇，很想弄明白如何发射，但军中无人知道，也找不到供发射用的炮弹。后来有人在一间破旧的贮藏室里找到了两颗大铁球，王虎估计那必是炮弹了。他极其兴奋，叫人将一门炮抬到一座破庙前的开阔地上，庙的后面是一片荒田。起初，没有人敢站出来试炮，他就出重金悬赏。毕竟重赏之下必有勇夫，那个新投诚的队长自告奋勇来试放一炮。以前他曾经见别人发射过这种大炮，这次他就根据回忆做好发射前的准备。一切就绪之后，他很巧妙地将一支火炬缚在一根长杆顶头，人站得远远的给炮点火。大家也在远处等着看好戏。只见一团烟雾腾起，一声巨响，惊天动地，火光闪处顿时烟雾弥漫。王虎看得傻了眼，紧张得似乎心跳都停止了。待到烟雾散去后，大家发现原先的破庙已变成废墟。他面露喜色，心想这玩意儿打起仗来可派得上大用场，嘴里脱口叫了起来："要是早有了这玩意儿，也用不着围城，只要用大炮一轰就把城门轰开了！"他想了一会儿，问那个队长："你们的头儿先前为什么不用这门大炮对付我们？"

队长回答："当时根本没想到这两门大炮，这两门炮是从我以前跟过的一个头儿那里缴获的，弄到这里后从来没使用过，也不知那间破屋里有两颗大铁球，即使看到大铁球也想不到就是炮弹。这两门炮放在前院里，已很久没人管了。"

王虎十分珍爱这两门大炮，把它们安置在室内以便经常可以看到，另外，他还打算买几发炮弹回来备用。

现在是万事如意，就看如何安排凯旋的事宜了。他留下大批人马驻守城内，由亲信执掌，新收编的队伍及那位新任队长都被带回原驻地。留下驻城的两位最高指挥官是"老鹰"和麻脸侄子。他侄子已长得挺像样了，个头虽不高，但魁梧健壮，美中不足的是一脸麻点恐怕到老死也褪不掉了。王虎认为这两人正好搭档，侄子太年轻，独当一面恐有难处，"老鹰"老谋深算，不可过于信任，故而将这两人搭配在一起是再好不过了。任命宣布后，王虎秘密嘱咐侄子："如果你发觉'老鹰'谋反，立即派人日夜兼程向我报信。"

侄子对于自己的高升感到喜悦兴奋，连声做出保证请叔叔放心。王虎确实放心，人总相信自己家里的亲戚，一切安排妥帖后，大队人马随王虎凯旋，回到北方。

至于城里的百姓，他们早已淡忘了战争的创伤，正毫无怨言地忙于重整家业。过去的已经成为过去，一切都是天意。

第二十三章

　　王虎急匆匆往家赶路，说是不放心家里的一支队伍是否太平无事，这确实是他急于回家的一个原因。离家已足足十个月，在这期间他也曾收到读过书的妻子写来的两封信，但是信上都是些谦恭的套话，仅仅一两句言及家中平安，欲知究竟，只有回家亲眼看了。其实，他最最重要的是想回家看看两个妻子替他生下了儿子没有。

　　一踏进自家的宅院，他即刻意识到福星高照，必有好运。院内风静日暖，两个妻子一人怀里抱一个婴孩，正在迎接自己。两个婴孩从头到脚裹着大红缎袄，小脑袋上各戴一顶小圆帽，唯一不同之处是没有读过书的妻子怀里的婴儿戴着一顶绣着金菩萨的帽子，而读过书的妻子怀里的婴儿戴着一顶绣了花的帽子，也许她不信菩萨保佑之类的那一套。王虎眨巴着眼睛看呆了，他没料到一下子就有了两个，不觉张口结舌，心里不知说什么是好：

"怎么——怎么——"

读过书的妻子一向说话机灵流利、文雅优美，话间还常常插进一句古诗或什么深奥的词汇，而且一开口就露出一排洁白晶亮的牙齿。此时，她站起身来笑着说："你离家在外时我们各生了一个，孩子都长得结结实实的。"一面说着一面将自己怀里的孩子抱过去给王虎看。

另一个妻子平时很少说话，怕别人看到自己的一口大黑牙，此刻却不甘示弱，因为她生了个儿子。而读过书的妻子生的是女儿。她忙不迭也站起身来，微微张开嘴唇说："老爷，我生了个儿子，她生的是女儿。"

王虎听了没说什么，他确实不知说什么才好，只是默默地站在那里凝视着这两个小生命。小家伙似乎根本就没有看见他，好像他只不过是竖在那里的一棵树或一堵墙什么的，一点也没有引起他们的好奇。他们的小眼睛在温暖的阳光下眨巴着，一闪一闪的。那个男孩虽小，打起喷嚏来声音可不小，想不到小小的躯体里竟喷得出偌大的一股气。那个女孩呢，像只小猫似的张开嘴巴打着哈欠，王虎呆呆地看着她打哈欠。他刚开始做父亲，以前从未抱过小孩，因此对眼前的两个孩子也不碰不抱。在这种时刻，他当然不便谈打仗之类的事，但除了打仗，他说不出别的话来，于是只得尴尬地冲着两个妻子笑。他的部下看到司令得贵子，大家一起拥上前来向他道喜，他心中着实乐滋滋的，可嘴里好不容易才挤出一句话来："嗬，我看女人真会生孩子！"说完就一头走进自己房里，这件事使他太高兴了，他要独自一人好好享受一下突如其来的喜悦。

他在房里洗了脸，吃过饭，然后脱下全副武装的军服，换上一件藏青色软缎袍子。其时天色已黑，降了霜的夜晚安静又寒冷，他坐在炭盆边一边取暖一边回想着所发生的一切。

他自觉得命运一直偏袒他，这种偏袒使他得到了自己渴望得到的东西。现在既然有了儿子，一生的抱负就有了实际意义，凡事也都有了明确的目的。想到这些时，他情绪高涨，忘却了以往经历过的全部痛苦与孤独，突然情不自禁大声地自言自语起来。他的声音划破了寒夜的寂静："我一定要把儿子培养成真正的勇士！"说罢，他高兴地站起身来，用手在大腿上重重地拍了一下。

他在房内来回踱步，满脸挂笑，心里美美地想着这桩喜事。有了儿子，自己就能传宗接代，继承并开拓领土，今后也不必单单指望侄子了。又想到还有一个女儿，该让她成为什么样的人呢？他站在花格窗边，手指捋着胡子，默默思索了一会儿，一时竟想不出女儿该成为何等人物，最后犹豫不决地自言自语道："到时候或许替她找个带兵打仗的丈夫，一个女儿家还有什么更好的指望呢？"

从此以后，王虎在两个妻子身上有了新的目标。他需要更多的儿子，只有儿子才真正忠实于他，永远不会背叛，若不是亲骨肉，则很难做到完全忠诚。他再也不需要利用两个妻子的身体来满足肉欲，排解内心的烦恼。他的烦恼已经在看到儿子的一刹那抛到九霄云外去了。至于肉欲，他本来就不看重，只视它为一种解脱烦恼的手段，现在不再需要了。他只需要等将来年老不中用时有儿孙服侍左右就行了。以前，他还曾为自己不恋女色而感到忧虑，现在既然有了儿子，不恋女色也成了名正言顺的好事。自从有了儿子，他对两房妻子更加公正不偏，次数相等地轮流到两房过夜；尽管两房妻子用尽了手段来设法多得一些他的欢心，他却摆出不偏不倚的态度，因为他的目的只是一个，并不想从其中一个那里获得比另一个那里更多的东西。如今，他没有爱上过女人这件事也不再使他烦恼，因为他已经有儿子了。

　　冬天过得轻松愉快，很快又到了农历年底。因为流年吉利，王虎对手下官兵慷慨解囊，除了用酒肉慰劳、分赏银圆，还发给大家一些日用必需品，如烟草、毛巾、袜子之类的东西。对两房妻子也不例外，他各赏一些礼物。过年时，整个宅院里里外外喜气洋洋，只有一件事发生得有点不合时宜。那个县太爷在一天夜里死掉了，不知他是因为抽鸦片抽得过量而一觉不醒呢，还是一场重伤风送了他的命。幸亏这事发生在节后，并没有影响大家过节的兴致。王虎得知这一消息后，立即叫人定做了一口上等棺材，并操办一切后事。县太爷不是当地人，所以办完丧事的第二天，他们就准备把棺枢送回他的老家去安葬。不料这时又有人来报告说，县太爷的老伴吞了丈夫留下的鸦片也死去了。她本来就是风烛残年，老弱多病，从不出门，王虎甚至从来没有看到过她本人，所以她的死没有引起什么人的悲伤。于是王虎又叫人定做了一口棺材把她入了殓，并专门派了三个仆人将两口棺枢护送至老两口在邻省的老家。另外，他备了书信，派"豁嘴"带上几名兵丁把书信送到省里有关上司那里去报丧。"豁嘴"临出发前，王虎私下嘱咐他："有些话不便写在信上，你到了省里见机行事，陈述我的意思，让上面明白应该由我来决定谁接替此地行政长官的位置。"

"豁嘴"点头称是，王虎对他感到满意。其实，在这种乱世他并不希望上面匆匆委派个什么人下来充当地方行政长官，因为他自己完全可以管理好这个地方。派人去报丧后，他很快把事情抛到了脑后，甚至似乎忘记了县太爷老两口死去前住在何处，他安排自己的两房妻子住进了县太爷府，似乎这座宅院本来就是他王虎和两个妻子居住的地方，

时光如流水，冬去春至。新地盘不断传来好消息，各项税收源源流入王虎的腰包，士兵们由于军饷充足，对王虎赞声不绝。清明节前，王虎决定回乡祭扫祖坟，顺便想与二哥王掌柜结算一下欠款。于是他派人先去向两位兄长送信通报，信上非常有礼貌地说他将携带家眷仆役在清明前回乡省亲。对此，王地主和王掌柜都十分客气地表示欢迎。

回乡路上，王虎骑着枣红马缓缓而行，身后跟着妻子儿女的骡车以及一队侍卫和仆役。他祖祖辈辈都未曾有过这种威风，所以他怀着一种自豪感，有意格外缓慢地前行。在这清明时节，杨柳吐绿，桃花盛开，远远望去，青山绿水沐浴在和煦的阳光中，春色美景令人心旷神怡。他忽然回忆起童年时的春天，父亲总是喜欢折一枝嫩柳或一枝桃花，放在儿子的手中或插在土屋的门上。想到父亲，又想到自己的儿子，他再也不觉得孤独，而是在

漫长的人生中找到了自己的位置，以前与家人的那种隔阂感消失了。他生平第一次从内心完全原谅了父亲，消除了自己年轻时对父亲的一种深深的怨恨。这完全是一种不知不觉的原谅，实际上他并没有明确意识到，他只感到少年时代的气恼和痛苦似乎被一阵春风吹得无影无踪，他终于又取得了心灵的平衡。

王虎回到了家乡，与其说他是以王家最小的儿子和最小的弟弟身份回乡，还不如说他此番是成家立业后锦衣荣归。两位哥哥待他敬如上宾，两位嫂嫂也争先恐后地向他显示热情的欢迎。

事实上，在王虎到达之前，王地主的大老婆和王掌柜的老婆为了争得招待王虎一家的权利还闹了一番。王地主的大老婆认为王虎住在她家是理所当然的。王虎已经有了名声和地位，她觉得让他住在她家是一件荣耀的事。她对丈夫说："住我们家合适，他大老婆还是我们做的媒，又有学问又有涵养，能跟老二家那个女人合得来吗？那个女人无知无识的，要是她愿意，就让她把那个小老婆接到家里好了。我们一定要老三住，说不定我们的儿子会讨他喜欢的，有好处在后头呢，至少别让老三被老二女人要这要那地纠缠不休。"

王掌柜的老婆对丈夫也叨咕个没完："那女人做得了那么多人的饭吗？她只会给和尚尼姑做饭，烧不出荤菜来的。"

这两个女人还面对面地争论不休，嗓门越来越大，兄弟俩进进出出不得安宁。一天天临近清明，他们见两个女人毫无让步的意思，只得约个时间到茶馆去。那是他们议事的老地方，总得商量出一个两全其美的办法来。王掌柜说出了他早已考虑好的方案："不管你怎么想，我看还是把老三一家子安置在父亲的老屋住好了，你说呢？当然，那屋子归荷花使用，但是她年纪这么大，自从停了赌，就没有使用过。如果老三住那儿，一切费用由我俩平摊。我们就说是为了平摊费用才这么办的，女人也就不会再争了。"

王地主本来也想出个主意，但随着年龄的增长，他的肚子越来越肥胖，已变成一个庞然大物，人也懒得出奇，大白天差不多每时每刻昏昏欲睡，只想求个太平，避免争执。所以，尽管他很想特别讨好有权有势的小兄弟，却也懒得去否定老二的主意。现在，根据老二的安排，大家得失平均，乐得做个好人。况且，款待宾客不是轻松容易的事，必须随时注意礼仪，还不如没有客人住在家里来得随便。于是两兄弟各自回家把妥协方案告诉了老婆，两个女人听了也都没有意见。

王龙的老屋划归荷花所有，但实际上荷花用不了那么大的屋子，有些房间她从未踏进去过，难得有几个女仆进去坐一会儿。荷花本来块头就大，现在年事渐高，人越发显得又高又肥，而眼睛却渐渐变得模糊不清，最后连骰子上的数字都分辨不清。那些经常陪她赌钱的老太婆一个接一个地离开了人间，剩的几个也都卧床不起，只有贴身丫头杜鹃还陪着她。

荷花对奴仆刻薄异常，随着双眼视力的衰退，一张舌头变得更加尖刻。王家兄弟俩只得高薪雇用仆人，因为谁也不愿忍受她那张利嘴。至于几个卖身丫头，因无钱赎身，只得受尽虐待，其中有两个被逼得自寻短见，一个吞了玻璃耳坠丧生，另一个在厨房里悬梁自尽了。荷花对仆人出口伤人，还要用指尖掐肉。虽然年轻时的俏丽容貌早已荡然无存，但她那肥胖的手指仍然滑净雪白，而且会把女仆的胳膊掐出一块块乌青来。有时掐人尚不解心头之火，她就干脆从烟斗里取出火块去烫女仆的细嫩皮肉。除了杜鹃，她对谁都是虐待成性。她害怕杜鹃，因为衣食起居等一切事情离不开她。

杜鹃也很老了，样子变得越来越干瘪，但一把老骨头倒还是和年轻时一样有劲儿，脸上虽布满皱纹，却仍是红光满面。她眼尖嘴凶，且贪婪阴险，名义上为女主人监视手下仆役有无偷窃行为，实际上自己就贼胆包天。反正荷花老眼昏花，哪里还管得了自己的珠宝绸缎。偶尔，荷花想起什么来，突然间大喊大叫，杜鹃便先想方设法转移她的注意力，到万不得已时，就把已经入了自己箱子的赃物取出来应付她一下，等到她忘记了，再偷回自己的房里。

杜鹃可以说是老屋里的真正女主人，奴婢仆役没一个敢有怨言，即便是王家兄弟俩，对她也是另眼相待，不敢得罪。他们心里很明白，荷花已老得快不能动弹了，能贴身服侍她的只有杜鹃一人，荷花确实走动不便，昔日她的两只笋尖般的小脚曾受到王龙的百般钟爱，而今年迈力衰，那双小脚再也支撑不住她那巨大的身躯。她每天的活动不外乎从床边走到雕花的红木椅旁，在午饭后，她照例要在那把椅子上坐一会儿再回床上。即使走这几步路，她也少不得要四五个奴婢搀扶。这么一个风烛残年的老太婆对杜鹃自然言听计从，任她摆布。有时仆役们明明看到杜鹃拿了主人的东西，也是敢怒而不敢言，她们知道要是自己流露出什么情绪来，杜鹃是不会放过她们的。这个女人毒如蛇蝎，什么坑人的事都干得出来，大家都十分惧怕她。

一天，荷花听到隔壁院里有嘈杂声，打发人去一问，才得知王虎将携妻小回乡过清明节，还要会同两个哥哥一起去祭扫王龙的墓。王地主和王掌柜正在指使仆役腾出空房，整理打扫，准备给王虎一家下榻。荷花问明情况，立刻暴躁地大叫起来："我讨厌小鬼，不准小鬼住在我这儿！"

她从未生育，对小孩抱有一种莫名其妙的恶感。听到她大叫大闹，王地主和王掌柜匆忙赶来劝慰她："别急，我们让他们从边门进出，绝对不到你院里。"

荷花仍是闹个不停："他是我那死老头儿第几个儿子呀？记得那小儿子以前总是盯住我的一个丫头，像个馋猫，后来死老头儿让这丫头做了偏房，却气走了自己的儿子！"

兄弟俩面面相觑，不知所措，他们以前从来没有听说过这种事。荷花真是老糊涂了，年轻时候那些丢脸的事情都会一件件讲出来。他们平时不敢让自己的儿子走近她，就怕她把家丑张扬出来。现在她又在肆无忌惮地出王虎的丑，王掌柜慌忙接口说："我们一点也不知道这种事。我可要告诉你，老三现在是有权有势的将军，如果听到有人毁他的名誉，他是不会罢休的。"

荷花大笑，轻蔑地朝砖地上吐了一口唾沫："什么名誉不名誉！你们男人当它一回事，我们女人却最清楚你们的名誉是什么货色！"杜鹃在一旁听了，也尖声尖气地跟着荷花大笑起来，她故意站在那里，看着那两个一本正经的中年男人一副窘相。两个男人在两个老太婆的一阵狂笑声中狼狈不堪地退出，继续去督促仆役们把房间整理完毕。

王虎一家大小终于返抵家乡，住进了他父亲的老屋。

清明节前两天正巧是王龙的生日，要是还活着的话，他该九十岁了。既然三个儿子聚到了一起，大家决定向在地府的父亲尽一下孝心。那一天，王家大宴宾客，为王龙做九十寿诞，宾客满座，纷纷向王家三兄弟道贺，热闹得很，就像王龙仍然在世一般。兄弟三人当着众宾客的面，一起敬立在父亲王龙的牌位前深深鞠躬，表示对他的悼念。王地主还特别显得阔气地雇了几名和尚来念经，超度王龙的灵魂，但实际上这份钱事后是由兄弟三人共同负担的。王龙牌位前摆满了祭奠用品，有大半天时间，厅堂里不时传出阵阵抑扬顿挫的和尚念经声和单调的木鱼敲击声。

清明节那天，王家三兄弟各自带着家小来到郊外的祖宗坟地。他们扫净每座坟上的杂土落叶，在坟顶上添上新土。每座坟顶上放一块土块，土块下压一条白纸，一条条白纸在轻轻的春风中飘拂着。然后，他们各自领着自己的儿子在王龙坟前点燃香火，依次在坟前鞠躬膜拜。在三兄弟中，王虎显得最得意了，他抱着自己漂亮的儿子向父亲王龙肃穆地行礼，同时用手轻轻按着儿子的小脑袋，表示让他也向祖父行礼。通过这个小孩——他的儿子，王虎感到自己与父辈们和两个兄长紧密地结合到了一起。

在回家的路上，到处能看到别的人家也在祭扫祖坟，王地主不无感慨地说："前几年我们很少有机会合家出来扫墓，今后应该年年来一趟。再过十年，父亲满一百岁，就要重新投胎做人，那时再来扫墓意义也就不大了。"

王虎想到自己已做了父亲，很有感触："是呀，想到我们自己也要儿辈孝顺，那更应该对父亲尽孝。"

其他几个人默默地往回家路上走着，心里也都十分感慨，他们都觉得在这样的气氛中，亲属关系比平时更显得密切。

当天晚上，天气温暖，当空一轮皓月，清朗皎洁，大家都聚集在荷花的院内。那晚荷花忽然变得伤感起来，她说："我这个孤苦伶仃的老太婆，谁也不来亲近我，谁也不把我当作家里的人。"

她一面说一面呜咽着，眼泪从她那双差不多失明的眼睛里流淌出来。杜鹃将这一情况告诉了王地主三兄弟。大家一听都有点动情，因为王龙的生日刚过，大家在白天又刚扫过墓，亲属之间的温情还萦回在心头。现在，既然荷花感到孤独，大家便取消了原定在王地主家里的晚宴，而将宴会改在荷花的院内举行，荷花的院子宽敞美丽，院子一角种了几株南方移植过来的石榴树，中央有一个三角形的水池，一轮春月正倒映在池中。一家老老小小围坐在一起把酒畅饮，桌上摆满了精美的糕点。孩子们趁大人们叙谈之际，四处奔跑，在树丛中蹿进蹿出，一会儿到桌边顺手抓一块糕，一会儿又呷一口酒，玩得心花怒放。这一晚是王家难得的聚会，老小和睦相处，连仆役奴婢也无拘无束，开怀畅吃。

王地主的大儿子和三儿子平时喜欢丝竹，席间为了助大家酒兴，他们一个吹笛，一个弹古琴，合奏了一曲《春江花月夜》。他们俩的演奏确实动听，这使得王地主的大老婆喜形于色，一曲刚完，她就高声喝彩："孩子们，再来一个，在月光下演奏真是太好听了！"做母亲的既欣赏儿子的演出，又为儿子的一表人才而感到骄傲。

王掌柜的儿子没读什么书，更谈不上弹琴弄曲的，因此他的老婆这会儿哈欠连连，而且故意拉响嗓门跟左右邻座说东道西。不过，在座的人当中，她的主要谈话对像是王虎的小老婆。她很明显地与自己做媒的那个热络而冷淡王地主家做媒的那个，她甚至对王虎的千金小姐不屑一顾，而对小公子却没完没了地亲呀吻呀，使别人看了会以为王虎中年得子的功劳全在于她似的。

王虎的大老婆毕竟有点知识，尽管心怀妒意，眼光中露出不满的神色，但脸上仍是一副坦然的样子，使别人难以察觉。唯有王掌柜的老婆一人心里明白，并且暗暗得意。其时，王地主起身吩咐仆人上菜摆席，正式开始清明节晚宴。宴席由王地主一手操办，菜肴之丰盛令众人惊讶不已，不少菜都是王掌柜和王虎闻所未闻的，如五香鸭舌炖掌蹼之类的菜，色香味俱佳，众人吃得赞不绝口。

吃得最开怀的要数荷花，她坐在一张雕花高背椅上，身旁站一名婢女，专门为她夹菜送入嘴里。有时她要婢女把菜夹到小饭碗里，她自己用瓷匙舀起，哆哆嗦嗦地放到嘴里，津津有味地吃得啧啧作响。她人虽老，牙齿仍很好，因此菜呀肉呀什么都能吃。

荷花越吃越开心，不时停下给大家讲粗俗下流的故事，引得后生小辈笑出声来。他们在长辈面前不敢太放肆，想笑又不敢开怀大笑，越是这样，荷花讲得越来劲，后来就连王地主也难摆出一副一本正经的长辈面孔。王地主的大老婆坐在一边闷声不响，他的小老婆见大老婆不笑，只好咬紧嘴唇，用袖子掩脸暗笑。王掌柜的老婆喝酒喝得脸膛发红，旁若无人地哄笑着，见大嫂子一本正经的样子，就笑得更凶了。

荷花一开了口就不知什么叫作羞耻，听到男人们的笑声，她越说越离谱。王家老大老二想劝她住嘴，却又恐怕冒犯了她而挨一顿臭骂，因此他们最好的办法是劝她多饮几杯，让她喝醉后去睡觉就万事太平了。由于怕荷花那张利嘴，他们那天不敢坚持请梨花参加合家欢晚宴，事先他们曾派人给梨花捎过口信，梨花推说家里走不开，他们也就随她，不再去催。她不来参加也可少一些麻烦，免得荷花勾起那段不愉快的往事。

愉快的夜晚悄悄流逝，很快已是中夜，此时明月当空，穿行于柔云之间。婴儿们已经在各自母亲的怀里安睡。王地主大老婆的孩子都大了，最小的女儿也已芳龄十三，亭亭玉立，早些时候订了婚，是她母亲的掌上明珠。王地主的小老婆怀抱一对婴孩，一个一岁多，另一个才满月不几天。王虎的两个老婆各抱一个，那儿子将小脑袋枕在他母亲的胳膊上甜甜地睡着，洁白的月光泻在他的小脸蛋上，引得王虎不时地看他一眼。

到了后半夜，热闹的气氛消失了。王地主的儿子一个个地溜走了，到别的地方去寻欢作乐，长时间地和这些上了年纪的长辈待在一起使他们感到乏味。王掌柜的二儿子虽然也想溜走，但是惧于他父亲的威严，不敢擅自离开。忙了一天的仆役奴婢们感到十分倦乏，只想早一点收拾完了休息，他们无精打采地靠在几扇门上，大口大口地打着哈欠，嘴里嘟囔着："他们的孩子到天亮睡醒了要我们侍候，这帮老的吃到半夜还不散，也要我们侍候，还让不让我们睡觉了？"

最后，宴席终于散了。王地主喝得差一点醉了，他大老婆差仆人扶他回房上床。王虎向来海量，这回也醉了八九分，但是他还能走回自己的房间。只有王掌柜面无醉色，一张皱脸依然是黄黄的，他是属于酒喝多了脸色转白、言语不多的那类人。

荷花吃得最多，喝得也最多。她真的老了，快七十八岁了，如此高龄的人暴饮暴食显然是受不了的。三更天时，她只觉得肚中的酒后劲儿发作，热火上冲，荤腥肉食在胃中屯积如石，想吐却吐不出来，她在床上辗转反侧，呻吟不休，一会儿要这，一会儿要那，但一切都无济于事。忽然，她声嘶力竭地呼喊杜鹃，杜鹃急忙跑到床前。她听到杜鹃的声音，含糊不清地说了些什么，两只眼睛直勾勾地盯着杜鹃，手脚舞动了一阵子以后就直挺挺地躺着不动了，脸色也逐渐发黑变紫。然后，她开始急促地喘粗气，呼呼的喘气声大得可以传到隔壁院内。王虎要不是有八九分醉，睡得很熟的话，就准能听到这边的动静。

王虎的大老婆向来很警醒，她从睡梦中听到了隔壁的呼叫声，立刻翻身起床，来到荷花的房间。她的父亲是个郎中，因此她也略懂医道。她拉开窗帘，在清晨的光线下看清了荷花的脸色，禁不住惊叫起来："老太太的积食要是吐不出，恐怕就难熬过今天了！"

她叫人弄好热开水和生姜，又找出家里备着的常用药，一一试用都不见效。荷花已经失去知觉，怎么叫她也听不到。她们把她发黑的嘴唇用力扒开，可是她牙关紧闭，怎么也撬不开。说来奇怪，七十八岁的老太婆一副牙齿竟仍然雪白，而且完整无缺。现在，正是这副好牙齿送了她的老命，要是有个蛀洞或缺掉一个牙齿，那么也就多少可以灌点药汤进她嘴里，至少可以让杜鹃口含药汤嘴对嘴地硬灌进去，但是现在一点空隙都找不到。

第二天整个上午，荷花就这么躺着一动不动地喘气，到了中午，她突然之间断了气，一张脸孔变得蜡黄。王家的清明节最后以丧事告终。

王地主和王掌柜负责派人购买棺材。荷花的身躯实在太肥胖了，整个城里买不到那么大的现成棺材，只得定做，而最快的速度要一两天，于是只得让她的尸体躺在床上等棺材。

在等着收殓的一两天内，杜鹃哭得着实伤心，毕竟这多年来她一直服侍荷花，少不得与她有主仆之情。但是，在伤心哭丧的同时，她翻箱倒柜地把荷花所有值钱的细软统统收罗起来了，偷偷地从一扇不引人注目的后门运了出去。荷花入殓的那天，侍候她的奴仆简直难以相信，荷花的衣柜里竟然找不出一件像样的衣服做寿衣，由此大家怀疑王龙留给荷花的一大笔钱也不翼而飞了，按理，荷花近几年来早已罢赌，那一大笔钱到这种时候应该有个交代的。杜鹃偷得起劲，却也没有忘了为荷花流几滴眼泪，她这个人是从来不为别人掉眼泪的，这次也算难得。在出丧的时候，杜鹃紧紧地跟在棺枢后面，以便让人家看明白唯有她杜鹃忠心耿耿地伺候了荷花一辈子。最后棺柩停放在祠堂的一间空房内，要选定吉日才能下葬。杜鹃把荷花送到祠堂后就离开了王家，她在别的地方买了一块地，并搬到那里，安下了自己的家。

王虎原定十天后回驻地，但是没过几天，他就对两个哥哥和他们的儿子感到厌烦，清明节家人团聚时所体验到的天伦之乐已经烟消云散。他百无聊赖地消磨时日，有时到这家走走，那家看看，感到他两个哥哥的儿子们都是些没出息的无用之辈。王掌柜的两个小儿子似乎只晓得伏在柜台上嬉笑闲聊，不务正业，最小的那个才十二岁就已经在店里学生意，只要他老子不在，他就整日与街头一帮穷小子赌铜板，赌输了就向店里的账房先生要一把铜板，他既然是店里的小开，账房当然不敢不给他。看起来这两个小子最大的出息就是站站柜台了。他们偷懒贪玩，怕老子看到，但其实他们的老子心里只有赚钱的事，哪里顾得上管教儿子。殊不知，老子辛辛苦苦赚钱，顾不上管教儿子，而将来儿子一日之间就可败尽家产，老子在世之日儿子还能忍耐着站柜台，老子一闭上眼，儿子哪里还肯干活呢？

王虎眼见这些小辈娇生惯养，变成了十足的纨绔子弟，心中十分气恼。他们夏穿凉绸冬裹皮袄，起居用品体面考究，一日三餐挑精嫌肥，甜酸咸辣差一点也不行，一不称心就把饭碗一推。为了这几个难侍候的少爷，奴仆们直忙得团团转。

一天晚上，王虎一人步入以前他父亲住的院子，忽然听到了女人的咯咯笑声，然后看见一个姑娘，也许是哪个仆人的女儿，跑进院子的月亮门。她看到王虎在，吓得弯腰低头，一溜烟地逃窜而过，但是王虎一把抓住她的手臂，对她喝道："你这个女人笑什么？"

看到王虎瞪得滚圆的眼睛，这个女孩吓得缩头缩脑的，拼命想挣脱，可是王虎紧紧抓住她不放，她只得垂下眼睛吞吞吐吐地说："少爷把我姐姐拉去了。"

王虎厉声问："拉到哪儿？"

女孩指了指后院的一间空房，那里是以前荷花堆米的房间。王虎松手放了女孩，她像一只野兔那样即刻慌慌张张地逃走了。他大步走到那间空房前，发现房门用搭链锁住，锁链很松，两扇门板可以启开一尺左右，瘦一些的人甚至能进出。他站在门口听着。里外漆黑的一片，他听到里边一个女人的浪笑和一个男人气喘吁吁的声音，他们在说些什么外面却听不清，但从语调中能感觉到是些热辣辣的情话。王虎向来厌恶偷鸡摸狗的事，一想到里边干的勾当，顿时火冒三丈，正欲一脚踢开门板时，他又转念一想："这老家里的肮脏勾当关我什么事？"这种鄙夷的情绪一起，倒是把火气压了下去。

但是他余气仍旧未消，回到了自己的院子后依然坐立不安。此时月亮刚起，趁着微明的月色，他又来到后院，踱步等着空房里的一对男女出来亮相。不一会儿，一个年轻的婢女潜出门来。王虎在月光下看得分明，她站在门外，机灵地朝四处张望了一下，若无其事地用手拢齐头发，然后脚步轻捷地穿过院子，在石榴树下略略停了一会儿，紧了紧裤腰带。

王虎站在一边冷眼旁观，又过了一会儿才见那个男的出来，他装作在夜里出来溜达溜达的样子。王虎对他突然大喝一声："谁？"

一个漫不经心、轻松愉快的嗓音回答道："叔叔，是我！"

王虎一看，果然是自己的大侄子，只觉得一阵恶心。他平生最恨淫荡行为，尤其痛恨自己王家的人搞那种下流勾当，此刻他恨不得一下子扑上去宰了那小子，但是他还算理智，总不至于亲手宰了自己的侄子，再说他十分了解自己的脾气，若不加以控制就会无法收拾，于是他硬压住火气，不让自己动手。他对侄子气呼呼地哼了一声，然后转身径直回到自己的房内，自言自语道："两个哥哥一个爱钱如命，另一个放荡不羁，这种地方如何熬得下去，赶快回去吧。自由自在地在沙场闯荡惯了，看到院子里这种同女人鬼混的事情，真教人憋得透不过气来。"他一肚子的无名之火无处发泄，简直想寻点事情杀个人，好像只有动刀动枪见了血才能罢休。

然而，为了冷静下来，他强迫自己的思想转移到宝贝儿子身上。他蹑手蹑脚走进儿子睡的房间，儿子正在床上和他母亲一起安静地睡着。他母亲的睡相很难看，她的嘴张开，口吐浊气，奇臭无比，王虎在俯身看儿子时不得不用手捂着鼻子。儿子的睡相却十分安恬。看着自己的儿子，王虎心里想，儿子长大了绝不会像这个老家里的任何一个不肖子孙，绝不会的。他的儿子从小就要受到严格的教育，长大后学各种知识，带兵打仗，成为一个真正的男子汉。

第二天，王虎率全家大小和原班随从向老家众亲戚告辞，临行前，老家里的人自然设宴饯行，热闹了一番。但是，尽管在饯行席上三兄弟同坐一桌，王虎还是感觉到自己和两位哥哥无法从感情上接近，这次返乡之行并没有填补相互之间由于多年来不同的生活方式形成的感情隔阂。大哥那副臃肿疲倦的样子同行尸走肉无异，二哥那副瘦削尖刁的脸相，一看就知道他在酝酿什么鬼点子。在王虎的心目中，他的两个哥哥是只为自己、不为子孙将来着想的又瞎又聋又哑的老糊涂。

当然，在众人面前他并不公开评论两个哥哥。他正襟危坐，一言不发，大部分时间都在考虑儿子将来的发展，一想到儿子的将来，他的心中就有一种说不出的得意。

告别时，表面上大家礼仪周到，互相躬身言别，好话说尽，大哥、二哥、大嫂、二嫂以及家丁女仆全部走出大门，送至街上，真是一片盛情，可是王虎心中想，在今后相当长的一段时间内，他再也不会回这个老家来了。

王虎回到驻地时，百姓燃放鞭炮夹道迎接。到了家门前，他跃身下马，院子里十来个士兵见是司令回府，赶忙出门，其中一人接住了王虎随手一甩的马缰绳。他的百姓和士兵的一举一动和热诚的态度使他感到分外亲切，这里才是自己的家、自己的土地，这里的土地是最好的土地，这里的老百姓最坚强。回到家中，他有一种心旷神怡的感觉。

春天渐渐逝去，处处呈现出初夏的景象。王虎又开始日复一日地操练军队，同时，一方面派出探子打听军情，另一方面派人到新吞并的地盘去视察。他的一些亲信也被派出去四处收税，但现在收税的气派非同往日，以前收税的独自一人就能把收得的钱款装在麻袋里背回司令部，而现在却需要一队全副武装的卫兵才能把钱款安全带回。

白天他忙于军务，一到晚上就想亲近儿子。春末夏初的夜晚很暖和，这种时刻人容易变得温情脉脉，爱心满怀。王虎常常吩咐奶妈把他的儿子抱到他房间去，其实他一点也不懂如何逗孩子玩，不知道如何亲近孩子，即使对自己的儿子也有点不知所措。他只是叫奶妈抱着儿子坐着让他看个够，他盯着儿子的每一个动作，看着他小脸上每一个一闪而过的表情，对他来说，这是最能倾注自己感情的一种方式了。他尤其喜欢在晚上没人看到时亲自教儿子学走路。奶妈给孩子腰上围了条布带，他在儿子的背后拉住这条布带的结头，让他摇摇摆摆地走来走去。

如果有人问王虎他在盯着儿子看时心里是怎么想的，他一定会支支吾吾地说不出个所以然。他只是对儿子抱有极大的希望，儿子将来必定有权有势。有时候他会从自己现有的地位权势想开去，认为眼下是没有皇帝的共和时代，时势造英雄，每个有足够能力的人都有可能飞黄腾达，有可能取得地位、权势。想到这一层，王虎自言自语道："我就是这样的人！"

王虎爱子之心还引出了一段插曲。那位知书识礼的妻子听说，丈夫每天晚上要叫人把儿子抱到他房里逗玩一番，可是对女儿却从来没有这么做过。一天，她把女儿打扮得漂漂亮亮的，让她穿一身鲜艳的新衣服，小手腕上套了一副银镯，一根粉红色头绳扎起乌黑的头发。然后她把女孩抱到她父亲跟前，希望他喜欢她。王虎很窘，他低下了头，一时不知说什么才好。妻子以悦耳的嗓音对丈夫说："我们的小女儿你也要多加关心，同你的儿子比较起来，她哪一点及不上？"

王虎和妻子还相当陌生，除了在轮到和她过夜时在黑暗中有身体的接触之外，他对她毫无了解，现在看到她如此落落大方地说话，倒是有一些奇怪。他彬彬有礼地对妻子说："作为一个女孩子，她确实够漂亮的了。"

孩子的母亲对这样的回答并不满意，再说，作为孩子的父亲，他竟看也不看自己的女儿一眼，这太不近情理了。

"夫君，至少看她一眼吧，要知道，这个孩子非同一般。她比你儿子早三个月学会走路，现在她两岁还不到，但说起话来就像一个四岁的孩子。我特意来请求你答应将来培养她读书，而且你要像对待你的儿子那样对待她。"

王虎惊讶地说："我可没办法让一个女孩子家当兵呀！"

孩子的母亲用和蔼而又坚定的语气说："当不了兵，总可以进学校学得一技之长嘛。夫君，你要知道，当今社会女子进学校的多得是。"

王虎确实感到窘迫，这个妻子不像别的女人那样称丈夫为"老爷"，却用了一个与众不同的称呼。由于茫然失措，他转眼看着女儿，发现这个孩子果然逗人喜爱。她长得圆圆胖胖，朱唇小嘴，秀眉明眸，小手白洁，十指尖尖。她的指甲染成了红色，脚上穿一双粉红色的软缎鞋，显得格外可爱。她母亲一手托住她的腰，一手托住双脚，她就在母亲的手掌上一蹦一蹦地嬉闹着。看到丈夫在注意女儿，她温柔地说："我不给她缠小脚，我们送她上学念书，将来让她做个适应时代的女子。"

"但是那样的话还嫁得出去吗？"王虎仍然接受不了妻子的观点。

她母亲胸有成竹地回答："我相信那样的女子会嫁个称心郎君的。"

王虎想了一会儿，然后抬头朝妻子打量着。他以前可从来没有仔细看过妻子，因为他认为妻子只是侍候他的一个女人而已，而女人都一样。现在他第一次看清楚她长着一张漂亮聪慧的脸，言谈举止泰然自若而又充满自信。他朝她看的时候，她也大胆地看着他，但是一点也没有另一个妻子咯咯痴笑或耷拉着嘴发呆的样子。王虎心中暗忖："这个女人比我想象中的要聪明得多，我以前对她太不了解了。"于是，他站起身有礼貌地说："到时候看着办吧，如果你说得有理，我不会反对的。"

说来也奇怪，这个女人向来是冷静镇定、从容不迫的，但王虎这两句温文尔雅的话语竟然使她激动起来。她的脸色生辉，眼露深情，默默无言而又满腔热忱地看着丈夫。王虎见到这种感情的显露，觉得内心固有的对女人的反感又冒头了，于是他的舌头像锁住了似的，不再说话。他不喜欢女人那样动情地望着他，在这种情况下，他只会感到肉麻，于是他嘴里含含糊糊地说，他突然想起一件需要即刻就去做的事，便转身快步离去。

这次谈话的收获甚大。有时，女孩的母亲知道王虎把儿子叫到他房里去了，于是赶紧唤丫头把女孩也抱过去，让兄妹俩同时出现在父亲跟前，王虎也就把女儿留下了。起初他害怕女儿的母亲会因此来到他房里，养成同他谈话的习惯，后来他发觉她自己并不来，每次只是打发丫头把孩子抱来抱回，所以他也就很放心地留女儿在他房里玩一会儿。尽管女儿只是刚刚开始学会走路的小女孩，但毕竟是女性，王虎不好意思盯着女儿看。女儿长得实在可爱，非常讨人喜欢，王虎常常忍不住要看看她，尤其当她撒娇或咿呀学语时，他会忍不住暗暗好笑。儿子长得又大又壮，但总是不大肯笑，而女儿却娇小玲珑，脸上一直笑眯眯的。她的一双眼睛不停地朝父亲看，如果父亲不朝她看，她就立即迁怒于哥哥，并且夺走哥哥手中的东西，动作敏捷得很。王虎不知不觉地越来越喜欢女儿。有时候，仆人抱着她在大门口的街上看热闹，周围有很多别人抱着的孩子，王虎可以一下子认出自己的女儿，甚至他会走上前去摸摸女儿的小手，盯住她的一双晶莹的大眼，引她发笑。

王虎望着女儿甜甜的笑脸回到家中，现在，他再也不感到孤独，他有妻子有儿女，在这样的家庭中，他感到心满意足了。

第二十四章

现在王虎心里总是想，为了儿子，他必须扩充地盘，提高地位。他常常琢磨并着手计划该在何处偷偷下手，如何取得最后的胜利；该怎样将河岸向南推移，趁着旱涝荒年侵吞毗邻的地域。可是偏巧几年中没有大规模的战事，一个接一个的无能平庸之辈占据了政府要职，没有稳定的和平，没有战争的大爆发，也没有军阀大显身手的时机。

王虎的第二件心事是他似乎不能像过去那样用他的全部精力来实现自己的野心，扩大自己的势力，因为他有这么个儿子要操心、照料，他的兵和他辖区里的许多事情也需要费神，至今还没有人来接替那位老县太爷的职位呢。也有人给王虎推荐过人选，但他总是很快就否决了，他更愿独断专行。现在，他的儿子已渐渐长大，不再是毛头小儿了。王虎有时想，如果他能将自己的地位再巩固几年，待他老了不适宜再过戎马生活时去做个地方官，让儿子接替他指挥军队，这倒是个很好的主意。他私自这样盘算着，现在就把这些想法提上议事日程尚为时过早。说实在的，那个孩子才六岁，但王虎急切地盼他长大成人。有时光阴过得飞快，可有时他又觉得日子简直慢得难熬。望着儿子，他不把他当小男孩，而视他为年轻人、年轻的武士，就像他所期望的那样。他在不知不觉中已开始多方面地强制儿子。

孩子才六岁，王虎就把他从他母亲身边、女人圈子里拉出来，带去与自己同住。他这样做一方面是为了避免孩子受女人的爱抚、女人的谈吐和行为的影响而心肠太软，另一方面也是因为他急需孩子的长期陪伴。起初这个孩子十分羞怯，在父亲面前无所适从，他到处窜，眼里流露出恐惧的神色。当父亲伸手想把他拉近时，他站着不动并往后缩，几乎受不了父亲的亲近。王虎感觉到了孩子的惊恐，爱怜地凑过去，却无话可说。他不知道该说什么，只好又放开他。王虎的本意是想把孩子的生活同他母亲及其他一切女人的生活隔离开，由当兵的侍奉左右。但他很快就发现，如此断然的分隔使这么小的孩子承受不了。这个孩子一声不吭，安稳沉静，默默地忍受着，从不快乐。父亲命他坐在旁边，他就坐下；父亲一进屋，他就立即站起来，像在执行任务。他跟随每天来教他的老先生读书，从不多说一句话。

一天吃晚饭时，王虎望着他。那个孩子感觉到父亲的目光，将头低了下去，他像是在吃饭，可无法下咽。王虎很生气，他真是为这个孩子尽了一切努力，还曾带他去检阅了部队。他骑马将孩子放在他前面，坐在马鞍上。士兵们向小将军欢呼时他心里着实得意，这个孩子淡淡地笑笑，头扭向一边。王虎喝道："抬起头来，他们是你的部下、你的兵，儿子！终有一天你要率领他们去打仗。"

这个孩子被迫抬起了头，满面通红。王虎俯下身来，发现儿子根本没注意那些当兵的，他的目光远离了操场，盯着远处的田野。王虎问他看到了什么，他指着旁边田里一个正骑在牛背上看操练的晒得黝黑的光屁股男孩说："我想当那个男孩，躺在水牛背上。"

王虎对这种平庸低微的愿望感到不快，他严厉地说："哦，我想，我儿子该有比当牧童更高的志向。"

然后他厉声命令儿子注视着队伍，看他们如何走步、如何转身、如何举枪射击。孩子顺从父亲的旨意做了，再也没有看那个小牧童一眼。

王虎为他儿子的心愿烦恼了一整天。他望着他，看他把头垂得低低的，无法咽东西，他在低声啜泣。王虎吃了一惊，担心儿子有什么病痛。他站起身走近孩子，拉起他的手喊道："你是发烧了还是怎么了？"

小手又冷又湿，孩子连连摇头，长时间以来他都不肯回答问话，即便他父亲强迫也不行。王虎无奈，只好叫"豁嘴"来帮忙。王虎焦虑不安，又有些气恼、急躁，孩子太犟了。他冲来人喊着："把这个小傻瓜拉出去，看看他到底怎么回事。"

孩子哭开了，他把头埋在臂弯里，把脸藏起来哭。王虎气呼呼地坐在那儿，自己也快哭出来了。他的脸抽搐着，手揪着胡子。"豁嘴"把孩子抱走了。王虎等了一会儿,心里烦躁,眼睛盯着儿子碰都没碰的那碗饭。"豁嘴"只身返回来了,王虎吼道:"说,都说给我听!"

那名亲信吞吞吐吐地回道:"什么病也没有,他吃不下饭是因为太孤单。以前他有别的孩子做伴,他想他娘,想他的妹妹们。"

"可他这个年纪不能再玩、再白耗光阴了,况且是和女人在一处。"王虎一手捻着胡子,在椅子上扭动着。

"不对,""豁嘴"平静地说,他知道主子的脾气,并不怕他,"孩子有时也该去看看他娘,他妹妹也可以来玩玩,他们毕竟都还是孩子。这样他才能顺心点,要不他真要病了。"

王虎沉思了片刻,一股妒火涌了上来,以前他也有过这样的痛苦。他又想起了他杀掉的那个女人,心里一阵恼怒,她爱那个死去的强盗头子胜过爱他。现在他感到嫉恨,因为儿子并不全心全意地爱他,还在想着别人。他为儿子感到高兴和骄傲,儿子对这种厚爱竟不知足、不珍重,在父爱的怀抱里竟然还依恋女人的温情。王虎在心里暗暗地说,他憎恨一切女人,他一边想一边激动地站了起来,冲"豁嘴"嚷开了:"他要是这么软蛋,就让他滚!要是他也长成像我哥哥们的儿子那样,他干什么我都不管了。"

"豁嘴"轻声道:"司令,你忘了他还是个孩子啊。"

王虎又坐下,嘟囔了两句,说:"算了,我没告诉你叫他走吗?"

此后每隔五天左右,那个孩子就到他妈那里去一次,每次去时,他父亲就坐在那里啃馒头,等着他回来。孩子回来后,王虎就盘问他,好像亲自看到和听到了什么似的:"她们在那儿干什么呢?"

孩子一看见父亲的神色就害怕，常常说："没什么，父亲。"

王虎坚持要问，并提高了嗓门："她们在玩呢，做针线呢还是干什么呢？女人除了嚼舌，根本就不会在那儿干坐着，翻闲话也是活！"

那个孩子绞尽脑计，皱着眉，很费劲儿地、慢吞吞地回答说："我娘用一块红花布给我小妹裁衣裳，我大妈家的妹妹坐在那儿看书，显示她能看书识字。姐妹里我最喜欢这个妹妹，她懂我说的话，不像那几个那么爱傻笑。她长着一双大眼睛，辫子梳下来都过腰了，她看书的时间不很长，因为她坐不住，好说话。"

这下王虎高兴了，得意了："女人都这样，她们天生就会说废话。"

王虎的忌妒心很怪，他与家里人越来越疏远。哪个老婆那儿也不去了，看起来王虎就这么一个亲生儿子了。他那位念过书的老婆只有一个女儿，而那位不识字的老婆有两个女儿。年复一年，不论王虎是血脉欠热还是对女人没有兴趣，或是对儿子的爱使他心满意足，反正他再不去老婆那儿了。也许是儿子与他同住后他产生了一种怪癖，不好意思夜晚到女人那里去。他不像其他军阀那样，有钱有势后就日日饮宴、搞女人。他把钱花在枪上，枪和兵多多益善。他只留些钱防老，逐步积攒，以备灾祸。他过得节俭、克己，只有儿子相伴。

有时，王虎唤大女儿前来与兄弟玩耍，她是到他住所来的唯一的女子。头两次她母亲带她过来，也坐了一会儿。有她母亲在，王虎很不自在，他觉得她在责备他，或有求于他什么，因此总被一种莫名的困扰折磨着，只好找一些冠冕堂皇的借口躲开。终于，她似乎不再期待什么，他也再见不到她了，女儿仅来的几次也改由仆人陪着来了。

一两年后女儿也不再来了，她母亲带话来说，她带女儿去学堂读书了。王虎很高兴，因为女儿到他简朴的住所来扰乱了他。她穿着鲜艳，发际戴着一朵红红的石榴花或白色的芳香扑鼻的素馨花。况且她最爱在头上搽桂花油，而王虎最忌桂花香，那香太甜太浓，他受不了。女儿十分快活、任性，主意很多，他恨女人有这些品性。使他最恨的是，每次女儿来，儿子眼中就闪现出光芒、笑意，嘴角也会荡漾着笑容。她一个人就能引得儿子开心，惹他撒欢，在院中跑来跑去。

王虎感到，有了儿子，他的心扉就关闭了，对女儿关闭了。在她小的时候，他曾对她有过一丝温情，而现在消失了。她已长成了一个苗条的姑娘，并终将成为一个女人。她母亲准备把她送走，他为此高兴，痛痛快快地拿出银子，毫不吝啬。现在，儿子只属于他自己了。

他想尽快地充实儿子的生活，免得他感到孤寂。他对儿子说："孩子，你和我都是男人，除了必要的请安，别再去你妈那儿了。在女人身上花费时间就是浪费，跟你妈和你妹妹在一起也同样。她们是女人，既无知又愚蠢。我要你学会战士的种种本领，老的、新的都学。我的心腹们能教你老的那套，'屠夫'懂得使拳脚，'豁嘴'会舞剑舞棒。至于新玩意儿，我只听说过，也没见过。我已派人去沿海为你请新的老师去了，他是在外国学的军事知识。他首先教你，剩下的时间再教我的兵。"

他儿子什么也没说，像往常父亲跟他说话时一样，静静地站着听训。王虎温和地看着儿子的脸，但看不出什么反应，等了一会儿，儿子仍不说话，只是问："我可以走了吗？"王虎点点头，叹了口气，全然不知自己为什么这样做，甚至为什么叹气。

王虎教导和训戒着儿子，一切都由他亲自安排，除了吃饭和睡觉，儿子的全部时间都用在学习上。他督促儿子早起，和他的心腹们操演格斗攻击，早饭后读书，午饭后的整整一个下午则由年轻的新教员教他各种本领。

新教员是个年轻人，属于王虎从未见过的一种类型。他穿西式军装，鼻子上架着眼镜，身材挺直、灵巧。他能跑善跳，会骑马跃过障碍，还会使用各式洋武器。有的他拿在手里，扔出去便爆炸起火，有的他手扣扳机就能像枪一样发射，还有其他很多武器。儿子学时王虎总坐在一旁，虽然嘴上不说，自己也学会了许多见所未见、闻所未闻的玩意儿，他感到以前自己那么引以自豪的仅有的两支旧式洋枪实在不值一提。他认识到他对战争了解的甚少，要学的东西很多。现在他常与儿子的老师长谈至深夜，得知了多种巧妙的杀戮手段，空中的、海上的、远程的，都能致敌于死命。王虎惊奇地听着，说："我发现外国人的杀人手段十分高明，这我以前可不知道。"

他开始认真考虑，一天，他对新教员说："我有一片富庶的领地，十年八年也遭不了一次灾，我还有些银子。我非常满意我的士兵，如果我儿子把所有这些新式战术学到手，他还必须有一支具备这种种本领的军队，我想买一些外国现代武器，由你来教我的部队，这样，等我的儿子带兵时，他就有了一支训练有素的队伍。"

年轻教员的脸上很快闪过一丝微笑，欣然说道："我已尝试过教育你的队伍，但糟糕的是他们极其散漫，好吃好喝。你若想购买新式武器，得先给他们每天规定出操练和学习的时间，看看他们能不能造就。"

王虎听罢，心中暗暗有点不快，他这一生为了培训自己的士兵毕竟耗费了大量的时间。他固执地说："你一定得先教我的儿子。"

"我把他教到十五岁，"教员说，"打这以后，假若你允许我向你这样的大人物进一言的话，我得说，你该送他去南方的一所军事学校学习。"

"什么？还能在学校学打仗？"王虎吃惊地问。

"有这种学校，"年轻教员答道，"那里出来的人马上就是国家正规军的连长。"

王虎对此嗤之以鼻，说："我儿子才不稀罕到国家军里去弄个什么小连长当呢，好像他自己没队伍似的。"过了一会儿，他又说，"另外，我也怀疑南方出得了什么好东西，我年轻时在一位南方将军手下干过，那是个游手好闲、贪欲好色的家伙，他的兵就像一群小猴子。"

见王虎有点不高兴，教员笑了笑就告辞了。王虎坐在那里，又想起了儿子。无疑，他已为儿子做了他能做的一切。他不无痛苦地回想起自己年轻的时候，他记得，他曾经渴望有一匹属于自己的马。第二天，他给儿子买了一匹小黑马——蒙古草原上的一匹强壮的好马，那是他从认识的一个马贩子那儿买来的。

在把马交给儿子时，王虎叫儿子出来看看给他买了什么。小黑马就站在院子里，一副新的红皮马鞍架在马背上，一副红笼头上装着铜的饰件。一个专门侍弄它的马夫牵着它，手里拿着红皮编成的马鞭。王虎自己得意地想着，这就是自己年轻时梦寐以求的马啊，他热切地望着儿子，盼望看到儿子眼中必定会闪现的兴奋与微笑。

可是儿子却无动于衷。他看了那匹马一眼，照旧静静地说道："谢谢，父亲。"

王虎等待着，但儿子眼中依然毫无兴奋的光彩，也不跳过来抓笼头或试鞍子，他好像在等着获准离去。

王虎极度失望地走开了。他回到自己屋里，把门关上，然后坐下来用手撑住头，再一次想起儿子来。他生气、痛苦，他对儿子的爱得不到回报。伤心了一会儿，他又像以往一样坚定了，他顽固地想："他还能要什么呢？我像他这么大时梦想过的东西他都有了，甚至更多，我给他找了一个这么好的老师，给了他一把这么出色的外国枪、一匹这么闪光溜滑的小黑马，外加马鞍、笼头和一支带银把的红鞭子，他还能要什么呢？"

他自我安慰了一番，指示老师不能放松儿子的学习，不要在意孩子是否疲倦，因为这对于长身体的孩子来说是常有的事，不必加以理会。

夜里，王虎在醒来时总感到不安，他听得到房内儿子静静的呼吸声，这时，他的胸中就会涌起一种难以自制的温存，他一再想着："我一定得为他做得更多些——我一定得再想出一些能为他做的事。"

王虎就这样在儿子身上耗费着时光，这光阴也许是白白浪费掉的，但他做得那样专注，没有任何东西能动摇他那种博大的慈爱，使他再投入战事与抗争。

春天里的一日，儿子快满十岁了，王虎掐算着日子。他和儿子坐在一棵粗壮的石榴树下，孩子在火一般的新叶子前敲打着，突然喊叫起来："我敢说，这些红红的叶子比什么花都美。"

王虎全神贯注地注视着那些树叶，想看看他是否能与儿子想的一样。正在这时，大门口一阵骚动，一个勤务兵跑来报告有人来了，话还未说出口，王虎已看见他的麻脸侄子一瘸一拐地进来了。他是因为骑马骑得太快跌瘸的，由于昼夜骑马，"麻子"疲惫不堪，满面灰尘，十分憔悴，看上去怪模怪样的。王虎并不生气，刚想说话又止住了，只盯着侄子看。

侄子气喘吁吁地说："我骑了一匹飞快的马，连日连夜赶到这儿，来报告'老鹰'正在阴谋搞分裂，他已经把你的部队拉出去另立了山头，把你攻下的城做了他的大本营，他还和这几年一直想报仇的那个强盗头子结成了一伙儿。我知道他扣下了这几个月的税款，早担心会有这种后果，可我忍着，为的是把事情弄清楚，免得虚惊一场，'老鹰'被惹恼了会把我暗杀的。"

小伙子一口气说完了这些话，王虎两眼直视，双眉紧锁，眼睛深陷。他感到怒不可遏，喝道："这条该死的恶狗、强盗，是我把他从一个无名鼠辈一手提拔起来的！他的一切都是我给的，这狗杂种竟敢反叛我！"

王虎满腔怒火，把儿子丢到了脑后。他大步跨进了那些军官、亲信及士兵住的外院，狂叫着要在午前集合五千人马，并命人给他牵马，取来他那柄细长的利剑。宁静、平和、充满春天气息的院落中顿时一片骚动，孩子和仆人们也都从女眷住的后院里往外探头，他们满脸惊恐，被这种战争的喧嚣吓呆了。那些马匹显得躁动不安，蹄子踏着院内的砖地嗒嗒作响。

王虎见所有人都已奉命行动，便对这个困惫不堪的报信人说："去吃点、喝点、歇一歇。你干得好，为了这，我得提升你。我知道，很多黄毛小子都会跟着叛变，他们从心里就有股反劲儿。可你还没忘了我们是至亲骨肉，仍站在我这边，我一定亏不了你。"

那小伙子东张西望了一阵，悄声问："是，叔叔。可你会杀'老鹰'吗？他看见你去会疑心的，我跟他说我病了，到我妈那儿去些天。"

王虎怒声道："你用不着求我，我会用剑刺穿他的。"

小伙子满意地走了。

王虎率领部队急行军三天，来到了新地界。他只带了那些老部下和亲信，把那些倒戈的兵及背叛强盗头子的那些军官都留下了，在关键时刻他们也会背叛他的。他向士兵们许愿说，只要他们为他英勇作战，他们就可以进城劫掠，此外，他还要多发一个月的军饷，且是银圆。那些兵立时振作起来，脚下也利索了。

他们行动极为迅捷，当"老鹰"听说王虎领兵到来时，还不知道大难就要临头。事实上他没有想到王虎的侄儿竟那样狡猾并诡计多端，那小子一贯乐呵呵、油嘴滑舌的，长满麻子的脸显得愚蠢无知，他不过偶尔在一伙士兵中打个哈哈、搞个恶作剧而已，所以他一直认为自己的所作所为是神不知鬼不觉的。那小子说他肝有病，要回家去，"老鹰"还很高兴。随即他决定宣布叛乱，考验一下哪些人是忠于他的、那些不忠分子得处死。他答应追随他叛变的人可在城中任意抢夺战利品。

近来"老鹰"加固了工事，加紧往城中运粮。他对王虎的脾气了如指掌，不敢稍有懈怠，可怜的百姓们则惊慌地准备再次遭受浩劫。王虎兵临城下的当天，目睹一队队农民用扁担挑着柴火，骡子和驴驮着粮食，筐里装着嘎嘎叫的鸡鸭，赶着牛，担着猪，捆在扁担上的猪拼命地尖叫着。看着这一切，王虎恨得咬牙切齿，若不是及时识破这一阴谋，攻城将会困难重重，城里将粮食充足，严阵以待。"老鹰"比那个没头脑的强盗头子厉害多了，他机敏、凶残，还有两门洋炮，可以架在城墙上向攻城的人开火。王虎想到他差点栽了个大跟头，不禁怒气冲天，两眼发红，拼命咬着自己的胡子。他听任自己的火气上升，策马向前，命令士兵直驱"老鹰"的驻地。

已有人向"老鹰"报告，说他大祸临头了，王虎已经到了。"老鹰"感到大事不妙，犹豫了一下，算计着他能否耍手腕应付过去，或干脆偷偷逃掉。他根本无法指望他的人现在能站在他一边，王虎毕竟带来了大批人马。他明白自己是孤立无援的，就在他正在犹豫的一刹那，王虎策马进了大门，下令要不惜一切代价抓住"老鹰"，由他亲手杀死。他自己下了马鞍喊着，士兵们一窝蜂拥进了院子。

见末日已到，"老鹰"跑去藏了起来。纵然他是个勇敢的人，他还是跑去藏到了一间厨房的草堆里。他有什么希望能阻止那群急于得到奖赏的兵勇来抓他呢？他也不敢指望自己手下的人看见他藏的地方而不告密。他在草堆里等着，虽是躲藏，却并不发抖，因为他毕竟是个勇敢的人。

他是逃脱不了的，士兵们搜索着每个地方，都希望能获取赏金。前后大门及所有能逃跑的小门都有人把守着，他们看见他蓝上衣的一角在草堆中露了出来。他们跑出去，拍着门叫人。约有五十人跑来了，他们十分小心翼翼，因为不知道"老鹰"有什么武器。其实他除了一把小匕首，手无寸铁，根本对付不了这么多人，他是吃早饭时慌慌张张跑出来的。他们一下子都扑到他身上，将他绑了，带来见司令。"老鹰"脸色阴沉，眼中凶光毕露，头发上、衣服上还沾着草屑。他被带到大厅里，王虎正坐在那儿等候，他的佩剑早已拔出，像一条银蛇一样闪闪发光地横放在他的膝上。他的双眼从那对浓眉下凶狠地盯着"老鹰"，厉声说："你竟反叛我，是谁把你从无名小卒提拔到现在的地位的？"

"老鹰"的眼睛一直不离王虎膝上那个闪光的东西，他沉着脸答道："是你教我怎么背叛长官的，你是什么东西？不过是个叛逃的家伙，你难道不是老将军栽培的？"

听到这么放肆的对答，王虎怒发冲冠，向站在旁边看的士兵嚷道："我本想用剑刺穿他，可那么死太便宜了他！把他拉出去，一片片地割他的肉，就像对罪犯、对十恶不赦的人、对不孝之子和叛国贼一样！"

眼见死期已到，"老鹰"出其不意地从胸前拔出匕首，刺进自己的肚子，用力搅了一下，匕首就插在他肚子上。他站着摇晃了一下，死瞪着王虎，艰难地、满不在乎地说："我不怕死，二十年后我又是一条好汉！"他倒了下去，匕首还插在身上。

这一切来得那么突然，王虎连气也没来得及喘一下，"老鹰"已倒在地上。他的怒气渐渐地消了。他是被复仇之心攫住了，在盛怒之后，他也后悔，他损失了一个勇敢无比的人。他沉默了一会儿，低声对左右说："把他的尸体抬走，随便埋在哪儿，他是个光棍儿。我不知道他有没有父亲、儿子或家。"过了一会儿，他又说，"我知道他有胆识，不料他的性子竟这么烈。给他弄一口好棺材。"

王虎坐了一会儿，有点难过，心肠都变软了，甚至忘却了他允许士兵抢掠的许诺。他正伤心时，城中的商人们来了，恳切地望着他的左右。他唤他们进去，问他们有何要求。他们毕恭毕敬地走进来，献上银子，恳求他不要让士兵们在城里为非作歹，因为人们胆子都吓破了。王虎一时怜悯心大发，他收了银子，答应分发给他的兵，让他们不再去哄抢。商人们千恩万谢地走了，边走边赞叹着这个军阀大慈大悲。

王虎费了九牛二虎之力来安抚他的士兵，他给他们每人发了一大笔钱，并吩咐备酒饭犒劳他们，士兵们这才不再拉长着脸。他又提醒他们，一定得对他忠心耿耿，并说打仗的机会以后还有的是，这样，士兵们就不再怨气连天了。实际上，在商人们走后，王虎又两次派人去找他们要钱，在使他的那些士兵心满意足之后，这件事才算了结。

随后王虎准备回家，他急切地想见到儿子。他走得匆忙，没顾得上替儿子把这些天安排好。现在王虎将心腹"豁嘴"留下，同那些士兵一起守城，等他侄子回来。他自己则带着"老鹰"留下的人回去。留在此城的都是他带来的经过考验的兵，为小心起见，王虎带上了那两门洋炮。他发现"老鹰"已让城里的铁匠为大炮做了铁球，另外还有火药，他现在把炮带走，就不用再担心他们会反他了。

王虎穿过街道班师返回时，人们向他们投来怀着敌意的目光。每户人家都被摊派了税款，用来支付王虎犒赏士兵的巨额款项和这次远征的费用。王虎无视这些眼神，他横下心来我行我素，他还能自找理由。这里的人应自愿为和平付出代价，要是他不来拯救他们，在"老鹰"和他的部下手里，他们可就得吃大苦头了。"老鹰"是很残暴的，这些男女对他来说一文不值，他从小就习惯于打仗。王虎觉得，人们对他实在不公平，这些天他们如此艰苦地行军，而百姓们却这么不懂好歹。他垂头丧气地想着："他们不知感恩，我的心肠太善了。"

想着想着，他又硬下了心肠，他对普通百姓再也不那么宽容了。他的心胸更窄了，在"老鹰"那里他没有亲信，他伤心地寻思，与他无血缘关系的人都不值得信任。他越来越感到要依仗他亲爱的儿子，他聊以自慰地说："我还有儿子，只有他才不会背叛我。"

他快马加鞭，加紧行军，渴望早日见到儿子。

王虎的侄子听说"老鹰"已死，才松了一口气，于是他回家去待了一些天。他见人就炫耀自己勇敢、机智，自夸尽管"老鹰"是个足智多谋的勇士，又长自己一辈，但自己还是胜过他一筹。他到处自吹，他的兄弟姐妹们都围着听他讲。他母亲喊道："这孩子吃奶的时候我就知道他不寻常，他那么使劲儿，拼命拽我的奶。"

王掌柜坐在那儿听着，脸上带着干巴巴的笑容。他为儿子感到骄傲时是不夸他的，只说："得记住，三十六计走为上计。"又说，"好计谋胜过好武器呢。"

儿子的谋略才是最使他感到得意的。

他的麻脸儿子去伯伯院里拜见王大和他老婆，又讲起自己大智大勇的那段经历，王大莫名其妙地忌妒开了，他为自己死去的儿子忌妒，为另外两个儿子忌妒。他欣赏他们的外表和气派，但又隐隐有些担忧，他们似乎并不完美。侄子讲话时他像耐心听着，其实不过是带了只耳朵罢了。那位少爷讲得津津有味，王大却一个劲儿地叫茶、要烟。太阳下山了，他觉得凉，想穿一件薄的皮袍。他太太勉强朝侄子歪歪头，给点最起码的面子。她拿起件衣服绣着，装作很忙的样子，又拿块绸子比画着式样，一面大声打着哈欠，一面不断地向丈夫打听这样那样的家务事或佃户的事。那位少爷终于看出她厌烦了，便住了口，急忙走了。还没走远，就听见那老太太说："幸亏我们没有儿子当兵！过那种日子，把个好端端的年轻人弄得又粗又俗。"

王大懒懒地答道："噢，我可要到茶馆去坐会儿了。"

"麻子"可不知道这两位在想着他们死去的儿子，只觉得心里不是滋味。到了门口，他见王大的小老婆站在那儿，手里抱着最小的孩子。她一直在听他讲，不过比他先走了两步。她若有所思地对他说："我觉得这是个非常动听、了不起的故事。"

于是小伙子欣慰地回到了他母亲那儿。

王虎的这位麻脸侄子在家待了三十天，他妈利用他那未过门的媳妇把他拴住了，那是她几年前替儿子挑的。这个姑娘是邻居的女儿，父亲是织丝的，但不是替人做工的穷工人。他自己有机器，有二十个学徒、织成匹的彩缎和花绸。因为城里做这项生意的人不多，他赚钱不少。这个女孩也长于此道，若春天天寒，她就把蚕卵贴在身上直至孵出幼蚕。学徒去采桑叶，她管喂养，她还会缫丝，样样来得，这在这个城里是很稀罕的。她家是在上一代由外地迁来的。自然，她将嫁的男人并不在乎她的手艺，但王掌柜的老婆认为姑娘有这方面的能耐总是好的，因为这些活计会使她勤快、节俭。

对那位少爷来说，她有什么才干是无关紧要的。他结婚总是喜事一桩，他差不多快二十四岁了，常常想入非非。这个姑娘干净、整齐，长相还过得去，似乎也没什么脾气，他知足了。

婚礼既体面又不铺张，完后他按王虎的吩咐，带着新娘回城了。

第二十五章

　　每当冬去春来，王虎就会蠢蠢欲动，渴望打仗，伺机扩大地盘。他派出探子去打听那年的战争动态，以便制定自己较小规模的战争部署。他等待着，等待探子返回，等待天气转暖，等待命运召唤。然而王虎已不年轻了，况且他有儿子，这使他感到充实和满足，他那份出征打仗之心也日渐趋淡。年年春天，他都鼓动自己，要为自己的儿子去实现他这一辈子既定的目标，但每一次他似乎又都能找到理由将行动延宕到下一年。他儿子的少年时代没什么大的战争，但全国有众多小军阀，每人占据一块地盘，谁也统治不了他们，因此王虎认为观望等待更为保险，他深信终有一天他能取得预想的胜利。

　　有一年春天，他儿子快十三岁了，王虎的两个哥哥派人带来个坏消息：王大的大儿子被关进了监狱，快不行了。两个哥哥恳求他在省法院帮忙，放出侄子。王虎问明了经过，认为这是检验他在省府的力量及在全省的影响的一个好机会，于是他暂时放下打仗的念头，决定帮助他们。他很得意，哥哥们毕竟来求他了，他看不起他们，他们的儿子竟被下了狱，这种事绝轮不到他自己的儿子头上。

事情已经发生，可王大的大儿子是怎么被关进监牢的呢？

他二十八岁了，尚未婚配。年轻时，他进了城里的一个学堂，在一两年里学到了不少东西。其一是大讲年轻人受父母之命与某女子结婚是对旧风俗的卑劣屈从，年轻人应选择自己见过面、谈过话并且产生了爱情的姑娘。因此当王大挑遍待嫁的女子，为儿子选中一个时，儿子极力反对，暴跳如雷，大发脾气，扬言要自找老婆。

开始王大和太太对大儿子的做法很生气，母亲对大儿子发脾气说："你怎么去接近一个良家女子，跟她交谈，并知道你喜不喜欢她？谁还能像你爹妈这样给你挑？我们养大了你，摸得着你的脾气和秉性。"

可是她大儿子振振有词，脾气又大，他卷起绸衣袖子，把白皙前额上的黑发往后一甩，跟着嚷道："你和我爸除了该死的老一套，什么都不懂。你们哪知道南方有知识的富人家都让儿子自己挑媳妇！"见父母对视着，父亲用袖子擦眉毛，母亲噘起了嘴，他又嚷，"好吧，给我定亲吧，我马上离家出走，再也不见你们！"

这一招着实把他父母吓住了，王大忙说："那你告诉我们你看上了谁，我们想想办法。"

其实他儿子心目中并没有相准的姑娘，他所见过的女人都是能轻易搞到手的。可他不愿承认他没有意中人，他只是翘着嘴，垂着头，看着自己整齐的手指甲。他固执、蛮横，像以往一样，每谈到这个话题，他父母最后只能一遍一遍地安慰他："好了，好了，先这样吧。"王大有两次都不得不退掉他相妥的姑娘。他儿子只要听到这种事，就发誓要像弟弟一样在房梁上吊死，这使他父母害怕，只好一次次地作罢。

日子一天天过去，王大和太太越来越心急，盼着大儿子快娶亲。这大儿子是主要的继承人，他的儿子又将是孙子辈中最重要的。王大也了解，大儿子每天不是去这家茶馆就是去那家茶馆，在那些地方消磨光阴。他知道，凡是家里有钱、不用为衣食操劳的公子哥儿都如此，他自己则年老图清静了，大儿子的情况使他越来越不安，老两口都担心，大儿子如果不娶亲，难免有一天从茶馆那种地方弄个游手好闲的女人来，这种女人只能做小老婆，做正室可太丢人了。他们若跟大儿子谈心事，大儿子就会冷冷地说，如今青年男女已不受父母管束，男女自由、平等，还有许多诸如此类的傻话。这两个当爹娘的束手无策，只好不再吭声。大儿子伶牙俐齿，没人说得过他。他们早学会了不吭声，大儿子一有不满，目光就在二老身上扫来扫去，不时甩他的长发，然后又用那双又白又软的手去理平。他待不住，说完就扬长而去。他一走，老太太就埋怨丈夫："都是你老不正经的给他做的好样子，他都是跟你学的，不交正经女人，偏去跟那些下流坏子混，还高兴呢。"

她边说边用袖子擦眼睛，委屈得要命。王大慌了，一场风暴是免不了的了。这老太太越老越计较，脾气也越大。他急忙起身离去，和气地说："你知道我现在上年纪了，不像从前了，那些地方也不去了。我听你的，你要是有办法整这烂摊子，叫我干什么都行。"

　　问题是老太太对这个混账儿子也无计可施，她得自己想法排解。王大一见她要发火，就赶紧跑出去了。他穿过院子时，看见小老婆正在太阳下照看孩子，急忙对她说："进屋给太太拿点什么，她正生气呢，给她端杯茶或拿她的经文什么的，拍拍马屁，就说那些和尚又夸她呢，反正说一些这类的话吧。"

　　这个女人顺从地站了起来，手里抱着孩子去了。王大来到街上，考虑着在哪儿拐弯。他庆幸正好碰上了他的小老婆，否则他一人陪大老婆在那儿可够他受的。小老婆这些年来比以前更温顺、沉静，这是王大的福气。一般来说，一个财主的大小老婆肯定常吵架，尤其是当她们中的一个或双方爱着丈夫时，那更是家无宁日了。

　　王大的小老婆在诸多小事上都体贴他，甚至肯做那些仆人都不做的事。仆人们对谁当家一清二楚，王大要是传唤丫头、仆人，他们只答应着："噢，来啦！"可就是磨蹭着不来，一旦他火了，他们就推说："太太叫我干活呢。"老爷也就无可奈何了。

　　他的小老婆总是暗中照顾他，只有她才能宽慰他。他从田地回来要是又累又烦，她会给他备好热茶，夏天则在井里冰上西瓜，他吃的时候，她还在一边给他打扇，给他打洗脚水，拿干净鞋袜。他也对她吐真情，说烦恼，那主要是关于佃户的一些事："今天西边那块地的佃户，那个龇牙的老婆子往管家过秤的粮食里倒水，管家是个笨蛋，要不就是无赖，被他们买通了，我都看见那秤是如何打起来的。"

她则安慰他："他们不会那样骗你的，你多精明，我还不知道有比你更精明的人。"

他也对她讲那个逆子给他带来的苦恼，她照样抚慰他。在街上，他边走边琢磨着怎么对她讲大老婆的苛责，他想象着她的温柔细语，她一定会像往常一样说："依我看，你是最好的人，再好也没有了，太太不知道外边的男人都是什么样子，不知道你比他们好多少倍！"

抛却眼前的那些烦恼，什么大儿子、大老婆，还有那些不敢一下子卖掉的地，王大就依恋这个小老婆。在与他有过瓜葛的所有女人中，数这个最称他的心了。他琢磨着其中的道理，自言自语地说："在靠我养活的人当中，她是最了解我和最看重我的。"

那天，他因为大儿子的事，心里特别烦闷，只怪那个宝贝儿子老给他添麻烦。

正当王大沿着大街默默地走着时，他大儿子在一位朋友家偶然碰上了一个姑娘，并立刻看中了她。那位朋友是城里警察局长的儿子，跟他最能玩到一块儿的。他们在一起赌博，那是犯法的，但万一有了事，局长儿子能躲过，做朋友的也能幸免。局长可是城里举足轻重的人物。那天，王大这位大公子正想去玩一会儿，消消心中的火，散散在爹妈那儿惹的烦气，于是他去了这位朋友的家里。

门开时他通报了姓名，然后坐在厅里等着，有点焦躁不安。突然里屋门开了，走进一个年轻美貌的女子。一般姑娘看见一个年轻男人独自坐在那儿，就会用袖子挡住脸赶紧进去了，可这位却不是，她不慌不忙地把小伙子上下打量了一番，没有媚态，也不害羞。看到这样的目光，那位大少爷先垂下了眼。可以说，她虽然落落大方，但仍不失为一个规规矩矩的姑娘，一个新潮时髦的女性。她留着齐耳短发，不缠足，穿着新式女子穿的长袍，时值春天，袍子是绸的，淡鹅黄色。

尽管王大的大公子总爱夸夸其谈，其实他很少见得到他理想中的姑娘。平时如果不去赌，不赴宴或不出去玩，他总是以看恋爱小说来消磨时间。他不喜欢老套的故事，他热衷的是新编的男女自由恋爱的故事。他梦想着出身名门的大家闺秀，而绝不是妓女，这种大家闺秀在男人面前应当不羞不怯，虽为女子，但同男子能够自由交往。他要寻求的是这样的女子，可这种女子他一个也不认识，那样的自由都是书里写的，现实生活中却绝无仅有。现在，他面前正站着一位这样的女性。她的平静、大胆的目光使他的心燃烧起来，他的心如一触即发的火种，一经引燃即蔓延成熊熊大火。

一瞬间，他就爱上了这位姑娘，他自己也为之感到迷茫，虽然他一个字也没说，她也走了过去，可是他坐在那儿，已不知身在何处。他朋友进来时，他正喘着气，口干舌燥，心跳得胸口都要裂开了。

"刚才过去的小姐是谁？"

他朋友漫不经心地说："那是我妹妹，她在一个沿海城市的教会学校上学，回来过春假的。"

这位痴公子无法控制自己，他结结巴巴地问："她结婚了吗？"

当哥哥的笑了："没有。她最任性，总为这个和我爹妈争吵，她绝不嫁给他们替她选定的男人。"

听了这话，王公子犹如久旱逢甘露，再没说什么就去赌了。玩的时候他依然心神不定，感到心里就像有一团火在燃烧，于是他连忙找了个借口回家了。进了自己的房间，他关上门独自胡思乱想，感到自己已和那个姑娘拴在一起了。他自言自语地说，她真不该和他一样受父母的窝囊气。他决心像现时男女自由交往那样与她往来，要不就不再见她。他不要媒人，不论是他的父母还是她的哥哥，他都不要。然后，他热切地取出他看过的那些书，仔细琢磨着书中主人公给情人写情书的模式，他也要照样写一封。

于是他给那个姑娘写了一封信，签上了名。信中满是种种甜言蜜语，他宣称自己是追求自由的，相信她也是，因此她对于他来说是阳光，是艳丽的牡丹、美妙的乐曲，她在眨眼间就征服了他的心。写完信，他派专人送去，自己则在家中心焦地等待着，他父母简直不知道他是怎么回事。仆人回来说，得过一段时间才能有回音。于是他只好继续等待下去。他极不耐烦，看着什么都不顺眼，弟妹们一靠近他就打，还责骂仆人。甚至连他父亲那温和的小老婆也抗议了。"你简直像条疯狗！"她边说边把自己的孩子带开了。

三天后，一个人送来了信。这位公子几天里一直在大门口转悠，这时抢过信来直奔房内。他飞快地打开信，抽出两张信纸，她的字体豪放、秀美，先是一番客气的言辞和解释，然后她写道："我也是自由不羁的，我不在任何事上屈从于父母。"随后她巧妙地表达了对他的倾慕，这使那位少爷乐得晕头转向了。

　　他们虽不断通信，但总觉得无论如何得见见面，于是他们在女家的边门见了一两次。他们都害怕，又竭力不表现出来。匆匆忙忙地约会，频繁地信件往来，他们之间的爱越来越热烈。他们贿赂仆人，信中隐瞒姓名。他们已如愿以偿、越轨而为了，那是大逆不道的。第三次见面时，小伙子热烈地说："我不能再等了，我要娶你，我要禀告我爹。"

　　姑娘也斩钉截铁地说："我也要跟我爹说，我要是不能嫁你，我就服毒自杀。"

　　他们回去禀告了各自的父亲。王大欣喜异常，他儿子竟选中了这么一个好人家的女孩，他立刻准备去定亲了。可女方的父亲很固执，不肯把女儿嫁给此人。他是警察局长，到处都有他的密探，他了解这位年轻公子的种种劣迹，别人不见得知道。他对女儿吼道："什么？那个游手好闲的花花公子？他整天就泡在那些不三不四的游乐场里。"

　　他命令仆人把女儿锁在房间里，到开学时再放出来。她气冲冲地来跟他评理，进而哀求他，他都不加理睬。他很冷静，她如吵闹，他就哼小调、看书，她气得把姑娘家不该说的脏话都嚷了出来。他转脸对她说："我早该把你关在家里不让你上学，现时学堂把女孩家都教坏了。要是咱们从头来，我就把你管教得像你妈一样规规矩矩、一字不识，早早给你找个好男人嫁出去。对！我就得这么做！"他这样突如其来的大吼使她吓得发抖。

一对小情人互相之间写了不少哀艳的信件，仆人们在中间跑腿，得了不少好处。大少爷闭门不出，人越来越憔悴，父母见状忧虑重重。王大设法给警察局长送礼，尽管这位局长非常贪贿，这次却拒绝了。全家人都绝望了，大公子开始绝食，并扬言要上吊，王大可给吓昏了。

一天傍晚，这位年轻公子来到心上人家的后门，看见旁门开着，给小姐传信的丫头从里门钻了出来，招手叫他进去。他心里一动，便战战兢兢地去了，他的情人站在小院里。她很坚定、执拗，蛮有主意。两人一旦相对，反倒说不出话来，不像写信时那么容易表达了。少爷斗胆跨入禁地，满心惊慌，就怕有人发现。小姐从容镇定，身为有知识的人，她要实现自己的愿望。她对他说："我可不管这些老顽固，我们一起逃走吧。等到生米煮成熟饭了，他们就会同意我们结婚的。我知道我爹爱我，我是他的独生女儿，我妈又死了。你是你父亲的长子。"

这位公子还没来得及对这一番热情的表白做出反应，警察局长突然出现在当院门口。原来事先已有跟小姐的丫头作对的仆人去通风报信了，局长冲仆人们喊道："把他捆起来送监狱，他毁了我女儿的名声！"

王大的大儿子真是不幸，情人的父亲偏巧是警察局长，想送谁进监狱易如反掌，要是换个人就没这么大权力，想送人入监狱还得花钱呢。仆人们把那个小伙子拉走了，姑娘尖叫着，拖住他的胳膊，宣称她不会再嫁给其他任何人，并要吞食戒指。

可是她父亲镇定沉着，对女仆说："看住她，要是她离了人，寻了短见，我就要你抵命。"

说完，他走了，似乎这样就听不见她的哭喊了。丫头们寸步不离小姐，她们害怕失职，在她们的严密看守下，小姐无法寻死，只好活下去。

警察局长派人通知王大，他的儿子已因企图败坏他独生女儿的名誉而入了狱，然后他就在家里的厅堂里坐等。王大家里可是慌作一团，老爷完全昏了头，失去了主张。他立即拿出手头所有的银子去贿赂，他套上了最讲究的袍子，亲自去找警察局长道歉。可局长心绪不佳，不理事，传话说病了，谁也不见。送去的钱被退了回来，王大又送了去。人家说他误解了局长，局长不是那种受贿的人。

王大颓丧地回了家，心知钱数太少。正值麦收前，他缺钱，他得向弟弟求援。儿子在牢里，他为此受折磨，可还得给儿子送饭、送铺盖，免得儿子再受苦。这里刚安排好，王掌柜到了。王大坐在房中，太太也忘了往日的规矩，愁眉苦脸地进来了。丈夫手撑着头坐着，她则叩拜诸神，请他们明察她家中遭受的苦难。

王大直起了身子，她哭诉着，并往前靠。他从心底里感到害怕，因为儿子竟落到了警察局长的手里。王掌柜泰然自若地走了进来，面容平静，像是不知道有什么事发生了。其实此事早已传开，人人皆知，这种丑闻连仆人们都知道。他老婆闻听后告诉了他，还添油加醋地一再说："我就知道那个女人的儿子好不了，当爸爸的也不是正经货。"

王掌柜坐在那儿听这两个当爹妈的讲述，他们把儿子的罪名轻描淡写地说了一遍，王掌柜俨然像个法官，好像他当然认为侄子无辜，而且有锦囊妙计搭救他。他得知哥哥想借一大笔钱时，就在思忖如何推却。王大老婆话一说完就哭开了。老二说："不错，跟各级官吏打交道，钱确实重要，可更有效的是武力。趁咱们还没倾家荡产，去求求兄弟。他现在是个大官儿，咱们求他出个头，用他在省府的影响，从上边给这儿的市长下个命令，市长就会叫警察局长放了你儿子，然后咱们再少花些银子各处去打点。"

这可是个绝妙的高招儿，王大奇怪自己怎么就想不到这一点。他们当天就给王虎写了信，王虎便得知了此事。

除了应对哥哥们尽点责任，王虎还认为这是检验他的权势及影响的好机会。因此他写了一封措辞恰当、态度谦恭的信给省督，还备了礼品，派他的亲信前往并责成一名卫兵护送，免遭抢劫。那位长官收了礼，读了信，沉思了片刻。如果他行这个方便，就可以笼络王虎，以防不测。王虎会感恩，而这代价却很低，只要将一青年放出狱就行了。他毫无顾忌，一个小城的警察局长微不足道。他给了王虎一个回话，跟省长谈了，省长发了个命令给那个地区的长官，后者又给王家所在市的市长下了命令。

王掌柜比以前更机灵了，他在每个环节都使钱，使人人都觉得受了益，但他又不给太多，使那些贪官还想尝尝类似的甜头。这时警察局长也接到了命令，王大、王二兄弟办事十分小心，他们深知人都怕当众出丑，所以马上带了厚礼去见局长，说了许多好话求他，好像完全出自本意，装作根本不知道上面的事。他们打躬作揖地求他开恩，他终于随随便便、大大方方地收了礼，像给了面子，然后传令释放那小伙子。他将小伙子训斥了一通，便放他回了家。

王家两兄弟盛宴款待了局长，此事才算了结。小伙子又自由了，他的热情也因监禁而降了温。

那位小姐可比以前更拗了，整天同父亲吵闹不休。这回做父亲的可有点动心了，他看出了王家是有势力的。王老三那么强大，王掌柜又那么富有。他派了个媒人去王大家，说："给这两个孩子成亲吧，我们两家也交个朋友。"

一切都张罗着办起来，行了订婚礼，又定下一个黄道吉日为成亲的日子。王大和太太都兴高采烈，新郎虽为这种突变感到莫名其妙，但又感到他原有的热情已恢复了，他心满意足，那位小姐则春风得意。

对王虎来说，整个事件不足挂齿，他明白自己是省里一个举足轻重的人物，省督把他当作自己的宠儿，他心里为此很得意。时已入夏，王虎自思，他一直这么忙，春天又已过去，他只有再把扩张计划推延到下一年。这无须犹豫，现在他已明白了自己的地位，而且密探们回来报告，传闻南方正在打仗，但不清楚是什么战争，以谁为首。王虎听后完全明了他的部队对省督的价值及他受宠的原因。他拭目以待，看下一个春天将会如何。

像以往一样，王虎又守着儿子度光阴了。那小子出来进去的神色极严肃，王虎欣赏儿子的沉静，常盯着儿子细看。他喜欢儿子庄严的面孔，那张年轻又带孩子气的面孔。他研究着儿子的容貌，在儿子低头看书或干活时，他常觉得儿子的高颧骨和嘴部的坚定表情十分眼熟。嘴长得不漂亮，但对这么大一个孩子来说却显得很坚毅、很果断。

一天晚上，王虎突然判定儿子长得像祖母——王虎的亲生母亲。对，就是像她。虽然他只清楚地记得她临死时躺在那里的模样，这个孩子红扑扑的脸与她苍白的面容当然不同。但王虎内心深深地感到，儿子像祖母一样沉稳，他的嘴唇、眼睛秉承了祖母的庄严。王虎在儿子身上发现了这种遗传后心里更感温暖，更加爱怜儿子，无形中与儿子也联结得更紧了。

第二十六章

　　王虎的儿子是这样一个孩子：该尽的责任他都会尽到，叫他做什么他就做什么。他学习操演战场佯攻，模仿老师示范的姿势，骑马骑得虽不像王虎那么自如，可也挺好。但他做什么都没有乐趣，他之所以做这一切，似乎全是为了完成任务。王虎向老师了解儿子的情况，老师犹豫不决地说："我不能说他表现得不好，他做什么都达到了一定标准，并完全按要求去做，可是他从来不多做，好像心里有疙瘩。"

　　这可使王虎犯愁了，以前他就觉得儿子脾气随和，轻易不生气，什么也不恨，什么欲望也没有，只是严肃、耐心地照章办事。王虎知道勇士不是这样的，勇士一定要有血气、有个性、倔强，同时又易发怒。他很发愁，不知如何才能改造儿子。

　　一天，儿子在教员指导下练瞄准射击，王虎坐在一旁看着。教员下达口令后，那个孩子站稳，迅速举枪，果断地扣动了扳机。王虎看到儿子的脸上似乎显出一种勉强应付差事的神色，而实际上他也许憎恶这一切。王虎叫住了他，说："儿子，要是你想让我高兴，就用心些。"

孩子飞快地看了父亲一眼，手里的枪还在冒烟，他的眼神难以捉摸，张了张嘴像要说什么。王虎坐在那儿，神色严峻，眉毛又黑又浓，又黑又硬的胡须竖起，嘴巴不经意地紧闭着。那个孩子移开了眼神，轻轻叹了口气，缓缓答道："是，爹。"

王虎看了看儿子，有点伤心。他虽然外表严厉，心却很软，也不知道如何表达他的心迹。停了一会儿，他叹了口气，静静地观看到下课。儿子询问地看了看他，问："爹，我可以走了吗？"

王虎留意到儿子常常独自离去，不知躲到哪儿去了，他只知他指派的跟随他儿子的士兵的确尽职了。他看着儿子，心里起了疑团，不知儿子是否去了他不该去的地方，他不是小孩子了。王虎心里突然起了一阵忌妒，于是他尽力放轻声音问道："我的儿，你到哪儿去呢？"

孩子犹豫了一下，低着头，终于胆怯地说："哪儿也不去，爹。我想到城外的田里走走。"

儿子若说是去什么淫秽场所，王虎倒不会这么吃惊，他诧异地问："一个当兵的到那儿有什么可看的？"

他儿子眼光朝下，手指玩弄着皮带，用他惯常的那种不紧不慢的腔调低声说："没什么，只是那儿安静，果树都开花了，很好看。我有时爱和农夫谈谈，听他们讲讲怎么种田。"

王虎惊呆了，简直不知如何是好。他自言自语道，一个军阀竟有这么一个怪儿子，他自己从年轻时起就一直恨当农民种田这种事。他因为大失所望而愤怒地叫喊起来，但不知道何以喊声会这么响："随你的便吧，这跟我有什么相干？"他坐了一会儿，儿子已溜走了，他敏捷得像只放了生的小鸟，早逃离了父亲。

王虎坐在那儿，痛苦地沉思着，不知心中为何那么酸楚。最后，他变得不耐烦了，横了横心，想着自己应该满意这个儿子，他毕竟不放荡，还是听话的。于是，王虎又一次把烦恼抛诸脑后了。

近年又有传闻，时局动荡不安，战争又将爆发。王虎的密探又带回消息，说南方学校里的男女学生正在准备打仗，老百姓也在备战。这可是前所未闻的，战争本是军阀的事，与老百姓有什么关系？王虎大吃一惊，问为什么这些人要打仗、起因何在，他的密探们也无可奉告。王虎认为，这一定是校方或老师做了什么错事，若是普通百姓闹事则必定是地方官太恶劣，人们忍无可忍，所以起来杀了他，免遭祸害。

王虎始终没参战，他要弄清新的战事如何兴起，怎样才能适应。他储备了资金，按自己的意愿买了武器。现在他不用向哥哥王掌柜求援了，他自己在河口有了通商港，可以轻而易举地雇船从外国走私武器。上级即便知道了也不会干涉，因为他们知道，他是自己一派的，他的每条枪有朝一日都将为他们的战争服务，和平不可能持久。

王虎如此武装了自己，等待着时机，同时儿子也已长大，快十四岁了。

这十五年多以来，作为一个大军阀，王虎在多方面都是幸运的，尤为主要的是，他的地盘内一直没发生过大灾荒。小灾荒这里或那里时有发生，那是老天不作美，但他的地盘没有遭受过全局性的灾荒。一个地方闹灾，他用不着再去榨它，可以少征点税，缺额则从其他无灾区弥补。他乐于这样做，因为他秉性公允，不像有些军阀那样穷凶极恶，从垂死的人身上夺其所有。因此人们感激他、赞扬他，并这样议论着他："我们见过许多比王虎坏的军阀，反正到处有军阀，我们摊上这么一个还算运气，他不过收税养兵罢了，不像那些人大吃大喝、搞女人。"

王虎确实尽量体恤百姓，至今还没有新县长来接任，上面曾指派过一个人来，但那人一听说王虎是个凶狠的人就迟迟未来。他推说父亲已年迈，在给老父养老送终后他才能来。这样他来以前王虎就自己办案。他亲自审理，庇护了许多穷人，跟富人和高利贷者作对。他用不着怕有钱人，他们若不按他的指令缴税，他就把他们打入大牢。所以该城的地主、放债的这帮人都从心里恨他，竭力避免犯案，以免被他惩治。王虎可没把他们的憎恶放在心上，他有权势，没什么可怕的。他定期给士兵发饷，虽然有时他对太散漫的兵很粗暴，但仍按月给他们发钱，比起其他军阀来，他慷慨多了，那些军阀都是靠抢掠来笼络士兵的。为了他的兵，王虎没有参战，他可以随意推延参战的时间。目前，他在该地区民众及自己部队中的威望不坏，地位也很稳固。

但是，不管一个人声望如何卓著，总有邪恶的一面，王虎也不例外。那年他儿子十四岁，他正计划来年送他进军事学校去学习，这时，他的地盘上遭受了全面的严重饥荒，饥荒像瘟疫一样蔓延。

春季适时下了雨，可不要雨时它仍不停地下，日复一日，直至夏天还在下。地里长的麦子都烂在地里，泡在了水中，好好的农田都成了烂泥水洼。那条小河本是一股平静的溪水，现在汹涌地咆哮着，把两岸的泥土冲塌、卷走，接着又摧毁了内堤，然后一泻而下，连同泥沙一起涌入大海，沿途数十里清澈碧绿的水全被污染了。人们开始还住在家里，用从水里捞出的木板做桌子做床。待到水淹没了房顶，土墙坍塌下去，他们就挤身于船里或木盆里，或是爬到依然露在水面之上的堤坝和土丘上，他们还爬到树上，待在那儿。不光是人，连野兽和蛇都如此。那些蛇成群地爬上树，攀在树枝上，也不再怕人，在人群中乱爬，人们简直不知洪水和蛇哪样更可怕了。日子一天天过去，洪水却丝毫不退，然而，真正可怕的还是饥饿。

王虎面临着从未经历过的难题，他比任何人都困难。别人只需要养活自家人，而他则有一大群人靠着他呢。他们愚蠢无知，动不动就发牢骚，只有吃得好、钱拿得多才能满足，只有得了报酬才尽忠心。王虎统辖区各处的收入都不能全数交来了，洪水害了整整一个夏天，秋天颗粒无收，等冬天来时，一点税收也得不到了。只有从外面走私进来的鸦片赚了些钱，但这种钱也少多了，因为人们买不起，走私犯们便把货运往别处去了。洪水冲垮了盐井，盐务收入也已泡汤。陶匠再也不做酒罐，因为该年没有新酒可酿。

王虎陷入了极大的困境，这是他做了军阀及一方首领以来未曾有过的局面。年终时，他山穷水尽，没钱给士兵发饷了。面对这种现实，他只能苛刻些。他不敢施怜悯，不然他们会认为他软弱可欺。他召集军官们，冲他们乱吼，好像是他们做了坏事，他在向他们发火："这些日子别人在挨饿，我的人可都有吃的，还有薪水。往后伙食就是薪水，我没钱了，得挨过这段时候才能有钱进来。再过个把月，我连养活你们的钱都没有了，若要让你们饿不着，若要我和我的儿子不同你们一块儿挨饿，我就得去借一大笔钱。"

　　说话间他脸色阴沉，眉毛下那双眼瞪视着他们，手捋着胡子，偷眼看那些军官有什么反应。有些人面露不满的表情，他们一声不响地走了。他的密探们回来说："他们说没有报酬就不打仗。"

　　听到这种话，王虎闷闷不乐地在大厅里坐着，他感到那些人真没良心，这几个月遭灾，老百姓都在挨饿、丧命，他们却仍然吃得很好，可是他们并不感激他。有两次他甚至动了心，想动用他的私库，那是他留着自己用，以防战败撤退的，他决计不能为这些人牺牲自己和儿子。

　　饥荒仍在蔓延，到处都是水，人们在忍饥挨饿。既然死后也无干地葬尸，人们便把死尸扔在水中。水面上漂着许多小孩的尸体。那些大人让孩子们无穷无尽的哭声搅得要疯了，因为孩子们完全不理解他们为什么没吃的。趁着黑夜，一些人绝望地把孩子扔到水里。有的不忍看着孩子受罪，所以采用了更快、更容易的死法。有的人则因为剩下的食物太少，不愿意多一张嘴来瓜分。

一家若剩下两人，这两人就会相互暗算，强者生存。

新年到了，没人记得起过节。王虎只给他的兵供应半数粮食，他家也不吃肉，只吃粥一类的简单饭食。一天，他正坐在屋里思量着他已到了何种田地，是否气数已尽了，这时进来了一个卫兵，他是昼夜在门口站岗的，他报告说："有六个人代表全体士兵，有话要说。"

王虎阴沉而锐利地扫了他一眼，问道："他们带枪了吗？"

卫兵答道："我没有见枪，可是人心难测啊。"

王虎的儿子此时在他的小桌旁坐着，正用心看着书。王虎看了看他，想打发他离开，儿子这时站了起来，像是要走。王虎见此突然下了决心，他要让儿子学学怎么对付叛逆者和粗野人，他叫道："别走。"儿子慢慢坐下来，满怀疑虑。

王虎吩咐卫兵："叫卫队都来站在我旁边，荷枪实弹，准备开火。叫那六个人进来。"

王虎坐在一把旧的大扶手椅上，那原是县长的椅子，椅背上搭着一张老虎皮以保暖。卫兵们进来站在了他的左右，王虎坐定后，用手摸着胡子。

六个士兵来了，一色的小伙子，壮实、容易激动、冒失，年轻人个个如此。他们很有礼貌，看到长官坐着，周围站着卫兵，枪口在他头上闪闪发光。他们的代表鞠了一躬，说道："司令慈悲，我们代表伙伴们来再要点粮食，我们没得吃。现在世道艰难，我们不提饷银，也不要欠的饷了。我们没东西吃，身子一天不如一天，我们是当兵的，身子是本钱，我们一天才一个馒头，我们就为这来找您评理。"

王虎摸透了这些大老粗的脾气，非得吓唬住他们，不然他们不服。他狠狠地捋了下胡子，压压心中的怒气。自己待下属真够宽厚的，打仗时爱惜他们，攻占了城还违心地放他们去抢，给他们发钱，给好衣服穿。他自己也不像多数军阀那样荒淫、那样奢华无度，还是够廉洁的。一想到这些，他顿时火冒三丈。这些人不能和他共艰苦，何况这是天灾，又不是他的过错。他越想越火，趁着这股怒气喝问道："你们是不是来拔老虎胡子的？我愿意让你们挨饿？我什么时候饿着过你们？我筹划好了，从外地调来的粮食随时可到，可是你们这些逆种，你们不信任我！"他大怒，对卫兵大声吆喝着："给我把这六个叛贼杀了！"

那六个人慌忙趴在地上求饶，可王虎不敢放了他们。不行，为了儿子和他自己，为了全家和全体百姓，他不能放过他们。倘若他控制不了他的部队，他们就会去抢老百姓，现在他不能发善心，他喊道："开枪，左右开火！"

卫兵开枪了，枪声、硝烟充斥着整个大厅，烟散处，横陈着六具尸体。

王虎立即起身，命令卫兵："把死尸抬走，交给派他们来的人，告诉他们这就是我的回话。"

卫兵们还未来得及弯腰抬走那些尸体，王虎的儿子，平时那么沉默，好像对周围的一切漠不关心的儿子，这时却出人意料发疯似的跑过来，他父亲从未见过他这副模样。他弯下身去细看其中一具尸首，注视着，又一一看过去，摸摸这儿摸摸那儿的，睁大眼睛望着他们瘫软的四肢，然后冲着父亲大哭："你杀了他们，他们都死了！我认识这个人，他是我的朋友！"

他绝望地瞪着父亲。看着儿子那双眼，王虎突然觉得毛骨悚然，他朝下看着，找词儿辩解："我是被逼的，要不他们会领头造反，把我们杀光。"

那个孩子哽咽着，低声说："他就要点馒头。"随后大哭着跑了出去，他父亲茫然地看着他的背影。

卫兵们各自散去，只剩下王虎一个人，他把平日昼夜守卫在身边的两个兵也遣了出去，手抱着头，独自待坐了一两个小时。他沉吟着，后悔不该杀了那六个人。他按捺不住，派人叫儿子来。不一会儿，儿子慢慢蹭进来了，脸朝下，眼睛也不看父亲。王虎叫他走近点，他拉起儿子细长有力的手握了一会儿，以前他可从未这样做过。他低声说道："我这都是为了你。"

那个孩子沉默不语，横下了心，不自然地承受着父亲的爱抚。王虎叹了口气，放他去了。他不知该跟儿子说些什么，怎么让儿子理解他的爱心。王虎心中甚觉凄凉，感到整个世界上唯他最孤独。难过了一两天后他也横下心，不再去想它了，他这么做也实在是出于无奈。为了帮助儿子忘却这件事，他要给儿子买块外国表或一支新枪之类的东西，以挽回儿子的心。王虎主意已定，也感到心安了。

这个六人事件也确实说明了王虎所处的困境。他明白，要使部队效忠他，他得设法去弄粮食。他说已从外地调粮，那是假的，现在他必须出去筹措了。他又想起了哥哥王掌柜，自认此时同胞弟兄应可共患难的。他要去察看他老家那儿的情况怎样，他能得到些什么帮助。

他跟部下们说，他这次是去为他们搞粮食和钱，还许了很多愿。他们都很兴奋，立刻振作起来，对他充满了希望，并表示忠贞不贰。他挑选了一队卫兵，派他们守卫着他的家，然后命令自己的卫兵做上路的准备。定好日期，叫了船，他和儿子及一些士兵牵着马上了船，准备渡过水面，到达堤坝岸边的路上，然后骑马往哥哥们住的小城去。

在狭窄的堤坝上，马慢腾腾地走着，两边都是水，坝上挤满了人。大老鼠、蟒蛇等都在跟人争地方，不怕人，尽它们微弱的力量与人竞争，人们的生活中积聚着愤懑。毒蛇、野兽越来越多，无情地残害着人们。有的时候，人已无心去争斗，听任毒蛇到处爬行，他们只是麻木地呆坐着。

王虎穿越这片地带全靠卫兵和枪保护着，不然人们会袭击他的。时常有人站起来挣扎着拽他的马腿，且一言不发。王虎从心里怜悯他们，他拉住马，免得踩着他们。卫兵上来把人拉开，放倒在地，他头也不回地朝前走去。有时被拉开的人就势躺在了地上，有的惨叫一声，投了水，了结了一生，也结束了他的灾难。

儿子一路上都骑马走在父亲身边，寡言少语。王虎也不跟儿子说话，六人事件仍在他们之间留有阴影。王虎不敢问儿子，儿子脸朝下，偶尔偷偷朝路边饥饿的人群看上一眼，满脸惊恐。王虎受不住了，终于说道："他们都是普通乡民，每过几年就经历这么一次，他们已经习惯了，成千上万的人都是如此。对于死去的人，人们慢慢就淡忘了，很快又会生出一批人来。"

儿子突然开了口，声音变得像只小鸟，尖尖的，他情绪激动，又不敢在父亲面前哭出来："他们要像我们一样是当官的，就不会死了。"说话时他尽量抿住嘴。这景象确实太惨了，他的嘴唇不断地哆嗦着。

王虎想说几句安慰他的话，儿子的话使他感到震惊。他从没想过这些百姓所受的罪他也可能受，人天生就不一样，谁也代替不了谁。他不爱听儿子那一套，对一个军阀来说那太心软了，他不能因为有人受苦就停止步伐，就动情，但他想不出什么话来安慰儿子。没东西吃的这些日子里只有吃死人肉的乌鸦在水面上来回盘旋着。王虎只说了句："老天爷对我们都一样狠心。"

从此王虎不再干涉儿子。他既然了解了他的思想，也就无须再盘问了。

第二十七章

王虎现在常想，要是他把儿子留在家里该多好，实际上他又不敢，万一有人为死去的六个人闹事呢！他不仅怕儿子死掉，也怕带儿子去哥哥们那里，那儿的年轻人太娇嫩了，生意人又没命地爱钱。他叮嘱儿子的老师和亲信"豁嘴"，叫他们寸步不离小主人，又派出十名老兵日夜守护着儿子。他还吩咐儿子要像在家里时一样每天读书。可他不敢对儿子说："儿子，你不能去有女人的地方。"他不知道儿子转过这种念头没有，这么多年来，他把儿子带在身边，住在一起，这儿是没有女人的，没有女仆、女奴，也没有妓女。这孩子除了母亲及姐妹外，不认识别的女人。近年来他根本不许儿子单独出门，连偶尔去看望母亲也派卫兵跟着。他就这样管束着儿子，他对儿子的忌妒甚于其他人对所爱女人的忌妒。

尽管有这么多顾虑，王虎与儿子并肩骑马来到哥哥家时心里还是甜滋滋的。他很高兴，他的裁缝给儿子做的外套跟他自己的一模一样。儿子穿着洋式衣服，佩着镀金的纽扣和肩饰，戴着和父亲一样的有标记的帽子。儿子十四岁生日时，王虎甚至派了人去蒙古买回两匹马，其中一匹稍小些。两匹马同样强壮，又都呈黑红色，它们的眼睛是白的，不时滴溜溜地转动着。因此父子俩连坐骑都是一样的。当街上的人们停住脚看过往的队伍时，他们的赞叹声使王虎心花怒放："看老帅和小帅像得就似同一个人的两颗门牙一般。"

他们来到王大的院子门口，儿子像父亲一样跳下了马背，手按剑柄，静静地走在父亲身边，完全没有意识到自己的动作与父亲的一样。王虎被迎进了哥哥家，哥哥和侄子们听说他到了都前来问候。见他们用羡慕的眼光赞赏着他儿子，王虎心里就像饥渴的人喝了美酒一样舒适。在他逗留的那段日子里，他不由自主热切地观察着侄子们，迫不及待地想证实自己的儿子比他们优秀。他为有这样的儿子感到欣慰。

王虎可以感到欣慰的地方很多。王大的长子现在已美满地成了亲，尚未生子，夫妻俩与父母住在一起。大侄子已长得颇像父亲，肚子圆了起来，优美的身段开始发胖，也带着疲倦的神色。不过他的确有烦难事，他媳妇与婆婆相处不睦。媳妇是新派的，没规矩，和丈夫单独在一起时，他试图劝说她，但她会大喊大叫："什么？我难道是那个傲慢的老女人的奴隶？她难道不知道现在的年轻人是自由的？我们不再侍候婆婆了。"

这媳妇一点也不怕婆婆，婆婆架子十足地说："我年轻时伺候婆婆是分内事，早上端茶得毕恭毕敬，那是家教。"媳妇一甩头发，没缠过的脚一跺地，回说道："可今天女子翻身了，再也不向人弯腰了！"

由于这类争吵，这位大少爷常感心烦，可他又不能像以前那样去消遣解闷。媳妇盯着他，会打听到他的玩乐场所。她胆子大，不怕跟他上街，会闹着要一起去。她会说，现在的女人不能被关在家里，男女平等，以此招惹街上的人围观。因为怕丢人，丈夫只好放弃老嗜好。他毫不怀疑她的胆量，这女人忌妒心强，她要改掉丈夫的毛病，限制他的欲望。他不能对漂亮的丫头多看两眼。要是他跟朋友们沾了妓院的边儿，待他回来，她就大哭大闹一场，闹得家里天翻地覆。一次他跟一个朋友发牢骚，那人出主意说："吓唬她说你要娶小老婆。这对女人来说是最没脸的事。"

当他这么尝试时，他媳妇毫不服帖，她喊着，圆瞪着的眼里直冒火："在如今这个时代，我们妇女绝不会忍受这种屈辱！"

在他毫无防备的情况下，她冲了上来，伸出两手像猫一样抓他的脸，顿时脸上出现了四道红的指甲痕，谁看了都心中有数。他五天出不了门，更觉丢脸。他也不敢让她公开丢丑，因为她哥哥是他的朋友，父亲又是警察局长、地头蛇。

到了晚上他仍恋着她，她也会温柔地缠住他，用好话哄他，好像真的十分懊悔，于是他就立即不计前嫌，热切地爱着她，温顺地听她说话。

每逢此时她就会喋喋不休，要他向父亲要一笔钱，他们小两口好搬出去，到一个沿海城市，和同类人为伍，过一种新的生活。她会伸出美丽的臂膀钩住他，甜言蜜语一番，或发脾气，哭，或躺在床上不起来，不进食，逼他答应。她使用了千条妙计来纠缠丈夫，他终于答应了。去跟父亲一说，父亲抬眼看看他，说："我到哪儿去弄你要的这笔钱？办不到。"过了一会儿，他又有点稀里糊涂、瞌睡懵懂了，近来他差不多总是在这种状态中打发光阴。他又补充说："男人总得让着女人，她们差不多都爱吵闹，有没有教养都一样。受过教育的更糟，什么都不怕。我总说，让女人当家吧，我乐得图个清静，我劝你也这样做。"

那个媳妇可不肯轻易罢休，她逼着丈夫一次次去找她公公。为了图安宁，王大最后让步了，答应动动脑筋看。他清楚唯一的办法就是卖掉他的一大半地产。哪怕八字还只有一撇，那个媳妇就嚷得满城风雨，说她要走了，而且盘算开了，唠唠叨叨地说在沿海城市玩的路子多得是，那儿的女人打扮得漂亮，她也要买件新外衣和皮大衣。她现在的衣服像破烂儿，只能在这种乡下地方穿穿。她这番话把丈夫的心煽活了，他也急着要走，急于去见识一下她描绘的那些新鲜事物。

王大的小儿子也成人了，他步哥哥的后尘，只关心一件事：哥哥有什么他也得有什么。他暗地里对漂亮的嫂子起了意，下定决心，只要哥哥一离家，他马上就紧跟去，到有嫂子那样漂亮新派的女人的城市去。他机灵，什么都不透露，哥哥走后他整天在家里和城里闲逛，伺机行动。他看什么都不顺眼，耳闻了海滨城市的美妙，那里到处是稀奇事和洋派的新潮人物。他甚至暗暗小看王虎的儿子，王虎察觉到了，从而很恨他。

王掌柜家的小辈外表更谦和些，晚上从店里回家后，他们坐在椅子边上看着叔叔和堂弟。这些小商人看着他儿子的神情让王虎心中暗喜，他注意到他们盯着他儿子和他佩带的镀金小宝剑看。他儿子有时解下来递给他们，让他们摩挲把玩。

　　在这种时候，王虎就会为儿子感到自豪，忘记了儿子曾对他那么冷冰冰的。儿子站起的动作干净利落，完全同老师教的一样；每次进门他都向父亲及伯伯敬礼，长辈就座后，他才有礼貌地坐下。看到这些，王虎心里真欢喜，他加倍爱儿子，比以前任何时候都开心。就儿子的年龄来说，他长得高大，而侄子们则不然；他儿子肌肉结实、身材挺拔，不像堂哥们那么萎缩、苍白。

　　在哥哥家的这些日子里，王虎派人谨慎地护卫着儿子。在宴席上，儿子就坐在他旁边，他亲自照料儿子喝酒。酒过三巡他就不让人再给他儿子斟了。堂兄弟们约他儿子上各处去玩，王虎就让儿子的教员、"豁嘴"及那十名老兵跟随着。每天晚上他都找借口亲自去儿子房间看儿子上床睡觉，不然他不安心的。儿子单独睡，门口有卫兵站岗。

　　他的两个哥哥仍舒适地住在父亲的老房子里，好像没有天灾，没有洪水，没有过饥荒似的，其实王地主和王掌柜对外面的情形了如指掌。王虎向他们叹了苦经，说明了来意，最后他说："救我一把对你们也有益，我的权势也能保证你们的安全。"他们深知这是实话。

　　该城城外也有饥民，许多人对这兄弟俩深恶痛绝。王地主有地，他不干活，而他们无论寒暑，风里雨里弯着腰在田里干活，好不容易种得的粮食还得和王地主分，田地和粮食应该归他们自己才对。世事太不合理，秋收时他们得把一大半送给住在城里坐享其成的人，通到灾荒还得照样分。

王地主确实是地主，可他也卖地，地主也不好当啊。他这么个软弱的人也会骂人、吵架。他恨他的土地，就拿给他种地的人出气。他不光为土地恨他们，他还得为家计发愁，因为负担太重。他感到更苦恼的是，他的佃户们故意拖欠地租，那可是他父亲传下来的收入呀。眼下双方已变得相当敌对，他的佃户们一见他来了就仰脸看天，并说："鬼出来了，一定有雨！"

他们还常辱骂他："你可算不上你爸爸的好儿子，他有钱，可是心好。他没忘了他也和我们一样受过苦，他从来不逼租，灾年还不收租。你从来没受过苦，因此不会有好心肠！"

人们的这种仇恨情绪在这种艰难的日子里更显突出。晚上大门关了以后会有人来敲门，躺在台阶上呻吟："我们饿着肚子，你们还有大米吃，还有米做酒。"有的人路过时会大叫，甚至白天也喊："我们要杀了这些阔佬，夺回他们从我们这儿抢去的东西！"

起初兄弟俩还不在意，后来就雇了城里的兵站岗，把闲人都赶开。以后城里和乡下的许多有钱人都被抢了，无数强盗风涌而起，他们穷凶极恶，所到之处一抢而光。王龙的这两个儿子还算安全，本城的警察局长兼部队司令把女儿嫁到这家了，军阀王虎又离得近，因此在王家大院前人们还不敢放肆，不过哼几句，骂一骂罢了。

人们憎恨他们，但也没抢他们的土坯房子。水渐渐退了，那房子在小山上露出来，梨花和那两个残废在那儿安全地过了冬。人们知道她善良，也知道她从王家要了粮食，于是很多人都划着小船撑着盆到她那儿去，她给他们吃的。一次，王掌柜去她那儿说："现在时局不安全，你得搬进城去住在大院里。"

　　梨花平静地答道："我不能走，我不怕，还有人靠我过活呢。"

　　冬天越来越冷，她也怕了。有些人走投无路，饥寒交迫，住在船里在结了冰的水面上停着，或窝在树顶。梨花还养着那个傻子和"驼背"，他们感到气愤。他们手拿着她给的东西，当着她的面嘴里叨咕着："壮汉子和活着的健全孩子都饿着呢，还给那两个吃？"

　　这类话越来越多，梨花也开始犹豫是否该把那两个送到城里去，不然说不定哪天他们会给人杀了，因为他们还要吃啊，她保护不了他们。那可怜的傻子，虽然五十二岁了，可还像个小孩。一天，她突然死了，那天她像往常一样吃了饭，又拿块布玩，她在门外遛着，一下子掉到水里去了。她不懂那不是干地，她经常在那儿坐。梨花赶过去时，她身上已经湿透了，冷得发抖，回来就冻病了。尽管梨花细心地照料她，几小时后她还是死了，跟她活着时一样，死时也一无所求。

　　梨花给城里捎了信儿，向王大要一口棺材。既然王虎也在，弟兄三个就一起来了，王虎还带着儿子。他们看着傻子入了殓，她这辈子头一回显得严肃、聪慧，死神给了她一副庄重的面容。梨花虽然悲痛，但看见她的神情，又多少感到一些安慰。她平静地自语道："死神治了她的病，使她变聪明了，她现在跟我们一样了。"

三兄弟没给她举行葬礼，她不过是个傻子。王虎把儿子留在土房里，自己坐着船和哥哥们、梨花、一个佃户的老婆和一个工人到另一块高地上的祖坟去了。他们把傻子埋在一块低地上，但还是在土围墙的里面。

一切完毕，他们回到了土屋前，准备回城。王虎看着梨花，头一次跟她说了话。他沉静地、冷冷地说："现在你打算怎么办，夫人？"

梨花抬起了脸，一生中头一次有这么大的勇气，她的头发灰白了，脸也不再年轻、细嫩。她说："我早说过，这孩子一死我就到附近的尼姑庵去，那儿的尼姑都准备好了，这些年我跟她们住得近，我已经许了好多愿，那些尼姑认得我，我在那儿会过得很好。"她又转脸对王大说："你和你太太已经把你们这个儿子安排好了，他的庙跟我的很近，我还得照看他。我已经老了，老得能当他妈了，他总是生病发烧，我会去照顾他的。和尚和尼姑早晚都一起念经，我一天总能见他两次，哪怕不说话。"

兄弟三个又看了看围在梨花身边转的那个"驼背"，他曾和梨花一起照顾那个傻子，现在她死了，他有点呆呆的。他们看着他，他勉强笑了笑。王虎有些感触，他自己的儿子那么高大，正站在一旁惊异地看着这陌生的一幕。见儿子对着"驼背"微笑，王虎和蔼地说："我愿你如意，可怜的孩子，要是你行，我会像带走你堂哥一样带你走，也会像对他一样对待你。我会给寺庙和你都加些钱。夫人，钱是万灵的，我敢说，在庙里也一样。"

梨花打定主意，慢条斯理地答道："我自己什么都不需要，也不带什么。尼姑们了解我，我也了解她们，我的也是她们的，我和她们同甘共苦。可我得给这孩子带些东西，他用得着。"

她言外之意有点责怪王大，他和"驼背"的娘商定的给儿子的费用少得可怜。他没作声，坐下等着弟弟们，身子显得笨重，好像再起来都有困难。王虎仍盯着"驼背"看，又对他说："你还是决意去庙里，而不愿去别的地方？"

那小子先还贪婪地望着他那高大魁梧的堂弟，这时才把眼睛移开，垂下头，看着自己短小弯曲的身体，慢悠悠地说："是，看我这个样儿。"过了一会儿又费劲儿地说，"和尚的袍子也许能遮住驼背。"

他又转脸去看堂弟，蓦地，他好像受了刺激，连那镀金宝剑也不能再看了。他低下眼睛，转身一瘸一拐地去了。

那天晚上王虎回到哥哥家，去照看儿子睡觉，发现他没睡着。他问父亲："爹，那儿也是我爷爷的房子吗？"

王虎奇怪地答道："当然，我小时候就住在那儿，后来这房子盖了才都搬过来的。"

那孩子眼朝上看，头枕在手上，急切地看着父亲，热切地说："我喜欢那房子，我愿意住盖在田里的房子，就像那间土坯房一样，那么安静，有树，还有牛。"

王虎不耐烦地答着，自己也觉得有点莫名其妙，儿子毕竟没说什么不甚得体的话："你都说了些什么呀！我小时候就在那儿，每天那么无聊，我时刻都想着离开那儿。"

可儿子很固执，又说："我喜欢那样——我就是喜欢那样！"

儿子说这些话带着强烈的感情色彩，王虎有点生气，便站起来走了。他儿子那晚真的梦到那土坯房子就是他的家，他就住在田野里。

梨花去了尼姑庵，王大的儿子到了庙里，三个人住了多年的土坯房现在空了。王龙的田里已没有王家的人住了，只剩老佃户两口子守在那儿。有时那老妇会拿出她藏在土里的干白菜，或她省下的一点食物，包起来送到尼姑庵给梨花。她在侍候他们的那些年里学会了爱护这个文静温和的女人。日子这么艰难，她还拿出仅有的一点东西给她，她愿意在门口等着穿灰尼姑袍的梨花出来，她会上去悄悄地说："这儿有个新鲜鸡蛋，是我留下的那只鸡下的，给你。"

然后她把手伸进前襟里去掏出一个小鸡蛋，攥在手里，塞到梨花的手上，轻声劝着："吃了吧，太太，我敢说尼姑都这样，别听她们许愿。我看见过和尚吃肉喝酒。站在这儿吃，没人看见，趁着新鲜。你脸色多难看！"

可梨花不肯，她真心许过愿。她摇摇头，头上戴着灰帽子。她轻轻推开老妇的手说："你吃，你比我更需要补养，我已经吃得够好了。即便我没得吃，也不能吃，因为我许过愿了。"

那老妇人可不死心，她把蛋硬往梨花怀里塞，梨花袍子的前襟是从领口搭过来的。随即她赶紧坐到盆里，从门边推开到了水里，梨花就够不着了。她满意了，笑着离开了那里。不一会儿，梨花就把鸡蛋给了一个可怜的女人，她刚从庙门前的水里爬出来。她是个母亲，抱着个营养不良的孩子，贴着她干瘪的乳房。梨花听见她微弱的声音，走了过去，她哀求着："看看我这两个奶吧，原来可是胀鼓鼓的，孩子也胖得像个佛爷。"她凝视着怀里那垂死的小东西，他的嘴还紧贴着那干瘪的奶。梨花从怀里掏出了鸡蛋，给了那个女人，庆幸自己有这么好的东西可以给别人。

自那以后，梨花一直平静地度着光阴，王虎再也没见过她。

王掌柜是完全可以帮助王虎渡过难关的，他有大批存粮。灾荒使别人穷困，却让他和像他那样的人发了财。他看清了形势，赶紧囤积了大量的粮食，不时以高价卖给有钱人，他还从外地买进面粉和大米，甚至派人去临近的国家买这类货物。他的仓库里已堆满了粮食。

他现在是空前地富有，他的粮食运往富户和市场，换回了银钱，这年王掌柜钱多得都发愁搁在哪儿、怎么样才安全。他是个商人，不想买地，这年头又没个靠得住的人可以把钱借出去，一旦借给别人，就只有指望靠他们淹在水里的地来还。他冒险，要高利，他把注押在将来的收成上。一旦田里的水排干了，那片地区的所有收成都会流入王掌柜的粮仓。没有人确切知道他到底有多少钱，他对儿子花钱都加以限制，在儿子们面前装穷，逼着他们在店里或市场上干活。除了大儿子，其他的儿子都盼着父亲死。老大已被送到王虎那儿去了，他不必待在店铺里或市场上，他可以花钱去玩乐或买好衣服，而其他几个现在则不行。

不光他的儿子们对如此干活感到痛恨，乡下还有许多农民也恨。其中一个大龅牙，在王龙死后买了他的大部分地，现在他的地几乎都让水淹了。他省吃俭用、挨饿，眼看孩子们也要挨饿了，除非他向王掌柜借贷。他等着田里的水退下去。这期间他带着孩子到南方去了，不情愿让王掌柜把他的地弄到手。

王掌柜自认为公道，他对所有来借贷的人说，谁也别指望在荒年以平价买粮或借钱，不然商人还赚什么钱？在他看来，这是天经地义的事，他做得并不过分。

他是个聪明人，明白人们在非常时期不讲公道，知道大家都恨他。他情知王虎对自己有用，因此他尽自己的力，答应借给王虎大批粮食及一大笔钱，利息也不高，大约百分之二十。一天他们在茶馆签借据，王大在一旁深深叹息："小兄弟，我要是像咱这商人兄弟就好了，可我越来越穷，不像他生意兴隆，我只有一点放出去的钱和爹留下的一点地，不过我们三人中有一个人有钱，这对我们来说还是好事。"

听见这话，王掌柜不禁尴尬得笑了笑，他不善言辞，又不懂客套，直截了当说道："就算我有点钱，那都是因为我干活，也支使儿子们在铺子里干，他们从不穿绫罗绸缎，我呢，也只娶一个老婆。"

尽管王大这些年来脾气已磨得随和多了，但还是不愿这么直来直去地谈，他知道弟弟这番责备是因为他卖了大部分地产，以便打发两个儿子去沿海城市。他坐在那里气鼓鼓的，最后提了提神，大声说："好了，当父亲的总得供养儿子，我有点太宠儿子了，不舍得让他们年轻轻的在柜台旁耗费年华。我要是还看重咱爹的名誉，能让他的孙子挨饿吗？养活他们是我的责任，也许我不该把他们当成公子哥儿供着。"他讲不下去了，几年来他一直咳嗽得厉害，这阵儿又咳开了，使他憋得难受。没话说，他坐在那儿生闷气，眼睛下陷，脖子都红了。王掌柜干瘦的脸上露着微笑，他哥哥理解了他的含意，无须多言了。

借据该签字盖章了，王掌柜要求当场画押。王虎惊讶地说："什么？难道我们不是亲弟兄吗？"

王掌柜抱歉似的说："这是防备我记不住，现在我记性坏极了。"

他把毛笔递给王虎，后者不得不接过来写了名字。王二仍笑着问："你的图章也带来了吗？"

王虎只好从腰带里取出石刻图章，在那张纸上盖了印，然后王掌柜将借据折好，收到自己腰间的小口袋里。尽管借到了钱，王虎却越看越气，他发誓要扩展地盘。这些年要不是白白错过了机会，他就不至于再靠哥哥了。

王虎的部下有救了，他叫儿子准备好，叫卫兵集合，准备动身。春天，地很快就干了，人们都急需新种子种田。他们忘了冬天，忘了死去的那些人，对春天又重新充满了希望。

王虎也盼着新的转机，他向哥哥们告辞。他们为他举行了告别宴会。宴会结束后，王虎来到祖先的牌位前，点燃了香，儿子就站在一旁。香烟缭绕，他先向祖先鞠躬，然后叫儿子也照做。看着儿子鞠躬时那英武挺拔的身姿，王虎深感骄傲，他似乎觉得先人的灵魂都聚在那里，正欣赏着他们后代的精英，心想自己为家族争了光。

礼仪完毕，香烧成了灰烬，王虎上了马，儿子也跃上了自己的小马，他们与卫兵们一道，沿着晒干的大路回自己的领地。

第二十八章

那年春天，王虎的儿子满十五岁了。一天，王虎儿子的老师独自来到王虎的住处说："司令，我已尽力教了小将军，他该进军事学校，和同伴们一起行军、打仗，进行战争实践。"

王虎也知道早晚会有这一天，可他仍觉得岁月过得太快了。他派人去叫儿子来，自己则坐在一棵杜松树下的石凳上等着儿子，骤然间，他感到了衰老和疲惫。儿子穿过圆洞门走了过来，步履矫健，王虎以一种新奇的目光打量着他。儿子确实够高，像个大人，脸上出现了粗硬的线条，嘴唇紧闭着，俨然一副成人的面相。王虎看着儿子，觉着不可思议，记得他曾那么殷切地盼着儿子长大成人，好像儿子老长不大似的，现在他突然从一个孩子变成了大人。王虎长叹了一声，暗自思量："学校要是不在南方就好了，我不愿他跟那些南方人一块儿学习！"他大声问站在旁边捋着上唇小胡子的老师："他非去那种学校不可吗？"

老师肯定地点了点头。王虎恋恋不舍地看看儿子，终于开口问："我的儿，你自己愿意去吗？"

王虎极少征询儿子的好恶，一贯自作主张，替儿子决定。这时他抱着一丝希望，儿子若拒绝去，他就可以有借口了。儿子一直看着树下的白色百合，这时迅速抬起头说："如果能够进另一种学校，那么我十分乐意。"

王虎并不期望听到这种回答，他皱着眉，捻着胡子，气恼地说："除了军事学校，你还能进什么学校？你要做军阀，书本有什么用？"

儿子胆怯地小声回答："近来我听说有的学校可以学种田或跟种田有关的事。"

这种蠢话使王虎感到震惊，他从来没听说过这种学校，于是他猛然大吼起来："要是有这种学校，那真可笑透了。好啊，个个种地的都得学怎么耕、怎么播种、怎么收！我记得我爹说过，种地用不着学，看别人怎么干就怎么干！"他又冷冷地说，"可这跟你我有什么关系？我们是军人，你要么去军事学院，要么什么学校也不进，就在这儿跟着我带兵。"

王虎发怒时，他儿子嘘了口气，退后一步，平静且又极耐心地说："那我愿意去军事学校。"

他的态度仍使王虎不满，他瞪着儿子，捻着胡子，他希望儿子直言不讳，但知道儿子说出来他又得生气。他喊道："你准备一下，明天就去！"

孩子向他躬身告退，一句话也没说就走了。

晚上只剩王虎一个人时，他想到儿子将要远离他，一种恐惧感攫住了他。在那种地方，人那么狡猾奸诈，儿子会遭遇什么？他吩咐卫兵传他的亲信"豁嘴"来见他。"豁嘴"来后，王虎望着那张丑陋但忠诚的面孔，半恳求地对他说，全然不像个主子："我的独生儿子明天要去军事学校了，即便他老师也去，可人心难测，况且此人又在国外待了那么多年。他的眼睛藏在眼镜后面，嘴又埋在胡子里。一想到我得把儿子完全托付给他，我就觉得他有点不可捉摸。你跟我儿子去吧，我了解你，再没有比你更令我放心的人了。我贫穷孤单时你就跟着我，现在我有钱有势了你还是这样。我的儿子是我生命中最珍爱的宝贝，你替我尽心照看着他吧。"

王虎说完这番话，"豁嘴"一反常态，迫不及待地嘶嘶说道："司令，恕不能从命，我得留在你身边。小将军去，我会挑五十名好样儿的亲兵，不太年轻的，我会给他们交代任务。我得跟着你，你不知你多需要一个靠得住的人跟随左右。在一个这样规模的军队里，难免有不满和牢骚，不是这人发脾气就是那人对长官不满，现在又盛传南方在准备开仗。"

听到这儿，王虎固执地说："你把自己看得太重了，不是还有'屠夫'吗？"

"豁嘴"露出轻蔑的表情，激动地扭了一下他那张吓人的脸，说："就那个……那个笨蛋！他打打苍蝇还凑合。我叫他打谁、什么时候打，他能挥大拳头，可他自己什么也看不出来，除非有人告诉他往哪儿看！"

他坚持己见，王虎只好命令他服从，并宽恕了他的不驯行为。换个人这么不服命令，他是绝不轻饶的。最后"豁嘴"一再说："好吧，我自刎算了，我的剑和头都在这儿。"

王虎实在无奈，只好让步。虽然刚刚还在悲哀地讲死，一见王虎让步了，"豁嘴"的情绪马上高涨起来，当晚便跑去挑了五十名好汉，把他们从梦中叫醒。这些人迷迷糊糊地站在那儿，打着哈欠，在院子里冻得发抖。他豁着嘴大声呵斥着他们："小将军要是有个小病小灾的，就是你们的过失，你们就该死。你们的任务就是跟着他，在他身边保护他！晚上睡在他床铺周围，别轻易相信外人，谁的话也不要听，也别光听他的。他要是任性不要你们，说你们累赘，你们就说：'我们是你父亲老司令的兵，他养活我们，我们只服从他。'你们得保护他。"他将他们臭骂一顿，吓唬了一番，使他们认识到任务的重要性。最后他说："你们要是干得好，有赏。没人比老司令更大方的了，我会替你们请功的。"

他们都应承了。他们知道，除了司令的儿子，"豁嘴"就是司令最亲近的人了，再说，他们也愿意出去见见世面。

早晨王虎起身了，他一夜未曾合眼。他催儿子启程，并送了一段，实在不忍心与儿子分别。其实这只不过是暂时的分别，迟早会有这一步。与儿子并排骑了一阵，他勒住了马缰，突然说："儿啊，古人言：'送君千里，终有一别。'你我得分手了，再见！"

他直挺挺地坐在马上，儿子向他鞠躬。他眼看着儿子又跳上了马背，和那五十个兵士及老师一道离去了。王虎掉转了马头，向家中骑去，再也没有回头看儿子一眼。

整整三天，王虎难过得什么也干不下去，什么也想不出来，直到他派去跟着儿子的人带回口信来。他们每隔几小时就从不同的地方回来报告。头一个说："他很好，比平常还开心。他下了两次马，走到田里和种田的说话。"

"他和这种人有什么话好说？"王虎诧异地问。

那人一五一十地答道："他问那人下的是什么种；看了种子，问牛是怎么拴到犁上的。那些兵都笑他，可他不介意，仍盯着看。"

王虎迷惑不解，喃喃自语："我不明白为什么一个军阀要去注意牛是怎么拴的、种子是什么样的。"不一会儿，他又不耐烦地问："除了这个，你还有什么说的没有？"

那人想了想，答道："晚上他住了店，高兴地吃馒头吃肉，还有饭和鱼，只喝了一小杯酒，完后我就离开了。"

一个个陆续回来的人向他报告他儿子都做了什么，吃了什么、喝了什么等，一直到他儿子搭上驶往海里的轮船。此后王虎就只能等信了，去的人无法再跟着走了。

王虎也无法预计儿子不在身边时他能不能忍受那种不安的情绪。但有两件事使他排遣了一些愁绪。第一件是密探们从南方带回的消息，他们说："我们听说南方闹起了一场古怪的战争，是什么造反、革命的，而不是军阀之间的那种战争。"

王虎近来胸有成竹，不屑地答道："一点也不新鲜，我年轻时就听说过革命，我也参加过，自以为很了不起，其实不过是打仗而已。军阀们在反对当朝政府时联合一致，可是在推翻了当局，获得成功后，他们又分道扬镳、各自为政了。"

密探们回来时异口同声地说："这是一种新的战争，叫作人民战争，是为黎民百姓打的。"

"百姓怎么打仗？"王虎大声问道，冲这些蠢货扬了扬眉毛，"他们有枪吗？难道他们用棍子、板子、矛子和镰刀去打不成？"他盯着探子们看，看得他们发毛，咳嗽一下，互相望望。其中一人赔着小心开了口："我们说的都是我们打听来的。"

王虎大度地不再追究，说道："是啊，那是你们的差事，可你们尽听些废话。"他打发他们走了，可他毕竟得思考一下他们的话，他得密切注视战争动态，弄清来龙去脉。

他还没来得及多考虑这事，他的地盘上就出了另一档子事，使他顾不上别的了。

夏天将到，老天的变化真快，天气格外好，时雨时晴的。洪水退了，露出了肥沃的土地，人们把凡是能找到的种子都播到了阳光照耀下的温湿的土地里，大地又有了生机，丰收在望。

在等待收获期间，仍有许多人在挨饿。那年王虎的辖区内强盗盛行，事态严重，甚至出没于他屯军的地方。他们成帮结伙，公然不把他放在眼里。他派兵去追又找不见人影，那伙人真有点神出鬼没。探子们回来报告："昨天强盗在北边，烧毁了荆家庄子。"又说："三天前一伙强盗劫了商人，杀了他们，抢走了鸦片和绸缎。"

王虎勃然大怒，竟会发生这样无法无天的事。他最气愤的是商人们竟敢逃税，他还指望靠税收来摆脱王掌柜呢。他怒不可遏，顿起杀机。他站在院中传唤下属带兵分头去地界上搜，砍一个强盗人头赏一块银洋。

一听有赏，他的兵就都争先恐后奔了出去，可连一个强盗也捉不着。很多所谓的强盗其实就是普通庄稼人。他们在没人追时才出来作案，若看见有兵追，他们就在地里挖坑，大讲他们怎么遭一伙伙强盗的祸害，可从不暴露自己。听到有人谈起他们就环顾左右，说从来没听说过这名字。王虎既已悬了赏，他那些贪心的兵士就尽杀人割头，谎报那是强盗，又没人能证明被杀死的不是，这样赏钱就到手了。很多无辜的人就这么丧了命，谁也不敢抱怨，王虎派兵出来是有道理的。再说，抱怨多了让当兵的听见，他自己的头也保不住。

盛夏，高粱长得比人高，强盗四起，像火一样蔓延开来。王虎愤怒到了极点，决定亲自出马剿灭强盗，他已好久没有露面了。他听说某村有一小股盗匪，探子们曾发现他们白天是农民，夜晚做强盗。那个村地势低洼，当时还无法耕种，不像别的村子。所以他们没东西充饥，已饿了一冬一春。

王虎了解到这些人铤而走险，晚上跑到别处去抢粮食，谁反抗就杀谁。他火了，亲自带了人去那个村子。他命令将那个村子围了个水泄不通，随后带了些人闯进了村，把人都抓了起来，连大带小共一百七十三个男人。他们被抓住后用绳子捆了起来，王虎命令把他们都带到村子对面的大场上，他坐在马上恶狠狠地盯着这些家伙。其中有的哭着、抖着，有的脸色灰白，还有的阴沉着脸站在那儿，毫无惧色，他们知道在劫难逃。老人们十分平静，听天由命，反正他们已老了，早晚都得死。

见人都被抓住了，王虎的杀机又平息了些，他不能像上次那样冒失杀人了。从他杀了那六个人，见到儿子的表情后，他心里就怯了些。为掩盖自己的怯意，他皱起了眉，嘬了嘬嘴，冲他们喊道："你们都该被处死！这么多年了你们还不了解我？我最容不得强盗！可我心慈手软，念及你们上有老、下有小，姑且饶了你们。下次你们再违反我的规矩，再抢，那就活不成了。"他命令围村的士兵："拿刀把他们的耳朵都割下来，让他们记住我今天的话！"

那些兵站了出来，在鞋底上磨了磨刀，割下了强盗们的耳朵，扔到王虎跟前。王虎看到每个强盗的脸颊上有两道血痕流了下来。他说："耳朵能帮助你们记牢！"

他掉转马头走了，心中又有些疑惑，也许他该杀了这些人，以绝后患，杀一儆百。也许他年纪大了，变得过于软弱和慈悲了。可他又自我安慰地自言自语道："我是看在儿子分上才饶了他们的命的，总有一天我要告诉他，为了他，我赦免了一百七十三个人，他会高兴的。"

第二十九章

    王虎就这样消磨着儿子走后的寂寞光阴。他镇压了强盗后，秋收时节又到了，这可帮了他的忙，人们又有吃的了。正是秋高气爽的时候，没有风吹，也没有日晒。他带上一小股武装去领地巡视。他要在儿子回来时把一切都为他准备妥帖，他计划，等儿子一回来，他就把这片地区的统领权移交给他，把庞大的军队交给他，自己只留几个卫兵。他已将近五十五岁，儿子也快二十了，已经是一个男子汉了。王虎骑在马上这样梦想着，好似已看见了孙子，他还观察着路边的人们和田野，估计着他的税收和田里的好收成。一旦洪水过去，土地就又复苏了。尽管人和地本身还留有那两年灾害的痕迹：庄稼还未熟，人们的脸还是瘪瘪的，老人和孩子很少见到。然而，毕竟到处是一片生机盎然的景象，王虎欣喜地看到，女人们又挺起了大肚子。他默默地对自己说："兴许是老天爷用天灾来给我算命，前些年我太舒服、太满足了。

许是老天爷用这场灾来激励我。有这么一个儿子继承我的事业和财产，我该更发奋才是。"

王虎比父亲当年聪明多了，他不信土地爷，可他信命、信老天爷。他信他的命运不是巧合，生和死是注定的，都是老天安排的。

那年九月，他带着人马到处察看，人们都向他致意，他们都知道他有势力，长期统治着他们，而且他执法明断，人们的脸上洋溢着笑容。他若是在某处停留，城里或村里的长辈们就会给他摆宴。那些土庄稼人不懂礼貌，很多人一见当兵的就转身走开或埋头干活，当兵的走过去，他们就会不停地吐口水以发泄愤恨。如果当兵的蓄意厉声责问，他们就会装没事人儿，手捂着脸说："因为马蹄翻起来那么多土，都飞到我嘴里了。"

不论是在城里还是在乡下，王虎都用不着顾忌谁。

途中，他来到了他攻占的那座城，这些年由他的麻脸侄子在这里驻扎。王虎一面派人去通知他到了，一面环顾左右，想看看该城在他侄子管辖下有没有什么起色。

小伙子已不年轻了，长大成人，娶了织绸人的女儿为妻后已生了两个儿子。听说叔叔莅临且已到了城门口，他大吃一惊。这些年不打仗，他一直过着太平日子，几乎都忘了自己是军人。他总是悠闲自在，怡然自得，总是寻求快活和新奇，他享受这种生活。他有权威，人们尊敬他，他没什么活干，只是收收税，他开始发福了。近些年他甚至脱下了军装，换上了宽松的袍子，看上去像个富有的商人。他也确实与这座城中的一些买卖人成了好朋友，每当他们把上交王虎的税送到他手里时，他总是抽些头儿，跟做生意一样。有时他也以叔叔的名义派点新名目的轻税，即便商人们知道了也不怪他，换作他们自己，也会如法炮制。他们喜欢这个麻子，不断给他送礼，他们明白他可随意向他叔叔报告，让他们倒霉。

王虎的这位侄子就这样过着舒心日子，他老婆也令他满意。他不是那种精力过盛的人，不易受其他女人的引诱，只是偶尔有朋友请吃饭时规模较大，或特别招待，雇几个漂亮的姑娘陪他至半夜。每逢这种宴席，他们总会请他到场，一为他在该城的地位，二也为他本人，因为他诙谐有趣，他的三寸不烂之舌能使人捧腹大笑，这在他们微醉的时候尤其妙。

听说叔叔来了，他着急了，赶紧吩咐妻子翻箱倒柜，找出他的军装，又立刻下令召集士兵。士兵们已懒散惯了，一贯是做他的仆人而不像士兵。他把两条肥腿伸进裤子里，纳闷他过去怎么能穿这么紧的衣服，他的肚子已滚圆了。年轻时他总觉得衣服宽松，还得用一条宽腰带扎住。好歹穿上军服了，士兵们也总算集合好了，正列队迎接王虎到来。

通过几天的观察，王虎心里已明白商人们和地方官盛宴招待他的用意，也看清了侄子把自己塞进那套军装里是何等费劲儿。一日晴朗无风，太阳火辣辣的，他侄子脱去了上衣，他太热了。他的腰带胡乱系着，衣服都拖出来了。王虎冷笑着暗想："我庆幸自己有个威风凛凛的儿子，不像我哥哥这个小子，他不过是块商人的料罢了！"

他不大理睬侄子，也没怎么夸奖他，只冷冷地说："你替我掌管的兵都忘了怎么使枪了，毫无疑问，他们得打仗了，你何不在明春带他们去适应适应？"

听到这话，他侄子结结巴巴的，直冒汗。他算不上胆小鬼，要是让他当个兵他会成个好兵的，但他不是带兵的料，士兵们不怕他。他最喜欢现在这种生活。王虎见他那么不安，暗自笑了，突然手拍佩剑高声说道："好了，侄儿，既然你们过得这么好，这座城这么富，我们该加税了，我儿子在南方花费很多，趁他不在时，我想多挣些。那你就俭省些吧，给我多交一倍来。"

他侄儿私下早与商人们商议过了，如果王虎要加税，他就哭穷，叹苦经。他若能说服叔叔，他自己就能得一大笔报酬。这时他理不直气不壮地诉说开了，可这种哀叹一点也打动不了王虎，王虎终于大吼道："我看得出来这儿怎么样，你即便拿出比'老鹰'还多的办法敷衍我也是白搭。"

外快赚不到了，他侄儿垂头丧气地向商人们讲了实情，他们送来了申诉，说："我们不只交您这一份税，还得交市税、省税。您的税已经是最高的了，这样下去，我们做生意的还赚什么钱呢？"

王虎看准这是他使威风的时候，于是先说了几句客套话，然后粗鲁地说："是啊，可是我有权，如果好言好语不管用的话，休怪我先礼后兵了。"

王虎如此责罚了侄子后仍叫他任这座城的领军之职，这样，他就保证了自己对该城及所有属地的控制。

一切安排妥当后，他又回到了家里，等待冬天过去。他忙着派出侦探、制订计划，梦想着春天进行新的征战，以他的年纪或许他仍能为儿子征服全省。

　　整个冬天王虎都怀着这种梦想。那个冬天最长，由于太寂寞，他竟时常到家里女人们的住处去，这似乎有点反常了。但那里没有他的位置，他那没文化的老婆与几个女儿同住，而王虎与她们无话可谈。他只不过在那儿闷闷地独坐一会儿，心里只是感到她们是他的家眷而已。有时他感到那个有文化的老婆很古怪，这些年来她不在家中，而是住在女儿念书的学校附近。有一次，她寄了一张她与女儿合影的照片给王虎，王虎凝视了一会儿。女儿很漂亮，有一张活泼的小脸，大胆地从照片里望着他，她剪着短发，眼睛乌黑。他无法感觉到她是属于他的，他知道她也跟现在那些快快活活、叽叽喳喳的姑娘一样。在她们面前，他是没话的，他又看看老婆，他竟一点也不了解她，即便在他晚上去她那儿住的那个阶段也不了解。他长久地注视着她，她也望着他。他又像以往一样在她面前感到不自在，好像她有话说而他不想听，她有所求而他不曾答应一样。他把照片拿开，自言自语道："一个男人一生中没时间应付这些事，我很忙，没工夫陪女人。"

　　他又硬起了心肠，认为自己光顾妻子们总共也没有几年时间，这是一种高尚品德，他也从来没有爱过她们。

　　夜晚独自一人坐在火盆边时是他最孤独的时刻。白天他总可忙一阵，但到了晚上，他们就留他一人在那儿，又黑又凄凉。每逢此时他会怀疑自己，感到自己老了，他甚至怀疑自己能否在春天再去征战。面对此情此景，他会对着炭火凄惨地笑笑，咬着胡子，悲哀地想："也许从来没有人能随心所欲。"过一会儿他，又会想起什么并说："一个人有了儿子，他一辈子就会替三代人着想。"

"豁嘴"观察着老主人，见他夜晚对着炭火沉思，白天对士兵漠不关心，任他们无所事事、为所欲为。于是他不声不响地抱来了一罐好酒、一些咸肉，让他喝一盅，他能巧妙地做些小事使主人平静下来。

过了一会儿，王虎果然清醒了些，他喝了些酒，兴奋了一下，便能入睡了。睡前他想："我有儿子，我这辈子做不了的，他还可以干。"

那年冬天，王虎不知不觉地比以往任何时候喝的酒都多，这对他那个老亲信是一种安慰，他爱这位主人。如果王虎将酒坛推开，这位老人就会真心实意地劝慰他："司令，喝吧！人老了都有个嗜好，图一点小小的乐趣，你对自己太苛刻了。"

为了表示自己看重他，使他高兴，王虎就会喝点。于是，即使在这种孤寂的冬天，他也可以安然入睡。酒后他会对儿子充满信心，他意识到他们之间有差别，但还从没预料到他儿子的理想会与他的不同，他等待着春天。

冬末的一个晚上，王虎坐在房中半睡着，浑身暖烘烘的。酒在他身边一张小桌上凉着，那把解下的剑放在酒的一边。

突然，在冬天夜晚的一片寂静中，他听到了院中马的骚动声，士兵们一拥而进，脚步声在院中停住了。他半站了起来，双手按着椅子扶手，弄不清那是谁的兵，不知自己是否在做梦。他还没来得及再动一动，有人跑了进来，高兴地喊道："是小将军，你儿子来了！"

那晚因为天寒，王虎喝得很多，一时还没清醒过来，他把手放在嘴边，喃喃地说："我梦中还以为是敌人来了。"

他尽力克服自己的睡意，站起身，从大门走到院里，院子被许多人举着的火把照得通明，他在亮光中看见了儿子。他已下了马，正站在那儿等着，看见父亲时他鞠了一躬，并露出陌生、半敌意的眼神。王虎冷得一哆嗦，裹紧衣服，迟疑了一下，惊异地问儿子："你的老师呢？你怎么来了，儿子？"

那个青年答着，嘴角几乎一动不动："我们分手了，我离开了他。"

这时王虎从迷茫中清醒过来了，他明白出了些岔子，不能当着这些士兵的面说，他们黑压压地站了满院，想听争吵。他转过身去叫儿子跟他走。到了房内，王虎命来人都出去，他与儿子单独留下了。他没有落座，儿子也站着，他从头到脚打量着儿子，好像从未见过儿子似的。终于，他慢吞吞地问："你穿的是什么怪军装？"

儿子抬起头，静静地、固执地回答："这是新的革命军的军装。"他用舌头舔舔下嘴唇，站在父亲面前等着。

王虎立刻明白了儿子在干什么、是什么人了。他明白这就是谣传的那场新战斗中的南方军队的军装，他喊道："这军队是我的敌人！"

他突然坐了下来，一口气堵在嗓子眼，憋得慌。一股怒火从心中生起，自从杀了那六个人，他还没这么怒过呢。他握住那柄剑，像以往一样狂吼着："你是我的敌人，我应该杀了你——我的儿子！"

说着，他喘开了。这一次，他的怒火来得突然、来得奇，使他感到非常难受，他不由自主地一个劲儿咽气。

他儿子此时倒不像小时候那样缩头缩脑了，他沉静固执地站着，双手解开了外衣，在父亲面前敞开胸怀，带着深深的痛苦说道："我知道你想杀掉我，那是你的老一套。"他眼盯着父亲，麻木地说道，"那就杀吧。"他站在那里等着，在烛光下，他的面容清晰、坚毅。

王虎不能杀儿子，尽管他有这个权力，尽管他认为谁都会杀掉自己叛逆的儿子，对他来说，那样做是公正的，但他仍不能那样做。他感到怒不可遏，立刻会发泄出来，他把剑掷到了花砖地上，用手遮住嘴，嘟囔着："我太软弱了，我一贯软弱，不配做军阀。"

看着父亲坐在那里，手捂着嘴，剑靠在胸前，儿子平静、理智地说着，像是在跟一个老人讲着道理："父亲，你不明白，你们老人都不懂，你们看不到我们整个民族是多么弱小，被人看不起——"

可是王虎笑起来了，笑出了声音，他大声说，手仍然捂着嘴："你以为以前就没这种说法？我年轻时——别以为只有你们是年轻人——"

王虎又大笑起来，这笑声奇特、不寻常，他儿子从未听到过他的这种笑声，这像一种怪诞的武器一样刺伤了他，激起了他的火气，父亲从未见过他这么发火。他突然喊道："我们和你们不一样，知道我们怎么称呼你们吗？你是个叛逆、一个强盗头子，如果我的同志们知道你，他们会称你为叛徒，他们连你的名字也不知道，你不过是个小城镇上的小军阀而已！"

王虎的儿子一贯忍耐，这次爆发了。他看着父亲，瞬时间又感到羞愧，于是沉静下来，脖子都红了。他眼向下望，慢慢解开了皮带，任它落到地上，子弹落地时噼啪作响，他再没开口。

王虎也一声不吭，他呆坐在椅子上，手遮着嘴。儿子的话启发了他，使他产生了一种力量。他感到儿子的话在他心中回荡着，没错，他只是个小小军阀，一个小城的小小军阀。他无力地轻声说着，像是习惯成自然了："我可从没做过强盗头子。"

儿子现在真的感到惭愧了，他立即答道："不，不是的。"像是为了掩饰自己的愧意，他又说，"爹，我得告诉你，我们部队北上去打胜仗，我得藏起来，这些年，老师把我训练得挺好，他信任我，他是我的长官。他不会轻易原谅我的，因为我选择了你，我的父亲——"他的声音弱了下去，飞快地看了父亲一眼，眼神里含有一股亲切。

王虎一言不发，呆坐在那里，似乎什么也没听见。儿子继续说着，不断地看看父亲，似在恳求："我可以藏在那栋土坯房子里，我可以到那儿去，他们若是在那儿发现了我，不会认为我是军阀的儿子，不过是个普通庄稼人罢了！"说完，他轻轻一笑，仿佛希望用这种无力的俏皮话来哄父亲。

王虎仍不说话，他不懂儿子说的"我选择了你，我的父亲"是什么意思，他仍旧坐在那儿，回想着自己一生的困苦。突然，他从梦想中惊醒，恰似一个人从长久的混沌中清醒过来一样，他看着儿子，就像他是一个陌生人。王虎曾牵肠挂肚地想念儿子，并在梦想中勾画过儿子的形象，可眼前这个儿子他不认识了。一个普通的农夫！看着儿子，他感到往日那种失望的情绪又复燃了，这和他年轻时被禁锢在土房时怀有的无可奈何的心境一样。看来，他的父亲，那长眠地下的老人，又一次伸出他那只满是泥巴的手，搭在他的儿子肩上。王虎瞟了儿子一眼，自言自语地说："不配做个军阀的儿子！"

王虎骤然感到自己的手已抑制不住发抖的嘴唇了，他想哭。正在这时，"豁嘴"开门进来，带来了一罐酒。酒刚刚烫过，还散发着热气和酒香气。

这个忠心耿耿的老人进门时照旧望着主人，快步走上前来，往桌上一只空碗里斟了酒。

王虎终于把手从嘴边挪开，伸向酒杯，把酒送到嘴边喝着。酒是好的——又热又醇。他举着杯子轻声说道："再来一点。"

——不管怎么说，他不会哭出来了。

A comment upon the meaning and tragedy of life as it is lived in any age in any quarter of the globe.—*The New York Times*